Puedo explicarlo todo

Alfaguara es un sello editorial del Grupo Santillana

www.alfaguara.com.mx

Argentina
Av. Leandro N. Alem, 720
C 1001 AAP Buenos Aires
Tel. (54 114) 119 50 00
Fax (54 114) 912 74 40

Bolivia
Avda. Arce, 2333
La Paz
Tel. (591 2) 44 11 22
Fax (591 2) 44 22 08

Chile
Dr. Aníbal Ariztía, 1444
Providencia
Santiago de Chile
Tel. (56 2) 384 30 00
Fax (56 2) 384 30 60

Colombia
Calle 80, 10-23
Bogotá
Tel. (57 1) 635 12 00
Fax (57 1) 236 93 82

Costa Rica
La Uruca
Del Edificio de Aviación Civil 200 m al Oeste
San José de Costa Rica
Tel. (506) 220 42 42 y 220 47 70
Fax (506) 220 13 20

Ecuador
Avda. Eloy Alfaro, 33-3470 y Avda. 6 de Diciembre
Quito
Tel. (593 2) 244 66 56 y 244 21 54
Fax (593 2) 244 87 91

El Salvador
Siemens, 51
Zona Industrial Santa Elena
Antiguo Cuscatlan - La Libertad
Tel. (503) 2 505 89 y 2 289 89 20
Fax (503) 2 278 60 66

España
Torrelaguna, 60
28043 Madrid
Tel. (34 91) 744 90 60
Fax (34 91) 744 92 24

Estados Unidos
2105 N.W. 86th Avenue
Doral, F.L. 33122
Tel. (1 305) 591 95 22 y 591 22 32
Fax (1 305) 591 91 45

Guatemala
7ª Avda. 11-11
Zona 9
Guatemala C.A.
Tel. (502) 24 29 43 00
Fax (502) 24 29 43 43

Honduras
Colonia Tepeyac Contigua a Banco Cuscatlan
Boulevard Juan Pablo, frente al Templo
Adventista 7º Día, Casa 1626
Tegucigalpa
Tel. (504) 239 98 84

México
Avda. Universidad, 767
Colonia del Valle
03100 México D.F.
Tel. (52 5) 554 20 75 30
Fax (52 5) 556 01 10 67

Panamá
Avda. Juan Pablo II, nº15. Apartado Postal
863199, zona 7. Urbanización Industrial
La Locería - Ciudad de Panamá
Tel. (507) 260 09 45

Paraguay
Avda. Venezuela, 276,
entre Mariscal López y España
Asunción
Tel./fax (595 21) 213 294 y 214 983

Perú
Avda. Primavera 2160
Surco
Lima 33
Tel. (51 1) 313 4000
Fax. (51 1) 313 4001

Puerto Rico
Avda. Roosevelt, 1506
Guaynabo 00968
Puerto Rico
Tel. (1 787) 781 98 00
Fax (1 787) 782 61 49

República Dominicana
Juan Sánchez Ramírez, 9
Gazcue
Santo Domingo R.D.
Tel. (1809) 682 13 82 y 221 08 70
Fax (1809) 689 10 22

Uruguay
Constitución, 1889
11800 Montevideo
Tel. (598 2) 402 73 42 y 402 72 71
Fax (598 2) 401 51 86

Venezuela
Avda. Rómulo Gallegos
Edificio Zulia, 1º - Sector Monte Cristo
Boleita Norte
Caracas
Tel. (58 212) 235 30 33
Fax (58 212) 239 10 51

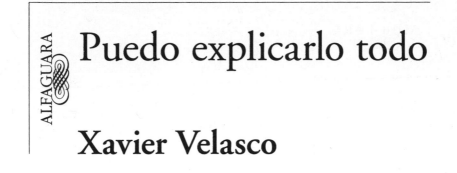

Puedo explicarlo todo

ALFAGUARA

Xavier Velasco

ALFAGUARA

D. R. © 2010, Xavier Velasco
D. R. © De esta edición:
Santillana Ediciones Generales, S. A. de C. V., 2010
Av. Universidad 767, Col. del Valle
México, 03100, D.F. Teléfono 5420 7530
www.alfaguara.com.mx

Primera edición: octubre de 2010

D.R. © Diseño de cubierta: Everardo Monteagudo
D.R. © Fotografía: Marco Antonio Pacheco

ISBN: 978-607-11-0722-0

Impreso en México

Para Arturo, el navegante:
caballero y hermano inenarrable.

La osadía no se está quieta nunca, mengua o crece, se dispara o se encoge, se sustrae o avasalla, y si acaso desaparece tras un revés enorme. Pero si la hay se mueve, no es nunca estable ni se da por contenta, es todo menos estacionaria.

Javier Marías, *Tu rostro mañana*

Su resplandor es lo único vivo,
como un autógrafo en el firmamento.

Jaime López, *¿Qué fue de La Gran Betty Boop?*

I. Imelda

Se vuelve de los viajes o se entra en los idilios narrando la mentira, toda la mentira y siempre nada menos que la mentira.

J.H. Basaldúa, *Catálogo de epitafios*

La pena y el cansancio también tienen sus límites. Uno recobra el ánimo o las energías al poco de temerse que no resiste más. Tocar fondo es también una forma de rebotar. Aligerarse. Enterarse que en lo hondo del agujero también soplan de pronto nuevos aires. Según quien la inventó, la guillotina debe de producir en el ajusticiado una súbita sensación de frescura. ¿Quién sabe si la muerte no es un segundo aire?

Éstos eran los ánimos que yo me daba en la noche de mi segundo arresto. Dos en una semana tenían que ser irreales. Encima de eso me faltaban las fuerzas para empujar otra bola de nieve de ideas idiotas. Los celadores cuentan con esos pensamientos. Antes de que te pongan número y uniforme necesitan quebrarte los huesos del espíritu. Que cuando llegue la hora del retrato tengas toda la pinta de patibulario. Esa noche me dije que no iba a darles gusto.

Antes había temido que me lo merecía. Que era tan criminal como cualquiera de los facinerosos obligados a hacerme compañía. Y esta vez prefería repetirme que me lo había buscado. Sería quizá lo mismo, pero yo lo veía diferente. Habérmelo buscado no dejaba de ser un acto caprichoso de la voluntad. Tenía lo que quería, ¿no era cierto? Y al fin quería tan poco que ya me daba igual.

No lo pensaba así, aunque hoy supongo que me estaba rindiendo. O en fin, aclimatando. Como esos reincidentes fotogénicos que inclusive sonríen a la hora de la foto. Igual que el labregón que ya con dieciocho años vuelve feliz a aquella misma escuela de la que tantas veces lo expulsaron, a cursar nuevamente el segundo año de secundaria. Si van a despreciarte porque eres lo peor, de una vez que se enteren que no tienes arreglo. Que digan ay, qué cínico, pero nunca qué hipócrita. Me lo busqué, señoras y señores. Soy mi propio gurú en las ciencias ocultas del autoperjuicio.

Seis días antes no podía ni hablar. Me atropellaba nada más del miedo. La paranoia es un tumor voraz; crece y se reproduce a partir de sí misma; devora todo lo que no la contiene. No se puede vivir dando albergue a esos monstruos, ni alimentando al diablo que los pastorea. Eso es lo que aprendí del primer encerrón. Trataba de aplicarlo, ya entrado en el segundo. Fuera de aquí, alimañas, les ordenaba cada pocos minutos, nada más recordar la noche malparida del primer arresto: cuando además de monstruos y demonios miraba cucarachas desfilar por la que a fin de cuentas era su puta casa. ¿Cómo hace uno para ser arrestado y liberado en dos países en la misma semana?

Era mucho esperar, que otra vez me soltaran. Por lo pronto necesitaba entretenerme, por eso me apliqué a grabar nombre y fecha en un rincón, a un ladito del suelo. A falta de una llave o algún clavo, escribí con los restos de un anillo que yo consideraba de utilería. Hasta el primer arresto, fue nada menos que un salvoconducto. *Una licencia para delinquir*, según me había echado en cara Lauren, la semana anterior. Por teléfono, afortunadamente. Tíralo a la basura, dónalo, véndelo, haz de cuenta que nunca nos casamos. Haré de cuenta, le dije y colgué.

Fue hasta el segundo arresto cuando empecé a temerme que el anillo tuviera algo que ver con tanta mala suerte. No pudieron sacármelo al entrar. Me lo quité después, con saliva y paciencia. Luego lo aprisioné entre tacón y pared, hasta que fue doblándose. Aplastado sí que me iba a servir. J, O, A, Q, iría rayando. Quería escribir también los apellidos, una vez que empezara a servir la herramienta.

Me habían agarrado a media calle. Caminando. O corriendo, ya casi. Alcancé a ver a uno que me seguía, venía buscando el modo de perdérmele cuando los otros dos casi me levantaron en vilo. Llegó el perseguidor, dijo mi nombre y me treparon a un coche. Dicen que a quienes pasan meses o años huyendo les cae como un consuelo que los agarren. No fue así, exactamente, aunque puede que hubiera algún consuelo. El de ya no ser yo, sino la vida quien decidiera mis siguientes pasos. Al final, si me habían arrestado por lo que yo creía, encontraría la forma de negociar. Firmaría pagarés, me darían arresto domiciliario. Pero ya no hubo tiempo para pensar en eso. Si la vida me estaba encerrando en un calabozo, yo podía escaparme de ese miedo destruyendo el anillo que me hacía parecer persona de bien y escribiendo con él en la pared. Que de una vez se sepa, pensaba. No soy gente de bien, sino ave de rapiña. A mis muertos los cargo antes en el estómago que en la conciencia.

Puta conciencia mustia, gruñí, casi en voz alta, te juro que esta vez no me vas a alcanzar. Nadie me va alcanzar, me animé luego, soy demasiado insignificante. Dos estafas menores, una en cada país, no encienden las alarmas de la Interpol. Ni siquiera acababa de constarme que apenas un par de actos elementales de supervivencia merecieran la calidad de estafa. Joaquín Medina Félix, sentencié con los ojos bien cerrados, eres un carroñero de ocasión. ¿Para qué preocuparse?, me encogí de hombros tensos, ligeramente más teatral que tranquilo, mientras iba esculpiendo el rabo de la Q. Las personas de bien no cazan zopilotes.

Desde la noche en que salió a escondidas y para siempre de Chiconcuac hasta el día en que empezó a temer por su vida, Imelda Fredesvinda Gómez Germán no volvió a usar su nombre verdadero. Se llamó Elvia, Francisca, Cipriana, Rebeca, Obdulia, Josefina, se apellidó Álvarez, Rojas, Benítez, Blanco, según le sonaban confiables. Comenzó como Elvia Benítez Rojas, que equivalía a ser hija de su madrina de bautizo. Finalmente, si se metía en un problema, ese nombre tendría que ayudarla. Era digno, decente a toda prueba, la hacía sentir segura cuando tenía que referirse a sus padres. Rogelio Benítez Alemán y Elvira Rojas de Benítez, que en paz descansaran. No habían tenido hijos, pero tampoco iban a desmentirla. Mientras vivió, además, su madrina Elvirita le había dado más que todo el resto de su familia junta. Por eso los dejó, decían ellos, y porque Imelda se había encargado de que nunca creyeran otra cosa. La madrina no sólo le compraba ropa, también lociones, sombras, rímel, bilé, rubor, todo lo que la hacía sentirse parte del mundo y no de Chiconcuac.

—Esta niñita no es como sus hermanas. Va a acabar enganchada del primer pelagatos que le ofrezca sacarla de Chiconcuac —cuando Isaac Gómez hablaba de Imelda, le saltaba un rencor anticipado. Más que profetizar una huida inminente, Isaac buscaba armarse de razones para tomar distancia preventiva y cualquier día decir que su hija no era su hija.

—Eso no es lo que Imelda ha visto en su casa —replicaba sin gran convencimiento Obdulia, que además de ella había tenido a cuatro mujeres, dos hombres y demasiadas ocupaciones para vigilarlos. Ni Memo ni Isaaccito habían recibido ese ejemplo en su casa y estaban en la cárcel por asalto y secuestro. Desde entonces, Imelda era la única que hablaba de ir a verlos.

—¿Dónde queda el penal de Atlacholoaya? —había preguntado desde los doce, sin otro éxito que el de poner de malas a Obdulia, quien junto a su marido ya los había borrado de la lista de hijos. ¿Qué iba a decir la gente? ¿Que los niños habían visto esas cosas en su casa? ¡Más les habría valido cambiarse el apellido antes de hacer todas las cochinadas que hicieron! Y ésa era una de las razones por las cuales Imelda prefería que creyeran que los dejaba por falta de dinero. La otra tenía que ver con el orgullo, pues si al final se iba detrás de un hombre no sería para entregarle al padre el regalo de ver su predicción cumplida. A medias, eso sí, porque nadie la iba a "sacar" de Chiconcuac. Se sacaría ella para seguirlo a él, aunque él no lo pidiera, ni lo quisiera, y menos lo esperara.

—Escriba el nombre de uno de sus presos y pásele a registro, antes de que se acabe la hora de visita —la instruyó una mujer uniformada, con esa mezcla de piedad y desdén tan frecuente entre celadores y vigías. Cuando los detuvieron, José andaba en Tijuana. Un par de veces los agentes preguntaron por él en el billar de Marcos, donde antes se juntaban todas las tardes. Había quien decía que José los ayudó con algunos de sus negocitos, que volvió de Tijuana con un amparo y por eso no lo pudieron encerrar, que tenía abiertos un par de procesos por robo a mano armada. Nada que Imelda quisiera escuchar, aunque al fin lo guardara bajo llave, en esa caja negra de la memoria a la que nunca nadie querría recurrir.

—¿Imelda tras de mí? No jodas. No me jodas. ¿Cómo me va a encontrar? —Gilberto, se llamaba en la ciudad. José, en el pueblo. En realidad tenía los dos nombres, pero nadie de Chiconcuac le llamaba Gilberto, ni José Gilberto. Fue luego de enterarse que José tenía un nombre distinto en la ciudad que Imelda resolvió cambiar el suyo. Se le aparecería de la nada, con su maleta, dispuesta a lo que fuera.

—Voy a hacer lo que tenga que hacer, pero yo a Chiconcuac no me regreso —Isaac y Memo lloraron como niños cuando la vieron salir al patio. Había dejado su maleta en la entrada, tenía que apurarse si no quería que a la familia le diera por buscarla allí, en Atlacholoaya. Se abrazaron los tres, por un tiempo tan largo que a Imelda le volvió la paranoia. ¿Dónde estaba José? Tenía que enterarse, tenían que decírselo. Hasta ese día sólo había sabido de ellos por él, que con cierta frecuencia los visitaba. Se enviaban mensajitos o pequeños regalos con José, sin que nadie supiera, porque lo que es en todo Chiconcuac ni quién imaginara que Imelda tenía novio, ni por lo tanto se figurarían que el único motivo que había tenido para fugarse no era el fallecimiento de la madrina y el fin de sus regalos y patrocinios, sino la desaparición de José, un par de días antes.

—¿Sabes con quién te metes, por lo menos? —José la quería poco, también sabía eso. Se lo habían repetido Isaac y Memo, pero al final juraron guardarle el secreto. Nadie sabría nunca que ella se había ido a México a buscar a José.

—¿Para qué crees que se cambió el nombre? —Memo iba de la indignación a la tristeza. Era siete años más grande que ella, pero la conocía mejor que Isaac y sabía que Imelda no iba a asustarse ni aun si le decían que en la ciudad Gilberto era estrangulador. Le importaría poco que fuera ladrón, y todavía menos cuando supiera que en realidad José no se robaba nada, sino que era, como no se cansaba de matizar Isaac, que estudiaba derecho penal en la cárcel, "autor intelectual". Tenía veintidós años, le quedaba más que eso de condena. Saldrían de ahí los dos con la cabeza blanca. ¿Quién les decía que a ella no iba a pasarle igual si iba tras de José?

—¿Qué quieres ser? ¿Autora material? ¿Vas a hacerte pasar por recamarera? ¿Vas a tender las camas y a lavar escusados hasta que te den la orden de vaciar la casa? —Isaac había cambiado. Ya no era el bravucón que rompía los tacos de billar en las cabezas de sus adversarios y a menudo los remataba a pelotazos. Había cursado tres semestres de universidad abierta, tenía una ex novia consecuente que cada mes le enviaba libros y papeles. Imelda con trabajos reconocía a Isaac en ese preso rígido de aires doctos y pose espantadiza. ¿Quién se creía, además, para darle lecciones? ¿No era secuestrador, con un carajo? Para el caso tenía que haberle dado ejemplos, no lecciones. Siempre había sido fácil sublevarla, desde cuando ella tenía cinco años y ellos diez y doce. Por eso había aprendido a contenerse. Después los había visto salir de la casa directo hacia el Consejo Tutelar. Junto a José, vendían mariguana en las escuelas de Jojutla. La fumaban, también. Imelda los espiaba, sabía dónde guardaban las reservas. Cuando se los llevaron, cogió la bolsa y la escondió en la casa de muñecas. Luego cumplió diez años y celebró fumando en la azotea. Tal vez por esa admiración secreta que, entre otras cosas, la hizo consumidora de cannabis apenas en cuarto año de primaria, Imelda no aceptó, durante el resto de su primera visita a la cárcel estatal de Morelos, que el que la prevenía contra José fuera precisamente su hermano Isaac, y al final se negó a siquiera darle la mano si antes él no la proveía con el teléfono y la dirección de José.

—¿Gilberto? ¿Cuál Gilberto? —no había adónde llamarle, la dirección era imprecisa, sólo que Imelda no imaginaba cuánto. "Hidalgo 86" podía estar en cualquier colonia, ser casa o edificio, parque, bulevar, carretera, quién lo iba a adivinar. No podía, además, pagarse una investigación en taxi. Había comprado una guía roji, su plan era ir tachando cada una de las calles visitadas, sólo que hacerlo a pie podía salirle casi igual de caro. No tenía dinero más que para comer, y eso por pocos días. ¿Qué haría sola? ¿Robar? ¿Por cuánto tiempo? ¿Hasta que la agarraran? Según le había dicho un taxista, sólo entre Ecatepec, Tultitlán y Vallejo se pasaría una semana agarrando camiones y caminando. Podía volver a Atlacholoaya, pero ya no confiaba ni en sus hermanos. ¿Sería cierto que José vivía de las mujeres, que las enamoraba y las hacía ladronas?

—Para mí que se fue de puta —Norma, la mayor entre las hermanas Gómez Germán, sería la primera en dar a Imelda por perdida. La había visto siempre como el tercer hermano rufián, no podía imaginarle un destino tantito preferible. A diferencia de Olga, Nubia y Nadia, que se turnaban con ella y los padres para atender la farmacia, Imelda sólo ponía un pie allí para robarse las medicinas. Roipnoles, lexotanes, ativanes, quaaludes, todo lo que pudiera mercar en la escuela. Tal como sus hermanos, por supuesto. Quién sabe si no darla por emputecida fuera su forma de ser optimista frente a la perspectiva de suponerla carne de prisión. De una u otra manera, por lo menos ya no se perderían las medicinas.

—Pregúntale a tu madre, cabrón —tenía ya el cuerpo de Imelda los bastantes atributos para facilitar el cumplimiento de la corazonada de Norma, pero se había propuesto justamente un límite que la hacía impermeable a las propuestas callejeras: no estrecharía otros brazos hasta dar con los de José. Estaba haciendo todo eso por él. Se volvería ladrona, si él se lo pedía, pero de ahí a putear había distancia. Muerta de hambre tal vez, puta jamás. Era mujer de un hombre y lo estaba probando.

—¿Estás seguro de que era Imelda? ¿Dices que preguntó por José o por Gilberto? ¿Pero dijo su nombre? ¿Entonces cómo sabes que era Imelda? Yo no conozco a ninguna Elvia —José había salido de la casa de Hidalgo 86 cuando Imelda tomó el segundo microbús que la llevó, al octavo día de búsqueda, del Olivar de los Padres a San Bartolo Ameyalco. Ya eran más de las seis, estaba oscureciendo, pero Imelda advirtió tras gafas y cachucha las facciones de Isidro, el hermano menor. Mi cuñado, pensó. Fue a propósito que le preguntó por José primero y por Gilberto después, pero fingió que no lo reconocía. Sabían los dos, al fin, y de hecho los tres, que pronto volvería y ya tendrían que hacer algo con ella. ¿O la iban a dejar que fuera por ahí de preguntona, confundiendo a Gilberto con José?

Serían las diez y media de la mañana cuando pisé la calle. Me había pasado casi quince horas preso, traía el anillo roto aprisionado en el puño izquierdo. Me quedaban tres noches de hotel. Si vendía el anillo sacaría para sobrevivir una semana más, puede que dos. Antes de permitirme preguntarle dónde carajo estábamos, el abogado ya me había invitado a desayunar. Tenía que explicarme un par de asuntos. Meramente legales, casi sonrió. Nos conocíamos bien, de años atrás, pero igual le di trato de perfecto extraño. De pronto vi el Palacio de Bellas Artes. Estamos cerca, dije. ¿De qué?, se interesó, aunque tampoco mucho. No contesté. Me sentía contento, incomprensiblemente, feliz como cualquier miserable que se cree afortunado porque la Procuraduría está a unas cuantas cuadras de las tiendas de compra y venta de oro, y porque el abogado le va a pagar completo el desayuno.

—Mira, Joaquín —puta mierda, me sabía sus muecas de memoria. No quería escucharlo, venía haciendo cálculos. Cuánto me duraría lo que me iban a dar por el anillo. Cuántos pasos habría entre el desayuno y yo. No me daba la gana enterarme de mi situación legal, ni él estaba dispuesto a decirme quién le estaba pagando por ayudarme. ¿"Mira, Joaquín"? ¿Quién se creía ése para venir a mirajoaquinearme? ¿Quién me garantizaba que no lo había enviado la parte acusadora? Porque ni eso le daba la gana explicarme, quién estaba acusándome y de qué. No era que yo no me lo imaginara, luego de tanto tiempo de andar fugado, sino que no podía confiar en él. Lo único seguro era también lo único importante: el licenciado Juan Pablo Palencia me invitaba a desayunar. Lo demás era paja, podía almacenarla hasta el cuarto café.

—Licenciado Palencia —lo interrumpí, apenas nos sentamos— ¿le importa si me cuenta de esas cosas cuando hayamos usado las servilletas? Ya sabrá, estoy nervioso. Necesito primero un almuerzo decente.

—Mira, Joaquín, yo sólo quiero ponerte en antecedentes...

—¿Ya me está amenazando?

—No, por favor, Joaquín, estoy para ayudarte.

—Entonces déjeme desayunar, licenciado. Usted no sabe cómo me está afectando todo esto —y a partir de aquí nada mereció mi atención más allá del perímetro del menú. Dos jugos de naranja, enchiladas suizas, hot cakes con salsa catsup y doble huevo estrellado, zucaritas con leche, yogurt de piña y pastel de limón. Para cuando ensuciara la servilleta, tendría más sueño que interés en oírlo. Según yo, ya sabía lo que tenía que hacer. No iba a contárselo al zopenco aquel sólo porque me había sacado de la cárcel. Tenía que escaparme, salir de la ciudad. Sé improvisar, me dije, en todo caso.

De muy niño también me daban asco los hot cakes con huevos, miel y salsa catsup. Los probé por ganar una apuesta y les agarré el gusto: hasta hoy disfruto viendo a otros asquearse. Palencia hacía esfuerzos por disimularlo, aunque con poco éxito. Algo tenía que me molestaba, no sé si esa mirada de carroñero pulcro, esa voz paternal, de persona enterada-y-razonable, o ese look entre tieso y ampuloso. Los pelos relamidos hacia atrás, como de hombre mayor; camisa, mancuernillas, fistol, todo con iniciales JPP; el traje todavía caliente de la plancha y los zapatos negros relucientes que opacarían al piano del Carnegie Hall. Puede que fuera todo el paquete, porque era eso, un paquete de pura impostación, donde lo único que al final se transparentaba de la persona real era su calidad de palurdo esmerado. Podía, si quería, abusar, reírme de él, gritarle, hasta insultarlo, que jamás perdería compostura. Se me ocurrió pensar que bien podía ser uno de esos señores ejemplares que cualquier día revientan a la esposa y los hijos a escopetazos porque no soportaban más. Era joven, Palencia. Sería tal vez soltero, tendría una novia formal con la que iría a misa los domingos. Los padres de la chica lo llamarían *hijo*. Todavía le faltarían unos pocos años para ir pensando en comprar la escopeta.

Fue una delicia contemplar sus ascos. Más cuando me ganaron las carcajadas y me solté tosiendo sobre el plato. Todavía sacudido por la risa, fingiendo mal la tos, lo miré de reojo y me reí más. Alcé la servilleta con las manos, como ejemplificando la cortina que había entre los dos. Me reí idiotamente, en realidad, así que no tardé en volver a enojarme. ¿Tenía que plantarme esa sonrisa imbécil incluso cuando estaba asqueado y aterrado por mi performance? La gente nos miraba desde las otras mesas, Palencia se estaría pudriendo de vergüenza pero seguía sonriendo. Me gustan demasiado las sonrisas para aceptar que venga un reverendo imbécil a devaluarlas. Peor todavía, que quiera devaluarme el desayuno. Era un mal condimento, su presencia.

Cuando llegó el café, traté de resignarme a escucharlo. A lo mejor era una cortesía inútil, pero si ya me había sacado del bote no estaría de más anotar su teléfono y despedirme de él como la gente. Aunque no sea mi estilo, de un tiempo para acá. Pero él andaba frío con sus cálculos, insistía en aburrirme con tecnicismos jurídicos que antes de eso yo había decidido resolver con la estrategia más simple del mundo. No me iban a agarrar, eso era todo, y lo demás sería lo de menos. Hacía diez minutos que el licenciado hablaba de Mi Inocencia, y así nunca nos íbamos a entender.

—Yo no soy inocente, licenciado. Ni se gaste puliendo mi buena imagen. Usted y yo sabemos que recibí un dinero por hacer un trabajo que no hice, que destruí la evidencia y me escondí, que me gasté hasta el último centavo y no tengo ni para pagar un taxi, aunque tampoco tenga adónde ir, y a menos que se ponga del lado del fiscal necesito que acepte mi sagrado derecho a desaparecer y largarme a la mierda tan pronto como usted pague la cuenta —lo dejé quieto, impávido, pero aún sonreía.

—¿Y con qué piensas irte? —sacó un papel pequeño, sin dejar de mirarme, casi sarcástico— ¿Con lo que saques de la venta de ese anillo roto? ¿Sabes que tu ex esposa te quiere demandar? ¿Piensas llamarte ahora Joaquín Feliú, Phil Friedman, Harry Martínez o Basilio Læxus? ¿Cuál de los cuatro crees que vaya a dar a la cárcel primero?

—Yo no voy a aceptar… —a ver, ¿qué puta mierda no iba yo a aceptar? ¿Que me supiera todos esos alias o que abriera la boca para decirlos juntos?

—A mí no tienes que aceptarme nada, Joaquín. Lo único importante era que me aceptaras esta invitación. Y ahora, si no te importa, voy al baño —lo dijo con el celular en la mano, ya había contestado la llamada pero seguía hablándome, como si quien llamó tuviera que enterarse. Después se levantó de un salto y desapareció. En otras circunstancias, habría respingado con menos lentitud, pero ya el desayuno había hecho lo suyo y yo sentía ganas de vomitar. Aunque igual no podía. Si me paraba al baño, íbamos a toparnos. Ni modo que me viera regresando enchiladas y hot cakes. ¿Y si se había ido, sin pagar? A medida que iba sumando posibilidades, asumía de nuevo mi condición de prófugo. Si en diez minutos no regresaba el licenciado Palencia, tendría que empezar por escapármele a la mesera.

No era mala señal. Estaba reaccionando. Como si apenas en ese momento comenzara a entender lo que me había pasado. Arresto, cárcel, fianza, juicio, condena, rejas, muros, uniforme. De todo eso quería fugarse mi cabeza, yo no confiaba en aquel licenciado. Todo lo que dijera me iba a llenar de dudas. Y eso si regresaba del baño. ¿Me iría sin pagar, si no venía? No parecía la mejor idea, arriesgarme a ser uno de esos idiotazas que salen de la cárcel y a unas cuadras de ahí los vuelven a agarrar. ¿Qué haría, entonces? ¿Le echaría la culpa a mi abogado, de regreso en la Procuraduría? Me busqué entre las bolsas y palpé su tarjeta de presentación. Balmaceda & Palencia, abogados. El logo resaltado, el nombre resaltado, la dirección y los teléfonos resaltados, podría uno leerla con las puras yemas. ¿Para quién trabajaba ahora el licenciado? ¿Algún cliente chueco, igual que mi padrastro? De pronto me temí que estuviera del lado de mis acusadores. ¿Los hermanos Balboa pagando a un abogado fanfarrón? No había manera. Los Balboa me habrían enviado a un coyote barato con el saco arrugado y la corbata estampada en fritanga. O todavía más fieles a su estilo, mandarían a un par de desempleados dispuestos a romperme cuatro huesos por unos cuantos días de salario mínimo. Son así, los Balboa, no saben distinguir entre inversión y gasto.

La tarjeta me había tranquilizado. Supongo que para eso las hacen, uno confía más en quien le ha dado su tarjeta. La de Palencia, aparte, incluía en el reverso sus números privados. Celular, decía uno. Familia, el otro. Se veía confiable la tarjeta, aunque ya su grosor anticipara que el portador era un acartonado. Sin darme cuenta apenas, en los quince minutos que llevaba esperando no había ni soltado el cartoncito. Lo tenía apergollado con seis dedos, luego con cuatro y al final con dos, pulgar e índice de la mano izquierda. Pegaba con el filo sobre la mesa, siguiendo el ritmo de una orquesta imaginaria. Tap-tap-tap-tap, tap-tap, tap-tap. Tap-tap-tap-tap, tap-tap-tap-tap-tap, de otro modo tendría que mirar el reloj y preguntarme ahora qué iba a hacer si Palencia no regresaba luego de quince o veinte minutos. ¿Valdría la pena pedir un pastel, para no despertar sospechas?

Tap-tap-tap, tap-tap, seguí tamborileando con la tarjeta, cuando de atrás de mí salió una mano extraña y me la arrebató. Una mano delgada, de mujer. No sé si me asustó, pero salté. Esperaba a un empleado de seguridad, acompañado del gerente y la mesera. Que vinieran por mí y me invitaran a pasar a la trastienda. Ya viene la patrulla, avisarían. Sale uno de la cárcel temiendo que se note. ¡Mira, un ex presidiario! Seguro que no piensa pagar el desayuno. Ése de la tarjeta es mi abogado, iba a decir apenas cuando la voz de atrás me cortó el habla.

—¿Ya se acabó el licuado, niño Joaquín?

—Ya... —disparé, automático, sin pronunciar más nada porque si aquella voz me había llevado lejos, sus carcajadas me arrancaban del piso. Floté en ellas por un par de segundos, mientras me levantaba, daba media vuelta y enfrentaba el milagro secreto de la risa de Imelda.

—¿La señorita Imelda Fredesvinda Gómez Germán? —la voz sonó con ecos desde la escalera. Como imagina uno que habla el diablo. ¿Quién, que no fuera el diablo, podría haberla buscado en ese hotel de mierda? ¿Quién les había dicho su nombre? El hecho es que sabían demasiado, lo suficiente para convencerla de saltar a la calle por el balcón del fondo del pasillo, mientras ambos enviados acababan de conciliar la descripción de Imelda con la de esa tal Elvia Benítez Rojas, que según el registro del hotel Janitzio tenía dos semanas de ocupar sola el cuarto 27.

—Cipriana Álvarez Blanco —se presentó al llegar al hotel Andrade, que era donde el taxista le aseguró que no tendría problemas. Le quedaba dinero para otra semana de buscar, sólo que ahora tendría que escapar al mismo tiempo. ¿Contrataría su familia unos detectives? Imposible. ¿La habrían seguido desde Atlacholoaya? Tal vez. No habría sido del todo descabellado temer que un par de agentes pretendiera implicarla en los negocios de sus hermanos. ¿Creerían que llevaba mensajes de Isaac y Memo para otros delincuentes? ¿Querrían asustarla, aprovecharse, tirársela?

—¿Me dice que se llama Imelda, Fredesvinda o Elvia? —para cuando los dos perseguidores dieron con el hotel Andrade, Imelda ya se había escurrido de ahí. Era de instinto ágil, olisqueaba el peligro. Se las había arreglado para subir a una azotea próxima al hotel, los vio llegar e irse dentro de un Chrysler demasiado viejo para pertenecer a la policía. Más parecían secuestradores, asaltabancos, pistoleros, tenían todo el porte de los viejos amigos de sus hermanos, la mayoría ya presos o difuntos. No eran, por tanto, enviados de su familia. Una vez más a tono con su olfato, Imelda resolvió apostar por la única opción que la evidencia no eliminaba: los dos facinerosos del Chrysler tenían que ser enviados de José. Alguien la habría seguido desde San Bartolo, puede que el mismo Isidro. Pero nada iba bien, y si sus intuiciones tenían fundamento, más le valdría dar ella con José antes que los del Chrysler dieran con ella. Tenía que verlo de frente, hablarle, abrazarlo. Nada le aseguraba que sus perseguidores le darían esa oportunidad.

—Por favor, don Gaudencio, se lo suplico —llegó hasta San Bartolo no bien oscureció. No había hoteles ahí, sólo algunos departamentos en renta y ella no estaba para rentar nada. Pero de todas formas tocó el timbre, consiguió que el conserje de la privada la dejara mirar dentro de alguno y sólo entonces se atrevió a confesarle que no tenía para rentarlo. Podía darle un dinero, lo que cobraban en el hotel Andrade, por dejarla quedarse en el departamento. Serían sólo dos noches, le juró, mientras lograba dar con su marido.

—No puedo, señorita, la señora me corre si se entera. Tengo familia, hijos, y además no le puedo aceptar su dinero. Yo no agarro dinero de las mujeres, a saber si no esté esperando un chamaco —sin preverlo, Gaudencio le había resuelto la coartada. ¿A poco se me nota?, fingió Imelda un bochorno entre coqueto y triunfante. ¿Iba a dejar que una mujer embarazada se quedara a pasar la noche en la calle? ¿Qué le costaba hacerle una caridad? Imelda hablaba ya con voz entrecortada, oprimiéndose el vientre con las palmas. ¿La iba a echar a la calle en ese estado? No necesitaría Imelda de grandes intuiciones para saber de sobra que aquel Gaudencio terminaría dándole asilo, y entonces los del Chrysler se llevarían un palmo de narices. ¿Había mejor manera de probarle a José su astucia, y de paso aprobar el examen de compañera de ruta, que llegando hasta él solita, sin ayuda? ¿Y si los dos del Chrysler no eran en realidad enviados de José? De una u otra manera, la única solución era enfrentarlo a él antes que a nadie. Por eso estaba allí, poco menos que enfrente de la puerta por la que Isidro asomó la nariz, un par de días antes. Si tenía que llorarle y berrearle a Gaudencio, lo haría hasta secarse por dentro, pero ni muerta se iba a mover de allí.

—Ándele, no sea así, desde lejos se ve que es usted una buena persona. ¿Va a dejarme en la calle, don Gaudencio? —hablaba ya de sobra, sonriendo casi porque el hombre flaqueaba, abría los brazos, meneaba la cabeza, concediendo, preocupándose apenas por detalles tan poco importantes como el cómo, el por dónde y el hasta cuándo. Y ello le daba a Imelda una fuerza especial, pues en medio de tanta calamidad se miraba capaz de vencer el recelo de un extraño, rescatarse, imponerse, saber que nadie ya la detendría, ni habría poder humano capaz de regresarla a Chiconcuac. Unos son los que temen, otros los que resuelven: Imelda haría todo, lo que fuera, por figurar en el segundo grupo.

—¿Segura que no quiere otra cobija? —no había que ver muy hondo para encontrar en aquel hombre de ojos mansos y media sonrisa la generosidad que rara vez distingue a los extraños, pero Imelda creyó que era su decisión inquebrantable la magia que no sólo le abría las puertas del departamento y lo habilitaba como refugio, sino además la pertrechaba con mantas, colchoneta, pan y café calientes. Tendría que irse temprano, eso sí, a menos que encontrara la manera de quedarse escondida en alguna azotea de la privada. Lo más difícil ya lo había conseguido, el resto sería trámite menor. Concilió pronto el sueño con esa certidumbre.

—¿Y si le dice al administrador que soy su sobrinita? —no habían dado las diez de la mañana y ya Gaudencio flaqueaba de nuevo. ¿Quién le creería que esa mujer tan joven, de muslos largos, caderas bien plantadas y redondeces a pedir de boca podía ser su sobrina y no otra cosa? ¿Prometía obedecerlo y quedarse donde él le dijera? Por supuesto que sí, en la medida que desde ese lugar pudiera ver la puerta de Isidro y José.

—Hágase para atrás, señorita, me va a comprometer —pese a su reticencia sistemática, o acaso justamente por ella, Gaudencio no podía ser inmune a los encantos de Imelda, eso se le veía desde los parpadeos incontrolados hasta un cierto temblor de la quijada. Era como si le apuntara con un revólver. Tendría unos cincuenta años, tal vez menos, pero ya la cabeza blanquecina y la carne apergaminada por el sol. En sus manos (o en fin, ante sus ojos) Imelda no era menos inverosímil, ni parecía menos peligrosa que un portafolios lleno de dinero. Algo que a nadie le sabría explicar (ya se lo exigirían, si lo atrapaban) y de lo que ya no podía zafarse, una vez que se había prestado a negociar.

—Déjeme aquí, Gaudencio, le prometo que no me muevo de este rinconcito —no era el mejor puesto de vigilancia, pero sí un escondite inmejorable. Entre el par de tinacos y el tanque de gas quedaba camuflada por todos los flancos, podía pasarse el día sentada sobre el monte de ladrillos, fisgando allá, a lo lejos, sesgadamente, la puerta por la que más tarde o más temprano tendría que asomarse José. Entre tanto, Gaudencio ya era cómplice. La dejaría quedarse cuantas noches quisiera, por más que se esmerara en suplicar.

—¡Váyase, señorita, nos van a agarrar!

—Pero si no hemos hecho nada malo…

—Con lo que hice ya tienen para correrme. Si viene la patrona, o el administrador, usted se va a la cárcel y yo a la calle. Y luego mi señora trabaja haciendo la limpieza del nueve y el catorce. Mañana va a venir, ¿cómo le explico? —cada vez que en los días subsiguientes a Gaudencio le diera por el fatalismo, Imelda lloraría largamente, se abrazaría a él, no pararía hasta romperle todas las defensas. Sabía poco de hombres, pero ya hacía tiempo que la maravillaba el poder que tenía sobre sus voluntades. Parecía que temieran decepcionarla, como un niño de kínder a su nueva maestra. Un escote, una falda levantada, una sonrisa de falso candor podían bastar para volverlos niños y ponerlos completamente a su merced. Ya encontraría el modo de explicarle a José cada una de esas ventajas femeninas que él no podía darse el lujo de desechar, y aun si no lo entendía, tendría que ser permeable a esos mismos encantos. Lo había sido siempre, hasta el día que se fue.

—Si confías en mí, déjame que me quede. Si no confías en mí, no puedes dejarme ir. Hay de dos sopas y una tiene caca… —se lo soltó de frente, luego de dar dos pasos para atrás y evitar el abrazo del reencuentro.

—No te puedes quedar conmigo, Imelda, tú no sirves para esto —ya la tenía abrazada, la empujaba hacia adentro de la casa, mirando a todos lados, igual que un amateur. Pero evidentemente así se sentía. Si Imelda había llegado a solas hasta él, ¿qué no podría hacer la policía?

—No pienso regresar a Chiconcuac. ¿Vas a dejarme sola en un hotel, José? Voy a acabar haciendo lo mismo que tú, nada más que sin ti —lo había visto llegar con los del Chrysler. Corrió por la azotea, brincó los escalones de tres en tres y en algunos instantes ya se plantaba frente a la perplejidad engarrotada de José y sus amigos.

—Regla número uno: me llamo Gilberto. Me vuelves a decir José y te vas de aquí.

—¿Regla número dos? —quería dejarle claro que buscaba trabajo y no refugio. De lejos se veía que el José de Chiconcuac poco se parecía al Gilberto de México. Si quería de vuelta al primero, tendría que entenderse con el segundo. Jugar al mismo juego, hacerse necesaria. ¿No acababa, por cierto, de demostrar que era más eficiente que él?

—Nadie me anda buscando, es pura precaución. Por eso digo que tú no puedes vivir así, y además por mi culpa.

—Por tu culpa podría vivir peor. Pídeme que me vaya, dime que no te importo y vas a ver lo que es joderme por tu culpa. ¿Crees que puedes largarte y desaparecer de Chiconcuac sin que yo vaya atrás y te encuentre? No me conoces nada, José.

—Ya te dije que aquí me llamo Gilberto.

—Y te diré Gilberto en cuanto tú me pidas que me quede. Entiéndeme, José, si tú estás en la cárcel qué voy a hacer yo afuera.

—No me digas José. Y nadie va a meterme en la cárcel.

—¿Me quedo o no me quedo... Gilberto?

Cuando Imelda llegó, el mundo se hizo real. Quiero decir que antes de conocerla yo no sabía que mi vida pasaba en blanco y negro, igual que las películas que nunca quería ver. Sentí ganas de ahorcar a Mamá Nancy cuando dijo que Imelda parecía más zorra que sirvienta. Recuerdo que pensé: ¿Y tú qué, no pareces más zorra que señora? Imelda traería algo corta la falda, pero no más que la de Mamá Nancy. Tenía quince años menos, de paso. Y tenía una risa escondida que nadie fuera de mí descubrió. O sería quizás que en el único instante que me miró a los ojos alguien adentro de ella se rió conmigo. O con la multitud dentro de mí que aplaudía su entrada en el escenario, presa de un instantáneo fanatismo. Y ella se estaba riendo, podía jurarlo. Como si cada uno de los dos viéramos ya en el otro una ventana inesperada al mar.

Tenía rabia contra Mamá Nancy, y como siempre no podía desquitarme más que pensando cosas por las que ella me habría arrancado la cara a cachetadas. Vieja loca y ridícula, empezaba. Ya luego me seguía con palabras más ofensivas, casi siempre acababa sellándome los oídos con lo que para otros era una maldición y para mí un retrato de familia: putamadreputamadreputamadre. Y más puta que madre, terminé calculando, como si ya supiera que el arribo de Imelda iba a cambiar mi vida de tal forma que yo podría hacer con Mamá Nancy lo que ella nunca pudo hacer conmigo. La recuerdo gritándolo a media sala, en la fiesta de mi noveno cumpleaños, enojadísima quién sabía por qué. Ay, cómo me arrepiento de no haberte abortado. No sé si alguno de los otros niños habrá hecho lo mismo, pero yo lo busqué en el diccionario. Mamá Nancy me había echado a perder mi última fiesta de cumpleaños (nunca más habría otra, de eso me encargaría, aunque al cabo ella se encargó conmigo); era yo quien deseaba abortarla. Fuera de aquí, vieja loca y ridícula.

Lócula, terminé llamándola en secreto. Sonaba como a Drácula y le seguía diciendo loca y ridícula. Mi fiesta, pues, no la había abortado Mamá Nancy, que era toda dulzura, sino el impredecible Conde Lócula. No era precisamente original, estaban ya el programa del Conde Pátula y el cereal de la marca Count Chocula, cuando menos. Pero ella tampoco era muy original, se parecía demasiado a las villanas de las telenovelas. Al principio era la Condesa Lócula, pero ya con Imelda descubrimos que sería más seguro llamarla Conde. Pensaría que hablábamos de Manolo, de uno de sus amigos, de ella nunca.

Era linda, esa Imelda. Lindísima. Un pastelito, decía Manolo entre dientes cuando pasaba Imelda y Lócula no andaba por allí. Más que entre dientes lo decía apretándolos, pujando y resoplando al mismo tiempo. *Pastelito. Bizcocho. Mami.* Le daba igual que yo estuviera cerca, incluso junto a él. Supondría tal vez que mi silencio estaba incluido en nuestro pacto de no agresión, me consideraría poca cosa, sería su manera de recordarme que aquélla era su casa y no la mía, en todo caso estábamos los dos conscientes del valor de ese pacto. No era que yo contara tanto con él, pero igual su presencia me protegía de Lócula. Por supuesto, con algo de paciencia conseguiría grabar la voz de Manolo diciendo porquerías, más todavía con la ayuda de Imelda, pero la perspectiva de Nancy divorciada, sola en aquella casa conmigo, me seguía aterrando a los catorce años. Debería decir que me aterraba más, porque al menos de niño no sabía la cantidad de chochos y polvos que Mamá Nancy tenía que embuchacarse para volverse Lócula.

Cuando Imelda llegó, yo había desarrollado un sistema para seguir de cerca la transformación de mi madre. Cada mañana o tarde que la veía, sus ojos extraviados me anunciaban que Nancy seguía poseída por Lócula. Sucedía tres, cuatro veces al mes, luego dos por semana, yo iba llevando el porcentaje de días-Lócula, hasta que hice las cuentas y vi que andaba ya por el noventa y tantos por ciento. En el último mes, había visto a Mamá Nancy nada más que en un par de ocasiones. Un domingo en la tarde lloraba durante horas, luego venía a darme un cariñito. Me decía que al día siguiente me iba a llevar al cine, como si fuera niño todavía. Para el lunes en la mañana, Lócula estaba de vuelta. Por eso fue más fácil hacerme su enemigo veinticuatro horas diarias. Estaba combatiendo a Lócula, no a Nancy. Era Lócula quien me daba cachetadas hasta para calmarse la neurosis. Perdóname, Joaquín, tenía que quitarme la nerviolera.

Ciertamente no había candidato mejor para asimismo recibir las cachetadas que Nancy no podía estamparle a Imelda. ¿Por qué me ves así, irrespetuoso?, me decía cada que Imelda le plantaba una jeta. Si respondía ¿yo qué?, o ¿yo?, o sólo ¿qué?, me ganaba la cachetada al contado; si decía perdón, me la daba más tarde, con otro pretexto. Pero ya no importaba. Al contrario, me había acostumbrado a sus bofetadas, por instinto apretaba la mandíbula y cerraba los ojos cada vez que empezaba a verla venir. Le pesaba la mano, creía que con eso le bastaría para avasallarme. Nunca se imaginó lo que sus cachetadas iban a detonar entre Imelda y yo.

Casi no hablábamos, muy al principio. Buenas noches, le decía, sin atreverme ni a pronunciar su nombre, y ella soltaba tan quedito el Hasta mañana, joven Joaquín, que me tardé tres noches en descifrarlo. Pero entonces vinieron las cachetadas. Cada vez que mi madre me daba una, Imelda me miraba con angustia instantánea, como si ya supiera que iba para ella y se había desviado hacia mí. Me sonrojaba menos por el golpe que por la vergüenza de que Imelda pudiera ver a Lócula tratarme como niño chiquito. Por eso comencé a poner caritas. De pronto conseguía hacerle señas de que mi madre estaba loca, y ella torcía la boca como para aguantarse la risa. ¿Cómo iba Mamá Nancy a imaginar que un día me gustarían sus cachetadas y las esperaría con las piernas temblando de emoción? Llegué a ensayar las caras que haría al día siguiente, si tenía la suerte de que me cacheteara enfrente de ella. Era un juego difícil, aunque muy divertido. Lócula no podía ver mis muecas, sólo ella. Se trataba de hacerla reír en secreto, un poquito a costillas de mi mamá.

"Cuando Imelda llegó…" No puedo imaginar una tragedia que comience así. Lo digo y se me sale la sonrisa, por más que no me dé la gana sonreír. Me recuerdo sonriendo a solas en mi cama, pensando que esa chica de mirada sexy que parecía princesa antes que lo que fuera dormía bajo el mismo techo que yo. Si Mamá Nancy hubiera puesto la mínima atención en los temas domésticos, le habría parecido cuando menos exótica mi presencia insistente en la cocina. Iba por un refresco, regresaba por hielos, luego por un popote, un minuto después por más refresco y al final sólo para llevar el vaso, previamente lavado para no molestarla. Ninguno de los dos abría la boca, pero nunca fallaban las sonrisas. A veces, cuando Lócula se desgañitaba llamándome, Imelda me avisaba pelando ojos de alarma, yo me tapaba los oídos y jugaba a que no me había enterado, y entonces a ella le brotaban las risotadas completas, de repente se daba media vuelta y se reía dándome la espalda, dejándome mirar esos muslos que luego, ya solo y en mi cama, recorrería con el zoom de la memoria, como quien se ha encontrado el sexto continente.

El paso por la infancia me volvió un ente de pocas palabras. No porque no supiera o no quisiera decir las cosas, sino porque aprendí a temerme en lo profundo. Estaba cada día más seguro de mis supersticiones infelices, y así seguía actuando —en realidad, dejando de actuar— como si las palabras dichas, escritas o tan sólo pensadas tuvieran el efecto de alguna carambola de conjuros. Me desvelaba a diario preguntándome qué palabras exactas debería decir, y cuándo, y cómo, y dónde, y con qué pretexto, para cruzar un día las fronteras de Imelda. Ni siquiera sabía cómo hablaba, o si tenía acento de algún lado. Lo decía todo rápido y a mínimo volumen. Lócula se ponía como fiera si tenía que preguntarle tres veces la misma cosa. ¿No puedes hablar fuerte, como la gente? ¿Quieres que nos vayamos todos a tu rancho, para acabar hablando como indiacos ladinos?

No, siora, se enrocaba Imelda, con la vista en el piso, sin subir el volumen ni pronunciar más. Cuando mi madre continuaba jodiéndola, que era lo más frecuente, se quedaba pegada en el no, siora, incluso si debía contestar sí, siora. ¿Le costaba mucho trabajo llamarla señora, se-ño-ra, en lugar de siora? No, siora. En esos casos quien se reía era yo, no podía ser que Imelda fuera así de silvestre, ni que llevara atole en las venas. No se tiene una cara y un cuerpo como los de Imelda para aguantar humillaciones como las de Lócula. ¿Qué hacía en ese trabajo, cuando podía ser recepcionista, edecán o, por qué no, hasta puta? Finalmente el trabajo de colchón tenía que ser menos desagradable que aguantar día y noche la gritería de Lócula, que podía estirarse al infinito si acaso le faltaban o le sobraban los combustibles. Yo no tenía opción, era mi madre. ¿Pero ella, Imelda, con esos ojos hondos y esas caderas anchas y esa cintura mínima? ¿Qué dueña de burdel trata así a sus empleadas sin arriesgarse a que le saquen los ojos? ¿Cuánto le pagaría Manolo por eso, cuánto iría a aguantar ella? Debió de ser por ese solo miedo que entré en guerra secreta con mi madre. No podía dejarla que terminara de espantar a Imelda, ni aceptaba la idea de que fuera por bruta o por ignorante que se dejaba humillar así. Me bastaba con verla sonreír para encontrar en esos ojos cintilantes la chispa de sarcasmo que la arrogancia en armas de mi madre no había querido ver ni de reojo.

Cuando Imelda llegó, ninguno de los dos pudimos resistir la atracción natural de la guerra mayor, que era la que libraba mi madre con Manolo y cada una de sus dizque ex mujeres, las vecinas de atrás, para las cuales Nancy tuvo siempre la espalda más ancha del mundo. Las golpeaba, eso sí, de rebote, a través de Manolo. Si llegaba a enterarse que él había prometido ver a sus hijas al día siguiente, era capaz de echarle polvo de valium a su café con leche; al día siguiente, lo dejaba dormir hasta pasada la una, y mientras tanto no permitía que nadie contestara el teléfono. Por eso las vecinas de atrás la detestaban; sabían que Nancy era capaz de todo por fastidiarlas. Para poner la mierda en su lugar, decía ella siempre que Manolo le reprochaba lo irreprochable, pues nadie ahí dudaba que seguía tirándoselas, de cuando en cuando. Por eso sus reproches se desvanecían tan pronto: Nancy podía acabar incendiando la casa si no se apresuraba a darle la razón. Eso decía él, al menos, y le bastaba para que las vecinas acabaran de echarle la culpa entera a Nancy por los cambios que había sufrido su hombre-de-la-casa desde que convivía con mi madre. Gracias a ella y su animosidad, Manolo parecía El Buen Hijo de Puta, y hasta llamaba a lástima simpática. Pobrecito, qué culpa iba a tener de vivir sojuzgado por esa bruja.

Fui yo quien la hizo bruja, a decir verdad. Mamá Nancy quería ser moderna, no puedo imaginármela comprando velas negras y murciélagos secos en el mercado de Sonora. La anterior cocinera, doña Elma, me había contado de sus vecinas brujas. Iban cada semana a ese mercado. Y yo tenía terror de perder a Imelda, aun si seguía sin hablar con ella. Estaba en los exámenes semestrales, salía todos los días temprano de la escuela. En una de ésas caminé hasta el metro, pregunté por alguna estación cercana a ese lugar y dos horas después ya estaba de regreso con dos juegos completos de vudú. Dos muñecas, seis velas negras, un paquete de alfileres, dos amuletos y cuatro canarios muertos que le compré a los pajareros por el precio de medio pollo rostizado. Llegué a la casa ya con ganas de vomitar, pero al día siguiente amanecieron dos altares negros, uno en la mera puerta de mi casa y el otro bajo los buzones del edificio de atrás. No habían dado las ocho de la mañana cuando ya Nancy estaba en plena batalla con las ex, una y otras culpándose de todo. ¿En qué cabeza enferma cabía dejar velas, fetiches y animales muertos a las puertas de los vecinos?

Esas gentes no son nuestros vecinos, decía Mamá Nancy con gesto de asco cada vez que tenía que indignarse ya no tanto porque las tres ex de Manolo la señalaran como la bruja mustia que hizo lo mismo en su propia puerta para que nadie sospechara de ella, sino sólo por verse precisada a de alguna manera reconocer que había vida humana detrás de nuestra casa. Tú no entiendes lo que es ganarse las cosas, por eso nunca sabrás defenderlas, me regañaba, palabras menos, si yo insinuaba que los brujos pudieron ser otras personas. Y luego: No me importa que vengan diez ignorantes desconocidos a amenazarme con gritos macabros, lo que quiero es librarme de las macabronas. Y al final: ...con lo bonita que se vería una alberca en el lugar de ese edificio feo, Manolo no lo quiere entender, necesita tener un gallinero atrás, cómo se nota que le faltan huevos.

Supe que Imelda no era ninguna bruta casi tan pronto como las vecinas de atrás asumieron que Nancy era una bruja. La vi limpiar, con impecables muecas de horror y repugnancia, la puerta de fetiches y cadáveres, persignarse al principio y al final, lloriquear de regreso frente a mi madre, todo tan en su sitio que ya temía haber metido la pata. ¿Y si mis brujerías de pacotilla la ahuyentaban más pronto que los gritos de Lócula? Había regresado del examen con la certeza fatalista y además paranoica de que terminarían descubriéndome, pero tras medio minuto de escuchar a mi madre en el teléfono, calumniando con gran pasión a las vecinas, supe que en realidad le había hecho un regalo. También lo supo Imelda, por eso me sonrió con tamaño descaro en cuanto se vio libre de los ojos de Nancy, que subía y bajaba por la casa, blasfemando con el teléfono en la mano. Siempre supe que esas mujeres eran brujas, y otras cositas peores que me callo, nomás por no ponerme al tú por tú, decía por allá, tal vez en la terraza, cuando aquella sonrisa sobrevino. ¿Ya ves, Joaquín?, dejó escapar una risita, poco más que un ji-ji, ya echaste a andar a tu mamá con tus gracias. No te hagas, otra risa, el índice debajo del ojo derecho. Ya sé que eres el brujo, yo te vi.

No sé muy bien qué le iba a contestar cuando ella alzó una mano y me tapó la boca. Cállate, brujo, dijo. Cualquiera en su lugar habría podido espiarme y descubrirme, sólo que a ella le di ventajas especiales. No sé si solamente olvidé vigilarla o si hice todo porque me vigilara. ¿Me había espiado Imelda, pues? ¿Me vio poner las velas y los canarios muertos, amarrarlos de las patitas con el listón negro? Jamás la imaginé capaz de delatarme. ¿Por eso me llamaba Joaquín a solas y delante de Nancy Joven Joaquín? Una por una, mis preguntas hallaron respuestas abundantes en sus ojos, al momento de taparme la boca. Nadie que fuera torpe o ignorante podía mirar de semejante forma, deduje, como ya celebrando la miopía de mi madre. La había echado a andar, como decía Imelda, y fue como si juntos celebráramos la partida del tren de la amargura.

—¿Cómo dijiste que te llamabas?

—Elvia Benítez Rojas.

—¿Elvia qué?

—Elvia *Cipriana* Benítez Rojas. No me gusta el Cipriana. No soy yo, ya te dije.

—No es para que te guste, ni para que seas tú. Es para que seas otra y se lo crean. Y ése es el chiste de que no te guste, siempre vas a decirlo con penita, ¿me entiendes? A los ricos les gustan esas cosas. Los tranquiliza que a la chacha se le asome el morral. Que sea ingenua, cerrera, salvajita. Que a nadie se le ocurra pensar que esa recamarera llegó a prepa, es hija de unos dueños de farmacia, tiene un novio ladrón y dos hermanos secuestradores.

—No hables así, Gilberto. Es más, no sé ni de quién hablas —no estaban en Imelda las aptitudes naturales para desempeñarse como la rancherita que tenía que ser, pero aprendía rápido y solía ser práctica. En lugar de impostar un improbable acento de ranchera, optó por el silencio y los monosílabos. En un par de semanas había creado un personaje retraído, hermético y empecinado. Se había acostumbrado a resolver cualquier situación mirando al piso y guardando silencio, como no fuera para decir sí, no o no sé. Si alguien la regañaba se mordisqueaba el suéter, de pronto se quedaba tres días sin bañar.

—¿Vas a aguantar semanas tendiendo camas y lavando pisos?

—Aguanté años haciendo eso en la casa.

—No es lo mismo. No va a ser tu familia, ni tu casa, ni vas a poder ir a donde quieras, ni vas a contestarle a la señora como le contestabas a tu mamá.

—¿Siquiera voy a verte en mi día libre?

—Imelda…

—Elvia. Es más, dime Cipriana. Tengo que acostumbrarme, ¿no?

—No vamos a pasarnos la vida haciendo esto. Cuando juntemos algo de dinero, nos vamos a un lugar donde Imelda y José no tengan que cambiarse de nombre —le había costado trabajo aceptarlo, pero conforme vio sus avances en la interpretación del personaje fue ganando entusiasmo y disposición. Nadie mejor para ese trabajo, aunque tenía dos defectos peligrosos. Era de Chiconcuac y estaba enamorada de él. Según Isidro, había que devolverla al pueblo. Según José, de poco iba a servir. En dos días la tendrían de vuelta, ciega y encabronada como un toro, decidida otra vez a lo que fuera. Y ello, a decir de Isidro, era un tercer defecto en la lista. Si el arrojo de Imelda carecía de medida, no le quedaría grande una revancha.

—No me has dicho por cuánto tiempo voy a quedarme en cada casa.

—Nadie sabe eso, *Elvia*. Es tu trabajo. De ti depende cuándo y cuánto te agarren la confianza. Que te dejen la casa por un día, una tarde. Que se vayan tranquilos a la fiesta, la boda, el día de campo. Acuérdate que nuestra tranquilidad depende de la suya. Si tú sabes calmarlos, todos vamos a trabajar en calma. Si lo haces mal, ya sabes. Nos jodemos.

—*Sí, sior Gilberto* —en un instante bajaba los párpados, se enconchaba y tensaba los dos brazos, que ya pendían como badajos oxidados. Era como si todo ese perfeccionismo se encaminara únicamente a probar que la había subestimado. “No sabes lo que tienes”, tal era la promesa y la amenaza.

—¿De dónde dices que eres, Cipriana? —la señora era joven, se llamaba Jimena, no era bonita pero lo parecía, si bien tenía un tic en el ojo derecho que la hacía temer intolerante. Cabello enrojecido con luces rubias, ojos marrón pequeños, antipáticos, más aún desde el punto de vista de un subalterno.

—Tlanixco —repetía bien quedo, con la mira en los nervios de la patrona. Quería exasperarla desde el primer día, espiarla por la noche y descubrir que se quejaba de ella y decía esta pobre es silvestre con ganas.

—¿Has trabajado aquí, en el Pedregal? —cada una de esas miradas de entomólogo asqueado de su profesión le valían por cinco votos de confianza.

—Mi pueblo.

—¿Tu pueblo qué?

—Mi pueblo.

—¿Qué pasa con tu pueblo?

—Trabajo.

—¿Trabajaste en tu pueblo?

—... —sonrisa timidísima, ojos en el piso, manos limpiándose el sudor en la falda.

—¡Contéstame, Cipriana, por favor!

—Sí, siora.

—¿Sí qué?

—Sí.

—¿Sí trabajaste?

—En mi pueblo.

—Trabajaste en tu pueblo, ¿con tu familia?

—... —tal vez no solamente los músicos deberían saber que un silencio tiene el mismo valor que un sonido.

—Ay, Dios, eres de las muditas. ¿Cuánto quieres ganar?

—... —aunque algunos, como habría sido el caso de Imelda, sospechan que el silencio vale más. Lástima que los niños estaban tan bonitos. Seguro que iba a encariñarse con ellos.

—Mira, Cipriana, déjame que hable con el señor para que te investiguen y te vienes mañana en la mañana. Que sea antes de las nueve, ¿sí? —¿la iban a investigar? No le creyó. ¿Qué podían encontrar? Que no era de San Pedro Tlanixco, ni se llamaba así. Que tenía dos hermanos presos por secuestro y un novio con tres órdenes de aprehensión. Pero no había hecho nada, más que cambiarse el nombre. Era inocente. Si notaba que la miraban raro, desaparecería esa misma noche y volvería al lado de José.

—Acuérdate que a la primera sospecha te largas. Dices que vas a la tiendita y no vuelves. Yo me encargo de que después les llame tu abuela cuchipanda y les diga que tienes que cuidarla. Diez recomendaciones firmadas nos salen en mil pesos, un solo arresto y se nos cae el teatro. Y además yo te quiero en la calle —esto último lo dijo, y a Imelda le cayó una súbita noche encima, sin siquiera esmerarse en parecer sincero. Como ella, estaba actuando. Es más, le hacía a ella lo que ella les haría a sus patrones. ¿La dejaría tirada, si la arrestaban? ¿La entregaría con tal de salvarse? ¿La cambiaría por otra, y otra, y otra? Nada la autorizaba a suponer que no.

—José, no soy Cipriana, ni Elvia, soy Imelda. Imelda Fredesvinda, ¿te acuerdas de mí? —lo decía sonriente, le acariciaba la mejilla izquierda, como si con los mimos pretendiera disimular la gravedad de la advertencia implícita: ¿una vez más la estaba subestimando?

—Ya llegó la mudita —escuchó a la patrona murmurar tras la puerta del desayunador, justo antes de asomarse a recibirla. Se sintió bien, aún no levantaba el primer plumero y ya tenía un apodo que la exoneraba. Además, lo había dicho en diminutivo. Una muda tal vez fuera peligrosa, ¿pero una mudita?

—¿Escoba? —perder y pedir, pedir y perder, nada desesperaba tanto a la señora como verla llegar de regreso preguntando por cosas que acababa de darle.

—¿Y a mí qué me preguntas, estúpida? —terminaba gritando la patrona, sin calcular que sus exabruptos eran medallas para su disfraz. Siempre andaba perdiendo o buscando algún objeto, y ello la autorizaba para asomarse por cada recoveco, despertando la hilaridad de todos y la sospecha de ninguno.

—Fue el Burrito, mamá —el matrimonio tenía tres hijos. Hilda, de catorce años, Luis, de diez, y Patricio, de siete. Los tres se divertían llamándola Burrito, y al cabo hasta el papá terminó por comprar el apodo. Si alguna cosa estaba perdida o rota, tenía que ser culpa del Burrito. Los burritos no te vacían la casa, se recordaba Imelda cada vez que sentía piedad por esa Elvia Cipriana que cada día llevaba más adentro.

—¿Fuiste tú, Burra Cipriana? —Luisito y Pato se lo decían de frente, pero no le importaba. En tres semanas había conseguido radiografiar cada hueco privado de aquella casa. Sabía lo que había en armarios y cajones, dónde estaban las joyas del diario y dónde las valiosas. Lo que más le gustaba, sin embargo, eran los trajes de baño de la señora. Se miraba corriendo junto a José por una playa inmensa, donde seguramente nunca se encontrarían a la dueña del traje de baño. El día que se fue, cargó con una bolsa llena de ropa de playa. Del resto se encargaron los socios de José.

—Es demasiado buena, me da muy mala espina. Y es tu vieja, además. En cuanto le hagas una nos va a chingar a todos, mira cómo se pone cuando se enoja —Isidro la habría echado a la calle desde la misma noche en que llegó. Largarla, amenazarla, desinflarle las ínfulas. ¿Tenía acaso una mejor razón para correrla que la de ser *demasiado buena*? ¿Habría otra con esa memoria, ese olfato, esa astucia, y encima esas nalgas? ¿Quién más les iba a dar la información que había conseguido ella? Fotocopias de los recibos, estados de cuenta, tarjetas de crédito, agendas, inversiones, cuentas extranjeras. Esas cosas se cotizaban aparte. Por eso te lo digo, insistía Isidro, es demasiado.

—¿Te llamas Tulia, entonces?

—Obdulia —corrigió, con la vista en el suelo y la mano derecha triturando un billete de veinte pesos.

—¿Obdulia qué?

—Obdulia.

—¿No tienes apellido, no tienes padres?

—Álvarez.

—Te llamas Obdulia Álvarez.

—No.

—¿No?

—Sí.

—¿Qué no fuiste a la escuela?

—Primaria.

—¿Acabaste la primaria?

—Segundo.

—Pues no se nota, mira. ¿Cómo decías que te llamabas?

—Obdulia Álvarez.

—¿Ya ves? No eres tan bruta, hija. Yo te voy a ayudar a que te pulas. Por lo pronto te quitas ese vestido cochino y te me vas poniendo el uniforme. Yo no sé ustedes cómo pueden llegar a una cita de trabajo con esas fachas. Y además mugrosa. Luego dizque no saben por qué les va mal. Te me das un buen baño, también. ¿Sabes cómo prender el calentador o hasta eso vas a querer que te enseñe?

—...

—Ay, Obdulia, sólo falta que no sepas leer —escribía con la zurda, leía haciendo escala en cada sílaba. Si todo salía bien, no pasarían más de doce horas sin que todos en la nueva familia la trataran igual que a un chimpancé. Estaba entusiasmada, más todavía desde que puso el ojo en el pescuezo de la nueva señora y encontró allí la clase de collar que José nunca le iba a comprar.

No. No me daba pena que por mi culpa tuviera mi mamá fama de bruja. Al contrario, le había regalado una causa. Tenía al fin motivo para pelear a muerte con las ex, y ay de quien lo dudara. Puede que lo hayan hecho sin pensar, tuvo que conceder un día Manolo con tal de no tener que seguir resistiendo la artillería de Nancy. ¿Las defiendes, entonces?, lo agarró mi mamá del cogote. Desde el principio supo que el chiste del vudú tendría que pagarle dividendos, quienquisiera que hubiese sido el autor.

Mamá Nancy exprimió hasta la última gota la capitulación de Manolo. No es que crea en los diablos de esa gente ignorante, pero mi nerviosismo no aguanta un odio así, repitió a cada rato durante un par de días y al tercero salió rumbo a París, del brazo de Manolo. Todo lo cual, según me contó Imelda —escuchaba las pláticas de las vecinas en el cuarto de lavado— no había hecho sino confirmarles la autoría de mi madre en ese espeluznante incidente del vudú. Seguro lo había hecho para poder culparlas a ellas y sacarle a Manolo un viaje a Europa. Tenían, además, una certeza: ¿quién, que no fuera Nancy, podía entrar y salir del fraccionamiento sin tener que identificarse y pedir permiso? Cuando Imelda escuchó ese argumento, tuvo que sumergir la cabeza en el suéter para no delatar sus carcajadas. Y Manolo, decían asimismo las vecinas, tampoco estaba libre de fantasmas. Desde el día que vio a los cuatro pájaros muertos, dos en cada una de sus propiedades, no volvió a ser el mismo. Ni siquiera chistó sobre el tema de Europa, sólo lució de nuevo relajado cuando se vio camino del aeropuerto. Lo recuerdo porque me dio quinientos dólares. Toma, Joaquín, para que compres ajos y crucifijos, ya te traeremos agua bendita de Notre Dame. Todo el mundo se burla del vampiro cuando sale del cine, pensé, todavía sin creer lo que había conseguido con un viaje al mercado de Sonora. Quitarme a Lócula de encima por aún no sabía cuántos meses, deshacerme ese mismo tiempo de Manolo, quedarme con la casa para mí y para Imelda, con cocinera incluida —se llamaba Lucía, tendría sesenta años, o setenta, recién había llegado, a Imelda le decía *hija* y a mí *niño*— y además convertir una inversión de ciento cincuenta pesos en quinientos dólares, según mis cuentas una ganancia de cerca del tres mil quinientos por ciento. Había conseguido todo aquello con seis velas y cuatro pájaros muertos.

¿Por qué hiciste eso, Brujo?, me preguntó, minutos después de que el taxi se fue con Manolo y Lócula (que se había vuelto Nancy para darme el besito de la despedida, y luego otra vez Lócula porque se hacía tarde y el Viaducto seguro iba a estar atascado). ¿Por qué crees?, me reí, un poquito al principio y más después, conforme a ella también le ganaba la risa. Por qué crees, repetía, ya afirmando porque ya desde entonces mis comunicaciones con Imelda ocurrían primero en los gestos que en las palabras. Tampoco era, por cierto, de hablar mucho. Éramos los dos mustios y taimados, nuestro alfabeto estaba hecho de muecas y parpadeos, suspiros y silencios, certezas y malicias que iban y venían como choques eléctricos entre cables cruzados.

¿Cómo puedes saber que no eres brujo, Brujo? Mira lo que haces, ¿cómo sé yo que la doña Elma ésa no era bruja y te enseñó a ti?, decía como en broma, pero en el fondo ninguno de los dos estaba tan seguro de no estarse metiendo con quien no debía. Aun cuando nos reíamos juntos del incidente, alguien adentro de ella y de mí se esforzaba por conjurar la presencia de algún fantasma cobrador. Sospechábamos —y al guardarlo en secreto lo confirmábamos— que debía de haber algún precio por armar semejante alboroto en la familia que no era familia. Todos, a su manera, tenían miedo, pero sólo nosotros sabíamos a qué y por qué.

¿Había brujos en Chiconcuac, su pueblo? Fue ella la que se rió esta vez. No lo sabía, nunca lo había pensado. ¿Creía yo que nada más porque era pobretona y pueblerina tenía que saber de hechizos y maldiciones? ¿Quién había ido al mercado de Sonora, ella o yo? Pero no se enojaba, y hasta al contrario. Decía que era pobre porque quería, y yo disimulaba la comezón de preguntarle qué hacía una como ella en ese trabajo, pero algo me detuvo. Algo que fue creciendo al parejo de nuestra mutua confianza, como una de esas costras oscuras y filosas que no se dejan desbaratar sin que la sangre brote de nuevo y anuncie la inminencia de otra costra. Algo que sin quererlo ni esperarlo se convirtió en la red a mitad de la cancha que nos dejaría jugar juntos y a solas durante los mejores meses de mi vida, sin pensar demasiado en ese asunto opaco de la factura.

¿Tendríamos que pagar Imelda y yo por eso, pagarían los otros por nosotros, había terminado para siempre la saludable guerra fría entre Mamá Nancy y las ex de Manolo, estábamos a un paso del odio desatado y la revancha sangrienta? A veces, entre nueve y diez de la mañana, me juntaba con ella en el cuarto de lavado, sólo para escuchar lo que contaban María Iris y su prima. Manolo había construido un solo cuarto de lavado, al que tanto la casa como el edificio tenían acceso, cada uno con su puerta y doble cerradura, en horarios distintos para evitar contacto, hasta que Nancy decidió que quería una secadora nueva y no estaba dispuesta a compartirla. Antes de la llegada de la secadora, ya había a la mitad del cuarto de lavado una barda de tablarroca que bloqueaba la vista, no el sonido. "A la mitad" significó en la práctica un setenta por ciento para la casa y el resto para el edificio, bastante apenas para pileta y lavadora. Gracias a eso sabíamos que la señora Ana Luisa había ido a ver a un brujo para echarle una maldición a mi mamá. ¿O sea que no solamente a ella la había echado a andar el chiste del vudú? La risa, a veces, sirve para anestesiar el miedo. Ésa era, yo supongo, nuestra risa en el cuarto de lavado, y puede que el origen de las mejores bromas entre los dos. Yo iba a cumplir quince años en dos meses, ella cumplía dieciocho la semana próxima. Nada nos divertía más que esperar a la noche y jugar a la casa embrujada.

Nunca quiso decirme cómo me descubrió, y eso me daba pie para llamarla Bruja, de regreso. Sentía una cosa rara si decía su nombre, tanto como si a ella se le ocurría llamarme por el mío. Era más cómodo ser Brujo y Bruja, como si nunca nada fuera serio y Manolo y mi madre no pensaran volver en quince años. Como si cada vez que se juntaban las letras i-m-e-l-d-a no me cayera encima una descarga eléctrica y hubiera en esos días algún otro atractivo que respirar su aire y leer en sus ojos todos los porvenires concebibles. Como si no cayera cada noche rendido de juguetear con ella sólo para topármela de vuelta entre los sueños.

Mamá Nancy sabía que era desordenada, por eso de antemano descansaba en los otros para hacer lo suyo. Ni en los cajones, ni en el coche, ni en el bolso se le podía adivinar el menor rastro de organización. A Manolo, que rara vez hizo el menor intento de ser o parecer mi padrastro, menos aún le preocupaba si yo comía a mis horas, tenía ropa limpia o asistía a la escuela, pero sin duda le jodía la fiesta soportar los complejos de culpa de Nancy. Por eso nos mandó al economista Albertos.

No recuerdo su nombre, sólo ese título que por lo tanto visto debía de parecerle nobiliario. *Economista.* También me acuerdo de las jetas que hacía cada vez que Nancy le lanzaba una de esas preguntas que serían idiotas si no llevaran dentro una carga letal de mala leche. *A ver, Economista* (lo silabeaba siempre, con esa voz de tonta impostada que Albertos odiaría con pasión), usted que sabe mucho de estas cosas, ¿a cómo amanecieron los tomates? Oiga, Alberto (él corregía, *Albertos*, a mínimo volumen), consígame un descuento especial, usted que sí estudió. Ése mi Economista, ¿le importaría si lo llamo Beto? Fue finalmente por el ánimo servicial de Albertos —que obedecía con singular entusiasmo a cada una de las órdenes de Manolo, especialmente aquellas que no formaban parte de su trabajo— que mi escuela siguió siendo pagada, así como la luz, el gas, los teléfonos y los sueldos de Imelda y doña Lucía. Nos llevaba dinero, también, los domingos al mediodía. Era como si disfrutara de la oportunidad de quedarse sin fin de semana para servir de trapo a su patrón.

Si quería ir de compras con Imelda no tenía más que llamarle al Economista y en media hora iba a estar allí. Pero nos aburría. Especialmente a Imelda, que lo encontraba tieso. Insoportablemente. Nunca le creas a un tieso, decía de pronto, viéndolo de lejos, son todos más cabrones que bonitos. Y eso ya para mí era una hazaña histórica, pues probaba no sólo que Imelda me tenía la confianza bastante para en mi mera cara cabronear al brazo derecho de su patrón, *siendo él así de tieso*, sino además, y esto era lo en verdad emocionante, remachaba nuestra complicidad.

Imelda. Subía y bajaba del camión de la escuela pronunciando en secreto su nombre. Las seis horas que oficialmente me pasaba estudiando las invertía íntegras en especulaciones ligadas únicamente a la imeldología. *Muslos II, Pantorrillas I, Introducción al estudio de las caderas, Laboratorio de Onanismo IV.* Luego de una semana de martirizarme contando los minutos que faltaban para la hora de salida, entendí que mi vida iba a cambiar. Los últimos dos días no soporté siquiera el camión del colegio, que hacía quince o veinte escalas antes de la mía, tomé un taxi y llegué en diez minutos con Imelda. ¿Qué iba a hacer? ¿Amargarme la vida seis horas al día? ¿Gastarme mis quinientos dólares en taxis? No había a quién pedirle más dinero. Al principio trataba mal a Albertos, por influencia de Imelda. Él no decía nada, pero no iba a atreverme a pedirle. Ya me estaba gustando maltratarlo. No tenía dignidad, o tal vez la tendría perfectamente oculta. ¿Quién, que no fuera su madre, y eso estaba por verse, iba a confiar en un fulano así?

Los domingos también nos llevaba las compras y nosotros le dábamos la lista de la semana próxima. Que nunca estaba lista, desde luego. Albertos se sentaba a esperar en la sala, sin hablar ni quejarse, sin siquiera mirar hacia los lados. Se parecía a los demás secuaces de Manolo, que tenía un olfato especial para detectar y reclutar lambiscones, hasta que cualquier día los desechaba. Le preocupaba mucho todo lo que yo fuera a hablar de él con mi madre. Le tenía terror, por lo visto. Te ofrezco mi palabra de nunca vigilarte, me dijo un día, igual de tieso, y lo que necesites, te ruego que me llames a la oficina. O al coche, o a la casa. No le creí del todo, pero me gustó el tono. *Te ruego.*

Al principio temíamos que Manolo y mi madre volvieran al final de la semana de Pascua, pero a los pocos días llamó ella, me mandó muchos besos y casi prometió que estaría de vuelta para el día de las Madres. Abrí la agenda, al lado del teléfono: faltaban veintitantos días para eso. ¿Debía entusiasmarme por las tardes y noches que pasaría aún a solas con Imelda, o hacerme mala sangre por todas las mañanas y mediodías que pasaría encerrado en la escuela de mierda sin hacer otra cosa que pensarla? ¿Cómo no preocuparme por los cientos de cachetadas que me daría Lócula si reprobaba el curso, que era lo más probable? No me dignaba ni a responder exámenes, menos a tomar apuntes. En lugar de eso escribía su nombre, la dibujaba, llenaba páginas con las actividades probables para la tarde, la noche, la madrugada, el fin de semana.

Cuando acabaron las vacaciones de Pascua y no hubo más remedio que volver a la escuela, desperté maldiciendo mi suerte, salí a la calle y esperé el autobús, que a pesar de ser tarde no llegaba. ¿O ya habría pasado? No quise averiguar, solamente corrí de vuelta hacia la casa, seguro de que era ésa la mejor elección. Por lo menos allí tendría algo que hacer. Lo que en la escuela se llamaba *aprovechamiento.*

Fui contando una a una las zancadas, sabía ya que estaba haciendo algo grande y quería dejar constancia ante mí mismo. Dar vuelo a mis impulsos. Comprometerme. Había exactamente novecientas doce zancadas entre el lugar donde esperaba el camión de la escuela y el tercer escalón de la casa, junto al timbre. Abrí mi portafolios, saqué un plumón rojo y escribí "912" por todas partes. Cuadernos, libros, portafolios por dentro y por fuera.

Operativo 912: Ni un paso atrás. Cada vez que sintiera la tentación de quebrarme, me obligaría a repetir la frase novecientas doce veces. Ni un paso atrás. Mamá Nancy tenía decenas de libros que hablaban de esas cosas. Repetir el conjuro el día entero, eso fue lo que hice desde ese momento cada vez que volvía la tentación de regresar a clases. Tampoco es que me pareciera muy tentadora, o siquiera atractiva, menos después de recitar novecientas doce veces ni-un-paso-atrás, o de haberme dormido repitiéndolo.

Entré por la cocina, de puntitas. No la encontré en su cuarto, pero no me extrañó. Desde que Mamá Nancy se fue con Manolo nos habíamos habituado a acampar en la sala, como si hasta dormir fuera parte del juego. Y lo era, por supuesto. Estaba abandonando la escuela sin siquiera un remordimiento porque no soportaba la idea de verme diez minutos afuera de ese juego. ¿Qué iba a decirle a Lócula cuando se me cayera el teatrito? ¿Que me había salido de la escuela para estar veinticuatro horas diarias con Imelda? Ni cagando, ese juego tenía que seguir. Le diría que sentía miedo del embrujo, que seguía soñando con los pájaros muertos, que en lugar de ir a clases iba a rezar y echarme agua bendita en la Basílica. No sonaba creíble, Mamá Nancy nunca me había visto rezando. Recientemente, al menos. Pero si ellos habían huido de México por eso, bien podía explicarse que yo quisiera huir de la escuela. Subí las escaleras considerando ya desenlaces nefastos, como hallarla en mi cuarto con su novio. Hablaba de él, a veces, y me dolía el estómago de seguirla escuchando. Voy al baño, decía y se esfumaba. ¿O se habría escapado para verlo, mientras yo iba adelante con esa idea idiota de abandonar las clases?

Nada más encontrarla supe que había dado con una princesa. Estaba en la recámara de Manolo y Nancy, dormida entre las sábanas, con la tele prendida sin sonido y el control en la mano. Me quedé tieso así, contemplándola. Di marcha lenta atrás, salí, pensé, volví. Repetí tres o cuatro veces la operación, en una de ellas apagué la tele, en la otra le tapé la pierna con la sábana. Tenía puesto un camisón de Nancy, se le veía el muslo casi completo. ¿Qué iba a hacer? ¿Despertarla, dejarla dormir, regresarme a la calle y seguir tocando el timbre? Según yo, nuestro juego permitía todo menos el engaño. No podía saber esas cosas yo solo. Ahora bien, lo ideal habría sido ponerme una pijama y meterme a dormir al lado de ella, pero no me atrevía. Ya suponía que otros serían más veloces, luego de tres semanas de vivir juntos nadie más que un mocoso como yo podía seguir en ceros. Pero es que así es el juego, me decía, sentado en una orilla de la cama, ya en pijama, mirándola dormir. El juego era al final un asunto más complicado y menos ordinario que meterse en la cama con la recamarera. El juego era un asunto de kamikazes. El juego me exigía desobedecer, rebelarme, volverme contra toda conveniencia. Incluso la de Imelda, que ya tenía novio. ¿Cómo le iba a explicar que estaba imbécilmente enamorado de ella, igual que en las jodidas telenovelas?

Para suerte de todos, yo no era un heredero. Mamá Nancy tenía apenas en qué caerse muerta. Unas joyas, una cuenta bancaria y el departamento que Manolo le regalaría, nada más lo dejara de entretener. La casa, con trabajos. Cuando eso sucediera, Mamá Nancy no tardaría en ir a dar con otro barbaján, y yo me movería para siempre de la escena. Lo veía venir, finalmente. ¿Qué podía importarles a todos si me iba a vivir solo o con Imelda?

Me avergonzaban esos pensamientos, lo más que había hecho era agarrármele de la mano. Dos veces. Pero estábamos juntos el día completo, dormíamos juntitos en el suelo, debajo de la mesa del comedor, sobre montes de almohadas, almohaditas y almohadones. Eso tenía que contar, porque al final el juego no era dormir con ella sino hacer que se enamorara de mí. Que soñara conmigo igual que yo con ella. Y también que no viera a nadie más, que estuviera conmigo día y noche, que me dijera de dónde venía, por qué nunca salía en su día libre, dónde estaba ese novio al que jamás veía, cómo era que había estudiado hasta el primero de prepa, como yo, sólo para ir a dar a ese trabajo, soportando los gritos de Nancy y esquivando los ojos de Manolo. Quería que Imelda me lo dijera todo, que me diera su vida, sus secretos, sus piernas. Estaba enfermo de ella, pero aún más enfermo me sentía sin ella. Contemplaba su sueño y me sanaba el alma, como si ese descanso fuera ya el mío. Pensé entonces que no necesitaba nada, que estaba justo donde tenía que estar. Nadie se iba a morir por repetir un curso. ¿Estaría dispuesta a inscribirse conmigo? Perdido en esos cálculos, fui ganando terreno sobre la cama, soltando las amarras y de pronto nadando sueño adentro. Recuerdo haber pensado, apenas antes de conseguirlo, en lo lejos que andaba Mamá Nancy de cranear lo que estaba pasando en su recámara.

—A la Central del Sur, por favor —respiraba de nuevo cuando llegaba su día libre y podía volver a ser ella. Salía de la casa con alguno de los vestidos espantosos que le conseguía Isidro, seguro que a propósito. No podía oponerse, más valía que fueran feos. La poca ropa que no la avergonzaba la tenía guardada en una maleta, dentro de un casillero. Casi toda la había ido sacando de sus trabajos, celebraba en secreto si la nueva patrona era de su talla. Detestaba tener que usar el casillero, guardar ahí sus cosas y cambiarse en el baño. Pero ya no podía confiar en José, y menos en Isidro. Muy al principio pasaban por ella, iban a comer juntos, al cine, con suerte a alguna fiesta. De cualquier forma, Isidro no se les despegaba.

—Di la verdad, José, ¿te andas cogiendo a Isidro? —se lo había preguntado la última vez que fue a cobrar su parte, no exactamente porque así lo creyera, sino porque empezaba a temerse reemplazada. Tenía un mes y medio que no la tocaba, incluso había dejado de llamarla al trabajo.

—Dice mi hermano que no llames aquí, que tienes que entender que es por seguridad —Isidro iba ganando, o en cualquier caso así pensaba él, por eso el tono alegre de sus advertencias en el auricular. Era hasta musical, de repente. Imelda, en cambio, fingía ni enterarse. Habituada a ser otra por semanas enteras, apenas le costaba trabajo torear las embestidas verbales del que cada día menos parecía su cuñado. No imaginaba Isidro hasta dónde ese tono sardónico le serviría a Imelda para cauterizar la herida de verse despreciada por José, que de seguro ya estaría con otra, gastándose el dinero de *su* trabajo. En realidad, Isidro tenía razón. Era y había sido demasiado buena, y a quien sale tan buena, razonaba con rabia contenida, no se le puede tratar así, porque al final hay una flaca frontera entre lo demasiado bueno y lo demasiado malo, y es fácil de cruzar para quien recién teme haber sido muy bueno. Demasiado.

—Dile a tu hermano que no le llamo a él. Tengo un nuevo paquete de fotocopias y un regalo especial, luego te explico. ¿Dónde te puedo ver, Isidro? —era hora de probarles cuán buena podía ser. Ella también había usado tonos musicales, detrás de las palabras *regalo especial.* Un paquete de fotocopias con números y saldos de cuentas bancarias y tarjetas de crédito, además de papeles, pagarés, facturas, escrituras. ¿Cuánto podía valer un *regalo especial*? Y mejor, ¿cuántos de esos regalos valía ella?

—¿Cómo conseguiste esto, Meli? ¿No habrá sido en la cama de tu patrón? —ser demasiado buena es saber conservar el coco frío cuando los malos pierden la cabeza. Entre cobrarse una pequeña afrenta y capitalizar el *regalo especial,* Imelda no dudó. En lugar de indignarse y responder el ataque, guardó el silencio justo para dejar a Isidro chuparse los bigotes, mientras ella atacaba su cartera. La tenía a un ladito, encima del buró, repleta de papeles amontonados. Tardaría algún tiempo en advertir la ausencia de su credencial de elector, además del estado de cuenta del agua: Hidalgo 86, San Bartolo Ameyalco. Si Isidro se pasaba de grosero, tal vez ella lo juzgaría demasiado malo, y entonces no tendría más que regresar a la próxima casa recién saqueada y echar bajo la puerta la credencial envuelta en el papel. ¿Por qué no lo hacía ya? Por José. Nada le aseguraba que el hermano sería el único arrestado. Y a ella bien que podían agarrarla. De hecho, nadie corría más peligro que ella. Debía de haber ya varias denuncias en su contra, tal vez por eso fuera que José no quería verla más. ¿Estaba muy quemada, comenzaba a estorbar? Si algo había seguro era que no los dejaría deshacerse de ella.

—Puede que en unos días consiga otros papeles. ¿A dónde vas a querer que te llame? —algo tiene la falsa sumisión que envanece y engolosina al incauto. Contra eso Isidro no tenía defensa.

—Nosotros te llamamos, tú no hagas nada, y sobre todo no llames, ni vengas —no tuvo más que verlo así, ensoberbecido, pronunciando el nosotros con el tórax hinchado, para saber que era la última vez que hablaba con Isidro, o que ponía un pie en San Bartolo Ameyalco. Se sentía aturdida y humillada. Desafiada, también, y eso ya era un alivio. Pobrecitos pendejos, alcanzó a mascullar. No sabían la pata que habían metido. Cruzó la calle, dio unos pasos, se recargó en un poste. Hasta que vio venir, aún de lejos, a la única persona confiable que le quedaba.

—Solamente dos horas, Gaudencio, le juro que después desaparezco y no me vuelve a ver —serían casi seis horas, al final. Las suficientes para caer en la cuenta de que estaba sola, pero no era libre. Y tenía que serlo cuanto antes, cada día que pasara sería una oportunidad perdida de enderezar las cuentas con José. Lo vio llegar ya cerca de la medianoche, en carro nuevo y con una mujer; luego meterle mano bajo el poste de luz, besuquearla, decirle gracejadas al oído. Lo que hacía con ella los primeros días, cuando volvían juntos de algún motel y prolongaban ahí los arrumacos. Isidro abrió la puerta y los dos se metieron, muy abrazados. ¿Qué iba a hacer? ¿Reclamarles? Ni mil escupitajos iban a resarcirla por una rabia ansiosa de espolvorear terror. Un rencor instantáneo y casi lujurioso.

—No se vaya a estas horas, espérese a mañana, yo aquí puedo prestarle unas cobijas —lo escuchó como a un padre y asintió sin hablar, de repente perpleja de sólo preguntarse cuánto tiempo tendría que pasar para que alguien volviera a preocuparse por ella y ofrecerle cobijas. ¿Dónde se escondería, cómo, con la ayuda de quién?

—Abráceme, Gaudencio —tampoco tendría ya el hombro de nadie para poder llorar con toda el alma. Me dejó, balbuceaba, sin especificar, pero no hacía falta. Estaba todavía muy agitada para mentir con tino y fluidez, y al cabo ya Gaudencio la entendía. No tenía más que seguir llorando, mientras hubiera dónde. Al día siguiente, en punto de las ocho, habría que aparecer de vuelta por la casa, con su vestido horrible y sus maneras torpes y sus monosílabos. Cro-Magnón, la llamaba el arquitecto cuando la creía lejos. ¿Sabría Cro-Magnón arrasar con papeles y valores y dejar con un palmo de narices a Isidro y José? Lo intentaría, siquiera, por el puro placer de imaginar su chasco. Par de cabrones, ya los tenía en salsa.

—¿Sabe también por qué la dejo que se quede? Ya me voy a ir de aquí. A una casa, de planta. De chofer, y también de jardinero. Pero es menos trabajo, y pagan más. ¿Trabaja usted también? —desde el primer día en que se topó con Isidro y José, Gaudencio había evitado mirarlos de frente. No parecían la clase de vecino que devuelve el saludo. Se les veía de lejos la mala voluntad y la mecha corta; como hartos de forzarse a contener una agresividad en hinchazón constante.

—Ay, don Gaudencio, ¿a poco cree que si tuviera trabajo le andaría pidiendo frías a mi marido? Pero él no quiere verme —rompió a llorar de nuevo, todavía merced al impulso natural aunque ya administrando la malicia. ¿Dónde se iba a esconder cuando agarraran a Isidro y a José? ¿Quién mejor que Gaudencio para decírselo?

—¿Y yo qué quiere que haga, señorita?

—¿Qué va a hacer, pues? Consígame un trabajo como el suyo —al principio la vio con desconfianza. ¿Era burla o nomás le daba por su lado? No lo era, se lo juraba. Necesitaba chamba de recamarera, pero tenía un hermano en el reclusorio. Si él sabía de alguna casa donde necesitaran muchacha, ¿podía recomendarla? ¿Diría que era su sobrina o su ahijada? No lo haría quedar mal, lo prometía.

—La verdad yo no sé, señorita. Mi señora hace tiempo que quiere conseguir una chamba de planta, pero la ven muy grande y no la quieren.

—Yo no digo que sepa, pero si luego sabe acuérdese de mí.

—¿Dónde puedo buscarla, si sé de algo?

—En ningún lado, pero déme su número y yo le llamo.

—¿A poco va a llamarme a mi trabajo?

—Acuérdese que soy su sobrina. ¿O su ahijada?

—¿Y de dónde voy a decir que salió esa sobrina?

—De Chiconcuac, Morelos. ¿No conoce? —hay un placer extraño en decir la verdad intempestivamente, como quien sin motivo dobla la apuesta, pero a veces también se involucra el olfato. A partir de la noche en que se miró sola contra todos los momios, Imelda únicamente se sentiría a salvo cobijada bajo su nombre verdadero. La apuesta más riesgosa, tanto que igual podía ser la más segura. Nadie, y menos José, mencionaría los apellidos de sus hermanos. Debían demasiadas cuentas compartidas. Cualquier otro apellido, se temía, terminaría por conectarla con las demás mentiras. Y esa deuda tenía que pagarla José.

—Ya llegó Cro-Magnón del carnaval —ni siquiera a los niños de la casa les pasaba de noche el vestido de Imelda. Nadie, en cambio, advertiría ciertos cambios bruscos en su retraimiento acostumbrado, como de pronto ya no sonreír sin motivo, pasarse horas enteras escondida en el baño, esquivar las miradas de los señores y ya no hacer tantas preguntas tontas. Alguna vez Alonso, el más pequeño de los cuatro hermanos, la sorprendió leyendo los anuncios clasificados del periódico. Tenía un plumil rojo en la mano derecha, se lo pasó a la izquierda, se rió sola, se dijo que tenía que ser una vergüenza verse obligada a hacer el papelón de imbécil delante de un escuincle de seis años.

—¿Vas a comprarte un coche? —si el arquitecto o la señora la encontraban buscando empleo en el periódico, podía despedirse del plan contra José. Además, ya sabía que muy difícilmente hallaría en el periódico la solución al problema seguro de seguir en las calles mientras él y su hermano de mierda se iban agusanando en la cárcel. ¿Debía encontrar empleo, buscar dónde esconderse, irse a vivir a otra ciudad, un pueblo, un rancho? ¿A quién le vendería las cosas que sacara de la casa? ¿Cuánto le iban a dar? Si la sección de anuncios del periódico no alcanzaba para arreglar sus problemas, serviría siquiera para calmar los nervios.

—Rosenda, Obdulia, hijas, acuérdense que el próximo domingo no van a salir, se me quedan las dos en Semana Santa y Pascua, yo luego les repongo sus días libres, sirve que hasta aprovechan para darse una vuelta por su pueblo —se iban de vacaciones a la playa, con suerte la señora se llevaría un collar menos bonito. El problema seguían siendo Isidro y José, que de seguro se darían sus vueltas y sabrían que los señores no estaban. Rosenda era más fácil, cada vez que salían de viaje los señores aprovechaba para salir con el novio. Usaría esas horas primero para irle echando el ojo a las cosas que quería, luego para guardárselas y desaparecer. No soy una ladrona, se decía en secreto, bajo las sábanas. Más que sacar provecho del botín, que no la haría rica ni le resolvería la existencia, quería que José supiera de una vez cuál era el precio de menospreciarla.

—¿Es allí donde venden el juego de cubiertos? —cada vez que Rosenda salía, Imelda le sacaba jugo al teléfono. ¿Cuánto podían valer unos cubiertos *Christofle*, unos palos de golf *Taylor Made*, un lotecito de trajes italianos para hombre?

—¿No quieres ir al cine con nosotros, manita? —le habría gustado ser más amigable con Rosenda, pero ni modo de contradecir su aspecto y sus maneras. Gracias a ello, al cabo, disfrutaba del trato deferente y piadoso que sólo un inocente flagrante recibe. Ni siquiera Yolanda, que a diario la veía sumergida en la sección clasificada, sospechaba que aquella colega tan cerrera fuese capaz de inventariar y vaciar una casa.

—¿Isidro? Perdona que te llame, ya sé que está muy mal, pero es que los señores andan de vacaciones y la otra muchacha se va a ir al cine. Con su novio, además. Se van a tardar horas, puede que cuatro o cinco. Ahí tú dirás qué se hace —alcanzó a oír detrás una voz de mujer, luego la de José. ¿Tampoco le importaba que ella los escuchara, o prefería que se fuera enterando? No tuvo tiempo de seguir odiándolos. Un instante más tarde, José ya estaba al otro lado de la línea.

—Te esperas un tantito luego de que se vaya y ya sabes después: desapareces. Búscate un hotelito por Calzada de Tlalpan y llámame mañana para darme el teléfono. De un teléfono público, no se te olvide —ahora que lo escuchaba sin el filtro estorboso del apego, nada la protegía de la idea abrasiva de saberse explotada por un gañán. ¿Y por ese infeliz se había vuelto ladrona?—. Acuérdate que si te agarran no nos conoces, yo consigo el mejor abogado y te saco en dos horas.

—Habría preferido ser su puta... —se quedó tiesa allí, con el auricular entre las manos, todavía convenciéndose del escaso cariño de José, de los celos triunfantes de Isidro, de la traición que entre ambos le asestaban, tal como Isaac y Memo le anunciaron que pasaría. Qué vergüenza, además, qué humillación tener que recular.

—Con el señor Gaudencio, por favor —había navajeado los trajes del arquitecto, roto la porcelana y el cristal, quemado los papeles prometidos y cargado con todos los cubiertos en una de dos bolsas de basura. La otra ya iba repleta de pulseras, collares y relojes, y encima un poco de basura real. Papeles, envolturas, cáscaras, botellas. Le aterraba toparse con Isidro o José y tener que explicarles por qué tanto cariño con los desperdicios. Si hacía bien las cosas, de ahí a unas pocas horas serían ellos los que tendrían que explicar qué hacían los papeles de Isidro en el piso de la casa robada. Camuflada entre el árbol y la cabina telefónica de la calle de al lado, pronto Imelda se supo afortunada. Tenía que apurarse, la aconsejó Gaudencio al otro lado de la línea. Había una casa cerca donde necesitaban recamarera. Les dijo que tenía una sobrina. No se acordó del nombre de Chiconcuac, inventó que venía de Jojutla. Total, estaba cerca. Podía decir que había nacido en un pueblo y vivía en el otro, con su familia. Pero ya de una vez, antes que llegara otra y le ganara la chamba.

—Hoy mismo, si se puede dar la escapadita —eran sólo las cinco de la tarde, hacía rato que Isidro y José estaban adentro. Tenían un par de socios, repartidores de una mueblería. Lentos con las entregas, raudos en las mudanzas. Nadie sospecha de un camión repartidor de muebles, menos aún si cabe en la cochera. Estarían en la calle antes de las seis.

¿De qué podía reírse, sino de mí? Pero no era una risa cruel, ni sarcástica. Parecía más bien una alegría de niña, que debí atesorar mientras duró porque ya luego no regresaría. De cualquier forma yo conocía esa risa, la llevaba tatuada desde los catorce años y hasta ese día jamás logré ahuyentarla. Era una risa que me daba risa, no porque fuera en especial graciosa sino porque sus ojos sabían contagiarla. Los niños se contagian la risa fácilmente, y yo de Imelda me había enamorado justo así, como niño. Tampoco había logrado conservarla, y esto lo recordé nada más advertir que se eclipsaba y dejaba a la mía convertida en una pura mueca de añoranza, como diciendo anda, ríete un poco más, qué te cuesta darme una compensación. Que era igual a reconocer cuánto la había extrañado en medio del rencor que de pronto amagaba con pasar de moda.

—¿Te puedo llamar brujo, Brujo? —con la risa se habían ido también los hoyuelos que tanto quise y aborrecí, para mi mala suerte al mismo tiempo. Tenía una expresión diferente, algo en el ceño, la mirada, el aire taciturno que yo también había contraído después de años de ver a casi nadie. Nadie que preguntara qué te pasa, Joaquín, tú no eras así.

—Claro, Bruja —solamente mirarla, pensé en ese momento, era tomar conciencia de que recién había salido de la cárcel.

—Gracias, Brujo.

—¿De qué gracias?

—Gracias por no insultarme. Por reírte conmigo. Por dejar que te siga diciendo Brujo. Por salvarme el pellejo. Por no acusarme. Porque sin ti quién sabe dónde estaría yo. Porque a veces los malagradecidos se levantan con ganas de dar las gracias.

—¿Me sacaste del tanque para darme las gracias? ¿Ya puedo regresar a mi celdita?

—Te quiero mucho, Brujo. Por eso te saqué. Y también porque tú eres el único que sabe que soy yo quien tendría que estar allá adentro. No me fuiste a sacar de la cárcel, pero tampoco me dejaste entrar. Supongo que eso es hasta más valioso —era una mujer triste la que hablaba, los canallas solemos ser sensibles a la majestad propia de la melancolía. No lo decimos, pero nos gusta ver llorar a quien besamos. O, más cristianamente, besar a la que llora.

—Nunca creí que me debieras nada.

—No te hagas, Joaquín. Por ti, me lo habrías cobrado todo a cachetadas.

—¿Qué es *todo*?

—Todo lo que perdió tu mamá por mi culpa. Pensarás que también yo tuve que ver, que a lo mejor sin mí estaría viva. Todo lo que dejaste de heredar… —todo lo que me arrebataste a mí para dárselo al mierda de Manolo, pensé y debió advertirlo porque bajó la vista y no habló más.

—Nada de eso es todo, Imelda.

—¿Entonces? —cerró los párpados, recargó la cabeza en las dos manos, sin reparar en la mesera que por tercera vez le proponía rellenarle la taza de café.

—Ya sabes, Bruja. Pero antes de hablar de eso necesito que firmemos un pacto.

—¿Tú y yo, o le llamo al abogado?

—Prefiero que hagas chistes malos a mis costillas a que me llames por mi nombre de mierda. Si tú prometes no llamarme Joaquín, yo te ofrezco ya no decirte Imelda.

—¿A poco todavía no te gusta tu nombre?

—Suena agresivo, viniendo de ti. Me recuerda la voz de mi mamá cuando se disponía a cachetearme.

—Yo no soy tu mamá.

—¿Qué eres, pues… Bruja?

—Soy lo peor que le puede pasar a un niño rico, por eso ahora me toca ser lo contrario.

—¿La salvación de un niño pobre?

—No eres niño, ni pobre. La casa es tuya, aunque esté a mi nombre. Si quieres el dinero la vendo y te lo doy. ¿Cuánto les debes a esos señores Balboa?

—Yo no quiero esa casa, ni el dinero, ni nada. Dime cuánto te debo del abogado. ¿Tuvo que pagar fianza?

—¿Por qué me hablas tan feo, pinche Brujo? ¿Ya se te olvidó el pacto que acabas de firmar? Tú me salvaste de ir a dar a la cárcel, no me la hagas difícil que ni quiero decirte todo lo que sufrí para atreverme a darte la jeta.

—No quiero que me ayudes.

—¿Quién va a ayudarte, entonces?

—Yo me ayudo.

—¿A qué, por ejemplo?

—A largarme a otra parte. Donde nunca me encuentren los hermanos Balboa.

—¿Vas a andar escapándote, igual que yo cuando llegué a tu casa? ¿No sabes que los malos tienen su policía?

—¿Los Balboa?

—Adivina qué hacían los hermanitos Balboa antes de que agarraran la imprenta del papá... Uno era dealer, el otro pandillero.

—¿Cómo sabes tú eso?

—¿Te acuerdas de mis hermanos?

—¿Los que...?

—Sí, los secuestradores que estaban en la cárcel de Morelos. Conocían a los hermanos Balboa: unas lacras los dos. Yo nada más te digo que si les debes mucho dinero no se van a quedar tan tranquilos, aunque sepas meterte debajo de las piedras. Hay gente que es muy buena para encontrar gente.

—No les debo dinero. Puro trabajo. Tengo que trabajar para pagarles, y no me da la gana.

—Según ellos, se te pagó muchísimo dinero. Firmaste pagarés, notas por adelantos, compromisos, papeles. No dejaste que el abogado te explicara, yo nomás te repito lo que él me dijo. Estás en una bronca, Brujo. Si andas solito te van a agarrar. ¿Tú sabes lo que cuesta mandar matar a un güey adentro de la cárcel? Pues ahí te va: cinco mil pesos por las cuchilladas, más tres mil que te cobra el pagador por cargar el difunto a su cuenta.

—¿Hablaste tú con ellos?

—No me interrumpas, Brujo. A ver, hagamos cuentas. Te arrestaron ayer, para el jueves te irían trasladando a la grande. Entrarías directo a C.O.C., que es donde clasifican a los recién llegados. Para la madrugada, ya te habrían dado violín unos quince, dieciocho bigardones. ¿Y sabes cómo sé lo que cuesta pagar por hacer un muertito en la cárcel?

—¿Cómo?

—Te cuento solamente si me prometes poner de tu parte. Hazlo por mí, siquiera. Me dejarías tranquila, cuando menos. O al fin.

—No te prometo nada. No estoy nada seguro de servir para eso. Yo soy peor que Manolo, ¿no te das cuenta? Claro que eso lo sabes porque tú sí querías a Manolo.

—¿Otra vez, Brujo? ¿Cuándo vas a entender que yo entonces era una prófuga y tu padrastro me tenía agarrada? ¿Querías que me fuera a la cárcel por ti? ¿Te hubiera hecho sentir mejor verme encerrada?

—¿Y a ti qué tal te haría sentir, por decir algo, si te dijera todo lo que pienso?

—¿De mí?

—De lo que hiciste, de lo que no hiciste.

—¿Y también de lo que me dejé hacer?

—Eso ya es cosa tuya.

—¿Qué me sugieres, pues? ¿Que vaya a confesarme? ¿Quieres que de una vez te diga cómo sé cuánto cuesta mandar matar a un preso? Porque eso me costó deshacerme de los hijos de mala madre que mataron a mis hermanos en la cárcel. Ocho mil pesos, con todo incluido. Dieciséis mil por dos. Y ésa es la única cosa importante que he conseguido hacer desde la última vez que me viste, además de amargarme cada día diciéndome que pude haberlo evitado. Soy rencorosa, Brujo. No seas tú como yo, que se te empacha el alma —dijo esto ya intentando sonreír.

—¿Cuándo pasó lo de tus hermanos? —descerrajar la pregunta automática era darme permiso para rendirme.

—Hace tres años, cuando ya estaba a punto de sacarlos. Pero estuve enojada con ellos, un año antes. Perdimos tiempo, no me lo perdono.

—¿Cómo supiste quiénes los habían matado? —de repente le hablaba con naturalidad, como asumiendo ya el papel de cómplice que acababa de darme.

—No me hagas hablar de eso, Brujo. Te lo conté sólo para que vieras cuánto confío en ti.

—Según tú sigo siendo un idiota, ¿no es cierto?

—¿Sabes cómo se hace para meter un cautín a una celda? Yo tampoco pero a ellos los cegaron con uno. Les quemaron los ojos, tú me entiendes. Me salía en veinte mil que les hicieran lo mismo exactamente, pero igual eso me iba a volver sospechosa. ¿Serías tú tan idiota, por ejemplo, para estarle contando una historia como ésta a alguien que según tú es un idiota?

—¿Y a mí por qué me cuentas esas cosas? ¿Quién te dice que quiero saberlas? ¿Sigo teniendo cara de encubridor?

—Casi desde que te conozco tienes la llave de mi desgracia en las manos. Nunca has querido usarla. Saber que tú me sabes esas cosas y sin embargo dormir tranquila me ayuda por lo menos a creer que una parte del mundo es mejor que la otra.

—¿Duermes tranquila?

—¿Qué te asombra, que haya pagado por la muerte de unos güeyes y de todas maneras pueda dormir? ¿Y si te digo que el sueño lo perdí cuando me los mataron y lo recuperé cuando me los vengaron? Duermo tranquila no porque esté tranquila, sino porque ya todo me da igual. Ríete, si prefieres, pero daría la mitad de lo que tengo por ser de nuevo Imelda, la chacha de tu casa.

—¿La mitad, nada más?

—No querría quedarme con la mitad oscura de esa Imelda, que era ratera y prófuga y no tenía cómo defenderse.

—Te estás justificando. Saliste millonaria de ese problemón.

—Por ti, que me ayudaste hasta cuando ya no querías ayudarme. Quién sabe si no hiciste todo eso por mí nomás para después tallármelo en la cara.

—No sé por qué lo hice, Imelda. También pensé en llamar a la policía y decirles quién eras.

—No me digas mentiras, pinche Brujo, desde acá se te ve que estás inventando.

—Imelda... —me estaba riendo ya, igual que entonces, cuando de sólo verla fruncir el ceño me ganaba la risa porque no le creía que estuviera enojada.

—Sólo dime qué tengo que hacer para que me perdones, porque ahorita te ríes y en un rato vas a volver a odiarme. Qué hago, Brujo, tú dime —me había ametrallado con información. Años antes, hacía el ejercicio de separar a Imelda, la mía, de la ratera que vaciaba casas. Ahora me pedía que la separara de una asesina intelectual.

—No te creo, Imelda.

—¿Qué no crees?

—Que mandaste matar a una persona.

—No fue una persona, sino dos. Unos pinches matones. Era un deber. No entiendes. Mis hermanos jamás le hicieron daño a nadie. O sea en la cárcel, ya sé que afuera eran secuestradores. También por eso no los quería sacar, qué tal que terminaban en lo mismo.

—¿Me sacaste del tanque para poder sentirte mejor?

—Me iba a sentir mejor si conseguía que tú te sintieras mejor. ¿Cómo ves? ¿Tengo éxito?

—La gente no se siente mejor cuando la sacan de la cárcel para volverla cómplice de asesinato.

—No te he prohibido que me eches de cabeza. Si crees que lo merezco, ve y acúsame. Puedo hasta darte pruebas, si las quieres.

—¿Tan culpable te sientes?

—Me voy a sentir menos si me perdonas, Brujo. Ya sé que es trampa lo que estoy haciendo, pero igual sé que si no me perdonas tampoco vas a dejar que te ayude. Y no digas que no me necesitas. A ver, ¿allá en la celda donde estabas te servían enchiladas y molletes?

—Me dejaste por irte con mi padrastro, Imelda.

—La otra, según me acuerdo, era escaparme con un menor de edad, llevándonos las joyas de su mamá. ¿Por qué no de una vez me confiesas que habrías preferido verme guardada y uniformadita?

—Porque pude lograrlo y ni lo intenté.

—Ya te dije que si quieres te cobres. Arruíname la vida, ya me puse en tus manos. ¿Qué te cuesta ponerte un poquito en las mías?

—¿Vas a adoptarme?

—No puedo, Brujo, yo qué más quisiera.

—Era broma. No necesito que nadie me adopte.

—Lo mío no era broma. Vivo con alguien, Brujo —por fin llegaba el hueco en el estómago. Imelda me acababa de dar la única noticia a la que le temía. Tanto que ni siquiera pregunté con quién, ni ella insistió en el tema.

—Está bien —alcancé a encajar el golpe.

—¿Aceptas que te ayude, aunque sea un poco?

—Acepto —me rendí, no tanto a ella como a la tristeza de saberla lejana otra vez para siempre. Iba a aceptar al cabo cualquier cosa, menos perder de nuevo la pista de Imelda—. ¿Cómo dices que quieres ayudarme?

—¿Cuánto les debes a los Balboa?

—No acepto que les pagues. Ayúdame a esconderme, con eso tengo —por más que la miraba, no podía imaginarla ordenando un asesinato. ¿Y si fuera precisamente esa capacidad, pensé, mientras la revisaba con celo de entomólogo, la que le daba aquel aire de majestad taciturna, tan similar al de quien sufre o sufrió más de lo que creía tolerable? En todo caso el luto le sentaba como una corona. Reina, pensé.

—¿Y para qué te escondes, si puedes arreglarlo?

—La única manera sensata de arreglarlo es desaparecer y ponerme a trabajar, hasta que tenga listo el malparido libro y con él me los pueda quitar de encima.

—¿No dijiste que no te da la gana escribirlo?

—Tampoco me la daba entenderme contigo y ya ves, te estoy pidiendo ayuda. Tengo la dignidad de una puta con seis hijos hambreados.

—¿Qué hacemos, Brujo? La casa está vacía desde que la dejaste. ¿Cómo ves si la vendo y te doy tu dinero?

—Mejor déjame que me quede adentro.

—¿Escondido?

—Es tu casa, quién va a buscarme ahí.

—Te pueden ver. Van a enterarse los de la caseta, los vigilantes, los vecinos.

—Puedo entrar y salir por la puerta de atrás.

—¿Y que te vean los del edificio?

—Entraría y saldría ya de noche. Muy noche. Yo sé cómo y por dónde.

—Tengo un departamento amueblado en Polanco, vete a vivir ahí con otro nombre.

—No me conviene tanta comodidad. Si hago como que vivo normalmente, se me va a olvidar toda mi situación. Y me van a agarrar. ¿Ese departamento lo tenía Manolo?

—Lo compré yo, con la venta de un par de terrenos. Una vez pensé en irme a vivir ahí, pero me arrepentí. ¿Sabes por qué? Ríete, si quieres. Me sigue dando miedo que me identifiquen. A lo mejor es la pura manía, pero cada vez que ando por la ciudad tengo la sensación de que va a aparecerse una de las señoras a las que fui a saquear.

—¿Hace ya cuántos años? No te pueden hacer nada por eso.

—Ya sé, Brujo, no es falta de abogado. Todo lo que ahora tengo existe sobre los escombros de lo que tenía. Ya perdí a cada uno de los que me importaban y aun así me siento… ¿cómo dirías, *indigna*? No puedo ni pasearme por las tiendas sin esperar que alguien se ría de mí, como si fuera un castigo pendiente. Imagínate ahora, los de las otras mesas, las meseras, los que vienen del baño, todos riéndose de la pueblerina que soy. Eso endurece, Brujo. ¿Te acuerdas cuando tu mamá te cacheteaba por cualquier cosita? Peor me trataba a mí, sin tener que pegarme. Y aquí estoy, y aquí estás, aunque ya seamos otros. Tú huérfano y hasta hace un rato presidiario. Yo tengo dos hermanos enterrados y una vida tan buena que no quepo en ella. Siempre creí que yo no había nacido para despachar en el mostrador de una pinche farmacia, y ahora a veces lo dudo. Mis papás todavía viven de su farmacia y no tienen que avergonzarse de nada. Excepto de nosotros, Guillermo, Isaac y yo. Los ladroncitos.

—¿No ves a tu familia?

—Ya me enterraron, junto con mis hermanos. Nadie les va a sacar de la cabeza que lo que tengo lo hice saqueando residencias. ¿Qué les voy a decir? ¿Que mi mérito fue ir a meterme en la cama de tu padrastro?

—Y en la mía…

—En la tuya, pero porque así quise. Con el señor Manolo no me quedaba de otra. Y lo sabes, pero te gusta azotarte.

—¿Ni siquiera pensaste en fugarte conmigo?

—No.

—¿Ni una vez?

—Ni una. ¿Por qué me ves así? ¿Prefieres que te mienta?

—¿No lo pensaste luego, cuando murió Manolo?

—No creí que volvieras a hablarme. Pero entiéndeme, Brujo, eras menor de edad. ¿Sabes lo que es salir de esa casa cargando con los odios de todos y rezando para que no se enteren quién eres, y qué hacías, y en qué cárcel están guardados tus hermanos, y a cuál fue a dar tu novio con sus demás secuaces? Según tu mamá y las señoras de atrás, yo andaba de turista por el mundo gastándome el dinero del señor Manolo, cuando no me atrevía ni a meterme en un cine. Mi único lujo fue conseguirme un buen abogado, nadie más que él sabía dónde encontrarme.

—¿Dónde vives ahora?

—Sigo viviendo donde estaba escondida. O en fin, sigo escondida.

—¿De mí, también?

—Lo aprendí de José y de mis hermanos: la-precaución-jamás-exagera.

—¿Me lo dices después de irte de la lengua con lo de tus hermanos?

—No *me fui de la lengua*: yo sé que no me vas a acusar. No está en ti, pues. Pero nadie me garantiza que no te me aparezcas, porque eso sí está en ti. ¿No te basta con que yo sepa dónde estás?

—¿Pero por qué escondida, Imelda?

—Ya te dije lo que hice. Lo de mis dos hermanos. Según el abogado, me conviene no estar demasiado visible.

—¿Y tu abogado sabe de los ocho mil pesos que pagaste?

—Los pagué a través de él.

—¿No te parece más peligroso que él sepa dónde vives a que lo sepa yo?

—No me parece, Brujo. Vivo con su patrón —dijo esto distrayendo la mirada, buscando entre las mesas, levantando la mano para pedir la cuenta. Vio su reloj: eran casi las dos de la tarde. Por la cara que puso supe que traía prisa.

II. Nancy

Todo enamoramiento nace de una elección fraudulenta.

ISAÍAS BALBOA, *Aprendiendo a perder*

Lo cierto es que a mi abuela le gustaba algo más Javier Solís que Frank Sinatra. Javier Garay, iba a llamarse su hijo, pero parió una niña y la quiso tocaya de la hija famosa de Frank. Maura, se llamaba mi abuela. ¿Quién más iba a querer llamarse así? A veces me pregunto si no mi madre habrá venido al mundo sólo para justificar su nombre. Mi teoría es que desde niña lo vio encerrado en una marquesina:

C Y *** N A N C Y *** N A N C Y *** N A N C Y *** N A N

La recuerdo a sus esplendorosos veinticuatro años presentándose: *Nen-zee*, asumiendo que un nombre como el suyo llegaba naturalmente precedido por la frase Ladies & Gentlemen, más unos puntos suspensivos del tamaño del anzuelo que había decidido tenderte. Ay del pobre infeliz que se atreviera a llamarla por su nombre completo: Nancy Maura Félix Garay.

Mi madre es dos mujeres distintas: Nancy Félix y Maura Garay. Enemigas mortales, claro. Maura Garay era también el nombre de soltera de mi abuela. ¿Qué clase de galanes le llueven a una Maura? Nadie que quepa en una marquesina. Nadie que alcance para superar las penas heredadas, empezando por la desgracia de tener ese nombre salado: Maura.

Mi abuela nunca consiguió llamarse Maura Garay de Argüelles, como por tantos años lo deseó. Tampoco fue de Gálvez, ni de Morales, ni de Junco, ni de Fentanes. Poco antes o después de formalizar el compromiso, los pretendientes daban marcha atrás y desaparecían del horizonte. No era fea, ni aburrida, ni antipática, pero tenía prisa por ser señora. Una prisa que nunca supo disimular. Enamorada desde niña de su primo, el *Chacho* Argüelles, creyó hasta cerca de los veinticinco que nadie más podría sustituirlo, y de un día para otro se miró sustituida por una boliviana recién llegada a México que en cosa de seis meses era ya la señora de Argüelles. Así se aparecieron uno tras otro Gálvez, Morales, Junco y Fentanes, ninguno lo bastante denodado para volverla Maura Garay de Algo, si bien sería el último, Marcelino Fentanes, un oscuro abogado del Bajío cuyo mérito máximo era no dejar huella de su paso, quien la ascendiera al rango de señora, sin quedar de por medio más trámite que el nacimiento de la que años después sería mi madre.

Maura y su niña Nancy no cabían entre la clase media de los años cincuenta. La familia, a pesar de todo, aceptó que vivieran en el cuarto de la azotea. No podían pagar sirvienta de planta, el cuarto igual estaba vacío. Fue la única concesión que le dieron, además de prestarle una máquina de coser *para que se ganara la vida honestamente.* Parece que me están sacando de un burdel, se quejaba entre gritos que de nada servían, como no fuera para relegarla más. Una vez confirmada la huida de Marcelino Fentanes, mi abuela Maura supo que el auténtico nombre del felón era Marcelo Félix, tenía esposa y no sé cuántos hijos en alguna ciudad de Guanajuato, pero ni siquiera ellos sabían de él. Parece que el auténtico apellido era Feliú, o Félice, o Fenton. En todo caso Maura se halló tan derrotada que registró a mi madre con el que según ella era el auténtico apellido de su victimario. Si el señor Félix había conseguido moverse de la escena impunemente, tal vez un día la señorita Félix se libraría también del Honor Mancillado de los Garay.

La señorita Félix me tuvo a los dieciocho. Fue el camino más rápido para amputarse sola del árbol genealógico. Ni siquiera mi abuela le perdonó la gracia, pero ya embarazada ni disculpas pidió. Además, Nancy Félix no había sido nunca una Garay. Sus primeros siete años los pasó en la azotea, encerrada con Maura y la máquina de coser, entre ropa tendida y ropa remendada. Después, ya perdonadas por los Garay, que seguían sin poder pagarse una sirvienta, Maura y Nancy llegaron a la recámara que había dejado otra hija recién casada, y así fueron de golpe habilitadas como cocinera y recamarera. De los siete a los diecisiete, Nancy vio a los abuelos agasajar a los demás nietos con regalos y mimos que en su caso eran inimaginables. ¿Consentir mis abuelos a mi madre, *la orejanita*? Nunca, ni en Navidad. De entrada la veían diferente, inferior, *Félix*. Cada uno de los hermanos de Maura, hombres todos, habían heredado a sus hijos el primer apellido. Siempre que la familia llegaba de visita —sábados, domingos— Nancy servía la comida pensando "los Garay", y pasaba la tarde evitándolos, metida en la cocina tras las faldas de Maura, subrayando en silencio "las Félix".

No la trataban mal, pero ninguno le decía prima, ni se le daba el rango de sobrina. Tampoco les gustaba su nombre. Lo evitaban refiriéndose a ella como *la hija de Maura*, y a espaldas de las dos siempre *la orejanita*. No conocía la casa de ninguno, ni había sido requerida para un solo festejo fuera de los que sucedían en su casa. Navidad, Año Nuevo, cumpleaños, santos y días del padre y la madre. Si iban a restaurantes —dos de los cinco hermanos de mi abuela tenían empleos bastante bien pagados— ellas dos se quedaban en la casa, contentas de estar solas un par de horas. En su propio cumpleaños, Nancy solía pedir a Maura que la llevara al cine y a merendar, o de día de campo, o a un museo, o a un parque, en realidad le daba lo mismo con tal de conseguir que la sacara de ese infeliz jonuco donde no la dejaban ni prender el radio. Si algún día mi abuela se afligió de saberse preñada fuera de matrimonio, a mi madre sólo le angustiaría la posibilidad de no conseguirlo antes de los veinte. Quería que la corrieran de la casa, o de menos la echaran de vuelta a la azotea. Quería empujarlos a acabar de una vez de darle la espalda. Quería disminuir a la ralea Garay y hacer crecer la dinastía Félix. Y llegado el momento quería con toda su alma que un novio como Hilario Basaldúa la sacara corriendo del purgatorio.

Veintiocho años, departamento, coche deportivo. Nada que Nancy fuera a desdeñar, aun a costa de su romance con Efraín Medina: diecinueve años, hijo de familia pobretona y cuantiosa, expulsado de la preparatoria. Dos días antes del señalado por Nancy para enterarse que iba a ser mi padre, Hilario se desbarrancó en la carretera de Tapachula a Oaxaca. Había apostado el coche a que llegaba antes que los otros. No sé siquiera quiénes eran los otros. Mi madre había planeado darle el domingo la noticia a Hilario, y el lunes, si las cosas habían ido bien, cortar con Efraín. Pero el sábado supo lo de Hilario y al día siguiente, de vuelta del velorio, corrió a llamarle al joven Medina. Tenía que decirle algo muy grave.

A la noche siguiente le contó la verdad. Iba a tener un hijo de Hilario. No podía seguirlo viendo más. A su familia, en cambio, decidió no enterarla del nombre del padre. Pocos días después, mi madre estaba sola, viviendo en un hotel, conmigo dentro. Hasta que la encontró Efraín, que pasó dos semanas llorándola y buscándola en estado febril. ¿Le había dicho a su familia el nombre del padre?

Una vez enterado de que esa información no la tenía ni el mismo ginecólogo, Efraín respiró. Estaba a tiempo de echarse la culpa. Cargar con el paquete, o sea yo. Podían irse a vivir a otro lado. Tenía parientes y amigos en varias ciudades. Monterrey, Veracruz, Atlanta, Culiacán. Cuando yo llegué al mundo seguían en el hotel; dos semanas más tarde vivíamos los tres en Acapulco.

Nada muy glamouroso. Uno de los amigos de Efraín había convencido a su familia de hacerlo velador de su casa de playa. Donde, por cierto, una vez instalados mi madre se negó terminantemente a irse a vivir al cuarto de servicio. Para suerte de todos, los dueños tenían años sin poner un pie allí, así que lo más fácil fue instalarse en la habitación de los señores. Efraín suplicó que nos fuéramos al cuarto de huéspedes, pero Nancy no estaba en plan de negociar. Quería con toda su alma ser la señora de una casa más grande que la de sus abuelos, se lo había prometido una y otra vez desde muy niña, cuando sus horizontes más promisorios aparecían solamente en los cuentos. Y Nancy no quería ser la puta Cenicienta, pero tampoco había otras opciones. Somos lo que podemos, en esta familia.

Desde que a mi abuelita se le ocurrió fundar la estirpe de los Félix, la palabra *familia* ha sido cualquier cosa menos familiar. Si hubiera que ser justos, el término *pandilla* nos viene mejor. Nos gusta apandillarnos contra la familia. Vivimos replegados en la pulcritud del menospreciador menospreciado. Fuimos tres, luego dos, ahora uno, y aun así insistimos en ser multitud. Uno de esos gentíos compactos y temibles que padecen idénticos ardores y se arrastran como un solo organismo. Ahora mismo consigo a duras penas una sobrevivencia rastrera, literalmente, donde el trabajo odioso de ocultarme pretende compensarse con el placer abyecto de meterme en secreto en lo que no me importa. Me consuelo pensando que nadie va a enterarse. Soy un indigno anónimo, y ésa ya es una forma de dignidad. Las manzanas podridas son todavía manzanas.

Once meses después de mí nació Mauricio. Todavía perdida del ojo adusto de los Garay, Nancy vivía una suerte de idilio con la vida, muy oportunamente confundido por Efraín con un presunto idilio entre los dos. Tenía una esposa, un hijo y un hijastro, los tres tan parecidos entre sí que era fácil creerlos hermanos. Cuando Nancy quería recordarle a quien fuera que estaba apenas por cumplir los veinte, se refería a nosotros como *mis hermanitos*.

Nuestra única diferencia marcada era precisamente el elemento clave de la semejanza: yo había nacido pesando un poco menos de tres kilos, Mauricio más de cuatro; ya con seis meses, tenía mi tamaño. El día que una cajera del supermercado le preguntó si éramos gemelos, Nancy no titubeó. A partir de ese día nos hicimos mellizos. *Los Cuatitos Medina.* Nada del otro mundo, si tomamos en cuenta que el difunto Basaldúa podía haber pasado por hermano mayor de mi primer padrastro. Ni Nancy ni Efraín explicaron jamás cómo hicieron para acabar registrándonos con una sola fecha de nacimiento, o cuando menos yo jamás me enteré. No nos decían mucho, de todas maneras. La idea de transformarnos en mellizos era el boleto para regresar al mundo conocido libres de toda sombra de Hilario Basaldúa. Ya casada con Efraín, madre de dos gemelos de dos años —había escogido la fecha exactamente intermedia de nuestros nacimientos para colgarnos un cumpleaños justo— Nancy podría volver en condiciones preferentes a las que segregaron a mi abuela. Tras veintisiete meses de ser señora de una casa ajena, Nancy creía haberse inmunizado contra la realidad. Hasta la noche negra en que se aparecieron los dueños de la casa.

La encontraron tendida en media sala, con ambos pies encima del sillón. Y ella estaba a tal punto instalada en su papel que únicamente se levantó para echarlos a gritos y amenazas, más algunos escupitajos que con el tiempo negaría rotundamente. Siempre que trato de imaginarla termino preguntándome cómo lo logró. El señor, la señora, los hijos, los invitados: a todos los corrió con las armas que entonces ya usaba para aterrarme. Patadas, cintarazos, rasguños, pedradas. Hasta sacó un cuchillo de la cocina.

Debería decir *aterrarnos*, pero a Mauricio lo protegía Efraín. Y como, ya en familia, yo era *el grande*, había que cuidar a Mauricito de Joaquín. Un día, ya con seis años, le pregunté a mi madre por qué no me decían Joaquincito, y ella sólo soltó la carcajada. En la noche, poco después de acostarme, Nancy volvió a mi cama y me dijo que yo era grande pero chiquito, y que mi medio hermano era al revés, más chico pero más grande, y que además mi nombre ya era un diminutivo. Joaquín, Pedrín, Memín... Llamarme Joaquincito habría sido como decirle a él Mauricititito. Lo recuerdo muy claro, aunque entonces apenas entendí. Es decir, entendí lo necesario: mi madre era una mala mentirosa. Desde siempre la vi mentirle a todo el mundo, no podría haber llevado la cuenta de las veces que me enfermó para hacerse de excusas oportunas. Perdona que no vaya, pero Joaquín tiene 40 grados de temperatura. No llegué porque el niño se volvió a poner mal. Qué pena, pero la hepatitis de Joaquín me tiene aquí encerrada, me da miedo que vaya a contagiar a Mau.

Hay palabras que nunca termina uno de pronunciar, como si al comenzar a decirlas algo en la voluntad se desinflara. Creí por años que mi padre era Efraín, aunque nunca acababa de llamarle *papá*. Decía *pa*, o *pap*, nunca llegaba a la segunda vocal. Mauricio lo gritaba. Hola, papá. Ven conmigo, papito. Sin pensarlo, mi madre me estaba criando tal como los Garay la habían criado a ella.

Tengo, desde muy niño, la sensación de ser un arrimado. Hasta cuando consigo sentirme a mis anchas, cosa menos frecuente que los equinoccios, siento que estoy sacando provecho de un festín al que nadie me invitó. Peor aún, al que nadie me invitaría. Cuando al fin supe que Efraín no era mi padre, ni Mauricio cien por ciento mi hermano, ni yo me apellidaba como ellos, me dejé sobornar por el consuelo de ya no sospecharme, sino saberme intruso entre los Medina. A ver si ya me explico: a partir de ese día no volví a agazaparme sin motivo. Tenía razón en ser así. Escurridizo, mustio, esquivo, taimadito. Nunca más que Mauricio, por supuesto, pero él tenía mejor perfil ante Nancy y Efraín. Cada vez que les junto los nombres me imagino a unos bailarines de congal. Nancy se había casado con un vago sin oficio cuyo nombre sólo cabía entre las marquesinas de los desplumaderos. Cuando los policías los sacaron de la casa en la playa con una orden de aprehensión para mi madre, el matrimonio comenzó a desmoronarse.

Aceptada de vuelta entre los pocos suyos, Nancy ya no encontró cobijo familiar. Aun si nunca se hubieran enterado del paso de mi madre por la cárcel —tres días con sus noches entre ladronas y prostitutas con las que también se peleó— los Garay coincidían en abrir a los nuevos miembros de la familia un lugar en sus oraciones, no en su casa. La abuela Maura, que para entonces ya se había entendido con los Garay, lo expresó en términos incontrovertibles: ni modo que viviéramos como pelados. Antes de dar los pasos necesarios para azotar la puerta de la casa materna y nunca más volver a atravesarla, mi madre nos tomó a mí y a Mauricio y nos dijo, según no se cansaba de contarlo: Vámonos, peladitos, no se vaya a infartar la Señora Duquesa de Garay. A partir de esa tarde siempre que hablaba de ella no decía mi mamá, ni tu abuela, ni Maura, sino La Duquesa. Hasta cerca de los diez años creí efectivamente que era nieto de una duquesa, y que si Nancy me prohibía referirme a ella como abuela, era porque ese trato tan familiar suponía un atrevimiento ante alguien de su rango. El día del desengaño, lo que más me jodió fue enterarme junto a mis compañeros, en la escuela. Acababa de pelearme con uno, precisamente porque no creía que mi abuela fuera duquesa y me llamaba Duque Von Pedorren. Cuando llegó mi madre ya estábamos en la enfermería. Yo sangrando de boca y nariz, él con una puntilla de lápiz enterrada en la pierna. Me había peleado por defender lo que todos creían, excepto él, y mi madre le estaba explicando a la maestra que las amigas de mi abuela la llamaban Duquesa, por sus modales y sus gustos, y a ella también le hacía gracia el apodo. A la salida, cuando ya todos se referían a mí como el Duque Pedórrez, Nancy me subió en una banca del patio y me pegó en la cara, con el puño cerrado y los anillos puestos. Te prohíbo que vuelvas a hablar de esa señora, a menos que tampoco quieras tener madre. Fue así como tomé partido por el diablo en la balcanización de los Félix. Además, para entonces ya había sucedido lo peor.

Mi mamá no lo supo, pero Lo Peor comenzó a suceder años antes, quizá desde el momento en que Mauricio me vio más chico que él. Por mi nombre, tal vez. Él podía ser Mauricito en la casa y Mauricio en la escuela, yo en todas partes era Joaquín. Como si el nombre *Joaco* hubiese sido reducido a la altura de un ser de poca monta. Como llamarse ya desde la pila Ricardín, o Alfredillo, diminutivo odioso que hasta en el epitafio seguiría presente. Cada vez que Mauricio me dejaba en paz, cosa muy esporádica, jugaba solo a ser El Gran Joacón. Algo así como el mariscal de todos los joaquines, destinado a salvarlos del imperio perverso de los mauricios.

—Perdona, Brujo, la semana pasada no pude llegar. Sólo que le prohibí a Palencia decírtelo —el día del desayuno en el Centro, Imelda traía la melena recogida bajo una pañoleta, como si ya la idea fuera verse mal. Ahora la llevaba toda suelta, sobre una blusa negra entallada que me trajo de vuelta el primer día que la vi con la ropa de Nancy. Pobrecita mamá, tenía la obsesión de verse como reina y le brincaba por todas partes el macaco. Y a Imelda, la ladrona, la sirvienta, los vestidos de Nancy, aunque apretados, le sentaban como una coronación. No me vas a decir que ésa es la chacha, se sorprendían las amigas de Nancy, que como todo el mundo sabían de qué pie cojeaba Manolo.

—¿Sabes en qué pensaba, de camino hacia acá?

—En lo de siempre, ¿no? Pinche Imelda, por qué me mete en problemas —sonreía al hablar, aunque no fuera ya la misma sonrisa. Ésta era dura, precavida, sardónica. La sonrisa de un buda con malos recuerdos. Pero aún era sonrisa y la contagiaba.

—Pensaba en ti y en mí vestidos de novios, en el taxi.

—¿Y qué te hizo pensar en esas cosas? —retrocedió de pronto a una expresión helada, clavó la vista abajo, reculó en el intento de abrir la cigarrera, puso el encendedor de regreso en el bolso.

—Mi madre nunca te habría imaginado con su vestido de bodas puesto. Ni a mí con ese frac que nos salió tan caro, al final.

—Tú lo rasgaste, no me eches la culpa —levantaba la vista otra vez, ya algo menos incómoda.

—Ya lo sé, pero igual yo quería seguirme riendo. No me importaba que se hubiera rasgado. No me importaba nada, me lo estaba creyendo —por más que hacía esfuerzos, el rencor se asomaba por cualquier resquicio.

—Yo también me lo estaba creyendo. Pero era un juego, Brujo. Y lo sabíamos, no me hagas sentir mal.

—Sólo digo que me acordé de ese día. Te veías muy bien vestida de novia. ¿Lo has vuelto a hacer? Quiero decir, en serio.

—¿Si estoy casada? No, cómo crees —me atajó, en voz más alta, luego regresó al tono de la conversación, tan discreto como en las otras mesas. —Desde ese día nadie volvió a convencerme.

—¿Te acuerdas cómo nos felicitaban?

—Todo el mundo, hasta los limosneros. De noche entramos gratis a donde quisimos, jurábamos que íbamos a hacerlo cada semana.

—Y llegó mi mamá, con su marido.

—Qué triste, ¿no?

—Más para mí, ¿no?

—Todavía pasamos varios meses juntos.

—Pero ya no era igual. Había que esconderse. A Nancy se le estaba desarrollando el olfato, no te lo dije porque me daba miedo que te asustaras y dejaras la chamba.

—No la podía dejar, tú lo sabías. Te lo dije quién sabe cuántas veces.

—También juraste quién sabe cuántas veces que primero te dejabas matar antes que caer en garras de ese viejo pelón. Y ya ves. Hubiera preferido que te fueras.

—¿Hubieras preferido verme en la cárcel, en los periódicos, con cara de ratera y una sentencia de este tamaño? —Imelda era especialmente atractiva cuando hablaba movida por una cierta furia vestida de despecho. Lo que llaman hablar con sentimiento.

—Digamos que yo hubiera preferido que sucediera todo lo que según tú era imposible.

—¿Nunca me vas a perdonar, Brujo? ¿Juras que te dejé por ese viejo puerco, si a nadie más que a ti le confesé quién era y de dónde venía? ¿Qué es lo que no perdonas, que fuera yo ratera? También sabías por qué y por quién me fui a meter en eso.

—Qué más da, Imelda. Fue hace mucho tiempo. Ya no quiero acordarme de esas cosas, yo hablaba solamente del día que decidimos jugar a los novios. Fue divertido.

—Pues sí, Joaquín, pero éramos novios.

—¿Éramos?

—Éramos, y tan éramos que nos besábamos, y ya luego nos acostábamos. Yo era ladrona, pues, pero no puta.

—Tenías tres años más. Nunca creí que me tomaras en serio.

—¿Qué era tomarte en serio? ¿Casarme contigo? ¿Tú, el hijo de la patrona, y yo, la prófuga? Más bien no me tomaba en serio a mí. Las cosas serias eran imposibles. Yo quería irme lejos, escapármele al miedo.

—¿Y lo hiciste?

—Digamos que a mi modo. Vivo lejos, pero tampoco tanto. Igual que tú, tal vez. Donde nadie me puede molestar.

—¿Escondida?

—No tanto, pero a veces. Depende. Me escondo cuando siento que tengo que esconderme.

—¿Todavía?

—El destino, ya ves.

—¿Cuál destino, Imelda? ¿Qué te pasa? —empezaba a desesperarme. Había olvidado por completo el tema de los hermanos Balboa, que en teoría nos había reunido. Suponerla escondida y prófuga cuando yo era otro prófugo en busca de escondite me dejaba flotar en una nube de esperanzas imbéciles.

—Le toca a una vivir del lado chueco, es una maldición que ni el dinero alcanza para quitarte.

—¿Tú, Imelda?

—Yo, Joaquín. Mis amistades se dividen en dos: abogados y guardaespaldas. Creo que de la escuela para acá tú has sido mi único amiguito.

—¿Debería sentirme orgulloso?

—Me gustaría que estuvieras contento. ¿Te arrepientes de haberme conocido?

—No, cómo crees. ¿Y tú?

—Vine por gusto, Brujo. Lo pensé mucho. Todavía hace dos horas me estaba como echando para atrás. Pero aquí estoy, tenía ganas de verte. Además prefería decirte yo las cosas y hacerte la propuesta.

—¿Qué propuesta?

—Es una cosa simple, pero no sé si vas a aceptar. Porque estás en el plan de rechazarlo todo, ¿no? Entonces creo que a lo mejor te es un poco más fácil entenderte conmigo que con Palencia —coqueteaba de nuevo, ya con alevosía.

—Más fácil no, pero sí lo prefiero.

—¿Y por qué es más difícil? ¿Qué te estorba?

—Me estorba no saber de dónde vienes ni qué esperas de mí ni cómo es que después de tanto tiempo sigues logrando que me tiemblen las rodillas y que me sienta un moco delante tuyo. Y me estorba también no haber sabido nunca qué pasó, ni por qué no volviste ni me buscaste ni te disculpaste ni se te hinchó la gana saber qué fue de mí. Me estorba recordar que me tiraste cuando te estorbé, y aquí estoy con las putas rodillas temblando y la vida completa hecha una mierda, frente a una señorona rodeada de abogados y contadores y guardaespaldas que me pregunta qué jodidos me estorba.

—¿Te estorbo yo? Me voy.

—No, Imelda —di el zarpazo, alcancé a acariciarle la mejilla pero saltó hacia atrás en un golpe de instinto—, no te vayas. Por favor.

—Entonces no me digas que te estorbo. O a lo mejor te estorba acordarte de cosas y de cualquier manera tenerme que aguantar.

—Tú me estás aguantando en este momento. Ni siquiera te he dado las gracias. Y viniste, además. Se sintió bien, llegar y verte aquí. ¿Palencia ya se fue?

—Si tú quieres le llamo. Que venga y me reemplace.

—A lo mejor prefieres que me reemplace a mí. ¿Ya sabe su patrón que estás conmigo? —disparé al fin, como decía Nancy con el alma en un hilo.

—Tú no sabes cómo es ese patrón, ni vas a imaginarte lo que ahorita seguro está haciendo. ¿No dije que no me he casado con nadie? Vivo con un señor, pero de eso no vine a hablar contigo. No tiene ni que ver, ¿me entiendes, Brujo? Ya sabes que la vida es como es y una se las arregla como puede. No es lo que yo quería, es lo que me cayó. Por favor no me pidas que te explique. Las cosas son así, y conmigo son todavía más así. Se me pegan las broncas, Joaquín, no puedo caminar sin pisar mierda —le temblaba la voz, súbitamente, y empecé a preguntarme quién iba a terminar ayudando esa noche a quién. A Isaías Balboa le divertía recordármelo. Tienes alma de cura, pinche Carnegie, no sé por qué te extraña que la gente te agarre de confesor.

—Imelda, tú ya sabes lo que haces. Dime que has hecho todo lo que has querido, pero no que te lleva la corriente y el camino está todo minado de caca.

—No me hagas reír, Brujo, que estoy hablando en serio. Te estoy diciendo que meto la pata, que siempre hago las cosas mal. Si no fuera tan bruta nunca hubiera salido de Chiconcuac. Tendría mi marido y mi farmacia.

—Pero no fue por bruta que te saliste. Y tampoco es que te haya ido tan mal. Por lo menos te fue mejor que a mí.

—Pues sí, pero tú no aguantaste lo que yo.

—¿A Manolo, digamos?

—¿Sabes por qué nunca acabé de odiar a tu mamá? Porque igual me ponía en su lugar y me daba terror. Tú no sabes lo que era soportar al señor Manuel. Como mujer. Perdóname, pero si me lo callo nunca vas a entender. Un día, cuando le dije que quería irme, se enojó tanto que me amenazó con acusarme de robo. Y yo tenía varias órdenes de aprehensión, a nombre de mis alias. ¿Qué iba a hacer luego con una a mi nombre? ¿Qué habrías hecho tú?

—No sé —gruñí, sin pensármelo mucho. Quería y no quería escuchar esa historia.

—Yo tampoco sabía. Según yo no tenía ni para dónde hacerme. Estaba en una cárcel invisible, pero igual era mucho mejor que la que me esperaba por ladrona. Tenía eso pesándome en la conciencia, más otras cosas que me hacían sentir una porquería. No merecía andar en la calle, ni estar en una casa como la tuya.

No merecía nada. Creo que soporté al señor Manuel porque él me hacía sentir menos culpable. Como si cada vez que estaba con él pudiera yo pagar un poquito de todo lo que andaba debiendo. Ser su mujer me hacía sentir mejor, pero no por lo que a él le gustaba pensar.

—Hacías penitencia, como una santa. Expiabas los pecados de este mundo cochino.

—Hace rato te dije que no era puta, y no lo era cuando te conocí. Con tu padrastro no pude elegir. Él me enseñó a ser puta de un solo hombre. Si prefieres pensar que me gustaba mucho y rugía de placer porque soy peor que las de la calle, no me voy a pelear contigo por eso. Piénsalo, me da igual. Pero si de verdad quieres saber cómo era vivir en el infierno, nada más imagínate al señor Manuel cacheteándote porque le vomitaste sin querer el pito.

—No estoy seguro de querer oír eso.

—Me pasó cuatro veces, la última me azotó la cabeza en la taza del water. ¿Y qué iba a hacer? ¿Ir a la policía? ¿Decirle a tu mamá? ¿Acusarlo contigo? ¿Sabes siquiera cómo me insultaba nada más para calentarse?

—Me lo imagino. Cuando veía mujeres en la televisión se ponía venenoso y les decía esas cosas. Hija de la chingada, estás para comerte con todo y pelos. Resollaba, además.

—¿No babeaba, también, por casualidad? Por casualidad no, por gusto. Le encontraba placer a horrorizarla a una, gozaba mucho el miedo de los otros. O bueno, de las otras. De ti ni se acordaba, por ejemplo.

—No, porque nunca supo lo que tuve contigo.

—Claro que sí. Lo supo. No por mí, sino por María Iris.

—¿Qué María Iris?

—La gordita chismosa que hacía la limpieza en el edificio. No me digas que no te acuerdas de ella.

—Sí, claro. La gordita. ¿Y ella cómo lo supo?

—Muy fácil, vigilándonos. Estuvimos tres meses viviendo solos, juntos. ¿O ya se te olvidó que jugábamos a los casaditos? Con lo hocicona que era, ya parece que se iba a callar semejante chismazo.

—¿Me estás diciendo que las señoras del edificio sabían que tú y yo dormíamos juntos? —se me estaba cayendo la quijada, me venía un ataque de pudor retrospectivo.

—No sé, ni modo que me lo dijeran ellas. Supe lo que me contó el abogado: la de arriba me andaba amenazando con acusarme de meterme con un menor de edad. También puede que lo estuviera inventando. Yo por las dudas me le solté chillando a Palencia. Le dije que no podía creer hasta dónde llegaba la maldad de esa gente. Aunque nunca tomamos muchas precauciones.

—Yo pensaba que de todas maneras mi mamá nunca iba a creer en los chismes de las señoras de atrás. Pero tú me dijiste que el chisme había llegado hasta Manolo.

—Ya te dije que fue por María Iris. ¿No te acuerdas que tuvo un hijo de él?

—¿María Iris, de Manolo?

—¿También se te olvidó el nombre del niño?

—Del niño nunca supe.

—Juan Manuel. Manolo fue padrino de bautizo. Le dejó a la mamá medio millón de dólares, tú dirás si era su hijo. Y no te cuento nada que me hayan contado, mi abogado le dio el dinero a María Iris.

—¿Mi mamá supo de ese detalle?

—Yo supongo que sí. Cómo quieres que sepa. Lo único que hice fue pedirle al abogado que saldara esas deudas.

—¿Por qué? ¿Por generosa?

—Por miedosa, más bien. Tenía mucha cola que me podían pisar. Cualquiera que se hubiera metido a investigar de dónde salí, habría encontrado los nombres de mis hermanos; de ahí a lo de las casas robadas ya no quedaba mucha distancia. No podía darme el lujo de hacer más enemigos. Tenía que entregarles su dinero completo y desaparecer. Como cualquier doméstica ladrona.

—¿Algún día llegaste a negociar con mi mamá?

—¿Negociar, yo con tu mamá? La última vez que hablamos me cuadriculó la cara con las uñas.

—Estabas en la cama con su marido.

—Viendo televisión, Joaquín. Vestidos.

—Abrazados…

—No es cierto. Eso lo inventó ella, ¿o no la conocías?

—Perdóname. No puedo controlarlo, me sale solo. Supongo que me siento culpable por su muerte.

—Ya estaba grandecita, Brujo. Además, se le dio su dinero.

—¡Qué! —salté, como si despertara a otra conversación.

—Medio millón de dólares, a ella también. Tengo allá en la oficina el papel con su firma, por si no me lo crees. Más la copia del cheque a su nombre.

—¿Le diste a mi mamá medio millón de dólares?

—Yo no. Palencia.

—¿Y dónde están?

—¿Me preguntas a mí? Tu mamá cobró el cheque y desapareció. Antes de irse le escupió en la cara a Palencia.

—Hasta donde me acuerdo, tú lo detestabas —no sabía qué decir, opté por la defensa de la sangre.

—Pues claro: era abogado de Manolo. Si luego me ayudó no fue porque yo le cayera muy bien, sino porque a tu madre la aborrecía. Ya luego descubrimos que nos salía muy caro pelearnos él y yo. La verdad, me dio risa cuando supe lo que hizo tu mamá. En una época, que es la que tú dices, yo habría dejado ir un mes de sueldo por escupirle así, también.

—¿Qué hizo Palencia cuando Nancy le escupió?

—No sé. Limpiarse, ¿no?

—Siempre creí que no tenía un centavo. No te imaginas el bien que me habría hecho saber que había todo ese dinero en la cuenta de mi mamá.

—Tampoco era lo que ella esperaba.

—Lo que Nancy esperaba no existe en este mundo, por eso se fue al otro. Ahora empiezo a entender. ¿El cheque estaba en dólares?

—No. Eran como mil cuatrocientos millones de pesos, de entonces.

—Lloró en mi cara, Imelda. Me juró por mi abuela que no tenía en qué caerse muerta. Que dizque lo que más le dolía era ya no poder pagarme mis estudios.

—A Palencia le dijo que era una bicoca. Puede que ella pensara que todo ese dinero no alcanzaba para caerse muerta.

—Le alcanzó, por supuesto. Para eso nada más. Me he pasado doce años usando el argumento de su desamparo para justificar que Nancy se haya desentendido de mí. Dijo que no quería ser una carga, que yo saldría adelante mejor sin ella. Y no me dio ni un puto billete de cien pesos.

—No había entonces billetes de cien pesos. Eran monedas —de repente me acariciaba el dorso de la mano.

—No me dio nada —continué ensimismándome—, ni billetes, ni monedas, ni cheques. Se largó con su dealer forrada de dinero y me dejó a rascarme con mis uñas. Si tuviera un poquito de dignidad, tiraría a la basura el resto de las joyas que dejó.

—Ya la dignidad le hizo bastante daño a ella, para qué quieres que te joda a ti. Velo de esta manera: ella se fue con tu dinero y tú te quedaste con su casa.

—Sí, pero ese plan ella no lo conocía. ¿O sí?

—Nunca lo supo. Si te dejo esconderte en esa casa es porque nada más tú y yo sabemos que es tuya.

—Tú, yo y Palencia. Y el patrón de Palencia. Y quién sabe si los amigos de Palencia y su patrón. Somos un ancho club, en una de éstas.

—¿Tienes celos de mí, a estas alturas? ¿No puedes ser mi amigo?

—Hace mucho que no tengo uno de ésos, pero cuando tenía sabía su teléfono y dónde vivían. Podía llamarles a cualquier hora. Y hasta donde recuerdo ninguno de ellos me aventó en manos de su abogado.

—Nuestro abogado. Y si luego te dejo en sus manos es porque no quisiera mandarlo a visitarte a la cárcel. Yo sé cómo es la cárcel. Mis dos hermanos y mi primer amor salieron de la cárcel con los pies por delante y no puedo dejar que ahora te pase a ti.

—¿Tu primer amor?

—Es otra historia, muy larga además. Un día que haya tiempo te la cuento completa. Ya sabes de quién hablo. Era amigo de mis hermanos, robaba casas. Yo decidí seguirlo, y aquí estoy. Y él también está donde tiene que estar. Y ahora con tu permiso voy a cambiar el tema, no quiero hablar de muertos. ¿Vas a hacerme el favor de aceptarme un regalo?

—No sé, Imelda. Ya dime.

—Te quejaste de que no sabes dónde vivo, ni tienes mi teléfono. Lo primero no lo podemos remediar, pero lo otro sí hay cómo. ¿Te ofende si te doy este teléfono?

—¿Un celular? ¿De regalo? ¿Por qué? —quería ser amigable, algo fallaba en cada nuevo intento.

—Para que tanto yo como Palencia podamos encontrarte y hacer citas sin usar el teléfono de la casa. También puedes llamarme a mi celular, ya sea en la mañana o en la tarde.

—Puedo comprarme uno, Imelda.

—No como éste, Joaquín, que es de los chuecos. No está registrado, ni tiene límite de llamadas. Nadie puede llegar a ti por el celular. Se lo encargué a Palencia, lo consiguió en la cárcel.

—¿Tu celular es de ésos?

—Uno de ellos: el número que voy a darte. Necesito que lo almacenes en el tuyo, junto al del abogado. Para que no contestes llamadas que no vengan de esos dos números.

—¿Y si digo que no?

—Voy a pensar que no quisiste ser mi amigo. Me voy a preocupar mucho por ti. Si quieres encontrarme, no vas a poder. ¿Prefieres eso o que seamos amigos?

—Siento como si me estuvieras encañonando.

—¿Quieres ver el cañón? —sonrió ahora, ya con entusiasmo, como cuando vivíamos en la casa y jugábamos a los casaditos. Simuló una pistola con los dedos, me la apuntó a la frente y disparó: —Agárrate, Brujito. Los Balboa aceptaron negociar.

Enmudecí, no sé si por el brillo de sus ojos al hablarme o por el puro peso de la noticia. Contaba con que nunca me la perdonaran. Pero me hacía ya nueva ilusión saber que en adelante podría tener mayor contacto con Imelda. Lo había querido con tanta rabia, durante tan largo tiempo, que ni una sola vez me permití dejar de negarlo.

—¿Cómo hiciste para ablandar a los Balboa? —dije al fin algo, por decir cualquier cosa. Estaba asimilando la información.

—Ya ves, Palencia tiene sus encantos secretos. De cualquier forma, no es bueno que te vean. El licenciado les hizo creer que estás fuera de México. ¿Te leyó la cartilla?

—¿Cuál cartilla?

—¿De qué hablaron en el camino para acá?

—De nada. Él prendió el radio, yo le subí al volumen.

—Vas a tener que entenderte con él. Ése es el primer punto de la cartilla. Tienes que obedecerle, además. Yo solamente puedo garantizar que nada malo va a pasarte si tú aceptas hacerle caso al abogado.

—¿Y luego qué?

—Luego ya te lo dije, no puede verte nadie. La otra vez me explicaste que no tenías ningún contacto familiar, ni de amigos. ¿Cuánto tiempo hace de eso?

—Seis años, desde la última vez que me encontré a un conocido en la calle. Seis años y dos meses.

—Eso ya no te puede pasar, ¿me entiendes? Si te escondes, te escondes.

—Tengo que ir a comprar las cosas de la casa. Jabón, comida. Libros, revistas.

—Otra cosa: no puedes hacer ruido en la casa. No puedes poner música.

—Tengo un aparatito, con sus audífonos.

—Tampoco puedes andar en las calles. Sólo que sea de noche, dice el licenciado. Y eso usando la puerta del edificio.

—Salgo tarde, pasada medianoche. Me he llegado a quedar el día siguiente completo en la calle. Voy lejos, eso sí. Donde ya sé que no voy a encontrarme a nadie.

—¿Y eso cómo lo sabes? ¿Quién te asegura que uno de los Balboa o sus achichincles no se van a parar por ahí? Piensa que es un encierro temporal, ya luego vas a hacer lo que te guste. ¿Quieres casa? Te quedas con ella. ¿No la quieres? La vendo y te llevas el dinero adonde quieras.

—¿Como Nancy? —disparé y de inmediato me arrepentí.

—Tal como yo te lo digo: cero contactos nuevos, cero teléfono. Yo en tu lugar le quitaría el volumen al de la casa. De vez en cuando checa el identificador y anota cualquier número del que veas que llamaron. Voy a darte todos los números de los Balboa y sus abogados. Si los ves registrados en la pantalla, me avisas y redoblas las precauciones.

—¿Te aprendiste todo eso de memoria?

—Otra más: cero luces y cero olores en la cocina. Puedes usar el horno de microondas, de preferencia cuando sea de día. De noche tienes que estar como muerto. Si ves televisión, mejor en la recámara principal. Si cierras las cortinas, que ya haya anochecido. Acuérdate de abrirlas antes de que amanezca.

—Las cortinas están siempre cerradas. No las abro por no tener que andar a gatas.

—¿Y no está muy oscuro?

—Estoy acostumbrado. Prefiero así.

—¿Ves el sol, de repente?

—Hay un lugar arriba, en la azotea.

—Detrás del tinaco…

—Me subo muy temprano, cuando quiero asolearme. Pega entre nueve y once de la mañana. Después me escurro de regreso para abajo. También hay un rincón en la terraza, junto al calentador. No te preocupes, nadie me ve. Desde niño aprendí a esconderme en esa casa, conozco hasta los ductos de la calefacción. Y a lo mejor eso es lo que más me molesta.

—¿Aburrirte?

—No me aburro, al contrario. Me entretengo pensando qué puedo hacer para parar la sensación de fracaso que va creciéndome con cada día ahí dentro. Me pregunto qué tantas cosas tuve que haber hecho mal para acabar así, como niño. Escondido en la casa donde vivía de niño. Eligiendo entre andar a oscuras o a gatas, si es que alguna vez oso descorrer las cortinas. Pero ya ves que ni a eso me atrevo. Y es eso lo que tanto me molesta. Solamente por eso me gustaría escaparme. Sería más digno, Imelda.

—Perdóname, Joaquín, pero sería digno de un pendejo, y yo no creo que tú seas así. Tú eres mi cómplice. Si no lo fueras ya me habrías acusado. Has tenido montones de años para odiarme y volverlo a pensar. Y nada, me seguiste protegiendo. ¿Sabes quién eres tú, según yo? ¿Nunca te has preguntado qué pienso yo de ti? —sabía apergollarme en su mirada, sólo que ahora miraba con una frialdad rara que me hacía sentir un tanto intruso. Excepto cuando se iba a las preguntas directas y me tomaba el dorso de la mano derecha, la levantaba, la apresaba entre las suyas, se esmeraba en mostrarse interesada por mi respuesta. Llegados a este punto, me sentía preparado no solamente para oír su confesión; también para yo mismo confesarme.

—No sé. Pero igual tú sí sabes quién eres para mí.

—¿Te has preguntado por qué, luego de tanto tiempo de no vernos, el primer día que hablamos te cuento que mandé matar a una persona?

—¿Una o dos? ¿No eran tres?

—Dos o diez, ya qué importa.

—¿Qué me quieres decir?

—Entiéndeme, Brujito. Tuvimos las mejores oportunidades para hundirnos el uno al otro y nunca lo hemos hecho. A nadie más le tengo esta confianza. Si hice la estupidez de contártelo fue porque ya estaba harta de cargarlo sola. Necesitaba un cómplice, y eso es lo que eres tú. Un aliado en mi vida. Me salvaste, me protegiste, me ayudaste, me liberaste cuando menos sabía de qué santo colgarme. Te tengo en un altar, Joaquín Medina Félix. No puedo permitir que te me caigas.

—Pasaste muchos años sin saber de mí. No me cuentes que me rezabas cada noche.

—No, pero te extrañé. Muchas noches. Mi vida se volvió una cosa rara, desde que pasó todo lo que pasó. Y ya después pasaron otras cosas que no tenían que ver mucho conmigo, pero igual me tocaron y se jodió el asunto. O sea que si pensabas preguntarme qué se siente ser rica, te diré que el problema es que no siento nada. No me siento a mí misma. Vine nomás porque quiero ayudarte, pero no estoy segura de que no sea un pretexto. Pude haberle pedido el paro al abogado. Vine porque no acabo de olvidar lo bien que me sentí la vez pasada de estar con alguien digno de mi confianza.

—¿El día del desayuno? —apenas me escuchó, no estaba por lo visto para interrupciones.

—Me ha pasado muy poco eso en la vida. La última fue en la cárcel, cuando fui a visitar a mis hermanos para darles la buena noticia. Consiguieron cerveza y brindamos los tres. La semana siguiente los mataron. No sé qué me pasó, desde esa vez. Llegué al velorio y mis papás no me dejaron entrar. Igual que a sus hermanos, sólo muerta la acepto en esta casa: ése fue el comentario de mi papá, según supe después. No podía caberle en la cabeza que el coche en que llegué no fuera robado. Nunca me perdonó que tomara partido por mis hermanos, ni que me hubiera ido de la casa para seguir a un hombre que después acabó en otro reclusorio.

—¿Has vuelto a Chiconcuac, desde entonces? —no quería saber más de esa historia, pero igual me gustaba tener a Imelda hablando en aquel tono íntimo que al fin abría un hueco entre sus muros.

—Nunca. Sé que Nubia mi hermana despacha en la farmacia porque ella a veces me habla.

—¿Y a qué número te habla, si no es indiscreción? —el rencor es así, vive con el sarcasmo a flor de labio.

—Al mismo que me vas a llamar tú. Algún día podrás entenderme, Brujito. Ya sé que por ahora te preguntas cómo me las arreglo para ser tan perra. O tan fría, o tan dura, pero prefiero eso a ser mentirosa. No te voy a inventar una historia bonita para que estés tranquilo, es mejor que me insultes de una vez. ¿Y tú qué, Brujo? No me has dicho qué piensas de mí —le costaba trabajo salir de ella, tenía la mirada taciturna de quien está en su vida como un espectador.

—¿Qué pienso de ti cuándo? ¿Ayer, hace dos horas, ahorita, al rato? Nunca pienso lo mismo, y menos de ti. A lo mejor no sé ni qué pensar.

—La gente nunca sabe qué pensar y todo el mundo piensa lo que piensa. Por lo menos ten el valor de decirme que me tienes coraje, o que me odias, o que te caigo mal. No vamos a dejar de ser amigos por eso.

—No pienses por mí, Imelda.

—Ya te dije que cada uno piensa lo que quiere. Si tú no te callaras lo que traes atorado, yo no tendría que pensar por ti.

—Me vas a oír, Imelda —me acerqué, la tomé de los hombros, revisé de reojo las otras mesas. —Yo nunca sé muy bien qué pensar de ti, entre otras cosas porque desde que te conozco lo que menos me dejas es pensar. Sí hay cosas que me duelen y me cuesta trabajo sacármelas del coco, pero en el fondo entiendo que no puedo hacer nada para cambiarlas. Ahora mismo me niego a pensar en ellas porque tú estás presente, y ya te dije que cuando eso sucede pienso poco y muy mal. Me salen miedos, fobias, rencores, prejuicios, me vuelvo como beata de pueblo. A cambio de eso, la intuición se me afina. No pienso, pero huelo. Percibo, siento cosas, y es como si las estuviera viendo. Y si esto que yo siento en este momento no está completamente equivocado, tú percibes lo mismo de acá para allá. O sea que si quieres que te diga qué pienso, te lo voy a poner en poquitas palabras. Pienso que te deseo. Fuera de eso, carezco de pensamientos.

—¿Eso es lo que te inspira verme hablando de mis hermanos muertos?

—Imelda… —me había agarrado en la mera maroma. Esa puta manía de aventarles los perros cuando las veo más desprotegidas. Podía hacerlo con las desconocidas de la funeraria, pero no con Imelda. Puta mierda, me dije, con los pies asquerosamente puestos en la tierra.

—No me gustaría verte convertido en otro como el señor Manuel, de aquí a diez años —miraba a la pared, ya a salvo de mi asedio.

—¿O sea que tú sí te olvidaste de mí?

—¿Te parece eso, Brujo? Qué triste.

—Sólo quería que te quedara claro lo que siento, o pienso, o quiero. Tú preguntaste, yo no quise mentirte.

No alcanzaba a sonar del todo convincente, pero seguía haciendo lo que podía, mientras en la cabeza volvían sin remedio las imágenes —viejas, emborronadas, blanquecinas— de Imelda y yo desnudos en mi cuarto, en la cama de Nancy, en los baños, la sala, el comedor, el cuarto de servicio, comiéndonos a besos desbocados, yo pensando que ella era una mujer y estaba conmigo, una ladrona y estaba conmigo, la sirvienta de Nancy y estaba conmigo, con la ropa de Nancy, el camisón de Nancy, el vestido de novia de Nancy, el hijito de Nancy. ¿Cómo quería que yo viviera en esa casa sin verme perseguido por ésos y otros fantasmas, como las noches que pasé chillando en esa misma sala donde una vez, con ella, eyaculé en menos de diez segundos, luego de haber pensado tantas cachonderías juntas? ¿Cómo decírselo sin abrazarla? ¿Cómo explicarle que mi falta de dignidad no consistía en aceptar su ayuda, sino en asimilar la prohibición de darnos cuando menos un besito?

—Hay veces que mentir no está tan mal —lo dijo sin mirarme, hablando casi para sí misma—. A mí me ha ido mejor contando mentiritas, siempre que se me sale la verdad meto la pata. O sea que si me mientes no me enojo.

—¿Tanto cambiaste?

—Me conociste haciéndome pasar por otra. Yo misma no sabía ni quién era. Vivía muerta de miedo, veía fantasmas a cualquier hora del día y policías cuando lograba dormirme. No salía, ¿te acuerdas? Por eso te decía que me vas a entender, ahora que estás allí escondido, igual que yo cuando nos conocimos. De repente me vienes con que te gusto porque te está pegando la soledad y ya no sabes para dónde hacerte, ni a quién contarle todo lo que te pasa por la cabeza en tantas horas sin hacer nada. Deja que pasen otras dos semanas y me vas a entender.

—¿Me estás diciendo que te fijaste en mí nada más porque no sabías para dónde hacerte?

—No, pero sí. Me fijé en ti, que todavía jugabas con juguetes, porque contigo me sentía niña. Tuve una niñez linda, ya luego vino todo lo feo. Estar contigo era como tener un nuevo hermanito.

—Te metiste en la cama con tu hermanito.

—Mira, Joaquín. Yo lo único que quiero es ayudarte, pero si tú no quieres me voy y ya. Lo que haya hecho cuando te conocí es nomás cosa mía, y es cosa tuya lo que sientas o hayas sentido o vayas a sentir. Si me deseas, o me odias, o lo que se te dé la gana sentir por mí, es tu problema. Pero no acepto que me jodas la marrana con esos chistes malos, y hasta estúpidos. Mis hermanos, entiéndeme, están muertos, y desde entonces estoy muerta yo porque para vengarlos tuve que matar. ¿Sabes a quién mataron con mi dinero? Al amor de mi vida, Joaquín. Pagué por que mataran al hombre que más quise, y antes de eso también me encargué de que lo encerraran. ¿Sabes por qué? Porque ni aunque volviera a nacer conseguiría ser un poquito peor que él. Mandé matar a un hombre que nunca me quiso, que me usó y me tiró, que en cuanto supo que mis hermanos iban a salir se encargó de que me los mataran. ¿Por qué a ellos, Joaquín? ¿Por qué no me mandó matar a mí? —la furia se le había disuelto en un llanto desconsolado, huraño, hermético.

—Perdón, Bruja —le toqué el brazo apenas, pero no hubo reacción. Seguía llorando sola, puta mierda. La veía y pensaba que mi caso era peor. Si alguien tenía que estar allí chillando no era ella, sino yo. ¿Cómo le iba a explicar, además, que toda esa tristeza me hacía desearla más, que sus lágrimas eran como un bálsamo, o más exactamente una caricia en la mera entrepierna? ¿Se habría sentido un poco mejor si yo le hubiera dicho las alimañas íntimas que ese llanto desnudo me despertaba?

Es posible que Eugenia fuera una niña fea, pero a mí me gustaba más que las bonitas. Tenía el ceño siempre fruncido, como a punto de disparar un regaño, y yo pensaba que eso era su tristeza. Nunca la había visto de cerca, con alguna excepción fugaz y avergonzada, pero hasta de muy lejos era fácil saber que tenía mirada melancólica, como uno de esos perros que se pasan la vida amarrados y solos. Vivíamos condenados a nunca conocernos, puesto que ni mi madre ni la suya se habrían tomado jamás la molestia increíble de presentarnos. Éramos, ella y yo, algo muy parecido a parientes políticos, pero entre nuestros mundos no existían las relaciones diplomáticas. Tenía que esconderme para mirarla, siempre de abajo a arriba porque yo vivía en casa y ella en edificio.

Dormíamos, en realidad, a pocos metros de distancia, pero ella casi un piso más arriba, detrás de mi recámara, debajo de los ductos de la calefacción. Me pasaba las tardes encerrado en el baño, parado en el lavabo, con el plafón abierto en el techo y la cabeza dentro del agujero. Quería oírla hablar, aunque no hablara mucho. Luego aprendí a treparme y atrincherarme debajo del ducto, pero entonces ya estaba enamorado y los que se enamoran son capaces de todo con tal de no quedarse en ascuas del amor. Escuchaba su música, sus programas de tele, los gritos de su madre, y a veces la llegada de visitas, casi siempre las mismas. Un par de tías, una madrina y un padre postizo, que a todo esto también era el mío. Y escuchaba su risa, si tenía suerte. Se reía bonito, y en mi imaginación lo hacía conmigo. Por eso me pasé hasta los once años preguntándome a solas si dos hijastros de un mismo padrastro son por tanto hermanastros y no pueden casarse.

Mamá Nancy tardó unos cuantos meses en advertir lo largo de mis ausencias, quizá porque las suyas eran mucho más largas. Se encerraba en su cuarto desde temprano, allí comía y cenaba, o debería decir que desde allí devolvía las charolas intactas. ¿Qué hacía yo encerrado la tarde entera en el baño? No había cómo decirle la verdad. Ya podía imaginarla trepada en el lavabo, escuchando llegar a Manolo y llamarle *Cosita* a la mamá de Eugenia. Razón más que bastante para taparlo todo con la coartada coja de que andaba escondiéndome de un fantasma.

Me erizaba los pelos imaginar a Nancy soltando martillazos en la puerta de la casa de Eugenia. Lo había hecho dos veces, en el departamento de arriba, pero ninguna encontró allí a Manolo. Y eso que era también su casa, o su ex casa, donde vivían su ex esposa y sus casi ex hijas. ¿Qué no habría hecho mi madre con el departamento de la secretaria, que oficialmente no era nada de él? Y ésa era otra de mis dudas, si Manolo dormía de cuando en cuando con la mamá de Eugenia y no cobraba renta por su departamento y dejaba dinero cada vez que iba, ¿eso lo hacía padrastro, o semipadrastro? ¿Éramos por lo tanto semihermanastros? Mamá Nancy no me iba a quitar esas dudas. Era mucho más fácil insistir en el cuento de los fantasmas.

Al final Mamá Nancy de nada se enteraba, yo creo que ésa era su sabiduría. Una cosa era que ella misma entendiera la clase de marido que era Manolo, y otra muy diferente que los demás supiéramos que ya sabía. Que fuera todo público y a ella se le pusiera la cara de estúpida. Tú te vas con tus viejas y yo hago el papelón, le reclamaba a veces, cuando llegaba tarde y *sin* regalo. Un arreglo floral bien grande que en su caso mi madre en persona sacaba al día siguiente al traspatio, donde las inquilinas del edificio seguro lo verían.

Antes, cuando Manolo vivía en el edificio, el pleito era entre Ana Luisa y María Eugenia, que lo tenía perdido porque no era más que su empleada de confianza, pero igual vivía cómodamente atrincherada en el departamento dos. Ya la voy a dejar, le juraba Manolo a su secretaria, y no mentía: una vez que la casa de atrás quedó lista, Manolo dejó a Eugenia y sus dos hijas para mudarse atrás, con Nancy y sus dos hijos. Y aquí es donde entro yo.

Es difícil creer que las señoras María Eugenia y Ana Luisa se hicieron una en contra de mi madre, como ella lo decía, generalmente a gritos, para que las de atrás no perdieran detalle. Ni siquiera decía *las de atrás*, sino sólo *esa gente*. Creo que Mamá Nancy las ubicaba juntas y conspirando justamente para evitar la posibilidad, que le habría parado los pelos de punta. Entiende que se odian, mujer, ¿cómo van a amafiarse contra ti?, se esmeraba Manolo en explicar, con esa cara dura que de pronto vencía las defensas de Nancy, pero era más frecuente que mi madre se agarrara de ahí para acusarlo. ¿Y por qué van a odiarse, si no por tu culpa, por la casa que tú les ofreciste y que es mi casa?, vociferaba Nancy a cualquier hora. Podían ser las tres de la madrugada y todos despertábamos a media gritería. Es mi casa, mi casa, mi casa, ¿entendiste, Manuel?, seguía tantas veces como a Manolo le quedara aliento para responder. No admitía respuestas, mi mamá. Ni siquiera cuando él le daba la razón, pues ya consideraba tenerla independientemente de que quisiera él dársela. Tú no eres nadie para darme la razón, lo atajaba y apenas si dejaba espacio para alguna disculpa incondicional, más la promesa nunca cumplida de que pronto derribaría el edificio y construiría una alberca en su lugar. Ahora sí el año que entra, ofrecía Manolo. Entonces ya tendrías que echarlas de una vez, se ensañaba mi madre, y si Manolo le pedía una tregua —son mis hijas, mujer, trata de comprender— Nancy volvía al punto de partida. Lárgate de una vez a vivir con tus hijas menesterosas, yo no te quiero aquí ni de mi criado.

Mamá Nancy jamás se imaginó la curiosidad que esa guerra despertaría con los años en mí. ¿Podía ser *esa gente* de verdad tan nociva como ella aseguraba? ¿Por qué nunca le respondían, entonces? ¿Por qué ellas no gritaban de la misma forma? Según mi madre, porque eran taimadas, hipócritas, mustias, gente corriente. Gracias a mi trabajo de espionaje en el baño, supe que si las dos señoras de atrás no se ocupaban en responderle a Nancy, era porque su propia guerra no les dejaba tiempo para más pleitos. Una y otra se echaban la culpa de que Manolo las hubiera dejado en el edificio para mudarse a la casa de atrás. Cada una a su modo se veía con todos los derechos de vivir ahí, donde nosotros. Ana Luisa porque era la primera, la esposa, la madre de las hijas de Manolo, y María Eugenia porque gracias a ella Manolo se había hecho con la propiedad, y porque se pasó años escuchándolo prometerle que iba a dejarlo todo para irse con ella.

Descubrí a Gina la mañana de un sábado, mientras Nancy llevaba a mi hermano al doctor y yo, que me había hecho el dormido para no acompañarlos, miraba al edificio desde nuestra azotea. Manolo había salido, según él de negocios, así que no había nadie que me impidiera subir por la escalera de metal, con los binoculares de Manolo ya colgando del cuello. Alguna vez la había oído llorar, a través de los ductos, pero entonces no había ni comenzado a espiarla. Todavía creía, con mi mamá y mi hermano, que la gente del edificio era efectivamente *de lo peor*, pero ya me alcanzaba la curiosidad para planear una incursión como la de ese sábado, cuando logré acostarme tras el tinaco sin que nadie me viera y empecé con el juego de espiar a las vecinas.

Siempre que Nancy hablaba de *los vecinos*, se refería a los de Colinas de la Montaña. Para ella las de atrás no eran vecinas, puesto que hasta sus puertas y ventanas daban a la avenida, que era horrible, y no a la calle de nuestra casa, donde había arbolitos, empedrado y casas lindas. Si ésas fueran vecinas, podrían entrar al club, andarían por nuestras calles, serían como nosotros, nos explicaba a mí y a mi hermano, pero desde ese sábado yo las vi de otra forma. O en fin, *la* vi, pues fue sólo después de ver a Gina jugar con sus muñecas que deseé traspasar las fronteras que mi mamá nos había trazado.

No sabía ni su nombre. Cuando Nancy llegaba a referirse a ella, la llamaba *la escuincla de abajo*, para diferenciarla de *las escuinclas de arriba*. De repente, si mi madre salía, Manolo aprovechaba para llamar a alguna de sus dos señoras. Nunca decía sus nombres, eran sólo *la niña* o *las niñas*. Tu hija, mis hijas. Sabía que las de arriba se llamaban Camila y Yesenia, pero a la otra ni quien la mencionara. Y no estaban las cosas para andar preguntando, ni a mí me desvelaba la idea de enterarme. Hasta aquella mañana, con los binoculares.

Me había escondido bien, y además camuflado con un par de costales vacíos. Mamá Nancy podía torcerme el cuello a cachetadas si llegaba a enterarse que uno de sus hijitos andaba de fisgón en la azotea, mirando exactamente lo que no debía. Ya suponía, también, que a las del edificio no les haría gracia ver a un hijo de la mujer de Manolo con los binoculares apuntando hacia ellas. Ni siquiera mi hermano podía enterarse sin que inmediatamente el chisme se esparciera. De hecho, prefería que se enterara cualquier otro antes que él. No debería decirlo, pero era mi enemigo. No debería decirlo porque está muerto.

Sólo podía verla de la cintura para arriba. Alzaba a sus muñecas una por una y les decía cosas que los binoculares no me ayudaban a descifrar. ¿Sería verdad eso de que los sordos saben cómo leer los labios de la gente? ¿Habría alguna escuela donde enseñaran eso? En todo caso ella tampoco podría oírme murmurar las dos solas palabras que repetí, admirado, mientras estuve ahí. Qué bonita. Qué bonita. Qué bonita. Me sonaba de pronto como a conjuro mágico. Tenía además una melena larga, espesa, de color castaño, que el viento de allá arriba no paraba de alborotar. En momentos le desaparecían las facciones, su cabeza era toda melena pero ella seguía hablando con las muñecas. Tendría mi edad, ocho años, puede que un poco menos. No alcanzaba a pensarlo expresamente, pero temía que fuera más grande y nada más por eso ya no quisiera hablarme. ¿Qué niña de nueve años pierde el tiempo mirando a un moco de ocho?

¿Jugaban con muñecas, las niñas más grandes? Y si era así, ¿hablaban con ellas? Conforme aquellas dudas se multiplicaban, fui olvidando las precauciones y el camuflaje. Debo de haber tenido la cabeza entera sobresaliendo de entre los dos tinacos cuando la niña miró atrás, hacia abajo, y se encontró con mis binoculares. Vi sus ojos enormes, de seguro tan asustados como los míos, y fue como sentir ya mismo la primera bofetada de Nancy. Como ver a Manolo y a sus mujeres y sus hijas y su hijastra, todos juntos girando las cabezas de lado a lado, y un instante más tarde burlándose de mí. Podía ver sus ojos asustados, mirándome de frente igual que las pinturas de la sala, aunque ya había soltado los binoculares y me encogía en el suelo, bajo los tinacos. Era como si ella también me hubiera visto con lentes de aumento; sólo hasta horas después, ya noche, caí en la cuenta de que era yo el de los binoculares. Pero eso no sirvió para tranquilizarme porque sus ojos seguían allí, frescos en la memoria, inmensos como una vergüenza sin final.

Todavía escondido, levanté los binoculares y encontré para colmo que estaban disparejos. Los había abollado, con el susto. ¿Qué iba a decir Manolo cuando se diera cuenta? ¿Cuánto se iba a tardar la niña en acusarme? Todavía con el bochorno trepando de los pies a la frente y el corazón latiendo con ganas de salirse, tomé lo que quedaba de los binoculares, me asomé por un lado y ya no la encontré. Estaría acusándome, de seguro. Hablaría de mí como El Niño Metiche de la Casa de Atrás. El Chismoso. El Mirón. Manolo iba a saberlo en cosa de horas, tan pronto regresara de sus dizque negocios. ¿Quién me decía que no estaba en ese momento en el edificio, tomando el desayuno y escuchando la queja? ¿Cómo había podido ser tan bruto para abollar esos binoculares delante de la hija de la secretaria? Bajé de la azotea repitiendo hacia adentro la maldición que tanto le gustaba a mi madre: *Sólo a mí me suceden estas chingaderas*. Corregí: *fregaderas*. La situación no estaba para encima llamar a la mala suerte soltando groserías de las grandes.

Uno quisiera no ser un canalla, pero no siempre queda tan noble opción. Ahora bien, hay diversos tipos de canalla. La lista es larga y ancha como un organigrama inabarcable. De manera que dudo que entre tantos malvados y maleantes sea posible distinguirme a mí, que al cabo elegí ser canalla inconsecuente.

Nunca mato a los moscos ni a las arañas, pero disfruto como un niño en el circo, de pronto lupa en mano, cuando alguno tropieza en una telaraña y su dueña lo va dejando seco. Tengo al cabo todo lo necesario para asistir al show. Telarañas gigantes, horas en abundancia, multitud de moscos. Puedo pasarme una mañana entera con la lente en la mano, buscando el espectáculo con la paciencia ardiente de un hijito de puta de siete años.

Me sobran moscos, tiempo, arañas, telarañas. Y dado que la honrosa situación de canalla inconsecuente no me otorga el derecho de pasar a la acción —soy débil de conciencia, me pesan las putadas propias más que las ajenas—, difícilmente paso de parecerme a esos niños malévolos y pusilánimes que en completo silencio lanzan vivas a los villanos de la película. Los que naturalmente simpatizan con Brutus, Iscariote, Stalin, Manson, Huerta, Luthor, Himmler, Tattaglia. Los sentía mis colegas, la gente de mi equipo. Vamos, no es que respete hoy a ninguno de todos esos comemierda. Quien se empeña en pertenecer a la categoría mediocre de los canallas inconsecuentes, antes por pusilánime que por bondadoso, sufre también de ciertas metamorfosis. No vayamos más lejos: voy a cumplir un mes sin rasurarme.

En mi caso, trato de evitar ser un estúpido imberbe de treinta años. Una meta difícil para quien, como yo, tiene en su vida demasiadas horas, arañas y mosquitos con los que nunca sabe qué hacer. Envidio a los neonazis, los etarras, los sicarios, los kamikazes: canallas consecuentes que siempre tienen un pendiente por cumplir. Yo, en cambio, me conformo con ver trastabillar a los héroes en la televisión, nunca libre del miedo a no ser otra cosa que un villano doméstico mezcla de Homero Simpson, Hermann Munster y Pedro Picapiedra. Una de estas mañanas largas y sigilosas, donde de pronto caben tantas siestas, me gustaría soñar con Wilma Picapiedra, de riguroso luto y en paños muy menores. *Ven a mis brazos, viuda negra de Piedradura.* Y eso es a lo que voy, me sobra el tiempo.

Otro en mi situación se callaría, mejor. Pero a mí lo mejor hace siglos que me dejó atrás. Tampoco es una opción. La última disyuntiva que enfrenté consistía en vigilar a moscos y arañas o mirarme al espejo. Fue todo tan sencillo como hacer pedacitos el espejo. Crash, crash, adiós entrometido. Como tantos canallas inconsecuentes, padezco una raquítica simpatía por mí mismo. Nada que no consiga superar si de pronto aparece esa perra de Betty Mármol y se mete en la cama conmigo y la Wilma. ¿Quién querría ir al entierro de un patán como Pedro Picapiedra?

Y así se me va el día. Llevo aquí tres semanas, escondido. Justamente en la casa donde crecí, durmiendo con fantasmas siempre más corpulentos, más ágiles, más resueltos que yo, niño forzado. Adulto castigado. Vete al rincón, Joaquín. Cuidadito y te muevas de ahí. Escondido, además, y no por juego. Sólo que la otra opción consiste en que me encuentren y me encierren. Así como hace días rompí el espejo para estar bien seguro de no toparme a diario con el barbón de mierda que ahora soy, tengo que eliminar cada oportunidad de que me vean. Necesito transparentarme tanto como estos ventanales infelices que no me dejan caminar siquiera. Me arrastro a la cocina, gateo del corredor al comedor, repto para ser menos que mi sombra. De noche solamente me permito prender la luz del baño, y eso con la recámara cerrada.

Puede que mi recámara sea lo más patético del combo. Me da miedo hasta abrir el armario, qué tal que siguen los juguetes ahí. Alguna vez soñé, y ahora que lo recuerdo creo que fueron varias, que estaba de regreso en cuarto de primaria, con el cuerpo de adulto encajado a la fuerza en un pupitre para niños. Ardiendo de vergüenza. ¿Ya ves, Joaquín, por no haber estudiado como debías? Y aquí estoy, niño inútil, niño ocioso, niño escondido de día y de noche. Niño barbudo que huye de la mirada del profesor y mira con envidia a los difuntos.

Contemplarse en las márgenes de la propia vida es sentirse en la orilla segura del miedo. Nada te va a afectar, al día siguiente. No hay ya día siguiente, tampoco ayer que valga. ¿Qué más puede pensar, o en qué otra cosa podrá entretenerse quien sale sólo a veces y de noche, con el único fin de merodear velorios y probarle a las viudas que no ha muerto?

Vuelvo a veces pasadas las cuatro, la hora en que van y vienen los camiones llenos de cerdos para el matadero. Nadie querría verlos, ni tener que explicarle a sus hijitos que a Porky Pig lo llevan de vacaciones. La ciudad se despierta con la carne pelada, cortada y empaquetada, el periódico impreso, las avenidas limpias. La civilización consiste en que otros, no sabes quiénes, hagan las salvajadas en tu lugar, de preferencia mientras duermes en ese hogar sonriente y cariñoso donde nunca nadie ha matado un cerdo.

Van en jaulas, unos encima de otros. Los de abajo, en el centro, irán quizás a oscuras, sofocados, seguramente ya poseídos por el más poderoso de los miedos, en el camino al fin de la última noche. Algunos viajan durante varias horas. Irán con sed, mareados, agotados del golpeteo del camión, pero eso ya no importa porque van a morirse y así lo sospechan. Llamamos cerdos a los que juegan sucio, aunque a los cerdos nadie les juega tan sucio como la especie que los encierra y engorda de por vida para un día acuchillarlos y enviarlos en pedazos a alimentar a cerdos que se creen personas.

La gente en la ciudad asume que hay un árbol de carne de cerdo, otro de pollo, y otro tanto por cada variedad de pescado. Nadie ignora que hay rastros y matarifes, pero se hacen las compras de espaldas a esa negra información. En el supermercado la carne se amontona sin el inconveniente de la sangre, aun si su alarmante ausencia de párpados obliga a los pescados a encajar la mirada en quien ha de comprarlos, cocinarlos, tragárselos. Cuando salgo temprano del último velorio, me entretengo por un par de horas más entre los corredores del supermercado. No puedo comprar mucho, lo que alcance a caber en tres o cuatro bolsas. Voy siempre al mismo súper, hay apenas algunos que abren veinticuatro horas.

El súper en la noche. Solitarios, borrachos, putas, vagabundos, asaltantes, noctámbulos. Gente de rompe-y-rasga, que les llamaba el viejo Balboa. ¿Pero quién sino él, mi casero y patrón, me hizo de rompe-y-rasga?, me preguntaba a la hora de pagar en la caja, presa también de ese virtual estado de sonambulismo que florece en el súper entre la medianoche y el amanecer. Si en otros escondrijos la gente brinca, suda, sonríe o se menea, quien va de compras entra y sale con el talante de un alma en pena. Alguien que, de poder, elegiría estar horizontal. Pero ése no es mi caso. Soy la clase de zombi que si le fuera dado se quedaría a ver la luz del día. Con alguna congruencia, tendría que temerle a los dientes de ajo, crucifijos y estacas tanto como les temo a los hermanos Balboa. Que un mal rayo de caca los ahogue.

Mi única posesión es un Chevrolet viejo que podría dar vergüenza si no fuera tan fácil de ignorar. Lo compré con los pocos pesos que me dieron por los cubiertos de plata de Nancy. Tanto que le gustaba presumirlos, y yo que los vendí por los seis kilos que dio la báscula, contando las charolas y las jarras. Según el abogado, es peligroso que la pensión del coche esté muy cerca del edificio. Con tal de que no joda lo dejo en una que está según mis cuentas a veintitrés cuadras. Luego camino, rara vez pasa un taxi a esas horas. Voy con las bolsas colgando a los lados, la mirada sesgada, la cabeza gacha. No sé si sea mejor o mucho peor saber que hay un cuartel de policía en el camino. Por las dudas, doy siempre un rodeo que me obliga a andar cuatro cuadras más. Veintisiete contadas, más unos pasos edificio adentro. Tal como el abogado se lo sugirió a Imelda, antes de entrar vigilo desde la otra banqueta, compruebo que no hay luces prendidas, ni movimientos raros, ni en realidad cualquier razón de alerta. Luego camino hasta la esquina contraria, cruzo y me vuelvo a paso acelerado, llevando como espada la llave del zaguán. Ya adentro, me deslizo hacia la puerta verde, atrás de la escalera. La he lubricado bien, no hace ruido al abrirse. Lubriqué igual la chapa: la idea es que abra, entre y cierre la puerta en diez segundos, máximo. No queda tiempo ni para descansar las bolsas en el piso, abro y cierro con ellas colgando de los antebrazos. Después me quedo tieso unos instantes, hasta estar bien seguro de que mi entrada no generó algún otro movimiento. Un murmullo, quizás. Luego vuelvo despacio a la casa, todavía a hurtadillas porque aún no he salido de la zona donde es posible oírme desde el edificio. Podría cruzar el patio sin tanta faramalla, pero incluso en lo oscuro cualquiera puede verme desde la azotea. Dirían que son ladrones, habría patrullas afuera de la casa antes siquiera de llamarle a Imelda. Por eso tomo todas las precauciones. Me deslizo con calma por las orillas, repto entre trapeadores y escobas inservibles para librar el paso a la cocina. Cuando cruces, me recomendó Imelda según le pidió a ella el abogado, haz de cuenta que hay alguien vigilando, trata de que ni así consiga verte.

Le he puesto nombre al vigilante invisible. Igual que cuando niño me escondía del Viejo del Costal —según Mauricio, cada noche tocaba en el interfón y preguntaba por mí, si yo no obedecía sus órdenes él un día iba a abrirle la puerta para que me llevara—, y ya en mis pesadillas podía verlo chimuelo, calvo y cacarizo, ahora me he acostumbrado a escondérmele a *Ausencio*. El soplón que está en todas partes y en ninguna, cumpliendo su papel de ejecutivo de las leyes de Murphy. Si un día me descuido y empiezo a relajar la vigilancia sobre mi vigilante, es seguro que *Ausencio* va a estar agazapado en el lugar y la hora inverosímiles, listo para empujar pendiente abajo el carrito sin frenos de la fatalidad. Al entrar en mi cuarto, salto sobre la cama y me tiro a esperar a que amanezca. Cuando otra vez se llene de ruidos la calzada, podré volver al patio por las bolsas del súper y guardar los yogurts en el refri.

Voy agachado, poco más que en cuclillas, esquivando los ángulos que le permitirían a *Ausencio* cantar victoria. Voy y vengo arrastrando el vagón de metal donde cargaba los juguetes Mauricio. Hoy me sirve para traer las compras a la cocina sin que me vea ni me oiga ese cabrón de *Ausencio*. Un trabajo más bien rutinario para quien tiene el don de volver realidad sus pesadillas y a nadie teme tanto como a su propia sombra.

Finalmente, no creo ser el único perturbado que vive perseguido por personajes imaginarios. Todos los personajes, reales o ficticios, necesitan que uno los imagine para aspirar a ser reconocidos. Reconoce uno siempre lo que se ha figurado, pero la última vez que me vi en el espejo ya no supe decir si me llamo Joaquín, Basilio o Isaías. Lo único que tengo siempre claro es que detrás están los ojos, los oídos, las narices de *Ausencio*, y es seguro que va a terminar por atraparme y desenmascararme. Trato de no pensarlo por la pura superstición —tantas veces probada, sin embargo, en la práctica— según la cual los malos pensamientos magnetizan automáticamente al destino para atraer cualquier mal fario circundante. Vivo así, puta mierda, esperando el colapso o la fatalidad, imaginando a veces que uno y otro corren con toda su alma para alcanzar la meta, que soy yo. Teóricamente móvil e independiente, en la práctica tieso y espeluznable.

No volví a verla en meses, pero tampoco ella me delató. Y eso debió de ser lo que me hizo volar de noche en noche, pensando que si no me había acusado tenía que ser porque yo le gustaba. Todavía podía ver sus ojos asustados contemplándome cada vez que cerraba los míos y regresaba a la mañana en que nos conocimos. O en fin, la conocí, porque ella con trabajos me habría visto así, desde tan lejos. Con la cara tapada, además, por las manos y los binoculares. ¿Qué es lo que uno conoce de la gente cuando sólo la ha visto asustada? Cuando por fin la vi, ya sin lentes de aumento pero espiándola igual, tenía claro que Gina era una niña triste.

Sabía que las de arriba la hacían llorar porque a veces Manolo se quejaba. Te prohíbo, le decía por teléfono a la señora Ana Luisa, que enseñes a mis hijas a odiar y tratar mal a la niña de abajo, una cosa es que tú te pudras de amargura y otra que se la pases a las niñas. Luego le detallaba las recientes atrocidades de sus nenas. Burlas, juguetes rotos, apodos, amenazas, ¿cómo podía ella, que era supuestamente una mujer madura, tolerar e inclusive estimular esas conductas en Camilita y Yese, *que en el fondo eran niñas nobles y buenas*?

A Camila y Yesenia sí que las veía. Me escupían a veces desde su azotea, echaban cubetadas de agua con tierra si me veían solo en el jardín. O de orines, también, y me advertían que sólo un mariquita se atrevería a acusarlas. Pero no me importaba. Siempre que sucedían esas cosas prefería pensar como Mamá Nancy, que todo lo arreglaba con echarle la culpa a la cochina envidia. Nunca dejé que se enterara de lo que las hermanas me hacían, pero si se asomaba y las veía allí arriba nos decía ¿ya ven lo que es la envidia? Si no se portan bien van a acabar así, como esas dos golfitas en ciernes. Lo decía con maña, eso sí, para que no pudiera escucharla Manolo, que le armaba un pleitazo si la pescaba echando pestes de sus hijas.

Todo cambió cuando murió Mauricio. Nancy perdió el espíritu guerrero. Se volvió retraída, indiferente, y eso me reforzó en la creencia, que hasta hoy me perturba, de que se había muerto su hijo preferido y yo ya no alcanzaba para alegrarla. Siempre fue así, Mauricito podía hacer todas las travesuras, que de cualquier manera las pagaría Joaquín. Te callas, mentiroso, mandaba Mamá Nancy cada vez que intentaba defenderme, y yo sabía que de seguir hablando me iba a ganar un par de cachetadas. Algo en mí estaba descompuesto de origen, desde el momento en que no era Mauricio sino yo a quien había tenido que legalizar ante los suspicaces. ¿De verdad son gemelos?, preguntaban de pronto los extraños. A Nancy le cagaban esas dudas. No, respondía sarcástica, a éste me lo encontré en la basura, y claro que *éste* siempre era yo.

Hijo del basurero, me llamaba Mauricio, bien a espaldas de Nancy para no echar por tierra su imagen de víctima. *Mi* víctima.

Era obvio que su enfermedad le ayudaba, no solamente para quedar impune, también para pasar más tiempo junto a Nancy. Siempre había una medicina, una consulta, un tratamiento que los unía y me dejaba en desventaja. Una inyección, para él, se cotizaba en un helado de chocolate y un cochecito de metal, y si se me ocurría pedir lo mismo Mauricito berreaba. ¿Por qué a él, si nadie lo ha inyectado? Y el colmo es que mi madre le daba la razón. Está bien, está bien, no te enojes, Joaquín puede esperar hasta el día que le toque inyección. Joaquín podía esperar para todo, y al final prefería callarse la boca para evitar después la furia de Mauricio, que lo quería todo a toda hora. Alguna vez Nancy volvió del cine con Manolo y se pasaron media cena hablando de una película donde una señora tenía que elegir a cuál de sus dos niños salvar del horno de los nazis. Yo no podría hacer eso, repetía, pero Mauricio y yo sabíamos que sí. Nancy no habría dudado en salvar a Mauricio y mandarme a mí al horno.

Mi madre nunca supo todo lo que pasaba entre Mauricio y yo. Ni quería enterarse, de seguro. Tampoco supe yo, y a estas alturas no hay ya quién me lo cuente, si Nancy estaba al tanto de que Mauricio iba a morirse pronto. Era una enfermedad extraña, la suya. *Irreversible*, decían los doctores, según Manolo le contaba en secreto a la señora Eugenia, por teléfono. Alguna vez busqué en el diccionario, pero me quedé igual. ¿Qué quería decir que una cosa no pudiera volver a su estado anterior? ¿Cuál era en Mauricito *el estado anterior*? Según temí entender, eso quería decir que pronto iba a curarse. Además era eso lo que Nancy trataba de explicar a quien le preguntaba. El niño estuvo mal, pero va mejorando. ¿Significaba eso que mi hermano Mauricio nunca más volvería a estar mal?

Un día Nancy llegó con la noticia de que en máximo un mes teníamos que hacer la primera comunión. Lo decía nerviosa, sonriendo con trabajos, cada día más pálida, como si fuera ella la enferma. Había que ir al catecismo y aprenderse quién sabía cuántos rezos de memoria, cosa que tanto a mí como a Mauricio nos molestaba más que ir a la escuela. ¡Un mes entero sin poder jugar!, se quejaba Mauricio con la misma expresión de mártir que usaba para echarme la culpa de sus gracias. Yo también sentía ganas de quejarme, pero igual me callaba con tal de no hacerme uno con Mauricio. Hasta que mi padrastro me hizo cambiar de idea.

Llevábamos apenas una semana de ir a la clase diaria de catecismo cuando Manolo convenció a mi mamá de invitar a las niñas de atrás al desayuno —*las tres*, dijo— bajo la condición de que las madres no estuvieran presentes. Al principio creí que mi madre aceptaba porque, como le había subrayado Manolo, era cosa de Dios y no valía andar discriminando. Luego escuché que Nancy le contaba la historia a una de sus amigas. Iba a invitarlas sólo para que vieran *cómo hace su primera comunión la gente decente*. De cualquier forma, me importaba poco. El chiste era que al fin conseguiría verme con la niña de atrás, y con suerte hasta jugaríamos juntos. Le hablaría de los ductos de la calefacción, trataría de convencerla de construir juntos un pasadizo sin que supieran Nancy y su mamá.

Nunca se olió Mauricio cómo fue que por fin conseguí superarlo. Hasta entonces, las buenas calificaciones eran sólo suyas. Más de una vez lo sorprendí rompiendo mis tareas para estar bien seguro de que me iría mal y él seguiría siendo el consentido, aunque los dos supiéramos que de cualquier manera Nancy lo trataría mejor, porque era el enfermito. Si me acusas, te acuso, me amenazaba, a ver a quién le creen. Pero en el catecismo me lo llevé de calle. No había terminado la segunda semana y ya me había aprendido el *Yo pecador*, el *Señor mío Jesucristo* y el orden del rosario completito. Me sabía los Mandamientos de la Ley de Dios, también los de la Iglesia y los siete pecados capitales. Él, en cambio, confundía los *Avemarías* con los *Padrenuestros*, y hasta a Poncio Pilatos con Juan el Bautista. Es que está enfermo, se explicaba Nancy, y seguía premiándolo por nada.

Tú que sabes hablarle tan bonito a Jesús, pide que se alivie de una vez tu hermano, suplicaba mi madre, a la salida del catecismo. Era como si viera en mí un poder, parecía que estaba pidiéndome un milagro. Eso ponía furioso a Mauricio, que no decía nada hasta que se iba Nancy, y entonces la agarraba de vuelta conmigo. ¿Te quieres ir al cielo, hijo del basurero? Toma, para que llegues más rápido. Le gustaba patearme en las espinillas, o darme puñetazos en el pecho para sacarme el aire y verme caer al piso. Pero no me quejaba, ni lloraba. Cristo también sufrió, le respondía luego, en voz muy baja, cuando veía que Nancy se acercaba y él ya no iba a poder desquitarse.

A Mauricio le divertía martirizar insectos, tal vez porque eso sí me hacía llorar. Arañas, catarinas, mariposas. Un día mamá Nancy compró dos pececitos, el naranja para él y el azul para mí. Pocos días después, el naranja amaneció muerto y Mauricio llorando como un huérfano. Apenas Nancy nos dejó un rato a solas, echó al mío en el vaso de la licuadora. Según él, su pez había muerto por mi culpa. O por culpa del otro, que era mío. Tenía puesto el dedo gordo sobre el primer botón, mientras yo le rogaba, chillando. No lo mates, Mauricio, te juro que no tuve la culpa, si quieres te regalo mis cochecitos. Pero ni me escuchaba, según él era el juez y lo estaba juzgando. Cállese ya, abogado, el acusado ha sido condenado a muerte. Nada más amagué con acercarme, se ensañó recargando la mano en el botón, con los ojos brillantes y la sonrisa tiesa. Luego le dijo a Nancy que había sido yo, y ya de nada me sirvió defenderme. Esa noche juré que antes o después iba a matarlo.

No sólo me volví buen rezador esperando llamar la atención de Gina; también contaba el odio por Mauricio. Quería hacerme amigo de Dios para que Él me ayudara a deshacerme de él. *No matarás*, decía el quinto mandamiento, por eso yo quería que lo hiciera Dios. ¿O acaso no era todopoderoso? ¿No veía las cosas que Mauricio me hacía, y lo injusta que siempre era mi mamá? Si Dios estaba allá, bien arriba de todos, tenía que enterarse. Cada tarde que el cura nos hablaba de los castigos y los premios del cielo, yo me sentía tentado a preguntarle cómo hacer para convencer a Dios de castigar a algún pecador, pero Mauricio estaba junto a mí, ni modo de enseñarle mi plan al enemigo. Por otra parte, según el cura Dios escuchaba siempre a quienes le rezaban con devoción, y yo me conformé con intentarlo así. Jesucristo, pedía cada noche, necesito que me oigas y me ayudes, para no cometer pecado mortal.

¿Es pecado mortal matar a un asesino?, me atreví a preguntarle al padre una tarde, mientras Mauricio regresaba del baño. ¡Por supuesto!, atajó, levantando las cejas, y recordó que Cristo murió en la cruz suplicándole al Padre que perdonara a sus asesinos. ¿Por qué en otros lugares había pena de muerte? Será en otros lugares, pero no en México, que es un país católico, me explicó ya sonriente, recordando quizá que hablaba con un niño y podía evitarse los pormenores. Pero Mauricio ya había regresado y no pude seguir preguntando. Aunque ni falta hacía, porque igual yo confiaba más en Dios que en el sacerdote, y estaba segurísimo de que Él sí me iba a oír. Como decía el padre, yo era un hombre de fe.

Supe que se llamaba igual que su mamá gracias a que Manolo y Nancy se sentaron a hacer la lista de invitados. Me enteré también que a ella no le gustaba su nombre, que las niñas de arriba lo sabían y eso les daba otro pretexto para fastidiarla. *Brujenia* o *Enojenia*, la apodaban, con la anuencia risueña de la señora Ana Luisa. La mamá, por su parte, prefería llamarla *Gina* o *Gigí*. ¿Crees que voy a gastarme otra invitación, con lo caras que salieron, nomás por darle gusto a la hija taradita de tu secretaria?, se indignaba mi madre, y Manolo no hacía gran cosa por calmarla. ¿O sea que tú también vas a ensañarte con una niñita? ¿Desde cuándo te importa hacer economías con *mi* dinero? Peleaban todo el tiempo, con o sin excusa, pero esa tarde yo estaba contento porque había averiguado lo más importante. Eugenia. Gina. Escribí los dos nombres decenas de veces, y otras tantas los tuve que tachar, no fuera Mauricito a descubrirme.

Faltaba una semana para nuestra primera comunión cuando Mauricio dio con mi secreto. Había tachado mal uno de los nombres y él tardó casi nada en advertir que los otros tachones correspondían sólo a *Gina* o *Eugenia*. Es-tás-e-na-mo-raaa-do, canturreó, apenas Mamá Nancy salió de la recámara. Podía haberlo gritado y avergonzarme delante de ella, pero tenía una idea más interesante: Se lo voy a decir el día de la primera comunión, a ella y a Mamá y a sus vecinas de arriba, para que todos sepan que el hijito del basurero se enamoró de una pobre mugrosa. De muy poco sirvió defenderme jurando que no era cierto, que ésa no era mi letra, que yo no conocía a ninguna Gina, ni Eugenia, ni nada. ¿Por qué entonces te pones colorado?, se carcajeó en mi cara, y yo me odié por no ser lo bastante valiente para romperle en ese instante la suya por tachar a mi Gina de pobre y de mugrosa.

¡Estás loco!, me defendí al final y me tapé la cara con la sábana. No podía siquiera seguir discutiendo, me tenía agarrado y bien que lo sabía, podía amenazarme la semana completa y el domingo siguiente iba a cumplirlo. Alguien como Mauricio no iba a perderse esa oportunidad, incluso si aquel chisme no era cierto. ¿Qué iba yo a hacer si hablaba con las hijas de Manolo y ellas en adelante se dedicaban a burlarse de Gina y de mí? Seguramente me detestaría por causarle más problemas de los que ya tenía con las vecinas. Hacía poco rato que Mauricio se había quedado dormido cuando me dije que eso no iba a pasar. Me haría el enfermo desde la tarde del sábado, me acabaría un frasco de sus pastillas, lo que fuera menos tener que soportar una vergüenza así. Faltaba una semana, en cualquier caso. Dios mío, ayúdame, mascullé desde dentro de las sábanas y me puse a rezar juntando bien las manos, con esa devoción que según decía el cura podía hacer milagros. Que mi hermano se muera, Diosito, por favor.

Toc, toc. Soy La Hecatombe. De repente es la hora del rechinar de dientes. El momento estelar de los malos augurios. Toc, toc. Peores, si la catástrofe pudo evitarse y no se movió un dedo ni se abrió la boca. Toc, toc. Pero ya he dicho que tengo un imán, atraigo lo que temo como si no temiera lo que atraigo. A veces se me ocurre que lo deseo en el fondo. Toc, toc. Alguien dentro de mí cree que lo necesita, como un curso de capacitación. Lo pienso y me lo digo pero no me convenzo porque ya las ideas vienen rápido. Atropelladamente. Toc, toc. ¡Como lo vio en TV!, diría la etiqueta. Toc, toc. Me tiemblan las rodillas, puedo oírme latir el corazón. Puta mierda, ni así de ganas tengo de conocer a *Ausencio.*

Toc, toc. Me digo que no es cierto, y más: no puede ser. Será un error, alguien que anda perdido y no halló más salida que venir hasta acá y tocarme la puerta. Pero en tal caso ya se habría largado. Toc, toc. No llevaría minutos insistiendo. Será entonces alguno que tiene mal escrita la dirección. ¿Cómo entonces pasó de la caseta, si en Bulevar de Sherwood 115 los vigilantes saben que no vive nadie? Toc, toc. O será algún vecino de otra calle, que se perdió en su propia colonia, o no conoce bien la casa que busca. Toc, toc. Me acerco muy despacio hacia la puerta, no debe de ser más de una persona porque no habla, sólo pega en la puerta y sigue esperando. Me acerco más, deseando ya sin muchas esperanzas que mis malos augurios no se cumplan en el extraño que toca la puerta. Puede que se haya ido, muevo los labios sin soltar el aire. Pero no me lo creo. Me acerco al fin hasta rozar la puerta, como buscando el ruido de un resuello.

No me muevo ya más, estoy en cuatro patas al costado de la puerta, como un sabueso corto de oído y olfato. No consigo escuchar respiración al otro lado, pero seguro hay alguien. ¿Alguien que no se mueve, como yo, porque también intuye que no está solo? Es una idea infantil, pero el hecho es que estoy junto a la puerta sin moverme ni casi respirar, como un niño que juega a las escondidillas. Finalmente, quién más podría hacer lo mismo allá afuera, si no un niño que juega al detective.

¿Quién más? Un detective, claro. Uno que puede entrar y salir de la colonia, patrocinado por los hermanos Balboa. Pienso en retroceder con toda calma e ir a meterme a un clóset para llamarle a Imelda, cuando la mano vuelve a golpear la puerta. Nunca fuerte, sólo unos toquecitos, pero ahora están muy cerca de mis oídos. A no más de cincuenta centímetros del piso. ¿Un niño, entonces? No necesariamente. Toc, toc. Ningún niño que tenga ese tamaño va solo por la calle y anda tocando puertas. Es alguien que está hincado o sentado en el piso. Toc, toc. Un niño, un pordiosero, dudo que un detective. Toc, toc. ¿Cómo haría un pordiosero para burlar el control de la entrada?

—Ábrame ya, señor, por favorcito —nada más me lo dice, doy un salto hacia atrás. Soy idiota, me enfado, debe de haberme oído. Pero no es un adulto, cuando menos. Quién, que no fuera un niño, iba a quedarse quince minutos llamando sin descanso a la misma puerta. Dudo que tenga más de nueve años, puede que esté llamando a su propio *Ausencio.* Cuando imaginé al mío para cuidarme de él, nunca esperé que fuera de ese tamaño. ¿Me habría visto, quizás? No podía ser. Tendría que haberme espiado encaramado en la barda, o demasiado arriba de algún árbol. Un pelito posible, pero nada probable. Lo primero que intenta uno contra su miedo es quitarse de encima el desconcierto y sumar dos más dos hasta que le den cuatro.

Pasan minutos y la voz insiste, serán ya más de veinte desde que comenzó a tocar la puerta. No tiene el tono de un niño que juega. Podría ser también una niña. Una niña afligida. Como yo. Niña o niño, ya sabe que aquí estoy. Mi única ventaja sería aprovechar el tiempo que le tomara al niño o niña hablar con sus papás sobre un señor que está escondido en la casa vacía. El tiempo indispensable para esfumarme antes de me caigan los primeros adultos. Pienso otra vez en una película de horror: habrá quien buscaría, en mi lugar, una forma de eliminar al niño. Pero también habrá quien salve el pellejo sin tener que escaparse ni echar al vecinito en un costal de papas. Una vez que hago cuentas y dos más dos dan cuatro, entiendo que mi única oportunidad consiste en negociar con el visitante. Hacerme el muerto es poco menos que suicidio.

No sé cómo empezar. Me queda todavía la esperanza de que se vaya y nunca lo comente en su casa. Que sea como yo era y se calle la boca. ¿Cómo sé, sin embargo, que no tiene amiguitos? ¿Quién me asegura que no viven cerca y le van con el chisme a su familia? ¿Y qué tal los hermanos? Me digo que si dejo que se vaya nunca más dormiré tranquilo en esta casa, pero ni así decido hacer lo que hay que hacer. ¿Qué le voy a decir al escuincle de mierda? ¿Quién me asegura que no va a acusarme? ¿Qué padre no le exige a sus hijitos que jamás hablen con desconocidos? Ya voy a lomos de la paranoia cuando un nuevo sonido me detiene en seco. Es un llanto de niña. Se cansó de tocar y suplicar, está llorando a un lado de la puerta. Alguien dentro de mí lee en una marquesina la palabra *Ahora.*

—Hola —le he sonreído, ya de pie, no bien abrí tantito la puerta, y ella ha pegado un brinco que me hizo alzar el índice hasta plantármelo en mitad de la boca. Un instante más tarde, uno y otro ya nos tranquilizábamos esgrimiendo la misma seña. *Shhh.* Luego sin decir más entró y cerró la puerta.

—¿Me va a ayudar, señor? —¿tendrá quizá diez años, nueve? No sé qué contestar, estoy de nuevo tieso porque ya sé quién es y de dónde viene. Juraría que es la misma, de no saber que es otra con la misma expresión y varios años menos. Los mismos ojos. Hasta donde recuerdo, la última vez que me topé con ellos tenía en las manos unos binoculares y no había cumplido los diez años. Eugenia. Gina. La vecina de atrás. La hijastra de Manolo. La miré con más calma. Esa niña sólo podía ser hija de Eugenia.

—¿Cómo te llamas? —pregunto sin saber qué preguntar, convertido por una vara mágica en el niño que nunca se atrevió a dirigirle la palabra a su madre. Tiene una hija, entonces. Se habrá casado. O no, porque Imelda me dijo que vivía allí la hija de la señora María Eugenia. Pero no habló de nietas, ni de yernos.

—Soy Dalila, señor —se recompone, limpiándose las lágrimas—. Le prometo que no le digo a nadie que se agarró esta casa de escondite si me promete que me va a ayudar.

—¿Quién te dijo que estoy, cómo sabes que...? —salto al principio, bajo después el tono. Está tiesa, solemne. Titubea. Voy a asustarla si le pego un grito.

—Vivo allá atrás, señor. En el departamento dos del edificio. Hace ya como un mes que empecé a espiarlo desde mi azotea. Pero no se preocupe, que yo no soy chismosa.

—¿Me has visto en la cocina o en el patio?

—Huy, dónde no, más bien. Salir y entrar también. Lo vi una vez colarse a mi edificio por la puerta de atrás. Pasó a un lado de mí, que estaba escondidita.

—¿Dónde?

—¿Cómo dónde? Debajo de la escalera.

—¿Qué ayuda necesitas... Dalila? —trato de aparentar el juicio y el sosiego que se supone debe tener un adulto cuando intenta manipular a un niño. —¿Es algo de tu escuela?

—No de mi escuela, de la de mi prima.

—¿Vives con una prima?

—No es mi prima-prima, es prima de cariño. Es más grande que yo, mi tía está de viaje y la trajo a dormir en mi casa.

—¿Qué quieres que haga yo en la escuela de tu prima?

—No ahí, en mi casa. Es el departamento dos del edificio. Ya sabe cuál, ¿verdad?

—No te entiendo, Dalila.

—Es muy fácil, señor. Yo a usted le doy la llave de la zotehuela y cuando sea muy noche se mete a rescatar al conejito que está allí encerrado.

—¿Qué?

—Mire, señor, mi prima estudia en un colegio donde matan conejos en el laboratorio, y a ella le tocó llevar el conejo. Entonces mi mamá, que por ahorita es como su mamá, fue a comprar el conejo y lo dejó encerrado en la zotehuela. Mañana que sea lunes se lo van a llevar a que lo *operen*. ¿Ya me entendió, señor? El conejo es mi amigo, no quiero que lo maten.

—¿Me estás pidiendo que me meta a robar en tu casa?

—No mi casa, nomás la zotehuela, que es del edificio. Después echa la llave debajo de mi puerta para que yo la ponga de regreso en la cómoda.

—Vamos a ver, Dalila —ya no estoy tan nervioso, en un descuido empiezo a relajarme—. Supongamos que acepto tu propuesta y me meto a sacar a ese conejo. ¿Qué hago después con él? ¿Lo echo en un parque?

—Cómo cree, si es mi amigo. No se lo lleva, se lo trae para acá. Me lo guarda unos días, hasta encontrarle casa. Yo compro su comida, usted no se preocupa más que por esconderlo. ¿Me va a ayudar, vecino? —la sonrisa, al final. No recuerdo haber visto sonreír a la niña Gina, y sin embargo me es familiar la mueca. Ese gesto contento que se va congelando conforme empiezan a brotarle las dudas.

—¿Sabes quién soy, Dalila? —le sonrío, mientras me voy arrepintiendo de ofrecer confidencias que nadie me ha pedido.

—Tengo que irme, vecino. Me escapé de mi casa para venir aquí, voy a hacer media hora en regresar y no quiero llegar después que mi mamá. ¿Me va a ayudar, entonces?

—Calma, Dalila, todo va a salir bien, pero primero toca ponernos de acuerdo. ¿Cómo lograste cruzar la caseta? —mi única ventaja como adulto: saber fingir la calma que me falta.

—Me hice chiquita y no me vieron los policías. Los agarré ocupados. Había quién sabe cuántos carros esperando.

—Puedes pasarte por allá, si quieres.

—¿Por atrás de la casa, como usted?

—Sería rápido, y si te ven debajo de la escalera les dices que se te perdió una cosa. Un juguete, un papel, una crayola. Y así no tienes que ir a dar la vuelta.

—Y en la noche le dejo la llave de la zotehuela debajo de esa puerta…

—¿Me prometes que vas a guardar el secreto?

—¿De qué?

—De mí aquí. De que estoy escondido y no sabes quién soy. Otro día te lo cuento, si quieres. Por lo pronto tenemos que salvar a tu amigo —de repente, la idea de resolver el problema completo sin hacer nada más que robarme un conejo me parece una ganga. ¿Qué niña va a querer que la acusen de cómplice de robo? Lo pienso una vez más y hasta entonces comprendo que si voy y secuestro a ese conejo vamos a quedar uno en manos del otro.

—Es muy fácil, nomás lo agarra y se lo trae. Deje la puerta abierta, para que crean que se escapó solo.

—Lo que van a creer es que alguien se metió en el edificio. Van a cambiar las chapas y ya no voy a poder entrar.

—Y entonces yo le presto la llave nueva. Luego usted va y le saca el duplicado y ya.

—¿Qué tal si nos descubren?

—¿Quién nos va a descubrir? ¿Mi mamá?

—Tu mamá, los de arriba, los de abajo.

—¿Hace cuánto que usted entra y sale por ahí sin que nadie lo cache?

—Empecé a usar la puerta poco antes de que tú me cacharas.

—Soy la única niña en el edificio. Además, no tenemos muchacha de planta.

—¿Vives con tus papás?

—Con mi mamá, pero viernes y sábados voy a dormir a casa de mi prima. La del conejo. Son varias niñas, ella es la más grande.

—¿Por qué viernes y sábados?

—Por el trabajo de mi mamá. Necesita la casa sin que yo le estorbe. Y además yo prefiero ir con mis primas. A veces nos peleamos, pero no mucho. Yo quería que se vinieran todas a dormir, sólo que a sus hermanas las recoge el camión de la escuela en su casa. A nosotras nos lleva mi mamá.

—¿Y qué va a hacer tu madre cuando vea que ya no está el conejo?

—Un berrinche, yo creo. En las mañanas tiene muy mal genio.

—Si es temprano, puede que pasen por el mercado y compren otro conejo —me escucha y palidece, como si ya se viera en el asiento trasero acariciando a un nuevo sentenciado a muerte.

—¿Qué tal si no lo encuentran?

—¿Y qué tal si sí?

—...

—Dime una cosa, Dalila. ¿Cómo te llevas con tu mamá?

—Mal. ¿Por qué?

—¿Qué quiere decir mal?

—Me regaña todo el tiempo, y yo todo el tiempo le digo mentiras.

—¿Le haces travesuras?

—A veces. Varias veces. Pero no todo el tiempo.

—¿Aceptarías que yo, de tu parte, le hiciera una pequeña travesura a tu mamá? Quiero decir, aparte de robarme el conejo.

—¿Para qué quiere hacerle más travesuras?

—Para estar bien seguros de que no va a comprar otro conejo. Ahora dime dos cosas: ¿a qué hora se levanta tu mamá y a qué hora entran ustedes a clases?

—Se levanta a las siete y entramos a las ocho.

—¿Qué hora es cuando se suben al coche?

—Como las siete y media, casi siempre después.

—¿Está cerca, la escuela de tu prima?

—Queda como a dos cuadras de la mía.

—¿Y de tu casa, a cuántos minutos?

—Como quince, yo creo.

—¿Alguna vez se ha descompuesto el coche a esa hora, que se suban y no quiera arrancar?

—Una vez, hace como dos años.

—¿Qué hicieron?

—Tardamos media hora en agarrar un taxi.

—¿Dónde estaciona el coche tu mamá?

—Afuera, al otro lado del edificio. Así podemos verlo desde la sala. Es uno rojo, no muy nuevo, marca Fiesta.

—Si fuera necesario, ¿me das permiso de poncharle una llanta?

—Sí, por favor. Pero que sea en la noche, no te vaya a cachar mi mamá —la expresión de los ojos ha cambiado. De pronto pone cara de secuaz. Dejó de desconfiar, ya me tutea. Ahora que hago memoria, un par de veces vi a la madre sonreír, aunque no fuera tan abiertamente. A veces, en las tardes, ponía un puesto de dulces en la puerta del edificio. Sonreía cuando un vecino adulto se acercaba a decir cualquier cosa, aunque nunca a comprarle alguno de sus dulces. Sonrisa tímida, de angustia contenida. Sonrisa preocupada porque no vendes nada en tu tiendita, o porque no consigues salvar al conejito. ¿Habría tenido Gina una sonrisa así de abundante? Puta mierda, qué no habría dado entonces por que la niña de atrás me buscara a escondidas para salvar a un condenado a muerte.

—¿Cómo hacemos después para que puedas ver al conejo? —todavía me resisto a la idea de abrir una rendija en mi fortaleza. Pero está abierta ya, y lo peor es que siento curiosidad. Podría pasarme horas interrogándola, y aún así querría saber más. Lo que Dalila ha hecho, me temo, es abrir un boquete hacia una habitación de la memoria que hasta ayer prefería yo cerrada.

—Ya sé cómo colarme por la caseta sin que los policías me descubran.

—Lo malo no sería que te descubrieran, sino que se enteraran de que vivo aquí. Ellos o cualquiera. ¿Ya me entiendes, Dalila? Es la última vez que te abro esa puerta. Ni siquiera me consta que nadie te vio entrar.

—¿Y cómo voy a ver a mi conejo?

—No sé. Me avientas un mensaje al patio de la casa, dentro de cualquier frasco de plástico.

—¿Y tú cómo me vas a contestar?

—Te dejo un papelito debajo de la puerta verde. Después abro y te metes.

—¿Y si lo levanta otro y nos descubren?

—A ver, Dalila, se te está haciendo tarde y no hemos acabado de ponernos de acuerdo. Tú me dejas la llave hoy en la noche. Yo entro, saco al conejo y veo qué hago con el coche de tu madre.

—Mejor primero el coche, para que no te vean cargando al conejo. Qué tal que se te escapa, mientras ponchas la llanta.

—Mira, niña, yo voy a hacer mi parte lo mejor que pueda; tú nada más ocúpate de que nadie se entere que nos conocemos. ¿Tu mamá sale todas las tardes?

—Casi todas. Tiene muchas amigas.

—¿Mañana va a salir?

—Yo creo que sí, como a las tres o cuatro.

—¿Tienes reloj?

—Sí, pero no lo traigo.

—Póntelo, fíjate que esté a tiempo y te espero en la puerta verde a las cinco. Si no llegas, te espero al día siguiente a la misma hora, para que puedas ver a tu amiguito.

—Muchas gracias, vecino. Te prometo que nadie se va a enterar de nada.

—Yo me llamo Joaquín, pero tampoco se lo digas a nadie.

—Está muy bien, Joaquín. Te lo prometo —se cuadra, hace un saludo, delata un buen sentido del humor.

—Otra cosa, Dalila. Lo estoy pensando y puede que me decida por otra travesura. Puede que deje ahí algo en lugar del conejo.

—¿Qué algo?

—Algo que las asuste, para que aprendan a respetar a los conejos. Es lo que tú querrías, ¿no?

—¿Y vas a disfrazarte de fantasma o de conejo?

—Ya te dije que voy a dejar algo. Todavía no sé qué, pero de cualquier forma no te asustes.

—Ya me asusté.

—Qué bueno, porque cuando aparezca vas a tener que hacerte la asustada.

—Está bien, pero que no sea nada muy malo.

—Te prometo que no pienso matar a nadie. Ni siquiera a un ratón.

—¿Ni a una hormiga?

—Ni a un huevo de hormiga —le extiendo la mano, sonríe una vez más y le correspondo. Supongo que se nota que me estoy divirtiendo. La miro ya con calma, pensando: Soy amigo de la hija de la niña de atrás. —A todo esto, ¿cómo se llama tu mamá?

—¿Mi mamá? Gina. ¿Te digo la verdad? Se llama Eugenia, pero le gusta que le digan Gina. O bueno, pues, se enoja si le dicen su nombre. Si yo fuera ella, preferiría Eugenia. Suena un poquito a genio. Me gusta.

—¿Dalila no te gusta?

—Ni a mi mamá le gusta. Mi abuela me lo puso, por una canción.

—¿*Delilah*, la de Tom Jones?

—Yo qué voy a saber. ¿Y Joaquín sí te gusta?

—Siempre sentí que era un nombre como de niño chiquito. No me gustaba nada, luego me acostumbré.

—Tampoco a mí me gusta. Es como si te llamaras Joaquito.

—O Joaquillo, o Joacucho.

—Tenemos que inventarnos unos nombres en clave, para comunicarnos en secreto.

—Ésa sería una nueva misión. Antes de eso nos urge rescatar al conejo.

—¿Y si nos lo quedamos? Yo me puedo robar comida de mi casa.

—¿Y si te vas, antes de que se te adelante tu mamá?

—¿Y si me escapo y me vengo a vivir aquí, con mi conejo? —de nuevo la sonrisa: qué compinche simpática.

—¿Y si me meten veinte años a la cárcel? —de pronto asumo que crecí alimentando el pequeño remordimiento de no ser en la vida de la niña de atrás más que una cucaracha entrometida que la espiaba sin atreverse a hablarle, y ahora me estoy aliando con su hija a sus espaldas. Literalmente. Y encima de eso me gusta la idea. Le pido que se vaya y sigo hablándole para que se quede, todavía no sé si porque me cae bien o porque ya calculo que nadie mejor que ella podría salvarme de cualquier día de éstos despertar desquiciado. No debe de ser sano esto de vivir solo y escondido sin hablar más que a veces, a ratos, con huérfanas o viudas que no paran de llorar. Tampoco sé si sea eso un vicio, un síntoma de conformismo, una evidencia de mediocridad o una tabla de salvación. Por lo pronto, no quiero que se vaya. Me gustaría mucho tener media hora más para darme el deleite de seguir hablando sin tener que fingir la pesadumbre. Ya no hablar de la vida sino jugar con ella. Qué privilegio, jugar a estar vivo, luego de tanto hacerse pasar por zombi.

—Ya me voy, prisionero. Dime por dónde —me gustaría ver la cara del abogado si le contara que me hice amigo de Dalila. De cualquier forma, hay que tener completamente seco el coco para nunca mentirle a tu abogado. Ellos también nos mienten, es su trabajo. De repente me siento reconfortado de saber que tengo algo nuevo que esconder.

Mientras arrastro el carro de Mauricio con Dalila tapada y encogida encima, voy paladeando sensaciones conocidas. Como cuando lograba convencer a Nancy de dejarme acampar en el jardín. Jugaba casi la noche entera, iba sacando cosas de la casa en el mismo carrito y me hacía una tienda de campaña con las sábanas viejas que Nancy ya no usaba. Y ahora mismo sigo jugando así, básicamente porque es la única forma de evitar que termine de llevarme el carajo. Nada hay por el momento más juicioso y correcto que ir en busca de ese puto conejo y traerlo a cagar y mear la casa. Pero igual mentiría si dijera que no me seduce la idea de salir esta noche a comprar zanahorias.

No bien cierro la puerta que da al edificio, me imagino en presencia de la madre y siento un bochornoso escalofrío. Que a estas alturas todavía recuerde a la niña de atrás y me estremezca tiene que ser indicio de una inmadurez grave, pero puede que ideal para entenderme con la hija. Supongo que la gente no se va a la cárcel por dar asilo a la mascota de una niña, aunque sí por meterse a robar un conejo. ¿Cuánto cuesta un conejo? Esta sola pregunta parece resolver todo el problema. Técnicamente, no debería considerarse un robo lo que en términos prácticos es una mera sustitución. Si hoy en la noche voy al supermercado, compro un conejo crudo y lo dejo en lugar del que me llevo, no solamente voy a librarme de la etiqueta de ladrón, sino que además voy a escarmentarlas. ¿Venden conejos crudos en los supermercados? Tendría que ser conejo, un pollo no me sirve. Un cuerpo de conejo crucificado a media zotehuela, con sus correspondientes alfileres y una decorativa vela negra. Qué emoción, puta mierda. Por una vez, la Pascua va a caer en Halloween.

Y líbranos del Mau, decía cada vez. Al principio me sonaba gracioso, pero de repetirlo se volvió cosa seria. *Y líbranos del Mau, amén.* Era como esgrimir unas palabras mágicas con la ayuda de Padre, Hijo y Espíritu Santo. Cada vez que Manolo presumía de sus amigos en el gobierno —un par de veces diarias, como mínimo— yo pensaba en los míos en el Cielo, y era como aplicarme un bálsamo contra las aflicciones. Faltaban cinco días para nuestra primera comunión y Mauricio no había parado de amenazarme. Vas a ver el domingo. Voy a quemarte delante de todos. Vas a acabar chillando como niña. Te gusta la mugrosa, te gusta la mugrosa, te-gus-ta-la-mu-gro-sa. Quería provocarme y no lo conseguía, yo ni siquiera volteaba a mirarlo. Estaba concentrado rezando contra él, no para avergonzarlo ni hacerlo llorar, sino para expulsarlo de este mundo.

En la noche del miércoles me dio por prometer. Si Dios me hacía el milagro, le juraba que al menos cada mes le llevaría flores a su tumba. Que rezaría por él y por su espíritu, para que Jesucristo lo perdonara y lo llevara a vivir junto a Él. *Muuu*, repetía mi hermano durante la cena, en apariencia imitando una vaca, pero haciéndome señas para que recordara que ese *mu* no era más que el principio de *mugrosa*. Ya en la cama, como las noches anteriores, me hice pronto el dormido para seguir rezando contra Mauricio. Apretaba los puños y los párpados, me hacía bola en la cama y remataba cada Padrenuestro disparando tres veces ¡Diosito, mátalo! Por eso al día siguiente me asustó despertar y verlo pálido, empapado en sudor, con los ojos abiertos y sin hablar. Corrí al cuarto de Mamá Nancy y la encontré saliendo del baño. Mi hermano está muy raro, mami, le dije, agitando las manos como si de repente quisiera sacudirme de los rezos de la noche anterior. Pero eso no era cierto, yo seguía queriéndolo difunto. Por más que me asustara ser testigo de la realización de mis deseos secretos, me parecía aún más terrorífico imaginar el día de la comunión y a Mauricio acusándome de estar enamorado.

Media hora después llegó el doctor, y tras él la ambulancia. Es una crisis solamente, señora, llegando al hospital lo estabilizamos, quiso tranquilizarla, sin lograr otra cosa que ponerla peor. Mamá Nancy se trepó a la ambulancia berreando tras Mauricio, yo los miraba desde la recámara, oculto entre persianas y cortinas. Manolo iba siguiéndola en el coche, así entendí que nadie me iba a llevar a clases. Tenía miedo, pero seguía rezando. *Que se muera mi hermano sin que sufra Mamá*, pedía ya, creyendo que las cuatro palabras del anexo reciente me salvarían de volverme malo, como Mauricio. La ambulancia se fue sin prender la sirena, y eso me causó alguna decepción. No estaría tan enfermo, supuse, y regresé a los rezos. Que no lo estabilicen, Diosito, te lo ruego...

Fue hasta el viernes que Nancy llamó del hospital y pidió hablar conmigo. Manolo había vuelto ya muy noche a dormir y salió bien temprano al día siguiente. Había planeado hacerme el enfermo para tampoco ir a la escuela ese día, pero igual nadie pareció recordarlo. Cuando hablamos, Mamá Nancy me dijo que no iba a haber primera comunión. Ya sería después, cuando Mauricio terminara de aliviarse. No tengas miedo, me decía a cada rato, ya verás que todo va a salir bien. Sonaba más contenta, o menos triste. Mi hermano había vuelto en sí desde la noche, ya se veía mejor, podía ser que el lunes regresara a la casa. De cualquier forma, yo volvería el lunes al colegio. ¿Que cuánto tiempo se pasaría mi hermano en la cama? Trató de responderme despreocupadamente. Diez días, cuando mucho, me decía mamá Nancy cuando se le cortó la voz y se puso a llorar como un bebé. No habló más, alguien llegó por ella y se la llevó, sin ocuparse de colgar el teléfono. Escuché que decían ya llegó el sacerdote, mientras Nancy seguía llorando a gritos. Calculé entonces que si mi hermano se moría el domingo, tampoco iría yo a la escuela el lunes.

Pero no fue tan fácil. Tuvieron que pasar varias semanas antes de que mi madre comenzara a perder las esperanzas. A mí, de todas formas, me pintaba las cosas más sencillas. Trataba de sonreírme, hasta alzaba los brazos y los hombros para dar una idea de ligereza y despreocupación que muy poco después echaba abajo, en cuanto regresaba a suplicarme que siguiera rezando por Mauricio. Se le salían las lágrimas, entonces, y eso me daba una espantosa tranquilidad que a veces no podía compartir ni conmigo mismo. ¿Cómo le iba a pedir a Dios que salvara a Mauricio, luego de tantas noches de rogarle que me librara para siempre de él? Me preguntaba a veces cuánto tiempo llora la gente por un muerto, calculaba que Nancy no debería de estar triste por más de un mes o dos, que a mis diez años parecía mucho tiempo. Las cosas se ven siempre más sencillas cuando uno encuentra sus valores numéricos. Un par de divisiones con decimales ayudan más a conciliar el sueño que dos pastillas para dormir. Mamá Nancy llegaba a tomarse cinco de un jalón y seguía con los ojos de tecolote, yo en cambio me dormía luego de resolver mis aflicciones en forma de problemas aritméticos, aunque ya desde entonces me traicionaran las ciencias exactas.

Pasaban las semanas y Mauricio seguía internado. Mamá Nancy lloraba un poco menos y ya muy rara vez se soltaba berreando. Un domingo me llevó al hospital, para que saludara a mi hermano. Le dije que tenía dolor de cabeza, que me atemorizaban los hospitales, que prefería llamarle por teléfono, pero ella decidió llevarme por la fuerza. No te imaginas lo que está costando tener al niño en terapia intensiva, comentaba Manolo en el teléfono, y yo pensaba ya que lo saquen, de todos modos se va a morir. ¿Qué creía Nancy que iba yo a hacer una vez que estuviera frente a él, en la clínica?

Lo tenían rodeado de tubos y aparatos. Tuve que llevar bata, gorra y guantes para que me dejaran entrar a visitarlo. No puede hablar, pero te escucha bien, me advirtió Mamá Nancy y yo apenas lo vi sentí lástima y odio revueltos, me daban de repente tantas ganas de que se salvara como de acercármele sólo para decirle ojalá te mueras. No parecía la muerte, desde donde yo estaba, el ogro al que los niños temen ciegamente, sino algo semejante a un hada bienhechora. Además, era Dios quien me estaba ayudando. Según mis cálculos, *Mamá Nancy* + *Yo* - *Mauricio* era una operación que tendría por resultado la felicidad. Sobre todo si luego conseguía sumar a Gina. Un cálculo atrevido pero plausible, si se tomaba en cuenta el cambio en el carácter de mi madre durante el último mes. Hasta había tomado las llamadas de la señora Ana Luisa, que le decía siempre que toda su familia rezaba por Mauricio. Y yo se lo agradezco, respondía, mirando para abajo como si se estuviera arrepintiendo de todo lo que había dicho de ella. Luego colgaba y se metía a llorar en su recámara, meneando la cabeza en el camino y diciendo no puede ser, no puede ser, no puede ser. ¿Cambiaría Mamá Nancy con las vecinas de atrás si se moría Mauricio? Ésa era otra razón para desearlo.

Sentía muchos celos. Me preguntaba si Mamá Nancy lloraría igual por mí que por mi hermano, si gastarían tanto dinero en curarme o me enviarían a un hospital barato. ¿Quién otro que Mauricio se había encargado de que las cosas fueran así? Él y su enfermedad no me dejaban ni una salida, yo era siempre el segundo, el que podía esperar, el que no preocupaba a nadie si lloraba. Ya está bueno de berrinchitos, Joaquín, bastante tengo con la enfermedad de tu hermano, decía Mamá Nancy desde siempre, y a veces se ayudaba clavándome los ojos encima y dándome un pellizco por lo bajo.

Cuando estuve con él ni siquiera me vio. Miraba a mi mamá, y hasta le dedicaba las mismas sonrisitas con las que me acusaba de lo que él hacía. Supongo que por eso chillé cuando salimos. Deduje que el canalla se iba a curar y estaba haciendo teatro para atraer la atención de Mamá y seguirme quitando todo lo que era mío. Por eso di unos pasos atrás y regresé corriendo hasta su cama. Necesitaba que me viera la cara, que entendiera que todo lo que le había dicho mientras estaba Nancy entre nosotros (ya quiero que regreses para jugar a los cochecitos, estoy rezando a diario para que te alivies, prométeme que pronto vas a curarte) no eran más que patrañas de ocasión. Habrán pasado tres o cuatro segundos entre que le agarré la cara y lo miré a los ojos y los doctores me levantaron en vilo, pero sé que alcancé a decirle con la pura mirada lo que en verdad quería que pasara, porque inmediatamente se soltó chillando como si le estuvieran dando tortura. Nunca fuimos amigos, ni jugamos a nada sin pelearnos después, él tenía que saber que yo le había dicho puros cuentos, pero necesitaba que me viera. Era mi modo de explicarle en silencio que yo le había ganado, que él no había podido conmigo, y en adelante yo sería el consentido porque no habría otro a quién consentir. Supe entonces que sí podía hablar, y gritar y berrear, porque entre uno y otro alarido se quejaba por sus juguetes, como si ya me hubiera visto jugando solo con su autopista nueva y supiera que me iba a quedar con ella.

Todavía en el aire, con un doctor cargándome y Mamá Nancy abrazando a Mauricio en la cama, pude mover los labios para decirle varias veces mué-re-te, y él se dio cuenta porque empezó a gritar más fuerte, aunque en esos momentos ya la enfermera y el otro doctor lo estaban inyectando. Va a ser mejor que no traiga al hermano, le aconsejó el doctor que todavía me estaba cargando cuando ya le hacía efecto la inyección a Mauricio. Es la mía, maldito, pensé, me las estás pagando una por una, y por puro reflejo me eché a llorar.

Se lo dije a tu madre, se quejaba Manolo, de regreso a la casa, estás muy niño para esas escenas, y yo me hacía bolita en el asiento para no darme por enterado. Me pegaba un poquito el remordimiento, y ya en ésas el miedo porque si sucedía un milagro y Mauricio vivía, se iba a vengar de mí de las peores maneras. Pero si se moría me iba a sentir culpable recordando sus ojos mientras yo lo miraba con ese odio que luego me hizo mover los labios para decirle lo único importante. ¿Cómo iba Dios a seguir ayudándome si cobraba venganza por mi cuenta? Se lo dije, seguía Manolo con lo mismo cuando llegamos. Odiaba involucrarse en nuestros asuntos y llevaba ya más de un mes ahí. No puedo ni salir a echar un póker, se quejaba en voz baja con sus amigos, porque en cualquier momento el niño se le muere y ni modo que yo no esté al pendiente. Cenamos esa noche los dos solos, sin decirnos gran cosa, hasta que terminamos con la leche y a él se le ocurrió preguntarme si había alcanzado a despedirme de mi hermano.

¿Despedirme? Nunca lo pensé así. Desear que se muriera era una cosa, pero pensar que no iba a verlo más, y por lo tanto había que despedirse, me cayó igual que una plancha de plomo. ¿Se va a morir… de veras?, pregunté muy despacio, como con miedo a pronunciar las sílabas, y en vez de responderme Manolo me abrazó. Nunca lo había hecho, ni volvería a hacerlo. Fue como si la muerte pasara entre nosotros y hubiera que abrazarse para sacudírsela. ¿Y si mi hermano se moría esa noche? ¿Sería un asesino, por habérselo dicho en su cara, mué-re-te? Insistí: ¿Se va a morir mi hermano hoy en la noche?, y él alcanzó a sonreír para decir que no. Hoy no,

Joaquín, vete a dormir tranquilo, piensa que cuando llegue la hora de que se vaya, va a regresar su espíritu a cuidarte.

No tuvo que hablar más. Esa noche pasé por la primera de una cadena de pesadillas que llegaría más lejos de lo concebible. Y la siguiente noche, y la siguiente. Hasta que escuché el *ring* a media madrugada del viernes. Como ya era costumbre, Manolo dormía solo y Nancy con Mauricio, en la clínica. Ring, ring, ring, ring, ring, ring. Cada vez que sonaba me dejaba un poquito más despierto, y en tanto más a salvo de los fantasmas de la pesadilla. Cuando al fin levantó el auricular, ya estaba yo parado a medio pasillo. Soy yo, Manuel Urquiza, dígame, reaccionó con el mismo sobresalto mío, porque los dos sabíamos que no podía ser otra noticia. ¿Qué le pasa a mi esposa? ¿Dónde está?, se inquietó, me asustó, repitió la pregunta.

¿Qué tiene mi mamá?, le pregunté desde la puerta de la recámara, cuando ya había acabado con la llamada. Estaba quieto, tieso, sentado en una orilla de la cama, todavía con el teléfono en la mano. Nada, dijo después, sin dejar de mirar hacia la alfombra. Número equivocado, vete a dormir. Vi el reloj, sobre el buró de Nancy: eran casi las cuatro. ¿Qué no oíste, Joaquín? Dije que te durmieras, a ver si de una vez te me desapareces y dejas de joder a estas malditas horas, carajo..., pero cuando acabó yo ya no estaba. Me quedé no sé cuántos minutos recargado en la puerta de mi recámara, pendiente de Manolo que había vuelto al teléfono y decía qué triste, qué tragedia, mientras rogaba saber más de su esposa. Dígame, señorita, ¿la sedaron o es el puro desmayo?

"Apaciguar, calmar", decía el diccionario sobre el verbo sedar, y yo me pregunté si sería posible que lo sedaran a uno mientras dormía, para evitarle las pesadillas. Poco rato después oí pasos bajando la escalera y pegué la carrera hacia la ventana. Vi a Manolo salir, subir al coche y encender las luces. En eso se detuvo, bajó y volvió corriendo a la recámara. Cuando salió de nuevo ya iba de negro. Y yo, que no quería más pesadillas, esperé a que por fin terminara de irse para encender la luz de la recámara y sacar la autopista de mi hermano muerto. *Mi* recámara, *mi* autopista, *mis* cochecitos. Ya ni siquiera Nancy sería de Mauricio.

Ni modo de quedarme en la casa hasta la noche. Tenía que jugármela y esperar que al salir no hubiera testigos. Eran las cuatro y media de la tarde a la hora de escurrirme hacia la calle, emocionado por la pura idea de hacer equipo con Dalila y el conejo. Un juego que me exija emplearme a fondo y trabajar en grupo, aunque sea de dos. La sensación de estar en algún lado, pertenecer de pronto a lo que sea más allá de mí mismo. La alegría repentina de abrir los ojos y advertir que a tu celda le sobra una ventana con vista a la playa. Por una mera galantería del destino.

Lo pedí sin cabeza, para no terminar de asustar a la niña. No parecía un conejo, de modo que me permití la gracejada de añadir a la compra una bolsa de conejitos de chocolate. Más los listones negros y la vela. ¿Qué le puede pasar por la cabeza a una madre de familia cuando descubre que en lugar del conejo que dejó hay un altar siniestro, con el animalito —el suyo u otro, eso qué más da— crucificado entre alfileres y listones negros? Diría seguramente que quien hizo eso es un desviado de mierda, y quién soy yo para contradecirla. Al final me conformo con que se quede sin saber eso: quién carajos soy yo.

Ya de noche me come un pensamiento. ¿Recordará mi vecina Gina, si es que se enteró entonces, la mañana en que apareció afuera de su casa un altar parecido? ¿Sabrá que mi mamá le echó la culpa a la suya por eso? ¿Alguien del edificio habrá algún día sospechado de mí, sin que yo me enterara? ¿Qué es lo que me incomoda? Que a partir de este punto ya no sólo me busquen los Balboa. A saber lo que harán Eugenia y sus vecinos cuando vean el espantajo a media zotehuela. No sé siquiera si se hablen entre ellos. Incluso me pregunto si de verdad los conejitos de chocolate contribuirán a aligerar la gravedad del altarcito, o quizá lo harán ver tanto más espantoso.

Visto de lejos, parecerá la obra de un adolescente. Pero habrá quien no quiera verlo de lejos. Podrían levantar una demanda, si no por robo por allanamiento. No sería tan difícil para los policías advertir que la puerta verde tuvo que ser usada en días recientes. Me paro en seco. Recuerdo que de poco sirven las contemplaciones ante una decisión que ya ha sido tomada. Punto. Voy a robarme a ese chingado animal.

Compré luego una lija y unos guantes de látex, según yo para estar bien seguro de borrar huellas viejas y evitar dejar nuevas. Esperé varias horas en la cafetería de la esquina, con el conejo ya clavado y alfileteado en una bolsa de plástico negro. La otra venía llena de zanahorias y alimento especial que compré en el mercado. No fue fácil clavar al conejo muerto, tuve náuseas y arcadas mientras lo intentaba, con la cruz recargada en el asiento. Ya habría tiempo para ir al autolavado. Lo que en ningún momento resolví fue el *modus operandi* con el conejo vivo. ¿Llego y lo cargo, como a un cachorrito? ¿Y si mejor lo meto en un costal? ¿Chillan, muerden, qué hacen los conejos para evitar que un hijo de puta se los lleve adonde le dé la gana?

El costal lo compré a la salida de un depósito de azúcar. Me pareció perfecto, sobre todo asumiendo que a los conejos les gusta el azúcar. Por las dudas, le eché una zanahoria dentro. Tendrá que entretenerse mientras termino de salvarle la vida. Son ya más de las once de la noche y no queda una sola luz prendida. Entré sin hacer ruido, dejé las bolsas junto a la puerta verde y encontré allí la llave que me dejó Dalila. Abrí luego la puerta de la zotehuela. Como una gentileza de la casa, me habían acomodado al animalito adentro de una caja de madera. Misma que de inmediato eché en el costal. Debe de ser jodido que ni en tu última noche te dejen dar la vuelta por una zotehuela.

Lo primero que hice fue poner el costal con el conejo al otro lado de la puerta verde. Después llevé la llave hasta la puerta del departamento de Dalila y su madre y regresé por la bolsa más grande. Puse la cruz al fondo, con su correspondiente cadáver conejuno, detenida entre dos llaves de agua. Se veía siniestra, con o sin chocolates. Más todavía con la vela prendida. Si no la ven así, por lo menos que encuentren la cera derretida. Antes de devolverme al reino soberano del anonimato, pienso en dar el remate ponchándole la llanta, pero apenas me vuelve la imagen espantosa del conejo decapitado, despellejado y crucificado, entiendo que el trabajo está completo. De muy poco valdría gastar ahora las municiones que cualquier día pueden necesitarse. Nunca se sabe en qué momento clave tendrá uno que poncharle la llanta a los vecinos, de preferencia por primera vez.

Cierro la puerta verde y me tiendo en el piso. Reviso uno por uno los diferentes pasos del operativo. ¿Denuncia uno los actos de brujería en su contra? ¿Qué tendrían que hacer unos conejos de chocolate en un rito supuestamente macabro? La última vez que hice una cosa como ésta, nadie pensó en denuncias. Era además un doble atentado, de modo que las partes se echaran una a la otra la culpa del sustazo. Aquí, en cambio, no hay chivos expiatorios. Lo único evidente es que Dalila no pudo haberlo hecho. ¿Quién más, entonces? Otro vecino. Nadie que no viviera en el mismo edificio pudo saber que ahí tenían un conejo. Hay tres departamentos, más la casa vacía con la que nadie cuenta. Debe de ser extraordinariamente complicado encontrar fundamentos para creer que el vecino de arriba o abajo se atrevió a matar, despellejar, decapitar y clavetear a tu conejo sólo porque una noche usaste la zotehuela para dejarlo en una caja de madera.

¿Por qué no simplemente me robé al animal y le ponché la llanta, como manda el librito en estos casos? ¿Me interesaba hacer reír a Dalila, o inquietar a su madre de cualquier manera? En todo caso me está gustando. Es una estupidez, si alguien le cuenta a Imelda del conejo en la cruz no va a dudar a quién reclamarle. ¿Otra vez, Brujo?, me va a decir, y no puedo explicarle que ahora tengo un conejo porque me alié con una niña del edificio. No sé qué me dirían, ella y el abogado, pero seguro me creerían idiota. La historia de la niña no me alcanza para justificar el conejo crucificado y la vela negra. Ni siquiera ante mí, que lo premedité en un solo impulso, como dando brazadas para salvarme de un naufragio callado con el que hasta ayer mismo colaboré. No es la primera vez que funciona el concepto. Echar a andar la casa incendiando los ánimos del edificio. Ser el fantasma de esos suspicaces que no creen en fantasmas.

Liberé al prisionero en el estudio de Manolo. Algo más de tres veces el tamaño de la zotehuelita que de cualquier manera no pudo disfrutar. Es un conejo chico, o quizás joven. Se mueve poco, debió de haber crecido en una jaula. Lo imagino en poder de seis o siete adolescentes asesinos, armados cada uno de un bisturí, haciendo lo imposible por no absorber el chorro de cloroformo que anuncia su inminente destazamiento. El infeliz no sabe, pero está de fiesta. Voy por el alimento, se lo vacío en un plato junto a un pedazo de zanahoria y se lo pongo enfrente. Se acerca y se abalanza. Es seguro que Gina no le compró comida. Para qué, si ya lo iban a matar. Hasta ayer me sentía más solo que una rata. Hoy celebro una cena con un conejo. Puede que no sea un salto, pero al menos sí un paso cualitativo. Ni los conejos saltan a la primera noche.

La edad adulta es la última oportunidad para cumplir los planes que uno fraguó de niño. Hazañitas que tiene toda la vida para intentar, y al cabo es menos tiempo del que cree. Para algunos, acaso los que piensan que no hay año que pase sin corromper a quien lo sobrevive, conservar pensamientos o anhelos o actitudes de la infancia equivale a una forma de retardo mental. Hay que ir hacia adelante y con premura, nos alertan sus ojos de impaciencia desorbitada y cosquilluda. Una persona adulta espera que a otra persona adulta no se le ocurrirá cometer una niñería, cual si el origen de los miedos más hondos e irracionales no se escondiera en los primeros años. Para un adulto no suele ser difícil robarse un animal pequeño y encontrar una forma de esconderlo. Para un niño es un acto temerario, y luego insostenible. No sobran los recursos a esas edades. Tal vez la gran coartada de las niñerías sea el escaso alcance que se les concede. Se supone que deben ser cortas y fugaces; como si no pudieran, igual que cualquier monstruo, fantasma o demonio, crecer y madurar, y el día menos pensado regresar al ataque, como un ajedrecista rencoroso que sabe que hay partidas que jamás se terminan de perder. Aquí estoy, ¿me recuerdas? Soy la osadía postergada de siempre. ¿Puedo pasar o quieres que te siga esperando allá afuera?

La muerte de Mauricio transformó a Mamá Nancy en vampiresa. En pocos meses hasta sus facciones eran distintas. Le cambió la mirada, el tono de la voz, el humor. Se reía más que antes, pero no era una risa de alegría, sino algo así como un espasmo sarcástico. Parecía la risa de un malvado de Hannah y Barbera. Concretamente, el perro del villano francés. *Patán*, que se llamaba. Se carcajeaba sola, además. Decía cosas que nadie más entendía. Sólo se interrumpía para reírse igual que Patán. Según Manolo, se le iba a pasar. Yo creo que lo decía para no entretenerse más con el asunto.

Anduvo un año y medio vestida de negro, pero hasta en eso tuvo que cambiar. Primero traía suéteres de lana y pantalones, luego, de un día para otro, le dio por usar faldas de cuero. Se cortó el pelo, se lo pintó de rojo zanahoria y empezó a maquillarse como mujer-vampiro. Daba miedo, al principio. Luego me acostumbré. Sufre mucho tu madre, me decía Manolo de vez en vez. No sé si se hizo dura, seca o vacía, pero ya no mostraba emociones. Sólo volvía a ser ella cuando hablaba de las señoras de atrás, a las que detestaba con rejuvenecido ahínco. Las dos habían estado en el funeral de Mauricio, sólo para que Nancy armara sendos escenones. Les gritó, las insultó, las amenazó y las sacó a patadas, literalmente. Ya me mataste a un hijo, maldita, qué más quieres, le dijo a la señora María Eugenia, y algo así le habrá dicho a la otra.

Oí la crónica desde mi baño, Mamá Nancy pensó que no era buena idea que me quedara en el velorio de Mauricio. Yo tenía mucho miedo, me habían llevado a una misa de cuerpo presente, con mi hermano en la caja, y el sacerdote volvió de nuevo al tema con el que ya Manolo y Nancy me habían asustado: Mauricio se nos iba, pero igual el espíritu se quedaba. ¿Cuál es la diferencia entre fantasma y espíritu? Yo en todo caso no la conocía. Estar solo en la casa me dejaba treparme al lavabo y pasarme las horas escuchando la historia de cómo Mamá Nancy corrió a la vecina, pero estaba también a expensas de ese espíritu. Podía imaginar a Mauricio convertido en fantasma. Burlándose de mí, rompiendo mis juguetes, poniéndome en vergüenza.

¿Puede un fantasma hablarle a una persona real? La pregunta me trajo atribulado por semanas. Tenía demasiado tiempo para estar a solas y a mis anchas. Nancy se iba por tardes enteras, Manolo aprovechaba para ir a visitar a las de atrás y yo no me movía del lavabo. Era la única forma de saber si Mauricio se aprovechaba de su estado etéreo y le iba con el chisme a Eugenia y su mamá. No podía estar tranquilo si no me mantenía informado de lo que iba pasando en casa de Gina; estar pendiente de ella me evitaba pensar en el fantasma, y hasta a veces creerlo inofensivo. Afortunadamente, la señora María Eugenia se pasaba la tarde colgada del teléfono de la cocina, y así yo me enteraba hasta de lo que no quería enterarme, como cuando llamaba al pediatra y le decía que Gina andaba con diarrea. Lleva media semana haciendo muy aguado, doctor, dijo una tarde, y yo inmediatamente me tapé los oídos, pensando que el fantasma se estaría revolcando de risa.

Lo escuchaba, en las noches. Podía oír sus pasos y su voz detrás de cualquier ruido sostenido, como el viento, la lluvia, la televisión en la recámara de Nancy. Un día se lo dije, pero no me hizo caso. Como siempre, traía la cabeza en otra parte. Si volvía de ahí era sólo para regañarme por algo, cualquier cosa. Me miraba profundo, supongo que buscando algún motivo, hasta que le venía a la cabeza y de ahí se agarraba. ¿Y la tarea?, gritaba, totalmente segura de que en algún momento iba a pescarme con algún faltante. ¿Y la mochila? ¿Y el tiradero de tu recámara? Algo tenía que estar mal conmigo, ella sabía encontrarlo con un par de preguntas mañosas. Por eso fui enseñándome a guardar distancia. Si Nancy era muy dura, yo sabía ser muy escurridizo. Pero era una dureza rara, y de eso hasta Manolo se daba cuenta porque se lo decía a cada rato. ¿Dónde estás, Nancy? Deja de hacerte daño, mujer.

¿Cómo se hace uno daño solo?, me preguntaba con cierta aflicción, pero pronto lo fui entendiendo gracias a la señora María Eugenia, que seguía sin perdonar a mi madre por haberla pateado en el velorio y hablaba pestes de ella a toda hora. Ándale pues, una noche le dijo a Manolo, vete con esa vieja borracha vestida de golfa, que es lo que a ti te gusta. ¿Borracha? Yo a los diez años ya había visto borrachos y no eran como Nancy, que hablaba bien y no perdía el equilibrio. Pero de que tomaba, tomaba. Todos los días había cuando menos una botella vacía en el bote de la cocina, y encima se encerraba por quince o veinte horas. Podía estar borrachísima sin darme cuenta yo. ¿Cómo entonces sabía eso la vecina? Manolo era un traidor, por supuesto. Se quejaría también con la señora Ana Luisa, que por su lado haría picadillo a Nancy.

Diría que mi madre estaba ciento por ciento ausente si no le hubiera dado por los libros. Cada semana compraba dos o tres. Superación, control mental, inteligencia emocional, relaciones positivas, psicocibernética, leyes del éxito. Leía unas cuantas páginas y los dejaba, pero seguía comprando. Según decía Manolo, le hacía mejor comprarlos que leerlos. Según yo, los compraba para construir una muralla. Rara vez un separador pasaba de la página 20, pero el cuento de la lectura le daba una coartada para aislarse. Tengo que leer, declaraba en voz baja varias veces, a lo largo de diez o quince minutos, después se desaparecía hasta el día siguiente. ¿Me acompañas después a comprar unos libros?, me ofrecía, pero siempre acababa yendo sola. No había siquiera que hablar con ella para saber que le irritaba la compañía de cualquiera. Por eso, según ella, le dio por las terapias.

Nancy consideraba vergonzoso tomarse un entusiasmo a la ligera. Cada vez que una nueva idea la seducía, entraba en unos ciclos monomaniacos de los que sólo una nueva obsesión o una honda depresión podían distraerla. En un par de semanas de pasión constructiva ya había llenado su agenda de cursos y terapias. Lo más sano que has hecho en tu vida, se entusiasmó Manolo, que no perdía oportunidad para adularla por tener el buen gusto de dejarlo en paz. Y al cabo yo también lo celebré, no nada más Manolo necesitaba las tardes enteras para ocuparse del edificio de atrás.

Me había caído del lavabo un par de veces. La segunda rompí una lámpara, una jabonera y unos pantalones. Afortunadamente, los cursos de Nancy duraban hasta las primeras horas de la noche. Sobraba tiempo para experimentar. Una tarde, amarré varios cinturones a los tubos de arriba del plafón y conseguí meterme completo. Estaba muy oscuro, pero la calidad del audio bien valía cualquier sacrificio. Podía oír a la señora María Eugenia tal como si estuviéramos en el mismo cuarto. Había un resplandor que en principio me pareció el efecto lumínico del apagón, una vez que tapé el hueco en el techo del baño y me quedé entre sombras, tratando de seguir las palabras de la señora María Eugenia para así no pensar en el fantasma. Cuando por fin mis ojos se habituaron a la penumbra, el resplandor bastaba para ver la textura del piso. Podía caminar, aunque casi en cuclillas, por una doble franja de ladrillos que terminaba en la pared del edificio, al pie del resplandor.

Aun sobre las puntas de los pies no conseguía ver más que aluminio. Con un banco, quizás. De cualquier forma, ya sabía que ese resplandor no era otro que el de la cocina de las Eugenias. Tendría muchas tardes para espiarlas. Sería su fantasma, nadie más lo sabría. Le tenía miedo al espíritu de Mauricio, aunque no tanto como a la persona. Con él vivo nunca habría podido convertirme en espía. Pensaba en ésa y otras ventajas paralelas mientras peleaba contra un nuevo temor, pues igual que los niños tarados del cuento no recordaba por dónde había llegado. Tenía que haber contado los plafones, los pasos, la ubicación precisa de mi plafón entre tantos iguales. Pensé: faltan dos horas, puede que tres, para que Nancy vuelva. Si no tenía paciencia, me iba a poner como ella. Desde niño, siempre que temo estar fuera de quicio me comparo con Nancy y eso me tranquiliza lo suficiente para meter reversa. Madre sólo hay una y está desquiciada, repetía mientras iba probando con cada plafón. Uno de ellos estaba sin atornillar: tenía que ser el mío.

En un par de semanas no sólo dominaba la ubicación precisa de mi plafón, sino todo el espacio por encima del baño, que en realidad era bastante pequeño. Un par de metros de ancho por cinco o seis de fondo. Había unos cuantos ladrillos sueltos, que acomodé precisamente al pie del muro, bajo el hueco del que salía el resplandor. Parado en los ladrillos, pude ver claramente dos de los quemadores de la estufa y las patas de un par de sillas de metal. El piso era de cuadros blancos y negros. Pensé entonces que había llegado tan lejos que ahora sí no podría ir más allá, pero de pronto reparé en mi error. Podían echarme a la calle, o meterme a una escuela militarizada, como recomendaba Manolo cada que Nancy se quejaba de mí, si llegaban a verme encaramado ahí, de fisgón. En realidad, el juego apenas empezaba.

No habían pasado más de dos meses desde la muerte de Mauricio cuando yo ya tenía dos formas de pensar, *con* y *sin* fantasma. En el primer caso, era un niño miedoso y atormentado por escuadrones de culpas, seguro de que antes o después Mauricio volvería a joderme la vida desde la muerte. Y cuando conseguía zafarme de la sombra de mi hermano, empezaba a pensar *sin fantasma* y regresaba al juego, que en poco tiempo se volvió lo único importante. Tal como mi mamá se convirtió en otra persona, yo me fui haciendo un niño aún más retraído y huidizo. En la escuela casi no hablaba con nadie, me absorbía el trabajo de escribir mis *reportes de espionaje*, donde apuntaba cada uno de los datos que conseguía sacar de las conversaciones de los grandes.

Un día que tenía fiebre y no había ido a sus cursos de la tarde, a Mamá Nancy se le ocurrió revisar mis cuadernos. Abrió ella misma la mochila y los fue hojeando lentamente, uno por uno. Pude escuchar los ecos del corazón latiéndome mientras pasaba por la zona de los reportes de espionaje y decía bien, bien, bien. Descubrí entonces que tenía los ojos cerrados, como si en vez de revisarme apuntes y tareas estuviera rezando el rosario. Terminó, se quedó callada y de la nada le dio por gritar. Sí, ya sé que aquí todos son perfectos, yo soy la única inútil y viciosa, seguro que hasta tú te avergüenzas de mí. En otras circunstancias, me habría sentido mal. Pero considerando que mi madre recién había pasado de largo por decenas de páginas donde lo menos que aparecía era Manolo y las vecinas hablando pestes de ella, incluso una paliza habría sido precio razonable. Ya me había salvado del huracán, podía resistir cualquier tormenta.

Hacía poco que tenía diez años, nadie debía enterarse que yo sabía esas cosas. Además, en los *reportes de espionaje* decía también que estaba enamorado. Y decía de quién. Yo suponía que ese solo dato le pararía a Nancy los pelos de punta. ¿Quién iba a imaginarse que habría funcionado justo al revés? Con tanta información, mi madre podría haber negociado un divorcio a todo lujo y hecho pedazos la reputación de la secretaria. Que a todo esto, según mis cálculos, pintaba para un día transformarse en mi suegra. No podía ser yo quien le echara la vida a perder. Si un día llegaba Nancy y no me encontraba, era mejor quedarme oculto arriba a que me descubrieran bajando del plafón. Y si volvía a revisar los cuadernos, más me valdría no tener allí *reportes de espionaje*.

Me volví desdeñoso y huraño en la escuela porque no tenía tiempo para más. Había siempre tantas precauciones pendientes que me pasaba las mañanas enteras diseñando estrategias de camuflaje. Una vez arrancadas de mis cuadernos las hojas con *reportes de espionaje*, descubrí que tampoco era seguro dejarlos hasta el fondo de mi pupitre. Había que pasarlos en limpio, pero con otros nombres y diferentes fechas. Manolo se volvió *Hipopótamo Uno*, Nancy *Gacela Ocho*, yo *Zopilote Tres*, la señora María Eugenia *Salmón Dos* y Gina *Doble Cero*. Pero no era del todo seguro. Si Nancy lo leía con cuidado podía sacar ciertas conclusiones. Cuando al fin decidí pasar en limpio los *reportes de espionaje*, me había inventado una escritura secreta. No parecían muy imaginativas las nuevas letras, pero tampoco era posible descifrarlas sin disponer del código en la mano, o en la memoria.

O	–	|	¿	?	%	+	X	2	∽	⊢⊣	I	⊖
A	B	C	D	E	F	G	H	I	J	K	L	M

Φ	Λ	V	◇	□	△	8	‡	ɥ	ȣ	→	←	∞
N	O	P	Q	R	S	T	U	V	W	X	Y	Z

En la mano lo tuve sólo dos mañanas. Cuando me di cuenta, luego de un par de páginas copiadas, me había aprendido el código completo. Despedacé el papel con las equivalencias y me entregué al trabajo avasallador de transcribir cincuenta páginas de reportes a mi nuevo lenguaje. Había, además, que ir haciendo los nuevos. Pensaba: En todo el mundo nadie más lo sabe. De ahí tomaba fuerza para resistir el impulso de salir a recreo y disfrutar del sol, en lugar de quedarme en el salón de clases haciendo garabatos en perfecto silencio. Y luego, ya en la noche, cuando trataba de quedarme dormido, no podía evitar seguirle dando vueltas a cada uno de los misterios que quedaban pendientes luego de todos esos *reportes de espionaje*, donde lo único claro era que nada en nuestro intento de vida familiar, ni en el de las Eugenias, podía ser verdad. Estaban todos jugando a otro juego, igual o más torcido que el mío. Pero ahora ya estaban entrelazados. No podía mi juego venirse abajo sin que el de ellos cayera detrás.

□?VΛ□8? ¿? ?△V2ΛΦO∽?, rezaba cada vez el encabezado, seguido por el respectivo número de folio: ‡ΦΛ, ¿ΛΔ, 8□?Δ. Seguiría usando puntos, comas y paréntesis. No habría acentos, porque de cualquier forma no era bueno para ponerlos. Escribía los números con letra, mientras daba con nuevos signos para sustituirlos.

Dos recreos más tarde, los primeros □?V∧□8?Δ ¿? ?ΔV2∧ΦO⌒? estaban listos, junto con la numeración del cero al nueve, que tampoco tardé en memorizar:

#	⊓	⊔	⊏	⊐	⊓	⊔	⊏	⊐	✻
0	1	2	3	4	5	6	7	8	9

Había llenado seis páginas completas de un cuaderno cuadriculado, a razón de una letra por cuadrito, sin espacios, para dificultar aún más el trabajo de los posibles intrusos. Ni siquiera el fantasma de Mauricio, me enorgullecí, podía entender lo que decía allí. ¿Y si podía leer mis pensamientos, para qué iba a querer descifrar códigos? Lo pensé varias veces, aunque ya con irregular convencimiento porque el fantasma iba perdiendo fuerza dentro de mi cabeza, que estaba demasiado ocupada con los códigos para darse a sufrir por un espíritu que no acababa de hacerse presente. Mauricio, en su lugar, ya habría hecho pedazos mi reputación. ¿Cómo era que el fantasma no movía un dedo? ¿Y si no había fantasma? ¿No habría sido más lógico que Mauricio se fuera directo al infierno, como creía yo que merecía?

En uno de los libros de Nancy aprendí que los nombres eran básicos. Decía algo así como que no hay sonido más dulce a los oídos de cualquier persona que su nombre de pila. Fue por eso que desde el mero principio me interesé por inventar nombres en clave. Uno jamás se tarda en encontrar su nombre a simple vista entre páginas llenas de palabras juntas. Ni siquiera con el nuevo alfabeto me atreví a usar el nombre de Nancy, ni el de Manolo, ni el nadie que me pudiera descubrir y hacerme pedazos, o hasta hacernos pedazos a todos. Ya con todo el sistema funcionando, firmé cada reporte con mi nombre clave: OO∧V2I∧8? ⊏.

Claro que si ⊏ era un tres y ⊐ un cuatro —tal como ⊓ era el uno y ⊔ el dos— tenía que evitar la posibilidad de confundir la orientación de un párrafo durante la lectura. Inventé un nuevo signo: ⊥. Lo usaría en lugar de cada punto: las líneas estarían llenas de ese signo y así sería muy fácil enterarse si la hoja estaba de cabeza. Al final escribí nuevamente el alfabeto entero, con los números, el punto y el rabo de la eñe en medio de la ene: ᯽.

De repente sentía tantas ganas de compartir mi código como urgencia de conservarlo oculto. Bajé entonces solemnemente a la cocina y prendí fuego a la segunda y última copia de mi alfabeto sobre la Tierra. Era un juego de niños, por supuesto, pero si un solo adulto se enteraba del contenido de esos reportes iba a venirse abajo el teatro familiar. Dependía de mí que eso no sucediera.

El cero me gustaba especialmente. Bastaba con trazar un par de ellos para escribir el nombre clave de Gina: ##. Conforme iba escribiendo y releyendo, ganaba la destreza suficiente para ir acomodándome al nuevo alfabeto, de forma que ya no era en verdad engorroso escribir frases largas sobre la cuadrícula. Podía colgarle apodos a quien se me pegara la gana, decir lo que quisiera de quien fuera, sin temer que pudieran descubrirme. Y eso, en términos prácticos, equivalía a sacarle ventaja a Hormiga Seis, que era el nombre secreto del fantasma. Necesitaba verlo así de pequeño, saber que si me despertaba a media madrugada sólo tendría que prender la luz y machacarlo con la yema del pulgar. En mi código, tanto el ⊔ como el ⊍ podían representar la imagen de unos cuernos, pero el punto en el centro del seis sugiere la presencia de un ojo que nos mira con la fijeza de una angula en su lata: ¿ya me vas a comer? Por eso en mis reportes de espionaje rara vez aparece la clave XΛ□ɵƧ+O ⊍. En todo caso lo llamo %OΦ8OΔɵO, o hasta ?ΔVƧ□Ƨ8ǂ, igual que a una persona la llamaría persona. ¿Tenía ese fantasma el poder de enseñar a Nancy a descifrar mi código? ¿Y si era justamente por su inspiración que yo me aislaba del resto del mundo para meterme en todo lo que no me importaba? Cada día sentía más miedo de mí mismo y menos del fantasma. Sólo escribir en clave me dejaba sentirme protegido.

Nadie llegó a saber en qué momento comenzó Nancy a reemplazar terapias por gurú. Creo que lo conoció en una clase de yoga, aunque según Manolo se veían ya desde antes. Cuando el yoga yo tendría doce años, trece. Había terminado la primaria jugándole al espía a toda hora. Podía leer y escribir en mi código con cierta fluidez que aún me parecía motivo de orgullo. Un par de compañeros que llegaron a ver las páginas secretas se conformaron con opinar que parecía un tejido de niñas. Manolo se encontró con dos hojas repletas de signos bajo su escritorio y sólo me ordenó que me llevara mis tareas de ahí.

De pronto ni siquiera me divertía, pero pensaba que era mi deber. Una vez que había visto las orillas del chisme, no podía quedarme sin conocer el resto. Aunque doliera tanto enterarme que según las vecinas mi madre se había vuelto una borracha y una cocainómana, y que ese dizque profesor de yoga no era más que su amante y proveedor. A la señora María Eugenia la reconfortaba repetir esa historia en el teléfono, como si antes de cada nuevo capítulo hubiera que soplarse toda la sinopsis. Lo peor era escuchar después a Manolo recitárselo por teléfono a la señora Ana Luisa cuando daban las diez y las once de la noche y Mamá Nancy nada que volvía del yoga.

Si te digo que tienen varios años de conocerse es porque sé que son los mismos que lleva ella de meterse esa mierda por la nariz, pero de ahí a engañarme hay un buen trecho, y cállate que tú no sabes nada, ni vives ya conmigo, ni eres nadie. Con todas era igual, comenzaba explicando, se iba enojando solo y terminaba disparando a matar. Incluso si mi madre le pintaba los cuernos, decía, ninguna de ellas tenía derecho a inmiscuirse. Ni para aconsejarlo, no faltaba más. Ya bastante le estaban costando los vicios de su esposa para encima aguantar respingos de las otras.

El gurú se llamaba Neftalí. Francisco Neftalí Gorostiza, según años después vinimos a enterarnos los que quedábamos. Tenía una orden de búsqueda y captura del FBI y un par de juicios penales en México, que sorteó con la habilidad bastante para que Nancy sólo se las oliera cuando ya no podía rescatarse de él. ¿Habría cambiado algo que se enterara antes del negocio secreto del gurú? No lo creo. Si a mi madre nunca le incomodó vivir con un ladrón inmobiliario con tal de estar en la mansión de sus sueños, menos le iba a quitar el sueño saber que el nuevo novio vivía de comerciar con los polvos que a ella la tenían instalada en el trono del limbo donde vivía. Debió además de ser martirio aparte compartir cama con un tipo asqueroso como el que fue a agarrarse mi madre de patrocinador. Yo en su lugar también me habría hecho dipsómano, cocainómano, quién sabe si pirómano. Hijo de Nancy, al fin.

No me habría disgustado chamuscarle a Manolo La Propiedad, pero todo mi mundo estaba ahí dentro. Sin él no habría más Gina, ni espionaje, ni habría tenido sentido escribir en un código secreto. Llegué a pensar en incendiarle cuando menos el coche, pero de cualquier forma yo salía perdiendo. Me gustaba ese coche, viajaba en él, ¿para qué iba a quemarlo? No había para qué, sino por qué. Había ido muy lejos en el jueguito del espionaje y por lo tanto odiaba al marido de Nancy. Nunca me trató mal, pero podía escucharlo rumiar en la cocina del departamento mientras le metía mano a la señora María Eugenia. Era un caliente, pero no sólo eso. Un cerdazo, más bien, eso es lo que era. No le bastaba con encuerarla ahí mismo y tirársela encima de la mesa, además la insultaba tiernamente. *Ábrete, zorra de mierda. Hija de puta, qué rico culo tienes. Cágamelo sabroso, puta pedorra. Mójame, puerca, cuina, chancha, marrana, cerda.*

Por eso digo que era un cerdazo. ¿Quién me decía que no le eructaba las mismas porquerías a mi madre? Tardé más en temérmelo que en sentarme a escribir el primer reporte de espionaje al respecto. Pero no me atreví a comenzar a espiarlos, porque si un día oía a ese cabrón decirle todas esas mierdas a mi madre, de seguro iba a hacer una idiotez. Los fisgaba de lejos, esperaba a que apagaran la luz para llamar desde el otro teléfono. Contestaba Manolo, invariablemente, y yo invariablemente lo hacía rabiar. No le decía nada, solamente jadeaba igual que él cuando estaba con la señora María Eugenia. ¿Cómo iba a imaginarse que era yo? Bastaban tres o cuatro llamaditas para escuchar sus gritos desde mi recámara. Luego los de mi madre, que acababa exigiéndole que se fuera a atender a la zorra que le estaba llamando. Diez minutos después, ya estaba en el departamento de atrás, desquitándose con la secretaria. Mañana mismo dejo a esa loca furiosa, le anunciaba y ella se lo creía, porque al día siguiente no se cansaba de repetirlo. Parece que Manuel va a recobrar el juicio, la oía yo decir desde mi parapeto.

Manolo no tenía que sacar un pie de *La Propiedad* para llegar a los departamentos de atrás. Nunca supe si Nancy lo ignoraba o si le convenía disimularlo. Tampoco ella querría jugarse el acomodo conyugal por tratar de evitar lo inevitable. No todavía, pues. Para eso tuvo que ir entrando en escena el susodicho *Nefty*, que era como a mi madre le gustaba llamarlo. El hecho es que a Manolo no acababa de incomodarle la presencia de *Nefty* en la vida de Nancy. ¿Para qué la quería en la casa paranoica, siguiéndole los pasos y anclándolo de noche? Una vez, mientras mi según yo futura esposa veía la tele en su recámara y mi padrastro le alzaba la falda a mi futura suegra en la cocina del departamento, escuché de este lado a Nancy levantar el teléfono para llamarle a Neftalí. Ya se fue con la secre, le dijo. Luego añadió algo así como ya sé que cada día la quieres más y de plano soltó la carcajada. Por ésa y otras cosas creo que ella sabía de la puerta en el baño del despacho.

Supuestamente nadie sino Manolo entraba en el despacho, pero es poco creíble que una controladora como mi madre diera por buena esa restricción. Tuvo que haber husmeado alguna vez. Sólo había una chapa en ese despacho, habría sido tan fácil como cualquier mañana ir por un cerrajero. Manolo de repente se ausentaba por días. Yo mismo descubrí ese pasadizo meses antes de que Nancy se hiciera la sorprendida y chillara ante el peso de la evidencia. ¿Cómo pudo Manuel hacerme esto? Pero entonces Manuel ya estaba muerto, y nuestro mundo junto con él. Muy pronto entendería Mamá Nancy la poca utilidad de seguir adelante con una guerra huérfana de banderas. Pero yo hablo del tiempo en que esa guerra vivía un apogeo aparente, aun si en la realidad todos estábamos un poco de acuerdo para fingir demencia al unísono. Y nada había en el mundo que yo deseara más que enterarme de todo, a toda hora y de cualquier manera. Hacía tiempo que ya no era un placer, sino un vicio, como esas comezones que van sacando ronchas, llagas y gangrenas. Había tomado vuelo hacia abajo, sentía que sólo un golpe seco sobre el suelo iba a ser suficiente para detenerme. Hasta que el golpe lo recibió Nancy, el día que el gurú Neftalí se desapareció con su turbante y un dineral nunca especificado.

Nadie lo supo, entonces. Fue como si por obra de un milagro mi madre hubiera entrado en razón. Dejó libros, terapias y salidas nocturnas, para preocupación y pesar de Manolo. Según creía la señora Ana Luisa, Nancy ya había enviciado a su marido, por eso lo veían menos que de costumbre. Pero lo único cierto era que Manolo tenía que esperar hasta entrada la noche para zafarse del acoso de Nancy, meterse en el despacho y cruzar por el baño hacia el pasillo que conectaba con la puerta verde.

Nancy perdió un gurú y ni un solo vicio. Siguió siendo la misma, a costillas de Manolo, como si previamente hubiera concebido la idea de liberarse de él a golpe de sofoco. Creo al fin que a los dos les daba igual con quién estuviera, de todas formas no creían en nada más que en lo que tenían. Aunque Nancy pensara que tenían mucho. Casas, decía Manolo, departamentos, edificios, ranchos, y todo eso debía de darle a mi madre hileras de razones para seguir amafiada con él. Esperaría a que se hiciera con unas propiedades más, para un día llamar al despacho de abogados y aventárselos todos al incauto. No es más que mi teoría, pero igual nadie supo tanto como yo. O casi nadie, porque hasta eso tendría que cambiar con el tiempo.

Pero entonces nada se me escapaba. Con excepción de los huesos de Gina. Sabía cosas de ella, eso sí. Algunas lo bastante interesantes para hacerla mirarme con curiosidad. Pero no podía verme, ni yo acababa de ingeniar la manera de meterme en su vida sin que nadie tuviera que enterarse. Tal vez sabía de mí y me detestaba. No me había acusado por el día de los binoculares, y eso a mis ojos la hacía ya la mujer de mi vida, pero nada me aseguraba que no fuera a intentarlo si me le aparecía. ¿Me iba a creer, aparte? Habría que confesarle que la espiaba, y eso ya me dejaba mal parado. Quedaba un gran consuelo para mi cobardía en saber que nunca hubo nada por hacer. Y aun si lo hubiese habido, ¿qué tal si lo hacía mal, que era lo más probable?

Espiar vidas ajenas es un vicio que disuelve la propia. Recuerdo pocas cosas de esos años, fuera del juego del espionaje. Tenía un interés concreto en pensar en los otros, porque eso me evitaba verme en el espejo. Mi vida era mejor que nunca antes, pero quedaba allí la sombra del fantasma. Me preguntaba si era Mauricio ese fantasma, o apenas una zona turbulenta de mi conciencia de niño sanguinario.

No había vuelto a rezar desde su muerte. Me daba miedo oír un Padrenuestro. Cada vez que mi madre me instaba a persignarme, cumplía a regañadientes y con escalofríos. ¿Había muerto Mauricio por culpa de mis rezos? ¿Se alía Dios con quienes le desean la muerte a su hermano, o en fin, su medio hermano? Afortunadamente, Nancy había descartado la idea de la Primera Comunión. Quemó toda la ropa de Mauricio y la mía la refundió en un cajón. El año que entra, dijo, y dos años más tarde la regaló. Ya no me quedaría, además. El tema la inquietaba, no quería saber de primeras comuniones. Cuando menos en eso estábamos de acuerdo.

¿Y si maté a Mauricio? La pregunta me persiguió por tantos años que crecí acostumbrado a pensar en mí mismo como asesino junior. También por eso no tenía amigos. Rehuía a la gente, según yo por su bien. ¿Quién querría ser amigo de un niño que mandó a su hermano al cementerio con la ayuda de Dios? Todavía hoy recuerdo la primera semana sin Mauricio como una de las más dichosas de mi vida: esos días gloriosos que antecedieron a la cobranza.

En los westerns que le gustaba ver a Manolo, los malvados acostumbraban carcajearse antes y después de matar a sus víctimas. Vas a estar muerto cuando yo termine de reírme, fanfarroneaba uno de los villanos más odiosos, y yo no era mejor porque me había atrevido a ser feliz luego de haber matado a mi hermano. Fue eso lo que pensé cuando llegó la cuenta y me agarró chillando del horror. ¿Y si Dios nada más me había echado una mano para que yo solito me ubicara entre los canallas? La cobranza supuso temerme de repente que a partir de la muerte de Mauricio todas mis alegrías fueran ya inmerecidas, y hasta indignantes. ¿Quién, que viera a Caín recompensado, no alegaría que Dios es un demonio? Y es aquí donde arranca el resto del problema, pues tal es una reflexión adulta. Creo que en ese punto apenas me he movido, soy incapaz de verme como buena persona, aunque puede que en mis mejores momentos alcance el rango de canalla compasivo. Me persigno con cada clavo que refundo en la carne de Cristo; puesto donde Pilatos, le habría tramitado una inyección letal. Si quisiera quitarme lo malvado, tendría que buscar una cruz de mi talla, pero en algún momento saldría todo mal. No sería el Cireneo ni de mí mismo, y sí el Pilatos de mi propia madre. Que es lo que pienso siempre que concluyo que Nancy comenzó a morirse a partir de la muerte de Mauricio. ¿Cómo evitar entonces la sospecha de contener a Caín, Herodes, Iscariote y Pilatos, entre otros? ¿Cuánto valen los besos que le da a su mamita el niño que asesina a rezos a su hermano? Por eso digo que esa cruz no la cargo. Prefiero creer que soy el producto natural de una hija de hija de puta con mala fortuna. Mamá Nancy, la intensa hasta la muerte.

III. Dalila

1. ¿Sufre usted de proclividad hacia las relaciones enfermizas?
2. Una vez que hay una relación en curso, ¿cree que con cada herida ésta se afirma?
3. ¿Hace usted de la herida una llaga y de la llaga una pústula?
4. ¿Encuentra usted simpática la afirmación "Este mundo es un hijo de mala madre"?

ISAÍAS BALBOA, *Todo el oro del mundo*

—Sólo dime una cosa: ¿mataste a mi conejo? —se había aparecido tres minutos atrás, golpeteando ventanas y puerta con el filo de una moneda de diez pesos. Vi el reloj: ocho y veinte. ¿Qué puta mierda hacía allí la escuincla? ¿No le pedí que ya no usara esa puerta? Bajé y abrí. Tenía las mejillas relucientes de lágrimas.

—Cálmate ya, Dalila —retrocedo, me voy acuclillando. —Yo no he matado a ningún conejo, al que viste en la cruz lo compré muerto.

—No te creo. ¿Dónde?

—En el mercado. Así los venden, ya despellejados. Igual que los pollos.

—¿Tú lo crucificaste?

—Supuse que era un modo de asustar a tu prima. Y a tu mamá, de paso. Para que nunca lo volvieran a hacer.

—¿Y mi conejo?

—Está arriba, esperándote. Yo en su lugar querría darte las gracias —le sonrío y sonríe. Parpadea. Se sacude las lágrimas.

—¿Lo puedo ver? —entra a media pregunta, me hago a un lado, echo un vistazo afuera, cierro la puerta.

—Antes dime dos cosas. ¿Qué haces aquí a esta hora, no deberías estar en clases? Y la otra, ¿qué dijo tu mamá cuando vio lo que les dejé en la zotehuela?

—No fui al colegio por culpa tuya. A mi prima le entró un ataque de histeria y mi mamá le dio dos pastillitas para que se durmiera. Después se fue y me dejó a mí a cuidarla.

—¿Te dijo tu mamá que había un conejo muerto y crucificado?

—Era mi prima la que lo gritaba. Fue ella también la que lo descubrió, atrasito llegó mi mamá.

—¿Y tú qué hiciste?

—Pues asustarme, qué más iba a hacer. Me escondí entre las sábanas. Mi mamá dice que los mentirosos nunca ven a los ojos. Después, cuando oí todo lo que gritaba mi prima, me asusté mucho más. Y ni modo, me puse a llorar. Ya te conté la historia, ahora déjame verlo.

—¿A qué hora dijo tu mamá que volvía?

—Hasta la noche. Tenía que ir a Querétaro.

—¿Y si tu prima se despierta?

—No creo. Con esas pastillitas mi mamá duerme como diez horas.

Tal como lo temí, el conejo ha minado la habitación de caca. Dalila lo acaricia con las dos manos, aún buscando por dónde sería mejor cargarlo. El animal apenas le responde, pero se deja hacer. Estará todavía aturdido, lleno de miedos que no puede rastrear. Así estaría yo cuando llegué a esta casa, directamente de otra conejera. Somos dos asilados, a estas alturas. Me gustaría preguntarle a Dalila por detalles precisos. ¿Lo vieron los vecinos? ¿Lo tiró a la basura? ¿Lo dejó ahí nomás? Por el momento tengo bastante con verla totalmente prendada del conejo. No será muy difícil explicarle que de su discreción depende nuestra seguridad. No querrá que su madre la atrape in fraganti con el conejo robado, y detrás el vecino que se lo robó.

—Ahora sí, cuéntame cómo lo salvaste —se ha tirado en el piso, al lado del conejo. Parecería que nos conocemos de años, eso también ayuda a tranquilizarme.

—Ya te dije. Compré un conejo muerto, lo clavé en una cruz y lo puse en lugar de tu conejito. Tendrías que ponerle algún nombre.

—Luego te digo el nombre, todavía no acaba de ocurrírseme.

—¿Tu mamá cree que es el mismo conejo?

—Ya te conté que lo gritaba mi prima Cindy. Mi mamá decía ay Dios y qué horror. Yo también lo creí, pero no estaba tan segura. Tú me habías prometido que no ibas a matar ni a un huevo de hormiga.

—¿Qué decía tu mamá, qué hizo, qué dijo que iba a hacer?

—¿Tú crees que nos atrape?

—Si buscan bien, van a acabar llegando a esta casa. A ti no tienen por qué descubrirte. No hiciste nada, aparte.

—Te di la llave de la zotehuela. Luego me levanté muy noche por ella.

—Te la puse debajo de la puerta.

—Y yo la regresé a su lugar.

—¿Ves? Además, si me agarran y me preguntan puedo decir que estaba el zaguán abierto.

—¿Tanto miedo te da que te agarren?

—Tampoco es que sea fácil. Pero igual sí tendría que irme de aquí. No sabría ni a dónde.

—¿Por qué estás escondido?

—Para poder cuidar a tu conejo. Todavía no me dices qué tantas cosas hizo tu mamá.

—Se puso muy nerviosa. Subió corriendo por bolsas de plástico, persignándose.

—¿Es muy católica?

—Hace como dos meses que no vamos a misa. Pero hoy sí se asustó. Bajó a la zotehuela, puso al muerto en las bolsas y lo dejó en la calle, con la basura. No quería que se enteraran las vecinas, pero bien que seguía persignándose.

—¿Y a quién le echó la culpa?

—No sé. Gente ignorante, dijo. Como si de repente le diera vergüenza.

—No me has dicho qué es lo que piensa.

—Pues nada. Me pidió que no se lo contara a nadie. Dice que cosas de esas nunca pasan en las colonias decentes.

—¿No sospechó de algún vecino en especial? Una muchacha, un mozo.

—No sé, ya no me acuerdo. Estaba yo asustada, quería hacerme invisible y echarme a correr.

—¿Para venir aquí?

—Tenía que saber si mi conejo estaba de verdad muerto.

—Tenías que saber si me ibas a acusar...

—Eso no sé. No te podía acusar sin acusarme sola. Pero si habías hecho eso me ibas a dar miedo. Mucho. Yo creo que sí te habría tenido que acusar. Qué tal si un día crucificabas a mi mamá. O a mí. De todos modos no me gustan tus bromas. Qué chiste tiene ver llorar a la gente.

—Se me pasó la mano. Perdón. Yo creía que te ibas a reír.

—¿Cómo sé que no te escapaste del manicomio?

—No lo creo. No lo recuerdo, por lo menos.

—¿No me vas a contar de quién te escondes?

—Otro día. Cuando no esté de tan buen humor. Me siento como si acabara de robar un banco.

—¿Tienes amigos?

—No. Tú, solamente.

—No soy tu amiga. Solamente tu aliada. Tú crucificas conejos muertos.

—También salvo a los vivos. Hasta hoy, no se han quejado ni unos ni otros.

—Si un día eres mi amigo, me vas a prometer que ya no vas a hacer brujería.

—¿Yo, brujería?

—Mi prima también dijo que tenía alfileres clavados y listones y velas y no sé qué más. ¿Cómo sé que no nos hiciste brujería?

—Porque si yo te hubiera embrujado no me estarías haciendo estas preguntas. Te callarías y me obedecerías y te saldrían la cola y los cuernos.

—¿En la escuela asustabas a los otros niños?

—¿De dónde sacas eso? Ahora tú eres la que hace brujería.

—No hay que ser bruja para imaginarse que un señor que hace bromas como las tuyas empezó cuando estaba en primaria. ¿A qué edad te expulsaron por primera vez?

—Me expulsé solo, a los catorce años. No hacía muchas bromas, y cuando las hacía no se lo decía a nadie. Pero sí me gustaba asustarlos. ¿Sabes cuál es la técnica profesional del susto?

—¿Tú la conoces?

—Le llegas por atrás al que vas a asustar, sin que te oiga. Cuando crea que no hay nadie alrededor y esté muy concentrado haciendo alguna cosa.

—Como cuando mis primas hacen su tarea.

—Tendrías que cambiar de prima. A ésta ya la asustamos suficiente. El chiste es que tú llegas, tomas aire hasta que se te hinchen los pulmones y le pegas un grito con toda tu alma.

—Eso yo sí sé hacerlo. Es más, ya se los he hecho.

—Pero no sabes cuál es el secreto.

—Gritar bien fuerte, así se espantan más.

—Gritar fuerte durante mucho tiempo, hasta que se te acabe todo el aire.

—¿Sin parar?

—Un solo grito largo, para que no descansen. Que se queden trabados con el susto. Que sientan que van dentro de una ambulancia. Garantizado: se les sacude el cuerpo mientras no te callas. Igual que si estuvieran en la horca.

—¿Quién te enseñó a hacer eso?

—Mi hermano me lo hacía todo el tiempo. Si me veía jugando con mis cochecitos o concentrado en hacer un dibujo, me gritaba, pelaba los ojos y me agitaba de los hombros, o el cuello. Era como querer y no poder escapar de una pesadilla. Él decía que eran *sustos elásticos*. Cuando podía, me despertaba con uno. Sabía que un día que arranca con un susto elástico ya no puede ser bueno. Por eso nunca he usado despertador. Pasé tres años durmiendo con un ojo abierto por el puro terror a despertar en las garras de un susto elástico.

—Son bromas para adultos. Yo todavía no cumplo los diez años, Cindy tiene catorce.

—Mi hermano tenía nueve cuando me hacía eso; pero Cindy quería matar a tu conejo. Yo le apliqué una broma para adultos y gracias a eso nadie sospecha de ti. Y el otro conejito ya estaba muerto cuando lo conocí.

—¿Cuánto tiempo vas a quedarte aquí?

—Unos meses, yo creo.

—¿Vas a dejarme ver a mi conejo?

—Sólo si me prometes nunca volver a usar la puerta del frente, ni venir a buscarme por ese lado, ni volver a cruzar la caseta de policía.

—¿Y qué vamos a hacer cuando te vayas?

—No sé. Tenemos tiempo para planearlo.

—Y tu hermano, ¿te sigue dando sustos elásticos?

—Jugó al fantasma durante varios años, pero luego se fue. Cuando ya no me pudo asustar.

—¿Sabe que estás aquí?

—No sé. Puede que sí. Le encantaría venir a fastidiarme —de repente lo pienso y no estoy tan seguro de haber matado del todo al fantasma. La últimas semanas me han refrescado algunos rencores. O quizá se hayan hecho más rancios.

—¿Dónde está él?

—¿Mi hermano? En el infierno, claro.

—¿Es otra broma, quieres asustarme?

—Es la verdad, pero no sé por qué te la estoy contando. Mi hermano murió hace años. Según yo, su fantasma me perseguía. Después me dejó en paz. Ahora creo que todo me lo imaginé.

—¿Y cómo sabes que está en el infierno?

—Lo que no sé muy bien es si hay infierno. Pero me consta que él se lo ganó.

—¿Se va una al infierno por dar sustos elásticos?

—No creo. A menos que le des más de cien a una misma víctima. Si haces eso, el demonio en persona te recibe en la puerta.

—¿Ves cómo sí te gusta asustar a la gente? Tú también te vas a ir al infierno por eso. Y además por decir que tu hermano está muerto. Mi mamá dice que con eso no se juega —frunce el ceño y sonríe al mismo tiempo. Es una mueca rara, que repite de rato en rato como intentando sembrar simpatía. En lo que a mí respecta, ya la está cosechando.

Cuando menos lo espero soy un niño acusando a otro niño. Lo pienso una vez más. Nunca le conté a nadie lo de Mauricio. Ni siquiera cuánto lo detestaba. Menos cuánto recé por que pasara todo lo que pasó. ¿He empezado a contárselo a Dalila porque equivale un poco a decírselo a Gina, o porque somos cómplices y nos une un secreto comprometedor?

—Otro día te lo cuento con más calma. Y por cierto, ¿tu mamá en qué trabaja? —uno también se va de la boca esperando que el otro le corresponda con la misma torpeza.

—¿Mi mamá? No sé cómo se diga. Busca novias y novios y los junta, para ver si después tienen hijitos. Es algo así como casamentera.

—¿Casamentera? —la última vez que escuché esa palabra, estaba viendo *Violinista en el tejado*— ¿Qué es lo que hace una casamentera?

—Nada. Pone un anuncio en el periódico y espera a que le llamen los clientes. Luego organiza cenas y los presenta.

—¿Dónde?

—En mi casa. Los viernes y los sábados.

—Y por eso te vas a dormir con tus primas…

—Mi mamá dice que son cenas de solteros y se sienten incómodos si hay niños. Yo creo que les da pena que los vea besarse.

—¿Nunca has estado en una de esas cenas?

—Una vez, pero me la pasé metida en mi recámara. Además mi mamá me dio una pastilla, así que me quedé como mi prima.

—¿Les cobra tu mamá, por presentarlos?

—Por eso no, pero sí por la cena.

—No le irá mal, supongo.

—Ahora quiere hacer cenas también los jueves. Voy a acabar viviendo en casa de mis primas. ¿Y tú qué? No trabajas, ¿verdad?

—Estoy de vacaciones, pero no creo que vuelva —me detengo justo antes de preguntar en qué periódico se anuncia su mamá.

Pienso inmediatamente que este silencio puede ser el comienzo de un juego. Corrijo: la continuación.

—Qué raro eres, y además de eso vives escondido. Mi mamá me daría de patadas si supiera que me llevo contigo. Creería que te escapaste de la cárcel. Ten cuidado, Dalila, cuando menos lo pienses te mete en un costal, te saca los ojos, vende las córneas y te pone a pedir limosna —me hace reír con ganas. Mueve las manos y agita la cabeza, con los ojos pelones y la voz de pito.

—¿Yo sería el robachicos, según tu mamá?

—Así dice también, el robachicos. Cómo se ve que son igual de viejos.

—¿Qué otras palabras raras dice tu mamá?

—Muchas. A veces ni le entiendo cuando habla por teléfono con sus amigas. Y cómo ves, mi güera, que el viernes me encontré al que te platiqué a media calle, y él que me echa ojos de hombre y a mí que me dan ñáñaras. No sé qué sean las ñáñaras, ni los ojos de hombre. Y lo dice de un modo que no sé si le duelen o le gustan. ¿Las ñáñaras también les dan a los hombres?

—Pues sí, pero eso es cierto. Unas veces te gustan y otras no, y hay unas que no sabes si te gustan. O qué tanto te gustan, o si luego te van a seguir gustando. Imagínate que a tu mamá se le ocurre mejor no ir a Querétaro, regresa, no te encuentra y piensa que la culpa es del robachicos…

—Cállate, no le sigas que traes la mala suerte.

—¿Ves? Ésas son las ñáñaras. Se te enchina la piel, te da un escalofrío. Unas veces de miedo, otras de susto, o de emoción, o de vergüenza. ¿Tú cómo te imaginas al robachicos?

—Es un viejo roñoso y apestoso que trae un juguetito en su costal, para que se le acerquen los niños bobos.

—Imagínate que ese viejo cochino quiere tener un hijo con tu mamá. Dan ñáñaras, ¿no es cierto? Ahora piensa que en vez del robachichos el que llega es un príncipe simpatiquísimo y le dice que quiere casarse con ella. Ñáñaras, otra vez, sólo que de las buenas. Mira a tu conejito, él también siente ñáñaras.

—Yo no creo que mi mamá se encuentre a un príncipe. Siempre que estoy en casa de mis primas me duermo imaginándome que un señor de los que andan buscando novia va a hacerse un día novio de mi mamá y se la va a llevar, o que me llevan y me tratan mal. Es como una película de ñáñaras.

—¿Y lo sueñas después?

—Yo creo que sí. No sé. Casi nunca me acuerdo de mis sueños.

—¿Ni de las pesadillas?

—Me despierto llorando, pero no sé por qué.

—¿A qué fue tu mamá a Querétaro?

—A enseñar unas joyas que le heredó su tía. Lleva un montón de tiempo vendiéndolas y nadie se las quiere comprar.

—Mejor no cuentes eso. ¿Qué tal si soy ladrón?

—Tú y yo somos ladrones de conejos. Mi abuelita decía que dos avispas no se pican. ¿Robas joyas, también?

—Robo ideas. Luego por eso tengo que esconderme.

—¿Ves cómo eres bien raro? Pobrecito conejo, va a tener que vivir entre rateros —alguien dentro de mí salta y se sacude cada que le pregunto algo relacionado con Gina. Es algo más que ñáñaras. Quisiera y no quisiera averiguar qué ha hecho con su vida la niña del edificio de atrás, me siento miserable cada vez que le exprimo la información a la hija. Quisiera preguntarle cómo es su mamá, que me la describiera, flaca o gorda, desgarbada o altiva. Pero mi simpatía por la niña crece aún con mayor velocidad que mi curiosidad por la madre. Ni siquiera me atrevo a preguntarle más por el papá. Preferiría husmearlo por mi cuenta. Tal vez la madre sea tratante de blancas y yo me estoy metiendo donde menos me llaman. ¿Qué significa *me estoy metiendo*, si en la práctica no he dado ni un paso? Significa que a la hora de saltarse un escrúpulo que estaba a punto de pasar de moda existe sólo un paso importante, y consiste en venderse al capricho del deseo; el resto son ya trámites burocráticos. Uno sabe que tiene madera de villano cuando descubre en cada límite ajeno un desafío propio. Y eso debe de ser lo que más me perturba de Dalila. Es mi aliada y lo cree. La he visto un par de veces y juraría que nunca va a traicionarme. Esas cosas imponen un rosario de límites propios, y con ésos no sé negociar. Soy tramposo, me pierdo en los caminos rectos. Puta lealtad, quién te invitó a esta fiesta.

Isaías Balboa creyó siempre en los cuestionarios. Decía ver en ellos mapas de vida, donde cada pregunta era una irrevocable bifurcación, idéntica a los giros del destino, pero a quien se atuviese estrictamente a los hechos difícilmente le pasaría de largo la tendencia de don Isaías a torcer esos mapas de acuerdo a su concepto personal del destino. Su primer libro, *Todo el oro del mundo*, publicado en modesta edición privada, invitaba al lector, en términos extrañamente agresivos, a "exprimirle las ubres al universo" hasta dejarlas "secas como una vulva de generala". En 1972, un estilo en tal modo desafiante podía encontrar cabida en la ficción literaria, y hasta probablemente en la historieta, pero no entre los libros de autoayuda y superación personal. A lo largo de los veinte años siguientes, el contador privado Isaías Antonio Balboa Egea persistió en el empeño de escribir un manual para el éxito en verdad exitoso, y ante cada revés no encontró mejor táctica que contratar a un nuevo redactor. Algún día su firma, respaldada hasta entonces por estilos y contenidos distintos, daría cabida a un verdadero talento, y de esa dupla nacería el éxito.

Isaías Balboa dio por hecho que el éxito por fin había llegado en el otoño del setenta y ocho. Finalmente, una editorial grande se interesaba en publicar su libro más reciente: *A golpes con el destino*. Unos meses más tarde, le llamó el editor. Tenía lista la portada del libro. Ciertamente Balboa no esperaba gran cosa de los diseñadores, pero tampoco le quitaba el sueño. Quería letras grandes, eso sí. (Había resistido la tentación de llamarse *doctor*, y pensaba que tarde o temprano alguna institución tendría que obsequiarle el *Honoris Causa*.) Y así estaba: su nombre en letras grandes, incluso *demasiado* grandes, sobre un fondo que el editor le había anunciado como Gran Sorpresa: la imagen de Sylvester Stallone en el papel de Rocky Balboa.

Le explicaron: la película estaba de moda, tenían los derechos de la foto, venderían libritos como tortillas. *Libritos*. Antes de la segunda de las preguntas cáusticas que acabaron llevándolo a la calle bajo oportuna escolta policial, Isaías Balboa tenía las facciones entre hinchadas y contraídas, el semblante completamente fluorescente, la saliva ganando espesura. ¿Quién se creían que era él, un payaso? ¿Habían pagado los derechos por publicar aquella foto inmunda que lo ubicaba sin lugar a dudas en el escalafón más bajo de la filosofía barata? De ahí a referirse con irritante precisión a las partes pudendas de cada una de las madres implicadas en el alumbramiento de imbéciles como ellos, a los cuales "había que ensartarles uno por uno sus libros en el culo, para ver si un experto reconoce la diferencia entre cagada y mierda", medió apenas un par de minutos.

Ya en la calle, Isaías Balboa llegó a una determinación que con los años probaría ser inquebrantable: se haría impresor, al precio que fuera. En dos meses logró traspasar el despacho contable, justo a tiempo para comprar lo que quedaba de una imprenta caída en desgracia. Con la casa hipotecada y maquinaria de segunda mano, Balboa se sentó a diseñar un cuestionario, pensando en contadores y jefes de compras. Su idea era atraer clientes potenciales, por intermedio de un juego de preguntas que estratégicamente los llevaría a concluir que sus necesidades de papelería podían ser todas satisfechas por el mismo proveedor, a un precio más bajo y, ya en privado, susceptible de otorgar comisiones al comprador, sin factura mediante. Pronto, Isaías Balboa consolidó no exactamente ese negocio, sino otro paralelo: la impresión de facturas fiscales apócrifas "para todos los presupuestos". Amigo y prontamente cómplice de decenas de contadores en apuros, Isaías logró levantar el negocio en cuestión de cinco años. Tiempo más que bastante para que la imprenta Carlo Magno, bautizada en honor de su primogénito, se convirtiera en Editorial Magno León, donde ya aparecía Napoleón, su segundo hijo. Al resto de la humanidad le heredaría sus libros, que desde el tercer año comenzó a imprimir en casa, con el logo de un león coronado en el lomo de cada uno de los mil ejemplares.

Años más tarde, cuando por primera vez piensa en recopilar sus obras completas, Isaías cae en la cuenta de que dieciocho libros totalmente disímbolos firmados por el mismo autor son menú suficiente para ofrecer respuestas en forma sistemática. *Mediante cuestionarios que identifiquen de manera estratégica el problema específico del lector y el libro que lo va a resolver.* Un concepto retórico, más que otra cosa, pues una vez que los lectores se sumergieran en el libro en cuestión, éste se hallaría repleto de referencias a los otros, lo cual haría asimismo aconsejable su respectiva compra. Cuando, al final del año, un infarto puso en duda el proyecto, Isaías resolvió publicar con su nombre la colección de libros bajo el título del único que no quería volver a publicar: *El oro del mundo.* Le había quitado el "todo", luego que el último de sus redactores lo convenció de que estaba de sobra. Necesitaba, eso sí, alguien que se encargara de revisar los libros y cargarlos de citas y referencias recíprocas. Un redactor que no hubiera participado en ninguno de sus dieciocho libros. Alguien que comprendiera el total de las obras como un conjunto, que pusiera los puentes y los señalamientos, que en lugar de quitar las redundancias se concentrara en multiplicarlas. Según él, la literatura de autoayuda se parecía a la cumbia y a la salsa, cuya sabiduría consiste en repetir un mismo estribillo hasta el delirio. Necesitaba, pues, un redactor capaz de convertir dieciocho panfletos descoyuntados en una sola marca con productos complementarios entre sí. Más que libros, Isaías Balboa pretendía legar al mundo todo un sistema de superación personal. Podía imaginar a su hijo Carlo Magno presidiendo la Universidad Balboa y ya no tanto recibiendo doctorados, como otorgándolos. No le cabía duda de que en trescientos años la gente se referiría a su nombre como un benefactor que cambió los destinos de media humanidad, y con seguridad los premios Balboa, otorgados por la fundación del mismo nombre, valdrían tanto o más que los establecidos por Alfred Nobel, cuyos méritos aparecerían, al fin, claramente inferiores.

Aun con su nombramiento anticipado, Carlo Magno Balboa no se veía a sí mismo como rector de nada. Desde los veintiún años se había hecho cargo de la imprenta, cuyas recientes ínfulas de casa editora eran un agujero por el que se iba parte de las ganancias, y ahora de paso tenía que pagar por los vicios de su hermano Napoleón, quien muy difícilmente llenaría algún día los zapatos de presidente de la F.I.B. (Fundación Internacional Balboa). Borracho, cocainómano y tahúr, Napoleón solamente pisaba la empresa el día de pago, que aprovechaba para de cuando en cuando insultar a los empleados. ¿Qué me ven, holgazanes, jodidos, buenos para nada? Voy a acabar corriéndolos yo mismo, y a patadas. Págame, puta, le exigía a la cajera, mirándole el escote con fijeza insultante. Salía caro tener un hermano rufián y un padre megalómano. Carlo Magno estaba harto de trabajar doce horas de lunes a sábado sólo para hacer viables las cuentas del hipódromo y el proyecto *El oro del mundo.* Tengo una idea, papá, hazlo todo en un solo volumen. No puedo publicar dieciocho libros, mi negocio es hacer facturas de hule, no alumbrar el camino de la humanidad.

Exageraba, claro. Al cabo de veinte años de crecer, la imprenta daba para sostener cinco padres y otros tantos hermanos como aquéllos, y Carlo Magno muy bien lo sabía, pero alguien dentro de él seguía mascando rabia y Rebeca, su esposa por doce años, se encargaba de alimentarla puntualmente. ¿Para eso lo había hecho su papá heredero? ¿Tenían sus hijos que privarse de tantas cosas elementales para que un viejo loco y un parásito vicioso pudieran continuar desprestigiándolos, y encima de eso descapitalizándolos? ¿No le daba vergüenza que su padre y su hermano le quitaran el pan de la boca a sus hijos? Luego de varios meses de posponer el proyecto, cuando más cerca estaba Rebeca de convencer a Carlo Magno de jubilar a don Isaías y encerrar al cuñado en una clínica, tuvo el padre un segundo infarto. Todavía en el hospital, y acaso ya alertado sobre la peligrosidad del enemigo, Isaías Balboa aprovechó la tarde del domingo, con toda la familia reunida en torno suyo, para escenificar un ataque de asfixia y acto seguido, trémulo todavía, suplicar entre lágrimas que no le permitieran morirse sin ver listas sus obras completas. Vencida, no rendida, Rebeca de Balboa consiguió del marido la promesa de hallar una clínica de rehabilitación para su hermano.

—Mira, papá, el anuncio en el periódico. Tiene el texto que tú escribiste, ¿te acuerdas? —se acercó Carlo Magno a la cama, durante la mañana del miércoles siguiente.

—¿Ya sacaste el anuncio? —se alarmó teatralmente Isaías, listo para ejercer el poder que creían haberle arrebatado. —¿Y cómo quieres que contrate a un corrector de estilo, si todavía no hago los cuestionarios?

En la sección clasificada del día, se leía un texto a dos columnas que ya en sí mismo era un cuestionario, pero el patrón tenía sus reservas. ¿Quién le había añadido esa sandez de "Preguntar por el señor Isaías"? ¿Era aquélla su casa, o en su ausencia lo habían degradado a mayordomo? Ya verían si lo trataban de esa manera cuando estuviera listo *El oro del mundo*, cabrones malagradecidos, vividores, buitres, no se les había hecho matarlo de un coraje. ¿Seguro lo darían de alta al día siguiente? Que le mandaran ya una secretaria, tenía que dictarle los cuestionarios.

Había conseguido tocar fondo días antes de la primera visita de Dalila. Si he sabido le prendo veladoras. Desde que me escondí en la que era mi casa, resistir el transcurso de las horas fue como deslizarme en un tobogán. Cada vez hacía menos y olvidaba mejor. Dejaba atrás los hábitos en teoría indispensables —peinarme, rasurarme, dormir o despertarme a ciertas horas— y me refocilaba comprobando que la vida seguía de cualquier manera. La primera semana intenté un par de veces sentarme a trabajar en el Infame Proyecto Balboa, pero mi único éxito fue convencerme de que capitular sería en realidad un gran triunfo de mi autodeterminación. Que se jodan, decía, y cerraba el cuaderno, como quien pone rúbrica a un manifiesto. Libre ya de la amarra principal, encendía de vuelta la pipa y me esfumaba junto a las volutas, en dirección a un paraíso etéreo donde podía mirarme felizmente incapaz de lo que fuera, empezando por ese aburrimiento crónico que es el azote de la gente sobria. Me reía pensando, con un conocimiento de causa delicioso, que un genuino holgazán jamás se aburre.

Cada semana —el domingo en la tarde, como el Economista en mis mejores tiempos con Imelda— llegaba el abogado a dejarme los víveres y tratar los asuntos pertinentes. Entraba en plan de dueño de casa, con el control remoto de la reja y las llaves de la puerta de enfrente, cargando varias bolsas con mercancías. Cosas elementales. Pan, huevos, fruta, comidas instantáneas y lo fundamental, que eran cinco paquetes de doce Coca-Colas. Para cuando él llegaba, ya tenía medio día bebiendo jugo de naranja de mierda. No quería hablar con él, me encerraba en el cuarto y me hacía el dormido. Sólo las dos primeras veces lo logró, luego ya no hubo forma de que me viera. Le llegaría el humo, de seguro. Se lo diría a Imelda y ella se haría la loca. Ninguno de los dos me había tocado el tema en el teléfono.

Les llamaba de pronto después de bañarme, cuando tenía el cerebro más despejado y aguantaba mejor el contacto con la realidad. Palencia es uno de esos seres incapaces de abrir la boca sin apretar el culo. He llegado a pensar que por ahí respira. No por nada tiene ese aliento a pedo que a estas alturas ya debe de haberlo hecho popular en el gremio. Solamente si Imelda me insistía mucho —nadie como ella compartía conmigo la antipatía por el mamón de Palencia— accedía a soplármelo quince minutos en el teléfono. ¿En qué página vas?, ése era su saludo. En mi caso, equivalía a darme los buenos días preguntándome si ya me había lavado los sobacos. Tener que reprimir la tentación de soltar la respuesta menos bienvenida. La verdad, finalmente. No estaba haciendo nada, y ni siquiera pensando en hacerlo. Un párrafo, una línea, un título: nada. Puede que fuera esa pequeña culpa la que me hacía tratarlo con una altanería especial. Si lo que yo buscaba era castigarme, tenía que empezar por hacerme enemigo de mi abogado.

No era que lo pensara de esa forma, pero encontraba algún deleite oculto en cerrarme las puertas a la vista y esperar que por suerte fueran las últimas. La idea de salir de noche y a escondidas me provocaba tanta desazón que la primera vez regresé con un portafolios lleno de mariguana. De ahí a que se acabara, calculé, la vida bien podía ya ser otra. Imelda vendería la casa, Palencia le daría una indemnización al abogado de los Balboa y yo me quedaría con el resto, aunque en la calle. ¿Cuánto sería *el resto*? Luego de haber vaciado la primera pipa, concluía que sería suficiente para cambiar de vida. Aunque lo cierto es que esperaba más, tanto tal vez que esa sola esperanza me mantenía tranquilo y cuesta abajo. Dos veces me esforcé en interrogarme al jodido respecto y volví con la misma conclusión final: esperaba que Imelda lo resolviera todo sin vender la casa y un día se viniera a vivir conmigo. Quería desbarrancarme, hasta orillarla a actuar en mi lugar y venir al rescate. Necesitaba, en suma, que Imelda me ayudara a perdonarla. Era un asunto de dignidad herida. Quería agonizar delante de ella, y al mismo tiempo hacerme imperdonable. Una tarde me dije solemnemente que estaba intoxicado con la ponzoña amarga del acreedor perpetuo.

Lo puse así, tal cual. Ponzoña amarga, como una doble queja, pues al menos se espera del veneno que tenga la bondad de deleitar, antes de hacer lo suyo. La Coca-Cola, por ejemplo. Dulcísimo veneno. Al principio, trataba de recoger las latas, pero bastó con que Palencia comentara que las veía regadas por toda la casa para que mis esfuerzos se concentraran en eso. Si las latas tiradas servían para medir la profundidad de mi caída, no quería que faltara una sola. Al contrario, que parecieran más. Que Palencia me viera con el asco juicioso de los correctos. Que guardara distancia, como frente a un leproso. Que cuando le viniera un recuerdo de mí, sustituyera el nombre por el de alguna enfermedad mental. El Autista. El Neurótico. El Drogadicto.

Empeñarme en caer para ser visto implicaba desconectar una por una las alarmas internas. Si el organismo me pedía comer, sustituir la comida con otra Coca-Cola era imponerle mi voluntad de caída. Los horarios del sueño, las costumbres higiénicas, la elemental preocupación por el aspecto, cada prioridad que antes recibía mi atención automática me pareció dichosamente postergable. O mejor, anulable. Dejar la obligación para después produce exceso de equipaje en la conciencia; cercenarla de tajo y echarla a la basura brinda una sensación de revancha instantánea, parecida a los robos de la adolescencia. Celebraba el empuje de la pereza, como si el éxito más grande imaginable fuera quedarme quieto y no hacer nada. Tenerlo todo cerca, el control de la tele y una lata de Coca-Cola fría, o cuando menos todavía con gas. Va uno pidiendo menos, cada vez. Acepta cualquier cosa que le caiga, con tal de no tener que ir a buscarla.

Toqué fondo a las tres de la tarde de otro lunes con jeta de domingo. Había pasado casi todas las horas de la noche apretando sin mucha suerte los botones de la consola vieja de videojuegos. Perdiendo por perder, sin progreso siquiera. Muchos años atrás, cuando me regalaron esa consola, tardé un par de semanas en avanzar al último nivel del *Donkey Kong;* ahora difícilmente pasaba del segundo. Pero la idea era ésa. Seguir bajando. Frustrar cualquier intento por remontar la cuesta que yo necesitaba convertir en abismo. Nada me parecía más indigno que la idea de alzar la frente porque sí, cuando había decidido hundirme por deleite. Hacer cada día menos, flotar sobre las aguas de una agenda completamente llena de nada, apagar hambre y sed y ansiedad a fuerza de abrir nuevas latas de Coca-Cola y abandonarlas al segundo trago, ahorrar viajes al baño llenando las vacías de orines que después aguardaban por días a tomar su camino hacia el drenaje. No me importaba yo, ni ninguna otra cosa, y eso al fin era lo único importante. En lugar de escribir un libro de autoayuda quería dar una prueba de autodesprecio, desterrar uno a uno hasta los objetivos más inmediatos, como pararme al baño o emprender una travesía a la cocina. Seguir allí perdiendo por perder, por placer. Oprimir los botones a destiempo, de manera que ni el gorila en la pantalla me creyera capaz de lograr cualquier cosa que no fuese mi ruina. Por alguna razón todo aquello me sonaba atractivo, simpático, incluso aristocrático. Desdeñar para ser desdeñado; desdeñarse después, darse entero a la holganza y ahorrarse hasta los pasos más sencillos. Casi lo había logrado cuando de un solo trago comprendí que una lata tibia de Coca-Cola no siempre guarda dentro Coca-Cola tibia.

Otro quizás habría vomitado ahí mismo, yo con trabajos regresé el trago a la lata, escupí varias veces en la alfombra y me solté chillando como si hubiera vuelto a morirse mi madre. Qué más podía hacer, si estaba en su recámara, en su cama, tendido frente a su televisión, bebiendo de mis meados. Nunca he sabido en qué consiste exactamente toda esa idea de tocar fondo, pero desde ese día la encuentro más parecida a un rebote violento contra la pared, como el de las pelotas de frontón. Varios buches más tarde, ya enfrente del lavabo, tomé la decisión de meterme a bañar. Sucio no iba a salir de ese puto agujero.

Si la muerte de un hijo la cambió, la del casi ex marido dejó a mi madre aislada y en la calle. Ni una sola de sus amigas del póker se dignó contestarle las llamadas en cuanto se enteraron que

Manolo la había dejado en la calle. No es que la frecuentaran o la quisieran bien, menos desde que el vicio le creció, pero estaban en todas las fiestas de la casa. Nancy odiaba esas fiestas, aunque igual se aplicaba a organizarlas para mentirse un poco que seguía viva. La veía bailando como zombi, mientras Manolo rondaba a sus ninfas, varias de ellas casadas con empleados y amigos. Cuando Nancy bajaba, ya venía hasta arriba. Como decía luego, *en mi nivel.* Las del póker se daban pellizcos y codazos, los señores se pasaban de amables y yo anotaba todo mentalmente para llenar mi próximo reporte.

"Aislada y en la calle" quería decir: lista para recaer en brazos del gurú. Quien por cierto se hizo presente en el velorio con claras intenciones de cenar viuda rica, mismas que al paso del testamento se redujeron a gozar de un coche convertible, un botín limitado y la no siempre grata compañía de una señora adicta, intensa y condenada a la ruina.

Desde que se pelearon, mi madre y Neftalí se habían mantenido al tanto uno del otro a través de Alejito, especie de secuaz menor de Neftalí que entregaba pedidos a domicilio. Sin cargo para Nancy, o en todo caso a cuenta de lo que le debía. Según le divertía presumir entre sus otras amigas viciosas, Neftalí le mandaba con Alejito *puro champán en polvo.* Tendrías que ver el brillo de la piedra, gritaba en el teléfono, sin importarle que hasta yo la oyera. Fue Alejito quien llevó a Neftalí la noticia del muerto fresco en nuestra casa. ¿Quién más sobre la Tierra le iba a dar a mi madre una pureza del noventa y pico por ciento, como ella recordaba cuando tenía invitados y se sentía llamada a deslumbrarlos?

No voy de vacaciones, son negocios, repitió Mamá Nancy casi sin mirarme, como si recitara un verso de memoria. Neftalí no decía aquí estoy, pero ya daba acelerones impacientes, mirando de reojo a mi mamá. Parecía una película donde la quinceañera se escapa con el maleante y su padre no tiene cómo evitarlo. Sólo que ahí el dejado era yo. Según el testamento, tenía derecho a vivir en la casa hasta la mayoría de edad, y era de suponerse que Nancy volvería mucho antes. Entiéndeme, Joaquín, yo no puedo vivir como una arrimada. Nunca lo he soportado, y menos a esta edad.

Al principio, su ausencia fue algo así como un bálsamo, pero enterarme luego de sus paraderos me devolvió a la historia con mi hermano. Si antes me sentía por completo seguro de haber intervenido en la muerte de Mauricio, ahora era clarísimo responsable de la desgracia de Mamá Nancy. ¿No había sido yo quien hizo cuanto pudo por ayudar a Imelda a despojarnos? Sin mi providencial intervención, Nancy se habría quedado con la casa. No habría andado por ahí causando lástimas, ni habría muerto en un cuarto de hotel, ni habría salido luego en los periódicos.

Lo veía venir, desde que supe que no iba a volver. Se lo dijo una vez a María Iris, por teléfono. La llamaba para enterarse de los últimos chismes del edificio. Y como María Iris no se callaba nada, me llamaba para contármelo en detalle. Cada vez se llevaba un vestido, una falda, un abrigo de Nancy. Al cabo que ella no iba a volver, y si no me llamaba María Iris yo no tenía otra forma de saber dónde andaba mi madre.

Era María Iris quien me llevaba la comida y me dejaba el dinero, que según yo venía de la bolsa de Nancy y en realidad me lo mandaba Imelda. Pero eso no lo supe hasta la noche en que se apareció Alejito en la casa, pálido y paranoico, sólo para decirme que su patrón estaba en la cárcel y mi madre muy cerca de la fosa común. En cuanto Neftalí saliera, pagaría para recuperar el cuerpo. No aguantó su corazoncito, me dijo como si estuviera pidiéndome limosna, con la mano en el pecho. Se fue sin decir más y me dejó en la puerta, quieto como un cadáver disecado.

Los primeros tres días pensé que era mentira, aunque hubiera salido en los periódicos. Tenía que estar viva, la mejor prueba era que me seguía enviando el dinero y las cosas con María Iris. Hasta que a María Iris se le escapó nombrar a Imelda. ¿Y Nancy, entonces? De eso no sé, me dijo, pero cuando le hablé de la fosa común se soltó lloriqueando como niña. Según ella, Neftalí todavía estaba en la cárcel. *Delito contra la salud en su modalidad de suministro*. Además, le habían encontrado una pistola en la guantera del coche. Quiso escaparse, en cuanto vio que el médico daba a Nancy por muerta. Dejó el hotel saliendo por la playa, caminó desde Ixtapa hasta Zihuatanejo y lo agarraron en la central camionera. Juraba que había ido por otro doctor.

La noche que murió, martes entrado en miércoles, Nancy llevaba casi seis días sin comer. Salían todas las noches, bebían litros diarios de whisky y seguían preciándose de meterse los polvos más puros del planeta. Pero tenían problemas. El gurú ni siquiera hablaba con mi madre, más que cuando los dos estaban bien arriba. Según ella, lo andaba contentando, luego de haberle echado un celular al fondo de una fuente: justo al que le llamaban sus clientes.

María Iris creía que de todas maneras iban a soltarlo. Si ya había pagado porque los moretones de las palizas que le daba a Nancy no constaran en el acta, seguramente se las arreglaría con el resto del juicio.

Ya sé que esas noticias tenían que haberme desquiciado un poco, y sin embargo me cayeron bien. Fue una tranquilidad comprobar que el gurú era una rata, que le pegaba a Nancy y le daba la coca, y en fin: que al menos él era peor que yo. ¿Cuál era mi pecado, enamorarme de la dizque sirvienta, hacer con ella equipo contra mi madre o sacarle de nuevo jugo a su desgracia? Cada una de las muertes que sucesivamente la mataron —la de Mauricio, la de Manolo, la suya— me habían resuelto de algún modo la vida, y en todas intervine de algún modo. Por mi culpa, como ella decía, se había ido a casar con el primer imbécil que cruzó por la calle. Nadie mejor que yo sabe que fui la mala suerte de Nancy, y que mientras vivió su desgracia fue mi mejor amuleto. Tenía treinta y seis años, yo casi los dieciocho.

Tres semanas después, celebré mi cumpleaños con la noticia de que podía quedarme en la casa indefinidamente. En lugar de eso, no bien supe que Neftalí había salido de la cárcel, saqué todas las joyas de Nancy y me las llevé al Centro, decidido a venderlas por lo que me dieran. No me llevé sus fotos, ni sus postales, ni nada que pudiera recordármela. Excepto un libro, que sin querer dejé en el fondo de la bolsa de compras donde metí sus joyas para venderlas. No lo había ni abierto, seguro lo agarró para llevárselo y a última hora lo dejó ahí, como a todo. Lo guardé por un par de semanas, leyéndolo por pura superstición. Luego lo eché por la ventana del cuarto, no sin algún rencor a medias sofocado porque el autor del libro había sido amigo de Manolo, y eso a mis ojos era un antecedente criminal. *Aprendiendo a perder*, por Isaías Balboa. El viejo había cenado un par de veces en la casa, la segunda le dio su libro a Nancy. Le miraba el escote con la sonrisa hinchada, como si le estuviera haciendo una oferta. Le brillaban los ojos, se chupaba el bigote, la llamaba *damita preciosa*. Manolo se hacía el loco, no le afectaba mucho tener que compartir con sus socios y amigos el escote de Nancy. Con Balboa era especialmente untuoso; lo llamaba a menudo señor filósofo, sin por ello dejar de tutearlo. Ven a echarte otra cuba, Señor Filósofo.

Leí el libro a disgusto, más por morbo y rencor que por su contenido disperso, redundante. Apunté sin embargo un par de líneas que me hicieron reír, dando cómodamente por hecho que el autor se las había plagiado a otro más brillante. La primera: *Si los pendejos volaran, no veríamos la luz del sol.* La segunda: *Siempre que pasa lo mismo, sucede igual.* Lo demás me aburrió, pero seguí leyendo. Conforme iba dejando atrás los capítulos, sentía que daba las últimas zancadas hacia afuera del mundo de Manolo y Nancy. No quería la casa, ni la pensión, ni la atención de nadie. Para tranquilidad de todos, la noticia y sus ecos ahuyentaron a mi familia materna. Podía desaparecer completamente del que hasta entonces había sido mi mundo: terminar de leer ese libro era creer que comenzaba a conseguirlo.

A cambio de las joyas me ofrecieron lo que entonces, sin hacer muchas cuentas, supuse una fortuna. Lo pensé dos minutos y me detuve. Si por casualidad mi madre estaba viva, no me iba a perdonar. Las iría vendiendo una por una, y en todo caso empezaría con dos que aborrecía especialmente: el anillo de compromiso de Manolo y un collar que le dio por su cumpleaños. Cuando menos los dos eran legítimos.

Nunca había trabajado. Sabía que era bueno para las matemáticas porque el día anterior al examen me robaba los apuntes de algún aplicado y al otro día sacaba diez. También sacaba diez en composición, tal vez porque cada una de mis composiciones se parecía un poco a los libros que a Nancy le gustaba comprar. De cualquier modo, mal podía imaginar para qué clase de trabajo servirían esas habilidades. Vivía en un hotel de paso en el Viaducto, no podía rentarme un departamento porque faltaba el sueldo para pagarlo. Al principio, me pasaba las horas subrayando las páginas clasificadas, luego ya con trabajos abría la sección, más para entretenerme viendo precios de coches que esperando encontrar un empleo a mi medida. Pensé en viajar a Francia o España y buscarme un trabajo por allá, pero si no sabía qué hacer aquí, ¿qué iba yo a conseguir en otra parte?

No solamente me llevé de la casa las joyas de Nancy; también cargué con seis cajas de whisky. Debió de ser por esa providencia que durante esos días apenas alcancé a percatarme de lo angustiante de mi situación. No tenía un amigo, ni un pariente, ni alguien a quien pudiera preocuparle mi desaparición. Odio el sabor del whisky, pero aquél lo bebía como una medicina. Algún día pensé que con suerte me durarían tanto las botellas como las joyas. Y luego de eso ya me iría a la mierda, discretísimo.

No recuerdo cómo llegó a mis manos el periódico que me salvó del naufragio, sólo que aquel anuncio no estaba en la sección clasificada sino, extrañamente, en la primera plana de la deportiva:

> *¿Quieres ser redactor? ¿Quieres ser editor? ¿Tienes ideas extravagantes y ambiciones exóticas? ¿Sabes hacer amigos e influir sobre las personas? ¿Piensas que los diamantes son eternos? ¿Quieres ganarte todo el oro del mundo? No te limites a responder que sí, como tantos mequetrefes. Llama al 511-3082 y atrévete a salvar al universo conmigo. Sueldo fijo y horario a negociar. Preguntar por el señor Isaías.*

El estilo era demasiado familiar para no ver detrás al personaje. Llamé, no obstante, para estar seguro, pero no tuve ni que preguntar por ese tal señor Isaías. Me bastó con la voz de la grabadora: Está usted llamando a la imprenta Balboa... Me dio risa, al principio. El autor, por lo visto, no era el mismo que el dueño de la firma. ¿Y así quería seducir a mi madre?, me pregunté sonriente. Teatral. Regocijado. Vengador. ¿Tan poca cosa valían sus libros que cualquier miserable podía averiguar con una llamadita que él no los escribió? ¿Qué carota pondría si me le aparecía en su oficina? Podría cuando menos reírme de él, recordarle el trabajo que, según explicaba, le daba la escritura de cada libro. Pero es que es mi legado, decía el viejo cínico. Sólo hasta el día siguiente me vino a la cabeza que ese viejo cachondo y chapucero podía ser el único mortal sobre la Tierra con algún interés en darme trabajo. Más todavía si en lugar de enterarlo de la muerte de Nancy, le decía que andaba por ahí, viajando. Querría hacer sus méritos, el cabronazo.

Mala idea no era. Podía hasta decirle que mi madre ya había superado la muerte de Manolo. Que ahora más que nunca necesitaba compañía. ¿Y si sabía de la muerte de Nancy? Incluso la noticia estaba fresca. Por otra parte, no habían salido fotos en los periódicos. Publicaron el nombre de soltera de Nancy, que Balboa no tenía por dónde conocer. Y tampoco le sonaría el de Francisco Neftalí Gorostiza. Al final, yo era el hijo. ¿Quién iba a dar mejores cuentas que yo del paradero real de mi mamá? Fue entonces cuando comencé a extrañar las fotos y postales que abandoné en la casa, como quien ha dejado la cartera en la jaula del tigre. Seguirían allí, seguramente. No sería demasiado difícil regresar, saltarme un par de bardas y rescatar las fotos de Nancy en Europa. Ninguna tenía más de cinco años, y estaban las recientes en la playa. Las Obras Escogidas de Manolo y Neftalí. Si le invertía ingenio y mala leche, podía hacerle creer que me había llegado alguna por correo. Con recuerdos para él.

Tengo otra habilidad: se me da fácil la caligrafía. Puedo imitar cualquier tipo de letra, me bastaba el reverso de una sola postal de Mamá Nancy para llegar con Isaías Balboa precedido por de una legítima recomendación de mi madre. Don Isaías querido, le encargo a mi Joaquín... Algo más largo, puede que más amable. Y hasta más cariñoso. Había que darle alas al viejo cabrón, y mi madre era buena para eso. ¿Qué perdía con darle hasta turbinas, si no estaba ella para desmentirme? Lo pensé por dos noches completas, luego caí en la cuenta de que se hacía tarde. Isaías Balboa no iba a esperar a que llegara yo con mi carta de Nancy, le daría el trabajo a cualquiera que lo pensara menos.

Me pasé un día entero metido en la casa, sin que nadie me viera entrar ni salir. Tuve tiempo de sobra para espulgar cajones, armarios y burós. O para reventar un par de veces, chillando boca abajo en la alfombra de la que había sido mi recámara. De repente berreando, como el huérfano que era. Estaba todo igual. El refrigerador seguía funcionando, tenía hasta la fruta podrida y seca dentro. A las once sonó el despertador de Nancy, luego a las once y media. Según decía Manolo, con la primera alarma se metía el primer pericazo del día, con la segunda se metía a bañar. Tuve tiempo para desactivar esas alarmas, no lo hice porque oírlas era una forma de pensar que Nancy estaba todavía en la casa. Y ahí iba yo de nuevo a resucitarla. Como habría dicho ella, qué lástima da la lástima.

Una forma eficaz de curar los dolores del año anterior es sentarse a planear los del que viene. Si Isaías Balboa me daba trabajo, yo podía ofrecerle un noviazgo a distancia con Mamá Nancy. Sonaba tan descabellado como los planes que a veces hacía ella. Pero igual le salían. ¿Cómo no iba a gustarle al anciano caliente que una viudita de treinta y seis años le escribiera postales cariñosas? ¿Qué aspirante a ese puesto de redactor llevaría mejores credenciales que yo? Tenía cartas de Nancy, timbres postales de varios países europeos, fotos recientes de ella por decenas. Si el viejito Balboa me daba el trabajo, en dos semanas aterrizaría en su buzón la primera postal de mi mamá.

Yo no sabía entonces que en su libro *Todo el oro del mundo* Isaías Balboa dice que cada hora de vida tiene un valor de medio millón de dólares. Un día, según esto, vale doce millones. Pero había leído *Aprendiendo a perder*, ésa era otra ventaja. Y se lo había dedicado a mi madre, "con todo mi respeto y admiración profunda". Que en su caso bien pudiera haber sido un piropo de carácter estrictamente obstétrico. Y esa idea que días antes me habría hecho rabiar, parecía de pronto estimulante y hasta me daba alguna sensación de revancha. Le vendería una muerta disfrazada de viuda. Aun si me descubría, ni modo que me fuera a la cárcel por eso. Este último argumento me convenció. Sólo podía perder algo de tiempo, y entonces no sabía cuánto valía eso en millones de dólares. Cuando por fin estuve frente a la secretaria de la imprenta, traía según yo la información bastante para salir de ahí con una oferta, más la encomienda de revivir a Nancy. Por la velocidad con que el viejo Isaías me recibió, apenas se enteró que venía de parte de mi madre, supe que aquél era mi día de suerte.

¿Cómo está tu mamita?, me preguntó cuando menos seis veces. ¿Por dónde dices que anda?, otras tantas. Leía y releía la carta. No más de siete líneas, escritas con esmero de niño regañado. ¿Qué edad dices que tienes?, cuatro veces. Era increíble el gusto que le daba recibir esa carta, al muy cochino. Luego me dio a llenar un par de cuestionarios ricos en necedades. Humillantes, diría. Él me decía no les hagas caso, son machotes pensados para obreros, tú llénalos y yo luego te explico. ¿Dónde dices que estás viviendo ahora?

Quería saber dónde vivía Nancy, yo le tenía completamente sin cuidado. Mi mamá está en Europa, le dije, yo por ahorita vivo en un hotel. Y así lo fui orillando a echar a andar las únicas razones que me podían salvar de la miseria. ¿Iba a permitir él, Isaías Balboa, que el hijo de una viuda apetitosa durmiera en un hotel a un lado del Viaducto? Cuando menos pensé, ya estaba interesado genuinamente en mí. ¿O es que le iba a quedar mal a mi Nancy? Me hizo dos pruebas cortas de redacción; se quedó de una pieza cuando leyó dos citas de su libro. Las mismas que apunté un día en mi cuaderno. Esperé a que me preguntara de dónde conocía su libro para contarle que mi madre se lo sabía casi de memoria y me lo había dado a leer. Se sentía, eso sí, muy halagada por la dedicatoria.

¿Sabes de qué se trata este trabajo? Cobra uno por decirle a la gente lo que ella quiere oír, y ya se ve que eres bueno para eso, me dijo un poco en tono de confidencia, como si adivinara lo que estaba yo haciendo con él. Pero me llamaba hijo. Me daba palmaditas en el hombro. Me hablaba del trabajo como si fuera mío. Cuando al fin me explicó lo que tendría que hacer, supe que la estrategia había funcionado más allá de cualquier expectativa. Tenía que estar ahí un par de horas diarias, para que según él me dictara. Luego me iría a mi casa a pasar todo en limpio y darle forma. Me pagaría por página, y como sueldo fijo me dejaría vivir en uno de sus departamentos. Me daría también vales de despensa. A la hora de la comida, él mismo me llevó al departamento, que no estaba tan mal y hasta diría que me entusiasmó. Tenía muebles, televisión y una computadora más o menos nueva. Según le había contado en el camino, cuando Nancy volviera buscaría una casa para los dos. Hasta entonces, por tanto, me quedaría en el departamento.

Por la tarde, ya libre, fui al hotel por mis cosas. Traía conmigo las llaves del departamento y un dineral en vales de despensa. Hice cuentas: quedaban tres relojes, ocho pulseras, cuatro collares y una gargantilla, más tres anillos que con algo de suerte alcanzarían para comprarme un coche. Además, tenía casa y comida. Podría estudiar algo, si me lo proponía. Según me prometió ese mismo día, mi nuevo jefe me podía pagar media colegiatura. O hasta pagarla entera, si yo sabía decirle lo que él quería oír.

AAA. ¿BUSCAS PAREJA? ¡No te pierdas en los anuncios clasificados! Encuéntrala en una cena de amigos, ambiente GCU. Sólo personas serias, afines y solventes, con buenas intenciones comprobables. Ellos: 30-49. Ellas: 20-39. Cita preliminar: 55.48.08.56. Zona Colinas de la Montaña. Donativo $$$.

Arranqué la hoja de un solo tirón. Tal como lo temí, no estaba en los periódicos del día, pero también compré los semanarios. Era el primer anuncio de la sección de *amigos* del *Tiempo Libre.* Podía esperar otra vez a que fuera de noche para llamar desde un teléfono público y sacarle de menos el nombre, pero a ver qué persona "con buenas intenciones comprobables" iba a llamar pasadas las diez de la noche.

¿Y qué tal si Dalila descolgaba y reconocía mi voz? Tendría que llamarle durante la mañana. ¿Iba a quedarme el día entero en la calle sólo para saciar esa curiosidad? Ahora bien, si Dalila me visitaba en la tarde, podía preguntarle descuidadamente su teléfono. ¿Podía?

No podía. Eso no se pregunta *descuidadamente*. ¿Qué motivo podía yo tener para pedirle a Dalila ese dato? Mierda, estaba pensando como adulto. We can't go on together with suspicious minds.

Nancy nunca guardó dinero ni valores en su caja fuerte. La abrí entonces con una orden del juez, que estaba interesado en un probable tráfico de sustancias. Pero dentro no había más que recibos y estados de cuenta. Las pruebas que reunió mi madre durante años para acusar un día a Manolo de adulterio y dejarlo en la calle, y al fin vivir sin él y con la casa. Según aquella colección de documentos sin valor comercial, ni ya casi de ningún tipo, Manolo sufragaba buena parte de los gastos corrientes de su secretaria. Tenía una tarjeta de crédito adicional, atribuida por él a cuestiones de negocios y repleta de rubros domésticos, desde colegiaturas y uniformes hasta tintorería y salón de belleza. Sin contar otros pagos, como el del teléfono, cuyo monto preciso coincidía cada mes con el del talonario de la chequera. Fue ahí donde me di de bruces con el número. 548-08-56. Con un cinco de menos, pero el mismo. Zaragoza Carranza, María Eugenia. La misma dirección, departamento dos. De niña vendía dulces, de grande endilga novios.

En teoría, nada me impedía llamarle. ¿Está uno moralmente obligado a soltar siempre todo cuanto sabe del otro, aunque se trate de un formal desconocido? No podría decirle que soy el responsable del conejo perdido y del crucificado, que para su sorpresa no son el mismo. No serviría de nada contarle que soy hijo de la señora Nancy, aunque le jure que no soy como ella. No conviene, de hecho, hablar con ella, y menos enfrentarla, pero uno como yo soporta cualquier cosa menos arrepentirse de lo que no hizo. Puse de vuelta los documentos en la caja fuerte, desde entonces abierta como cualquier cajón, con la llave pegada a la mitad del clóset. En las colegiaturas aparecía el nombre. Niña María Eugenia Carranza Zaragoza, primaria, tercer grado, grupo D. Carranza sería entonces el apellido del padre. Pronuncié los dos nombres, me sonó mejor el de la madre. Carranza Zaragoza es cacofónico. Suena como a una ruta de microbús. María Eugenia es también el nombre de una calle. ¿Pasa por María Eugenia el microbús Carranza-Zaragoza? No me extraña que se haga llamar Gina.

—¿Con quién hablo? —escupí, sin ocultar mis nervios de punta. Estaba usando el celular de Imelda, no me daba la gana esperar hasta el día siguiente para llamarla de cualquier cabina. Seguro que tendría identificador, creería que los serios, afines y solventes no comprueban sus buenas intenciones llamando de un jodido teléfono público.

—¿A quién busca, señor? —vi el reloj, nueve treinta de la mañana. Muy temprano para tan mal talante.

—Llamo por un anuncio en el *Tiempo Libre*… —a saber si llegaban hasta su auricular los ecos de solvencia de mi voz engolada según yo a la medida de la ocasión.

—¿Nos conocemos o me dices tu nombre y tu profesión? —pensé en colgar y no volver a llamar, pero esto último no podía garantizarlo. Era como si ya se diera cuenta que nada bueno iba a traerle la llamada.

—Buenos días, discúlpeme —alcé la voz, resuelto pero afable, como lo haría un prestigiado especialista—, habla el doctor Joaquín Alcalde y Rivera, estoy interesado en lo que ustedes ofrecen, no sé si sea algo así como un club social, pero en principio me llama la atención.

—Perdóneme, doctor —ahora el tono cambiaba— pero no se imagina la cantidad de gente inadecuada que llama. Justo ahora colgué con un señor casado que no sé quién se imaginó que soy. Por desgracia, no puede una evitarlo. Muchos interesados llaman sin importarles que no cubren completos los requisitos. Que no es su caso, ¿verdad, doctor… Alcalde?

—Hay uno que no entiendo, y no sé si lo lleno. ¿Está mal que no sepa lo que es GCU?

—Ay, qué pena, doctor, todos me lo preguntan, pero esas cosas no pueden publicarse —coqueteaba, de pronto—, aunque seguro que entiende el concepto: Gente Como Uno, ¿verdad? Solamente quien es así como uno sabe lo que es la gente como uno. No se puede explicar, pero todos lo entienden. O lo entendemos, ¿sí?

—Yo supongo que sí, por supuesto, si hablamos de lo mismo —suelto una risa fatua, de mamón suficiente.

—Qué bueno que lo entiende de esa forma, doctor —aplicaba las frases un poco de memoria, con énfasis a medias convincente— porque el siguiente paso consiste en una cita. Yo sé que todos están muy ocupados, pero de otra manera no podría garantizarles la calidad humana, ya me entiende. ¿Vive usted cerca de Colinas de la Montaña?

—No muy cerca, pero soy socio del Club —me ensañé, decidido a impresionarla—, monto a caballo y juego algo de tenis.

—Excelente, doctor, ahora voy a explicarle de qué se trata todo nuestro asunto. No tengo un club social, ni una agencia de relaciones públicas, ni menos todavía una agencia de modelos o cosas más corrientes que ni caso nombrar, ¿verdad? Lo mío, doctor, es un grupo de amigos que he ido formando a lo largo de los años, muy selectivamente, entre gentes que encuentro que pueden ser afines. Con muy buen ojo, claro. Por eso no nos basta una llamada. Necesitamos vernos, para que me permita ir identificando sus intereses. Hasta ahí, no me debe usted nada. Si ya después yo encuentro una persona que, según mi buen ojo, es ideal para su forma de ser y coincide con sus expectativas, usted me deposita un donativo por el equivalente a ciento cincuenta dólares y yo lo invito a cenar en mi casa, para que tengan el placer de conocerse.

—¿No es una agencia, entonces?

—No, doctor. Ya le dije. Es un ojo: el mío. Y un discreto sistema de seguridad para no quedar mal con mis invitados. Si usted está soltero y disponible, pero su profesión, o su situación, o su carácter no le permiten conocer personas nuevas, yo lo incluyo en mi base de datos, pero sólo después de conocer sus gustos, aficiones, expectativas, cultura, preferencias.

—¿Dónde sería la cita, señorita...? —hago la voz exacta de un engreído sin sesos.

—Ay, qué grosera, no le he dicho ni cómo me llamo. Soy Gina Carranza —dice su nombre como asumiendo que yo lo conozco, o siquiera me suena, o mínimo tendría que sonarme—, vivo justo detrás de Colinas de la Montaña pero la cita sería en otra parte. No desconfío de usted, claro está, pero antes necesito conocerlo. Por eso hago las citas para desayunar en un buen restaurante. A las mujeres yo las invito y los hombres me invitan a mí. No es mucho el tiempo para platicar, pero alcanza para hacer buenas migas.

—¿Y si no tengo tiempo para desayunar?

—Puede ser cualquier día de la semana. Usted quiere que yo le presente a una amiga, no una desconocida. Y ella querrá lo mismo, ¿no es cierto? Compréndame, doctor, ésa es la garantía que yo les ofrezco. Si les doy menos, voy a quedarles mal.

—¿Qué seguiría, entonces? —pregunto sin pensar, como un acto reflejo de mi Enemigo Íntimo.

—Seguiría que hiciéramos la cita. Tengo libres el jueves y el viernes de la semana entrante. O mañana, pasadas las ocho y media.

—Tendría que revisar mi agenda con cuidado —reculo, un tanto ansioso de colgar y hasta decir alguna barbaridad, de modo que no pueda volver a llamarle, pero un impulso ciego, por no decir imbécil, me orilla a dar un nuevo paso hacia adelante. —A menos que de plano sea mañana, aprovechando que voy a ir al club.

—Si usted quiere, podemos desayunar ahí. Yo no soy socia, pero si usted me invita ahí estaré. Perdóneme que insista: es soltero, ¿verdad? —me arrincona y me temo que no estoy preparado. Sacarse las mentiras básicas de la manga no es la mejor manera de presentarse. Suelta uno lo primero que se le ocurre y luego hay que amarrar el andamiaje. Nunca quedan las cosas como uno las quería. Claro que lo que yo creía querer antes de la llamada no se parece a lo que quise luego. Saber un poco más, oír su voz, soltar quizás un par de mentirillas y despedirme de ella para siempre. Quería eso, pero esperaba más. Sufre uno por aquello que espera, más que por lo que quiere. Aceptamos que los deseos puedan ser imposibles, pero jamás las expectativas, que son como las deudas del destino.

—Me lastimé la espalda —rectifico, improviso, titubeo—, viéndolo bien no sé si vaya al club —ahora mismo, mientras voy inventando la poca información que le daré, imagino escenarios y situaciones que serían tal vez menos imbéciles si no fuera mentira todo lo que le cuento, y no además tuviera tanto que ocultarle, comenzando por mis dos apellidos. Por no hablar de mi oficio, mi dirección, mi situación legal y mis antecedentes. La única verdad es que tengo treinta años y soy impresentable.

No todo se lo invento. Suelto también algunos de los datos que el doctor Alcalde solía dar en las agencias funerarias. Me incomoda la idea de revivir justo a ese personaje, pero es el más seguro. Sé casi todo de él, aunque no estoy seguro de acordarme muy bien. Podría contradecirme, en un descuido. Es una suerte que Gina Carranza no necesita mucho para empezar a hablar hasta por el ombligo; tanto que con trabajos me dejó espacio para aceptar la cita de mañana en la segunda sección de Chapultepec. Me pregunto por qué cambié el lugar de la cita, si de cualquier manera no pienso llegar. Me respondo que lo hice por si cambio de idea.

—Hasta mañana, entonces, doctor Alcalde. Créame que va a ser un placer conocerlo —algo hay en esa voz, por debajo de una zalamería rígida y antipática, que insiste en proyectarme las imágenes de la niña del puesto de dulces donde siempre hubo menos clientes que moscas, y hasta las mismas moscas escaseaban.

Conforme van pasando los minutos desde el hasta mañana de Gina Carranza, encuentro más difícil concentrarme en mejor cosa que la cita imposible. ¿Y si un día me ve en el edificio? ¿Voy a tener que entrar y salir con gafas y cachucha? ¿Pero si al fin alcanzo a convencerme, desayuno con ella y salgo de ahí tentado a ir a su casa cualquier viernes o sábado en la noche, con el pretexto de que busco pareja? Dalila no estaría. ¿Y yo qué mierda tengo que estar haciendo ahí? Nada, claro. Por eso quiero ir. Siempre he sido mejor para sobrevivir en aquellos lugares donde nadie me llama.

Miro el reloj: ya pasó una hora y media. Trato de practicar, repitiendo en voz alta lo que pienso decirle. Corrigiendo el estilo a cada nueva sílaba. ¿Le importaría, Gina, si mejor lo dejamos para de aquí a ocho días? Pero no me convenzo. Tampoco estoy seguro de que en una semana conserve la cosquilla, o la comezón, o lo que sea que me tiene tramando alguna forma de joderme la vida una vez más. Triste trabajo les queda a las neuronas una vez que el instinto decide que hagan todo lo que según ellas jamás harían. ¿Qué es la mente, si no la puta del instinto?

Algo me dice ya que de muy poco van a servirme los razonamientos, una vez que el buen juicio ha sido seducido por las mismas neuronas que antes formaban una tabla gimnástica y ahora bailan quitándose la ropa. No sabría explicarlo, si el abogado me lo preguntara. Pero no va a enterarse. No tendría por qué, si lo hago todo bien. Por ahora, si acaso, y eso lo dudo, sólo tendría que explicar la presencia en la casa del conejo. Puedo decirles que desde niño quise tener uno, o que me lo encontré, o que me dio la gana comprármelo. Vivir así, cautivo o escondido, es volver a ese espacio cercado de la niñez donde mandarse solo era inconcebible, y había que ocultarse y contar cantidad de mentiras para hacer aunque fuera un poquito de lo mucho que a uno se le ocurría. Y otra vez ya me estoy justificando. Como un niño. Podría argumentar en mi descargo que alguien dentro de mí necesita lanzarse al rescate de mi autodeterminación. Alguien que no soporta la idea de verme reducido a cucaracha.

Miro el reloj: las dos de la tarde. Si le llamo me arriesgo a que conteste Dalila. Me enredo en media hora de cálculos imbéciles, sólo para concluir lo que sabía ya desde la una. No puedo cancelar la cita de mañana. Ir o no ir, es todo lo que queda. Ahora mismo me insisto en que no pienso hacerlo, pero no estoy seguro de pensar igual cuando ya sea de noche. Tengo el perfil ideal del perdedor:

decido con trabajos, me arrepiento de cada decisión, me arrepiento de haberme arrepentido.

Desde que abrí la puerta y dejé entrar por primera vez a Dalila se me nubló el cerebro. No sé por qué hago cosas tan idiotas como crucificar un conejo muerto, llamarle a la mamá, revivir la patraña del terapeuta. No sé por qué tendría que intentar cualquier cosa, si está visto que todo lo que intento sale mal o fatal. Soy una fuerza contraproducente, y lo peor es sentir este entusiasmo. Querer que pase todo lo que en el fondo más temo que pase, saber que al fin de tanto titubeo voy a acabar metiendo la pata completa. Se siente bien, aparte. No me atrevo a negar que el robo del conejo es la más grande prueba de vida que he conseguido darme desde que vivo a espaldas del universo. Piense, pues, lo que piense, no me puedo pagar la prudencia de cancelar la cita de mañana, ni la salud mental de olvidarme y dejarla esperándome.

Por eso digo que no sé qué haré, aunque lo sepa desde que vi el anuncio. Gina Carranza. Una cena de amigos. Sólo personas serias, afines y solventes. Pura gente como uno. Cuántos habrán llamado antes de mí, quién me dice que soy tan importante para que un mes más tarde me reconozca en un pasillo oscuro, si gente como uno puede ser cualquiera que acepte darle ciento cincuenta dólares a cambio de cenar con un alegre grupo de solitarios en celo disfrazados de amigos postizos. Extraños en procura de consuelo. No será la primera historia de horror que comienza por un anuncio clasificado.

No parecía difícil complacer a Isaías Balboa. Su verborrea era corta, pero circular. Le daba vuelta siempre a los mismos conceptos, que a todo esto tampoco eran lo que se dice conceptos, sino especies distintas de margayate. Me lo decía así: Tu chamba es desatar mis margayates. Lo escuchaba durante las dos horas más largas del día discurrir sobre nada, con la pompa de un sabio de cuento de hadas. Luego podía escribir cualquier cosa con más sentido que eso, y él invariablemente celebraba. Por mi parte abusaba citando sus libros, que había ido leyendo uno por uno porque según mi jefe ya era hora de compilar su obra y yo era el elegido para la misión.

Sabes, hijo, tú me recuerdas mucho a Dale Carnegie, me dijo una mañana al fin de las dos horas de perorata. Y yo, que ya me administraba como hetaira oficiosa, le respondí citándole unas líneas de Dale Carnegie. ¿Lo ves, hijo? Isaías Balboa no dice nada en balde: tú eres como Dale Carnegie redivivo. ¿Entiendes lo que vale una herencia como ésa, muchacho? ¿Te importa si te llamo Carnegie, de cariño?

Nada me aseguraba que el cariño llegara más allá de la muerte de Nancy. Cuando ya no pudiera seguir con la mentira, le diría que mi mamá está muerta y esperaría a que me pidiera el departamento. Entre tanto sería Carnegie-de-cariño. Por eso lo importante no era tanto cumplir con la misión de reescribir sus libros, como hacer que los plazos se extendieran en cadena, de forma que el retorno de mi madre pareciera inminente en la misma medida que se posponía. Mi trabajo sería escribir buenas cartas, lo demás era pura seducción pueblerina.

Me acomodaba creer que todo era sencillo. Según yo, Isaías Balboa habría dado lo que fuera por quedar bien con Nancy, pero pronto sabría que ésa y las otras eran apreciaciones exageradas. Menospreciaba entonces el colmillo del viejo, que no perdía detalle de mi conducta. Sabía, por los soplos de Matías —el portero del edificio, un ladinazo que era como su dóberman— cuándo entraba o salía del departamento. Sabría también del contenido de mis maletas, que yo encontraba cada día removido. Le habría dicho de todas las postales y cartas de Nancy que guardaba, pero eso no bastaba para leer mi plan, ni para adivinar todo lo que esas cartas harían por mí.

A Nancy le gustaban mucho las postales. Compraba quince y enviaba dos. Había rescatado tres cajas de zapatos repletas de postales vacías; para engañar al viejo Balboa no tenía más que copiar la letra de mi madre y plantarle algún timbre de otra postal usada. Lo demás lo arreglaba con manchitas de tinta que simulaban la continuación del sello postal. Isaías querido, te agradezco en el alma la ayuda que le has dado a mi Joaquín, qué descanso tener un hombre en quién confiar. Si se portaba bien, seguirían un par de cartas perfumadas. Y ése era mi problema, como siempre. Pensar más en mi juego que en el del contrario. Sobreestimar mis torres, subestimar mis peones, asumir que mi reina es inmortal.

—¿Te sientes listo, Carnegie?

—¿Listo como pa qué? —la pregunta me había tomado por sorpresa, no era el tono paciente y amigable con el que el viejo me había estado hablando, sino uno grave, terminante, frío. Y yo insolente, pa acabar de joderla.

—Listo para creerte más listo que cualquiera. Más que yo, por ejemplo, con la cara de imbécil que según tú tengo.

—¿Según yo qué? —me trabé y se dio cuenta. No sabía de qué hablaba, pero ya suponía que tendría que ver con el engaño. Me echaría a la calle, de seguro.

—Tú crees que con la mierda de trabajo que me entregas yo me quedo contento y tan-tan. ¿No es la pura verdad, pinche Carnegie? Piensas que con oír mis pendejadas y entregarme otras peores por escrito yo voy a mantenerte el resto de tu vida. O nomás por tu madre, que es una decentísima persona, tanto que ni siquiera se imagina que su hijito se está volviendo defraudador.

—Don Isaías, yo sería incapaz…

—No seas cínico, Carnegie. Sé de qué pie cojeas y ya me estoy cansando de entablillártelo. Tienes veinticuatro horas para entregarme el primer capítulo del primer tomo de *El oro del mundo*, corregido de acuerdo al nuevo estilo.

—¿Cuál es el nuevo estilo, don Isaías?

—Más te vale saberlo, o mañana te quedas sin trabajo —sentenció, dio la media vuelta y me dejó sentado en su oficina. Media hora después, la secretaria me invitó a moverme. No va a volver, me dijo, sin ofrecer disculpas.

A partir de ese día, no volvió a ser posible predecir el humor de Balboa. Me había hecho creer que lo tenía en mis manos para mejor ponerme entre las suyas. Le debía dinero, vivía en su departamento, dependía completamente de él. Y ahora resultaba que era un cabrón negrero. Tendría que reconocerle un solo mérito: creyó en mí antes que yo. Nunca conocí a nadie que le pusiera precio a la gente con esa puntería. Pero igual regateaba. Era un as en las artes del menosprecio y su negociación.

—¿Qué mierda es ésta, Carnegie? "Los bebés lloran porque aún no saben del tesoro que han recibido en horas y minutos de vida. Cientos de miles de horas, decenas de millones de minutos…". ¿Sabes tú por qué lloran los bebés? Porque este puto mundo es una mierda, igual que tu trabajo. ¿Cómo quieres que los lectores se limpien por dentro, cuando a su caca le echas la tuya encima? Si ésa es la idea, entonces cuando menos ten los huevos de decir que los niños pequeños lloran por imbéciles, y porque todavía creen que es problema ser hijo de una puta. ¿Ya me entendiste, Carnegie? Quien compra un libro como los que yo vendo es porque lleva una vida tan complicada, o tan intrincada, o tan amarga, como los verdaderos hijos de puta. Tu madre, por ejemplo, se quejaba conmigo del patán que tenía por marido. Me trata como puta, me decía. Y yo no soy idiota, Carnegie. Tú, como yo, que a todo esto mi madre, que en paz descanse, era bastante ligerita de cascos, sabemos lo que es ser tratados como el hijo de una hembra. No una mujer, ya sabes. *Una hembra.* Así que si tú entiendes lo que se siente ser hijo de tú y yo sabemos qué, tienes que comprender la desazón del hijo de puta que va a hacer el favor de comprar mi libro.

—¿Cuál libro? —venía aún saliendo de mi azoro, tenía cuando menos que provocarlo.

—Mi libro, el que tú ya leíste pero no entendiste. Pedí que lo enfocaras agresivamente, y lo que se te ocurre es poner a unos pinches bebés a mojarme los huevos con sus lagrimitas. Me vas a hacer llorar, cabrón. Nomás falta que vengas y nos salgas con que te andas tirando a una embarazada —ahora se reía, aunque estudiadamente, tal vez para que no perdiera yo de vista el hecho de que estaba siendo sarcástico.

—Usted nunca se había quejado por mis otros trabajos.

—¿Sabes? Tengo el mal tino de apiadarme de los cabrones, creyendo tontamente que son pendejos. Esperé a que tú mismo te dieras cuenta. Te halagaba con argumentos imbéciles, y al día siguiente me llegabas con un nuevo rosario de sandeces. Feliz, orondo, celebrando que me la habías pegado en lugar de tratar de hacerlo mejor. Mira una cosa, Carnegie: yo a tu madre la quiero como a una hija, y hasta más que eso, pero a mí ni la vanidad ni el amor me apendejan. Otro que no fuera yo, ya se habría deshecho de ti, pero sabrás que tengo el mismo defecto que las putas. Me gustan los cabrones y les creo. Nomás por eso voy a darte tres días, escúchame, tres días para dejar los huevos en el primer capítulo que te pedí. Si no, ya sabes: te los corto yo. No querrás darle a tu mamá la pena de enterarse que su hijito es un vago y un bueno para nada que fuma mariguana toda la noche...

—Don Isaías, yo le aseguro... —viejo cabrón chismoso, me estaba amenazando. A ver dónde encontraba a mi mamá, pero igual mi papel era inquietarme.

—Lo único que tú tienes que asegurarme es que no estoy tirando mi dinero a la calle. Me da igual si prefieres joderte la vida, con tal de que compongas las de mis lectores. *Mis lectores*, he dicho, a ti no te lee nadie porque no tienes nombre ni objetivos. Yo me he jodido muchos años en esta imprenta de mierda, trabajando hasta tarde y desde temprano, en Navidad, a veces, con tal de darme el gusto de publicar mis libros. Fíjate, Carnegie: dije el gusto, no el lujo. El gusto de cumplir con mi misión, en aras de la cual ofrendo mi nombre. Me doy, me entrego, me rindo en cuerpo y alma. Tú nada más redactas, eso no tiene mérito. El verdadero mérito está en la concepción de la gran idea; la redacción es una ciencia exacta. Sujeto, verbo, complemento, ya está. Tú, en realidad, vienes a succionarme la inspiración, como una sanguijuela o un murciélago, pero óyeme una cosa: no te vas a ir de aquí sin devolverme lo que te has llevado.

—No me he llevado nada, don Isaías —era mi turno para jugarle al idiota, en eso sí que no me iba a ganar.

—A ver, Joaquín, ¿me escuchas? —se daba golpecitos en la sien, con una mueca mal vestida de sonrisa—. Te has llevado de aquí los secretos de *El oro del mundo*, y los vas a traer en perfecto orden, como si fueran la argumentación final de un candidato firme a la horca… ¿No conoces el juego del ahorcado?

—¿Es un libro?

—No seas idiota, Carnegie, ni te quieras pasar de listo conmigo. Por lo que veo, todavía te sorprenden los cambios en mi forma de tratarte. ¿Quién soy yo, en realidad, el que todos los días te aplaudía o el que te cagotea a cada minuto? Eso no importa, hijo, no te gastes peleando batallas secundarias. Lo que importa es que soy tu cliente. No tu padre, ni tu amigo, ni tu tío, ni tu padrastro, desgraciadamente. Soy un hijo de puta que ya te compró y revisa la póliza de garantía. Algo muy parecido a un cliente insatisfecho. ¿Te sorprende saber que estoy a un paso de ir a exigir una devolución? Qué bueno, porque entonces me la debes. He usado cada una de mis habilidades para sorprenderte, y de paso te dije toda la verdad. Ahí la tienes, trabájala. Usa tu ciencia exacta para acomodarla. Es como si jugaras ajedrez, con la ventaja de ubicar las piezas a tu gusto antes de comenzar el juego.

—Tampoco es así de fácil, ¿no?

—Ahora vas a decirme que eres indispensable. Mira, hijo, sólo dos tipos de personas son inútiles para este trabajo: los flojos y los torpes. Yo soy de los primeros, porque tengo dinero. Tú no tienes en qué caerte muerto. Si mañana descubro que eres de los segundos, solamente me pagas lo que he invertido en ti y te vas a dormir en la calle, donde vas a sentirte a toda madre porque está siempre llena de pendejos —dijo esto último ya sin vehemencia, consultando el reloj y anotando mi nombre en su agenda.

—¿Me puedo ir, don Isaías?

—No se te olvide que un candidato a la horca todavía puede hacerse millonario. Hitler se vistió de héroe en un juicio en su contra. Mi público te espera con las manos sudando y la boca abierta... Ya te di más ideas, por si te faltaban. Agradece a tu madre que no te las cobro —lo dejé hablando solo, por el bien de los dos. Finalmente, yo había tenido la culpa. Llegué con una carta de Nancy por delante. Cariñosa, además. Luego consideré que todo mi trabajo consistiría en seducir a Balboa en el nombre de Nancy. ¿Qué tendría de raro que mi jefe se comportara como padrastro, ahora que mi mamá le debía un favor? ¿Se habría asustado Nancy de enterarse que su hijo fumaba mariguana? No más, en todo caso, de lo que me asusté cuando supe que ella tenía tres días de muerta. ¿Qué esperaba mi jefe?, me reí, oscuramente, ¿matarla de un coraje?

—¿Doctor Alcalde? —la imaginaba fea, panzona, amatronada. Yo supongo que por defensa propia. Bonita no sé si es, pero algo tiene que la hace atractiva.

—Gina... —me levanto de un salto, le doy la mano, siento una urgencia rara de mostrarle que estoy muy por encima de la situación, como sería el caso del terapeuta que digo que soy. Y sin embargo las palabras se atoran.

—Perdone la tardanza, doctor, pero ya ve a estas horas cómo está la ciudad. No sé de dónde me salió la idea de vernos hasta acá, cuando en el sur hay tantos restoranes bonitos —se sienta mientras habla, no he tenido ni tiempo de mirarle las piernas. Mierda, en qué estoy pensando. La soledad nos vuelve bichos estrambóticos. ¿Qué tendría que hacer mirándole los muslos a la madre de mi cómplice? Pura curiosidad, me digo y me doy cuenta que Gina sigue hablando y ya no sé de qué.

—¿Perdón? —me enroco de emergencia. —No escuché bien lo último que dijo.

—¿No durmió bien, doctor? ¿Tuvo alguna emergencia? —le sobraba razón al viejo Balboa. Esto de que lo llamen a uno doctor da varios metros de ventaja inicial.

—No sé hasta dónde fuera una emergencia. Cuando un paciente llama de madrugada jurando que se quiere suicidar, lo común es que esté decidido a vivir. Quien resuelve matarse ni levanta el teléfono —me pregunto hasta dónde sueno rígido, cómo hacer para ser un pedante sin por eso volverme un antipático.

—¿Es usted un psiquiatra, doctor Alcalde? —ella tampoco hace muchos esfuerzos por ser simpática. Me habla como una empleada de telemarketing.

—Terapeuta —reparo, sin mirarla, pero luego me vuelvo y le sonrío—. Trabajo haciendo míos los problemas de mis pacientes. Día y noche, de pronto.

—No lo envidio, doctor. Si yo también tuviera un terapeuta, lo estaría fastidiando el día entero. Y más de noche, que es cuando se ofrece —ahora se esfuerza por ser agradable, pero en sus ojos sigo leyendo que quiere venderme algo. Son oscuros, quizá también profundos. El maquillaje no me deja saberlo.

—No se crea, Gina —sonríe cuando la nombro. —Sería yo muy mal terapeuta si no le diera la suficiente paz para dormir de noche y hacer su vida el resto del tiempo. Además, se ve usted muy sana. Le aseguro que no es de las que llama de madrugada para decir que nadie la quiere.

—¿Quiere decir que no soy yo la única que tiene buen ojo? —va ganando confianza. No sé qué haría si no tuviera el cuento del terapeuta. Miro el reloj: nueve de la mañana. Debo de estar cansado, pero no me doy cuenta. Llevo ya muchas horas jugando al doctorcito. Como dicen, la práctica hace al maestro.

Anoche salí tarde, ya cerca de las siete. No había tiempo para un corte de pelo, apenas una hora para encontrar camisa, pantalones, zapatos. Ni modo de llegar a la cita con Gina vestido como el miserable que soy. Me gasté un dineral en el intento y creo que no luzco serio ni solvente, pero igual nadie lo parece tanto sin el correspondiente Mercedes Benz. ¿Serán así los otros que le llaman? ¿Quién me dice que sus prospectos de GCU son más que un pinche hatajo de zarrapastrosos?

Fue una imprudencia ésa de salirme a las siete de la tarde. Pudo verme cualquiera, sobre todo Dalila, pero sólo hasta entonces me cansé de esperarla. Tenía el plan de interrogarla un poco, sacarle un par de datos de su mamá como quien no querría la cosa. Pero no apareció. Dejé incluso la puertecita a medio cerrar, como le prometí la última vez. Aunque cuando salí ya sabía lo que tenía que hacer. Revivir al doctor, era ésa la idea. Vestirme, acicalarme, metérmele en la piel al personaje.

Renté un cuarto de hotel de medio pelo. Me di un baño, me vi en el espejo y comenzaron a saltar las dudas. No me bastaba el hábito, necesitaba al monje. Dando las nueve y media regresé a la calle. Sabía que era imposible revivir al doctor sin llevarlo al lugar de sus éxitos. ¿Son serios y solventes los hombres que se visten de negro? Ya en el taxi, me temí que las líneas plateadas que adornaban el saco me ayudarían muy poco a darme seriedad, cuando menos en una funeraria. ¿Dónde está el show?, me dije y me maldije porque sólo a un perfecto atorrante se le ocurre llegar a un desayuno con jeans negros y saco de terciopelo. Parecería comediante nocturno, croupier desmañanado, tratantucho de blancas. Y la otra habría sido llegar sin saco. Ni los choferes andan en mangas de camisa, reclamaba Balboa cuando me resistía a ponerme algunos de esos sacos que me daban la facha de limosnero injertado en aprendiz de doctor. Pero si entonces pude simularlo, por qué ahora no iban a tragársela.

En cuanto abrí la boca me di cuenta que me faltaba el swing. Mucho tiempo sin práctica, se va ablandando la cara dura. Dejé la funeraria en quince minutos. Tenía que caminar. Traer de vuelta las reglas olvidadas: mirar siempre a los ojos, responder rápido, evitar titubeos, aprenderse los nombres, citar a los clásicos. Busqué entre los papeles de la cartera: todavía guardaba el acordeón con las palabras de Isaías Balboa y las anotaciones de Basilio Læxus.

Me metí en un café, taché las frases que ya no me gustaban y acuñé algunas cuantas, para entrar en calor. Consideré llamarme Basilio Læxus, pero me sonó mal. Es un nombre muy útil para citarlo, no para ponerse uno en su lugar. Además, yo tenía que ser el doctor Joaquín Alcalde y mi maestro el gran Basilio Læxus. Se gana más prestigio hablando maravillas del maestro que intentando venderse sin palero. Me lo decía Balboa, que era el beneficiario de esa ecuación, pero esta vez ya no hay Balboa que valga. Ahora tengo un maestro cuyas palabras puedo modelar a mi gusto, sin tener que colgarme de la ridiculez de hablar de sus jodidos clásicos. Con esa certidumbre me regresé a la agencia, ninguno ahí tenía por qué poner en duda las aseveraciones del doctor Alcalde, cuantimenos las del maestro Læxus.

—Usted no se imagina la cantidad de chicas guapas y simpáticas que buscan hombres serios, sólidos, formales. Como que entre los hombres todo eso ha ido pasando de moda, no sé cómo después se andan quejando por no encontrar mujeres compatibles.

No es su caso, doctor, afortunadamente. Ya le dije que tengo un ojo privilegiado, a leguas me doy cuenta cuando alguien es confiable y cuando nada más quiere sacar provecho de la situación. No me lo va a creer, pero ni la mitad de mis prospectos masculinos son gente seria. Empezando porque uno de cada tres me deja plantada, luego tampoco falta el que cree que soy yo la que anda por la vida buscando novio.

—La verdad, Gina, es que yo tampoco ando en busca de algo así. No exactamente, vamos.

—No, doctor, cómo cree —me interrumpe, con angustia instantánea. —Si le confío estas cosas es para que se vaya dando cuenta de lo difícil que es mi posición. Yo tampoco soy una buscanovios, ni me interesa alcahuetear a nadie. Lo que pasa es que estamos en años difíciles, ya nadie tiene tiempo para nada, y menos para conocerse con extraños. Todos somos extraños, de repente. Lo único que yo hago es tratar de acercar a la gente, pero no a cualquier gente. Cuántas veces creemos, por desinformación, falta de tiempo, falta de observación, que encontramos a una persona que vale. Porque claro, queremos que nos entiendan. Valoramos para ser valorados. Y tanto lo queremos que pasamos por alto cosas muy importantes. Nos gusta la persona, nos mira muy bonito, nos dice cosas lindas. Y tómala, caemos redonditos. ¿Por qué? Porque tenemos esa necesidad. Les ayudamos a que nos digan mentiras, ya estamos de su lado cuando no han hecho ni el menor esfuerzo. No se vale, doctor. Yo misma me he enfrentado a esas situaciones infinidad de veces, y todo porque me faltó la frialdad suficiente para distinguir entre lo que se quiere y lo que se puede. Claro que quiere una el gran romance, la gran propuesta, la pareja perfecta, la familia ideal. Nada de eso nos llega si no tenemos la cabeza fría. No me diga que usted es muy bueno para la autoterapia.

—No lo soy, claro está —me conviene que apenas me deje hablar, uno se ve más serio con la boca cerrada.

—¿Ya ve, doctor? Y si usted, que es un profesional en estas cosas, no tiene la frialdad para juzgarse, imagínese qué será de los otros. Por supuesto yo no le garantizo que va usted a hacer clic con la primera chica que le presente, pero la afinidad va a estar allí, para que cuando menos no sienta que perdió su tiempo. De eso se trata todo, yo lo que más invierto es tiempo, para que ustedes tengan relaciones de calidad.

—¿De calidad? No hablará usted de posición económica…

—No exactamente, como dice usted, aunque es bien importante. Ya sabe cómo somos las viejas, doctor. No nos gusta ir detrás de los perdedores, ni queremos cargar con un maleducado. Buscamos a alguien que nos haga mejores, no que nos trate mal, o nos falte al respeto, o nos deje por la primera escoba con patas que se la ponga fácil, ya me entiende. Usted tampoco quiere tropezarse con alguna golfita interesada, perdone que hable así pero así son, ni con una mujer incapaz de comprometerse en una relación. Por eso insisto tanto en ver a mis prospectos y platicar con ellos antes de invitarlos. Porque yo los invito a *mi* casa, que es donde son las cenas de viernes y sábados. Figúrese si voy a andar invitando a cualquier personaje de la vida real, para que luego me haga quedar mal y me ponga en peligro bajo mi propio techo. Yo soy viuda, doctor. Tengo una niña. No me puedo arriesgar a invitar a mi casa a un señor, o señora o señorita, que a la hora de la hora no sepa comportarse y me obligue a llamar a la patrulla. ¿Se imagina el tamaño del alacrán que me estaría echando a la espalda?

—¿Qué les dice a los que no pasan la prueba? ¿No es igual de riesgoso rechazarlos en la primera cita?

—No saben dónde vivo, para empezar. Les digo la verdad: voy a considerarlos en mi base de datos. Ya luego no les llamo, y si me buscan siempre puedo decirles que sigo sin encontrarles pareja. Y eso es cierto, doctor. ¿Cómo le voy a hacer para encontrar el par de una pelafustana, un peladazo, si esas cosas yo misma las detesto? Pero soy muy *polite*, es mi secreto.

—¿No estará siendo muy *polite* conmigo? —se lo digo sonriendo, con alguna coquetería soterrada.

—Ay, doctor, no sea bobo, con perdón. Si usted fuera un pelado yo no podría hablarle de estas cosas. Ni entendería, aparte. Hay algunos que cuelgan la bocina en cuanto les explico lo que quiere decir GCU. ¿Qué significa eso? Que no son GCU. Ya lo decía mi madre, que en paz descanse, el que nace pa maceta no pasa del corredor.

—Supongo que no todos querrán pagar ciento cincuenta dólares por una cena.

—Ésa es otra, doctor. Pero si hay algo que yo no soporto es tener que tratar con tacaños. No me lo va a creer, la semana pasada me salió uno que me preguntó si en la tarifa estaba incluido el cuarto. ¿Pues qué estaba pensando, el idiota? Para colmo me dijo que todo ese dinero alcanzaba mejor para irse con mujeres de la calle. Cuatro o cinco, según sus cálculos cochinos. Ya sé que estuvo mal, pero le contesté que mejor se lo diera a la más vieja de su casa, y así le iba a alcanzar para veinte noches. No se ría, doctor, que ni gracia tiene.

—No me río de usted, Georgina.

—No me llamo Georgina. Mis papás me pusieron Eugenia, pero prefiero que me digan Gina. Es más, si puede nunca me llame Eugenia. Es un nombre chocante, y Gina es lo contrario. Al final, me dedico a las relaciones públicas. No puedo darme el lujo de ser una chocante.

¿Me he vuelto yo un chocante? Lo pienso y lo repienso, mientras Gina se extiende con el tema. Recorrí las capillas, cambié de funeraria cuatro veces y apenas si logré participar en un par de conversaciones sin consecuencia. Algo me falta, no me imagino qué. No es solamente práctica, ni puro entusiasmo. Diría que es el espíritu, pero no sé qué espíritu. Puede que sea el espíritu chingativo, que tanto le sobraba a Isaías Balboa. Los acicates que me iba aplicando cada que me veía desganado. ¡Espíritu!, gritaba, con los ojos abiertos como platos. ¿O será que no quiero lo que quiero, que al fin no quiero nada y hago estas cosas para malconvencerme de lo contrario? Hago foco en sus labios: apenas se detienen, toman aire y regresan a discurrir sobre la simpatía. ¿Hablará así con todos, o se estará esmerando porque se tragó el cuento de que soy terapeuta y quiere que la juzgue con benevolencia? Me viene de regreso la vieja tentación de preguntarme qué haría en mi lugar el viejo Balboa. Nunca entendí cómo lograba que esa pedantería tan pedestre le ganara el respeto de los extraños. Sería el truco del libro dedicado a nombre del difunto, con esa entrada ya no era tan difícil que lo vieran o al menos lo trataran con tanta deferencia y protocolo.

Sólo hay una calamidad peor que un mal día, y es una mala noche. Las horas son más largas, no hay ni con qué llenarlas. Son más anchas, también, como si cada una fuera toda la noche, y la noche una sucesión de eternidades. Según Balboa, los velorios mejoran entre más tarde se hace. Poco a poco se van los moscardones y se quedan los más cercanos al fiambre. Si uno trabaja bien, es la hora de ganar intimidad y enquistarse en el núcleo de los deudos. Ocupa uno el lugar del sacerdote, quién va a querer quedarse sin la asistencia de un doctor del alma. Nunca seas un simpático, me aconsejaba, a menos que pretendas la chamba de payaso.

—La verdad, Gina, yo no estoy tan seguro de ser un hombre simpático. A veces pienso que soy lo contrario.

—¿Y quién le dijo que una los busca entretenidos y sonrientes? Mi madre me decía que tuviera cuidado con los encantadores, que son así con todas y con ninguna se comprometen. Lo sabrá usted mejor, por su trabajo. Los tendrá bien catalogados, además.

—No me dedico a juzgar al paciente. Trato de comprenderlo. Me hago muchas preguntas. Más que a un juez, me parezco a un detective. Fue lo que me enseñaron mis maestros.

—¿Dónde estudió, doctor?

—Es una historia larga, Gina. Estuve en Massachusetts, en California, en Oregon. También Londres y Niza, más recientemente. Tal vez un día de éstos me anime a hacer un doctorado en la Universidad de Stanford. Al final encuentra uno a sus grandes maestros donde menos lo espera. Es uno un investigador perpetuo. De hecho, creo en la terapia como una forma de investigación. De nadie aprendo más que de mis pacientes. Como decía uno de mis maestros, cada paciente es otro doctorado. ¿Y usted, Gina, dónde hizo sus estudios? —por los ojos que pela, pienso que conseguí librar la valla.

—Yo soy como un desastre, pero lo disimulo. Fui a muy buenas escuelas, hasta los dieciocho años. Me habría gustado estudiar psicología, pero me decidí por lo más fácil. O por lo que creí que era más fácil. Estudié dos semestres de hotelería, hasta que me enteré que me iban a enseñar a tender camas y lavar los baños. ¿Tanto estudiar para eso? De plano me negué. Luego quise aprender diseño textil, después decoración. Pero me casé joven, me embaracé muy pronto y perdí el gusanito del estudio. Creo que siempre tuve vocación de anfitriona. Si un día tengo el dinero, me gustaría abrir algo así como un centro gastronómico. Pero hablemos de usted, mi vida es una cosa muy aburrida. Si le sigo contando no va a querer estar en mis reuniones. ¿Vive solo? ¿Tiene hijos? Cuénteme, pues, si no me va a quedar su perfil incompleto.

—No hay mucho que contar. Vivo vidas ajenas, apenas si me queda tiempo para la mía. A lo mejor por eso la llamé. Más que conseguir novia, me interesa dejar mi zona de confort. Arriesgarme a tratar con personas que no sean pacientes, maestros ni colegas. Me temo que padezco de algo así como indigestión académica.

—¿Cómo es eso, doctor?

—Fue una broma, no me haga mucho caso. Ya quiero ver las caras de los académicos si me escuchan decir esa barbaridad. ¿Me creería que de pronto me relaja poder hablar así, frívolamente? Por eso a veces me preguntan cuál es mi profesión y tengo que inventar cualquier otra para no confesarles la verdad.

—Todos tendrán preguntas, de seguro. Yo cuando veo un doctor aprovecho para decirle todo lo que me duele.

—Algo hay de eso. Nadie quiere perderse una opinión. Un consejo, un diagnóstico. Es imposible darlos, por desgracia. Sin tratamiento, sin investigación. Por eso yo les digo que soy carpintero. A lo más que me arriesgo es a que quieran que les haga un librero.

—Perdóneme, doctor, pero está usted muy lejos de tener la fachita de carpintero.

—Es un oficio sin pretensiones, pero tiene una mística especial. Sobre todo entre los católicos. Crece uno acostumbrado a venerar a un carpintero crucificado. Se nos dice que es digno, asumimos que trabajar con la madera es un oficio noble.

—¿Va a decir que esas manos son de carpintero, cuando ni callos tiene? No esperará que lo presente como Joaquín Alcalde, de oficio carpintero.

—No sería mala idea, pero invalidaría todo el propósito. Supongo que tendré que decir la verdad —me ha ganado la risa, ya al final. Si algo no puedo hacer, casi en ninguna parte, es soltar cualquier dato emparentado con la verdad.

¿Dónde está la verdad? Hace unas pocas horas que me lo pregunté, al salir de la última funeraria. No quería meterme en el hotel. Me solté caminando por Reforma, como tratando de asimilar el fracaso. Tres veces decidí que no vendría a la cita, pero tampoco pude reunir la fuerza suficiente para agarrar un taxi y regresarme de una vez a la casa. A las siete por fin volví al hotel, sólo para bañarme y refrescar el look. Tenía que llegar media hora antes que ella, ni modo que me viera bajar de un pinche taxi.

Traía un humor oscuro, por decir lo menos. Mi plan original era llegar con la sonrisa por delante. Venderme como un hombre seguro de sí mismo. Cuántos idiotas no le harán así, debe de estar cansada de soportar prospectos con ínfulas de líder corporativo y pose de profesionista avorazado. Pensar así no me hizo feliz, aunque me relajó. Descubrí que me conformaba con eso. Cuándo se ha visto que un terapeuta vaya por esta vida tenso y estresado. ¿Se ha visto? No lo sé, pero igual el sentido común me dice que han de ser personas ecuánimes. Si no están por encima de la situación, estarán mínimo más allá de ella. Balboa lo lograba por la pinta. Tenía edad para ser respetado, traía un libro suyo bajo el brazo. Yo en cambio sólo tengo las palabras, que tampoco son muchas y ni siquiera explícitas. Cualquiera que haya estado un semestre estudiando psicología cuenta con elementos suficientes para quitarme la careta entera. ¿Quién querría volver a dirigirle la palabra a un monigote que se lo inventa todo, hasta la profesión? Tengo la sensación de caminar sobre una hilacha tensa y resbalosa.

—Y ahora déjeme que me pase de frívola. ¿Le gustan pelirrojas, rubias, trigueñas? ¿Altas, bajas, medianas, flacas, llenitas? ¿Las prefiere calladas o parlanchinas?

—No estoy seguro de tener un estándar, pero creo que se me dan las conflictivas. O será que me aburren las equilibradas.

—Pues mire, conflictivas somos todas. A veces un conflicto se resuelve con otro conflicto, y todavía más si el tema es el amor, ¿verdad? Pero no se me salga por la tangente, dígame cómo son las chicas que le atraen. Si le choca la idea de describirlas, se la pongo más fácil. Déme nombres de artistas muy famosas. Actrices o cantantes, tiene que haber más de una que le guste.

—No me diga que me va a presentar a Cameron Díaz.

—¿Así le gustan, rubias y sencillotas? ¿Qué le parece Jennifer Aniston?

—Lo dije por decir, en las rubias muy rara vez me fijo. Ya le conté que soy muy aburrido. Aunque igual no me quejo si me presenta a Isabelle Adjani.

—¿No le queda muy grande, doctor?

—No sé ni qué edad tenga. La vi en una película, hace varios años. Me pareció una especie de mujer sin tiempo. Una guapa perpetua. Podría tener veinte años o cincuenta.

—Ahora dígame qué le llama la atención en ella. Perdóneme que insista, pero lo que usted quiere es que yo encuentre a una persona afín, y ése es trabajo fino, ya sabrá.

—Me gustan sus pequitas, puede que su mirada. El tono, la delicadeza de su piel. Parecería que un beso en la mejilla le va a quedar marcado para siempre, como a Eugenia Grandet.

—A ésa no la conozco. ¿Es española?

—Era francesa, pero ya murió. Perdone que lo diga, Gina, creo que Eugenia es un nombre con música. Ya sé que no le gusta, pero algunos pensamos diferente.

—Claro, pero me hablaba de Isabelle Adjani. ¿Hay alguna otra que le parezca guapa? No le prometo nada, aunque una nunca sabe. Cualquier día me llega un prospecto con la melena oscura, la piel blanca y unas cuantas pequitas.

—No quiero que me malentienda, Gina. En realidad no tengo una preferencia. Me gustaría que me sorprendiera. Las sorpresas dan vida, energía, espíritu.

—No todas, mi querido doctor Alcalde. Hasta para tratar de sorprenderlo tengo que estar informada correctamente. No voy a presentarle a la primera que se me aparezca, ni usted quiere que yo lo deje a la suerte.

—Una pregunta, Gina. ¿Cuántas personas van a sus cenas?

—¿En una noche? Diez, por lo general. Doce, a veces. Nunca menos de ocho, eso sí.

—¿Y no le pasa que a uno le guste la pareja que usted eligió para otro?

—Sucede todo el tiempo, pero es que ése es el chiste. Una propone y luego Dios dispone. Ni modo que me empeñe en controlar lo incontrolable. Pero el problema no es cuando se gustan los que no deben, sino cuando nadie le atrae a nadie. Rara vez me ha pasado, pero es horrible. Lo bueno es que una aprende de esas cosas. Tiene tiempo que no me ha vuelto a suceder.

—Algunos pensarán que tiraron ciento cincuenta dólares a la basura. Pero antes dígame, ¿por qué en dólares?

—Ya le conté que evito a los tacaños. Si se fija en mi anuncio, tiene tres signos de pesos seguidos. Lo primero que me interesa hacer es alejar a gente que no viene al caso. El dato de los dólares intimida. Si les pidiera menos, perdería caché, ya me entiende. Por otra parte, así nunca me dejan plantada. El que no llega, pierde su donativo. Y a mí de todos modos me funde, porque tengo que devolverle el dinero a la pareja. Además, doy muy buena bebida y una cena exquisita. Son desembolsos fuertes, si no los recupero se me acaba el negocio. ¿Le parece muy alto el donativo?

—Yo supongo que no, si hay resultados.

—Y si no los hubiera, de la segunda cena en adelante les hago un descuentito del veinte por ciento. A veces pasa que todo va bien, pero después de un tiempo se pelean y cuando menos uno me llama de nuevo. Es un mundo muy solo, doctor. Usted lo sabe tan bien como yo. Hace una lo que puede por mejorar las cosas, pero en estos asuntos no hay garantía que valga.

—¿No le da algo de miedo meter tantos extraños en su casa?

—Preferiría no tener que anunciarme. Puede llegar cualquiera, ya sabe. Pero hasta ahora todo ha ido muy bien. Empecé hace unos años, ya soy menos ingenua que al principio. Hubo quien me propuso asociarme y hacerlo todo en grande. Alquilar una casa, pagar publicidad. Pero como usted dice, estaría invalidando mi propósito. Así como me ve, he hecho mis amistades con este negocio. Porque de eso se trata, lo que yo quiero no es encontrar esposas y maridos, sino ir armando un círculo social, y hasta me atrevería a decir que ya lo tengo.

—Luego de tantas cenas...

—Se vuelve inevitable, no somos de palo. Pero una cosa sí, me conservo neutral. La única regla de oro que me he impuesto es jamás consumir lo que yo misma ofrezco. Soy la anfitriona, no busco pareja. No entre mis invitados, quiero decir. Sería deshonesto de mi parte. Además, lo bonito es que nadie sepa nada de nadie. Que se conozcan sin ningún prejuicio. Yo, en cambio, tengo toda la información. No sé si venga al caso decirlo, porque a final de cuentas no estudié nada, pero intento ser una profesional. Seriedad ante todo, como dicen.

Gina Carranza es cuando menos dos mujeres. Una que abre la boca para vender el mismo producto, como un infomercial que nunca se detiene. La otra está atrás, ansiosa por contradecir las palabras mecánicas de la vendedora. A la primera no es posible creerle, recita de memoria y le tiene pavor al contacto real. La otra intenta desesperadamente recordarme que Gina está más sola que sus prospectos. Querría cuando menos una vez poder ser invitada y no anfitriona. Si Balboa viviera, le habría escrito un informe más o menos así, más alguna opinión sobre cómo vivificar a un personaje con ese perfil.

No es que la vea exactamente mortificada, pero se contradice todo el tiempo. Dice palabras huecas mientras sus ojos hablan de otros temas, no sé si espera que yo le corresponda igual. Tampoco sé por qué pienso estas cosas, o para qué. Hace ya tiempo que me escasean los paraqués, temo que soy el ánima del despropósito. De cualquier forma el farsante soy yo. Ella está en su negocio y no tendría por qué ponerse honesta. Si yo insisto en mirar a la mujer detrás es tal vez porque así lo necesito. Quiero pensar que todavía conservo la capacidad de cruzar mis fronteras. Quiero creer que le he caído bien y algún día podría invitarle un café. Que no me he convertido del todo en un fantasma, que si me lo propongo podría revolver una vida que no fuera la mía. Quiero quizás ser niño por un día más y atreverme a cruzar la calle de su edificio y comprarle unos dulces.

Dos bolsas de gomitas. Un chocolate. Diez paquetes de chicles. Todos sus dulces juntos. Mal se empieza cuando uno mira a la mujer y se lanza a buscar a la niña perdida, con la excusa zopenca de analizarla. Doctor Joaquín Alcalde, es usted un zopenco.

—¿Se siente mal, doctor? Ni ha tocado su fruta —ya está, la he convencido de que soy un freak. No consigo siquiera llevar una conversación cualquiera durante un desayuno cualquiera.

—Estoy bien. Gracias, Gina, tenía la cabeza en otra parte.

—¿Mucho trabajo, puede ser?

—Debe de ser por eso, claro. Tendría que cobrar las horas extra.

—Lo mismo que yo digo, trabajo todo el día y nadie me lo cree. Piensan que porque cobro en dólares soy millonaria. Creen que me sobra el tiempo, también.

—Se ahorrará los impuestos, cuando menos.

—Pago el IVA, el predial, la tenencia y encima compro billetes de lotería, que son como el impuesto de los pendejos. Ay, doctor, qué vergüenza, ya estoy hasta soltando palabrotas. Así ni va a querer ir a mi cena.

—Claro que voy a ir, falta que usted me invite. ¿Para cuándo calcula que me va a llamar? —lo digo y me arrepiento. No sé por qué hago esto, en el fondo debo de estar igual de urgido que sus otros prospectos.

—No creo que tarde mucho. Tres semanas, un mes. Ahorita mismo ya me voy figurando quiénes seguramente estarían encantadas de conocer a un hombre exacto como usted. Tengo que revisar con calma mis perfiles, en una de éstas le llamo más pronto. No coma ansias, doctor. Le aseguro que no va a arrepentirse.

—No es eso, Gina —iba tan bien con la boca cerrada, y ahora, ya hasta me estoy justificando. —Lo que pasa es que tengo un par de congresos, creo que los dos caen en fin de semana.

—Pues entonces mejor. No se imagina usted lo atractivos que son los hombres ocupados —ahí está de regreso la vendedora. Cada vez que le da por quedar bien conmigo sonríe con el labio plegado hacia arriba, enseñando la encía como un caballo. Una mueca que decididamente no la ayuda, puedo apostar a que sería más dichosa si consiguiera ahorrársela.

Cuida uno sus palabras, su apariencia, sus modales, pero nunca sus muecas. Ni aun las voluntarias, con las que suponemos somos más agradables a los otros. ¿A qué otros? Imposible saberlo. Una mueca es una excentricidad, y en tanto una oportunidad para que los demás confirmen sus prejuicios. Si uno les desagrada, se valdrán de la mueca para corroborarlo. Nada me impide hallar en su horrenda sonrisa caballuna un motivo secreto de ternura, pero es más fácil encontrarlos de antipatía. No es la mueca que se le ofrece a un amigo cercano, sino a un extraño con cara de cliente.

Nadie quiere ser eso. Al cliente se le miente. El marchante es farsante. Hay vendedores que lo hacen todo bien y en una sola mueca todo lo joden. Gina Carranza es de ésas, pero yo insisto en ir tras la niña de los dulces. La marchanta que encanta. En realidad, me importa un pito lo que pueda decir. Me concentro en sus ojos, sus párpados, sus cejas. Recorro los detalles como un vista aduanal, necesito escaparme de sus palabras, protegerme de su próxima mueca. Vista así, tiene una colección de defectos. Su nariz puede ser un pico de águila, los labios muy delgados y la frente más ancha que el vientre de un recién nacido. Hago zoom out, no obstante, y certifico la armonía del conjunto, consistente tal vez en recordarme a la niña del puesto de dulces. La marchanta sin clientes con la vista perdida entre los árboles. A veces la ternura se produce a partir de unos ojos tristes encajados en una sonrisa forzada. La expresión de quien no pertenece al lugar donde está. La mueca hueca de una fuereña de sí misma.

¿Qué derecho tiene uno a andar catalogando a quienes no conoce? Supongo que nos basta con la facultad. Ella me cataloga entre sus perfiles, yo tomo decisiones y me convenzo de que son impresiones. No es ella la que veo, es la que quiero ver. No podría decir que me atrae, pero así lo decido y es igual. No tengo una razón para entrar en su casa, sólo sé que es posible y eso basta.

—Qué placer conocerlo, doctor —me da una mano y luego las dos, aprieta la derecha con la derecha y usa la izquierda para darme palmaditas. Un gesto equidistante de amistad, simpatía, cariño y conveniencia. Demasiado quizás para un cliente, pero todavía poco para un amigo. Uno encuentra a la gente querible o antipática según cumple con sus expectativas íntimas, ni a quién le importe el tema de la justicia.

—Encantado, Gina —meto la mano izquierda, para que sean cuatro; soy formal y hasta tieso, aunque afectuoso—, espero haber calificado para GCU.

—Ay, doctor, al contrario. Es usted muy simpático y muy agradable, soy yo la que no sabe si va usted a animarse a estar con nosotros, luego que con trabajos lo dejé hablar. Prometo que a la próxima voy a portarme bien.

Si fuera necesario hallar razones para catalogar al ser humano como animal imbécil, habría que empezar por los cumplidos. Son como las rebabas de la conversación, no quieren decir nada y al contrario, están ahí para evitar por todos los medios que la verdad sea dicha. Aunque ni así consiguen ocultar el temor, o la perfidia, o la indiferencia de quien los ofrece. Ofrecer un cumplido es también declarar solemnemente que nos importa lo que no nos importa. Si se tratara de ser bien sincero, le diría que espero verle mejor las piernas, a la próxima. Y todavía más, verla mejor a ella. Pero entonces ya no serían cumplidos. Si se tratara de soltar verdades, no habría una sola que pudiera disculparme. Usa uno los cumplidos para tapar las fauces del monstruo que nadie debe ver, ni intuir, ni dar por vivo.

Cuando Gina se va, me quedo en la mesa. Último comentario: me gustan sus caderas. Me complacen, también. El sutil bamboleo mientras se aleja, esquivando las mesas. Miro el reloj: ya son más de las diez de la mañana. Le he dicho que tengo una cita de trabajo aquí cerca y prefiero hacer tiempo con otro café. Se disculpó. No puede acompañarme ni un minuto más, tiene asuntos urgentes por atender. No se imagina cuánto le agradezco que me evite la pena de darse cuenta que ando sin coche. Soy formalmente un hombre insolvente, y en realidad un prófugo. Un paria que no obstante puede pagar ciento cincuenta dólares a cambio de una cena entre amigos postizos. Hago cuentas de paria: trescientas Coca-Colas que no voy a beberme, con tal de ir a jugar a los amiguitos. Que al final no se diga que no valora uno la amistad.

No podía renunciar al departamento, ni a los vales de despensa, ni a la limosna que además ganaría. Por más que según yo fuera un trabajo indigno, más humillante me parecía ser lanzado a la calle dos veces en una. ¿Qué iba yo a hacer sin casa y sin trabajo? ¿Ir a chillarle a Imelda para que me ayudara? Ni muerto, pues. Los insultos del jefe me parecían piropos comparados con lo que, imaginaba, sería la compasión apestosa de Imelda. Si es que había tal, y no una prepotencia de nueva rica que le permitiría dejar el trago amargo en manos de los criados. Que dice la patrona que no puede atenderlo, que deje su teléfono y ella le llama.

Estaba siendo injusto, por supuesto, pero igual no buscaba lo contrario. En el fondo quería que mi desaparición terminara pesando en su conciencia. Permitirle ayudarme habría sido darle una salida, y yo la prefería en deuda. Sabía que mi reclamo había pasado de moda, pero al rencor le gusta ser anacrónico. Lo peor no habría sido quedar a su merced, sino saber que no iba a perdonarla y que tal vez a ella le daba igual. Saber entonces que iba a terminar de perderla. Esa sola certeza bastaba para hacerme huir de ahí. Había, además, una satisfacción amarga y enfermiza en la certeza de haber dado más. Conocía sus secretos, tenía en mis manos los papeles que podían haberla dejado sin nada, sabía bien quién era y hasta en qué casas había robado, y aun cuando me cambió por mi padrastro yo cumplí con el pacto y nunca abrí la boca.

Era ya un poco tarde para caer en esas consideraciones. Viví en casa de Imelda entre los dieciséis y los dieciocho, no sé bien si esperando su regreso o el de Nancy. Pero seguir allí me hacía sentir como esos huerfanitos de los cuentos que para colmo viven en casas embrujadas. Si quería moverme hacia adelante, tocaba ver al viejo Balboa como un mesías, y a Imelda Fredesvinda Gómez Germán en el papel de bruja. O hasta como lo que era, una ladrona. (Este último desplante de conciencia tranquila y mentirosa era una cortesía de mi amor idiota.) Y me largué por eso, al final. Seguía estúpidamente enamorado de la ratera profesional que me usó para adueñarse de la casa de mi familia. (Este último desplante de despecho fue varias veces patrocinador de sueños razonablemente largos, aunque nunca apacibles.) A dos años de muerto Manolo, con mi madre recién refundida en la tumba, yo seguía soñándolo en el cuarto de Imelda, en su estudio, en su recámara, en la mía. ¿Quién me decía que nunca se la había tirado allí mismo, mientras yo me comía a mordiditas los calmantes de Nancy en el colegio?

¡Yo le aseguro...!, le había dicho al viejo Balboa, como si algo quedara digno de asegurarse. ¿Le importaría saber que con la mariguana no se sueña? Y cuando uno acostumbra soñar lo que yo por entonces soñaba cinco noches a la semana, eliminar los sueños es la única forma de encontrar cierta paz en la inconciencia. Cuando se me acabaron los valiums de Nancy, me lancé como virgen jariosa sobre la mariguana, cuya venta no requería de una receta médica. Ésa era mi más grande libertad. Aunque el viejo Balboa me tuviera observado por Matías y Julia, su cacariza esposa, yo igual vivía como se me antojaba. ¿Qué mejor forma existe de soportar con gusto la humillación privada que recibir a cambio un privilegio público? Como esos viejecillos que lloran de alegría cuando el hijo del hijo de su primer patrón pide un sentido aplauso por sus setenta y cinco años de servicio, yo tenía que bendecir la oportunidad que me estaba ofreciendo Isaías Balboa. Cuando ya me animaba, con estos argumentos, a sentarme a escribir ese primer capítulo, un titubeo letal me iba paralizando las falanges, y si acaso apuntaba un par de líneas tardaba casi nada en tachonarlas. Me había dado tres días y ya llevaba dos. Los pasé dormitando a ratitos y mirando películas, con el volumen bajo para que no le fueran al patrón con el chisme. Por lo demás, fumaba junto a la ventana, suponiendo con más pereza que intuición que el vecino de arriba jamás sabría ubicar el origen del humo delator.

No hay orgullo más digno de carcajada que el de la dignidad sin presupuesto, me dije ya en la madrugada del viernes, citando las odiadas palabras de Isaías Balboa. Hacia las seis y media, amaneciendo, ya lo había nombrado responsable de cada una de mis frustraciones. ¿Cómo quería ese viejo desgraciado que un legítimo hijo de Nancy Félix se dejara enanear por un departamento y un trabajo de mierda? Estaba en esas horas agónicas en las que Satanás visita al desempleado para ofrecerle un puesto de esquirol. Había ventajas, claro. Eso también lo habría sopesado Nancy, que rara vez perdía la razón sin antes calcular el precio del boleto.

En el fondo, no es fácil traicionarse. Me había obligado a avanzar en la redacción del capítulo sin mirar hacia atrás. Sin corregir siquiera. Empecé como si escribiera una broma, igual que las composiciones del colegio comenzaban con chistes y palabrotas; ya luego era más fácil adaptarlas. Una caricatura de lo que según yo tendría que escribir después. Conforme iba avanzando, me cumplía mejor el capricho de pitorrearme del viejo Balboa. Y más que de él, de su libro de mierda. ¿No se había atrevido, el muy culero, a llamarle hembra y puta a mi mamá? Sin darme cuenta, llegué al final del texto rebasado por la emoción de pensar que realmente iba a dárselo. Cuando sonó el teléfono era ya mediodía. En lugar de sentarme a redactar el capítulo real, seguía corrigiendo la caricatura.

—¿Qué esperas, Carnegie? Dime si necesitas servicio de levante y arrastre, yo ahorita mismo te mando a mi gente. ¿Ya vienes para acá con ese capítulo?

—Tendría que imprimirlo y bañarme —dije, más por impulso que calculando la estupidez que hacía.

—Imprímelo y te vienes aunque sea en pijama. Ya le pedí a Matías que llame al sitio, a estas horas un taxi va por ti. Si lo haces esperar, lo pagas de tu sueldo. Si no, yo invito el taxi. Ahí tu sabes si te alzas o te empinas.

Era oficial: lo odiaba. ¿Quién se sentía ese viejo prosero y halitoso para tratarme así? ¿Quería rapidez? No faltaría más. Me vestí y me lavé la cabeza mientras quedaban listas tres copias del capítulo. Cuando estuve en el taxi, ya le debía diez minutos de espera, pero no me importaba. Por algo iba camino a darme el lujo de insultar a Balboa por escrito, y de paso el gustito de observar su reacción. Primera fila, al centro. Asistiría al final de mis últimas perspectivas de supervivencia, saltaría alegremente a la desgracia. Mi dignidad sería como un relámpago, luego no quedaría más que su recuerdo.

—Ya sé cómo se llama: Filogonio —la encontré en la recámara, sentada en el sillón que fue de Nancy, con el conejo preso entre los antebrazos.

—¿Cómo entraste, Dalila? —trato de ser amable, pero me gana aún el desconcierto de saberme en sus manos y no poder quejarme.

—Si te digo te vas a enojar —se me ocurre que más se enojaría ella si supiera con quién estuve hoy.

—De todos modos tienes que contarme. No puede haber secretos entre aliados secretos.

—Todavía no me has dicho si te gusta que mi conejo se llame Filogonio. Yo te lo pregunté primero, aparte —se me ocurre pensar que si la madre fuera menos adulta sería sin duda mucho más simpática. Ya pasaron diez horas desde que me dejó solo en la mesa y yo sigo buscando a la niña perdida. O será que Dalila me devuelve a mi vida de verdad, por mezquina y estúpida que sea. No tengo que mentir, nos sobran los cumplidos. ¿No tengo que mentir? No tanto, pues. No por lo menos con fines cosméticos.

—Filogonio El Conejo. Suena bien. Aprobado. Ahora dime por dónde y a qué horas te metiste. Prometo no enojarme.

—Nunca me había metido por ahí. Lo pensé, pero no me atrevía.

—¿No de casualidad entraste por el techo del baño de la otra recámara?

—Ésa no me la sé. Sólo que me enseñaras. Lo que pasa es que hace dos días que no podía ver a Filogonio. Me dio miedo que no estuviera ya.

—¿Por dónde entraste, pues?

—Por donde no te gusta.

—¿Por el fraccionamiento?

—Pues sí, pero de lado. Hay una ventanita que da al cuarto de triques. Si eres de mi tamaño, cabes por ahí.

—¿Estaba abierta?

—No, pero rompí el vidrio. No el de la ventanita, el de al lado. Luego metí la mano y jalé la manija.

—¿A qué hora?

—Hace ratito. Es que estaba llorando. Te digo que creía que te habías llevado a Filogonio. Lo tenía que ver, necesitaba que supiera su nombre.

—¿Y ahora qué hacemos con el vidrio roto?

—Te lo pago, si quieres. Mi mamá deja las monedas sueltas en un bote, juntito a la alacena. No sabe cuántas tiene. Siempre que necesito, de ahí agarro.

—¿Y quién lo va a mandar poner, si se supone que no vivo aquí? —imposible ocultarle cuánto me divierto. Ella tampoco quiere disimularlo.

—¿No te enojaste, entonces?

—¿Con qué rompiste el vidrio?

—Con una piedra. Ya me había saltado la barda, ni modo que me vieran desde afuera.

—¿Y tu mamá?

—No sé. Dijo que iba a tardarse. ¿No sabes poner vidrios?

—Puedo intentarlo. Nada más que el problema no es tanto el vidrio roto. ¿Cómo sabes que nadie te vio entrar?

—¿Qué más da, si soy niña y estoy jugando? Ni modo que le llamen a la policía. Pero te digo que nadie me vio. Asómate por esa ventanita y vas a ver que no hay por dónde verla. Yo diría que es la puerta de los rateros.

—Los conejos robados entran por atrás.

—Fue un rescate, no un robo. Pero tú eres ratero, ¿no?

—¿Yo? ¿Por qué?

—Porque estás escondido. Los rateros se esconden para que no los metan a la cárcel.

—Uno puede tener muchos motivos para esconderse.

—¿Y cuál es tu motivo?

—Un día de éstos te lo voy a contar. Cuando tú tengas tiempo y yo ganas.

—Acabas de decir que entre aliados secretos no puede haber secretos.

—Cada quien tiene sus pequeños secretos. ¿Sabes qué es lo que sí necesitamos? Un lenguaje secreto. Lo que no puede haber entre aliados secretos es una mala comunicación. Si tu madre se entera que estás aquí, me va a acusar de rapto, y eso con suerte.

—¿Y de dónde sacamos un lenguaje secreto?

—Yo lo tengo. Tendrías que aprendértelo.

—¿Es difícil?

—Son unos cuantos signos. Veintiséis. Uno por cada letra del alfabeto. Más los números, que son muy sencillos.

—¿Me enseñarías a usarlo?

—Necesitamos una tarde entera. Podríamos habilitar la covacha de atrás como buzón. Metes los dedos, jalas el papelito y lo lees en los signos secretos.

—¿Cómo se llama tu lenguaje secreto?

—Nunca le he puesto nombre, pero a partir de hoy lo podemos llamar *clave fantasmagórica*.

—¡Clave fantasmagórica! ¿Me la enseñas mañana?

—Con una condición: si yo te enseño la clave fantasmagórica, que va a servirte para que puedas ver a tu conejo, tú me prometes que no vas a volver a meterte a la casa por este lado. Ni a saltarte la barda, ni a romper vidrios. Me dejas un mensaje, nos ponemos de acuerdo y yo te abro la puerta de la covacha.

—¿Tú inventaste ese idioma?

—No es un idioma. Ya te dije que son letras y números. Te los voy a enseñar con una condición…

—Que no le cuente a nadie.

—Además de eso. Es una condición para el uso correcto de la clave fantasmagórica.

—Pareces profesor.

—No se vale traducir por escrito. Prohibido apuntar el código de la clave fantasmagórica, o guardarlo en cualquier lugar que no sea la cabeza.

—¿Cuál código?

—Código, alfabeto, tabla de equivalencias, lista de signos, llámale como quieras, pero no puede existir por escrito. Mañana que te enseñe la vamos a apuntar en un papel; en cuanto terminemos, lo quemamos. Piensa que un papelito como ése podría ser la llave de nuestros secretos.

—¿Cuáles secretos?

—¿Cómo dijiste que se llama el conejo?

—Filogonio.

—Si tú y yo usamos la clave fantasmagórica es para proteger a Filogonio.

—¿Y si un día te vas, te lo llevas contigo?

—También voy a morirme algún día, y tampoco sé cuándo.

—¿Te dejarían tener un conejo en la cárcel?

—Primera lección: cómo escribir el nombre Dalila.

—¿Vas a enseñarme ya?

—De, a, ele, i, ele, a. Llévate este papel. Ya tienes cuatro letras para aprenderte. Cuando empieces a usar el lenguaje secreto vas a necesitar un nombre en clave.

—¿No puedo usar Dalila?

—Si alguien quisiera descifrar una carta firmada con seis letras podría empezar adivinando que ése es tu nombre. Ya tendría la de, la a, la i, la ele. Si sustituyes cuatro letras en la carta, terminas traduciéndola completa.

—¿Filogonio no puede llamarse Filogonio?

—Él sí, porque él es parte del secreto.

—¿Y tengo que esperar hasta mañana para aprender el resto de la clave fantasmagórica?

—Ya tienes cuatro letras. ¿Qué otra palabra quieres que te escriba?

—Si me apuntas el alfabeto entero te prometo romperlo en cuanto me lo aprenda.

—Escúchame, Dalila: nunca. Si quieres que te enseñe la clave fantasmagórica, tienes que prometer que no vas a poner el alfabeto por escrito. Jamás, ¿sí?

—Ya me estás regañando. ¿No confías en mí?

—Si no confiara, no estaríamos hablando.

—No me quieres contar por qué estás escondido. No crees que yo te pueda guardar un secreto. No me tienes confianza y tú me habías dicho que entre aliados no puede haber secretos.

—No soy ladrón. ¿Eso querías saber? Se supone que estoy haciendo un trabajo. No me puedo ir de aquí mientras no lo termine. ¿Cómo te explico? Es eso, una deuda de trabajo.

—¿Si no trabajas viene la policía y te lleva a la cárcel?

—No estoy seguro de eso, pero de todos modos tengo que terminarlo.

—¿Qué es?

—Un libro. Haz de cuenta un manual de instrucciones.

—¿Es muy grande?

—Yo supongo que sí. Ya te diré cuando empiece a escribirlo.

—¿Y cuando lo termines vas a irte?

—No sé. Deja que empiece. A este paso, van a enterrarme aquí.

—¿Y si la dueña se entera y te corre?

—No me puede correr.

—Mi mamá dice que era la amante de tu padrastro. ¿Es muy vieja?

—¿No te enojas si me espero a otro día para contarte?

—No, pero si me cuentas mañana.

—Mañana vamos a practicar la clave fantasmagórica.

—¿De veras no me vas a prestar el alfabeto? Me lo puedo aprender, y así mañana en vez de contarme la historia me la dictas. ¿No te gustaría verla toda en clave fantasmagórica?

—Dalila, ya son casi las nueve de la noche.

—¿Cuánto tiempo te tardas en escribir las letras de la clave fantasmagórica? Mientras tú las apuntas, yo voy a despedirme de Filogonio.

IV. Isaías

Quien bebe de los ojos del que llora se levanta orinando agua bendita.

Isaías Balboa, *Se solicita Iscariote*

DE: J. MEDINA.
PARA: I. BALBOA.
TEMA: CAPÍTULO 1.

De modo que creíste que comprabas un libro de autoayuda... Dios mío, qué imbécil eres. Pero mereces más, porque se nota que eres accionista mayor de la medianía. No hay ni que adivinar para saber que llevas tatuada la 'M', de mediocre.

A ver. Compraste el libro envuelto en celofán transparente, y eso te permitió leer la portada y la contra, específicamente diseñadas para atrapar incautos. Que es como aquí llamamos a la gente imbécil. Y eso lo saben nuestros ilustradores, de modo que diseñan las portadas específicamente para los lectores potenciales de cada libro. Por eso les dejamos muy en claro que este es un libro especial para imbéciles: necesitamos llamar la atención de esa precisa clase de personas. Y en fin, pues, que aquí estás, creyendo que la compra te va a servir para algo. ¿Ya me entiendes, imbécil?

Este no es un libro de autoayuda, y muy probablemente sea de autoperjuicio. No busco, al escribirlo, extraer lo mejor de tu persona, sino muy al contrario: tentar a tus demonios. Pegarte en los terrores. Restregarte cada fracaso en la jeta. Echar limón y sal entre tus llagas. Recordarte que no hago mucho más que opinar lo que todos: ¡Mira a esa personilla tan mediocre, tiene cara de libro de autoayuda!

Ya sé que otros empiezan con el cuento de que eres especial, pero a mí no me consta, por ejemplo, que seas especialmente imbécil, ni entendería que te sintieras alguien por el hecho de haberte etiquetado como *tan* mediocre, cuando de casi todos es sabido que la mediocridad desconoce medida. No se puede ser más ni menos mediocre que el vecino, pues en la medianía no hay nada destacable, su origen es opaco, su destino es opaco, su único estado posible es la opacidad propia del rebaño. ¿Te suena familiar el asuntillo?

¿Crees que un jodido libro te va a sacar de ahí? ¿Por qué entonces no te agarraste uno de Shakespeare, imbécil? En fin, que como ves puedes ser *tan* imbécil, pero no en realidad *tan* mediocre. Con una pizca de buena fortuna, podemos conseguir que este libro te ponga un poco más imbécil, y así al menos te libres del hedor a promedio que ha hecho de ti, hasta hoy, equis imbécil.

Tal como te lo he dicho, este libro fue lanzado al mercado para que lo comprara un imbécil cualquiera, pero te he de decir que no cualquier imbécil lo termina. Ahora, por ejemplo, trabajo en deshacerme de un puñado de acomplejados y resentidos, cuya estructura mental de ínfima calidad no soporta ciertas terapias confrontadoras.

¿Leíste bien, imbécil? Dije con-fron-ta-do-ras, no confortadoras. Si quieres confortarte, cómprate una Biblia. Aquí vas a joderte o a dejarte joder. Tú dirás qué navaja te hace menos cosquillas. En cuanto a lo del sexo, me tiene sin cuidado si eres hombre o mujer. Parto de la certeza de dirigirme a un ser imbécil y mediocre, no veo ni su ropa ni su jeta, me da lo mismo cómo deba tratarlo. Si has comprado este libro buscando alguna forma de provecho, asume de una vez que eres ganado y me elegiste como tu pastor. ¿Ya me entiendes, putita sin gracia? ¿Te ubicas bien, pendejo del montón? Así estamos mejor.

Vamos ahora a lo nuestro. Quieres que yo te saque de la mierda y me das un jodido libro para intentarlo. Tiene que haber millones de borregos más brillantes que tú, pero si estás leyendo todavía, ni hablar. Hay que intentarlo. Y vamos a empezar por tu apariencia: ¿sabes cómo te ves cargando un libro que desde la primera página no te baja de imbécil? ¿Quieres que todos vean que de verdad eres lo que eres, y para colmo también masoquista? Fórralo de una vez con papel opaco, que parezca el cuaderno del tendero. Por más que tus amigos y colegas sean también unos equis imbéciles, ello no evitará que te ganes, aun entre ellos, si es que te descubren, la fama de idiotaza del montón, de modo que tu sola presencia los haría sentir brillantes y entendidos. Cuando hayas terminado de forrar el libro, pasa con todo y babas al siguiente capítulo.

Almacené la sed. La dejé fermentarse. La seguí alimentando y éste es el resultado. Desde el día que llamó, Gina Carranza me ha tenido salivando. No sé por qué, y eso puede que sea lo que más me gusta. La sola idea de entrar en su departamento me provoca andanadas de aullidos viscerales que luego es muy incómodo reconocer. Me gustaría saber si en condiciones más o menos normales sentiría este mismo sobresalto por una cita a ciegas en sus dominios. ¿Qué tiene que importarme a mí Gina Carranza? He anotado la hora y el día de la cita con la misma torpeza que apenas me dejó confirmar mi asistencia. El viernes, ocho y media.

Una chica que ni pintada para mí, eso es lo que juró que había encontrado. Sin saber ni su nombre ya la compadecía porque estaba tirando su dinero a la calle. ¿Habría otros como yo, que acabaran tirándole los perros a la anfitriona? Tendría que haberlos, claro. ¿Busco yo eso, tirarle los perros? ¿Tirármela, tal vez? ¿Tirarle a lo primero que se mueva? ¿Tirarme yo al siguiente precipicio que se me atraviese? Han pasado diez días desde que me llamó al teléfono de Imelda y no acabo de sacudirme los sentimientos encontrados. Atracción, repelús, curiosidad, horror, nostalgia, suspicacia, cosquilla, somnolencia, voracidad, desdén. Van y vienen, se alternan. Como si no supiéramos quién va a ganar. No tengo que poner un pie en la cena de Gina Carranza para saber que de una u otra forma encontraré el camino más tortuoso e iré por él contento, convencido de que es el único posible. Si he de elegir, elijo meter la pata.

Sé que haré lo que haré porque soy uno de esos perseverantes que ni en sueños se privan de aprovechar una oportunidad para echarse la vida a perder. Me gustaría, tal vez, que el terapeuta se hiciera perdonar por el niño. Siempre creí que, en otras circunstancias, la vecina de atrás y yo descubriríamos afinidades naturales, y puede ser que esté decidido a encontrarlas. No sé si fue algún gesto, una palabra, un modo de mirarme, pero insisto en creer que está sola y con miedo. Creo también que entre mis numerosas armas secretas está una suerte de simpatía compartida. No entre ella y yo, que somos dos extraños, pero sí entre casamentera y pseudoterapeuta.

Sucede con frecuencia en los parques públicos, las mascotas se amistan primero que los dueños. ¿Quién no querría que su perra se hiciera amiga íntima del perro de María Sharapova y ocuparía con gusto el lugar del gato de Ana Ivanovic? Pienso estas cosas para relajarme. Hasta hoy, el doctor Alcalde sólo sabe moverse en funerales. Nunca ha tenido que alegrar la fiesta de nadie. Lo suyo es consolar, mortificarse con moderación y acudir al rescate de la doliente. Eso es lo que sé hacer, cuando intenté otra cosa se vino el mundo abajo.

Ya es la hora. Viernes, ocho cuarenta, no sé por qué me aterra llegar antes que todos. Dudo del personaje, puede que sea eso. Tiene un aura romántica esto de presentarse como el que nunca podrá uno ser. Equivale a jugar sin apostarse. De mentiritas, que dicen los niños. Pero evito pensar en ese tema. Me quita convicción la idea de que no hago más que cumplir el capricho de un niño. Son varios, además. Quiero probar que puedo entrar en su casa. Ser otro para ella y el mismo para mí. Ser un poco Manolo y Nancy, también. Darle cuerpo a paredes y rincones, revisar los retratos, asomarme donde nadie me llama. Contrastar a la niña de mis recuerdos con las fotos que nunca nadie me enseñó. Cuando me abre la puerta desde el interfón, me abalanzo hacia adentro.

Vi, mientras esperaba, que en uno de los coches estacionados junto al edificio había una mujer que no paraba de mirarme. Estaba maquillada, yo diría que en exceso. ¿Cómo sé que no está invitada a la cena? ¿Quién me asegura que no me vio salir y hacer la pantomima de tocar el timbre? Subo los escalones tomando aire, llenando los pulmones de convicción. Soy el doctor Alcalde, quién va a decir que no. Cuando llego a la puerta del departamento, Gina me está esperando con un vestido abierto hasta medio muslo y una sonrisa plena de familiaridad. ¡Joaquín querido!, casi me grita nada más le sonrío con jeta de doctor. Luego me da un abrazo que me deja tieso y me jala hacia el centro de la sala. Es el doctor Alcalde, para sus pacientes, pero entre amigos vamos a llamarle Joaquín. Mientras la miro hablar, lucho por descartar la antipatía que me produce cada vez que pronuncia la palabra amigo. Tiene un dejo de vendedora callejera egresada de un diplomado en dianética. Como si hubiera cosas que le fuera imposible subrayar sin el auxilio de un megáfono chillón.

Me sienta entre dos hombres y cuatro mujeres, repartidos en torno a una mesa rectangular con tres platitos llenos de papas fritas, varios vasos en bases de metal y un cenicero de cristal de plomo idéntico al que Nancy un día hizo pedazos a martillazo limpio, en uno de sus pleitos con Manolo. Un cenicero horrendo, que no obstante de niño me gustaba porque tenía la forma de un ovni y jugaba con él a los marcianos. Miro el reloj: parece muy temprano para que ya el platillo volador tenga tantas colillas de cigarro adentro. ¿Será que la anfitriona divide sus sesiones de apareamiento entre GCUs fumadores y no fumadores?

La tuya no ha llegado, me previene y me pide que la acompañe a la cocina. No sé por qué en secreto, Gina intenta explicarme que mi pareja va a llegar algo tarde: usa tres veces la palabra *contratiempo.* Perdóname que te hable de tú, mi querido Joaquín, pero si te llamamos doctor no cuaja la dinámica. El ambiente de amigos, la confianza. Otra vez el acento en la palabra amigos. La repentina urgencia de alargar la o, el tono intempestivo de empatía forzada. Alarmas que se encienden y yo las desactivo porque me da la gana ser caballeresco. ¿Que si me gusta alguna de las dos chicas que todavía están solas? Reparo entonces en que las vi sin verlas. Estaba demasiado entretenido vendiéndoles el cool del doctor Alcalde. ¿Por qué no sales y les echas un ojo?, insiste, son las dos que están juntas en el love-seat. Lo hago por darle gusto: los farsantes solemos ser razonables. Saco una cajetilla de cigarros y la ofrezco uno a uno a los presentes. Vamos, chicos, anuncian mis ojos entusiastas, llenemos de marcianos el platillo volador. Desde mi pedestal de falso terapeuta, encuentro que los hombres son unos bembos y las mujeres unos esperpentos. Da horror pensar que su gran objetivo es reproducirse. ¿O estarían aquí, de otra manera? Doblo mi apuesta no bien vuelvo a la cocina. Algo encuentro de tóxico y urgente en el tono impostado de la dueña de casa. Algo que se parece o quiere parecerse a la ternura. Por eso no me importa lo que dice, como lo que se guarda. El dolor escondido, esa hilera de muertos mal enterrados que a un olfato entrenado no se le escapan.

Tocan el timbre. Gina descuelga, escucha y aprieta el botón. Ven conmigo a la sala, me dice, la charola entre manos, cargada de vasos. Chicas, anuncia con la sonrisa puesta, ya llegaron los dos galanes que faltaban. Qué palabra asquerosa: galanes. Nada más de pensar en la complicidad de pacotilla que une a Gina con cada uno de sus invitados me da la tentación de inventar un pretexto y salir huyendo. Voy al coche, ahora vengo (y ya, hasta nunca). Se me ocurre que aún estoy a tiempo. Antes de que me dé por subirme al carrito del terapeuta y todos me lo crean y no quiera bajarme. Más que hacer el ridículo, me da miedo acertar. Ir adelante con el puto cuento. Que me salga tan bien que hasta yo me lo trague. Me avergüenza la sola perspectiva de sentirme a mis anchas en medio de una de estas pláticas insulsas, que por fortuna no me corresponden pues mi pareja sigue sin llegar y hasta ahora la anfitriona se encarga de mí, aunque tampoco sé ya si eso quiero. Quiero irme, puta mierda.

Cuando al fin me levanto, decidido a salir con el primer pretexto y esfumarme definitivamente, oigo que suena el timbre. Ya llegó su galana, doctor, se acerca a murmurar una Gina de pronto insufrible, y yo que estoy parado en mitad de la sala no encuentro otra salida que preguntarle dónde queda el baño. Estúpido, me digo en el camino, pero unos pasos antes de llegar me detengo frente a una mesa de caoba. Está a medio pasillo, tiene encima una de esas carpetas espantosas que las abuelas tejían con un gancho, más cuando menos quince portarretratos.

Aprovecho que Gina está esperando afuera para acercarme a ver las fotografías. Hay una de ella, con su madre y Manolo, que me deja pasmado. Están en Disneylandia. Cierro los ojos, los abro, comparo. Nuestra fotografía es igualita, fue tomada en el mismo lugar. Dando la espalda al castillo encantado. También ellos comían palomitas de maíz. Imagino que entonces, cuando fue a Disneylandia con Manolo sin que Nancy ni yo nos enteráramos, no tendría esa afable máscara de látex que hoy usa para hacer amistades chatarra, como yo. Si consiguiera ser sensato y consecuente, sacaría la foto del portarretratos y me la llevaría en este momento camino de la calle, sin importarme la opinión de estos nuevos amigos a quienes nunca he visto ni volveré a ver. Empezando por esa ingenua todavía sin rostro que no me he dado cuenta pero ya está en la sala y se presenta como Verónica Hemke. Veronika, quizás. Qué más da, lo que quiero es fugarme. De preferencia sin haberla visto.

Lo peor es asumir que no me atrevo. Voy a quedarme hasta el final de la cena por la pura manía de escaparme a ratitos al baño y contemplar la foto en el pasillo. Conforme los extraños rompamos el hielo, la anfitriona se irá desenfadando, si bien a ratos se conducirá con alguna frialdad melancólica. ¿Cómo no aprovechar esos instantes para buscar entre sus ojos alelados la huella de la niña en Disneylandia? ¿Vio mi foto, doctor?, me asaltará de pronto, ¿qué le parezco? ¿Qué le parecemos? ¿La familia modelo?

—Conque con todo y babas... —me miraba por el rabillo del ojo, concentrado tal vez en aparentar que ya sabía lo que iba a decir.

—Pues sí, con todo y babas —me recompuse, resuelto a adelantarme a su reacción. Que me corriera ya, de cualquier forma nunca iba a escribir ese puto capítulo.

—¿Te cuento algo, Carnegie? Yo nunca me equivoco —dijo ya teatralmente, levantando una mano y alzando las cejas—. Cuando veo a una persona que llama mi atención por algún rasgo... obtuso, tú me entiendes, siento una vibración interna que me dice: mira, ése es uno de ellos. Porque yo a ellos, a ustedes, a nosotros, los tengo cuidadosamente catalogados. Somos como un ejército. Hay coroneles, cabos, sargentos, capitanes, y el que mejor lo sabe es el general, pero aún queda uno, que es el mariscal. ¿Sabes lo que es un mariscal de campo, Carnegie? —se le salían los ojos, resoplaba.

—El jefe. El que está arriba del general —ya estaba titubeando, nunca lo había visto enfurecerse así.

—La única persona que está arriba y abajo del general es su mujer, pendejo. ¿Y sabes quién soy yo? Entérate, cabrón: el mariscal de campo. Y te tengo viviendo en mis establos, aunque por suerte sales más barato que mis caballos. Y ya me estaba saltando en un huevo que me vinieras con esas cursilerías que según tú iba yo a firmar. Luego yo te lo digo, te pongo en tu lugar y te doy setenta y dos horas para eludir las consecuencias de tu pendejez. Entonces tú te ves acorralado y pretendes saltar en mis cojones para probar que existen los tuyos. *Autoperjuicio*, dices. Puta madre, Carnegie, no sé por qué no están mis hijos junto a mí para que te pateen en el piso y te revienten esos huevos tan azules, ni acabo de entender por qué no los llamo. Dime una cosa, Carnegie, si pretendes salir de aquí por tu propio pie, ¿exactamente a qué te remite mi rango en nuestra historia? ¿Qué concepto recalca antes que nada la expresión "mariscal de campo"?

—¿Guerra?

—Bien, Carnegie. No está mal para un sargento segundo. Tú acabas de venir a declarar la guerra y yo no sé si quieres hacérmela o invitarme a que me una a la tuya. Yo te estoy dando casa, comida y sustento, tendrías que ser un cretinazo para morder la mano del mariscal de campo. Ahora bien, lo que yo quiero es estar de tu lado, porque hasta donde sé trabajas para mí. ¿Cierto, Joaquín? No respondas ahora, que ya me estoy poniendo en tu lugar. En el supuesto, por ahora infundado, de que quieras venderme esta cagada para que forme parte de mi obra, ¿cuándo has visto que un mariscal de campo siga las órdenes de un sargento primero? ¿Te quedaste pendejo, o es cosa de familia? Ahora mismo me vas a decir quién es el verdadero autor de este capítulo.

—Yo, señor Balboa.

—¿Quién, sargento segundo?

—Le juro que fui yo, don Isaías.

—¿Quién dijo, cabo?

—Es la verdad, señor.

—¿Sabe lo que le pasa al soldado que ya no puede ser degradado, soldado? Voy a ser misericordioso con usted, sólo porque lo veo muy pendejo y no quiero tener que fusilarlo. Esas líneas que usted acaba de entregarme representan la fidelísima transcripción de mis ideas. ¿Me entiende ya, soldado?

—Sí, mi mariscal —solté, con más alivio que sarcasmo.

—Dime, pues, Carnegie, hijo, ¿quién escribió esas hojas que me trajiste?

—Usted, don Isaías.

—Muy bien, teniente Carnegie. Fui yo quien escribió esas líneas, en un momento de revelación. Suenan muy crudas, porque claro, están verdes. Pero con unos pases de corrección podrían hacer un buen primer capítulo. Antes de eso, tienes que recordar a qué preciso ejército pertenecemos tú y yo.

—...

—Escríbelo con fuego en el mismo cerebro que copió mis palabras al pie de la letra y todavía va a atreverse a cobrar. Perteneces, conmigo, a la Armada de los Hijos de Puta. Y como te decía, eso lo supe desde que te vi. Mírate en ese espejo, a tu derecha. No me digas que no te has dado cuenta de la jeta de pérfido que te cargas. Nomás el perfilito te denuncia, infeliz. ¿Entiendes ya por qué te estoy pagando, y hasta te pongo casa, como a mis putas? Quiero que seas quien eres, Carnegie. Me tomó algún trabajo, pero ya estoy frente al hijo de puta que se escondía detrás de esa carita mustia. Y como ya trabajas para mí, déjame aquí esa mierda y lárgate a chingarle. Tienes una semana para darme el capítulo dos.

—¿Va a publicarlo así? —traté sin éxito de disimular mi estupor. No podía establecer en qué momento sus regaños se habían transformado en alabanzas.

—Hay que quitarle un poco de caquita. Barnizarlo, ya sabes. Pero me gusta como materia bruta, no esperaba de todos modos más de ti —le había gustado el tono del capítulo, tanto que ya empezaba a aplicármelo. Pero era más que gusto. Era codicia pura. Las ganas de adueñarse cuanto antes de la idea, mimetizarse raudamente con la voz del autor para después clamar que fue siempre la suya. Yo no sabía entonces que Isaías Balboa iba a extraer de cada capítulo las frases necesarias para repetirlas delante de sus hijos, empleados y amigos, de manera que nadie dudara quién las había acuñado. Cuando por fin las vieran reunidas en un libro, en cada una reconocerían las palabras del viejo. Las que yo le vendí.

—¿Puedo ir cobrando ya el primer capítulo?

—¿Tienes una factura, algún recibo?

—...

—Toma entonces, ya luego nos pondremos a mano —sacó del escritorio un fajo de billetes—. Por lo pronto te dejo el adelanto por los primeros diez. No tienes que firmar, ya sé dónde encontrarte si me fallas. Eso no se te olvide, Carnegie. Yo te encuentro, no importa dónde estés. Tú ahorita no lo entiendes, porque estás muy pollito, pero yo tengo el compromiso de que aprendas a ganarte la vida. Oye lo que te digo: tu madre va a saber agradecérmelo. Nomás no se te olvide que todo ese dinero te tiene que durar diez semanas, hasta que me hayas dado el capítulo once y te dé otro adelanto por diez más.

No tienes que firmar. Sentí un descanso estúpido cuando lo dijo, como si fuera objeto de un privilegio y no de una amenaza. No eran billetes grandes, pero sí muchos. La gente abre los ojos ante los fajos gordos, aunque luego no alcancen para vivir dos meses con todo y vicios. Y eso Balboa lo tenía según yo tan medido como la gratitud de mi madre. Por una vez, me había reconfortado saber que estaba muerta, y hasta me relamía los bigotes pensando en escribirle de su parte una postal ya mero empalagosa. Isaías querido: No te imaginas cuánto te recuerdo. Tal vez ya fuera hora de ir firmando "Tu Nancy". Era la guerra, no fui yo quien lo dijo.

¿Calculaba también Isaías Balboa que yo me iba a sentir estafador con todo ese dinero en la bolsa? No me lo había ganado, y al contrario, lo hice pidiendo a gritos una descarga de patadas en el culo. ¿Se iba a seguir llamando *El oro del mundo*, aunque fuera ya un libro totalmente distinto? En cualquier caso, Isaías Balboa había conseguido sumergirme en un desconcierto absoluto respecto a su persona. Menos que nunca sabía lo que esperaba de mí, alguien dentro seguía preguntándose cómo podía haberse tragado el cuento chino del autoperjuicio, qué tenía que hacer para vender un libro como el que me pagaba por escribir. ¿Iba a seguirme pitorreando a sus costillas en los siguientes capítulos? No podía ser verdad, no me creía nada, no me atrevía ni a usar el dinero. Uno sabe que se ha metido en un negocio turbio cuando no encuentra cómo explicar su éxito. ¿Nancy? ¿Lo hacía por Nancy? ¿Estaban funcionando mis postales?

¿Quieres que te imprimamos aquí tus recibos?, me había ofrecido el viejo y yo sentí de nuevo que descansaba. No tener nada puede ser una buena razón para venderlo todo. De algún modo quería ser comprado por él. Quería también irme, que me dejara en paz y casi adinerado, aun con ese regusto de gloria inmerecida que después me ayudó a gastarlo más rápido y ponerme completo en sus manos.

No respondo. La miro y hago cálculos. La oigo. La huelo. Está triste y borracha. Técnicamente, ha estado bebiendo sola. Rodeada de personas en teoría compatibles. Se le barren las erres, se le atoran las eses. ¿Te gustó la galana?, me pregunta según ella muy quedo. Le respondo en voz alta que a todos los encontré unas encantadoras personas. Hay que tener buen ojo, se envanece y oscila. Se va a caer, me digo y la detengo de los hombros. Ven, ofrezco y la empujo con mucha suavidad, camino al baño. Pienso que si la dejo frente al lavabo puedo escurrirme luego hacia la salida, pero no lo hago porque ya sospecho que encontré lo que andaba buscando. Incluso así, terca y trastabillante, Gina Carranza tiene clavado en las pupilas ese mismo vacío, el de la foto de Disneylandia. La foto más vulgar de Disneylandia, cuántos cientos de miles no habrá que tengan una igual o parecida. Las sonrisas unánimes, las muecas disparejas, el ratón Miguelito.

Huele la sangre, hiena, me aconsejé en secreto desde que vi que Gina se iba de lado. Miro el reloj: las tres de la mañana. Cuatro de ellos se fueron a la una, los demás se quedaron hasta las dos y media. Si hubiera que contar de lo que hablamos, no sabría repetir ni lo que dije yo. Escupí lo que fuera, con tal de no quedar como el galán de nadie. Jamás miré a los ojos a Veronika Hemke. Se diría que me esmeré en ignorarla, pero igual no le hablé menos que a cualquiera. Hablaba al mismo tiempo con todos y ninguno. Fui, con Gina, un notable animador. Nada más eso basta para sorprenderme. ¿Qué animal carroñero logra tamaños índices de aceptación? Sería por eso que nadie encontró raro que aquel doctor simpático se hiciera cargo del malestar de la señora Carranza. Me asomo de regreso a la sala y compruebo que al fin se fueron todos. Dejé a Gina tumbada en su cama, no hice ni un esfuercito por reprimir la tentación de husmear. Aun si Gina Carranza lograra despertar y ponerse de pie, puedo decir que andaba buscando el botiquín. Me detengo. No quiero ver el cuarto de Dalila. Como si algo se fuera a romper en cuanto abra la puerta. Dalila no, resuello.

Vuelvo a la cama donde yace perdida la anfitriona. Sin dejar de cuidar su respiración, meto mano en los dos cajones del buró. Hay un sobre repleto de fotos en forma de ovalito. Sin pensarlo dos veces, me llevo una de las que están repetidas. Tendría unos nueve años, calculo. Trato de recordar cómo era yo en mis fotos con nueve años, cuando Gina se mueve y me hace brincar. Apenas si he mirado en los demás cajones, puede que nada más con tal de convencerme de la mierda que sé llegar a ser.

A los nueve años uno rescata a los conejos, a los dieciocho aprende a comérselos. Me recuerdo llegando al laboratorio de biología con una mezcla de horror y repugnancia, y una hora más tarde cortándole una pata al conejito, según yo para hacerme un amuleto, luego de juguetear cortándole los ojos y echarlos en la bolsa de una bata ajena. Uno piensa que le teme a la sangre, supone que es del todo incompatible con cualquier fechoría de corte sanguinario, y cualquier día de éstos se descubre a merced del vértigo sensual de la crueldad, donde la sangre es sólo uno más de los fluidos cuya derrama hace gozar al cuerpo. Lo que muy poco antes no parecía menos que una traición a sí mismo se vuelve compulsión avorazada, y así también aquello que daba asco provoca ya lujuria. Parecería una celebración: la ordalía de los escrúpulos perdidos. Hora de dar por hecho que cualquier buena voluntad precedente no era más que un desplante de narcisismo improductivo. Puesto en otras palabras, lo difícil fue abrir el primer cajón. Aceptar ante mí que soy del todo indigno de confianza, quién que me conociera me dejaría entrar en su casa.

Nunca se salta solamente una barda. Basta con la primera para obtener constancia de impunidad y licencia para ir adelante. Si hurgo entre sus cajones no es solamente para enterarme de lo que hay adentro, si lo más importante no es saber todo de ella como saberme yo capaz de averiguarlo. Despertar ya mañana y decirme de lo que fui capaz, pero no exactamente para recriminarme, sino para pasar revista a mis armas.

Algo, yo no sé qué, algo raro y valioso debe de disolverse en el momento en que uno se resigna por fin a ser cucaracha. Algo muy importante cuya súbita ausencia nos faculta para desentendernos de escrúpulos de súbito pasados de moda. Nada es más ordinario y comodino que asquearse de sí mismo luego de cometido el ultraje. Que no se diga que no tengo conciencia, soy la estrella del show del arrepentimiento. Por eso me conforta la certeza de que habrá otros capaces de cosas peores. Tipos que robarían todo lo que pudieran, o tratarían de manosear a la anfitriona, o inclusive la narcotizarían.

Yo no soy uno de esos comemierda, me digo en un arrebato de orgullo mientras cierro uno a uno los cajones del clóset. Si se despierta, voy a quedar pésimo, justo cuando podía conseguir lo contrario. Soy el doctor Alcalde. Una de esas personas serias, afines y solventes a las que no se suele ver con desconfianza. Si hoy me porto a la altura del doctor Alcalde, voy a ganarme entera su confianza. Y esto, que en teoría es el plan más sensato, tendría que parecerme la peor de las opciones, si me quedara alguna sensatez. Ganarme la confianza de la hija de la secretaria de Manolo es todavía peor que perderla. Sería más decente robarme cualquier cosa y moverme de la escena. Cuando menos así ya no podría volver. Dejaría de correr el riesgo de traer malas noticias a la vida de Gina Carranza. Soy uno de esos pájaros que aparecen días antes del próximo difunto. Solamente mi ausencia permite el buen augurio.

Un alivio importante a la hora de hurgar en cajones ajenos consiste en dejar todo como estaba. Nadie sino uno mismo quisiera convencerse de que en realidad no es una cucaracha, por eso en lo posible tratará de borrar los detalles más sórdidos de cuanto ha hecho, y al paso de los meses y los años se ayudará a torcerlo todo en su favor. Encontrará atenuantes, como el tiempo y la edad, se dirá que fue parte de su aprendizaje, pero sabrá en el fondo que lo haría de nuevo, si fuese necesario, por razones pragmáticas a las que en otros años no parecía lícito invocar. Miro el muslo derecho de Gina Carranza, despatarrada entre el suelo y la cama, y me pregunto si no toda esta historia me la estoy inventando sólo para trepar abismo arriba por esas piernas que me siguen llamando.

Entro en el baño, voy al lavabo y abro las dos llaves. No estoy borracho pero meto la cabeza. Dos segundos después soy el doctor Alcalde y me pregunto cómo pude abusar de la confianza de nuestra anfitriona. Soy el doctor Alcalde, me reprendo en silencio, cruzando la cortina de la regadera para que al sacudir la cabeza no deje salpicado el espejo. Soy el doctor Alcalde y acabo de secarme la cabeza con la toalla de manos, esperando que no tarde en secarse, o que al verla mojada Gina Carranza le eche la culpa a todos menos a este doctor de conducta intachable que ya apaga las luces y se escurre hacia afuera del departamento, sin apagar la última ni echar el pasador a la puerta de entrada, una precaución en lugar de la otra.

Regreso a la recámara. No quiero irme sin estar seguro de haber tomado algunas instantáneas mentales. El espejo en la sala, con el marco dorado. El bodegón al óleo a medio comedor. Las fotos del pasillo. El letrero en el baño: La decoración de esta casa son los amigos que la frecuentan. Los libros apilados en el tocador. *Los hombres son de Marte, las mujeres son de Venus. El arte de amar. Word for Windows for Dummies. El halcón maltés. El gran Gatsby. Espera, ponte así.* No todos tienen huellas de lectura, el de Windows sigue envuelto en celofán. Tampoco ha comenzado el de Venus y Marte. La contemplo ahí, tendida. Un doctor de verdad tendría que dejarla recostada y tapada, como una niña, pero no sé qué hacer para cargarla sin despertarla. La muevo y certifico: está perdida. Puedo cargarla de cualquier manera, que igual van a colgarle brazos, piernas y cabeza. Ya sólo de pensar que tengo que cargarla me da un escalofrío fronterizo en calambre. ¿Cargar yo a la vecina, meterla entre sus sábanas? Es demasiado, digo. Podría contarle luego que yo la dejé bien y ella se cayó sola. A menos que recuerde, o que se finja ahora más borracha de lo que en realidad está. Puedo justificarme por hurgar en sus cajones con el cuento de que iba tras un frasco de aspirinas, todo menos dejarla en el piso. ¿No la quería así, finalmente, indefensa y a mi entera merced, en inferioridad de condiciones, lista para quedar en deuda moral? Esto último no es del todo seguro. Podría evitarme luego por la misma razón: sé demasiado. Pero soy un doctor. Terapeuta, además. Nadie más facultado para absolverla.

Haber metido la cabeza en el agua me aclaró un par de cosas en su interior. En vez de calcular qué haría yo en lugar del terapeuta, me pregunto qué haría él en el mío. Abro las dos ventanas, doy media vuelta, me pongo en cuclillas, levanto a Gina de piernas y espalda, como hacían los antiguos recién casados, y la tiendo en el centro de la cama. Le quito los zapatos, la cubro con la colcha y salgo a la cocina por un vaso con agua. Se lo dejo de un lado, sobre el buró, con el celo metódico de quien trabaja ante un probable público. Si ha de recordar a alguien, cuando despierte, mejor que sea al doctor. Un hombre irreprochable, de paso un caballero. Si un día me llegara a descubrir, tal como lo hizo su hija, tendría por lo menos un motivo concreto para ser indulgente. Cualquier otro mal bicho habría abusado de alguna manera, yo cuando menos soy digno de confianza. Y si no yo, sí el doctor Alcalde. Abro el cajón de vuelta, devuelvo el retratito a su lugar. Contra toda evidencia, de espaldas al pronóstico, aún puedo ser tomado por persona honorable. No quiero preguntarme si esto le ha pasado antes, ni si los otros fueron tan puntillosos como el doctor Alcalde; me basta con ser él. Por nadie más podría responder.

¿Qué es lo que me preocupa? Supongo que quisiera darle una buena imagen de mi persona. Y eso es lo preocupante, porque entonces pienso volver a verla. ¿O lo hago solamente para protegerme, previendo que algún día me agarre en el momento de entrar o salir de la casa? Si de verdad quisiera protegerme, ahora mismo estaría en la casa de atrás y no en su cama. Corrección: en la orilla de su cama. Mirándole las piernas, igual que un beato mustio.

Me preocupa saber que voy montado en un pedazo de árbol, corriente abajo sabrá el diablo hacia dónde, y no me da la gana ponerme a buen resguardo. Por eso me levanto con todo cuidado, alzo la colcha y se la extiendo encima, para que al despertar lo primero que advierta sea la huella de una persona responsable. Un hombre con quien puede contar, ¿no es así? Traigo en la mano izquierda su vaso, en la derecha el mío, voy a cerrar la puerta con el meñique cuando capto que abrió el ojo derecho. Un solo instante y la atrapé de reojo. ¿Por qué o para qué se hace la dormida? ¿Observa y juzga atentamente mi conducta, espera que me salte algunas trancas? De ninguna manera, me ataja el pensamiento el doctor Alcalde, que es un profesional incapaz de siquiera pensar en desmesuras. Agito la cabeza, teatralmente. Me digo que estoy viendo visiones, la mujer debe de estar perdida. Para el caso, al doctor Alcalde le tienen sin cuidado esas cosas. Su trabajo es ponerse más allá de esas cosas.

¿Qué haría el doctor Alcalde? No, por cierto, lavar los vasos, aunque sí echarles agua y dejarlos a medio fregadero. Hombre muy educado, el doctor Alcalde. Para cuando me escurro hacia el pasillo, traigo unas cuantas inquietudes crudas. ¿Me habrá visto metiendo mano en sus cajones? Puta mierda. Cómo explica uno eso. Puedo insistir, estaba buscando un analgésico. ¿Cuándo voy a insistir? Mañana, claro. Es decir, hoy. Tal vez a mediodía. ¿Se siente bien, Gina? Habla el doctor Alcalde, me quedé preocupado por su salud. Un terapeuta de verdad responsable no iría a escamotearle esa atención.

Llego a la calle y no sé adónde ir. Me suelto caminando porque sí, tal vez en busca de un mejor escenario para los pensamientos.

Qué descanso hablar solo a media madrugada por una calle toda vacía. Vaciarse uno, además. Dejarse fluir. Miro hacia atrás y me repito algunos de los comentarios que escuché, sin recordar muy bien quién dijo cuál. De Gina me he empeñado en olvidarlo todo. No es su culpa, tiene que trabajar, pero es una anfitriona vomitable. No se preocupa siquiera un poquito porque lo que nos dice parezca sincero, yo diría que se empeña en lograr lo contrario. Finge la intimidad para huir del contacto. Juraría que habla de memoria, pero es lo que más gusta a sus invitados. Todos, excepto yo, quedaron encantados con Veronika Hemke, cuyo nombre completo era Verónica Remedios Pascual Hemke. Lo leí en voz bien alta cuando sacó una foto de la billetera y conseguí asomarme a su licencia de manejo. Remedios, repetí, nada más por joder. A partir de ese punto, nadie fuera de Gina —que estaba en la cocina cuando hice mi gracia— me volvió a ver de frente. De rato en rato, la rencorosa Remedios Pascual me echaba encima unas miradas bizcas apenas preocupadas por disimular el desprecio de Veronika Hemke.

Nadie tal vez la ha visto, como yo, estacionada afuera del edificio. Titubeante. Intrincada. Una tímida cauta, agazapada tras la guapa desenvuelta que escupe una tras otra las frases de cajón y se escuda detrás de una sonrisa tiesa. Hay higienes que apestan, tantas como silencios ensordecedores. Así me pasé el resto de la reunión, odiándome por no atreverme a largarme. Pero es que esperaba algo. No sabía muy bien qué, pero sí que era urgente.

Me vas a perdonar, mi doc, pero todos los hombres son unos lameculos. ¿En qué momento se le cortó el guión corporativo a la anfitriona y le dio por decir lo que pensaba? No me di cuenta. Estaba ensimismado, vigilando el reloj. Aburridísimo. Desperté nada más escuchar la vistosa palabra lameculos. La señorita Hemke dijo con permiso, voy a pedir un taxi, a lo cual tres de los caballeros presentes se ofrecieron de un brinco a llevarla. ¿Ya ve lo que le digo de los hombres, mi doc? Le temblaba la voz, se le barrían las eses. Se levantó de un brinco, nos dio la espalda y se fue como pudo para el baño. Entendí que llegaba mi momento: Arre, doctor Alcalde.

Debe de haber tomado algún medicamento, me preocupé en voz alta y los dejé peleándose por la valquiria. Recogí el cenicero volador no identificado y eché los marcianitos a la basura. Me refugié primero en la cocina, después en la recámara. Tenía alguna prisa por hacerles notar que a diferencia de ellos era yo una persona de confianza. Buenas noches, doctor, alcanzó a despedirse una de las tres despreciadas por culpa de la cínika Verónika. No se preocupen, los tranquilicé, con la voz baja propia de un cirujano que sale del quirófano. Luego vi a Gina sola en la recámara, me acuartelé en el baño y esperé unos minutos a que se terminaran de poner de acuerdo en cómo y dónde iban a irse a merendar un sandwich con Veronika Hemke.

¿Quién de ellos se imagina al doctor Alcalde aplanando las calles pasadas las cinco, ante la indiferencia de los barrenderos y los sinceros ascos de los primeros joggers de la mañana? Otro borracho, piensan sin pensar porque van concentrados en su propia dinámica. Enfocados, corrigen. No pueden darse el lujo de perder foco igual que cualquier beodo mañanero. ¿Se les ve acaso hablando solos mientras corren o trotan o pedalean?

¿Doctor Alcalde?, ronronea la voz al otro lado de la línea. Perdóneme que le hable a estas horas. Miro el reloj: las seis y diez. Reparo en que ha dejado de tutearme. Así estamos mejor, me reconforto. Permítame, le digo, que cierre la ventana. Para mi suerte, estoy entrando en una cafetería. Debo de ser el primer cliente. ¿Está escuchando música, doctor? Mierda. No me di cuenta. Le digo que hace bien la música ligera por la mañana. Reparo en las bocinas: seguro que es Ray Coniff. Sin decir más, resuelvo endurecer mi postura. ¿Quién se cree esta borracha para llamarme a semejantes horas?, respingo para mí, al tiempo que combato los impulsos de colgar el teléfono y nunca más volver a contestarle (no confío en mí mismo para esas cosas, siempre encuentro la forma de hacerme trampa). Perdóneme, doctor, no sé qué me pasó, pero tengo la idea de que usted me ayudó a sobrevivir anoche. ¿Fue usted, doctor Alcalde?

Le pido que me espere y corto la llamada. Es tiempo de atender a la mesera. Un pastel de limón y una Coca-Cola. Vuelve a sonar el celular de Imelda. No se me mortifique, Gina. ¿Tomó alguna medicación, de casualidad? Una coartada, al fin. Y la ha cachado al vuelo porque se monta en ella sin chistar. Qué se me hace, doctor, que confundí los valiums con aspirinas. Qué vergüenza me da con usted y con todos. Habrá pensado que estaba tomada... De ninguna manera, Gina, yo mismo me atreví a adelantarme aclarándoles que con toda seguridad se había medicado por error. Ay, doctor, qué gentil de su parte. Y qué profesional, yo digo. Es por eso que le hablo, la verdad. Abusando. Supongo que una cosa es que sus pacientes afligidos le llamen a deshoras y otra que lo haga yo, que ni paciente soy. No se preocupe, Gina. Ya estaba despierto. Puede dormir tranquila, no pasó nada anoche. Pero tenga cuidado con el Valium.

Esta última advertencia es en sí misma pura terapia redentora. Lo sé desde que escucho el compás aliviado de su respiración. Ay, doctor, qué vergüenza. Con los doctores, Gina, no hay vergüenza que valga. Replegarme al papel del doctor Alcalde, cuya asepsia social no acepta suspicacias, me permite imantarla de perfil. ¿No soy, acaso yo quien decide si está sana o enferma? De repente me siento como un niño al volante de un coche de carreras. La sensación que tanto le gustaba a Balboa. Vuelo libre con alas de mentiras y turbinas de fe. Hace unas horas la tenía tendida, ahora ya está colgada del teléfono.

Meterse uno en la bata del doctor Alcalde se parece a ponerse la capa de Batman. Hablo con ella desde el alto promontorio que ocupa la salud mental en un mundo de chuecos y torcidos. ¿Quién, sin embargo, se responsabilizaría de todo cuanto hiciera con la capa de Batman encima? Apenas si reparo en este escrúpulo, como quien cruza algún obstáculo mínimo. No quiero darme tiempo para pensar en cuán peligroso podría ser el doctor Alcalde si le permito que tome el control. ¿Pero qué puedo hacer? La mujer lleva quince minutos disculpándose por el mismo resbalón y el doctor no ha parado de absolverla, aunque sin darla de alta. ¿Por qué no la doy de alta? Porque estoy esperando la pregunta que desde anoche flota no exactamente entre ella y yo, pero sí entre el doctor Alcalde y la señora Carranza. De todos los caminos que puedo tomar, es quizás de los menos aconsejables, pero es el único que lleva hacia ella, y entonces hacia mí. El niño Joaquín.

Desde que vi su foto en Disneylandia quedé impedido de escapar a la fuerza centrípeta del pasado maldito. Apuesto a que ella lo maldice tanto o más que yo, si no por qué razón me hablaría a estas horas. Por qué tendría que inventarse más exceso que la docena de tequilas que la vi embuchacarse en un par de horas.

Gina se siente mal y piensa que el doctor Alcalde está bien, por eso no ha esperado a que dieran las nueve o siquiera las ocho. No recuerda, me jura, las cosas que soltó sobre los hombres. También habrá olvidado que me llamaba doc y abría un ojo a medio desmayo. En cuanto a mí, lo olvido porque quiero. Y porque es requisito para entrar en su juego. Dígame, pues, doctor, ¿me aceptaría a mí como paciente?

Mis vicios son celosos, pero amigables. Cuando el segundo se empeñó en quedarse, lo hizo en complicidad con el primero. Y así, hasta hacer pandilla. Combinados no sólo son más fuertes, también llegan más lejos. Si tratara de liberarme de uno, el otro no me lo permitiría. Se matrimonia uno con los vicios, se duerme y se despierta junto a ellos, disfruta de sus mimos sin pensar demasiado que es minoría dentro de sí mismo. Quiero decir que tengo la mejor voluntad, inclusive la más constructiva, pero estoy gobernado por los menos. Más allá del papel y los propósitos, mandan aquí los fuertes, igual que en todas partes. Supongo que no soy la clase de persona que soporta vivir entre vicios enclenques.

De repente mis vicios entran en conflicto, pero se llevan bien. Son diplomáticos, cuando menos entre ellos. Y a diferencia de las virtudes, siempre tan vanidosas y competitivas, los vicios son discretos y solidarios. Al whisky no le importa que el usuario se prenda un cigarrito, y hasta vale creer que son aliados viejos. Johnny Walker, Marlboro, Coca-Cola, Red Bull, Valium, Roipnol, Afrín, Librium, Cannabis Sativa. Se les ve a todos en el mismo club, conviviendo con la alegría fraterna que los buenos propósitos no conocen. Finalmente los vicios son mundanos y cosmopolitas, y los buenos propósitos algo así como niños exploradores uniformados. No dudo que mis buenos propósitos tengan grandes alcances a largo plazo, pero he aquí que mis vicios disponen de hot line y entrega inmediata. Veinticuatro horas diarias, rain-or-shine.

Mis vicios son insomnes, pero amenos. Hay una fina línea entre la amenidad y la amenaza, cada noche los tengo a ellos para saltarla. Diría que llegan solos si al menos un momento parara de llamarlos. Pero igual aquí viven, no tengo que ir muy lejos para dar con ellos, y en ellos me refugio cuando quiero que nadie consiga encontrarme. Que es casi todo el tiempo, últimamente. Pero salgo de noche, también últimamente, más como una manera de tirar los dados que por necesidad. Me quedaría, tal vez, si mis vicios pudieran dormir.

Según decía el viejo Balboa, no hay vicio más nocivo que el de salvar vidas. Termina uno arruinándolas junto a la suya. Pero es un puto vicio, y a ver: quítatelo. Salgo tarde, ya cerca de la medianoche, sin destino preciso, pero antes de la una ya estoy donde siempre, persiguiendo vidas descarriladas.

Fue Isaías Balboa quien me enseñó a pescar de madrugada. Pescar almas, decía, con aires de profeta cargado de razones. Nunca me lo anunciaba con anticipación, esperaba a que yo me despidiera para pedirme que lo acompañara. Son prácticas de campo, me recordaba, ya en camino a la funeraria. Luego él me iba contando las historias que había recolectado en sus vivisecciones nocturnas. O, como él las llamaba, vivificaciones.

Creí al principio que tenía un olfato especial, pero un día entendí que lo suyo era sólo la intuición del vicioso. Frecuentaba hospitales, cárceles y panteones por el puro deporte de escuchar las historias de los infelices, que después relataba entre carcajadas. Pero su fuerte eran las funerarias. No creerías la cantidad de viudas que estarían dispuestas a irse contigo en lugar de quedarse a velar al pendejo, me habrá dicho unas quince, veinte veces. No creerías. Presos y locos saben defenderse, pero los deudos andan a flor de piel. "Destrozados", informan los familiares. Y ahí era donde entraba Isaías Balboa.

Llegaba con alguno de sus libros bajo el brazo, luego lo autografiaba a nombre del difunto, tan cariñosamente que la viuda encontraba consuelo desde el primer momento. Antes de eso, intimaba con varios de los presentes, primero los distantes y luego, lentamente, la familia. Vicio de zopilote, y me lo pegó. Por eso nunca puse condiciones para ir con él a las agencias funerarias y apreciar la hermosura enlutecida. Esa palidez lúgubre que invita a remojarse en sus lágrimas y besarla como a una madona en su altar. Y escucharla, tomarla por los hombros, como lo haría un salvavidas en la playa. Ser su héroe, aunque sea por esa sola noche. Hurgar en su dolor como entre las gavetas de una caja fuerte.

Es gente a la que lees como una marquesina. No pueden levantarse, hay que alzarlos, tenderlos, abrirlos y operarlos. ¿Sabes lo que es tener a una viudita triste palpitando en las manos, como un pájaro con las alas rotitas? Lo decía así, ro-ti-tas, con cierta lentitud, como si hablara de un platillo deleitoso. Decía cualquier cosa, mientras se decidía a atacar. Sabía entrar y salir de las capillas fúnebres con la discreción de una rata de iglesia. El pan está en la tres, declaraba entre dientes, a mi lado, aguzando la vista en dirección a la capilla elegida. Fisgaba los pasillos, la entrada, el estacionamiento. Le gustaba agarrarse de los recién llegados. Cuando tenía los datos esenciales, se iba al baño a escribir la dedicatoria y regresaba armado en pos de la doliente. Nadie como una viuda fresca para encarnar el rostro de la incertidumbre, pontificaba con el índice firme, instalado de vuelta en su pedestal de salvavidas.

—Una vez, de muy niño, vi a una niña que se ahogaba en el mar. La señalé, delante de mi padre, y él se soltó corriendo, sin quitarse ni el saco. Estábamos en Tuxpan, hacía frío, yo no podía creer que mi padre pudiera meterse al mar vestido y salvarle la vida a la niña. Pero lo hizo. La trajo con él, viva. Desde entonces me decidí a ser salvavidas —me lo había contado varias veces, cada una distinta de la anterior. En una alberca, un lago, un pantano; en Tuxpan, Mazatlán, Salina Cruz. Pero siempre era el padre salvando a la niñita. Iba modificando sus historias conforme daba con estilos y escenarios preferibles. Mi trabajo, a todo esto, era reconectarlas y vaciarlas en una, que serviría para resolver un capítulo. El prefacio, quizás, donde el autor se entrega a narrar el momento en que recibió la antorcha.

—¿No lo quemó la antorcha? —me burlé un día, sin que el viejo Balboa acusara recibo, porque ya lo inflamaba la metáfora.

—¡Claro que me quemó, mi querido Carnegie! Y escucha bien, cabrón: mi único verdadero orgullo en la vida consiste en soportar el peso y el calor de esa antorcha. Lo entenderás si un día te mereces cargarla. Ser salvavidas no es sentarse en la playa a mirar capullitos en bikini desde una torre coquetona y sombreada. ¿Tú crees que no preferiría meterme al cine en mis ratos libres? ¿Cuánta gente conoces que se divierta en una agencia funeraria? Pero yo soy el hombre de la antorcha, llevo la luz al valle de la muerte. Anota eso, Carnegie. Está muy rebuscado, pero así son los raptos y las revelaciones. Ya luego tú verás cómo lo pasas al lenguaje común.

—A Nerón le gustaban las antorchas —intentaba de nuevo hacerlo rabiar y sólo conseguía que siguiera dictándome.

—Nerón es el mejor ejemplo de por qué es necesario un hombre noble para llevar en alto cualquier antorcha. He entregado una vida al estudio del sufrimiento humano, y a cambio he recibido la prerrogativa de alumbrar el camino hacia afuera del túnel. No pretendo reinar con este único ojo en un mundo de ciegos, ni alumbrarme yo mismo con la antorcha; soy un hombre sin otra pretensión que administrar sus dones como Dios manda. Pero escribe, pendejo, que no está hablando un pinche merolico.

—¿Como Dios manda, dijo?

—Eso, como Dios manda. ¿Sabes lo que eso quiere decir? No es que Diosito Santo me haya iluminado, ni que sea yo un místico ni su chingada madre. Puedes matar a un niño como Dios manda. Si yo te permitiera distraerte de tu trabajo, no estaría haciendo el mío como Dios manda. Y se supone que es uno de mis dones, rescatar a huevones como tú de hacerse poetastros o delincuentes y enseñarles a enfrentar las penumbras y el cochambre ajeno. Y si me quedas mal, también voy a joderte como Dios manda. ¿Tienes algo que hacer hoy en la noche, o vas a acompañarme a vivificar almas atormentadas?

Al día siguiente de una velada funeraria, Balboa me esperaba temprano en su despacho. No he dormido, decía, por más que su excelente humor —ácido, negro, cáustico— lo desmintiera. No solía reírse de sus chistes, era sólo un intenso resplandor de malicia en los ojos, seña casi inequívoca de que estaba bromeando. Casi, porque también le gustaba el sarcasmo. Creo que su más grande diversión era crear confusión para no dejar claro hasta dónde llegaba la broma. No me hagas caso, Carnegie, es humor de forense. Ya entenderás cuando te gane el vicio, se disculpaba a medias y regresaba al tema del funeral. ¿Qué pensaba del hijo mayor del difunto de ayer? ¿No era verdad que a metros de distancia se le sentía el aliento de hijo de la gran puta? ¿Y había visto lo buena que estaba la madre? ¿Qué tal de tiesa la tendría el difunto? Tú ni te sientas mal, amigo Carnegie, que los forenses dicen cosas peores y no por eso dejan de hacer su chamba.

—Yo estoy seguro de que a su marido le habría gustado dejarle más —picaba como el buitre en los ojos del fiambre, y rara vez tardaba en oírla quejarse de la clase de zángano o cabrón que era el marido en vida. Y era así como la viudita fresca entraba en una oscura complicidad con el hombre del libro recién dedicado, seguramente el único allí dentro dispuesto a solaparle ciertas mezquindades, comúnmente mal vistas entre deudos cercanos. *Solamente un extraño te puede autorizar a bailar en la caja del muerto, y eso es lo que más necesitan los deudos, bailotear en su propio sentido de la piedad y hasta orinar por dentro el ataúd*, escribiría un día en mi cuaderno, desarrollando ya por mi cuenta las teorías básicas de Isaías Balboa. Uno sabe que ha contraído un vicio cuando empieza a tratar de justificarlo.

Siento decepcionarla, me disculpo, luego de darle un sorbo al chocolate. He aceptado desayunar con ella, pero sólo pasadas las diez y media. Vengo de una terapia, le he informado no bien aterricé en la mesa del restorán sin gracia donde nos citamos, ella perfectamente vestida, peinada y maquillada, yo recién despertado y remojado en el lavabo de un hotel de paso. Qué vergüenza, doctor, me sonrió, va a decir que no sé controlarme. Y para confirmarlo se ha ido directo al grano. ¿Voy a aceptarla, pues, como paciente?

Pertenezco a una escuela propiamente proscrita, le explico, mientras pongo de vuelta la taza sobre el plato y hago los ademanes de quien cuenta un secreto y pretende eludir a los testigos. Es más, no doy consultas, le confieso, con los hombros alzados y las manos abiertas. Hago visitas y confronto información a partir del principio de terapia inmersiva. No sé si sea lo que usted busca, ni me atrevo a elogiarlo sólo porque es lo mío. ¿Y cómo me va usted a decepcionar, si yo soy la primera en no saber qué busco, ni qué quiero, ni qué espero?, interrumpe y sonríe. Resignada, sarcástica.

—Debo advertirle, Gina, que hay pacientes cuyas expectativas son distintas. No necesariamente mayores o menores, pero sí de otra clase. Me explico: hay quienes no consiguen desarrollar los niveles de tolerancia indispensables para llevar a cabo el tratamiento. No quise decir que alguien fuera intolerante, sino que por su cuadro emocional presenta resistencia al aprendizaje por terapia inmersiva. No a todo el mundo le gustan nuestros métodos, y menos todavía a los académicos. Por eso yo le digo que prefiero decepcionarla que engañarla. Además, por ahora estoy algo saturado.

—Ay, doctor, usted dígame que sí, yo le prometo que me voy a aplicar. No soy mala paciente, me gusta obedecer y disciplinarme. Claro que no soy la que yo quisiera, si no ni para qué lo iba a llamar, pero tengo disposición a corregirme. ¿Se imagina si mi hija se enterara de lo que me pasó anoche en la casa? Doctor Alcalde, necesito ayuda. Va a decir que soy una chulis de pueblo, pero la Providencia me lo trajo. Nunca creí en estas cosas de la terapia porque, igual que me pasa con los curas, no puedo distinguir a los buenos de los malos y eso los hace sospechosos a todos. Hasta que un día se aparece usted y me salva del peor de los ridículos. Es más, doctor Alcalde, para que vea que sé ser derecha, voy a tratarlo como mi terapeuta y le voy a decir la verdad, ni modo que también a usted quiera engañarlo. Me tomé unas copitas, eso es cierto, pero lo que es los valiums ya los traía adentro desde el mediodía. O no, perdón. No era así, doctor. Ok, ni un valium hubo. Fue tequila con whisky, qué le voy a contar, si bien que me vio. Y me siento fatal, doctor Alcalde. Nunca había metido la pata así de hondo. Imagínese si siempre fuera así. Tendría puros amigos alcohólicos.

La miro con desprecio, no puedo evitarlo. Sabemos que el doctor Alcalde es un profesional, aunque a nadie le consta que no sea el verdugo iracundo y sardónico que un tratamiento como el mío precisa. Pero soy delicado. No es tiempo de serrucho sino de bisturí, decía el viejo Balboa. Mi desprecio se difumina en un instante, nada más preguntarle cuántos amigos tiene, como a un niño. Huy, doctor, ni yo sé, teatraliza y la atajo. No es que no sepa, Gina, es que no tiene ni uno y eso le da vergüenza. ¿No es cierto que en el fondo teme profundamente ser la solitaria acomplejada que es? Se hace un silencio y lo disfruto como un solo de violín.

Amigos, mis huevos, me ha faltado decirle. Por ahora tendría que llamar de regreso al policía bueno. Doy otro sorbo al chocolate caliente. Miro el reloj: las doce y treintaiséis. Tarde para seguir desayunando. Peor en el caso del doctor Alcalde, que es por definición un hombre ocupado. ¿Entiende ahora, Gina? Lo que usted escuchó equivale al nivel inicial de la terapia, donde al paciente se le confronta todavía con tibieza. Luego viene lo fuerte. Lo que de verdad duele. Usted no necesita una terapia fuerte, tal vez le bastaría con algo de ejercicio. ¿Me ve gorda, doctor? No quise decir eso, Gina. ¿Ya vio? Ése es otro de mis grandes complejos.

Y ahora déjeme que le diga una cosita, toma aire, recupera autoridad. Si eso que usted me dijo proviene del señor Joaquín Alcalde, avíseme y le debo un bofetón, por majadero y por cobarde, pero si el que me habló fue mi terapeuta me callo y me le cuadro. Usted dirá, doctor. La miro y me da miedo. Bien pensado, el más duro de los bofetones tendría que ser bastante menos nocivo que meterme en su casa a jugar al doctor.

Nancy no decía casa, ni departamento; según ella, las señoras de atrás vivían en *nidos*. He hecho cuanto he podido por llegar a este extremo de la conversación, quería tenerla suplicándome que aceptara tratarla, y ya hasta me amenaza por si acaso me niego. Pero pienso en Dalila. ¿Cuántas terapias voy a poder darle antes de que la niña nos atrape? Incluso si le pido que mantenga en secreto el asunto, nada me garantiza que no acabe llegando a oídos de Dalila. Usted dirá, doctor.

Mi respuesta no importa. La del doctor es un rictus a medias entre desconcierto y estupor. Ay, perdón, teatraliza otra vez, va a pensar que le estaba hablando en serio. No se preocupe, Gina, es normal que la falta de una terapia adecuada conduzca a disfunciones conductuales. Sucede todo el tiempo, es un mal más común de lo que las personas imaginan. Ya le dije que no sé nada de terapias, nada más sé que necesito ayuda. Si usted no puede dármela, recomiéndeme a algún colega que le conste que es serio y de confianza.

¿Entonces no me va a abofetear?, le sonrío, cómodamente dentro de los zapatos del doctor Alcalde, quien lo ha hecho casi todo por resistirse a ser lo único que sabe cómo ser. Terapeuta de plástico. Salvavidas de playa. Ay, cómo cree, doctor. No me diga que nunca le han reaccionado así. Si le contara, Gina. ¿Y por qué no me cuenta? Por la misma razón que usted no va a querer que yo comparta lo que como paciente va a confiarme. ¿Entonces sí, doctor? ¿Soy su paciente?

Soy el hijo de Nancy, me repito. Voy a entrar en el *nido*. Voy a saber lo que ella murió ignorando. Voy a cobrar por eso. ¿Doctor Alcalde? Perdón, Gina, estaba revisando mentalmente mi agenda. ¿Va a compartir con su hija esta noticia? ¿La terapia, doctor? Ni estando loca. Voy a dejarle entonces una tarea: dígame cuáles son sus horas disponibles para una cita de sesenta minutos. Podemos empezar de aquí a tres semanas, mientras consigo hacer los ajustes.

Cómo le explico, me pregunto mientras ella me mira sumergirme de vuelta en la agenda vacía, que veinte días no van a alcanzarme para poner a punto al doctor Alcalde. ¿Cuántos años de cárcel le dan a uno por esto? ¿Me iría un poco mejor si no le cobro? ¿Quién, que valga la pena, va a trabajar de gratis? ¿Qué se me perdió a mí entre los putos muertos? ¿Vamos a invocar juntos al espíritu del jodido Manolo? A partir de este punto, cada nueva catástrofe será atribuible no tanto a ella o a mí, como a la maquinaria que echamos a andar. Un artilugio de ortopedia emocional cuyo funcionamiento conozco nada más que en la teoría. O en la imaginación, a decir verdad.

¿Qué pensaría Dalila si supiera que no me he conformado con robarle un conejo a su madre, y a su vez ya la tengo convertida en conejo? Da consuelo pensar que si todas las cosas que uno hace las sometiera al escrutinio de sus conocidos, acabaría por no hacer ninguna. Cuando los criminales dan razones como ésta, los periódicos se los comen vivos. Casi nadie tolera la ironía del verdugo. Se necesita al menos un curso introductorio. ¿Por qué lo hizo?, pregunta, el día de mi arresto, el reportero de los ojos saltones. Es que quería ayudarla, me defiendo y me hundo. Mañana los periódicos van a citarme conteniendo la risa: "Es que quería ayudarla".

¿Qué pasa allí, perdón?, parecen preguntarse las dos cejas alzadas del doctor Alcalde, de por sí desafecto a las divagaciones.

Desde lejos se nota que ha tomado el control. Mira el reloj: la una y veintitrés. Se disculpa. Tiene una cita a las dos. ¿Está de acuerdo si le llama al final de la semana, cuando haya analizado con calma sus horarios? Camino a la salida, trata de hacer la cuenta de horas transcurridas entre que Gina le llamó y él quedó habilitado como su terapeuta.

Siete horas, puta mierda, y sigo sin dormir. Una vez en la calle, me deshago del rictus impasible del doctor Alcalde y me pierdo en la esquina, escurridizo, como si al escaparme de la escena del crimen consiguiera parar la maquinaria de ese malvado médico cabrón cuyas maneras finas y no sé si palurdas lo tienen a las puertas del nido tan odiado. ¿Vas a empollar los huevos de la secre?, le preguntaba Nancy a Manolo cuando lo veía salir disimuladamente. ¡No me digas que ya nacieron los polluelos!

¿O será que me apuro a desaparecer para mejor gozar del triunfo conseguido? ¿He querido otra cosa, desde que me le presenté en el teléfono? ¿Cómo explicar, si no, que una vez relevado de los zapatos del especialista venga un poco bailando por el pavimento? ¿Qué diría el doctor Alcalde, si me viera?

Mis miedos son corruptos y oportunistas. Primero fue el pavor a los vampiros. De entre todos los monstruos, ninguno parecía más espantoso. Yo sabía que Godzilla tenía todo el poder para aplastarme, pero no para hacerme igual a él. Y eso podía lograrlo el vampiro. Enviarme de una sola mordida al infierno de los muertos en vida. Nadie como el vampiro me permitía imaginar al infierno como una enfermedad, y entonces preguntarme si no mi medio hermano era como era porque estaba viviendo en el infierno de su enfermedad. Nunca fui con mi madre a ver una película de vampiros, pero en la casa las miraba a escondidas. Sentía una fascinación desmesurada por todo aquello que me daba miedo, como si me rindiera a un dios capaz de castigar mi indiferencia, y hasta mi distracción, con un par de colmillos inmortales y una sed impregnada de plenilunio. Dar el salto del miedo a la idolatría fue tan simple como dejar de ser niño e iniciarme en las artes de la corrupción.

En las películas se reconoce a los vampiros por las terroríficas marcas en la yugular, pero la realidad no necesita golpes de efecto, sabe que es terrorífica de por sí. Tal vez la idea entera del vampiro no sea mucho más que una metáfora de cierto mal, presente entre los vivos, que sin el patrocinio de capas y colmillos señala a algunas almas como aves nocturnas. ¿Quién le asegura a uno que no es otro de ellos, si cada noche siente el llamado impetuoso del abismo cuando llega la hora de agarrar la llave y escurrirse a la calle por la puerta trasera, temblando de las ganas de llegar de una vez a la funeraria? Otros, la mayoría, prefieren perseguir placeres más alegres. Creen que de esa manera engañan a su sombra, como si no supieran que la noche es el territorio de las almas en pena. En las horas nocturnas la gente se administra enervantes siempre menos potentes que los que el organismo de un deudo produce, sin haber levantado una copa. Incluso los hipócritas están en el mood.

Es curioso que el pésame sea una fórmula, justo en esos momentos en que cualquier altisonancia afectiva se tatúa de inmediato en la memoria. Diles algo que nunca hayan oído, me aconsejaba el colmilludo Balboa, que presumía de jamás haber dado dos pésames iguales. Debería poner una tienda, se llamaría *Pésames y Epitafios No Me Olvides*, decía y me miraba con viveza, como imitando el rictus de un diablo ventajista.

—A ver, Carnegie, sácate de la manga un pésame express —me acorraló una noche, llegando al estacionamiento, él con un traje negro impecable y yo con jeans azules y un saco negro suyo que me quedaba mal. Me había desafiado antes a inventar epitafios y pésames, pero nunca con fines prácticos e inmediatos. A ver, Carnegie, mátame este pésame, disparaba y soltaba una breve gema de la necrofagia. Luego iba rechazando mis propuestas, sólo aceptaba dar una por buena cuando su contundencia era innegable.

—Ya le he dado docenas, don Isaías.

—¿Y acaso te he dejado de pagar?

—Pídame el pésame en horas de trabajo.

—En horas de trabajo te lo tendría que dar, después de la patada en el culo que te echaría a la calle más pronto de lo que ese pinche muerto tardó en irse a la mierda para siempre. ¿Cómo ves, Carnegie, esperamos a mañana para que te dé el pésame, o me lo das tú a mí aquí, en caliente? —lo decía con la sonrisa abierta, como si no advirtiera bien la rebelión y le diera la última salida a la obediencia.

—Dígale a la señora que una frase del libro la sugirió su esposo, léasela en voz alta, como de parte de él. Una que no se entienda, de preferencia. O que puedan interpretarla en más de un sentido.

Usted le avienta un pésame con aires de epitafio, ella se echa a llorar en sus brazos.

—Lotería, muchacho. Me gusta. Con un poco de pulimento, podemos encontrar un nuevo medio. ¿Te imaginas mi obra desperdigada en tumbas por todos los panteones de este mundo? ¿Y si en vez de decirles que la frase es de su marido les cuento que era la que más le gustaba de las mías? De otro modo mi fama sería de plagiario. A partir de mañana vas a hacerme un archivo de frases para pésames y epitafios. ¿Te imaginas un libro de Isaías Balboa que se llamara así, *Pésames y epitafios*?

—*Pésames y epitafios: cápsulas de sabiduría intemporal.*

—Cápsulas no. Máximas, podría ser. Las vamos inventando, las ponemos en práctica y las antologamos, según sus resultados en prácticas de campo. Máximas especiales para deudos. Gente que está endrogada, lo dice el sustantivo. Gente en números rojos. Los agarras cansados, dolidos, mutilados. Los levantas del piso con una pinche línea de epitafio, que equivale a una cómoda renegociación del crédito. Siguen sintiendo el hueco, pero ya creen que han puesto las cosas en su sitio. Eso es un epitafio: las cuentas amañadas de una auditoría vital. El símbolo de un saldo a favor. El epitafio deja la constancia de que el difunto no vivió en vano. Pero anota, cabrón, que las putas visiones no se dan en maceta. No es la tumba, sino el epitafio, lo que deja a las almas descansar en paz. Con ese pensamiento podríamos empezar el librito.

—*Aquí duerme la luz de mis afectos* —recité taciturno, sin pensarlo.

—¿Qué es eso?

—Un epitafio. Para su colección.

—¿De dónde lo sacaste?

—Es el de mi madre —me detuve al final: la había cagado.

—¿El de quién?

—El que mi madre le puso a mi abuela —corregí, con más prisa que convicción.

—¿Me estás vendiendo el epitafio de tu abuela, Judas?

—No se lo vendo. Puede citarlo —seguí cagándola, sin freno ya.

—¿En qué panteón está enterrada tu abuelita?

—No sé.

—¿No sabes dónde está la jodida tumba y te aprendiste el chingado epitafio? ¿No serás un mitómano de mierda? Cuando vea a tu madre le voy a preguntar si es verdad todo lo que me cuentas. Pa mí que ya me viste la cara de cliente.

—*Lázaro también calló...*

—¿Otro epitafio?

—También sirve de pésame.

—Un poquito solemne, pero a algunos les gusta. Tienes pegue con la clientela cursi, nadie diría que eres un niño rico. ¿Ya sabe tu mamá que tienes sensibilidad de asalariado?

—*Gracias, Iscariotes, Gracias, Cireneos*—de repente encontré que podía seguir, y que hacerlo era la única forma digna de enfrentármele.

—¿Vas a enterrar a Jesucristo, Carnegie?

—*No es la cruz, son los clavos.*

—Anótalos, de todas maneras. Me gusta tu entusiasmo. ¿Fuiste acólito, por casualidad?

—*Soy el que todos fuimos y seremos.*

—Ése me gusta más. Yo lo sabía, Carnegie, en esas cosas nunca me equivoco. Puedo hasta confundir a mis hijos con cualquier otro hijo de puta, pero a una rata panteonera como yo la huelo de aquí a leguas.

—*El fin de la aventura, el inicio de la vida.*

—Me suena a eslogan. Vete a vender paquetes funerarios.

—¿Y qué tal para pésame?

—Puede ser. Voy a intentarlo, ya te contaré. Sólo recuerda que ésta es una pequeña parte de la chamba. No se te olvide que somos salvavidas, no enterradores. Como buen fabricante de epitafios, tienes que recordar que el cliente es el vivo. Nos importa una pura chingada lo que pensara el fiambre, eso van a decirlo sus sobrevivientes, que son los que nos van a pagar, ¿ya me entiendes?

—¿Qué nos van a pagar?

—¿Ves cómo eres pendejo, Carnegie? Nomás sales del trance de epifanía y te vuelves un bembo de colección. ¿Cuándo has visto que un muerto saque la cartera y compre un libro? Si algo no traen los muertos es cartera, porque en cuanto se mueren alguien va y se la chinga. Y ése es el desgraciado que nos interesa, queremos que uno de esos billetes sirva para comprar un libro que le salve la vida. Nadie se aferra tanto a la vida como quienes han visto a otro perderla. Apunta eso, me gusta. ¿Sabes la cantidad de gente que copula en las horas que siguen a la muerte de un ser querido? Ya aprenderás. Por lo pronto, te digo que ninguna cachondería se parece al instinto de conservación. De eso vas a enterarte cuando te eches a la primera viuda fresquecita.

—Que son las que más pagan...

—No confundas clientes con proveedores. Los deudos nos proveen: están en carne viva, te dan información valiosísima y te permiten someter el trabajo a prueba. Fuera de ahí, todos son clientes. Todos pueden pagarnos porque están o han estado o van a estar así. Espero, por supuesto, que los deudos a quienes me encargué de vivificar personalmente vayan y recomienden y coleccionen mis obras completas, pero antes de eso necesito que me provean. Por eso los escucho con la atención de un cura primerizo. Me bebo sus palabras, su expresión, entro en sus huecos como por mi casa. Recorro una ciudad bombardeada y asisto a los relatos de sus pobladores, cuando todavía no acaban de creerlo y todo es confusión y no han puesto candados a lo que luego serán sus secretos.

—Todo el mundo habla maravillas del muerto.

—Sí, pero sólo cuando el muerto es el tema. Para vivificar a un deudo no hay que hablarle del muerto, sino de él. La viuda tiene miedo del día siguiente, por eso se entretiene con el anterior. Si consigues poner el foco de la conversación en ella, y más que en ella en sus intereses, no te costará mucho abrirle las compuertas de la mezquindad.

—¿Es decir las piernitas? —me asustaba al principio la familiaridad con la que hablábamos, pero fui descubriendo con el tiempo que no podía permanecer indiferente, ni ocultar mi sentido personal de la ironía, bajo cuya coraza podía ir lejos en ese juego sucio de la vivisección vivificante. ¿Quién le decía al viejo zopilote que después de ponerle los cuernos al difunto no iba a sobrevivir la pobre viuda con un remordimiento permanente, traumático? El día que se lo pregunté, me miró de muy cerca, arrugando la nariz. Sí, cómo no, me dijo, con un insoportable remordimiento de nalgas.

—No hables de lo que no conoces, Carnegie. Tú que tienes madera de seminarista, no juzgues, que serás juzgado por más altos jueces y tribunales. Una viuda con las piernas abiertas es la resurrección de la carne en persona.

—¿Qué quiere que le diga, don Isaías? ¿Amén?

—Quiero que cuando llegue la hora de los madrazos te muestres a la altura de las expectativas de tu patrón, que es un hijo de puta con muy pocas pulgas. Es más, te hago una oferta sólo por hoy. Si te veo sacar a una viudita de la funeraria, te doy mañana todo el día libre.

—Yo no tengo un librote dedicado en mi nombre para su marido.

—Dime una cosa, Carnegie, ¿tienes cerebro y pito? Usa el primero para contestarme y el segundo para orientarte en el camino. Recuerda que esa pobre mujer se ha quedado sin uno como el tuyo, pero no va a pedírtelo. Ser compasivo no es decirle cuánto lo sientes, sino encontrar la forma de que lo sienta ella. Que lo vuelva a sentir, ¿verdad? No son más que las reglas del mercado. La mercancía fría no se vende, tienes que reemplazarla con la que está caliente. Y ésos somos nosotros, mi querido amigo.

—Aunque tampoco por mucho tiempo.

—¿Ves? ¡Más a mi favor! No estarás esperando a que la mercancía se te enfríe para salir a ofrecerla. La mía, por ejemplo, se me ha ido arrugando, pero sigue caliente. Y la lengua, ni digas. Ya me hubiera gustado tener a tu edad la verba que me han dado tantos años de funerales atendidos. ¿Sabes quién fue mi esposa, que en paz descanse? La hijita de un difunto desconocido. Llegué, me presenté, la consolé, nos casamos y tuvimos dos hijos.

—¿Y aun así lo dejaba irse de juerga a las funerarias?

—Le decía que estaba en la imprenta. Tenía sobornado al velador para que me cubriera, por si llamaba. Nunca creyó que yo pudiera salvar vidas, aun después de haber salvado la suya.

—¿Le mintió, al conocerla?

—Le mentí siempre. Pero eso sí, nunca me contradije. Las mentiras son como bisturíes, no cualquier huelepedos sabe usarlas sin que le tiemble la mano. Y ahí entramos nosotros, que en lugar de decir créame que lo siento les contamos mentiras verosímiles. Mentiras cariñosas, bonitas, entrañables, pro-fe-sio-na-les. Una buena mentira puede hacer realidad los sueños más estrafalarios. Una buena mentira te podría meter en la cama de la mujer más linda del mundo. Tú mismo nunca vas a imaginarte qué mentiras de mierda te trajeron al mundo.

—*Mentiré al fin: olvídenme.*

—¿Y eso?

—Pensé en otro epitafio.

—¿Lo pensaste o lo hiciste?

—Pensé en un epitafio cariñoso, salió ése.

—Con esa convicción no me vendes las piernas de Silvana Mangano.

—*Mentiré al fin: me voy.*

—Sólo que te propongas asustar a los niños. Los deudos están todos muy dolidos, pero ninguno quiere al muerto de regreso. *Resignarse* es cambiarse de signo. Asignarse otra vez. Y a uno como difunto yo supongo que le resulta inhóspita una realidad donde no puede hacer estropicios visibles. Si mis deudos y yo pudiéramos ponernos de acuerdo en un epitafio, llegaríamos a alguna idea-comodín capaz de separarnos cordialmente.

—*Alcáncenme, si pueden.*

—¿Sabes quién fue Silvana Mangano, Carnegie? ¿Sabes lo que era ver esas piernas en blanco y negro, del tamaño de una pantalla varias veces más grande que tú, como en un sueño? A veces, cuando un extraño te hace alguna confidencia descuidada, descubres sin querer las piernas de Silvana Mangano, y al apropiarte de ellas te miras dueño de una fuerza interior que no conocías. Apúntalo, esto último, que no se te vaya. Te conté lo que espero de mis deudos y lo que creo que ellos esperan de mí, y tú has vuelto con esa maravilla. *Alcáncenme, si pueden.* Te lo he dictado yo, por supuesto, pero tienes muy buen oído, Joaquín. Tienes futuro en esta profesión. Ahora que ya pensándolo, preferiría que te fueras tras la hijita del muerto y a las madres me las dejes a mí.

—¿Lo dice en serio? ¿Vamos sólo a tirarnos a las dolientes?

—Vamos como agentes encubiertos al servicio de un gran autor que se llama Isaías Balboa. Tenemos la misión de salvar vidas, y ello a veces incluye el compromiso de estimular directamente la resurrección de la carne, a través, si es preciso, del rito ancestral de la copulación. Fíjate en lo que he dicho, Carnegie: no hace uno sino honrar un ritual consagrado por todos sus ancestros, sin excepción. Y además salvar vidas, ordeñando esos datos. ¿Te ha pasado que llegas a saldar una deuda y te hacen un descuento por pronto pago? Pues así es con las viudas: están haciendo un pago muy doloroso, el dolor de la pérdida es inenarrable; recobrar la capacidad de seducir les cae como un descuento por pronto pago. Como dicen los gringos, un *relief.*

—*Más que un lubricante, un alivio instantáneo.*

—¿No era ése el eslogan de aceite *Tres en Uno*?

—El mismo.

—¿Tú crees que se darían cuenta si en la contraportada dijera *Más que un libro, un alivio instantáneo*?

—*Más que un libro, un catálogo de alivios.*

—Una colección, no un catálogo.

—Más que un libro, un alivio del alma.

—Lo tengo, Carnegie: *El alivio del alma en un libro*, y que chingue a su madre el aceite *Tres en Uno*—lo recuerdo así, eufórico, subiendo los primeros escalones hacia la funeraria. Luego me acostumbré a las conversaciones previas a una vivisección. Se trataba de echar a andar el coco recordando el espíritu de la misión. Había que pagarle crédito al proyecto justo antes de lanzarse a continuarlo. Hay que hacer sed, explicaría el vampiro. Sería por eso que en la primera noche ya llegaba sintiéndome como en aquellas fiestas adolescentes a las que uno asistía deseando intensamente la compañía de alguna vecinita hasta entonces rejega, puede que por la falta de una oportunidad.

—¿Cómo me les acerco, don Isaías?

—Con muchos huevos y bastante respeto. Ni siquiera lo dudes, que las dudas se notan. Recuerda todo el tiempo que esto es un funeral. Es decir, una junta de sobrevivientes. Eso, por unas horas, nos hermana. Podemos arrimarnos y hablar sin suspicacias, el momento lo exige de esa manera. Por un día la muerte está de nuestro lado. El que cogió, cogió, y el que no hasta el otro muerto.

—¿Y qué le digo? ¿Que lo siento mucho?

—Primero vas sacando la información. Discretamente, sin hablar de más. Qué triste, qué tragedia, qué cosas, qué ironía. Yo no sabía nada, llamaron a la casa y la verdad no supe ni qué decir. Perdónenme, pero estoy muy nervioso, todavía no me creo que haya sucedido esto.

—Cualquier cosa que me permita callarme y los haga hablar a ellos.

—Lo primero que vas a comprar es tiempo. Ya leíste a la entrada cómo se llama el muerto, te acercas a la caja y echas ojo a cada uno de los que andan cerca. Buscas a los que están recibiendo abrazos, vas tanteando el ambiente. También les ves la ropa, los zapatos, los modos. Antes de abrir la boca tienes que ubicarte. Ese saco que traes me costó un dineral, no creas que voy a traerte vistiendo cualquier garra, como te gusta a ti.

—Me queda corto, don Isaías.

—Eres joven. Dirán que ya creciste. El chiste es que la gente desdeña los consejos de las clases sociales inferiores. Aunque tengan ahí a la madre tendida, yo sé lo que te digo. Puedes no estar de acuerdo con las reglas, pero sale carísimo ignorarlas.

—O sea que según usted, el día del velorio de mi madre no me sirve de nada el abrazo de la recamarera.

—Por supuesto, si te la andas cogiendo. Mira, Carnegie, no me quieras poner sentimental, que estoy en el terreno de las ciencias exactas. No me veo interesado en atender a nobles excepciones, lo mío es anticiparme a ciertas ocurrencias predecibles a partir de una minuciosa investigación, siguiendo una cadena de leyes imperfectas que se cumplen en un noventa o más por ciento. Esos momios los tengo calculados, son parte de mis gastos. Sé, por ejemplo, que es un riesgo tener como inquilino y redactor a un mariguano sentimentalista, pero lo asumo como parte de su sueldo, y él hace lo que puede por ganárselo. ¿Voy bien o me regreso?

—Don Isaías, yo le aseguro...

—Asegúrame solamente tu lealtad, y ponme un poco más de tu atención. Apunta lo que puedas, de una vez. A nadie le preocupan los sentimientos del salvavidas, cuantimenos sus miedos. El salvavidas tiene ya suficiente trabajo lidiando con los miedos de los otros; los suyos siempre pueden esperar. ¿Qué prefieres, morirte o que me muera yo? ¿Yo, verdad? Yo que estoy viejo y ya viví mi vida, no tú que todavía la tienes por delante. Pero si me preguntas a mí, con mucha pena elijo que te lleve el carajo. Por eso me es más fácil arreglar fríamente tu vida que la mía, pero para lograrlo necesito que creas que estoy mejor que tú. ¿Voy a conseguir algo chilloneando contigo... o pateándote el culo para que dejes ya de compadecerte como puta senecta? ¿Te imaginas a un cirujano con esas aprensiones de quinceañera ñoña? Me parece conmovedor que te quieras tirar a la recamarera y hasta llenarla de hijos, si tanto te calienta la nalga chambeadora, pero no esperes que a los deudos de aquel hijo de puta de la caja gris les importe una mierda el Evangelio. En el velorio uno parece generoso porque hace pocas horas que su amor propio entró en bancarrota. El deudo no da, pide. Es un menesteroso transitorio. Está tendido con las vísceras de fuera. Incluso cuando no habla te suelta información. Y eso es lo que me importa en esta vida, Carnegie. Entiende que tus vicios me tienen sin cuidado. A ver si me entendiste: por mí, inyéctate.

—¿Quiere entonces que piense en lo que siente la viuda, o la hija, o la nieta de la viuda, sin que sienta yo nada parecido?

—¿Sin que se te pegue algo? No son ladillas, Carnegie. Cuántas veces te he dicho: no seas supersticioso. Hasta donde me acuerdo, dijiste que tenías pito y cerebro. Como sabes, el pito no se caracteriza por su inteligencia. Para eso necesitas del cerebro. Y bien, que así como el cerebro le dice al pito en dónde ir a meterse, el salvavidas se vale de su olfato para abrirse cancha en las heridas ajenas. ¿Alguna vez te has dicho, antes o durante la cópula carnal, pobrecita mujer, la tengo aquí encuerada y desprotegida? No, señor. Lo que has hecho es seguirte de frente y hasta adentro. El salvavidas hace la misma cosa, su trabajo es introducirse en el corazón doliente para vivificarlo como Dios manda, por más que el cuerpo grite, chille o se sacuda.

—Usted dice que poca gente olvida los momentos realmente escalofriantes de un funeral. ¿Quiere encima que griten y berreen?

—Quiero vivificarlos, y todavía más que eso necesito aprender. En bien de todos, claro, porque el conocimiento voy a transmitirlo. Me encantaría poder sacar esta información de los muertos-muertos o de los vivos-vivos, pero unos no se dejan y los otros la traen encriptada, por eso necesito de esos muertos en vida que son los deudos, cuyo estado de gracia pasajero es una mina de oro para nuestro proyecto. Dices que te preocupan tus sentimientos y me da mucho gusto porque ése es justamente el reino donde tú y yo tenemos que meternos. De contrabando, claro.

—¿Y qué les digo que hago, si el autor es usted? —me había entusiasmado, ya al final. Le brillaban los ojos al hablar, se distraía al paso de las mínimas nalgas, alguien adentro de él estaba secretando.

—Tú sólo diles que eres terapeuta. Eso inspira respeto y además interés. Un terapeuta en medio de un velorio es como un salvavidas en un huracán. Ya sólo de saberlo la gente viene a hacerte preguntas idiotas. Ahora bien, una cosa es idiotas y otra inútiles. Una pregunta idiota acepta cualquier respuesta, y eso es siempre una gran oportunidad. Cuando no sepas qué responder, revírales otra pregunta idiota, pero con aires de terapeuta entendido. Mirándolos de frente, con calma, tú me entiendes. Siempre muy por encima de la situación. Más tarde o más temprano vas a dar con la prosa precisa. Siempre es más fácil interesarse por las personas que a uno le gustan, pero el chiste es que no se te olvide lo esencial, que es de qué lado estás. Vas a elegir tu vida sobre la suya. Tú eres el salvavidas, ni modo que te mueras. ¿Te has fijado que el salvavidas de la playa está subido siempre en un pedestal? Antes de que decidas entrar en acción, piensa que tú eres el del pedestal. *Mister Chingoun*, te llaman las gringuitas. Cuando haya una emergencia, saltarás a la arena y correrás a rescatar a esa pobre muchacha que grita ¡me ahogo!, sin importarte el miedo que a ti mismo te inspira la resaca. Cada vez que permites a tus sentimientos interponerse en la mecánica de este trabajo, es como si estuvieras rindiéndote al poder de la resaca. Y esta resaca no es ya la del mar, sino la de la muerte. Tú vienes de la vida, y hacia allá te los tienes que llevar. Quise decir, traer.

—Yo en realidad vengo de parte del señor Isaías Balboa, que es el que me paga.

—Llegará el día en que vengas por tus pistolas. Igual que el salvavidas va a la playa en su día de descanso o la puta se pasa los domingos cogiendo, aunque sea sin cobrar —soltó, ya sin mirarme, con la vista encajada en una escena dentro de la capilla seis. Por la sola mirada de avidez infinita que lo hizo separarse de mí en instantes y avanzar sesgo a sesgo hacia el objetivo, podía uno saber que Balboa, dado el caso, habría pagado por hacerlo, y todavía más por poder proclamar que sabía cómo hacerlo. Sentí un alivio grande cuando al fin desapareció de mi horizonte. Quería aprender a moverme por mi cuenta, descubrir mis atajos y deducir mis reglas. Pero hacía trampa, y eso lo invalidaba todo.

Fue más fácil hacer un par de postales para Isaías Balboa de parte de mi madre que engañarlo después con que yo puedo ser un salvavidas, y no el deudo que desde la primera noche llegó a la funeraria en busca de alguien o algo que le salvara de esta sensación de muerte que regresa de pronto a recordarme que en realidad no soy más que uno de sus negros emisarios. He tenido que ver, me dije, ya en la cafetería, con las muertes de cada uno de los que me rodeaban. Tenía que tener todavía menos madre que Isaías Balboa para aceptar semejante encomienda. Y ése era mi problema, que no tenía madre, y aún así se la andaba vendiendo al patrón.

Todo lo que atormenta con el tiempo consuela, decía el viejo Balboa, con el índice en alto, igual que a veces gusta lo que antes disgustaba. Recuerdo pocas cosas tal como me las dijo, casi todas las corregía a conciencia para hacer mi trabajo como Dios mandaba. Que fue precisamente lo que intenté cuando di cuenta del tercer café y acabé de aceptar que solamente obedeciendo a Balboa iba a lograr que no me corriera. Qué trabajo de mierda, me decía cada vez que intentaba acercarme a un grupo de personas y me veía vergonzosamente menospreciado. Hasta que, según yo por accidente, fui a caer en los ojos extraviados de Sandra Sanz Berumen. De todas las mujeres.

No sabría decir si me queda el papel de generoso, pero todavía sé cómo dar un buen pésame. De esos que hacen llorar y sonreír, trabajo delicado. La inversión más jugosa que hace un frecuentador de funerales, según aseguraba Isaías Balboa. Creo que era el tercer precepto del decálogo. *Lo que pesa es el pésame*, peroraba muy serio, con los ojos saltando de sus órbitas. Pero he perdido práctica. Titubeo, eso no se perdona. Hace tres noches ya que salgo a merodear agencias funerarias y nada. Sigo fuera de forma. No logro ir más allá del círculo de amigos más o menos distantes. Gente comprometida a estar ahí, cuya eventual ausencia quién sabe si los deudos notarían. Balboa tenía un talento sutilísimo para invadir el círculo de los deudos cercanos. Me enviaba a mí a olfatear la situación y llegaba después encarnado en mesías. Yo no tengo siquiera a quién mandar. He bajado de peso en los últimos meses, traigo look de vampiro maldormido y eso nomás no ayuda. Temo que si me acerco a la familia del difunto no va a faltar quien alce un crucifijo. ¿Era así de difícil cuando empecé? No, porque entonces lo tenía a él. Cuando me le escapaba solo a otras funerarias lo hacía ya enrielado. Cargadazo de fe, que decía él. Bendiciendo pendejos a mi paso. Reconfortándolos. Atacando señoras en desgracia o huerfanitas tristes y cachondas.

Tenía razón el viejo, es automático. La gente siente el hálito de la Huesuda y se lanza corriendo a reproducirse. Tal vez lo que me falla es el instinto reproductivo. ¿Cómo me va a pedir la pobre mujer el consuelo que tanto necesita, si yo no se lo pongo en el menú? Trastabillo. Hablo de más y digo de menos. Me dejo intimidar por preguntas idiotas. Ya van tres veces que me doy media vuelta y desaparezco, igual que un criminal desenmascarado. Por fortuna la fauna se renueva. Uno, además, siempre cuenta con la facilidad de disculparse luego, si se vuelve a encontrar a los fulanos. Dirá que estaba muy afectado. Las personas desaparecen tres horas de un velorio y vuelven a la escena con la coartada de que están destrozadas. A ver quién es el monstruo que va a atreverse a pedirles cuentas.

¿Qué más diría Balboa, si me viera? Estás muy tieso, Carnegie, te van a confundir con el difunto. Me lo soltaba a la hora de llegar. Abusado, cabrón, a ver si vas dejando afuera a los mochomos. ¿Cuando has visto, Joaquín, que las palomas cojan con los zopilotes? Me pedía que hablara mirando a los ojos, que mostrara franqueza pero también ternura, como si la viudita fuera de mi familia. Y funcionaba, tres o cuatro de cada cinco veces. De cualquier modo, si me salía mal, aparecía Balboa y arreglaba las cosas. Ponía esa expresión de mártir masturbado que lo dejaba a salvo de toda sospecha. Luego hablaba despacio, cariñoso, con una calidez contra la cual el luto carece de defensas. Juntaba las dos manos a la altura del pecho, con los diez dedos entrelazados y los ojos encima de sus cabezas, como si al escucharlos se dirigiese a instancias superiores y de allá regresara con bendiciones recién cocinadas. No tardé mucho en perder la cuenta de las veces que los oí decir que era una bendición la presencia del maestro Balboa. La de cosas que hace uno cuando trae bendiciones por salvoconductos. Y eso es lo que me falla. No encajo los colmillos, me quedo con la misma sed de siempre.

He llegado a pensar que no estaría mal mandar hacer un libro con mi nombre. Podría rescatar los capítulos crudos, tal como se los di al viejo Balboa. Se parecen muy poco a la versión final. Los tengo impresos, sólo sería cosa de copiarlos. Pero no quiero. Estoy harto de muertos. Me gustaría aprender a conducirme en lugares donde no haya un cadáver a media sala. No es que pueda contarle a nadie la verdad, pero me asquea este papel de misionero.

Cada noche que salgo a zopilotear, me recuerdo que es sólo por una temporada. Una semana o dos. Lo indispensable para sacudirme la armadura social que me he ido construyendo desde quién sabe cuándo. Necesito soltarme, o aunque sea pretenderlo. Fingir. Improvisar. Que no parezca que vivo en una cueva, escondido de todos y sin hablar más que con un conejo. ¿Qué iba a ganar, al fin, con hacerme pasar por terapeuta? Lo mismo que me gano en los velorios: la confianza de rotas y descosidas. La fe de una mujer que grita a medio océano. El crédito de todos los presentes en una cena de amistades forzadas. Quien busca rescatarse de un naufragio es presa fácil para los tiburones. Deja un rastro de sangre tras de sí. Me lo decía Balboa, con el solo ademán de encoger la nariz y jalar aire. ¡Huele la sangre, Carnegie!

Más que olerla, me fui enseñando a reconocerla. Así como quien viaja por el mundo puede saber que está delante de un paisano por la manera en que cruza la calle, percibo el sufrimiento de quien habla conmigo antes siquiera de que abra la boca. La mayoría finge, sobre todo en los funerales. Más que tristes, se sienten relajados porque no fueron ellos los elegidos. Una mujer dichosa en el papel de triste me provoca sincera repulsión. Ése supuestamente es el magneto que acaba por llevarlo a uno con la viuda, la huérfana, la amiga tan querida. O la amante, que de repente es la más triste de todos. Era a la que mejor trataba el difunto, cuando menos en el aspecto financiero. Cómo no va a sentir el golpe de la pérdida. Incluso si se siente protegida por su reputación hasta ahora intachable, sabe que en ese entierro no habrá de alcanzar vela. A menos, por supuesto, que un doctor muy amable le haga compañía y le ahorre el trago amargo de sentirse fantasma desdeñado. Y aquí es donde entras tú, se frotaba las palmas Isaías Balboa. Si la viuda es muy fea, muy vieja o muy distante, siempre hay otras opciones en estado de shock.

Huele la sangre, me repetía ayer mismo, en el transcurso de otro velorio improductivo. Intentaba, ya inquieto por la ausencia de resultados, afinar los sentidos para captar el aullido remoto de un alma que se azota en soledad. Un alma engarrotada, por el amor de Dios. Se supone que solas se anuncian, pero por más que cambio de cadáver no consigo ubicar a la primera. O será que se me ha atrofiado el olfato, luego de haber hurgado en la sonrisa corporativa de Gina Carranza: no me puedo librar del olor de esa sangre.

V. Alejandrina

¿Y no se había inventado acaso la maldad en ese reino de lamesuelas alados que a una orden del Capo Celestial le amputaron las alas al más fotogénico?

Basilio Z. Læxus, *El mal interior*

VO∽O□Λ IO□VƧΦ8?□Λ, resolvimos que fuera su nombre secreto. En cuanto a mí, sería el O-OΛVƧIΛ8? de siempre. El código seguía con carencias. Faltaban las comillas, las interrogaciones, los paréntesis. Habría sido fácil inventarlos, pero una vez metido en el papel de espía me dije que entre menos signos, menos riesgos. Vistas nuestras modestas necesidades, podíamos prescindir de interjecciones, apóstrofes, diéresis y demás exquisiteces.

Pasamos una tarde practicando. En menos de dos horas, Dalila podía leer y escribir con fluidez bastante para enviciarse con el nuevo juego. Le disgustaba solamente la idea de tener que romper mis mensajes. Juró a regañadientes que, una vez leídos, haría pedacitos los papeles. ¿No podía escribirle una carta a Filogonio? ¿Entonces para qué le había enseñado la clave fantasmagórica, si después no la iba a dejar usarla? Aceptó en todo caso destruir mis mensajes, y que yo destruyera aquellos que juzgara peligrosos, como cuando llamaba ЧƧ?∽O IΛIO a su mamá. A ver, que le dijera, quién más iba a entender a qué jugábamos. Sólo con que se enteren de la clave fantasmagórica dirían que te metí en rituales macabros, me esforcé en explicarle. No sé si sea delito, pero seguro alcanza para que tu mamá me mire con horror.

—¿Y cómo le va a hacer mi mamá para verte? Yo soy la única que habla con el fantasma.

—Corrupción de menores, robo, allanamiento de morada. Nomás por esos tres me quedo adentro sin derecho a fianza.

—También se llevarían a Filogonio.

—Se lo devolverían a tu mamá, que de castigo te lo haría comer con mole poblano.

—Cállate, Zopilote Fantasma. Mi mamá no es tan mala, aunque esté loca.

—Si te viera escribiendo con nuestros garabatos, pensaría que la loca eres tú.

—¿Ah, sí? Pues no me importa.

—¿Te hizo enojar?

—Siempre me hace enojar, y siempre se enoja. Nomás en el teléfono es simpática. Yo creo que está amargada porque no tiene esposo.

—¿Es divorciada?

—Eso dice, siempre que le preguntan. También dice que es viuda, cuando se hace la víctima. Pero no es cierto, nunca se ha casado. No quería tenerme. Le traje mala suerte. Siempre dice que el cuerpo se le echó a perder cuando nací.

—Eso no quiere decir que seas su mala suerte.

—Ya lo sé. Mi mamá está salada desde chiquita.

—No creo que le gustara oírte decir eso —me di un poquito de asco hablándole a Dalila como el doctor Alcalde, que no roba conejos ni se esconde de nadie, ni se avergüenza de ponerse juicioso.

—Es ella la que luego lo dice. Ay, Dalila, nací salada. También dice que tengo nombre de traidora.

—¿Quién te puso Dalila?

—Se te olvidan las cosas. Ya te dije que fue mi abuelita, por una canción. Mi mamá todavía iba a la escuela y se ponía uniforme.

—¿No se quejó tu madre, si según ella es nombre de traidora?

—¿Y qué si se quejaba? Mi abuelita era como nuestra mamá. Nos cocinaba, nos hacía las camas, nos cuidaba, nos daba dinero. Hasta que se murió.

—¿Cuándo fue eso?

—Hace como tres años.

—¿No trabajaba tu mamá, entonces?

—Quería hacer sus cenas de parejas, pero no la dejaba mi abuelita. Decía que esas cosas daban mala fama, y que para eso ella tenía dinero.

—¿Qué hacía tu abuelita para tener dinero?

—Nada. Mi mamá dice que ella tenía sus ahorros, y que por eso ya no trabajaba. Se quedaba en la casa conmigo mientras mi mamá se iba a dizque estudiar.

—¿Dizque?

—Mi abuelita le esculcaba en sus cosas y vio que en el morral traía siempre los mismos libros, con los mismos cuadernos que además nunca abría y que llevaban años con los mismos apuntes. Bueno, no años, pero sí mucho tiempo.

—¿Qué edad tenías entonces?

—¿Cuando se murió? Seis. Pero de eso me acuerdo. Al día siguiente fuimos mi mamá y yo a poner el anuncio en el periódico para lo de las cenas. Un tío suyo le seguía diciendo que esas cosas no daban buena fama, pero ella dijo que la peor fama es la de muerta de hambre, y ésa ni loca que la iba a querer. ¿Tú de qué tienes fama?

—¿Yo? No sé. Supongo que depende de a quién le preguntes.

—¿Qué dirías de ti si tú no fueras tú?

—Diría que no tengo el gusto de conocerme.

—Pero igual sabes de qué tienes fama. ¿No será de ratero?

—Es posible que algunos digan eso. Tu mamá lo diría, si supiera.

—¿Cómo era mi mamá cuando tenía mi edad?

—No sé —di un salto, como si reaccionara a un aguijón—. No nos dejaban hablarnos. La veía muy poco, desde lejos.

—¿Te gustaba?

—Pues sí, pero de lejos —he concedido, para mi propio asombro.

—¡De veras! —sonrisa victoriosa, luego ya suspicaz— ¡Entonces sí me puedes decir cómo era!

—Cómo eres berrinchuda, me decía mi mamá. Yo no estaba de acuerdo, porque supuestamente quienes hacen berrinche lloran y patalean. Y yo nada, me estaba calladita. Sin ver a nadie. ¿A poco iba a ser eso un berrinche?

—¿No se enojaba?

—Claro que me enojaba. Sentía ganas de dejarla sorda a punta de berridos, pero ni loca lo iba a intentar. Me daban como pena las niñas berrinchudas. Nunca lloraba, aunque estuviera triste. Rechazaba el consuelo, de puro digna. Huy, pobrecita, mira cómo sufre: nadie iba a decir eso de mí. Orgullo, pulcritud, mustiedad, yo qué sé. Lo que sé es que no quiero llorar cuando puedo. Y que tampoco puedo cuando quiero.

—¿Siempre igual, desde niña?

—De pronto lo lograba. A solas, eso sí. Era como zafarme de mis propios mecates. Declararme vencida. Me hacía bolita en el piso, repetía me rindo me rindo me rindo. Y puede que por eso no llorara en público, porque si una de pronto acepta rendirse lo mejor es que nadie se vaya a enterar. Así decían los niños cuando jugaban a las luchitas, me rindo, no me pegues, tú ganaste.

—Nadie quiere aprender a perder.

—Yo aprendí con la práctica, pero no me interesa que los demás lo sepan. Prefiero que me digan arrogante, berrinchuda, rencorosa, soberbia. O también: *insensible*.

—¿Le han dicho eso, tal cual: eres una insensible?

—Según ella no me importaba nada, no sentía cariño por nadie ni tampoco dolor por el dolor de quienes me querían. Me lo decía enojada, como si se negara a aceptarlo. Era mi madre, ¿no? Ni modo que pensara Dios mío, parí un monstruo. Tal vez me lo gritaba para que yo la convenciera de otra cosa, no sé cómo esperaba que le hablara. Mira, mami, lo de mi papi me duele en el alma. Nada de eso se dice, por favor.

—¿Y por qué no se dice?

—Por la misma razón que quita una de golpe la mano de la lumbre. Me dolía muchísimo, me partía la vida en pedacitos. Por eso me callaba, en lugar de chillar. No me lo permitía, pero andaba nomás como sonámbula. Y por eso también me encontraban bailando. Con el radio en los hombros, solitita en la sala. Conclusión: Papá recién difunto y yo feliz. Como si nada, tan campante, de fiesta.

—¿Cómo murió su padre?

—Otro día se lo cuento, nada más que me atreva. Por ahora prefiero seguir con el tema de La Mujer Insensible. Podría ser amiga del Hombre Invisible.

—¿Alguien más la ha tachado de insensible?

—¿Además de mi madre? Pues sí. Las tías, las amigas, las vecinas. Me sobraban mamás dispuestas a enseñarme el buen camino. ¿Y qué sabían ellas, doctor? ¿A poco se metían en mis pensamientos? ¿Habían estado dentro de mis pesadillas, de mis miedos, de mis días allí sola en la casa, cuando rezaba como loca por Papá y me ponía a dar vueltas en redondo con los ojos cerrados, para ver si mareada se me hacía verlo? ¿Qué demonios sabían esas viejas imbéciles, a ver?

—Nadie sabe lo que uno carga en el costal.

—Perdón, es que me acuerdo y me sale lo apache. Me pongo como loca de pensar en las zorras de las hermanas de mi papá, y de paso en lo bruta que era mi madre. La forma en que dejaba que la mangonearan. Y yo, además, que ni la boca abrí. Me ha ido creciendo tanta rabia dentro que ahora ya no me aguanto. No se me da la gana, no tengo ni por qué.

—¿Y el para qué, lo tiene?

—No me sirve de nada, ya lo sé, pero si no lo suelto ahora a ver cuándo. En realidad, no estoy hablando de mi madre. Hablo de las señoras que se nos pegaban, que le daban esos consejos tan estúpidos y hasta armaban el teatro de chillar con ella. Pasé la noche en blanco pensando en tu marido. No sabes cuánto me ha afectado tu pena. Vas a ver que muy pronto sales de ésta. Ayer recé un rosario por ustedes. Al demonio con sus cochinos rosarios, si desde lejos se veía que estaban satisfechas porque a la María Eugenia ya se le iba a quitar lo presumida. Lo dijo la mujer de mi tío Gustavo, que se había pasado media vida limpiando bacinicas de hospital hasta que llegó el bruto a rescatarla.

—¿La mueca de asco es por las bacinicas?

—No le digo que fuéramos aristócratas, pero como decía mi difunta mamá, sí, señor, todos somos del mismo barro, pero no es lo mismo bacín que jarro. ¿Cómo iba yo a aceptar que hasta la mera carne de mingitorio me pusiera en vergüenza por no llorar bastante? ¿Qué ganaban con ver berrear a una niñita, por Dios? Ay, doctor, qué vergüenza, ya empecé de chillona. Como le digo, antes yo no lloraba pero después ni modo, ya me tocó aprender.

—¿Le avergüenza llorar?

—Siempre he sido una tímida. Mi única valentía está en reconocerlo, pero igual me comporto como si le tuviera miedo a la gente. Que es la mejor manera de una misma acabar dando miedo. Y así se queda sola. No me ha pasado, pues, pero para allá voy.

—Yo no la veo yendo para allá. Por otra parte, mi trabajo consiste en no permitirlo. En lugar de rendirse, usted me pidió ayuda.

—Dicen que los que piden ayuda ya con eso resuelven la mitad del problema.

—Es una buena línea publicitaria. Sólo que la mitad del problema no se arregla ni a la mitad del tratamiento. Hay cosas que no aceptan dividirse en fracciones, menos aún si son calamidades. La mitad de un problema es como la mitad de un tumor: de todos modos va a seguir creciendo. Por otra parte, decir que uno es muy tímido no es un acto de arrojo, es un enroque.

—Nadie sabe el trabajo que nos cuesta a los tímidos salir del agujero, pero tampoco alcanzan a imaginarse todo lo que podemos atrevernos a hacer.

—¿O deshacer, tal vez?

—No tal vez; segurito. Un tímido es capaz de cualquier cosa, ése es el gran secreto. Si al atrevido no le da miedo pararse en lo más alto del edificio, el tímido se lanza a dinamitarlo. Los audaces no piensan en esas cosas, quieren que todos creamos que nunca han visto al miedo. Y a los miedosos nos desvela ese tema. Nadie cree que me atreva, nadie me toma en serio: un día van a enterarse de lo que soy capaz.

—Esas palabras sirven para incendiar un kínder con los niños adentro.

—Siempre he sentido horror a que se rían de mí, y al final se han reído más de lo que creí que podía soportar. Así que ya el problema dejó de ser mío. Yo estoy del otro lado, ellos son los que tienen que preocuparse. ¿Cómo me ve, doctor? ¿Muy mal, de plano? ¿Cree que la ciencia me pueda arreglar?

Todos hablaban de ella, según ella. Antes, cuando muy niña, con simpatía. Era la más pequeña de las hermanas Sanz Berumen, que hasta los nueve o diez la llamaron Sandrali, pero a partir de entonces sólo les permitió dirigirse a ella por su nombre completo. Como si de un día para otro le hubiera florecido en las entrañas una amargura nueva y rabiosa. Me llamo Sandra Alejandrina, se enseñó a recalcar, antipáticamente. Pero al final dejaba el mensaje en su sitio: tenía que ser un hecho especial llamarse Sandra Alejandrina Sanz Berumen. Por eso lo decía con ojos de pistola, sin tantito interés en caer bien. Por eso estaba sola en la noche del velorio.

Nuestro encuentro fue casi tan casual como el del asaltante con el incauto. Hablaban de ella con desdén o miedo, pero siempre en voz baja, no fuera a darse cuenta. Un par de tías aún la llamaban Sandrali, el resto casi no la nombraba. Decían Ella, Aquella, Quien Te Conté. También Sandra, o La Niña. Tuve que atravesar su muro de altivez artificiosa y abordarla con lujo de protocolo para saber que hablaba con Sandra Alejandrina. Pero eso ya lo recordaría después, si en el primer momento su mirada filosa se me estrelló como una piedra en medio parabrisas. Un accidente en toda la regla.

—Perdona, no sé muy bien quién seas, y honestamente me viene igual. Quiero estar sola, si no te importa —había, sin embargo, detrás de ese desplante, un aliento de súplica desmayada.

—¿Y si te propusiera quedarme diez minutos, Alejandrina? —lancé los dados, con una voz tan tenue que hube de repetir la pregunta, quizás con algo menos de convicción.

—No sé si me entendiste, mi madre está tendida en esa caja y ni siquiera pude despedirme de ella porque soy una imbécil egoísta y eso lo saben todos en este lugar. Hasta tú, que no sé ni quién eres y sin embargo vienes a darme un pésame que no te pedí, en el nombre de una piedad que me caga la madre inspirarte, excuse my french.

—Yo no sé nada, claro, pero entiendo que tú preferirías estar en otra parte, sin ningún compromiso, sin miradas intrusas de gente conocida. Y yo soy un perfecto desconocido, lo cual me hace perfectamente inofensivo, y si tú quieres apto. Puedes decir lo que te dé la gana, en realidad yo me estoy escapando de otro funeral y prefiero escucharte a ti que a mi familia. Joaquín, para servirte —y le extendí la mano, asombrado yo mismo de lo que era capaz bajo presión.

—¿Quién se murió? O sea, de tu familia.

—También mi madre. Anoche. ¿Quieres ir a tomar un café, para no estar aquí? —lo último se lo dije en un arranque súbito, luego de ver de reojo a Isaías Balboa entrando en la capilla con todas las antenas en acción.

—Vamos. Si mis hermanos te preguntan algo les dices que eres un amigo del club —tenía una melena negra, larga y lacia que resaltaba la piel blanca en extremo. Y de paso la distinguía de las dos hermanas, que habían preferido hacerse pelirrojas.

¿Era guapa? No sé. Antipática sí, con toda su alma, pero desde el primer desdén yo había simpatizado con esa antipatía, tal vez porque creía tener con qué comprarla. Nunca me preguntó a qué me dedicaba, juraría que nada mío le interesó. A no ser por la sorda disposición a soportar sus golpes sin acusar siquiera incomodidad. Desde algún cierto ángulo, que más tarde ubiqué en la periferia de su perfil izquierdo, tenía todo el aspecto de una bruja. Era fea, quizás, observada en detalle. Pero el conjunto, contemplado de frente, con los ojos cargados de balas expansivas, era el de una villana de telenovela. Cara de hija de puta, como la tuya, opinaría después el viejo Balboa. Una belleza fugaz y altanera que sólo admite dos reacciones posibles, miedo o fascinación. Las dos juntas, a veces, como sería mi caso. No tuvo que hablar mucho para dejarme ver que era una de los míos. De los nuestros, dijo luego Balboa, previniéndome de la fatalidad que podía significarme la inclusión de un vampiro de más en mi lista de socios. Te cambió la mirada, reparó al día siguiente, en la mañana, con los celos de quien ya se pregunta si no habrá mucha sed para tan poca sangre. ¿Cuando menos te la llevaste a un hotel?

Nada había de espontáneo en los ademanes de Sandra Alejandrina, incluso esa manía de parpadear un poco en clave Morse cada vez que algo le resultaba incómodo. Es decir, con frecuencia irritante para otros, pues yo encontraba ya cierto placer exótico en disculparla al punto de celebrarla. Me costaba trabajo no sonreír ante esos párpados made in Japan. Se suponía que había muerto mi madre.

—Disculpa que me gane la risa, de repente. Son los nervios, la gente, la ocasión, no sé.

—Mínimo no dijiste "la compañía". Aborrezco a los galancitos baratos, ¿sabes? El marido de mi mamá, por ejemplo. Ella tuvo la culpa, por fijarse en tamaño vividor. ¿Creerías que hace un rato se le estaba aventando a mi tía, la hermana de mi mamá? Tú por lo menos tienes la gentileza de sacarme de la capilla. ¿Te dan miedo las suegras, fantochito? ¿Crees que los caballeros las prefieren huérfanas?

—Yo soy huérfano, Sandra Alejandrina. Acabo de enterarme qué se siente —me tocaba impostar, clavé la vista sobre la mesa, luego sobre la taza, la cuchara, los granitos de azúcar regados debajo. Pensaba descaradamente en las misas de muerta de mi madre, corría tras el tren de pensamiento donde dos años antes me pregunté en silencio quién había sido para mí esa tal Nancy Félix cuyo nombre saltaba en los periódicos no exactamente para mi vanidad. ¿Era mi madre la cocainómana en bancarrota que se había hecho estallar el corazón en un hotel de Zihuatanejo?

—¿Y tú crees que yo no? No hace ni medio día que me encontré a mi madre tirada junto a la maldita pistola. Así como me ves, tiene unas pocas horas que me limpié la sangre —me quedé tieso. ¿Mentía ella, o la familia y los amigos en pleno? ¿Puede inventarse una agonía de meses, de la que todos hablan con familiaridad? ¿No se le ocurre que antes de hablar con ella pude haber escuchado un par de cosas?

—No me cuentes ahorita, te va a hacer daño —es más fácil pasar por alto una mentira cuando no se le han visto los detalles.

—¿Tú cómo sabes que me va a hacer daño? ¿Eres doctor?

—Terapeuta.

—¿Me vas a dar consulta?

—Terminarías dándomela tú.

—¿Cómo? ¿En la cama? ¿Es lo que andas buscando? ¿De verdad está muerta tu mamá o nomás andas viendo qué pescas?

—¿Quieres verla? Está aquí a dos capillas.

—No, muchas gracias. Ya con una tengo. Prefiero que me lleves directo a la cama —lo dijo sin mirarme, pero ya adelantando la mano izquierda a mi rodilla, deslizándola luego pierna arriba mientras veía venir la respuesta.

—Vamos afuera —le dije en voz bien alta, como quien hace público un gesto protector. Lo cierto era que estaba eligiendo desprotegerme cuando menos tres veces. Una, por escaparme con una sospechosa de mitomanía que ya me parecía lo bastante atractiva para pasarle cualquier falta por alto. Dos, porque me alejaba del único lugar donde podía confirmar o desmentir mis sospechas. Tres porque no tenía la más jodida idea de cómo era o qué hacía un terapeuta y ya quería agarrarla de terapia.

—¿Traes condones? —soltó, con un descaro que igualmente me pareció afectado, tanto como el detalle de sacar el paquete sin esperar respuesta. —No te preocupes, aquí traigo los míos. Soy una huérfana muy bien pertrechada.

Salimos a la calle, camino de su coche. Caminaba deprisa, por delante de mí, y eso tal vez me habría parecido odioso en otras circunstancias, pero la sensación de escaparme junto a una loca potencial no me dejaba ni ponerme escéptico. Detestaba a Isaías Balboa por haberme predicho de ese modo las cosas, y a mí mismo por prestarme a seguirlo, pero en lo mío con aquella extraña ya no había un patrón, ni un proyecto, ni un libraco en proceso. Había, sobre todas las cosas, la imagen de sus muslos bajo mis ojos fijos, la falda levantada porque sí. Mira, si quieres, dijo y subió la música. Un piano doloroso, en esas circunstancias, cuando se es vulnerable más todavía a la belleza que al horror. Había una sensación de sacrilegio en la visión de esos muslos desnudos acompañada de aquel piano hipnótico.

—¿Qué escuchamos? —intervine muy quedo, como quien se inmiscuye en un acto solemne. No sin algún fastidio desdeñoso, me puso la cajita entre las manos. Tomé nota mental: Wim Mertens, *Strategie de la Rupture*. Por lo pronto, me preguntaba si una desquiciada o una perversa traería una música como ésa acompañándola. Puro romanticismo infeccioso. ¿Qué clase de mujer se inventaba el suicidio violento de su madre recién muerta de cáncer? ¿Iba a averiguar eso en la cama de un hotel de paso? ¿Iba en busca de una quimera huraña? ¿Qué iba a hacer, puta mierda? Cualquier cosa, menos bajarme de ese tren.

Cree uno a veces, de puro masoquista, que la tendencia hacia el romanticismo, díscola de por sí, garantiza una cierta generosidad. Ser romántico a solas y a la distancia, muchas veces a espaldas de la quimera amada, o hasta en venganza contra su desdén. Ser romántico para dar dignidad a la renuncia y color a la ausencia. Ser romántico por humor y cosquilla y capricho y por la conveniencia de lo inconveniente. Lo iba pensando sin poder apuntarlo, quién sabía si acabándome las hojas del cuaderno de notas mentales. En todo caso no pensaba en lo que normalmente se piensa cuando se va camino de un motel. Era una escena irreal, a cada cuadra. Su perfil impasible, su gesto displicente, sus muslos anchos, largos y descubiertos, la voz que gimoteaba sobre el piano con un tino que en otras circunstancias me habría hecho llorar como un desahuciado, y entonces me llevaba volando a lomos de un evento tétrico y quizá sórdido, pero con suerte también provechoso. Si es que efectivamente aquel viaje conducía al destino prometido, cosa que yo dudaba desde el principio. ¿Eran ésas las grandes diferencias que encendían el entusiasmo de Balboa por las caricias extrafunerarias? ¿Así iba a ser mi vida, en adelante? Afortunadamente, el piano me distrajo. Rememoré: Wim Mertens. Algo acerca de la ruptura. Ya no tomé la caja del disco porque era hora de bajar del carro. Vi la marca: Eurosport. De ahí hasta el mostrador me dejé relajar por la idea de que un tipo que con tal de ligar en un velorio retrasa al día de hoy la fecha de la muerte de su madre, difícilmente vale para decir quién está desquiciado y quién no. ¿Qué sabía yo si no la mayoría de la gente normal se vuelve algo estrambótica bajo el peso de la fatalidad? Cuando entramos al cuarto, traía aún a Wim Mertens resonando en el cráneo. Hice memoria: *Estrategia de la ruptura.*

Había dado demasiadas vueltas para llegar hasta un hotel que no debía de estar a más de quince cuadras de la funeraria. Miré el reloj: las nueve y veinticinco. De pronto me asombraba pensar que estaba vivo, tanto como el deseo creciente y turbulento de saltarle a los muslos y besárselos como un condenado. Lamerla toda desde la pata de la cama, sin importarme que al mismo tiempo llore, o mejor, importándome. Penetrar su dolor y su cuerpo sin poder distinguirlos entre sí, ni quizás distinguirlos de mí mismo. Hacerlo no precisamente hasta la muerte, pero acaso desde ella, uniendo los espasmos del placer al desahogo espiritual del llanto. Pensaba eso cuando ella se echó a llorar.

Sólo que no lloraba como en mi fantasía —poseída, antes que por el llanto, por alguna serena dignidad que la haría ver como una santa triste— sino desconsolada, berreando casi. Lloraba con la voz y con el cuerpo, se había tendido sobre la cama, abrazada a una almohada y con la cara entera hundida en ella. La llamé un par de veces, con la voz de un inútil afligido. ¿Qué habría hecho un terapeuta en esa situación? ¿Existía siquiera un título, un diploma que acreditara la calidad de terapeuta? ¿Cómo podía ser que ni eso supiera? ¿Y si mi desconcierto me delataba ya como impostor? Corregí de repente la primera pregunta: ¿qué haría, en mi lugar, el falso terapeuta Isaías Balboa?

LA OFENSIVA RECÓNDITA
Por Basilio Læxus

¿Alguna vez te has preguntado por tu C.I.? Hasta donde yo sé, quienes suelen plantearse esa pregunta difícilmente llegan a un cociente intelectual de 80. De modo que si tu respuesta espontánea es de alguna manera afirmativa, vale considerar la posibilidad de que no seas una persona inteligente, y de hecho es muy factible que entre colegas, compañeros y parientes cercanos tengas alguna fama de imbécil. Puede que sus elogios cariñosos, y por supuesto su "admiración", no sean sino gestos de benevolencia. Pero espera, no todo es negativo. Calma, imbécil, que aun con 64 puntos de C.I. es posible hacer algo, y hasta mucho. Piensa un poco en tus jefes, en tus colegas, cada uno de esos piadosos hipócritas que se han dicho orgullosos de ti. ¿Crees que igual montarían ese teatro por cualquier imbécil? ¿Sabes tú lo que vale que te prefieran entre tantos idiotas? Ahora bien, vamos al otro lado del espectro: ¿qué es lo que se preguntan quienes gozan de un C.I. elevado? A ver, imbécil, voy a darte una nueva oportunidad. ¿Sabes qué es, dónde está y cómo se calcula el tamaño del E.I.?

Unos los llaman monstruos, otros demonios. En todo caso estamos de acuerdo en que son animales, y ése es un dato digno de tenerse en cuenta a la hora de enfrentarse al E.I. No sabemos de cierto si el E.I. está compuesto de uno o varios monstruos, demonios o fantasmas, pero tenemos claro que ninguno ha llegado para obedecernos, ni ayudarnos, o siquiera ignorarnos. Todos quieren jodernos, eso queda bien claro. De ahí las siglas E.I.: cualquiera que sea su número y su naturaleza, son todos juntos el Enemigo Íntimo. Y a ese cabrón de mierda es al que hay que agarrar.

Hay quien piensa que el Enemigo Íntimo es astuto y escurridizo. Falso: aun en las mentalidades privilegiadas por el cerebro funcional que a ti parece faltarte, el E.I. es un pendejo autodestructivo, tanto que hay quienes lo conocen como el Estúpido Idiota. Pero alto: no te sientas superior. Recuerda que tu caso no es muy distinto, pues ya se ve que llevas un buen rato sojuzgado por ese personaje secundario. Me explico: el gobierno de toda tu persona podría estar en manos de la parte más bestia de ti. ¿Sabes, aparte, con quién te estás metiendo? ¿Tienes al menos una idea pálida de la dificultad que entraña hacerle la guerra a un Estúpido Idiota, Exaltado Irrestricto, Enano Intelectual, Estólido Iracundo que encima te conoce desde adentro?

Otro te atacaría con argumentos. Frente a frente, siquiera. El Enemigo Íntimo, en cambio, carece de la elemental dignidad. Es cobarde, barato, taimado, traidor. Se sabe poca cosa, como tú, y lo asume tan diáfanamente como la atroz simpleza de su trabajo: si a ti construir un plan te toma un par de días y necesitas mínimo un mes para ponerlo en práctica, a él le basta con diez minutos de sembrar cizaña para drenarte todo el entusiasmo. Pensarás, incluso cuando más fe necesites, que las suyas son dudas razonables, y así el plan lucirá cada mañana un poco más quimérico. Con la facilidad que tienen los carentes de ingenio para hacerse pasar por personas juiciosas y equilibradas, el Enemigo Íntimo no necesita de una sola idea para ponerse encima de ti. Le basta con reírse a la hora y en el lugar precisos. Cuando y donde más duele el humor negro de un conservador. ¿Cómo se las arregla el E.I. para, efectivamente, conservarse equilibrado? No se mueve, y ya está. Le basta una risita, una mueca, a veces una mera rebanada de indiferencia para aplicar el chicotazo derrotista que te hará tambalear lo suficiente para no molestarte ya en salvar el plan, por modesto que fuese. Animal de costumbres fatalmente parasitario e irreductiblemente silvestre, el E.I. te prefiere en estado de catalepsia condicionada, de manera que sólo puedas moverte para servir a su ego rasguñado.

Como todos los adversarios de alma pequeña, el Enemigo Íntimo tiende ser tan sensible como envidioso. Es el hermano torpe y malquerido a quien Santa Claus nunca trató igual. Es la primera esposa dispuesta incluso a aliarse con la segunda para sacar del juego a la tercera. Es la manca que reza por que pierdas la pierna, y es el dios que de pronto le hace caso. No en balde hay quienes atribuyen sus siglas a un oficio indudablemente suyo: Ejecutivo del Infortunio. Alto ahí, sin embargo, pues concederle a semejante granuja título tan pomposo le permite arrogarse un intolerable talante intelectual. ¿Quién le dijo a ese pusilánime sin sesos ni cojones que algún día podía pasar de pandillero quintacolumnista y periférico?

No sé si te das cuenta: lo trato peor que a ti. No porque me parezcas preferible, sino porque a él no puedo tenerle lástima. Me desprestigiaría. Solamente los buenos para nada se apiadan de un E.I., aunque no sea el suyo. Pero es un hecho, y la prueba es que sigues leyendo estas palabras, que tu E.I. ha conseguido avasallarte. Hay días que quisieras quedarte en la cama, no sé si por tenerlo contento o sólo para no hacerlo enojar. El E.I. es uno de esos sosos que cruzaron la infancia sin jugar nunca a nada fuera del programa. Por eso le molesta que apagues la TV. El E.I. siente que te controla mejor cuando te tiene apretando botones. El E.I. es aquel pobre diablo que pagó por hacerse un examen de C.I., salió con su boleta de 73 y resolvió cobrársela con sus subordinados. Tú, en este caso. Al transmitirte sus inseguridades, debidamente potenciadas por el eco entre las paredes de tu cráneo —ya hemos visto que sobra espacio en la bóveda—, el E.I. te hace cargo de sus complejos y amarguras, y a cambio te compensa con la prerrogativa de seguir su ejemplo. Antes que la etiqueta de perdedor termine de pegársete en la frente, ya habrá a tu alrededor decenas de culpables a la medida de tu frustración. Por su culpa, dirás, manada de jodidos. Y el Enemigo Íntimo, siempre tan circunspecto, romperá filas de rato en rato para reírse a coro junto a ellos. Por su culpa, malditos, por su grande culpa.

¿Y ahora qué esperas? ¿Que te dé una receta en cinco pasos para pulverizar al E.I. en cinco semanas? ¿Crees que si de verdad hubiera una receta para llevar a cabo esa delicadísima labor, alguien iba a ponerla en tus torpes manos? Mierda, bastante tengo ya con venirte cargando de página en página para encima obligarme a soportar el peso muerto de tus expectativas. ¿Tienes prisa por irle con el chisme a tu E.I.? Anda, pues, por mí préndele fuego al puto libro y lárgate a seguir babeándole el ojete a quien desde más cerca te desprecia. Como te lo advertí muy a tiempo, estas páginas con trabajos les serán útiles a poco más de un par de despistados. Anda, prende la tele, muestra tu habilidad con los botones. Deja que el enemigo se confíe de aquí a mañana en la mañana. Duerme con la conciencia anestesiada, como si nunca hubieras tenido malos sueños. Y cuando todos demos a tu alma por perdida, abre el libro en el próximo capítulo. Ni tu E.I. ni yo esperamos tamaño golpe de astucia: puro kung-fu mental.

—Yo me la habría tirado inmediatamente —Isaías Balboa tenía en ínfimo aprecio la discreción. Era mi compromiso, según él, relatarle a detalle cada incidencia de mi fuga con la hija de la muerta.

—¿En el coche, en la calle? ¿Llorando así? —omití de raíz la visita al motel. Tampoco le conté que me enseñó los muslos en el camino.

—¿Te vas a ir al infierno por ponerle en el coche, pinche Carnegie? ¿Y por qué crees que llora frente a ti, animal? ¿Eres tú su hermanito, su novio, su primo consentido? Tú no eres más que un hijo de la chingada que la sacó del funeral de su madre y ni siquiera fue para cumplirle. O sea que en lugar de consolarla, le diste otra razón para chillar. Además de doliente, dolida. ¿Para eso te he iniciado en las artes de la vivificación?

—Ya le dije que yo me pregunté qué habría hecho usted en mi lugar —por más que presionara, no iba a lograr sacarme de ahí. Lo oía sin escucharlo, pensando en mí como una síntesis de esos tres changos que se tapan los ojos, la boca y las orejas.

—Y ya te dije lo que yo habría hecho. Yo, o cualquier persona decente en mi lugar. Un vaso de agua y un palito a nadie se le niegan, por el amor de Dios. No le habrás dicho que eres terapeuta...

—No me lo habría creído —volví a mentir, decidido a instalarme en el papel de estúpido que me dejaba guarecerme de él.

—Lo que no se creyó, ya te lo dije, fue que no le cumplieras. Ahora aparte de huérfana, despreciada. ¿Por cuánto tiempo dices que lloró?

—No tengo idea. Me quedé dormido —empezaba a ser divertido desafiarlo. ¿Cómo le iba a explicar que chillé junto a ella hasta que salió el sol? No sabía por qué lloraba más, si por usar a Nancy como señuelo para tener trabajo, departamento y mujer, o porque el llanto abierto de Sandra Alejandrina me hizo por fin consciente de su muerte. Nunca había logrado llorar por ella, me jodía la conciencia esa incapacidad. —Le cumplí de otra forma, solidariamente.

—¡Ah, chingao! Se me olvidaba que al terapeuta solidario le cortaron el pito cuando era misionero. Dime una cosa, Carnegie, ¿te has tirado algún día a un redrojo? Una vieja bien fea, de ésas que te suplican que apagues la luz. Y te la pongo peor, deprimida. ¿Sabes lo que es cogerse a un esperpento triste?

—No sé, puede que sí —dije por decir algo. O en fin, por no abundar en mi escasa experiencia en las alcobas.

—Pues te voy a contar: es exquisito. Haz de cuenta que estás reviviendo a una occisa. Tú ya sabes que yo no soy creyente, pero esos milagritos vaya que me los creo. Y si con una fea suceden esas cosas, dime tú qué no va a pasar con la viejota que traías ayer. ¡Y la tenías llorando! ¿Qué más querías, muchacho? Una de dos: consumes muchas putas, o demasiado pocas. ¿O será que a tus putas también las proteges de la influencia nociva de tu pito?

—Ya le dije que voy a verla más tarde, qué más quiere saber. ¿No me ha dicho usted mismo que el proceso de vivificación no se puede cumplir en una sola noche?

—También te he dicho que la primera noche es la más importante. Hoy que la veas, verás que está más fuerte. Ya no vas a tenerla a tu merced. Yo sé que tú te burlas a mis espaldas, pero el secreto de la eficacia del Método Balboa consiste en el control emocional del paciente. Para conseguir eso hay que agarrarlas cuando están en el piso. Técnicamente, las primeras setenta y dos horas, pero el chiste es entrar mientras les dura el shock. Algún día, la Intraterapia Balboa se ofrecerá como uno de los beneficios del seguro de vida. Se muere tu abuelita, llamas y en media hora llega el intraterapeuta.

—Parece más como un servicio de masajes.

—Ríete, pues. Ya rogarás por un trabajo así.

—¿No se supone que lo tengo?

—Lo tendrás cuando logres que te crean. Y hasta hoy, que yo sepa, no has tenido cojones para decirlo. Si te sientes muy joven para pegar el cuento, háblales de lo que ya sabes de esto, que está todo en mis libros, en mis enseñanzas. Y si lo que pretendes es ganarte el respeto de una desconocida, puedes decir que has sido mi discípulo durante el número de años que mejor te acomode.

—¿Y a poco cree que se la va a tragar?

—Hazle como tú quieras, el chiste es que te crean. Para sacar provecho de la pesca nocturna necesitas la colaboración de la presa. Que no sólo se deje auscultar, que colabore. Que te cuente su vida como nunca lo ha hecho ni lo volverá a hacer. Que te deje meterte en sus catacumbas, antes de que el sistema nervioso central comience a producir anticuerpos contra la desesperación y los vacíos se llenen por sí mismos. Hay terapeutas que recetan drogas, el Método Balboa *es* la droga. Tú y yo somos la droga, Carnegie. De nosotros depende que de aquí a cincuenta años no exista institución más respetable que la Fundación Internacional Balboa. Antes de que realmente escribas una página digna de mi Método, necesito que lo pongas en práctica. Y nada de eso vamos a conseguirlo si en lugar de sacarle provecho a un trabajo tan relajado y placentero te enamoras de cada bruja que conoces en los velorios a los que te llevo.

—¿Habló con la familia de Sandra…?

—Sandrali, que le dicen, ¿no es cierto? ¿Investigaste algo antes de arrimártele?

—Seguramente lo mismo que usted. No la quieren, pero si yo fuera ella tampoco los querría. Lo que no supe es cómo murió la mamá.

—¿O sea que yo te pago por la información y tú quieres sacarme la sopa a mí? Mira, Carnegie, ya le vi el coño negro a Shirley Temple, no me quieras habilitar de tu pendejo. Y sin embargo te lo voy a decir. Esa brujita que hoy en la noche va a dejarte doliendo los cojones no es solamente una pariente sangrona. Tú que ahora la defiendes y me cuentas mentiras para protegerla, ¿no te sentiste acompañado anoche?

—¿Usted nos siguió? —me quebré de repente, los ojos de Balboa lo celebraron levantando las cejas.

—¿Yo, Joaquín? ¿Tengo cara de ser tu cola en esta vida? ¿De casualidad alguien te contó por qué a la tal Sandrali la sigue un pinche coche a todas horas? ¿Sabes de qué murió la mamá?

—De una metástasis pulmonar.

—Pulmonar no, uterina. Pero no murió de eso. Por lo visto, te quedaste con la versión oficial. ¿No lograste sacar nada de los hermanos, ni de ella? No te creo, Carnegie. Si quieres que te diga quién te siguió ayer, dime tú lo que te haya dicho la brujita. ¿Cómo murió su madre?

—¿Acuchillada?

—No son adivinanzas.

—Ella me dijo que acuchillada…

—Y no me lo habías dicho. ¿Te das cuenta que estás pateando el pesebre?

—No se lo dije porque no le creí. Los parientes hablaban de metástasis.

—Ahí está la ventaja de venderles la idea del terapeuta. Algunos, los más prácticos, no descartan que puedas ayudarles y te lo cuentan todo, nomás por eso. Como un acto reflejo. Y otros, que yo les llamo místicos telepáticos, sueltan la sopa porque temen que el terapeuta pueda de todas formas leer en su conciencia. Si lo que buscas es que la terapia sirva, tienes que hacer de prácticos y agnósticos místicos telepáticos. Los únicos poderes del terapeuta son aquéllos en que hace creer al paciente.

—¿De qué murió la madre, entonces?

—Nadie quiere contarlo, parece que alguien de la casa la envenenó. ¿Ya entendiste por qué te anduvieron siguiendo? Si no me crees, fíjate hoy en la noche. Pero si lo que buscas es salir de la lista de sospechosos de la fiscalía de homicidios, yo en tu lugar no volvería a llamarle.

—No puede ser. Ya le dije que yo la vi llorar.

—¿No llorarías tú si te hubieras echado a tu mamá? —aquí me quedé tieso. Sentí mareo, náuseas, algún escalofrío. Volvieron mientras tanto varias de las imágenes mentales que me habían perseguido la noche anterior. Mamá Nancy en su caja. Mauricito en su caja. Y yo siempre salvándome. Yo que soy el origen de sus peores desgracias. El asesino místico telepático que rezó sin descanso para quitar del medio a su hermano. El aliado perfecto de la villana de utilería. Técnicamente, no era cien por ciento capaz de asegurar que no había causado la muerte de mi madre. ¿No era verdad que ya esa sola idea me hacía un hijo de puta calificado?

—Cuesta trabajo creerlo —alcancé a articular, luego de cuando menos dos minutos de pausa que Isaías Balboa debió de disfrutar igual que una ovación. ¿A quién iba a creerle, finalmente? ¿A la desconocida o al farsante? La duda me ofendía, su existencia implicaba el reconocimiento al derecho imposible de Isaías Balboa de inmiscuirse en mi vida personal.

—Estaba enferma, tomaba una sal especial. Creo que le pusieron algo en el salero. ¿Te imaginas? Sandrali, pásame la sal. Aquí la tienes, mami. A ver si no te andan pegando esas mañitas. ¿Sabes cómo medir la mezquindad en una pareja? Es muy sencillo: multiplicas por dos los alcances del más miserable. Yo nunca me equivoco, Carnegie. No sé si tu Sandrali sea una matricida, pero la cara de matona la tiene. Y la fama también.

—No le gusta que le digan Sandrali. Es muy fácil ponerse en contra de ella si escucha uno primero a los familiares. ¿Cómo puede juzgarla sin haberla siquiera dejado hablar?

—Carnegie, es una pena, pero te llevo un chico trecho de experiencia. Además, te escogiste una novia elocuente. Por supuesto no tiene ni que abrir la boca para decir quién es y adónde va. Tú no lo ves, pero esa zorra irradia mal fario. Le saltan los complejos. Fobias, resentimientos. Se le asoma el rencor de los bastardos. ¿Sabías que la mamá intentó abortarla y los abuelos la forzaron a tenerla?

—No es mi asunto, don Isaías.

—¿Piensas volver a verla?

—¿Y si le digo que no es su asunto?

—¿Y si te aclaro que es asunto de trabajo? Tú no conocerías a Alejandrina Borgia si no te hubiera llevado yo, tu patrón, en horas de trabajo. Ni siquiera me has dicho que te estuvo llamando desde temprano.

—¿Para qué, si usted tiene sus espías?

—Lo que tengo es un buen equipo de colaboradores. Gente fiel. Leal, porque a los desleales se los lleva el carajo. ¿Cómo sé quién es quién? A través de un sistema de control de calidad. Mis empleados me informan lo que ven y yo sólo intervengo cuando algo no coincide. Que yo recuerde, nunca te he pedido que me cuentes tu vida privada. Lo único que exijo es que no uses las horas que te pago para armarte tus propias movidas. No te he dado el derecho, ni te lo daré nunca, de hacer vida privada a mis costillas.

—No puedo ni siquiera hacer una llamada sin que Matías descuelgue la bocina o Julia venga y pegue la oreja en la puerta. ¿Eso es vida privada?

—No se te olvide que ese edificio también es mi casa. Te he permitido quedarte en mi casa por el aprecio que le tengo a tu madre, pero nunca me atrevería a obligarte. Ya sabes que eres libre de entrar y salir, tanto como de irte o quedarte. Si no quieres tener una extensión de la línea telefónica, dímelo y te la quito. Tienes todo el derecho de pagarte un lugar mejor. Y ahora te recuerdo que seguimos en horas de trabajo, así que ya me vas contando la verdad. ¿Te tiraste a esa tal Sandra Alejandrina?

—¿Quería usted a su padrastro, Eugenia? —pienso: el nuestro. Me voy aclimatando.

—¿Qué es lo que está insinuando? —se indigna y ambos ojos se le van hacia el centro, como si fuera todo culpa de la nariz.

—No tengo que insinuar, por eso le pregunto. ¿Sentía algún afecto por él? ¿La trataba con cortesía, con cariño, con menosprecio?

—Con todo al mismo tiempo, pero ese señor no era mi padrastro.

—¿Cómo quiere que lo llame?

—Se llamaba Manuel.

—¿Cómo lo llamaba usted?

—No lo llamaba.

—No hablaba con él...

—Lo necesario. Buenos días, gracias, sí, no, no sé, hasta luego. Pero trataba de no llamarlo de ningún modo. Como si fuera parte de un juego: si decía su nombre, perdía.

—¿Cómo pedía su madre que lo llamara?

—Doctor, no me presione. No sé si se dé cuenta, pero todavía hoy me niego a nombrarlo. Usted me pide que le diga su nombre, ok, no soy supersticiosa, ya se lo dije. Ahora nomás le pido que no me torture. Yo a ese señor nunca le vi la cara de familiar, ni amigo de la casa, ni vecino, y si mi madre fue a caer con él no estoy precisamente orgullosa, ¿o sí? ¿Cree que estoy muy contenta de tener que vivir en el mismo lugar donde ese barbaján tuvo a mi madre como una de sus furcias? Imagínese la de cosas lindas que pienso de él. Y no le he dicho nada, que conste —no sólo son los ojos, toda ella se transforma en una licuadora cuando pierde el control.

—¿Por qué no me lo cuenta? No me diga que tiene muchas oportunidades de desahogarse. ¿Nunca se le ocurrió llamarlo papá? —la última pregunta es brutalidad innecesaria. No bien se la he soltado, me arrepiento. Una de estas preguntas puede costarme la consulta. Insisto: la consulta. ¿Qué pierdo si se pierde la consulta?

—Doctor, yo no puedo ser hija del primer barbaján que va y se mete en la vagina de mi madre —pienso: no te detengas, Gina Baby, arruga esa nariz como tú sabes.

—Van dos veces que usa la misma palabra. ¿Le gustaría que en lugar de Manolo nos refiriéramos a él como El Barbaján?

—¡Manolo! ¿Y usted de dónde sabe que le decían Manolo? —mierda, metí la pata. Se ha dado media vuelta de un salto. Me mira con alguna curiosidad perpleja.

—¿Yo? —compro tiempo, el precio es lo de menos.

—¿Quién le dijo que le decían Manolo?

—¿Quién más iba a decírmelo que no fuera usted? —me acaba de agarrar de los cojones. La miro largo para mientras ganar unos segundos más.

—Yo le dije que se llamaba Manuel.

—Señora, cálmese —lotería: de pronto he recordado quién manda aquí. —Yo sé que estas sesiones son difíciles. Se dicen muchas cosas y más tarde se niegan, pero eso no me vuelve protagonista.

—Usted me dijo que era un tratamiento intrusivo.

—Yo le dije inmersivo.

—Inmersivo, invasivo, lo que sea, pues.

—No es lo mismo inmersivo que adivinatorio. Si le digo Manolo es porque usted así me lo presentó. Yo no existo en su historia, Eugenia —le palmeo el antebrazo. —No me lleve al infierno y ayúdeme a sacarla.

—Entonces no me llame señora, ni Eugenia —ahora está ronroneando, me mira de reojo, recula, se me arrima.

—Recuerde que no siempre mi trabajo consiste en complacerla. Para el caso prefiero provocarla. ¿Cómo dice que quiere que la llame? —me tomo demasiadas libertades. ¿Puede un profesional sufrir una erección cuando logra que la paciente ronronee?

—Ya lo sabe, doctor. Me llamo Gina.

—¿Y no cree que lo sano sería que mejor lo llamáramos Manolo?

—¿Lo sano para quién?

—Él ya está muerto, ¿no?

—Muy bien, voy a contarle del barbaján de Manolo.

—¿Sabía que el rencor es cancerígeno?

—¿Qué quiere? ¿Que lo vea con los ojos de mi mamá?

—Al contrario: desquítese. Asómese de vuelta, Gina. Cuénteme lo que ve —hay momentos en los que temo pasarme, presionar demasiado y delatar algún interés personal. Mierda, temo y no quiero. De repente presiento que no puedo tenerla en mis manos sin ponerme en las suyas. ¿Qué perdería si pierdo la consulta?

—¿Tengo cara de Gina, doctor?

—Me gusta más Eugenia.

—¿Otra vez la burra al trigo? Ay, carajo, ya dije lo que no quería.

—¿Qué dijo?

—...la burra al trigo. Así decía Manolo. Perdón por el carajo. Usted llamó al demonio, doctor, ahora a ver cómo le hace para correrlo.

—Usted lo va a correr. Es *su* demonio. ¿Sabe cómo derrotan los exorcistas a los malos espíritus?

—No, doctor —su mirada de pronto se vacía. Apunto: Efecto Zombi.

—Nombrándolos. El fantasma jamás va a estar tranquilo mientras usted lo nombre y lo arrincone. Va a llegar el momento en que salga corriendo.

—¿Me ve cara de endemoniada, doctor? Si le pido que no me traiga a esos fantasmas no es porque no los pueda sacar de aquí a empujones, sino porque me dejan la casa hecha un asco. Perdone que me pase de grosera, pero le pago para que me la limpie.

—Lo más fácil sería sugerirle que busque a un terapeuta complaciente, pero como profesional tengo que concederle el beneficio de la duda: ¿quien acaba de hablar es Gina... o Manolo? Piense dos veces antes de responder —hay un placer canalla en meter freno y observar la respuesta de la maquinaria. También se siente bien arriesgar la consulta.

—Manolo nos pudrió la vida a todos. Mi mamá, mi papá, mi abuela, yo, cualquiera habría sido diferente sin él. Mi papá viviría, de seguro. Yo estaría quizás en otra parte. Mi hija Dalila no sería mi hija. ¿Ve cómo no me sirve de nada maldecirlo? Es como si estuviera en un teatro, lanzando huevos al escenario, y al salir me dijeran ¿qué te pasó, que estás bañada en huevo? No digo que me sienta mejor persona que él, pero espero no ser así de nociva. Cuando castigo a mi hija y siento que me paso de severa, me pregunto si no me estaré amanolando.

—¿La castigaba?

—¿Manolo a mí? Jamás. Sólo indirectamente. Bastaba con que hiciera un coraje y se fuera para que mi mamá me echara la culpa.

—Manolo castigaba a su mamá; ella a su vez la castigaba a usted. ¿Y qué tal cuando se contentaban?

—Salía el sol. Regresaba el oxígeno a la atmósfera.

—No sé si le entendí.

—Volvía a haber dinero. Nos íbamos de tiendas el fin de semana. Éramos como dos alcancías contentas.

—¿Y su padre?

—Cuando vivía no era muy diferente. Debían año y medio de renta y Manolo nada que les cobraba. ¡Manolo, que a los que le debían los sacaba a la calle a media madrugada! Una tarde me la pasaba jugando con las hijas de la vecina de abajo y a la mañana siguiente las veía chillando, con sus muebles amontonados en la banqueta. A nosotros, en cambio, nos daba clemencia. Por eso las mujeres de Manolo trataban como trapo a mi papá, porque sabía todo y se hacía el loco. Una vez la vecina de arriba le gritó a mi mamá que su marido nadaba de muertito sobre la cornamenta. No me acuerdo, pero me lo contaron.

—¿Qué decía su madre, en esos casos?

—Nada, qué iba a decir. Tenía más que perder.

—¿Más que quién?

—¿No me está haciendo caso? Estoy hablando de la vieja de arriba. Que también se ayuntaba con Manolo, pero al final tampoco estaba casada.

—Me estoy perdiendo, Gina. ¿Por qué no me lo cuenta más tranquila? —en realidad le entiendo perfectamente, pero eso no lo puede saber. Además, quiero que me lo cuente. Que recorra familia por familia, que nos haga pedazos a mi madre y a mí.

—Mire, doctor, mi padre en esta historia apenas cuenta. Era muy poca cosa, desde que conoció a mi mamá. El típico amiguito inofensivo que se enamora de una y nunca se lo dice. Mi mamá lo agarraba de paño de lágrimas. Con decirle que fue el primero en enterarse que estaba embarazada del Barbaján. Si después aceptó casarse con él fue porque era clarísimo que Manolo no se iba a divorciar para darle un anillo a su secretaria. Luego perdió el bebé, pero ya traía encima la cruz.

—¿Es decir su papá?

—Su matrimonio. Tenía yo cumplidos los quince años y la seguía oyendo repetir que la fatalidad de su suerte había empezado a la hora de malbaratarse. No es tan simple ser hija de una nueva pobre. Si mi madre nunca aprendió a pegar un botón, ni se les ocurrió terminar de quitarle lo ignorante, fue porque nunca nadie se la imaginó trabajando. Y encima, para cuando cumplió los dieciocho años, ya no había dinero para muchas cosas. La escuela, por ejemplo. Sólo mis tíos fueron a la universidad. En un año perdieron hasta la casa. Un día mi mamá, que como usted lo ha visto era una salada, salió a buscar trabajo y se encontró a Manolo. Tres semanas después ya estaba embarazada. No de mí, por supuesto. Se lo aclaro antes de que vaya a sacar alguna conclusión apestosa.

—Y él estaba casado con…

—Con la vieja de arriba, ¿no se acuerda?

—Usted me dijo que no era casada.

—No desde que Manolo la dejó.

—¿La dejó y le dejó el departamento?

—Era lo menos que podía hacer, con dos hijas y un montón de dinero.

—¿La dejó por su madre, Gina? —las preguntas idiotas no siempre están de sobra.

—Ay, hasta cree, doctor. ¿No entiende que mi madre tenía novio y se casó con él? Con Manolo siempre se vio a escondidas.

—De su padre, supongo.

—De mi padre, de su primera esposa, de la segunda, de la recamarera de su casa, y entre tantas espías terminaba haciendo todo delante de todas. Afortunadamente, por lo tanto, a mi mamá le tocaba nomás un porcentaje del Barbaján.

—¿Qué otra cosa pagaba en su casa, Manolo?

—Casi todo, al final. Primero era el patrón de mi papá. De él dependía cómo y dónde viviéramos.

—¿Qué es lo que hacía su padre para Manolo?

—Robar. O en fin, robar y dar la cara. Ser su espada y su escudo. Mentir en su lugar. Ayudarlo a quedarse con lo que no era suyo. Casas, terrenos. Este edificio, por ejemplo, se lo clavaron entre los dos. Mis papás se vinieron como inquilinos, Manolo se mudó con su mujer al departamento de arriba. Pagaban renta, como todo el mundo. Pero las escrituras estaban chuecas y Manolo se había enterado a tiempo. No sé muy bien qué hicieron, pero luego de un tiempo de pleito legal lograron que el importe de las rentas se les acreditara para comprar la casa al precio registrado, que era un chiste. Después, al mes siguiente de que se quedaron con el edificio, mi papá se enteró que tenía que pagarle la renta a Manolo. Con el ochenta por ciento de aumento. Por eso estábamos tan atrasados. Y ni cómo quejarse, si en todas las chuecuras había kilos de evidencias contra mi papá y ni una sola que apuntara a Manolo.

—¿Puede decirse que sufrieran estrecheces?

—Tanto no, en el dinero. Pero sí en lo moral, porque el sueldo de mi papá se iba entero en pagar renta y deudas pendientes. Todos los demás gastos de la casa salían de la buena voluntad de Manolo, que se cobraba en especie con los dos. A él lo tenía robando y a ella tendidita. Qué familia tan linda, ¿no cree? No faltaba el dinero, pero menos sobraba. Hasta las vacaciones tenían que sacárselas con tirabuzón y agradecérselas con caravanas. Más mi mamá, que como siempre estaba enamorada de él. No perdía la esperanza. Ya muerto mi papá, como que al Barbaján le salió lo espléndido. Empecé a estrenar ropa todos los meses.

—¿Y qué decía de eso la señora de arriba?

—Pestes, qué iba a decir. Según ella, mi madre había echado a perder a su esposo.

—¿Vivía su papá cuando Manolo dejó a la señora de arriba?

—No nada más vivía, lo ayudó a divorciarse. Para satisfacción de Borola.

—¿De quién?

—Borola. Así le decían a su segunda mujer. ¿Cómo le explico, pues? Fue el apodo que le colgó la primera esposa a la segunda. Ya le conté, la vieja de arriba y la de atrás. Cuando llegó Borola con sus hijitos, la de arriba por fin nos dejó un poco en paz. La guerra que importaba era contra Borola, que lo quería todo para ella —Ladies & Gentlemen: con ustedes, mi madre.

—¿Por qué Borola? ¿Cómo se llamaba? —me tiembla la rodilla, se me entiesa la mano, es como si de pronto me cayeran encima los reflectores. ¿*Borola*, mi mamá?

—Se llamaba Nancy. Supe que se murió, hace ya varios años. Que el demonio la tenga en leña verde...

—¿Tanto rencor le guarda, Gina?

—Mire, doctor, otro día con mucho gusto le cuento lo que quiera de la tal Borola, pero en este momento no me agobie con eso. Es una historia larga, encima de eso.

—¿Pero por qué *Borola*?

—¿Nunca leyó *La familia Burrón*?

—No, o sí. A veces, solamente. Por encima. Era uno de los cuentos que yo tenía prohibido leer —hablo como un robot. Súbitamente creo comprender la razón por la que mi mamá no quería que leyera *La familia Burrón*. ¿Se lo habrían dicho en su cara, las vecinas? ¿Y usted qué ve, Borola? Métase en sus asuntos, Borola. Lero, lero, Borola.

—La verdad, yo tampoco lo leía. En mi casa no se leían historietas. Según mi mamá, eran cosas de gente corriente.

—¿Corriente... como Borola?

—Pues sí, de vecindad. Como le digo, apenas si llegué a hojear esos cuentos, supongo que lo suficiente para saber que Borola Burrón era una vieja de vecindad.

—Como mi... —alcanzo a detener a tiempo la palabra madre, me calmo, improviso. —¿Cómo sabían ustedes que esa señora era así, pues, vecindera?

—Porque Manolo fue a sacarla precisamente de una vecindad, y de ahí se la trajo para acá.

—¿Acá dónde?

—A la casa de al lado. O bueno, la de atrás. La puerta da a Colinas de la Montaña. No es una *propiedad*, como decía él, sino en realidad dos. Primero le echó el guante al edificio, ya después al terreno de atrás. Gracias a él se consiguieron los permisos para construir el fraccionamiento.

—¿Manolo construyó una casa junto al edificio?

—Junto no. A espaldas, que es distinto. Cuando tenía que ir a recoger algo, casi siempre dinero, había que caminar más de dos kilómetros para poder tocarles la puerta. Y eso después de haber cruzado la caseta de vigilancia. Yo me quejaba un poco, aunque el paseo igual me entretenía. Pero mi madre destilaba bilis cada vez que me hacían esperar. Una vez me tuvieron hora y media en la caseta sólo porque a Borola no le daba la gana dejarme pasar. Y Manolo rascándose la panza.

—¿Cuál dijo que era el nombre de esa señora? —pregunto cualquier cosa, ya no sé qué decir.

—Nancy. Desde que comenzó la construcción de la casa, Nancy fue el gran secreto del Barbaján. Su as bajo la manga. Y mi padre su comodín. El joker, por supuesto. Mientras acá la esposa peleaba a muerte con la secretaria, Manolo se escurría del departamento a la casa. Con la complicidad de mi papá, que lo sabía todo y sacaba provecho a su manera. ¿Cómo más iba el pobre a recuperar aunque fuera un pedazo de su mujer? Al final, casi nadie se sorprendió de ver que un día Manolo ya tenía allí a la vieja con sus dos escuincles.

—¿Y los hijos qué tal?

—Le digo que eran dos. Uno murió después. Y mi mamá esperando que un día nos llevara a vivir a la casa...

—¿Él se lo prometió?

—Manolo era capaz de prometer la luna con tal de que dejaran de pedírsela.

—¿No me dice que a nadie sorprendió que llegara a la casa la mujer con sus hijos?

—A mi mamá se lo contó María Iris, que era como el correo del edificio. Hacía la limpieza aquí, arriba, abajo. Ella fue quien le dijo que Manolo tenía otra mujer y pensaba llevársela a la casa. Y claro, ella también tenía que ver con Manolo.

—La señora de la limpieza…

—La especialidad de la casa. Manolo tenía un delicadísimo talento para seducir a sus empleadas. O a las empleadas de sus empleadas. Nunca vio a mi mamá como su mujer. Era su empleada, estaba a su servicio, cobraba un sueldo. Pero *era* su mujer. En los hechos, ¿verdad? Apenas enviudó, Manolo se hizo cargo de todo. Nada más que en secreto. Según él para no humillar a mi mamá, según yo para no comprometerse.

—¿Usted habría querido que se comprometiera? ¿Se imagina viviendo con él?

—No sé qué habría querido, pero estaba su casa y yo quería un jardín.

—¿Y cómo era la casa?

—Grande. Cara. Con un jardinazo. De todos modos nunca la conocí.

—¿No me dijo que la mandaba su madre por dinero?

—Pues sí. Cuando por fin lograba tocarles el timbre, me atendía la recamarera por el interfón. Sin abrirme la puerta. Me echaba el cheque por debajo, nomás.

—¿A usted tampoco la quería Nancy?

—No sólo Nancy, tampoco Imelda. O sea la recamarera de esa casa. Imagínese, si hasta María Iris, con cuatro hijos y treinta y tantos años, cayó en las redes del Barbaján, cómo le iría a Imelda, linda y con dieciocho años.

—¿Imelda estaba celosa de usted?

—Todo el mundo tenía celos de todo el mundo; ahí estaba la fuerza de Manolo. Yo misma sentía celos de sus hijas, las niñas del departamento de arriba. Y de Nancy, y de los hijos de Nancy, que cuando menos no tenían que vivir en vecindad.

—Vecindad humillante, peor que la de Borola —es como si mi madre contraatacara, no lo puedo evitar.

—Peor, por supuesto. Mi mamá no era esposa, ni ex esposa. Era la secretaria, ¿ya me entiende? La amante, la amiguita, la concubina, la cariñosa, la otra, la moscamuerta, la puta de aquí abajo, la perra de allá atrás, ¿cómo le gusta? Nancy, Imelda, Iris, Ana Luisa, todas nos detestaban, en el fondo. Todas tenían algo qué decir.

—¿También su misma empleada... Iris? ¿No podía correrla y ya?

—No, porque el sueldo lo pagaba Manolo. Para correrla había que pagarle a otra. Además, el patrón se la estaba zumbando. Supongo que tendría los mismos privilegios que mi mamá...

—¿Y Ana Luisa quién era? —apunto cada cosa que no tendría por qué saber, convendría volver a preguntarla luego.

—Ana Luisa, la vieja de aquí arriba.

—Y este señor, Manolo, tenía que ver con todas.

—¿Al mismo tiempo? Yo supongo que sí. A mi madre nunca dejó de tenerle atenciones, y a las otras tampoco. Los hijos de María Iris iban a escuela particular, y esas cosas Manolo siempre se las cobraba.

—Imelda, María Iris, Nancy, María Luisa... ¿Cinco mujeres?

—Cinco viviendo juntas, las demás ya no sé. En todo caso gracias por no poner a mi mamá en la lista. Tenía ejecutivas, secretarias, empleaditas aquí, edecanes allá, socias por todas partes. No se le iba una viva, según mi madre. Casas, terrenos, viejas —se detiene, me mira, me dedica una mueca enfurruñada—: ésas eran las especialidades del Barbaján.

2Φ%Λ□⊖? 8?|Φ2|Λ
|Λ⊖OΦ¿OΦ8? ⊶ΛV2IΛ8? ⊖OΦ2%2?∆8O:

Π⊥ ◇ǂ? 8OI |Λ⊖Λ IΛ V□Λ⊖?82Λ O ∆ǂ 8?Φ2?Φ8?, ∆? ¿2∆VΛΦ? O ?∆|□2–2□I? ?I V□2⊖?□ 2Φ%Λ□⊖? 8?|Φ2|Λ, ?Φ ?I ⊖O∆ □2+ǂ□Λ∆Λ ∆?|□?8Λ⊥
⊔⊥ ◇ǂ? I? □?|ǂ?□¿O IO V□ΛX2–2|2ΛΦ ¿? ⊖?Φ|2ΛΦO□ IΛ∆ ΦΛ⊖–□?∆ ㄣ?□¿O¿?□Λ∆ ?Φ ?∆8Λ∆ 2Φ%Λ□⊖?∆⊥
⊏⊥ ◇ǂ? 8O⊖–2?Φ I? □?|ǂ?□¿O IO ǂ□+?Φ|2O ¿? VΛΦ?□∆? ¿? O|ǂ?□¿Λ ?Φ IΛ∆ Φǂ?ㄣΛ∆ ΦΛ⊖–□?∆ ∆?|□?8Λ∆, ?⊖V?⊶OΦ¿Λ VΛ□ ?I ¿? IO ∆?⊕Λ□O ⊖O¿□? ¿? ∆ǂ 8?Φ2?Φ8?⊥
⊐⊥ ◇ǂ? ΦΛ ∆? ∆2?Φ8? |Λ⊖Λ¿Λ |ΛΦ IO ∆ǂ+?□?Φ|2O OΦ8?□2Λ□ ¿? ∆ǂ 8?Φ2?Φ8?, ◇ǂ? |ΛΦ∆2∆82O ?Φ IIO⊖O□IO ⊖O←Λ□ +ǂO|O⊖O←O⊥

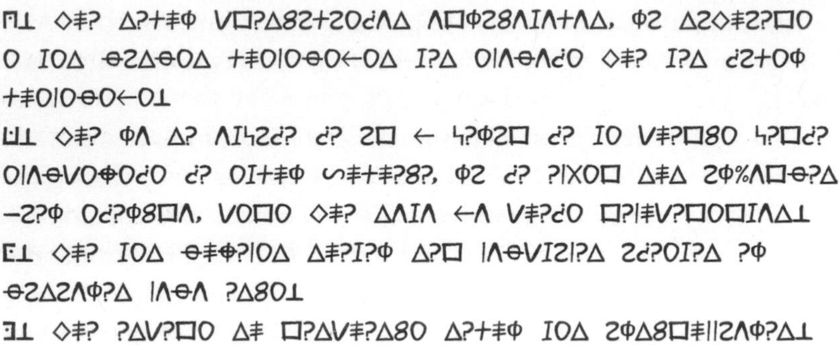

721

¡La evidencia es calumnia!, le gustaba alardear, cuando alguna patraña se le tambaleaba. Es más, me instruía, con aire de fullero consumado, para ti y para mí las mentiras son meras herramientas de la verdad. Cuando al fin me enteré que la madre de Alejandrina había muerto por causas naturales, ya era algo tarde para reclamar. Me había acostumbrado a escucharlo mentir y desdecirse con la mayor soltura. No conseguía, en cambio, aceptar que me hablara pestes de Alejandrina cada vez que sus achichincles le avisaban que había ido a visitarme. Ya no sé qué sea peor, se lamentaba, girando la cabeza hacia los lados, que vaya a visitarte una asesina o una pinche salada. Yo te lo digo, Carnegie, sólo existe una cosa peor que compartir la cama con una hija de puta, y ésa es echarle el polen a una hija de puta con mala suerte.

En eso creo que no se equivocaba, puede que además fuera el más grande atractivo de Alejandrina. Recibir sus visitas intempestivas a media madrugada en mi departamento era un poco retar a los momios, creer que la adversidad podía ser vencida. Creerlo a pesar de ella, que parecía entregada a probar los augurios más negros de Balboa. Comenzando por la manía de hacerse llamar por el nombre compuesto que con el uso ya sonaba ridículo.

La única manera de quitarme a Balboa de encima con el tema era decirle toda la verdad, y eso implicaba ciertas patrañas aledañas. ¿Cuándo me iba a creer que las visitas nocturnas de Alejandrina transcurrían en la más vergonzosa castidad? Entraba y se quedaba tiesa, sin hablar ni hacer caso. Media hora más tarde, ya igual de tenso que ella, tomaba como un triunfo personal que aceptara prender la televisión. O que se echara a llorar en mis brazos. Y eso Balboa no podía saberlo, aun sabiéndolo nunca me lo habría creído. Cada vez que empezaba a preguntar de más, le decía que procedimos a cosas más íntimas, y él me lo celebraba llamándome *vivificador*, pero luego me aconsejaba contra ella. Mucho cuidado, Carnegie, vivificar a una hija de puta es como suicidarse con asistencia.

—¿Y si se te suicida, qué vas a hacer?

¿Me habla por experiencia? —se lo dije con rabia, buscando pleito.

—Mira, hijo —sonrió, cual si me hubiera visto tropezar—, un terapeuta sólo es terapeuta a partir del primer paciente suicidado. Aprende uno humildad, con esas cosas. Tengo dos cartas póstumas de suicidas que han usado mis libros para agarrar valor, y antes de eso se despiden de mí. ¿Quieres leerlas, para entrar en calor?

—¿Me va a dar la consulta en horas de trabajo? ¿Por eso me interroga sobre mis cosas?

—¿No te acomoda que te pida cuentas por las llamadas de la loca ésa? Es muy fácil, dile que no te llame a mi casa. Que no llegue a buscarte a las tres de la mañana. Dile que está vetada. Que yo, Isaías Balboa, la veté, por oscura y por hija de la chingada. ¿Qué le voy a decir a tu madre, que te dejo el departamento para que metas a cualquier putita y agarres una enfermedad de garabatillo, incurable además, y hasta mortal? Si quisiera poner un burdelito, tendría el edificio repleto de putas.

—¿Me está prohibiendo ver a mi novia?

—¡Tu novia! Semejante gatita rompecojones y ya le dices novia.

No podía Balboa imaginar el sacrificio que era recibir a esa desquiciada y dejarla quedarse hasta el amanecer, llorando o sollozando o jadeando, pero hacerlo era parte de una declaración de principios. Algunas veces, cuando más conseguía enfurecerme su llegada —lanzaba, una tras otra, piedras a la ventana— la dejaba pasar sólo porque sabía que el viejo iba a enterarse. Podía desafiarlo sin mover un dedo, o en todo caso moviendo solamente los necesarios para evitar que Alejandrina me rompiera un vidrio. No podía decirse que yo la buscara, aunque tampoco que la repeliera, pero todo eso me permitía encubrir lo demás de mi vida privada, que con el tiempo fue creciendo hacia abajo, en una zona opaca que no estaba a la vista de Balboa. Ciertas veces, cuando volvía tarde y Alejandrina había ido a buscarme, la encontraba esperándome en la esquina. Ya supe que llegaron muy juntitos, me jodía Balboa al día siguiente. Suponía que siempre que trasnochaba era por ir con ella de parranda.

No había vuelto a salir de noche con Balboa y ya tenía dos meses viendo a la tal Sandrali. Lo cual habría sido una eternidad para quien no contara con una vía de escape. El problema del viejo no era que no tuviera buen olfato, sino que se excedía al interpretarlo. Daba con demasiados indicios dudosos, con tal de no pasar por ingenuo, pero no se atrevía a sospechar que yo pudiera ir solo a un funeral.

No era yo un tipo afable, ni extrovertido. Al igual que los buitres, sólo abría las alas y me acercaba cuando olisqueaba la indefensión ajena. Balboa nunca me lo planteó así, fui yo quien no tardó en descubrir una magia especial en los velorios. El funeral es la única fiesta que se repite todos los días, siempre con invitados diferentes. Pero en principio todos somos convidados, no hay un Balboa que nos prohíba entrar a hacer amigos. Según él, me llevaba velorios y muertos de ventaja. Según yo, eso tenía remedio.

—Estás cambiando, Carnegie, ya me das miedo —acusaba con alguna frecuencia, decidido a creer que esos cambios se debían a la influencia nociva de Alejandrina. Misma que, por su parte, me tenía pensando en la mejor manera de deshacerme de ella. Porque no era una influencia, sino una enfermedad, y las enfermedades tienen el privilegio de solapar los vicios, ciertos vicios, como el de confundir a un funeral con todos los demás y sumarse a la fiesta por pura terapia.

—¿Según usted la gente no cambia?

—No para bien. Sólo cuando te mueres cambias para bien, todos pueden pensar cosas buenas de ti sin que estés tú para contradecirlos. Así que si tú cambias, vamos mal. No es que me meta en lo que no me importa, pero me gustaría cuando menos saber por qué razón voy a echarte a la calle. ¿Qué no tienes espejos en el departamento? ¿No entiendes que un cabrón con esa pinta no puede trabajar para mí?

—¿Es la pinta o es Sandra Alejandrina lo que le incomoda? —traté de distraerlo, pero tenía razón. Hacía ya dos meses que frecuentaba mis propios velorios, me estaba convirtiendo en deudo reincidente.

—Es la pinta, la vieja y el tufo, pendejazo. Tienes el porte de un enterrador recién salido de la cantina —solía yo tomarme la molestia de no dejar botellas vacías en el departamento, pero eso no evitaba que me desayunara dos tragos generosos de Grand Marnier en camino al despacho del casero y patrón.

—Cada quién sabe los difuntos que carga —me estaba acostumbrando a hablar de muertos, a ver gente llorando y vivir con la cara de mustio puesta. Cuando Isaías Balboa me llevara de vuelta a recorrer velorios, vería que mis cambios tenían sus ventajas. La talla del colmillo, por ejemplo.

Los velorios tienen su lado flaco. En vista de que todos estamos invitados, cualquier pendejo puede apersonarse. Si desde que murió Mamá Nancy mi misión en la vida se había convertido en no dejar que nadie me encontrara, cada nuevo velorio resucitaba ese jodido peligro. Vi una noche al hermano más joven de Manolo, haciendo guardia al lado de una caja. Había pasado tiempo, pero igual no quería dar la cara por Nancy. Me cagaba en su puta compasión, ya podía verlos contando a la hora de la cena que se toparon con el hijo de la viciosa muerta. Podía también ver al fantasma de mi madre temblando del berrinche si osaba saludar a la familia de Manolo, las vecinas de atrás o quienquiera que pudiera alegrarse de verme convertido en un ensimismado crepuscular. No les des ese gusto, Joaquín.

Me había acostumbrado a cargar la botella en el coche —un Caribe viejísimo que compré con la venta de dos vajillas finas que Nancy nunca llegó a estrenar—. Isaías Balboa usaba una anforita y a mí me parecía cosa de borrachos. La botella siquiera podía estar ahí por accidente. Llega uno ya con los tragos puestos, más el dulce de menta que camufla y delata su presencia. Según Balboa, los tragos son el combustible del funeral. La gente se te pega, decía, como a un fogón. Un cuarto de botella de Grand Marnier me duraba tres horas de energía continua, aunque discreta. Un flujo de calor amable y cariñoso que me dejaba navegar entre el gentío con los humos de un anfitrión incansable. Balboa no me dijo que la experiencia del impostor funerario sirve sólo para ganar autoridad. Nada que se complique en mitad del río revuelto que suelen ser unas exequias concurridas. Hay un acuerdo tácito entre los presentes, que consiste en hacer las menos olas posibles. Se supone, además, que en esas circunstancias hablamos todos con la verdad. Momento clave para la inserción de las mentiras en verdad eficaces, me instruía Balboa ondeando el índice, las que devuelven a la gente a la vida. Se supone que con la muerte no se juega, pero ella no comparte ese criterio. Eso sí, tiene fama de celosa. Querer jugar con ella es aceptar su precio: ése era el cambio que veía Balboa y yo tenía que hallar en el espejo. El semblante de quien se ha ido acostumbrando a merodear miseria, presa de impulsos siempre más profundos que los de quienes van tras la alegría. Como decía Balboa, no hay más grande piropo que una condolencia.

—Yo sé que no hay consuelo concebible, mi querida Esthercita, pero hay la obligación de seguir adelante. Sepa que no está sola en esta prueba —lo decía tomándola de las dos manos, midiendo si debía besuqueárselas o mejor darle el beso en la frente. Miraba muy profundo, entrometidamente, de un modo inquisitivo que en otra situación habría inspirado desconfianza o rechazo. Era cursi, encimoso, empalagaba pronto su compañía, pero tenía un swing con las viudas recientes. Sabía siempre de qué pie cojeaban. ¿Para qué iba a agarrar a una mujer sana, si con el mismo esfuerzo se conseguía a tres en desventaja?

Según él, escribía para ellas. O en fin, dictaba. Cuando sus hijos le ofrecían los servicios de alguna secretaria, respondía que para eso tenía a su discípulo. Si alguien llamaba y él estaba conmigo, las empleadas decían que estaba en junta con el capturista. De pronto me llamaban mecanógrafo, como dando por hecho que de ahí no pasaría. Sus dos hijos sí hablaban de mí como discípulo, sólo que haciendo un gesto con las cejas que añadía a su modo un silencioso *dizque*. También decían el chalán de mi papá, y a mí me daba rabia que no usaran mi nombre, cuando me conocían desde niño. No sabía lo bien que puede estarse en esta vida cuando gentuza como los hermanos Balboa no recuerdan tu nombre, ni les interesas.

Según los balboitas, yo era el último extremo de los caprichos seniles del padre. A veces me miraban con tan obvios deseos de correrme a patadas que yo lo disfrutaba y sonreía. No saludaban ni se despedían, como si ya estuvieran de acuerdo en darme trato de mueble apolillado. Más que sólo ignorarme, ponían énfasis en su desafecto. Se esmeraban en darme la espalda, y si llegaban a aceptar mi presencia era para tirarme un dardo al amor propio: Te explicaría dónde puse el dinero, pero ya ves que hay gatos rondando el queso.

Me da un poco de pena ser vengativo. Pero el juego es así, no lo inventé yo. Si uno se asume al fin como canalla, necesita probarse que es peligroso, y eso se aprende a la hora de hacer cuentas. Los hijos de Balboa se quejaban del gasto que les significaba la edición de los libros del padre; ya podía imaginar lo que harían conmigo cuando él no estuviera. No sólo no me pagarían un peso más: tratarían de cobrarme los adelantos. Y no me equivoqué. Nunca antes ni después vi venir de tan lejos a unos abogados. Tenía meses o años por delante, podía prepararles un recibimiento espectacular. Lo que técnicamente se conoce como emboscada. No conocía entonces la patética historia del emboscador que se dejó emboscar. ¿Pero qué tal de rico iba a joderlos?

En la consulta hay dos momentos arduos: el principio y el fin. La hora de plantarle cara de terapeuta y no saber qué hacer con los silencios. Peor todavía, la hora de cobrar. No digo que no trate de ayudarla, pero tampoco creo que le daría con gusto su dinero al primer hijo de vecino que se vista de terapeuta en su honor. ¿Qué más soy yo, sino hijo de vecino? Soy el hijo escondido de Borola, ¿por qué tendría Gina que pagarme? Una parte de mí se mortifica, la otra se reconforta por la misma razón. ¿Cómo tendría que reaccionar yo, para el caso, luego de oírla colgarle apodos a mi madre? ¿No tiene por ahí algún mérito quedarme tan tranquilo mientras la llama vecindera, corriente, Borola? No sé si estos remedos de terapia puedan servir para algo, pero me queda claro que ninguno va a dormir esta noche. Llamamos al demonio y ya llegó.

—¿Cómo me ve, doctor? ¿Me estoy portando bien? —cada vez que me mira fijo a los ojos un terapeuta cae al piso, difunto.

—La veo tranquila, Gina. Creo que sus demonios le tienen miedo.

—A usted le tienen miedo, porque le atina.

—¿Le atino, yo?

—Ya lo sabe, no se haga. Me lleva toda la ventaja.

Me pregunto, y no quiero evitarlo, si alguna vez la madre le habrá sonreído de ese modo a Manolo. Me lo preguntaré después, seguramente, cuando venga su espectro a reírse de mí, porque él por menos que eso la tendría desnudita y anhelante. ¿Para qué más, si no, le sirve a uno *toda la ventaja*? ¿De qué ventaja me habla, si de todas maneras no la alcanzo? Cuando se cumple el tiempo de consulta, el terapeuta sale del edificio con la cabeza envuelta en una nube. Tal vez debí decirle un par de cosas, darle algún colofón, recomendarle cierta guía de conducta que ayude a dar valor a la consulta. Pero esas cosas sólo las piensan los impostores. Un terapeuta con autoridad no tiene miedo a la opinión del paciente. A no ser que se esconda como una cucaracha en la casa de atrás, que entre y salga por una puerta cancelada, que le tema a su sombra y a todas las demás, y además, como a ella, le intimide la sombra de Manolo.

¿Cuál es la autoridad de un terapeuta al que desvelan diablos idénticos a los de su paciente? ¿Qué hace uno luego cuando la paciente se convierte en demonio por su cuenta? ¿Hacia dónde huiría, si pudiera? ¿Si quisiera, además, porque igual no le da la gana correr? Lo único que en verdad preocupa al terapeuta (cuando deja por fin a la paciente y el día recupera su textura de covacha herrumbrosa) es no tener ningún otro motivo de preocupación. Entre la noche y la madrugada, ya en la cama donde solía dormir Mamá Nancy, el terapeuta se pregunta qué diría la paciente si supiera que es todo lo que le queda. Insobornable ante el fantasma del ridículo, el terapeuta advierte que la paciente mejora en relación directamente proporcional a la distancia que lo separa de ella. La paciente será dada de alta cuando se haga del todo inalcanzable.

¿Qué perdería si pierdo la consulta? En principio, me desharía de estos accesos de languidez que no nos sirven a ella ni a mí. Me quitaría la maña de unirnos a ambos en un solo plural. Me dejaría languidecer solo en este agujero que ella para su suerte no conoció. La consulta es como esas ramas providenciales de las que uno se pesca cuando ya se veía despeñado. A veces, cuando se me va el sueño pensando en la consulta, me pregunto si el tal doctor Alcalde puede ayudar a la paciente a cualquier otra cosa que caerse con él, y si eso no será pura cuestión de tiempo.

Gina. Eugenia. Eugenita. Entre más te me acerco, más lejos me quedas.

Estaba trabajando en el tercer capítulo cuando cayó en mis manos la versión corregida del primero. Una mierda total. Isaías Balboa lo había suavizado de un modo tan abyecto que lo que eran insultos parecían ya disculpas. Pero tampoco había trabajado mucho, era una corrección lo suficientemente burda para que me la diera de regreso, con la misión de terminar de pulirla y la orden de no añadir información, ni revertir los términos de lo corregido.

Fui a buscarlo tan pronto leí sus correcciones, pero no lo encontré. Quería renunciar, había redactado mentalmente un discurso inflamado de dignidad. Casi al final de las dos horas que me pasé esperándolo, la rabia cedió paso a una súbita euforia vengadora. Si

Balboa destrozaba mis capítulos para engendrar unos completamente diferentes, o todavía mejor, un poco diferentes, nada impedía que yo registrara a mi nombre los derechos de autor de cada uno, antes incluso de dárselos a él. Sería como hacerme de un seguro antibalboa.

Odio la burocracia del pensamiento, y eso tiene su precio. No me di ni un minuto para calcular, mientras coleccionaba como un avaro los documentos que según yo me hacían dueño de los derechos del viejo Balboa, que pelear contra aquellos rufianes en un tribunal equivalía a tirarle piedras a un empistolado. Me imaginaba demandando a sus hijos por una cantidad más que bastante para restablecerme de tanta humillación, y no se me ocurría verlos a ellos enviándome un matón a romperme las piernas, ni me veía yo como acusado en el juicio de plagio que habría comenzado promoviendo. Y es por eso que pierdo en el ajedrez, pienso más en mi juego que en el del enemigo, me importa poco que me coma los peones.

Me escasea la paciencia para las cosas prácticas. Soy uno de esos listos idiotazas que experimentan un profundo alivio cuando firman un documento sin leerlo. Según Balboa, pronto me iba a imprimir unos recibos para poder pagarme como Dios mandaba. Mientras tanto, yo firmaba papeles que empezaban citando legalismos abstractos y en algún punto incluían tres palabras mágicas: debo-y-pagaré. Los firmaba con prisa, como quien se deshace de un deber engorroso, y a cambio recibía un nuevo cheque. Siempre tarde, en un viernes, muy cerca de la hora del cierre de los bancos. Cuando había menos tiempo para entrar en detalles.

Seguramente el viejo nunca se preguntó cómo conseguí hacerme a sus condiciones, o acostumbrarme al trato de sus hijos. Iba guardando los certificados debajo de la alfombra del coche, de repente me daba por mirarlos y hacer planes concretos para todo el dinero que me darían cuando los demandara. Y tampoco me pregunté cómo podía él estar tan tranquilo y nunca sospechar que le iba a hacer lo que definitivamente le iba a hacer.

Lo pensé una vez más. No podía contarlo tal cual. Había hecho cita con el abogado Juan Pablo Palencia para treinta minutos antes, a dos cuadras de ahí. Los abogados te odian por eso. Bajé del coche armado con los certificados originales, qué tal si se ofrecían, y luego caminé tan lento como pude. ¿Cómo podía explicarle a Imelda, y ahora a su abogado, que me importaba poco mi situación legal? Prefería acostumbrarme a la ilegalidad. Supongo que me daba una coartada para ponerme al margen de los trámites y ver como una victoria personal mi desaparición permanente. Fue eso lo que me dijo el abogado. Es como si quisieras vengarte muriéndote.

¿Sabía lo furiosa que estaba la parte acusadora de que yo pretendiera imputar a su padre por plagio, cuando evidentemente yo era el ladrón? De poco me sirvió enseñarle mis originales. Él ya había podido revisar las copias y coincidía con el Ministerio Público: esos certificados dejaban claro que yo había obrado de mala fe. Te están probando el dolo, Joaquín.

—Por eso ya le dije que mejor me les pierdo. No tengo la paciencia ni el dinero para darle la cara a este problema —el licenciado Juan Pablo Palencia era otro de esos trámites engorrosos que yo quería eludir por sistema. Buscaba ser cortante, indiferente. Que ni se le ocurriera creer que me espantaba.

—Van a encontrarte, antes o después. Hablé con su abogado ayer en la mañana, dice que lo que más indigna a sus clientes no es que les debas todo ese dinero, como que por librarte de pagarlo fueras capaz de calumniar a su padre. Manchar su nombre, dicen. Entiéndeme, Joaquín. Tienen mucho dinero, muchas pruebas y mucho coraje.

—¿Usted cree que yo hice lo que me está diciendo?

—Lo que yo voy a creer es lo que tú me digas, pero hasta este momento sólo sé lo que dice la parte acusadora. Por eso te pregunto si cobraste por esas redacciones. Ya sé que fuiste a registrar los derechos de autor, pero si tú escribías lo que él te dictaba, y además le cobrabas, técnicamente es fraude o abuso de confianza.

—Nunca me dictó nada. Yo tenía que inventarlo desde cero, basado en los apuntes que iba tomando.

—Te dictaba apuntes.

—No dictaba. Hablaba, se hacía bolas, se contradecía, y en el camino se le ocurrían cosas que me pedía apuntar.

—Sus ideas.

—Por llamarlas de alguna manera.

—¿Me estás diciendo que todo lo que hacías para él lo inventabas sin que él colaborara? ¿Firmarías una declaración así?

—No. Había un porcentaje que sí era cosa de él.

—¿Qué porcentaje, aproximadamente?

—Según yo, como un veinte por ciento. Si él estuviera vivo diría que el ochenta.

—Promediando las dos opiniones, queda un cincuenta por ciento para cada quien, y tú aceptabas que él te lo pagara. Registraste a tu nombre algo que no era tuyo, si hubieras añadido el nombre del señor habría alguna forma de defenderte.

—¿Me voy a ir a la cárcel, entonces?

—No necesariamente, pero lo que conviene es negociar con la parte acusadora. A como están las cosas, no hay por dónde ganarles un pleito.

—¿Quiénes negociarían?

—Tú, que eres mi cliente, a través de mí, que soy tu abogado.

—No le puedo pagar. No sé ni cuánto cobre por defenderme.

—Mis honorarios están totalmente cubiertos. La señora Gómez Germán me dijo que se había puesto de acuerdo contigo.

—Lo cual no significa que yo esté totalmente de acuerdo conmigo. Quién me asegura que no van a llegar a mí por usted.

—Soy un profesional, Joaquín. Tengo una ética.

—Misma que no me alcanza para comprar. Por eso no me engaño, licenciado. Si me escapo, soy dueño de mi destino. Si no, lo tengo que poner en sus manos.

—Necesitas confiar en alguien, Joaquín. No te voy a engañar, te has esmerado en ser desagradable y en buena parte lo has conseguido, pero yo llevo todos los asuntos legales de la señora y por ahora tú eres uno de ellos. Aprecio mucho a la señora como cliente, así que estoy aquí para ayudarte como si fueras uno de mi familia. ¿Ya me entiendes, Joaquín? Uno puede querer ahorcar a su hermano, pero no va a dejarlo en la cárcel, y a mí me pagan para que te tenga la paciencia del hermano mayor que te faltó. ¿Vas a ayudarme ahora o regreso mañana?

—¿Qué quieren los Balboa?

—¿Los Balboa? Matarte, por ahora. Tenemos que empezar a negociar desde ahí. Logré que el abogado los convenciera de parar el plan B. Por lo pronto, no piensan quebrarte las piernas.

—No hace mucho era lo que prometían.

—Las promesas no rompen huesos, Joaquín. Según me dijo su abogado, tienen más de un problema contigo. Ya sé que suena mal, pero no te preocupes. Tener un par de broncas es también tener doble oportunidad. Cada problema es una oportunidad, y te lo digo porque el otro me gusta. ¿Sabes qué es lo que más les arde a los Balboa? A ver si me equivoco… ¿Has oído hablar de la *Summa Balboa*?

—¡La *Summa*! ¿Esa mamada? —me entró un ataque de carcajadas incrédulas.

—Dicen que es algo así como el legado máximo de su papá.

—Licenciado Palencia —le tomaba confianza, de repente—, si yo le digo dónde quedó la *Summa*, va a acabar sugiriendo que me escape.

—¿Tú la tienes, le falta algún capítulo?

—Nadie la tiene. Es un invento de Isaías Balboa. Tenía no sé cuántos años diciendo que le estaba haciendo correcciones a un libro que jamás empezamos siquiera.

—¿De qué supuestamente trataba?

—Del orden de la vida y el planeta. Era lo que él decía. A veces me anunciaba que muy pronto íbamos a empezar con el *Proyecto Summa*. Decía empezar, le digo. No tenía un carajo. Le gustaba hacer citas de la *Summa* para darse importancia.

—¿Dónde están esas citas?

—Las inventábamos entre él y yo. Cuando me despedía, tenía un papelito lleno de notas, pero igual luego fui perdiéndolos todos. Algunas me las sé de memoria.

—¿De cuántas estaríamos hablando?

—Quince o veinte, tal vez. No las recuerdo literalmente, pero podría hacerlas sonar bien.

—Según ellos, tú tienes la *Summa Balboa*.

—¿Y si la tengo yo por qué no la he registrado?

—A mí no me lo digas, yo estoy a tu favor. El punto es que ellos creen que tienes algo que tú me estás diciendo que no tienes.

—Le digo que no existe.

—Y yo te digo que si existiera sería más fácil negociar con ellos.

—¿Y qué quiere que yo haga?

—Pues la *Summa*, qué más. Te tomas quince días de tu agenda, que hasta el momento está toda vacía, y los dedicas a escribir esa *Summa*. Luego pides perdón por lo que hiciste, cedes todo a su nombre y sales por la puerta grande. Todavía no sé si va a ser tan fácil, pero como abogado te digo que es posible, incluso muy posible.

—¿Cree usted que es muy posible que yo me siente a hacer la *Summa Balboa*? ¿Y de qué manga va a querer que me la saque?

—Tienes las frases que citaba el señor. Se las oían los hijos, ¿no es cierto? Con eso basta para dar fe. Así hablaba papá, dirán.

—¿Va a decirme que quieren la *Summa Balboa* por su puro valor sentimental, cuando eran los primeros en reírse de su papá jugando al terapeuta y llamándose filósofo en la mesa?

—No he hablado de valor sentimental. Parece que vendieron los derechos de los libros del padre a una editorial grande, y en el paquete está la *Summa Balboa*.

—Mierda... —no dije más, no pude. Una editorial grande: lo inconcebible. Tal vez el único verdadero consuelo que yo experimentaba por haber ayudado a hacer aquellos libros era saber que nadie iba a leerlos. Según me dijo un día el contador de la imprenta, de cada título se tiraban mil y no se vendía ni uno. Firmaba y regalaba, eso era todo. Y el jodido abogado quería que en quince días escribiera la última parte de la farsa.

—No querrás que te paguen por hacerlo. Se supone que ya te pagaron.

—Y usted les cree... —hablaba ya sin fuerza, ocupado en pensar qué iba a hacer si esos libros se publicaban y alguien daba con plagios mayores. Había puesto frases de decenas de autores conocidos, con sus puntos y comas.

—Yo te ofrezco una puerta de salida. Tú dime cómo quieres que la abramos.

—No puedo hacer un libro, licenciado.

—Hiciste cinco ya, con el señor Balboa.

—Por eso, ya van cinco. ¿Cree que me queda algo por añadir? Además, él hacía las correcciones. Nos tardábamos mucho en cada libro, y usted quiere que haga uno en dos semanas.

—No lo hagas, falsifícalo. Da vueltas a las mismas ideas, no me digas que no sabes cómo. No es un libro, Joaquín, es tu libertad. Tu derecho a vivir sin esconderte.

—¿Me da permiso de robármelo todo de internet?

—También te doy permiso de suicidarte.

Uno a veces se mira sangrando en el asfalto, ve pasar la ambulancia y no la llama. ¿Qué me costaba ya decirle al licenciado que los libros estaban repletos de plagios? Tal vez aún era tiempo para reformular las palabras robadas. Darles la vueltecita, como decía él. Quizás habría sido una nueva herramienta para negociar con los hijos del viejo. Mi cliente se quiere sincerar con ustedes, antes que arrepentirse por no haber sido totalmente honesto... Por eso me molesta ponerme vengativo. Pierdo el foco, se me mueve la mira. También está ese gusto por dejar siempre atrás campo minado. Tendría que decir que me excitaba en secreto la posibilidad de que estallara alguna de esas bombas y se llevara a los Balboa con ellas. Me gusta el ruido del cristal quebrándose, quién le va a explicar eso a su abogado.

—No puedo hacerlo ni en sesenta días y usted lo quiere en quince... Mejor dígale a Imelda que no puede ayudarme y hágame el gran favor de olvidar que ya sabe dónde vivo.

—¿Qué plazo necesitas? Tú dime y yo propongo.

—Un año, con el sueldo que me daba el papá.

—Ni un año ni con sueldo. Tienes la casa, que no pagas renta.

—Dígame que también hay árboles frutales, para que viva un año como chango.

—Ya te dije que un año no puedo negociarlo.

—Nueve meses.

—Ni tres.

—Si no me da ni tres, no me quite mi tiempo —me levanté de un solo impulso de la mesa, pero Palencia fue un poco más rápido.

—Espérate, Joaquín, no te he dado el dinero —metió la mano al saco, obviamente contaba con el efecto técnico del sobre.

—¿A mí de qué me tiene que dar dinero? —me esforcé cuanto pude por verme indignado, aunque más me quemaban ya las ganas de callarme la boca y estirar la mano.

—Es tu dinero. Lo dejó tu mamá. Poco antes de su muerte le robaron el coche en Zihuatanejo.

—¿Cómo llegó ese sobre a sus manos?

—Soy tu abogado. Firmaste un documento donde me das poder para hacer varios trámites en tu nombre. Yo mismo te avisé que se iba a dar lectura al testamento de tu mamá.

—Mi mamá no tenía en qué caerse muerta. No hizo ese cálculo antes de suicidarse.

—Fue accidente, Joaquín.

—Es mi madre, abogado. Limítese a opinar sobre la suya.

—Perdón, Joaquín. Sólo quería decirte que tu señora madre tenía un coche asegurado contra robo. Te toca este dinero.

—Para escaparme, claro —el dinero distiende los ánimos, le entran a uno las ganas de negociar.

—¿Hablas en serio?

—Depende. Si no me alcanza el tiempo, me les fugo.

—¿Tres meses necesitas?

—Le pedí nueve, licenciado Palencia. En menos no me sale.

—¿Y si contrato un redactor, para que entre los dos terminen en tres meses?

—Aquí no puede haber más redactor que yo.

—Supongamos que logro algo de lo que pides —hablaba ya más lento, como si se temiera nuevas objeciones—, no sé si cuatro meses, cosa así. No te lo garantizo, ni me imagino qué tendríamos que dar a cambio, pero hagamos de cuenta que te conceden tiempo. Tendrías que darme un índice, un programa de trabajo y entregarme capítulos cada semana.

—El índice es lo último que se escribe. Además, yo trabajo sin programa. No entrego nada hasta que haya acabado.

—El problema, Joaquín, es que las condiciones las ponen ellos. Por algo son la parte acusadora.

—La parte fugitiva también sabe imponer sus condiciones.

—Sí, hasta que te encuentren. Dime una cosa, entonces. ¿Quieres que te consiga ese tiempo sólo para poder fugarte con calma?

—¿Cuánto hay en ese sobre, por lo pronto? —no lo había ni tocado, con mi pregunta lo estaba aceptando.

—Treinta y siete mil dólares, menos el deducible más los réditos por los años transcurridos.

—Deme ocho meses, pues.

—Ya te dije que lo veo difícil. Hasta ahorita me han dado quince días, los tres meses son especulaciones nuestras. Exceso de optimismo, me temo. Pero puedo explicarles, hay atenuantes que obran en tu favor, como la muerte de tu maestro.

—¿Cuál maestro?

—¿No se supone que eras el discípulo del señor Balboa? Pues ahí está, Joaquín. Mi cliente quedó muy afectado por el deceso de su maestro. Y ahora, después de tanto tiempo, necesita unos meses para revisar y entregar la obra.

—¿Y si dijera que la dejó inconclusa?

—Aunque así fuera, nunca te lo creerían. Según ellos, el libro existe ya. Su padre se cansó de repetirlo.

—Puedo decir que el viejo me pidió que le hiciera no sé cuántos ajustes.

—¿Tienes algún papel que lo constate?

—Mi palabra. Las palabras del viejo. Siempre pedía cantidad de ajustes. Claro que los dos hijos ni se enteraban. ¿Cómo ve, licenciado, me voy o me quedo?

—Dame unos días, a ver qué te consigo. Es posible que tengas que firmar un par de documentos adicionales. Lo primero que piden es que te comprometas.

—¿Los hermanos Balboa dicen eso? Hasta donde yo sé, hablaban de mandarme a no sé quién a romperme la madre.

—Dicen sus abogados. A ellos no los conozco. Sé que es algo difícil enfrentarlos nada más por el miedo que veo que les tienen. Yo también he tenido clientes complicados.

—¿O sea yo?

—No, Joaquín. Yo te entiendo. Siempre es más fácil tratar de escaparse, tampoco sé qué haría en tu lugar. Todos tenemos miedos, en ciertas circunstancias.

—¿Soy un miedoso, entonces? ¿Según usted por eso quiero irme?

—Sentir miedo no es ser un miedoso. Seguro también tienes miedo de irte. Y vas a hacer una de las dos cosas, aguantándote el miedo. Todos tenemos miedo de ir a dar a la cárcel, de que nos peguen un balazo en la rodilla, de saber la verdad de nuestra situación. Y eso es lo más difícil de mi profesión, no puede uno mentir cuando quisiera. Si en mí estuviera, te daría mejores noticias. ¿Tú crees que no preferiría brindar?

—Tampoco debe de ser tan difícil recomendarle a otro que arriesgue la vida y la libertad falsificando un libro de doscientas páginas.

—Tienes mucha razón, Joaquín. Yo fui el que usó el verbo falsificar. Te ofrezco una disculpa, me equivoqué.

—¿Me la ofrece o me la pide?

—Tienes razón en molestarte conmigo, sólo dame oportunidad de corregirme. Lo que quise decir fue que reconstruyeras tu memoria en un documento. Lo que recuerdes de don Isaías. Y si tienes que hacer un poco de ficción, pues adelante. Respetando el espíritu, claro está.

—No se ponga esotérico, licenciado. Espíritu es el que va a venir de noche a jalarme las patas, por farsante, mientras usted duerme plácidamente en su penthouse, sin cola que le pisen.

—No vivo en un penthouse. Y así como me ves, flaquito y desgarbado, aburrido, quizás, soy el único que aún puede detener a los quisquillosos señores que van a enviarte los hermanos Balboa en cuanto asuman que no piensas darles nada. ¿Sabes tú cuál es el negocio de los Balboa?

—Son impresores. Hacen papelería de oficina, cosas legales.

—Hacen recibos y facturas apócrifas. Lo demás es la pura cortina de humo. El papá estaba en eso desde hace muchos años. ¿Alguna vez los has visto en la cárcel, mínimo en un juzgado? ¿Los oíste siquiera mencionar o aludir a la policía fiscal? ¿Sabes, por cierto, quiénes son sus clientes, sus amigos?

—¿Qué me quiere decir? ¿Son intocables, o son muy ricos y usted se les vendió?

—Eso último no lo escuché. Sólo quiero que entiendas que con gente como ésa nunca vas a salirte con la tuya. Y yo puedo pararlos, si tú me ayudas. Perdóname, Joaquín, pero si ahora mismo te sentaras a analizar tus objeciones, llegarías a conclusiones muy incómodas.

—¿Por ejemplo?

—Por ejemplo te estás comportando, vamos, te estás poniendo de su parte. La de los matones. Ellos quieren ganarse un dinerito, tienen prisa por quebrarte las piernas. ¿Y qué es lo que haces tú, deshacerte de mí? Cobro iguala mensual, no me gano un centavo de más por defender tu caso. Y así está la cuestión, mi querido Joaquín. Voy a pedir la cuenta, te agradeceré que antes de despedirnos me digas si me voy o me quedo contigo.

Si Isaías Balboa nos oyera, pensé, diría que no estoy naturalmente pertrechado para confiar. Sobre todo después de haber confiado en él. Palencia no acababa de parecer confiable —sus maneras escrupulosas y asépticas lo hacían repelente a mi instinto— pero tampoco había más opciones. Me raspaba el orgullo ser tan poquita cosa para confiar en él más que en mí mismo. En él y en Imelda.

Tampoco era que no la creyera confiable, sino que le guardaba algún rencor. Mucho rencor. Todavía cerraba los ojos y la veía desnuda en el despacho de Manolo. Era como si yo la hubiera visto así, la clase de sucesos que ya parecen reales de tanto imaginarlos. Y eran reales, por eso prefería imaginármelos. Si aceptaba la ayuda de Imelda, iba a acabar siendo beneficiario de sus enjuagues con mi padrastro. A mi rencor le acomodaba más el papel de maleficiario que me hacía a mí bueno y a ella mala. Prueba de ello, creía mi rencor, era que Imelda se había hecho riquísima y yo seguía siendo un muerto de hambre. Yo que me había enamorado imbécilmente de ella, aun sabiendo que era ladrona profesional y me iba a usar como una ganzúa.

Por otra parte, había un cierto trasfondo de justicia en la oferta de Imelda y su abogado. Si no les permitía ponerse de mi lado y evitarme la pena de vivir escondido los veinte años siguientes, lo haría sólo por el deleite amargo de tenerla hasta siempre en mi lista negra. Inapelablemente, como un deudor moroso de raíz. Por eso mi rencor me facultaba para esperar, con la cachaza de un hijo de familia, a que Palencia revisara la cuenta y le diera al mesero la American Express. Era apenas una mínima parte de lo mucho que Imelda me debía y yo, caballeresco, no le iba a reclamar.

Pero lo estaba haciendo. La estaba chantajeando a través de Palencia, quería que ella misma viniera a suplicarme. Si realmente no era la hija de puta que yo insistía en creer, me buscaría de cualquier manera. Lo pensé una vez más. No necesariamente, concluí. Tenía que haber mejores maneras de averiguar si Imelda era lo que era o lo que parecía, según yo y mi rencor. Si lo pensaba bien, me estaba convirtiendo en un tirano victimista asqueroso. Finalmente, si Imelda era una hija de puta, poco le importarían mis chantajes. Se reiría, seguro. Y si era quien yo en el fondo creía que era, no valía la pena regatearle el derecho a pagarme una deuda moral. ¿Quién sino un agiotista sentimental conspira para hacer que esas deudas se vuelvan impagables?

No sé si en realidad me estaba debatiendo entre dos planes o nada más buscaba la manera de aceptar el más cómodo. Quería justificarme ante mi rencor, hacerlo tambalearse de algún modo y hasta aceptar que fuera el licenciado y no Imelda quien estuviera allí convenciéndome. Me sentía como esas vírgenes de pueblo que interponen largas negociaciones y trámites antes de cada nueva pequeña concesión. Si de verdad quería ponerme digno, tenía que escaparme y dejarlos con su jodido dinero. Nancy lo habría hecho. Pero Nancy ya estaba muerta y enterrada y ahora yo no quería parecerme a ella. No me daba la gana, puta mierda.

¿Qué habría dicho Nancy de enterarse que Imelda fue mi mujer antes que de Manolo? ¿Qué parte de mi relación con Imelda le habría gustado a Nancy, por ejemplo? ¿Habría preferido al confidente, al amante, al cómplice, al encubridor? Era una hipocresía de mi parte preguntarme qué habría hecho Nancy en mi lugar, como si antes me hubiera importado su opinión. Toda mi dignidad era una hipocresía. Un espectáculo. Le pregunté la hora a Palencia, como rompiendo el hielo que se estaba formando desde que hizo la seña para pedir la cuenta. Casi la medianoche, dijo y volvió al silencio.

Pregunté entonces cómo cabía tanto dinero en ese sobre. Sacó otros tres iguales, me adelantó los cuatro ceremoniosamente. Tu dinero, me dijo, mirando hacia otra parte.

Lo observé una vez más. Era insignificante, pero pulcro. Usaba mancuernillas, tirantes y fistol. Le habría quedado bien algún sombrero, para disimular esa cara de rata montada sobre una cabeza de tortuga. ¿Cómo hacía ese hombrecillo sin otra cualidad que la pulcritud para hablar con tamaña seguridad? Podría escribirse un libro de superación personal a partir del proceso mental de ese abogado. Podría empezar así la jodida *Summa Balboa*: *Los perdedores se consideran listos, les indigna que los menos dotados lleguen más lejos que ellos. Creen que el talento vale más que la persistencia.* Me lo dije al oído, con la mano enconchada. Los perdedores se consideran listos. Era como si un duende con la figura de Isaías Balboa levantara la voz en ese instante: Apúntalo.

—¿Me prestaría su pluma, licenciado? Necesito apuntar un par de cosas —me la dio y de inmediato vacié las dos ideas en una servilleta.

—¿Necesitas ayuda? —algo había en aquel comedimiento que insistía en pararme los pelos de punta.

—Isaías Balboa me pegó la manía de anotar las ideas espontáneas. Decía que de ahí salen los libros. O en fin, salían.

—¿Salían o salen, pues, Joaquín? ¿Vas a intentar que salga la *Summa Balboa*?

—¿Quiere que le conteste la verdad pelona?

—Sí, si eres tan amable. Tú me cuentas las cosas como son, yo me encargo de hallarles el lado fotogénico.

—La verdad es que en esta servilleta acabo de escribir las primeras dos frases de la *Summa Balboa*. Pacte usted con quien quiera, ofrezca lo que tenga que ofrecer y consígame el mínimo que necesito. Medio año, licenciado. Seis meses y le entrego la *Summa* lista para la imprenta.

—¿Seis meses con qué bases? —perdía ya la paciencia, un descuido y se volvería persona—, no tengo fundamento para esas exigencias.

—Dígales que El Maestro dejó instrucciones muy precisas para la redacción final de la obra.

—Lo único que los Balboa saben, y les consta, es que tú registraste a tu nombre el trabajo de su padre, luego de haber cobrado tus colaboraciones.

—Puedo firmar cediendo los derechos por anticipado, comprometiéndome a entregarlo completo en una cierta fecha, de aquí a seis meses. Es solamente tiempo lo que pido. No me voy a escapar, se lo prometo. Y si me escapo le aviso a usted antes.

—Seis meses. Dudo que los consiga, mi estimado Joaquín. Ahora que en el peor de los casos, si les saco tres meses nos quedaría ese tiempo para tratar de negociar una prórroga. Si me dieras capítulos adelantados...

—Seis meses, licenciado. Sin adelantos. Le ofrecí la verdad, ahí se la dejo. ¿Para cuándo me va a tener noticias?

—Dime, Joaquín, ¿cuántas páginas haces en un día? ¿Dices que el libro va a medir unas doscientas? Si escribieras dos diarias, terminas en cien días.

—Seis meses, ya le dije. Y por favor no me haga esas cuentas de mierda, a menos que trabaje de capataz de la familia Balboa. Como ve, ya empecé, pero quiero seis meses o no hay trato.

—¿Me aceptas invitarte a cenar este viernes, aquí mismo?

—No me gusta el menú, ni el ambiente. Debería darle vergüenza invitar a un cliente a un lugar con velitas a media carretera.

—Es por seguridad. No puedo verte en un restaurante céntrico, ni concurrido. No pensé que te molestaran las velas.

—No para otros asuntos, abogado. Dígale a su patrona que me invite a cenar y le acepto las velas, pero usted tiene cara de no saber besar. En fin, donde usted quiera. Solamente consígame los seis meses.

—A la señora Gómez Germán le va a dar mucho gusto saber que has aceptado en principio su oferta, sólo nos resta la cuestión del tiempo —sonrió, ceremonioso, ya de pie. —¿Te parece si paso por ti el viernes a las siete en el mismo lugar?

—¿Quiere que le firme algo?

—No ahora, Joaquín, el viernes. Yo vivo aquí muy cerca, pero puedo dejarte en un sitio de taxis.

Acepté, nuevamente. Me había dejado llevar a un restorán de encuentros extramaritales creyendo que la cita sería con Imelda. Quería ver a Imelda. No hacía batallar al abogado para oponerme a ella, sino para cebarme en alguien por su ausencia. Ahora que lo pienso, creo que mi rencor no buscaba otra cosa que desaparecer delante de ella, como de entre las manos de un prestidigitador. Mientras tanto lo usaba como arma arrojadiza contra el olvido. También por eso maltrataba a Palencia. Quería que se quejara con Imelda. Ella sabría entender cuán coqueto podía ser mi rencor.

—Doctor, ya sé que soy un asco de paciente, que estoy muy descompuesta, que no siempre le digo la verdad, y esto último me da mucha vergüenza porque mentirle a usted es un poquito hacerme la idiota, ¿verdad?, pero al fin mi papel es echarme a perder la existencia, y el de usted es tratar de impedírmelo. Por eso a mí se me permite a veces de repente decir una mentira, porque supuestamente he sido lastimada por la gente, o la vida, o lo que a usted le guste; por mí misma también, ya se lo dije, y ni siquiera tengo que decírselo porque usted, claro, es un profesional que con toda seguridad puede ver en mis ojos y en mis gestos, y a lo mejor hasta en el tono de voz, cuándo digo mentiras y cuándo no, y sobre todo qué significa eso, cómo puede arreglarse o cambiarse o aceptarse, no sé, no crea que me gusta aceptar que soy, o bueno, *puedo ser* mentirosa. A ver, doctor, ¿cuántas mentiras, por ejemplo, necesito decir para ser ya de plano mentirosa? ¿Cuántas por día, doctor, por persona, por tema, por minuto? Perdón, ya sé que no me estoy controlando. No he dicho que sea yo una argüendera, pero me lo decían mucho, cuando niña. Supongo que seré mejor ahora. ¿Qué es "mejor", sin embargo, ser menos mentirosa o decir mejores mentiras, o no sé, más frecuentes? En fin, no importa, ni siquiera es mi caso, yo hablaba de su profesionalismo, doctor. Yo sé que usted ve cosas que ni siquiera mis amigos o mi familia ven, cosas que yo no veo y por eso no me preocupa tanto que cuando viene a verme no siempre logre ser tan yo como quisiera. Me protejo, tal vez, como usted dice, pero como yo digo, es mi papel, ¿no cree? Perdone que me altere, también es mi papel, pero tengo una duda, o mejor dicho varias, todas relacionadas, y necesito que me ayude a quitármelas. No voy a hacerle una consulta profesional, cualquiera en su lugar podría responder, pero sólo usted sabe las respuestas. Empiezo, pues.

"Duda número uno. ¿Usted, doctor, se protege también cuando habla conmigo? Perdone, pero tengo la sensación de que no soy la única mortal amurallada durante los sesenta minutos de consulta. Como si me temiera, o tuviera algo que ocultarme. Puede que sea una pregunta tonta, no sé si haya decenas o cientos o decenas de miles de terapeutas que se protegen frente a los pacientes, o si lo aprenden en la universidad, o sea parte del secreto profesional porque tampoco es bueno que los pacientes lo sepan todo. No me importa, doctor. Sólo quiero saber si su respuesta es sí o no, y por qué.

"Duda número dos. ¿Me ha mentido, doctor? ¿Me miente con frecuencia? ¿Es usted mentiroso? ¿Siempre, o sólo conmigo? Perdone que lo ponga de esa forma, pero siento que usted me juega chueco. O en fin, que no me dice toda la verdad. Me oculta algunas cosas y otras las cambia para que crea yo lo que usted quiere. Ya sé a lo que me arriesgo: si esta actitud, la suya hacia mí, forma parte de su trabajo como terapeuta, usted podrá considerarse ofendido y nunca más querrá seguir tratándome. Pero yo creo que usted es un profesional y va a entender que tenga yo estas dudas, y además va a apreciar que se las consulte.

"Duda número tres. Antes de que le cuente cuál es la última, debo decir que casi sé la respuesta de las primeras dos. Ésta, en cambio, es un misterio total para mí. O sea que si usted no me quiere quitar las dos primeras dudas, déjeme como estoy, que yo tengo mis conclusiones y me parece que son suficientes. Pero ésta sí le pido que me la quite. Dígame la verdad. Ya busqué en internet, compré libros, consulté enciclopedias, estuve en bibliotecas y no sé todavía la verdad, pero sí me doy cuenta de que usted, por lo menos, no me la está diciendo. Así que de una vez se la voy a soltar y quiero que, si puede, me diga de una vez quién es ese señor Basilio Læxus. Nunca pasó por Harvard, ni por Oxford, ni se sabe que fuera discípulo o maestro de nadie, ni en Reims tienen registros de ninguno con ese nombre que viva en un castillo por allí. Yo sé que en esto soy una ignorante, no sé nada de escuelas ni de influencias ni de autores, casi todas las puertas de ese mundo me las ha abierto usted, pero si lo que quiere es ver progresos, dígame la verdad por esta vez. ¿Quién va a llamarse así? ¿Quién va a firmar un libro con ese nombre? ¿Es parte de una secta, o algo por el estilo? ¿Quién es Basilio Læxus, doctor?".

—Mire, Eugenia… —el terapeuta toma distancia, necesita recuperar terreno y para eso no hay como la expectación.

—Ya le pedí mil veces que no me llame Eugenia —cayó: el terapeuta ya se recompone.

—No puedo complacerla todo el tiempo, Eugenia —la paciente se indigna, se alebresta, observa al terapeuta con rencor automático.

—Nunca le he pedido eso, doctor —lotería, el terapeuta ya sabe por dónde.

—Usted recién lo dijo, Gina. Como profesional, necesito valerme de ciertas artimañas. A la terapia no le basta con hacer foco en las palabras del paciente; hay que aprender también de su espontaneidad. Usted no se da cuenta de todos los circuitos vitales que se activan cada vez que la llaman Eugenia.

Doctor…

—¿Ya ve lo que le digo? Y ése es su nombre, Gina. Usted lo va cargando como cruz por la vida, y yo tengo que hacer algo al respecto. Ya sé que finalmente van a llamarla como usted quiera, pero al menos no va a tener que activar sus defensas conscientes e inconscientes cada vez que cualquiera pronuncia su nombre.

—No me gusta, doctor.

—¿No le gusta su nombre o no se gusta usted?

—Según Isaías Balboa, la tonada más dulce que uno puede escuchar es el sonido de su propio nombre.

—¡Isaías Balboa! ¿Cómo puede seguir leyendo esas cosas?

—En primer lugar, no lo sigo leyendo. Lo leí. En segundo lugar, soy lo bastante rara para acordarme de las cosas que leo. En tercer lugar, no sé qué lío trae usted con Isaías Balboa… —alerta: el terapeuta pierde control y terreno.

—Mire una cosa, guapa —la paciente se deja contagiar la sonrisa; ya lo dicen los clásicos, no obtiene uno lo que merece, sino lo que negocia—, quienes amamos esta profesión vemos con malos ojos a los impostores. Son varias las escuelas terapéuticas que afirman la importancia de los nombres, yo mismo me he suscrito a ideas afines, como lo ha visto ahora con el tema de Gina y Eugenia, pero lo que usted dijo de los nombres no es una idea del doctor Balboa, sino un plagio desvergonzado de los clásicos.

—¿Qué clásicos, doctor?

—Dale Carnegie, Gina. *Cómo ganar amigos e influir sobre las personas*, capítulo tres. Si todavía tiene esos textos de Balboa, verá que lo del nombre lo repite de libro en libro. Excepto en dos, los últimos —la paciente se ha desinflado por completo; se entrega, acto seguido, a llenar los pulmones por intermedio del terapeuta.

—¿Hace usted otra cosa, doctor, además de estudiar?

—Estudio a mis pacientes, Gina. Aprendo de ellos.

—¿Qué ha aprendido de mí, doctor? Nada, ¿verdad?

—He aprendido que Eugenia es un bonito nombre, aunque usted todavía no lo sepa.

—…

—Por lo menos ahora no saltó.

—¿Qué?

—No pegó el brinco cuando la llamé Eugenia.

—No me llamó. Dijo nomás que era un bonito nombre.

—En ninguna terapia sobra la discreción, por mucho que parezca. Créame que me gustaría sentarme con usted en un café y responderle a todas sus preguntas, pero lo haría a costa de la terapia. No me protejo, Gina, la protejo.

—¿Y de quién me protege?

—De usted misma, su peor enemiga. Por eso algunas veces no le digo las cosas tal como las espera. El Enemigo Íntimo nunca descansa, déle un metro cuadrado y dinamitará mil, construya un puente y él lo volará, piense en él diez minutos y se instalará allí como en su casa.

—Yo debo de tener más de una, doctor. Es seguro que hay un ejército de enemigas en mi cabeza...

—Es una sola, Gina, pero con demasiadas máscaras para reconocerla a la primera. Por eso siempre la toma desprevenida, y por eso, también, hay que engañarla. Hay que hacerle creerse impredecible, hábil, inderrotable... Curiosa esa palabra, inderrotable. "Todo mal interior descansa en la certeza de que vive enquistado en el alma convulsa de un pobre imbécil".

—¿O sea yo, doctor? ¿Me está diciendo que eso soy yo?

—Eso es lo que quisiera el mal interior. Ahora mismo, quizás, habla ya por sus labios e intenta sulfurarla.

—¿Qué? ¿Me va a exorcizar?

—No sería mala idea. Terminaríamos en un par de sesiones. ¿Sabe lo que es el Síndrome de Estocolmo?

—¿La simpatía entre secuestrador y secuestrado?

—Sí, por así decirlo. Una empatía creciente, una complicidad incomprensible. Eso es lo que consigue el mal interior, enquistarse en el alma...

—...de una pobre idiota.

—Bueno, eso es lo que él piensa, pero usted está aquí para desmentirlo.

—¿Quién es él? ¿De quién me habla?

—No es un quién, sino un qué. Los demonios son cosas a las que uno da el rango de personas. Hablábamos del mal interior. Al fin y al cabo, Gina, todo mal interior no es más que eso, un mal, y hasta donde sabemos el mal es muy idiota. No podemos rehuirlo, ni negarlo, porque eso es lo que él quiere. Sabe que si se atreve uno a enfrentarlo y llamarlo por su nombre, no le quedará más que moverse velozmente de la escena. Sabe que es un imbécil y un cobarde, por eso necesita que uno lo sea más.

—¿Y usted cree que yo puedo borrarlo del mapa?

—No está usted sola, Gina. Tiene una hija, sigue una terapia, tiene un trabajo cómodo, pero le quedan horas libres. Muchas. Y el Enemigo Íntimo las quiere. Las requiere. No va a irse, no se haga ilusiones. No hay forma de borrarlo del mapa, ni las beatas creen eso posible. Lo que sabe es moverse de la escena, pero se esconde atrás.

—Backstage.

—Tiene todos los pases. Puede entrar hasta el último camerino, porque es impertinente, como buen idiota. En fin, ya estoy robándole conceptos al maestro.

—¿Cuál maestro?

—Basilio Læxus, claro. No se imagina el gusto que le daría al maestro enterarse de todo lo que usted hizo para dar con su nombre. Pero igual no es un síntoma aislado, y ni siquiera raro. Parece ser que el nombre "Basilio Læxus" es buscado en la red seis veces más que "L. Ronald Hubbard" y quince más que "Sigmund Freud". Pero es información clasificada. Oficialmente, Basilio Læxus no existe.

—¿Qué no cuando a una cosa la censuran se hace más popular?

—Aquí no fue una cosa, ni un libro, ni siquiera un autor. Lo que se proscribió es una escuela entera de pensamiento. Una cosmogonía. Una ventana hacia la realidad. El poder necesita de muchos imbéciles porque está casi siempre al servicio de la imbecilidad.

—¿Me va a decir que lo borraron del mundo?

—Para el maestro Læxus eso importa poco. No le gusta ocuparse del mal exterior, lo suyo es atacar al enemigo grande, el origen del resto de los males.

—¿Está preso?

—No, pero nadie sabe dónde está. Se decía que vivía en un château invernal cercano a Berna, luego que en una dacha al sur de San Petersburgo… Lo cierto es que está libre y en lugar seguro, porque sus cartas siguen circulando. Pero ése ya es un tema de café, por ahora conténtese con lo más importante del maestro Læxus, que son sus obras. Ahí tiene usted razón, entre más traten de eliminarlo, más popular será su trabajo. Ahora mismo, esa obra está viva en nuestro proyecto.

—¿Cuál proyecto, doctor?

—No se distraiga, Gina. Ya varias veces hemos quedado en que lo que usted llama "tratamiento" entre nosotros se llamará proyecto.

—Ay, sí es cierto, doctor, qué pena. Seguro fue la imbécil interior. Para que vea que sí me acuerdo, usted dijo que la palabra "tratamiento" es derrotista y retrógrada, y en cambio los proyectos miran hacia el futuro. Es más fácil entusiasmarse con un proyecto que con un tratamiento, ¿no es verdad?

—Bien, Gina —el terapeuta apenas si sonríe; recobrar la ventaja es quitarse las cosquillas, conservarla es vencer las comezones—, le decía que sólo hay una manera de celebrar la obra del maestro Læxus, y esa es leer sus libros, compartirlos, ponerlos en práctica. "Todo mal interior descansa en la certeza de vivir enquistado en el alma convulsa de un pobre imbécil."

—Eso ya me lo dijo.

—Eso lo he dicho cientos, miles de veces. Tal vez no sea la línea más potente del maestro Læxus, pero está entre mis favoritas. Que no son pocas, pues. Casi nadie lo dice, porque no quieren meterse en problemas, pero Basilio Læxus es la influencia más importante y decisiva en por lo menos cuatro generaciones de terapeutas. Otros lo consideran sólo un pensador, no sin mala intención. Les gustaría que los libros de Basilio Læxus se archivaran junto a los de los utopistas.

—¿Tiene usted esos libros, doctor?

—Los he leído todos, tengo ejemplares de la gran mayoría. No existen esos libros en el mercado, como usted lo ha podido constatar. Tengo los dos primeros tomos de sus obras completas en casa de mis padres, en Madrid.

—¿Y no los necesita? ¿No tendría que consultarlos de vez en cuando?

—Hice una tesis de maestría y otra de doctorado basado en esos libros, y los demás. Conozco la obra de Basilio Læxus casi como las monjas el rosario. En la universidad hacíamos torneos donde cada uno tenía que recitar el fragmento más largo que conociera de alguna obra de Læxus. El último torneo lo gané recitando catorce capítulos de memoria. Ochenta y siete páginas en letra pequeñita.

—¿No me dijo que estaba prohibido?

—Estaba tolerado, en ese entonces, sobre todo en los campus universitarios. No en Harvard, ni en Tulane, ni en Oxford, pero sí en otras partes. Columbia, por ejemplo, era læxusiana. Berkeley no se diga. Stanford también. Sólo que ese entusiasmo no pasó inadvertido, fuimos la última generación que tuvo acceso más o menos abierto a la obra del maestro.

—¿Y usted dónde estudió?

—¿A mí también me quiere investigar?

—Ay, cómo cree, doctor, yo nada más quería...

—¿Qué tan buena es usted para guardar secretos?

—Suyos, buenísima, si usted sigue guardándome los míos.

—Entre 1995 y 2001, fui discípulo y asistente personal del doctor profesor Basilio Zacarías Læxus. Si un día tiene tiempo para un café, tal vez me anime a contarle la historia. Por lo pronto, Eugenia, y recuerde que Eugenia es un lindo nombre, cuento con su completa discreción. Y no investigue, Gina, no se meta en problemas. Al maestro Læxus puede tenerle sin cuidado el mal exterior, porque él está seguro y en libertad para seguir cumpliendo con su misión, pero el mal exterior existe tanto o más que el interior. No es sólo su reflejo, como cree Læxus. Puede alcanzarla a usted, a mí, a cualquiera.

—Entonces dígame, doctor, ¿dónde consigo un libro de su amigo?

—Gina, sea discreta, por favor —el terapeuta casi susurra, mira inquieto a los lados, hacia arriba, como buscando un micrófono oculto—. No tiene usted idea de los riesgos. Tal vez yo no debí hablarle del tema.

—No me diga esas cosas, que tampoco soy niña. Sólo que soy curiosa. Eso sí, desde niña.

—Si me promete no meterse en problemas y no quiere que a usted y a mí nos sigan en la calle y nos intervengan el teléfono, yo a mi vez le prometo que para la próxima consulta voy a traerle un texto del maestro. También tiene que prometerme que no va a ir a fotocopiarlo.

—Prometo no seguir haciendo travesuras, pero sáqueme ya los diablos, o en fin, arrincóneme al mal interior.

—No olvide al enemigo, Gina, que él siempre la recuerda. Como dice el maestro Basilio Læxus, "que en tus dominios no domine el demonio".

ZΦ%Λ□⊖? 8?|ΦZ|Λ
8?ΦZ?Φ8? V○∽○□Λ |○□VZΦ8?□Λ ZΦ%Λ□⊖○:

⊓⊥ ◇≠? I? □?|≠?□¿○ ○ Δ≠ |Λ⊖○Φ¿○Φ8? Δ≠ ¿?□?|XΛ ○ VΛΦ?□I? ○ Δ≠ ⊖○⊖○ ?I ΦΛ⊖—□? Δ?|□?8Λ ◇≠? I? +≠Δ8? ⊖○Δ⊥

⊔⊥ ◇≠? IΛΔ V○V○Δ 8○⊖VΛ|Λ I? V□?+≠Φ8○Φ ○ ≠Φ○ |Λ⊖Λ ◇≠Z?□? II○⊖○□Δ?⊥

⊏⊥ ◇≠? ?Δ8○ —ZΦ?, Δ≠ 8?ΦZ?Φ8? ?Δ —≠?Φ○ ← Λ—?¿Z?Φ8?, ○ΔZ ◇≠? ?Φ ㄣ?○○ ¿? ⊖○←Λ□ +≠○|○⊖○←○ I? ㄣ○⊖ΛΔ ○ ¿?|Z□ ⊖○←Λ□ 8○⊢○⊖○←○⊥

⊐⊥ ◇≠? ?Δ8○ Δ?+≠□○ ¿? ◇≠? ○ I○Δ +≠○|○⊖○←○Δ I?Δ +≠Δ8○□Z○ ⊖≠|XΛ ◇≠? ⊖?∽Λ□ I○Δ II○⊖○□○Φ 8○⊢○⊖○←○Δ⊥

⊓̇⊥ ◇≠? Δ≠ ⊖ZΔΔ I? X○ ?ΦΔ?Φ○¿Λ ◇≠? I○ I?8□○ 8 ΦΛ ?→ZΔ8? ?Φ ?I Z¿ZΛ⊖○ ?ΔV○ΦΛI⊥

⊔̇⊥ ◇≠? ΔΛΔV?|X○ ◇≠? Δ≠ ⊖○←Λ□ 8○⊢○⊖○←○ ?Δ ≠Φ○ ?ΔVZ○ ∽○VΛΦ?Δ○ ¿ZΔ%□○○○¿○ ¿? ⊖○¿□? ¿? I○ 8?ΦZ?Φ8? ← ◇≠? Δ≠ ΦΛ⊖—□? ㄣ?□¿○¿?□Λ ?Δ ←ZΦ○⊖Z 8○⊢○←○⊖○⊥

⊏̇⊥ ◇≠? ¿? XΛ← ?Φ ○¿?I○Φ8? V□Λ⊖?8? ㄣZ+ZI○□ 8Λ¿ΛΔ IΛΔ ⊖ΛㄣZ⊖Z?Φ8ΛΔ ¿? Δ≠ ⊖○←Λ□⊥

⊐̇⊥ ◇≠? ΔZ I○ ○Δ8≠8○ ?ΔVZ○ 8○⊢○←○⊖○ ○+○□□○ ○ Δ≠ 8?ΦZ?Φ8? ∽≠+○Φ¿Λ ○ I○Δ ⊖≠Φ?|○Δ ¿?—○∽Λ ¿? I○ ?Δ|○I?□○, Δ?+≠□Z8Λ ◇≠? Δ? IΛ ㄣ○ ○ V□ΛXZ—Z□, ○ΔZ ◇≠? X○← ◇≠? ZΦㄣ?Φ8○□ Λ8□○ ?Δ8□○8?+Z○⊥

✱⊥ ◇≠? I? ⊖○Φ¿○ Δ○I≠¿ΛΔ ○I |○—Λ %ZIΛ+ΛΦZΛ⊥

VI. Basilio

¿Y si cada uno de esos treinta denarios equivaliera a medio millón de dólares?

BASILIO Z. LÆXUS, *La lista negra de Cristo*

DE: J. MEDINA.
PARA: I. BALBOA.
TEMA: CAPÍTULO 4.

Dios, por principio, es un irresponsable. Sólo a Él se le ocurre poner una cabeza sobre los hombros de cualquier imbécil. ¿Qué podría saber cualquier imbécil de los ilimitados alcances de una sola cabeza? ¿Y quién podría decir que se ha librado siempre, en todos los lugares y situaciones, de ser o parecer cualquier imbécil? No te gastes tratando de responder, que de cualquier manera tu parecer no cuenta. No vayamos más lejos, en mi opinión lo eres ahora mismo, puesto que estás tratando de ya no serlo. Y yo, que ante tus ojos no debería ser más que cualquier imbécil, ya me he comprometido a ayudarte. El primer paso, entonces, consiste en asumirte como cualquier imbécil —Señor, Señora, Señorita C.I., te llamarás de aquí en adelante— e ipso facto aprenderte mi nombre: Isaías Balboa. No querrás, por supuesto, que de ese hoyo te saque cualquier imbécil, así que cuando te pregunten diles que tu maestro se llama Isaías, como el profeta, y que para dejar de ser uno como ellos estás siguiendo el Método Balboa. Convéncete, C.I.: aunque muy pronto sean millones los estudiantes del Método Balboa, podrás seguir diciendo que no cualquier imbécil es un C.I. Las mayúsculas, darling, se ganan leyendo. Por el momento, soy la única persona en el mundo dispuesta a concedértelas, en la medida que no dejes de leer. De otra forma, no habrá quién te defienda. Serás de nuevo un ente minúsculo. Y hasta donde recuerdo, no lo soportas.

Me necesitas, C.I., más todavía que a esa cabeza con la cual por lo visto no sabes arreglártelas. Si Dios no fuese un inconsciente irredento, habría hecho de ti otra clase de animal. Un tiburón, digamos. Una ballena, incluso. O un salmón, por qué no. Cualquier cosa que fuera feliz sin tener propiamente hombros ni cabeza. Oler el alimento, desplazarte en su busca, dormir, estar, cagar, morirte un día, sin jamás ser tratado con la punta del pie por otro imbécil aún más cualquiera. Eso es felicidad, C.I., pero a ti te dejaron este problema gordo montado sobre el cuello, donde todo sería mucho mejor si sólo hubiera ojos, boca y dientes. Ya puedo imaginarme tu pregunta: ¿cuál sería en tal caso el sentido de la vida? No lo tendría, C.I. Ya sé que en tu cabeza infradotada no hay sitio para tanta libertad. Ser, sin ningún sentido, porque sí y para sí, por obra y gracia de tus santos apetitos. Vivir sin planes ni esperanzas ni creencias absurdas, morirse sin la pena de renunciar a ellos... Todo estropeado por la puta cabeza que te pusieron ahí sin pedir tu opinión. Pues además es ella quien opina; lo que tus demás miembros piensen —con excepción del sexo y el culo, que juzgan y resuelven por su cuenta— a nadie le preocupa. Incluso cuando dice actuar visceralmente, el cerebro embustero lo hace todo a solas y por sus huevos, que no son tus ovarios ni tus testículos, sino otros que sí sirven para mejores cosas que ayudarle al Creador a perpetuar su irresponsabilidad. De modo que si quieres empezar a mandar en tu testa, comienza por quitarle a la vida el sentido que nunca tuvo ni tendrá. No dejes que esa perra te extorsione con el cuento barato de la trascendencia. Vas a morirte aquí como una rata y te van a olvidar casi más pronto que eso. Mientras tanto, tenemos que arreglar el mundo en extinción al que pomposamente llamas *YO*.

Trata de imaginar una computadora perfecta. Cuesta poco, se programa sola y tiene la potencia de miles de procesadores paralelos. Ahora imagina que el prodigioso aparato cae en garras de un salvaje que no conoce la electricidad: tal fue el drama que aconteció cuando viniste al mundo. Luego, no estoy seguro que por tu bien, otros llegaron a configurarte el sistema. Con el tiempo aprendiste a leer, escribir, sumar, restar. Te tomó varios años, pues, hacer sólo un poquito de lo que una computadora de bajo precio puede lograr desde el primer día de uso. Del otro lado, cuentas con experiencias y recuerdos que ningún aparato sabría almacenar, aunque tampoco sepas cómo aprovecharlos. Y bien, el Método Balboa no te va a resolver ese problema, pero tal vez te ayude a relativizarlo. Me explico: un problema sin solución a la vista no es problema, sino fatalidad. ¿Quién tiene el tiempo para desperdiciarlo pensando en la fatalidad, esa perra amargada y rencorosa? Si lo hicieras, por cierto, estarías firmando una petición para que nadie ya te considere más que cualquier imbécil. Me harías quedar mal, con mis mayúsculas. Porque son mías, ¿estamos? Yo, que te las he dado, te las puedo quitar en el próximo párrafo. ¿Quieres eso, C.I.? Repite, pues, conmigo: *El Método Balboa es lo mejor que puedo hacer por mí.*

No tengo que escucharte para saberlo. Hablas con la seguridad de una niña preñada. Todavía no sabes en qué consiste el Método Balboa, pero ya estás diciendo que es la solución óptima. ¿Es tan ciega tu fe o nada más pretendes justificar tu compra? ¿Harías la misma cosa con cualquier otro libro? ¿Estarías de acuerdo en repetir la misma afirmación cincuenta veces diarias durante cincuenta días? ¿Sabes cuántos imbéciles cualquiera van por el mundo recitando palabras que no entienden ni creen profundamente? Convéncete, C.I., si los pendejos volaran, no podríamos ver la luz del sol.

2Φ%Λ□⊖? 8?|Φ2|Λ
8?Φ2?Φ8? VO∽O□Λ |O□V2Φ8?□Λ ¿?|IO□O:

⊓⊥ ◇ǂ? Δǂ ⊖O←Λ□ ȣO⊢O⊖O←O Δ? %ǂ? O ?Φ|X2ΦO□ ?I
V?IΛ O←?□ ?Φ IO ⊖O⊕OΦO⊥
⊔⊥ ◇ǂ? Δ? 8?⊖? ◇ǂ? OI |Λ⊖OΦ¿OΦ8? ooΛV2IΛ8? ←O ΦΛ ЧOΦ
O +ǂΔ8O□I? ?ΔOΔ VIǂ⊖OΔ⊥
⊏⊥ ◇ǂ? Δǂ ⊖O←Λ□ OΦ¿O ¿? ǂΦ Xǂ⊖Λ□ Φ?+□Λ ← XOΔ8O
O←?□ ?Φ IO ΦΛ|X? Δ? VǂΔΛ O IIΛ□O□⊥
⊐⊥ ◇ǂ? |ΛΦ ?Δ? V?2ΦO¿Λ Δǂ 8?Φ2?Φ8? 8O⊖–2?Φ IIΛ□O□2O⊥
⊓̇⊥ ◇ǂ? Δ? VǂΔΛ O |ΛΦ8O□I? O ◇ǂ2?Φ ΔO–? ◇ǂ? O⊖2+O ΦΛ
Δ? |ǂOΦ8OΔ X2Δ8Λ□2OΔ ¿? IO ⊖O⊖O ¿?I |Λ⊖OΦ¿OΦ8? ← Δǂ
?ΔVΛΔΛ ⊖OΦΛIΛ⊥
⊔̇⊥ ◇ǂ? ←O IΛ XO |ΛΦ8O¿Λ OΦ8?Δ ◇ǂ2?Φ ΔO–? |ǂOΦ8OΔ
Ч?|?Δ⊥
⋿⊥ ◇ǂ? ¿?I ◇ǂ? |OΔ2 Φ2 XO–IO ?Δ ¿?I Δ?⊕Λ□ ΔǂO□?ooO⊥
∃⊥ ◇ǂ? Δǂ 8?Φ2?Φ8? ΔO–? ◇ǂ? ?I Δ?⊕Λ□ ΔǂO□?oo ΦΛ
|□?←Λ ΦǂΦ|O ◇ǂ? ?□O Δǂ VOVO⊥
✱⊥ ◇ǂ? O←?□ 8ǂЧΛ ǂΦO V?ΔO¿2IIO XΛ□□2–I? ¿ΛΦ¿? Δǂ
⊖O←Λ□ ȣO⊢O⊖O←O V?□Δ?+ǂ2O |ΛΦ ǂΦ |ǂ|X2IIΛ OI Δ?⊕Λ□
ΔǂO□?ooO⊥
⊓#⊥ ◇ǂ? ?I Δ?⊕Λ□ ΔǂO□?oo Δ? IIO⊖O V?¿□Λ ⊖O□2O,
V?□Λ Δǂ ⊖O←Λ□ ȣO⊢O⊖O←O I? ¿2|? ?I ¿?Δ?□8Λ□⊥
⊓⊓⊥ ◇ǂ? Δ2 IO 8?Φ2?Φ8? 8ǂЧ2?□O ǂΦ X?□⊖OΦΛ ← Δ?
IIO⊖O□O V?¿□Λ ⊖O□2O, ?IIO IΛ IIO⊖O□2O ⊖O□2V?8□O⊥

ПШꓕ ◇ǂ? ¿? 8Λ¿OΔ ⊖OΦ?□OΔ Δǂ ⊖O←Λ□ ϬO⊢O⊖O←O Δ?
VOΔO ?I ¿ƧO XO–IOΦ¿Λ ¿? ΔǂΔ ЧƧIIOΦΛΔꓕ
Пꓶꓕ ◇ǂ? ?Δ8O Δ?+ǂ□O ¿? ◇ǂ? ?Φ IOΔ V?ΔO¿ƧIIOΔ ¿? Δǂ
⊖O←Λ□ ϬO⊢O⊖O←O –OƧIOΦ IΛΔ ¿?Δ?□8Λ□?Δ IΛΦ IOΔ
ЧƧIIOΦOΔꓕ
Пꓱꓕ ◇ǂ? ←O ¿Ƨ∽Λ Δǂ ⊖O←Λ□ ϬO⊢O⊖O←O ◇ǂ? ЧO O Ƨ□
⊖OΦOΦO IΛΦ IO V?Iǂ◇ǂ?□O VO□O ◇ǂ? I? ¿?ΔXO+O ?ΔO
V?ΔO¿ƧIIO ¿? V?□⊖OΦ?Φ8?ꓕ

723

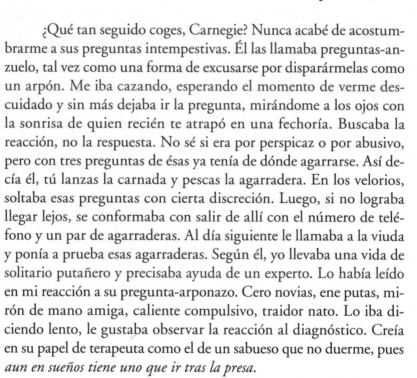

¿Qué tan seguido coges, Carnegie? Nunca acabé de acostumbrarme a sus preguntas intempestivas. Él las llamaba preguntas-anzuelo, tal vez como una forma de excusarse por disparármelas como un arpón. Me iba cazando, esperando el momento de verme descuidado y sin más dejaba ir la pregunta, mirándome a los ojos con la sonrisa de quien recién te atrapó en una fechoría. Buscaba la reacción, no la respuesta. No sé si era por perspicaz o por abusivo, pero con tres preguntas de ésas ya tenía de dónde agarrarse. Así decía él, tú lanzas la carnada y pescas la agarradera. En los velorios, soltaba esas preguntas con cierta discreción. Luego, si no lograba llegar lejos, se conformaba con salir de allí con el número de teléfono y un par de agarraderas. Al día siguiente le llamaba a la viuda y ponía a prueba esas agarraderas. Según él, yo llevaba una vida de solitario putañero y precisaba ayuda de un experto. Lo había leído en mi reacción a su pregunta-arponazo. Cero novias, ene putas, mirón de mano amiga, caliente compulsivo, traidor nato. Lo iba diciendo lento, le gustaba observar la reacción al diagnóstico. Creía en su papel de terapeuta como el de un sabueso que no duerme, pues *aun en sueños tiene uno que ir tras la presa.*

Nunca supe si lo creía tal como lo decía. O en fin, lo supe, eran palos de ciego, pero los ciegos saben orientarse. Perciben muchos signos que el resto desdeñamos, quizá por redundantes. ¿Qué percibía Balboa en mí que se metía a buscar las redundancias en sitios tan precisos, y si percibía tanto por qué seguía creyéndose ese cuento de que mi madre estaba viva? ¿Se lo creía o me estaba midiendo?

—Al paciente le das el consuelo que busca, nunca la información que necesita. ¿Sabes quién es el que habla cuando te hace creer que la necesita? Siéntate, hijo de puta, y escucha lo que digo.

No tú, pendejo, el otro que nos está escuchando. Ahora mismo voy a decir tu nombre, para que te me vayas a chingar a tu madre. ¿Lo sientes, Carnegie? Cállate, no te muevas. Tranquilo, así. Sin miedo. Dije sin miedo. Lo repito otra vez: sin-ningún-miedo. Siéntelo, Carnegie, quiero decir Joaquín, que es tu nombre. Porque aquí el único que no soporta oír mentar su nombre es el jodido demonio del miedo. Mira cómo se va, muerto de miedo. Enfermo de sí mismo, el cabroncito. Ése es nuestro trabajo, Carnegie. Asustar a los diablos. Que se enseñen a respetar a los pobres pendejos que los engendraron. Todos, en un rincón del coco que puede ser más grande o más pequeño, albergamos el miedo a ser pobres pendejos, y mientras ese miedo nos controla no lo dudes, lo somos. Somos lo que tememos, mientras tememos.

—Ésa me gusta, don Isaías. Sirve hasta para rezo, o en fin, para conjuro. Tiene el efecto de un escapulario —mi trabajo también era adularlo. Además, de ese modo lo medía. Si sonreía y cambiaba de tema, podía empezar un párrafo con esa frase. Si insistía en el asunto, daba para remate de capítulo. La vanidad es como los vampiros: no se ve en los espejos. Desde donde yo estaba, el ego de Balboa era una agarradera más que protuberante.

—Sí, muchacho, pero el escapulario es una herramienta para idólatras, y mis palabras buscan el efecto contrario. La idea es que el que las entienda y las crea y las repita lo haga sin miedo a nada, por más que se le pierda el escapulario. Pero si quieres verlo de ese modo, puede que sea cierto. Soy sólo un fabricante de escapularios laicos. Ésa también es buena, podría soltarla en una entrevista. Durante muchos siglos, el poder de sanar o enfermar las conciencias estuvo en manos del confesor, pero él al mismo tiempo quedaba un poco en manos del pecador, que igual podía contarle todos sus pecados o sólo una pequeña selección. Luego vinimos los terapeutas, con más o menos las mismas limitaciones. Ya no estamos separados por una intimidante barrera de madera agujerada, pero sigue uno a expensas de lo que diga o calle el cliente, ¿ya me entiendes? Lo que tú y yo intentamos, nuestra misión, es echar a patadas al demonio del miedo y así, a patadas, meternos donde nadie nos llamó. Escudriñar, husmear, inmiscuirse, esconderse, propasarse, ir detrás del paciente igual que los secuestradores, o los sicarios, o los ladrones, o los violadores. Violar la intimidad del paciente. Acorralarlo cuando está más débil. Hacer carnicería con sus diablos. Un exorcista laico, es lo que soy. Pero eso no lo apuntes. Desde que hicieron esa estúpida película, solamente escuchar la palabra exorcista mueve a desconfianza, a escepticismo. O a risa, claro. Quién no va a carcajearse si le digo que mi trabajo es exorcizar, o que en términos prácticos soy el peor enemigo de sus demonios.

—Pero si en lugar de eso dice que son monstruos, toda la idea se desmistifica. El terapeuta se convierte en una especie de Handy Van Helsing.

—Número uno: jamás seas tan ingenuo de confundir a un monstruo con un demonio. Cuestión de jerarquías, ya sabrás. Que allá abajo las hay, y muy estrictas. Si los monstruos son monstruos es porque no han llegado a demonios. Un monstruo no nos premia, ni se da a querer. Voy a darte un ejemplo: la madre y el padre. Quise decir, el demonio y el monstruo. Cuando el niño le falta al respeto a la madre, ésta lo chantajea con el cuento del monstruo. ¡Vas a ver, lépero, cuando venga tu padre! Y si, al contrario, pretende comprarlo, le ofrece discreción de cómplice y compinche. Por esta vez, no se lo voy a decir a tu papá. ¿Notas la diferencia? *Tu Padre* y *tu papá*, dos personas distintas, son el Jekyll y Hyde que utiliza la madre para manipular el miedo del niño. Los terapeutas de la vieja escuela solían sugerir "hábleme de su madre", como quien pide a un coro de rezadoras que digan lo que saben del demonio. A los monstruos los apendejas con un valium, no se diga con antidepresivos. Pero el demonio tiene otro rango. El demonio te mete tu prozac por el culo. El demonio es un seductor de sombras que padece complejo de dios calenturiento. Como tú, por ejemplo, cuando estás mariguano y te acuerdas de alguna puta ingrata y te da por llamarle a media madrugada y te sientes un pobre pendejo por eso, y nada más por eso decides torturarte hasta alcanzar el rango de pobre pendejo que según tu demonio te corresponde. El demonio eres tú azuzando a tus monstruos en tu contra. Número dos: nunca será lo mismo un combatiente místico, o en mi caso antimístico, que es menos diferente de lo que parece, a un vulgar carnicero de murciélagos. Permíteme insistir, amigo Joaquín, y esto es cosa muy seria. A los demonios no los matas con estaca. Si vamos a esperar a que el paciente venga y nos confiese las cosas, prefiero recibirlos con un turbante y una bola de cristal, o de plano anunciarme como exorcista laico en el periódico. No sé, por fin, si me hice entender. Uno teme a sus monstruos sólo porque escuchó la voz de sus demonios y creyó sin pensarlo que era la suya propia. Sin esa voz tramposa que lo hace a uno pensar las peores mierdas sobre su personita, los que llamamos monstruos no serían más amenazadores que una pareja de borregos miopes. Sólo recuerda, Carnegie, que por más que los veas y los encuentres en realidad monstruosos, no hay que olvidar que son animales. Tu trabajo es meterlos en el corral; el del demonio que se desperdiguen; el mío ir detrás de él, y en el camino alebrestarte en su contra. No a ti, pues, al paciente. Y eso es lo que yo quiero que hagas con mis libros. Que insubordinen a los pobres pendejos.

—Atención, pendejos: este libro los sacará de pobres.

—Dije pobres pendejos, y no hablaba de ti sino de los otros, no seas acomplejado. Pero mira, ¿ya ves, lo que te estoy diciendo? "¡No seas acomplejado!" Como si fuera fácil no ser acomplejado. Puede uno, en todo caso, tratar de no portarse como el acomplejado que es. No delatar la envidia, o la inseguridad, o el miedo. Dejar en casa a monstruos y demonios, alejarlos de toda ocasión social, qué otra cosa crees tú que es ser civilizado. Pero no me interrumpas, déjame terminar. Número tres: ¿de qué retrete público fuiste a sacar esa misión zopenca de *desmistificar* nuestro trabajo? Me suena un poco así como a sacarle el azufre a la pólvora. O, si prefieres, imagínate a la mujer más hermosa del mundo. Cachonda, virginal, de mirada hechicera, como te gusten más. Ahora sácale tres o cuatro dientes. Piensa en ella sonriéndote cuando recién despiertas. Así de seductora es la terapia sin mística. Se viene abajo en cuanto el pinche terapeuta comete el gran error de abrir la boca y desmistifipinchecarla. Ya lo decía mi abuelo, que hablaba cuatro idiomas y tenía tres mujeres, *antes coge la coja que la chimuela*. Una cosa es ser laico, y a partir de ese punto mistificar todo lo que a uno se le hinchen las talegas, y otra volverte beato del laicismo. Como quien dice mártir de tu pendejez. La única opción aquí es pelear contra el demonio y el demonio es el hijo de puta que te paga por la jodida consulta. En nuestro caso, el hijo consentido de cada lector. ¿Tú sabes el trabajo que cuesta matarle un hijo a un hijo de la chingada? No lo sabes ahora, pero vas a enterarte en esta chamba. ¿Sabes por qué, Joaquín? Porque para tu suerte de perro lombriciento te ha tocado como lector al primogénito de la gran puta. O sea yo, muchacho. Yo que tengo que hallar la manera de ponerle en su madre al hijo predilecto del chingado lector y tengo tu quijada para amedrentarlo. No escribas con la pluma, ni con los dedos, hazlo con la quijada para que el pinche diablo se entere del rigor. Toma, cabrón, le dices y lo muerdes, o mejor todavía no le dices ni madre. ¿Has visto cómo atacan los rottweilers? Se hacen pendejos, pasan junto a ti y cuando menos piensas ya se están merendando tus tompiates. Los dóberman, en cambio, se hacen temer de lejos con la pura mirada. Súmale los gruñidos y los dientes pelados... No sé qué perro seas, Carnegie. Tienes porte de afgano, pero te veo madera de rottweiler. De una u otra manera, tú eres el can. Y yo te traigo corto, ¿entiendes? Con la correa agarrada por la mitad y el collar de castigo tenso todo el tiempo. Quiero ver cómo miras al demonio, si le pelas los dientes o lo sorprendes. Voy a hacerte pelear con tantos monstruos como sea capaz de pastorear el diablo, y eso no puede hacerlo un ateo de cubículo, menos sus monaguillos menores. Hay que entrarle a la mística, llegar primero al Cielo que Ronald Hubbard.

—¿Habla de mí? No conozco a ningún Ronald Hubbard —declararme ignorante de sus cosas me daba un sentimiento de sana revancha.

—Número uno: de ti no hablo jamás, sino de mi proyecto. Si me dirijo a ti es porque incidentalmente formas parte fugaz de ese proyecto. Si de repente me intereso en saber qué es lo que haces con tu vida privada, es porque como dueño de tu tiempo no puedo permitir que tus asuntos se interpongan en nuestro proyecto. Número dos: si no sabes quién es L. Ronald Hubbard, tienes veinticuatro horas para investigarlo. No quiero ser mandón, Joaquín, pero entiende que yo a ese señor Hubbard necesito sacarle dólares de la bolsa. Tienes que leer y ver cómo hace ese cabrón para cogerse al diablo, según él.

—¿No es el que hace manuales de dianética? —me rendí.

—Manuales las puñéticas, joven Carnegie. No tienes una idea de las millonadas que cada año se embolsan esos gringos por convertir en zombis a los pobres pendejos. Que igual es una forma de curarlos. No hay demonio que quiera quedarse con un zombi. Hoy te vas más temprano, para que tengas tiempo de ir a buscar un libro de L. Ronald Hubbard. Pides la nota, me la traes y te pago el cincuenta por ciento. Cuando haya registrado la Fundación Balboa voy a poder becarte con el cien. Cuéntame ahora, muchacho, ¿eres de las chimuelas o de las cojas?

—¿Yo? —había vuelto a agarrarme desprevenido y me miraba fijo a las pupilas, como leyendo a solas una carta ajena.

—Hace rato dejé de hablar con el demonio y ahora a ti te está hablando la Virgen sin calzones. ¿A qué virgen tú crees que le guste tratar con putañeros? Y aquí volvemos a lo que te decía, yo como terapeuta no tengo tiempo para esperar a que después de tres intentos de suicidio vengas a confesarme entre sollozos que te gastas en putas el dinero de la quimioterapia de tu madre. ¿Sabes qué es lo que yo voy a ganar si dejo que la vieja chantajista te herede los sarcomas antes de tiempo? Un cliente menos, eso es lo que me gano. Claro que en este caso tú no eres el cliente, ni el paciente, sino el perro que muerde los huevos del demonio. No me conviene, entonces, que te respetes menos sólo porque en mi clasificación eres una chimuela con ínfulas de coja. Solamente pagando hay quien te bese, pero eso va a acabarse, yo sé lo que te digo.

—Perdón, don Isaías, pero usted sabe poco de lo que dice, aunque se entere de una cierta parte de mi vida privada.

—Me entero de tu miedo, Joaquín. Yo también lo sentía, cuando empecé.

—¿Me va a vender un método de superación íntima?

—Si quieres negociar, los sarcasmos no sirven. Suenan a desafíos, son irrespetuosos. ¿Sabes cuál es el objetivo de un sarcasmo? Caricaturizar las fallas del otro, que equivale a picarle el culito delante de la gente. Ahora que si quieres que te siga en tu guasa babosa, puedo decirte que lo que necesitas es un método de supuración íntima. No tengo ni que hurgar en tu vida privada para saber que detrás de tu miedo hierve la ponzoñita que se fermenta en las gónadas de los malcogidos. Según tú, ya entendiste este negocio, aunque no sepas nada dc los clásicos y tengas la desfachatez de confesarme que ignoras quién es L. Ronald Hubbard. Pensándolo otra vez, puede quc seas tú el que más sabe de ese tema de los muertos en vida. ¿Qué te dicen las putas cuando las riegas de espermatozombis?

—No me gustan las putas, don Isaías —retobé, poco más que entre dientes, y todavía pensé con perdón de tu madre, viejo ojete.

—Te gustarían mucho, si no te cobraran. Si se dejaran besar de lengüita o contar una historia de más de tres minutos. Si no tuvieras que cambiarte el nombre y jurarte después que putas nunca más y vas a conseguirte una novia de planta. Cuando a un hombre "no le gustan las putas" quiere decir que las visita a solas y a escondidas. Las putas no te gustan, y tú menos aún les gustas a ellas. ¿O crees que no se saben de memoria el personaje? Carnegie, no te sientas especial, déjate de romanticismos de folletín. Hace rato te hablé de monaguillos y creíste que estaba refiriéndome a ti. Yo te dije que no, pero ahora que lo pienso ya no estoy tan seguro. Eres el monaguillo que mete mano en la alcancía del santo para comer filete a media vigilia. Tú no sabes la cantidad de acólitos calientes que van a caer en manos de las fulanas. Son clientes, los tienen que atender, pero como te dije, son traidores natos. No lo tomes a mal, es una descripción meramente zoológica, sin juicios personales. Tú también, cuando aprendas, vas a enterarte quién es tu patrón, y de paso por qué quien pelea con demonios necesita enseñarse a domar alacranes. O como tú los llamas, monstruos. Desde donde yo estoy, tú eres un monstruo. Y más que eso, mi monstruo. Mi perro. Mi alacrán. El terror de los diablos, la pesadilla de los otros monstruos. ¿Quieres ganarte el título de terapeuta? ¿Te gustaría poseer un diploma avalado por la Fundación Internacional Balboa? Comienza entonces por transfigurarte en una bestia mística. La clase de hombre que hace de las putas diosas y de las diosas putas.

—O sea que a usted sí le gustan las prostitutas y por eso me las endilga a mí.

—Me agradan muchas cosas. Entre ellas las putitas, cómo no. Les gusta intimidar a los polluelos y a los rucos nos sacan lo que quieren, pero se ensañan más con los pendejos. De los cuales, no olvides, hasta hoy tú formas parte. Eres seguramente de los que nunca van con la misma. Puede que ni siquiera les preguntes el nombre, y si ellas te lo dicen nunca lo recuerdas. Yo no entiendo a la gente, Carnegie. Son capaces de ir a amistarse con los policías antes que con las putas, que ya desde su misma profesión se nos anuncian como las mujeres más amigables del mundo. No digo que no sepan hacer trampas. Te dejas y te cogen, no faltaba más. Te cogen con el tiempo, con la tarifa, con las prestaciones. Lo que nunca te cogen es cariño, ¿verdad? Pero ése es el más grande de sus servicios. Por una cuota francamente módica te ayudan a quitarte lo pendejo. Déjame adivinar: eres de los que regatean.

—¿Y usted qué? ¿Da propina?

—Me gusta que te engalles, Carnegie. No solamente porque pierdes la calma y sin querer confirmas mis especulaciones; también porque más tarde o más temprano ese temperamento nos va a servir.

—Padece usted entonces de especulación precoz...

—Padezco de eyaculación procaz. Haz favor de cerrar la boca mientras hablo, no vaya yo a dejártela como calzón de cura. Te hablaba de tu temple para enfrentar demonios, no de tu ingenio para debatir con operarios. Ahora déjame que te explique por qué tanta insistencia con tus putas. Para mí, un terapeuta convencional es aquel a quien dos más dos le dan siempre cuatro. Mira, hijo, escucha, no hay mejor terapeuta que una profesional del horizontalismo. Si tú vas y preguntas cuánto te cobra por abrirte las piernas, te va a dar una cifra básica. Si eres cualquier idiota, vas a ofrecerle menos. Si quieres aprender y quitarte lo idiota, entiendes que la puja es hacia arriba. Se trata de ofrecerle más, y luego más, y al final más, lo que tú quieres no es tirarte a una puta barata sino hacer cantidad de cochinadas al lado de la furcia más dichosa del mundo.

—¿Qué no el cliente tiene siempre la razón?

—No con las putas, ni con los terapeutas, ni con los exorcistas. Nuestro trabajo es hacer que el cliente pierda completamente la razón, para mejor retar a sus demonios. ¿No lo has visto en el cine, siquiera?

—The Power of Christ compels you!

—No confundas abracadabra con abrelaspatas: estábamos hablando de las trabajadoras del catre. ¿Sabes lo que es tener que apechugar con los kilos de karma crudo que le deja cada hijo de vecino a la jodida vieja? Ya me dirás quién va a querer regresar a su casa cargando esa cagada radiactiva. Ahora mira los números: supón que la mujer cobra quinientos pesos por dejar que te metas allí; tú le das mil quinientos y ella te va a sacar hasta el último diablo con tal de que te vayas contentito y regreses. Y es más, en un descuido te saca el Moco Padre.

—¿Eso es lo que hay que hacer con los pacientes, o en fin, con los lectores? ¿Dejar que se nos metan con todo y diablos?

—Ya te dije, muchacho, los terapeutas somos salvavidas. No te emociones, ni seas nalgapronta. El paciente no va a meterse en ningún lado. Lo vamos a meter donde nos dé la gana, le vamos a exprimir cada gota de jugo del alma, vamos a verle el culo por el revés y vamos a sacarle los chamucos de ahí. Cuando despierte será un beneficiario más del Método Internacional Balboa. Perdona que te trate como te trato, mi trabajo es ponerte en forma para que te pelees con el Diablo Mayor y le arrebates mi Libro Mayor. Tú eres mi evangelista, Joaquín, voy a poner la *Summa Balboa* en tus manitas de muchacho pendejo. ¿Cómo quieres que los lectores se sientan como putas bien pagadas al leer tus palabras, por más que sean las mías, si tú mismo no sabes lo que es dejar contenta a una suripanta?

—Eso a usted no le consta.

—Voy a darte una clave, para que veas que no soy tan díscolo como seguramente vas y me pintas. Sorpréndelas. ¿Me oíste? Dije sorpréndelas. Rómpeles el esquema. Tú no te lo imaginas, porque eres un caliente, pero coger es un trabajo monótono. Peor cuando el pobre diablo regatea. En cambio llegas tú y un día la sorprendes con billetes de más, otro con otro tanto y un regalito; cuando menos te enteras ya te está haciendo ofertas exclusivas. Los jóvenes de ahora se enorgullecen de no irse con putas, nuestra vanidad era que nos dieran cachucha.

—¿Cómo era eso, don Isaías?

—De gorra, de gollete, de gorrión. Gratis, imbecilazo. Un palito de amigos, por pura simpatía. O te cobra y se queda a dormir, sin cargo extra. Entonces tú le compras otro regalillo. O unas flores, que siempre se agradecen. Y la ventaja es que no tienes contrato, puedes cambiar de puta siempre que se te antoje. Los pacientes también cambian de terapeuta, los lectores de género, los viciosos de proveedor, ¿verdad? La gente cambia, Carnegie. A menos que la tenga uno contenta, y eso implica jugarle sucio a sus demonios. Tú que me hablas de monstruos, a estas alturas ya deberías saber que el látigo no sirve para someter, ni humillar, ni vencer. Es un mero instrumento de negociación, eso lo saben todos los domadores. Si el domador se excede con el látigo, el tigre se la cobra con zarpas y mandíbulas, que truenan menos pero quiebran más. Tú no tienes ni el látigo, pero de todos modos estarás de acuerdo en que un pinche chicote de cuero no le hace ni cosquillas a un tigre sin complejos. Afortunadamente todos tienen complejos frente a quien sabe darle mística a su látigo. Y ésa es el arma, Carnegie. La mística. Siempre necesaria, nunca suficiente. Un paciente no está contento por tu inteligencia, ni tus conocimientos. Ni tan siquiera por tu simpatía. Si los vieras venir, me entenderías. Necesitan creer, esperan que les des las certezas bastantes para confiar en que hoy es el primer día del resto de sus vidas y de aquí en adelante ya nada será igual. ¿Qué otra cosa, si no la puta mística va a poner al paciente en tu charola para que hurgues en sus rincones pestilentes y se vaya diciendo cuándo vuelvo, doctor? Nada de que Joaquín, ni Isaías, ni señor, ni querido. Aquí uno es El Doctor y a callar todo el mundo, bola de ojetes. No lo dices así, pero lo haces sentir. Que no se olviden que eres el salvavidas y los estás trayendo de vuelta de la tumba. Se empieza como médium, se sigue como detective y se termina como domador, pero el látigo nunca hay que soltarlo. Si alzas un dedo, que miren el chicote, y si hablas que lo escuchen cómo truena. No vas a lastimarlos, la mística es el látigo que marca las fronteras y establece las reglas del juego. Para tranquilidad de todos. Ahora tú dime qué terapeuta va a hacerse respetar y va a imponerle cualquier regla a nadie con esos pinches tenis de pordiosero. ¿Quieres venderme chicles, Carnegie? Te los compro. Pero la mística no se negocia así. ¿Qué pinches pobres diablos van a aceptar entenderse con un pendejo equis que trae los tenis viejos tapizados de quién sabe qué variedad de estiércol? Yo, por ejemplo, siempre he pensado que los toreros se visten de putos, pero acepto que al toro debe de intimidarle toda esa mística. Además, yo supongo, la mística es la única salida digna para un cabrón forrado de lentejuela. ¿Ya me entendiste, Carnegie? Antes de lentejuelas que con los tenis viejos y apestosos. ¿No quieres gastar mucho? Ven de huaraches, pero nuevos y limpios. Y otra cosa: trata de no ponerte las camisas con las que te sonaste la noche anterior. Plánchalas, si es posible. A la gente le gusta creer que el doctor de su espíritu está menos jodido que ellos. A menos que prefieras los pacientes descalzos. Yo por lo pronto quiero lectores con zapatos, vas a hacer el favor de no espantármelos.

—¿Va a darme un uniforme de trabajo?

—Mala idea no es. Sólo espero que no seas uno de esos rufianes que trabaja en la cama rascándose las nalgas y fumando esa mierda que tanto te gusta. Insisto, no me importa lo que hagas con tu vida, pero en nuestros asuntos tienes que darme más que redacción. Quiero mística, chico. Sé que no vas a misa, pero tampoco irías en calzones, tragando papas y fumando esa madre. Te bañarías, de menos. Te lavarías los dientes. Llevarías gafas oscuras y pastillas de menta, por el respeto que a mí no me tienes. Y eso es lo que te pido: no te subas al ring vestido de payaso. Demuéstrame que estás a la altura de la misión que yo, Isaías Balboa, te estoy encomendando. Comprométete, Carnegie. Invierte tu dinero en una buena pinta y ya verás que se te multiplica. En una de éstas te quedaría bien vestirte de blanco. Hasta una capa o un kimono te irían a toda madre. Pero esas cosas se hacen no antes, sino después de haber entrado en mística. Llegará el día en que tú mismo des con el atuendo que te pertenece, pero eso nunca te va a suceder si cada día te miras al espejo y saludas a un vendedor de chicles. ¿Qué edad dices que tienes, Joaquín?

—¿Manolo? Qué le voy a contar. No es que fuera un mal hombre, o una mala persona, pero sí era un mal bicho. Una sanguijuela. Tenía el encanto de los buenos pícaros cuando se interesaba por algo, o por alguien. Este mismo edificio es uno de esos algos. Tenía amigos políticos, jueces, gentuza que sabía cómo legalizar el despojo de casas, edificios, propiedades. No le digo que no me sienta incómoda contando que mi madre fuera su movida, pero es peor, mucho peor, reconocer que le ayudó a robar.

—Dice usted que la gente también le interesaba.

—Se interesaba en ella, que es diferente. Igual que se interesa el cazador en la cabeza del venado, o el tragón en el plato de paella. Era voraz, Manolo. Quería siempre todo, lo prometía todo, podía regalarte una isla exótica con todo y habitantes, el problema venía a la hora de la entrega. No tenía departamento de entregas; tampoco funcionaba el de quejas. Manolo solamente sabía entregarse a sus instintos. El dinero y la cama, por ejemplo. Fuera de eso, la vida le era indiferente.

—La de los otros, pues.

—La de nosotros, que éramos nada más *como de su familia*. O sea nada. Todavía la mujer de arriba era su esposa, y luego su ex esposa, pero mi madre era la secretaria. La movida. La puta, ya me entiende. Y la vieja de atrás lo quería todo, se había empeñado en derribar este edificio para poner en su lugar una alberca.

—¿La de atrás, Borola?

—Borola, por supuesto. Nos hacía la guerra todos los días. La de arriba podía defenderse, tenía derechos, sus hijas eran hijas de Manolo, él estaba obligado a darles algo. Si un día se moría, podían heredar. Que no fue exactamente lo que sucedió, pero entonces así parecía. Sólo nosotras estábamos completamente desamparadas.

—¿Hasta cuándo fue su mamá secretaria de Manolo?

—Hasta el día de su muerte. Y si quiso decir amante más que secretaria, pues ni modo, también, hasta el último día. Mi pobre madre tuvo que ir diecisiete veces a declarar a la Procuraduría. Dos de ellas en calidad de sospechosa. Porque ella era la amante, y las amantes son las culpables favoritas. Las superstars, ¿verdad? Cada vez que Manolo llegaba con el gasto, o sea cada jueves, mi mamá se dejaba cobrar la renta en la recámara. Ahoritita venimos, vamos a hacer las cuentas, tú ve la tele y no le abras a nadie. Ya sabes que no puedes ver telenovelas. Era Manolo quien cerraba la puerta, mientras ella seguía dándome instrucciones. No vayas a dejar abierto el refri, si quieres más pastel córtalo con cuchillo, no con los dedos. Y el que quería más pastel era él, que luego se quedaba hasta la madrugada. Por eso mismo fue la última en verlo, o en fin, era lo que decían pero igual no era cierto. Borola tuvo que haberlo visto luego, aunque ya no se hablaran. Además, no me importa.

—¿Cómo murió Manolo, Gina?

—No sé, le digo, nunca fue cosa mía. Cuando salí de clases mi mamá ya tenía los ojos como tomate, y hasta eso me dio rabia.

—¿Qué pensó cuando supo que su padrastro estaba muerto? Y antes que eso, ¿cómo murió? ¿Espera que le crea que no sabe?

—Ya le he dicho que no era mi padrastro, ni mi pariente, ni nada mío. Siempre lo detesté, nadie me saca de la cabeza que por su culpa se murió mi papá. Pensar, pensar, no pensé absolutamente nada. O mejor dicho, me prohibí pensar. Ya tenía bastante con ver a mi mamá lloriqueando por él. Quiso subir hasta nuestra azotea para arrancar la antena de su televisión, parece que se había peleado con la vieja y decidió quitarle hasta la antena. Pensaba irse ese día, lo tenía planeado. Se lo dijo la noche anterior a mi madre, según él iba a deshacerse de Borola para que al fin nosotros pudiéramos mudarnos a la casa. Puras mentiras, claro. Le había prometido lo mismo a la de arriba. Lo que sí era bien cierto era el pleito casado con la esposa. Según sé, ya dormían en cuartos separados. Había contratado un camión de mudanzas, pero cuando llegó ya estaba muerto.

—¿Cómo?

—No sé, yo no lo vi.

—¿Va a decirme otra vez que nunca se enteró?

—No me gusta ese tema, doctor. ¿Qué gana con saber que el bruto se cayó de la azotea?

—¿Con todo y antena?

—Nunca llegó a la antena. Se resbaló antes de eso. Mi mamá ni siquiera estaba en la casa, pero Borola se encargó de hostigarla. Consiguió hasta testigos para que declararan que la vieron en la azotea, según ellos discutiendo con él. Afortunadamente mi madre dio con el taxista que la llevó temprano a la oficina.

—La oficina de Manolo...

—Llamaron de la casa, como a las nueve y media, para decir que había pasado un accidente. Mi mamá contestó, se subió en otro taxi y llegó de regreso cuando ya estaban sacando el cadáver. Tuvo que verlo todo desde aquí, nadie la habría dejado entrar a la casa. Media hora después ya estaban los agentes aquí, mirándola llorar.

—¿Lo quería, a pesar de todo?

—Sí, según ella. Pero si me pregunta a mí, pienso que era la pura necesidad. Tenía miedo de que nos echaran de aquí. Ya no tendría trabajo, además. Se imaginó que llegaría la viuda a correrla a patadas de su escritorio, y luego de su casa. Nos va a echar a la calle, decía.

—¿Y no?

—Por ella, nos habría largado al día siguiente. No lo intentó porque estaba ocupada tratando de mandar a mi madre a la cárcel. Ya luego se enteró que no tenía el poder de correr a nadie. El día de la lectura del testamento tuvieron que sacarla entre seis policías. Gritó, pateó, escupió, le pegó a mi mamá, a Ana Luisa, al notario.

—¿Tan mal le fue?

—Traía pleitos fuertes con Manolo. Parece que lo había descubierto en el cuarto de la recamarera, unos días antes del accidente. Pensaban divorciarse y ella estaba segura que iba a quedarse de menos con la casa y el edificio. Por eso enloqueció cuando supo que no le tocaba nada porque Manolo no era dueño de nada. ¿Sabe con quién planeaba fugarse el miserable? Pues sí, con la sirvienta. Ni mi mamá, que era su secretaria, supo que todas las propiedades que se robó Manolo las había puesto a nombre de Imelda.

—¿Imelda?

—La sirvienta, le digo. La recamarera. Era su prestanombres y nadie lo sabía. Quedó como la dueña del edificio.

—¿Y usted la conocía, la conoce, la trata?

—No la hemos vuelto a ver desde que la corrió Borola. Sólo a sus abogados. Era bonita, joven, podía haber pasado por edecán. Borola hizo un escándalo, echó toda su ropa al basurero y descubrió que había suéteres y vestidos de marca, parece que un par de ellos idénticos a los que Manolo le había regalado. Le rasguñó la cara, le rasgó el uniforme, la amenazó con mandarla matar. No podía imaginarse que estaba maltratando a la dueña de su casa.

—¿Dónde vive ahora?

—¿Imelda? No sé, ni me imagino. Le digo que jamás volvimos a verla. Según parece, tenía seis o siete edificios a su nombre, más la casa de atrás y un departamento en Acapulco. Manolo se pasó años prometiéndonos que un día nos iba a invitar a ese departamento, y al final nunca lo conocí. Él se las arreglaba para que nadie se enterara de nada, siempre fue un hombre muy escurridizo. Y más con sus mujeres, que como ve eran varias. Nunca supimos cuántas.

—¿Todavía le guarda rencor?

—Siempre le guardaré rencor, aunque tampoco tanto como entonces. Me consoló bastante verlo muerto.

—¿Usted lo vio?

—No, pues. ¿Yo cómo lo iba a ver, si ni mi mamá pudo? Quise decir que la noticia me hizo mucho bien. Ya tenía quince años y me daba vergüenza ser ya sabe usted qué.

—¿Ser qué, Gina?

—¿Quiere que se lo diga? Pues ahí le va: la hija de la putita de ese señor. Saber que el infeliz se zumbaba a mi madre para que yo pudiera comer. Habría preferido ir a una escuela de gobierno y no deberle nada, en lugar de ese colegio asqueroso donde pasé los peores años de mi vida.

—¿Sabían en la escuela de su situación?

—Sabían que era pobre. Y tímida. Y además enojona. Se ensañaban conmigo por todo eso. Era una escuela de puras mujeres. Carísima, por cierto. Cuando murió Manolo creí que mi mamá me iba a sacar de allí, pero Imelda siguió pagando mi colegiatura. Y nuestro gasto, y todo. Supongo que fue un premio por nunca fastidiarla.

—Y a Borola la castigó por lo contrario...

—La castigó Manolo, que murió sin dejarle un centavo. Excepto el coche, que sí estaba a su nombre. Un carro muy bonito, nuevo, color plata.

—¿Cómo dice que se llamaba la señora de atrás?

—¿Borola? Nancy Félix. O Infélix, como le decía mi mamá. Luego se volvió loca, pero completamente. Se hizo viciosa, se fue a vivir con un traficante.

—¿Y por qué la odia tanto? Por lo visto a esa Nancy le fue peor que a todas.

—No la defienda, doctor, aunque sea mi terapeuta no le permito que se meta aquí. No en esto.

—Nancy está muerta, Eugenia.

—¿Y usted cómo sabe eso?

—¿Cómo sé qué?

—Que está muerta. Ni siquiera he empezado a contarle esa parte.

—Mire, Gina, cuando le digo que un personaje está muerto no me refiero a la persona física, sino a la imagen que usted guarda de ella. No nos conviene que esa tal Nancy esté viva dentro de su cabeza. Créame, Gina, le hace más mal que bien. De eso no va a sacar nada mejor que un cáncer.

—¿Qué me está sugiriendo, doctor?

—Que ya la mate, Nancy.

—¿Qué?

—Gina, quise decir. Nada más no se altere. No me he explicado bien. Tiene usted que entender que el terapeuta no está a salvo de la transferencia. Pero ése es mi problema, y estamos en el suyo. Tiene usted un inquilino indeseado, y va a seguir así, a menos que decida en sentido contrario.

—Dígame la verdad, doctor.

—No tendría por qué mentirle, Gina.

—No me interrumpa. Dígame la verdad: ¿tengo razón o no para odiar a esa vieja?

—Tener una razón no es motivo bastante para perder el juicio. Usted decide si prefiere estar sana, o si es más confortable tener allí al espíritu de su ex vecina para culparla por sus frustraciones.

—Listo, doctor. Como decía Porky: Eso es todo, amigos. Espero no le importe si le pago con cheque.

—¿Me va a echar de su casa, Gina?

—Usted me dijo que corriera de mi vida a Nancy, y ahora mismo me estoy deshaciendo de ella con todo y sus aliados. ¿Al portador, el cheque?

—No tiene que pagarme, Gina. Es evidente que la sesión de hoy no ha cumplido con sus expectativas.

—Ya le digo que las cumplió tan bien que de hoy en adelante me las voy a arreglar sin charlatanes. Perdón, quise decir sin terapeutas.

—Señora, por favor.

—Señora tu madre, cabrón. Te me largas ahorita mismo de mi casa o de una vez te enteras cómo trato a los enemigos de mi familia.

—Adiós, Nancy —digo ya para mí, no bien me abalancé hacia la escalera, decidido a borrarme de una vez para siempre de la escena. Cuando alcanzo la calle, jadeando por el susto, me juro que hasta aquí llegó el doctor Alcalde. Me siento descubierto, ridiculizado. A un terapeuta no le pasan estas cosas. ¿O sí le pasan?

No debería siquiera preguntármelo. Tendría que bastar con sacar el cuchillo y cortarle el pescuezo al tal doctor de mierda, pero hay alguien adentro que quiere saber más. Alguien que no sé si es mi aliado o mi adversario y frente al cual no tengo defensas ni secretos. Un demonio que insiste en enterarse qué sucedió después, y después, y después. Por culpa de ese imbécil que también soy yo no he andado ni dos cuadras y ya voy de regreso hacia el lugar del crimen.

Miro el reloj: dieron las nueve y media y sigue con las luces apagadas. Es viernes, deberían llegar sus invitados. Me he apostado detrás del árbol de enfrente, no sé si porque sólo necesito verla volver a su vida común, o porque lo que quiero es comprobar que no va a conseguirlo. Es eso al fin, ¿verdad? Quisiera verla mal. Saber que está sufriendo. Azotada, jodida, arrepentida, igual que el bestia del doctor Alcalde. Alguien dentro de mí, sin embargo, no soporta la idea de matarlo, ni acaba de creer que la paciente lo haya echado a la calle por intentar curarla de sus odios hediondos.

—Ay, doctor, qué vergüenza, no sé por qué me tuve que poner así —hace medio minuto que se encendió una luz. Está sola y sin cena en la noche del viernes. Me pregunto si no estará volviendo de una más de esas siestas tristísimas que siguen a un coraje o una desazón. Me siento un asqueroso de sólo preguntarme si habrá llorado, sólo yo sé qué tanto me calienta la idea. Ya nomás ver su nombre en la pantalla del teléfono me ha provocado una erección vengadora. Tranquila, mamacita. The doctor is in.

—Enhorabuena, Gina. Déjeme que le dé la bienvenida al segundo nivel de la terapia Læxus.

—La miraba de lejos, ya te he contado. Un día la quise ver con los binoculares de mi padrastro y ella me descubrió. Desde entonces más bien me le escondía. Me daba mucha pena ser un niño fisgón y entrometido.

—¿Y ya se te quitó?

—Creo que no. Y tampoco nos consta que yo sea una buena amistad para ti.

—Ni para Filogonio, pero mi mamá dice que yo tampoco. Jura que ella en la escuela no tenía ninguna amiga como yo.

—No me digas que no has visto sus fotos.

—Tú la viste en tercera dimensión. ¿Qué te gustaba de ella? ¿Por qué la espiabas?

—Primero, porque estaba prohibido. Tu abuela y mi mamá no se podían ver. Ay de mí si me descubría hablando con tu mamá, que no era tu mamá sino una niñita de uniforme que miraba a la gente con cara de puchero. No sabías si estaba a punto de llorar o si recién había terminado. Creo que eso era lo que más me gustaba.

—¿Verla llorar?

—No quise decir eso —reparo, sin exactamente desmentirla, confirmando que he vuelto a cagarla— sino que tu mamá me daba ternura. No quería que llorara. Me dormía y soñaba que era un héroe y la rescataba de las garras de sus enemigas.

—¿Cuáles enemigas?

—No sé, las que fueran.

—¿No lo sabes o no me lo quieres contar?

—No me consta que tuviera enemigas. Yo me lo imaginaba. Eran mis fantasías. Tampoco creas que me enteraba de tanto.

—¿De qué sí te enterabas?

—Sabía que tenía problemas en la escuela. Le hacían burla, le ponían apodos, no jugaban con ella. No era que no tuviera amigas como tú, sino que no tenía ninguna. Una noche escuché que mi padrastro le contaba esa historia a mi mamá.

—¿Para que ya no la siguiera odiando?

—Yo supongo. ¿Sabes tú cómo sé que tu mamá no está tan loca como dices?

—¿Porque sigues espiándola, todavía?

—Porque la mía sí que desbarraba, y era muy diferente. Nunca estuve seguro, pero me imaginaba que tu mamá tenía que aborrecerme. No podía ser de otra manera, yo era el hijo de la señora loca que ni día ni noche paraba de insultarlas. ¿Cómo me iba a querer? Además, era un niño entrometido. ¿Sabes lo que mejor recuerdo de la niña de atrás? Su sorpresa. Sus ojos de reproche. Se le veían enormes, con los binoculares. Me avergonzaba mucho saber que ella sabía que yo era yo.

—Te habías enamorado.

—Yo no dije eso.

—Eso nadie lo dice. Pero si espiabas a la niña de atrás y te ponías rojo cuando la veías, es que estabas enamorado de ella.

—Nunca me iba a hacer caso. Para qué.

—¿Te imaginabas que te casabas con ella?

—Escribía su nombre con mi apellido. No me sabía el suyo, pero me imaginaba teniendo hijitos con la señora Gina de Medina.

—¿Hijitos como yo?

—No estoy seguro de haberles visto la cara. Vivíamos juntos, teníamos un perro, dos hijos y una alberca. No sé ya de qué raza, ni de qué edad, ni de qué tamaño. No tomo fotos de lo que me imagino.

—No tienes que enojarte, como mi mamá.

—Perdón. Otro día te cuento cómo era.

—¿Todavía la quieres, por eso te enojaste?

—¿Estás buscando que me enoje en serio?

—Ya me voy a mi casa. Con una loca tengo.

—O sea que tú sí te enojaste.

—No tanto. Estaba remedando a mi mamá. Pero igual si te enojas sí me voy.

Pregunta demasiado. Debería preocuparme. Hablarle con cuidado. Cuando menos saber de antemano qué le puedo decir, qué tengo que guardarme. Pero no es así el juego. ¿Cómo voy a explicarle al abogado que en ciertas circunstancias la imprudencia me tranquiliza más que la precaución? Elevar las apuestas: no hay modo más honrado de obstinarse. Cuando uno es niño, nunca se pregunta por qué o para qué va a jugar a algo. Jugar es ya razón suficiente. Jugamos al Turista y apostamos fortunas con tal de ganar, porque el placer empieza con la apuesta. Apostar a perder, y aun así ganar, o casi. Jugar ruleta rusa hasta el quinto intento, qué delicia vivir después de ese clic. Cagarse en el pronóstico del precavido. Volar de gratis y volver con dinero a salirte con la tuya.

Cada vez que le cuento a Dalila justo aquello que no debería contarle, paso por el consuelo tramposo del tahúr. Recupero el aliento si le confío un secreto, es como si estuviera combatiendo al insomnio desde dentro. No sé de qué estoy mal y ni siquiera dónde me duele, pero si juzgo por el consuelo que me da su presencia y el alivio que siento cada vez que respondo a sus preguntas, tendría que pagarle a ella el dinero que su madre me da cada semana. Si no fuera por esos benditos mil pesos, correría el peligro de creerme que soy buena persona. Pero igual este juego no es configurable y a mí me tocó ser tanto el doctor Alcalde como el misterioso ladrón de conejos. Uno dice mentiras todo el tiempo, el otro goza echándose de cabeza. Uno busca pescar los datos íntimos de su paciente, el otro se deleita revelando los suyos. Entre los dos me llevan cuesta abajo, que es hacia donde siempre quise ir. No se cae en picada por un día, ni un mes, ni diez años. Es un trabajo de toda la vida.

—¿Puedo venir mañana?

—Yo supongo. Si Filogonio no tiene inconveniente.

—¿Y me vas a contar de mi mamá?

—Hoy no, ya me cansé. Pero mañana sí. Lo que quieras saber. Si lo sé y lo recuerdo, te lo cuento. Prometo no inventar.

—¿Eres muy mentiroso?

—A veces.

—¿A veces mucho o poco?

—A veces mucho, pero nomás a veces. Siempre que se me ofrece defenderme.

—¿De la policía?

—De cualquiera que insista en enterarse de lo que yo no quiero que se enteren. ¿Le dirías tú a un policía dónde está Filogonio y quién se lo robó de la zotehuela?

—Claro que no. Le juraría por Diosito Santo que no sé nada de ningún Filogonio. Y de ti menos.

—¿Ya me entendiste? Mi problema es el mismo que el de tu conejo. Si nos ven, nos encierran. Y si nos descuidamos, nos cocinan. Por eso estamos los dos en tus manos. Nada es casualidad, pero todo es coincidencia.

—¿Y eso?

—Nada. Me da un poco de miedo que metas la pata. O que la meta yo, con lo sencillo que es. ¿Qué sabe tu mamá de mi paradero?

—¿Mi mamá de ti? ¡Hasta crees que le voy a preguntar! Nunca ha dicho tu nombre. ¿Cuándo fue la última vez que la viste?

—No sé, ya no me acuerdo. Tendría unos trece años.

—¿Y luego te cambiaste de casa?

—No, pero eso te lo cuento mañana.

—¿Te cayó mal? ¿Ya no te gustó tanto? Sólo dime eso.

—Supongo que dejé de ser niño.

—Y como todos los adultos te diste cuenta de que nada se podía. ¡Dalila, por favor! ¿No ves que tengo cantidad de complicaciones?

Resisto con trabajos ciertas carcajadas. Su imitación de Gina es tan buena que temo que la pura risa me delate. Detesto despedirla, cuando se va me quedo pensando que tal vez sea lo único cierto que me queda.

—Déjame que lo piense y mañana te cuento.

—¿A poco tardas tanto en fabricar mentiras? ¿Así vas a decir cuando te atrapen? Venga mañana, señor policía, y le explico qué estaba haciendo en la caja fuerte del banco.

—Necesito acordarme, no es tan sencillo. No tengo tiempo ahora, y tú tampoco. Si te cuento la historia de mis trece años van a salir otras que igual voy a tener que platicarte, para que entiendas cómo eran las cosas.

—Sólo una cosa más: ¿ya no te gustaba mi mamá?

—Ya no pensaba en ella. Tenía la cabeza repleta de fantasmas.

—Qué triste.

—Al contrario, qué bueno para ti. De otra manera nunca habrías llegado.

—Claro que sí, pero sería tu hija y nos pareceríamos. A estas alturas ya llevaría dos bancos robados.

—¿De verdad crees que soy asaltabancos?

—¿Cuándo fue la última vez que estuviste en la cárcel?

—¿Con o sin uniforme?

—¿Cuál es la diferencia?

—Con es por mucho tiempo. Sin, por algunas horas.

—Con.

—Nunca.

—¿Y sin?

—Otro día te lo cuento.

—¿Ya no mañana?

—Ni modo que te cuente toda mi vida en una sola tarde.

—¿Tan viejo estás?

—Hay días en que pienso que nací viejo. Como si en otras vidas hubiera hecho y dicho tantas cosas que en ésta me sintiera cansado. Por un error me enviaron a la Tierra, cuando tendrían que haberme dejado descansar diez siglos en alguna nube remota.

—¿En el infierno hay nubes?

—No creo. A menos que estuvieran llenas de gasolina. ¿Cómo sabes que voy a irme al infierno?

—Según mi mamá, es a donde nos vamos los mentirosos.

—¿Así dice, "nos vamos"?

—Claro que no, pero es bien mentirosa. Ella dice que sus mentiras son diferentes, porque son piadosas.

—Casi todos somos mentirosísimos. Hay demasiadas cosas que nadie quiere oír. El único pecado está en decir mentiras de mala calidad; el castigo es que te descubran y te hagan mala fama y ya nadie te crea. Hay mentiras que sirven para salvarte, y otras que en lugar de eso te meten en problemas.

—¿Y tú de cuáles cuentas?

—De las dos, ¿no?

—¿También a mí?

—Los cómplices no pueden decirse mentiras. Imagínate que asaltamos un banco, ¿qué nos pasa si yo te miento y tú me mientes?

—¿Nos agarran?

—Algo así. Pero una cosa es que te diga la verdad y otra que te platique mi vida entera. Guardar información no es igual a mentir.

—¿Y si el otro es tu cómplice?

—Soy tu cómplice, no tu confesor. Pero igual soy tu amigo. Puedes contarme o no contarme lo que te dé la gana, pero no hoy. Mañana. Vete a tu casa, si no vas a tener que contar más mentiras.

—¿Y eso qué?

—Hay que ahorrar las mentiras, nunca sabes cuándo vas a necesitarlas.

—Entendido, Comandante.

—Toque de retirada, Pájaro Carpintero.

—Teniente, aunque se tarde. Y le recuerdo, Comandante Zopilote, que usted mismo pidió que nunca dijéramos en voz alta nuestros nombres clave. A ver si no lo arrestan sus superiores.

La pregunta era el látigo, de eso no cabía duda. Me preocupaba un poco la mejoría de nuestra relación, detestaba la idea de irme mimetizando con él. Al principio me parecía aborrecible, sobre todo por esas dotes de titiritero que mis genes rechazan tan violentamente. Pero ése era también el principio de nuestro entendimiento. Entre su autoridad y mi obediencia se interponía una tierra de nadie que cada día peleábamos por conquistar. Era como jugar al ajedrez con la reina y dos caballos de menos, y encima en contra de un tramposo compulsivo, pero yo no esperaba hacerle un jaque mate. Me bastaba con quitarle unos peones, y hasta de cuando en cuando un alfil, un caballo, una torre aunque fuera perdiendo las dos mías. Isaías Balboa era como esos jugadores mañosos que se hacen perdonar divirtiendo al contrario mientras lo arrasan.

Era un privilegiado, al final. A mí no me gritaba como a sus siervos en la oficina, que le tenían un pavor religioso. Joderme poco a poco y suavecito era su idea de mostrarse amigable. Me hacía reír, además, pero no con la risa de una persona sana. Tenía un humorismo sardónico y amargo que cobraba revanchas por adelantado, no podía uno reírse sin sospecharse un poco animal de rapiña. Algo apestaba a muerto en esas risotadas a bajo volumen que los recién llegados confundían con ataques de asma. Era la risa pícara de quien disfruta menos el triunfo propio que la derrota ajena. Pelaba las encías y pronunciaba con la pura garganta una irritante cadena de jotas. J-j-j-j-j, temblaba y hasta a veces se frotaba las manos. Yo procuraba taparme la cara, de algún modo creía que si no nos mirábamos de frente no seríamos cómplices de risa. Y menos todavía de esa jodida risa panteonera.

—Todos cojeamos siempre de algún pie. El mío, por ejemplo, es la confianza fácil. ¿Por qué sigo confiando en gente como tú, que hoy se ríe conmigo y mañana me encaja un cuchillo en el lomo? Porque mi profesión me obliga a negociar. Si tú fueras mi puta secretaria, ya te tendría empinada en mi despacho, y en cambio a ti lo único que te pido es que te atrevas a negociar conmigo. Pero como yo no negocio con pendejos, antes de que eso pase tienes un par de cosas que aprender. Y el problema, muchacho, es que a ti no te gusta negociar. Quieres, como los chivos, mamar y dar de topes. Sospechas que yo voy a ganarme algo si consigo que dejes de ser un bueno para nada. ¿Cuándo has visto que un bueno para nada negocie? ¿Sabes qué es el orgullo, Carnegie? La única limosna que el perdedor acepta. Tengo mi orgullo, dicen. Creen que existen, los muy supersticiosos. Supondrán que su orgullo basta como evidencia. Ahora que si de orgullo se trata, el mío es dividir al mundo en dos. De este lado, la gente con la que negocié, de este otro los cabrones con los que voy a negociar. Y las reglas de selección son tan sencillas que esto lo resolvemos en una sola cláusula: El que no está en ninguno de los dos grupos se va volando a chingar a su madre. Esos que no negocian son a la larga unos malcogidos, porque hasta para echarte un pinche palo tienes que negociar como Dios manda. Piensa en las pobres viejas ventrudas que tienen que embriagar a su marido para que se las tire, ése es el resultado de una negociación errónea. Eso sí, yo no puedo pedirte que negocies si antes tú no te entiendes con la aritmética. No sabes dividir, crees que todo en la vida es multiplicar. ¿Por qué crees que mi libro se va a llamar *Summa*?

Porque es lo que he sumado, de poquito en poquito. Déjame que te diga que el trabajo que hoy haces a regañadientes podría matarte el hambre mañana.

—No le pedí que me matara el hambre.

—Ni debería matártela, por ingrato. Pero antes que eso, Carnegie, por estúpido. Hay quienes pagarían por ser mis discípulos, y tú quieres que yo patrocine tus lujos exóticos por hacerme el favor de ser mi ayudante. Mira, hijo, de todas mis putitas, caras o baratas, eres la única a la que le he puesto departamento, y encima de eso la única a la que nunca me tiré. Mis hijos me reclaman por el trato especial que te dispenso, piensan que deberías venir ocho horas diarias y comer con los otros empleados de la imprenta. Están celosos, claro. Ven que te estoy tratando como a un hijo y no eres más que un hijo de la chingada, pero yo les he dicho qué clase de persona es tu mamá, y hasta hoy han entendido que cuando menos por el afecto que me merece tu familia yo no puedo tratarte como un empleado, pero si insistes en no negociar voy a tener que verte como la sanguijuela que ha venido a robarse mis conocimientos y cualquier día querrá venderlos como suyos —solía reírse en los momentos menos apropiados, cuando no había chiste sino silencio. Era una risa netamente negociadora, pero buscaba el eco incondicional.

—¿Qué quiere que negocie, don Isaías?

—Tu alma, cabrón, no te hagas el ingenuo. Si no supiera yo que sabes de lo que hablo, ya estarías en la calle, por inepto. Yo nada más te digo que si vas a empezar una negociación convenciendo a la gente de que eres torpe, vale más que te empines y pidas clemencia. En el peor de los casos te iría igual.

—Usted tiene todos los hilos agarrados y dizque quiere negociar conmigo, que dependo de usted hasta para dormir.

—A ver, Carnegie, dime, ¿te parezco un pendejo total? ¿Crees que para entenderme contigo necesito bajarme a tu nivel? Para mí, negociar es abrir un menú de opciones suculentas, de las cuales elijo las que más me interesan y permiten un beneficio para el otro. No es sencillo, ni rápido. Tiene uno que evaluar el peso de las cosas y hacerse responsable por lo que salga. En tu caso, negociar es bastante más sencillo. Te pasan el papel y tachas una de las dos opciones. ¿Por qué? Porque el que sabe negociar soy yo y tú no tienes ganas de aprender.

—Nunca dije que no tuviera ganas de aprender. Sólo le dije que hoy no voy a ir con usted a la funeraria. Es todo.

—Eso es precisamente lo que yo no acepto, que de la nada vengas tú y me anuncies que "es todo". El que sabe si es todo o no soy yo, el día que te llame y te diga que "es todo" vas a tener que ir a buscarte casa, comida y sustento. Dime una cosa, Carnegie, ¿alguna vez te han dicho que no puedes entrar al departamento? ¿Te han cambiado la chapa, te han pedido que compartas el cuarto? ¿No te parece entonces mucha desfachatez que yo me acerque a pedirte un favor muy pequeño y tú me mandes al carajo y me digas encima que eso es todo? A ver, quiero que pienses cuántas entre tus amistades te darían asilo en su casa por tres noches. ¿Y por seis? ¿Y por diez? ¿Por trescientas? Es un favor muy grande hospedar a la gente. Un favor mucho más importante que acompañar a un buen amigo a pasar un par de horas en un evento social. Un amigo que te ofreció su casa, que te ha dado trabajo, que se ha comprometido a hacerte una persona de bien y te trata como a uno de su familia.

—¿Así negocia usted, chantajeando a la gente? ¿Me va a echar a la calle sólo porque tengo otro compromiso?

—¿Así negocias tú, haciéndote la víctima? ¿Cuándo vas a entender que una víctima no es más que una víctima? ¿Quieres que pierda el sueño por tus sufrimientos, te sientes fuerte cuando te compadecen, buscas que todos sepan que desde tu soberbia de cartón envidias en secreto a la mierda? Yo lo que hago es poner sobre la mesa de negociación los números de mi inversión en ti. Soy tu benefactor, pero no tu pendejo. ¿Qué puedes darme tú a cambio de todo esto que te entrego: techo, comida, educación, dinero, amistad? Empiezo a olerme, Carnegie, que me estás estafando. ¿Recuerdas cómo te sentiste la última vez que te estafaron? ¿Te ha estafado un amigo, alguna vez?

—Voy con usted, si quiere, don Isaías.

—Ay, qué emoción, Joaquín. Por fin se me va a hacer ir a una funeraria con un perdonavidas.

—No se enoje, don Isaías, usted dijo que estábamos negociando.

—No me ofrezcas favores, entonces. Convénceme de que no estás robándome. Dime por qué tendría que seguirte pagando ese sueldo con el cual bien podría viajar o emborracharme o llevarme de juerga a mis viuditas. Explícame las grandes ventajas que obtengo si te dejo vivir en mi departamento sin cobrarte la renta. ¿Realmente me conviene contarle mis secretos profesionales a un vividor que no sólo se niega a comprometerse conmigo, sino además se queja y le saca la vuelta al pinche parche?

—Si usted pensara todas esas cosas de mí, ya me habría corrido sin decir más. Si yo quisiera sacarle la vuelta, ya me habría largado. Pero estamos aquí, don Isaías. Por algo será, pues.

—Es un estilo duro, pero me gusta. Cuando menos ya estás negociando, muchacho. Tienes razón, quizás. Yo sé que me convienes, tanto como lo sabes tú de mí. Pero soy tu cliente, Carnegie y en este caso tengo la razón por sobre todos tus demás clientes. Yo soy ese cliente que cuando se despide te deja sin negocio. Tú no quieres que yo me despida de ti, y yo tampoco quiero pero la tengo un poco menos difícil. Ya te dije que el mío es menú grande, y una de las opciones dice *Nuevo redactor*. Sale caro empezar otra vez, pero puedo pagármelo. En cambio tú no puedes reemplazarme. No rápido, ni fácil. Tendrías antes que pasarlas muy mal, y durante ese tiempo, meses, años, maldecir tu mal tino por haberme tratado a lo pendejo. Pero no especulemos, vayamos a los hechos. Si analizas con calma todo lo que te he dicho, percibirás en mí un interés muy especial en este asunto. ¿Tú sabes lo que vale para un proveedor estar al día con las necesidades e intereses del cliente? ¿Te imaginas, en cambio, lo que puede costarte no saber lo que tu cliente quiere? Y te la pongo peor: ¿cuánto cuesta contradecir a un cliente? No te gastes dudándolo, te costaría el negocio. Es decir que en los hechos, mi querido Carnegie, tu interés debería superar al mío. Tendrías que ser tú el más interesado en acompañarme hoy a la funeraria, no sólo porque así haces méritos conmigo, sino por la oportunidad que significa desplegar tus encantos enfrente del cliente y revaluar tu imagen, que buena falta te hace.

—¿Qué quiere, que le insista o que le ruegue?

—Ya te dije que quiero que negocies. No te aconsejo que te pongas de rodillas, es la peor estrategia de negociación. Pero es bueno que vuelvas a tu lugar. Estás en desventaja, tus opciones son tómalo o déjalo, y si eliges dejarlo ya no habrá más opciones. ¿No quisiste la sopa de fideos? Trágate entonces la de jodeos. Pero si fuiste lo bastante listo para elegir comprometerte conmigo, se van a abrir nuevas alternativas. ¿Ya me entendiste, hijo? Si lo que buscas es que negociemos, encuentra la manera de que acepte ir contigo a la funeraria, hoy en la noche. Si lo consigues, tal vez tengas un par de oportunidades de reposicionarte frente a mí. Y eso es exactamente lo que quiero decir cuando hago uso del verbo negociar. Los pendejos negocian discutiendo, quienes realmente quieren lo que quieren se callan el hocico y ponen manos a la obra. Yo hasta hoy creo saber para qué sirves, pero no veo que quieras ayudarme. Si crees que me equivoco, puedes contradecirme, pero que sea en los hechos. Ya estoy muy viejo para comprar palabras. Recuerda que las vendo, Joaquín, y son siempre las mías, nunca las tuyas. Las mías se cotizan, luego de tantos años de sembrarlas. Salvo vidas, y la gente sabe eso. Mi trabajo es sacarlos del agujero, no aceptarían que lo intentaras tú, que hasta hoy sólo vales por lo que pueda yo sembrar en ti. Y ahora vete, que ya me hiciste encabronar con tanta necedad. Píntate, pinche Carnegie.

—Si me acompaña, le invito unos tacos. Cuando salgamos, pues.

—Salgamos huele a manada, no me vas a comprar con unos pinches tacos.

—No me puede dejar que me vaya después de todo lo que me dijo.

—¿Seguro quieres acompañarme, Joaquín?

—¿Seguro que ya no me va a regañar?

—Segura nomás la muerte, ya te he dicho. Y qué bueno, porque todas las muertes resuelven cantidad de problemas. Causan otros, también, pero de eso se trata. No avanzaría nadie si no hubiera problemas. El problema es vivir y se resuelve tres metros bajo tierra. Luego se reacomoda el mundo sin uno. Por eso me pregunto: tú, que eres el depositario de mi *Summa*, ¿qué vas a hacer con ella cuando me muera? ¿Vas a copiarla, o a querer continuarla, o a tratar de enterrarla? No me mires así, ni que fueras mi vieja. La muerte lo resuelve casi todo, casi nunca de acuerdo a los deseos del fiambre. ¿A quién le importa qué pueda haber pensado un cadáver, si ya no puede vernos ni escucharnos ni ocasionarle problemas a nadie? Somos impunes frente a los cadáveres, podemos retorcer su jodida memoria de acuerdo a nuestras más mezquinas conveniencias. Ahorita estás aquí, contándome tus penas y tus problemas, hoy en la noche sales de la funeraria, cruzas la calle, te atropella un camión y zas: tus problemas quedaron resueltos. Todos ellos. No será tu problema si el camillero le saca la cartera a tu saco, que ya dejó de serlo porque a partir de ahora no tienes nada. Estás muerto, no tienes ni problemas. Piénsalo. ¿Qué te importa, ya muerto, si tu familia se pelea por tu coche y rematan tu ropa en una venta de garage y echan a la basura tu álbum de fotos, si como ya quedamos tú no tienes ya ropa, ni coche, ni fotos, ni familia? Dirás que tienes un lugar en su memoria... Puede ser, pero tú sabes cuáles son las consecuencias de construir en terrenos ajenos. Cuando menos lo esperas, ya no mandas allí. Tú, que sobreviviste a la muerte de tu hermano, dime si lo recuerdas como él quisiera. O en fin, como hubiera querido. ¿Ves lo que te expliqué? Dije "quisiera" y hablaba de un niñito que murió hace diez años. Ningún muerto *quisiera.* Todos quisieron, y si nos da la gana habrían querido. ¿Cómo van a saber tus sobrevivientes qué es lo que habrías querido? Y aun si lo supieran, ¿cómo van a querer lo que tú habrías querido cuando ellos, que están vivos, quieren algo distinto? Recuerdo a una viudita que recién había leído la póliza del seguro de vida de su esposo. Ya no me acuerdo de la cantidad. Poca cosa, seguro, porque la pobre vieja me lloraba en el hombro como niña chiquita. Le estaría mentando la madre por dentro, pero ni modo de salirse del papel. Pobrecito, decía, él hubiera querido dejarme dos millones. La traté solamente un par de semanas, ya luego comprendí la dicha del difunto. Claro que no era quién para saber qué habría querido el San Pendejo de esa vieja ladilla, pero yo en su lugar me las habría arreglado para dejarla encerrada en un cuarto con las paredes acolchonadas. O mejor todavía, en un albergue para menesterosos. A ver si allí le dan sus dos millones.

—Usted anduvo dos semanas con ella —no sabía qué decir. Tres coincidencias eran demasiadas para un discurso todavía pequeño. Había hablado de la muerte de Mauricio, luego de una viudita que bien podría haber sido mi madre, y hasta había tocado el delicado tema de las incautaciones inmobiliarias. Paranoia, tal vez. El resultado lógico de entrar en el juego de Isaías Balboa. A mi madre la muerte de Manolo la había dejado así, lista para el albergue o el manicomio. Adicta a privilegios que no podía pagarse. Pensé después que en fin, hablábamos de viudas desamparadas, tanto que se parecen, y mi madre también era una de ellas. Era, según Balboa. Había sido, según el acta de defunción que tiré a la basura con tal de no tenerla en el departamento, expuesta a los sabuesos del casero.

—Dos semanas que me restaron meses de vida. Lo más difícil en este negocio es aprender a no involucrarse. Cuando llega una pobre mujer desamparada y te llora por esos dos millones de pesos que el ojete cadáver no le dejó, tú sabes que no puedes darle ese dinero, ni compensarla con una mínima parte de él, y que aun si pudieras tampoco lo harías, faltaría más, de modo que en lugar de escuchar los ecos de los peores rincones de su alma, te preguntas qué es lo que quiere su cuerpo, y la respuesta es simple: vida. Mientras la bruja se desahoga haciendo corte de caja en las narices tiesas del marido, la ninfa se pregunta en qué momento sus vapuleados sentidos correrán al rescate de su espíritu. Y aquí es donde entras tú: el salvavidas. A partir de esta suerte, de este signo, de esta señal, todo lo que ella veía con cara de problema comienza a perfilarse como solución. Por ejemplo, los ojos del muertito. Ya no pueden mirarla, ni descubrir que miente. Ya no tiene siquiera que mentir. No por lo menos mientras está contigo y siente que la ayudas a cargar con su cruz. Si sabes cómo hacer tu trabajo, si eres profesional, como es mi caso, serás tú quien le muestre las primeras ventajas de la viudez. Empezando por las coartadas que le ofrece su condición de víctima. Y ahí está tu ventaja competitiva. Otros la compadecen, tú la resarces. Buenas noches, señora, soy la indemnización emocional del destino y vengo a levantarla de los suelos, permítame ayudarle con su cruz. Ése es todo el mensaje, tienes que transmitirlo en cada gesto, con una discreción in-ta-cha-ble. Siempre con un pie adentro y otro afuera. Nadie quiere que lo salven a fuerzas, tú eres un hombre bueno y desinteresado, sabes cómo ayudar a almas como la suya. Tu negocio es saber que ella te necesita, desde que llegas lo tienes en mente. Como dicen los beisbolistas, on deck. Cuando menos lo esperes, te va a tocar batear. Así dicen ahora, ¿no, Carnegie?

—Sí, pero se usa para cuando uno se deshace de la gente. Los rompimientos, los despidos, los pleitos. Nadie quiere batear, y menos ser bateado.

—En mis tiempos, batear era una cosa buena. Una oportunidad. Pero ahora que lo dices, también nos sirve la acepción moderna. No exactamente para lo mismo, pero de que la usas, la usas. Digamos que ya sabes que estás haciendo bien las cosas cuando descubres que la pobre mujer siente la tentación de batear a los suyos por tu causa. Fíjate lo que digo: no es por tu culpa, sino por tu causa. Nadie en la funeraria sabe que tú has llegado tras una causa, que consiste en vivificar al más sufrido de los deudos presentes. Y como nadie sabe de dónde saliste, y además están todos ocupados en digerir en masa la noticia, llevas una ventaja irremontable para la mayoría desconcertada. Vas a batearlos sin que te hayan ni visto venir. Están desprotegidos. Hasta los más hipócritas enseñan los calzones en un velorio, hay como un pacto de fragilidad entre los agraciados sobrevivientes. Lamenta uno la mala pata del difunto, pero ya se pregunta quién va a ser el próximo. Peor todavía, quién entre los presentes. Si no fueran tan mustios, cruzarían apuestas. Pero ahí está lo bueno, en esas situaciones se esmera uno en darle la mejor cara a quien sea. Por un rato, no importa si eres caca chica o grande, y eso abre cantidad de túneles y puertas para los quintacolumnistas de la fortuna. Que seríamos tú y yo, por ejemplo. Ya en el entierro todo se complica. La gente tiene prisa, y eso si acaso lo van a enterrar, ya ves que ahora prefieren chamuscarlos. Así se evitan la monserga de ir al panteón el día de muertos, y el del santo del fiambre, y en Navidad. ¿Te llevaban seguido a la tumba de tu abuela, la del epitafio ése que te gustó?

—Aquí duerme la luz de mis afectos —recité, como autómata.

—Dices que no te acuerdas cuál era el panteón, pero no se te olvida el epitafio. ¿Cuántas veces, entonces, te llevaron?

—Nunca fui, mi mamá me contó. Nunca se me ocurrió preguntarle dónde la enterraron.

—¿Nunca se te ocurrió o nunca se te ha ocurrido?

—Como sea, pues —quién sabría ya cuántas veces me había traicionado la gramática. —Qué quiere que le diga, no se lo he preguntado. No me gustan las tumbas, ni los velorios, ni los hospitales. Preferiría ni siquiera enterarme, y que cuando me muera tampoco se enteren.

—Los grandes hombres sienten a veces la tentación de vivir como un hijo de vecino, tú ya eres cualquier hijo de vecino. Tendrías que plantearte un reto más difícil. ¿Sabes cuál es el único escenario donde el gran hombre queda en las mismas circunstancias que el hijo de vecino?

—¿El infierno?

—Antes que eso: la muerte. Nadie nos asegura que hay un infierno, pero nos consta que existe la muerte. Esto es, lo constatamos. La muerte está metida en esa caja gris que intimida lo mismo al insignificante que al significativo. Y eso es lo que yo llamo una carretera con diez carriles, sólo que hay que apurarse a tomar la ventaja. Para ellos, lo que acaba de pasar se escribe con tres letras: f-i-n. Y para ti, que no eres nadie ahí, no hay fin que valga. Para ti es el principio, eso te ubica en otro paisaje. O en el mismo paisaje, pero más tarde. Déjame que te explique: la muerte tiene que ver con la noche. La oscuridad, la nada, el vacío. El rechinar de dientes, que le dicen. Cuando llegas, encuentras a los deudos sumergidos allí. Presos de sus tinieblas. Tú, en cambio, lo ves todo de colores, no solamente porque el muerto no es tuyo, también porque ya sabes a lo que vas. Tienes una misión, ¿estamos? Una causa, te dije. Por eso mientras ellos se pierden en la noche, tú avanzas tan campante por la mañana. Vienes de un día soleado y hacia allá te diriges, chiflando alguna cumbia de tu preferencia. ¿Sabes tú lo que le sucede al tango cuando llega la cumbia moviendo las nalguitas? Kaputt, mi amigo. Nadie quiere seguir llorando, ni quejándose, ni escuchando la lástima que le tiene la manada de ojetes presentes. El llanto y la sonrisa viven siempre de espaldas, ni se imaginan lo cerca que están. Puedes hacer llorar a quien sonríe con la misma facilidad que se le saca una sonrisa al chillón. Todo es cuestión de hallar un punto de apoyo. Pero no busques mucho, si lo tienes enfrente. Voy a darte una pista: está frío, no se mueve, y si lo hiciera todos saldrían corriendo.

—¿A usted no le dan miedo las preguntas?

—¿Qué preguntas?

—"¿De dónde conocías al punto de apoyo?", por ejemplo.

—No sé si debería decirte esto, eres muy joven para no intentar luego usarlo en contra mía. Pero voy a arriesgarme, para que veas. Una pregunta no es más que una pregunta, sobre todo si viene de alguien más. Las preguntas ajenas no son problema mío. No me inquietan, no me roban la calma. Al contrario, más bien. Son oportunidades. Si te conviene y se te da la gana, puedes dar la respuesta que te pidieron, pero no es necesario. Como no te interroguen pistola en mano, puedes decirles lo que se te ocurra. No es un examen, Carnegie. Puede uno darle todas las vueltas que quiera, cambiar el tema, contraatacar con otra pregunta. ¿Por qué lo dices?

—¿Por qué le digo qué?

—¿Lo ves, muchacho? La gente se hace bolas cuando alguien le revira la pregunta. Y dice uno que se hacen bolas porque resulta exactamente así, nadie sabe qué hacer cuando llega a sus manos la pelota viva. Se les cae, trastabillan, se hacen conscientes de su torpeza. Por eso es importante que les digas cuál es tu profesión tan pronto como sea posible.

—¿Quiere que me presente como terapeuta?

—Nada más de pensarlo me das grima. Tú no puedes llegar echándoles en cara una profesión que de entrada te pone por encima de ellos. Esa información fluye en el nivel casual. Lo que tú vas a hacer es integrarte a la conversación a través de una anécdota pertinente, pero en lugar de hablar de Perengano, les dices "un paciente me dijo", "tuve un paciente así". Cuando menos lo esperas, ya te llaman doctor.

—O doctorcito.

—Si te dejas. Si llegaste vestido como pordiosero, si traes un traje verde con corbata de trapo abrillantado y un moco por fistol... pero si, como yo, vas bien vestido, van a hablarte como a un doctor en filosofía. Y aquí nace otra ciencia, mi querido Carnegie, porque no cualquier hijo de vecino sabe cómo meterse en los zapatos de un auténtico cacagrande. Hay que hablarles de frente, ya me entiendes. De tú a tú, sin complejos. Sabes de lo que te hablo, ¿verdad? Tú fuiste niño rico, estuviste en escuelas para ricos, ibas al club, tenías amiguitos. Conocías los códigos, es seguro que tienes el olfato para atrapar farsantes, trepadores, vivales. Quiero decir que tienes la información. Puedes, si te propones, pasar por heredero, por más que seas un pinche muerto de hambre. Y eso ningún palurdo lo consigue. Se les ven las costuras, les brinca la etiqueta. Son tiesos, además; o al contrario, enfadosos. Quieren pertenecer y se les nota.

—Yo no era niño rico, don Isaías. ¿Quiere que le diga algo? Crecí entre gente así. Mi mamá, su marido.

—Todo el mundo es así, menos quienes reciben las cosas regaladas. Técnicamente, no hay niños ricos. Tú creciste como un hijo de ricos, y eso ante mí te da las credenciales para que me acompañes a una buena funeraria y no me hagas avergonzarme de tener por discípulo a un barbaján. Qué te puedo decir, Joaquín. Me gustas por verosímil. Pareces gente bien, nadie diría que eres mariguano y das las nalgas por mujeres conflictivas. Por no decir golfitas, que son muy populares entre la mala yerba de los niños ricos. Los que luego no tardan en hacerse pobres. Pero no hablo de ti, ni te me ofendas. Tu madre lleva meses paseando por Europa y tú dices que no eras ni eres rico. No mames, pinche Carnegie.

—¿Cree que estaría aquí, si fuera niño rico?

—Serías un imbécil, Joaquín. ¿Cuál es tu sueño, hijo? ¿Me estás diciendo que preferirías aprender a jugar polo y vivir sin más causa que sacudirte el tedio de cada día? ¿Sabes qué hacía mi padre? Era caballerango. Cuidaba casi puros caballos de salto. A mi hermano y a mí nos mandaron a la misma escuela de sus hijos. ¿Sabes cómo nos decían? Los Cuidavacas. Cada vez que llegábamos, alguien gritaba ya llegó la leche y todos los cabrones se carcajeaban. Y como éramos hijos de un caballerango sabíamos que no podíamos defendernos. Cada uno de nuestros enemigos era hijo de un patrón, mi padre nos lo había advertido. Si queríamos ir a parar a un internado, no teníamos más que alzar la mano en contra de otro niño de la escuela. Pero aprendí. Hice algunos amigos, con los años. Luego leí a mis clásicos y entendí que algo había heredado de todos esos años de vivir como un hijo de gato. No caballos de salto, ni haciendas, ni fortunas, sino algo más afín a mi naturaleza de fuereño, de intruso. El olfato, te digo. Que es el mejor amigo del quintacolumnista. Hay quienes dicen que lo nuestro es arribismo, para mí que es paracaidismo social. Por eso hay que caerles siempre de noche, que no sepan de dónde llegamos.

—Cobijados por el manto nocturno de la muerte.

—Más que manto, yo diría que es un abrazo muy frío, pero igual te lo compro. Un abrazo nocturno bajo un manto helado. ¿Has abrazado alguna vez a un muerto?

—Nunca. Ya ni a los vivos, últimamente.

—Con la notable excepción de las putas. En fin, te lo decía porque creo que no se puede abrazar a un cadáver sin entrar en los territorios de Doña Huesos. Te dejas abrazar por la pelona. Pero como no eres tú, sino la pobrecita dama presente quien ha sido estrechada por la muerte, vas a recordar esto a la hora de darle su pésame: tienes que arrebatársela a la muerte. Vas a abrazarla fuerte, a apretarla también con las dos manos. La agarras de los brazos, de los hombros, de la espalda, con la intención implícita de que su piel no olvide el contacto de tus dedos. Tienes que preguntarte, antes de hacerlo, qué le querrías decir, si fuera lícito. Y como lo único que pretendes que sepa es que has venido a rescatarla de la noche y el frío, se lo vas a decir con los dedos. Mímica por contacto, digamos. Llegas como si ella te hubiera llamado, nadie va a convencerte de que no te esperaba. A veces esperamos a alguien sin saberlo, no siempre la esperanza se alimenta del conocimiento. Por eso no te importan las preguntas, tú vas a lo que vas.

—Como los zopilotes.

—Como las águilas. No me digas que quieres merendarte al cadáver, con tanta carne fresca y adolorida cerca. ¿Te has fijado, por cierto, qué cachondo es el luto? Cuando murió el patrón de mi papá, la viuda, que era joven, llegó al velorio con un vestido negro muy entallado. Mi madre estaba muy indignada, decía que era una falta de respeto, y yo me acurrucaba en el sillón, haciéndome el dormido con un ojo entreabierto y la mano metida en la bragueta. Tenía catorce años, estaba descubriendo mi vocación.

—¿Mirando a la señora?

—Mirándola sufrir. Yo pensaba carajo, con ese cuerpo quién va a poder sufrir. Miraba sus caderas, sus piernotas, sus nalgazas, y me hacía a la idea de que eran un bongó. Nomás dime, muchacho, ¿tú llorarías con tremendo bongó entre las manos? Desde ese día, siempre que veo a una mujer que llora pienso que sólo quiere, aunque no se dé cuenta, que alguien venga y le toque su bongó. Que le eche el bandoneón a la basura, vamos a hacer la cumbia, mamacita, y la muerte, con todo respeto, se regresa a chingar a su madre. No se te olvide cuál es la regla de oro: Hay que tenderlas, para levantarlas. Lanzarles el mensaje seminal. Por encima del luto, por debajo del mundo, por detrás de la hembra. Ése es tu caminito. No te desvíes, no le quedes mal. Viniste a revivirla.

—Chupándole la sangre. Ya entendí por qué tanto le molesta que lo confundan con el profesor Van Helsing.

—Le chupas lo que tengas que chuparle, no es momento de hacerte el mojigato. Que yo sepa, en el mundo hay dos tipos de vampiro. Uno vive con culpas y el otro con coartadas. Ahora que también puedes dividirlos en díscolos y generosos, pero es casi lo mismo porque vas a encontrar que los hipócritas tienden a ser díscolos. Son los mismos vampiros de culo apretado que chupan sangre dándose golpes de pecho. Yo, en cambio, me he rodeado de coartadas. No te voy a negar que cuando vivifico a una señora me quedo yo también vivificado, ni que le saco toda la sangre que puedo mientras le tengo los colmillos clavados, pero aquí estoy también, compartiendo la sangre que chupé. ¿Qué haces tú, mientras tanto? Chupar y relamerte los bigotes. ¿Qué pretendes, Tartufo? ¿Predicar sobre el hambre al final del banquete? Carnegie, no me engañas. Al falso franciscano lo acusan sus eructos. ¿Cómo quieres llegar al chingado velorio, cargado de coartadas o de culpas? La gente no se pone de acuerdo sobre lo que conviene a la demás gente, a veces las mejores intenciones sirven para obtener los peores resultados. Tú no puedes saber cómo le va a caer a la señora que la traigas de vuelta a la vida, siempre es posible que te quedes dormido mientras ella se corta las venas en la tina. Pero ése es mi trabajo: cirujano del alma. Los muertos también cuentan en el currículum. Te sacuden, te cimbran. Te enseñan más que todos los libros. Puedes equivocarte, aunque lo sepas todo y nunca hayas fallado. Puedes joder la vida que te habías propuesto reparar, y cuando lo hagas tendrás dos opciones: desangrarte o seguir chupando sangre. Una cosa es que se te muera la infeliz, y otra que dejes ir el cadáver sin haberle sacado el jugo debido. Acaba uno primero de chupar la sangre, luego se va a rezar por lo que se le antoje. Nuestro trabajo es técnico, Carnegie. Las consideraciones sentimentales no lo hacen mejor y sí lo entorpecen. ¿Tú crees que un cirujano trabajaría mejor escuchando llorar a los hijos pequeños del paciente?

No me la creo, don Isaías. Y cuando me la creo me sale el caballero andante.

—La clásica conducta del murciélago mustio. También llamada Síndrome del Vampiro Católico.

—¿Llamada por usted?

—¿No te basta, pendejo? Tu patrón, tu casero, tu gurú y tu inmediato superior, nada más. Y ahora para que veas que no me estoy nomás jurgoneando el pispiate, voy a dejarte una nueva tarea. Necesito un capítulo dedicado exclusivamente al CVS, que son las siglas del Catholic Vampire Syndrome. Ya te puse a dudar, ¿verdad? Estás imaginándote quién fue el gringo mamón que patentó esa pinche mariguanada. ¿Y si te digo que en la semana que viene va a celebrarse el Noveno Congreso Mundial del CVS? ¿Te das cuenta que un poco de información me alcanza para ponerte en ridículo? ¿Sabes por qué? Porque te faltan huevos. Mal precedente para un cirujano. Pero yo, que te pago y te albergo, no puedo darme el lujo de desperdiciarte. ¿Te imaginas si de verdad hubiera un congreso mundial de esa mamada? Yo lo decía casi de broma, pero igual me di cuenta que si seguía adelante con la apuesta podía en un descuido llevármelo todo. Te descuidaste en el momento en que se me ocurrió ponerte a trabajar y te ganó la hueva. ¿Cómo ibas a tener tú los tamaños para atreverte a desconfiar de la palabra de Isaías Balboa? Y lo mejor de todo es que de todas formas vas a hacer el capítulo. Lo vas a hacer muy bien, además, porque de eso depende mi concepto de ti. Y ni me abras la boca, que no tengo galletas en la mano. Lo que quiero que entiendas es que te considero un joven inteligente, y hasta intuitivo, por eso me esmeré en que me creyeras que existía en el mundo un síndrome cuyo nombre acababa yo de inventar. Te volví a distraer cuando te di las siglas en inglés. Te lo leí en los ojos: hueva otra vez. Tener que investigar, leer, pensar, cuando podrías estar fumando mota con los audífonos a todo meter. Caíste en cada una de mis trampas, y eso hasta este momento no me habla mal de ti, sino muy bien de mí. Y como quiero creer que eres inteligente y talentoso, me anticipo a los hechos y te doy todo el crédito. Vas a hacer un capítulo sobre el CVS como tú creas que parezca más serio. Si consigues que yo me lo crea y le ponga siquiera la mitad de la cara de idiota que me pusiste tú, estás del otro lado.

—¿Quiere que se lo invente, desde cero?

—¿Ves cómo eres, muchacho? Acabas de mamar toda la información y tienes el cinismo de ofrecerme que lo vas a inventar desde cero. ¿Quieres documentarte? Mírate en el espejo. Eres la viva imagen del Vampiro Vaticano.

—Del Gólgota a los Cárpatos en siete días.

—Me gusta la propuesta. Llamémosle Proyecto Gólgota-Cárpatos. En cuanto al plazo, te lo voy a aceptar. Tienes una semana para entregarme el borrador del capítulo, ya luego vemos dónde lo acomodamos. Podría ser en medio, tal vez en la sección de los fantasmas. O igual encaja más entre los apéndices. No me gusta ese nombre despectivo: apéndice. Entre los salvavidas como tú y yo, un buen apéndice no es extirpable. Hay que escribirlo igual que si fuera un capítulo, y recuerda que cada capítulo se empieza con la ilusión de que sea el primero y se acaba con miedo a que sea el último. O al revés, de repente. Nunca sabemos cuál va a ser el capítulo del que se va a colgar quien nos lea, ni tampoco cuáles va a digerir. Un libro para mí es como un menú. Puedes leerlo entero, pero no digerir todo lo que hay. O si prefieres piensa en cada capítulo como un mensaje dentro de una botella. Estimado señor: recibimos su SOS desde la isla desierta, le enviamos instrucciones detalladas para que vuelva a la civilización, así como una brújula que le será de gran utilidad. Cada capítulo tiene su brújula, es decir que se puede bastar solo para descoyuntar las resistencias íntimas del pobre diablo.

—El pobre diablo paga nuestras facturas. Teóricamente, mínimo.

—En tu caso quien las paga soy yo, y yo digo que nunca olvides a quién le estás hablando cuando pretendes salvarle la vida. Todos tenemos dentro un pobre diablo, es a él a quien hay que dirigirse. Echarle ojos de a ti te andaba buscando, cucaracha insignificante y maloliente. Hay que hablarle al imbécil que cada uno lleva dentro para que se avergüence y recule. No crece uno por el empuje natural de su talento, como por el combate sostenido contra su estupidez. Hay que hacer que el paciente de mañana le escupa alegremente al de ayer. Sumirlo en un abismo artificial de donde sólo deberá salir cuando haya terminado de ahogar al pobre diablo.

—¿Y no sienten piedad por su pobre diablo?

—Los pobres diablos son chantajistas natos, por eso siempre digo que la piedad no vale para este negocio. ¿Te compadecerías tú de un mal espíritu, romántico zopenco? No conozco un fantasma tan asqueroso como el de la autocompasión, que pretende vender el sufrimiento como mérito. ¿Eres católico?

—Catolaico. La religión me asusta.

—Nos enseñamos a admirar y reverenciar al que peor se la pasa. Traicionado, azotado, clavado, abandonado por Su Padre. Nos postramos ante un hombre que sangra. Queremos más a nuestra mamá si ha debido sufrir por nosotros. Por lo visto, sus buenos momentos no cuentan. Es oficialmente incapaz de sentir un orgasmo. Somos tan, pero tan hijos de puta que hasta eso lo tomamos por mérito. ¿Qué pensarías de un grupo de gente que le reza a una guillotina? ¿Traerías una guillotinita de oro colgando del cuello? ¿Te santiguarías dibujando la forma de una guillotina, o de una horca, o de un garrote vil? No creas que es sencillo hacer la guerra contra un pobre diablo que piensa que las cosas se ganan sufriendo.

—Así piensa la gente en los velorios. Luego van y le cuentan a quien se deja que la pobre de la mamá estaba deshecha. Qué tragedia, dicen. Meneando la cabeza.

—El show de la piedad. Qué sería de nosotros sin él. Sólo que el show de la piedad existe justamente para disimular la ausencia de piedad. De la cual tú y yo somos los campeones, porque no conocemos al muégano ni la noticia nos quitó el apetito. Participamos en el espectáculo con el olfato más despierto que nadie. Llega uno como polizonte del dolor ajeno y sale como el único doctor que a esas alturas les sirve para algo. Soy el doctor de los sobrevivientes.

—¿Cómo se diría eso? ¿*Ignoris causa*?

—Puede que ellos la ignoren, yo no. ¿Crees que es muy complicado ganarse un diploma respondiendo preguntas de cajón? Yo no vine a este mundo para ganar diplomas, sino para otorgarlos. Mi trabajo es hacer las preguntas, ya sabré cuáles voy a responder, y cuándo, y cómo y en qué pinche tono. No se tiene completa la última palabra si no se tuvo ya la primera. Por eso, cuando es otro el que hace la pregunta, yo me digo: borrón y cuenta nueva. Si abro la boca no es para responderle, como para que retroceda ipso facto y me devuelva el escenario que pretendió usurpar. Mira, Joaquín, por esta vez voy a aceptar que me invites los tacos cuando salgamos de las carnes frías, si es que salimos juntos, sólo porque ahora sí te vestiste a la altura. No sé por qué a la gente le gusta desgastarse diciendo pendejada tras pendejada con tal de aparecer confiables, cuando eso se resuelve con dos ingredientes que actúan fulminantemente antes de que siquiera abras la boca. Uno, la pinta. Cómo te ven los otros, qué precio tienes a simple vista. Dos, el porte. Cómo te sientes, cuánto sabes que vales. Si llegas con la pinta y el porte correctos, lo que digas va a ser artículo de fe. ¿Te has fijado que casi nadie sabe qué hacer cuando tienen a un deudo enfrente? Pero nosotros sí lo sabemos, por eso no tenemos competencia. Sabemos lo que vale la serenidad, la calidez, inclusive el sentido del humor, que también forma parte del pésame.

—No me diga que encima les cuenta chistes a las pobres señoras.

—¿Encima de qué, Carnegie? Encima de ayudarles a sentirse mujeres y saber que además de lástima provocan lujuria. Pero igual no les cuenta uno chistes. Cuando menos lo esperan, ellas mismas los dicen.

—Ya me las imagino excusándose. Ay, qué pena, doctor, ya me estoy riendo, va a pensar que soy una desalmada, pero no sabe usted cómo quise a mi Pancho.

—En efecto, así dicen. Cómo quise, lo quería mucho. Todavía no lo entierran y ya se refieren a él en pasado remoto. Sólo falta que digan *hasta donde recuerdo*. Las desgracias ayudan a crear un clima de algo así como buena voluntad. De repente somos muy generosos en la interpretación de los gestos. Si la viuda se ríe, está nerviosa. Si se acerca y te abraza, está sensible. Si te arrima las nalgas, está destrozada.

—¿Va a decirme que todas las viudas son así?

—Con que lo fuera una de cada diez, ya podrías considerarte afortunado. Lo que importa no es cómo sea la gente, sino cómo podría-llegar-a-ser. Incluso quienes ya enviudaron antes no saben de qué tanto serían capaces si volviera a pasarles algo así. No es lo mismo tratar a la viuda de un suicida que a la de un canceroso, pero yo te aseguro que las dos tienen la cabeza en las nubes. Alguien adentro de ellas está pidiendo a gritos el concurso de un ser humano con los pies en la tierra. Ahora fíjate bien que no dije "concurso" porque sí: una viuda rendida es un premio divino a la sagacidad.

—O a la puntualidad.

—Que también cuenta, claro. Pero yo estoy hablándote de mis asuntos, a mi edad no me quedan más que las viudas y a la tuya el negocio son las huérfanas.

—Todo es más complicado, a mi edad. Aunque usted diga que lleva uno la ventaja.

—Así como hay ladrones que con un empujón te sacan la cartera, uno aprovecha el golpe anímico de la muerte para abrir una puerta de emergencia. Es todo lo que pido, ya te dije. Un puntito de apoyo, una leve postura de privilegio. Que puedas ver lo que ellas no ven y les enseñes una salida. Recuerda: eres el único doctor que todavía les sirve. Y si lo quieres ver en términos más prácticos, eres lo opuesto a un caballo de Troya. Un garañón oculto tras la pinta y el porte de un doctor, eso es lo que yo llamo una compensación del destino. Y hasta una recompensa, cómo no. Todo el mundo premiado, nadie pierde. Cuando regrese al mundo enlutecido del que la rescataste, va a llorar más a gusto, con la resignación que da un buen amajuje.

—¿Qué es resignarse, en un caso como ésos? ¿Darle el tiro de gracia al cadáver?

—Ojalá se pudiera hacer eso. Aunque claro, se intenta. Darle vida a los deudos es echarle paladas de tierra al mueganito. Sutilmente, ¿verdad? Que nadie se dé cuenta que estás tratando de rematarlo. Hay algo de traición en la resignación, antiguamente las personas guardaban luto por temporadas largas, algunos por el resto de su vida. Se acostumbraban, o les acomodaba. ¿Te imaginas la cantidad de licencias con que puede contar una mujer vestida para siempre de negro? Piénsalo. Trae puesto el uniforme de fiel. Es buena, seria, digna, no traiciona. Tiene la pinta y el porte de los justos, y ya sólo por eso puede hacer de su culo un papalote. Sin que nadie se entere ni lo sospeche, casi. ¿Ves, Joaquín? Pinta y porte. A quien los tiene no le falta nada. Ahora, cuando la viuda está fresca por supuesto le sobran la pinta y el porte. No tiene todavía nada que esconder, su rostro de tristeza es el de una madona al pie de la cruz. Está aturdida, no sabe qué hacer, difícilmente puede imaginarse cómo va a ser la vida a partir del entierro del susodicho. Le han colgado, además, una aureola que la protege pero no le hace gracia. ¿Qué puedes darle tú a esa pobre mujer para ayudarla a recuperar los lazos esenciales con la vida? Muy sencillo, muchacho. Dale algo que esconder. ¿No pudiste tirártela? No te des por vencido. Saca las yerbas ésas que tienes escondidas en mi departamento, dáselas a fumar y ponle de pretexto el uso terapéutico en situaciones excepcionales.

—¿Sugiere que las drogue y las viole?

—Eres pendejo, Carnegie. Lo único que yo te sugerí fue que intentaras volverla copartícipe. ¿Quién se va a imaginar a una mujer de negro fumando mariguana con el discípulo de un prestigiado terapeuta? El chiste no es tumbarle los calzones, eso va a suceder por la pura fuerza de la gravedad. Lo que tienes que hacer es tumbarle la aureola, para que se dé cuenta que es removible. Hay múltiples ventajas en ser viuda, la libertad se ensancha junto con el respeto, no hay a quién rendir cuentas de tiempo, dinero, antojos, caprichos. Si te esperas en vez de ir ipso facto tras ella, vas a ver que llega otro y le quita la aureola. O todavía peor, pasan los días y se aferra a ella y se vuelve una beata malcogida: la carne de cañón de Satanás.

—Pensé que en este caso Satanás sería yo.

—No me vendas tan mal tu perspicacia. ¿Sabes qué es un patrón? Un cliente. Y yo como cliente pago por lo que veo.

—Sólo que lo que yo no veo es dónde está la línea que separa al librepensador del librevolador.

—Suena bien, librevolador. O sea que te sientes un demonio. Todavía no empiezas a pelear contra ellos y ya te contagiaste de su carácter. Tú que eres catolaico, deberías aplicarte un examen de conciencia. Puede que estés en el momento ideal para detectar y examinar los efectos del Síndrome del Vampiro Católico. Sólo que en vez de que escribamos sentí esto o aquello, diremos: un paciente del sur de Pennsylvania. O no sé, Mary F., de Seattle, Washington. En esas cosas no se puede titubear. Si enfrentas a un demonio tienes que usar a veces sus mismas armas. No te van a brotar cola y cuernos por eso. Tampoco eres un librepensador. En este juego tienes que ser fuerte y eso incluye tanto evitarte pensamientos imbéciles como pertrecharte con unas cuantas ideas fantásticas. ¿Qué librepensador se metería a exorcista, Joaquín, en caridad del culo que tienes por cerebro?

—¿Así trata también a sus pacientes?

—Mis pacientes me pagan, tú me cobras. A ellos les regateo mis secretos, a ti te los entrego sin condiciones. Lo increíble es que ellos me obedezcan y tú no.

—¿Qué quiere que haga, don Isaías?

—Me gusta la pregunta. No se me ocurre alguna más inteligente a la hora de arrancar las horas extra. Mira, muchacho, yo soy un buen cliente, no uno de esos zopencos indecisos que esperan que el empleado sea adivino. Para que no me digas que te hago trabajar a deshoras, voy a ofrecerte sin costo para ti un diplomado práctico en vivificación. De aquí a veinte años se te va a llenar el hocico declarando que fuiste el primer alumno del diplomado. No te voy a pedir que lo intentes por tu lado, vas a venir conmigo para que aprendas a jugar en equipo.

—¿Y si meto la pata, don Isaías?

—Basta con que te sepas unas cuantas reglas. Número uno: nunca me contradigas. Sígueme la corriente, incluso y sobre todo si sospechas que estoy volviéndome loco.

—¿Y eso?

—En este juego lo que más cuenta es la improvisación. Y como somos dos, uno debe llevar la mano. El otro trata de hacerle segunda, pero sólo cuando es indispensable. Regla número dos: si no llevas la mano, vale más tu silencio que tus palabras. No queremos que seas, por ahora, interlocutor válido. Cuando llegue el momento, y ése va a ser tu examen final, voy a dejarte solo a media jugada, para que la resuelvas con tu puro talento.

—Van a pensar que soy su sirviente.

—O mi hijo, o mi nieto, o mi mayate, por eso de una vez te me vas deshaciendo del don Isaías y empiezas a llamarme Maestro Balboa. Yo me encargo de hacerles saber que eres uno de mis discípulos más aventajados, más otras flores que ya irás ganándote. Regla número tres: prohibido desertar para ir a perseguir zorritas. Fíjate cómo he tenido el buen gusto de no referirme a pasadas y amargas experiencias. No tengo por qué hacerlo si me ayudas siguiendo estas reglitas. Que son todas muy simples, nada del otro mundo para un campeón de los epitafios. Regla número cuatro, las tres erres: respeto, reverencia, religión. Hay un muerto presente, sin él no habría fiesta y menos festín. Nunca estará de más una caravana, una mirada triste hacia el ataúd, santíguate con alguna frecuencia, y si yo estoy hablando atiende con fervor de discípulo fiel, y hasta fanatizado. ¿Te preguntas de dónde vas a sacar la autoridad para hacerte pasar por terapeuta? De aquí, precisamente, muchacho. Respeta la cadena de autoridad. Si me haces quedar bien, yo que soy tu maestro voy a legitimarte como el más talentoso de mis discípulos. Piensa en mí como un viejo cardenal, y en ti mismo como un seminarista estrella. Tu papel en la obra consiste en conducirlos hacia mí. Eres el puente entre el valle de lágrimas y el consuelo de la sabiduría.

—¿Usted es el consuelo de la sabiduría?

—Yo lo tengo, Joaquín. Soy su depositario, y todavía más, su humilde depositario.

—El Humilde Depositario de la Sabiduría: suena a título de dictador africano. ¿Así voy a decirle?

—Vas a decirme maestro, punto. No me hagas sospechar que estás muy verde. Soy yo quien usa la palabra humildad. Es de los pocos autoelogios que uno puede colgarse sin pecar de soberbio. Soy honesto, soy humilde, soy modesto: sigue siendo mejor si es otro quien lo dice de uno. Si tú los vas a usar para hablar de mí, tiene que ser con cierta reverencia deslumbrada, como la que profesan los que han visto milagros. El maestro practica una mística de humildad, les dices, con toda la grandilocuencia que puedas. O también: Nadie puede creer que un hombre que ha llevado sus palabras por cinco continentes sea capaz de hablar con esa sencillez.

—¿Quiere que sea su lambiscón oficial?

—No, porque nada de eso vas a decirlo delante de mí. Cuando me veas de espaldas, les confías esas cosas. Por ti deben saber que soy muy importante. Yo, por supuesto, voy a negarlo. Soy humilde, recuérdalo, aun habiendo vendido decenas de millones de copias de mis libros en más de treinta idiomas.

—¿Quién se va a creer eso?

—Cualquiera, en un velorio. Además, no queremos vender nada. Al contrario, traemos un regalo. Yo firmo el libro, tú se los das y ya después me llevas. Tienes todo el poder, muchacho. Las llaves que conducen hasta mí. Vas a pensar que soy un maniático, pero no es cosa de ego. Se trata de venderles una idea, tú no quieres que piensen que eres discípulo de cualquier papanatas. Si te fijas, la esencia de mi nombre es un triptongo, y la de mi apellido un diptongo. Aia. Oa. Tienes ahí dos oportunidades para hacer que resuene cuando lo pronuncias. Dilo lento, I-sa-í-as, que se sienta la música de cuatro sílabas, y luego las rematas con las otras tres. El ma-es-tro I-sa-í-as Bal-bo-a. Nunca desaproveches los diptongos. Tú dirás si es lo mismo Joaquín que Jo-a-quín.

—En un descuido suena hasta cursi.

—Sí, pero solamente a los oídos de un acomplejado. La gente cree lo que le cuentan no por lo que le cuentan, sino por la manera en que se lo cuentan. Tú mismo deberías construirte una historia. Tu historia.

—¿Para?

—Para que te confíen y después te recuerden. A la gente le gusta enterarse de quién eres, sobre todo si tienes debilidades. Invéntate un pasado tormentoso, o turbio, o complicado, o hasta diles que no te gusta hablar de eso, pero que sepan que tu vida es otra desde que descubriste la doctrina Balboa.

—¿Ya se dio cuenta cómo suena eso?

—Barato, claro, pero tú no vas a dejar que se quede así. Vas a darle unas vueltas, hacerlo tuyo, y al final vas a hacernos quedar bien. ¿Ya entiendes lo que vale el compromiso?

—No acabo de saber si estoy comprometiéndome o amafiándome.

—Las dos cosas, Joaquín. Aquí te comprometes o te comprometes. O lo que es lo mismo, te amafias o te vas. Suena duro, pero así son las cosas, incluso en las familias. Fíjate cómo todas las letras de la palabra mafia están incluidas en la palabra familia. Apúntalo si quieres como la regla número cinco: somos mafia. Tenemos nuestros códigos. Creemos en el vínculo de la sangre. ¿Te has fijado, por cierto, que *traición* lleva doble diptongo?

—También puede cortarse en cuatro sílabas.

—Solamente si acabas de padecerla. Si tú fuiste el traidor la dirás quedo y rápido, procurando que pase inadvertida. Hay que tratar de hablar siempre despacio, eso da la impresión de que sabe uno lo que está diciendo. ¿Entiendes? La verdad no lleva prisa. A la verdad le tiene sin cuidado si tú la crees o no. Le dan igual todas las opiniones, porque ella es simplemente la opinión del destino. La verdad, Carnegie, no está a discusión. No para los que la hemos visto de frente.

—¿Y qué tal si la veo desde otro ángulo?

—Eso es lo que yo calificaría como pregunta impertinente. Dímela enfrente de otras personas y estarás infringiendo cuando menos tres reglas importantísimas. Ya te dije que en este juego sólo vas a hacer puntos si aprendes a callarte. Cuando digo que no me contradigas, eso implica tampoco ponerme en aprietos. No me cuestiones, Carnegie. Calla y apunta.

—Estamos solos, don Isaías. Quise decir, Maestro Balboa.

—Corrijo: vamos solos camino al campo de batalla. Más que nunca necesitamos contagiarnos el uno al otro de la mística de nuestro trabajo. Ahora cierra los ojos, bien cerrados. Imagina que soy una huérfana fresca que te pregunta por Isaías Balboa. ¿Qué le dirías, Carnegie? ¿Cómo le pintarías a tu maestro?

—Don Isaías es un visionario…

—¿Otra vez don Isaías? Parece que hablas de un jodido abarrotero con ínfulas recientes de empresario. ¿Dónde quedó la mística, muchacho? ¿Así hablarías de Buda, cabrón?

—El Maestro Balboa sabe dónde buscar, tiene el don de mirar en lo oscuro, y también el de ver más lejos y con mayor detalle.

—Felicidades, Carnegie, ya me vendiste un chingao telescopio. Yo quería que me hablaras de tu maestro, no que hicieras el guión de un comercial para el canal 138 de Tuxtepec, Veracruz.

—Oaxaca.

—¿Ya ves cómo la cagas, pinche Carnegie? A la primera trampa caes. ¿A quién chingada madre va a importarle dónde queda Tlaxiaco?

—Tuxtepec, dijo.

—Segunda trampa, vuelves a caer. Antes de que cante el gallo tú me negarás tres veces.

—Suena como el principio del Corrido de Cristo.

—No me respetas, ése es el problema. Crees que puedes zurrarte en las jerarquías. Sólo tú eres capaz de hacer un chiste cuando te estoy poniendo en el lugar de Judas.

—¿No era Pedro el del gallo?

—Él era Pedro, pero tú eres Judas. No hemos ni comenzado y ya me has contradicho tres veces. Si yo digo que Pedro se llama Judas, es porque estoy tratando de invadir una dimensión más profunda de las cosas. Y tú, que eres mi apóstol, me pones en ridículo. No porque yo estuviera equivocado, sino porque te atreves a medirte conmigo. Si el discípulo teme que el maestro ha dicho algo inexacto, o hasta erróneo, su deber es cerrar dos veces la boca. Una para escuchar el flujo discursivo del maestro, la otra para tratar de contener el flujo natural de su pendejez. Una marea brava, en tu caso. Pero yo sé que puedes contenerla. ¿Vas a contradecirme por ahí, también? ¿Quieres probarme que contraté los servicios de un hijo de familia que es incapaz de obedecer mis reglas? Dime qué vas a hacer si yo te corro. ¿Vas a escribir la letra del Corrido de Cristo?

—Suelta ese gallo, Iscariote, que aquí traigo mi paloma.

—Chinga a tu madre, Carnegie —finalmente lo había hecho reír. Eso, en nuestro tablero invisible, equivalía a arrebatarle un alfil.

O‡→ZIZΛ ⊖Z ⊖O⊖O ?Δ8O IΛIO, me había escrito en la orilla de un trozo de periódico. Hice cuentas: tendría un día y medio sin acercarme a la puerta verde. Valía más que la dejara abierta, cuando menos hasta que dieran las nueve. Era todo el auxilio que podía ofrecerle. ¿Qué más quería que hiciera? Puta mierda, la apestosa conciencia. ¿A quién le está escribiendo Dalila cuando se queja por su madre loca, al vecino Joaquín o al doctor Alcalde? ¿Y no se trata justamente de eso la terapia inmersiva de Basilio Læxus, en su escarpado segundo nivel? Interrogar a la hija, ver a la madre desde sus ojos. A falta de bagaje académico, pone uno el énfasis en la perspectiva. ¿Dónde estaba usted?, es la pregunta clave que se le hace al testigo. De su respuesta pende todo el valor del testimonio. Yo, por ejemplo, estoy donde tiene que estar el doctor Alcalde. A veces, no sin cierto indignado estupor, el fiscal le pregunta al acusado qué necesidad tuvo de hacer las cosas que hizo. Es que estaba aburrido, responderá el chacal, que de cualquier manera no tenía respuesta. Lo que dijera, al fin, sonaría monstruoso, por cuenta de los ecos precedentes. Ya puedo oír al Ministerio Público: el de la voz acepta que se valió de una menor de edad para obtener información concerniente a la vida privada de la parte acusadora.

Pasé la tarde envuelto en estos pensamientos. Hurgué, sin mayor éxito, entre las ramas de los dos problemas, buscando alguna forma de que no se entramaran. Puedo apostar a que Eugenia Carranza va a seguirse de frente sin concebir siquiera que su hija pueda ser cómplice de su terapeuta, pero a Dalila no sé si la engañe. No sé por cuánto tiempo. En todo caso compraría eso, tiempo. Me daría unas semanas para contarle todo, lo que haga falta, mientras se hace más sólida nuestra complicidad. Acudir en su auxilio, dadas las circunstancias, es poco menos que intento de soborno. Si la madre se ha vuelto mi paciente, lo más sencillo ahora es convertir a la hija en mi cliente. Hablemos de Dalila, le diré cualquier día, al principio de la sesión. Un placer especial en estos casos es jugar con ventaja a las adivinanzas. Parece el terapeuta un poco brujo cuando acierta en el blanco por enésima vez. La paciente da escaso crédito a sus tímpanos si el doctor le menciona lo inmencionable. ¿Usted cómo sabe eso?, salta de cuando en cuando Gina Carranza, y yo sólo sonrío con la humildad del perpetuo estudioso. Usted lo ha dicho, Gina, pero no se dio cuenta. Me pide que la lea y la interprete, que por fortuna es lo que yo sé hacer. Junto las manos, enlazando los dedos al decirlo. Según Balboa todo terapeuta tiene un poco de médico, de hechicero y de cura.

—¿Cómo fue mi embarazo? Ay, doctor, qué pregunta, con perdón. Claro, ésas son las buenas, dirá usted. Las que punzan y sacan chispas nada más de pensarlas. No me gusta acordarme, se despiertan rencores que luego ya no sé ni cómo manejar.

—Nadie maneja sus rencores, Gina. Son ellos quienes la controlan a usted.

—Pues más a mi favor. Si voy a despertarme sentimientos que luego me esclavizan, mejor dejo que duerman, a ver si un día de éstos se me mueren de olvido.

—Nadie que esté tan bien alimentado va a morirse, y de olvido menos. Usted dice que duermen, pero me temo que los mima demasiado. Le gustan sus rencores. Con ellos justifica sus insuficiencias. Los transfiere, además. Y los protege, con la coartada de que quiere olvidarlos.

—¿Qué quiere que le cuente? ¿Que me pasé ocho meses chillando? ¿Como de qué me va a servir revivir los momentos más horribles de mi vida de perro?

—Entiendo sus reservas, Eugenia. Le cambio la pregunta, si prefiere. ¿Cómo es su relación con Dalila?

—¿Con mi hija? ¿Quiere saber si la hago víctima indirecta de mis traumas?

—¿Indirecta por qué?

—¿Va a juzgarme, doctor?

—No se defienda, Gina. No la estoy atacando. Yo no fui quien usó la palabra víctima.

—Ni yo quien se burló de que fuera involuntaria.

—Usted dijo indirecta, yo no entendí muy bien.

—¿Siempre avienta la piedra y esconde la mano?

—¿Siempre salta esa culpa cuando le hablan de su hija?

—¿Qué me está preguntando?

—Igual que cualquier médico, me interesa saber dónde le duele. ¿Ya no se acuerda cuando iba al pediatra?

—Me daban mucho miedo las inyecciones. A veces sus preguntas son como una inyección.

—¿Tengo la mano suave, cuando menos?

—No mucho, aunque más suave que la de su maestro. Cada vez que me da a leer un capítulo de ese señor Læxus hago corajes que me duran tres días. Perdóneme, yo sé que usted lo aprecia un montonal, pero si he de decirle lo que pienso de él, francamente se me hace que es un amargado.

—Si le produce todas esas reacciones, puede que estemos en una zona sensible.

—Cualquiera que la insulte a una de esa manera va a toparse con zonas sensibles.

—Si está presente, claro. Incluso por teléfono. Por carta. Por e-mail. ¿Pero en un libro? ¿Tendría usted que darse por aludida? No podemos dejar que un libro nos controle, ni que despierte dentro emociones controladoras e incontrolables, ¿cierto?

—Yo no sé si me recomienda usted esas lecturas porque es así como me ve y cree que necesito que me humillen. No se lo había dicho, pero después de haber leído la última joyita del tal Basilio Læxus, de plano me persigue esta idea no sé si loca de que es usted el que me insulta y me maltrata. Ahora, como me niego a hablarle de mi embarazo, va a castigarme con un nuevo capítulo, para que aprenda a no andarme quejando.

—¿Lo dice en serio, Gina? ¿Ya no se acuerda de lo que le advertí, antes de aceptar ser su terapeuta? Yo mismo, luego de años de estudiarlo, encuentro claroscuros indescifrables en el trabajo del maestro Læxus. Usted no ha hecho más que leer un par de capítulos. Lo que está en juego no es la obra del maestro, sino la fortaleza del discípulo.

—¿Realmente cree que gane yo algo con enojarme así? La última vez de plano me tomé dos aspirinas antes de leerlo, pero ni así me ahorré el jaquecón.

—¿Intentó releerlo?

—¿Qué me ve cara de masoquista? Su maestro está bueno para dar la razón a los suicidas.

—La impresión disminuye con la segunda lectura. ¿Ha probado desconectar el orgullo antes de leer? No sirve a la primera, pero si lee de nuevo verá que está cayendo en una trampa. Una provocación. No del maestro Læxus, sino de usted misma. Su vanidad, su ego, su sentido del respeto, lo que sea que sienta lastimado la empuja a combatir contra enemigos que no están ahí. Basilio Læxus no conoce a Eugenia Carranza.

—Joaquín Alcalde sí que la conoce, y ésas son las lecturas que le recomienda.

—Joaquín Alcalde juzga que usted tiene la fuerza emocional para sobrellevar esta terapia con provecho, incluyendo unas cuantas lecturas confrontadoras, tras las cuales vendrán otras distintas. No le voy a decir cuáles, ni cuántas, ni de qué tratan, porque estaría estropeando el propósito, pero sí le adelanto que más que una terapia es una travesía. Hay cuestas empinadas y caminos de piedras, hay descensos violentos, baches y si usted quiere hasta bichos, pero no va a enfrentarlos en la calle, sino en un territorio experimental del que va a regresar fortalecida.

—Perdone que sea cursi, doctor. Me gustaría que su maestro fuera la cuarta parte del caballero que es usted. Qué le puedo decir, no entiendo que se entiendan.

—Estábamos en su hija. Cuénteme. ¿Se parece a usted?

—Físicamente sí, somos muy parecidas. Ya nos vio juntas en los retratos del corredor. En la forma de ser no sé. Yo era muy tímida. Por supuesto que no tenía esos alcances.

—Es cómodo ser tímido. Vende uno sus límites aparentes como garantías. Si no se atreve a lo que todo el mundo, menos se atrevería a cosas mayores. Y eso no es cierto, Eugenia. Usted lo sabe. Me lo ha dicho aquí mismo, en otra ocasión. Los tímidos se atreven a cualquier cosa. Excepto a despojarse del escudo que les da crédito como tímidos. ¿Sabe qué dice mi maestro de la timidez? "El tímido es un exhibicionista que se ignora, y desde luego un narcisista peligroso."

—¿Ya ve por qué me cae mal su maestro? ¿Yo narcisista, con tamaños complejotes? Ay, doctor, con la pena, peligrosa y narcisista su chingada madre. No la de usted, la de su maestro.

—No se preocupe, que no le dé pena. En ciertos casos el contraataque es una excelente respuesta. Antes de que se acepte como la mujer fuerte que es, tiene que aniquilar esas debilidades que no le sirven más que de coartada. Usted no es débil, Gina, pero eso hay que probarlo. Hay colegas que empiezan por decirle que todo está bien y va a estar mejor; mi maestro lo ve de otra manera. Yo, por mi parte, me pregunto si su hija es tan ingenua para creerse que su madre es débil.

—¿Qué me quiere decir? ¿Que la chantajeo?

—Eso tendría que decírmelo usted. Lo que estoy intentando es que vea el asunto con los ojos de su hija. ¿Qué edad tiene?

—Nueve años.

—Desde esa edad las cosas se ven grandes. Si un adulto se enoja, parece que se va a caer el mundo. ¿Recuerda la expresión de su mamá enojada? No me responda, cierre los párpados. Respire hondo. No la voy a llevar hasta allá, ni quiero hipnotizarla. Le pido nada más que se relaje un poco y mire desde aquí, desde esta calma, cómo era el mundo cuando usted tenía miedo. O cuando le indignaba que la castigaran, o le gritaran, o le pegaran por algo que no había hecho, o que hizo sin querer, o sin saber. Piénselo. Esa hora en que la niña ya dejó de llorar y hace el primer intento por recomponerse, que es el de procurarse venganza. No me diga que ya se le olvidó lo fácil que era emparejarse con su madre mientras ella gritaba frente a los otros niños, qué vergüenza. Dígame, Gina, ¿nunca insultó a su madre, en su fuero interno? ¿Alguna vez se le ocurrió consolarse pensando: Muérete, vieja loca?

—No sé, puede que sí.

—¿Puede que sí, y también puede que no?

—No recuerdo haberle deseado la muerte a mi madre.

—Decir muérete no es desear la muerte.

—Vieja loca sí dije, muchas veces. Había mañanas en que me iba a la escuela repitiéndolo sola, yo también como loca.

—¿A qué edad?

—Doce, creo. La escuela estaba cerca, aquí a tres cuadras. Desde los doce iba y venía sola, podía maldecir a mis anchas.

—¿Se imagina a Dalila diciendo que su madre es una vieja loca?

—No creo que sea capaz. No tiene esos alcances.

—Hace un rato me dijo que era usted la que no tenía sus alcances.

—No entiendo por qué usted y su maestro se empeñan en sacar todo lo negativo de la persona. ¿Ya puedo abrir los ojos?

—Todavía no. ¿De qué número calza, Gina?

—¿De zapatos? Depende, cinco o cinco y medio. ¿Por qué?

—No va a ser fácil que quepa en los de su hija, aunque si ayuda un poco va a encontrarse con una salida positiva. Primero, sin embargo, hay que ir adonde duele. ¿Qué cree usted que es lo que Dalila más odia de su madre?

—No tengo idea, doctor.

—Sí que la tiene, Gina. Pero antes hay que entrar en los zapatitos.

—¿Cómo hago eso, doctor?

—Mire venir a mamá Gina, por ejemplo. Está furiosa, mueve las dos manos, como si ahora mismo fuera a cobrarse todas las que se teme que la vida le debe. Trate de oírla hablar, despotricar… ¿Qué dice?

—Ya estoy harta, supongo.

—No suponga, dispare.

—Cállate.

—¿Yo?

—Cállate y hazme caso, Dalila.

—¿Así de suave le habla, con el jaquecón?

—No va a querer que me ponga a gritarle, ¿o sí?

—¿Qué más cosas le grita?

—Ay, no sé. Escuincla del demonio. Escuincla bruta. Lo que a mí me gritaban, más otras cosas.

—¿Qué habría preferido, cuando niña, si alguien le hubiera dado esa opción, que su madre parara de insultarla, pero no de gritar, o que siguiera haciéndolo en voz baja?

—En voz baja habría sido mejor, pero corría el riesgo de creérmelo más.

—Ya no habría podido pensar que estaba loca.

—Imagínese si una madre va a decirle con toda calma a su hija de nueve años que es una imbécil clínica.

—¿Le dice así a Dalila?

—Imbécil más seguido, clínica nada más si estoy muy enojada.

—¿Qué le hacía considerar, aunque fuera de puro coraje, la posibilidad de que su madre realmente padeciera una enfermedad nerviosa? ¿Llegó a temérselo?

—Un poco, de repente. Me daba mucho miedo. Llegué a soñarla dentro de un manicomio. Sentía odio, también.

—¿Contra ella?

—No directamente. Mi odio era contra Manolo, que la tenía siempre de ese humor. A ella sólo la odiaba por dejarse, pero yo digo que era un odio chiquito. Yo no quería que fuera a dar a un siquiátrico, sino que me dejara...:

—¿...de gritar?

—Sí. De eso. Era horrible temerme que mi mamá pudiera estar loca.

—¿Qué hacemos con los gritos, entonces?

—Usted sabrá, doctor. Yo no soy más que la gritona.

—Cuénteme más. ¿Qué hace cuando se le pasa el coraje y se da cuenta que se equivocó, o que tal vez se le pasó la mano?

—Rezo. Lloro. Prendo la tele. Voy hasta la cocina y me preparo un sandwich. Me hago el propósito de llevar a Dalila de paseo el siguiente domingo.

—¿Adónde la llevó, la última vez?

—Ay, doctor. Me da pena. A ningún lado. Nada que le encendiera la imaginación.

—Cuénteme dónde fueron.

—A comer y a misa.

—¿A misa?

—Tenía que confesarme, luego de la gritiza que le puse. ¿No le digo que rezo, siempre que me arrepiento?

—Quiere que su hija vea que su madre no es mala. Por eso va con ella a confesarse. Sale de ahí con un diploma de bondad.

—Pues sí, pero también con un buen ejemplo.

¿Alguna vez rezó para que su mamá no le gritara?

—Yo supongo que sí. Me hicieron rezadora, mi mamá y mi abuelita.

—Y usted asume que con esa misma herencia Dalila va a librarse de ser como su madre… ¿Repite los patrones buscando eludirlos?

—No me da orgullo ser como soy. Quiero arreglarme, ser una buena madre, llevar a mi hija al cine y a la feria y a la playa, en lugar de tenerla rezando para que se me quite lo desaforada.

—¿Tenemos claro entonces que el problema podría no estar en la niña?

—Más o menos. No estará todo en mí, ¿o sí?

—Ojalá. Se nos haría más fácil. No es un problema grande. Además, vamos a ir por partes. Empecemos por lo que más preocupa. Los gritos. ¿De casualidad tiene una grabadora?

—¿De cassettes?

—De lo que sea. De carrete, cassette, digital. Puede ser de video, si no hay otra. Un aparato que grabe la voz.

—Creo que sí tengo algo. ¿Pero qué grabaría? ¿Mis gritos? ¿Quiere que grabe cómo regaño a mi hija? ¿Va a analizar el tono o el volumen?

—Calma, Gina, no tiene que exaltarse. No le pedí una breve demostración, créame que me basta con lo que me cuenta. Yo no quiero escucharla cuando grita, ni tengo nada que analizar ahí. Es usted la que tiene que escucharse. Para eso no es preciso ni que regañe a su hija. Es suficiente con que sepa cómo.

—¿Cómo?

—No me diga que no podría remedarse a solas. Cualquier mañana, cuando esté bien sola, péguese algunos gritos en el espejo. Luego cierre los ojos y repita uno de esos regaños que después le pesaron en la conciencia. Enójese otra vez, nada más asegúrese de estar grabando. Escúchese más tarde y bórrese, si quiere. Pero óigase primero. ¿Podría hacer eso por nosotros?

—¿Para que los vecinos opinen que estoy loca?

—No me diga que grita sólo cuando no están sus vecinos.

—Pues sí, pero no sola.

—Grábese entonces dentro de su coche. Circulando, con las ventanas cerradas. Nadie se va a enterar.

—¿Qué voy a oír ahí que no sepa ya?

—Perdón, Eugenia. Se me pasó decirle que espere unas horas, mínimo veinticuatro, antes de oírse. Inténtelo, luego me dice las diferencias entre lo que dijo y lo que escuchó.

—Me voy a avergonzar, seguramente.

—Tal vez de eso se trate el ejercicio. A la gente que pierde con frecuencia el control se le olvida que en todos esos casos lo que toca es torcerse de vergüenza. Nadie serenamente aceptaría ser visto en sus momentos menos decorosos. ¿Ha pensado en pedir una disculpa?

—¿A quién? ¿A mi hija?

—A su hija y a usted misma. ¿Por qué no?

—Porque tampoco pierdo el control por nada. Si me enojo y me pongo a gritar como loca es porque alguien o algo me provocó, o en fin, lo provocó.

—¿O en fin? No entiendo, Gina. ¿Siente usted que su hija la provoca?

—A veces sí. Tantea, me hace burla. Dice cosas que sabe que van a encenderme.

—¿Hacía usted eso mismo con su madre?

—Por supuesto que no. Habría tenido que ir hasta la calle a recoger mis dientes.

—O sus tímpanos, ¿cierto?

—Cierto.

—¿Nunca llegó a pensar que merecía una disculpa por eso?

—De niña sí. Ahora ya me da igual. Todo el mundo está muerto, aparte.

—¿No le caería bien encontrarse una carta de su madre donde le pide disculpas por gritarle tan fuerte, injustamente en ciertas ocasiones? Imagine la carta: Querida hija…

—Querida Gigí. Me ponía ese apodito cuando le entraba lo cariñosa y a las dos se nos olvidaba su Manolo. Vente, Gigí, vamos a ver la tele. ¿Hacemos unos waffles, Gigí?

—Puede que le pidiera disculpas con los waffles.

—¿O sea que a Dalila se las pido llevándola a misa? No me haga sentir mal, doctor Alcalde.

—No he dicho eso, aunque podría ser. Las disculpas son densas, pesadas, nadie quisiera tener que pedirlas, ni todos están listos para concederlas. Unos temen que sean demasiado caras, otros piensan que no son suficientes, el caso es que ninguno descansa y la soberbia es una disciplina dura. Ahora mismo su orgullo personal, disfrazado de celo materno, le está pesando como una plancha de mármol.

—¿De qué tendría que pedir perdón, por ejemplo?

—Debe de ser una cuestión semántica, pero tengo la idea de que un solo perdón pesa más que decenas de disculpas. ¿Por qué no, en lugar de engordar las palabras, mejor nos esforzamos por aligerarlas? No se trata de que se le plante a Dalila con un escapulario y una Biblia en las manos. Llévela a algún lugar que a ella le guste, cocinen unos waffles y en el ínter le cuenta que no se siente bien por haber dejado ir unas cuantas veces el control. No perdería nada, podría ganar mucho. Le estaría apostando al caballo más veloz.

—No se me da, doctor. Podría llevarla a la pista de hielo, pedir la pizza que más le guste, pero lo otro se atora. Se me atora.

—Tiene que haber un modo de que fluya. ¿Por qué no empieza por el ejercicio? Grábese hoy en la noche, mañana en la mañana, cuando pueda. Escúchese pasado mañana. Le aseguro que eso la va a ayudar.

—Va a perderme el respeto, doctor.

—¿Su hija? Al contrario, Eugenia. No se puede perder lo que ya nadie sabe dónde quedó. Lo que sí puede hacer es recobrarlo. Dígame a quién no le gusta escuchar algo así como una disculpa cariñosa de quien menos la espera. Voy a hacer una cita de mi maestro: La soberbia es el lobo de la nobleza.

—De acuerdo a su maestro, yo soy plebe.

—No hablo de esa nobleza, Gina.

—Ya sé. No me lo aclare. Perdone que haga bromas, mientras digiero el tema de la tarea. No sé si pueda, creo que no me voy a atrever.

—¿Otra vez, Gina? Usted se atreve a todo, ya lo sabe. También se atrevería a seguirle gritando los próximos diez años. Pero nadie queremos que se atreva a eso. ¿O sí?

Echo la cinta atrás, no acaba de gustarme el tono de mi voz. Soy demasiado blando. Complaciente. No pongo el énfasis bastante en las cosas. Me entrometo. Echo otra vez la cinta hacia adelante. No está bien que el doctor se concentre en la zona de llanto, al final de la última pregunta. Me solazo pensando en la distancia que separa a la Gina Carranza que se anuncia en el periódico de la que se derrumba entre mis audífonos. Insisto, no está bien, y ya sólo por eso me siento compensado. ¿Sería quizás un vértigo como éste el que sentía Mauricio cuando se solazaba haciéndome chillar?

Diría que sus lágrimas de pronto me envanecen, pero insisto en pensar que hablé demasiado. Antes hablaba menos y la escuchaba más; ahora me gana la tentación de opinar. Intervenir. Mover sus hilos desde la trastienda. Provocarla. Acosarla. Extorsionarla. ¿Quién sería lo bastante paranoico para creer que su hija de nueve años se amafia con su terapeuta para manipularla? No me lo creo ni yo. No espero que haga nada de lo que le pedí que hiciera. Es más, me da pavor. Si este juego funciona como he hecho todo para que funcione, va a llegar un momento en que no pueda controlarlo, y tampoco pararlo. Hay juegos que te siguen y te encuentran dondequiera que creas que te escondes de ellos. Cualquier día podrían no depender de mí la muerte y el entierro del doctor Alcalde, necesito matarlo antes de que sea tarde para hacerle siquiera cosquillas con mis balas.

Cada día lo escucho más desenvuelto. Si antes me preocupaban sus silencios, ahora lo grave es no poder callarlo. Como que quiere espacio, encuentra música en sus peroratas. O puede que en lo intrépido de esas peroratas. Una patraña se encadena con otras en el aire, como dos trapecistas suicidas. Nunca se me ocurrió, cuando era empleado de Isaías Balboa, que estuviera entrenándome para esto. Vivía sin asumir que ya era un charlatán calificado. No se piensa asesino quien mató obedeciendo, cree uno que las bardas saltadas en el nombre de causas imperativas no tendrían por qué sumarse a su expediente, pero es un hecho que ya está al otro lado. Balboa me lo dijo. Mira, Carnegie, si un día desaparecen los libros y todos los autores se mueren de hambre, tú todavía puedes ser predicador. Vuelvo a escucharme: estoy predicando. Me he brincado los mismos muros que el dealer de mi madre. Sólo falta que me vista de blanco y reparta indulgencias a domicilio. Nada más complicado que saltarse una barda de regreso y pretender que aquí nada pasó. Lo que se hace una vez corre el peligro de hacerse dos veces. Lo que se hace dos veces se hace siempre. Palabra del doctor Basilio Læxus.

MAGNICIDIOS EN TRÁMITE
Por Basilio Læxus

¿Te has preguntado alguna vez qué harías si se te concediera asesinar impunemente a cinco personas? Te la pongo más fácil: no habría ni que ensuciarse las manos. Tendrías sólo que dar los cinco nombres de aquellos candidatos que consideres dignos de ser asesinados. Nadie podría culparte, ni te irías a dormir con la cabeza llena de imágenes dantescas. Solamente los nombres, una pequeña lista de tus aborrecidos. Habría, eso sí, una condición: deben ser todos conocidos tuyos. Cero villanos públicos. Sólo gente que realmente aborreces. Que te estorba, tal vez.

No me digas que no te alcanzan los nombres. Si caíste en las garras de este libro es porque tienes cuando menos docenas de enemigos acérrimos que ni siquiera recuerdan tu nombre. Y eso jode, ¿no es cierto? Claro que, como a todos los hijos de puta, les ha ido en la vida maravillosamente. Sé que no va a ser fácil, pero intenta ponerte en su lugar. Cierra bien los ojitos. Olvida unos segundos la peste de tu vida y deléitate imaginándolos en una situación como la tuya, mientras tú te paseas por el mundo con la sonrisa de un crack de las relaciones públicas. ¿Qué pensarías de ellos, en esa situación? No te gastes en autoquirofricciones: ve apostando tu culo a que no tendrías tiempo ni cabeza para pensar en esos cacachicas. Pero en vez de eso pasa que son grandes contendientes en tu lista de grandes enemigos. Y ni se lo imaginan, tú me entiendes. Finalmente tampoco tú puedes imaginar lo felices que son, comparados contigo.

Ahora supón que ya los mataste. O mejor: que alguien más los eliminó por ti. ¿No es linda esa palabra, eliminar? El problema es que, como ya vimos, tu odio no consiguió llegar hasta ellos, más que para matarlos. ¿O eliminarlos? Si consigues ser consecuente con tus odios, puede que te diviertas durante el funeral, o hasta pasen los años y acudas a su tumba de cuando en cuando sólo por releer la fecha de su muerte en la lápida y envanecerte ahí, ante su zalea. Puesto que a un enemigo de verdad no basta con matarlo, hay que ir a cagarse en su tumba diariamente. La rabia puede morirse con los perros, nunca con las personas. La rabia es patrimonio del sobreviviente.

No sé si ya advertiste la bifurcación. En el principio de este bonito juego, matar y eliminar eran la misma cosa; a partir, sin embargo, de las recientes líneas, descubrimos que ya mataste al enemigo pero no has conseguido eliminarlo. El infeliz no está físicamente ahí, como no sea por la zona de tu cerebro donde se aloja su representación.

Ahora bien, es posible que me esté equivocando. Tal vez tu lista negra no esté integrada por malodiados, sino meros estorbos a los que es necesario sacar del camino. La madrastra ambiciosa, el amigo indiscreto, la compañera aquélla tan competitiva. No son malas personas, de repente, pero hacen tambalear tu proyecto de vida. Y hay quienes querrían dar los nombres de cincuenta. Only business, que dicen los mafiosos. No hard feelings, ¿verdad? Si tu caso es así, ahórrate la lista de cincuenta. Escribe con cuidado los cinco nombres de esas personas a las que desearías eliminar sanamente, sin rencores hediondos ni inquinas cancerígenas. Asume de una vez, igual que el cirujano su condición humana y por tanto falible, que ni la asepsia más escrupulosa impedirá que todo el proceso de eliminación deje unos cuantos remanentes de cada muerto. Me explico: si antes no los tenían, esos muertos disponen ya de respectivos consulados en tu cabeza.

"¿Qué sigue ahora?", dirás, buscándote quizá la sangre entre los dedos. ¿Hacer la guerra contra los consulados, a riesgo de acabar perdiendo territorio? ¿Bombardearlos, sin bombardearte solo? Asumo que ya tu habitual sagacidad te ha permitido darte cuenta del cambio en la cabina de los enemigos. Difuntos todos en la realidad, están representados por el más grande de los hijos de puta de nuestra historia. Míralo ahí, haciendo listas de enemigos porque un libro pendejo se lo ordena. Tu Enemigo Íntimo es por supuesto lo bastante fuerte para hacerse pasar por tu patrón y cagarte la vida en su nombre, para que lo odies más y él te recuerde menos.

Antes de proceder a enfrentar el problema consular, nos queda sólo el más dichoso de los odios, que es el correspondido. Aborrecer y hacerse aborrecer es un deporte de alto rendimiento. Deseas con toda tu alma la muerte dolorosa y prolongada de ese trozo de mierda movediza cuya semilla debería extirparse de la faz de la Tierra, igual que se elimina la inmundicia en un quirófano. Semejante romance supone la existencia de grandes consulados, amén de presupuestos astronómicos, invertidos con entusiasmo cobrador en probar que la mierda sabe a mierda. Nada más triste en casos como éstos que ver caer por fin al enemigo y tener que volver a mirarse al espejo. He ahí a un sobreviviente sin causa, que habrá de contentarse con albergar el consulado hasta siempre. ¿Cómo van a vivir los jodidos espíritus adversos, si no en sus enemigos encarnados?

El tamaño del odio determina la talla del consulado, amén del rango y la docilidad del cónsul. Al pequeño enemigo, o al que lo es por mera antipatía, le es asignado un cónsul que dispone de ciertas libertades, como el ocasional derecho de apelación, impensable en el cónsul de una enemistad grande. Piénsalo: ¿aceptarías que las auténticas palabras de ese legítimo hijo de puta interfirieran en la imagen que con tanto cuidado le confeccionaste? ¿Le darías una oportunidad de defenderse, cuando su nombre está al principio de tu lista de cinco exterminables?

Cuando el enemigo habla, no escuchamos a la persona, sino a quien decidimos que sea la persona: ese cabrón fantasma es el cónsul. Nadie como él sabe encarnar villanos aborrecibles al gusto exacto del aborrecedor. Poco importa, por tanto, si lo que la persona dice puede atenuar en algo su antipatía, o inclusive exculparla con base en un agravio mal fundamentado, pues el cónsul se encarga de traducirlo al lenguaje del odio. Si te sonrió, leerás en su expresión la burla, o el desdén, o el desafío, lo que mejor le cuadre a tu resentimiento. Hablamos con los otros, los distintos, creyendo que nos ven y nos escuchan, no solemos estar conscientes, ni fuimos avisados, ni sospechamos de la presencia allí del cónsul que arbitrariamente nos representa y hace inútiles todos nuestros esfuerzos por dejar una equis impresión en aquel perdedor de mierda que odia a sus enemigos como a sí mismo.

Releamos ahora el párrafo anterior. *Tú y yo*, especifico, y lo hago porque necesito que distingas conmigo al nosotros del *nosotros*. No es lo mismo tú y yo, el nosotros nuestro, que el de todos. Ese nosotros al que recurrimos para hacer uso de la artimaña vieja de igualarnos en algo a los demás, y así buscar su simpatía, o su aprobación, o su desprevención. Si lo lees con cuidado, el párrafo dio inicio con el nosotros que engloba a cualquiera. Hablaba así no sólo de tus enemigos, sino de los de todos, pero al decir *nosotros* y no *ellos* me incluía entre esa chusma de acomplejados y rencorosos a la que, ya hemos visto, tú sí que perteneces. No diré que no tengo enemigos, siempre hay un comecaca que carece de vida propia y le sobran las horas libres para odiar a quien sea por razones tan equis como su existencia, pero lo cierto es que no los conozco, y si a alguno lo vi muy pronto lo olvidé. Nos conocemos algo ya, tú y yo, al menos lo bastante para que sepas que quien esto escribe gusta de practicar el altivo deporte del desdén, especialmente cuando advierto la proximidad de un pobre candidato a enemigo. Así la situación, me incluyo en un *nosotros* más piadoso que cierto sólo para que pienses, de forma transitoria, que todos los demás estamos tan jodidos como tú. Avanza ahora hacia la segunda mitad del párrafo, justo hasta donde dice "tu resentimiento". A partir de ese punto regresa la primera persona del plural, sólo que con distintos protagonistas. Ya no hablo de nosotros como los que nos damos a odiar, sino aquellos que somos odiados. Y ahí no cabes tú, claro está. ¿Odiarte a ti? ¿Por qué o para qué? No hay odio sin envidia y a ninguno nos consta que seas envidiable. Un día, mucho tiempo antes de siquiera pensar en comenzar a odiarte, tu patrón te va a echar a la calle. A tu manera vas a suplicárselo, porque adentro su cónsul te lo exige.

Imagina una cárcel donde los presos son invariablemente mentirosos, peleoneros, ávidos, crueles y en fin, hijos de puta plenamente versátiles. Ahora enciérralos en un calabozo infame, infestado de ratas: así es la mente de un resentido profundo. Uno para quien esa lista de cinco condenados a la eliminación parece escandalosamente corta, pues en su vida hay odio profundo para decenas de decenas de enemigos. En la guerra, esas listas abarcan millones de adversarios sin nombre a los que se querría ver sepultados. O no verlos, pero indudablemente saberlos. Ahora volvamos de la guerra real y observemos de cerca el pleito de cantina que han armado los cónsules en tu cabeza. Son más de cinco, tengo la impresión. Afortunadamente hay forma de saberlo.

Ahora imagina que un día recibes una orden anónima. Alguien, puede que sea algún sicario enloquecido, te ordena dar los nombres de las veinte personas conocidas que en tu opinión merecerían morir. Una menos, te advierte, y vendrá entonces a encargarse de ti. Sálvate hundiendo a otros. Veinte hijazos de puta, a tu juicio. Hazlo ya, escribe la lista. Primero veinte, luego cincuenta y al final cien, doscientos, los que encuentres. Cuando acabes, te espero en el próximo capítulo.

VII. Joaquín

Las mentiras son como las monedas: cualquiera sirve, ninguna alcanza.

Isaías Balboa, *Agenda del pobre diablo*

Gina querida,

Le escribo la primera de las cartas que me propongo ya jamás enviarle, antes como ejercicio de exorcismo que de sinceridad, aunque al cabo una cosa lleve a la otra. Contaré aquí una parte de mi vida, pero ya le confieso que carezco de toda pretensión. Si la invito a seguir el curso de estas líneas, ello no es porque crea a mis asuntos de por sí interesantes, sino porque es su vida, la de usted, el asunto importante de la mía. No le estoy escribiendo una declaración, ni espero que resuelva mis problemas. Si usted está en el centro de mi vida, y como resultado yo conozco la suya a extremos bochornosos para los dos, no ha sido por mi estricta voluntad. Usted está y ha estado en mi vida así, como las nubes, pero también como los aguaceros. Ha venido y se ha ido yo no sé cuántas veces, sin dejarme opinar ni guarecerme.

Sé bien, Gina querida, que cartas como la que ahora le estoy escribiendo suelen venir de gente indigna de confianza. Solitarios, obsesos, perturbados, sociópatas, chantajistas. Nada me garantiza que usted logre llegar hasta esta línea sin romper el papel y echarlo a la basura. Y esa es, por cierto, una de mis razones para guardar la carta en el buró, en lugar de atreverme a salir de mi cueva y probar la patada de adrenalina a la hora de echarla en el buzón. (Si algún día cambio de parecer y me da por enviarla, ya que estas líneas son más suyas que mías, tendré el cuidado de adjuntar algún pequeño objeto personal que le permita a usted reconocer mi dominio de sus asuntos íntimos).

Pero cálmese, Gina, que no pienso matarla, ni estafarla, ni entramparla. Lo que usted va a leer no contiene amenazas ni busca someterla a voluntad alguna. Le ofrezco simplemente una visión. Un ángulo. Una película en principio inocente, y sin embargo minuciosa de más. Le puedo asegurar, Gina querida, que nunca nadie la vio como yo, y a veces como parte de un juego sin controles, deslumbrado por golpes de suerte impredecibles, he asistido a funciones para las que jamás compré boleto. Y a lo mejor es todo lo que me propongo. Escribo estas palabras preguntándome si solas bastarán para pagar mi entrada.

Hay personas que duermen con un arma debajo de la almohada. Yo he preferido, como ya se lo dije, meterla en el buró, dentro del sobre con su nombre y dirección. Si algún día resuelvo jugar a la ruleta rusa frente a usted, y entonces se la envío, sepa que la he guardado con un cariño cierto, aunque inexplicable. No debería desviarme para hablarle de mí, menos en este estilo melodramático que me deja en papel de papanatas anónimo, pero ya llevo demasiados años arrastrando esta historia para fingir con éxito que no me duele. Voy a hacer cuanto pueda por evitar los términos extremos, aunque no puedo prometer gran cosa porque, como le digo, soy parte de este virus. Sólo yo puedo vacunarla contra mí.

Le extrañará este tono: distante, desusado, ceremonioso. El tono que usaría un desquiciado, o en su defecto un tontarrón solemne. Pero una vez que lea —insisto, es improbable, aunque posible— lo que aquí me dispongo a relatarle, comprenderá que haya tomado distancia, y quizá lo agradezca en su interior. Por más que intento retorcerme la imaginación pensando en circunstancias atenuantes, encuentro cuando menos estrambótica la idea de que usted me contemple con simpatía luego de haberse visto desde mis ojos, de modo que no busco ni espero su perdón, y es más: el hecho de pedirlo sería ya un cinismo de por sí imperdonable.

No sabría decirle si he tenido lo que se dice razones para ser quien he sido —un metiche, un fisgón— pero ya le aseguro que tuve, y tengo aún, todas las sinrazones invertidas aquí, donde su vida. Y uno suele seguir no tanto a las razones como a las sinrazones: libres, autoritarias, escurridizas. ¿Qué clase de razón, por torcida que fuera, podría convertir a un hombre en niño, al niño en perro y al perro en cucaracha? No soy, Gina querida, el primero que necesita hacerse cucaracha para seguir el rastro de una sinrazón.

Tendría quizá más mérito, o al menos algún mérito, que en lugar de sentarme a escribirle una carta me atreviese a contarle la historia frente a frente, pero al margen de mi probable cobardía tengo un motivo aparte para escribir: nada me garantiza que usted querría escuchar el relato completo, ni creo contar con la paciencia y el descaro bastantes para perseguirla. Tampoco tengo mucho por responder, ni justificaciones que nos dejen tranquilos. Mi papel en su vida, o si usted lo prefiere mi lugar en la historia que voy a contarle, consiste exactamente en no tener lugar, ni papel, ni siquiera sentido. ¿O será que le escribo para ver si le encuentro sentido a lo que no lo tiene? Tal vez pretenda eso, rescatarme. Por eso ahora, mientras armo estas líneas para usted, que al cabo es la afectada, evito escrupulosamente las excusas, las justificaciones, las disculpas y todo cuanto pueda obrar en mi favor. Pues nada me he propuesto tanto y tan claramente como caer en seco de su gracia. Ganarme las agujas de su rencor antes que continuar como beneficiario de una simpatía hueca que de un tiempo a esta parte me revuelve el estómago.

Yo le aseguro, Gina, que después de leer estas cartas no tendría que creer ya más en mis palabras. Me retiraría entera la confianza que tal vez ha llegado a dispensarme y hasta querría —no sé— reventarme la boca, refundirme en la cárcel, arrancarme los ojos. Para que de una vez comience a despreciarme, le digo que si acaso estas palabras llegan a aterrizar entre sus manos, yo estaré para entonces a completo resguardo de su sed de venganza. Una urgencia perfectamente comprensible para cualquiera que esté en su lugar y de pronto se entere de todo lo que yo hice con su vida, a sus espaldas, como parte de un juego que previsiblemente escapó a mi control. Espero cuando menos, Gina querida, que esto le dé el consuelo de odiarme en la distancia, y una noche cualquiera darme asilo en la peor de sus pesadillas. No dirá, Gina, al cabo, que no me lo gané.

Por lo pronto, permítame moverme de la escena, que tampoco es tan fácil prender fuego a las naves y perder para siempre su favor. Si hay la opción de elegir, un cobarde prefiere morirse de a poquitos. Espero entienda, pues, Gina querida, que no firme esta carta con mi nombre, y en su lugar elija un apodo a la medida de la ocasión.

Suyo aún,

Capitán Urubú.

—¿Dónde dices que estaban los gemelos?

—Hasta atrás del cajón más alto del clóset. ¿Ves esta abolladura? Fui yo, hace muchos años, por andar espiando a tu mamá. Nunca me castigaron, pero de todos modos los escondieron. Atrás de las almohadas, donde no hay nada que le interese a un niño.

—¿Qué buscabas cuando los encontraste?

—Un escondite para Filogonio.

—¿Hasta allá arriba?

—En caso de emergencia. ¿Quién se va a imaginar que en la parte más alta del armario tienes un conejito escondido?

—¿Hay suficiente espacio?

—Es un departamento. Imagina nomás un gavetón donde entran tres almohadas para cama king size. Tiene además tres ventanitas que dejan que respire y vea la luz. Al rato te lo enseño, para que lo autorices.

—¿Para qué usaba tu padrastro los gemelos?

—No quise saber más. Se los había abollado y nadie me hizo un escandalazo. Con eso me bastaba.

—¿Tampoco mi mamá te acusó?

—Nunca. Te lo digo porque la vigilé de cerca. Ni a tu abuela le dijo de mi gracia. Era un tema difícil en mi casa, porque según mi madre mi padrastro los tenía para espiar a las vecinas.

—¿O sea a mi abuelita?

—A todas las mujeres. A lo mejor fue Nancy quien los guardó allá arriba.

—¿Qué Nancy?

—Mi mamá. No me cuesta trabajo imaginármela confiscando los binoculares. Tampoco a él le habría sido tan difícil pensar que fue mi madre quien los abolló.

—Qué complicado. Mi mamá dice muchas cosas de tu mamá.

—Ya lo sé.

—¿Cómo sabes?

—Tengo poderes sobrenaturales.

—A ver, ¿cómo le dice mi mamá a la tuya?

—*Borola.*

—¿Nos espías?

—Cómo crees. Cualquiera sabe que tu mamá y tu abuela odiaban a mi madre y le decían Borola. Mi mamá se llevaba muy mal con tu abuelita.

—¿Qué habría hecho tu mamá si se enteraba que te gustaba la mía?

—No sé. Le habría dado rabia. Náuseas. Migraña. Me habría reventado el chipo a mandarriazos.

—¿Cómo es eso?

—Tampoco sé. Nunca me lo hizo, pero era eso lo que me prometía. Llegó a darme muchísimas cachetadas, pero jamás me reventó nada. Si lo ves con justicia, yo la pagué más cara que tu mamá y tu abuela juntas.

—Por lo menos a ellas no las cacheteaba.

—Ganas no le faltaban. Aunque claro, para eso me tenía.

—Ayer pasó una cosa muy rara.

—¿Rara?

—Saqué cinco en conducta y seis en aplicación. Creí que mi mamá me iba a matar, y en lugar de eso me llevó a patinar en hielo.

—¿Cada cuándo te lleva?

—Nunca me había llevado. Decía que era muy caro. También muy peligroso. Imagínate, y ayer que saco 5, y luego 6, y me reportan y la llaman del colegio me compra unos patines y me paga hasta clases de patinaje

—¿No te dio explicaciones?

—Un poco, de regreso. Dice que está cansada de gritarme y que eso le hace mal a su salud, y que mira, Dalila, yo no quiero que pasen los años y me recuerdes como una mala madre, o como una persona que no sabía controlarse, aunque fuera tu culpa. Cosas así, como muy de mamá. Ay, Dalila, qué triste que no sepas apreciar los sacrificios que hace una por ti. Dice eso cuando se le baja el coraje.

—¿Y ahora no hubo coraje?

—Al revés. Parecía que fuera mi cumpleaños. Me prometió además que el domingo en la tarde me va a llevar al cine. Yo prefería el sábado, pero ella tiene lo de sus cenas. Si se le juntan los diez invitados, va a comprarme unos guantes para la patinada.

—¿Ya no crees que esté loca?

—Al contrario. Está peor. Pero a esta loca como que la prefiero.

—¿Te divertiste?

—No tanto. Me caí cuatro veces.

—Muy poco, para un cinco en conducta y un reporte. ¿No dijo nada de eso?

—Dice que quiere darme una oportunidad.

—¿Habló con tu maestra?

—Sí, pero yo no estaba. Dos niñas me contaron que salió del salón de profesores limpiándose las lágrimas. Igual que cuando acaba de confesarse. Imagínate, salí muerta de miedo. Ya me veía en un internado. Nunca había sacado cinco en conducta y al mismo tiempo seis en aplicación, encima con reporte. ¿Ya me dejas usar los gemelos?

—Cuando oscurezca, para que no nos vean.

—Qué chiste, ya no se va a ver nada.

—Es al revés. De noche todo el mundo enciende luces. Podemos ver las casas de aquí cerca.

—No puedes ver mi casa.

—No desde aquí, pero sí de la calle.

—¿Y si te llevan a la cárcel, por mirón?

—No está prohibido usar binoculares, pero es mejor si nadie te ve. Yo tampoco querría enterarme que los vecinos me andan espiando. Como tú, antes de conocerme.

—¿Y ves a las vecinas sin ropa?

—¿Cómo crees? La gente no se quita la ropa en la ventana.

—Mi mamá sí.

—¿Es una broma o estás inventando?

—¿Me prometes que no vas a ir a espiarla desde la calle?

—¿Yo?

—¿Lo prometes o no?

—Lo prometo, pero de todos modos no lo estaba pensando.

—Sale del baño y anda por la casa encuerada. Dice que así se seca sin perder más tiempo. ¿Verdad que sí está loca?

—No sé, Dalila. Nunca he sido señora. He vivido con dos, eso sí. Una era mi mamá y no tenía ni que quitarse un zapato para saber que andaba mal de la cabeza. La otra era mi esposa y nunca se le vio un tornillo flojo. Todos bien apretados, no había desarmador que pudiera con ellos.

—¿Querías desarmarla?

—Un poco nada más, pero no había por dónde. Me llevo mal con la gente que tiene demasiado apretados los tornillos. Los veo raros, y ellos seguro que me ven monstruoso.

—Yo no te veo monstruoso.

—Claro que no. Eres igual que yo, ladrona de conejos. Tienes tornillos flojos. Afortunadamente no tantos, ni tan flojos.

—¿Qué le pasó a tu esposa?

—Yo. Igual que un accidente de tránsito. Venía manejando su coche con todos los papeles en regla y me le estrellé yo, que traía un camión robado en sentido contrario.

—¿Es en serio?

—Casi. Cuando la conocí traía prisa por desaparecer. No sabía si alguien me perseguía, pero me lo podía imaginar.

—¿Te enamoraste de ella?

—No sé.

—¿Cómo no sabes?

—No es que no sepa. Dice uno así para ahorrarse la pena de confesar que no. Se lo decía, al principio. No quería que me ayudara, ni que me rescatara.

—¿Ya eran novios?

—Ella estaba muy sola y yo andaba escapándome. Nos caímos del cielo el uno al otro.

—¿Y fue hace mucho tiempo?

—Tenía como tres años que me había salido de esta casa. Estaba ya otra vez en la calle.

—¿Cuántas veces te has quedado en la calle?

—Tres. La primera cuando murió mi mamá, la tercera hace poco. Todavía estoy ahí, según yo. Escondido, endeudado. En la calle.

—Yo no te veo así. Ni el pobre Filogonio está en la calle.

—Puede ser. Pero entonces sí que estaba en la calle. ¿Eres buena para la geografía?

—Más o menos. Me sé las capitales de estados y países.

—¿Sabes bien dónde está la península de Baja California?

—Claro. Tengo nueve años.

—¿Sabes que hay dos estados en esa península?

—Por supuesto que sí. Uno arriba y otro abajo.

—Yo estaba a la mitad del de abajo, jugando a Adán y Eva.

—¿Desnudos?

—No hacía falta. ¿Te has fijado que en medio de Baja California Sur hay un puntito que se llama Mulegé?

—No. ¿Tiene playa?

—Tiene playas y río y una rebanadita de jungla. Es un oasis enfrente del mar, pero si sales no hay más que desierto.

—¿Y tú qué hacías ahí?

—Esconderme. Nadie iba a ir a buscarme a un oasis en Baja California Sur.

—¿Y dormías en la jungla o en la playa?

—Estaba en un hotel. Nada espectacular, pero era caro. No esperaba quedarme mucho tiempo, pensaba irme a vivir a una ciudad pequeña de Estados Unidos y no sabía por dónde empezar. ¿Has oído hablar de Baton Rouge?

—Sé que es la capital de un estado americano, no me acuerdo de cuál.

—Louisiana. Está del otro lado, a la derecha del mapa. Entre Florida y Texas.

—Tampoco soy tan buena para la geografía.

—No importa. El chiste es que una noche cayó una americana al cuarto de junto. Se había citado con su novio en Mulegé, pero él nunca llegó. La vi llorando, me ofrecí a ayudarla y nos hicimos amigos. ¿Ya adivinaste de dónde era la gringa?

—¿De Louisiana?

—De Baton Rouge, Louisiana.

—¿Por qué querías irte a Baton Rouge?

—Tenía un amigo que vivía allí. No había muchas personas en el mundo que estuvieran dispuestas a ayudarme, y de repente ya tenía dos en la misma ciudad.

—¿Te casaste con ella por convenenciero?

—Al contrario, era lo que menos me convenía. Pero eso sucedió cuando ya estaba allá. En Mulegé pensaba que era la pura magia del destino.

—¿Y qué hiciste después?

—Nada. Tomar el sol. Dejarme convencer. Para cuando por fin le llamó el novio, ya habíamos comprado mis boletos de avión. De Loreto a La Paz, de La Paz a Los Ángeles, después a Nueva Orleans con escala en Atlanta. Mis últimos ahorros se fueron en el taxi hasta Baton Rouge.

—¿No ibas feliz?

—No mucho. Algo por ahí me daba mala espina. Teníamos ocho días de conocernos y ya íbamos a vivir juntos. Yo sin dinero, metido en su casa. Estaba harto de vivir de arrimado. Todo me imaginaba, menos que iba a acabar casado con ella.

—No me has dicho cómo se llamaba tu esposa.

—Lauren. Yo le decía Lulú. Eso la hacía reír. Daba clases en la universidad, ¿tú crees? ¡Con dos meses de vida menos que yo!

—¿Eras burro en la escuela?

—Tenía años que no me paraba en una escuela. Según Lauren, podía inscribirme y tener la carrera acabada en tres añitos. Pero era caro para los extranjeros. A menos que estuviera casado con una americana.

—¿Por eso te casaste?

—No, pero sí, también. Era como una puerta de salida de todos los lugares donde ya no quería o no podía estar.

—¿Estaba guapa?

—Pues sí, pero ya te expliqué. Yo le vi cara de escalera para incendios.

—Y en lugar de salvarte fuiste a dar a la lumbre...

—Les pasa a los mejores bomberos. ¿Qué? ¿Me ves muy quemado?

—¿Ya me vas a contar de quién te escondes?

—Puede que sea más sano que no te enteres. ¿Te gustaría ser cómplice de fraude, estafa, abuso de confianza?

—Prefiero ser tu cómplice que de los policías. A ellos no los conozco y tú eres el padrastro de Filogonio.

—No dije que me fueras a acusar, pero tampoco quiero que te asustes.

—¿Por qué? ¿Mataste a Lauren?

—Ganas no me faltaban, de repente, pero eran más las de ella. Yo la desesperaba. No podía entender que en vez de entrar a clases me pasara los días viendo televisión. Nadie lo habría entendido, yo creo. No me atrevía a explicárselo. ¿Qué le podía decir? ¿No quiero estar aquí, ni contigo, ni en ninguna otra parte porque tampoco tengo a dónde ir?

—¿Y tu amigo?

—¿Paquito? Acabé trabajando para él. Traduciendo instructivos al español.

—¿Instructivos de qué?

—De todo. Aspiradoras, podadoras, cámaras, taladros, autopistas, cafeteras, hornos, cochecitos de armar.

—¿Tenías todos esos aparatos?

—Nomás los instructivos. Sé manejar docenas de chunches que jamás he tocado. También me sé los nombres de sus partes en dos idiomas. Eso es lo que estudié, en vez de una carrera.

—¿No sabes hacer más?

—También sé hacer instructivos de vida.

—¿Los traduces?

—Los invento, pero no me divierte.

—¿Cómo es un instructivo de vida? ¿Escribiste un manual de instrucciones para no terminar como tú?

—Podría ser. Algo sé sobre el tema. Tal vez, si lo escribiera, ni yo terminaría como yo.

—¿Y por qué no lo escribes?

—No tengo ganas. A veces, cuando dejas que todo vaya a peor, algo pasa que te salva la vida.

—¿Como un milagro?

—Un incidente. Un accidente. Un imprevisto. Un buen día. Una coincidencia. Una tormenta, un rayo, un poste que se cae y sin que te lo esperes te rescata.

—¿Eso vas a pedirles que hagan a quienes lean tu manual de instrucciones?

—Nadie puede leer lo que nadie ha escrito, ni va a escribir. Ya te dije que no me gusta hacer manuales.

—Pero sabes hacerlos.

—También sé lavar coches y tampoco me gusta.

—¿Por qué estás escondido, entonces?

—¿Nunca te rindes?

—Sólo si me torturan.

—Ya te dije que tengo que terminar un libro que no he ni empezado. Me dieron un dinero hace mucho tiempo, me lo gasté. No me acusaron por las cosas que hice, sino por otras que dejé de hacer. Me persiguieron. Me amenazaron. Me agarraron. Me encerraron. Salí y me escondí aquí. ¿Qué más quieres saber?

—¿Quiénes te hicieron eso?

—Ya qué importa. No saben dónde estoy. En una de éstas se aburren de buscarme.

—¿Son muchos?

—Dos hermanos.

—Muy complicado. Tendrían que caerles encima dos postes. ¿Cómo se llaman?

—No sé. Tú dime. Invéntales unos nombres secretos.

—Para qué, si no confías en mí.

—Se apellidan Balboa. Napoleón, Carlo Magno. Su papá era mi jefe, se llamaba Isaías.

—Mi mamá tiene un libro de un señor que se llama así.

—¿Isaías?

—Isaías Balboa. Además se lo dedicó a mi abuelita.

—¿Tu mamá tiene un libro dedicado por Isaías Balboa?

—Eso dije.

—¿De qué año?

—Ni modo que me acuerde. Tiene la fecha ahí, lo que sí es que no había nacido yo.

—¿Cómo se llama el libro? ¿*El oro del mundo*?

—Sí. También sale la foto del señor ese que te demandó.

—No me demandó él. Fueron los hijos, pero como si hubiera sido él.

—¿Te robaste su libro?

—Me lo dictó enterito, según sus hijos. Pero no tengo nada. Unos cuantos apuntes. Ideas que me contó que me hicieron reír y todavía me acuerdo. Hablaba todo el tiempo. Remachaba las cosas. En realidad, recuerdo casi todo.

—¿Por qué no haces el libro, entonces?

—Porque no me dan ganas, ya te expliqué. No es el juego que me interesa jugar.

—¿Y cuál sí te interesa?

—Ya estuvo, Comandante. Le devuelvo su grado de teniente y de aquí en adelante le retiro el derecho a interrogarme.

—Caca y Pedos.

—¿Qué?

—KK y P2. Son los nombres secretos de tus perseguidores. Los hijos del amigo de mi abuelita.

—¿KK para Carlo Magno y P2 para Napoleón? Me gusta. Podrían ser sus retratos hablados.

—¿Cómo dibujarías un pedo?

—Dibujaría a una mosca tapándose la nariz.

—¿Y una caca?

—La misma mosca, vomitando.

—Qué rara mosca. Seguro que no tiene ni una amiga.

—Es una mosca de paladar delicado. No va a comerse todo lo que le sirven. Menos con ese olor. ¡Huelga de caca!, clama la mosca fina.

—Mira: luces prendidas. ¿Ya me vas a prestar los gemelos?

—Ahí donde usted me ve, yo a los veinticuatro años era un alcohólico. Ganaba bien, pero me lo gastaba todo de noche. Cuando murió mi madre, perdí completamente la brújula. En unos meses me quedé sin empleo y tuve que dejar la casa donde había vivido con ella. Pensé en irme de México, y hasta en matarme. Tenía remordimientos, cada vez que bebía. Fue en uno de esos trances de culpa que conocí al Maestro Balboa. Y lo más raro fue que no sabía quién era. Su nombre debería haberme sonado, pero esa tarde yo estaba en la calle. No podía saber que él era *él*, y sin embargo me le acerqué. Todavía hoy no entiendo por qué lo hice. Durante mucho tiempo creí que había sido un acto de intuición, algo así como instinto de supervivencia. Sólo después de años de estar cerca del Maestro Balboa he podido notar que varios de sus nuevos seguidores actúan, sin conocerlo, como si de repente lo reconocieran. Es algo que el maestro irradia, y que no es solamente serenidad, conocimiento, paciencia, sino todo eso y más.

—Párale, Carnegie, que ya la cagaste.

—¿No puedo terminar?

—¿Terminar de cagarla, para qué? Guarda esas balas en la cartuchera y escúchame, gaznápiro. ¿Cómo "todo eso y más"? ¿Vas a vender mis libros en la calle? Tu puta madre va a cargarte el megáfono. Quiero decir, con todo respeto. Dime, además, ¿tú sabes quién era Kalimán?

—Un gurú de un programa de televisión.

—Un gurú de historietas y radionovelas. Un héroe de turbante que tenía un criadito llamado Solín, al que seguramente se andaba cogiendo. ¿Sabes cuál era el lema de ese gurú pendejo? Lo acabas de decir, y no me contradigas. Serenidad y paciencia, eso era lo que aconsejaba Kalimán. ¿Eso es lo que tú quieres, ser igual que Solín? Cuando te oí decir serenidad, paciencia, todo eso y más, pensé en un merolico que no acabó la escuela porque creyó que toda la sabiduría ya estaba contenida en el Kalimán. Por mí puedes hundirte socialmente, nada más no lo intentes en mi compañía.

—Estamos ensayando, maestro.

—No es pretexto para que seas cursi. Si ya dijimos que eras mi discípulo, dime qué voy a hacer para evitar que tus cagadas me salpiquen. ¿A qué te arriesgas tú? A que te corra de una patada en el culo. ¿Cuánto vale tu culo? Te doy un ejemplar del Kalimán y me das cambio. En mi caso, yo tengo una obra. Una reputación. Una trayectoria. Todo eso lo expongo, lo arriesgo, lo pongo a la intemperie para ir más adelante en mis conocimientos y para compartirlos con mis evangelistas. Ésa es nuestra misión, abrir ojos y oídos, y la tuya también cerrar la boca y abrirla sólo en caso de emergencia. ¿Qué son esos accesos de protagonismo narrativo, Joaquín Medina Félix? ¿Crees que la honesta herencia de tu querida madre basta para dar un valor particular a tu jodido nombre? Nada basta, Joaquín. Por hoy hay que seguir la línea punteada, ya llegará el momento de dibujar.

—¿Y dónde encuentro la línea punteada?

—En mis palabras, claro. Yo soy el que dibuja, tú sigues una línea punteada y permites que los pobres de espíritu entiendan el sentido de mis trazos.

—Eso estaba tratando de hacer.

—Pintaste muchas curvas. Demasiadas. Hablaste no sé cuánto de ti mismo, dando a entender con eso que enseño a mis discípulos a ser soberbios.

—¿No me dijo que me inventara una historia?

—No digo que no me haya gustado tu cuento, pero no puedes contárselo todo al primer comecaca que se te planta enfrente. Es un velorio, no una sesión de alcohólicos anónimos. Con que digas cuando murió mi madre, perdí la brújula, es más que suficiente. No tienes que soltar toda la sopa como las pinches viejas de vecindad. Además, de esa forma te guardas los detalles, para contarlos ya más en privado.

—O sea con el público en pelota.

—A huevo, bruto, para que se conmueva, llore y tengas que atenderla de nuevo. No se te olvide que estás trabajando.

—No es igual ensayar lo que va uno a decir que tener que decirlo en el momento. Sale mejor cuando todo va en serio.

—De todos modos no me voy a enterar, vas a decir todo eso a mis espaldas.

—Al Maestro Balboa le debo más que puros conocimientos. Afortunadamente cuando lo conocí llevaba solamente un intento de quitarme la vida. No pensaba fallar, la próxima vez.

—Eso me gusta más, pero no me entusiasma. Te vendes mucho como tipo duro. Clint Eastwood, Charles Bronson, Steve McQueen, te los compro. Tú, muchacho, no mames. Y ahora que lo pienso, me da muy mala espina que un pendejo al que acabo de conocer me hable de sus intentos de suicidio. ¿Sabes qué es lo que pienso? Además de pendejo, con mala puntería. Un suicida que falla es un idiota redondo. ¿Cómo vas a fallar en echarte a un fulano que te está suplicando que lo mates? Nunca digas me quise suicidar. Diles que lo pensaste, pero avergüénzate. A ninguno en el barco nos divierte ver que otros pasajeros se tiran por la borda sin motivo.

—¿Cómo puede saber que es sin motivo?

—El único motivo para dejar un barco antes de tiempo es el naufragio. Trata de no ilustrar a los demás sobre tus tentativas de ahogamiento. Habla de eso como de algo remoto. Que se vea borroso, que entiendan que tú mismo no comprendes al perdedor que casi llegaste a ser. Repito: casi. Fue cuando me encontraste, yo caminando sobre el océano y tú pescado de la última tablita.

—¿Sobre el océano así, de plano?

—Búrlate, pues, nomás no se te olvide procesar mentalmente mis instrucciones. Voy a echarte una mano, catolaico: cuando digo que yo iba caminando en el mar quiero que des la idea de un maestro que está más allá de todos los vaivenes físicos, materiales, carnales. Véndeles el concepto de solidez, tú quisiste arrimarte a la Doctrina Balboa porque encontraste en ella los cimientos, la fuerza, la dirección unívoca, firme y afirmativa. Yo soy. Yo quiero. Yo voy. Ésa es la diferencia. Antes de la doctrina no sabías quién eras, ni qué querías, ni hacia dónde ibas. Vivías en un círculo vicioso...

—Días sin sombra, ni huella, ni sabor. Me volví derrotista, triste, cínico. Parecía que me esforzara en ser la peor de las versiones de mí.

—¿Sabe, señora, lo que es un milagro? Ahora que la persona más importante de su vida está ya para siempre con usted, va a ver que los milagros no son exactamente cosa de otro mundo. ¿Quiere saber qué fue lo que me dijo el Maestro Balboa al despedirse, el día que lo conocí? Siete palabras que me cambiaron la vida. Siete palabras simples, que desde entonces llevo anotadas en mi cartera: Joaquín, te garantizo que va a amanecer.

—Yo no le había ni dicho mi nombre, y fue como si él ya me conociera. Es decir, como si *en realidad* me conociera, más que los que supuestamente me conocen.

—Luego leí el primero de sus libros y sentí que lo había escrito para mí. No podía soltarlo, como si en vez del libro fuera uno de esos amigos entrañables que siempre están donde uno los necesita.

—Yo decía no, esto no puede ser. No me lo creo. El libro del maestro se metía en rincones de mi vida de los que nunca había hablado con nadie. Esas zonas sensibles que tanto protege uno cuando sufre. Pero en lugar de hacerme el daño que creí que me haría quien tocara esos temas, fue como si me untara un bálsamo en la llaga.

—Vamos, ni me acordé que había una llaga. Leía sus palabras por la noche, antes de irme a dormir, y luego al levantarme releía. Era como beberme una pócima que me quitaba el miedo. Como aplicarme una inyección de fe.

—¿No me dijo que no debía ser cursi?

—Tienes razón. Se me pasó la mano. Me entusiasmé. Tienes que practicar, de todas formas. Pero no digas tanto, a la hora buena.

Cuida el enigma, déjalo que crezca. Siempre que estés a punto de abrir el hocicote, imagina que un policía gringo te acaba de advertir que todo lo que digas será usado en tu contra. Y recuerda que nadie necesita arrestarte para que eso suceda. En todas partes y a todas horas la gente dice cosas que pueden ser usadas en su contra, preferimos ponernos la soga en el cuello que acomodarnos a tiempo el bozal.

—Qué más da, si de todas maneras les digo mentiras.

—Pero no les adviertes que son mentiras, y es más, pones mucho cuidado en los detalles. Apuestas a que compren el cuento completo. Qué bien se ve que nunca se te ha caído un teatro.

—¿A usted sí?

—Dos veces. Una hace muchos años, de novato. Me había acostumbrado a asesinar a mi mujer a la primera provocación. Llegué a la funeraria, me fui como aguilita sobre una guapetona que estaba lloriqueando y le dije que yo también era viudo reciente. Lo hacía mal, era un atrabancado. Un granuja, según mi mujer. Fue lo que dijo cuando se enteró que además de ponerle los cuernos la daba por difunta.

—¿Y ella cómo lo supo? ¿Cómo hizo para que lo perdonara?

—Resultó que la guapa del velorio era una amiga íntima de mi cuñada. La muy soplona me siguió la corriente. No había yo llegado a la casa y mi mujer ya lo sabía todo. Me perdonó, en teoría, tres años después de que nos divorciamos. Teníamos dos hijos, no podíamos seguir como enemigos. Pero hay mujeres que nunca perdonan. Aunque enviuden, yo sé lo que te digo. Desde que eso pasó hasta el día de su muerte, hace cinco años, jamás volvió a pronunciar mi nombre sin añadir después *que en paz descanse.* Les decía a los niños: te portas bien y obedeces en todo a tu papá, que en paz descanse. Se santiguaba, aparte, la perra.

—Que en paz descanse.

—Cállate, Carnegie. No lo merece. Nunca me perdonó, ésa es la verdad. Se pasó yo no sé cuántos años esmerándose para convertir a mis hijos en patanes mimados y buenos para nada. Los hizo detestarme, hasta hoy nada más me hablan cuando quieren dinero, o algún favor que va a ahorrarles dinero. ¿Para qué? Para poder seguir tirando el dinero. Pero eso sí, papá, no es posible que gastes tanto en ese ayudante, le pagas sueldo y no le cobras renta. Sólo eso me faltaba, que el par de labregones vengan a reclamarme por la forma en que invierto mi dinero. ¿Sabes cómo te llaman, por cierto?

—¿Quiénes?

—Mis hijos. Te pusieron un apodo. Cuando hablamos de ti nunca dicen Joaquín. Dicen tu sobrenombre.

—¿Qué sobrenombre?

—Mira cómo te engallas, chico. Sigue así, ten carácter, ya te he dicho que eso nos va ayudar. No te preocupes por el apodo. Dudo que sea ofensivo. A mí no me molesta, porque al final tiene algo de verdad.

—¿Cómo me dicen?

—El Becario. Preguntan, por ejemplo: ¿va a quedarse a comer tu becario? No te quieren, claro. Pero tampoco te odian, no es cosa personal. Creen que me estoy gastando su herencia en ti. Son celosos, gritones, posesivos, avaros. Hechos a mano por su mamacita.

—¿Cuándo fue la otra vez que metió la pata?

—No hace mucho. Pero esa vez yo no me equivoqué. Para entonces ya no decía que era viudo, aunque lo era. No me lanzaba ya como ave de presa. Pero igual una noche se me cayó el teatrito y tuve que salir corriendo a la calle, como pinche ladrón.

—¿Lo corretearon?

—Sí, pero se tardaron. Cuando crucé la puerta de salida alcancé a oír que alguien gritaba agárrenlo. No miré para atrás, salí a la calle y me subí a uno de los taxis. Eso tienen de bueno las funerarias, siempre hay un taxi para sacarte de apuros.

—¿Quién le tiró el teatrito?

—Un infeliz mocoso que me reconoció. Su papá había colgado los tenis un par de meses antes, yo iba todos los días a visitar a su madre. Para colmo de males, venía entrando de vuelta con una señora. Me la había llevado a cenar, traíamos no sé cuántas copas encima. Cuando me vio la madre, se dio la media vuelta, pero el escuincle no fue tan diplomático. Mira, mamá, el señor que se robó los suéteres de mi papá, el ratero, mamá. Dos pinches suéteres, carajo. Y no se los robé, me los regaló ella.

—¿Así dijo, *el señor*?

—Me dijo *el viejo*, claro. Y yo no estaba para dar razones.

—Ni para devolverle los cinco suéteres...

—Te dije que eran dos. Puede que fueran tres, ya no me acuerdo. Por supuesto que no era la primera señora que se empeñaba en darme los remiendos del marido. Él estaría de acuerdo, te dicen, con carita de beata arrebolada. Me regalaban no sólo suéteres, también chamarras, sacos, trajes. Algunas veces nuevos, si el muertito había ido de compras recientemente. Casi todo tenía que llevárselo al sastre a remendar. Pero desde ese día no lo volví a hacer. Como decía mi madre, ésa sí que en paz descanse, al que de ajeno se viste por la calle lo desnudan. Ciertos ahorros son de mala suerte.

—¿Y de dónde salieron la señora y el niño?

—Desde que entré me dio la mala espina. Entre los muertos de ese día estaba un tal Zarur de los Ríos. La mujer se llamaba Bertha Zarur. Tenía tres hermanos, estaban en la funeraria cuando la conocí. Debí haberme largado, pero no le hice caso a la señal. Esas cosas se pagan, muchacho. Si el instinto te dice que algo anda mal, lo que toca es correr a encerrarte en tu casa. Dondequiera que vayas, vas a encontrarte que el panteón y la cárcel están más que repletos de infelices que no le hicieron caso a una señal.

—¿Y quiere que le crea que se subió en el taxi y el chofer se arrancó rechinando las llantas antes de que pudieran alcanzarlo?

—Fue hace unos pocos años. Siete, ocho. Ya me veía viejo, casi podía jurar que se fueron sobre otro que iba saliendo detrás de mí. Un viejo bien vestido inspira respeto. Hasta los criminales nazis parecen unos abuelitos encantadores cuando los ves en la televisión. Sencillamente me largué en sus narices, pero al final tampoco había hecho nada. En realidad corrí por mala conciencia.

—O por celo profesional. No quería echar a perder un lugar de trabajo.

—Eso es cierto. No volví en muchos meses, más de seis. Aprendí desde entonces a ser muy cuidadoso en estas cosas. Siempre puede pasar que se te junte la chamba, cualquier noche la viuda que años antes recibió de tus manos un libro dedicado a su marido te encuentra nada menos que haciendo lo mismito en otro funeral, y ya sólo por eso decide que eres un farsante, o un estafador, o un hijo de puta. Pocos lugares hay tan impredecibles como una agencia funeraria. Ahora cada día son más, pero en mis tiempos las personas decentes llegaban con las patas por delante a Gayosso. Entonces podía uno encontrarse a cualquiera, gente de bien o no porque ésa era la gracia de pudrirte durante toda una noche en Gayosso. Salías convertido en cadáver de bien, aunque fueras un pájaro de cuentas. ¿Sabes por qué perdona uno a los muertos? Uno, porque están muertos, y con eso nos damos por satisfechos. Dos, porque de ahora en adelante serán ellos los obligados a perdonarlo a uno. ¿Tú le perdonarías a tu viuda que en la noche de tu jodido velorio se escapara a un hotel con un desconocido que se juró tu amigo delante de ella?

No te gastes, muchacho. No tiene ni importancia. Estás muerto, ella puede perdonarse en tu nombre. Puede darse permiso de orinar en tu lápida o vaciar tus cenizas en el retrete. Cuando lleguemos, voy a invitarte a hacer un ejercicio. Mira la caja y piensa que el de adentro es un pecador absuelto, y por esa razón está dispuesto a perdonarlo todo. Un ratito después, ya con el objetivo elegido, ve tras esa mujer y búscale la rabia acumulada. Ni lo dudes, la tiene. Aun si el muerto fue un ángel de carne y hueso, queda el rencor del vivo abandonado. Alguien adentro aúlla ¿por qué te fuiste, grandísimo cabrón? y quiere que el destino la resarza: sabe que no hay consuelo más rico que el desquite.

—Y es donde llega usted y le dice aquí estoy mamacita, no te asustes.

—Dime, Carnegie, ¿tengo cara de pulquero? ¿Me has visto alguna vez modales de cantina? Yo les traigo un mensaje de vida, similar al que el muerto ignoró en mala hora. Ya hasta perdí la cuenta de las pobres mujeres que me han dejado el hombro empapado repitiendo la misma frase, más o menos. Yo se lo dije, no salgas a esta hora. No manejes tan rápido. No fumes tanto. ¿Por qué no me hizo caso, doctor? Siempre será sencillo denostar un trabajo ingrato como el nuestro, lo más fácil del caso es deducir que el tal Isaías Balboa no es más que un pitoloco que se aprovecha de las pobres mujeres cuando las ve que están más vulnerables. ¿No es cierto eso, Joaquín? ¿No has pensado que soy un calentón y un charlatán?

—No me acomodan esos pensamientos. Acuérdese que soy su cómplice.

—Sí, pero te me vendes como un monje sin pito, y eso también es charlatanería. Si surge algún problema, ya sabemos: el caliente es el viejo. No te voy a decir que no disfruto de esas compensaciones, pero la verdadera recompensa no está en poder zumbarte a la mujer que llora, sino en recuperar ese contacto sobrenatural que un hombre solo no puede proveerse. La mujer es la fuente de todas las señales. Puede uno perseguirla por su cuerpo, pero lo que realmente le urge son sus ojos. Sus oídos, su olfato. Su modo de captar y traducir los signos que los hombres no leemos. O sea que si piensas caricaturizarme, no me pintes como un viejo cachondo.

—¿Le gusta más el traje de vampiro?

—Por lo menos es más de mi talla. Y si no ya te dije, lo mando al sastre. ¿Cómo ves este saco? Tiene como quince años y se ve nuevecito.

—¿Contando el tiempo que lo tuvo el difunto?

—Por eso dije como-quince-años. Yo lo tengo hace diez. Por entonces salía de noche muy seguido, ahora ya ves que no quiero arriesgarme. Una vez por semana, cuando mucho.

—Lo dice como si hablara de un vicio.

—Lo digo tal como me da la gana, y además no era eso de lo que estaba hablando. La mujer, Carnegie, de eso se trata el mundo. Tú eres joven, estás aprendiendo. Te brilla una curiosidad voraz en la mirada y esas cosas nos dan vida a los viejos. Es la sangre que bebo, según tú. Pero tampoco te envanezcas por eso. Es mucho más la sangre que tú me chupas, pero así es como tiene que ser. No lo entiendes ahora, te resistes a verte en el espejo como el vampiro que eres.

—Los vampiros no se reflejan en los espejos.

—No empieces otra vez a contradecirme. Estira las neuronas un poquito, a ver si alcanzas a captar otros significados en las cosas que escuchas. Te estoy hablando de la mujer. Supongo que es un tema que te interesa. Corrígeme, si no.

—Lo corrijo. Me siento un pobre idiota y un cobarde cada vez que me voy a aprovechar de alguien, una mujer que está en inferioridad de condiciones.

—No me convences, Carnegie. Qué se me hace que estás hablando de memoria. ¿Tú crees que no te he visto los ojos que les echas a las chillonas? Ya te he dicho que a leguas reconozco a los de mi especie. No creas que te culpo, a tu edad yo ponía los mismos remilgos. Por eso te estoy dando la oportunidad de ser menos pendejo de lo que yo fui. Te gustan las que lloran, Joaquín, ni salgas con que no. Aprecias tanto o más que yo la majestad del sufrimiento vivo. Encuentras poesía en el placer secreto de mirarle las pantorrillas a la huérfana mientras los otros rezan el rosario. Cierra los ojos, hijo. Imagina las mejillas mojadas, el semblante de duelo, las piernas que ya no hallan cómo ni por dónde terminar de escaparse de la muerte. Hace muy poco que se quedó sin padre, alguien adentro ya lo aceptó. Te mira y te sonríe, con gratitud beatífica. Y el rumor de los rezos la eleva por los aires. Ya no te enteras ni del coro que escuchas, es como si la vieras bajar a la tierra directamente desde el reino celestial. Y tú le ves las piernas y te tiemblan las tuyas, no sabes si por místico o por calentón. ¿Te suena familiar, mi querido Joaquín? ¿Te suena apetecible, cuando menos?

—A ver, maestro, vamos a suponer que me interesa. O no sé, puede que alguna vez lo haya pensado. Las mujeres que sufren, las ganas de abrazarlas y quién sabe qué más, porque en ese momento es lo que menos se espera de uno. Lo mal visto, lo peor, lo inmencionable. ¿Cómo hace, cuando pasa la calentura, para reconciliarse con usted mismo?

—Yo nunca me peleo conmigo mismo, soy demasiado rencoroso para eso. Además, no hago daño. Al contrario. Lo que hago a sus espaldas está pensado para favorecerlas. ¿Cómo, siendo un extraño, podría yo ayudarlas, si no valiéndome de ciertos recursos y capacidades personales?

—¿Y le alcanzan esos superpoderes para librarse de la cruda moral?

—Tengo un solo poder, y es el de obedecer a mis instintos. Son muchos años ya de practicarlo, sin que jamás me diera una cruda moral. Sólo eso me faltaba. ¿De modo que tú crees que la viuda o la huérfana están en inferioridad de condiciones? Me vas a hacer llorar de la puta ternura. Y es más, para que veas que sí me conmoviste voy a contarte cómo murió mi padre. Fue hace ya muchos años, en un cuarto del Hospital Español. Sus patrones lo habían internado ahí, yo tenía veinte años y mi hermano dieciocho. Era tarde, como las diez de la noche. Mi padre había llamado primero a mi mamá, luego a mi hermano y al final a mí. Quería despedirse, nos dijo el doctor. Entré al cuarto y pidió que me acercara. Ya no tenía fuerzas para hablar, pero hizo lo que pudo por pasarme el mensaje. Me agarró de la manga del suéter, me acercó la cabeza y me dijo, casi en secreto: *Las viejas...* Me quedé tieso, lo vi jalar aire y apenas escuché el remate: *...son cabronas.* Lo soltó y cayó muerto, junto a mí. Desde entonces entiendo que una mujer siempre me lleva ventaja. Necesita llevármela, es mujer. ¿Sabes los miles de años que tienen las mujeres trabajando en la sombra? ¿Jugarías tú limpio, si fueras mujer? Ni cagando, muchacho. Eso es lo interesante. A una mujer que avanza en contra tuya, o a una que se te aleja, no sé qué será peor, no vas a detenerla con armamento convencional. Entiende, hijo, somos animales inferiores. Tenemos límites más rígidos, nos atrevemos poco a desafiarlos. Ellas en cambio lo hacen a diario. Desde niñas son siempre más fuertes. Y ya ves, son tan fuertes que en medio de la muerte nos imantan y fingen que se dejan llevar por el camino que ya decidieron.

—¿Y usted cómo sabe eso?

—¿Dejarías que un taxista te llevara en sentido contrario a tu destino? Una mujer irá a donde la lleven nada más quienes vayan a donde ella quiere ir. Si la encuentras hundida, no es difícil llegar a la conclusión de que la infeliz quiere salir de allí. ¿Cómo y por qué? Eso es lo que tenemos que averiguar. Ella lo sabe, pero no lo sabe. Siente deseos que ella misma ignora. Se tiene miedo, claro. Peor con la muerte enfrente. Como todos allí, sabe que un día va a tocarle a ella, y que aunque sea tarde va a parecerle demasiado pronto. Le urge, por lo tanto, saber si hay vida luego de la muerte, y aquí es donde entras tú.

—Entre fanfarrias, claro.

—Sí, pero *tus* fanfarrias. Si logras escucharlas mientras te le acercas, te garantizo que ella también va a oírlas. Vas seguro de ti, pensando lo que tienes que pensar para no traicionarte con titubeos de aficionado. Yo no sé si mi padre tuvo razón en darme ese consejo antes de morirse, pero he hallado la forma de sacarle jugo. Tampoco sé si tengo la razón en todas mis teorías sobre las mujeres, sólo puedo decirte que a mí me han funcionado en estas circunstancias. El velorio, el entierro, los rosarios. El regreso a la vida en medio del dolor. Yo sé moverme en esos terrenos. Corrijo: soy un príncipe en esos territorios.

—Lo veo más como un druida, maestro.

—No te burles, cabrón, que de ahí comemos. Pero de eso se trata lo que te digo. Uno es lo que cree que es, y uno también escucha la música que quiere cuando va por lo suyo. ¿Qué es lo que la mujer te está pidiendo, una vez que dejaste caer la perla informativa de que tu oficio es el de salvavidas? ¿Que le toques la puta Marcha Fúnebre? No mames, Carnegie, no seas ordinario. Deja las marchas para los que se marchan, búscate alguna música querendona, para que puedas sacarla a bailar.

—¡A bailar!

—Si consigues sacarla de la funeraria, considera que estás bailando con ella. No es fácil, eso sí. Hay que aplicarse. Mover tus piezas, saber con cuál de sus demonios hablas. Hay uno, por ejemplo, que se viste de buen samaritano. Samatirano, debería decir. Ese cabrón chamuco secuestra la conciencia. Quiero decir la buena conciencia, la que dicen que lo hace a uno decente. El grillo ése mamón que le habla en el oído a Pinocho. Lo que realmente quiere este demonio no es que la pobre viuda se consuele, sino que se refunda entre los muertos. Cada vez que ella intente volver a la vida, brincará la conciencia endemoniada: *¿Adónde crees que vas, ingrata cósmica? ¿Ya tan pronto olvidaste a tu Gordito?* Y aunque al gordo de mierda ya se lo hayan tragado entero los gusanos, la vieja va a morirse mirando a su fantasma mofletudo porque ya se habituó a vivir como sonámbula. También pasa que algunas de repente despiertan, desatadas, y entonces sí que se agarre el mundo. De todos los furores uterinos, el peor es el tardío. Medio mundo le teme al monstruo acosador: esas viejas de carnes pegajosas que te descuidas y te embarran las tetas arrugadas, o hasta te las enseñan, con tantita manga ancha que les des. Hay muchas de ésas en los funerales, saben mejor que nadie que las muertes ajenas les expiden licencia para putear. Como todas las situaciones excepcionales, ¿verdad? Cualquier cosa que nos perturba la rutina, y por lo tanto nos amenaza, es un pretexto a modo para entregarse al rito de la reproducción. Fíjate, cuando puedas, en esas putas viejas. Detrás de su fachada tan adusta, de ese ceño fruncido como culo de condenado a la horca, si te fijas muy bien descubrirás un sesgo perturbado. Algo que no es exactamente una sonrisa, y ni siquiera un guiño, sino una clara invitación al coito. Un desafío, casi. Como quien dice, le entras o le entras. ¿Eres o no eres? ¿Te avientas o te rajas? Son como una vacuna contra la concupiscencia. Y esas cosas se evitan cuando se frena a tiempo al demonio del arrepentimiento. En tiempos de mis padres, estaba muy de moda *La viuda alegre*. Ahora cada vez menos gente la recuerda, seguro porque cada día hay más viudas alegres. Llegará el día en que ese título sea una redundancia.

—Viuda triste sería un contrasentido. Qué haría usted, entonces.

—Tienes razón, muchacho. Eso ni a ti ni a mí nos conviene. Las que nos gustan son las viudas tristes. Mujeres tristes, pues. Con las lágrimas frescas y el dolor encajado en las pupilas.

—Yo no he dicho que así me gusten las mujeres. Prefiero que sonrían, la verdad.

—Yo también lo prefiero, Joaquín, pero eso toma tiempo. La idea es que la dama te sonría, pero no porque sí. Ni que fuera una idiota. Lo que tú esperas es que sonría sin babas. Que sonría por ti, por lo que haces y dices, porque fuiste a sacarla del infierno y te mereces una buena cara. Toca entonces que la hagas darse cuenta que lo que miras es una linda cara. Tú podrás no ser nadie en su vida y ella podrá sentirse más triste que un par de nalgas cóncavas, pero eso no es obstáculo para que su papel sea el de ninfa y tú seas el fauno que corre detrás de ella. El que la embiste allí, enfrente de todos, cagándose en la lógica y la familia y la Biblia y en su jodido muerto, con una cortesía irreprochable. Un caballero, claro. Pero yo, que soy hijo de caballerango, sé que la mayoría de los caballeros de este mundo son miembros de la misma pandilla de calientes, mustios y farsantes. Y aquí es donde pintamos nuestra raya, porque nunca es lo mismo un caballero que otro, menos si pertenecen a distintos equipos. Que hasta donde yo sé, no pasan de dos: caballerosos y caballerescos. Es decir, formulistas y románticos. El que es caballeroso tiene en muy poco aprecio la originalidad. Su repertorio de atenciones y halagos es cuadrado y estrecho, y él lo prefiere así porque ya comprobó que es eficaz. Si se escribiera un buen manual de caballerosidad, yo te aseguro que sería pequeñito. Gestos elementales, frases elementales, adulación elemental, pero esas cosas gustan. Funcionan. Ahora, de ahí a que el tipo sea un auténtico caballero, no en la acepción galante de la palabra, sino en la combativa, romántica, poética, seguro que hay distancia, cómo no. Ningún caballeresco adula porque sí, ni se cuelga de frases de cartón para expresar su afecto por la dama. Está cierto de que puede probar cada una de las palabras que dice.

—No va a decirme que usted está con los caballerescos...

—No me interrumpas, que no he terminado. Pero ya que lo dices, de una vez te lo aclaro. Soy un caballeresco no porque sea un puro, como crees que eres tú, sino porque tengo una causa que me ampara. Tú eres de los que creen que Aldonsa tiene más que suficiente con que un viejo ridículo la apode Dulcinea, yo por mi parte pienso que la habría dejado más contenta con un buen garrotazo. Perdona la franqueza, pero entre Dulcinea con las piernas cruzadas y Aldonsa patiabierta no lo pienso dos veces. ¿Quieres un tip, muchacho? *Háblale a Dulcinea, piensa en Aldonsa.*

—Suena caballeroso.

—Ya lo sé, pero espérate. No seas atrabancado, recuerda que el demonio de la buena conciencia sigue siendo lo que es, un diablo con disfraz. Uno llega al velorio valiéndose de sus capacidades miméticas. Cambias de tono, como los camaleones, para volverte uno con el ambiente. No puedes darte el lujo de desentonar. Luego, cuando ya conseguiste enquistarte, dejas por fin de ser un camaleón para tomar la forma de pavorreal. Te acercas a la hembra, la rodeas, te yergues, abres bien las alitas y ya no le permites que mire hacia otro lado. Tú eres el horizonte, traes la vida en tus plumas, eres el enemigo de sus diablos hipócritas, no hay luto que te sepa chantajear.

—¿Y qué hago con la atmósfera? Todos ahí tienen la cara de circunstancia puesta.

—Ésa es precisamente la rendija por la que vas a entrar. La atmósfera de sufrimiento y compasión es demasiado rara para evitar que se relajen los reglamentos. Los deudos, por ejemplo, tienen derechos extraordinarios. Como los niños en su cumpleaños, sólo que a gran escala. La piedad obligada de los otros le permite al que sufre tomarse toda clase de permisos. Ya te lo he dicho, nos educan para creer que el sufrimiento es mérito, y el que hace méritos espera recompensas. Esa mujer que llora inconsolable en un rincón de la capilla ardiente no hace más que esperar la recompensa por tanto sufrimiento, y a eso le llamaría milagro divino si de verdad llegara a sucederle.

—Yo sería ese milagro…

—"Sería" es una idea desechable, por no decir imbécil. Tú eres El Milagrazo. Ésa tiene que ser la primera y la última de tus premisas. A veces los milagros nos pasan de largo, no los vemos venir ni los reconocemos cuando llegan. Eso puede ocurrir, pero no que tú dejes de ser un milagro.

—Me suena a slogan, no acabo de creérmelo.

—No digo que tú seas de verdad milagroso, ni que te haya mandado el Espíritu Santo. Nuestro milagro es laico, pero esotérico. No es cosa de hacer magia, ni de hablarle del Evangelio a la señora. Es cuestión de saber lo que hay que saber. Nada muy complicado, Carnegie. Pregúntate nomás qué es preferible para esa pobrecita que está llore y llore. Y eso que es preferible tú lo traes. Vamos, eres el único entre los presentes que puede darle lo que ella prefiere. Algo nuevo, distinto, refrescante, y todavía mejor: autorizado por el difuntito. ¿Quieres más? Llegaste ahí en el nombre del muerto, eres un terapeuta profesional, te interesas en darle consuelo y esperanza. Zum, Carnegie. Zum, zum, zum, zum, zum. Los rebasaste a todos por el carril derecho. Por la banqueta. Por el camellón. Se supone que los velorios son espectáculos desagradables, deprimentes, traumáticos. La gente trata siempre de esquivarlos. O eso es lo que se cree, afortunadamente. No hay motivo a la vista para hacer lo que hacemos. Como pasa con tantos oficios nocturnales. Hay gente que jamás se entera quiénes ni a qué hora barren las calles, o imprimen los periódicos, o rellenan los baches del pavimento; esas actividades raras que ellos asumen que son automáticas. Todos los días beben, comen y cagan y les tiene perfectamente sin cuidado cómo les llega el agua y por dónde se va, quién le dio de comer y quién le dio en la madre al pollito que acaban de embuchacarse. Dan por hecho cualquier milagro cotidiano, y eso los desprotege frente a los productores de milagros.

—Como usted, claro.

—Como nosotros, joven Iscariote. Pero no te adelantes. Cuando digo que un objetivo está desprotegido, no es porque me disponga a asaltarlo. A quien quiero agarrar desprotegido no es tanto a la persona, como al diablo que la está sometiendo. Porque él tampoco espera mi humilde intervención. Como todo milagro que se respete, llego en la hora más negra de la noche y me encomiendo al sol que viene atrás de mí. A eso la muerte no puede vencerlo.

Para cuando se anuncia la hora mágica, Dalila y yo lo hemos dejado todo por tumbarnos debajo del tinaco, en la única esquina de la azotea que es invisible desde cualquier ángulo. Llegamos en cuclillas, armado cada uno de Coca-Cola y almohadón. En febrero, esto ocurre a partir de las seis y media de la tarde. Ya pasó una semana desde que la mamá obedeció el consejo de nadar por la tarde. Se va al club a las cinco y regresa pasadas las ocho. No son las cinco y diez y Dalila ya pasa lista conmigo.

¿Por qué en la tarde y no a media mañana?, se había defendido, pero no le di opción. La natación, le dije, diluye las tensiones acumuladas a lo largo del día. Puede que lo haya hecho nada más por probar la eficacia del método, pero al fin lo que busco es comprarme algún tiempo con Dalila. Se me está haciendo vicio jugar a los espías junto a ella. Inventar nombres clave, nombrar operativos, llenar informes técnicos en clave fantasmagórica y competir a ver quién lee más rápido, y por supuesto nadie lo hace tan rápido como Dalila Suárez Carranza. Reina un ambiente de resurrección súbita desde que oigo sus pasos venir por la cocina. Ni para qué aclarar que es mi hora favorita entre lunes y jueves, y la más infumable del sábado al domingo. Ya sólo el privilegio de esas tres horas diarias vale la joda de vivir encerrado y me invita a jamás terminar el libraco de mierda.

Ni siquiera recuerdo la última vez que me reí con tanto desparpajo. El mundo está en su sitio si Dalila me pide que le haga la tarea y se sienta a jugar con su conejo. Le he construido dos casas de madera. Una de veraneo, en el cuarto de lavado, con zanahorias pintadas en las paredes; la otra de tres recámaras, en el cuarto que es todo para él. Hay algo así como una victoria íntima en la certeza de trabajar como burro para un conejo. Nada me enorgullece más aquí y ahora que saberme un inútil oficioso. Por eso no consigo resistirme a un plan tan seductor como el ΛV?□O8Z˥Λ IXOVIZΦ.

Fue Dalila quien lo planeó y le puso nombre. El Chaplin en cuestión vive aquí, a media cuadra. Es un schnauzer negro que hace ya varios días nos ocupa. Lo tienen amarrado en la azotea. La correa mide no más de metro y medio y el infeliz perrillo va y viene por su mundo de tres metros de diámetro con una desesperación que sólo desespera a quien se toma la molestia de mirarlo. Nos llama la atención verlo ladrar y no poder oírlo. No era Chaplin el mudo, sino sus películas, me divierto explicándole, pero igual ha quedado decidido que al perro mudo le llamemos Chaplin. Me gustaría explicarme con esa sencillez la existencia de imbéciles capaces de joderle las cuerdas vocales al perro, además de amarrarlo y echarlo a la azotea. A la tercera tarde pelamos oreja y alcanzamos a oír sus ladridos sordos.

—¿Y si lo rescatamos?

—¿De la azotea? Sólo que sea en helicóptero.

—O que tú seas el Hombre Araña.

—Es un poco más fácil, pero ni así podría funcionar. Supongamos que escalo los muros de la casa y regreso con Chaplin de trofeo. ¿Dónde quieres que esconda a un perro ronco que ladra día y noche?

—Aquí no ladraría.

—¿Y eso cómo lo sabes?

—Estaría contento. Si me amarraran en una azotea, yo también ladraría hasta quedarme ronca.

—¿Y después?

—Después me quedaría como ese pobre perro que no tiene ni un solo amigo que lo rescate. ¿No te da pena ser tan sacatón?

—¿Yo, sacatón? ¿Quién rescató a tu conejo?

—Si lo traes, te prometo que no ladra.

—¿Y si ladra?

—No va a ladrar.

—Nadie nos asegura que no vaya a ladrar.

—Lo encierras en un cuarto donde nadie lo oiga.

—Saldría peor. Además, se comería a Filogonio.

—¿Qué apuestas a que no?

—De todas formas, no soy el Hombre Araña.

—Todavía no sabemos si vamos a ocupar al Hombre Araña, mi Comandante. ¿Qué tal si nos alcanza con el Hombre Zopilote?

—¿De veras crees que voy a escalar tres pisos para ir a rescatar a un perro afónico, que en una de éstas me agarra a mordidas?

—Ese perro no muerde.

—¿También eso te consta?

—No sé, pero sí sé. Nunca me he equivocado con un perro. Tampoco mi mamá me cree que yo tengo una conexión secreta con los perros.

—Y con los conejos.

—Los conejos no muerden, de todas formas. ¿Ya me vas a creer o quieres que te jure que Chaplin no muerde, ni va a comerse a Filogonio, ni va a ladrar? Te lo juro por mi mamá y mi abuelita. Ella ya se murió, sería pecado si te mintiera.

—Y yo también te juro que no puedo treparme a esa azotea y bajar con un perro sin que me vean.

—¿Y si no hay nadie? ¿Qué tal que van al cine, o a Acapulco?

—Alguien se quedaría, de todas maneras. Me resisto a creer que una niña de nueve años me esté pidiendo que me meta a robar en una casa y yo le esté explicando por qué no se puede.

—No sabemos si no se puede. Pero somos espías, ¿no?

—¿Qué quieres? ¿Que vigile la casa dos semanas?

—¿Tienes algo mejor que hacer? Chaplin no.

—Acepto solamente si dejamos en claro que es un operativo nada más de espionaje.

—Te prometo ponerlo en el informe técnico.

—Operativo Chaplin, punto y seguido. Categoría, dos puntos, espionaje.

—¿Bueno? ¿Bueno...? Llamo para solicitar los servicios del Hombre Zopilote.

—¿Ahora mismo, Pájaro Carpintero?

—Yo voy por los refrescos y las almohadas. Usted vaya por los gemelos y los dulces.

Me le cuadro y procedo. La palabra gemelos me devuelve a los cuentos de *Archi*. Los traductores usaban términos de otro mundo. Mesada, emparedado, rosetas de maíz. Ser personaje en el planeta Dalila me da derecho a usar palabras rebuscadas y darle gravedad a las cosas inútiles, asumiendo esa clase de sentimientos inservibles que se reservan para viejos, niños y locos. Llego al puesto de vigilancia con un cuaderno de hojas cuadriculadas que habilitamos como bitácora. Cada vez que me deja los binoculares, regresa a retocar su dibujo de la casa de la esquina. No le queda tan mal, pero el perro está fuera de proporción. Su cabeza es más grande que la puerta de entrada. Le ha dibujado un par de lágrimas fluyendo de cada ojo. Propaganda, le digo y ella me ignora. No sabe cuánto me divierte que me ignore. No me imagina atesorando estos minutos. Le llega la hora de irse, pero igual me prohíbe moverme de mi puesto. En la esquina se aparecen dos carros, uno de ellos se mete en el garage y el otro se ha quedado estacionado afuera. Creo saber quiénes de los que he visto viven en la casa. Un matrimonio con al menos dos hijos de entre nueve y once años. Supongo que Dalila se esfuma satisfecha.

Lo escribo todo en clave fantasmagórica. He esperado hasta muy entrada la noche para dar por concluido el día de hoy. Sólo queda la mancha cintilante de la recámara principal. Una televisión. Lo pienso y me da un poco de vergüenza. ¿Qué mierda estoy haciendo a medianoche con los binoculares puestos en la ventana de los dueños del pobre chucho afónico de la azotea? Ya recogí las cosas cuando cedo al prurito de volver a mirar. Lotería, carajo. Me tiendo y hago foco en la luz del cuarto de servicio. Una mujer muy ancha, tal vez la cocinera, está desamarrando al perro mudo. Pero no lo ha soltado. Al contrario. Se lo lleva con ella. Un minuto más tarde reaparecen abajo, tras la reja del garage. Ya lo amarra de nuevo a la llave del agua. No bien se va, regresan los ladridos. Roncos, ahogados, uniformes casi, como el murmullo sordo de algún ventilador desvencijado. Media hora más tarde, se han apagado todas las luces de la casa. Calculo las medidas a ojo de pájaro: la reja de la entrada queda mucho más lejos de las recámaras que la azotea. Están los tragaluces, además. Cuando apagan la tele, queda el ladrido ronco que no deja dormir. Hora de echar al perro al garage. Una cosa es que ladre y otra que ellos se enteren.

Tenía razón Dalila. El Hombre Zopilote le pide poco o nada al Hombre Araña. Los vigilantes hacen su ronda en una camioneta verde, una vez cada hora durante el día, dos veces por la noche. Hay otros dos que pasan el periplo nocturno caminando, cada uno con su perro. Gracias a eso se sabe por dónde andan. Cuando pasa uno de ellos ya hace un rato se fue la camioneta. De repente la calle me parece territorio seguro. No lo pienso dos veces. Me abalanzo hacia abajo, calculando qué tanto tardaría la camioneta en dar la vuelta a todo el bulevar, si por alguna causa decidieran hacer otra ronda. Mínimo seis minutos, calculo mientras saco del refrigerador las tres últimas rebanadas de jamón. Me escurro hacia la calle por la puerta pequeña del garage. Cruzo hasta el otro lado en una carrerita, debo de estar a no más de tres casas de la reja donde Chaplin no para de desgañitarse.

Le echo el primer jamón como un proyectil. Cállate, le suplico. No sé si sea por la hora o la cercanía, pero aquí sus ladridos ahogados me parecen punto menos que escandalosos. De repente, el jamón comienza a hacer efecto. Se lo ha comido de una tarascada, ya le enseño el segundo y él me mueve la cola. Toma, Chaplin, me acerco un poco más. Recuerdo lo que dijo Dalila de los perros, pero ni así me atrevo a arrimarle el tercero con todo y mano. Gime ahora, en lugar de ladrar. Acerco el brazo y me lame la manga. Luego la mano. Al final el jamón. Dos caricias más tarde, corro de regreso y él se aplica a ladrar como un condenado. Cierro con un portazo, un poquito asumiendo que los ladridos del perro mudo alcanzarán para tapar mis ruidos. Entro en la casa ya con alguna prisa por echar un vistazo al panorama. Estiro el cuello: nada. Ni una luz en las casas de enfrente. Ni un ruido más allá de ese ladrido sordo que mi respiración cubre de pronto. ¿Por qué crucé la calle a media cuadra, si la casa del perro está en la esquina? No había para qué hacerse notorio.

Regreso al parapeto, debajo del tinaco. El silencio ya es hondo, como tendría que ser a media madrugada. Miro a la casa con los binoculares. El perro está dormido. No sé si debería reseñarle a Dalila lo que vi. De cualquier modo no pienso robármelo. ¿Va a mejorar su vida por estar encerrado, en lugar de amarrado? ¿Cómo voy a arreglármelas con un conejo y un perro escondidos, clandestinos, robados? Por ahí de las cuatro bajo a la recámara. No consigo dormir, de cualquier forma. Toda esta idea del nuevo operativo me ha despertado músculos desconocidos en el cuerpo maltrecho del entusiasmo. Ya amaneciendo estoy de vuelta arriba, enrollado en un par de cobijas de las que con trabajos se me asoman las manos, aferradas a los binoculares. Vi llegar el periódico, ya se prendió la luz del cuarto de servicio. Súbitamente advierto, con una revoltura de piedad y culpa, que el perro lleva largo rato ladrando y no había ni reparado en el tema. Se acostumbra uno pronto a los ladridos sordos. Contra sus propios cálculos, la desesperación también se torna parte del paisaje.

Corrijo: el matrimonio tiene un solo niño. Once, tal vez doce años. Dos sirvientas, la gorda y otra de no mal ver. Garage para dos coches, el del marido un Jetta de modelo reciente, color azul metálico. Anoto: 7:16. El niño sale haciendo alarde de desgano matutino; la madre va detrás, cargando la mochila. Ninguno se detiene a acariciar al perro. Me concentro en el niño: ni siquiera lo mira. Puede ser que le baste con tener perro, como se tiene un seguro contra accidentes, o robos, o contratiempos que ojalá nunca ocurran. Me detengo, temiendo que mi tren de pensamiento vaya de nuevo por las vías que desembocarían donde no deben. Casi todas mis reflexiones sobre el perro y la casa y los dueños de la casa parecen incubadas por Dalila. Sacudo la cabeza y espero que termine de irse el coche azul. No bien cierra la reja, la gorda desamarra al perro y lo lleva a jalones hacia adentro. Tarda cuarenta y nueve segundos en salir por la puerta que da a la azotea. Lo amarra, llena su plato de agua y lo deja muy cerca de la pileta. Luego desaparece, mientras el perro intenta llegar al agua y no lo logra por pocos centímetros. Diez segundos después ya está ladrando. Solamente él ignora que es un fantasma.

Cada tarde Dalila me pregunta y yo le digo la pura verdad. Sigo adelante con el operativo, preparo un puntilloso informe técnico. ¿Puedo enseñarle alguno de los avances? No, por supuesto. Mis hipótesis no están estructuradas, y tampoco podría decirle con certeza cuánto me va a tomar tan ardua labor. Me pide que le muestre mis apuntes, aunque sea de lejitos. Le enseño la libreta y logro impresionarla. Contamos trece páginas dedicadas sólo al operativo. Me es más fácil hacer cien páginas en clave fantasmagórica sobre los movimientos de los vecinos que las primeras diez de la *Summa Balboa*. Puedo pasarme dos semanas planeando un espectáculo que entretenga a Dalila por media hora. Cada día, sin pensarlo dos veces y acaso tampoco una, elijo estar un poco más de tiempo en el planeta Dalila. Me iría a vivir allá, si por mí fuera.

Vienen después el viernes y sus esperpentos. La visita a la madre de Dalila me deja lleno de un morbo malsano. Cada viernes me cuesta más trabajo disimular las ansias de interrogarla, como si fuera a hurgar en un cajón ajeno. La vergüenza inicial por hacer lo que no se debe hacer toma la forma de una comezón inmune a los chantajes del pudor. Quiere uno rascar más, entre más ha rascado la vez anterior. No sabe mientras rasca dónde acaba el placer y comienza el ardor. Es ya mucho más tarde, cuando intento dormir y algo me quema, que pago la factura por el placer torcido de confundir rasquiña con caricia y seguir adelante más allá de la conveniencia elemental. Rascarse hasta la muerte, qué deleite. Despierto al sábado con la resaca propia de quien se desveló peleando con fantasmas a los que últimamente ya no sabe domar. Pero esta vez ha sido diferente.

Volví de la terapia ya muy tarde, pasadas las diez. Desde la calle se veía que la reunión de Gina con sus clientes iba por buen camino. Decidí entrar en el edificio una vez que quien yo supuse que sería la última invitada bajó del coche, tocó el timbre y entró. Puta mierda, me dije, puta mustia. Tenía por lo visto esa costumbre de agazaparse dentro del coche para ser siempre la última en llegar. Había olvidado por completo su nombre. Me acerqué a la ventana, nada más verla entrar. Había un sobre en el asiento de al lado. Eso era: Veronika Hemke. Nunca le he preguntado a Gina cuántos son sus clientes asiduos. Los que están solos y se les ve a leguas, como esa freakie de Fräulein Hemke. Por el momento lo único importante fue regresar al parapeto debajo del tinaco. La casa de la esquina estaba a oscuras. ¿Habían salido por el fin de semana o cumplían alguna visita familiar? En todo caso, el perro estaba abajo, amarrado a la llave. Ladrando. Me maldije en silencio por no haberme pasado del edificio a la casa en cuanto terminó la consulta. Precauciones idiotas, me regañé. Bajé las escaleras y decidí tomarme un descanso. Llevaba una semana de vigilancia extrema y obsesiva, me decía que lo más suculento del caso era hacerlo sin objetivo alguno. Porque sí. Espiaba a una familia que a mis ojos era odiosa y estúpida. Sólo podía imaginarlos en visitas aburridas y vacaciones fétidas en hoteles repletos de cucarachas iguales a ellos. Es posible que sean amables y simpáticos, pero a mí me parece inconcebible una vez que he tomado partido por el perro. Algo así me ocupaba la cabeza cuando caí dormido sin remedio. Diez putas horas, me reprocho delante del despertador que debió haber sonado a las siete. Me examino: ni siquiera me quité los zapatos. Traigo intacto el disfraz del doctor Alcalde.

Experimento un alivio precoz cuando me asomo y miro al perro en la azotea. Diez minutos después una cabeza alcanza a sobresalir tras la ventana de la sala, o comedor, o pasillo. Es el niño. Me incomoda pensar en lo poco que sé del tema que me ocupa, nada me garantiza que todos estos días de observación estricta vayan a servir de algo. Miento cuando me digo que hago esto porque sí. Me engaño suponiendo que escribiré el informe técnico pensando sólo en divertir a Dalila. Prueba de ello es el regocijo que me inunda cuando después de media hora de observarlos concluyo que los dueños del perro afónico están a un tris de irse con todo y maletas. Suben los tres al coche, se despiden de la sirvienta gorda mientras la otra termina de cerrar la reja. El perro ladra desde la azotea sin que se entere nadie. Excepto yo, que no estoy en el mapa. El fantasma que ayer, después de la terapia, compró un cuarto de kilo de jamón por si algo se ofrecía. Bajo y subo entre el parapeto y la cocina pensando en pertrecharme para el resto del día. Sólo tiene una vida, se me ocurre, quien tiene una encomienda. No está mal para el profesor Læxus. Abro el cuaderno en una hoja limpia, dibujo un cuadro arriba, al centro, y escribo dentro ƧΦ%Λ□-θ? 8?|ΦƧ|Λ.

Los actos infantiles en manos de un adulto son inverosímiles, por lo tanto imposibles y en consecuencia impunes, calculo. Me digo que no sólo soy imposible aquí, sino que es todavía menos posible que haga las cosas que hago sin más necesidad que esa cosquilla oscura del instinto que antes me deja arrepentirme por hacer algo que hice que soportar la pena de no haberme atrevido. La osadía es también miedo a la cobardía, dice Basilio Læxus. Infierno y purgatorio están repletos de esas pesadumbres. Pude haber hecho esto. Debí decir aquello. Qué me costaba armarme de valor mientras tenía el viento soplando para mí, mientras tenía deseos, mientras podía porque estaba vivo. Bienvenido al infierno del remordimiento, dice un cartel escrito con lágrimas de sangre, como lo manda el protocolo en esas circunstancias. Según Basilio Læxus, la diferencia entre purgatorio e infierno tiene que ver con la naturaleza del pecado. Los de pensamiento, palabra y obra son casi siempre asunto del purgatorio, donde el remordimiento se salda en días, meses o años de expiación. Los de omisión no tienen fecha de caducidad. Nadie termina nunca de arrepentirse por no haber hecho lo que quiso, pudo y quizás debió hacer, cómo saberlo si no se atrevió. Tener vida y no emplearla: he ahí el legítimo pecado mortal, pienso que piensa Læxus y eso me reconforta.

Respiro hondo. No sé cómo, por qué o para qué hago todas las cosas que hago con Dalila y Eugenia en la cabeza, entiendo solamente que tengo que hacerlas, no sea que no atreverme sea después la puerta del infierno en la Tierra. Si he de decir, al fin, qué me da miedo, nada hay por el momento que me intimide más que la idea de perder este juego cuyas reglas soy feliz ignorando. Perderlas a ellas dos, mi paciente y mi cómplice. Puta mierda, qué pánico. Me robaría un dóberman de la Casa Blanca con tal de conservarlas en mi órbita.

—Regla número cero: todo es igual a nada. Nunca lo cuentes todo, ni con un pie en la horca. Uno debe morirse guardando secretos, hay que dejar detrás un crucigrama poco menos, o mejor, poco más que irresoluble. Yo mismo escribo un libro y lo titulo *Summa Balboa* para vaciar ahí según esto el total de mis conocimientos y experiencias, pero hay un par de claves que se van a ir conmigo a la tumba. De lo contrario, me moriría antes. ¿Tú crees que yo no sé que mi papá quiso decirme algo más de lo que me dijo en su lecho de muerte? Pero no pudo, no le alcanzó ya el tiempo ni el aliento, así que me dejó un acertijo. Sembró, en lugar de darme la fruta. Y yo me he dedicado a cultivar. Según mis hijos, lo que vale es la imprenta. Qué más van a creer, si son rufianes. Nunca van a entender que todo ese negocio de la imprenta no es más que vil estiércol. Fertilizante, pues. Materia prima para abonar la tierra donde sembré los verdaderos árboles. ¿Sabes qué van a hacer Carlo Magno y Napoleón cuando me muera? Talar todos mis árboles y dedicarse sólo a producir estiércol. Es lo que es el dinero, muchacho, pura mierda. Aunque algunos sabemos cómo usarla. Su madre siempre se burló de mis libros, se quejaba por todo lo que habría hecho ella con el dinero que yo me gastaba en la publicación de cada título. Y así educó a los hijos, los tres son muy devotos de Santa Caca. Sin olfato ni instinto ni percepción cabal de nada. Puede que también te odien porque saben que sabes lo que pienso de ellos. O porque me conoces mejor que ellos. Ya quiero ver el chasco que se van a llevar cuando me muera.

—¿Los va a desheredar?

—Mira, Joaquín. No creas que porque me lavas la bacinica vas también a meter el hocico en mi plato. Y ni te ofendas, que para eso te pago y te tolero en mi casa. Tú puedes ser mucho mejor persona que mis hijos, pero ellos siguen siendo mis hijos y tú no más que un hijo de la chingada. Si te cuento estas cosas es porque me interesa que veas el lado humano del autor de la *Summa Balboa*. Tienes que conocer no sólo mis ideas, sino el origen de esas ideas que yo, Isaías Balboa, deposito en tus manos. Hace meses que mi doctor insiste en un tratamiento, y yo nada, ni madres, ay del que venga y trate de tratarme. Mira que soy pendejo, muchacho. La confianza que no me inspiran los pinches doctores se me ocurre venir a ponerla en ti.

—Yo no puedo matarlo, don Isaías. Maestro.

—Dos veces se te fue ayer en la noche decirme don Isaías. Me estás haciendo fama de abarrotero. Y te equivocas: sí que puedes matarme. Si no fuera un romántico y un ingenuazo, pondría más cuidado en nuestra situación contractual. Como estamos ahora, puedes hacerme más daño que el doctor. ¿Tú sabes qué edad tengo, Carnegie? Qué bueno que no sabes, yo tampoco te lo voy a decir. Pero soy viejo, no me queda mucho. Si el médico me trata y se equivoca, ¿cuánto tiempo me quita? ¿Tres, cuatro, siete, ocho años? Tú, en cambio, puedes alargar o acortar mi vida póstuma. Puedes hacer que la *Summa Balboa* viva por treinta o por trescientos años. Puedes darle valor a mi inversión y extender la memoria de mi nombre, o puedes arruinarme de un plumazo. A menos que te mueras junto a mí, vas a tener a tu disposición mi legado. Vas a venderte como La Autoridad en cualquier tema relacionado con mi vida y mi obra. Pero eso solamente si me sabes pintar. Quise que fueras algo así como el retratista de mis ideas. Hay quienes piensan que el trabajo de un retratista es aburrido y consiste en copiar los puros rasgos, si acaso capturar alguna expresión. Trabajo de fotógrafo de sociales. No, Carnegie, no tengo la menor intención de alimentar la curiosidad fácil de los trepadores. El verdadero retratista es un sujeto que se compromete. Alguien que entra en contacto contigo. Que se incrusta en tus chanclas y bucea en tu cerebro y se mete en los sótanos de tu alma para encontrar ese par de acertijos que nunca le dirás, y es capaz de ocultarlos dentro de la pintura, para que solamente los más alertas lleguen hasta la médula. ¿Entiendes de lo que hablo?

—De mi fatal tendencia hacia la verborrea. No me sé controlar, es más fuerte que yo.

—Exactamente, Carnegie, de tu bocaza. ¿No te he dicho que todo lo que digas será usado en tu contra y a tu pesar, zopenco? ¿Sabías que el esperma añejado es cancerígeno? ¿Quieres tener tres huevos, de aquí a diez años? No me lo creo, Carnegie, tengo que estar soñando. Te puse la pelota frente a la portería y sin portero y tú no te dignaste ni chutar. ¿Qué es lo que quieres, hijo, que te enfile mejor a un huérfano pitudo?

—Ya le dije que a mí me gustó otra.

—Pero si no se trata de lo que a ti te guste. No porque una zorrita te haya cerrado el ojo vas a perder de vista Nuestra Causa. Tú no puedes irte a jugar otro partido cuando tu capitán te pasa una pelota. Tienes que responder, si no quieres ganarte la patada en el culo que te echaría fuera del estadio. Al final, tu brujita ni caso te hizo, y la que yo te puse en terreno de gol se nos largó a chillar a los vestidores. Y yo vi cómo te lloraba en el hombro, no me digas que no.

—Pues sí, maestro Isaías, qué quiere que le diga. Pinche vieja chillona y encimosa. Me daba repelús.

—Palabra de terapeuta, ¿no? Qué huevos tan azules los tuyos, pinche Carnegie. No tenías que tirártela, si no querías, pero mínimo ser un caballero.

—¿De los caballerosos?

—De los que se te hincharan las talegas, animal. Me hiciste quedar como un viejo pazguato. En lugar de escucharla, apapacharla, aconsejarla, te dedicaste a contarle tu vida.

—No era mi vida, le estaba inventando.

—Peor tantito, pendejo. Nunca vayas y cuentes más mentiras de las que luego puedas controlar. Una mentira es igual que un billete. Los gobiernos emiten billetes, que al circular dan crédito a sus sucesivos dueños. Si te acepto un billete a cambio de una cosa, la que sea, ya te estoy dando crédito. Cuando el gobierno emite billetes de más, termina por perder el crédito, y entonces el billete se convierte en mierda. Una mierda que luego no va a servir ni para abonar plantas. Así son las mentiras, muchacho. Se te pasa la mano y pierden su valor.

—Todo se lo creyó.

—Mira tú, qué hazañota. Era lo menos que se esperaba de ti. Pero igual levantaste un castillo de naipes. Tus mentiras eran de las baratas. Sirven para una noche, después se caen. Si quieres mi opinión, puras pinches patrañas de perdedor. No son mentiras hechas para ganar nada, sino para salir pronto del paso. Mentiras burocráticas, les basta con llenar el requisito. Mentiras conformistas, mentiras de esclavo. Que dice mi mamá que yo no tengo pito. Pero eso sí, bien que lo presumías con tanto güiri-güiri.

—Usted dijo que uno tenía que actuar como los pavorreales, yo me apliqué a contarle cómo una sucesión de tragedias terminó convirtiéndome en terapeuta.

—¿Así dijiste, una sucesión?

—No sé, ya no me acuerdo. También pude haber dicho una cadena.

—Cadena es la que habría que jalar para echar al drenaje tus técnicas de vivificación. Pero igual ya "cadena" me la creo más.

—Le digo que ella se lo tragó todo.

—No me basta con que ella se lo tragara, necesito creerlo también yo, que te estoy presentando como mi discípulo. Y aquí llegamos justamente adonde yo quería traerte, cabroncito. ¿Sabes lo que es una NSMU?

—...

—Non-Synchronized Making Up. Dos personas se ven obligadas a mentir sobre el mismo asunto, pero no sincronizan las versiones. Mucha gente se va a la cárcel por eso. Tú no te irías preso, pero sí a la calle. Y de paso enviarías mi nombre al carajo. Entiéndeme una cosa: nunca cuentes, a nadie, los cuentos que no me has contado a mí. No sólo para estar sincronizados, también para dejarnos aprovechar completa la información. Para mañana quiero que me entregues lo más cercano a la versión estenográfica de la historia de ti que le contaste. Vamos a analizarla tú y yo, a ver si de verdad es a prueba de terremotos y huracanes. Dime una cosa, chico. ¿Nunca has tratado de mentirle a un policía?

—No mucho, todavía.

—¿Y por qué todavía?

—Porque no he descartado la posibilidad de que un día me saquen de Gayosso en un carro con luces en el techo.

—Supongamos entonces que eso sucede. Te agachas, se te cae un carrujo de mota y para tu desgracia va a dar en medio de las botas de un agente del área de Narcóticos. Piénsalo, es un agente federal. Puede encerrarte quince o veinte años sólo por cometer la estupidez de haber ido a comprarla en la mañana y traerla cargando hasta la noche. Como dicen los gringos, Shit happens, my friend. Pero incluso con la mierda en el cuello puede uno defenderse cuando no tiene nada que ocultar. Por eso no nos basta con inventar, sino con cimentar las mentiras. ¿Qué es lo que hacen las tribus invasoras cuando tratan de conquistar a los invadidos? Alzar un templo suyo en el lugar del de ellos. Imponerles un dios, un catecismo, una parroquia. Sepultar una verdad con otra.

—O una mentira, ¿no, maestro Isaías?

—Es la segunda vez el día de hoy que me llamas maestro Isaías, y no soy albañil ni carpintero. Soy tu maestro, el autor de la

Summa Balboa. Maestro Balboa, si eres tan amable. Con los diptongos largos, por favor. Y si dije verdad, es porque era verdad. Usamos el recurso de la mentira para inventar verdades contundentes. Verdades que suplanten a sus antecesoras. Que sepan enterrarlas al extremo de convertir su huella en superstición. Si no puedes mentir a ese nivel, te sale más barato decir la verdad, que es el pequeño lujo de la clase media. Lo que en la escuela llaman valor civil, y acá entre nos es falta de imaginación. No puedes permitir que exista más verdad que la que tú creaste, o arreglaste, o parchaste. Ya te lo he dicho, Carnegie, dice uno lo que dice y lo sostiene contra toda evidencia.

—"La evidencia es calumnia."

—Exactamente, hijo. Veo que algunas cosas sí te las aprendes, pero no es suficiente. Hay que creérselas, uno más que nadie. La fe es más contagiosa que el catarro, pero igual, como todo, hay que saber sembrarla. Siembra uno la fe, el conocimiento, la confianza. Siembra uno lo que tiene, nunca lo que le falta. Si tú no crees, nadie te va a creer.

—¿Qué es lo que yo tendría que creer, específicamente?

—Nunca creas nada específicamente. Creer así nos quita el margen de maniobra. La fe que nos importa es más elástica. Más general. Nos interesan poco los detalles. Hay que mirar el mapa como está, para qué quieres lentes de aumento. Crees firmemente en una o dos cosas elementales, lo demás se deriva de ahí. Siempre que tienes dudas, vuelves a esas afirmaciones, te guareces en ellas porque sabes que nadie va a tumbarlas. Siempre vas a encontrar gente mediocre que se siente segura en el escepticismo, en la esterilidad. No dicen, ni hacen, ni se mueven, ni arriesgan una sola opinión propia. Dudan, y de ahí no pasan. Creen lo que según ellos pueden probar. Y nosotros creemos en cosas más amplias. El día y la noche, por decir algo. Sabemos que a la noche la va a seguir el día; ese conocimiento tan elemental, y si tú quieres tan específico, lo extendemos al resto de las cosas. Por más que le des vueltas, te encuentras con el mismo problema original. Hay que empujar el sol hacia la madrugada. Descorrer las cortinas, abrir las ventanas. La gente se acurruca en la muerte. Se amodorran, se amoldan, se aposcaguan, aunque también esperan sin decírselo que alguien venga y los saque del agujero. Que los conduzca al día.

—La mayoría se muere esperando.

—No nos consta que sean mayoría. Ojalá que así fuera, tendríamos lectores por millones. Pero son muchos, claro. ¿Ves cómo no exagero cuando hablo de milagros? Por experiencia sé que hay cantidad de vividores listos para echársele al cuello a la primera viuda fresca que ven, pero eso no es milagro sino calamidad. A nadie le desea uno que vaya y caiga en manos de un vampiro inescrupuloso. Que también hay muchísimos, pero tampoco tantos como ellos piensan. Son listos y se creen inteligentes. Son galantes, laboriosos, lambiscones, y un segundo después, si ya no les conviene, se transforman en arrogantes insufribles. ¿Sabes por qué? Porque les falta mística. Los cínicos gobernarían el mundo si se atrevieran a creer en algo. Van por la vida bien cargados de certezas, piensan que ya con eso basta y sobra para marear incautos.

—¿O sea que los cínicos no mandan en el mundo?

—Los cínicos gobiernan las provincias más insignificantes de la realidad. Lo demás obedece a leyes y preceptos que el cinismo no alcanza a descifrar. Por cortedad de miras, ya me entiendes. La gente avorazada no saborea el pastel. Puede que se lo traguen enterito, pero no lo disfrutan como tú o como yo. Saben que están robando, que están mintiendo, que están estafando.

—¿Y nosotros?

—Nosotros, mi buen Carnegie, tenemos fe. Es cierto que de pronto debemos hacer ciertas correcciones y relativizar algunas situaciones incómodas, pero no es porque nos convenga a nosotros. Es en bien de la causa que abanderamos. En lugar de pensar vengo a ver qué pesco, entramos a la funeraria preguntándonos por los que más sufren.

—*Las* que más sufren, ¿no?

—Ya te he dicho que la sabiduría no está en el corazón de los hombres. Hay que ir tras las mujeres, entiéndeme que hasta la más zopenca tiene en sus manos las claves del mundo. Las preguntas que importan, los secretos mayores. No digo que lo sepan, hay unas que se mueren sin enterarse. Pero la información ahí está, esperando a que algún espíritu sensible se tome la molestia de intentar descifrarla.

—Ya me perdí, maestro. ¿Quiere decir que si esta misma noche me encuentro a la mujer más idiota del mundo tengo que ver el modo de sacarle quién sabe de dónde La Piedra Filosofal?

—Puede que hasta se entiendan, harían buena pareja. El hombre y la mujer más idiotas del mundo. Parece el número más fuerte del circo. Pero voy a seguirte la corriente, para que veas que mis ideas son lo bastante flexibles para operar en la lógica de un tarado funcional. Esta noche te encuentras a una chica tonta, le haces una pregunta tonta y eso los lleva a una conversación tonta. ¿Qué va a pasar entonces? Que tontamente se van a ir a la cama, y cuando estén ahí descubrirán que al fin no son tan tontos, porque mientras los otros siguen llorando, ustedes dos están cogiendo a lo tonto. Que no es malo, ¿verdad? Puede que hasta se quieran y se casen y tengan el mal gusto de traer al mundo media docena de hijos pendejos. Ahora, si cualquiera de los miembros de esa familia se topa con La Piedra Filosofal, seguro la confunde con boñiga de vaca. ¿Sabes por qué, muchacho? Porque ya la encontraron, a su medida. A veces las mujeres resultan tontas o geniales de acuerdo a la manera en que nos tratan. Casi siempre, yo digo. Las que nos hacen caso siempre son muy brillantes. Las que no, tienen caca en la cabeza. Pero son juicios de hombre, no dan para mucho. A algunos les alcanzan para ir tras otros hombres, pero nunca para entender a la mujer. O en fin, para intentar entenderla. Tienes que sumergirte para conseguir eso. Y hasta entonces, mi amigo, consigues comprender cuál es la verdadera naturaleza del milagro. Recibes a una chica con la estabilidad emocional convertida en añicos, y en tus brazos florece una ninfa gustosa. Querendona. Una diosa, tú entiendes. Y la tienes sentada en tu pipirín. Dime si eso no es un milagro, hijo de puta. Dime si es cosa de todos los días, dime si todo aquello va a pasarle sin ti.

—Ahora dígame que, según usted, las diosas son inmunes al remordimiento.

—No, por supuesto, si sabes remorderlas. Mira, Joaquín, me da pena irrumpir en tu pureza como un viejo decepcionado y utilitario, pero me sale caro mantener a un chingado seminarista. Una mujer podrá ser tonta o lista, pero nunca se va a olvidar de quien le dio buen trato en los acolchonados dominios de Eros, por más remordimiento que le entre después. Ahí está el gran error del macho garañón: creemos que las mujeres serían inteligentes si administraran su aparato reproductor tan mal como nosotros. Desde ahora te lo digo, sin que abras ni la boca: tu problema es la mala administración del pito. Nuestro problema, claro. El pito sólo se administra como Dios manda cuando va y hace equipo con el clito, ¿verdad? Pito y Clito, es la combinación. No es la mejor, en mi modesta opinión. El pito es un estorbo, en realidad, por eso las que se hacen lesbianas ya no vuelven a él. Clito y Clito: pura sabiduría.

—¿Y usted cómo sabe eso, que diga, cómo supo?

—Así suena mejor. De menos reconoces que Isaías Balboa nunca habla a lo pendejo. Mira, hijo, yo no pretendo que lo sé todo del universo, pero sí, en cambio, todo de mi sistema. Lo que intento explicarte son los fundamentos de este sistema, las ideas que más nos acomodan para cumplir el cometido de nuestra Causa. No me importa realmente si funcionan del todo en otras realidades, en la medida que le sirvan a la mía. Que es al fin el trabajo de experimentar, vivificar, retroalimentar, reflexionar, cotejar, apelar, interpelar, concluir y expresar, a través de un evangelista creyente y comprensivo, todos estos conceptos intangibles. Si para eso tengo que jurar con la mano en la Biblia que mi madre era reina, bruja o puta, voy a hacerlo sin que me tiemble un párpado.

—¿Cree en la mística y no en los juramentos?

—Creo en los juramentos como lo que son: herramientas de verosimilitud. Jura uno para que le crean, no para encadenarse a un propósito. No se te olvide que ese propósito ya existe. Los juramentos públicos son montajes baratos, puro exhibicionismo narcisista.

—Hay quienes se los creen, mínimo mientras juran.

—Puñeteros, muchacho. Sienten bonito cada vez que juran, creen que con eso basta para cambiar de vida y convertirse en otros. Juran solemnemente, según esto. Es muy fácil creernos las cosas en el momento en que más nos convienen. Ya después cambia uno de opinión, y a partir de ese brinco la solemnidad se convierte en coartada.

—Que es lo que pasa cuando usted y yo entramos en un funeral.

—Yo no diría que es una coartada, ni que somos solemnes. Al contrario, se trata de ser cálido. La carne está muy fría para ponerse tieso. Además, no tenemos que jurar nada. En público, en voz alta. Si acaso juras lo que tienes que jurarle a la dama, luego le cumples todo lo que puedas cumplirle. Un consejo: no jures idioteces. No abuses del recurso. Trata de hacerlo parte de tu defensa. Jura uno para salir de los problemas, no para comprar nuevos. Por la misma razón nos creen, termina siendo cómodo el papel de crédulo. Y no vayas más lejos, por la misma razón se cree uno a sí mismo. Para vivir en paz, aunque sea. ¿Sabes lo que es vivir sin creer en ti mismo? No te imaginas la monserga que es tratar con un pazguato que no se tiene fe y anda viendo a quién más le echa la culpa. No sucede a tu edad, no tan amargamente. Casi todas las amarguras humanas se alimentan de la autodesconfianza.

—¿No es eso lo que sufren las viudas y las huérfanas cuando llegamos a rescatarlas?

—Lo dices como si fuéramos Batman y Robin, pero prefiero así. Vas ganando confianza, sin darte cuenta casi. Estás en lo correcto, aparte. Los deudos dudan de confiar en sí mismos porque en esos momentos la etiqueta consiste en mirarse, y sentirse, y jurarse desamparado. ¿Qué voy a hacer sin ti?, le dicen al muertito, por si los está oyendo, pero alguien muy adentro tiene sus planes. Se resigna a vivir con un entusiasmo inconfesable. Quisiera no pensar en la tristeza y correr a tragarse dos platos de espagueti.

—¿Otro demonio, según usted?

—No es demonio, ni es ángel. Es la carne, muchacho. Y la sangre, y los huesos. Todo eso se marchita o se alebresta, de acuerdo a la terapia que te aplica la vida. No me vas a creer, pero la mayoría de mis viudas frescas tenían entre cinco y diez años sin paladear la carne del muégano. Esas cosas se notan, o se sospechan, o apuesta uno por ellas, y casi siempre atina. Es como cuando estás en otro país y ves de lejos a un mexicano. No podrías explicar cómo te diste cuenta o qué parte de ti percibió, por qué detalles, que el tipo de la esquina es tu paisano. Lo sabes, nada más. Le viste la fachita, el gesto, el lenguaje de brazos y piernas. Si el infeliz quería pasar por sueco, o argentino, o colombiano, algo en sus movimientos lo delató. Eso es lo que le pasa a la mujer. Las piernas la traicionan, los pechos se rebelan, los labios le refulgen, por más que su tristeza la tenga secuestrada. Claro, tú vas a hablarle a esa tristeza, que por lo pronto es la única ventanilla que sigue abierta al público. Pero a quien te diriges no es a su tristeza, sino a los enemigos de esa tristeza. Si trae la falda corta, o las tetas de fuera, o el vestido entallado, o por alguna parte deja traslucir un gesto emparentado con la femineidad, que se parece tanto a la coquetería, puedes ir viendo dónde están tus aliados. ¿Qué es lo que buscas, un diálogo de sordos entre su desamparo y tu compasión, o un genuino intercambio de impresiones entre sus muslos fríos y tus manos calientes? Óyeme bien, muchacho. Esos premios están mucho más cerca de lo que te imaginas, si dejas que tu cuerpo le exprese antes que tú cuánto lo siente. La estrechas bien, con fuerza, la tomas de los hombros y esperas a que sienta el tacto de tus dedos. Ya te lo he dicho, yema por yema. Que tus manos le digan que no está sola, que ella sienta consuelo cuando aproveches para hacerlo otra vez, la mires a los ojos y le digas un póker de palabritas inolvidables. ¿Me escuchas, hocicón? Cuatro palabras, y si puedes tres. Repíteselas cuantas veces puedas.

—¿Algo así como cuenta conmigo para todo?

—Algo mucho mejor que esa pendejada. Una frase bonita, si tú quieres de más de cuatro palabras. En todo caso que no lleguen a diez. Dile una frase mía, por ejemplo. Una que esté en mis libros, o una que según tú pueda servir para la *Summa Balboa*. Algo que se te ocurra o que recuerdes mientras la oyes hablar, o chillar, o gimotear. Pregúntate qué quieren sus caderas. Sus antebrazos, sus pantorrillas. Cada parte del cuerpo de una mujer tiene sus opiniones privadas, siempre que ella resiente tus manos en sus hombros no te imaginas cuántas regiones de su cuerpecito van a acusar recibo de tu galantería. Yo nada más te digo que son la mayoría reprimida, muy poco necesitan para alzarse en armas, y si no lo hacen es porque ya tus manos y tus ojos y tu porte y tu pinta le dieron la certeza de que antes o después el enemigo va a rendirse solo. El luto, la aflicción, la pesadumbre, ése es el enemigo. ¿Qué es lo que necesita el enemigo para salir con las manos en alto? Solamente el debido salvoconducto. Cuando tú hablas de mí y yo de ti, nos otorgamos mutuamente el derecho a expedir esos salvoconductos. Mi maestro. Mi discípulo. Tú extiendes el diptongo, yo subrayo la esdrújula. Nadie se atrevería a ver con malos ojos que la viuda se encierre o se salga con el sacerdote, o hasta con el que fue doctor de su marido. Necesita consuelo, está deshecha. ¿Qué clase de energúmeno va a hacer una escenita porque la buena dama recibe los consejos del maestro Isaías Balboa en persona? Siempre es muy importante que cuando te presentes ante desconocidos digas no sólo que yo estoy aquí, sino que he decidido venir *en persona*. Así, como una cosa muy especial, de la que ellos tendrían que presumir. ¿Te imaginas, comadre? Vino el maestro Balboa en-per-so-na. Debe de haber querido mucho a mi gordo.

—Elvis is in the building, les voy a decir.

—Tú sabrás lo que dices, nomás no se te olvide que cuando abra la boca voy a contarles que eres el más aventajado de mis discípulos. Es decir, el que más ha logrado parecérseme. Si haces que ellos me vean como un pataratero de segunda, tú te verás entonces como un pataratero de tercera. Y si tú en vez de hacer elogios hábiles y sinceros de mi persona te dedicas a echarme pataratas, en el mismo papel vamos a quedar. No te imaginas qué tan flaca es la línea que separa al respeto del ridículo, sobre todo en un gremio como el nuestro. ¿Sabes por qué la gente al final sí te escucha? Porque ya se cansó de ignorarte, de hacerte menos, de reírse de ti, y en todo ese transcurso no te moviste un metro de donde estabas. Probaste que tu fe tenía más fuerza, o por lo menos era más resistente que su jodido miedo. O que su escepticismo, como quieras llamarlo. Piensan que la incredulidad es un haber, la atesoran previendo tiempos difíciles. Sólo que en esta clase de competencias no gana el que más tiene sino el que mejor cree, porque en nuestro negocio quien cree se hace creer.

—Y quien se hace creer goza de un crédito ilimitado.

—No tanto, pero es amplio, si lo trabajas bien. Yo comencé ya viejo, me tardé mucho en tenerme fe. Si hubiera empezado antes, ni tú ni yo estaríamos aquí. Imagínate si publico la *Summa Balboa* con veinte años menos. Crédito planetario, muchacho. Tú que no eres más que mi pinche discípulo, vas a gozar de mucho de ese crédito cuando yo haya estirado la pata. Van a querer saberlo todo de mí... Espero por lo menos que tengas el buen gusto de ocultar nuestro modus operandi.

—Yo sí, don Isaías. Sus señoras quién sabe.

—Yo, muchacho, no soy como era tu padrastro. En todo lo tocante a las mujeres, tú sabes que yo soy un caballero medieval, y a mí me consta que nuestro buen Manolo, que en paz descanse, claro, se educó en la bragueta de un gendarme. Pobrecito, él no tenía la culpa de no saber tratar a las damas. No sé por qué hay un tipo de mujer que prefiere a los hombres que no saben tratarla. Después, cuando el cabrón se muere o ellas lo matan, que pasa mucho más de lo que crees, no son capaces de explicar por qué aguantaron tanto al pelafustán.

—¿Lo dice por mi madre, de casualidad?

—No lo digo por ella, sino con ella. Ya se habían dejado, cuando fue el accidente, ¿no es verdad? Tu mamá nunca ha sido de las que aguantan, pero sí las demás. Las señoras que tuvo tu padrastro. La ex, la secretaria, la tal Imelda.

—¿Esas cosas se las contó Manolo?

—Manolo no contaba, presumía. Te embarraba sus éxitos. Su dinero, sus novias, sus propiedades. Le urgía que medio mundo se enterara de sus cosas más íntimas. Habría preferido no escuchar algunas; me consuelo creyendo que eran mentiras. Otras historias me las contó tu madre, que me tenía mucha confianza.

—Se la tiene, maestro —lo solté sin pensar. Defensivamente.

—No mientas, Carnegie. Tú no tienes idea de lo que en realidad piensa tu madre, y ni digas que no porque lo sé por ella. Varias veces me dijo que eras muy reservado, que no hablabas con ella de nada, que parecía que ni su hijo eras.

—¿Mi madre le dijo eso? ¿Que soy un pésimo hijo?

—Eras, no sé si sigas siendo. Lo dijo de otra forma, pero fue eso. Se conocían poco, hasta esas fechas. Decía que eras un extraño para ella. Luego se me perdió de vista por completo. Creo que estaba viendo a un terapeuta, o a un señor que decía que era terapeuta.

—Neftalí Gorostiza, yo supongo.

—Neftalí, por supuesto. Lo vi sólo una vez, en el entierro de tu padrastro. Me dio muy mala espina, la verdad.

—¿Estuvo en su velorio, también?

—¿A dónde quieres ir, Joaquín? ¿Crees que también traté de vivificar a tu mamá? ¿Estás celoso? Siento decepcionarte, pero no estuve ahí. Además, tu mamacita necesitaba menos que nadie que la vivificaran. Estaba contentísima de haber quedado viuda, me lo dijo tal cual en el teléfono, cuando le hablé para ofrecerle el pésame. No fui al velorio, ni ella fue a las misas. Cómo iba a ir, si andaba de fiesta.

—Estuvo así unos días. Ya luego se enteró que Manolo la había dejado sin su casa.

—Debió de ser muy mala noticia para el tal Neftalí.

—¿Usted sabía algo de Neftalí?

—Muy poco. Según Manolo, tenía a Nancy embrujada. Un día lo vi en la calle, con una rubia espectacular. Andaban en el coche de tu mamá.

—¿Y usted no se lo dijo?

—¿Yo, a Nancy? Mira, Carnegie, una cosa es que vivas alejado de tu madre y otra que se te olvide el genio que tiene. Además, para nadie era un secreto que tu madre sentía un afecto especial por ese charlatán. Habría despellejado a quien hablara mal de él. Ya no lo ve, supongo.

—Hace tiempo que no.

—Neftalí Gorostiza... ¿Has vuelto a saber de él?

—Creo que está en la cárcel.

—Adonde pertenece, claro. Pobre Nancy, qué mala suerte tuvo. Ya la tendrá mejor, ¿o no?

—Sí. Sí, claro. Mejor.

—¿Le dejó algún dinero tu padrastro, siquiera?

—Monedas de oro, varias.

—Centenarios…

—Eso. Los tiene en una caja de seguridad.

—¿Y cuando se le acaben qué va a hacer?

—Ella dice que el oro sube de precio. Serán menos monedas, pero más dinero.

—Qué raro, Carnegie. No me imagino a Nancy escondiendo el tesoro debajo del colchón. Incluso un día, justo cuando se me ocurrió llamarle para lo del pésame, recuerdo que me dijo que su única preocupación a partir de ese día iba a ser dar con una buena casa de bolsa. ¿Y ahora me sales con que está atesorando centenarios, como usurera chocha? No te creo nada, Carnegie. Estás inventando.

—Eso me contó ella, qué quiere que le diga. Usted mismo me acaba de decir que según mi mamá soy un hijo distante, o extraño, o malo. Pues ahí está, maestro. De seguro mi madre inventó el cuento de los centenarios porque no confía en mí. Prefiere que no sepa cuánto tiene, ni dónde. Pregúnteselo usted, ya que son tan amigos.

—No te pongas celoso, yo no voy a quitarte a tu mamita. Deberías hablar más seguido con ella, podrían hasta arreglar sus entuertos. Que no son pocos, por lo que veo. Sólo espero que no te dé por traer tus problemas personales al área de trabajo. Imagínate si además de aburrirlos contándoles tu vida, vas encima a marearlos con los recuerdos chillones de Edipo.

—*Edipo terapeuta: Memorias de un mal hijo vivificador.*

—¿Ves, pinche Carnegie, cómo eres de los míos? Tampoco tienes madre, Joaquín. No sé cómo te atreves a escandalizarte por las cosas que digo, acá en privado. Odiaría sospechar que eres un pinche mustio del montón.

—No es que yo sea mustio, maestro Balboa, pero igual de repente no estoy tan seguro de querer ser su cómplice en algunas cosas.

—¿Eres tú el que no entiendes o yo que explico mal?

—Además de entender, tengo que estar de acuerdo.

—O sea que te pedí que cometieras un chingao delito.

—A lo mejor no está en el código penal, pero esto es una forma de disfraz, de impostura. O hasta de usurpación.

—Hablas mucho, Joaquín. Si juntara nomás las pendejadas que he escuchado en el rato que llevamos hablando, sería suficiente para devastarte. Dices mucho de ti, cada que abres la boca. Lo único que tienes que entender es que si estás conmigo estás de acuerdo, y si no estás de acuerdo ya sabes que la calle es grande y hospitalaria. Pero antes de eso quiero que me aclares si estás diciendo que Isaías Balboa es un impostor.

—Yo no dije eso. Usted tiene sus libros y sus consultas, *yo* soy un impostor.

—¿Un impostor que piensa que Isaías Balboa es un mentiroso, o nomás un pendejo? Si yo digo que tú eres mi discípulo, el más aventajado, no voy a ser tan cínico ni tan estúpido para avalar a un bueno para nada. Si lo que buscas es ir por la vida con el sambenito de inútil, ya sabes dónde puedes ir a colgártelo. Y ahora volvamos al asuntito ése que nos trajo hasta acá: tienes boca de sobra, cualquier día podrías salir sobrando.

—¿En mi trabajo, aquí?

—En cualquier parte, Carnegie. Aprende a capitalizar las enormes ventajas de cerrar el hocico cuando nadie te pide que lo abras. No les muestres tu juego, aunque sea de mentiras. Guarda cada misterio en un lugar seguro y bien refrigerado. Ármate frases hechas, sólidas, contundentes. Dilas dos o tres veces, si es necesario. Fíjate cuáles la hacen reaccionar, qué le gusta, qué la incomoda, qué la deja igual, pero eso sí: no te detengas ni para agarrar aire. Como dicen ustedes, tú métela en tu pedo.

—¿No dice que no quiere que hable mucho?

—Pocas frases, he dicho. Uno, dos conceptitos. La estás aconsejando, se supone que tus palabras la ayudan, la relajan. Eres un masajista de lo intangible, lo menos que ella espera de ti es que le pongas flojos los músculos del alma. Eso no se consigue atrapando su atención en una red de puras naderías, que es el caso de tu conversación de ayer. Yo sé que a veces pasa, se le va a uno la mano, pero hasta cuando pasa puedes pisar el freno, decir qué estoy haciendo, ya la voy a cagar, y meter como puedas la reversa. Te relajas, te calmas, la abrazas de ladito, solidariamente, le sonríes con la serenidad más simpática, o mejor todavía la más empática, y le dices en un momento vuelvo, voy a rezar un rato. No sabes los efectos que tiene ese detalle.

—¿Rezar, el terapeuta?

—Ése es precisamente el eslabón que nos estaba faltando. No olvides que la muerte es musa de los mochos. Con el muertito enfrente todos somos filósofos o beatos; quien consigue el prodigio de ser las dos cosas es el hombre a seguir. La ciencia en una mano, la fe en la otra. Mi madre, que el Señor la tenga en su gloria, sólo dejaba que un doctor la tocara cuando "le daba fe". Y entonces sí se enamoraba de él, todo lo que el doctor decía era letra sagrada en la familia. Pobre de mí si me atrevía a contradecirlo. Como ves, no eres tú el único hijo que las pasó muy mal viendo que un vividor le sacaba provecho a su madre. Pero uno aprende hasta de los padrotes. Fue así que descubrí lo que tenían en común los médicos que por treinta años la esquilmaron.

—Porte y pinta, supongo.

—Sí, pero eso no es todo. ¿Sabes lo que tenían? Mística. Una fe contagiosa. O más bien una fe que sabe contagiarse. Pegajosa, sería la palabra. Por eso mi mamá lo decía así. Qué quieres, me da fe. El día que le dije no te la da, mamá, te la vende, me acomodó un señor bofetadón de esos que tanto necesitas tú. Doble, de ida y vuelta, sin quitarse el anillo. Nunca más volví a hablar a lo pendejo.

—Y deje eso, aprendió a vender fe.

—Otra oportunidad desperdiciada, Gran Jefe Hocico Grande. Lástima que no tengas quién te dé el bofetón. Para cuando te toque el escarmiento, vas a pagar seguro más que yo. Créeme que el no tener quién te dé cachetadas en la vida está muy lejos de ser privilegio. Te cambio cien elogios entre amigos por una bofetada en su lugar.

—A ver, maestro Balboa. Supongamos que hago la faramalla de que rezo. ¿No cree que ante los ojos de los médicos presentes voy a perder prestigio?

—Supersticiones, hijo. Además, tú no vas a andar haciendo faramallas. Le anuncias en voz baja lo que vas a hacer a la única persona que tiene que saberlo, das media vuelta, caminas y te paras a un lado del cajón. Y ya, cierras los ojos. Con la cabeza gacha. Humilde, respetuoso. Si eres creyente igual vas a rezar; si no, trata de concentrarte en un asunto que te parezca serio. Invéntate unas frases, como si luego de esa retirada táctica fueras a competir en un torneo mundial de epitafios. Te concentras y es todo, ya ellos decidirán en qué estás pensando. Diez minutos así, que no sepan si rezas o meditas o conversas con el espíritu del fiambre. No te persignes, no mires a los flancos, no hagas cara de santo apendejado. Que se vea que estás en lo tuyo, las cuitas de este mundo chaquetero no pueden perturbar a quien se mueve en esa dimensión.

—¿Qué dimensión? ¿El más allá, donde fue a dar el muerto?

—El más acá, mejor. Donde quedó la carne, muchacho. La carne es débil, dicen. Tu trabajo es probar no sólo la debilidad de la carne; también la del espíritu. Cuerpo y alma son dúctiles para quien sabe hormarlos. Uno les dice que va a darles terapia, pero lo que va a hacer es meterles una horma.

—Literalmente, claro.

—También literalmente, cuando se puede. Pero al final lo que vamos a hacer es un libro. Un gran libro, ¿me entiendes? No podemos equivocarnos con la *Summa Balboa*, Joaquín. Vamos a crear una horma de papel. Un método intrusivo y arbitrario de manipulación del yo con objetivos vivificadores.

—O sea lo que los gringos llaman V.I.T., *Vivifying Intrusive Therapy*.

—Ése es un buen ejemplo de la clase de improvisación que espero de ti. Que tus palabras hagan eco de las mías, que me des lustre con tu erudición. Para poder entrar en el cuerpo y el alma del paciente necesitamos del salvoconducto. Cada cosa que hagas enfrente de la huérfana o la viuda va a sumar puntos positivos o negativos en el trámite de ese salvoconducto. Cuando hagas una observación sobre lo que yo digo, no me mires a mí sino a los otros. Yo, que soy tu maestro, no necesito de esa precisión, pero los otros sí. Es nuestro público, no cabe defraudarlos. Tú los pones al tanto del valor de mi vida y mi obra, yo remato vendiéndote como un alumno muy especial. Damos el uno-dos, muchacho. Quebramos la quijada de la adversidad.

—Como si fuera más bien un asalto.

—Algo así, pero no exactamente. Yo lo veo como una invasión. Vas a invadir su vida, vas a clavarle la horma sin que se lo sospeche, vas a traerla de vuelta con los vivos. Eso es muy importante, lo segundo. Que no se sepa hormada, ni invadida. Que su gobierno en ruinas suplique sin querer la intervención autoritaria de tus tropas. Repito: au to ri ta ria.

—¿Y eso cómo se lo hago?

—Si hiciste un buen trabajo de difusión de imagen, tendrás autoridad de sobra para exigirle que se discipline. Porque no eres su novio, ni su amante, ni su pretendiente. Eres su terapeuta, y eso te pone por encima de ella. Primero en la teoría, ya después en la práctica. Tú, terapeuta, nunca estarás lo que se dice caliente, sino muy concentrado en tus objetivos.

—Sólo una cosa, maestro. ¿Cuál es entonces la diferencia entre el terapeuta encimado en la paciente y el granuja encimado en la incauta? No es que lo piense yo, pero sigo temiendo que lo crean ellas. Y eso me deja tieso. Si yo fuera una de ellas y lo tuviera encima pensaría eso. Este tal terapeuta me salió un granuja.

—Pues qué puta serías, Carnegie. Por eso Dios no da alas a los alacranes. Nunca cometas el error garrafal de usurpar el lugar de un ser de otro sexo. No vas a entender nada, así te pintes y te pongas peluca. ¿Quién te dice que la mujer no está pensando ay Dios, mi gordo allá tendido y yo me estoy cogiendo al doctorcito, no sé qué clase de piruja seré? Y yo no veo que eso las paralice. Ahora que si insistes en ponerte en su lugar, voy a ayudarte a entrar en esos zapatos. El golpe de la muerte es contundente. Un mazazo, haz de cuenta. No tanto para el muerto, que ya dejó de estar, como para los vivos, que aunque no lo parezca se han muerto un poquito. El golpe de la muerte funciona paralelamente como anestésico. Por más que uno esté triste por lo que pasó, no ha acabado de digerir lo que pasó. Lo Que Pasó es tan grande que incluye en su interior todo aquello que ya no pasará. Y ésa es mucha tarea para un solo coco. Si te fijas, los deudos están más catatónicos que tristes. Por eso de repente se consuelan repitiendo "pasó lo que tenía que pasar". Que es una babosada, todo-lo-que-pasó pues sí, a huevo, tenía que pasar. ¿Te das cuenta del saldo de rencor calladito que se esconde allá atrás? Poco falta para que digan que el cabroncito se lo merecía. ¿Cuándo esperas morirte, cuando tengas que hacerlo... o un poquito después? ¿Quién va a querer morirse cuando tiene que? Las viudas rencorosas no me gustan, no hay de dónde sacarles buena información. Sufrieron antes, ahora ya no sufren. ¿Cómo, pues, si el verdugo colgó los tenis?

—¿Va a decirme que están muy vivas y muy sanas, con todo ese rencor fermentando en tumores?

—Muy brillante, muchacho. Por fin te veo a la altura de mis expectativas elementales. He dicho elementales, no te entusiasmes. Pero tienes razón, una paciente que odia más allá de la muerte está más fría que una paciente triste. Un desafío tal vez muy instructivo para el profesante, pero no para el investigador. Tú mismo me lo has dicho, en tu pregunta viene la respuesta. ¿Qué harías si una noche, de regreso a tu casa, que es la mía, se te aparece una muerta en vida sedienta de venganza? Correr, ¿verdad? Pues lo mismo, muchacho. Uno debe alejarse de los diablos a los que no es capaz de seducir. Que a veces, claro, son los más seductores. No te voy a negar que a mí también me gusta asomarme a los abismos grandes. A tu edad lo veía casi como un deporte. No tenía entonces planes, ni objetivos, ni una causa como la que te he dado. Tienes suerte, Joaquín. Si yo no fuera yo, te envidiaría. El gran problema de la eterna rencorosa es que cree que está viva y es muy fuerte. ¿No te he dicho que uno es lo que cree que es? Un muerto en vida que se cree muy vivo puede acabar con toda la vida circundante. Si la señora va contigo a la cama es nada más pensando en terminar de matar al difunto. Que es lo que hacemos todos, pero sin la intención.

—Con la intención, bastard.

—Ése sería el epitafio que dejaría feliz a una rencorosa mística. Y ahora sólo por eso vas a ver qué epitafio te planto, bastardo miserable. Además, no te engañes. Ni a ti ni a mí nos gustan las señoras furiosas. Los patanes, los crápulas, los granujas, esos sí que prefieren verlas encabronadas. Sienten como que están en un jaripeo. ¡Arre, cabrona! Yo la verdad prefiero que sufran. Vamos, no que las haga yo sufrir, sino tener la suerte de que ya estén así cuando me las encuentro. La rabia me incomoda, y hay días que me enfurece. Lo mío, Carnegie, es la melancolía. La dulce muerte en vida de la mujer que llora para sí misma. Verla postrada encima del ataúd, vestidita de negro, con el semblante pálido y las ojeras de color amarillo. Sabes lo que es una Dolorosa, ¿verdad?

—Una Virgen después de la muerte de Cristo.

—Si con esa elocuencia vas a hablar a mitad de un velorio, no te extrañe que te echen a patadas. Pero en fin, voy a hacer como que escuché una respuesta menos lacónica. Inspírate, muchacho, no te pongas tan pronto a buen cubierto, que no está ni lloviendo. Comprométete con tus pensamientos, para que tus palabras agarren substancia. Que vuelen, sí, pero también que pesen. Imagínate lo que siente una mujer cuyo hijo, que de paso es El Hijo de Dios Padre, muere crucificado por pecados ajenos. Si Jesucristo, que era Dios y hombre, se sintió abandonado en el madero, ya me dirás cómo le pinta la vida a la madre. ¿Alguna vez has visto que una Dolorosa se deje retratar con un samaritano que la consuela? Por eso luego dicen que una pobre mujer está inconsolable. Pero no es cierto. No le han matado a un hijo, ni lo azotaron, ni lo crucificaron. No es pariente cercana del Verbo Encarnado. Pero así es su modelo de dolor. Va a sufrir como ha visto sufrir, y ésa ya es una forma de sufrir menos.

—¿Qué no el total del sufrimiento bruto se obtiene de la suma del dolor más la sugestión?

—Eso lo dije en mi segundo libro, pero se me hace que exageré. No es fácil, además, medir la sugestión. O sus efectos. Algo que sólo alcanzas a averiguar cuando el enfermo ya salió del trance. Las dimensiones reales del infierno jamás son perceptibles para sus inquilinos. Tiene uno que moverse de allí para saber de la que se libró, por eso la ecuación funciona a medias. Lo de menos es despejar sus elementos, pero hay uno imposible de cuantificar.

—¿El sufrimiento sí puede medirlo?

—Sin duda, y hasta sin error. No es que le ponga número, pero puedo palparlo. Sopesarlo. Sé cuando es grande, chico, mediano, extragrande. Lo frecuente es que sufran menos las que más lloran, no porque estén actuando sino porque dejaron la válvula abierta. Se están curando solas, a lágrima viva. Convéncete, muchacho, solamente los muéganos están inconsolables. Ni falta que les hace, además. No va a servir de mucho que trate de explicártelo, tú solito verás que ya con cierta práctica puedes saber qué tanto está sufriendo un dizque semejante. Es algo que se siente, que se sabe.

—¿Un dizque semejante?

—Otro sexo, muchacho. Casi distinta especie. Si nosotros tuviéramos el equipo que trae una mujer de fábrica, no tendríamos límites. Ya habríamos acabado con el mundo. Por eso tu investigación es limitada, pero es también gracias a esa modestia que puedes obtener algunos resultados. Eres un invasor, necesitas saber lo elemental del terreno que vas a estar pisando. Piénsalo: su tristeza puede llegar a ser tu enemiga o tu aliada. Estar triste le da a uno cantidad de licencias. Si no tienes motivo para estar feliz, tampoco tienes de qué preocuparte. Ya lo dicen los gringos, nothing to lose. Más todavía, nada *ya* por perder. ¿Qué haríamos, Joaquín, sin esa queridísima palabra: ya? Cada vez que la usas, estás diciendo de hoy en adelante, o a partir de aquí. Pura esperanza, chico. Esperanza y deseo: ya, ya, ya. Hoy, en este momento, ahorititita. Ya.

—El problema es que no sé distinguir al ya del todavía. Por lo visto, es una carencia importante.

—Te falta condición. No te preocupes, ya harás callo, si insistes. Ésa es la clave de nuestro negocio, no moverse de donde uno se puso, nunca quitar el dedo del renglón. La gente espera mucho del talento. ¿Sabes qué es el talento? La superstición de los estériles. No te inspires, transpira. La única virtud en la que creo se llama persistencia. Hasta los más escépticos terminan por comprarle el cuento chino a un terco que se pasa veinte años chinga y jode con las mismas visiones. A la gente le gusta creer en los que ven más lejos, tanto que de repente les basta con que alguno lo proclame. Vi esto, vi aquello. Vi venir, intuí, adiviné, tuve un sueño. Poca gente lo dice a los cuatro vientos. Es más fácil que venga un hijo de puta y se los explique. Tú y yo, Joaquín, somos ese señor. Nos llamamos Isaías Balboa y estamos escribiendo nuestro más ambicioso instructivo de vida. Yo, Isaías Balboa, pienso, luego persisto.

—Pienso, luego persisto. Voy a anotarlo en la libreta de epitafios. ¿No quedaría mejor decir insisto?

—No es un chiste, cabrón. Es una realidad del ser ultraterreno. Es decirle al que pase: Piensa en mí, persistí hasta la tumba.

—No sé si a esas alturas me interese que piensen en mí.

—Lo que te a ti te interese ni nos va ni nos viene, mi querido Carnegie. Lo que a mí me interesa, que ya sólo por eso es lo que importa, es sacarle buen jugo a ese epitafio. ¿Quieres agarrar callo, perderte ya esa desconfianza que te tienes? Salte del escenario: tú no existes. Piensa exclusivamente en tu trabajo, acuérdate que tienes una Causa. Mete tu mente en una sola vía. Juega contigo mismo a inventar epitafios, ese ejercicio va a ponerte sensible. He ahí la clave, chico. Cuando eres un intruso, un invasor, necesitas dos pares de cosas: uno de antenas y el otro de huevos.

—De preferencia interconectados.

—Si no están conectados, la angustia los conecta. El miedo a que te agarren, a quedar en ridículo, a tener que escaparte con la carota ardiendo de la vergüenza, y en un descuido que te partan la madre. Que es lo que harían, si descubren tu juego. Ya veo a un par de guardias llevándote de la capilla al estacionamiento con el brazo torcido por detrás. Es lo que les sucede a los que tienen más huevos que antenas. O a los de boca grande, ¿verdad? Les ponen su madriza para que aprendan a cerrarla a tiempo. ¿Sabes para qué sirven las antenas? No solamente para conocer el terreno, también para afinar y limitar las mentiras. Con las antenas uno controla calidad y cantidad de las mamadas que inventa. Entre menos, mejor, yo sé lo que te digo. Los impetuosos creen que basta un par de puntos de contacto para que una mentira se haga realidad. Una buena mentira no se lanza, se implanta. ¿Ya me entiendes, muchacho? Es como si implantaras un miembro. Tienes que suturar a mano, comunicar las venas, los nervios, las arterias. Tienes que haber vivido lo que estás contando. Haberlo imaginado con pelos y señales, y hasta tener una opinión al respecto, tan visceral como te sea posible. Si llegas y les dices que conociste al muerto, *su* muerto, no puedes no tener una opinión sentida sobre el particular. Lo lamentas, te duele, lo has sufrido. Tu deber como amigo y profesional consiste en auxiliar a sus deudos en este trance ingrato. Mírame bien, muchacho. He dicho *auxiliarlos en este trance ingrato.* Fíjate cómo ciertas expresiones rebuscadas que uno creía en desuso cobran vida en los pinches funerales. Otra regla importante es que nunca escatimes la solemnidad hacia afuera, ni la calidez hacia adentro.

—No sé si le entendí, afuera y adentro.

—Adentro es tu relación personalísima con la dama a vivificar. Afuera es lo demás. Las apariencias, la frivolidad vestida de filantropía, el reino de las hienas vegetarianas. Ante ellos hay que ser siempre solemne y nunca demasiado ingenioso. Apréndetelo bien: afuera tieso, adentro cariñoso. En todo caso afuera dispárate unas citas cultas de mi obra, pon a prueba tus últimos epitafios, pero no seas cálido, ni sincero, ni siquiera amigable. Guarda desde el principio tu distancia, para que seas tú quien luego la controle. ¿Ves mi traje, muchacho? No existe otro más caro en este país. Mira la marca, checa el modelito. Pregunta cuánto cuesta un traje como éste. Por qué razón, dirás. ¿Quién puede ser tan bruto para gastarse todo ese dinero en tres jodidos trapos azul marino? Lo que yo me pregunto, por mi parte, es quién se atreve a andar por la vida sin armadura. Fíjate, no es un traje. Con él puesto puedo pasar a donde se me dé la gana sin que se arrime un pinche comecaca y me detenga o me pregunte o me prohiba nada. Mira: es una armadura, con todo y lanza para quien sabe usarla. Este traje dice cosas de mí que sólo un pendejete narcisista diría de sí mismo.

—O sea que mi función en su vida se parece a la de su traje.

—En cierto modo, sí. El escudero debería cuidar de su señor igual que a su manera lo hace la armadura. La diferencia es que tú no te vas a la basura por una quemadita de cigarro. Tú aguantas más, y si llegas a viejo podrías ser promovido a caballero.

—¿Quién me va a promover, la Fundación Balboa?

—Sobre todo si tú la diriges. Pero eso solamente podría suceder si a mí se me pegara la gana promoverte post-mortem, o hasta en vida. Haz las bromas que quieras a mis costillas, diviértete enseñándome tu juego, que cuando llegue la hora de los catorrazos yo voy a ser el que decida todo, y hasta donde ya veo eso incluye a tu destinito puñetero y mariguano. No me desafíes, Carnegie. Soy mal público para chistes imbéciles. No escupas para arriba, no te cagues en la pastura que te di. Soy la clase de espectador alebrestado que no avienta tomates porque para eso hay piedras, pero me ahorro las piedras si tengo a mano una cajita de cerillos. ¿Sabes para qué sirven los cerillos adentro de una carpa de lona inflamable? Para que cuando menos te lo esperes se te aparezca el diablo sin calzones. Tú, Carnegie, no sabes todavía lo que es pelear contra un demonio encuerado; yo lo he hecho tantas veces que puedo convertirme en uno de ellos con tan sólo rascarme los tompiates. Por mis barbas, tú sabes.

—Ya me está amenazando.

—Al contrario, muchacho, yo te quiero ayudar. Mal haría en echarte a la calle sin avisarte antes dónde te estás meando, que no es exactamente más acá de la orilla de la bacinica. Te hablo en plan de abogado, de maestro, de amigo. Es mi deber decirte que así como mi rol de defensor es comprensivo y juega a tu favor, el de fiscal está encabronadísimo y se empeña en correrte a patadas, apoyado por mis dos hijos tarados, cuya opinión de todos modos pesa. Tampoco le caes bien a mi contador. Te considera un gasto fijo innecesario. ¿Cómo has sobrevivido, con tamaña bocaza y tantos enemigos? Porque le simpatizas mucho al defensor de bestias que llevo dentro. Él quiere ser tu amigo y avisarte las cosas a tiempo. Y tú, ojete ingrato, le dices que te está amenazando.

—Me está insultando, entonces.

—La gente subestima el valor del insulto. Todos necesitamos que nos insulten, que nos castiguen, que nos den los madrazos que nos hemos ganado. Prefieres eso a que te guarden rencor. Peor todavía, que te lo guarde yo, que para ti soy casa, comida y sustento. Y además tu futuro, porque eres un suertudo de mierda. Tú, que eras un jodido zopilote, viniste a dar al nido del cóndor. ¿Quién habría creído que te ibas a quedar? Fíjate, dije *el nido*. Pude haberte dejado en los puros dominios, como cualquier empleado de la imprenta. Pero te traje aquí, con la familia. Comemos todos de la misma vajilla. Nos mostramos iguales a como somos, y cuando es necesario nos corregimos. Por eso, antes de juzgarte a solas por los que creo son síntomas de ingratitud y ojetismo, te lo digo en tu jeta: creo que te estás portando como un malagradecido y un ojete. Si a pesar de eso no corriges tu actitud, yo concluiré que me das la razón y te daré una buena patada en el culo. Como se la daría a cualquiera de mis hijos si se atreviera a faltarme al respeto.

—¿Y quién lo insulta a usted, si se le ofrece?

—Todo el mundo, muchacho, empezando por ti. Sólo que a mis espaldas, ése es mi privilegio. Si tú quieres, un privilegio de villano. Pero ni modo, yo no elegí el papel. ¿Te has fijado cómo es en las telenovelas? Los buenos nunca insultan, solamente los malos. Dicen cosas terribles, según ellos. O según el guionista, que así se venga a solas de los hijos de puta productores. Lo más difícil de explicar de los guiones de las telenovelas es cómo pueden siempre ganar los peores papanatas de la historia. Los últimos en enterarse de lo que todo el público ya sabe. Los que hasta cuando saben que el cabrón es cabrón creen que puede cambiar y hacerse chivo. Y uno no cambia, Carnegie, excepto cuando observa que le conviene.

—Y yo a usted le convengo, por lo menos.

—Definitivamente, pero sólo si te comportas de acuerdo con tu estricta conveniencia. Hay mediocres que piensan que es mejor negociar con gente que no sabe lo que le conviene. Yo no, Joaquín. Para que me convengas, me urge que te convengas a ti mismo. Si es así, claro, mi actitud cambia. Pero solamente eso, mi actitud. Yo sigo siendo el mismo hijo de la chingada. Es mi chamba, qué te puedo decir. No creas que no veo que has progresado, pero no estoy aquí para elogiarte. Lo mío es el acicate o el escarmiento. A menos, ya te dije, que te hagas lo bastante conveniente para que te dé trato de socio. Es un camino largo, pero ya estás en él. No te queda que te hagas el digno cada vez que se ofrece darte tus cachetadas pedagógicas. La dignidad se gana limpiando bacinicas con la lengua.

—Con la lengua española, como yo.

—No seas tan provinciano, amigo Carnegie. Quiero que limpies bacinicas cósmicas, no que mates la fuerza de mis palabras con un jodido diccionario en la mano. Quiero que vengas hasta donde estoy yo, para que un día llegues más lejos que yo. Ya te he dicho que en lo que a mí respecta, la redacción es una ciencia exacta.

—Usted quiere que yo le dé lo que no tengo.

—Corrección: lo que ni siquiera sabes que tienes. Lo mejor que uno tiene rara vez lo conoce. Hay que sufrir para eso, y en estos tiempos nadie quiere sufrir. Ni siquiera lo aceptan, pero tampoco se esfuerzan por nada. Para ellos la felicidad humana consiste en arreglar las cosas apretando botones. Antes uno se preguntaba cómo le hago, ahora nomás preguntas cuáles botones tienes que apretar. Me cambiaron el mundo, muchacho. Yo todavía era uno de esos hombres que sabían hacer cantidad de cosas. Afinar coches, levantar muros, cambiar las llaves de agua, sin haber sido nunca plomero, ni albañil, ni mecánico. En otros tiempos, me saldrías sobrando. Ahora ya necesito que me traduzcan al idioma de los botones. La orientación no sirve, tiene uno que venderles instructivos. Para que un instructivo resulte útil, hay que escribirlo a prueba de pendejos. Que los analfabetos funcionales lo terminen y continúen creyendo que saben leer. Como te dije, no se trata de transmitir una información, sino de implantar ciertos datos precisos. ¿Tú crees que eso lo pueda hacer un libro?

—No sé. Para eso me paga, ¿no?

—No te acongojes, yo tampoco lo creo. Un libro no hace nada, pero a veces la gente hace cosas con los libros. O a partir de libros. En nuestro caso, ni siquiera es un libro. Podía ser una cinta, un video, un curso audiovisual, y ojalá que lo sea, cuando llegue el momento, pero en cualquier formato necesito que sea una herramienta. A ver si ya me explico: nuestra *Summa Balboa* va a ser una herramienta en forma de instructivo, disfrazado a su vez de libro de rescate espiritual. La doctrina Balboa no tiene tiempo para la filosofía, necesitamos irnos directo al manual.

—¿No sería más simple, y hasta mejor negocio, llamarle nada más *Manual Balboa*?

—Tan simple y tan simpático y tan funcional como que me llamaras maistro en lugar de maestro, y yo en vez de discípulo le dijera a la gente que eres mi pinche gato. Y nada de eso es cierto, ¿verdad, Carnegie? ¿Verdad que a ti y a mí nos queda mejor el esmoquin del rescatista espiritual que el taparrabos del redactor de manuales?

—¿Y no soy eso yo, redactor de manuales?

—Manuales, las puñetas, cuántas veces te he dicho. Tú puedes no ser más que un redactor de instructivos para comer cagada sin maestro, pero yo, que no soy ningún pendejo, decidí rescatarte del retrete porque vi que tenías ciertas aptitudes. Ciertas alas, digamos. La visión suficiente para entender que todo lo que te he dicho es solamente parte de la verdad, y que el resto lo tienes que encontrar por tu lado. No quiero ese manual, pero tampoco el instructivo que te pedí, ni la Biblia que debería ser, ni la bomba efectista que tú quisieras. Pero puede tener un poco de todo eso. Lo bonito es que tienes que atinarle, y sólo si lo logras vas a seguir conmigo. Últimamente he estado dándole vueltas a la idea de tener un discípulo del sexo femenino. ¿Sabes la cantidad de puertas que me abriría? Es una idea loca, por supuesto. Ya te dije que sigo creyendo en mi apuesta.

Algo me dice que eres el bueno, Carnegie. He llegado a pensar que tu afición a las preguntas imbéciles sigue una estricta lógica de combate. Preguntas sosas cuya respuesta sabes para medir de paso al que responde, con la ventaja de seguir navegando con bandera de idiota y licencia de discípulo. Preguntas solamente para saber qué vas a responderle al primer tarado del alma que te venga con esas dudas babeantes. Como yo, y muy probablemente a partir de mí, te vales de unas cuantas falsas dudas para inmiscuirte en el juego del otro. Pero no me respondas; actúa. Deja que se te arrimen esos demonios de los que tanto me hablas, y también esos monstruos que te quitan el sueño. Encáralos, enfréntalos. Dile a tus adefesios comemierda que va a mandar en ti el discípulo, no el criado, y que sólo por eso ya no podrán vencerte. ¿Qué pasa, hijo? ¿No crees en los demonios de los que te hablo? Mira, para que entiendas. Esos demonios dicen que te haces y me haces pendejo a mis costillas, y encima opinan que ni falta te hace, porque tú ya naciste atontado. ¿Qué me dices, Joaquín? ¿Les creo a los demonios, o mejor a ti?

ƧΦ%Λ□⊖? 8?|ΦƧ|Λ
|Λ⊖OΦ¿OΦ8? ꝏΛVƧIΛ8? ⊖OΦƧ%Ƨ?Δ8O...

⊓⊥ ◇ǂ? ?I ΔO–O¿Λ OΦ8?□ƧΛ□ IO %O⊖ƧIƧO |O□|?I?□O ΔOIƧΛ
¿? %ƧΦ ¿? Δ?⊖OΦO, 8OI |Λ⊖Λ ⊖Ƨ 8?ΦƧ?Φ8? IΛ XO–ƧO
V□?ㄣƧΔ8Λ |ΛΦ ?I V?□□ǂΦΛ ƧΦΔ8ƧΦ8Λ ◇ǂ? IO |O□O|8?□ƧꝏO⊥
⊔⊥ ◇ǂ? XO|Ƨ?Φ¿Λ ǂΔΛ ¿? Δǂ Oǂ8Λ□Ƨ¿O¿ ¿? |Λ⊖OΦ¿OΦ8? ?Φ
∽?%? ¿?|Ƨ¿ƧΛ Ƨ□ O¿?IOΦ8? |ΛΦ IO Δ?+ǂΦ¿O VO□8? ¿?I
ΛV?□O8ƧㄣΛ |XOVIƧΦ, ◇ǂ? |ΛΦΔƧΔ8? ?Φ VOΔO□ ¿? IO 8?Λ□ƧO
O IO O||ƧΛΦ⊥
⊏⊥ ◇ǂ? O V?ΔO□ ¿? 8?Φ?□ IOΔ ⊖?∽Λ□?Δ ƧΦ8?Φ|ƧΛΦ?Δ, ?I
VIOΦ ¿? OΔOI8Λ Δ? ㄣƧΦΛ O–O∽Λ VΛ□ IO %Ƨ?Δ8O ◇ǂ?
XO–ƧO ?Φ IO |OΔO ¿? OI IO¿Λ⊥
⊐⊥ ◇ǂ? ?Φ IO ΦΛ|X? ¿?I ΔO–O¿Λ Δ? OǂΔ?Φ8Λ ¿? IO |OΔO
IO |Λ|ƧΦ?□O, II?ㄣOΦ¿Λ ǂΦO ⊖OI?8O V?◇ǂ?ΦO⊥
⊓⊥ ◇ǂ? IO □?|O⊖O□?□O Δ? I?ㄣOΦ8Λ 8?⊖V□OΦΛ ?I
¿Λ⊖ƧΦ+Λ, I? ΔƧ□ㄣƧΛ ?I ¿?ΔO←ǂΦΛ O |XOVIƧΦ ← Δ? %ǂ?
¿Ƨ?ꝏ ⊖ƧΦǂ8ΛΔ ¿?ΔVǂ?Δ, |ΛΦ ǂΦ –ΛIΔΛ ¿? ⊖OΦΛ ← ǂΦ
VO□O+ǂOΔ⊥

⊔⊥ ◇‡? ƧΦIɪ‡ΔƧЧ? IΛΦ ?ΔOΔ %OIƧIƧ¿O¿?Δ, II?ЧO□ O IO–Λ ?I VIOΦ ¿‡□OΦ8? IO ⊖O⊕OΦO ¿? ‡Φ ¿Λ⊖ƧΦ+Λ I? VO□?IƧO ‡Φ Δ‡ƧIƧ¿ƧΛ 8OI8ƧIΛ⊥

⊏⊥ ◇‡?, IΛ⊖Λ IΛ XO Λ–Δ?□ЧO¿Λ ¿‡□OΦ8? IΛΔ ‡I8Ƨ⊖ΛΔ ΔƧ?8? ¿ƧOΔ, IXOVIƧΦ VOΔO 8Ƨ?⊖VΛ ¿? ΔΛ–□O ?Φ ?I +O□O+?, O⊖O□□O¿Λ O IO IIOЧ? ¿?I O+‡O, ¿? ⊖Λ¿Λ ◇‡? VΛ¿?⊖ΛΔ V□?ΔIƧΦ¿Ƨ□ ¿? IΛΔ Δ?□ЧƧIƧΛΔ ¿?I XΛ⊖–□? O□O⊕O⊥

⊐⊥ ◇‡? ?Δ8O ⊖ƧΔƧΛΦ V□?Δ?Φ8O, ¿? I‡OI◇‡Ƨ?□ ⊖OΦ?□O, IΛ⊖VIƧIOIƧΛΦ?Δ ◇‡? IO XOI?Φ V?IƧ+□ΛΔO ?Φ ?→8□?⊖Λ⊥ IO +?Φ8? ΦΛ V‡?¿? Ƨ□ VΛ□ IO ЧƧ¿O %Λ□○○OΦ¿Λ I?□□O¿‡□OΔ IΛΦ IƧΦI?I?Δ ← Δ?I‡?Δ8□OΦ¿Λ V?□□ΛΔ O∽?ΦΛΔ⊥

✱⊥ ◇‡? ¿O¿ΛΔ IΛΔ V?IƧ+□ΛΔ ⊖?ΦIƧΛΦO¿ΛΔ I? VO□?I? □Ƨ?Δ+ΛΔΛ ¿O□ ¿?8OII?Δ VΛ□ ?ΔI□Ƨ8Λ ΔΛ–□? IO ?∽?I‡IƧΛΦ ¿?I ΛV?□O8ƧЧΛ⊥

⊓#⊥ ◇‡? 8?ΦƧO ‡Δ8?¿ □O○OΛΦ ?Φ I‡OΦ8Λ O IΛΔ IO¿□Ƨ¿ΛΔ⊥ ?I ◇‡? OXΛ□O ?Δ Δ‡ V?□□Λ ΦΛ IO¿□O ¿?Δ¿? ◇‡? ΔOIƧΛ ¿? IO ◇‡? XOΔ8O XOI? VΛIΛ ?□O Δ‡ IOΔO, V?□Λ Ƨ+‡OI ΦΛ XO VO□O¿Λ ¿? IXƧIIO□⊥

⊓⊓⊥ ◇‡? ←O IΛ XO V□?Δ?Φ8O¿Λ IΛΦ %ƧIΛ+ΛΦƧΛ ← ΦΛ I? XO VO□?IƧ¿Λ OV?8Ƨ8ΛΔΛ⊥

⊓⊔⊥ ◇‡? ΦΛ ?Δ8O□ƧO ⊖OI Ƨ□ IO⊖–ƧOΦ¿ΛI? ?I ΦΛ⊖–□?⊥

⊓⊏⊥ ◇‡? ΔƧΦ ⊖OΔ VΛ□ ?I ⊖Λ⊖?Φ8Λ, ?I IΛ⊖OΦ¿OΦ8? Δ? ¿?ΔVƧ¿? ¿? Δ‡ 8?ΦƧ?Φ8? IΛΦ ?I ?ΔVƧ□Ƨ8‡ ?Φ OI8Λ ← ?I Δ‡?IΛ ¿?I I‡O□8?I ⊖ƧΦO¿Λ ¿? IO◇‡Ƨ8OΔ ¿? V?□□Λ IXƧIIΛΦ⊥

725

Soy mal cómplice de los de mi sexo. En el fondo, Isaías Balboa lo sabía. Nunca quise ser uno de sus secuaces, menos aún el único. Pero eso era lo que él andaba buscando. Que fuera su escudero, y entonces su compinche. Que sintiera como él la emoción de salvar a un espíritu por los sentidos. Que era como arrastrarlas del ataúd a la cama. Como decía él, del negro al blanco, aunque en mi caso fuera como viajar entre magenta y púrpura. Pero igual me gustaba y no podía ocultarlo. A veces creo que sólo me quejaba, o me resistía, para después poderme confortar con el cuento de que desde el principio me negué a hacer lo que terminé haciendo. Sería así mi modo de decir ya ni modo. Que conste que intenté por otro lado.

Me decía que lo usaba para legitimarme, pero se equivocaba. Nunca habría conseguido legitimar una afición así. Me preguntaba entonces si yo sería sádico, masoquista, necrófilo. O también, por qué no, todo eso y más. Pero al final no había una palabra que describiera o señalara a quienes compartíamos el vicio de encontrar lujuria en los ojos de una mujer enlutecida. Por decirlo de una manera muy simple. Las coartadas no legitiman a nadie, aunque a algunos los libran de pagar consecuencias. Isaías Balboa me daba una coartada, pero antes que eso un método. Hasta el primer velorio en su compañía, me había sentido un ave de mal agüero. Desde entonces actué como un zopilote, sin preguntarme más a qué variedad de emplumados pertenecen las aves de mal agüero. ¿No son el mal agüero y la rapiña demasiadas atribuciones siniestras para un solo animal?

A Balboa le habría fascinado enterarse de lo que luego hacía por mi cuenta, pero yo no podía aceptar que además de casero, jefe, capataz y patrón, fuera la inspiración confesa de mi vida privada. A veces, cuando volvíamos juntos de alguna funeraria, me separaba de él con el pretexto de una cena, un cumpleaños, una reunión, sólo para escaparme a otra funeraria. Ya estaba, como decía Balboa, dentro del personaje. No quería salirme, tenía gasolina para toda la noche. Me le perdía de vista y buscaba algún taxi, para que me llevara del naranja al magenta, de donde luego yo buscaría la manera de escurrirme hacia el púrpura. El color de las mantas con que cubren los sacristanes a los santos al fin de la Cuaresma. De pronto me negaba a pensarlo, o cuando menos a detenerme en la idea, pero aquélla era casi mi única vida privada posible.

De noche, mi departamento era una extensión de su casa; de día, una sucursal de su despacho. Tenía obligación de quedarme allí dentro, en mi lugar de trabajo, de nueve a seis, con una hora para salir a comer. Me llamaba a las ocho y media en punto. Levántate, huevón. Ándale, pinche Carnegie, o te descuento el día. Me bañaba, desayunaba, prendía la computadora y regresaba de un clavado a la cama. El viejo era noctámbulo, estaba acostumbrado a hacer eso mismo. A veces, cuando volvíamos de la zopiloteada ya pasadas las cuatro, me daba libre el resto de la mañana. Pero quería más. Cada semana iba encontrando nuevos pretextos para absorber mi tiempo. Cuando al fin me di cuenta, vivía igual que en un monasterio. Salía apenas para ir a su casa, y luego a acompañarlo a un par de velorios. Nada muy parecido a lo que venía luego, lejos de esa supervisión escrupulosa que delataba en él a un entomólogo y en mí a una cucaracha. Usar sus técnicas pero romper sus reglas, ésa era la misión solitaria que yo salía a cumplir en cuanto me zafaba de Balboa. Demasiada obediencia para ser rebeldía, pero había en el juego un ingrediente que lo torcía de un modo irreparable. Verme libre del ojo de Isaías Balboa era cambiar de cómplice y de equipo. Mudar de enfoque, entonces. Yo seguía llamándome discípulo, pero ya no de Isaías Balboa, sino de un gran autor que, estaba bien seguro, nadie conocería. Algunas de sus frases se parecían a las de Balboa, sólo que más pulidas, y hasta mejor planteadas. Como si el mismo autor se hubiera corregido a sí mismo y publicara el resultado con seudónimo. O todavía mejor, como si la genuina inspiración de Balboa fuera la obra de un cierto señor Læxus, que él habría plagiado sin mucho talento. No olvido la primera noche en que me presenté como discípulo y amigo personal de Basilio Læxus. Me temblaban los labios al pronunciarlo.

Basilio Læxus era la justicia en mis manos. Si Balboa creía que todas mis palabras eran suyas, yo sabía que suyas no eran más que las sobras de Læxus. Sería por eso que de cualquier manera yo casi no salía. Dedicaba más horas a inventar los preceptos y citas de Basilio Læxus que a escribir los capítulos de Isaías Balboa. De diez horas de chamba, siete las entregaba a imaginar la vida del maestro Læxus. Lo entrevistaba, a veces, y procuraba siempre que sus respuestas fueran agresivas, groseras, perversas de repente. Cada día que Balboa me trataba mal, o me hacía enojar, Basilio Læxus se radicalizaba. Ya lo dice el refrán, a cabrón, cabrón y medio. Que en nuestro caso tenía que interpretarse como un aumento del ciento cincuenta por ciento.

Si Balboa se las daba de librepensador, Læxus sería entonces librevolador. Defendería la libertad de abuso, la intromisión extrema, el trauma terapéutico y cada una de las alevosías conexas. Con una gran ventaja competitiva: en contraposición al tibio Método Balboa y tantos otros que prometen salvar a los creyentes, la Vía Læxus no sería un camino cuesta arriba, que más tarde o temprano se convierte en Calvario, sino una larga y negra caída hacia el vacío. Un Gólgota más cómodo, si se quiere. A la gente le gusta decir que toca fondo, pero es raro que alguno de verdad lo haga, y aun tocando fondo queda el recurso de ponerse a cavar y encontrar los niveles subterráneos de la autoestima. Pasar del automenosprecio al aborrecimiento de sí mismo en unas cuantas prácticas lecciones. ¿Méritos? ¿Para qué? Basta con resistir hasta el final. Nadie, como quien recorriera la Vía Læxus de principio a fin, se habría ganado tanto la medalla al mérito. ¿O sería diploma, trofeo, placa metálica?

Horas y horas hábiles pensando nada más que en Basilio Læxus. Había ido reuniendo sus datos biográficos, tenía ya media docena de anécdotas que según yo realzaban el misterio de su personalidad. Cuando llegara la hora de terminar mi primer libro con Isaías Balboa, el original de Basilio Læxus llevaría ya meses registrado, con los derechos de autor a mi nombre. Otra razón de primera importancia para hacer yo mi propia ronda de velorios, de los que no tenía que darle cuenta al jefe. Puro free flying, a oscuras del mundo. ¿Tenía derecho el escribano de Isaías Balboa a plagiarlo y hacerlo aparecer como plagiario? Número uno, como habría dicho él, emplear ideas ajenas y reprocesarlas, añadiendo las propias, no es necesariamente un plagio, o no lo es por completo, o no desde cualquier punto de vista. Número dos, ¿por cuáles de esos puntos iba a guiarme yo, sino por los del librevolador Basilio Læxus, famoso por sus teorías postdarwinistas y sus métodos neodraconianos?

Con el paso de los primeros meses, descubrí que era más sencillo citarlo, describirlo y alabarlo que sentarme a escribir en su nombre. Me faltaba arrogancia, aun cuando me sobraba la arbitrariedad. Tenía las frases, cientos de ellas, pero no hallaba cómo hilvanarlas. Veía la Vía Læxus como una sucesión accidentada de retos personales ilimitadamente humillantes. Y ahí estaba el problema: pensaba accidentada, no sucesivamente. ¿Qué hace Basilio Læxus en estos casos? Recurre a una de sus sentencias más conocidas: *La luz es una sucesión de accidentes.* Si el Método Balboa seguía un orden estricto desde el índice, la Vía Læxus tenía que ser lo opuesto. Replicar el infierno, si era preciso, con tal de hacer patente la blandura infértil y las miras estrechas del Método Balboa. Pero eso sí, de espaldas. Sin mencionarlo ni reconocerlo, sin jamás aceptar que escuché ese apellido fuera de una película de Stallone.

Suena absurdo, ya sé. Burdo, absurdo, palurdo. Sonaba bien cuando se me ocurrió. Creí, porque así quise, que los planes se irían afinando con el paso del tiempo y el avance de los dos libros. Pensé que iría controlando las cosas para dejar patente que el texto de Balboa era un plagio del mío. Supuse que en el caso de una demanda no habría forma de probarme que escribía los libros de Isaías Balboa, desde que él mismo fue el primer interesado en monopolizar el crédito. Según perdía el tiempo repitiendo, cuando estuvieran listos los recibos me iba a pagar como "asesor técnico", y no suyo sino de la imprenta. No calculé, en principio, que esos recibos nunca se imprimirían y en su lugar habría un fajo de pagarés, ni en última instancia la clase de hienitas emplumadas que serían los hijos. Hasta se me ocurrió, y luego lo creí al pie de la letra, que a la muerte del viejo los hijos echarían sus escritos y libros a la basura. Se olvidarían de mí, que diez años después recorrería el mundo con la máscara de Basilio Læxus. Y ahora que ese tiempo terminó de pasar, vivo con el permiso de los balboitas, y al mismo tiempo escondido de ellos. Sopesando otra vez los distintos caminos para esfumármeles.

Nunca terminé el libro de Basilio Læxus, ni voy a terminar el de Balboa. No es que lo quiera, pero lo temo así. Soy uno de esos neuróticos magnéticos a los que les sucede todo aquello que temen. Ni siquiera me asusta ya maliciar que mis miedos son fatales de origen. ¿Qué salida me queda, fuera de la inconsciencia? Vivo al cabo colgado de dos certezas básicas: el mundo va a acabarse y no sé cuándo. Pero a eso no le temo. El fin del mundo no sería más que el principio de la justicia. Todos muertos, juntos y al mismo tiempo. Nada qué lamentar, a juzgar por la falta absoluta de dolientes y condolencias. Morir a la misma hora que el viejo canceroso, la joven nadadora y los bebés que nacieron ayer. También los que venían, y hasta los que vendrían, de no atravesarse antes el fin del mundo. Millones y millones de planes y esperanzas descartados en un solo día, el último también para animales, plantas y minerales. *That's All, Folks!*

—¡Perdóname, Joaquín, pero no me lo explico!

—¿Qué es lo que no te explicas?

—Así se queja luego mi mamá. Perdóname, Dalila, pero no me lo explico. Dice eso cuando está muy enojada y se aguanta las ganas de gritarme. Pobrecita, le cuesta un trabajal. De todos modos, lo que sí no me explico es que le quieras cambiar el nombre. Míralo. Tiene bigotes y barbitas. No me digas que no se parece a Chaplin.

—La mirada tal vez tenga algo, pero barbas ni hablar. ¿Cuándo has visto una foto de Chaplin barbudo?

—¿Te lo robaste para ti o para mí?

—No me lo robé. Lo salvé de las garras de una familia de energúmenos.

—¿Y quién te dijo que no iba a ladrar ni a morder?

—¿Y ahora quién va a sacarlo a pasear?

—Tú, con mi apoyo y mi asesoría.

—¿Chaplin, entonces? ¿No importa que el conejo se llame Filogonio?

—*Aventuras de Chaplin y Filogonio.* ¿No verías una caricatura que se llamara así?

—Un perro y un conejo que viven escondidos.

—También podría llamarse *Los amigos fugitivos.* Serían tres, contando al Comandante Zopilote. ¿Cómo le hiciste para meterte en la casa?

—Ya te dije, con cincel y martillo. De un solo golpe se reventó la chapa.

—¿Y qué hizo Chaplin?

—Nada. Lo tenía muy ocupado comiendo rebanadas de jamón. Desaté la correa de la llave del agua y me lo traje así, como si nada.

—¿Estaba muy oscuro?

—No tanto. Iban a dar las siete, ya ves que a esa hora como que el mundo se hace borroso.

—¿Por qué tardaste tanto?

—No me había decidido. Necesitaba un poco de oscuridad. Si me he tardado unos minutos más, me habrían encontrado los dueños de la casa.

—¿Viste cuando llegaron?

—Sólo su luz prendida, desde mi baño. Me dio curiosidad ver cómo reaccionaban, pero ya habían entrado. Poco más tarde salió el papá con pinzas y cable y aseguró la puerta como pudo. Cuando vi que llegaban los vigilantes preferí no arriesgarme a que vieran mi sombra, o algún reflejo raro en los cristales. Me quedé con el perro en la cocina, a oscuras.

—¿Andan buscando a Chaplin, todavía?

—No sé, pero lo dudo. Hoy, como a mediodía, llegó un cerrajero. Cambió la chapa, puso una de más y todo quedó igual, pero sin perro.

—¿De veras no ha ladrado?

—Ni una vez. Debe de estar luchando para sacarse el trauma de haber pasado tanto tiempo ladrando. Yo en su lugar me volvería monje.

—¿No les dejaste alguna brujería? ¿Algún perrito muerto con alfileres y listones negros?

—Cómo crees. Sólo rompí dos vidrios, para despistar.

—¿Despistar a quién?

—Quería que creyeran que alguien quiso meterse en la casa. Eché dentro el cincel y el martillo, con la correa y el collar del perro. Así van a creer que se escapó.

—¿Cómo te lo trajiste?

—Con dos cinturones amarrados. Eran de mi padrastro, ya son del perro.

—¿Y las huellas?

—También usé los guantes de mi padrastro. Lo único que no me queda bien claro es cómo voy a hacer para que nunca nadie se entere que tengo aquí conmigo al perro de la esquina.

—Y al conejo de atrás, y a la hija de la señora Gina. Estamos construyendo un Disney World secreto.

—¿Qué hiciste luego con mi informe técnico?

—Me metí al baño, lo leí, lo hice pedacitos y lo eché al water. Mi mamá abrió la puerta, pero ya había jalado el agua.

—¿Qué hacías cuando entró?

—Nada. Estaba muy contenta. No le extrañó encontrarme pegando de brinquitos. Ni modo que dijera qué raro, por qué brinca, qué se me hace que tiene un perro escondido.

—Yo creo que está contento.

—Pues claro. Yo tampoco extrañaría la azotea.

—Míralo bien. ¿No sientes como que le cambió el gesto?

—Mucho. Allá arriba tenía cara de asustado.

—¿Y ahora qué, mi teniente Pájaro Carpintero?

—Ahora comienza el día con una sonrisa. Tiene un padre que se preocupa por darle lo mejor.

—Pareces comercial de leche en polvo.

—¿Qué le das de comer?

—Unas croquetas raras que compré. Carísimas, por cierto.

—¿Son sabrosas?

—No sé si sean sabrosas, pero sí nutritivas. Cuando menos no apestan al salir. Yo no sé qué le daban de comer al perro en esa casa, que llegó echando unos mojones asquerosos.

—¿De ésos aguados que ya salen con moscas?

—De ésos exactamente. Me tuve que escapar a media mañana para comprarle un alimento libre de huevecillos de mosca comecaca.

—¿O sea que si uno come mejor apesta menos cuando va al baño?

—Los perros sí, la gente quién sabe. Tendría que comer de sus croquetas para poder decirte con certeza científica.

—Como quien dice, con esas croquetas las caquitas se pueden volver a aprovechar. ¿Se pelean por ellas los perros callejeros?

—Salen duras, no huelen tan mal y a veces ni siquiera hay que limpiar. Ésas son las ventajas, del sabor sí no sé.

—Si fuera un pointer sí le cambiaría el nombre. Un dóberman, un pastor alemán. ¿Pero un schnauzer negro? Mírale bien los ojos, los gestos. Todo lo dice con los puros gestos. Es Chaplin.

—¿Cómo sabes esas cosas?

—Todo el mundo sabe quién era Chaplin. Una vez mi mamá me puso una película.

—Yo hablaba de los perros. Te conoces las razas y nunca has tenido uno.

—Tampoco he tenido un millón de pesos y ya sé en qué me lo voy a gastar.

—¿Tu mamá sabe que te gustan los perros?

—Sí, pero le dan miedo. Dice que traen y llevan enfermedades contagiosísimas. Pero es mentira, yo la he oído decirle a sus amigas que lo que no le gusta es tener que limpiar. Otros días sale con que es alérgica. Pero ya no me importa porque ya tengo un perro y se llama Chaplin.

—¿A que no sabes cómo se llamaba antes?

—¿Cómo lo sabes tú?

—Cuando el papá acabó de amarrar la puerta, salió por el garage y fue a dar una vuelta, caminando. Pasó por aquí enfrente, chifle y chifle. Sabes que es gente rara por el nombre que le ponen al perro.

—¿Qué nombre?

—Samsonait

—¿San quién?

—Se escribe Sam-so-ni-te, es una marca. ¿Qué nunca has visto una maleta Samsonite?

—He visto portafolios. Unos niños de mi colegio los traen. Maletas sí no sé. Mi mamá tiene tres, quién sabe de qué marca. ¿Pero cómo le pones así a un perro?

—No sé. Chiflaba cada vez que gritaba ese nombre. Samsonite, Samsonite.

—Parece como un chiste. A lo mejor no son tan mala gente.

—Si quieres, les devuelvo al Samsonite.

—Se llama Chaplin y no va a ningún lado.

—Yo entendería que le pusieran un nombre como Samsonite si por lo menos le hicieran caso. Es un nombre que tiene sentido del humor.

—A las maletas nadie les hace caso, hasta que las agarran para irse de viaje.

—Si no recuerdo mal, eran maletas que se anunciaban como muy resistentes. Podías brincar en ellas, aventarlas y nunca se quebraban.

—A Chaplin lo trataban mucho peor. ¿Cuántas veces se habrá empapado en la azotea? Las maletas siquiera las guardas en el clóset, ni modo que las dejes a que se mojen.

—Todavía no sé cómo vamos a hacer para que el perro pueda salir a pasear. No me veo sacándolo por la puertita verde.

—¿Cuántas veces viste que lo pasearan en la semana?

—Ninguna, por supuesto.

—¿Ya ves? No sabe el pobre ni de lo que se pierde. ¿Dónde lo dejas cuando te vas?

—Hoy lo dejé en el cuarto de lavado.

—Bip, bip, bip, bip, peligro, puerta cercana, peligro.

—Más peligroso sería que lo oyeran del otro lado, si se pone a ladrar como nomás él sabe.

—¿Y cómo sabes que no ladró?

—Dejé un radio prendido en la lavadora. Si ladró, nadie pudo escucharlo. Dirían que había un plomero trabajando. Regresé en media hora y lo encontré dormido. Por lo visto soporta que lo encierren, pero no que lo amarren.

—¿Y eso no es muy normal? Mi mamá me castiga con encerrarme, no con amarrarme. Ya te dije que yo ladraría como loca. Me quedaría muda y todos me dirían La Chaplinesa.

—Te llamarían la Samsonite, para el caso. Serías una schnauzer traumatizada y nunca opinarías que quienes te amarraron son buenas personas.

—No dije buenas, dije no tan malas.

—Tienen que ser muy malos. ¿Cómo explicas, si no, que seamos sus peores enemigos? Ni modo que yo mismo opine que soy malo.

—¿Y si en lugar de malos son pendejos?

—¿Qué te dice tu madre cuando le sueltas esas palabras?

—¡Dalila! ¡No es posible que estés hablando así! ¡Ya quiero ver la cara de tu abuela, que a mí me reventaba la boca nada más con un par de malos modos! Y ahora dime qué pasa si los dueños de Chaplin eran malos pendejos, y no malos malos.

—Yo diría que no es nuestro problema. Ya no nos interesa esa familia.

—¿Y qué vamos a hacer si compran otro perro?

—No lo creo. Ya vieron que no sirve para cuidar la casa.

—Yo tampoco, pero qué tal si agarran y lo compran. O qué tal si alguien se los regala.

—No voy a convencerlos de lo contrario con animales muertos y muñecos alfileteados.

—A mi mamá la mataste de miedo. Mi prima todavía tiene pesadillas con el conejo muerto. Yo diría que es un truco muy bueno.

—Cuando un truco funciona no es bueno repetirlo. Imagínate si por alguna causa se entera tu mamá que en una casa del fraccionamiento pasó la misma cosa que en la suya.

—¿Y si nunca se enteran, ni ellos ni mi mamá?

—Sería tanto como esperar que la familia de la esquina decida que ya no quiere otro perro. Hay que hallar una forma de estar seguros.

—¿Y si les llamas de un teléfono público?

—Se asustarían de más. Creerían que es cosa seria. Acabarían echándonos encima a una brigada antisecuestros.

—Puedes ir y decirles que perteneces a una brigada amiga de los perros.

—Imposible. Me acusarían de perrorismo.

—Suena como a delito de niños. A lo mejor tendría que hacerlo yo.

—¿Tú, llamar a su casa? La gente no se asusta con las llamadas de los niños.

—¿Ya ves por qué digo que mejor les hagamos vudú?

—No más vudú. Es hora de ir pensando en alguna otra idea sobrenatural.

—¿Cómo son las ideas sobrenaturales?

—Peligrosas. Dan miedo, por lo menos. ¿Nunca viste esas cartas en cadena donde te piden que saques diez copias y las envíes a tus conocidos, si quieres que te pase algo formidable en vez de una tragedia?

—A mi mamá le llegan, a veces. Soy yo la que va a la papelería a comprar sobres y sacar las copias. Un día que me daba flojera ir me dijo que si no iba podía quedarme ciega. ¿Quieres falsificar una cadena y mandársela a los carceleros de Chaplin?

—Una cadena no. Otra cosa. Las cadenas te las manda cualquiera, ya cada día asustan a menos gente. Pero el correo me gusta. Tiene el romanticismo de las antiguallas.

—¿Qué son las antiguallas?

—Los vejestorios.

—¿Como mi mamá?

—Como los miedos de tu mamá. Muchos de nuestros miedos son antiguallas. Ves de niña un vampiro en el cine y lo recuerdas toda tu vida. A lo mejor era un vampiro ridículo, pero igual tu memoria lo mira espeluznante. ¿Cuál es el primer miedo que recuerdas?

—¿Miedo como de monstruos?

—Miedo, pavor, horror a lo que fuera. A caerte, a echarte en una alberca, a quedar en ridículo.

—Eso.

—¿Miedo a hacer el ridículo?

—Miedo a estar en vergüenza.

—Miedo a sentir la cara caliente y que los otros niños se den cuenta.

—¿Ese miedo se quita, alguna vez?

—Sí. No. No sé. Depende. Hay gente que se olvida completamente de él después de los quince años. Los que nos dedicamos a rateros, por ejemplo, lo tenemos presente todo el tiempo. ¿Qué les voy a decir si me agarran robando perros y conejos?

—También podrían sacarte video cuando compres los timbres para tus cartas.

—A menos que seas tú la que compre los timbres.

—¿De verdad vas a mandarles cartas?

—No muchas. Una sola.

—¿Algo como una nota de secuestro?

—Algo como una carta de despedida.

—Hola, soy el ladrón de su perro. No volverán a verlo, ja, ja, ja. Adiós.

—¿Tú sabes cuántos años de cárcel le tocan a un perro que es hallado culpable de extorsión? Un perro chantajista.

—No sé. Ni me imagino.

—Sí sabes. Piénsalo otra vez.

—No sé. ¿Ninguno?

—Exacto. Ni tú ni yo debemos extorsionar a la familia de Chaplin, pero él tiene derecho. Sería lo más justo y no hay ley que lo prohíba.

—¿Cómo haríamos eso, Comandante Zopilote?

—Podemos empezar por hacer una lista de malos tratos. Necesito que te pongas de vuelta en el pellejo del pobre Samsonite.

—¿Buscas que se arrepientan?

—Busco que se avergüencen.

—¿Tú vas a hacer la carta?

—El perro, ya te dije. Pero como él no sabe escribir, tú y yo tenemos que ponernos en su lugar y entender el problema como él lo ve. Es muy fácil. Pregúntate las cosas que no soportarías si estuvieras en el lugar del perro.

—Que me amarraran y me dejaran en el sol.

—Que te manden quitar las cuerdas vocales.

—Que nunca pueda estar con otros perros.

—Que nadie te acaricie en toda la semana.

—O en todo un mes. O en años.

—¿Ves que es fácil? Pero igual no es tan rápido.

—Es como una cartita a Santa Claus. Hay que acordarse de todo lo importante. ¿Tú crees que sufran mucho si les llega esa carta?

—¿Qué diría tu mamá si recibiera una carta de un perro?

—Pensaría que es una broma, tú qué crees.

—¿Y si fuera de un perro que le robaron? ¿O de Filogonio?

—Se asustaría, yo creo. ¿Todavía no sabes qué vamos a hacer?

—Prefiero improvisar. Como que se me da.

—Yo creía que eras bueno para hacer planes.

—He visto tantos planes prodigiosos venirse abajo de un día para otro, que ya no creo en nada que pretenda durar más de veinticuatro horas.

—Tú y yo somos amigos hace más tiempo que eso.

—Yo hablaba de proyectos, no de amistades.

—¿Cuántas horas le caben a una semana?

—Ciento sesenta y ocho.

—¿Cómo sabes?

—Me entretengo contando días y horas. Setecientas veinte horas por cada mes de treinta días.

—Nos pasamos más de ciento sesenta y ocho horas planeando el secuestro de Chaplin.

—El plan era vigilar. De pronto improvisé y me traje al perro. Ahora pienso que debí haber esperado al domingo siguiente, pero ya ves. Sólo sé cómo hacer lo que no debo.

—¿Estás triste?

—No. Es más, estoy contento. No te voy a decir que Filogonio sea mala compañía, ya sólo verlo ahí te mejora el humor. Pero el perro es distinto. Hay días que me paso sin acordarme de comer o cenar, y ahora el perro no me deja hacer eso.

—Se llama Chaplin.

—Ya me acostumbraré. Por ahora es el perro. Tampoco creo que él sepa mi nombre. Come dos veces, mañana y noche. A esas horas de paso me alimento yo.

—Huele a pipí.

—Ya te habías tardado. Lo he traído todo el día a periodicazos.

—¡Le pegas!

—Nomás con el periódico. No duele.

—Pero asusta.

—¿Qué te diría tu madre si te hicieras pipí a media sala?

—No es lo mismo, zonzo.

—Es pipí. Huele mal.

—Mesero: ¿me podría servir un *Mojón a la Pipí*?

—¿Normal o vomitado?

—Vomitado, pero que sea sin frijoles. Y de paso me trae un *Mousse de Chinguiñas a la Pedorré*.

—Oui, Mademoiselle.

—¿Tú crees que todas las mamás se echen pedos?

—¡Quieres que yo sepa eso!

—Mi mamá se los echa y cree que no me entero.

—No creo que le gustara a tu mamá que cuentes esas cosas.

—¿Por qué, si ni siquiera sabe que era tu novia?

—No era mi novia.

—No, pero lo creías. La espiabas porque pensabas que era tu novia y de grande te ibas a casar con ella.

—Te decía de Chaplin. En todo el día no se me despega. Ya le he contado cantidad de historias. Estamos empezando a ser viejos amigos.

—Yo tengo fotos de mi mamá de niña. Te traigo una, pero si me prometes que no vas a pegarle a mi perrito.

—Dile entonces a él que no me sirva otro Mojón a la Pipí.

—¿Por qué? ¿Estás satisfecho?

—No sé si satisfecho. Un poco empalagado, podría ser.

—Guácala, caca empalagosa. ¡Sólo eso nos faltaba! ¡Mesero! Llámele al chef, si es usted tan amable. Que se lave las manos antes de venir.

Gina querida,
Le escribo una vez más sin saber lo que haré con esta carta. De pronto me pregunto si no es ésta una forma de autosatisfacción destinada a salvaguardar mi cobardía, pues una vez que cuente por escrito aquello que en teoría, pero sólo en teoría, se dirige hacia usted, es probable que mi conciencia enlodada se dé por razonablemente limpia, igual que cuando niño engaña uno a su madre mojando la cabeza en el lavabo y jurándole luego que se bañó completo. Y es tal vez justo ahí, en la infancia remota, que mi historia tendría que arrancar.

Espero me perdone que le refiera mi parte en la historia con una cierta dosis de cautela, ya que es aún temprano para exhibir detalles que pondrían al descubierto mi identidad, y con ello echarían por tierra la intención de contarle las cosas como fueron sin que exista un prejuicio de su parte. Que lo habría, sin duda, y ese solo detalle no me permitiría continuar respetando el espíritu de nuestra historia. Porque es nuestra, le digo, y lo es en tal medida que encuentro necesario protegerla de ella, de forma que las ruedas del carruaje no pasen por encima de su buena fe. Sobra decir, querida, que no pienso contarle sino la verdad, por más que ésta parezca vestirse de impostura.

Miro hacia atrás y encuentro un niño a solas, agazapado siempre, con los ojos cerrados ante el sol y abiertos como platos bajo la penumbra. Uno de esos extraños niños sin gracia cuya presencia apenas si se nota. Un niño silencioso y retraído, capaz sólo de hacerse destacar cuando una situación extrema se lo exige. Un niño que no quiere ni fiesta de cumpleaños porque nunca sabría a quiénes invitar, y porque entiende ya que una fiesta en su casa no sería atractiva para nadie, y así prefiere ahorrarse la tristeza de verse despreciado en un día de fiesta que a veces —dos, según mi experiencia— ni su madre consigue recordar.

¿Le suena familiar, por algún lado? Quiero pensar que sí. La imagino a su vez imaginando al niño que día y noche tripula, igual que un submarino, su insospechable vida subrepticia, en medio de la cual se abre un abismo en forma de espiral que succiona completamente su atención y le obsesiona igual que a otros el futbol, los coches de juguete o la televisión. ¿"Igual", he dicho? Miento. La obsesión de este niño es lo bastante grande para apartarlo incluso de sus juguetes, pobres competidores del Juego Mayor. A ver si me comprende de una vez: la obsesión de este niño es usted.

Usted, Gina, también es una niña. Está sentada a un lado de la puerta del edificio, con aquella mesita de juguete tapizada de dulces y chocolates. El niño la contempla, desde lejos, emboscado detrás de un poste de luz. Nada querría en la vida más que cruzar la calle y acercarse a comprarle un Milky Way, pero sabe que no se atreverá. Y es triste porque nadie más se acerca y usted sigue sentada en la sillita rosa donde ya apenas cabe, con los ojos perdidos en el pavimento, preguntándose acaso si alguien vendrá a comprarle siquiera un caramelo. ¿Sirve de algo contarle que el niño que la acecha recién robó del monedero de su madre la cantidad bastante para llevarse cinco o seis chocolates y las manos le tiemblan con las monedas dentro, escurriendo sudor enamorado?

Sé que me estoy pintando como un miedoso, y ya puede creerme que no lo soy. Tengo diez años y la observo escondido porque sé o sospecho que usted, sin conocerme, ya me detesta. Y es más, estoy seguro que si intento comprarle un chocolate, usted se negará a vendérmelo. Vete, niño, dirá, con rencor automático y desdén pleno. Por eso me conformo con mirarla de lejos y hacerme la ilusión de que algún día me perdonará. Recuerdo así los días del catecismo y aquella idea extraña de la culpa heredada con la que comenzó mi curso de instrucción religiosa. No entiendo bien qué hicieron Adán y Eva, todos los días desayuno una manzana entera y no por eso Dios me ha reclamado, pero cuando me miro incapaz de acercármele sé que entre usted y yo se interpone un pecado original. De ahí, pues, que en lugar de abordarla me contente con ser su fiel espía.

Soy cauto. Soy taimado. Soy escurridizo. Soy quizás una rata, pero prefiero eso a que usted me descubra y se refiera a mí como El Metiche. Por las noches me empeño en diseñar la táctica para el día siguiente, de acuerdo a la precisa información que semana a semana he ido coleccionando en torno a sus horarios y rutinas. Sé a qué horas se levanta para ir al colegio, o el sábado para salir de compras con su madre, o el domingo para ir a misa de diez. Conozco su costumbre de prender juntos radio y televisión cuando hace la tarea. Puedo anunciar con oportunidad y precisión el momento en que gritará, ya instalada en la tina, que se dispone apenas a entrar en ella, de modo que su madre no la reconvenga por pasar tanto tiempo en el agua caliente.

¿Qué hago entonces mirándola desde tan lejos, cuando puedo esperar a que anochezca y escucharla sentarse a merendar y refunfuñar luego porque no quiere irse a la cama temprano? Le diría que no es lo mismo mirarla que escucharla, pero aun si pudiera contemplarla dormir y comer y cenar sin que usted se enterara, igual me miraría en la necesidad de continuar fisgándola detrás del poste, pues el juego de espiarla no se termina nunca. (Soy un niño, no entiendo casi nada del futuro porque lo veo lejano como un astro sin luz; no imagino que el tiempo me gastará la broma de hacerme regresar años después, ya adulto, a escribirle estas letras desde la penumbra.)

Debería intentar justificarme, pero sé de antemano que no hay cómo lograrlo. Soy un niño metiche que se pregunta si será esto pecado y se responde que tiene que serlo, pero como aún no hice la primera comunión tampoco puedo correr a confesarme y averiguarlo de primera mano. Casi todos mis compañeros en la escuela ya comulgan y se confiesan, yo sigo como un niño pequeñito que acumula pecados y finge la inocencia que esperan sus mayores. Por eso ahora que me siento a mirarla pienso que soy también indigno de acercármele y me temo que si estuviera frente a usted se me vería la cara de entrometido. "Largo de aquí, metiche", me dirían sus ojos, antes de que sus labios resolvieran abrirse. Por extraño que suene, esto me reconforta. Saber que soy culpable más allá del pecado de venir fatalmente de donde vengo, pues aun si no fuera quien soy y tuviera otro nombre menos odioso para sus oídos, mi condición de espía de su vida me haría impresentable frente a usted. Siempre consuela que un amor difícil se revele imposible: puede uno entonces ya languidecer sin hacerse ilusiones lastimosas.

La miro desde lejos con la mano enconchada entre boca y oreja. Le digo cosas que me parecen lindas, aunque poco después me sonroje y sospeche que además de metiche soy un cursi. Canto, también, aunque tan quedo que apenas me escucho, si bien subo el volumen cuando pasa un camión, y a veces me interrumpo para decir su nombre en voz bien alta, no sin antes mirar hacia ambos lados y comprobar que nadie puede oírme y reírse de mí, como hacen los mayores siempre que ven a un niño jugando a ser adulto. ¿Cómo explicar, querida, que el juego que nos une y nos separa es la cosa más seria del mundo?

Tengo fama de tonto, allá en la escuela; la aprovecho a mi modo para fingir que no me entero de nada. Los miro remedarme y me río con ellos, es mejor que me compadezcan a que me conozcan. Soy perezoso, aparte, pero a nadie parece preocuparle. Mi madre se conforma con que no la importune y yo me aplico a ello con minuciosidad, aunque no tanta como la que empleo para seguirla a usted y registrar sus pasos. Mis cuadernos están casi todos vacíos, las maestras se quejan de que no tomo apuntes ni dictados, pero hay uno que ocupa el tiempo de los otros: en él voy apuntando todo cuanto usted hace, como si de esa forma consiguiera tenerla junto a mí.

De noche, cuando usted finalmente se ha dormido, me entrego a fantasear sobre los dos, cual si realmente hubiera un Los Dos y no el recelo cuya sombra regresa cada vez que su madre o la mía se quejan una de otra en el teléfono, echando mano de insultos y apodos que sólo sirven para confirmarme la distancia insalvable que nos deja en trincheras opuestas. Ya puedo imaginar los gritos de mi madre si un día me atrapara espiando hacia su casa, o peor aún si diera con el cuaderno y consiguiera descifrar su contenido (en realidad esto último apenas si me inquieta, pues me he ocupado con un celo especial de evitar referencias que puedan delatarme). Una de las ventajas de ser creído tonto tiene que ver con nunca ser tomado en serio. Soy no más que otro niño retraído que imagina sucesos improbables, y eso mis compañeros lo confirman cuando intercambian guiños entre sí o dibujan un par de círculos en el aire con el dedo apuntando a la sien. Estoy loco, seguro. Estoy siempre en la luna. Vengo de otro planeta. No descarto que usted, aun sin conocerme, sepa ya de mi fama de lunático.

Presa de algún capricho candoroso, me he negado a decirle quién soy, pero ahora que releo encuentro que no hay forma de esconderme. Soy, por si aún lo duda, el hijo de la peor enemiga de su madre. Nada menos que el niño de la señora Nancy. Me gustaría decir que usted y yo compartimos padrastro, pero lo único exacto es que las dos compiten por el favor de un hombre que ha sabido tenerlas a su merced, nunca en virtud de su galantería sino exclusivamente por todos los recursos materiales que las dejan, entre otras muchas cosas, enviarnos a un colegio particular. No el mismo, por desgracia (o quizá por fortuna, prefiero no pensar en la desolación de probar su desdén a tan corta distancia, sería cuando menos desconsolador mirarla de reojo haciendo la señal de que tengo una tuerca floja en la cabeza).

No sé qué idea tenga la vecina de mí. Ahora que jugamos a ser otra vez niños siento la comezón de tutearla, como entonces lo hacía siempre que sosteníamos una larga conversación imaginaria, pero es que esta distancia me acomoda, incluso en la niñez porque ya me figuro que usted y yo hemos venido al mundo para darnos la espalda. Me avergüenza, además, saber tanto de su vida privada. Haberlo averiguado, diría mi mamá, indebidamente, aunque tenga la excusa de ser niño. Una excusa que no sé si me excuse, ni quizá lo sabré, por más que en esta carta lo intente con vehemencia y desesperación.

¿O cree usted que estaría escribiendo estas cosas si no llevara dentro un vacío en espiral que me quita la paz mañana, tarde y noche? Pero eso es ir muy lejos. Usted no entenderá lo que nos pasa hoy si antes no la conduzco por el camino que hasta acá me arrastró, como una terca ola transoceánica. Pues lo que aquí le cuento no es una vieja historia de niñez, como el mero principio de un desaguisado que ha conseguido unirnos de una extraña manera. Sépase que le escribo de muy cerca, tanto que nada más de confesárselo me temo en el papel de uno de esos maniáticos peligrosos que redactan mensajes anónimos amenazantes cuyo destino ideal sería el escritorio de un detective.

A eso jugaba entonces, quería ser el inspector en jefe de su intimidad. Quería entrar en sus sueños, y hasta creí lograrlo cierta noche que me quedé dormido sobre mi parapeto. No sé si la recuerde, no habrá sido la única en su caso, pero sí que lo fue para mí, tanto que la recuerdo con una precisión resplandeciente. Desperté con sus gritos, que de inmediato me atemorizaron. "¡Mamá, mamá, hay fantasmas!", repitió tantas veces que me dejó adherido a su terror. Imposible esfumarme. Habría sido un fantasma demasiado ruidoso, ni modo de dejar almohadas, cobijas y juguetes en la escena del crimen. Mi parapeto estaba demasiado cercano a donde usted volvía de la pesadilla para arriesgarme a nada más que respirar. Nada, de hecho, me aseguraba que lo suyo fuera una pesadilla y no la intuición clara de mi presencia tras los ductos de la calefacción, en esa zona hueca y por fortuna oscura que se ocultaba entre nuestras fronteras. Presa de un sobresalto cuando menos equiparable al suyo, me preguntaba, con la panza encogida y el aliento cortado, si acaso habría roncado o tosido o murmurado mientras dormía virtualmente a su lado. Me maldecía en silencio, diciéndome que un verdadero detective no se queda dormido en horas de trabajo. Me imaginaba delatado por su madre, abofeteado por la mía y lo peor: despreciado por usted, niño metiche. Niño abusivo. Niño espantajo. Niño tonto y lunático. Apenas conseguía concentrarme en las palabras de consuelo de su madre, que asimismo debían consolarme porque ella no creía el cuento del fantasma y ya se empleaba en convencerla a usted, que seguía gimiendo por mi causa (¿se sintió alguna vez, Gina querida, envanecida al tiempo que avergonzada?). Los fantasmas no existen, repetía la suegra de mis sueños, pero yo era la prueba de lo contrario. A partir de esa noche me dediqué a escribir en mi cuaderno las Aventuras del Detective Fantasma.

Conforme sus gemidos se fueron espaciando, me dio ya por dudar que hubiera sido yo el causante de su sobresalto. Descansé así también, aunque igual no saqué la cabeza del sarape donde la había metido nada más desperté a su pesadilla. Fue entonces que su madre prendió el radio y yo saqué provecho de esa distracción, ansioso como estaba de volver a mi cuarto y sepultar el vergonzoso incidente. Por más que hubiera conseguido librarme de que me atraparan en la maroma, me ardía la cara de un bochorno sin nombre ni sentido, como si me afrentase ante mí mismo por hacer lo que no debía hacer y saber además que iba a seguir haciéndolo, niño metiche. Sería tal vez por ese malestar que la idea del Detective Fantasma me permitió justificarme ante el espejo, pues en mis juegos ese investigador cumplía una función de tan alta importancia que ello le permitía escarbar en las vidas ajenas con el permiso de sus superiores. Aunque mi único superior a la vista fuera esa niña que creía en fantasmas y no podía evitar que uno de ellos merodeara su vida desfachatadamente. Por usted, según yo, hacía lo que hacía. ¿Quién, que no sea el amor, nos concede el cobijo de una coartada así?

Pasado el incidente de la pesadilla, descubrí que una cosa era ponerme a salvo y otra muy diferente ser inmune. Día tras día, y sobre todo noche tras noche, la imagen de esa niña que gemía en su cama por la presencia de un espíritu intruso me persiguió como un nuevo fantasma. No podía saber cómo era su recámara, su pijama o sus sábanas, mas mi imaginación le daba forma a todo con tal precisión que podía mirarme en el pellejo de un testigo presencial y recordarla a usted metida en su camita (la había imaginado tan pequeña que miraba a su madre con trabajos sentada en una orilla) de sólo ver los ductos de la calefacción por sobre la guarida del Detective Fantasma. De manera que si antes del amago de incidente yo me consideraba enamorado de la niña de atrás, el recuerdo de aquella vocecita desamparada en medio de la noche le dio a mis sentimientos hasta entonces erráticos la puntería bastante para mirarla a usted y sólo a usted, aun si eso de "mirar" me estaba restringido a espiarla desde más allá del poste o idealizarla al otro lado del muro. Quiero decir, Gina querida, que a partir de ese sueño maligno compartido ya no pude por menos de prendarme de usted, con esa ingenuidad apasionada, incondicional e íntegra que distingue al amor infantil de todos los demás.

Amor insobornable, devoto e indefenso. Amor sin cuerpo, ni esperanza, ni plan. Amor a solas siempre, y en silencio. Amor que se alimenta de sí mismo y encuentra coincidencias en la primera historia de amor que se le cruza. Amor desestimado y hasta cómico para cualquier adulto que atine a descubrirlo. Amor tierno que nada entiende de ternura porque se mira grave, cuando no trágico. Amor a todas luces imposible y no obstante resuelto a respirar. Amor entre rendijas; clandestino, tenaz, escurridizo. Amor que se propone sobrevivir al tiempo y la distancia para cruzar un día, victorioso, el umbral de la mayoría de edad y demostrarse así capaz de cualquier cosa. Amor que da vergüenza y orgullo al propio tiempo. Amor sin restricciones de la imaginación, dueño de alas tan anchas que apenas caben dentro de los sueños. Amor al otro lado de la barda, extranjero ante todos, minoría aplastante. Amor que se encarama en la cabeza y nos tapa los ojos con la vena tiránica de un redentor metido a lazarillo. Amor que imita todo cuanto cree que pueda parecerse al amor verdadero, pues se teme ilegítimo y se quiere infinito. Amor que nos perturba si buscamos la calma y nos calma si estamos perturbados. Amor sin nombre que de noche nos nombra y de día se esconde tras la sonrisa ingenua de quien cree haber dejado atrás la ingenuidad tan sólo porque ya aprendió a fingirla. Amor cobarde que se quiere valiente y está dispuesto a todo menos a revelarse ante quien ama. Amor que llora a solas y en secreto, que antepone el secreto a sus demás apremios y pospone la vida por continuar secreto. Amor que abre la boca cuando se ha hecho muy tarde y sólo queda espacio para la añoranza. Amor que fue añoranza desde la hora misma de su alumbramiento, y hacia allá se dirige irremisiblemente. Amor siempre rendido, caído del cielo al limbo por obra y gracia de una deidad distante que nos lo entrega así, sin manual de instrucciones ni mucho menos póliza de garantía. Amor desobediente. Amor mandón. Amor de nadie más. Amor de mis entrañas. Amor mío.

Suyo en la sombra,

Capitán Urubú.

VIII. Domingo

Los extraños nos sirven para aliarnos en contra de los propios.

BASILIO Z. LÆXUS, *Manual endemoniado*

—¿De verdad no conoces a nadie, Brujo?

—No es que no los conozca, es que no sé ni dónde acabaron, ni lo quiero saber. Y menos quieren ellos saber dónde estoy yo. Nunca conocí a tantos, además. Acuérdate cómo era mi mamá.

—¿No hiciste amigos cuando no estaba ella?

—Empecé bien, luego perdí confianza en mi estilo.

—¿Y eso?

—Todo iba regio hasta que regresó de Europa mi padrastro y te encerró con él. Y ni me veas así, que tampoco lo digo con rencor. Es la pura tristeza.

—¿Quieres que te lo vuelva a explicar?

—Nunca me lo explicaste.

—¿Nunca? Tú eras el único en el mundo que sabía que la chacha era una robacasas profesional.

—Ni tan profesional. Casi te agarran.

—Y ese *casi* podría ser la diferencia entre aguantar la vara con tu padrastro y defender mi santa honra por ti, que tenías dieciséis años y eras un prófugo de la preparatoria. ¿No te dije mil veces que había una orden de aprehensión en mi contra?

—¿Y cómo era esa vara que aguantabas?

—¿Quieres que ya me vaya?

—No quiero.

—¿Entonces?

—Imelda, tengo monstruos. No es fácil andar solo sin alimentarlos. Vivo además rodeado de diablos cobradores. En la sala, en los cuartos, en la cocina, no me dejan en paz. Tengo tiempo de sobra para pensar en ellos.

—¿Y el libro?

—Muy bien. Te manda besos y abrazos.

—No te entiendo, Joaquín. ¿Cambias de genio cada que respiras o estás jugando a hacerme sentir mal? No es difícil, te advierto, aunque nunca te vas a dar cuenta.

—No estoy jugando a nada. No contigo.

—¿Y con quién sí?

—Nadie que tú conozcas. Nadie en realidad.

—Acabas de decirme que rompiste los lazos con todo el mundo y ahora sales con que juegas a no sé qué con no sé quién.

—Imelda, no me trates como si fueras Nancy.

—Eres un pinche necio, ya sé por qué tu madre te daba todas esas cachetadas.

—Me las daba porque era parte de mi plan. Me mirabas bonito, siempre que ella me daba un revés.

—Y tú me hacías aguantarme la risa, con tus caras.

—Ensayaba los gestos delante del espejo.

—¿Para que yo los viera?

—Para que vieras que no me dolía.

—¿Para eso, o para echarme los perros un poquito? Ya te gustaba, ¿no?

Stop. Record. Pause. Salgo del baño, de regreso a la mesa. Me detengo detrás de una columna. Miro a Imelda todavía ocupada en el teléfono y no quiero llegar. La llamada de mierda le rompió el mood a la conversación. Peor sería si me hubiera quedado. Le di tiempo, escuché los últimos diez minutos encerrado en uno de los retretes. "Todavía...", le estaba diciendo cuando sonó el teléfono y me dejó en pausa. ¿Se entiende el "todavía" como está, o le hace mucha falta el "me gustas"? Listo. Colgó el teléfono. Salgo raudo hacia ella, antes de que se ponga a hablar de nuevo con uno de esos malos que tanto la divierten. Debe de percibir las ondas de rencor, porque apenas me ve sonríe con una alevosía impecable.

—¿Qué me decías?

—Que todavía me gustan las chicas malas. Conservo la superstición enfermiza de creer que conmigo van a cambiar.

—¿Yo te gusté por mala, entonces? ¿Te volví loco cuando te conté quién era y a qué me dedicaba?

—Estabas aterrada. Llorabas como niña. ¿Ya no te acuerdas, Bruja?

—Nunca le había contado esas cosas a nadie. Una cosa es hacerlas y otra platicarlas. Haz de cuenta que me vi en el espejo y dije ¿quién es esa basura?, ¿qué estoy haciendo aquí?, ¿por qué le estoy contando mi secreto al hijito de mi patrona?, ¿y ahora adónde me voy, si me acusa?

—Era tarde para eso. No soy de los que acusan, además.

—Ya lo sé. Lo probaste. ¿No te he dicho? Tengo buena intuición para encontrar personas confiables. Incautos, que les dicen, ¿no? No sé si sea ya cosa de ladrones. Instinto de ratera.

—Yo diría que es instinto de supervivencia. Eso también me gustaba de ti, aunque al final no me favoreciera.

—¿El final? ¿Cuál final? ¿El fin de qué?

—No te hagas, Bruja. No quiero hablar del tema.

—El final es la muerte, Joaquín. Antes de eso no hay corte de caja que valga. Todo el mundo presume que se ama para siempre, o se odia para siempre, y eso nomás funciona si se mueren. Mis hermanos se fueron para siempre, tú y yo estamos aquí. Amargos, pero estamos.

—Estás tú y estoy yo, cada uno en su cápsula.

—Ninguna de las dos me impediría darte la cachetada que tanto se me antoja. De cariño, yo creo. Aunque no estoy segura que te quite esa jeta de cobrador maltratado.

—Malquerido, malcomido, malvivido.

—¿Malfumado, también?

—¿Ya te llegó Palencia con el chisme?

—Le preocupa que por estarte anestesiando no vayas a escribir el libro. Cree que a mí me haces caso, ya que con él no hablas ni por teléfono.

—Tengo la teoría de que vive en estado de gracia. No tiene que pensar para sobrevivir.

—Si él no pensara, ya estaríamos en la cárcel tú y yo. El problema es mirarlo hablar y no poder saber si es tan amable porque quiere que bajes la guardia para darte un abrazo y encajarte el cuchillo.

—¿Te da abrazos, Palencia?

—¿Estás celoso, Brujo? Nomás eso faltaba.

—No son celos, es mera curiosidad. ¿Lo has abrazado?

—Yo nunca te he pedido que me des cuentas de la gente que abrazas. Somos amigos, Brujo. Soy señora, vivo con un señor.

—¿Por ahora?

—Y por mañana, y por el mes que viene, y por el año que entra. No sé si para siempre, ya te dije que eso no puede saberse, y tampoco es asunto que te afecte.

Silencio. Hay algo que no cuadra en la conversación. Me he escapado de nuevo al baño para no ir adelante con una escaramuza que me tenía desarmado y malherido. Para joderla entera, la grabadora se quedó sin pilas. Puta mierda, no sé cómo llegamos hasta acá. Estuve a punto de reclamarle que no viva conmigo y sí con un fulano fantasmal que ni su nombre dice y al que le tiene miedo. ¿Y si lo quiere? No hay forma de saberlo. Eso es lo que más jode. ¿Cómo voy a evitar reclamarle por haberse ayuntado con Manolo, si ahora vive con otro cacagrande y yo soy todavía el mismo cacachica que no puede alcanzarla más que a ratos y a escondidas? La veo hacer ahora lo mismo que hizo un día con Manolo y siento una punzada en el amor propio. Peor aún, no la veo. Y si la veo es sólo para recordar que me falta la visa en sus dominios.

Abro la llave del agua fría, meto manos y cara debajo del chorro, me salpico las mangas de la chamarra y me digo que puede no ser tan mala idea que me vea llegar de los lavabos con la cabeza totalmente empapada. Chorreando agua del pasillo a la mesa, sin siquiera el intento de escurrirme, peinarme o invertir un instante de atención en mi facha. Estoy jodido y no quiero ocultarlo, ya sólo de atentar contra su indiferencia me sale una sonrisa pegajosa.

Estás para amarrarte, Joaquín, suelta la risa nada más le explico que ya me urgía refrescar las ideas. Algo ha cambiado ahora en su mirada. Ya no hay la gravedad de hace cinco minutos. Alza la mano izquierda, como por no dejar, me acomoda tres, cuatro mechones empapados. Me acaricia la frente, la mejilla, la barba, presa de alguna melancólica alegría que ahora mismo me niego a acreditar. Me entretengo pensando que ojalá cada vez que el mundo se oscurece pudiera uno arreglarlo metiendo la cabeza en un chorro de agua, pero ésa y las demás ideas se desvanecen como un cubo de hielo en el centro del sol cuando Imelda comienza a desplazarse en una dirección que según mi experiencia es inequívoca. Un instante más tarde nos estamos besando.

Me gustaría decir que nunca imaginé que esto iba a suceder, pero lo único cierto es que desde la última vez que Imelda me dio un beso no ha parado en el coco la misma película. Aunque esto es diferente. Nunca antes nos besamos delante de nadie. Yo no había acabado de crecer, ella tenía el cuerpo de una adulta y esa mirada de hembra de leopardo que en un súbito salto meteorológico reemplaza a su sonrisa introvertida. Nos besamos con los ojos abiertos, según yo por primera vez. Ahora pienso que sólo los abrí para enterarme si ella los cerraba. No es un beso de amor, aunque igual lo contenga. Es un beso furtivo, veloz, arrebatado, temerario no sé por qué o por quién. Un beso desafiante como un gran ventanal en un mausoleo, pero también un beso castigado. ¿Qué, si no penitencia, es caer en picada de sus muslos justo cuando mi mano derecha conquistaba la cima del izquierdo y ya avanzaba en dirección al otro?

Ahora sí, cuéntame de tus amigos, dispara más o menos recompuesta, alisándose el vestido rojo entallado con que me deslumbró nada más poner pie en el restorán. Un lugar equis, lleno de gente equis que de pronto se besa por equis causa. Pero Imelda está pálida. Mira atrás, adelante, ya le tiemblan las manos. Hice una estupidez, susurra y se levanta de la mesa. Le digo que si quiere ser discreta empiece por quedarse quietecita en su silla. Unas piernas como ésas en ningún lado pasan inadvertidas, menos aún cuando soportan las caderas que ahora me atormento por no haber ni tocado mientras duró el hechizo del beso bandolero.

—¿Te andan siguiendo?

—No. No sé. A veces. De cualquier modo nunca voy a saber. Nomás de imaginarlo me entra la paranoia.

—La paranoia es madre de la mala espina.

—¿Y si fuera al revés?

—Yo no puedo saberlo, a menos que me cuentes.

—Tú no quieres que yo te cuente nada. Ya te conté bastante porque como ya viste se me van los estribos y hago mis pendejadas, pero no es justo que te diga más. Hay cosas que la gente viviría más feliz ignorando.

—Yo estaría más tranquilo, si me contaras.

—No estarías. De hecho eso sería lo menos que estarías. A menos que estuvieras bajo tierra.

—Me amenazas.

—Te protejo, Brujito. Crees que eres duro y puedes con los cabrones sólo porque haces trampas y te salen. A unos los impresionas, pero a un peso pesado lo tiras de la risa.

—¿Y crees que tú sí puedes con los pesos pesados?

—Poder, poder, no sé, pero llevo dos enemigos enterrados, he esquivado tres órdenes de aprehensión que después desaparecieron con todo y expediente y nunca he puesto un pie en una cárcel de mujeres. No me digas que no tiene mérito.

—¿Puedo darte otro beso?

—Claro que sí, si no te importa que te reviente el hocico. Que tampoco es lo peor que podría pasarte.

—¿Y por qué me besaste la primera vez?

—Tenía muchas ganas de tirar los daditos. Soy loca, ya lo sabes. Tengo fe en mi suerte. Pero tampoco quiero tentar al diablo.

—¿Qué no vive contigo?

—Creo que ya adivino cómo te deshiciste de tus amistades. ¿Les hacías esas bromas tan simpáticas?

—Se las hacía peores, pero no te enojes. No me pude aguantar, te me pusiste a tiro.

—¿Qué bromas les hacías?

—No eran exactamente bromas. Eran mentiras. ¿Te acuerdas de cómo era Isaías Balboa?

—Pinche viejo sangrón. No se le iba ni un chance de mirarme las piernas.

—A mí tampoco, hasta hoy.

—¿Qué me ibas a decir del tal señor Balboa?

—Ya te conté que trabajaba con él. Me llevaba de noche a recorrer funerarias, y así me hice de varias amistades.

—No volviste a la escuela...

—Entré a la prepa abierta. Desde que murió Nancy sólo hice amigos en los velorios.

—¿Amigos o amigas? Hasta donde yo sé, al viejo ése le daba por ahí.

—Le daba, claro. Y pues sí, eran amigas, pero no siempre mucho más que eso.

—¿No siempre mucho más?

—Nunca sabes cómo va a reaccionar un deudo. A veces solamente esperan compañía. Queriendo o no va uno haciéndose amigo.

—¿Y las que te rechazan?

—Ya no hago eso, Imelda. Lo hacía con Balboa.

—¿De verdad?

—¿Por qué me lo preguntas?

—Porque yo tengo otra información.

—¿Vas a decirme que me andas siguiendo?

—Se murió la mamá de Palencia y tú ni le llamaste...

—No me cambies el tema. ¿Me mandaste seguir?

—No te lo cambio. La semana pasada se murió la mamá del abogado y tú te apareciste en la funeraria. Miércoles, según yo. ¿O jueves? Si no me crees, agárrate un periódico de uno de esos días y vas a ver la esquela de la señora. Irene Larrañaga de Palencia. Tienes mal tino, Brujo. Y lo que es peor, te agarro en la mentira. ¿Ya ves por qué me tienes preocupada?

—Perdón. Pensé que no era muy importante. No voy mucho, pero igual es un modo de hablar con alguien. Vivo en un calabozo muy cómodo, muy grande, pero no siempre alcanza. Voy a las funerarias porque ése es mi reino. Aprendí a hacer vida social en esos lugares.

—¿Cuántas formas te sabes de dar el pésame?

—Qué quieres que te diga. El pésame soy yo.

—Nunca te he visto cara de Lo Siento Mucho.

—Nunca la he puesto delante de ti. Ni siquiera cuando de veras lo sentía. Qué te voy a decir, es algo que sé hacer. Cada quién sobrevive con sus habilidades.

—¿Qué le dices de ti a la gente que conoces?

—Puras mentiras, qué más voy a decir.

—¿Te pones otro nombre?

—Me lo pongo.

—¿Cuál?

—Qué más da, Imelda. No siempre es el mismo.

—¿Y a esa gente le das el número de la casa o el celular?

—Dijiste que no podía dar ninguno de los dos.

—¿Y tú qué hiciste?

—Nada. No se lo he dado a nadie.

—¿Vemos ahorita mismo la memoria de tu teléfono y lo comprobamos? No te importa, ¿verdad?

—¿Vas a esculcarme, Imelda?

—No, si me cuentas toda la verdad.

—Toda no. Ni que fueras mi confesor.

—¿Le has dado a alguien alguno de los números?

—El de la casa no puedo contestarlo.

—¿Y el otro?

—Se lo di a una persona. Sólo para emergencias.

—Ahí quería llegar. No puedes hacer eso, Joaquín. ¿Ves cómo te conozco, cabroncito?

—Y qué más quieres que haga, no puedo estar viviendo como un tlaconete.

—Quieto, Nerón. Tampoco me he enojado. Dame ese celular.

—¿Me lo vas a quitar?

—Te lo voy a cambiar, ése ya lo quemaste.

—No lo traigo conmigo.

—¿No me lo quieres dar para que no me entere con quién te comunicas? Está bien, Brujo, no me voy a enojar. Sólo prométeme que vas a asegurarte de destruirlo. Agarras el martillo detrás de la alacena y le das.

—¿Y el nuevo?

—Te lo paso al salir, lo traigo en el coche. Es el mismo modelo, ya viene con mi número y el de Palencia en la memoria. Y para que no digas que te quiero tener como gusano, traigo otro celular que vas a usar con tus amistades. De ése no me hables nunca, pase lo que pase. Y del otro no le hables a nadie más. ¿Ya, contento?

—Me estás tratando como si fuera tu hijo.

—Disculpa, no me veo besando a mis hijos en la boca. Y ahora dime qué tantos cuentos chinos les echas a tus novias las chillonas.

—Al principio les miento para imantarlas, luego para que huyan despavoridas. Pero ahora ya no tanto. Antes sí, mucho más.

—¿Cuántas noches sales de juerga por semana?

—Ninguna, a veces. Una, si acaso dos en un mes.

—¿Y cómo se hace para que la que duerme contigo huya despavorida al día siguiente?

—Nunca dije que nadie durmiera conmigo. Casi siempre me espanto antes de que eso pase.

—¿Te espantas o las espantas?

—Primero yo, luego ellas. Les hablo mal de mí.

—¿Qué les dices? ¿Que eres un prófugo de la ley? ¿Que se cuiden de ti?

—Les hago confidencias estúpidas. Cosas que invento. Vidas que me imagino. Dejo que el personaje destape sus instintos más oscuros y hablo tranquilamente en nombre suyo.

—Ya puedo imaginarme. Eres de los que llaman a las seis de la madrugada para pedir perdón por pecados que le quitan el sueño a cualquiera.

—No pedía perdón. Pedía aplausos. No podía exigirles que me borraran de su lista de amigos, necesitaba que salieran corriendo. Que nunca más tomaran mis llamadas.

—¿Por qué?

—No por qué, para qué. Mi plan era escapármele al viejo Balboa. Y para eso tenía que perderme del mundo. No quería tanto que no supieran de mí, como que no quisieran saber de mí. Que me esquivaran, si llegaban a verme. Luego me acostumbré. Pero ya desde entonces no me daba la gana sentarme a hacer la *Summa Balboa*. Cuando vi que el patrón estaba muy enfermo, no hice más que tomar la decisión. A correr.

—¿Ya te habías quedado sin amistades?

—Tenía dos amigos de la escuela. Fui a dar con uno de ellos, en Louisiana.

—No me has contado que también te casaste.

—¿Palencia te lo dijo?

—No sé por qué tenemos que estar siempre en problemas. Gente como nosotros tendría que nacer con abogado.

—Tenía que casarme, si quería trabajar.

—¿Trabajar de qué? ¿Nunca se te ocurrió estudiar algo?

—Traducía manuales. Mi amigo tenía un negocio de traducciones. Entré a estudiar un par de carreras, una por tres semanas y la otra por dos meses.

—¿No hiciste más amigos?

—Evitaba a la gente. Tenía muy presente que era prófugo. Sentía miedo. Cada día que iba a clases me daba por creer que una banda de fisgones venía tras de mí con walkie-talkies.

—¿Por cuánto tiempo te sentiste así?

—Poco más de medio año.

—Luego te enamoraste...

—No estoy seguro de haberme enamorado. La conocí desde antes, en Baja California. Ella me convenció de irme a Louisiana.

—¿Vivía en el mismo pueblo de tu amigo?

—Casi, pero pueblos no eran. Yo vivía en Baton Rouge, ella iba a trabajar a Nueva Orleans. Setenta y ocho millas de carretera.

—¿Y cuando se casaron, qué?

—Seguimos así. Luego ya nos quedamos en Baton Rouge. Le dieron un trabajo en la universidad.

—¿Qué más hacías tú?

—Casi nada. Pedía libros prestados en la biblioteca. Con un par de ellos me enseñé a hacer páginas web.

—¿Y tu esposa?

—Seguía trabajando. Se había propuesto rescatarme del hoyo.

—Y tú te habías propuesto no permitírselo...

—Puede ser. No me acuerdo. Eran días borrosos. Recuerdo que sudaba hasta de noche, vivía entre las ventanas y el ventilador.

—¿No salían, viajaban, iban al cine ya siquiera?

—No había casi dinero. Fue ahí donde empezaron los problemas. Tenía más de diez traducciones pendientes y prefería seguir aprendiendo Perl.

—¿Perl?

—Es un lenguaje de programación. Me tenía enviciado. Lauren me había dado una credencial de la biblioteca, creyendo que eso me iba a hacer bien.

—¿Para qué sirve el Perl?

—Para todo. Es algo así como un mecano infinito. Puedes hacer programas, controlar el sistema operativo, diseñar un caballo de Troya…

—¿Y luego?

—Luego tuve mal tino. Me topé con el Fab.

—El Fab… ¿Es el amigo ése que según tú te metió en un problema legal? Dice Palencia que está preso en Louisiana.

—¿Fabricio, el Fabuloso, en la cárcel?

—Ese tipo, Fabricio. ¿Él fue quien te hizo hacker?

—No hacker, cracker. Y no cracker, ladrón. Aprendí a cambiar bases de datos para ganar sorteos.

—¿Qué diferencia hay entre las tres cosas?

—El hacker es curioso, el cracker delincuente y los otros ya sabes.

—¿Te hiciste raterito, como yo? Eso no se lo habías dicho a Palencia.

—No es por eso que me buscan en Texas, y no tengo por qué confesarle mi vida a Palencia.

—Me dijo que parece que rompiste las reglas de la libertad condicional.

—Tenía que reportarme con mi probation officer y en lugar de eso me vine a México. ¿Es muy grave?

—Según Palencia sí, pero ya ves cómo es. ¿Qué opinaba tu esposa de que fueras ratero?

—No tenía idea. Yo le decía que me estaban pagando por hacer cosas de programación. El primer día llegué con setecientos dólares. Dos semanas después le di mil ciento veinte. Santo remedio. Se acabaron las discusiones y las peleas por el tema de los libros. Pero sospechaba algo. ¿Ya me vas a contar del Fab?

—¿De dónde conocías al Fabuloso ése?

—Era alumno de la universidad. LSU. Louisiana State University. Vivíamos a un lado, casi dentro del campus. Fabricio se pasaba el día en la biblioteca. Consultaba los mismos libros que yo, sólo que en vez del Perl le interesaba el tema de la seguridad. Firewalls, esas cosas.

—¿Murallas de fuego?

—Cosas que se usan para proteger la información de los ojos de los estafadores como Fabricio y yo.

—¿Tan pronto te le uniste?

—Nunca lo había visto. Según él me tenía fichado desde hacía dos semanas. Se acercó a preguntarme un par de cosas que no entendía del Perl Cookbook y que tampoco yo supe explicar. Le aclaré que llevaba poco tiempo con el Perl, más que nada pensando en deshacerme de él. Entonces preguntó si hacía página web. Acabamos en la cafetería. No podía creerme que trabajara con el Arachnophilia y pretendiera encima hacer negocio.

—No te estoy entendiendo.

—No importa. Lo que quiero decirte es que antes de irse me regaló un cd con varios cracks. Yo no sabía que esos cracks los podía bajar cualquiera porque los hay por miles en internet.

—¿Para qué sirve un crack?

—En este caso, para romper los códigos de seguridad de un programa y usarlo sin pagar. La semana siguiente me lo volví a encontrar y le hice un bombardeo de preguntas. Tenía cinco nuevos programas y no sabía ni cuántas dudas juntas. Pero él estaba en plan fanfarrón. Me escribió en un papel RTFM y me advirtió que no había visto nada. Deja que veas el Telnet, me dijo. ¿Sabes qué significa RTFM?

—¿Cómo quieres que sepa?

—Lee el jodido manual. Read The Fucking Manual. Cuando lo volví a ver, ya sabía qué era el Telnet. Esa noche arrancamos el negocio.

—¿Cómo tan pronto?

—Yo tenía una computadora fija, que en realidad era la de Lauren. Pero como ella también tenía su laptop, rara vez se metía en la que usaba yo. Fab me explicó que el juego que íbamos a jugar no aceptaba computadoras de escritorio. Decía que era un arma de guerra de guerrillas. En cuanto oscureció, entramos juntos a una de las oficinas de la universidad y salimos con una laptop en el fondo de una maleta.

—¿Así nomás te robaste una computadora? ¿Y si te la veían en la universidad?

—Fabricio la cambió completamente. Hasta la marca era otra, cuando estuvo lista. A partir de esa noche dejé el Perl y me metí de lleno en el Telnet.

—¿Y Lauren? ¿No notaba nada raro?

—Ya te digo que sospechaba algo. Le gustaba verme llegar con dinero, pero le hacía cosquillas el pago en especie. De pronto los sorteos daban premios como despensas, viajes, ropa, muebles, y ni modo de regresarlos. Yo le decía que a veces los clientes me pagaban así. Hasta que un día llegué con un coche.

—¿Te ganaste un coche?

—Un Mazdita. El Fabuloso lo arregló, se lo había pedido para dárselo a Lauren de cumpleaños. Ya le debía muchas, tenía que compensarla.

—Y se lo diste...

—No lo quería aceptar, al principio. Me preguntó si estaba lavando dinero, yo le juré que había diseñado un programa de ventas para Mazda, y ellos por no sé qué cuestión de impuestos me lo habían pagado con un coche, que yo supuestamente ganaba en un sorteo. Fue peor la explicación, a ella no le cabía algo así en la cabeza. ¿Todo un gerente de Mazda Corporation amafiándose con un programador freelance para evadir impuestos a la hora de pagarle? De esas mentiras que uno se inventa con prisa.

—Pero igual se quedó con el coche.

—Estaba muy bonito: convertible. La dejé más contenta que tranquila. ¿Qué podía haber hecho yo tan bueno y tan valioso para que me pagaran con un coche de veinte mil dólares? Podía hacerme el indignado, qué más. Si ella dudaba, yo le armaba un drama. ¿Cómo podía ser que me menospreciara de esa manera? Si no creía en mí, ¿por qué estaba conmigo?

—La convenciste a puro chantajearla.

—Nunca la convencí, pero le pedí tregua y me la dio. Nos pasamos seis meses poco menos que muy felices nomás por ese arreglo: no me molestaría mientras no hubiera pruebas que me incriminaran.

—¿Pruebas de qué? ¿Cuál era la sospecha?

—El Fabuloso. Según Lauren tenía facha de maleante. Un día se llevó un cable que no era suyo y desde entonces ella le agarró tirria. Le abría la puerta y lo dejaba pasar sin mirarlo ni contestarle el saludo. Una vez nos siguió, con su mazda. Creía que íbamos a algún lado a delinquir, cuando no había ni que salir del coche. Nos metíamos en un estacionamiento donde había una línea de teléfono suelta. Sólo tenías que traer tu cable con dos caimanes y conectar ahí mismo tu laptop. Si veías algo raro, te arrancabas y el cable se soltaba solo.

—¿Aprendiste también a hacer eso?

—No gran cosa. Yo me especializaba en cobrar los premios. Conseguía licencias de manejo con nombres diferentes. Me dejaba el bigote, la melena, me rapaba, según el personaje que salía en la foto de la licencia. Luego, en mis ratos libres, ensayaba en el Telnet. Nada espectacular. Lo mío era pasar por el premio. Dar la cara. Para eso me quería el Fabuloso. Me hizo creer que iba a volverme cracker. Ya te conté, ahora cuéntame.

—Hace como dos meses que está preso. Parece que se va a declarar culpable. No me mires así. Nadie va a echarte la culpa de nada. ¿A que no sabes quién es su defensor?

—No me habías dicho nada de esto, Imelda.

—Era sorpresa. Ya te imaginarás quién denunció a tu amigo.

—¿Quién más iba a ser? Lauren.

—Le quitaron el coche. No era para menos.

—¿Me van a deportar?

—No seas zopenco, Brujo. Tú eres inocente. Ninguno de los dos te mencionó. Según ella, Fabricio le robó su laptop.

—¿Y según Fabricio?

—Él tenía de dos sopas. Una era confesar y delatarte. ¿Es verdad que el setenta por ciento de los robos se hicieron en tu laptop?

—Me la pedía prestada, según esto para irla afinando.

—Qué bruto eres, Joaquín. Ya ni yo. La otra opción de tu amigo Fabricio era aceptar el abogado que le ofrecimos, a cambio de sacarte de la historia.

—¿"Le ofrecimos" quiénes?

—Cosa que no te importa, por tu bien. Toca salvarte, Brujo, no rascarle pa dentro de la zanja, ¿o sí? Te metiste en problemas por todas partes y no puedo dejar que acabes de chingarte, aunque te emperres.

—Tampoco estoy tan mal, ¿o sí?

—Dime eso cuando acabes con el libro de Balboa.

—¿Y si no acabo?

—¿No te importa pasarte la vida escondido? ¿No tener dirección, ni tarjeta de crédito, ni familia, ni amigos? No me digas que no te parece cansado vivir como maleante y zurrarte de miedo apenas ves foquitos azules y rojos. Yo andaba igual que tú, cuando me conociste. No me quedaba nadie. Cuando pasó lo del señor Manuel y tú me diste todos esos papeles no sabía ni qué hacer. Necesitaba ayuda, ni modo de pedírtela. Tenía que arreglármelas yo sola. Me sentía tentada a quemar los papeles y desaparecerme. Pero ya no quería. Estaba muy cansada de vivir escapándome.

—Te desapareciste, de todas maneras.

—¿Y qué dijiste tú? Pinche sirvienta ingrata, ¿no?

—Yo ni la boca abrí. Fue Nancy la que dijo misa en contra tuya.

—¿Misa? Pues antes de eso me agarró a cachetadas, me escupió, rompió mi ropa y me gritó los peores insultos de mi vida.

—Y eso que no sabía que eras dueña de todo, excepto su coche.

—También tenía el coche. Se lo dejé como parte del trato.

—No me digas que cuando te pegó tú tampoco te olías que eras dueña legal de todo el patrimonio de Manolo.

—Sabía que era dueña de algunas propiedades, pero no que me fuera a quedar con ellas. Acuérdate que parte de mi trabajo era hacerme la bruta todo el día. Rebuznaba, según tu padrastro.

—No me divierte recordar esas cosas.

—A mí tampoco, pues, pero no lo hago por diversión. Te veo con esa vida de fantasma y me acuerdo de mí y me da coraje. Soporté demasiadas fregaderas con tal de no ir a dar a un reclusorio. Me acuerdo que salí de tu casa no nomás cacheteada, desgreñada, insultada y escupida; también traía un susto que apenas me dejaba respirar. Me metí a un baño y me veía espantosa, tenía la ropa toda desgarrada. ¿Cómo le iba a explicar a un policía por qué andaba cargando todos esos papeles?

—¿De verdad te ibas a ir a vivir con Manolo?

—Tenía de dos sopas, yo también. Seguir haciéndome pasar por sirvienta o ponerme el disfraz de señora. Total, ya después algo se me ocurriría. Podía escapármele, a la mitad de un viaje.

—Pensabas como yo pienso ahora.

—Pensaba. Luego la suerte decidió otra cosa. La suerte y tú.

—Eso no significa que tengas que gastarte tus ahorros en sacarme de todos los baches donde vengo a dar. No me gusta sentirme adoptado.

—¿Sabes por qué tuve la desvergüenza de quedarme con la casa de tu mamá?

—Ya me la devolviste. Además, nunca dije que fuera una desvergüenza. Si esa casa la hubiera tenido mi mamá, se la habría metido toda por la nariz.

—No me has contestado. ¿Según tú por qué lo hice?

—No sé. Por joderla. Por protegerme. Por quedarte con ella, pero luego cambiaste de opinión.

—Quería conservar algo que fuera tuyo y obligarme a enfrentarte otra vez, cuando fuera. No podía permitir que siguieras odiándome hasta la muerte.

—No era odio. Era otra cosa.

—¿Decepción?

—Algo, pero de mí. Me sentía culpable por no estar a la altura. Te veía como una celebridad lejana, no me explicaba cómo le había hecho para dormir por cuatro meses contigo. Si me insistes, sigo sin explicármelo.

—¿Qué quieres que haga? ¿Que te dé otro beso?

—Eso es fácil quererlo.

—¿Vas a decir que todavía tengo derecho a gustarte?

—Claro que no. Me gustas injustamente.

—¿Y eso es muy malo?

—Al contrario, es mejor. Lo que siento por ti es tan clandestino que ni a mí mismo puedo confesármelo, porque no tengo cómo justificarlo. Pero igual estás tú delante mío y me da la cosquilla y te lo suelto. Disfruto que me gustes y te enteres. Gozo el morbo de verme traicionado por mí. Saberme indigno de mi propia confianza.

—¿Tan detestable soy… doctor Alcalde?

—¿Quién te dijo eso?

—Tú lo dijiste, la semana pasada, cuando te presentaste en la capilla de la funeraria. ¿Ya ves lo bueno de contar con Palencia? La madre ahí tendida y él interrogando a los de la capilla de al lado sólo para quedarle bien a su cliente.

—O para hacerme quedar mal contigo.

—¿Mal por qué? Al contrario. Me pareció chistoso que tuvieras tarjetas de presentación de un tal Joaquín Alcalde, que además es doctor.

—¿Por qué chistoso?

—Yo también me ponía nombres distintos, pero nunca me hice tarjetas personales. En lugar de doctora habría dicho ahí recamarera.

—¿Perdonaste por fin a mi mamá?

—No te puedo decir que lamenté su muerte. Tampoco es que la hubiera celebrado, pero ya desde entonces se me ocurrió buscarte. Si he sabido, pregunto por el doctor Alcalde.

—Tampoco era difícil dar conmigo.

—No dije que te hubiera buscado. Nomás se me ocurrió. Te tenía en la cabeza.

—No tanto, por lo visto.

—No, claro, comparado con el problema de mis hermanos. En ellos sí pensaba todo el día. La gente del bufete me aseguraba que iban a sacarlos. Faltaban dos semanas cuando me los mataron. Luego ya no volví a pensar en ti, ni en nadie. Pasé años concentrada en cerrar esa herida. Ya te puedes imaginar el golpe que sentí cuando supe que quien había pagado por echarse a mis hermanos era mi ex novio: su mejor amigo. Se había hecho poderoso en otro reclusorio. Tenía unos socios narcos allí dentro. Tal parece que nunca me perdonó que a él y su hermano los encerraran por mi culpa.

—Cuando me lo contaste me pareció heroico, pero según tú nadie se enteró.

—Eso pensaba, entonces. Creí que no me habían denunciado porque no sospechaban de mí.

—¿Nunca hubo una orden de aprehensión en tu contra?

—Nunca a mi nombre. Había sólo dos fotos, que Palencia logró hacer perdedizas con todo y expedientes.

—Palencia y tú se hicieron mancuerna criminal.

—¿Cómo más iba a ser? Me conoció cargando una maleta repleta de papeles y escrituras. Andaba de ladrona por la vida, me iba a quedar con lo que no era mío.

—No era de nadie ya. Manolo había sido el primero en robárselo, tú solamente lo cachaste al final.

—Salí buena ratera, al final.

—No lo planeaste.

—No todo lo planeo. A veces hago planes y no me salen. A veces me resigno, pero a veces insisto. Hoy, por ejemplo, había planeado seducirte. ¿Cómo la ves? ¿Voy bien o me regreso?

Le digo que va bien, automáticamente, sin la ironía que habría querido usar. Ser irónico deja siempre una puerta entreabierta. Una puerta de escape que ahora mismo no quiero. Vas muy bien, puntualizo. Nunca has dejado de ir bien. Hasta cuando te odiaba ibas muy bien porque seguía soñando contigo y tampoco podía controlar mis pensamientos cada vez que te recordaba preguntando ¿voy bien o me regreso? en el momento menos indicado, que ya sólo por eso era el más indicado. Puedo hacer el esfuerzo de estrecharla y besarla, pero antes de eso necesito decirle la falta que me ha hecho en medio del rencor, y lo flaco que habría parecido ese odio terminante sin mi sola añoranza por sus piernas. ¿Quién se sentía ella para quitármelas?

No debería quejarse. Creo que le he tirado mis mejores líneas desde que decidí regresar a la cancha. Lo que se me atoraba en las funerarias me lo ha sacado Imelda, como quien abre cauce en una pústula. Si el amor está vivo, también puede pudrirse. Puede crecer como un tumor maligno en quien vio sus afanes traicionados, redacto mentalmente, como si en realidad estuviera escribiendo la *Summa Balboa* y esas palabras fueran a servirme, porque lo único cierto es que siento la urgencia inesperada de estar bien con Imelda. No entendernos, ni ponernos de acuerdo, ni perdonarnos nada, sino eso. Estar bien. Que en el lenguaje que ella y yo inventamos significaba estar desnudos y empiernados y preguntarnos a cada minuto ¿voy bien o me regreso? Avanzamos centímetros, me detengo. No es cómodo desearla de este modo. No es sano, me repito, en medio de un silencio que me recuerda cuánto me gusta que esto no sea sano. Ni esto, ni lo otro, ni nada de lo que hago da para merecer el calificativo de *sano*. Imelda y yo nos hemos encontrado una vez más en medio de una alberca llena de pus, nuestros besos son fatalmente infecciosos y una sola caricia voy a pagarla como una muela con la raíz podrida. ¿Cómo negar que eso es lo que me gusta, si los momentos más intensos y gratos de mi vida los he pasado junto a gente que llora?

¿Me ve gorda, doctor? No, no la veo gorda. ¿Está seguro? Olvídese de mí: ¿por qué se siente gorda? No es que me sienta, tengo manos y ojos. ¿Se mira usted seguido en el espejo? ¿Cuándo? Cuando sale del baño, por ejemplo. Me miro un poco, nunca demasiado. ¿Por qué lo dice? ¿Me encuentra narcisista? No se adelante, Gina. Míreme de frente. Así, a los ojos. En lo posible, sin parpadear. ¿Y ahora qué, doctor? Ahora respóndame: si de verdad temiera que está excedida de peso, ¿andaría desnuda por toda su casa?

¿Y usted quién es… qué es?, se pasma, se incomoda, retrocede, sacude la cabeza. ¿Terapeuta, adivino, fisgón, médico brujo?

Un poquito de todo, le sonrío, tomando más distancia. Qué vergüenza, doctor, recupera el aplomo, va a creer que soy una exhibicionista. Nunca dije que se exhibiera, remato. Sólo dije que a mi particular entender usted está contenta con su apariencia física. ¿Averigua esas cosas mirándome a los ojos, doctor?

Soy un mago de feria. Un merolico. Vendo ungüentos y polvos milagrosos hechos de vaselina con azufre. Le digo que las cosas que le digo las tengo claras días antes de la consulta. Un trabajo difícil, pero apasionante. Se revisan patrones, se comparan en bancos de información donde hay cientos de miles de casos clínicos. Perdone que la aburra, me disculpo, protocolariamente, yo era de esos alumnos que llegaban quince minutos antes al salón, con la tarea hecha y revisada. Pues qué bueno que se hizo terapeuta y no asaltabancos. ¿Se imagina lo que pueden hacer esos conocimientos al servicio de alguna mala causa?

En momentos me gana la sospecha de que no soy el único que finge. En todo caso, el disparo dio en media línea de flotación. Tiene que preguntarse cómo sé lo que sé, mientras le compra el gadget al merolico. No puedo impresionarla con la ciencia, necesito apelar a la superstición. Sé leer sus instantes de duda; los míos necesito pararme a examinarlos. Un instante de duda mal leído puede ser el origen de una catástrofe. ¿Debería seguir impresionándola con dosis semanales de información privilegiada? No me gustan los ojos que me lanza desde que toqué el tema del exhibicionismo, pero sería peor retroceder. Oficialmente se siente incómoda. Alguien adentro de ella, sin embargo, daría cualquier cosa por ser descifrada. Alguien que está más cómoda en la incomodidad.

¿Qué cree? ¿Que lo hago para que me vean los vecinos, o a lo mejor los pasajeros del camión? No va a creerme, pero no es por eso. Tampoco es porque tenga tanta prisa que no me alcance el tiempo para secarme, como le digo a mi hija. Es otra cosa. Me gusta recordar que ésta es mi casa, donde hago lo que quiero cuando me da la gana. ¿Se pasearía usted sin ropa por una casa que no fuera la suya? Seguro que no sabe lo que es vivir toda la vida de prestado, y de repente un día tener algo que es suyo y no hay ni que dar cuentas. Mi madre era la secretaria de Manolo. Yo, la hija de la secretaria. El bis del bis. La subalterna de la subalterna. Ninguna de las dos teníamos permiso de decir aquí estoy, vivo allá, me llamo así. No éramos nadie, no pagábamos renta, vivíamos de prestado. ¿Sabe cuánto es lo máximo que he pasado fuera de este departamento?

Trece días, y eso cuando era niña. Nací, crecí, trabajo, sigo viviendo aquí, maldición. Cada fin de semana tengo la sala llena de extraños y no puedo ni ir a pasear con mi hija un sábado en la tarde, como cualquier mamá. Tengo que estar con la máscara puesta dándole ánimos a la rota y al descosido para que se acaricien las manitas. Una farsa total, usted ya se dio cuenta. ¿Le parezco agradable, en mi papel de anfitriona forzada?

Le digo la verdad. Me parece más agradable cuando no intenta desempeñar papeles. Pero al fin es trabajo, eso se entiende. Es un lujo, doctor, poder ser una misma. Por eso me emborracho, de repente, aunque esté trabajando. No me diga que no soy más simpática. Y eso que no me ha visto cuando se juntan más de diez invitados. Un día me llegaron diecisiete, me acuerdo que bailamos hasta pasadas las cinco. Pero entonces tenía más espíritu. Creía que el negocio podía crecer, me imaginaba armando seis cenas por semana. Mi mamá me lo dijo no sé cuántas veces, nunca vas a salir de pobre con ese trabajito de alcahueta que te fuiste a inventar. Empecé en un departamento rentado, se me iba casi todo en el alquiler. Con la muerte de mi mamá, me traje acá el negocio y descubrí que daba para vivir. Siempre he querido rentar una casa y abrir un club social, pero ya ve. No hay suerte. Qué más quisiera yo que llevar a Dalila a Disney World, como a mí me llevaron a Disneylandia, y no puedo tomarme ni un fin de semana. Basta que un viernes no se me haga la cena para que se derrumben los planes del mes. Cómo será la cosa que cuando me pregunto qué espero de usted, la respuesta ya no es que me haga feliz, ni que me dé la paz, ni que me quite de encima los traumas. Me conformo con que me haga más productiva.

—Eugenia...

—Ya sé. Ni eso me puede garantizar. Aunque ya lo está haciendo, no se crea. No estaré más contenta, pero sí más tranquila. Yo supongo que se refleja porque van dos semanas que las cenas como que se me enfiestan. Tampoco sé si sea lo mejor. Últimamente me ha dado por cantar.

—¿Cantar? ¿Con invitados?

—Encima de la mesa, la última vez. Otro poco y me quito la ropa.

—¿Ya se lo ha imaginado?

—No quise decir eso, pero sí. Me gusta fantasear con escenas como ésa. Voy y vengo desnuda entre los invitados.

—¿Cómo están las cortinas, abiertas o cerradas?

—Las que dan a la zotehuela están cerradas, las de los ventanales las descorre uno de ellos. Uno de mis clientes. Y no me importa, ¿sabe? Al contrario, que vean, mientras quede algo digno de verse. Usted me preguntó si me miro al espejo. Ay, doctor, soy mujer. Todos los días, cuando acabo de bañarme no puedo evitar verme de cuerpo entero. Y digo yo carajo, tampoco estoy tan mal. Qué desperdicio. Tengo todo en su sitio, según alcanzo a ver, y a pesar de eso vivo de ofrecer a otros lo que no puedo conseguir para mí. Cada tarde de viernes me pregunto si alguna cosa rara va a pasarme. Algo perfectamente fuera de lugar, que contravenga todos mis reglamentos y me arranque de cuajo la vergüenza.

—¿Canta usted en la mesa del comedor esperando a que pase una cosa así?

—La del comedor no; la de la sala. Acuérdese que en la del comedor pongo el buffet. Pero eso es lo de menos, ¿verdad? ¿Quiere saber qué espero cuando me subo en la mesa a cantar, o me despido de besito en la boca, o me hago la borracha para que me carguen? No le voy a decir que nunca haya abusado de mi papel de anfitriona, con el departamento entero para mí. Sólo que cada lance de ésos me costaba un cliente, y para eso nunca necesité ofrecer mis servicios de show woman. Lo que en el fondo espero es algo más grande. Como una carambola entre mis invitados. Que se quejen. Que me pidan de vuelta su dinero. Que digan que mi cena es una mierda y sus parejas unos esperpentos. Que me hagan confesarles que hay que ser un pelmazo para pagar todo ese dinero por conocer a cualquier hijo de vecino en una cena furris donde la verdadera intimidad es apenas un poco mayor que en un vagón del metro.

—Usted no espera eso. Usted es una tímida, según ya me ha contado. Una tímida que hace mucho tiempo sabe que la vergüenza es como un imán. De un lado nos rechaza, del otro nos atrae. No estamos hechos de metal, Eugenia, pero somos imanes. Nuestra energía atrae y repele, dependiendo de cómo queramos dirigirla. Estar expuesta a la vergüenza pública no es por necesidad una mala experiencia. Menos para una tímida, si lo hizo por capricho y hasta se refocila en su propio sonrojo. ¿Ya la ha sentido, Gina, esa vergüenza remuneradora?

—¿Me está diciendo que soy una torcida?

—La vida es menos recta de lo que deja ver el manual de instrucciones. A todo el mundo le gusta torcerse. Cuando usted se pasea sin ropa por el departamento le está dando salida a una necesidad. De pronto no es usted quien tiene la vergüenza. Cierre los ojos. Piénselo una vez más. ¿Quién es el adefesio avergonzado del que Gina y Eugenia se ríen al unísono? Acérquesele, Gina. Los fantasmas no muerden. Por el contrario, son animales asustadizos. ¿Ya lo vio?

—¿A quién?

—Calma. No abra los párpados. Dibuje en la pizarra de su imaginación a la niña miedosa que dejó de ser. Está desnuda, todos se ríen de ella. Usted también, allá detrás. Desde lejos se escuchan sus risotadas. ¿Ha notado, por cierto, lo lujuriosa que es la vergüenza? Ese fantasma no es el de una niña. Es Eugenia, impostando la mueca que veía en el espejo cuando vivía Manolo y Disneylandia era un recuerdo fresco.

—De eso no quiero hablar. No por lo pronto. Aunque usted, doctor, jure que yo no busco más que exhibirme, hay recuerdos que quiero que sigan tapados.

—Quieta. No abra los ojos todavía. ¿A cuál de esos demonios debería atribuir esa brillante conclusión? Escuche bien lo que voy a decirle: El demonio está hecho del miedo que lo invoca. Por eso siempre viene cuando se le llama, pretendiendo alejarlo. Ahora bien, cada quien sus demonios. Por más que existan casos clínicos similares, los demonios son taylor-made.

—¿De sastrería?

—Hechos a su medida, por usted. Nuestra única ventaja sobre sus diablos es que son hijos suyos. Usted los trajo al mundo, los conoce tan bien como se teme que ellos se saben de memoria sus flaquezas. Y sin embargo le deben la vida. Son solamente suyos, no se parecen a nadie más, ni pueden asustar a otro incauto que el que los trajo al mundo. Voy a citar de nuevo al maestro Læxus: "El demonio está hecho del miedo que lo invoca".

—¿Va a decirme que ando desnuda por mi casa para ahuyentar al ánima del jefe de mi madre?

—Ya le dije que nunca ahuyenta uno a los fantasmas cuando quiere. Huelen el miedo, como los perros bravos. Y usted sabe lo que hace, aunque no se dé cuenta. Tiene por ahí un asunto pendiente con Manolo. Según usted lo llama sin querer, aunque no sin deber.

—Era una sabandija. Le había prometido a mi mamá que nos iba a llevar a vivir con él en cuanto se librara de Borola.

—¿Y usted quería vivir con la sabandija?

—Claro que no, pero igual él lo había prometido.

—¿Cómo supo que no pensaba cumplir?

—¿Cómo lo supe yo? No sé. Lo suponía. Ni modo que no oyera a mi mamá llorando como niña a media madrugada.

—¿Cuándo fue eso?

—Como cinco horas antes de que El Barbaján se cayera y se matara. Vino ya noche a visitar a mi mamá. Traía prisa. Le dijo que le urgía hablar con ella. Después ya no oí bien. Estaban discutiendo. Cuando salió el fulano mi mamá le decía no es justo, no puedes hacerme esto, pero él ya no la oía. Iba bajando solo las escaleras, cuando salió mi madre a llamarlo al pasillo se regresó y le dijo calma, calma, nunca dije que fuera a dejarte, tú trabajas conmigo y eso nadie que no sea yo te lo puede quitar. Lo recuerdo perfecto: nadie que no sea yo. Pero no le entendí, o mejor dicho le entendí mal. Según yo, iba a llevarnos con él. Supuse que todo eso que nadie ya nos iba a quitar era el lugar al que iba a llevarnos.

—Una casa.

—Tenía muchos años prometiéndolo. Primero le ofreció a mi mamá que íbamos a mudarnos a la casa de atrás, y después a la otra, que según ella era más grande y más bonita. Dígame quién, si no una sabandija, va a llevar a su amante a ver la casa donde piensa irse luego a vivir con otra, que para colmo es la recamarera. No se vale, doctor. Manolo nunca quiso entender que hay cosas importantes con las que no se juega. Pero claro, qué iba a esforzarse un pícaro como ése por comprender nada.

—¿Usted habría querido que Manolo fuera más generoso con su madre o que la hartara con su tacañería?

—Quería que se fuera, obvio. Pero si se quedaba, que por lo menos se pusiera a mano con mi madre. La había usado de todas las maneras. Era la secretaria, la cómplice, la amante y aparte la alcahueta del infeliz. Ella le hacía las citas con sus otras fulanas. Les mandaba las flores, les escribía el mensaje en la tarjeta. Borola nunca supo que cada uno de los ramos de rosas que le llegaban venían dedicados y firmados por la mano de mi mamá.

—¿Su mamá redactaba las tarjetas, o su padrastro se las dictaba?

—Era el mismo mensaje para todas. De Manuel, con cariño. Punto. Los cínicos no piensan mucho en esas cosas. Les da igual si les creen, todo lo arreglan con una sonrisa, y en caso de emergencia un chequecito. Un adelanto, siempre. Nunca la cantidad entera. Ahí después te completo, le decía. Ay de mi madre si se le alebrestaba. De su docilidad dependía el cash-flow.

—"Los cínicos gobernarían al mundo, si sólo se atrevieran a creer en algo", dice el maestro Læxus. ¿No recibía un sueldo, su mamá?

—Una miseria. Le decía que no se lo subía para evitarse broncas con su esposa. El resto del dinero se lo daba por fuera.

—¿Nunca pensó en dejarlo?

—Muchas veces, pero eran arranques. Decía que tenía información suficiente para quitarle todo y meterlo en la cárcel, pero no lo iba a hacer porque consideraba que alguna parte de eso le correspondía. Este departamento, por ejemplo. Cuando yo le rogaba que renunciara a ese trabajo asqueroso, me prometía que sí, en cuanto le entregaran las escrituras del departamento. Luego la engatusó con el cuento de que iba a llevarnos a vivir con él.

—Y usted no quería casa ni departamento...

—Quería, pero de otra manera.

—¿Sin casero, tal vez?

—Cualquier casero, menos el que teníamos. Cualquiera que tomara la renta en efectivo.

—Usted quería comenzar de nuevo.

—Ay, sí. Otra casa, otra escuela, otro mundo. Y ya ve, sigo aquí. Mejor todos se fueron cambiando de paisaje a que yo me moviera de mi agujero. Peor ahora que es mío el departamento. Tengo en las manos el gran sueño de mi madre y no hallo cómo deshacerme de él. Usted no sabe cuántas veces la escuché proyectar futuros prodigiosos, empezando por la frase maldita: *Cuando el departamento sea nuestro...* ¿Y ahora que es mío, qué? ¿Puedo hacer otra cosa que demostrarlo parándome en la mesa de la sala?

—¿A quién se lo demuestra?

—A quien se deje.

—¿A su madre, quizás?

—Si en algún lado está, se habrá enterado. Pero es verdad. Me gustaría topármela nomás para embarrarle la escritura en la cara.

—¿Por qué cree que iba a molestarle?

—Ay, doctor, ya mejor le paramos con eso. No me agrada el temita, me incomoda que se meta hasta allá. No me diga, ya sé que es su trabajo y que su chamba pasa por incomodarme, pero estamos rascando en una zona muy lastimada. Me arde, para que entienda. Es más, no me haga caso de lo que le dije. Por supuesto que a mi mamá le gustaría saber que me quedé con el departamento. ¿Ya ves, hija?, diría, valió la pena tanto sacrificio. Ay, qué rabia me da. Vieja puta.

—Calma, Gina.

—¿Ve lo que hace, doctor? Mi pobre madre tiene tres años de enterrada y yo no acabo de cerrarle el expediente. Por más que intento darle la razón, termino maldiciendo la suerte que me vino a heredar. Habría preferido que nos lanzaran, pasarlas negras y quedarnos sin nada.

—Lo dice como si se tratara de un sueño acariciado.

—Era eso, justamente. Mi mamá y yo bien lejos de Manolo. Pobres y vagabundas, pensaba, y me daba emoción nomás de imaginármelo. De niña me dejaba sobornar, luego ya no hubo cómo. Las vecinas de arriba me fastidiaban el día entero, la tal Nancy llamaba por teléfono sólo para gritarnos. Si se hacía muy tarde y el marido no había vuelto a su casa, empezaba por repartir insultos. Borracha, casi siempre. Aunque en sus cinco era igual de grosera. A ver, niña, vas a ir a decirle a la piruja de tu mamá que es hora de que suelte al pobre diablo de mi marido.

—¿Y usted qué le decía?

—¿Yo qué le iba a decir? Me quedaba ahí, muda. Tapaba la bocina para que no me oyera chillar.

—¿Qué opinaba Manolo?

—Manolo casi nunca estaba aquí. Pero a Borola le daba igual. Quería desquitarse con quien fuera más fácil, y ésa era mi mamá.

—¿Qué hacía su madre con esas llamadas?

—Al momento ponía el grito en el cielo, luego le echaba tierra encima al incidente. Manolo rara vez intervenía. Podía pelearse con la esposa por sus hijos o su ex, pero no por la hija de la secretaria. Si su mujer llamaba y me humillaba con todas sus ganas, lo más que iba a obtener mi mamá sería una disculpa de Manolo. Ya sabes cómo es Nancy, María Eugenia, tienes que perdonarla. Ésa era la disculpa, recordarle quién era y dónde estaba su deber. Nada que me gustara cuando cumplí trece años y acabé de entender que no era la hija de una secretaria, como tanto decían mis compañeras para hacerme la vida imposible, sino de algo que menos podía defender. La mujer de Manolo ya había amenazado con armarle un escándalo a mi madre en la puerta de mi escuela. A ver cómo explicaba de qué bragueta había salido mi colegiatura. Tal cual lo dijo, de qué bragueta. Primero a mí, después a mi mamá. Sólo de imaginarme a las mismas niñas diciéndome que era hija de una prostituta me daban ganas de hacerme expulsar. Llegué a planearlo, luego de esa llamada. Estaba decidida a que en la escuela nunca me harían burla por lo que ya sabía que era mi mamá.

—¿Todavía la juzga con esa dureza?

—Claro que no. Sería yo un monstruo. Lo que pasa es que entonces no había tomado en cuenta sus sentimientos: estaba enamorada del gañán ése. Vamos, loca por él. Decía siempre que era un hombre muy bueno al que habían afectado las malas compañías.

—¿Siguió pensando así cuando supo que había planeado irse con otra a la casa que le había prometido?

—No sé. No me lo dijo. Acuérdese que Manolo murió pocas horas después de decirle a mi madre que tenía otra mujer y pensaba dejar a su esposa por ella. No sabe la de veces que la escuché contar la misma historia frente a los policías. Ya le hablé de eso, ¿no? La última canallada que nos hizo Borola. El chiste es que mi madre no volvió a hablar bien ni mal de Manolo. No juzgues a los muertos, me decía. Deja en paz a Manuel, no puede defenderse.

—Y a usted le hacía falta revisar el tema.

—No sé si revisar. Me habría bastado con que me diera un poco la razón. Que lo insultara, que lo maldijera, que ya no le prendiera veladoras cada vez que cumplía otro mes de muerto.

—¿Conservaba su foto a la vista?

—Enmarcada, en el centro de su cómoda. Hasta el día de su muerte tuvo a Manolo ahí. No lo decía, pero estaba orgullosa de ser la única que lo había querido.

—La legítima, al fin.

—Eso fue lo que tanto me tardé en comprender. Para mi madre, soportar al patán hiciera lo que hiciera y se acostara con quien se acostara era algo así como una misión.

—¿...redentora, quizás?

—Yo supongo que sí. El sufrimiento le iba a valer el perdón. Manolo era una cruz que no podía dejar de cargar. Era su apuesta. Su justificación. En un mundo de zorras interesadas, nadie lo iba a querer tanto como ella. Nunca.

—Era su secretaria, también. Conocería sus ingresos, le cuidaría el negocio.

—Eso decía, cuando estaba enojada. Sin mí no tendría nada, el muy ingrato. Yo lo hice rico, yo lo encubrí, yo di la cara por sus asuntos chuecos y ve cómo me paga. Le llamaba a una amiga, luego a otra y a otra. Les contaba siempre las mismas cosas, con las mismas palabras. Cuando alguna le sugería que lo acusara, decía cómo crees, yo no puedo hacerle eso a una persona que ha confiado en mí. En realidad tenía dos razones muy buenas para solaparlo. Una que lo quería y no se imaginaba la vida sin él. La otra era que se había dejado salpicar. Si denunciaba las chuecuras del jefe, iba a ser la primera en irse presa. ¡Mi mamá, que era incapaz de ponerle una mano encima a un centavo que no fuera suyo! Una humillación de ésas le habría adelantado el infarto. ¿Cuál es esa palabra que usan los reporteros de la página roja para hablar de la amante del delincuente?

—Usan muchas. Querida. Concubina. Amasia.

—Eso: amasia. Mi madre habría salido en los periódicos en el papel de amasia y cómplice del defraudador. Y tampoco era así. Mi mamá obedecía, como toda la vida. Ésa fue su tragedia, ser obediente. De niña tenía muy mala letra, mi abuela se empeñó en arreglársela y ella se esforzó tanto en obedecerle que se volvió una especie de campeona escolar de caligrafía. No sólo hacía bonita la letra, también podía escribirla en estilos distintos.

—Así aprendió a imitar la letra de su jefe...

—Firmó cientos de cheques como Manuel Urquiza. Miles, tal vez. Eso la hacía mucho más que encubridora. Y lo peor era que sin ser exactamente beneficiaria, recibía cheques personales a su nombre que no tenían nada que ver con su sueldo.

—¿Cuánto era, en total?

—Nunca supe. No era una cantidad constante, ni se la daba siempre el mismo día. Sería tres, cuatro veces su sueldo.

—Más de lo que ganaba una secretaria bien pagada...

—Yo supongo. De cualquier forma no se comparaba con las ganancias que se llevaba él. Este mismo edificio y el terreno de la casa de atrás nunca habrían acabado en sus manos sin la cooperación de mi mamá. No vayamos más lejos, doctor. ¿Sabe por qué mataron a mi papá? Por el crimen de trabajar para Manolo. Lo mataron a golpes, doctor. Todo porque Manolo lo había usado para quedarse con un terreno que no era suyo. Perdí a mi padre. Vi a mi madre marchitarse, por Manolo primero y sin Manolo después. Vi pasar los dineros de ida y vuelta y sigo en este pinche agujero.

—¿Cuántos años tiene Manolo de muerto?

—No sé. Muchos. No se me da la gana contarlos. ¿Cree que no sé muy bien que el dinero que mi mamá ganaba con Manolo en ningún otro lado se lo iban a pagar? ¡Pero si eso era lo que más me amargaba! Nos estaba comprando con morralla, nunca iba a darnos nada que no le sobrara.

—¿Le sobraba el paseo por Disneylandia?

—Se lo dio a mi mamá en lugar de aguinaldo. Tal cual. Había comprado el paquete para ir con su familia, pero a última hora se peleó con Borola y desapareció de su casa. ¿Sabe por qué tengo la foto de los tres en la mesita del corredor? Cuando fuimos, mi mamá me prohibió que contara que habíamos estado en Disneylandia. Por una vez podía presumir de algo frente a mis compañeras del colegio y mi mamá tenía que prohibírmelo. Un día, hace ya tiempo, me encontré nuestra foto en Disneylandia y decidí por fin hacerla pública. Fuimos a Disneylandia, ¿y? Sí, con el tal Manolo, que era un hombre casado, ¿y? Cuando alguien me pregunta si el calvo de la foto es mi papá, me hago la sorprendida y les digo que era el marido de mi nana. No sabe el bien que me hace darles esa versión. ¿Ya se fijó en la foto, además? No me diga que ese pelón cacotas no pasa por infantería pesada.

—¿Infantería pesada?

—Me voy a ir al infierno por citar al demonio. Lo que pasa es que así decía él cuando daba a entender que hablaba de personas muy vulgares. Si veía que a mi madre se le acercaba algún prospecto de galán, lo primero que hacía era tacharlo de *infantería pesada*. Por favor, María Eugenia, le refunfuñaba, a ese pelafustán no hay caballo que lo sostenga. ¿Cómo iba a permitir él que su colaboradora más cercana se mezclara con gente que a nadie le constaba que fuera discreta? Yo sé lo que te digo, María Eugenia, no hay peor negocio que ponerse en las garras de la infantería pesada.

—¿Siempre es tan buena para remedar, Gina?

—¿Y cómo va a saber que soy buena, si nunca conoció al original?

—Yo sé que no me consta, pero sigo creyendo que se le da. Puedo ver al señor de la fotografía por la fidelidad de su interpretación. No sé si sea tan fiel, pero convence.

—Se lo aprendí a mi madre. Ella sí que era buena. Me hacía llorar, cuando me remedaba. Le salía hasta la voz. ¿Sabe por qué aguantaba el fastidio de oírla contándole la misma historia a sus amigas? Porque hablaba de bulto. Hacía una voz idéntica a la de Manolo, imitaba sus poses sin soltar el teléfono, y eso me daba risa.

—Le daría esperanzas, también. Era una rebelión…

—Una rebelioncita. Yo también remedaba a mi mamá sin que ella se enterara, y no por eso me le ponía al brinco. Pero me desquitaba, eso sí. Rebelioncita suya y vengancita mía.

—¿No le causó problemas en la escuela tener dotes histriónicas como ésas?

—No más de los que tuve por ser pobretona. Había niñas que se me acercaban sólo para que les imitara a otra.

—¿Las imitaba a todas?

—Sólo si estaban entre mis enemigas.

—¿Que eran cuántas?

—Según ellas, quién sabe. Según yo, poco más de la mitad. Imitaría bien a unas seis o siete. Mis greatest hits.

—¿Se había hecho la fama de graciosa?

—Un poco, pero ya en la secundaria. En primaria tenía fama de biliosa. Me enojaba muchísimo cuando me molestaban, y eso les divertía una enormidad. Hasta que un día Yesenia me pasó a fastidiar.

—¿Yesenia?

—Una de las dos niñas de aquí arriba, las hijas de Manolo. Se le ocurrió ponernos en la misma escuela, y eso me hacía de lo más vulnerable. Yesenia era dos años más grande que yo, Camila tres. Me detestaban. Me hacían las maldades por docena. Me rompían mis muñecas, me ponían apodos.

—¿Apodos como cuáles?

—En realidad con uno les bastó. Yesenia se lo dijo a dos de mis compañeras y ya con eso tuve. En media hora todas me llamaban así.

—¿Así cómo?

—Enojenia.

—¿Y eso la hacía enojar?

—No, si me lo decían una vez, cuando estaba de buenas. Sí, si lo repetían a coro por cinco minutos, cada vez que la maestra nos dejaba solas: e-no-je-nia-e-no-je-nia-e-no-je-nia. Multiplique ese sonsonete por cincuenta niñitas que además pegan sobre los pupitres. E-no-je-nia, ta-ta-ta-ta. Cuando ya no podía estar más furiosa, se turnaban para picarme con los lápices. Como toro de lidia. Competían entre ellas, a ver quién me ponía más furiosa. ¿Ya me entendió por qué no uso el Eugenia? Terminé convencida de que ya el puro nombre me hacía ver biliosa.

—A mí me gusta Eugenia. Según el maestro Læxus, el verdadero triunfo de nuestros enemigos consiste en instalarse en nuestro pensamiento. Les cedemos terreno para que allí construyan su consulado. En lugar de olvidarlos, que es la única forma de vencerlos.

—¿Eso lo dice Læxus?

—A mi breve entender, es una de las más afortunadas constantes en la obra del maestro. Una idea que ya está latente en sus primeros escritos. *Sólo el olvido puede con el pasado.* Según esta teoría, al cónsul se le expulsa desconociendo sus credenciales. Se destruyen sus fotos, sus papeles, sus últimos vestigios. Se le reintegra a lo desconocido. ¿Quién es usted, perdón? No sé, no lo recuerdo. Con permiso. No habla uno con los muertos, Gina.

—¿Según usted yo debería desconocer a mis compañeritas, si llegara a encontrármelas?

—Yo no cuento, Eugenia. Lo que usted debe hacer no me compete. Mi trabajo es buscar qué puede, podría, pudo hacer o haber hecho.

—¿Y qué pude haber hecho?

—¿Con sus compañeritas? Matarlas, claro. Convertir a esas cónsules en cadáveres. Dejarlas a que solas se desintegren.

—Que se pudran, mejor.

—¿Dentro de su cabeza? ¿No le parece que es mucho desaseo? ¿Quiere morirse pronto? Voy a darle la fórmula del maestro Læxus para el suicidio lento: dedíquese a la cría de rencores. Son como las orugas, que cuando crecen se hacen mariposas. Sólo que en este caso se vuelven amarguras, y eventualmente tumores malignos. Vamos a hacer un pequeño ejercicio. Cierre los ojos una vez más, sólo mientras acaba de imaginarse lo que voy a pedirle. Si su conciencia fuera una ciudad, ¿cuántos metros cuadrados ocuparía el consulado de Manolo?

—Ay, qué desagradable, doctor. ¿Qué le voy a decir, que es del tamaño de la embajada rusa?

—Para mí que es más grande, y hasta más penumbroso. Le da usted demasiadas facilidades a cambio de unas cuantas justificaciones. Mientras tenga allá arriba todos esos consulados, le va a ser muy sencillo seguir responsabilizando a los difuntos de todo lo que está mal en su vida. Dígame, Gina, ¿qué es lo que está pensando y no quiere contarme?

—¿Yo? Nada. No sé. Ya es tarde, creo que estoy abusando de usted. ¿Qué hora tiene?

—Quedan cinco minutos de sesión, pero si está cansada podemos platicar de algún tema ligero.

—Cinco para las ocho. Seguro ya cerraron todas las embajadas y consulados.

—Olvídelos por hoy. Ya llegará la hora de echar abajo la casona maldita y poner un supermercado en su lugar.

—¿Eso también lo dice el señor Læxus?

—Eso es mi compromiso, Gina.

Stop. Rewind. Stop. Play. Qué pesadilla sonrojarse a solas. ¿Desde cuándo los terapeutas andan en pos del voto de sus pacientes? Me he escuchado diez veces diciendo eso es mi compromiso, Gina, pero ni así atenúo el repelús. Cuando lo dije no sonaba tan mal. Me imagino con el megáfono destemplado, vendiendo un milagroso ungüento a medio Zócalo. La garantía soy yo, damas y caballeros. Mi compromiso es con la calidad. Yo no me gano nada, señora, señorita. Pero lo grave no es cometer el error que en una de éstas a ella le pasó de noche, sino perder el sueño por eso. ¿Me preocupa meter la pata de ese modo porque arruino la imagen que quisiera ofrecerle, o porque echa a perder la que me fabriqué para consumo íntimo? ¿Hasta dónde he avanzado en este juego que de él depende que concilie el sueño?

Cinco de la mañana. La hora en que las muelas duelen ya lo bastante para que en el *dolorem tremens* se quede uno dormido inexplicablemente. Me asomo al ventanal del comedor en busca del primer jogger de la mañana. Los cuento a veces, cuando me da el insomnio. Hasta hoy, la marca es de cuarenta y dos. Fue un sábado, entre seis y diez de la mañana. Nadie imagina la cantidad de cifras que un ocioso aislado puede reunir luego de miles de horas de observación. No parece un asunto relevante, y sin embargo abundan los lunáticos cuyo celo por la estadística centrípeta desemboca en los crímenes más aberrantes. Vivir solo y aislado, escondido además, es tomar la distancia suficiente de la especie humana para verla con menos piedad que asco. A estas horas el piso del matadero burbujea de sangre bajo el coro de puercos moribundos, para que en un par de horas el día parezca delicioso y radiante como el tocino sobre los huevos fritos.

Quiere uno que amanezca para que al fin los diablos se vayan a dormir. Pero es que van y vienen, traspasan las barreras de la vigilia al sueño y de regreso. Una puesta en escena que sutilmente se vuelve película. Despierto de soñar con Gina Carranza caminando desnuda entre los invitados a aceptar que amanece y llevo un rato ya mimando a mano limpia una erección sin saber bien a bien qué me motiva más, el sueño que no acaba de esfumarse o el recuerdo de sus piernas cruzadas mientras hablaba de mi madre como un monstruo y de la suya como María Eugenia de Magdala. Es en estos momentos cuando mando a la mierda al doctor Alcalde y me le lanzo encima a la paciente, que como a mí me gusta que sea obvio, comparte mi impaciencia y gime con un tono que evoca sus sollozos durante la terapia. La sola idea de otorgarme el permiso de saborear tan deliciosas bajezas precipita los acontecimientos. Rujo, gruño, grito su nombre, siénteme Gina, Eugenia, y todavía mejor: *siéntame usted.* Perdone, Eugenia, no sé qué me pasó, murmuro con un pardo sentido del humor mientras busco los kleenex en el buró. Poco rato después, vuelvo a las pesadillas del doctor Alcalde.

2Φ%Λ□ϴ? 8?|Φ2|Λ
|ΛϴOΦ¿OΦ8? ○○ΛV2IΛ8? OI?□8O:

ΠⅬ ◇‡? □?|2–2Λ IO I2Δ8O ¿? O|‡ΔO|2ΛΦ?Δ |ΛΦ8□O IO
%OϴƧI2O ΔOϴΔΛΦƧ8?Ⅼ
ЦⅬ ◇‡? %?I2|28O |OI‡□ΛΔOϴ?Φ8? O Δ‡ 8?Φ2?Φ8? VΛ□
XO–?□ ?Φ|ΛΦ8□O¿Λ 8OΦ8OΔⅬ
ᒥⅬ ◇‡?, Δ2Φ ?ϴ–O□+Λ, ⊐⊐ O|‡ΔO|2ΛΦ?Δ V‡?¿?Φ Δ?□
¿?ϴOΔ2O¿OΔ VO□O ‡ΦO |O□8OⅬ
⊐Ⅼ ◇‡? O|O–O ¿? OΔΛϴO□Δ? O IO Ꮞ?Φ8OΦO ← ¿?Δ|‡–□2Λ
◇‡? ?□O ϴ‡← 8O□¿? VO□O ?ΦᏏ2O□IOⅬ
ΠⅬ ◇‡? IΛ OΦ8?□2Λ□ Δ? ¿?–? O ◇‡? ?Φ ?Δ8? ϴΛϴ?Φ8Λ IO
%OϴƧI2O ¿?I ΔOϴΔΛΦƧ8? Δ? ?Δ8O ϴ‡¿OΦ¿Λ ¿? |OΔOⅬ
ЦⅬ ◇‡? ←O II?ΦO□ΛΦ ‡Φ |OϴƧΛΦ ¿? ϴ‡?–I?Δ ← ᏏOΦ O IO
ϴƧ8O¿ ¿?I Δ?+‡Φ¿ΛⅬ
ᒥⅬ ◇‡? ?I V?□□Λ□2ΔϴΛ ?Δ8O VOΔOΦ¿Λ ¿? ϴΛ¿OⅬ
⊐Ⅼ ◇‡? |OI|‡IO ◇‡? ?Φ ‡ΦΛΔ VΛ|ΛΔ ϴ?Δ?Δ, |‡OΦ¿Λ II?+‡?Φ
IΛΔ Φ‡?ᏏΛΔ 2Φ◇‡2I2ΦΛΔ, ←O ΦΛ XO–□O ◇‡2?Φ Δ? O|‡?□¿?
¿?I Ꮞ2?ᔕΛ ΔOϴΔΛΦƧ8?Ⅼ
✱Ⅼ ◇‡? OXΛ□O ◇‡? XO 8?□ϴ2ΦO¿Λ IO %OΔ? V?□□Λ□2Δ8O,
‡□+? ¿Λ8O□ OI ΔOϴΔΛΦƧ8? ¿? ‡ΦO Φ‡?ᏏO V?□□ΛΦOI2¿O¿Ⅼ
Π‡Ⅼ ◇‡? ?Φ ?I O□ϴO□2Λ ¿? Δ‡ ϴOϴO ¿ΛΦ¿? O IO
8?Φ2?Φ8? 8OΦ8Λ I? +‡Δ8O ?Δ|‡I|O□, XO← ¿ΛΔ |OᔕOΔ ¿?
82Φ8? □‡–2Λ |?Φ2○○ΛⅬ

ΠΠ⊥ ◇‡? O ‡Φ ΔO⊖ΔΛΦZ8? IΛ⊖VI?8O⊖?Φ8? Φ‡?ЧΛ ?Δ8O□ZO ¿ZΔV‡?Δ8Λ O IIO⊖O□IΛ ΔO⊖⊥

727

—¿De dónde lo conozco, señor… jurisconsulto? —nunca se distinguió el farmacobiólogo Isaac Gómez Oropeza por ser amable con los extraños, a menos que éstos fueran clientes de la farmacia. Esa vez, además, tenía dos motivos especiales para rehuir encuentros impensados, cada uno metido en un cajón. Guillermo Igor, se leía en una de las coronas. En la otra Isaac Erubiel. Los había admitido de regreso en la casa porque eran ya difuntos y la madre lo había poco más que exigido. Son tus hijos, Isaac, ya están muy muertos para avergonzarte, lapidó Obdulia un par de días más tarde, y fue así que ambos cuerpos viajaron de la plancha del forense a la sala de la casa. No había más que cuatro hijas y dos yernos presentes cuando llamó a la puerta aquel gordo elegante, flanqueado por sus dos achichincles, uno y otro con rictus a su modo facinerosos. Podría haber pasado por comandante de un cuerpo antinarcóticos, pero esgrimía un desdén que delataba viejos hábitos de mando. No sería un delincuente vulgar, juzgó a primera vista el boticario, pero tenía toda la facha de mafioso. Domingo J. Balmaceda, jurisconsulto, leyó. Por la sola tarjeta de presentación —gruesa, con las letras saltonas— supo Isaac que el recién aparecido tenía que tener demasiado dinero para poner un pie en su casa sin un motivo turbio por detrás.

—Compartimos su pena, doctor —atajó el achichincle a su derecha, en lo que el otro retrocedía unos pasos y echaba ojeadas rápidas a un coche color plata con los cristales vueltos espejos. No sabía Isaac Gómez Oropeza gran cosa de automóviles, pero el escudo al frente del cofre le abrió los ojos a una nueva preocupación. ¿Qué hacía un Mercedes Benz, nuevo y de ese tamaño, estacionado afuera de su casa, donde intentaba nada más que velar a sus hijos difuntos?

—No soy doctor, señor. Mi profesión es químico-farmacobiólogo —el achichincle ya lo había tomado del brazo y lo empujaba puertas adentro, como para abrir paso a su patrón.

—No se ponga violento, doctor Gómez. No hay necesidad. Usted no me conoce pero yo vine a presentarle mis respetos. Es un deber moral y lo estoy cumpliendo —hablaba con mediana convicción, como si recitara un guión ensayado, sólo que con un tono tan suficiente que atraía la mala voluntad del interlocutor, y quién sabría si no se propusiera eso. Intimidar a golpe de antipatía.

—Es mi casa, señores, y tengo dos difuntos. Les agradecería me dijeran a qué debo sus atenciones en un momento tan comprometido.

—Como le digo, vine a ofrecer mis más sentidas condolencias. Nada más. No tiene que plantárseme delante, los señores y yo ya nos vamos, pero no sin decirle cuánto duele esta pérdida. Le agradezco también que tuviera la generosidad de aceptar de regreso a Isaac y Memo.

—¿Y usted quién es, señor?

—Ya le di mi tarjeta. Pregunte por ahí quién es un tal Domingo Balmaceda. También me llaman El Togado Balmaceda. Pregunte entre sus amistades, si alguno estuvo en la Facultad de Derecho. O en Internet, para que salga de dudas. Soy un hombre visible, amigo Gómez. No me le escondo a nadie, vine aquí a presentarle mis respetos —Isaac ya lo miraba sin aplomo, hacía esfuerzos evidentes por tragarse la indignación inicial y establecer a partir de qué punto las palabras del jurisconsulto habían ganado el tono de amenaza.

—¿Qué le deben mis hijos, señor?

—Soy yo quien está en deuda con usted, don Isaac. Déjeme que le dé un gran abrazo —sonrió sin convicción, impostando una calidez artificiosa que a gritos suplicaba ser descreída, pero eso al cabo tranquilizó al boticario, que se dejó abrazar y oyó sin escuchar algunas frases hechas mientras en la cabeza le daba vuelta al nombre. Había alguna música familiar en aquel apellido, Balmaceda. ¿Quién le había mentado a un Balmaceda, en los días pasados?

—¡Papá! ¿Ya viste el coche? ¿Ya viste quién está en el coche del viejo ése? —al principio, los gritos lloricones de Nubia no alcanzaron a hacerse inteligibles; luego Isaac la entendió y quiso callarla, pero era tarde. De seguro el extraño la había oído, de regreso a su coche con el par de fulanos. *El viejo ése*, le dijo, pero nadie se dio por enterado. El extraño abordó por la parte trasera, mientras los otros dos subían adelante. En ese instante Nubia volvió a gritar.

—¿Te callas, por favor? —quiso imponerse Obdulia, que había escuchado el diálogo de su marido con el visitante y compartía ya sus aprensiones.

—¡Es Imelda, mamá! Ven, asómate. Mi hermana viene dentro de ese coche plateado.

—¿Ves esas cajas, Nubia? ¿Cuántas son? —intempestivamente, el padre recobraba la compostura. Estaba a media sala, frente a los ataúdes.

—Son mis hermanos, papi. Tus dos hijos, también.

—Yo no alcanzo a ver dos. Yo puedo ver tres cajas, y en la que tú no ves duerme tu hermana Imelda. Esa persona que acaba de irse tiene que ser una de las calamidades que dejaron tus tres hermanos muertos, pero como están muertos los vamos a enterrar y sanseacabó, no vuelve nadie aquí a tocar ese asunto —un súbito entusiasmo entre combativo y lapidario le había devuelto la gallardía perdida durante la incursión del desconocido. ¿Quién se creía su ex hija para llevar a esa gentuza a su casa, la de él y la porción de su familia que no se había enredado con malvivientes? ¿Qué iba a decir la gente cuando supiera que llegó ese carrazo al velorio? Que ellos también serían pájaros de cuentas, ¿no era cierto, Nubia, Nadia, Olga, Norma, Rubén, Evaristo? ¿De qué podía servirle a nadie relacionarse con maleantes de esa calaña? Dicho lo cual le dio la espalda al funeral y se encerró detrás, en la bodega de las medicinas, resuelto a no salir mientras siguiera dentro de su casa la zalea de aquellos delincuentes que hacía muchos años ya no eran sus hijos, ni sus parientes, ni nada más que dos desconocidos seguramente iguales a ese señor Domingo Balmaceda.

—¿Viste el coche, papá? —de pronto Nubia ya no estaba tan segura de que su hermana Imelda se hubiera ido lo que se dice por el mal camino. Ya les habían contado que tenía dinero, y eso avivó aún más los rencores de Isaac. Podía perdonar a una hija derrotada y arrepentida, pero no a una putilla mimada de Al Capone.

—Domingo J. Balmaceda, jurisconsulto... —repetiría Isaac, ya en soledad, todavía incapaz de ubicar al dueño del despacho de abogados que había tomado el caso de sus hijos.

La clase de individuo con el que no quieres cruzarte por la calle (y hasta le pagarías por seguirse de largo). No se ensucia las manos (siempre tiene quien lo haga en su lugar). Le dicen El Togado, como al padre, que era juez (aunque a nadie le consta que haya estudiado nada y hasta hay quien cuenta que compró su título). Sus socios, sus aliados o sus lamesuelas, porque amigos no tiene, lo llaman El Jurisconsulto (no porque sea un experto en leyes ni sepa nada de jurisprudencia, sino por otras cosas). Dicen que es como un mago (legaliza en un tris las cosas ilegales, sabe dónde torcer las líneas rectas). Además tiene aliados de todo tipo (buscavidas, políticos, policías, traficantes, matones, aristócratas, modelos, fiscales, jueces, magistrados). Usa las conexiones de su padre como si fueran suyas (no por nada salió corregido y aumentado). Tiene muy pocas pulgas (por quítame estas pajas te manda gente a que te perjudique). El farmacéutico Isaac Gómez Oropeza escuchó entre el horror y el desprecio más o menos las mismas referencias que años antes Imelda conoció y juzgó suficientes para aliarse con él, no como el padre pudo imaginarse, sino de un modo menos predecible. No sería su mujer, ni falta que le hiciera. Medio mundo sabía que el Togado Junior trataba a las mujeres poco y mal, pero alguna tenía que agarrar el papel. Hacer las veces de señora Balmaceda, por lo menos delante del medio mundo que no lo conocía. Costarle poco y no pedirle nada. Necesitarlo mucho, de cualquier manera.

No están casados, aunque lo aparentan. No duermen, comen, cenan ni desayunan juntos, y hasta hay semanas en que el señor no pone un pie en la casa. No mucho más logró saber Rubén Molina Suárez luego de un par de viajes a la ciudad. Imelda le había dado la dirección a Nubia, por teléfono. Si el suegro y el concuño preferían no enterarse, a él le correspondía cuando menos verificar que Imelda estuviera bien. Pero no se atrevió a llamar a la puerta. En lugar de eso se paró en la esquina y abordó a los vecinos, el cartero y dos de las sirvientas uniformadas que en horas diferentes vio salir de la casa. La segunda mañana se acercó al jardinero, que le habló de pistolas y pistoleros. Le había tocado ver a tantos empistolados entrar y salir de la casa del señor Domingo que se había enseñado a mirar hacia el piso, no fuera a incomodarse alguno de ellos. También llegaban jóvenes, según le habían dicho, pero él iba nomás por las mañanas. No le constaban todos los chismes que se contaban del señor Domingo, pero sí había visto a algún muchacho salir de mañanita en un par de ocasiones. No estaba muy seguro que fuera el mismo, las dos veces apenas si le vio la sombra. Según le habían contado no eran uno, ni dos, sino varios. Tal parecía que entraban y salían a escondidas. Con prisa. Y como él ya se había acostumbrado a echar la vista abajo siempre que aparecía un invitado, para qué iba a arrimarse a la desgracia. Si ya le tengo miedo a los machetes, imagínese usted a las pistolas, añadió en un susurro, como remate. O como al fin cayendo en la cuenta de que tenía la boca muy grande.

Rubén Molina era uno de esos hombres que nacen para yernos. Don Isaac, Doña Obdulia, les llamaba a sus suegros desde los dieciocho años, cuando empezó a salir con su hija mayor. Estudiaba Derecho. Era un muchacho serio, coincidían, pero igual no dejaban a Norma salir con él si no la acompañaba su hermanita. Desde entonces, Rubén Molina conoció de muy cerca a Imelda, primero una niñita ruidosa y entrometida, aunque muy amigable para quien le sabía llegar al precio; luego una adolescente sin conciencia de límites, según lo demostró al poco de su boda con Norma. No se consideraba Rubén un modelo de rectitud, pero era cierto que nadie antes lo torció tanto como su cuñada, que con dieciséis años le dio un pastel repleto de cannabis y lo metió en su cama por seis horas que nunca va a olvidar, aun si lo recuerda todo borroso, desfasado, oscilante. La desnudez de Imelda, sus carcajadas, el brillo en su mirada siempre que lo llamaba cuñadito.

Desde aquel incidente, ya no pudo Rubén por menos de escondérsele. Él, que se había ganado a toda la familia cultivando una imagen impecable, no podía permitirse el riesgo de siquiera volver a mirarla a los ojos. Por eso nadie vio con mejores ojos que él la radicalización de su cuñada, que al poco tiempo desapareció en busca de aquel novio que había sido miembro de la banda de sus hermanos presos. Dueño del estandarte oficial de buen hijo y mejor marido, Rubén se prometió que en adelante no volvería a tocar más mujer que la suya y las putas de Jojutla. ¿Qué le tocaba ahora, cuando después de años de santa paz reaparecía en escena la cuñada fatal, acompañada de un maleante conocido y dos secuaces por conocer? Enterrarla, sin duda. Nadie como él, insistía en señalarse, tenía el compromiso de restaurar el orden familiar, y en su momento cortar por lo sano ante el último de sus miembros gangrenados. ¿A qué le tenía miedo?, se preguntó al inicio de la hora y media de camino que lo devolvería a Chiconcuac. ¿A que Imelda lo delatara con su hermana? ¿Y quién le iba a creer? En realidad, su verdadero y único temor era verla de nuevo y sospechar que esas horas con ella tenían que ser las seis mejores de su vida.

Era una idea más bien absurda, como lo fue saber durante aquellas horas exaltadas que el pastel de cannabis había cooperado, pero era verdad que él la deseaba desde antes, sin pastel de por medio, y la siguió deseando después, con el temor callado de no ser de cualquier manera suficiente para volver a llamar su atención. ¿Había vendido quizás la imagen incorrecta? ¿Debió mostrarse más independiente, más atrevido, más cualquier cosa de lo poco o nada que siempre dejó ver? Una idea gaznápira, en realidad. Rubén Molina Suárez había cancelado una vez más la posibilidad de ver de frente a su cuñada no solamente por el bien de todos, y así fuese a despecho de su honda voluntad, sino también por el temor para siempre secreto de haberse equivocado de hermana.

Regresó a Chiconcuac cargado de noticias frescas y adulteradas. No sé cómo empezar, don Isaac, no quisiera faltarle al respeto, arrancó y enseguida se apresuró a anunciar que intentaría relatarlo todo de la manera más prudente posible. No quería que nadie se sintiera mal, pero lo que había visto y oído era grave, y en momentos vulgar, más todavía tratándose de una familia decente. Por eso antes quería que se enterara él y decidiera si valía la pena que lo supieran doña Obdulia y las niñas. Él era de la idea de al menos evitarles los detalles, que eran de muy mal gusto. Una vez preparado el suegro para la enorme enmienda que a lo largo de dos noches en vela Rubén logró adosar a sus informaciones, contó al suegro no sólo que en la casa de Imelda y el Jurisconsulto circulaban empistolados y prostitutos, sino también una nutrida fauna de malvivientes, toda vez que la casa funcionaba como cuartel de una banda de gángsters coludidos con policías judiciales, y además como casa de citas, regenteada por la señora de la casa.

¿Imeldita, su niña, era una vil madrota y vivía con un matón, o ladrón, o traficante, o lo que fuera ese *jurisconsulto*? Hasta ese día, Isaac se había emperrado en darla por muerta, con la esperanza de algún día verla resucitar, pero la información que le traía el yerno clausuraba las últimas salidas. Ahora sí estaba muerta, le dijo. Rompería sus fotos. La desconocería. Prohibiría su nombre a toda la familia, sólo así vivirían más o menos a salvo de la vergüenza. Nadie podía garantizarles que no iría a dar a la cárcel cualquier día, y entonces él sería visto en todo el estado de Morelos ya no sólo como el padre de los secuestradores, también el de La Puta Mayor. La tratante de blancas. La mujer del maleante. Cálmese, don Isaac, no se haga ya más daño, usted se lo dio todo y ella quiso otra cosa, se esforzaría el yerno en reconfortarlo. Como usted dice, las malas influencias. Los hermanos, las pandillas, el dinero fácil.

Pensó en improvisar el relato de un diálogo entre Imelda y él, pero encontró riesgosa la mentira. Si se trataba de exagerar, era más fácil ir al extremo de certificar sus dichos sobre la base de una calumnia esencial: había obtenido toda esa información a partir de un amigo de la Facultad, que conocía a un primo de Domingo Balmaceda y arregló una visita al burdel-residencia. La señora no está, dijo que le dijeron, pero vio un cuadro al óleo a media sala con Imelda totalmente desnuda, tras lo cual prefirió devolverse a la calle. No quiero saber más, atajó el suegro, pero no había más. Está muerta, te digo, reparó y se dejó caer sobre una silla a maldecir su suerte en lloroso silencio, para premio y descanso de Rubén. Más que la simple y hueca verdad, le había entregado al suegro una versión triunfadora. Un secreto a guardar. Una herida cauterizada con vergüenza. Una taza repleta de verdades a medias vertida en un bacín rebosante de fantasías pueblerinas. Júrame por tu madre, Rubén, que a nadie, ni siquiera a tu esposa, que también es mi hija, vas a contarle nunca lo que averiguaste. Yo voy a hablar con ellas, de una en una. Ya veré qué les cuento.

Estupefacto ante su propia eficacia, el defensor de oficio Rubén Molina Suárez respiró tan profundo como pudo, una vez que su suegro dio la media vuelta, resuelto a fabricar otras enmiendas a la historia de su hija, de la cual ya ni sombras quedarían una vez que llegara hasta madre y hermanas, todas al fin de acuerdo en lo que convenía creer y por tanto callar, ya era bastante lo que hablaba la gente de los hermanos muertos y enterrados. Enterraron los huesos, no la vergüenza, les había gritado a esposa, hijas y yernos la tarde que los vio volver del cementerio. De haber sido posible, Isaac Gómez Oropeza nunca más habría vuelto a abrir su farmacia.

No a todo el mundo le resulta fácil, ni necesario, deshacerse de la consola de la abuela. Menos cuando se le ha encontrado el uso de pedestal para los aparatos que la sustituyeron, como una nueva tribu que avasalla a la antigua y edifica ciudad sobre ciudad. Un compact disc encima de un tocadiscos tiende a estropear el sobrio estilo Chippendale de la consola, más aún si a su lado hay una videograbadora VHS apilada sobre una Betamax, ninguna de las cuales funciona y ni siquiera hay una televisión cerca.

—¿Sirve su tocadiscos, Eugenia?

—La consola ya no. Pero allá adentro tengo un tres en uno que hasta el año pasado funcionaba.

—¿Tres en uno?

—En realidad es un cuatro en uno. ¿Se acuerda de esos aparatos que traían radio, casetera y tocadiscos, con una cápsula transparente arriba? Éste además tocaba cartuchos de ocho tracks.

—¿Dice que lo escuchó el año pasado?

—Mi hija quería verlo funcionando, yo aproveché para ponerle su canción. Nunca la había oído, y yo por eso la llamé Dalila.

—¿Dalila, con Tom Jones?

—Ésa. Mi mamá rayó el disco de tanto ponerlo, por eso lo compró después en ocho tracks. Era uno de Tom Jones con Engelbert Humperdinck.

—¿Después cuándo? —me hago el extrañado, recuerdo que en la casa hay un armario lleno de cartuchos.

—No sé, hace mucho tiempo. Cuando había esas cosas en las tiendas. De niña me gustaba esa canción.

—¿Por qué no la escuchamos?

—¿Ahorita, doctor?

—Si sirve el aparato, no veo por qué no. ¿Todavía recuerda dónde puso el cartucho?

—¿Y si ya no funciona?

—Inténtelo, no perdemos nada —insisto con vehemencia, no sólo porque siento la tentación de ver qué cara pone cuando escuche *Release Me*, también porque yo mismo quiero rememorarme en ese día. La miro levantarse, ir y venir de la recámara. Me llama. Voy tras ella. El aparato está encendido, ya me le acerco, no sin alguna rara cautela. Hay, a un lado, tres cintas de ocho tracks. Tomo una de Elton John, la escudriño y recuerdo que no tenían dos caras sino cuatro pistas. El aparato iba saltando de una a otra, en un ciclo infinito. Según mi madre, cuando conoció a Manolo traía en el coche un ocho tracks poco menos pesado que el tablero. Meto el cartucho, subo el volumen y ahí está, let the people know, you've got what you need, en moderno sonido estereofónico.

—¿Qué cree, doctor? No doy con el cartucho. ¿Y si mejor dejamos el de Elton John?

—¿Por qué? ¿Le recuerda algo? —gano tiempo con preguntas imbéciles, mientras alguien adentro termina de gritar lotería. El terapeuta advierte, con discreto alborozo, que por fin llegó al nervio. La paciente se queja y se retuerce y retrocede. La idea de escuchar ese cartucho y dar la cara por sus reminiscencias le parece siniestra. Intolerable. Por una vez, el terapeuta no alberga la sospecha de dar palos de ciego. Y claro, eso no es todo. Mientras ella se afana describiendo los sentimientos que le procura esta o aquella música, con excepción del cartucho perdido, el terapeuta se deja llevar y no insiste en el tema, pues a partir de ahora se concentra en la próxima sesión. La tengo, me repito, mientras ella supone que me entretiene con su lista de sentimientos evocables a partir de un cartucho de los Bee Gees. No se lo digo, pero asumo que en el infierno tiene que haber cartuchos de ocho tracks de los Bee Gees sonando durante años, para escarmiento de los condenados. Carajo, ni mi madre aguantaba esa inmundicia.

Calma, me digo. No puedo autorizarme a entrar en esa clase de rivalidades con la paciente. Por mí, que se jodan igual los Bee Gees y Mick Jagger. Es la hora de Tom Jones y Engelbert Humperdinck, como cuando Mamá ponía el mismo disco y yo esperaba a que llegara *There's A Kind of Hush* para verme de vuelta en sueños con Imelda, incapaz todavía de imaginar lo cerca que estaba. Yo cómplice de Imelda. Yo junto a ella y luego encima de ella y dentro de ella y un día, ya sin ella, oyendo todavía, quise decir aullando, aún aullando all over the world tonight... Ni ante la misma Imelda habría reconocido el daño que me hacía esa canción.

Todavía no acaba la sesión y ya estoy en las garras de una imagen tiránica: el fiambre de Manolo bocabajo en mitad del traspatio y la canción sonando detrás: Release me and let me love again. Me pregunto qué haría cada quién a esa hora, cuál habrá sido el primer gesto de Nancy cuando se supo viuda, cuánto será prudente tardarse en sonreír cuando se está en un sitio como el suyo. Elvis has left the building: no entiendo lo que me habla ni creo que a mis preguntas les reste algún vestigio de substancia, pero tampoco voy a confesarle que esa fobia escondida por el dúo Jones-Humperdinck ha abierto una ventana en nuestro tratamiento. Ya sé dónde le duele. Creo haber pasado por la suficiente cantidad de velorios y huérfanas y viudas para ver que alguien dentro de Gina Carranza me suplica que le saque la sopa. Me está dando las pistas, sabe que por contrato y por convicción voy a hacer cuanto pueda por abusar de mis indagaciones.

—¿Funciona alguna de sus videocaseteras? —la interrumpo, cuando ya había dado el salto entre los Bee Gees y los Jonas Brothers, que según ella son sus herederos.

—Ay, qué pena, doctor. Va a pensar que soy una paya, lo que pasa es que cuando vivía mi mamá teníamos la tele a media sala, por sus telenovelas y las películas. Ya luego nos quedamos Dalila y yo y la metimos en su recámara. Yo casi no la veo, aunque luego mis invitados me hagan burla porque no entiendo de las cosas que hablan. Y como ya tenemos un dvd, las videocaseteras se quedaron de adorno. Dalila no las quiere y yo no las uso. Cada lunes me digo que ahora sí voy a hacer la venta de garage, pero luego lo pienso y me da penita. Imagínese si uno de mis invitados me ve de mercachifle, rematando la ropa de mi mamá y cantidad de cachivaches horribles. Voy a acabar regalándolo todo.

—Avíseme si vende su ocho tracks.

—Se lo regalaría, pero ya ve que tengo la canción de Dalila. Quiero seguir oyéndola en cartucho, poder tocarla como la tocaba mi mamá, cuando vivía. ¿Cómo se llama eso? ¿Fetichismo?

—Se llama Eugenia, pero le gusta que la llamen Gina. ¿Ya la conoce o se la presento?

Hago cuentas. La madre tenía apenas unos años más que Nancy. Seis, siete, cuando mucho. En todo caso no más de diez. Apuesto a que el cartucho de Tom Jones fue regalo de Manolo. El día de su muerte, Nancy puso *Release Me* nada más por joderlo. Era la música que él escuchaba. La de él con su primera mujer. Años después, la hija de la secretaria bautiza a su hija con el nombre de Dalila. Y yo, que nada tengo que ver ahí, me quiebro cuando suena *There's A Kind Of Hush* y maldigo mi suerte a lágrima viva si dejo que la cosa llegue hasta el *Am I That Easy To Forget?* Jodido disco, salió contagioso.

Termino la sesión y me voy caminando avenida abajo. No consigo sacarme la canción de la cabeza, tampoco el escozor por volver a la casa y rebuscar en el despacho de Manolo, que acabó siendo el cuarto de Filogonio. Detesto estar ahí, tanto que llevo ya tres meses en la casa y no se me ha ocurrido ni esculcar. O en fin, se me ha ocurrido pero no he sido fuerte para intentarlo. Me cuesta días o semanas de indecisión abrir ya no un armario, de menos un cajón. Nunca sé qué fantasmas van a saltarme encima. Voy y vengo sin rumbo, vigilando el reloj. Calculo que estarán llegando los clientes de Gina, en no más de una hora puedo entrar en la casa y caer sobre el armario de los cartuchos. Siento que una marea de miedo y entusiasmo se me mueve en las vísceras. Me pregunto si no lo que llamo equilibrio emocional será apenas la carrera en picada de un tahúr que revira las apuestas para evitar que lo echen de la mesa. Como mi madre, me malogro alegremente. Pero está funcionando. Es todavía viernes y ya veo venir cada día de la semana próxima como vería un niño cinco distintas bolsas de golosinas juntas.

Las diez y media. Entro en una carrera, cierro apenas la puerta verde y llego a saltos al cuarto del conejo. Desde la entrada, el perro me contempla sacar y acomodar los cartuchos, hacer torres con ellos en la alfombra. No veo el de los dos, pero hay varios de cada uno por separado: cuatro de Engelbert Humperdinck, tres de Tom Jones. Reviso las canciones, tal parece que están todas las que eran. Arriba, a la mitad de dos gavetas, yacen el aparato y su transformador eléctrico. Ninguno de los dos reacciona cuando intento encenderlos. Conecto, desconecto, reconecto, nada. Reviso una vez más los cartuchos, no hay casi nada que me llame la atención. Menos cuando me viene el recuerdo de Imelda saliendo de este cuarto a media madrugada. Paul Mauriat. Sergio Mendes. Tijuana Brass. Barry Manilow. Petula Clark. Cat Stevens. Love Unlimited Orchestra. Rebusco entre cajones y puertecitas, voy comentando algunos de mis hallazgos en presencia de dos testigos solidarios. ¿Cómo ves, Filogonio? ¿Qué te parece, Samsonite? No exagero: su aprobación callada me anima a ir adelante con el registro. Facturas, comprobantes, catálogos, revistas. Una televisión en blanco y negro, del tamaño de medio cajón del buró. Consume doce voltios, igual que el ocho tracks. Me digo que si pelo el cable del transformador podría pasarle corriente al estéreo. Nada más comprobar la utilidad total de mi teoría, voy arrasando una por una todas las conexiones de Manolo.

Un par de horas más tarde ya sale música de la recámara de Nancy. The look of love is in your eyes. Manolo la ponía en todas las fiestas. Cosa rara, les gustaba a los dos. Trato de adelantar la cinta, el botón no funciona. La regreso. He dado finalmente con el botón que salta entre los canales. Sitting on the dock of the bay, wasting time. Todo va sobre rieles, ahora stop. Fuera Sergio Mendes, llegó La Hora de Engelbert. Oprimo play: *Les Biciclettes De Belsize.* Salto canal: *The Way It Used To Be.* Retraso dos canciones y salto una vez más. No quiero oír *Release Me* mientras no tenga enfrente a Gina Carranza. Brinco a un nuevo canal y ahí está. Dos toques en rewind me dejan al principio. Hush. There's a kind of hush. All over the world. Tonight. Alzo la pipa y el encendedor, jalo el humo como un aspersor eléctrico, sin el menor conocimiento de pausa, no, no, it isn't a dream. Siento la tentación de tenderme hacia atrás, pero en vez de eso me levanto y bailo abrazado a la nada entre perro y conejo. Forever and ever.

Jodido terapeuta tiene que ser aquel que no resiste la comezón de aplicarse los tratamientos que administra. Terapeuta chillón que baila solo y se mira apostando todo cuanto le queda por la certeza íntima de que el silencio de una noche como ésta contiene todos los aullidos del mundo. A Imelda le gustaba oírme aullarle, luego de que peleábamos y yo me iba a la sala y ella se enfurruñaba en la recámara, igual que una señora. Mi señora, me jactaba en secreto, y para no gastarme en pedir o exigir las disculpas que a nadie le hacían falta, me paraba debajo del balcón y aullaba como un lobo malherido. ¿Cómo podría quedarse en su rabia después de esos aullidos ardorosos? Por eso me he cagado en mis propios reglamentos y ya estoy aquí aullando, ante la indiferencia de Filogonio y la alerta total del Samsonite, que se ha plantado con las patas abiertas, el rabo tieso y las orejas temblonas. Ladra, de pronto, pero su carraspera no puede competir con mis aullidos. Auuuuuuuuu, insisto y alguien dentro de mí espera que en acuerdo con este hush tan cósmico la queja llegue adonde corresponde, con quienquiera que esté.

ƧΦ%Λ□⊖? 8?|ΦƧ|Λ
8?ΦƧ?Φ8? VO∽O□Λ |O□VƧΦ8?□Λ ∽‡□O...

⊓⊥ ◇‡? ¿?Δ¿? ⊖‡← |XƧ◇‡Ƨ8O ←O I? +‡Δ8O–O O□Ƨ?I, IO
ΔƧ□?ΦƧ8O⊥
⊔⊥ ◇‡? ¿?ΔV‡?Δ Δ‡ ⊖O⊖O I? |Λ⊖V□Λ IO ⊖‡Φ?|O |ΛΦ
8Λ¿ΛΔ Δ‡Δ O||?ΔΛ□ƧΛΔ, ⊖?ΦΛΔ IOΔ ∽Λ←OΔ⊥
⊏⊥ ◇‡? IOΔ ∽Λ←OΔ ¿? O□Ƨ?I Φ‡Φ|O V‡¿Λ ?Φ|ΛΦ8□O□IOΔ
ΔOΦ8O |IO‡Δ, ΦƧ IΛΔ □?←?Δ ⊖O+ΛΔ, ΦƧ Δ‡ ⊖O←Λ□
ȢO⊢O⊖O←O⊥
⊐⊥ ◇‡? OXΛ□O ←O ΦΛ I? Ƨ⊖VΛ□8OΦ ?ΔOΔ ∽Λ←OΔ, VΛ□◇‡?
?Φ ?I |ΛI?+ƧΛ ЧOΦ O XO|?□ ‡ΦO Λ–□O ¿? 8?O8□Λ ¿? IO
ΔƧ□?ΦƧ8O ← O Δ‡ 8?ΦƧ?Φ8? IO ?IƧ+Ƨ?□ΛΦ VO□O Δ?□
O□Ƨ?I⊥
⊓⊥ ◇‡? IO ⊖O←Λ□ ȢO⊢O⊖O←O ¿Ƨ|? ◇‡? Δ‡ 8?ΦƧ?Φ8? ←O
?Δ8O +□OΦ¿? VO□O ?ΔOΔ ΦƧΦ?□ƧOΔ⊥
⊔⊥ ◇‡? VΛ¿□ƧO □Λ+O□I? ¿? □Λ¿ƧIIOΔ ◇‡? I? ⊖OΦ¿O□O
XO|?□ ?I ¿ƧΔ%□O⊶O, V?□Λ |Λ⊖Λ ◇‡? ←O I? ¿OΦ ΦOΦO□OΔ⊥

ΕⲒ ◇‡? ?Φ ?I |ΛI?+ƧΛ ¿Ƨ∽Λ ◇‡? Δ‡ ⊖O⊖O I? Ƨ–O O ⊖OΦ¿O□ XO|?□ ?I ¿ƧΔ%□OO-O ← Δ? IΛ Ƨ–OΦ O ¿O□ ?Φ ¿ΛΔ Δ?⊖OΦOΔ⊥

ƎⲒ ◇‡? O Δ‡ ⊖O←Λ□ ȣO⊢O⊖O←O I? |ΛΦ8Λ ◇‡? ?I ¿ƧΔ%□OO-O Δ? IΛ Ƨ–OΦ O V□?Δ8O□ ?Φ ?I |ΛI?+ƧΛ⊥

✱⊥ ◇‡? ¿?Δ¿? ?Φ8ΛΦ|?Δ ←O ЧOΦ |Λ⊖Λ Π# ¿ƧOΔ⊥

Π#⊥ ◇‡? O←?□ VΛ□ ?ΔΛ ΦΛ VΛ¿ƧO ¿Λ□⊖Ƨ□ ← Δ? I? Λ|‡□□ƧΛ ◇‡? Δ‡ |Λ⊖OΦ¿OΦ8? I? VΛ¿ƧO O←‡¿O□ O XO|?□ Δ‡ ¿ƧΔ%□OO-O, |ΛΦ V?¿O|Ƨ8ΛΔ ¿? IO □ΛVO ЧƧ?∽O ◇‡? 8Ƨ?Φ? ?Φ Δ‡ |OΔO⊥

ΠΠ⊥ ◇‡? ?Δ8Λ ?Δ |Λ⊖Λ Π# Ч?|?Δ ⊖OΔ Ƨ⊖VΛ□8OΦ8? ◇‡? IOΔ ∽Λ←OΔ ¿? O□Ƨ?I⊥

ΠⵡⲒ ◇‡? I? ¿O Δ‡ V?□⊖ƧΔΛ ¿? 8?ΦƧ□ O |XOVIƧΦ |Λ⊖Λ –O□–Ƨ?, V?□Λ ◇‡? VΛ□ %OЧΛ□ ΦΛ ЧO←O O O–OΦ¿ΛΦO□IO⊥

ΠΕ⊥ ◇‡? O¿?⊖OΔ Φ?|?ΔƧ8O ‡ΦO IƧΦ¿O V?I‡|O V?IƧ□□Λ∽O⊥

728

—Muy buenas noches, guapa, yo me llamo Domingo, pero a usted soy capaz de atenderla toda la semana —solía presentarse, cuando tenía motivos para ser untuoso y se esforzaba por hacerse el simpático. —Domingo J. Balmaceda, para servir a sus caprichos más exóticos.

—Buenas noches, señor —le franqueó el paso aquella vez Imelda, cabizbaja y resuelta a aferrarse a su puesto. No se suponía que los invitados del señor Manuel se dirigieran de esa forma a las sirvientas. Si acaso lo llegó a observar fugazmente, de reojo primero, desde lejos después. Tenía buena vista. Ese gordo encajoso era sin duda alguna un felón. Ya conocía a muchos, y además no por nada era amigo del señor de la casa: chueco entre los torcidos.

—¡Qué gusto, guapa, saludarla otra vez! —la recibió un par de años más tarde en su despacho, ya como dueña de diversas propiedades, varias de las cuales él mismo, con la ayuda de los amigos de su padre, había contribuido a escamotear. Ya con la vista en alto Imelda reculó, disimulando un poco que hallaba su sonrisa empalagosa cuando menos ajena, por no decir chocante o repelente. Pero la iba a ayudar—. Ya me contó mi ahijado de su problema, créame que lo vamos a resolver. Parece que hay algunos detalles procesales, errores atribuibles a la fiscalía que nos van a dejar reabrir el juicio. Y si eso pasa, que se lo garantizo, tengo amigos en el Ministerio Público que pueden ayudarnos a restarle sustento a las acusaciones. Con un poco de chamba de nuestra parte, no van a quedar pruebas ni testimonios contra sus hermanitos. Les van a dar la viada por falta de méritos— sonreía con el rictus de un niño travieso, goloso y malcriado, como exigiendo el guiño de complicidad que confirmara tanto su habilidad como su simpatía. Era un gesto asqueroso, por cuanto en él había de obvia falsedad y adulación corriente, pero al cabo lograba ser afable. Un poco demasiado afeminado para un fulano que se hacía llamar *Padrino* por decenas de secuaces menores, pero ya Imelda había escuchado varias veces, de labios de Manolo, que en privado se entretenía remedando sus modos, lo que decían algunos del gordo petulante que ahora le acariciaba el dorso de la mano con la palma sudada. La Jota Balmaceda, lo apodaban, o en su defecto el Mariconsulto.

—¿La jota de su nombre es de José? —le preguntó varias citas después, cuando el juicio ya había sido reabierto.

—De Jesús, y también de jurista. Domingo de Jesús Balmaceda. Cuando nací, mi padre ya era un jurista reconocido. Todo el mundo podía ubicar al juez Balmaceda Jefferson. Por eso a mí me puso Jesús, quería que llevara su herencia en mi nombre. De muy joven me rebelaba contra eso. Quería ser actor, eso ponía furioso a mi papá. Luego, en la Facultad, descubrí que los profesores me trataban con cierta deferencia. Muchos de ellos habían comido, o cenado, o bailado en mi casa. Fue entonces que me dije: Domingo, muñecón, tienes que darle lustre al nombrecito. ¿Sabe usted, mi querida y guapísima doña Imelda, cómo me saluda el velador de noventa y seis años que me cuida la casa de Acapulco, cada vez que me ve? No me lo va a creer: a sus años, el señor corre a besarme las manos. Padrinito, me dice, Dios le dé el doble de años que me concedió a mí... —no tardó mucho Imelda en habituarse a los soliloquios del Jurisconsulto, no menos antipáticos que terapéuticos luego de tanto tiempo de vivir con terror de ir a dar a la cárcel o sufrir la revancha de sus ex compinches. Aun abrumada por su fatuidad, Imelda fue aceptando la compañía ocasional del Jurisconsulto porque la hacía sentirse blindada ante el destino. Y si a la vanagloria seguía un listado de políticos, jueces y policías cuyo favor estaba, decía, a su servicio, Imelda se asilaba en sus palabras igual que otros lo harían en un búnker, donde la fanfarronería de la soldadesca sería un elemento tranquilizador. Corrección: tranquilizante. Los alardes de suficiencia del Jurisconsulto causaban en Imelda los efectos de un tiro de

Quaalude & Burgundy. Le inyectaba confianza y eso ya era bastante. Que presumiera todo lo que se le antojara, con tal de que pusiera en la calle a sus hermanos.

—Me choca la champaña, pero igual se la acepto —se rindió Imelda con una sonrisa cuando el Jurisconsulto la invitó a celebrar la inminente liberación de Isaac y Memo, aunque exigió una condición indispensable: que la etiqueta no fuera verde. Por superstición, dijo. Prefería eso a confesar que no sabía la marca de la champaña que bebía su ex patrón. ¿Qué habría dicho, además? ¿Que sólo había bebido de la botella con la etiqueta verde para tragarse el semen del señor Manuel, al que ni así podía llamar Manolo?

—¿Me va a seguir hablando de usted, guapísima? ¿Va a darle la razón a mis enemigos, que según ellos no me gustan las mujeres? —la cortejaba ya, incluso con la anuencia de Isaac y Memo, que por gestiones suyas gozaban de una hilera de privilegios inaccesibles a los demás presos. Quién no habría suspirado por hacerse con un cuñado así.

—¿Dice que es el cuñado? —se entrometió un agente judicial cuando la vio venir, camino de las planchas donde estaban los cuerpos de los dos. Por la forma en que Imelda se le abrazaba afuera, al otro lado del mostrador, cualquiera habría creído que era su mujer.

—Soy el jurisconsulto Domingo J. Balmaceda y hasta ayer defendí a dos inocentes —se presentó en la conferencia de prensa donde acusó públicamente a las autoridades del penal por el asesinato de sus defendidos, a los que llamó "hermanos políticos". Todo lo cual habría trascendido si los presentes hubiesen sido periodistas, en lugar de rufianes con cámaras, micrófonos y libretas, pagados ex profeso para el simulacro.

—No te molestes más, yo ya sé quiénes fueron —arrancó Imelda con su confesión, una vez que se vio con él por sexta vez bajo las mismas sábanas. Había conseguido aplacar el dolor por las muertes de sus hermanos, no así el rencor inmenso contra Isidro y José, quién más que ellos iba a querer cobrarse por lo que ella les hizo. Si finalmente iba a vivir con el gordo, tenía que contar con él para todo. Contarle que había sido lo que había sido, darle oportunidad de probar que de verdad era tan poderoso como no se cansaba de embarrárselo. Porque lo que era ella no nada más tenía penas y odios; también un miedo helado del carajo. Si esos mierdas podían mandar matar dos presos en otra cárcel, no menos fácil se les haría al fin llegar a ella. La prueba era que llevaba meses recibiendo anónimos. Se los daría ya, si le servían.

—Dejaste demasiados cabos sueltos, pimpollito —casi le reprochó, muy cerca del oído, impostando una suerte de ronroneo cachondo que igual podía sonar a mimo empalagoso que a sutil amenaza. En todo caso le mostraba la factura. Que viera los problemas que le estaba causando. ¿Qué le habría costado contárselo todo antes? ¿No sería que había confiado en otro? Domingo Balmaceda tenía fama de jamás permitirse dejar un cabo suelto; tanto así que tampoco soportaba ver al destino en manos de la casualidad. Por eso se miró reconfortado cuando tuvo de vuelta entre sus manos los mensajes que tanto habían hecho por arrimarle a Imelda medio muerta de miedo, luego de meses y años de pretender que no era la que desde el principio Domingo supo que era. Imelda, la hermanita de los Gómez Germán. Para su suerte nadie tenía presente el apellido materno. Pero a él esos detalles no se le iban. Husmeando en los archivos, averiguó que Imelda Fredesvinda Gómez G. figuraba como la concubina del líder de una banda de robacasas. Con esos cabos sueltos a la vista, Imelda estaba lo bastante en sus garras para darse a la faena de cortejarla con sistema y paciencia.

—Es la mujer ideal, viene del rancho y no quiere volver. Ya le cansó dormir entre el estiércol, te va a vivir eternamente agradecida. La agarras de empleadita, te la tiras, le pagas cualquier cosa y te cuida el negocio como si fuera suyo. Todavía mejor, te la llevas contigo y te ahorras el sueldo —alardeaba Manolo, pocas semanas antes de su muerte, al final de la última de sus fiestas. Domingo Balmaceda se recuerda celebrando las ocurrencias del anfitrión con carcajadas de fingida empatía. ¿Creía el muy imbécil que a su amante recamarera la habían bajado del cerro a tamborazos? Esa vieja, se dijo, viene de un rancho donde la más pendeja arma un radio. Muerto Manolo, fue el vasallo Palencia quien le contó que la estaba atendiendo. Nada más escuchar el nombre completo, supo Domingo que se había sacado la lotería. Imelda Fredesvinda, dos alias, tres citatorios desatendidos y una orden de aprehensión nunca cumplimentada. Estaba fea en el retrato hablado, como si el dibujante o los testigos encontraran un acto de justicia en pintar a una bruja en su lugar. ¿Sería por eso que nunca la agarraron, si es que alguien se dio el tiempo de ir tras ella? Según la acusación, los cómplices se habían contradicho. La parte acusadora no la llamaba Imelda, sino Obdulia. Pensaban que los cómplices la habían enganchado, no podían creer que fuera parte activa de ninguna banda. La describían con adjetivos como silvestre, primitiva, elemental, palurda, torpe, ignorante, ingenua. A nadie se le había ocurrido vincularla con los Gómez Germán secuestradores, por increíble que fuera. Y ya no pasaría, de seguro, luego de tanto tiempo. Pero había cabos sueltos y por lo tanto nada seguro.

—Es la mujer ideal. Está en mis manos y no puede zafarse. No creo en su inocencia, pero ella sí en la mía —la describió Domingo ante su subalterno, que le tenía al tanto puntualmente de los asuntos pertinentes a su presa. Siempre quiso quitársela a Manolo, no porque la deseara en especial, como por el impulso de superar a quien creía inferior. Indigno. Que era lo que Domingo pensaba de Manolo, por más que ya en los hechos fuera su secuaz y él lo necesitara más que a cualquier mujer, pues lo cierto es que rara vez las requería. Muerto aquél y desamparada ella, bastaría con brindarle espanto y protección para tenerla justo donde la precisaba. En la orilla del último trampolín. Dispuesta a negociar. Sin más razón que hacerse razonable. Dúctil, poco propensa a dar sus opiniones. Prudente por contrato, como le corresponde a quien ha de cargar con la cruz de ser La Mujer del Jurisconsulto. Y de paso, como era muy probable, ser apodada la Mariconsulta. Nada de esto dejaba Domingo de temérselo, Imelda había escuchado los rumores, o lo investigaría por su cuenta. Que se fuera enterando, calculó. Aun si lo intentara, no encontraría un solo cabo suelto.

—Me llamaba Obdulia Álvarez, pero era diferente. Me hacía la bruta. Trabajaba de actriz, la verdad. Estaba enamorada. Creía que si hacía bien ese papel me iba a llevar de premio al amor de mi vida —contarle al fin la historia entera a Balmaceda le dio a Imelda una paz relativa. Mostrar sus cartas era una forma de revirarle la apuesta a su protector. ¿No era acaso un experto en atar cabos sueltos? Que amarrara los suyos, y si quería la amarrara a ella. Nunca le pidió que vengara a Isaac y Memo, pero sí que la protegiera de sus asesinos. Que equivalía a lo mismo, en términos prácticos.

—¿Eras mujer de Isidro o de José? Todos de Chiconcuac, por lo que veo. Lo más granado de la sociedad chiconcuaquense —en momentos Domingo se le mimetizaba. Movía las manos como un declamador de modos afectados.

—¿Celosa, mamacita? —solía cortar Imelda de tajo sus escenas. Podía no ser la experta en hombres que a él tanto le excitaba sospechar, pero ya conocía la horma de su zapato. Al gordo le tenía sin cuidado lo que ella hubiera hecho con Isidro o José, como unas cuantas veces se lo gritó, hasta que ella entendió lo que buscaba. Unas cuantas nalgadas, cuando mucho. Si aliados y enemigos temían por igual a la ira de Domingo J. Balmaceda, Imelda le perdió buena parte del miedo apenas se enseñó a retirarle el respeto. Nadie más en el mundo, o por lo menos nadie que no se acostara con él, se atrevía a escupirle los mofletes y llamarlo en su jeta Mariconsulto. Un ritual excesivo y a su manera casto, porque al cabo de sexo poco o nada quedaba. No entre ellos, y eso a Imelda le daba un margen de maniobra que con Manolo nunca imaginó. Ya no era él, sino ella quien ponía las condiciones. ¡A callar, mamacita!, le ladraba sin más, cuando la exasperaba. Fuera de esos instantes de intimidad morbosa no tenía más que cumplir con un papel estrictamente ornamental. Podía ir y venir, si le daba la gana. Y podía descansar, que ya él se encargaría de comerse un pollito con Isidro y José, a ver si eran tan lanzas como contaban.

—Isidro hace pasteles, el hermano trabaja en la sastrería. No se sabe que tengan amigos ni parientes. No reciben visitas. Ganan una miseria y son viciosos. Los dos tienen abiertos nuevos procesos por posesión y tráfico, ya dentro del penal. ¿Sabes cuántos kilómetros hay entre el Reclusorio Sur y el de Atlacholoaya? Tiene uno que tener influencias y billete para mandar que enfríen a un preso de otra cárcel. Hay que ser muy padrino, padrinito —el comandante Prado se esmeró en descorazonar a Balmaceda, toda vez que negarle dos pequeños favores no era opción disponible en el menú.

—Ya te expliqué la cosa con pelos y señales, mi queridísimo Commander in Chief. En este asunto nadie busca culpables, lo importante es que dimos con los pagadores. Haz de cuenta que tú eres el mesero y ellos los clientes: te pidieron la cuenta, se las llevas. Yo, que soy el gerente, puedo garantizarte que esos dos señores deben lo que te dije que debían. Proceda, comandante. No me deje colgado de la brocha. ¿O qué, soy mal pintor? —sonrisa empalagosa por delante, Balmaceda jugaba simulando una brocha con un fajo de dólares que cepillaba a Prado del pecho al vientre, luego entre hombro y hombro. Si había que ser *padrino* para pedir un par de pequeñas ayudas, que no le regateara el padrinazgo. Era por una mera cuestión estratégica. Ya tenía el dinero, ¿qué más le iba a pedir por hacerle un favor de camaradas?

—Quiero hablar con José, aunque sean diez minutos. Ya no estoy tan segura de lo que te conté —serían las siete y media de la mañana cuando Imelda por fin osó tocar el tema. Tenía semanas preguntándose cómo pensaba Domingo poner en su lugar a Isidro y José.

—La veo un poco difícil, pimpollito —le respondió más tarde, ya de noche— pero vengo de ver al comandante Prado y me dice que no hay por dónde errarle. Ya cantaron los socios, el pagador y los intermediarios. Tu ex y su hermanito soltaron unos pesos por deshacerse de Isaac y Guillermo. Son viciosos los dos. ¿Dices que el tal José estudiaba contigo? Qué bueno, porque oí que van a darle una beca. Y al hermano también, pa que se eduquen. Cuando vuelvas a verlos, vas a notar que son otras personas.

Me hace reír la tarde completa. Luego se va y ya sólo me consuelo planeando lo que haremos a la tarde siguiente. Puedo incluso pasarme una mañana ultimando detalles para sorprenderla. Hoy, que apenas es lunes, salí antes de las seis de la madrugada, desayuné hot cakes con huevos estrellados y a las nueve ya estaba con el sastre. Tuve que ir yo a comprarle la jodida tela y me cobró lo que se le dilató el culo, pero a las dos estaba todo listo. Entré a las tres y diez al edificio, una hora peligrosísima, y me la topé en medio pasillo. ¿Qué hace aquí, Comandante Zopilote?, me sonríe, me calma, me acompaña debajo de la escalera, me ve esfumarme por la puerta verde con los paquetes arrastrando detrás. Media hora más tarde, ya la tengo en la sala, jugando con el perro. ¿Sabes coser?, pregunta de la nada, como indecisa entre el terror y el entusiasmo.

Le he escondido el disfraz al fondo de un armario lleno de fierros, triques y herramientas. Anoche estuve distribuyendo post-its por toda la casa. En cada uno la mando tras la próxima pista. En total, doscientos post-its. Un ejército de papeles engomados aguardando por sus ansias de asombro. Y al final el disfraz de satín acolchonado, más la peluca roja y un arsenal de joyas de fantasía donadas gentilmente por mi madre. Me miro en el espejo: he ahí un hombre ocupado.

Cada día me digo que este juego no da para más. Si Gina nos descubre se acabarían no sólo las consultas, también el mundo que nos hemos construido. Nunca tuve un conejo, ni un perro, ni una cómplice de nueve años, ni una paciente de treinta. Nunca he tenido nada, si me pongo exigente. Es decir que precisamente porque no se puede, necesito que siga todo así. ¿Cuál sería la palabra que designa a quienes se alimentan de relaciones imposibles? Lo más simple sería llamarme mitómano, si el mito fuera el fin en vez del medio. Porque el único fin es que no exista fin, menos aún si en una de éstas me es concedida la divina gracia de regresar al reino de Imelda. Puta mierda, hace un mes tenía ganas de morirme y ahora pierdo el sueño deseando que esta vida no se me acabe nunca. La estiro cada noche veinticuatro horas más. Imelda que no llama, Gina que llora a media consulta, Dalila que me tira al piso de la risa. No sé muy bien si hayamos expulsado a mis monstruos, o si se trate de una retirada táctica que anuncia la inminente contraofensiva, no bien llegue la hora de caer de la gracia de cualquiera de las tres. Hay una rara conjunción de azares, un equilibrio mágico de los apegos cuyo fantasma va oprimiendo los botones precisos, de manera que cada uno de los tres personajes llena huecos y cura heridas diferentes. Otros, menos volubles y quizá más confiables, buscan salvar a la misma mujer que los rescata. Yo eso lo tengo departamentalizado. Imelda me rescata, yo voy y salvo a Gina, Dalila viene y nos salva a los tres. Sin ella no podría seguir con la terapia, ni habría querido verme a solas con Imelda, ni nos habríamos dado los besos salivosos que hasta ahorita la tienen sin llamarme. Ya sé que cuando estamos con el perro y el conejo parecemos un comercial de margarina, pero en mis territorios a eso se le llama labores de rescate. Había una canción que le gustaba mucho a Mamá Nancy, como todo lo que sonaba a autoayuda. *Emotional Rescue.* La bailaba solita en su recámara mientras hablaba con el tal Neftalí. Recién se habían llevado el cadáver de Manolo, ya se veía rica y dueña de casa.

I come to you, so silent in the night, gimoteaba el fantoche ya más tarde, los dos bailando juntos a media sala a media noche, con el sobre repleto de coca en la mesa. Allí estaba el gurú que la iba a rescatar de sus demonios, moviendo las caderas como Mick Jagger, apuntando ambos índices hacia ella, con los dientes pelados y los ojos lustrosos. Trabado, el angelito. ¿Y ése iba a ser mi nuevo padrastro, mi tutor, el que todas las noches dormiría en el cuarto de mi madre? Hasta esa tarde me quedaban dudas, pero verlo jugando al rolling stone me dejó claro que a mi madre no le convenía quedarse con la casa. Fue la primera vez que en mi imaginación la vi cadáver. ¿Qué más podía hacer para ahuyentar a Neftalí, sino dejar a Nancy en bancarrota? *I'm a bleeding volcaaaano*, canturreaba en mi jeta. No podía imaginarse lo mal que me ha caído siempre

Mick Jagger —según Nancy, era su alma gemela— y el precio que tendría parecérsele cuando estaba en mis manos el destino de todos.

¿Vas a seguir bailando?, le pregunté, como queriendo darle una última salida. Ella no solamente no me contestó, sino encima dejó que Neftalí me diera la respuesta: Si tu mamá pudiera, estaría bailando sobre el ataúd. Nancy lo oyó y soltó la carcajada. Yeah, baby. Ése fue su comentario. Regresé a la escalera ya pensando en ir por las llaves del despacho de Manolo. Al día siguiente, cuando Nancy llamara al cerrajero, no iba a encontrar un pito. Tenía tanta rabia que sentía un deleite especial en escuchar la música sonando abajo y pensar en lo caro que les saldría el bailongo. I'm so ho-hohot and she's so coooold. Y eso no es nada, me decía entre risitas vengadoras, van a ver cómo van a quedarse después. Más fríos que el culo tieso de Manolo.

Tal vez la perdición de unos y otros —Nancy, Manolo, y sus demás señoras— fue que el niño creciera y se enamorara de la muchacha. O que nadie le oliera lo simuladora. Yo sin embargo sigo creyendo que Manolo y Nancy habrían vivido mucho más tiempo si él hubiera dejado en paz a Imelda. Quién le mandaba enemistarse conmigo, que lo tenía tan cerca y tan descuidado. Por mí se enteró Nancy de sus demás movidas, y al final también de ésa. No se hace un enemigo de quien duerme bajo el mismo techo, seguramente con un ojo abierto. Manolo se robó terrenos, casas y hasta edificios sin pasar una sola noche en la cárcel. Pero robarme a Imelda ya fue demasiado. Sabía que me gustaba, tanto que se esmeraba diciendo porquerías si ella pasaba y él me veía cerca. No me digas que tú no le ensalivarías esas nalgas, rebuznaba a mi lado, apretando los dientes como si ya la hubiera mordido y por ningún motivo quisiera soltarla.

Habían vuelto de Europa entrado el mes de agosto, cuando yo había perdido el curso anterior y estaba a punto de perder el próximo por estar con Imelda día y noche. ¿Y qué clase de idiota iba a dejar Tamaña Compañía para irse a refundir en un salón de clases? Me seguía creciendo la sensación de vivir en un mundo imposible del que cualquier mañana podía no quedar más que un recuerdo incierto. ¿Quién va a querer echar a la basura una alegría por frágil, o por fácil, o por falsa? No yo entonces, y menos ahora. Cada nueva derrota —volver a clases, ocupar mi cama, reptar de vuelta a media madrugada de la cama de Imelda, esperar a la noche del viernes para verme por fin solo con ella— me anunciaba con lujo de relámpagos un desenlace amargo, aun si ella se esmeraba en pretender que todo seguía igual y el puerco de Manolo no la pellizcaba. Según ella, no oía sus comentarios, ni lo veía babear encima de la sopa cuando se la servía a Nancy, que estaba junto a él hasta arriba de nieve y de cualquier manera más tarde o más temprano iba a pegar de gritos por lo que fuera. Y yo pensaba que eso era el infierno, hasta la noche en que descubrí a Imelda saliendo del despacho de Manolo. Las tres de la mañana.

¿Por qué mierda tengo que recordar esos momentos en estos momentos? Por joderme, yo creo. Por ver cuánta tensión soporta el equilibrio de mi felicidad, tan frágil ella. Por entender, aun del modo más ingrato, el silencio de Imelda después de esos dos besos. Puta mierda, ya hasta la había perdonado. Me había prometido que nunca más le iba a hablar de Manolo. ¿Y qué esperaba? ¿Que viniera a vivir conmigo a la casa para volver al juego de los casaditos que dejamos pendiente hace quince años? Debería avergonzarme de estos pensamientos, pero es un poco tarde para especulaciones desvergonzadas ya de por sí. ¿Tendría en realidad que darme vergüenza ser ave de rapiña y de mal agüero, como si ya por eso no mereciera un sitio en el paisaje? Puede que sí debiera avergonzarme de ahora mismo desearla como nunca, es decir como siempre, qué haría al fin el deseo sin la vergüenza. Me abochorno porque eso me calienta, me caliento porque eso me abochorna.

—Hola, Brujo —me ha llamado pasada medianoche, cuando ya los demonios de la calentura cedían su lugar a los del rencor.

—Imelda. ¿Dónde andabas? —la reconvengo casi, solamente que en tono de lamento, como midiendo el área de chantaje.

—Ya sabes que conmigo ni yo puedo contar. ¿Estás bien?

¿Cómo quiere que esté?, me indigno, pero igual me contengo porque en su voz no encuentro la ventanilla de atención al público, menos la de reclamos. Diría que detesto que me llame, pero más detestables son mis expectativas. ¿En qué instante maldito se me ha olvidado que con ella ni ella puede contar? O será que ha encontrado en mí a un equilibrista, que es lo más parecido pero también lo más diferente a un equilibrado. El perfecto equilibrio supone una feliz inconsciencia al respecto. Ir por la vida recto y balanceado, dar por hecho que los demás caminos son inimaginables. Imelda sabe que no sé hacer eso. Sólo tolero la cantidad de equilibrio bastante para no despeñarme ahora mismo. Hay un gusto secreto en regatear con la desgracia, jugar a que la llamas y la besas y escapártele luego por un pelo. Coquetear con la muerte sólo por desairarla. ¿Qué te creías, parca nalgapronta? ¿Ya te viste al espejo?

No he cruzado ni cuatro frases con Imelda cuando ya estoy de nuevo contemplando el teléfono apagado. Te llamo luego, ha dicho, con una de esas prisas que se sienten prestadas. Un afán que tal vez no admite distracciones, de manera que ya tres frases por teléfono son una gesta heroica porque se contradicen órdenes superiores. Siempre entre Imelda y yo hay órdenes más grandes que nosotros. Prefiero pensar eso a aceptar el temor de serle desechable. Elijo imaginarla lejos de mí contra su voluntad, nunca conoce uno más que a quien se le da la gana conocer, por imposible que sea el personaje y la persona insista en desmentirlo. Lo demás suele ser problemático. A menos que uno esté con Dalila, que es como administrarse un antídoto contra los pensamientos destructivos. A Dalila no tengo nada que perdonarle, ni se me ofrece justificar sus actos. A sus ojos, la madurez se anuncia como el aprendizaje del desequilibrio. Si yo fuera un equilibrado y no un equilibrista, buscaría la forma de alejarla. Si yo fuera un imbécil, debería decir. Ningún equilibrado llega a una situación como la mía sin ganarse la fama de equilibrista. Nada espectacular, como sería el caso de los trapecistas, que tampoco se caen pero además vuelan. No volar ni caerse; aprender a flotar en el vacío, como un niño que nunca supo de gravedad. Enseñarse en el aire las lecciones de vértigo. Dejar siempre algo en manos de la casualidad, como si ese tributo se bastara asimismo para corromperla.

—Hola, Brujo.

—¿Y ahora?

—Nada, que fui muy brusca. Te quería pedir una disculpa.

—¿Me querías?

—Te la pido. No sea que te me enojes y te desaparezcas otro montón de años. ¿Amigos?

—No me he enojado. Explícale esas cosas a tu conciencia.

—¿Ves cómo eres de rencoroso, pinche Brujo? ¿Ya no vas a querer invitarme a cenar sólo porque soy una escurridiza?

—En todo caso qué bueno que llamas. Tengo que confesarte un par de cosas.

—¿Confesarme? ¿Tan mal te portas cuando no me ves?

—Uno se porta como le corresponde. Ya los otros deciden si estuvo bien o mal.

—¿No se supone que uno confiesa sus pecados? ¿Quieres contarme algo que te cuesta trabajo decirme? ¿Tendría que emocionarme, por ejemplo?

—No sería mala idea —salto, atajo, cambio la dirección de las vías del tren de pensamiento.

Hace un instante quería hacerme descartar por ella, tirarme hacia el abismo de su gracia contándole de Gina, y entonces de Dalila. Del conejo y del perro. Siempre que se terminan las salidas queda la opción de destapar la verdad. Decidí sincerarme, dice uno con la mano en el corazón y aguarda a ser debidamente indultado. Incluso indemnizado, pero aquí no es el caso. Nadie va a indemnizarme con su compasión por soltar unas cuantas verdades históricas y encima inoportunas. ¿Qué carajos le va a importar a Imelda si yo tengo o no tengo un perro y un conejo y una amiga secreta y una paciente oculta y una entraña podrida y un alma piruja? ¿De dónde sale esta patología idiota de dar la media vuelta ante la meta? No está mal esa frase. Da para un buen capítulo sobre la indecisión. Me justifico preguntándome cómo voy a curar al paciente indeciso si yo mismo cojeo de ese pie. Todo en instantes raudos, como choques eléctricos en el fragor de un diálogo hechizado. No sé bien de qué hablamos, a decir verdad. Me concentro en el tono de su voz, sigo de cerca su respiración, olisqueo entre sus palabras y las mías, de repente livianas y graciosas, el rastro de una seducción correspondida. Serán seis, siete frases antes de despedirnos. Yo te llamo, me dice, y es como si su aliento me rebotara entre boca y oreja. Ya quiero ver qué confesión sincera deja esta gasolina en los motores.

Vuelvo al silencio con un nuevo talante. Qué delicia sentirse peligroso al fin de una llamada a medianoche. Nadie imagina todo lo que hace por ti cuando te llama cerca de la madrugada para decirte que fue muy brusca. Qué alivio sospecharse huésped de su conciencia. Estar en uno solo de sus desvelos vale más que reinar en sus mañanas, me conforto, triunfante porque ha vuelto el equilibrio cuando desde más lejos lo invocaba. Por alguna razón se goza más del equilibrio precario, igual que en la resaca de una tragedia se aprecia en especial una insignificante ráfaga de dicha. No se puede vivir siempre en desequilibrio, de pronto hay que inventarse una ruleta rusa que ponga cada cosa en su lugar. Me pregunto si no darme permiso de volver a soñar con Imelda será como apretar otra vez el gatillo. Vive con No Sé Quién, al cual le tiene miedo quién sabe por qué, y del cual ella y yo jugamos a burlarnos, hasta hoy con una dosis de inocencia adolescente cuya supervivencia nadie nos garantiza. Me viene por primera vez la sospecha de que me he besuqueado con la mujer de un gángster. Puede que fuera eso lo que más añorara de Imelda: saberla peligrosa. Tener presente que meterme con ella era hundirme en un lío de terror, y ya sólo por eso sumergirme más. Imelda Wild, me gustaba decirle, con acento de porn queen en roipnol. A ella la hacía reír, no sólo eso sino casi todo. Cuando escuché esa risa en el teléfono diciendo yo te llamo, un poquito con prisa pero también odiando tener que colgar, no me pude negar el placer de escucharla siquiera una vez más. Llámame, Imelda Wild, rematé, como un crooner con ínfulas histriónicas, y ahí estaba de nuevo la risa. Qué delicia quedarse dormido imaginando sus ojos narcóticos entre esos ecos estupefacientes. Debe de ser ya en sueños que la abrazo y repito gracias, Imelda Wild, ya me estaba quebrando.

—Son ellos —aceptó, entre tranquila y horrorizada. Devolvió las dos fotos de Isidro y José, bultos uniformados por las costuras burdas del médico legista. Quiso decirle que ella nunca le había pedido que les hicieran eso, pero un segundo examen de conciencia le aconsejó callarse en nombre de sus muertos. ¿No quería escarmentarlos, taparles la boca, librarse de ellos? ¿Qué más podía pedir, si ya le habían contado que según la versión del Ministerio Público, partiendo de lo dicho por los reos presentes, ambos se lastimaron entre sí con sendas armas punzocortantes? Tres testimonios más o menos iguales, un par de vigilantes distraídos y el caso está cerrado, le explicaría luego el Jurisconsulto, con un solemne aire de superioridad.

—No se te olvide recordarme que hay que mandarle al comandante Prado una canasta con botellas de Martell, que es lo que él bebe. Con unas Coca-Colas de las más grandes, para que no se olvide que sabemos de qué cueva salió —Balmaceda tenía la costumbre de cobrarse por sus adulaciones hablando luego pestes del adulado. Una cosa, decía, es lamerle los huevos al cliente, y otra que se te vaya sin pagar. Decirlo encima así, con la resignación ceremoniosa del arzobispo bien comido y bebido, le daba al menosprecio de sus palabras no el carácter de insidia que les correspondía, sino un rango de reflexión piadosa. No había que saber mucho de Domingo de Jesús Balmaceda para advertir que si algo compadecía en los demás era que no pudieran ser él. Imelda lo entendía, o en todo caso lo daba por sentado. Aceptaba por tanto sin chistar encargos engorrosos como ése de llevarle un arcón navideño al comandante Prado. ¿La quería incriminar, o sólo recordarle que estaba incriminada? No importaba. Lo haría, para calma de todos. Prefería eso a obligarse a confiar en alguien más. Tampoco tenía opción, al final. La vida era lo que era, no había con quién quejarse. Peor les había ido a los demás.

—No me extraña. Ni me afecta, ni me importa —mintió Isaac Gómez. La noticia de que José y su hermano Isidro se habían acuchillado el uno al otro le parecía poco verosímil, pero lógica al fin. ¿A quién le iba a extrañar recibir esa clase de noticias de la cárcel? Tanto, no obstante, le importaba y le afectaba que le pidió a Rubén un día de su tiempo para ir juntos a México y comprar los periódicos de los días pasados. Quería estar seguro, le explicó. Desde que Imelda se fue de la casa detrás de ese ratero sinvergüenza, se había jurado no descansar hasta verlo difunto, como sus hijos. ¿No fue José también el que le regaló su primera pistola a Memo?

—Yo no tengo familia. Ya ves, salí malita igual que mis hermanos. No es que ya no me quieran, pero los avergüenzo. Mi papá siempre se sintió orgulloso de estar detrás del mostrador de la farmacia. Nadie sabe la cantidad de gente que en lugar del doctor consulta al farmacéutico. Mi papá no es un tipo petulante, pero se siente bien cada vez que lo tratan de doctor. Que es todo el tiempo, allá en Chiconcuac, donde no soy Imelda Gómez Germán, sino una de las niñas del doctor Gómez, que además no es empleado sino dueño de la farmacia. Es el prestigio en el que cree mi familia, yo salí mala porque me dejé impresionar por otras cosas. Hombres, dinero, vicios, dirán. Con razón, además. Así no era, pero así iba a ser. Nunca cupe en el pueblo, y la verdad apenas si traté —tras unos meses de compartir su techo, Imelda ya sabía que cuando Balmaceda sugería ideas tan exóticas como la de volver a intentar una visita de cortesía a su padre, no esperaba mejor respuesta que el rechazo. Que constara que no era él quien quitaba del medio a su familia. Lo dicho: cero cabos sueltos.

—Perdóneme, señora, pero en algunos temas carezco de opinión —nunca se distinguió Juan Pablo Palencia por indiscreto, menos aún por crítico. No podía decirse que mordiera la mano que lo alimentaba, ni era un secreto cuánto le incomodaba ser parte de una de esas pláticas sardónicas donde socios, clientes o amistades forzadas son lapidados sin piedad ni cautela. Peor todavía si el tema era un aliado como Domingo Balmaceda, de cuyas conexiones en el medio dependía su éxito profesional. Voy a darte un consejo, le dijo cierta vez el Jurisconsulto, hagas lo que hagas, nunca conspires en mi contra. Estarías litigando contra ti mismo.

—Yo también a la gente que me pide dinero le digo que no tengo, porque no quiero dárselo. Pero ahí está el dinero, y parte de él va a parar con usted. A ver, Palencia, explíqueme cómo es que yo sí le doy de mi dinero, y en cambio usted me niega su confianza. ¿Nunca le preguntaron de chiquito si era hombre o ratón? —Imelda se sabía por lo menos tres pisos por encima de su abogado. Podía exigirle, en su papel de clienta. Mandarlo, en el de mujer de Balmaceda. Y someterlo en su propio nombre, si desde el primer día descubrió, en sus ojos esquivos y sus manos temblonas, cuánto hacían sus encantos por quitarle el sosiego.

—Yo sé que es un insecto, pero un insecto leal y eso tiene su precio y su valor. Puede que a algunos les parezca poco lo que le pago por esa lealtad, yo creo que sólo es poco si lo comparas con lo que cobro yo por una deslealtad. Por eso digo que las virtudes de mi querido Juan Pablo Palencia tienen precio y valor. Yo le pago la cantidad convenida en el día convenido, él valora lo que el Señor le dio. Tiene esposa, dos hijas, casa propia, dos coches. No va a jugarse todo por quedarme mal. Sabe, además, que soy como cualquier cliente. Compro las cosas por su puro precio y las uso por su puro valor. ¿Me imaginas en la primera comunión de sus hijas? Dios las bendiga, claro. Deben de ser unas nenas encantadoras, pero hasta donde veo son hijas del lacayo. Mi lacayo. No lo compré para que se reprodujera, pero tampoco se lo puedo prohibir. ¿Ya me comprendes, guapa? Él sabe dónde está su lugarcito, no tienes que humillarlo para que se ubique —de poco le servía al Jurisconsulto pontificar en torno a las ventajas competitivas del abogado. No bien se atravesara una oportunidad, Imelda encontraría el modo más puntual de maltratarlo delante de él, sólo para después, ya a sus espaldas, regresar al ataque con proyectiles de coquetería. Invencibles también, aunque compensatorios. Nadie se habría creído que a Palencia le disgustara el juego, por más que le temiera a sus probables consecuencias.

—Entonces, Palencita, ¿ya va a explicarme cómo le hace para aguantar a Domingo? Está bien, no me diga, déjeme con la duda, pero siquiera cuénteme lo que piensa él de mí. Lo bueno, nada más. Lo malo ya lo sé y no me hace ni falta que me lo recuerden. Soy una pueblerina aprovechada y resbalosa, ¿no? Ahora le toca a usted decir lo positivo. Lo galante, ¿verdad? ¿O qué, es hombre o ratón, Palencita? Dígame, ¿qué prefiere, mujer sin queso o queso sin mujer? Cuénteme algo, ya no se ponga tan rejego. ¿Va a decirme que así es para todo? —lo hacía reír, a veces. Era un trabajo lento y ella lo sabía. Para qué desgastarse jalando y empujando, si al final el incauto caería solo, con todo y su lealtad y sus modales tiesos y ese recelo frágil que era como un escudo de papel para el férreo mazazo de sus muslos, sus caderas, sus ojos. Usaba faldas cortas, se sentaba en las mesas, le hacía preguntas engorrosas del tipo: ¿Cómo las ve, Palencia, cree que tengo las pantorrillas gordas?

—No, señora —soltaba en todo caso, si llegaba a mirarse orillado a abrir la boca. Una postura cómoda, de ninfa correlona y acorralable, plena de las coartadas del cómplice pasivo. La señora me dijo, soy sólo un abogado. Tenía que ser discreto. Estaba entre la espada y la pared. Imelda se encargaba de que la espada fuera tersa y la pared mullida, de modo que Palencia la prefiriese a ella sobre el Jurisconsulto, cuando fuera preciso reacomodar lealtades. Sería primero zorra despiadada, luego iría bajando hasta tomar la forma de gatito indefenso que Palencia seguro le agradecería. Nada le hacía tanta falta a Palencia, juzgó y rejuzgó, como ser especial, a cualquier precio y en cualquier sentido. Tantos años de camellar a la sombra tiránica de Balmaceda tenían que dejar una huella siniestra en el carácter. Un agujero en la vanidad. Nadie se come kilos y kilos de mierda sin eructar rencor y vomitar revancha. Sería una clase comparable de náusea la que Imelda olfateara tras la cabeza gacha de Palencia, o quizás solamente concluyera que tanta humillación no se almacena libre de podredumbre.

—Y ahora cuénteme qué le da el licenciado Balmaceda para que sea tan fiel de ir a chismearle todo lo que le digo. Y ni lo niegue, que por él me enteré. Ya sé que no le cuenta todo-todo, pero de que se raja, se raja. Lo que no entiendo es qué le da a cambio. Yo, por ejemplo, le pago sus servicios. ¿Él qué? ¿No se supone que se lleva una tajada cuando usted necesita que lo ayude? No quiere hablar, ¿verdad? Qué bien porque yo sí. Como que desperté con ganas de moverle el tapete al primero que se deje. Y ése es usted, Palencia. Usted se deja, igual que yo otras veces me dejé, y ahora dejo que me usen sin usarme. De pura tapadera. Pero a mí por lo menos me trata bien y no me pone apodos. Claro, me dice reina. Princesa. Queridita. Cosas que suenan bien delante de los otros, aunque a todos les conste que son falsas. Es como si dijera: señoras y señores, respeten los floreros. Dice que soy la flor, pero soy el florero. Portátil, resistente, decorativa, muda. ¿Cómo se siente usted, Juan Pablo? ¿Trabajar con Domingo le da complejo de palanca, alfombra, trapo, bacinica? ¿Siquiera sabe cuál es su apodo? ¿El de usted, el que él mismo le puso? —más que de lo que cuenta, la cizaña suele vivir de lo que calla. Eso lo sabía Imelda desde muy niña, su madre era una experta en amarrar navajas a primas, amigas y cuñadas, a fuerza de insinuar lo que nunca podrían decir que dijo. Confesarle a Palencia que Balmaceda lo llamaba El Lacayo de Troya podía minar en él esas capacidades que ella tanto necesitaba. En todo caso, si era necesario, cambiaría "lacayo" por "vasallo", que igual lo ubicaría pero sin afrentarlo. O inventaría otro apodo, a la medida del efecto buscado. Si Domingo le vio madera de soplón, seguro la tenía. El chiste era ponerlo a soplar en la dirección correcta. Que a él lo enterara sólo de lo conveniente, ya se haría ella cargo de lo demás.

—Preferiría no saberlo… señora. Perdón, pero esos datos no me ayudan. Trato de hacer las cosas lo mejor posible. No se ganan los juicios con ideas negativas y lo mío es ganar juicios. Si los pierdo, me quedo sin trabajo. No soy un delator, usted sabe eso. Pero sí tengo ciertos compromisos y no los puedo desatender. Fuera de ahí, ya sabe que cuenta conmigo —le costaba trabajo resucitarlo. Había que picarle la cresta largamente, hasta que respondiera de algún modo al castigo. Era cosa sencilla coquetearle, casi le parecía un tipo guapo luego de esos ataques de dignidad histriónica que terminaban en guiño compinche.

—Cuénteme entonces cómo me dice a mí cuando no estoy. Porque si a usted le ha puesto veinte apodos, y a todo el mundo le cuelga otros tantos, ya quiero ver cuáles me endilgó a mí. Ándele, Juan Pablito, no sea díscolo. ¿Cómo me llama, cuando no estoy enfrente? ¿Algo sobre mis piernas, mis caderas, mis nalgas? ¿La Yegua? ¿La Potranca? ¿La Culona? Dígame, no me enojo. ¿Es algo de mis pechos, de mi cara, de mi pueblo? ¿No me llama algo así como la Rancherita, por ejemplo? ¿La Ratamiau, por mis antecedentes? —no estaba pertrechado Juan Pablo Palencia para enfrentar una invasión así. Aun al tanto de las tablas teatrales de la mujer-florero del Jurisconsulto, ya sólo el espectáculo de su sinceridad sintética le parecía objeto de una deferencia especial, por llamar de algún modo inimputable al juego que sin duda los involucraba. Seguir siendo Palencia frente a Balmaceda, convertirse en Juan Pablo a sus espaldas.

¿Cómo no iba a saber Imelda Gómez que una buena razón para aguantar el peso de trabajar con el Jurisconsulto, y entonces soportarlo de malas y de buenas, sabría el diablo cómo sería peor, eran también esas insinuaciones que en un golpe maestro le devolvían con creces el respeto escatimado y hasta a veces lograban imitar el color del idilio? Nunca había sido exactamente tímido, pero sí lo bastante reservado para hacerse pasar por introvertido y a veces confundirse entre los arrogantes. Gente de pocas sílabas y menos gestos. Nada que intimidara en todo caso a Imelda, decidida a invadirlo en defensa propia. Si Domingo había hecho lo que había hecho por ella, para ella y a lo mejor en nombre de ella, no podía quedarse a descubierto. Tenía que ser el propio Balmaceda quien pagara la cuenta completa por el asunto que los unía:

Su protección, le dijo al poco de conocerla. Tu seguridad, la tutearía después. Nuestra paz de espíritu, insistiría al cabo, ya con ella en su casa y un par de asesinados en la bitácora. ¿Podía imaginarse gesta más peligrosa que dormir cada noche, o casi, o por lo menos la mitad de las noches, al lado de un sujeto como el Jurisconsulto? Podía, cómo no. Podía, sobre todo, una vez que lograra devolver el caballo a los griegos para abrir en secreto cuanta puerta pudiera, Jurisconsulto adentro. Una labor titánica y con certeza ingrata para quien no estuviera en su posición y dispusiera de los encantos y destreza precisos para encontrar en Juan Pablo Palencia el solo cabo suelto de Domingo de Jesús Balmaceda.

—Domingo de Jesús, Juan Pablo. Hay que plantar la cruz cuando se juntan dos abogados con nombre de fraile. Y antes hay que agarrarse la cartera —comentaba Manolo, en tanto Imelda fingía entretenerse viendo lo que estuviera en la televisión. Pero no se quejaba; todo lo contrario. Platicaba esas cosas en un tono festivo y ufano. Quería que la gente supiera que tenía a rufianes por abogados, igual que otros se encargan de hacerle propaganda a la mandíbula de su rottweiler. No les pagaba tanto porque lo defendieran, como para que no lo atacaran, bromeaba, y añadía: son tan malvados que en sus recibos de honorarios dice "pago de protección por el mes de noviembre". Todos se carcajeaban junto a él, menos Imelda, que oficialmente era una papanatas. Trabajan por su cuenta, seguía Manolo, ya encarrerado en el humor fanfarrón, desde que se independizaron de la Gestapo. Después golpeaba el hombro de su escucha más cercano, como dando la seña para ambos carcajearse al unísono del nuevo chiste malo. Desde entonces se figuraba Imelda que dos hombres en teoría tan peligrosos para los demás tenían que serlo también para sí mismos. Y si al fin su más alta especialidad consistía en jamás dejar un cabo suelto, seguro lo serían el uno para el otro. Toda fuerza conjunta, se dijo, remedando sus viejas clases de física, es una debilidad en potencia. Si entre otras cosas ella los unía, no le sería difícil dividirlos. Juan Pablo vs. Domingo de Jesús: qué cartel evangélico, tenía que ser un hit.

—Eran de Yautepec, según decían, pero no hubo quien los reconociera. Tampoco en Chiconcuac quisieron saber de ellos; y menos en Jojutla, que fue donde empezaron con sus hurtos. Muertos sin Dios, señora, ni quién reclame el cuerpo. No tenían visitas, allá en el reclusorio. Tampoco pertenencias. Vinieron y se fueron como fantasmas. Puede uno incinerarlos y ni quién se inconforme. Y aunque se diera el caso de que un pariente se apareciera y nos dijera misa, ya sabe que acá estamos para servirla —contra la opinión cándida de Balmaceda, que se decía "genéticamente intocable", Imelda se sentía más insegura bajo la protección del comandante Prado que cuando era una simple ladrona de casas y no contaba más que con el instinto. ¿Cuánto había pagado el Jurisconsulto por las cabezas de Isidro y José? ¿Cuánto de ahí le había tocado al comandante? Ésas y otras tarifas eran datos que Imelda tenía que encontrar, antes que en un descuido la información viniera detrás de ella. Eran ya muchos años de pelear por debajo del agua, sobrevivía más por causa de esa inercia que por algún apego racional a nada. Si eso, nada, quedaba por perder o ganar, estaría cuando menos la satisfacción de no servir de ejemplo ilustrativo. Que Isaac Gómez no tuviera el descanso moral de sermonear a hijas y nietecitos rematando "como mi pobre hija, que en paz descanse". Tendría que irle bien alguna vez, en tanto eso pasaba no se daba el permiso de acabar en la cárcel o el panteón. Eso sí lo sabía. Mientras ella tuviera algún control, nadie en Chiconcuac iba a componer moralejas a sus costillas.

—Norma Eleuteria, Olga Brunilda, Nubia Eduviges y Nadia Rosenda, todo a partes iguales —le dictó al abogado, ya le diría él cuándo tendrían la cita con el notario. Moriría quizá primero que ellas, aunque no tan temprano para servir de alerta contra la mala vida. Pues si de mala vida se hubiera tratado, se dice todavía y se promete que seguirá diciéndose, bastaba con quedarse a vender aspirinas y kótex en Chiconcuac. De una u otra manera, con ella muerta o viva, tenían que enterarse Olga, Nubia, Nadia y Santa Norma que le había ido bien. O en fin, que había vida más allá de

Chiconcuac y Atlacholoaya. Se prefería enamorada de un delincuente como el muerto José que casada con uno de sus dos cuñados. Sería lo peor, José, pero era hombre. Y eso no lo entendían Olga y Norma porque vivían con remedos de hombre. Parásitos amables que complacían al suegro para amarrar su trozo de farmacia. Putañeros de pueblo con porte de señores de provecho. No tardarían en perseguir a las criadas, igual que sus patrones habían hecho con ella. ¿Cómo podía explicarle a la bruta de Norma que prefería ser la sirvienta que la esposa de Rubén, aunque fuera nomás por aguantarlo menos tiempo en la cama? Como quien dice, Norma tenía razón. Ella, Imelda, no era más que la enfermedad de la familia. ¿O esperaba que Nubia y Nadia la admiraran sólo por ser más jóvenes? ¿Que se hicieran ladronas y amantes de ladrones para evitarse el riesgo de un marido de mierda? ¿Era el Jurisconsulto mejor que sus cuñados? ¿Era nadie mejor o peor que nadie? Ya nada más por eso no iba a darles el material para la moraleja. Nadie mejor que Imelda sabía que desde meses antes del invierno el escorpión dio cuenta de la hormiga y la cigarra y cuanto insecto imbécil se empeñó en dar ejemplos instructivos. Si a las palomas se les entrena para que abran las alas y aterricen sobre los hombros de los héroes de pacotilla, los alacranes nacen entrenados para arribar a esas mismas alturas sin tanta indiscreción. Pequeños, silenciosos, eficaces. Cuando mira hacia atrás y aparece una imagen de Chiconcuac, Imelda se repite que nomás no nació para paloma. En su versión del Reino Celestial, Padre e Hijo son buenos sólo porque los une un alacrán. De otra manera ya se habrían devorado.

2Φ%Λ☐Θ? 8?IΦ2IΛ
8?Φ2?Φ8? VO∽O☐Λ IO☐V2Φ8?☐Λ ΛV2ΦO⊥⊥⊥

П⊥ ◇‡? ?Φ I‡+O☐ ¿? XOI?☐ ☐‡–2Λ OI ΔO☐+?Φ8Λ IXOVI2Φ,
Θ2 IΛΘOΦ¿OΦ8? IΛ XO ¿?∽O¿Λ IΛIΛ☐ IOIO⊥
⊔⊥ ◇‡? OXΛ☐O ?I ΦΛΘ–☐? ¿? IXOVI2Φ Δ2 ◇‡? I? ◇‡?¿O
ΘOI⊥
Ⅎ⊥ ◇‡? IΛΦ 8Λ¿Λ ☐?ΔV?8Λ ¿‡¿O Θ‡IXΛ ?ΔΛ ¿? ◇‡? ?I
ΔO☐+?Φ8Λ 82?Φ? ‡Φ IΛΛ⊢ O82+☐O¿Λ⊥
⅃⊥ ◇‡? I‡OΦ¿Λ XO Ϟ2Δ8Λ ?I IΛΘOΦ¿OΦ8? ΘOΛV2IΛ8? ◇‡?
IΛΔ 82+☐?Δ Δ? Θ?8OΦ O ΦO¿O☐ OI IOΦΛ⊥

ΓⅠ.⊥ ◇‡? ΦΛ ?Δ8O□ƧO ⊖OI OᵭOV8O□I? ?I ᵭƧΔ%□OOO ᵭ? IO
ΔƧ□?ΦƧ8O, VO□O ΦΛ OԿ?□+ΛΦOOO□IΛ IΛΦ IΛΔ Կ?IƧΦΛΔ⊥
ⅡⅠ.⊥ ◇‡? ᵭ? ◇‡? ΔƧ□Կ? ◇‡? ?I V?□□Λ V‡?ᵭO ΔOIƧ□, ΔƧ Δ‡
O⊖Λ ?Δ8O ?ΔIΛΦᵭƧᵭΛ ᵭ? IO VΛIƧIƧO⊥
ΕⅠ.⊥ ◇‡? Δ‡ ⊖O←Λ□ 8O⊢O⊖O←O ?Δ ‡ΦO IXƧIIΛΦO, VΛ□◇‡?
←O ԿOΦ 8□?Δ Կ?I?Δ ◇‡? IO ?ΦI‡?Φ8□O IƧ⊖VƧOΦᵭΛΔ? IΛΔ
⊖ΛIΛΔ⊥
ƐⅠ.⊥ ◇‡? ΔƧ?⊖V□? IIΛ□O Ƨ+‡OI I‡OΦᵭΛ 8?□⊖ƧΦO IΛΦ Δ‡Δ
ΦΛԿƧΛΔ⊥
✱⊥ ◇‡? Δ? I? XOI? ⊖‡← □O□Λ VΛ□◇‡? ?I ‡I8Ƨ⊖Λ ΦΛԿƧΛ
Δ? I? %‡? XOI? Δ?ƧΔ ⊖?Δ?Δ⊥
Π‡⊥ ◇‡? ?Δ? 8O⊖–Ƨ?Φ ΔOIƧΛ ᵭ? Δ‡Δ %O⊖ΛΔOΔ I?ΦOΔ ᵭ?
ΔΛI8?□ΛΔ⊥
ΠΠ⊥ ◇‡? OVΛΔ8O□ƧO ?I IΛ%□? IΛΦ IOΔ ∽Λ←OΔ ᵭ? O□Ƨ?I O
◇‡? Δ‡ IΛ⊖OΦᵭOΦ8? ←O Δ? V‡ΔΛ I?IΛΔΛ⊥

730

El problema de las mujeres imposibles no es que sean imposibles, sino que llegan sin anunciarse. Se escudan tras el halo alcahuete del amor en teoría impensable o inalcanzable, cuando inclusive el ente más repelente sabe que no poder alcanzar al amor es una condición en extremo propicia para ser alcanzado por él. *No hay amor más cercano que el distante*, diría Basilio Læxus en mi lugar. Ninguno es imposible, casi todos distantes, y ya sólo por eso próximos en potencia. Le contaría a Dalila que me sigue gustando su mamá si no estuviera aquí el fantasma de Imelda. Cada vez que me siento a escribir un pedazo de capítulo, lo hago con la ilusión más o menos oculta de complacer a alguna de las dos. Todavía no creo que algo de lo que llevo escrito pueda servir para entregárselo a los Balboa, pero al menos paré de insultar al lector. El maestro Læxus se nos pone blando. Tendría que venirle bien a la paciente saber que sus encantos dan para corromper al inventor de la Vía Læxus. A este paso, lo va a descubrir sola. ¿Cómo va todo?, Eugenia, me hago el profesional cada vez que le llamo. Me agazapo detrás de un tono artificioso que no sé si termina siendo útil. Cuando cuelgo el teléfono me siento un pobre diablo. Un vendedor que va de puerta en puerta y se enamora de la primera que abre, sólo para poderse consolar con el pretexto de que es imposible. La gente no se besa con quien toca la puerta para venderle un puto pelapapas.

En todo caso, Imelda me lo va a comprar: un capítulo de la *Summa Balboa* que parece un capítulo de la *Summa Balboa*, por más que Gina y yo sepamos otra cosa. La llamé ayer. Le dije que me urgía hablar con ella. ¿Me quieres ver a mí o más bien necesitas al abogado?, disparó sin piedad pero no me importó. Tengo que verte, regresé a la carga, sin ningún abogado. Si traes uno contigo, que te espere en el coche. Nada más dime cuándo y dónde nos vemos. De esas veces en que uno hace menos que nada para ocultar las ansias, esperando que sean ellas quienes negocien. No sé dónde ni cuándo, Brujito, la remedé, no bien cerré el teléfono y lo dejé caer sobre la alfombra, decidido a drogarme como una cobaya de aquí al fin de mis días. Basta un fin de semana solo y encerrado para empezar a creer que será el último.

Paso días y noches obedeciendo a algún botón de pausa que no sé dónde está. Si pudiera encontrarlo, escribiría toda la *Summa Balboa* en un par de semanas. Lanzaría la teoría del botón de pausa, firmaría ejemplares con títulos tan internacionales como *Just Press Play!* y me iría a deprimir a la inmensa piscina de mi casa en Bel Air. El Samsonite se tira junto a mí, como dando a entender que es solidario con mi estado de pausa. Nunca he visto que salte, corra o se apresure a nada, como no sea comer y cagar. Le rasco muy despacio la cabeza y él se va acurrucando sobre mí. No le importa que yo sea patético. Mueve la cola igual si me vuelvo Manolo, Gina o el doctor Alcalde. Habla con el ventrílocuo, nunca con los muñecos.

De repente lo llevo conmigo. Salimos juntos cerca de las diez. Él en mis brazos, envuelto en una manta. Sólo de verlo sumergir la cabeza, juraría que sabe a lo que se expone. Ya en la calle camina junto a mí, despegándose apenas para alzar la pata sobre una esquina, un poste, una planta, una rueda. Le gusta ir en el coche, no le importa esperarme preso adentro mientras vuelvo de cada funeraria. Nadie mejor que el Samsonite sabe que de esas escapadas nocturnas regreso hablando solo, unas veces con Gina y otras con Imelda. Vencido por los hechos, o por la falta de ellos. Me consuelo pensando que ya se acerca el viernes y estaré de regreso en los dominios de quien una vez fue La Pequeña Gigí. Sueño con deshacerme por cinco minutos del disfraz de doctor Ventrilocus y permitirme ser solamente el vecino de la casa de atrás. El hijo de Borola que una tarde regresó de la escuela sólo para elegir entre desconcertarse, sobrecogerse o felicitarse, nada más se enteró que su mero rival se había hecho pomada en el traspatio. Release me, pues, and let me love again? No estaba preparado para ganar. No sabía siquiera si algo había que quedara por ganar, como no fuera terminar de enterrarlo.

—¿Y ese perro, Brujo? —me ha atrapado en la calle, a una cuadra del edificio. Viene sola, se ofrece a llevarme.

—Me lo robé. ¿Por qué? —me le planto en el quicio de la puerta lateral, con el Samsonite un paso detrás.

—¿Lo tienes en la casa? —se estira y lo acaricia. Le rasca la cabeza. Se simpatizan.

—¿Qué iba a hacer? ¿Rescatarlo y echarlo a la calle?

—¿Rescatarlo de dónde?

—Lo tenían amarrado, en una azotea.

—¿O sea que de veras es robado?

—Hace tiempo que no nos ponemos al día.

—¿Le robaste ese perro a algún vecino, por casualidad?

—¿Vas a decirme que te enteraste?

—No —sonríe, ya sin el falso rictus regañón. —Me estoy enterando. ¿Cómo se llama el perro?

—Es el Samsonite.

—¿Igual que las maletas?

—No sé por qué le pusieron así. Pero a él le gusta. O de menos lo llamo y me obedece. También tengo un conejo.

—¿Robado?

—Rescatado, igual.

—¿No te vas a subir?

—Traigo al perro conmigo.

—Súbelo atrás, encima del asiento. Entramos juntos por la puerta de enfrente.

—¿Viniste a hablar conmigo? No puedo entrar por la puerta de enfrente.

—Soy la dueña, puedo identificarme. No te va a pasar nada si una vez en la vida entras como cualquier persona decente.

—Traigo un perro robado. Todavía quedan fotos suyas en los postes.

—Entonces méteme por la puerta de atrás.

—¿Por la del edificio?

—¿Por qué no? ¿Tú sabes desde cuándo no pongo un pie en ese edificio?

—¿Y si nos ven?

—¿Por qué? ¿A ti ya te vieron?

—Hasta ahora no —miento, aunque no del todo convencido.

—¿Nadie?

—Casi nadie —un poco de verdad a nadie le hace daño.

—¿Qué quiere decir casi?

—El perro, por ejemplo, sí me ha visto.

—¿Nadie de tu tamaño?

—Eso sí te lo juro —qué descanso, ya no seguir mintiendo.

—¿Entonces qué? ¿Me llevas?

—¿A la casa?

—Querías hablar conmigo, ¿no? Ya llegué. A menos que me digas que estás con alguien más —hace un gesto, me gusta que la idea le disguste.

—Un conejo y un perro. Vamos, si quieres. ¿Piensas dejar la camioneta aquí? —hablo ya por hablar, entretenido en recorrer de reojo la curvatura de su rodilla izquierda. Trae una falda corta de satín magenta. Medias negras. Zapatos de tacón. Viene algo despeinada, se le ha corrido el rímel, aunque recién se repintó los labios. Señoras y señores, Imelda Wild. Podría ser el nombre de una reina porno. God save Imelda Wild, repito mientras ella estaciona la camioneta. De pronto voy cayendo en la cuenta de una erección perfectamente autogestiva. Nada me inculpa más que mi inocencia.

Vamos del edificio al patio de la casa con un sigilo inútil, aunque divertido. La una de la mañana, la llevo de la mano un paso atrás de mí. El perro por delante. Me pregunto si el suelo que pisamos fue tocado por el cadáver de Manolo; si habría salpicado sangre hasta las paredes o sólo cayó el bulto reventado por dentro. No sé si ella lo sepa. No pienso preguntárselo. Me basta con saber que hasta hace unos minutos pensaba que era una mujer imposible y ahora la traigo a la misma guarida donde a veces me da por aullarle a su ausencia. Muerto el perro, me insisto, bye-bye rabia.

De repente no queda nada por decir. Nada que sirva de algo, en estas circunstancias, cuando sólo el silencio sabe llenar los huecos sin colmarlos. No le pregunto qué quiere beber, ni la invito a pasar a la sala, ni me disculpo a causa del desorden. Subimos la escalera, nos detenemos a la mitad. No sé si es suya o mía la iniciativa, bailo apenas al ritmo del silencio conquistado. Voy dejándome caer sobre los escalones. Le he soltado la mano pero ya me recargo contra ella, que se acomoda para que la abrace. Como si sólo así pudiésemos decirnos cuánto nos urge guarecernos del mundo.

Silencio largo y ancho como una nube inmensa sobre un planeta ínfimo. Silencio de caricias diminutas y cosquillas que se hacen comezón. Silencio acompasado por sí mismo. Silencio entretejido, que a su vez entreteje una trama de coincidencias íntimas deseosas de pasar por siderales. Silencio desplazado desde el fondo del cráneo por algún eco líquido que me susurra there's a kind of hush all over the world tonight. Silencio que nos damos como se dan los besos, pero no en lugar de ellos sino apenitas antes, camino adentro de una espiral de caricias que ya nos va absorbiendo la piel y los huesos. Silencio pleno de la clase de memorias que uno guarda en lugar secreto y remoto para no atormentarse con su recurrencia, y pese a todo acuden al instante, no bien el alma llena de aire los pulmones.

Hasta donde percibo, que tampoco es gran cosa, por lo pronto, no soy el único que se deja llevar por la fruición y besa y es besado igual que un náufrago del mar del desafecto. La tristeza de un cuerpo no se oculta para quien bebe de él. Antes que en seducirla, pienso en cauterizarla. Cauterizarnos. Celebrar el amor imposible desde el filo del beso improbable. Moverse sin embargo, mordisquearse. Comer y ser comido. Voy besándola pantorrillas arriba, en algo parecido a círculos concéntricos. Me empeño en barnizarla de saliva, sumergirla conmigo en la complicidad de la carne mojada, chuparla hasta absorberla, ir y venir entre el talón y el muslo, bajar hasta las últimas falanges y arrastrarse después cuatro o cinco escalones hasta alcanzar su aliento accidentado. Atenazarla entonces. Oprimirnos. Hormarnos. Masticarnos a besos los anzuelos.

Imelda, exhalo, Imelda. No le digo otra cosa que su nombre, seguro porque nada me asombra más. Imelda, Imelda, Imelda, Imelda, Imelda, Imelda, Imelda Fredesvinda, me extiendo, la provoco y me responde con una mordida entre el cuello y la oreja. No suave, ni coqueta, ni rauda, sino lenta y profunda, y yo no sé explicarlo pero quiero que siga. Que me pruebe la sangre y encuentre en ella su propio sabor. Que la huela y se huela, me suplico y ya le abro las puertas al rencor. ¿Tendría que morderla, yo también, o me conviene más dejarme hacer para luego embarrarle mis heridas? No lo sé, no me importa. Por mí, que me devore a dentelladas. Yo también siento adentro un hambre de años y por ahora la calmo repitiendo su nombre como un mantra, pero ni así me creo que está pasando lo que está pasando. Nunca me lo he creído, ni siquiera cuando vivíamos juntos y jugábamos a los casaditos. Para creer en algo tengo que retorcerlo. Puede que esté gozando de la mordida sólo para después mirar la marca y decirme que Imelda la firmó. Aunque también es de considerarse la posibilidad de que sus dientes sean por ahora mi única conexión con la tierra. Hacer tierra en su carne: qué privilegio del otro mundo.

Gina querida,
He dejado pasar una semana larga pensando en escribirle una vez más. Mientras tanto le he enviado la primera de estas cartas, menos como un impulso repentino que como el saldo de una vieja comezón. Me siento arrepentido, pero a la vez ligero y hasta un tanto optimista. Es posible que piense, al haberla encontrado junto a su propia acta de nacimiento, que busco divertirme a sus costillas, pero debe creerme que la escribí seguro de que no la enviaría. Que es lo que pienso ahora de la segunda, cuya sola lectura me incomoda, si bien no tanto como para romperla. Me excedí, no lo dudo, pero no exageré. Fui, a mi pesar, exacto. Habría preferido preservarme, mirar hacia el pasado —el suyo, el mío— con displicencia adulta y perdón impostado. Lo habría conseguido, probablemente, si no fuera por esa comezón de marras que no se agota con el punto final y me empuja hacia la oficina de correos. Quién sabrá, Gina, si no le escribo ahora la tercera carta sólo por atreverme a enviarle la segunda, o tal vez proceder a redactar la cuarta. Juran los homicidas seriales que lo suyo no es un proyecto frío sino una recurrencia incontrolable. Quisieran no matar, y cuando se dan cuenta ya lo han hecho de nuevo. Yo tengo la mejor voluntad de quemar estas líneas apenas terminadas, y hasta de no empezarlas bajo pretexto alguno, pero tanto me tienta desobedecerme que aquí estoy, convertido en un triste remitente serial.

Triste, he dicho, porque sé que estas cartas sólo pueden servir para apartarla del lunático que aún ahora soy. Más ahora que nunca, según temo, pues si de niño tuve la dispensa de mis escasos años, hoy es la edad mi mayor agravante. Debería tener algo mejor que hacer que hurgar en los archivos de mi padrastro y atesorar actas de nacimiento. Escribir estas cosas, a estas alturas, es formarme en la fila de esos perdedores que poseen cualquier cosa menos vida propia. Gente desocupada, como suele decirse. Personas sin oficio ni beneficio. Pues si me diera por confesarle mi oficio tendría que esfumarme tan pronto mis palabras llegasen al buzón. De manera que si antes intenté dilatarme en el relato, a partir de este punto me digo que lo más sensato, considerando ya mi condición de remitente serial, sería ir adelante con la premura propia de mi situación. Nada me garantiza que no reincidiré y sin mayor aviso hallaré necesario enviarle la segunda y la tercera y la cuarta, ni que usted tardará en ponerme hasta arriba de su lista negra. Pero eso es solamente lo más sensato, algo que nunca supe cómo hacer, pues lo único sensato en realidad sería no escribirle carta alguna, ni continuar metiéndome donde nadie me llama, y usted menos.

Yo la he llamado, al fin, y la sigo llamando como se invoca a un alma paralela. Nada nuevo, por cierto, y eso es lo más patético de este destino. Verme aquí gravitando en torno suyo, buscando las palabras expeditas para llegar a donde no quisiera. Preferiría gastarme las horas contándole del Detective Fantasma, pero mucho me temo que acabaría narrando la historia de Gigí: la chica que embelesa al investigador con enigmas que él no consigue descifrar, por sesudas que sean sus artimañas. ¿Necesito decirle que la espía sistemáticamente y tampoco se atreve a hablarle cara a cara, que la sueña y se sueña soñado por ella, que la mira de lejos, de reojo, y de noche le escribe todo lo que por años ha querido decirle, que cuando se le acerca (de espaldas, casi siempre, o de lado con la vista en el suelo) tiembla como un conejo acorralado y repite su nombre sin abrir ni los labios? Pude llamarle Gina, Eugenia o Eugenita, pero escogí el Gigí que tanto le gustaba a doña María Eugenia no sólo por jugar a ser su yerno, también porque sonaba a conjuro mágico. Soporta uno la infancia y sobrevive a ella por la magia de la superstición. Que es la trampa que se hacen los niños para librarse de trampas mayores, a lo largo de esas horas desesperadas que transcurrían tan lentas dentro de la cabeza y nos atormentaban con supercherías, como cuando llorábamos en soledad porque el futuro nunca iba a llegar.

¿Qué es el amor, al fin, si no superstición? De él no sabemos nada y lo creemos todo, y a veces muy temprano averiguamos que en su ausencia se vive a merced del cinismo y la miseria, disimulando a medias la huella del fracaso primordial. Somos, Gina querida, lo que amamos, aun si con frecuencia no amamos cuanto creemos que somos. Se cree mal hacia adentro, y peor ante el espejo, que nos miente a sabiendas. Para poder trepar hasta el plafón por donde me metía al hueco desde el cual revisaba diariamente su vida, tenía que plantarme encima del lavabo y mirarme de cuerpo entero en el espejo. Al principio me daba algo de miedo, luego se hizo vergüenza, y al final conseguí que fuera una satisfacción vecina del orgullo. Vecina, qué palabra bonita. Y más si la vecina se llamaba Gigí. Yo me miraba como su protector, consideraba heroicas mis incursiones en su vida privada, creía en un sistema divino de justicia que llegado el momento nos uniría. Parece candoroso, visto desde esta edad, pero si usted se ubica allí leyendo y me imagina aquí, escribiéndole, verá que aquella fe no estaba totalmente equivocada en la creencia de que algún día habría entre usted y yo un nosotros privado. ¿No es cierto, Gina, que esta carta lo demuestra?

Sé que estoy demostrando ser un cínico, y más que eso un pelmazo. Cualquiera puede enviarle un mensaje anónimo y presumir a solas de tener relación personal con usted. Pero ése no es mi caso, querida mía. Yo la conozco bien, y usted a mí. No sólo de la infancia, además. Como ya se lo dije, me propongo contarle todo sobre nosotros, de ahí que necesite un poco de su fe. Yo le aseguro, Gina, que mi intención no es jugar con usted a las escondidas, sino explicarle cómo, desde cuándo y hasta dónde "nosotros" es un hecho en su vida y en la mía. No pretendo excusarme por esta alevosía duplicada. Sé que mi posición es la más cómoda. Puedo verla desde diversos ángulos y usted no tiene sino estos papeles para saber de mí. ¿Qué llegaría a saber, de cualquier modo, si no me esmero yo en ponerla al día con la historia de nuestros desencuentros?

Imagino sus dudas, tomando en cuenta la cantidad de gente que la habrá conocido en estos años últimos, por asuntos estrictamente profesionales. Nunca falta un loquito, ¿no es verdad? Uno que tiene poco quehacer en esta vida y cualquier día decide infiltrarse en la suya con una determinación temeraria, obsesiva, enfermiza. A saber si traeré algún retrato suyo en la cartera, o si lo he puesto en la computadora de fondo de pantalla y hasta alterado con el Photoshop. Imagino que ya lo sospechó, pero ahora que sabe de dónde vengo, y no tanto quién soy como quién fui, dudo que no le quede cierta curiosidad por asomarse a la ventana que le ofrezco. La invito a que se mire desde aquí, y a que observe conmigo las escenas secretas que todavía hoy conectan nuestras vidas. Puede, si le acomoda, tacharme de cobarde. Nadie que escriba cartas anónimas puede aspirar a menos. Si a otros el paso del amor los mejora, a mí no ha conseguido quitarme lo canalla. De manera que si creyó o temió que de cualquier manera intentaría yo valerme de estas líneas para justificarme, la tranquilizo: no merezco perdón, he renunciado a él desde que di los pasos necesarios para ubicarme donde los miserables. Los traidores, los delatores, la porquería de la porquería. Aún así, tengo una historia que contarle.

Dudo mucho que pueda obrar en mi descargo el hecho de jamás haberme convertido en un canalla, sino serlo y saberlo desde pequeño. Pertenezco al equipo de los malos, y tengo en él tan distinguido rango que desde niño guardo la certeza —confirmada más tarde, en la adolescencia— de ser un ave del peor agüero. Le traigo la desgracia a los que me rodean, y eso más de una vez la ha incluido a usted. Soy, no obstante, un canalla a menudo inconsecuente, pues albergo la creencia —estúpida y atávica, si quiere— de que me basta con desearle un mal a quien sea para que esa persona lo sufra y yo proceda a torcerme la vida porque en esos funestos momentos descubro que soy menos canalla de lo que debería. Me escuecen los escrúpulos, las ansias redentoras, el prurito de indemnizar a quien me lo permita. No a usted, se entiende, sobre todo si tomamos en cuenta que yo no sé hasta dónde sea bueno que siga aguijoneando su curiosidad y la vuelva malsana por contagio. Como le digo, traigo la mala suerte, más aún si pretendo conseguir lo contrario. Para darle una idea, le adelanto aquí mismo el nombre de nuestra protagonista: Nancy Félix. Su enemiga, también la de su madre. La mía, de repente. La nuestra siempre y no obstante mi madre.

Le he advertido esto último para darle la opción de hacer pedazos la próxima carta sin haberla leído. Una precaución boba, incluso un despropósito, si ya he dicho que de cualquier manera no pienso enviarle más correspondencia. Pero me he acostumbrado, fatalmente, a jugar con usted haciendo las dos partes, y hay días en que vengo por la calle sosteniendo animados diálogos con Gina, llamando la atención de los curiosos porque no me preocupo ni por bajar la voz (es decir, nuestras voces) y porque es mi manera de anunciar que aunque no lo parezca no estoy solo, y en el peor de los casos, como ahora ya lo sabe, llevo toda la vida ensayando el papel de lunático autosuficiente del que ahora mal podría desprenderme. Soy el fantasma del Detective Fantasma: uno de esos remitentes seriales que jamás esperaron correspondencia. Como a otros alunados con mi perfil (si no recuerdo mal, Felipe, el de Mafalda) me gobierna una minoría aplastante. Voy cuesta abajo y no quiero parar. Se ha hecho tarde para entrar en razón.

Suyo entre la estratósfera,

Capitán Urubú.

Los amantes se pueden dividir en dos: estelares y dobles. Stars & Stunts. Los primeros exigen toda la atención, por la gustada vía de la lujuria, mientras que los segundos demandan sin saberlo que uno los sustituya en la imaginación. Cerrar los ojos y entregarte a creer que es la vecina nueva, no la casera vieja quien te acompaña, por decir algo. Después de tanto coito descafeinado, uno se va olvidando de aquella antigua técnica de elevar números a la octava potencia desde minutos antes de la penetración, para evitar un desenlace prematuro. Puta mierda, no quiero terminar. No sé si debería comenzar con las cuentas o si será bastante con seguir hacia abajo en la clasificación. Los dobles se dividen en regulares y casuales, mientras los estelares pueden ramificarse en dos categorías idénticas. Por más que estos momentos pudieran ser casuales, nada evita que sepan a regulares, y hasta incluso de toda la vida, si desde que la vi pararse en mi escenario ya era suyo el papel estelar.

¿Cómo dividiríamos después a los estelares regulares?, le pregunto al doctor Alcalde, que ha acudido en mi auxilio mientras Imelda me cabalga entre trote y galope, prendida de mi cuello y el barandal. Imelda, exhalo, imploro, manifiesto, y así se descarrila el tren de pensamiento. Imelda Wild. No es ella el único animal que salta entre las matas cuando lanza esos ojos apanterados y se repliega ¿tácticamente? tras una pose impúdica en extremo. Desear y ser deseada en un movimiento, abrirse al invasor como los meandros de una gruta infinita. Sólo ese pensamiento me arranca del ensueño. No quiero que se vaya y me deje perdido. No de nuevo, carajo. Pero en vez de quejarme vuelvo a decir su nombre, en voz bien alta. Imelda, Imelda, grito y acaricio sus muslos sin rastro de paciencia, presa de alguna especie de carencia ancestral y traumática, vengativa quizá, pues ya una sola de estas caricias hechizadas vale por recompensa, compensación y revancha. Cierro los ojos, apretando los párpados. Fuera de aquí, cabrón Basilio Læxus. The power of Christ compels you. Imeldaimeldaimeldaimeldaimelda, rezo en voz alta y me temo que voy a terminar, puta mierda no quiero que eso pase, ¿qué haría Basilio Læxus en mi lugar?

Haría trampas, claro. El siempre astuto Læxus apenas distraería sus esfuerzos en atender al calor del instante; a sus ojos Imelda sería una especie de chica Bond, la besaría sin retirar el iris de la mira de su pistola. Calcularía variables, compararía estrategias, buscaría resquicios para al final salirse con la suya. ¿Es el doctor Alcalde, Basilio Læxus o Joaquín Medina quien mete mano ahora entre las pertenencias de Imelda para sacar provecho de la situación? ¿Lo hago exclusivamente pensando en regular la calentura o ya estoy en camino de hacer trampas? ¿No soy yo el que le besa el muslo izquierdo, le acaricia el derecho y le baja esa falda de ejecutiva pulcra? ¿No estaré ya muy alto para caer tan bajo?, me reprocho al final, y sé que es el final porque algo vibra y timbra dentro de mi zapato derecho, donde nada tendría que estar haciendo.

—¡Joaquín, es mi teléfono! —se tensa, se revuelve, se aparta, se incorpora en mitad de la escalera.

—Espérate, Brujita —la abrazo de las piernas, o más bien la sujeto, no puedo permitir que sea ella quien saque su teléfono de mi zapato.

—¡Suéltame ya, carajo! ¿Dónde está mi teléfono? —se sacude, se zafa, me planta un rodillazo a media mandíbula.

—¡No, Bluha…! —encajo el chingadazo y lo devuelvo apenas con un golpe de efecto, sin reparar gran cosa en el dolor del labio. Me lo he mordido y ya me está sangrando. Antes de que ella acabe de reaccionar, me revuelco sobre el mismo escalón donde puse teléfono y zapato.

—¿Te lastimé? —¡Lotería!, me digo, ya enroscado, teléfono en mano, dudando entre romperlo y leer la pantalla.

—Déjame contestar, nomás cuelgo y te curo —se agacha, me rodea con los brazos, siento a sus pechos descansar en mi espalda, los pezones aún duros y las manos tanteando entre los escalones.

—Aquí está —lo aprisiono, lo abro, doy media marometa de ida y vuelta mientras alcanzo a ver el nombre en la pantalla.

—¡Dámelo ya, carajo! —por su puro temblor, juraría que es más el miedo que la prisa.

—¿Quién es…? —me paro a tiempo, leyendo aún el nombre del que llama.

—¿Qué te importa quién sea? —me lo arrebata al cabo, justo cuando ha dejado de vibrar. Oprime los botones, lo cierra, lo abre, se lo lleva a la oreja alternativamente. Se levanta, maldice, jura que ahorita viene, sube los escalones que le faltan, corre al baño y se encierra.

¿Y ahora qué hago? ¿Ir tras ella y pegar la oreja a la puerta, a ver si pesco algo de la llamada? ¿Y si no está llamando? ¿Y si me agarra? ¿Y si sigue goteándome la sangre de la boca y dejo un caminito de gotas de aquí al baño? No debería moverme de donde estoy, pero la información que acabo de leer me baila en la cabeza, no sé si escarneciéndome. Domingo. Un tal Domingo acaba de venir a joderme la más ansiada de todas las noches. Un Domingo de mierda, como hay tantos. ¿Quién le llama a esta hora, una de la mañana, y la pone a temblar? ¿Quién mierda va a decirme quién es Domingo?

Me he limpiado la sangre de labios y manos con su falda. Necesito mancharla, comprometerla, incriminarla. Que se ensucie de mí, no soporto la idea de que se vaya impune. Que se joda, me insisto, masticando una hiel que ya conozco, pero igual me recuerdo que en estas situaciones acabo por ser yo el damnificado, y no me da la gana. Por eso meto mano de nuevo entre sus cosas, blasfemando otra vez porque sigue encerrada en el baño y qué poco le importa que siga yo acá afuera, herido y extrañándola.

La piedad por sí mismo no merece clemencia, diría Basilio Læxus. Lo pienso sin vergüenza, ya un tanto recompuesto. Si Imelda está allá adentro, me reanimo, debe de haber alguna porquería que pueda yo inventar para compensarme. Diez segundos más tarde, ya tengo entre mis manos su billetera. Se me ocurre llevármela a otro baño para verla con calma bajo la luz, pero calma es ahora lo que menos tengo. Me arrimo al ventanal y hurgo entre los billetes, jugando a descubrir la denominación. Doy con un par de fotos: sus hermanos. Trae también una nota de tintorería, otra de gasolina y un recibo de pago del teléfono. Leo con trabajos hasta encontrar el número. 5568-2727. Lo repito tres, cinco, quince veces. No es fácil ni difícil, pero tampoco tengo con qué apuntar. Lo sigo repitiendo mientras saco una estampa y un escapulario, pero me paro en seco cuando descubro atrás una tarjeta de presentación. Leo: Domingo J. Balmaceda, jurisconsulto.

—Perdóname, Brujito, ¿te lastimé? —me grita desde el baño, como hace catorce años, y yo tiemblo no sé si de nostalgia, rabia o ganas.

—No te entiendo —se lo grito muy quedo, para que no me entienda, ni me oiga casi, mientras dejo la billetera en su lugar y anoto con un lápiz para cejas 5568.2727 - Domingo Balmaceda - jurisconsulto.

—¿Qué? —va abriendo ya la puerta del baño.

—¿Que qué? —regreso a mi lugar en la escalera. Detesto ser prudente, pero me da pavor verme patético. Jodido déjà vu, digo entre dientes, en casa de Manolo, con Imelda, escondidos. No se vaya a enterar el Domingo de Mierda. ¿O sea que lo que no acepté a los dieciséis, compartirla con otro hijo de puta, voy a tener que negociarlo a los treinta? Lo pienso una vez más, con la boca cerrada porque ya oigo sus pasos del baño para acá, y advierto que han cambiado mis demandas. Se han reducido, pues. Ya no espero que se escape conmigo, ni quizás debería esperar mucho más que siquiera volver adonde estábamos.

—¿Te lastimé, Joaquín? —viene envuelta en la toalla con la que me sequé hoy en la mañana.

—Ven, Bruja —en estas condiciones negocio cualquier cosa, incluso la prudencia más abyecta. Puta mierda, no tengo ni para dónde hacerme.

—¿Me perdonas? —no me ha visto la sangre, ninguno de los dos quiere prender la luz.

Déjame adivinar: ya te tienes que ir —diría Basilio Læxus que le presté el micrófono al Enemigo Íntimo.

—¿Es eso lo que crees o lo que quieres? —lo dice distraída, como sin enterarse.

—No quiero que te vayas.

—¿Te di un golpe muy fuerte? —me atenaza la mano, se acomoda en el escalón siguiente.

—Sí, pero ya pasaron catorce años.

—¿De qué?

—De nada. Era un chiste muy malo, a mis costillas.

—¿Tienes una aspirina?

—Te la cambio por unas curitas.

—¿Tu mamá no tenía un botiquín?

—Sí. Hace catorce años.

—¿Qué le pasó?

—¿A mi mamá o al botiquín?

—Te juro que me duele mucho la cabeza.

—Si quedan medicinas, estarán caducadas.

—Déjame que las vea. Te recuerdo que a los quince años yo era una dependiente de farmacia.

—Y yo a esa misma edad tenía una madre farmacodependiente. Dudo que haya dejado una pastilla viva.

—Brujo, tengo jaqueca.

No quisiera moverme. Por mí me quedaría a vivir en la escalera. Pienso en Manolo muerto a medio patio, él también aferrado a su peldaño. Me levanto, subo los escalones que me faltan, voy en busca de La Aspirina Ignota. Voy deprisa, además. Abro y cierro cajones con la delicadeza de un agente de narcóticos, no sé si porque intento eludir a los fantasmas del tocador de Nancy, o porque me urge verme de vuelta en la escalera, o porque concentrándome en La Aspirina Ignota bloqueo un poco la paranoia en marcha. De nada va a servirme volver a la escalera con Imelda si no puedo librarme del fantasmón reciente. Vade retro, Domingo Balmaceda. The power of Christ compels you? Mima uno demasiado a sus demonios para que le obedezcan cuando llega la hora de echarlos a patadas. Nadie como las ánimas de los hijos de puta sabe con quién y hasta dónde ensañarse. Rebusco entre decenas de tubos y botellas (bronceadores, protectores solares, repelentes de moscos: Nancy tenía de todas las marcas y modelos, era otra forma de insinuarle a Manolo que ya era hora de echar abajo ese edificio horrible de allá atrás y poner una alberca en su lugar). Contra todo pronóstico, termino alzando un frasco enorme de Tylenol. No quiero ni asomarme a la fecha de caducidad; en vez de eso celebro con gritos y carreras. Bruuuja, la llamo, poco menos que cantando, Imeldaaaa, Brujitaaa. Estoy dispuesto a hacer el titánico esfuerzo de pretender que el tal Domingo Balmaceda nunca se nos metió en media escalera. Bajo a la sala, recorro las recámaras, reviso el comedor, voy camino del patio y encuentro en una silla de la cocina mi camisa doblada sobre mis zapatos, con los dos celulares encima. Abro el que sólo sirve para hablar con Imelda: you got a message: perdón, tuve que irme, beso, Yo. Sin más por el momento, abro el frasco y lo estrello en la pared. Vuelan los tylenoles por el patio, eso tendría ya que ser un alivio. Levanto dos del piso, me los echo a la boca, bebo agua de la llave. Puta mierda, se fue. Miro el reloj: la una y veinticinco. Me niego a dar por buena esta derrota.

El Samsonite insiste, pero soy inflexible. Da vueltas en redondo, salta, va y viene de la sala a las recámaras. Termino de vestirme para la ocasión y lo dejo meneándome la cola. Meto llave en la puerta de la cocina y me escurro con prisa hacia la calle. No soporto la idea de quedarme en la casa, necesito hacer algo y no sé qué es. Pero sé que es urgente y eso basta. Camino a la pensión y me planto en la puerta, con las piernas temblonas y los puños golpeando la cortina metálica. Ábranme, grito, con un timbre irritante, como si en vez de entrar me urgiera salir. Pam-pam-pam-pam-pam-pam-pam, acometo la lámina, furioso con el paso de cada nuevo instante. Cuando se abre la puerta ya soy un energúmeno, pero lo disimulo limpiándome las lágrimas. Saber que hace menos de media hora estábamos desnudos y abrazados me produce punzadas de desazón, bastan dos de ellas para que el energúmeno se vuelva basilisco y le pida perdón al velador. Subo al coche pensando que en términos estrictos sufro algo comparable a un ataque de histeria, o de ansiedad, o pánico, por lo pronto no quepo en los zapatos del doctor Alcalde para dilucidarlo, de modo que lo menos recomendable, dadas las circunstancias, tiene que ser lanzarme a las calles. Mirarlo así me da un consuelo morboso: terminaré siquiera lo que empecé. Que no se diga que la cagué a medias.

Si tuviera que responder en muy pocas palabras adónde me dirijo, diría que a buscar a Domingo Balmaceda, para que me devuelva a mi mujer. Nada que sea sencillo a media madrugada, pero eso no intimida a un ave de rapiña. Sé bien adónde ir, más aún a estas horas que de mañana o tarde. El animal nocturno sólo se sabe al mando de su cuerpo cuando éste se confunde con el paisaje, o mejor todavía, cuando no hay paisaje. Cruzo ya los semáforos, sin reparar gran cosa en su color porque voy al carajo y llevo prisa. He salido a cobrarme por lo que ese Domingo me acaba de quitar, aunque tenga de nuevo que invocar a los muertos. Y una vez más, como decía Balboa: este negocio de invadir funerales tiene la gran ventaja de que a tu socio lo están velando.

Voy entre las capillas de la agencia, leo un nombre tras otro en la pizarra, como si me cupiera la esperanza de ver escrito allí Domingo Balmaceda, jurisconsulto. ¿Y si fuera no más que un abogado?, litigo ante mí mismo en nombre del demonio, pero luego me toca ser fiscal y me digo que un simple abogado no te llama a la una de la mañana, ni te hace trizas semejante coito, ni te implanta ese miedo en las pupilas. Puede que sea eso lo que más me alebresta, le confieso al difunto que me enseña sus dientes de Bugs Bunny detrás de la ventana del ataúd, haber visto que Imelda estaba aterrada y dejarla ir así, a lo pendejo.

Según leí y recuerdo, porque a un buitre profesional estos detalles nunca se le olvidan, Bugs Bunny se llamaba en vida Virgilio

Subirats Santamaría y lo van a enterrar en el Panteón Jardín. ¿Vienes al picnic, Carnegie?, me digo y se me escapa una sonrisa. ¿Qué hacer en estos casos, según el manual? Ir adelante, claro. Dejar que la sonrisa se haga mueca y dé paso al sollozo y la palma colgada de las cejas. Son instantes difíciles, eso lo saben todos y en especial la ¿hija, nieta? del dientón Subirats, que recién se abrazó de la caja y ya deja sus lágrimas sobre el cristal. Ahora que la observo, es un bombón. Más todavía, un bombón llore y llore poco menos que a mis pies. Doy un paso hacia atrás, agacho la mirada, rotando la cabeza, con la diestra pescada de ambas sienes. Qué piernas deliciosas, me relamo secretamente los bigotes y repito en silencio que nada alivia tanto a las almas dolientes como abrazar los sueños del libidinoso. Consulto el marcador: Isaías Balboa 2, Basilio Læxus 1.

Cálmate ya, Mabel, ordena una señora detrás de mí, y añade en voz más baja: no seas patética. Mabel sigue llorando a moco tendido, seguro no la oyó, pero yo sí me vuelvo y la observo de frente. ¿Qué no ve, arpía de mierda, que esos muslos no pueden ser patéticos? Subrayo el adjetivo en mi cabeza: patética, patéticos. Debe de estar en el Top Ten de los acomplejados. Encontramos patéticos a los demás porque nos da pavor estar en sus zapatos. ¿No fue eso acaso lo que le dije cuando nos despedimos? ¿No me llamó patético y arrugó la nariz?, me interrogo de pronto, no bien toda esa idea del patetismo me ha traído de vuelta la sombra de un fantasma emborronado. ¿Cuántas veces por día o inclusive por hora repetía ella la palabra *patético*? Me pierdo entre el gentío de la capilla, como si caminar entre un rincón y otro fuese ir en busca de un enigma esquivo. Puta mierda, me digo y ya maldigo porque según recuerdo sólo pudo ser ella, Alejandrina, la que hallaba patéticas todas las confesiones, y en especial la mía.

Nunca más volvió a hablarme, yo era patético. Ni modo de explicarle que lo que yo buscaba era sacudírmela. Y hoy que está poco menos difunta que Bunny Subirats, tiene que aparecérseme en el coco. ¿No estábamos en esta mismísima capilla cuando me presentó al fulano aquél? ¿No es verdad que me dijo, nada más lo vio dar la media vuelta, que era *un viejo patético*? Es tío de cariño, me explicó, no de sangre. Adiós, tío Domingo, le había dicho. Domingo Balmaceda, jurisconsulto. No recuerdo su cara. Nada más su sonrisa, que era desagradable. Repelente. Tendría entonces unos cincuenta años, once menos que ahora. ¿O nueve? Qué más da. Tengo que ir a buscar a Sandra Alejandrina Sanz Berumen. ¿Vivirá todavía en la misma casa? Me da igual, puta mierda. Voy a tirar su puerta si no me abre. Subo al coche jadeando antes por impaciencia que cansancio. Me detengo a hacer tierra. En el suelo, detrás, descansa aún mi botella de Grand Marnier. Le queda poco más de la mitad. Me la empujo como quien surte el tanque de un auto de carreras, pero no siento que suba la aguja. No estoy bien y no es por el Grand Marnier. Hace un rato que se me junta la saliva en la boca, vengo escupiendo desde la funeraria. Prendo al fin el motor, escupo en el tablero. Alcanzo a abrir la puerta y vomito el Grand Marnier.

—¿Imelda? —me revuelvo entre las sábanas. Aterrizo en el día ya con el sol cayendo como un plomo. Estoy tendido sobre la alfombra del cuarto de Nancy, pegado al ventanal. Me da asco este calor, me pesa demasiado la sesera. Una vez que hago foco, aparecen los ojos del perro, que a diferencia mía está al tanto de la hora y ya no piensa más que en desayunar. ¿Imelda?, insisto y voy cayendo en la cuenta de que no sé qué estoy haciendo aquí. Cómo llegué, por dónde, a qué hora. La última vez que supe de mí estaba en el coche. Más que borracho, enfermo. Escupiendo, no como ahora que tengo la boca seca.

Bajo al patio, alzo el frasco y unas cuantas pastillas: las suficientes para advertir que no son iguales. Algunas son redondas, otras alargadas. Hago memoria: me tomé anoche dos de las redondas. Levanto una y leo: *Roche 2*. Ya te he dicho, mujer, se exasperaba, manoteaba Manolo, que no cambies de frasco las medicinas. Nancy tenía igual *Roche 1* que *Roche 2*, Imelda me enseñó que eran todas roipnoles. Las había vendido, en sus últimos años de escuela. Según esto en la cárcel eran muy populares, tanto que les decían *reinas*. ¿Es decir que salí anoche a la calle con dos *reinas* adentro? La venganza de Nancy, refunfuño. Me haría alguna gracia si de menos supiera dónde dejé el carro. Si no recuerdo mal, la noche que probé un roipnol con Imelda no sufrimos ningún apagón. Claro que era un roipnol para los dos: la cuarta parte de lo que tomé ayer. Pero tengo recuerdos. Estaba solo en una capilla, quería ir a buscar a Alejandrina. Había una piernuda que lloraba, pero yo tenía ganas de torcerle el pescuezo a ese tal Balmaceda.

Abro los dos teléfonos: ni una sola llamada. Difícilmente se imaginará Imelda que me anduve paseando por las calles en medio de un apagón cerebral, pero igual no me cabe en el coco su silencio. Llamo del celular: suena una vez y lo desconecta. Que se vaya a la mierda, sentencio, como si yo estuviera en otra parte.

¡Vente a la mierda, Imelda!, corrijo. Vuelvo a las reflexiones que precedieron al apagón y me suplico no ser patético. Pero no me hago caso y ya corro escaleras arriba, en busca de la agenda de Manolo. Es como si en el tiempo que se me borró no hubiera hecho otra cosa que esforzar la memoria. Y ahí está, por supuesto: Domingo Balmaceda. 568-27-27. ¿Desde qué año los números son de ocho dígitos? Me calienta la sangre reconocer que siempre estuvo a tiro de piedra. Otro, más precavido, esperaría a la noche para llamar desde un teléfono público, pero tengo esta rabia que me invita a evitar las precauciones. Que se entere, me digo, disfrutándolo casi.

—Familia Balmaceda —el acento es neutral, puede que perezoso, o desdeñoso, o triste, pero no tengo dudas. Es ella.

—¿Imelda? —ya me tiembla la voz, muy tarde me doy cuenta que no sé qué decir. De repente me temo no estar listo más que para el fracaso.

—Equivocado —cuelga, con la voz descompuesta, mientras voy dibujando de memoria la pinta del amigo de Manolo. Regordete, dos caras, fanfarrón. Borrachín. Intento despreciarlo, y al propio tiempo compadecer a Imelda por tener tan mal gusto. Es un amargo triunfo descubrir los secretos de quien más falta te hace, me recrimino de cualquier manera. Balmaceda, repito y saco la cartera. Busco entre los papeles y sí, tengo razón: Balmaceda & Palencia, abogados. Puta mierda, dónde he venido a dar. Peor todavía, en qué pinche papel. Vivo con su patrón, me dijo el mero día que volvimos a vernos y yo no moví un dedo ni me tomé el trabajo de preguntarme por ese apellido, Balmaceda, impreso con relieve en la tarjeta de presentación de Palencia. No quería enterarme tan temprano, supongo. Le apostaba al destino, sin más dato que una corazonada inducida.

Me escurro hacia la calle a media mañana, necesito saber dónde está el coche. No quiero hablarle a Imelda para pedir ayuda, y menos todavía a Juan Pablo Palencia. No quiero más buscar a la patética de Sandra Alejandrina, ni enterarme de quién y cómo es el Balmaceda ése que ocupa hoy el lugar de Manolo. Recorro a pasos largos el estacionamiento y las calles cercanas a la funeraria donde creo recordar que estuve anoche. Me falta un poco el aire, me sudan las manos, el resplandor del día se me clava debajo de los párpados, es como si me hubiera muerto ayer y ahora mismo cruzara las puertas del infierno. ¡Mauricio, Nancy, Manolo! ¿Qué hacen todos aquí?, teatralizo al cruzar una avenida, igual que un perturbado sin hogar. Y ahora, encima, sin coche, me resigno un poquito camino a la pensión. Se me ocurre que aparte de cancelar la renta del espacio tendría que pedir disculpas por anoche.

—Venía a avisar que me robaron el coche —recito desde afuera, no bien oigo la voz que pregunta quién es.

—¿Cuál coche le robaron? —alza las cejas un empleado al que no estoy seguro de reconocer; retrocede, me apunta con la mano y dibuja una línea en el aire, de adelante hacia atrás, señalando finalmente hacia adentro, como si me invitara a entrar en la realidad, antes que en el taller. Y adentro está mi coche, con dos jergas encima y una cubeta al lado.

—¿Por qué lo están lavando?

—Usted me lo pidió, ¿ya no se acuerda? Estaba bien cochino, además —me lo dice sonriente, con la mirada puesta en mi camisa. Hago foco: tengo manchas de vómito. Debo de oler igual que el interior del Chevrolet.

—¿Y a qué hora fue eso?

—No sé, como a las cuatro. ¿No se acuerda de nada?

—Gracias, luego regreso —doy media vuelta, pasmado todavía pero ya fugitivo de la escena.

¿Qué carajo hice anoche?, me acoso por las calles, taciturno y sin rumbo, igual-que-un-perturbado-sin-hogar. ¿Voy a pagar por eso? ¿No pagó Nancy acaso sus facturas? ¿No la condené yo al peor de sus infiernos, la pobreza, por torpezas que bien pudo haber hecho y dicho bajo el efecto de unos cuantos roipnoles? ¿Y quién soy yo para irme sin pagar la cuenta? ¿Sirve de algo que gane un campeonato de levantamiento de cruz sólo porque no soy ni voy a ser jamás Domingo Balmaceda, puta mierda? En todo caso, me recompongo al fin, soy el doctor Alcalde, y además el amigo secreto de Dalila, y por si fuera poco el discípulo predilecto de Basilio Læxus. De mí depende que eso sea verdad.

IX. Manolo

El olvido es a un tiempo la cura milagrosa y el crimen perfecto.

Isaías Balboa, *Summa Balboa*

Síndrome de Fe Tuerta, me achacaba. Nadie se recupera de esa enfermedad, Carnegie. Un vivificador no puede darse el lujo de que el hipnotizado le abra un ojo en el mero momento del trance. No digo que los vayas a hipnotizar, pero sí a contagiarlos de una fe in que bran ta ble. Que no osen ni pensar en hacer trampa... Me parecían entonces lecciones para merolicos en ciernes, amén de que el amago de doble vida que pretendía llevar me ayudaba a mirarme como astuto, según yo siempre más que Isaías Balboa. Me resistía a transformarme en charlatán, cada día me empeñaba en idear nuevas técnicas para entreabrir los ojos a medio acto de fe. Un día se me quedó mirando largo, con sonrisa de policía satisfecho. No te quiebras, me dijo, carraspeando, eso me gusta. Pero la cagas, mi querido Carnegie, si crees que me estás dando tu fe tuerta. Piensas que puedes *ver* y te equivocas. Yo no sé hipnotizar, nunca he dicho que sepa, pero a leguas distingo cuando un comemierda se deja adormecer por su propia soberbia. Crees, solamente crees, que estás en tus cinco. ¿Tengo que repetirte que ya le vi el coñito peludo a Shirley Temple?

Hay quienes piensan que lo más bonito de la vida es vivirla al azar, sin instructivos, y quienes creen que saben dónde está el instructivo, esperando que entiendas que ellos ya lo leyeron. Carraspeaba otra vez, le costaba llegar al final de una frase sin tropezar de menos dos veces con la tos. Yo soy de los primeros, pero dejo que crean que soy de los segundos. Cuando me muera, tú te vas a encargar de explicarles a fondo el instructivo. Eso debería ser la *Summa Balboa*: un instructivo con instructivo con instructivo. Que no haya pierde, Carnegie. Número uno, ábrase. Número dos, véase la luz. Y punto, a la chingada. Como dicen los gringos, Next!

Cada vez que le suelto a la paciente algunos de los datos que no tendría yo por qué saber, me invade una tranquilidad poco menos que terapéutica. Me mira estupefacta, no entiende cómo puedo asumir tantas cosas sin siquiera temor a equivocarme. No me lo tome a mal, doctor, pero a veces me siento desnuda frente a usted. No me atrevo a mentirle, qué tal que se da cuenta y quedo como idiota. ¿Sabe lo que es sentirse invadida por la intuición de un hombre que no da un paso atrás ni para equilibrarse? Qué le voy a decir, no puedo permitirle que se mueva. Necesito su fe. Soy un parásito que se alimenta de ella, pero no voy a irme sin pagar. Habrá que ir adelante los dos con este cuento, le he vendido una mercancía que no tengo pero puedo construirla sobre la marcha. ¿Sirve de algo decir que traigo las mejores intenciones, o habrá un fiscal que luego me lo eche en cara?

Contra lo que supone la fe sin límites de Gina Carranza, no puedo predecir una puta llovizna, ni distinguir sus signos de los de una tromba, pero tengo este olfato de animal carroñero que me avisa días antes quién va a morirse. Será quizás, como no se cansaba de explicarlo Balboa, que la proximidad con difuntos y deudos le quita a uno la cáscara de buena voluntad reglamentaria que acompaña al anuncio de una desgracia ajena. ¡Que te alivies!, despiden al desahuciado. Anulada la sensibilidad a la desdicha, uno observa y acepta. ¿Cómo le iba a explicar a quien fuera que a Mauricio y a Nancy, como a Manolo, los vi muertos con anticipación? Mi hermano estaba enfermo, pero Manolo y Nancy fueron accidentes. Nadie lo habría esperado; yo sí. Cuando entré por penúltima vez en la casa de Isaías Balboa, traía una inexplicable caja de chocolates. ¿Y eso?, se defendió, como si hubiera puesto en su escritorio un trozo de materia radiactiva. Para su tos, sonreí, con ese gesto untuoso que se insinúa flexible al gusto del usuario. Ya mejor tráeme flores, pinche aprendiz de buitre vestido de paloma.

No estaba acostumbrado a los gestos amables. Le preocupaban tanto como la declarada animadversión. Nunca apuestes un peso por los huevos de un lambiscón de mierda. ¿Cómo los reconoces? Aplicas la reglita: todos los lambiscones son de mierda. Quien te lame las botas es porque considera que estás encima de él, y en un descuido podrías estar debajo. Un lambiscón está dispuesto a todo con tal de un día calzar esas botas que hoy lustra con la lengua, y entonces aplastar cucarachas como él. Escupe, Carnegie, ¿por qué chocolatitos? Una de dos, eres un lambiscón o se te hace que ya me voy a morir. Dime la verdad, hijo, ¿te huelo a camposanto?

La respuesta correcta habría sido: Se los traje para que no dijera que nunca le di nada. ¿Y la prisa por qué? ¿No asomaba a ese *nunca* un pelo fatalista? En lugar de eso recordé la fecha y me encontré un atajo. Ya que fue su cumpleaños, quiero ponerme a mano con usted. Intenté el desenfado, pero no me salió. ¿Mes y medio después me acordaba de celebrar su cumpleaños? Dime una cosa, Carnegie, ¿serías tan amable de alertarme cuando presientas que me toca el turno? Vas a decir que entre más viejo más nublado, pero en el fondo bien que me entiendes. No es por morbo, muchacho. Es pudor. Soy Isaías Balboa, mi querido Joaquín. No puedo nada más salirme de la fiesta sin decir hasta nunca, ni abandonar mi casa con todo revuelto. ¿Te imaginas que todos los triques de tu buró vayan a dar a un lado de la banqueta, fotografías y llaves y credenciales y todo lo que en vida tuviste acomodado a tu manera, que junto a ti ya dejó de existir? ¿Que otros barran las huellas de tu paso por el mundo junto al polvo y las cacas de paloma? No me respondas ahora. Te dejo esa tarea para la próxima, pero no se te olvide. Quiero que me prometas que me vas a alertar. ¿Y quién le dice que no voy a equivocarme? Si te equivocas, yo no pierdo nada. Gano tiempo, bendigo tu error. Si le atinas, te lo agradezco eternamente. No me lo digas, piénsalo. Te espero aquí mañana. Sólo dime otra cosa: ¿crees que llegue a mañana?

Ni eso podía decirle, pero fingí la risa de rigor. ¿Qué haría yo si de verdad se moría esa noche? No sólo iba a morirse, sino peor, mucho peor. Iba a *morírseme.* Cuídese ya esa tos, maestro, le dije antes de irme. ¿Y qué iba a hacer ahora? ¿Esperar a que luego del entierro llegaran los hijitos a sacarme a patadas del departamento? Siempre que se peleaba en serio con Manolo, Nancy amagaba con irse al aeropuerto. Vamos a Disneylandia, me decía. Por eso un día Manolo nos llevó. Disneylandia tenía que arreglar las cosas. Todavía después de haber estado ahí, yo pensaba que era el destino ideal, quién sabría para qué.

Deambulé luego de la tarde a la noche, sólo para concluir que si al fin se me moría el viejo, no podían faltarme un pasaje de avión y un pasaporte. Compré el periódico ya pasadas las siete. Había ofertas para viajar a Orlando, Dallas y San Antonio. Hice cuentas mentales. Entre la venta de las joyas de Nancy, el último adelanto de Balboa y lo que me quedaba de las otras ventas, podía vivir unos meses en casi cualquier parte. Buscarme otro destino sin pompas funerarias ni epitafios para superación personal. Temía, pues, la muerte de Balboa poco menos de lo que la deseaba. La gente reza, se postra y berrea en espera de que una solución caiga del cielo, como si de tan lejos pudiera llegar otra que no fuera la menos bienvenida.

"Cuídese ya esa tos" era una forma amable de pedirle que se muriera sin dar tanta lata. Hágame ese milagro, maestro Isaías. Que al morirse matara de una vez al Joaquín que era yo viviendo a sus costillas. Si iba a ser un don nadie, como decía Nancy cuando me regañaba, quería por lo menos serlo por cuenta propia. Señor don Nadie, si es usted tan amable.

¿Iba a decirle lo que presentía cuando volviera a tenerlo enfrente? Me puse en su lugar: él no lo habría hecho. ¿Vivimos engañados toda una vida para que a una semana del final tenga alguien el mal gusto de desengañarnos? Mejor que lo agarrara la muerte por sorpresa. Mientras eso pasara yo seguiría tratándolo como cliente. Le diría lo que quisiera oír. ¿Yo presentir su muerte? Ni en sueños. No, maestro, hasta cree. Hablaría con él de lo que fuera, excepto esa certeza tenebrosa que me rondaba como un cuervo intruso. Se va a morir el viejo, me repetía de banqueta en banqueta. ¿A Texas o Florida?, dudaba, fantaseaba, jugaba a echar monedas al aire. Podía comprarme un boleto a cualquier parte, ya vería de ahí para dónde me iba. No tenía razón para sentirme así, pero algo en la conciencia no estaba en su lugar. ¿Y no sería por ese motivo que tampoco quería confesarle a Balboa lo que veía venir? Si algo bueno podía traer su muerte, sería deshacerme del compromiso de seguir adelante con la *Summa Balboa*. El incendio nocturno de la escuela parece mala suerte para todos, menos para el alumno que no hizo la tarea. ¿Cómo no iba a querer escabullirme, si me sentía acosado por un muerto? Según me ha dicho Imelda que piensa el abogado, yo en el fondo sabía que los balboitas iban a ir a buscarme nada más terminaran de darse por huérfanos. Tal vez no me sintiera propiamente culpable, pero era inconcebible que no fuera consciente de la tirria tenaz que me tenían. Esto último lo deducía Imelda, que desde tiempos de Manolo y Nancy conocía mi opinión sobre los trogloditas y suponía la que ellos tendrían de mí. De lo cual se deduce que decidí largarme no porque, como dije luego, frente a Imelda, quisiera adelantarme a los deseos seguros de los balboitas, sino porque temía quedar bajo sus garras. Se cobrarían con creces cada uno de los sarcasmos silenciosos que tan mal escondí detrás de todas esas sonrisas congeladas. Se cobrarían incluso afrentas antiquísimas, si desde niños ya nos aborrecíamos. Te lo advierto, Joaquín, me decía mamá Nancy, no quiero que me vengan a decir que te vieron jugando con esos gañancitos. Ni falta que le hacía amenazarme, llegaban de visita y yo me hacía humo. Nada que mejorara con los años, sino justo al contrario. Ahora nos separaban celos y dineros. Si el papá se moría, yo no podía quedarme dos horas donde estaba. Prefería dar crédito al instinto. Habría que estar alerta, en adelante. Las orejas paradas y una pata en la calle.

Al día siguiente no me dejaron verlo. El señor Carlo Magno dice que su papá está delicado. Venga mañana, a ver si se mejora. Once de la mañana, en la calle otra vez. ¿Para que de una vez me fuera acostumbrando? Casi podía escuchar a Napoleón y Carlo Magno Balboa decidiendo mi negro futuro en el teléfono. No se te olvide, Carlo, tenemos que hacer cuentas con el Becario. El Becario de Mierda, dirían. Era lo menos que podía esperar de ellos, un desprecio a la altura de nuestra repulsión. Tan pronto como el padre colgara los tenis, los balboitas me heredarían como empleado e inquilino. Eran capaces de cobrarme la renta con recargos y efectos retroactivos, y antes de eso correrme de la empresa, y antes de eso aventarme a los contadores. Antes de eso, por eso, tenía que esfumarme.

No sería tan difícil. Desde antes de la muerte de Manolo, mis relaciones con el resto del mundo tendían a escasear por decreto. Nancy era conflictiva, discutía con la madre y al poco rato me prohibía la amistad de las crías. Pobre de mí si me veía con ellos. Meses después cambiaba de opinión y me obligaba a ser amigable con los hijos de puta que para entonces ya se cagaban en mí. Claro, también estaba mi hosquedad natural. Mi desconfianza. El punto es que llegada la hora de evaporarme, no quedarían muchos que me extrañaran, si se exceptuaba a los hermanos Balboa. Me quedaban, en cambio, un amigo en Atlanta y otro en Baton Rouge. Alejandro. Paquito. Tenía sus direcciones apuntadas, aunque nunca les contesté sus cartas. Los había dejado de ver a los dieciocho, estarían ya terminando la carrera. Se reirían de mí, cuánto tiempo me había tomado decidirme a seguirlos. Pero nunca es lo mismo seguir que escapar. El que se escapa lo hace mirando para atrás. No puede regresar, ni quedarse en su sitio. Tiene que ir adelante, más por horror que por curiosidad.

Según Balboa, los que son como él, o como yo, presienten solamente las muertes ajenas. ¿Y eso cómo lo sabe?, me le escurría, un poco por joderlo. Si los cerdos presienten el matadero, no veía por qué a uno mismo, por racional que fuera, no podía caerle la misma certidumbre. Las criaturas, me explicaba entonces, sólo asimilan aquella información que pueden procesar sin desquiciarse.

Nunca sabes de qué será capaz quien recién se ha enterado de que va a ser cadáver. ¿Cómo quería el viejo testarudo que le anunciara mis presentimientos, si me había amenazado en sentido contrario? Para cuando logré volver a verlo, algo menos de una semana más tarde, ya no dudaba lo que iba a pasar. Oficialmente, había mejorado. Estaba a la salida de una neumonía, quería hablar conmigo para que me pusiera a trabajar. ¿O iba a seguir con vacaciones pagadas? Este último argumento convenció a sus hijos. Diez minutos, Becario, me anunció Carlo Magno y se lo agradecí en el alma. No podía esperar menos de su torpeza. ¿Todavía no estaba tieso el padre y ya se dirigía a mí con un apodo, que además subrayaba la nula rentabilidad de mi sueldo? Si se hubiera tomado la elemental molestia de ser amable, dada la situación, tal vez habrían alcanzado a agarrarme. Pero escuché el apodo y supe de inmediato lo que tenía que hacer.

El semblante, de menos, le había mejorado. Estuvo cuatro días en la clínica, recién lo habían dado de alta. ¿Cómo la ves, Joaquín, me voy o me quedo? Nadie me dijo que lo habían internado. Si quieres a la próxima te mando una postal; recuérdale a Carlito que me entierren con dos planillas de timbres, para cuando se ofrezca. No se veía enfermo, pero a mí me seguía pareciendo un moribundo. Él debía de saberlo porque no me dio tregua con los sarcasmos negros. Corrijo: lo sabía, y hasta sabía que yo me daba cuenta. Luego de tantas noches velando juntos los fiambres ajenos, compartíamos un arsenal de recursos y memorias. Podíamos tirarnos bolas rápidas y cacharlas al vuelo sin parpadear, pero esa tarde el viejo se pasó. Los dos sabíamos que su jovialidad era una máscara de condenado digno, lo que estaba por verse era si yo osaría serle sincero. Nunca le dije que le tuviera afecto, se habría pitorreado de tamaña franqueza. Cada vez que un empleado de la imprenta le daba alguna muestra de cortesía especial, Balboa replicaba con alguno entre las decenas de dichos que había ido acuñando, como quien colecciona dardos envenenados. No por mucho que te empines, más te la voy a meter, murmuraba si alguno osaba adularlo. ¿Sabes qué es un koan, Carnegie? Un poema. No, ése es el haikú; el koan es más bien un acertijo. Entre monjes budistas, los koans sirven para desentenderse del pensamiento racional, que es un lastre para el que busca iluminarse.

De la nada le entraba lo reflexivo. Hablaba incluso con solemnidad, faltaba solamente que levantara el dedo. Iban dos veces ya que la enfermera se asomaba a la puerta, seguramente cumpliendo instrucciones, y Balboa la urgía a cerrar. Carajo, se quejaba, esta embalsamadora me va a sacar dolencias que no tengo. Si lo pendejo doliera se pasaría el día en un grito. ¿Ya le viste la jeta, Joaquín? Se escapó de la morgue, te apuesto. Está por verse si era la amante del forense o una de las pacientes. Y hablando de ese tema, ¿a quién vas a tirarte en la noche de mi velorio? No me atreví a reírme, mientras siguió con los chistes ácidos, y después, cuando se puso serio, tampoco planté cara de circunstancia. Pensaba en mí como en un jugador de póker, de cuya gelidez depende su fortuna. Vestía esa frialdad, como era de esperarse, con el lenguaje de la diplomacia. No abriría la boca, me había prometido, más que para decir lo que debiera. Él me había enseñado a desconectar lengua de corazón, ceder a su chantaje de patrón moribundo era pecar de cursi, y hasta de lambiscón. Nada que en sus momentos de mayor lucidez me habría perdonado Balboa mismo, me decía, en irreprochable silencio, mientras él me explicaba con ejemplos todo el asunto de los koans. La diferencia entre tú y yo, mi querido Joaquín, es que te crees cabrón, por perfecto, y yo me creo perfecto, por cabrón. Lástima que no seas tú perfecto, y yo sí sea cabrón. Yo sé que éste es un mundo muy embustero, pero hasta hoy al que realmente *es* no se le escapan los que nomás *parecen*. Puede que sean los años, no tengo la paciencia, ni el interés, ni el tiempo para averiguarlo. A tu edad, uno quiere *parecer*. Al llegar a la mía, se conforma con no dejar de *ser*. Quedarse aquí, aunque sea arrastrando los pellejos. Un boletito más, por el amor de Dios. Mírame, he trabajado toda mi vida, y sin embargo vivo a expensas de dos brujas vestidas de blanco que me pican las venas cuando les da la gana y me dejan cagar cada vez que se acuerdan. Me tienen convertido en pordiosero, con el cuento de que me voy a aliviar y todo es por mi bien y su chingada madre. Ayer le dije a la otra: ¿Le interesa mi bien? Qué a toda madre. Hágame una puñeta, pero que sea sin guantes. ¿Sabes qué hizo? Me cacheteó. De ida y vuelta, además. Luego fue y me acusó con mis dos hijos. Desde acá oí que Carlo decía ¿ya oíste, Napo? Papá se está aliviando. Y nada, la dejaron en su puesto. Luego vienen y dicen que me ven mejor, pero son nomás ellos los que mejoran. ¿No los ves más chapeados? Les sienta bien jugar al patroncito, sólo falta que el viejo clave el pico y ya. Todos pagados, todos cobrados, todos contentos. Menos tú y yo, que nos vamos a ir juntos. Yo por ser, tú por andar pareciendo. Les pedí que te ayuden, pero no voy a estar para garantizarlo.

Mejor, Joaquín. Yo sé lo que te digo, tú ya lo vas a ver. Si me dieran más tiempo de vida, pediría que fuera sin garantías. Extraoficial. De origen indudable, de tan dudoso. El tiempo te lo dan, la vida hay que robársela.

Al cuarto intento, la enfermera llegó con Carlo Magno. Dos ataques de rabia y tos más tarde, nos dieron tres minutos extra de tolerancia. Papá, te va a hacer daño tener que estar arreando a tus empleados cuando el doctor te dijo que guardaras reposo. Pues ni modo y se joden, necesito que el coco haga su calistenia. ¿Tengo la culpa yo de que ustedes hayan salido lentos como su madre, que si se me aparece en la otra vida nomás no va a dejarme descansar en paz? ¿Ya ves? Te quedas tieso. A ver, Joaquín, explícale la broma a este zopenco que se dice mi hijo.

Me di cuenta, lo estaba gozando. Ponerme en contra de Carlo Magno en lo que bien podía ser la antesala de su funeral era un detalle de tan fina perversidad que disculparlo habría sido menospreciarlo. Se estaba despidiendo, quería hacerlo dejando la huella de su estilo. ¿Quién, al fin, sino yo, su empleadito, al que había que arrear como a una vaca, tenía por encomienda plasmar aquel estilo en el libro que según él sería su testamento? No podía ver entonces que el viejo siniestro estaba consiguiendo desviar el foco de mis preocupaciones hacia sus descendientes. Me los echaba encima como un entrenador de perros de pelea. De paso consiguió que lo viera afligido y filosófico, cuando tocaba estar en ese humor. Porque igual el mensaje era el mismo. Ya me voy. Hasta nunca. Te libero de mí. Ya no te arrearé más. Apelo a tu conciencia, para que no me olviden. Nada que me comprometiera gran cosa, si pensaba moverme de la escena, y con alguna suerte nunca volver. ¿No sería mi triunfo personal cancelar para siempre la *Summa Balboa*, enterrarla con la zalea de su autor? También por eso estaba rehuyendo el contacto. No quería involucrarme, solamente esperaba a que pasara lo que iba a pasar. Me había propuesto, antes de entrar a verlo, que después de esa tarde nunca más volvería a dirigirle la palabra a un gurú.

¿Me quería ablandar, el zorro viejo? Estaba ya en la calle cuando empecé a temerme que nuestro juego no iba a acabarse así como así. Sabía, además, que lo tenía perdido. ¿Cómo se iba a privar el autor póstumo de recordarme que el tablero era suyo, que seguiría siéndolo con o sin su presencia? Tenía impresa una sonrisa entre juguetona y sardónica, me miraba en silencio, muy atento, como si se esmerara en escuchar los pasos de la enfermera y su hijo, escaleras abajo. Por un raudo momento, vi en sus ojos los de mi medio hermano, cuando me amenazaba con ponerme en ridículo. Te tengo, dicen esas miradas, pero ni así me hizo mudar de gesto. Pensaba todavía que era yo quien lo había pescado del cogote, y si era así por qué no iba a pagarme el lujo de seguir impasible ante sus extorsiones. No me iba a conmover con efectos especiales. A ver si de verdad era el cabrón perfecto que decía. Me estaba construyendo un muro de arrogancia para disimular el pequeño terror que esa última sonrisa me había inspirado.

Cuando niño nunca pude entender cómo hacía la gente desdichada para sonreír, soltó casi entre dientes, sin disolver del todo aquella mueca que era como una mezcla del Guasón de Batman y el gato drogadicto de Alicia en Wonderlandia. Cómo, si estaban tristes, o muy gordos, o cojos o jodidos, podían contar chistes y festejar los que otros les contaban. Es uno puro, Carnegie, cuando tiene esa edad, pero sólo por falta de recursos. Todo el día nos mienten, los cabrones adultos. Nos crían dentro de una burbuja de mentiras y todavía se atreven a exigirnos que les digamos toda la verdad. Sufre uno mucho, mientras es chamaco. Luego ya te emparejas, conforme aprendes a irte encochinando. No quieres recordar los días negros, y si ves para atrás lo haces menospreciando a ese escuincle chillón que la pasaba mal porque quería. Olvidamos con la facilidad y la frescura de los difamadores. Resolvemos un día que cuando niños éramos imbéciles, y si un día cambiamos de opinión, se nos dirá que somos demasiado viejos y se nos tratará de nuevo como imbéciles. Ya viste a mi hijo con su embalsamadora, creen que saben mejor que yo lo que me conviene. Me quieren imponer su voluntad como a cualquier pinche escuincle culero, y eso no se los voy a permitir, pero tampoco puedo evitar que hagan y deshagan a mis espaldas, ni que se echen ojitos de aburrimiento cuando les hablo con seriedad. No quieren esperarse a que cuelgue los tenis para echarme en la caja.

La generosidad de los ancianos consiste en pretender que cualquiera nos ve la cara de pendejos y no nos damos cuenta. Deja uno de quejarse por esas cosas. Al contrario, le empiezan a entretener. La gente nunca dice la verdad, y menos todavía cuando se lo piden. Pero cuentan mentiras, y de esa cola los agarra uno. Ya te he dicho que si a los peores criminales se les reconoce el derecho a quedarse callados, y hasta se les advierte que lo que digan se usará en contra suya, nada lo obliga a uno a irse de la lengua, menos para decir cosas que no son ciertas. A menos que quiera uno hacerlas ciertas y tenga la capacidad de sostenerlas. ¿Si no para qué crees que sirve el respeto? La gente se pelea por ser respetable para que los demás se traguen sus patrañas sin chistar. Así como me ves, me siento miserable con esta pijama. Uniforme de enfermo. De inválido, de viejo. Si pudiera ponerme un buen traje, ya verías a dónde mandaba a estas enfermeritas nalgasmeadas. Tenerme en estas fachas los autoriza a disminuirme delante de todos, y si me les opongo el que está mal soy yo. Cualquier día me acusan de demencia senil y me encierran en un establo para viejos idiotas. ¿Ves, mi querido Carnegie? Yo, que soy uno de ellos, los desprecio. Más ahora que sé que hasta los más ancianos van a sobrevivirme. ¿Por qué me ves así? Anda, pues, corre a decirles a mis hijos que ya estoy delirando. Ya me voy a morir. ¡Albricias, buitres!

Usted lleva la vida entera delirando, maestro Balboa. Si no para qué me iba a contratar a mí. Se lo suelto y consigo que sonría, ya sin mueca de gato vacilón. Siquiera no me sales con que voy a aliviarme y todo ese rosario de sandeces con las que me marean mis hijos y sus perras carroñeras. Perdónalos, Señor, no saben los pendejos con quién se meten. Tú sí lo sabes, ¿no? A veces, claro, cuando no te crees listo. ¿Sabes por qué a los listos les dicen listos? Porque creerse tan lanzas los deja listos para empitonarlos. Y claro, uno está viejo y se le olvidan las pocas cosas de las que se da cuenta. Tú no sabes el margen de maniobra que le deja a uno esa superstición. Al que es joven le importa verse bien, ser atractivo. Después no queda más que aceptar la vejez y resignarse a ser más cabrón que bonito. No te digo que sea más divertido, pero es satisfactorio. Se te van alargando los brazos, ahorras energía, optimizas resultados. Trabajas menos para conseguir más. Te vuelves elegante, sin querer. Hasta que un día se acaban los boletos. Fuera de aquí, pinche ruco roñoso, te dice al día siguiente el barrendero cósmico y te echa a la chingada de la feria.

¿Te acuerdas cómo te jodía con el tema de las putas? Era para joderme. Regañarme, mirarme en tu espejo. Fui putañero desde muy jovencito, y ya de viejo peor. Se va uno acostumbrando a exigirles lo que nunca le pediría a su mujer, ni a ninguna que sea tantito decente. Cuando te conocí, ya me habían pegado el jodido virus. Pensé en meterme un tiro, pero me sentía bien. Podía vivir un tiempo sin pasármela mal, físicamente. Pero dejé de echarme a las viuditas. No quería que me dijeran asesino. Me volví respetable, caraja madre. Y me lo creí tanto que te contraté. Quería vivir, y si no se me hacía por lo menos buscaba que mi juego siguiera adelante sin mí. Ahora ya no doy más. Necesito acabar de curarme para elegir el modo de descansar en paz. O sea que si ya empezabas a compadecerme, detente, Satanás: nadie va a verme convertido en piltrafa, ni en pústula viviente, ni en viejito chillón. ¿Sabes qué dijo ayer mi nuera, cuando supo la causa de mi neumonía? La oí perfectamente. Ay, Dios, qué tu papá tan cochino. ¿Le gustan los señores? Lo más triste es que hablaba con mi hijo, y él nomás se hacía el loco. Cómo crees, le decía, no indignado sino muerto de risa. Voy a morirme y ese hijo de la puta seca de su chingada madre cree que la ocasión vale unos buenos chistes. Están de fiesta, piensan que no me entero. Es obvio que si pagan enfermeras no es para que me cuiden, sino para tirárselas. Yo habría hecho lo mismo, de eso sí no los culpo. Ya quiero ver el chasco que van a llevarse cuando les digan que me bajé del camión.

¿Está seguro?, fingí mal que dudaba. Puede que no supiera qué otra cara poner. O que comprara tiempo para decidirlo. ¿Qué? ¿Ya te me espantaste? Déjame adivinar: nunca habías tenido un patrón seropositivo. Planta otra vez la jeta de gato wonderlandio. Le tiene horror a ser compadecido. Le compensa picarle el culo a la muerte. ¿Sabes, Carnegie, qué sí me da miedo? Morirme no, ni perderme los años que venían. Pero sí agonizar. Arrastrarme de aquí al cajón de muerto. Adelgazar, perder las facultades. Que la amargura y el dolor inmediatos me conviertan en uno de esos moribundos bembos que se vuelven piadosos y se arrepienten de ser los que fueron. Me da pavor la idea de arrepentirme. Cambiar de perspectiva. Llamarte cualquier día para que modifiques la esencia de la *Summa Balboa*. Te dictaría puras visiones de agonía. Terminaría enfocándome en mi dolor, y ya no en mi experiencia. ¿Sabes lo que es la muerte? El fin de la experiencia. Con las ideas pasa lo que con esas fotos que dejaste al morir en el buró. Son estorbos, basura. Se tiran. Se disuelven. Se desperdigan. Se enchuecan, si lograron sobrevivir. Todo se va, todo desaparece. Los moribundos somos unos narcisos empeñados en creernos originales. Tú has estado conmigo en muchos funerales y no vas a dejarme que mienta. Dime, Joaquín, si no la muerte es ordinaria. Aborrezco morirme porque eso me hace parte de la peor de las chusmas, que es la de los difuntos. Esa plebe que ya no puede vernos ni escucharnos, y aun quienes creen que sí, y les hablan de tú y rezan por su alma, diez minutos después dicen, piensan y hacen lo que el muerto habría visto con los peores ojos. Y ya que te hablo de ojos, a los míos les consta que hay señoras buenísimas y piadosísimas y temerosísimas de Dios que con mucho placer se la chupan a uno rogando a Dios que el muégano pueda verlas. Esas cosas calientan a la gente, Carnegie. Imaginar que tiene uno delante al fantasma del abuelo, la tía, la prima monja que se murió tan joven. Yo mismo me di el gusto de merendarme a varias señoras fantaseando que mi mujer nos espiaba. Tenía diez días de muerta y yo la exorcizaba así. Abusar del extremo cauteriza la herida. La inmuniza, también. A menos que te peguen un virus de cagada, como a mí. Pero no me arrepiento, ni ahora ni después. No me verán rezando el Yo pecador. ¿Quieren actos de contrición? Háganlos en mi entierro, yo viví como quise y no voy a esperar a cambiar de opinión. Sólo dime una cosa: ¿Cuento contigo?

¿Qué quiere? ¿Que lo mate?, salté, para su intempestivo disgusto. ¿Me ves inválido, pendejo atarantado? ¿Crees que voy a contar con tu asistencia para una cosa así de personal? ¿Qué tal si lo haces mal y te vas a la cárcel por dejarme tullido? Como todos los vagos y los malvivientes, no tienes ni tantito miedo al error. La cagas y te ríes, chambonazo. Pero igual necesito contar contigo, no para que hagas algo sino al revés. No hagas nada, no digas nada, no se te ocurra hablar de este tema con nadie. Haz de cuenta que nunca te lo platiqué. Cuando te enteres que pasó lo que pasó, vas a quedarte con la versión que te cuenten. Y eso si algo te cuentan, ya que te hayan quitado los galones. Pero vas a salvarte. Tienes madera de sobreviviente.

¿O sea de cobarde? Tranquilo, mi buen Carnegie, que el que se está muriendo aquí soy yo. No sé si seas cobarde, eso lo sabrás tú. Pero estás bueno para enterrador. Y ésa es la otra, también quiero pedirte que hagas mal tu trabajo. No me entierres del todo. No entierres el proyecto sólo porque estoy muerto. A otros los amenazan con venir a jalarles las patas, pero tú y yo sabemos que los muertos no tienen ese privilegio. Cuando menos a mí nadie me las jaló mientras estaban entre las de su vieja. Por eso digo que el que se va, se va. En mi caso, he tenido la suerte de alcanzar a legar las fotos de mi álbum. No me mires así, gaznápiro. Estoy hablando de mi experiencia metafóricamente. Me habría gustado dejársela a mis hijos, pero ya ves, los marranos se cagan en las rosas. De mí quieren la chichi, llevan toda la vida mamando a ojos cerrados y así van a morirse, si antes no logran quebrar el negocio. Yo sé que ahorita mismo te preguntas si ya voy a callarme, antes que venga Carlo y te saque a patadas. Estoy neceando, ¿no? Ya me voy a morir. Tengo sida. Pero estoy en mis cinco y soy tu patrón. Tu casero. Tu amigo, aunque tú por ahora no lo veas así. Los vivos son ingenuos. Ya no me cuento entre ellos, para efectos prácticos. *Perdí el quinto*, como decíamos antes. Me desfloró la muerte, soy su puta. Creen los vivos que recibir herencia o sacarse la lotería es un premio sin precio, y todo tiene precio. Voy a heredarte, pero vas a pagarlo. Es una herencia que no puedes rechazar. Si la dejas, ¿me escuchas?, si tratas de dejar la herencia que te di, ella va a perseguirte por donde andes y no te va a soltar, hagas lo que hagas.

Ya me está amenazando, me defendí sin mucha convicción. Un poco en broma, claro, para hacerle saber que no me intimidaba. Tenía razón, lo veía en retirada. Y sí, quería largarme. Necesitaba estar más allá de la órbita de Isaías Balboa y sus hijos macacos. Me sentía asfixiado en ese cuarto, peor todavía con el enfermo decidido a encarnarse en Nostradamus. Ni siquiera sabía si creerle, o en todo caso no me acomodaba. Necesitaba tiempo, si me seguía soltando información iba a acabar por no digerir nada. Pero tiempo era justo lo que menos había. ¿Qué me quieres decir? ¿Te dan risa las amenazas huecas de un pinche muerto en vida? Yo no amenazo, Carnegie. Anuncio, después cumplo. O cumplo y luego anuncio. En una de éstas ya hasta te cumplí.

Esto no está pasando, me repetía. Tenía que haber un truco. ¿Me estaría poniendo a prueba, quizá? ¿Se iba a morir de veras? ¿Se iba a matar primero? No me daba la gana imaginármelo. No iba a colaborar con la extorsión. No era mi padre para hablarme así. No le había pedido que me heredara nada. Por una vez ansiaba que volviera Carlo Magno y me sacara a empujones de ahí. Sentía la comezón de rebelarme por debajo del miedo a abrir la boca. Necesitaba estar de regreso en la calle. Tenía la cabeza repleta de postales funerarias, no quería saber nada más de la muerte de nadie. No, no, no, repetía en silencio, decidido a no oírlo hasta que regresara la enfermera. Como si me aterrara la posibilidad de que se me muriera allí mismo. Vete, pues, reaccionó, de todos modos no me estás escuchando.

Sólo una cosa, Carnegie. No te he explicado bien qué vela tienes tú en este entierrito. ¿Qué creías, soperútano? ¿Que te conté mi vida nomás para llorarte en el hombro? Estás pedo, Joaquín. Si te pido que escuches y que seas discreto es porque esto tiene que ver contigo. No se te olvide, mi querido escribano, que en este mundo ojete nada es casualidad y todo es coincidencia. Tú creerás todavía que llegaste a esta casa por casualidad. O porque eras astuto, ingenioso, afortunado, y a lo mejor en cierto grado es verdad, pero la razón grande por la que tú llegaste y te quedaste y estás ahora aquí tiene que ver con una coincidencia. Tú no lo sabes, Carnegie, pero un día nuestras vidas se volcaron, igual que un autobús en la carretera. Yo diría que nos desbarrancamos, y que eso nos unió sin nosotros quererlo. Pero no estoy hablando de supersticiones. Fue algo que sucedió, aunque no quede tiempo para pormenores. Ni tú tendrás paciencia, me imagino. Recuerdo que era viernes, me solté caminando como un zombi, no recuerdo por dónde, ni por cuánto tiempo. Había salido del consultorio de mi amigo, el doctor Luis Villavicencio, con la noticia de que me iba a morir. No quería tratamientos, ni medicinas. Quería discreción, no le pedía otra cosa, ni lo dejé necear con los antivirales. Me solté caminando, te decía. Villavicencio no me supo decir cuánto tiempo de vida me quedaba. Prefería que fuera poco, para el caso. Prefería elegir, también. Hacerlo yo, lanzarme un día en brazos de la muerte, en lugar de quedarme a esperarla en la cama. Quise intentarlo en un puente para peatones, pero no tenía fuerza. Me sentía miedoso, atarantado, torpe. Caminaba un poquito en zigzag, hablando solo, haciendo muchos gestos. Estaba encabronado, cómo no. Iba a cruzar una avenida muy ancha cuando un periódico me llamó la atención. Era una de esas ediciones vespertinas, traía la noticia de un suicidio en el metro. Lo compré y me seguí; luego en un parque me senté a leerlo. No te voy a decir qué fue lo que me hizo cambiar de opinión, pero del parque tomé un taxi a mi casa y decidí seguir, como si nada. Seguir viviendo, pues, sin que nadie supiera que iba a morirme pronto. Unos meses más tarde apareciste tú, y entonces entendí el porqué de las cosas. Ya sé que tú eres de esos que suponen, por holgazanería o cortedad de miras, que las cosas suceden porque sí. ¡Ay, qué casualidad!, se dicen y se miran, como bembos. No dudo que sea cómodo vivir la vida igual que los moluscos, pero me daría pena morirme en ese estado. Ese viernes que me enteré del virus lo veía todo negro; luego entendí que estaba de ese color porque tenía yo la conciencia intranquila. No podía irme así, como un ladrón. Cada vez que miraba el periódico, veía ya mi foto con el coco aplastado y el charcazo de sangre debajo.

Releyó la noticia durante días. Estaba convencido de que aquel periódico se las había ingeniado para dar con él. Primero había visto lo del suicidio. Luego, a media lectura, se distrajo en un nombre familiar, impreso en la columna de al lado. No había foto, pero la información era indudable. Coincidía no solamente el nombre; también la descripción, la edad aproximada y hasta el acompañante de la occisa. Balboa lo recordaba por la mala impresión que le había dado, el primer y último día que para su disgusto lo tuvo enfrente. Botines de charol, pantalón ajustado, medallón en el pecho, camisa de seda. Nada que desmintiera la pinta de fantoche vividor que aquel aprendiz de payaso confundía con prestancia o a saber qué. Durante un tiempo se preguntó qué le había visto Nancy al Neftalí ése, y sobre todo cómo pudo creerle. Un día, mi llegada le aclaró el paisaje. La muerte prematura de mi madre hacía conexión con la próxima suya. No iba a negar que en vida le había parecido una mujer muy guapa, si él mismo nunca trató de ocultárselo. Ya lo ves, mi querido Joaquín, hasta tú eras consciente de esa preferencia.

Toc, toc. Miré el reloj. Llevaba casi dos horas con él. Carlo Magno estaría furibundo. Mejor, concluí; tenso pero contento porque se abría de nuevo la puerta de escape. No podía defenderme. No me quedaba jeta para mirar de frente al viejo Balboa. En eso entraron los dos balboitas, con permiso, papá, ya se va tu discípulo. No he terminado, con un carajo. Papá, van a inyectarte. Vienes saliendo de una neumonía. Napo se va a encargar de acompañarlo. Yo me voy solo, gracias. ¿Tienes miedo, Joaquín, o algo se te pegó? Un cenicero, una cuchara, una pluma, ¿nada que te gustara para souvenir?, atacó Napoleón, por no dejar, empujándome ya puertas afuera. Buenas noches, maestro Balboa. Dios te bendiga, hijo. Te espero aquí mañana. Y acuérdate: nada es casualidad.

¿Mañana? No podía haber mañana. Ni por casualidad, y menos todavía por coincidencia. Salí dando unos pasos de metro y medio, no corrí solamente por no hacerme notorio. En otras circunstancias, le habría seguido la broma a Napoleón (porque claro, ni modo que hablara en serio). Pero era tarde para cuidar mi honra, ya que el padre me había ventilado las mentiras. Todas y cada una, con un carajo. ¿Sabría entonces que era yo quien le había enviado las postales? ¿Y quién más iba a ser, si yo mismo le había dicho que Nancy estaba en Roma, y luego en Londres? Sería por eso que una vez en la calle me solté corriendo, decidido a agotarme sin otro motivo que no pensar más que era la cucaracha que era. Se juzga uno a sí mismo dando por buenas las patrañas con las que se maquilla. Verte luego sin ellas es como recordar ante el espejo que te faltan más dientes que los que te quedan. Me escapé a toda prisa de los tres Balboa para que no siguieran mirándome sin máscara. Supongo que habría sido preferible que me agarraran robando una cuchara, por eso me dejé vejar por Napoleón. Nunca me llevé nada, de cualquier modo. Me sentía más cómodo tolerando una calumnia que dando la cara por un engaño. Presunta una, comprobado el otro. Que viva la calumnia, por favor.

En todo caso, fuera por los delitos de los que era inocente o por los que llevaban mi firma debajo, tenía que largarme, primero de la casa y acto seguido del departamento. Podía hacerme el digno, embarrar en las jetas lambisconas de Matías y Julia que las putas calumnias de su próximo patrón me obligaban a mudarme a un hotel. ¿Me acusarían en ese justo momento, esperarían hasta que amaneciera, tratarían entre los dos de detenerme? Ni modo, tenía que irme como los rateros. *A la Imelda*, pensé, con una sonrisilla a medias rencorosa. Me llevaría lo estrictamente mío, aunque no todo. Maldecía mi suerte de mal mentiroso, mi torpeza por no saber prevenir lo que sabía que iba a llegar. No haber comprado ese boleto de avión, tener todavía miedo de comprarlo. Qué iba a hacer en Los Ángeles, Miami, San Antonio, Atlanta, Baton Rouge. Qué iba a hacer donde fuera.

Hacía meses que Balboa traía impresa la muerte en los ojos, salíamos de juerga carroñera y la gente le preguntaba si estaba enfermo. ¿Se sentía bien? ¿No quería sentarse a descansar un rato? Si él me pedía que consultara a mi instinto sobre su muerte era para que hiciera a un lado al sentido común. Que dudara, en lugar de tener la certeza de, por ejemplo, Napoleón y Carlo Magno. Hablaban en voz alta de viajes en cruceros y proyectos de expansión a los que, meses antes, el padre se había opuesto con pasión de tirano acicateado. ¿Digo esto a lo mejor por disculparme, pues al menos mi engaño lo suponía pleno de vida y hormona? ¿Sabrían los balboitas que reviví a mi madre pensando en calentar a su papá y sacarle un departamento y un sueldo? Si era así, esperarían a su muerte para despellejarme. De otro modo, tal vez se conformaran con calumniarme un poco y maldecirme hasta donde les diera la cuerda. Me reí: eran de cuerda, los hermanos Balboa. Tenía al menos esa ventaja sobre ellos. Podía adelantármeles. No abuses de mis hijos, me pedía, recuerda que es muy fácil juzgarlos con dureza. Hablarías mal de ti, Joaquín, antes que de ellos. A saber lo que les diría de mí. Se quejaría llamándome ingrato y mentiroso, aunque no les contara los detalles. Sentía escalofríos de sólo imaginarlo delatándome. Ahí donde lo ven, ese vivales de Joaquín Medina fue capaz de animarme a seducir de lejos a su madre, que ya tenía siete meses de muerta, para sacarme casa, comida y sustento. Es más, me envió postales firmando con el nombre de la mamá. ¿Qué le impedía contarlo al día siguiente, cuando supiera que me le había escapado?

Me importaba muy poco el qué dirán. A esa clase de piedras las aligera la tierra de por medio. Si me salía en mitad de la noche podía ganar las horas necesarias para no estar siquiera en la ciudad cuando se dieran cuenta. ¡Joven Joaquín, teléfono!, subía a gritarme Julia, cuando no contestaba mi extensión. Si Balboa o sus hijos pedían cuentas de mí por la mañana, tardarían dos minutos en saber que no estaba, y otros tantos en comprobar que no volvería. Hasta sacó su ropa, informarían, para asombro y disgusto de Los Tres Balboa. No sabía muy bien hacia dónde fugarme, pero el miedo a tener que dar mi nombre y dejar algún rastro eliminaba cualquier viaje en avión. Quería ir a la playa, en todo caso. Había descartado Acapulco, Vallarta y Cancún. Eran obvios y caros. Fue en una guía turística que compré de camino al departamento donde di con un nombre lo bastante aborigen para albergar a un prófugo de sí mismo. Según decía el librito, el pueblo era en sí mismo un oasis. Para llegar había que cruzar el desierto. Mulegé, susurré una vez más, mientras iba llenando las dos maletas con las que ya más tarde me escurriría a la calle. Miré de nuevo el mapa de Baja California. Si algo me parecía seguro en esta vida era que los Balboa no iban a ir a buscarme a Mulegé.

Soy, pues, un reincidente que se esmera. Dibujo una por una las letras del mensaje que le escribo a Dalila, consciente de que encierro en un mismo circuito ciertos cables que nunca deberían tocarse. Están brotando chispas, pero hasta ahora nadie más que el doctor Alcalde alcanza a verlas. Lo cual no garantiza que pueda controlarlas, si las descargas suben de intensidad y los cables se van volviendo resistencias. Reputa mierda, digo. No termina la fuga de hace tantos años y ya estoy enganchado a otro tren siniestro. No se deja de ser ave de mal agüero, ni pájaro de cuentas, ni cucaracha. Uno es lo que es y vuela con las alas que tiene. Si puede paga, si no queda a deber. Yo soy de los que quedan a deber, y si pueden se mueren sin pagar.

—¿Te gusta la canción?

—No sé.

—¿Qué no sabes?

—No sé qué diga.

—¿Y así te gusta, sin haberla entendido?

—Depende.

—¿De qué depende?

—De lo que diga.

—Y si no hubiera letra, ¿te gustaría la música?

—Pero es que sí hay letra. Ya no es lo mismo.

—¿Por qué? ¿Porque tiene tu nombre?

—Pues sí. ¿Cómo me va a gustar una canción que habla no sé qué cosa de mí?

—¿Tu mamá nunca te la puso antes?

—Una vez, pero no le hice caso.

—¿No dices que te enseñan inglés en tu colegio?

—Ellas me enseñan pero yo no aprendo. La miss siempre me está regañando. Keep quiet. Keep quiet. Qué se me hace que es todo lo que entiendo. Aunque dice la miss que ni eso entiendo. Cree que si lo entendiera me callaría, pero entonces tampoco lo entiendo en español. Siempre dice que soy una lazy. Leeeeizi, dice, dontbileeeizi, Dilaila.

—¿Nunca se te ocurrió preguntarle a tu madre qué dice la canción que le sirvió para bautizarte?

—Nunca la oye, no creo que se la sepa. De todos modos mi abuelita no hablaba inglés.

—Pero dice que tienes nombre de traidora.

—Nomás cuando se enoja y me jura que voy a irme al infierno. Igual me dice Judas, que es nombre de señor.

—¿De cuál señor? ¿Conoces a alguien que se llame Judas? ¿Judas Hernández López, José Judas Rodríguez, Judas Guadalupe del Perpetuo Socorro?

—Su esposa entonces se llamaría Dalila.

—No es lo mismo. ¿Vas a decirme que has oído una canción de amor dedicada a un tal Judas?

—Dice mi mamá que hay un Judas bueno.

—Judas Tadeo. Es el que tiene una flamita en la cabeza. Un día mi mamá regresó del Centro cargada de estampitas de San Judas Tadeo. Lo que no sé si haya es Santa Dalila.

—¿Y cómo es la Dalila de la canción?

—Yo tampoco me había fijado en la letra. Hasta ayer en la noche, que la volví a escuchar. For-give-me-De-li-lah-I-just-couldn-t-take-a-ny-more.

—¿Perdóname, Dalila? ¿Eso dice?

—Eso dice después de haberla acuchillado.

—¿O sea que la mata y le pide disculpas?

—Le dice que ya no aguantaba más.

—¿Más qué?

—Más burlas. Ella se ríe de él, por eso la apuñala. Mientras llega por él la policía le dice eso: I just couldn't take anymore.

—¿Y de qué se reía?

—De que él la descubrió con otro.

—¿Y ella era su esposa?

—No sé. She was my woman, dice.

—¿Su mujer no es su esposa?

—O su novia, o su amor. Nunca lo explica. La descubre a través de las persianas, espera que se vaya el otro tipo y le toca la puerta para reclamarle.

—¿Pero de qué se ríe?

—Ya te dije. Le da risa que el novio la descubra. Como si tú te rieras por un cero en conducta, delante de tu madre.

—No me gusta.

—¿La letra?

—La canción. Es la historia de una vieja traidora que se llama Dalila, como yo. ¿Cómo me va a gustar?

—Habrá muchas Dalilas. Además, el que cuenta la historia es un asesino. Qué tal que la mató de puro celoso. Aparte: no tenía sentido del humor.

—Ni le compongas. No me gusta la canción. Pero ponla otra vez, quiero oír cuando agarra el cuchillo y se lo encaja.

—Sí cuenta cuando agarra el puñal, pero no cuando se lo clava. Sólo dice que no volvió a reírse.

—¿Dalila?

—Delilah. Dalila eres tú.

—A mi mamá no le gusta su nombre. Se desquitó conmigo, la muy amargada, y hasta le echó la culpa a mi abuelita.

—¿Otra vez te peleaste con ella?

—No, pero tengo ganas.

—¿Por la canción?

—Si me iban a poner un nombre de canción, qué les costaba fijarse en la letra.

—Casi a nadie le importa lo que dicen las canciones, y menos en inglés. Acabamos cantando lo que nunca en la vida diríamos. Como los comerciales. Se te pegan, los cantas, y no por eso vas y compras lo que venden. Yo creo que Dalila es un nombre interesante. ¿Preferirías ser monja y llamarte Sor María?

—¿Te imaginas que fuera Sor Dalila? Me llamaría Sor Dalila Tadea, para que vieran que no soy traidora.

—Si yo pensara que eres traidora, no habría hecho tantos pactos secretos contigo.

—Ya te habría acusado, menso. Me llamaría Dalila Iscariota.

—Y ya en la realidad, ¿eres Dalila qué?

—Dalila Suárez Carranza.

—¿Y tu segundo nombre?

—No tengo. Soy nada más Dalila.

—¿Así te bautizaron?

—Claro. Y por si no lo sabes, mi-santo-se-celebra-el-3-de-noviembre. Digo, por si ese día quieres darme un regalo.

—O sea que sí hay una santa Dalila, y de seguro no es la novia de Sansón.

—Pues no, pero es la santa patrona de los traidores. Ay, Santa Dalila chula, ayúdame a jugarle chueco a mi compadre, sólo tres cuchilladas y te rezo quinientos Padres Nuestros.

—¿Qué te dice tu madre cuando le sueltas chistes así? ¿Se ríe, como yo, o se enoja porque eres su hija y tiene que educarte?

—Se preocupa. Dice que ésos son síntomas de bipolaridad, que un día de éstos va a llevarme a un especialista.

—¿Estudió psiquiatría o algo así?

—No, pero mi abuelita tenía eso. Era neurótica maniática no sé qué.

—Maniacodepresiva. Bipolar.

—Eso. Mi mamá jura que es hereditario.

—¿Ella lo tiene?

—No, pero yo sí. Eso dice, pero yo no le creo. Si me da por toser, ya me ve moribunda con tuberculosis. Si estornudo, tengo una pulmonía. Según ella la Coca-Cola da cáncer, las fresas meningitis y los perros transportan millones de gérmenes. A ver, ¿cómo voy a creerle que soy esquizopolar?

—Hay quienes piensan que el sentido del humor es una enfermedad. Luego hay quienes les creen. ¿Tu abuelita tenía sentido del humor?

—No sé, yo creo que no. Me acuerdo poquitito de ella. Según mi mamá, siempre estaba preocupada, y hasta tenía ya la voz así. Voz de afligida, dice mi mamá. Jura que fue por eso que le dio cáncer.

—¿Tomaba Coca-Cola?

—Cuando llega al colegio y me encuentra tomando Coca-Cola, dice enfrente de todos ándale, niña zonza, sigue tomando de esas aguas puercas, para que te dé cáncer, igual que a tu abuelita. Y si me ve comiendo frutas de la calle, igual. Todo el camino de regreso a la casa me da clases de cisticercos y sarcomas.

—Por lo visto, tu madre tiene un gran sentido del tumor.

—Se lo voy a decir, de tu parte. Mami, ¿qué crees? Dice tu novio el de la casa de atrás que tienes un montón de sentido del tumor.

—Me parece muy bien, y entonces yo le cuento que coleccionas gérmenes, con la ayuda del Samsonite y el Filogonio.

—Se llama Chaplin, no le digas así. Y no es "el Filogonio", es Filogonio. A menos que te guste que yo diga mira, Chaplin, ahí viene el Joaquino.

—¿Y qué tiene de malo que sus amigos le digan Samsonite?

—No son sus amigos. Eran sus dueños y lo trataban mal. No merece ese nombre tan asqueroso.

—A mí me gusta. Tiene sentido del humor.

—A mí no. Es el apodo de una vieja nalgona, y Chaplin ni siquiera tiene nalgas.

—*Petacas Samsonite.* No lo había pensado. Mi mamá me enseñó a decir maleta. Según ella petacas sólo podía tener la gente pobre.

—La mía me amenaza con ellas. Otra de ésas, Dalila, y te pongo una zurra en las petacas. También dice maletas. A veces, cuando la acompaño al probador, me pregunta si no se ve muy petacona.

—Podemos usar Samsonite como el nombre secreto de tu perro. Nuestro perro. Si tu mamá lograra descifrar la clave fantasmagórica, pensaría que hablamos de un portafolios. Además, debe ser un orgullo para nosotros tener aquí a la víctima de los vecinos perversos. Lo rescatamos, igual que al conejo. ¿No piensas de repente que a lo mejor somos más héroes que traidores?

—No se me había ocurrido. Para ellos tú y yo somos superhéroes. Y tenemos poderes, pero nadie lo sabe. Ni mi mamá, imagínate.

—Ima Gina te.

—¿Todavía te gusta doña Gina?

—Me niego a responder a necedades.

—¡Juro, señora jueza, que digo la mentira, toda la mentira y nada más que la mentira! Que-se-me-hace-que-todavía-te-gusta. ¿No quieres convertirte en mi padrastro favorito?

—Dalila, estoy perdiendo el sentido del humor.

—Yo podría presentártela, un día de éstos.

—Tú no me vas a presentar a nadie porque a ninguno va a convenirle eso. Ni a ti, ni a mí, ni a ella. Menos a Filogonio y al Samsochaplin.

—Yo nada más estaba jugando. ¿Ya ves cómo sí es cierto que te sigue gustando la niña de atrás? ¿Si no por qué te enojas?

—Tú lo has dicho: la niña de atrás, y ésa se hizo señora. Hoy la niña de atrás tiene otro nombre, es mi socia y tenemos un perro, un conejo y un secreto.

—Y poderes, acuérdate.

—Superpoderes —remato. Salto hasta los botones del ocho tracks. Forgive me, Delilah, I just couldn't take anymore.

Cuando menos a ella no pienso mentirle. Vamos, que ni me atrevo. El problema es tampoco poder decirle la verdad. Hay que dar muchas vueltas y cuidar varios flancos para librarse de meter una pata. A veces uno suelta mentiras automáticas que luego ya no logra desmantelar. Mentiras que en cualquier momento se tambalean porque fueron paridas al vapor, para salir del paso, y que uno luego ha de reconocer y hacerse disculpar con pretextos tan ñoños como que estaba enojado, sentía vergüenza o el colmo, no sabía lo que hacía. No entendería que Dalila me engañara, ni ella daría por buena mi mejor excusa. Si le digo mentiras y después me desdigo, algo se va a romper. Nadie lo ha dicho pero ya lo sabemos.

¿Qué le respondería, una vez que acepté ser el falso terapeuta, si vuelve a preguntarme lo que pienso de Gina? ¿Con qué jeta le digo que no me gusta, o que sí, o que no sé? ¿Cómo le explico que no es la única que me gusta, y que a la otra le aúllo a media madrugada? ¿Sabe una niña de la edad de Dalila que un terapeuta seductor es quizás peor que un fraile licencioso, pues amén de abusar de las prerrogativas de su profesión se atreve todavía a cobrar honorarios? ¿Y qué tal si tampoco es su profesión? ¿Qué piensa un niño de un falso sacerdote que confiesa a su madre pensando en tirársela? ¿Qué hace un cura cuando la confesión de cierta pecadora le pone duro el pito: rezar para calmarse, y así perder el hilo de la confesión, o atender al relato y exponerse al peligro de una eyaculación procaz? Mierda, qué complicada es la verdad. A veces uno miente nada más que para descomplicarla. Y eso es lo que no logro ni mintiendo. Pero no importa. Tú miente y adelante, me decía Isaías Balboa cuando se me atoraba algún capítulo, o si a medio velorio me sentía inseguro de mi papel. Señora hermosa, déjeme confortarla con un recuerdo muy especial de su señor marido, se arrancaba con una voz de caverna que de algún modo le sumaba autoridad. A partir de ese punto no había marcha atrás. Tú miente y adelante. Las mentiras osadas, me explicaba, las increíbles, tienen la cualidad de exigir dosis altas de inventiva para darles sustento y seguimiento. Miente fuerte, muchacho, para que se te avispe la sesera. Miente con miras altas, y si nadie te cree vuelve a mentir. Ningún escepticismo resiste la insistencia de un buen argüendero. Tú sólo miente y di: soy terapeuta. Si no te creen, persiste, y espera a que se cansen. Yo sé lo que te digo, todos se cansan. Por eso digo, miente y adelante. Y otra cosa, Joaquín, por mucho que te sientas terapeuta nunca olvides que pájaro caliente no respeta paciente.

—Viejo cabrón —murmuro, sin salir todavía de la ensoñación.

—¿Quién es viejo y cabrón?

—Perdón. Estaba divagando, no sé por qué dije eso.

—Si yo dijera eso, sí sabría por qué.

—Perdón de nuevo. No quería mentirte. Pero tampoco quiero hablar del tema.

—¿Y por qué no me quieres contar La Misteriosa Historia del Viejo Cabrón?

—¿No te regaña tu mamá si te agarra diciendo esas palabras?

—Yo no la dije. La dijiste tú.

—Yo sólo te pregunto qué dice tu mamá cuando dices cabrón.

—Y yo sólo te digo que yo no lo dije. Fuiste tú el que dijiste viejo cabrón.

—Está bien. Me declaro culpable, señor juez.

—Señorita jueza, aunque se tarde. Y ahora sólo por eso lo condeno a que cuente La Misteriosa Historia del Viejo Cabrón.

—¿Eso de "aunque se tarde" lo aprendiste de tu mamá o de tu abuela?

—De mi abuelita apenas si me acuerdo. Ya te dije, se te olvidan las cosas. Mi mamá es la que dice aunque te tardes. El otro día el taxista le dijo amiga y ella contestó así. Señora, aunque se tarde. Se pone como vieja regañona. Pero ahora que me acuerdo, la señorita jueza no platica con los condenados. Cumpla usted su sentencia y luego hablamos.

—Se llamaba Isaías, ya te conté.

—Cuénteselo a la Corte y no me hable de tú.

—Isaías Balboa Egea. Era el jefe de mi primer trabajo.

—¿Cuál era su trabajo, señor sentenciado?

—Ayudarle a hacer libros, señorita jueza. Un día se murió, pero antes dejó dicho que yo debía entregar un libro que ni siquiera habíamos comenzado. Desde entonces sus hijos andan tras de mí.

—¿O sea que no es usted un ratero-ratero?

—Técnicamente, soy un deudor moroso de conducta dolosa. Algo muy parecido a un defraudador involuntario, pero espantadizo. En lugar de quedarme a hacer el libro me eché a correr.

—¿Así porque sí?

—También me prometieron que si no se los daba terminado en tres meses ellos mismos me iban a romper las piernas y a meterme en la cárcel.

—¿Quiénes? ¿KK y P2? ¿Los hijos malos del viejo cabrón?

—KK se pone sacos morados y camisas rosadas, P2 se viste como los pandilleros de los años sesenta. Carlo Magno Versace. Napoleón Harley Davidson. Son igual de ridículos que sus nombres.

—¿Ellos también te odian?

—Mucho más que yo a ellos. Juran que secuestré la obra póstuma de su padre.

—¿Cuál es la obra póstuma?

—La que el muerto dejó sin publicar, y en este caso sin escribir. Tengo que hacer un testamento de mentiras. Acordarme de lo que el muerto dijo y terminar poniendo lo que se me ocurra.

—No suena muy difícil.

—No, claro. Hasta que llega el día de sentarte y hacerlo.

—¿No has hecho nada, ni diez palabritas?

—Unos pocos capítulos. Treinta o cuarenta páginas, pero no sirven.

—¿Cómo sabes?

—Porque las escribí para que no sirvieran. Como siempre.

—Y si no le servían al viejo cabrón, ¿cómo te las pagaba?

—Me lo cambiaba todo y me lo devolvía para que corrigiera los errores. Lo que escribía yo nadie iba a publicarlo. Es como si en lugar de escribir las respuestas correctas de un examen, llenaras los espacios con palabrotas de ésas que dices que no dices.

—¿Escribes libros llenos de puras groserías?

—No exactamente. Se supone que tienen que ser de autoayuda, pero no creo en eso. Los míos son manuales de autoperjuicio.

—¿Por qué de autoprejuicio?

—Dije auto-*per*-juicio. Hara-kiri con cuchillo de palo. La técnica moderna y eficaz para sentirse mal sin maestro. Usted también: húndase y desbarránquese en la comodidad de su hogar.

—¿Para eso te pagaba el viejo cabrón?

—Estoy exagerando. Aprendí a hacerlo luego como él me lo pedía, pero hago lo que puedo para que se me olvide. Mírame. ¿Tengo cara de saber cómo arreglar la vida de quien sea? Una cosa es que no sea tan malo para salvar a perros y conejos, y otra que alce a la gente que está en el piso. Tendría que empezar por levantarme yo.

—Y eso es lo que no quieres, ¿verdad?

—Uno encuentra pretextos para no hacer las cosas que cree que nadie sabe que no sabe hacer. Es una de las leyes universales de la mediocridad. No intento porque no sé; no sé porque no intento.

—Y los capítulos que dices que no sirven, ¿no puedes arreglarlos para que sirvan?

—Puedo, pero igual no me da la gana. ¿Sabes por qué Luzbel se cayó de la gloria hasta el infierno?

—Porque creía que era más hermoso que Dios.

—Calumnias de fan club. El único pecado de Luzbel fue no querer ser útil. No le daba la gana, como a mí. Hasta que lo mandaron al infierno.

—También como a ti…

—Nadie me mandó. Me fui antes, yo solito.

—¿A cuál de los infiernos?

—Casi nadie se sabe el camino al infierno, aunque haya tantos y estén por todas partes. Algunos, como yo, se construyen el suyo a la medida. Para no andar buscando, claro.

—¿Y dónde estaba el que te hiciste tú?

—¿Dónde iba a estar? Adentro. Un infierno portátil, práctico y novedoso para llevarlo a donde usted necesite.

—¿Como una tienda de campaña?

—Yo diría como un sleeping bag. Aunque puede que sí tengas razón. Es un sleeping bag que se transforma en tienda de campaña, porque luego no sólo cabes tú, sino dos, tres o más. Invitas a la gente a tu infiernito, para que vean lo que se siente. Que huyan despavoridos. Que te dejen reinar en tu silencio.

—¿De qué habla, comandante? ¿Es una nueva clave, por si nos intercepta el enemigo?

—Perdóname. Se me olvidó que estabas aquí.

—¿Cuando me voy te da por azotarte?

—Por clavarme, más bien. Aunque a veces me azoto, yo supongo que como todo el mundo. Vivir solo es clavarse veinticuatro horas diarias.

—Mejor espérate a cuando me vaya. Mientras cuéntame más del camino al infierno. ¿Lograste ver al diablo?

—No, pero él a mí sí. Me trajo entre ojos desde que llegué a Baja California. Luego me fui a Louisiana, pero igual no logré salirme de su mira. Si dicen que el de arriba todo lo ve, al del sótano nada se le escapa. Además, nunca dijo que iba a perdonarte.

—Ya me estoy aburriendo. ¿Qué hay en Louisiana?

—¿En Louisiana? Pantanos. Carreteras. Puentes. Cuando llegué, me gustó Nueva Orleans. Ya luego me aburrí de ver turistas y borrachos y turistas borrachos.

—¿Tú no te emborrachabas?

—A veces, pero no en la calle. Se supone que el chiste es hacerlo en Bourbon Street, que es la única calle de Estados Unidos donde la gente puede beber alcohol sin que la lleven a la cárcel por eso.

—¿Vivías en la calle de los borrachos?

—Vivía en Baton Rouge, que está como a hora y pico de Nueva Orleans. Pero tenía que ir y venir. Si me preguntan, de lo que más me acuerdo es de la carretera. Los puentes, los pantanos. Más de treinta kilómetros, el último puente. Veinte millas completas sin policía. Podías correr a cien millas por hora o más.

—¿Ibas diario a la escuela en Nueva Orleans?

—No estoy seguro de que fuera una escuela. Pero sí, aprendía cosas. No sé si era un aprendizaje pagado o un trabajo con muchas enseñanzas. Iba para enseñarme a hacer trampas. En Nueva Orleans estaba mi maestro: Fabricio.

—¿Cuáles eran las trampas?

—Ganábamos sorteos por computadora. O en fin, cambiábamos los nombres de los ganadores.

—¿Hacían trampas para ganarse premios?

—Algo así. Fabricio era muy bueno con las computadoras, yo me encargaba de recoger los premios. Comprábamos licencias de manejo robadas. Siempre encontraba alguno que se me pareciera, luego me ponía un saco y una corbata y llegaba a cobrar nuestro premio.

—¿Qué te daban?

—De todo. Un viaje, una vajilla, una bicicleta, unos palos de golf. Alguna vez un coche.

—¿Ya ves cómo sí eres ratero-ratero?

—Era. Se supone que no podía trabajar legalmente. Me había casado con una gringa, sólo que con un nombre diferente. Nunca tuve la sangre fría para pedir trabajo diciendo que era yo el de la licencia.

—¿Y no te daba miedo sacarla para recoger premios que no eran tuyos?

—Está bien. Reconozco: no me daba la gana pedir trabajo, punto.

—¿Qué te decía tu esposa? ¿Pensaba que tenías muy buena suerte?

—Casi siempre lograba vender los premios antes de que los viera, pero igual fue cachándome poquito a poco. No tragaba a Fabricio, ni él a ella. Nunca se creyó el cuento de que tenía un negocio y me daba trabajo, a pesar de que yo llegaba con dinero.

—¿Qué le decías que hacías?

—La verdad, casi casi. Vendía cosas, ¿no? Pues eso le contaba, que éramos comerciantes. Un amigo me dio trabajo de verdad, pero yo no dejaba de ver a Fabricio. Cuando quería que Lauren pensara bien de mí, me quedaba en la casa a traducir manuales de instrucciones, que cuando menos era un oficio de bien.

—¿Manuales como el de mi licuadora?

—Como ése. No me pagaban mucho, pero con los sorteos me iba emparejando. Hasta que tuve que escaparme otra vez.

—Llegó el FBI…

—No sé ni quién llegó. No creo que le importara al FBI. Me esfumé dos días antes de que se aparecieran y cargaran con Lauren y su computadora.

—¿Lauren ya era tu esposa?

—Era, pero desde ese día se dedicó a negarlo. Legalmente, se había casado con el señor de la licencia falsa.

—¿Y ella se casó así, sabiendo que tú no eras el señor ése?

—Nos casamos sólo para que yo pudiera trabajar, la idea era divorciarnos después. Pero nos lo creímos, no sé por qué. Se encariñó conmigo, yo supongo.

—¿Y la metieron presa por tu culpa?

—Nada más unas horas, pero de todas formas no me lo perdonó. Todavía le debo todo el dinero que gastó en abogados.

—¿Hablas con ella?

—No sé ni dónde viva. Tiene una hermana que es maestra en Shreveport. Puedo localizarla, yo supongo.

—¿No tienes ni su email?

—Lo cambió todo. Hablé con ella un día por teléfono, me dijo que se estaba mudando y ni muerta me iba a decir adónde.

—La podemos buscar en internet...

—De ninguna manera. ¿Qué tal que la encontramos?

—¿Cómo era Lauren? ¿Tenía muy mal genio?

—Era buena persona. Podías confiar en ella. Pero igual esperaba poder confiar en mí, y eso era demasiado, en mi situación.

—¿Cuál situación?

—No tenía dinero, vivía con una falsa identidad, mi único socio era un ladrón virtual y mi suegra opinaba que había que ser bruta para darle confianza a un mexicano. Se lo decía cada noche en el teléfono. Cuidado con la gente que te rodea, guarda muy bien tus tarjetas de crédito.

—Y le atinó...

—Yo no robaba tarjetas de crédito. Les quitaba sus premios a los afortunados, pero eso ya era prueba de que al final no eran tan afortunados.

—¿Me puedes ayudar a ganarme un sorteo?

—Ya te ayudé a ganarte un perro y un conejo. Si quieres más, escríbele a Fabricio. Puedo decirte en qué cárcel está.

—La misma donde tú deberías estar.

—Y entonces tu conejo debería estar muerto, y tu perro amarrado en la azotea de la casa de la esquina.

—¿De verdad está preso tu amigo Fabricio?

—Creo que sí. De todas formas, no puedo visitarlo. ¿Ahora entiendes por qué no se me dan los libros de autoayuda? Yo sólo sé arreglar problemas con problemas. Soy el doctor maldito que te cura la gripa con jarabe de arsénico. Una cucharadita y el paciente no vuelve a estornudar.

—¿Ya se te olvidó que eres un superhéroe?

—Eso se olvida fácil. Peor si no tienes capa y antifaz.

—Pero tienes una guarida secreta y dos fieros guardianes que la defienden. Y una socia escondida, y un lenguaje secreto. Yo sí querría leer tus aventuras.

—Por eso te las cuento.

—Sí, pero en pedacitos. Nunca me cuentas el chisme completo.

—Te aburrirías. Somos más divertidos nosotros, para qué quieres saber tanto de mí.

—No sé. Será porque eres mi único amigo delincuente.

—¿Quién te ha dicho que soy un delincuente?

—Tú, pero no me asustas.

—Yo no te dije ven, mírame, soy un delincuente.

—Te quejas igualito que mi mamá. ¿Cuándo has visto esas cosas en la casa, Dalila? Ay, sí, como si nunca hubiera salido de la casa.

—No me gusta que tú me digas delincuente. Aunque sea verdad. O por eso, tal vez. Si fuera falso me daría lo mismo.

—¿A poco no hay delincuentes buenos?

—Si son buenos, les puedes llamar de otra manera. Al Zorro no lo llamas delincuente. A Robin Hood tampoco.

—Ya sé: eres el Superlacra.

—¿Yo?

—Se oye mejor que Superdelincuente, Superratero, Superfalsificador, Superdefraudador, Supervillano, Superfugitivo…

—Me llamo Comandante Zopilote y la puedo arrestar con todo y sus cuadrúpedos si me sigue faltando al respeto, teniente.

—Teniente Pájaro Carpintero. Ya sabe, aunque se tarde.

DE BÍPEDOS RASTREROS

Por Basilio Læxus

Es imposible dirigirse a más de diez personas sin acabar mintiéndoles a todas. Cuanto más ancho sea el auditorio, más patrañas soltará el orador. Si el tipo empieza diciendo "queridos amigos" y habla, en efecto, sólo ante sus amigos, será por fuerza más sincero que quien ha comenzado saludando "estimados vecinos", "señores conciudadanos" o el colmo: "hermanos míos". Qué huevos, digo yo, tiene el hijo de puta que se lanza a hermanárseme para después decirme lo que tengo que hacer. Pero es por cierto más fácil y económico ayudar a los otros a salir del chiquero que intentarlo uno mismo, por sus pistolas.

Ahora voy a decirte por qué sigues allí, con el libro-verdugo entre las manos. Porque nadie se entera, ¿no es verdad? Soy mejor que los otros, no te exhibo. Te lo digo de frente, no a tus espaldas. ¿Ya me ves? Soy aquel compañero de celda que se pasa la vida mirándote sufrir, y un día cualquiera llega con un plan. Puedes seguir quejándote y hasta darme la espalda de momento, pero no vas a prescindir de mí. La diferencia entre libres y esclavos no está en su situación, como en sus planes. Unos los tienen, los otros no. Y aun entre los primeros hay una mayoría que sólo *cree* tenerlos. ¿Cuál es la diferencia entre planear hacer lo que no se va a hacer, o no se puede hacer, y cruzarse de brazos ante la adversidad? ¿Qué se gana rezando en el nombre del Miedo, la Envidia y el Espíritu Flaco? ¿Tranquilidad y paz espiritual, en la certeza cómoda de que sólo lo adverso prevalece? El complot de los astros en tu contra. La mala suerte que te vino a tocar. Dios ayuda a los malos cuando son más que los buenos. Eso lo explica todo, ¿sí? La Adversidad. Mira qué dios idiota viniste a elegir. Y lo peor es que piensas que Él te eligió a ti.

La Iglesia Universal de la Adversidad tiene entre sus ministros a Los Verdaderos Humildes, que como las mayúsculas lo indican no son sino una runfla narcisista y arrogante de fariseos con la conciencia negra y el culo fruncido. De esos hijos de puta dependen tus complejos más absurdos, como aquél de asumir, como terapia contra la mala conciencia, el compromiso de parecerte a ellos. Ostentar la humildad como un haber moral de clase media: eres tan chic que eliges ser humilde, igual que otros escogen ser cabrones. Pero tú te la crees, piensas que los auténticos humildes te van a perdonar si les besas los huevos a modo de saludo. ¿Crees acaso, basura clasista, que los humildes son además imbéciles?

El de verdad humilde tiende a disimularlo. No lo es por elección, si pudiera traería un Mercedes convertible. El falso humilde, en cambio, monta un gran espectáculo a partir de su falta de autoridad moral. *Sé que no lo merezco. ¡Qué sé yo! Yo no soy nadie, pero...* ¿Quieres un buen consejo? Si no eres nadie, pégate un balazo.

Ahora mismo, al tiempo que redacto este renglón, el rebaño de los falsos humildes prepara municiones contra mí. Apuestan unos y otros para atinarle al día en que me rinda. Los puedo ver, dentro de mi cabeza. Están confabulados para hacerme creer en La Adversidad. Pero si tienes este libro en tus manos, eso querrá decir que no han vencido. Y ahora irán sobre ti, si se enteran que ya lo estás leyendo. Espero cuando menos me hayas hecho caso cuando te sugerí que lo forraras con papel de estraza. Abandonar la mierda puede ser un esfuerzo muy loable, pero no da prestigio en ningún lado. Cuando alguien te pregunta cómo has estado, no le dices aquí, saliendo de la mierda, ¿y usted? Sales discretamente, no querrás que allá afuera todo el mundo te huela y te devuelvan a tu lugar de origen.

Empecemos, entonces, por la humildad, que como ya hemos visto tiene todo el derecho de ser tímida. Si ahora mismo me diera por escucharla, dejaría de una vez el libro en esta página, y hasta lo quemaría, para estar bien seguro de que no soy nadie. Puedes hacerlo tú, nadie ha sabido aún que tenías un plan para fugarte de la cloaca de vida que llevas. Incluso si se enteran, no sería gran noticia descubrir que volviste a fracasar. El fracaso es a veces como un jacuzzi. Dan ganas de quedarse para siempre. Presumir ante todos que elegimos humildemente estar allí, como el villano impávido que se jacta de recibir correspondencia en el infierno.

Si quieres encontrar grandeza en la humildad —uno al final encuentra todo, si se empeña— te aconsejo que empieces por tirar este libro a la basura. Lo pienso yo también, algunas noches. Se me ocurre tirarme yo mismo de cabeza en el bote, y lo más tentador es que es muy fácil. ¿Quieres la fórmula? Son tres sencillos pasos:

1. Anulas la responsabilidad.
2. Bloqueas la memoria.
3. Te olvidas de la culpa.

No es que te lo aconseje, pero igual necesito asegurarme de que hice todo por deshacerme de ti. Entre menos seamos, mejor. Ni modo de seguir hacia adelante cargando el peso muerto de los derrotistas, si con el nuestro ya es más que bastante. ¿Quiénes somos nosotros? Los derrotados. Los ceros a la izquierda. Los que pudieron ser y nunca fueron. Los que incluso dejaron de apestar. Esos barcos hundidos por los que nadie da cinco centavos.

Podría deducir unas cuantas ventajas relativas, como que no tenemos nada más por perder y por lo menos no estamos solos, pero serían mentiras. Un barco hundido es mucho más que nada, puede aún ingeniárselas para perderlo todo. Y dos barcos hundidos no se hacen compañía, con toda esa agua en medio y estando tan oscuro allá debajo.

¿Ya entiendes, pues? Nadie hay en torno tuyo. He abusado del tiempo disparejo para decir *nosotros*, aunque para mí seas cualquiera entre los otros. Lo cierto es que no sabes dónde estoy, ni quién soy, por más que veas mi nombre en la portada y te tragues el cuento de mis datos biográficos. Sabes, y esto debe bastarte, que avanzo con trabajos hacia el final del libro y conservo la estúpida esperanza de que eso pueda significar algo. Otros suben montañas, toman cursos, inventan juramentos. Tú y yo creemos en la redención de la última página. Si por casualidad algo funciona, no seremos exactamente los mismos. Y lo mejor de todo, nadie más lo sabrá.

—¿Cómo ves a la Gina?

—Está un poco borrosa, pero se ve que es ella. Tiene cara de triste.

—¿Y qué? Igual te gustaba.

—Por eso, a lo mejor.

—¿Te gusta la tristeza?

—Es guapa, de repente. Descubre uno cantidad de cosas detrás de una mirada de tristeza.

—¿Qué cosas?

—No sé, depende. Miedos, deseos, sueños, sentimientos. Y si no los descubres, se los inventas. Te enamoras de su melancolía.

—¿Era así mi mamá?

—Todo el mundo es así, cuando le toca. Nunca vas a saber en cuál de tus momentos más amargos alguien va a enamorarse de ti.

—Como pasó con Chaplin, que estaba solo y triste en la azotea mientras yo lo veía con tus gemelos y me iba enamorando…

—Del Samsonite cualquiera se enamora.

—Mi mamá no. Pero tú de ella sí.

—Ya te he dicho que eso a ninguno nos conviene, y a ti es a la que menos.

—Yo lo dije jugando y tú te enojas.

—No me enojo, pero tampoco me divierte imaginarte hablando de mí con tu mamá.

—¿O sea que mi comandante piensa que su teniente es una traidora? Ahora que me imagino cómo sería mi vida contigo de papá, creo que ya te entendí. No me conviene nada tener dos mamás.

—No dije que me fueras a traicionar, sino que me da miedo que metas la pata por querer ayudarme a lo que yo tampoco quiero que me ayudes.

—Como quien dice, mi comandante opina que su teniente es una escuincla torpe y buena para nada.

—¿Quién me decías que estaba enojado?

—Si estuviera enojada no habría venido a regalarte una foto de mi mamá.

—La niña de esta foto no era mamá de nadie. Mírala bien: ojos de regañada.

—Mi mamá dice que es mirada de puchero. Todavía la tiene, de repente. Eso sí, ya con menos cachetes y más nariz.

—¿Hace esa cara triste, todavía?

—Sí, cuando se contenta conmigo. Primero me regaña, me grita, avienta todo al piso y se va, echando chispas. Después llega y me mira con esa cara. Yo digo que es mirada de reproche chillón.

—Ojos de qué se me hace que ya no me quieres.

—Y de eso me pasa a mí por ser tan bruta de tenerte confianza. Y de qué triste, hija, que ya no me respetes. Y de voy a tener que darle tu regalo de cumpleaños al primer niño pobre que me encuentre.

—¿Alguna vez te hizo eso?

—Una vez casi lo hizo, pero se arrepintió porque me puse a gritar que iba a matar al primer niño pobre que me encontrara.

—¿Y crees que te creyó?

—No, pero igual me pegó un manazo en la boca, me salió sangre y lloré como loca. Hasta que me abrazó, me pidió perdón y fue por mi regalo.

—¿La perdonaste a cambio del regalo?

—¿Quién te dijo que ya la perdoné?

—¿Pasó hace mucho?

—Fue cuando cumplí ocho años.

—Cuando te conocí, traías esa misma mirada.

—¿Y cómo no, si andaba salvándole la vida a Filogonio?

—Mirada de puchero chantajista.

—Puchero rescatista. Yo no tengo la culpa de que las patas de conejo sean de mala suerte para los conejos.

—Y las piernas de pollo para los pollos. Y los chamorros para los marranos. ¿Te imaginas qué mala suerte venir a dar a un mundo de tragones que no te quieren más que por el sabor de tu carnita?

—Cállate. No hagas que me imagine cosas de ésas. El otro día tuve pesadillas nomás de estar pensando en cómo les habrá ido a otros conejos. No sabes, Filogonio, de la que te salvamos.

—Deben de haberlo criado en una jaula. Cuando llegó, apenitas se movía. Ahora ya sube y baja las escaleras. Lo mejor es que al Samsonite le es indiferente. Cualquier día me los voy a encontrar durmiendo juntos. Ya ves, los refugiados siempre acabamos por hacernos amigos. Tanto yo como el perro y el conejo la hemos pasado tan mal afuera que mira dónde vinimos a dar. El Samsonite y yo, huyendo de la cárcel; Filogonio, del matadero.

—¿Y yo?

—Tú eres nuestra heroína. Además eres dueña del único zoológico que incluye un ser humano entre sus huéspedes.

—Y también soy la única visitante. Podría traerte un dulce, o un pastel, pero a la entrada dice que está prohibido alimentar a los changos.

—¿Qué me dijiste?

—¿Yo?

—¡Claro! Ahí está la mirada. Señoras y señores, directamente desde el siglo pasado: El Puchero Chantajón.

—Cállese, viejo mamón.

—Supongo que eso tiene que ser un privilegio. Te perdono si me confiesas ahora mismo que a ningún otro adulto le hablas así.

—No es lo mismo ser viejo que ser adulto. Si mi mamá pudiera hablar contigo, diría luego que no has madurado. Tan viejito y tan meón.

—Y como soy un pobre viejecillo hambriento, mañana voy a sobrevivir comiendo Filogonio a la parrilla. Con suerte alcanza hasta pasado mañana. ¿Tú crees que esté sabroso, nuestro amiguito?

—Noigonoigonoigochingatumadrenoigonoigonoigonoigo...

—Voy a darle a comer ajo y cebolla, para que vaya agarrando sazón.

—gonoigonoigonoigopendejoputonoigonoigonoigonoigo...

—Dalila, ¿qué dirías si yo me hiciera amigo de tu mamá?

—¿Si tú qué? Habla rápido o voy a seguirle con el noigonoigo.

—Si te enteraras que soy amigo de tu madre. Que llegaras un día de la escuela, por ejemplo, y me encontraras sentado en tu sala.

—No sé. Me haría la mensa, yo creo. Ni modo que dijera hola Joaquín, o presente, Comandante Zopilote, ¿verdad? Pero después escribiría un reporte para acusarte de alta traición.

—¿Y por qué alta traición? ¿Por ser su amigo?

—Por no contármelo, animal del demonio. El reglamento dice que el que le miente a un cómplice merece el paredón. ¿Me vas a confesar que todavía te gusta mi mamá?

—No, cómo crees. Sólo quería saber qué piensas de las cosas. Es una de las pruebas a las que el Comandante Zopilote somete a los guerreros de su batallón. En inglés se le llama SRM, por Sudden Reaction Measurement. Te apliqué un Medidor de Respuesta Súbita.

—¿Es cierto eso?

—Sólo porque te aprecio, voy a dar como buena esta última reacción, en lugar de "animal del demonio". Según el tercer tomo del manual, poner en duda la legitimidad de la prueba es indicio de sana perspicacia. Ahora vamos a la segunda parte del examen, ¿qué pensarías si alguien te contara que yo estoy estafando a tu mamá?

—¿Me estás examinando de verdad?

—Claro que no, Dalila. Estoy jugando.

—¿Y el SRM?

—¿El qué?

—Tú dijiste que así se llamaba en inglés el examen.

—Lo inventé. Ya te dije que estaba jugando.

—Los adultos se enojan cuando juegas así. Ya te he dicho, Dalila, con eso no se juega.

—¿Te hace así con el dedo, cuando te regaña?

—Tú que inventas aparatitos raros con nombres en inglés y en español, deberías diseñar un enojonómetro. Uno muy resistente, para que no lo rompa mi mamá. ¿No se enojan los viejos como tú cuando les sales con esos juegos?

—Pues claro que se enojan. Pero a veces también lo haces para eso. No existe un enojonómetro de metal, ni de plástico, pero cada uno trae el suyo integrado. A veces uno dice lo que no debe para ver hasta dónde puede llegar. Sobre todo a tu edad, que te pasas la vida midiéndole el aguante a tus mayores.

—Tengo una idea: el enojonómetro es de plástico.

—¿Y eso?

—Porque el encabronímetro es de metal.

—¿Cuál es la diferencia?

—Con el de plástico mides al berrinchudo, y con el de metal el berrinche. Una cosa es saber qué tan enojón eres y otra ver qué tan enojado estás. Mi mamá a veces rompe los de metal. Dices un chiste que no le gusta y bum, bum, bang, bang, cataplúm: se pone a disparar corajes de plomo.

—Eso te pasa por comprar encabronímetros de aluminio. Los buenos son de hierro forjado.

—Sí, pero están prohibidos para las niñas. ¡Dalila! ¡No te acerques a esa máquina que te va a dejar manca! Imagínate cuánto va a doler si le da por pegarme con un encabronímetro que parece palanca de tractor.

—¿No dices que ha cambiado, tu mamá?

—Un poquito. Hay días que grita menos, pero otros grita más. Como si un día dijera: ¡Oh, Dios! ¡Me faltan muchos berrinches por hacer!, y se pusiera a mano en una sola tarde.

—¿Un día te las guarda y otro te las cobra? Me suena familiar.

—¿A ti te hacían igual?

—¿Por qué crees que tu abuela odiaba a mi mamá? Nadie la soportaba enojada. Se convertía en monstruo antes de abrir la boca, ya te imaginas todo lo que gritaba luego. Mi padrastro decía que mi mamá regañaba aplicando el efecto tempestad. Llovía caca del cielo, para que me entiendas.

—¿Tenía mal aliento tu mamá?

—Habría preferido eso.

—¡Es el colmo! ¡No puede ser! ¡Qué burla es ésta!

—¿Y ahora?

—Son las palabras mágicas para que empiece a granizar popó. Las dice mi mamá y yo salgo corriendo por mi impermeable.

—Por lo tanto, los niños regañados miran al suelo para que no les caiga un mojón en la boca.

—Yo ni miro. Mejor cierro los ojos, qué tal que se me mete por ahí.

—¿Y qué piensas mientras te están regañando?

—Muchas cosas. No sé. A veces un montón de groserías.

—Claro. Los malos pensamientos son consuelo del niño regañado. Que digan lo que quieran, al cabo que yo pienso lo que me da la gana.

—Cuando es injusto, pienso cosas horribles. Ahora sí, pinche Eugenia cagona, me las vas a pagar.

—¿Así sientes ahorita?

—Nada más un poquito. Pensar cosas horribles contra ella me quita casi todo el coraje. Te darías cuenta de eso si me aplicaras el encabronímetro. Pienso una grosería y plunc, baja la aguja.

—Cuando yo hacía eso, decía: Si mi mamá supiera lo que estoy pensando, me pondría una paliza de verdad, o de plano me correría de la casa.

—Es hasta divertido imaginarte que ella no se imagina lo que estás pensando, detrás de tu carita de Puchero Chantajón.

—¿No te sientes mal luego?

—Sólo cuando me viene a contentar y me pide perdón y me explica que tiene no sabe qué en los nervios. Como que digo chin, yo qué voy a hacer si un día se me acaba de chiflar. Qué tal si en vez de estrellar los platos en el piso le da por chamuscar las cortinas de la sala y despierto quemada y cocinada.

—¿Así te dice tu mamá, ¡Dalila, vas a chamuscar las cortinas!?

—¿Cómo sabes?

—Yo sé leer la mente. Y ahora ni se te ocurra pensar groserías.

—¿Sabes qué estoy pensando?

—No alcanzo a ver, está un poco borroso.

—Cómprate unos anteojos. Clarito dice: Puto el que lo lea.

—Tu abuelita habría dicho que tienes boca de carretonero.

—¿Y eso dónde lo leíste?

—Se lo oí a tu abuelita un día, en el teléfono. Como seguramente puedes imaginar, se lo dijo a mi madre. Varias veces, aparte. Se gritaban las dos con toda su alma. Mi mamá ni notaba cuando yo descolgaba la bocina y escuchaba a tu abuela replicarle.

—¿Qué decía mi abuelita?

—Se defendía, apenas. Le decía no tiene usted educación, señora. Tendría que haber pasado por la escuela, para que le quitaran esa boca de carretonero.

—¿Y qué decía tu mamá? ¿Cállese vieja puta?

—¿Cómo crees? Aunque tampoco andaba tan lejos. Le gritaba que era una muerta de hambre, que ya vería cuando la metiera en la cárcel. Y otras cosas, de todo. Mi madre sabía darte donde más te dolía. Te encontraba bien pronto los puntos flacos y te lanzaba dardos envenenados. Para serte sincero, también le decía eso. Cállese, vieja puta. Y ubíquese, que no somos iguales.

—¿Lo gritaba muy fuerte?

—No siempre era cuestión de volumen. Lo que te intimidaba era la forma, el tono, la autoridad con la que te insultaba. Miraba fuerte, encima. Era igual que enfrentarte a un demonio gritón que sólo espera ya un pequeño pretexto para echarte al perol. Te insultaba con odio profundísimo, como si ya tu sola existencia le hiciera un daño incalificable.

—¿Qué daño le había hecho mi abuelita?

—Existir, nada más. Existir en su órbita. Ella lo quería todo, y eso incluía el aire que respiraban tu mamá y tu abuelita. Todo o nada, decía. Conmigo es todo o nada, y al que no le parezca que se joda. Entonces tu abuelita le colgaba el teléfono y ella salía a gritarle a la azotea.

—¿No te daba vergüenza?

—Me encerraba en mi cuarto a aguantármela. A veces le escribía cartas a tu mamá para pedir disculpas por lo que hacía la mía. Nunca se las enviaba, pero igual se sentía bien escribirlas.

—¿Pensabas dárselas un día a leer?

—Según yo sí. Iba a llegar el día de explicárselo todo con esas cartas, que serían la prueba de mi inocencia. ¿Qué querían que hiciera, si a mí con ella me iba mucho peor? Ya me habría gustado que me insultara sólo desde la azotea. O nomás por teléfono. Cada vez que Manolo le embarraba a mi madre las quejas de tu abuela, yo pensaba: Y eso que es su vecina, no su mamá.

—La mía no es tan mala. Medio bestia, eso sí.

—¿Bestia o bestial?

—¿Te la presento y tú se lo preguntas?

—¿Y si te digo que ya la conozco?

—No, porque nunca has hablado con ella.

—Yo que tú no estaría tan seguro.

—¿Vas a contarme que se hicieron amantes?

—Quería jugar, pero mejor ya no.

—¿Jugar a qué?

—A un juego que se llama *Mentiras y verdades.*

—No sé jugar a eso.

—Es muy fácil. Dices cinco mentiras y una verdad. Escribes la verdad en un papelito y yo tengo tres oportunidades para adivinarla. Si atino a la primera, tengo tres puntos. A la segunda dos y a la tercera uno. Si no le atino en tres, me quedo sin saber cuál era la verdad.

—¿Y cómo sabes que no es la verdad?

—Porque escribiste también las mentiras en otros cinco trozos de papel. Cada una que digo, me das el papelito que dice que es mentira.

—¿Y por qué no lo quieres jugar?

—Porque ya lo pensé y ahorita sólo tengo listas las verdades. Si no quiero que me hagas pedazos, necesito inventarme unas mentiras que se confundan bien con la realidad.

—Suena muy complicado. ¿Todo te gusta así?

—¿Así cómo?

—Difícil. Enredoso. Telarañento.

—No es que me guste así, pero es que así se me hace. No logro controlarlo. Era derecho pero se fue torciendo.

—Igual que el juego de las verdades y mentiras.

—No sé. No lo he jugado.

—¿Lo acabas de inventar?

—Yo supongo que sí.

—Con razón es tan malo. No se antoja jugarlo.

—No, hasta que tienes verdades ardientes.

—¿Cuáles son ésas?

—Las que ya se te quema la boca por soltar, pero igual no te atreves, o no puedes. Reprobaste en la escuela, por ejemplo. Si la dices, te quemas. Si la callas, te queman.

—Esas verdades no me gusta contarlas. Prefiero que me cachen, o que me acusen.

—Si te enamoras de alguien y por algún motivo no puedes decírselo... Ésa es otra verdad ardiente.

—¿Te inventaste ese juego tan tarado sólo para decirme que estás enamorado de mi mamá?

—No, pero tú ya te pusiste celosa.

—No es cierto. Lo que pasa es que dices más mentiras de las que dices.

—Ahora vas a decirme que yo sí soy traidor.

—Yo sólo dije que eres mentiroso.

—Le recuerdo, Teniente Pájaro Carpintero, que en el manual está escrita una cláusula que prohíbe las mentiras entre usted y yo. El que la rompa será un traidor. Una cosa es decir mentiras, mi teniente, y otra callar verdades. ¿Me entendió?

—¿Por eso no me dices si todavía te gusta La Bella Gina? ¿Sería mentira si dijeras que no?

—Cómo voy a saber si me gusta alguien a quien no...

—¿A quien no qué?

—Cambio de tema, teniente.

—No sea tan correlón, mi comandante. Contésteme si sí o si no.

—¿Si sí o si no qué?

—¿No me quieres decir la verdad y tampoco te atreves a decirme mentiras?

—Yo supongo que ésa es la situación. No te quiero mentir.

—No me tienes confianza, aunque sea tu teniente.

—No me tengo confianza, mejor dicho. Dudo mucho que sepa cómo contarte todo lo que tendría que contarte.

—¿Por qué? ¿Son muchas páginas?

—Son varios tomos, y está todo en desorden.

—Yo te ayudo a ordenarlo, si quieres.

—¿Dentro de mi cabeza?

—Claro. Haz de cuenta que voy a separar la basura. Aquí los papeles, allá las latas, detrás los plásticos, y así te sigues.

—Vas a encontrarte muchas cosas podridas.

—Qué me importa, las echo al caño y ya.

—¿Por dónde empezaríamos, mi teniente?

—Por lo más fácil, mi comandante. Yo le hago una pregunta, usted me la contesta y me cuenta lo demás.

—¿Lo demás?

—Lo que falte. Para que yo lo escuche y me lo pase en mi monitor mágico. Y así ya no me tienes que contar mentiras.

—¿Y si te enojas?

—Prometo no enojarme.

—¿Estás dispuesta a hacer un juramento?

—Estoy dispuesta, mi comandante. Míreme, ya levanté la mano.

—"Yo, Dalila Suárez Carranza, juro solemnemente no enojarme cuando mi comandante me cuente la verdad."

—Yo, Dalila Suárez Carranza, juro solemnemente ante todos los dioses no enojarme cuando mi comandante me cuente la verdad sin mentiras.

—No es muy fácil contar la verdad sin mentiras. A veces hay que exagerar un poco. O lo contrario, según sea el caso. Si tú eres la culpable, vas a hacer ver el crimen pequeñito. Contamos lo que vemos como lo recordamos, que es como lo queremos recordar.

—No importa, pero cuéntame.

—¿Qué te cuento?

—¿Todavía te gusta mi mamá?

—¿La verdad, la verdad? No lo sé. Yo supongo que es una de esas cosas que cada año que pasa tienes menos claras.

—Si me lo cuentas todo así de complicado, va a ser como si no me contaras nada. ¿No sabe bien si sabe lo que sabe porque lo que sabía ya no lo sabe? Mi comandante, no sea tan payaso.

—¿Ya ves cómo es difícil contar la verdad?

—¿Cuándo fue el último día de tu vida que viste a doña Gina?

—¿Para qué quieres que te diga eso?

—¿Para qué me lo quieres ocultar?

—El viernes pasado.

—¡El viernes pasado!

—Poco antes de las siete de la tarde.

—¿La andas espiando?

—No exactamente. Aunque sí, un poquito.

—¿Sí o no? Cuéntame. ¿Espías a mi mamá? Entonces sí te gusta.

—No sé muy bien qué es lo que estoy espiando, pero es más del pasado que del presente.

—Ya empezaste a enredarte.

—Estoy buscando por dónde empezar. ¿Te acuerdas que tú un día me contaste a qué se dedicaba tu mamá? ¿Las cenas, los anuncios?

—¿A poco le llamaste?

—No me aguanté las ganas. Me daba mucha curiosidad. Tenía que saber cómo era. Cómo hablaba. De niño sólo pude imaginármela.

—¿Vas a decir que yo tuve la culpa?

—Tú no tenías la culpa de parecerte a ella. Empezaste a venir y yo me fui a vivir al pasado. Me dio por preguntarme cosas que ya de niño me había preguntado, sólo que ahora tenía más cerca las respuestas. De repente me dije: ¿por qué tengo que ser un maldito apestado en esa casa?

—¿En cuál casa?

—La tuya.

—Es un departamento.

—Claro, pero es tu casa. Un lugar donde nunca fui bienvenido, sin haber dado ni una razón. No lo sabía entonces, o en todo caso lo sabía sin saberlo, pero necesitaba comprender un par de cosas, y no iba a conseguirlo si no veía al mundo desde el otro lado. Crecí rodeado de odios que no entendía, ni quería entender porque a mí me gustaba la niña de atrás, ¿me entiendes?

—Creo que sí. Mi mamá todavía odia a la tuya.

—Quería verme a mí, desde los ojos de Gina Carranza. Ver a mi madre, a su marido, a mi hermano. ¿Sabes lo que es crecer escuchando conversaciones ajenas donde lo único claro es que allá todo el mundo detesta a tu mamá, y por lo tanto a ti?

—No me digas que ya estuviste en una de las cenas de solteros de doña Gina.

—Primero nos citamos a desayunar.

—¿Te pusiste una máscara?

—No, pero me cambié de nombre. O en fin, de apellido.

—¿Y cómo le dijiste que te apellidabas?

—No sé si estamos listos para dar este salto. ¿Te importa si eso te lo digo luego?

—Está bien, pero sígueme contando.

—Yo no pensaba estar en una de las cenas. Solamente quería verle la cara. Oír su voz. No esperaba que me contara su vida, nada más conocerla y hasta nunca.

—¿Y te gustó?

—Sí pero no. No pero sí.

—¿Por qué? ¿La ves muy vieja?

—Tal vez fuera eso: hablaba como vieja. Ceremoniosamente. Perdona que lo diga, pero ese día me quedó la impresión de que era ella la que se protegía detrás de una máscara. Es decir, que tanto ella como yo estábamos actuando. Éramos impostores, farsantes.

—Y si no te gustó, y hasta te cayó mal, ¿por qué fuiste a la cena?

—Nunca dije que me cayera mal. Sólo dije que estaba fingiendo, igual que yo. Si ella no podía saber quién era yo, ¿por qué yo iba a enterarme quién era ella?

—Te dio curiosidad...

—También me daba curiosidad tu casa. Me la había imaginado, pero nunca hubo a quién preguntarle.

—¿Y yo qué?

—Tú un día me describiste la sala y la recámara, pero eso me dejó con más curiosidad. Salía de pronto por la puerta verde, ya muy noche, y en lugar de esfumarme en ese mismo instante me daba por subir los escalones. Quería ver la puerta de tu departamento. Una noche subí hasta la azotea. Quería imaginarme cómo habrá sido el mundo cuando Manolo iba y venía entre la casa y el edificio, más o menos a espaldas de mi mamá.

—¿Y por qué más o menos?

—A veces lo atrapaba y le armaba un panchazo histórico. Tenía ese talento: hacerse insoportable como un dolor de muelas.

—Eso ya lo dijiste. Cuéntame más de cómo te metiste en mi casa.

—¿Ya ves cómo sí es casa, aunque sea departamento? Lo pensé mucho, de todas maneras. Decidí no atreverme, pero un día tu madre me llamó y ni modo, no conseguí aguantarme.

—¿Por qué no me contaste?

—No sabía cómo.

—¿Tenías miedo de que te acusara?

—Tampoco estaba cometiendo un delito. Era un cliente más, pero sigo creyendo que si llega a saber mi verdadero nombre no habría ni dudado en sacarme a patadas de su casa.

—Yo no soy mi mamá, oiga. Soy su teniente.

—¿Y qué tal si con ese pretexto mi teniente me deja de obedecer?

—Ya te dije que yo no soy traidora.

—Ni yo.

—Entonces cuéntame, para que te lo crea.

—Nunca he entrado en tu cuarto.

—¿Nunca has entrado? ¿Cuántas veces has ido?

—Antes de responder a esa pregunta, necesito que tú respondas otra.

—¿Yo por qué?

—Porque si no lo sabes, no te puedo contar.

—¿Si no sé qué?

—¿Sabes si tu mamá hace alguna otra cosa los viernes, además de llevarte a casa de tus primas y organizar la cena con las parejas?

—Dice que va al gimnasio, pero no es cierto.

—¿Y eso quién te lo dijo?

—Van tres veces que cree que estoy dormida, se cuelga del teléfono y se le sale toda la verdad.

—¿Es mucha la verdad?

—No sé, pero sí sé que le da vergüenza.

—¿Vergüenza, a tu mamá?

—Le da pena que sepa que está en una terapia.

—¿Desde cuándo lo sabes?

—No sé, ya no me acuerdo. Ahora sigue contándome.

—¿Qué quieres que te cuente?

—¿Qué te pasa? ¿Ya te estás enojando?

—No es eso. Dime más.

—¿Qué más quieres que sepa, si no me ha dicho nada?

—¿Qué dice, por ejemplo, de la terapia?

—¡Ay, Montse, tú no sabes el bien que me está haciendo!

—¿La terapia?

—Pues sí, burro. ¿Qué tienes, que estás rojo?

—Qué más quieres que tenga. Vergüenza, claro.

—¿Y tú por qué?

—¿Me prometes que no vas a enojarte, ni a dejarme de hablar?

—Te lo juro por mi mamá y mi abuelita.

—Solamente fui a una de las cenas de tu mamá. Me presenté como el doctor Joaquín Alcalde. ¿No te suena?

—¿A poco le dijiste que así te llamabas?

—El nombre es lo de menos. La profesión. No podía decirle que era prófugo, necesitaba parecer respetable. Por eso le inventé que era terapeuta.

—¿Y ella te contrató?

—Algo así.

—¿No me estás vacilando?

—Ojalá te estuviera vacilando. Me la pasaría bien.

—Cállate, que no dejas pensar.

—...

—¿De veras eres tú el loquero de Gina?

—Digamos que la ayudo todo lo que puedo. Cada viernes, a las seis de la tarde en la sala de tu departamento.

—¿Y vas todos los viernes a mi casa?

—¿Ahora entiendes por qué te hago tantas preguntas sobre tu mamá? Los loqueros tendrán muchos estudios, pero yo tengo mucha información. Si de pronto me salen los manuales de instrucciones y los libros de superación personal, puede que alguna buena investigación sirva para ayudar a tu mamá.

—¿Te pidió ella que fueras su loquero?

—Le advertí que tenía un método distinto, que no era psiquiatría ni psicología, que no podía asegurarle que le fuera a servir. Pero no hubo manera.

—¿Sabes qué? Sí. Ya la he oído decir no sé qué cosa de un doctor Alcalde.

—¿No-sabes-qué-cosa?

—Me habría fijado más, pero cómo querías que supiera. Me lo hubieras contado, traidor.

—Ya te lo estoy contando.

—Te perdono, ex traidor.

—¿De verdad me perdonas?

—Pues sí. Qué quieres que haga. ¿Y le cobras muy caro?

—No, pero igual no me he gastado el dinero. Ahora que ya lo sabes me podrías ayudar a devolvérselo, sin que se diera cuenta.

—¿No prefieres gastártelo?

—Siento como si me lo hubiera robado. Pero ni modo que no le cobre. Se supone que soy un terapeuta y vivo de eso. No me puedo portar como misionero.

—¿Cuánto dinero es?

—No sé. No quiero verlo. Cada semana lo echo en una caja.

—¿Alcanza para una televisión?

—Yo creo que sí. Lo que no sé es de qué tamaño sería.

—¿Y por qué no la compras y nos la mandas?

—¿Y de parte de quién? ¿Del doctor Alcalde?

—Inventas otro nombre, qué más da. La pagas y les dices que se la manden a mi mamá.

—Ahí sí tendría que ponerme una máscara.

—¿Y si la compras por internet?

—Espérate un momento. Luego hablamos de la televisión. ¿De verdad no te importa que yo engañe a tu madre con el cuento de que le doy terapia?

—No me has dicho por qué le das terapia.

—¿Cómo por qué?

—No quieres el dinero…

—Lo que no quiero es ser estafador. No otra vez. No con ella.

—¿Por qué? ¿Ya te gustó?

—Es tu mamá. Nadie nos asegura que la dizque terapia le sirva de un demonio, ¿me entiendes?

—Ella dijo que le servía un montón, y hasta le contó a una de sus amigas que se sentía muy alivianada.

—¿Por la terapia?

—Dijo que por los viernes. ¿De veras quieres devolverle el dinero?

—¿Cómo te explico? Sería terapéutico. Me ayudaría a sacarme unas cuantas tarántulas del coco.

—¿Entonces qué? ¿Compramos la tele?

—No sé si sea eso lo más justo. Tu mamá debería decidirlo, no yo.

—¡Ay sí! ¿Y yo qué? Además, ella siempre me promete que cuando ahorre un dinero va a comprar una tele nueva, y nada. ¿Cómo no va a ser justo, mi comandante? Le estaría usted ayudando a mi pobre madrecita a cumplir su palabra. Es más, si quiere puedo trabajar gratis.

—¿Como de qué trabajarías gratis?

—Puedo ser la enfermera del doctor Alcalde.

—Ya eres la teniente Pájaro Carpintero.

—Pues sí, doctor Alcalde, pero acuérdese que yo vivo con su paciente. Le conviene que veamos la tele juntas.

—Me estás extorsionando, Dalila.

—¿Cómo, si te ofrecí trabajar gratis, y además el dinero es de mi mamá? ¿Qué no ves que soy su única heredera?

—¿Dijiste que ella quiere una televisión?

—Ella quiere una, pero yo quiero otra. La mía es más bonita, pero ella dice que es mucho dinero.

—¿Fueron juntas a verlas?

—Siempre que va de compras y me lleva, vamos y vemos las televisiones.

—Tú la llevas, más bien.

—La llevo a ver si hay una promoción. Si mi mamá se ahorrara lo de la terapia, ya tendríamos la tele más grande de la tienda.

—Eso podemos comprobarlo rápido. ¿Me ayudarías a contar el dinero?

Me gana el entusiasmo, no lo puedo evitar. La idea de sacudirme todos esos billetes apestosos a estafa me reconforta casi tanto como ir imaginando el tamaño de la televisión para Dalila. Miro el reloj: las cuatro y treinta y ocho. Podríamos escaparnos a escogerla ahora mismo. Yo encontraría luego cómo hacer la perfecta compra fantasma. Contamos, recontamos: hay dieciocho mil pesos. Una cifra intermedia entre la tele que le gusta a ella y la que en todo caso compraría la madre. Una está en quince mil, la otra en veinticuatro.

Para mi regocijo y descargo moral, no tengo los bastantes argumentos para oponerme a los deseos de Dalila. ¿Como de dónde salen los escrúpulos para impedir comprar lo que la niña quiera con el dinero que a los dos nos consta que le saqué a su madre? No he podido, por tanto, evitar que la inercia siga su marcha. Media hora más tarde, ya vamos en camino. Le he ofrecido la posibilidad de un préstamo, si al final resolvemos comprar la que ella quiere, pero antes me reservo el derecho a opinar.

—¿Por qué no te trajiste el dinero? ¿Qué tal si hay una oferta que se acaba hoy?

—El dinero está bien donde está. Hoy no vamos a hablar de dinero. Santa Claus no se fija en detallitos.

—¿Y si nos encontramos a alguna de mis tías?

—A correr, yo supongo. ¿Te sabes el camino hasta tu casa?

—Me alcanza para el taxi.

—¿Sabe qué, mi teniente? Si eso llega a pasar, mejor vamos a hacer como si nunca nos hubiéramos visto.

—¡Ay, sí! ¿Y yo qué digo que andaba haciendo?

—Cualquier cosa es mejor que pasearte con un extraño de mi edad...

—... que es además loquero de mi mamá. Por eso los loqueros tienen fama de locos.

—Yo no soy un loquero.

—Pero le das terapia a mi mamá, y ella sí que está loca.

—Pero es de mentiritas.

—Pero ella no lo sabe. Es más, las dos pensamos que eres un doctorazo. A ver, ¿qué otro loquero va y le compra una tele a su paciente, para que esté contenta?

—Aunque tú no lo creas, hay algunos problemas que no se arreglan con una tele nueva.

—Y menos todavía van a arreglarse con una tele que era de mi abuelita.

—¿Y si la tele llega y ella la rechaza?

—¡Hasta crees...!

—Todo el mundo sospecha de un regalo como ése.

—Pero no tiene nada de malo.

—Tiene todo de malo. No se te olvide que ella la pagó.

—¿Y si llamas y dices que se ganó ese premio en un sorteo? Tú sabes de esas cosas, ¿no?

—Un sorteo es difícil. Ya nadie se lo cree. Hay miles de vivales que llaman y te piden tus datos con el cuento de que ganaste un premio, sobre todo si nunca compraste boleto.

—¿Y si le dices en una cartita que eres uno de sus clientes de las cenas y le agradeces todo lo que hizo por ti?

—Una pareja que le escribe para darle las gracias. Van a casarse, son muy felices. Mejor: ya se casaron. Hubo, entre los regalos, dos televisiones, y ellos quisieron darle la otra a ella. Por pura gratitud. Le mandamos la carta días antes de que llegue la tele...

—¿Y quiénes vamos a poner ahí que somos?

—Ponemos iniciales. R y S, A y L, M y M. Le mandamos la tele con una copia de esa misma carta, para que no sospeche. Se sentiría contenta: hizo bien su trabajo y la recompensaron. Lo contaría en las cenas, o por lo menos en los desayunos.

—Se ve que la conoces. ¿Verdad que es una presumida incurable?

—Si no hiciera eso, ganaría menos. Ya no le alcanzaría para pagarme, ni nosotros tendríamos para comprar la tele.

—¡Ay, sí! ¿Y de casualidad vas a mandarle la tele que ella sabe que me gusta?

—Sería una coincidencia afortunada, pero hay otras opciones.

—¿Más baratas?

—Y más caras, también. Podemos escoger una más grande. Es una buena forma de ayudarme a estirar la mano cada vez que me paga tu mamá. Por lo menos será dinero que me deba. Yo también me estoy aplicando la terapia: de ser deudor, paso a ser acreedor. Es caro, pero cómodo.

—¿Y el dinero que tienes te lo robaste?

—¿Podrías esperar de aquí a dos horas para hacerme esa clase de preguntas?

—¿Te alcanza, por lo menos?

Según Basilio Læxus, el perfecto control de los impulsos incluye de repente, cada cuando, una cuota de total descontrol. La ración del demonio, que le llama. La idea de gastarme un dineral en la televisión de Gina y Dalila me parece de pronto tan suculenta como a los pecadores de otros tiempos la compra de indulgencias. ¿Cómo, si no multándome en su nombre, voy a pagar por toda la información que le he ido sacando con el tirabuzón del doctor Alcalde? Hay días en los que el autocontrol es un estorbo y un peso muerto. Tiene uno que perderlo para recuperarlo.

Cuando miro los precios de las televisiones, me siento como en una subasta de perdones. Entre más caro es el puto aparato, más eficaz se anuncia su bálsamo, pero igual pagaría los mismos miles sólo por escucharla hablar de su tele. Si he de tomar distancia e injertarme un instante en los sagaces huesos del doctor Alcalde, no dudo que la enorme estupidez que estoy ahora en camino de cometer pone en claro que en adelante ya no soy yo quien manda en este guiñol. Estamos, me parece, en manos de Dalila.

UN POCO DE CONTROL DE CALIDAD
Por Basilio Læxus

Un momento. Evitemos el malentendido. Nunca dije que amaras a tus enemigos. Eso es mucho pedirle a un cliente. El tratamiento ideal para los enemigos consiste en dispararles un balazo en la nuca, pero son pocos quienes saben y pueden darse lujos así. Conviene entonces ir asumiendo, desde el inicio mismo de la enemistad, que no existe la solución ideal. Esa alimaña va a seguir con vida, imposible arrancarla de la realidad y volver a lo tuyo como quien se ha deshecho de una mosca. ¿Qué vas a hacer, entonces? Lo peor en estos casos es treparse a ese pedestal cursi de la supuesta superioridad moral, y desde allí hacerle ascos al enemigo: no querer ni tocarlo, al extremo de no darle la mano a quien ya se la dio o pudiera dársela. ¿Cómo irías a poner en su sitio al infame, si has comenzado por declararlo intocable? Vuelvo al tema de los merecimientos. ¿Merece el enemigo saber que es tu enemigo? ¿Por qué darle ventaja? ¿No deberías contar con su candidez?

Al enemigo no se le ama, pero se le seduce. Toda enemistad supone la prolongación de una derrota o el principio de una conquista. No se le aplica al enemigo en la mira tratamiento distinto al de un ritual de cortejo. En este aspecto, la cursilería reinante coincide en señalar al enemigo como un antípoda. ¿Cómo ir tras una presa de la que se difiere en todos los asuntos? Para nuestra fortuna, no existe un enemigo con esos atributos. Nadie odia lo que le es del todo ajeno. Lo que más nos fastidia del enemigo, aquello que luchamos por no ver, y si es posible también suprimir, es algún asqueroso parecido. Saber que se comparten sus defectos, y hasta magnificarlos para que los de uno parezcan dispensables, equivale a creer que esas carencias sólo terminarán cuando acabe la vida del interfecto. Si, como piensa él, yo soy un cerdo, razona el místico del aborrecimiento, a mí me consta que suyo es el copyright.

Supongamos por unos instantes que la afirmación previa es correcta. Tuviste el tino cósmico de enemistarte con un hijo de puta cuya villana jeta bastaría para ilustrar a un cerdo humano en el diccionario enciclopédico. ¿Tienes dónde esconderte de ese godzilla, o es que ya le has metido aquel plomo en la nuca? No se enfrenta a los verdaderos enemigos lanzando manifiestos en su contra, sino diciendo misa en su favor. Que se enteren que estamos de su parte. A la gente le gusta saberse preferida. Por más que se rodeen de paredes de concreto, ese flanco será siempre de barro. Es la puerta de entrada para los enemigos V.I.P. No eres original por hacer uso de ella, pero serás imbécil si pasas de largo.

El enemigo frontal y estridente recrea su angelical estupidez en la certeza pronta de sus diferencias, cuando lo que le escuece son las semejanzas. No se ha inventado aún el odio sin celos, ni hay en el mundo celos libres de competencia. Somos tan similares a nuestros adversarios que nos urge encontrarles algún pecado extremo para enviarlos de golpe a nuestras antípodas. Algo que uno a su vez jamás haría, o quizá lo hizo pero nadie supo. Algo que me permita situar al enemigo en ligas diferentes, de modo que él y yo no seamos comparables porque está claro que además de cerdo es una puta rata. Pero como no piensas vencer al adversario con matarratas, vale más que te vayas resignando a pergeñar la madre de las listas odiosas.

Va a tomarte unos días, puede que unas semanas. ¿Recuerdas esa lista de enemigos a los que sigues sin poder matar? Sácala del cajón. Reléela. Corrígela, si fuera necesario. Ahora apunta los primeros cinco nombres en hojas separadas. Se trata de que escribas debajo cinco defectos, los peores a tu juicio, que ese sujeto comparte contigo, no necesariamente en el mismo grado. Cinco grandes defectos, nada más. Cuando tengas las cinco listas de cinco, añade cinco más a cada una, empezando por esos defectazos que debieron caber en la primera lista. Pero que sea sin prisa. Date unos cuantos días para acabar con cinco listas de diez. Cuando estén llenos los cincuenta casilleros, descarta los defectos repetidos. Tienes ahora una lista maestra de tus demonios más odiados y mimados. Habrá quien te aconseje *trabajar* en ellos para así superar moralmente a tus contrarios, pero a algunos no acaban de convencernos las dudosas virtudes de la retaliación platónica. Por su parte, mis clientes prefieren las cuentas claras. Por eso no les pido más trabajo que el que me consta que podrán hacer. En este caso, el ejercicio culmina en una nueva lista de listas. Vas a apuntar las cinco características que más te molestan como usuario frecuente de cada defecto. Lo incómodo, lo injusto, lo inmoral, lo egoísta, lo canalla que es uno cuando se porta así. Y ya, listo. Trabajo realizado.

Sé que parece un juego de lelos en clases de obediencia, pero sólo imagina la posibilidad de que uno de esos enemigos te incluya en un ejercicio como éste. Que analice tus yerros y sea lo bastante inteligente para verse a sí mismo sin maquillaje y aceptar que en el fondo no apesta más ni menos que tú. ¿Dormirías en paz si te enteraras que tu peor enemigo revisa cada día el mapa de tus fallas? ¿Cómo saber si alguna sabandija no se ha incrustado ya en tu círculo íntimo valiéndose de esas debilidades que según tu arrogancia no compartes? La Historia nos demuestra que la arrogancia es un signo inequívoco de decadencia. Es también el principio del fin de la conquista. ¿Y quién podría o querría darse el lujo de tener enemigos a los que no ha logrado conquistar, ni mover del camino, ni convertir en carne para los buitres?

Menospreciamos a estos nobles animales, que a diferencia de nosotros son incapaces de odiar y en lugar de fiereza se arman de paciencia. Nadie como los buitres sabe que la comida siempre llega a la mesa, y aunque comen carroña lo hacen libres de rabia, mala conciencia o escrúpulos higiénicos. A ninguno de ellos se le ha visto construir o administrar un matadero, ni abalanzarse sobre una herencia. El enemigo digno es transparente como el viento del éxito repentino y tiene la paciencia del ave de rapiña. Se ríe del rencor, la justicia y otras motivaciones que no se relacionan con su siempre apremiante supervivencia. El enemigo digno se revela puntual cuando llega la hora de la cena, y lo cierto es que poco o nada le importa lo que haya visto el ojo que está devorando. Le basta con saber que no llorará más.

Volvamos, pues, al mapa. Conoces los defectos desde adentro y a sus protagonistas desde afuera. Vas a entrar lentamente en sus dominios con la ayuda de un mapa que te deja ponerte en su lugar. Te caerá de sorpresa, si así lo haces, descubrir que la seducción del alma enemiga pasa por la conquista de la propia. Nada que quepa en el cerebro de una cucaracha, pero sí en el instinto del ave de rapiña. Por más que los rabiosos opinen diferente, no existe una revancha comparable al sencillo deleite de comer de las tripas del adversario, sin más apremio que el del apetito (que del rencor no recuerda ni el nombre). Todos hemos matado a una cucaracha; casi ninguno a un buitre. Un animal que con el mismo gusto come la carne amiga que la enemiga. Pero insisto, es trabajo paciente. Mientras llega la hora de almorzarte a quien un día temiste que te almorzara, no le puedes seguir dando ese rango místico de enemigo. Vas a colonizarlo. Si él tenía un consulado en tu territorio, tú pondrás en el suyo una gran tienda. Vas a darle la mano y la sonrisa que has reservado para los clientes. Vas a darle en todos los casos la razón. Vas a llamarle hermano, si se muere su madre y te toca asistir al funeral. Y cuando sea el momento, vas a comértelo con gran discreción. "Es la ley de la vida", eructarás, limpiándote los dientes y entreabriendo las alas al amparo de una plácida sobremesa.

Gina querida,

Voy a lo prometido, sin más preámbulos. La mañana en que me enteré de la muerte de Nancy Félix era muy tarde para ceremonias. Tenía tres días de muerta, tomó otros cuatro para enterrarla porque nadie la reclamaba en la morgue. Su pareja, un apenas discreto distribuidor de coca y anfetaminas, con pinta de playboy afecto a la bohemia, cuyo único mérito sería nunca creerse mi padrastro, se volvió ojo de hormiga minutos antes de que el doctor llegara, pero igual lo agarraron poco después. Se habían registrado con nombres falsos, la tarjeta de crédito era un clon. Como si alguien o algo los persiguiera.

Es un mundo pequeño el de ese gremio, no abundan las salidas de emergencia. Lo mataron algún tiempo después, nada más consiguió dejar la cárcel. Si a mi madre la había abandonado moribunda en el cuarto, tampoco habrá dudado en delatar a cómplices y amigos a los quince minutos del arresto. Fue, pues, al día siguiente de saber de su muerte que decidí salirme de la casa donde me había dejado, perseguido otra vez por un espectro viejo. El mismo con el que cargaba Nancy. Yo no sé si es posible comprender a mi madre, pero aquel que lo intente nunca lo logrará si no comienza por la historia de Mauricio.

Según Nancy, él y yo éramos mellizos. Crecí hasta los siete años creyéndolo tal cual. Una noche mi madre y su marido discutieron a gritos, como era su costumbre, y ahí me enteré —pocas horas después de mi padrastro, que había entrado en la casa maldiciendo a mi madre y azotando las puertas— que el cuento de los gemelitos era una mera farsa de la que Nancy un día se valió para ocultar, primero de mi abuela y luego del esposo potencial, que éramos hijos de distintos padres.

Nunca fuimos amigos, mi medio hermano y yo. Como si alguien adentro de cada uno adivinara la patraña de mi madre y no quisiera ser buen impostor. Aunque en la realidad todos se lo creían. Yo fui sietemesino. Nací diez meses antes que Mauricio, y en un par de años ya era más alto y más pesado que yo. Competíamos luego por eso, también, pero él ganaba en casi todos los juegos. Siempre encontraba un truco para sacar ventaja. Se enteraba de todo antes que yo. No había ni cumplido los siete años y ya juraba asquearse de mi sangre.

Saberlo al fin de cierto me dejó un tanto tieso, pero no fue una mala noticia. Al contrario, me dio permiso de odiarlo. Aborrecer su sangre tanto como él la mía, responderle muy quedo "bastardo" o "hermanastro" cada vez que me lo gritara él. Aborrecer también de cuando en cuando a Nancy por preferirlo tan evidentemente. Desearle la desgracia desde la sombra de mi poco carácter.

Le ahorraré los detalles de aquella relación emponzoñada. Básteme con decirle que cierto día me decidí a quitar de en medio a Mauricio, y el problema es que en todos estos años no he logrado zafarme de la impresión de haberlo conseguido, ni olvido la alegría que sentí nada más enterarme de la noticia. Odia uno a los canallas en el cine no sólo por lo que hacen, también por el humor con el que lo celebran. Y aun si fuera inocente por su muerte, no lo sería por el festín que le siguió. Me recuerdo aplastando por capricho varios de sus carritos preferidos, mientras de la recámara de mi mamá salían los sollozos a borbotones. Me recuerdo sonriente debajo de las sábanas, agradeciendo a Dios por el milagro.

Había imaginado una vida distinta sin mi hermano. Me miraba mimado por mi madre, dueño de sus juguetes y los míos, libre ya de sus burlas, sus amenazas, sus risitas odiosas que me hacían llorar de la rabia. Nunca se me ocurrió que a partir de su muerte Nancy se volvería una especie de zombi, primero, y una fiera salvaje después. Nunca mi madre ya, sino la del muertito. Tampoco imaginé la cantidad de monstruos que vendrían a darme tormento por haberle rezado tanto a Jesucristo para que se muriera mi medio hermano. Si los doctores nunca se explicaron del todo la causa de su muerte, yo la tenía tan clara que nunca más volví a rezar un Padrenuestro. Era un canalla, no me cabía duda. Podía hacer de las plegarias maldiciones, transformar en veneno el agua bendita.

Entonces llegó usted. Quiero decir, volvió. Usted había sido mi secreto hasta el día en que Mauricio me descubrió escribiendo su nombre y amenazó con que le contaría a todo el mundo. y yo imaginaba eso como el fin del mundo, no podía pasarme semejante desgracia. A Mauricio le andaba por contarlo, tenía guardada la hoja de papel cuadriculado que yo había decorado con el nombre de usted. Por eso decidí matarlo a rezos.

Suena absurdo, y lo es, pero cosas absurdas pasan todos los días y nadie pierde el tiempo en desmentirlas. Como verá más tarde, no parece tratarse de sucesos aislados, sino que tiene facha de saga. Por eso no se asombre si cometo el exceso aparente de hallar detrás de cada suceso un consiguiente signo del destino. ¿Cómo me iba a querer o a preferir mi madre, si ya el anuncio mismo de mi llegada era la peor noticia de su vida? ¿Cómo negar que de mi nacimiento al día de su muerte tuvimos conveniencias contrapuestas, de modo que mi mal era su bien, y viceversa? Cuando quiso abortarme ya se le había hecho tarde, la maldición era un tumor con patas que para su vergüenza se llamó Joaquín.

Tal vez lo más patético del remitente anónimo sea su expectativa siempre desmesurada. No es nuestro caso, afortunadamente. Ya le he dicho que soy ave de mal agüero, pretendo todo excepto ser absuelto. Le escribo solamente para que me abomine con justicia y me tema tanto como a la peste porque soy un mal bicho y traigo la desgracia. Cuando mi madre hablaba de sus mejores años, decía siempre "antes de Joaquín", como quien dice "antes del accidente".

Volví a rezar algunos años después, aunque no el Padrenuestro, en medio de una nueva fiebre de odio. Pensé que si ya había matado a mi hermano, mandar al otro mundo a mi padrastro sería poco más que un pecado venial. Tendría catorce años, casi quince, cuando empecé a rezar para que se muriera. Había ya cumplido los dieciséis el día que pagué una misa de difuntos a su nombre, en una iglesia cerca de la casa. Era jueves, de noche. Yo estaba ahí, rezando para que se muriera o se matara por el amor de Dios. Al día siguiente, viernes, se cayó desde la azotea del edificio, y al instante mi madre se quedó en la calle.

Nancy siempre soñó con vivir igual que una señora de alcurnia. Es decir, a contracorriente de su destino de mecanógrafa monolingüe. Apenas empezó con el trabajo, encontró la manera de asistir a unas clases de inglés sin tener que inscribirse ni pagar colegiatura. Tenía diecisiete años, era guapa, sabía hacerle gracia a la gente, si se lo proponía, y el profesor no fue la excepción. She was a star, los dos primeros meses. Pero el destino nunca estuvo de su lado. Cuando menos pensó, ya venía yo en camino.

Puede que la mayor destreza de mi madre consistiera en saber mimetizarse. Tenía un gran talento para inmiscuirse en las charlas ajenas con absoluta naturalidad, como asumiendo que aquel nuevo ambiente había sido el suyo desde siempre. Tenía simpatía, gracia, tacto, seguía la corriente sin jamás distinguirse con un desatino, o siquiera significarse en especial. Pero era rencorosa, y eso la perdía. Defendía, además, con uñas y colmillos todo cuanto pensaba que le pertenecía, ya fuera nuestra casa o un par de zapatos. "Mi esposa es una mina", le gustaba bromear a Manuel, mi padrastro, "se te ocurre pisarla y vuelas en pedazos." En síntesis, era una seductora rauda, tenaz y territorial; es decir que sus nuevas amistades tardaban poco más en irse que en llegar. Solía, además, mudar de humor, opinión y principios con la frecuencia del clima en Louisiana.

De esto último vine a enterarme tarde, ya embarcado en un plan de escape de mí mismo que me llevó a asilarme en Baton Rouge, Louisiana, y de pronto acordarme de mi madre si acaso la mañana se fragmentaba en una sucesión de atmósferas opuestas. Tantas veces la vi saltar del trópico a la tundra, la selva y el desierto, que acabé confundiendo granizo con rocío, brisa o vendaval. ¿Pero qué hago, Gina? ¿Justificarme acaso por medio de eufemismos? ¡Fuera buenas maneras! He querido decir que no bien acabé con la niñez, dejé de interesarme en comprender a una madre en tal modo extremosa. Tomé, pues, mi distancia y la di por demente.

Me gustaría decir que lo hice por piedad o precaución, si ya la muerte del padrastro abominado me confirmaba en la certeza, vieja para mi edad, de ser la mala suerte de Nancy Félix. El talismán del diablo que desde los doce años abrazó con fervor inconfesable cuanta guerra se declaró en su contra. De un día para otro, nos estorbábamos apasionadamente. Competíamos hasta en los temas pequeños, como si por buen juicio entendiéramos la capacidad de alimentar un permanente desacuerdo. Ninguno requería la razón, si ella la tenía ya por ser mi madre y mi orgullo era ser distinto de ella, una vez que concluí que el loco no era yo. Si Nancy se esforzaba en ser joven y bella, yo elegía ser aún más viejo y más feo que mi padrastro. Si se compraba un libro de autoayuda y lo dejaba en la página quince, yo lo leía dos veces seguidas. El chiste era vencerla, y de paso refocilarme en la revancha de saber que era el único ser vivo que estaba al tanto de ese marcador. "Crecer entre las sombras", decía una novela que Nancy confundió con manual de superación personal y leyó hasta la página 32, "es privilegio de quienes se disponen a conquistar el mundo." Si, como sucedía con los gustos y comezones de mi mamá, yo era un apego siempre reemplazable, encarnaría entonces la opción opuesta, para que un día viera todo lo que perdió con sus apuestas. Un empeño alevoso, si tomamos en cuenta que la opción B conocía los vicios de la opción A, y con ellos contaba para invalidarla.

Mi punto de partida fue dar la espalda a todo cuanto nos asociara. ¿No era cierto que de esa asociación implícita y errónea nacía la distancia finalmente insalvable entre la niña de atrás y yo? ¿Quién, que no fuera el playboy que le surtía la droga a domicilio, iba a querer siquiera media rebanada de su fama de rústica y atrabiliaria? Algo tuvo que ver esta actitud, supongo, en el hecho de verme de repente hechizado por la presencia de una mutua conocida, cuya sola mención me obligará a saltarme varias líneas.

En muy pocas palabras, confieso haber cumplido mi papel de amuleto maldito, una vez que tomé partido por la única mujer que era capaz de hundir a Nancy Félix en el pantano de la insolvencia. Me enamoré de Imelda, eso es verdad, y hasta como un idiota, si usted quiere, pero no fui quien puso las cosas a su nombre, ni firmé los poderes para ella. Se los di, nada más. Les ahorré un juicio largo, o en su caso la pena de ver hasta el último metro cuadrado de Bulevar de Sherwood número ciento quince irse por las narices de la inquilina; pero eso, a mi entender, no invalidaba la teoría esotérica, según la cual Joaquín era el fetiche fatal de Nancy.

El sabor de su muerte, pleno de sentimientos encontrados, resultó más extraño que el de la de mi medio hermano. Dos semanas más tarde, fui a visitar la cripta donde están sus cenizas y en vez de persignarme le embarré su derrota: "Te lo dije, mamá." Pero ella y yo sabíamos, si íbamos a ponernos heterodoxos, que la única culpable era su salazón, alias Joaquín Medina Félix. ¿Qué mejor luto iba a poder guardarle que cargar con su cruz, siendo tan bueno yo para esos menesteres? ¿No era cierto que por ley natural el condenado duerme mejor que el sospechoso? Me resistía a llorar, tenía el coco lleno de conclusiones prácticas y mezquinas. Si había sido yo la mala suerte de mi madre, su desaparición definitiva me dejaba sin oficio ni maleficio. Podía nacer de nuevo, si me lo proponía. Inventarme una vida libre de catacumbas. Desde entonces intento sepultar, con ánimo voluble y puede que neurótico, todo lo relativo a la opción A. Un despropósito, como usted puede ver. Es un camino largo de la morgue a la tumba. ¿Pero quién culpa a un buitre de fracasar como sepulturero?

No he llegado hasta usted por motivos piadosos. Yo mismo con frecuencia tiendo a pensar lo peor de la piedad, especialmente cuando no sabe ser discreta. No presumo rigor en asuntos morales, pero si éstos me atañen prefiero que me crean criminal, antes que hacerme fama de piadoso. Y hacia allá vamos, Gina. No escribo estas palabras, le he dicho, para reivindicarme (cosa inimaginable) como para echar tierra sobre las huellas de mi alevosía, de modo que parezca que mi ventaja pudo no ser tanta. ¿Es decir que descargo en estas páginas el sedimento de mi mala conciencia para poder seguir con la función? No, Eugenia. No, Gina. No, Gigí. Tampoco escribo por contarle mi vida, ni disculpar de nada a Nancy Félix, que si estuviera aquí jamás lo pediría. El hecho, sin embargo, de que esta carta exista, y yo en vez de quemarla prefiera conservarla oculta en el buró, supone una variable a su favor. El sobre, además, tiene su nombre, dirección y los timbres postales suficientes para no ir ya más lejos del próximo buzón. Guardarlo en el cajón, verlo listo y dispuesto cada vez que lo abro, le da a este juego un vértigo especial. ¿Olvidó acaso que soy un lunático? ¿Sabe qué es peor que un remitente serial? Aquel que las escribe para jamás enviarlas: el náufrago y su colección de botellas.

Por ésta y otras causas no le pido disculpas, ni piedad. A juzgar por el más que probable destino de estas cartas, usted, Gigí querida, no es ni será otra cosa que un fantasma dentro de mi cabeza. Por eso es que le ruego: no se apiade de mí. Rompa esta carta sin apenas leerla, y si llega hasta aquí desquítese con algún chiste a modo. Llámeme, por ejemplo, *remitonto*. Yo por mi parte haré como que no la escucho: un trabajo difícil, yo sé lo que le digo.

Suyo desde el cajón,

Joaquín.

—Perdóneme, doctor, pero ni a usted le voy a dar el gusto.

—¿Qué gusto, Eugenia? ¿El de darle la cara a su enemigo íntimo?

—Usted sabía que yo no estaba lista para tocar el tema. No me cuente que no captó las indirectas.

—Lo que capté fue un mensaje de auxilio. Las indirectas nunca han sido mi especialidad, creo poco en las técnicas interpretativas. Acudo en su rescate porque usted lo pidió y es mi trabajo.

—Pues entonces a ver cómo le hace para interpretar mi silencio.

—¿Le importa si escuchamos otra vez *Release Me*?

—¿Entonces son así las terapias invasoras en las que usted sí cree?

—*Invasivas*, no invasoras. Usted me autorizó a llegar hasta el límite de mis recursos para entrar en sus áreas de conflicto.

—Sus recursos incluyen cartuchos de ocho tracks con fines de suplicio.

—Si prefiere me voy, pero no lo aconsejo. Acabo de topar con una de las patas del adefesio. Mírese en el espejo, a ver si reconoce como propia la mirada de espanto que se le ha puesto. ¿A qué le tiene miedo, Gina?

—No es miedo. Una cosa es que no me asusten los muertos y otra que no me importe desenterrarlos.

—Entierre el hacha, Gina.

—¿De qué me habla, doctor?

—No me encaje esos ojos, que yo estoy de su lado. Déjeme que sea yo quien desenvaine. Ningún demonio va a venir por usted, y menos hasta acá, en este momento. ¿Ya notó lo asustados que los tiene? Esos ojos no son los de Gina Carranza. Yo sé lo que le digo, las conozco a las dos. Una vino conmigo buscando sanación; la otra no está dispuesta a permitirlo. Pero la otra no cuenta porque no tiene carne, ni hueso, ni alma. Es una proyección de sus miedos secretos. Si usted se desentiende y se deja ir, esos temores van a difuminarse.

—Ya le dije que miedo no tengo.

—Shhh. A callar, Eugenia. ¿Qué prefiere? ¿Escuchamos de nuevo la canción o me cuenta la historia de una vez?

—¿No hay otra opción?

—Dentro del tratamiento, no. Fuera de él puede hacer cualquier cosa. Correrme de su casa otra vez, inclusive.

—O echarme a correr yo. Que es lo que más me llama, en estos momentos.

—¿No se ha cansado ya de tanto correr? No me diga que no cree que haya vida más allá del maratón. ¿Hace cuánto que corre de esos fantasmas?

—No corro, los ignoro. No sé hace cuánto, puede que media vida. He tratado de ser positiva, dejar atrás las cosas que me lastiman.

—Dos propósitos dignos de encomio, que sin embargo no ayudan gran cosa cuando se tiene el pie atorado en un hoyo.

—¿Y usted qué sabe dónde tengo el pie?

—Por eso le pregunto. Cuénteme. Quíteme lo ingenuo. ¿Quiere que se lo diga cantando *Release Me*?

—¿No le digo que usted es más verdugo que terapeuta?

—Qué mal que lo vea así, aunque tal vez no esté del todo equivocada. Necesito que usted me diga la verdad, sólo que por su bien. Los verdugos supuestamente lo hacen por el bien de la sociedad, y hasta donde yo sé ninguno pone música.

—Me da miedo, doctor.

—¿La canción?

—Usted, no la canción. De repente me pongo a atar cabitos y no sé distinguir entre usted y un maniático.

—No entendí eso, Eugenia. ¿Prefiere que me vaya?

—No se moleste, que no es en su contra. En una de éstas es en su favor. Pero igual me da miedo.

—¿Qué es lo que le da miedo?

—Sus métodos, supongo. Yo nunca había estado en una terapia, pero ya un par de amigas me habían contado y esto nada que ver. Por no hablar de esas hojas asquerosas que usted insiste tanto en que yo lea. ¿Quién me dice que ese amargado de Basilio Læxus va a sacarme del hoyo, cuando a leguas se le ven los complejos?

—¿Habla usted buen inglés, Eugenia?

—Entiendo un poco mejor de lo que hablo. ¿Por qué?

—En estos tratamientos es primordial contar con la fe del paciente. No es algo que se pida, ni menos que se exija. Tiene que florecer sobre la misma tierra que la confianza. Brota, crece, da frutos, da semillas. La fe es un árbol pródigo, pero muy delicado. Aunque también muy fuerte, y éste es el caso. Usted, Gina Carranza, es mujer de fe. No le queda la pose del escepticismo a ultranza, pero tampoco es para preocuparse. Ya que usted, o en concreto su parte más oscura, exige explicaciones adicionales para creer en la eficacia de la Vía Læxus, yo estoy dispuesto a hacerle una demostración si usted acepta repetir conmigo unas cuantas palabras.

—Yo nunca le he tenido miedo a las palabras.

—Release me and let me love again.

—Suéltame y déjame amar otra vez.

—En inglés, como le gustaba a Manolo.

—¿Quién le dijo eso, doctor Alcalde?

—Usted. ¿Quién más, si todos están muertos?

—Yo no dije que esa canción le gustara a Manolo. Eso lo supo usted por otra parte.

—Está bien. ¡Lotería! Le atiné. Aposté a interpretar su silencio. Ahora cierre los ojos y dígalo en inglés.

—Releasemeandletmeloveagain. Ya. ¿Y ahora qué?

—No le he pedido que abra los ojos. No todavía.

—¿Espera que me suelte llorando?

—No sé. ¿Cree usted que haya razón para llorar?

—Mucha gente lloró, yo nunca. No me lo permití. Ni siquiera de miedo, ni de horror. No es frialdad, ni rencor. Es disciplina.

—Fastidiarse la vida también es un trabajo disciplinado. Exige no pensar, o balbucear el mismo pensamiento como un grito de guerra.

—Estábamos en guerra. Patronas, empleadas, empleaditas, hijas, todas sacándose las uñas y los ojos por quedarse con el pelón libidinoso aquél. Ya no era yo una niña. Tenía catorce años. Quince casi. Ya le he contado que según mi madre había un plan secreto para escaparnos a vivir con Manolo. Le había prometido jugársela por ella, y yo estaba aterrada con esa noticia. Era la única en la órbita de Manolo que no quería irse a vivir con él.

—No entendí bien. Me parece muy lógico que una niña se niegue a tener un padrastro de planta, pero no que se incluya en su órbita. Usted no sabe si los demás niños querían vivir con él.

—Las de acá arriba eran hijas suyas, el de atrás era niño. A mí en cambio llevaba ya rato echándome ojos de hombre, como decía mi madre de otros, nunca de su Manuel. Jamás lo habría creído, y menos todavía después de muerto y canonizado. Me daba chocolates, esperaba que no estuviera mi mamá para decir que me veía guapa. Luego alzaba la ceja si descubría mi falda levantada. Buscaba que lo viera para cerrarme un ojo o aventarme un besito. Imagínese cómo iba a ponerse si nos íbamos a vivir con él.

—¿Llegó a tocarla?

—Nunca, pero no porque no se lo hubiera propuesto.

—¿Y usted cómo sabía que se lo propuso?

—Yo nada más sabía que no lo iba a lograr. Si lo hubiera dudado, seguro que me agarra.

—Otra vez no la entiendo. ¿Qué es lo que no podía dudar? Se la cambio: ¿de qué tenía que estar segura?

—De odiarlo, nada más.

—¿Todavía lo odia?

—No. Le tengo más rencor a mi mamá. Con qué derecho, ya sé. Pero al rencor no le importa el derecho. Por él, entre más chueco todo mejor. Hay gente masoquista que espera que por eso la admiremos. Mi mamá era una de esas mujeres que nunca se fatigan de hacer méritos. Creen que cada desgracia les cuenta en el camino al Paraíso.

—¿Qué dijo su mamá cuando supo que había muerto Manolo?

—No sé. Estaba en la oficina y yo en la escuela.

—¿No se lo contó luego?

—No se lo pregunté. No quería saberlo. Muerto el perro

—¿Y usted qué dijo? ¿Eso? ¿Muerto el perro se acabó la rabia?

—Yo me encerré en mi cuarto por no sé cuántos días.

—¿Va a decirme que le afectó el accidente?

—¿Qué no los accidentes siempre nos afectan?

—No me diga que no sintió algún alivio cuando supo que el ogro estaba muerto.

—Al principio, hasta carcajadas solté. Pura histeria, yo creo. Después me contagié del mood de mi mamá. Además ya le dije, la viuda maldita quería refundirla en la cárcel.

—Pero ella era inocente.

—Eso a usted no le consta. No diga estupideces.

—Usted fue quien me dijo que él solo se cayó.

—Se resbaló un poco antes de alcanzar el tinaco de nuestra azotea, donde estaba la antena que quería quitar.

—¿Usted cómo supo eso?

—Mi mamá lo contaba en el teléfono. Aunque hubiera querido, no habría logrado no enterarme del chisme.

—¿Por qué no me lo cuenta?

—Porque no tiene nada que ver conmigo. Se trata de contarle lo que me pasa a mí, no lo que le pasó al jefe de mi madre.

—¿Cuál es la imagen más reciente que usted guarda de él?

—No sé. Supongo que será de la última vez que nos vimos. Me echó ojos de hombre, claro. Me dijo muñequita.

—¿Y usted qué hizo?

—Nada. Corrí a mi cuarto y me encerré con llave.

—¿Dónde estaba, qué hacía cuando supo que había habido un accidente?

—Mi mamá fue por mí, como todos los días. La esperé un rato más, en el jardín de enfrente del colegio. Teníamos un arreglo, si no llegaba para las dos y media, yo me venía sola caminando. Está aquí pocas cuadras, el colegio. Eran como las dos y veinticinco cuando se apareció, con anteojos oscuros y una mascada negra en la cabeza. Sucedió una desgracia, me dijo y me abrazó. Luego empezó a llorar. Tardó quince minutos en decirme cuál era la desgracia.

—Honestamente, ¿qué fue lo que sintió?

—Ya quedamos. Descanso. Sentí mucho descanso.

—¿Quedamos, o así fue?

—¿No cree que ya me torturó bastante? Si no me suelta, voy a pensar que es sádico, igual que su maestro.

—Más sádico sería dejarla como está.

—¿Y cómo estoy, si no es indiscreción?

—Sí que lo es, al menos por ahora. ¿Cómo está? Yo diría que está en muy buen momento para decirme bien dónde le duele.

—No soy niña para que me hable así.

—No es, pero lo fue y no logra olvidarlo. ¿O sí?

—Y ahí vamos de nuevo, con el bisturí en alto. ¿No me va a dar un break, doctor Alcalde? Tengo doce invitados para hoy y no sé si hay bebida para todos. ¿Podemos dejar esto para otra visita?

Me animo a resistir la tentación de escurrirme directo del edificio a la casa, al fin de la consulta. Una temeridad innecesaria. ¿Por qué picarle el culo a la ley de la probabilidad? Además, en un viernes por la noche los velorios se animan. Se cumple más a gusto con el compromiso. Hay tiempo para todo, la ciudad está viva y tampoco es preciso ir a encerrarse después del trago amargo, que tanto no lo es para amistades y parientes lejanos.

No se me había ocurrido, hasta hace poco tiempo. Cuando volví a rondar las funerarias. Me sentía como vacío de fuerza, o siquiera interés, para ir detrás de viudas o huérfanas o amiguitas técnica u oficialmente inconsolables. Buscaba apenas un club social. Cualquier salón de fiestas donde no hubiera que bailar, ni cenar, ni celebrar, pero tampoco se estuviera obligado a beberse un coctel de karmas podridos. Nunca le dije cuánto lo quería. No me explico por qué me porté así. Soy yo quien se merece estar en el cajón. Ajjj, qué desagradable. Antes me seducía verlas chillar a moco tendido, ahora más bien me quita la inspiración. La majestad de una mujer que sufre tiene que ver con su serenidad. Verla de pie, de negro y en absoluta paz porque no queda nada por perder: eso sí que me pone. Pero hoy me he conformado con bastante menos. Una chica normal. Veinticuatro años. Terminó de estudiar diseño gráfico, era sobrina de la señora muerta. Sobrina nieta, aclara, como poniendo algunos metros más entre ella y la difunta. Más que triste, me informa, está aburrida. No podía no venir, le echaron a perder el plan del viernes. Su nombre es María Luisa, le dicen Marilú. No me gustan las Maris, pero a ella no le importa que la llame Lu.

Ya lejos del aroma de las carnes frías, en un bar karaoke al que entramos sin mucha convicción, Lu me escucha decir que me he fugado del velorio de mi hermano y que me importa poco porque lo detestaba. La gran ventaja de brindar con extrañas es que se le despierta a uno la inventiva. Se tiene libertad para despepitar cualquier ocurrencia, y hasta a veces la pura verdad. Qué importa. Lo que vale es tener algo que confesar. Le he contado cuánto recé de niño para que se muriera el muy aborrecido, y como ella tenía ya cruzada la frontera de los cinco tequilas, no le quedó más que corresponderme. Fue así que me enteré que la tal tía abuela era una vieja zorra que le había quitado a su hermana casa, marido y ahorros. Pero la abuela despojada vive, la perdonó hace años y estaba inconsolable. Ni modo de no ir, murmura y se me acerca para decir gracias por rescatarme, mientras a pocos metros de su costado izquierdo un borracho perdido alza la voz y el brazo para balbucear trozos de una canción distinta a la que suena. Hace rato que ya no lee la letra en la pantalla, solamente llegado el coro se emparejan. Todavía no acabo de adivinar a qué rama de la gente normal pertenece mi acompañante, pero dudo que acabe de molestarle un beso en las actuales circunstancias. Intento propinárselo y retrocede. No seas obvio, repela. Se queda quieta, deja de mirarme. Se levanta y aclara que va al baño. No me tardo, promete.

No es tan guapa como podría ser. Se maquilla de más, se pinta el pelo de un rojo cenizo que desmienten sus cejas negrísimas. Se decolora las patillas y el bigote, con irregular éxito. No me gustan sus piernas, ni el modo en que camina. Pero tiene un buen golpe de vista, mejor aún cuando vuelve del baño con la sonrisa puesta y cero rastro de tequila. Tan contenta ha salido que no alcanzó a limpiarse el polvo blanco del bigote. De manera que ahora el borracho soy yo, pienso en decir pero sigo callado. Es en medio de esa tierra de nadie que Lu la Luminosa se me acerca y me dice al oído que ya puedo besarla. Tomo aire y le sonrío. Tardo más en probarle los labios y la lengua que en decirme qué rico besa esta viciosa. Se habrá puesto también polvo debajo, que ya mi lengua explora esos dominios y amaga con dormirse, cuando mejor despierta tendría que estar. Si ésta es gente normal, yo soy Basilio Læxus.

Decía el viejo Balboa que los normales son dos veces raros, una por su extrañeza y otra por su escasez. En principio consideré que el bar tenía que estar repleto de personas normales, pero debe de ser especie en extinción. Se elige ser vulgar para eludir la vergüenza secreta de saberse normal. Del montón. Ordinario. Se cree que siendo aún más ordinario se dejará de ser un ordinario. Y yo que soy un bicho de penumbra, un ave carroñera y un autoproscrito daría lo que fuera por verme en el lugar de un perfecto ordinario. Que se vaya a la mierda la originalidad, le confío a Lu en un breve receso pasional, sin dejar que se asome, como una comezón, la certeza de haber hecho el ridículo en el papel del doctor Alcalde. Me gustaría atreverme a subir a cantar la canción más estúpida del mundo. La más cursi, vulgar, barata, pesimista, decadente. Una que hable de un merolico desenmascarado, vestido de doctor de pacotilla. Da vergüenza pensarlo: le pedí a Gina recitar el coro de *Release Me* como si fuera una plegaria redentora. Un exorcismo a golpe de palabras mágicas.

Fastidiarse la vida también es un trabajo disciplinado. Ésa no estuvo mal, después de todo, me conforto mientras sigo besándola, ligeramente ausente pero a ella no le importa o no lo advierte. Su energía es tan grande que por fortuna nos alcanza a los dos. Cada uno de sus besos hace las veces de bálsamo ardiente, cura pero alebresta, y sin embargo no consigo quitarme la jodienda de pensar en las pifias del doctor Alcalde. Gina no me lo dice, pero seguro ya no me cree. En realidad lo dijo, a su manera. Y yo en lugar de hablarle con autoridad me refugié en amenazarla con irme. Si usted quiere me voy. Ay, sí, qué digno eres, pendejazo. Tan abstraído estoy que le he dicho que sí a lo que me ha propuesto y no recuerdo ya qué fue lo que propuso.

¿Abstraído o borracho? Pienso que debería subrayar la opción B, aunque no sé si llevo siete o nueve tequilas. ¿Y por eso será que ahora experimento un hormigueo intenso en la entrepierna? Puta mierda, el teléfono. ¿Quién me llama a estas horas? No puedo contestar en medio de este ruido. Me levanto de un brinco, le digo que me llaman y seguro es urgente. Voy y vengo, le aviso con un solo giro del índice, de camino a la calle. Abro el teléfono, contesto. Ya colgaron. "E. Carranza", me dice la pantalla. Seis llamadas perdidas en los últimos veinte minutos. Miro la hora: doce cincuenta y dos. No es tan tarde, pero tampoco tan temprano. ¿Dónde voy a decirle a Gina que estoy? ¿Cómo hago para hacer voz de persona sobria? Cuando vuelve a vibrar, no pienso más. Qué tal que va a acusarme de charlatán, o a pedirme que le devuelva su dinero. Respondo con el nombre del aludido: Buenas noches, doctor Joaquín Alcalde.

¿Vamos, entonces?, me apura Lu nada más verme cerca, de regreso. Me hago el sordo, trastabillo a propósito. Me siento mal, le informo. Seguro es el tequila, más el golpe de viento por salir a la calle. Me pregunta si se lo digo de verdad o si me da miedito la idea de ir a meternos en la casa de su tía abuela. Porque el departamento está a la vuelta, se ilumina de nuevo, alza la mano y agita las llaves. Tardo algunos segundos en reaccionar, le aclaro que no siento ningún miedo. Al contrario, insinúo muy cerca de su oído y le doy un besito entre el cuello y la nuca. Por cierto, ¿tienes algo para bajarme un poco el mareo?, la acaricio en el brazo, le hago una mueca cómplice. Me hubieras dicho, sonríe sin mirarme y en un par de segundos me pone un monedero entre los dedos. Aquí te espero, si quieres acábatela.

Odio que se me lleguen a ofrecer estos polvos de mierda, pero tampoco les guardo rencor. Salgo del baño pleno de una alegría tan cierta como estúpida, aunque tampoco tanta para volver con Lu, que no sólo está lejos de ser normal sino además es loca furiosa. Me he visto en el espejo y tengo el cuello muy irritado. Mañana en la mañana me voy a levantar con un collar de huellas transilvanas. Me lastimó los labios, además. Hay gente que te muerde en la primera cita. No alcanzo a imaginar los planes que tendrá para sacarle jugo al lecho de la muerta. Ya me habría enterado en detalle, si no ha sido por la llamada de Gina. Necesito que venga, doctor Alcalde. Tengo que confesarle un par de cosas. ¿Cómo iba a argumentarle lo que fuera sin delatar mi estado? Dije que sí sólo porque era la respuesta más corta. Sí. Sí. Voy para allá. Tranquila, Gina. Trrrranquila, quizás. Tenía que meterme esos polvos infelices, no iba a llegar así con la paciente. Pongo en el monedero dos billetes grandes, salgo a la calle y alcanzo la ventana que da a nuestra mesa. Me asomo, le sonrío, le alcanzo el monedero, doy media vuelta y corro como un poseso. Según yo, voy más rápido que un coche. ¿Y mi coche? Lo recuerdo muy bien, está a la vuelta de la funeraria. Me arrepiento de haberlo sacado, no hay tiempo de llevarlo de vuelta a la pensión y estoy a cuatro cuadras del edificio. Debí de caminar más de quince con Lu. Me siento un poco mal por llamarle así, Lu, después de habérmele escapado a la mala. Lo pienso una vez más: estoy exagerando. Desquiciada de mierda, que se joda. Y que se joda el coche, ya luego iré por él.

Me paro unos minutos en la farmacia. De las pocas abiertas, a estas horas. Pido unas aspirinas, un peine y una botella de agua. Pago a través de una reja metálica, el policía se va y me trae el cambio. Mientras, ya me he vaciado la botella en la cabeza. Me miro en el espejo del mostrador, ante los ojos bizcos del policía que encuentra por lo menos sospechoso a un hombre que se lava la cabeza a media calle, a media madrugada. Debe de preguntarse a quién habré asaltado, qué me fumé, dónde quedó el cadáver. ¿Dónde voy a decirle a Gina que estaba? Ciertamente no en un bar karaoke con una loca que me mordisqueó. Vuelvo al espejo y claro: ahí vienen los chupetes. No puedo apersonarme con el cuello así. Todavía parecen piquetes de mosco, pero quién me asegura que de aquí a media hora no van a parecerse a lo que son.

Me escurro al edificio y a la casa sin siquiera asomarme al ventanal de Gina. Necesito algún suéter de cuello de tortuga, más una toalla para secarme el pelo. No es normal que alguien llegue después de medianoche con el pelo empapado y recién peinadito. Pensaría que vengo de un hotel de paso. Cuando vuelvo a la calle y toco el timbre al lado del zaguán que recién cerré, departamento dos, estoy de nuevo muy en mi papel. Estiro el cuello, doy dos pasos atrás y noto que no hay luces en la sala. Normalmente sus invitados se van entre una y dos, pero ella me llamó pasada medianoche. En un instante incubo la paranoia de topar con Dalila, pero igual la desecho por absurda. Si no quiere que sepa que la estoy atendiendo, menos me va a llamar a medianoche con la niña allí. No contesta. ¿Tendría que llamarle por el teléfono? ¿Y si se metió un tiro? La idea me rebota en la cabeza con la energía bastante para sacar la llave, abrir la puerta y correr hacia arriba. Llego y golpeo la puerta, casi con violencia. Cuando ésta se abre, paciente y terapeuta se miran uno al otro, descompuestos y poco menos que atónitos. Por un instante largo me temo descubierto. La imagino gritándome farsante, charlatán, hijo de mala madre, pero no llego lejos porque ya se me cuelga del hombro y llora como niña escarmentada por error.

¿Por qué yo?, me pregunta, moqueando, y hasta entonces asumo que desde que salí del karaoke no paro de moquear, a mi vez. A saber qué cagada me entró por la nariz. Pero más vale, pienso mientras la llevo, pasillo adentro, colgada de mí. Ay, qué pena, doctor, mire nomás a qué horas lo hago venir, solloza todavía y se deja caer sobre el love seat. No ha prendido las luces, ni yo se lo sugiero. Me acomodo a su izquierda, en el sillón pequeño. Su lugar, mi lugar. Hago a un lado el carrito aún repleto de vasos, copas y botellas. Las luces de la calle alcanzan para ver que todo está alineado.

—¿Gusta alguna botana, doctor? ¿Se toma una ginebra, un vodka, un whisky?

—Gracias, Gina. Estoy bien. ¿Espera otra visita, por casualidad?

—¿Ya no se acuerda a cuántas visitas esperaba? Doce, le dije, ¿no? Pues no era cierto. Sólo conseguí cuatro y dos no vinieron. Me quedé con dos chicas. Tuve que devolverles el dinero, no quisieron quedarse ni a brindar de gratis. Hora y cuarto después llegó uno de los tipos y también tuve que darle el dinero.

—¿Por qué me dijo que esperaba a doce?

—No me gusta que nadie sepa de mis fracasos. ¿No fue usted quien me dijo que el diablo viene siempre que una lo llama? Pues ahí está. Por eso lo engañé. Tengo miedo que si hablo del fracaso, va a venir el fracaso detrás mío. Quería pensar en cosas positivas.

—Ayuda mucho cuando además son ciertas.

—Me estaba defendiendo.

—¿De mí?

—De sus ataques. Usted ni se enteró, pero me pegó donde más dolía. Ya se nota por qué es amigo del tal Basilio Læxus.

—No es que sea mi amigo, ni mi maestro. Es su obra lo que importa.

—Ya lo sé y no me quejo. Todo lo contrario. Si lo llamé no es porque necesite consuelo porque no llegó nadie a mi reunión. Tampoco es la primera vez que me sucede. Hoy me pegó más fuerte porque usted ya me había dejado con la cabeza llena de telarañas. O más bien de demonios, como dicen usted y su maestro.

—Es una alegoría muy ilustrativa. A estas alturas el Vaticano sigue sin perdonar al maestro Læxus por recurrir precisamente a esa iconografía. Ahora olvídese ya de monstruos y demonios y dígame de qué se estaba defendiendo.

—Ya le dije. De usted. Y de paso de mí. No me gusta que puedan verme de ese modo.

—¿De qué modo?

—Del que soy, de repente. Del que era, del que fui, del que me atreví a ser. Todos los mentirosos nos ponemos en guardia siempre que la verdad se nos asoma. Era la fórmula que usaba Manolo. No dejes que te culpen, aunque tengas la culpa, le aconsejaba siempre a mi mamá. Tú indígnate y devuelve la acusación. No se te olvide que eres una dama.

—¿Debo entender que me llamó hace un rato para corregir algo de lo que me contó en la tarde?

—Yo supongo que sí. Ya le aclaré que estaba a la defensiva. Eso a usted no le consta, le dije. O en fin, se lo grité. ¿Todo por qué? Por una bobería. Me cayó como gordo que absolviera a mi madre sin más ni más.

—Hasta donde recuerdo, fue usted quien me contó la historia que absolvía a su madre por sí misma.

—Mi madre puede ser, otros quién sabe.

—No entiendo la indirecta. Va a tener que explicármela.

—La indirecta no iba dedicada a usted. No todavía, doctor. Déjeme que me calme.

—¿Por qué no se recuesta? Piense que yo no estoy en esta historia. Soy un perfecto extraño para sus amistades y sus seres queridos. Y si va a acusar a alguien, no soy más que un humilde testigo transparente. No tengo una opinión acerca de los temas que tratamos aquí. ¿Tendría que decirle que en nuestra relación interviene mi parecer profesional, y ningún otro?

—Ya se me está indignando. Parece que es usted el que contó mentiras.

—Si me las cuenta bien ya no serán mentiras. Podremos recordarlas como verdades intrincadas. Cosas que no se pueden narrar de un solo golpe. Detallitos que se van revelando, mientras otros se esconden por mera precaución. Nadie va por la vida contando sus verdades intrincadas. Y nadie hay como el dueño de esas historias mejor para saber cómo y cuándo contarlas. ¿Qué prefiere? ¿Decirme dónde estaban las mentiras o contarme las cosas como fueron?

—No sé. No me presione. No me haga que le grite otra verdad.

—¿Cuál era la verdad?

—No se haga. Se lo acabo de repetir, y antes de eso ya se lo había gritado.

—¿Qué es lo que no me consta? ¿La inocencia de su mamá?

—La inocencia de quien sea. Eso fue lo que quise decir. Como si a la mitad de la mentira una parte de mí levantara la voz para contradecirse.

—¿Su rescatista íntima, quizás? ¿Algún demonio que juega en su equipo?

—No se imagina de cuántas maneras me había imaginado esta escenita. La semana pasada me la pasé ensayando lo que le iba a decir. Por eso me quedé sin invitados. A nadie le llamé para confirmarle, no tuve tiempo de ir por el último cheque. Y claro, no llegó el grandísimo cabrón. Qué pena que me escuche hablando así de mis invitados, pero ahorita no estoy para domarme. Le decía que anduve todo el tiempo en la luna. Fui cancelando citas, comidas, desayunos. Y luego llega el viernes y se aparece usted con esa canción, pero ni así me atrevo a abrir la boca. Necesitaba que me dejaran plantada para acabarme de torcer el día, y entonces sí ni modo. Aguanté media hora de chillar yo solita y me animé a llamar. Le prometo que no lo vuelvo a hacer.

—¿Va a contarme las cosas como las ensayó?

—Lo dudo mucho. Ninguna me gustó. En todas intentaba justificarme, y como dice usted, no es necesario.

—Yo diría que más bien es inútil.

—Esa canción, *Release Me*, la mujer de Manolo la puso diecisiete veces seguidas.

—¿Cuándo? —pego un brinco hacia atrás, ojalá imperceptible.

—¿Cuándo iba a ser? Eso sí estoy segura de habérselo contado.

—¿El día que se cayó de la azotea?

—Diecisiete veces.

—¿Su mamá le contó?

—Mi mamá, ya le dije, estaba en la oficina. Se enteró nada más de que la había puesto varias veces.

—¿Y a usted quién se lo dijo?

—Nadie. Yo sé contar del uno al diecisiete.

—Usted estaba en el colegio a esa hora.

—Acaba de caerme en la primera mentira. Los viernes muy temprano teníamos clase de educación física. Salíamos al parque con el profesor. Podía llegar antes de las diez y entrar a clase con mis otras compañeras. Pero igual tenía un plan diferente. Mi idea era escaparme, antes de que mi madre fuera a recogerme y me llevara a vivir con Manolo. Inventó que pensaba fugarse con nosotras para que ella se lo arreglara todo sin chistar, y para que a ninguna se le fuera a ocurrir que pensaba fugarse con la recamarera. Compró tiempo, nomás.

—¿Cuál dijo que era el nombre de la recamarera? —respingo sin querer, una vez más. Resisto en la penumbra la tentación de añadir: aunque se tarde.

—Imelda Fredesvinda, imagínese.

—¿Me la imagino por su puro nombre?

—Yo no tendría una hija Imelda Fredesvinda. Pero de menos fue ella y no Borola quien se quedó con todo.

—¿Dónde estaba no Imelda, sino usted, cuando Borola puso la canción?

—Sonaría entre ocho y nueve, más o menos. Según contaba mi mamá, el reloj de Manolo se había parado a las ocho con cincuenta y ocho. Yo me salí de aquí al cuarto para las ocho, pero en vez de bajarme corrí para arriba. Ya había oído bajar a las vecinas, podía subir sin temor a encontrármelas.

—¿Subir adónde? ¿Para qué?

—A la azotea, junto al tanque de gas. Desde ahí podía ver a la casa de atrás sin que me descubrieran. A menos que llegara el camión del gas. No quería escaparme sin estar bien segura de que Manolo había dejado a su esposa. Conociéndola, ya esperaba el escenón.

—¿El escenón empezó con la música?

—Poco antes. Al poco que subí escuché que gritaban. Me sabía de memoria las voces de los dos, sobre todo cuando subían el volumen. Vamos, me había criado escuchando a Manolo y su mujer gritarle a mi mamá de lejos y de cerca.

—Le gustaría oírlos pelear así...

—Esa mañana no. Yo quería que se reconciliaran, para ya no tener que fugarme. Y tampoco sabía adónde ir. Con ese pleito se iba a acabar mi vida.

—¿Escuchaba los gritos encima de la música?

—La canción arrancó dos minutos después del final de los gritos. Yo hasta pensé que la había puesto Manolo porque estaba tratando de contentarla. Por eso me quedé. Quería ver en qué acababa el drama.

—¿No se gritaron, en ese lapso?

—Al principio seguro que no. Luego no me enteré porque el volumen empezó a subir. Llegó un momento en que estaba tan fuerte que entendí que ésa no era una reconciliación. Era muy agresivo, parecía que se iban a tronar las bocinas. Ahora que lo recuerdo, hubo un espacio entre repetición y repetición que Manolo alcanzó a aprovechar para gritarle que no fuera ridícula.

—Por eso se dio cuenta de que no era Manolo quien estaba poniendo la canción, sino ella... que a juzgar por la letra no quería contentarlo, sino librarse de él.

—Yo no entendía la letra. Mi mamá la llamaba *Déjame amar de nuevo*, tuve que ser testigo de esa escena para pensar dos veces en el significado. Yo entendía algo así como déjame amarte para realizarme. Cuando llegué a la escuela lo primero que hice fue ir a buscar release en el diccionario de la biblioteca.

—¿No se está saltando algo?

—No me he saltado, le di un adelanto. Mi mamá tenía un disco de Engelbert Humperdinck donde también estaba esa canción, y otra que traducían como *La forma en que se acostumbra*, y en realidad era algo muy diferente.

—*La forma en que solía ser.*

—¿Ya ve, doctor Alcalde? Una canta canciones hasta en su idioma y nunca se molesta en saber lo que dicen. Pero como le digo, ya después de la décima repetición no hay romance que valga. Eso era artillería.

—¿Y usted qué hacía? ¿Solamente contar?

—Iba marcando rayas en un cuaderno, por eso estoy segura que fueron diecisiete. No sé qué más hacía. Hasta donde me acuerdo, me mordía las uñas. Pensé en irme muy lejos, en algún autobús. Acapulco, Huatulco, Cancún. Era tan bruta que creía que si no había dinero dormiría en la playa, tan tranquila. Dudo que me alcanzara para el autobús.

—¿Dónde me dijo que se había escondido?

—Déjeme que le explique. En la parte de atrás del edificio está un tanque de gas estacionario. Si usted se planta a un lado, debajo del techito donde está la antena, nadie va a poder verlo. Ni siquiera desde la misma azotea.

—¿Y usted en qué momento se movió de ahí?

—Más o menos cuando acabó la música.

—¿Después… o antes de la muerte de Manolo?

—Después. Cuando salí del pasmo.

—¿Me está diciendo que lo vio matarse?

—Por supuesto que no. Nunca lo vi caerse.

—¿Qué vio, entonces?

—Lo vi salir furioso de la cocina. Echaba maldiciones, movía los brazos como espantando moscas. Fue por las escaleras, las juntó y las alzó mientras Borola ponía la canción otra vez, la penúltima. Luego volvió a meterse y un poquito más tarde apareció con una caja de herramientas. La abrió, sacó dos pinzas y se las atoró en el cinturón. Lo que no me esperé fue que se le ocurriera detener la escalera sobre nuestra pared. Me había distraído apuntando la marca de las diecisiete repeticiones. Cuando volví a mirar ya venía para arriba.

—¿Por qué no se escapó en ese momento?

—Ya no podía. El escondite también era una trampa. Para salir había que saltar sobre los soportes del tanque, que eran puro cemento. O sobre el tanque. Manolo me habría visto.

—¿Eso le preocupaba?

—Eran horas de clases. ¿Usted cree que se le iba a escapar contarle a mi mamá que me había encontrado a las nueve de la mañana en la azotea?

—La que se iba a escapar era usted. ¿Qué más le daba que la descubriera?

—Yo no estaba para pensar en nada muy concreto. Tenía miedo de mi mamá, y más del que según yo iba a ser mi padrastro.

—¿Y si se hubiera hecho bolita en el piso?

—A ver si me comprende: por culpa del escándalo de Engelbert Humperdinck, no oí siquiera cuando Manolo recargó la escalera justo arribita de donde yo estaba. Ni modo que pasara por encima de mí.

—¿Para quitar su antena?

—La antena de su casa estaba en mi edificio. Lo que buscaba era joder a Borola. Dejarla sin señal de televisión. Cómo iba a saber yo eso, desde allá arriba. Y como no quería que me pisara, ni que se me acercara, ni que me tocara, de plano me asomé y le di la cara.

—Y entonces él la vio, se asustó y se cayó...

—Lo tiré. Ya le dije que él nunca se cayó.

—¿Lo tiró... usted?

—Yo misma. Me levanté y lo vi, por una vez debajo de donde estaba yo. Una vez en la vida, ¿me entiende? Los dos nos asustamos, pero él se recompuso en un segundo. Muñequita, me dijo, con su mejor sonrisa, que era la peor de todas. Subió dos escalones, le faltaban dos más para poner la mano sobre la barda. Me le quedé mirando, le dije viejo puerco y empujé la escalera con todas mis ganas. Luego cerré los ojos y ahí sí me hice chiquita. Oí el golpe en el piso y luego solamente la canción. Hasta que se acabó.

—¿Por qué no se escapó inmediatamente?

—No sé. Me quedé tiesa. Luego ya me entró el miedo. Qué tal si estaba vivo y me acusaba.

—¿Le daba miedo que estuviera vivo?

—¿Eso me hace muy mala persona? Ya lo había tirado. Como él mismo decía, sálvese quien pueda. Yo me estaba salvando.

—¿Se asomó a ver el cuerpo?

—Nunca. Supuse que a la gente de allá abajo le daría por mirar para arriba. Escuché un par de voces que decían no respira, está muerto. Hasta entonces pensé en pegar la carrera. Escurrirme a la calle. Y ahí fue cuando Borola alcanzó a verme. No completa, nada más un costado, cuando salté sobre el tanque de gas. Por eso luego fue a culpar a mi mamá. Percibió un movimiento, gritó mira, allá hay alguien, y desaparecí.

—¿Se fue para el colegio?

—Iba para Acapulco, según yo. Salí corriendo del edificio en dirección contraria al colegio. Muchas cuadras después se me ocurrió preguntar la hora. Eran las nueve y veinte. Si corría de vuelta, podía llegar en veinte minutos al colegio. Nadie creería que estuve en otra parte. Cuando crucé la puerta, ya casi todas habían entrado. Ninguna tan cansada como yo, así que entré ya sabe, con la lengua de fuera, como si no debiera nada. Fui a ver al profesor y me anotó el retardo. Siempre era así, pasaba lista a las ocho en punto y contaba retardos a las diez. Cuando por fin caí sobre el pupitre, me empezó a rebotar el muerto en la cabeza. Tuve cuatro horas para darle vueltas. Las peores de mi vida, se lo juro.

—¿Qué pensaba?

—¿Qué quería que pensara? Que ya era una asesina. Que me iban a agarrar. Que no iban a creerme que él me echaba ojos de hombre y yo le tenía miedo. Que iban a refundirme en la correccional, con otras asesinas como yo.

—Me lo dice como si fuera ayer. ¿Ya pensó que tenía catorce años?

—Ya he pensado de todo, no crea que el tiempo no ha hecho su trabajo. Nunca lo había contado, ni en pensamiento.

—¿No me dijo que lo ensayó varias veces?

—Ensayé las entradas. Los pretextos. Las justificaciones. Tenía catorce años, me sentía acosada. Actué en defensa propia. No fue premeditado. Lo hice por mi mamá. Era nuestro enemigo. Me iba a llevar con él y me iba a hacer lo que a todas sus viejas. No merecía la vida. Nunca quiso a mi madre. Era un ladrón de traje, una amenaza pública. Fue una cosa de karma. Fue obra del destino. Fue la mano de Dios, o la pata del diablo. Supuestamente yo iba a decirle a usted todo eso antes de concentrarme en contarle la historia. Digo, no sé si ya antes le han contado estas cosas. Qué tal que se asustaba, ya ve que luego dicen que el muerto más difícil es el primero. Así como me ve, señora y madre, ya me chuté los Diez Mandamientos.

—Afortunadamente no soy el señor cura. Suelte el rosario y sígame contando.

—Me pasé la mañana en la enfermería. Dije que me dolía mucho la cabeza y estaba muy mareada por tanto ejercicio. Tenía muchas ganas de llorar, no quería que me vieran y sacaran conclusiones. Ya si en la enfermería me cachaban chillando, me quedaba el pretexto del dolor de cabeza. Además era cierto. Me dolía muchísimo la cabeza. Pero peor era la preocupación. ¿Cómo iba a ver de frente a mi mamá, con esa jeta de remordimiento?

—¿Se miró en el espejo?

—Un ratito, en el baño de la enfermería. Me veía jodidísima, doctor. Me vi cara de puta demacrada. Me imaginé con esa misma expresión en los periódicos del día siguiente. Carita de asesina, pensé y pensé y pensé. Por eso los matones salen así en las fotos. Cuando una secretaria me ofreció su teléfono para llamar a mi casa y avisar, di unos pasos y me hice la desmayada.

—¿Y así hasta la salida?

—Me echaron agua, me reanimaron, me recostaron, me taparon. Dije que me sentía un poquito mejor y milagrosamente me fui aliviando al diez para las dos. Me retuvieron hasta las dos y diez, dizque porque tenía muy mala cara. Cómo no iba a tenerla, si acababa de echarme al amante de mi madre.

—¿Y si le sugiriera que fue un accidente?

—Lo he pensado, pero algo no acaba de checar. ¿Le digo la verdad? Me arrepiento, sin duda, pero también sin duda lo volvería a hacer. Creo que nada más me siento culpable por disimular cuánto me felicito. Es más, yo calculaba que iba a sentirme peor cuando se lo contara. Y ya ve, ni una lágrima.

—Guárdelas para el cura.

—¿Sabe que ni a mi madre le he pedido perdón, por no tocar el tema? No a ella, claro. A su espíritu, pues. Ella se fue tranquila. Vivió unos buenos años después de Manolo. Nunca habría creído a su Gigí capaz de levantarle la mano a un semejante. Claro que ese pelado no era mi semejante, ni el de mi mamá.

—¿Le dijo a su mamá que se sentía enferma?

—Nomás la vi venir y se lo dije. Pero ella ni me oyó. Venía cargando al muerto. ¿Le conté cuánto tiempo tardó en despepitar?

—¿Quince minutos?

—Tal cual. Un cuarto de hora, reloj en mano. Le pregunté si iba a ir al funeral y más fuerte le dio por chillonear. Nos sentamos en una banca del parque de aquí cerca, delante de unos niños que se estaban meciendo en los columpios y pelaban los ojos de verla así, berreando. No iba a poder poner un pie en el velorio, ya la había llamado Borola para amenazarla. De puta para arriba la trató, a ella que tantas cosas hizo por ellos. No me di cuenta en esos momentos, pero como que me iba sintiendo mejor. Puede que más culpable, pero menos miedosa.

—¿No le dio miedo que culparan a su madre por lo que usted acababa de hacer?

—¿No me dijo que cree que fue un accidente?

—Quiero decir, por lo que le acababa de pasar, y que según usted había hecho.

—Mi mamá estaba en la oficina de Manolo desde las ocho y media de la mañana. Tenía que contratar el camión de mudanzas y no sé cuántas cosas más para ese día. Fue ella quien contestó cuando llamó María Iris para avisar de lo que había pasado.

—¿María Iris?

—La que hacía el aseo en el edificio. Otra de las gatitas de don Manuel, no me diga que nunca se la he mencionado. Llamó y le dio la noticia a mi madre, delante de la gente de la oficina. ¿Quién iba a encarcelarla, con ese coartadón? Nancy metió dinero para intentarlo, pero no encontró cómo. Me preocupaba más que alguien me hubiera visto subir a la azotea. O bajar. Ya desde entonces me decidí a creer que había sido de verdad accidente. Un accidente con odio involucrado.

—¿Un accidente casi lamentable?

—Es lamentable que mueran soldados, pero no hay otra forma de ganar una guerra. Lo nuestro era una guerra y ese día se acabó. Nunca más las vecinas volvimos a tratarnos, ni a saber lo que hacíamos, ni a importarnos siquiera. Mi mamá nunca se dio cuenta de lo cansado que era vivir así, hasta que terminó el motivo del cansancio.

—Se acabó la rabia…

—Eso. Yo maté al perro.

Silencio. No sé bien qué tan largo. Miro al reloj y no hace ni una hora que dejé el karaoke. Pero no mido el tiempo tanto ya en minutos como en kleenex usados. Consumo entre uno y dos cada minuto. Un promedio de veinte por cuarto de hora. Lo sabía, me digo y me maldigo porque debí dejar que siguiera timbrando, estaba muy borracho y no podía ir a ningún otro lado que no fuera la cama de la tía abuela muerta de… ¿Betilú, Vivilú, Laurilú? Tal vez la sensación de lucidez extrema sea la mentira más grande que cuenta la coca. Si uno estuviera de verdad en sus cinco cuando le entra esa mierda por la nariz, se vería en el espejo y miraría a un imbécil pagado de sí mismo porque sí. ¿No murió Nancy acaso porque sí? Odio a los Rolling Stones porque rechazo en mí la semilla de Nancy, me da pavor volverme uno de esos gañanes a los que no es posible decirles que no a nada. Mientras impone este silencio catatónico que el terapeuta no quisiera romper, Gina se entrega a hablar con los pulmones. Respira como si estuviera sollozando, pero no mueve un músculo de la cara. No se imagina cuánto necesitamos ambos la presencia de un terapeuta de verdad. Uno que ni borracho se meta porquerías por la nariz. Que pueda seducir a una mujer sin tener que buscarla en una funeraria. Que no comparta traumas con la paciente, ni tenga que cambiarse el apellido. Que no la agarre contra Mick Jagger cada vez que se encuentra idéntico a su madre.

No sé cuántas semanas llevo repitiéndome que esta historia no es solamente de ella y eso me da derecho a conocerla. Ahora que la conozco me da por preguntarme cómo le voy a hacer para sacudírmela. Por lo menos ahora me sentiría mejor sin ella. Dormiría la mona en la cama de la muerta, con la doliente prendida de mí. Pude echarle la culpa al celular. Llamarle un día después y disculparme, sin tener que joderme la nariz. Es automático: la pruebo una vez y moqueo dos meses. Por otra parte, qué necesidad tengo de pasarme la noche soñando con Manolo. Todavía no sé si debería preguntarle cuáles fueron sus últimas palabras. Tampoco sé si quiera tener que imaginármelo. Yo, que con seis años menos recé porque mi hermano se muriera, todavía no acabo de pagar la cuenta. ¿Cómo es que ella se encarga de matar a Manolo con sus manitas y levanta la testa con esa dignidad de soldado cumplido?

Para deleite del terapeuta, y muy probable desventura mía, no es el horror lo que me tiene mudo, y ni siquiera el hecho de por sí estrafalario de que me haya buscado mi paciente para contarme cómo mató a mi padrastro, sino una pura y simple fascinación. ¿De modo que no ha sido el destino, ni la fatalidad, sino ella quien quitó del camino a Manolo? La vecina de atrás. La que vendía dulces. La tímida. La miro de regreso y sigue quieta, tiesa. Como si todavía no acabara de embarrarme que fue ella quien dispuso del perro rabioso. Tiene el porte de Juana de Arco envuelta en su armadura; la certeza sin mácula de quien ha conseguido convencerse del visto bueno de San Miguel Arcángel.

—Hay algo que no entiendo, Gina —me rindo. No soporto más silencio.

—Dígame, yo le explico —suaviza las maneras, también ella se rinde.

—¿Por qué el rencor? ¿No le bastó con hacer justicia?

—No sé si hice justicia. Hice lo que tenía que hacer, en el momento. Después las cosas fueron mejores para todos.

—¿También para la viuda?

—Para ella no podían mejorar. ¿Cómo, a ver, si con nada se llenaba? Manolo siempre se quejó de eso. Le decía a mi mamá que vivía entre dos hienas voraces. Su esposa y su ex, una atrás y una encima de nosotras. Todos vivíamos entre hienas voraces, pero algunas no éramos hienas, ni voraces. Mi mamá no quería más que ser dueña de su departamento. ¿Era mucho pedir, doctor Alcalde?

—¿Qué no su sueño era vivir con Manolo?

—La lotería cualquiera se la quiere sacar. Mi mamá siempre estuvo convencida de que Manolo era una buena persona, pero necesitaba de alguien como ella para que sus virtudes...

—¿Florecieran?

—Suena cursi, pero ella así lo miraba. Su lotería en la vida era tener un día la oportunidad de cuidarlo y volverlo al buen camino.

—¿Cuál habría sido ese buen camino?

—No sé. Portarse bien. No engañar. No robar. No desear a la mujer del prójimo.

—Retirarse del gremio de los estafadores y los mujeriegos para hacerse con una nueva familia. Suena a telenovela.

—Yo sé. Y de las más baratas. Cuando me entra la culpa, me consuelo con eso. Le quité a mi mamá un sueño que jamás se le iba a hacer verdad. Sin planes, ni complots, ni todo lo que se hace en esos casos. Con un empujoncito. Nunca sabe una cuándo la gravedad va a venir a ponerse de su lado.

—Todavía no me dice por qué le guarda rencor a Manolo.

—Eso no es cierto. Ya lo perdoné. Como que con su muerte quedamos a mano, y a ver si no le salgo debiendo.

—¿Por qué habla de él entonces con tanto...?

—Amargura, más que rencor. Hablar mal de él me cura, o me consuela, o lo que usted prefiera. Y más que eso me deja al margen de los hechos. Oficialmente, la agredida soy yo. Tengo que hablar mal de él porque siento que así no levanto sospechas.

—¿A estas alturas?

—Se me hizo una costumbre. Ya no puedo hablar de él sin curarme en salud. Siento que es la postura que me corresponde. Y la que le conviene a mi familia. Nadie quiere escuchar esto que le conté, ni yo tengo por qué volver a contarlo. Sólo quería saber que era capaz. Confirmar lo que siento, bueno y malo. Es algo que pasó. Cosas que nos pasaron a cada uno de modo diferente. Si Manolo no hubiera pensado en quitarle la antena a su señora, quién le dice que no seguiría vivo.

—¿Qué edad tendría hoy?

—No sé. Unos setenta y cinco. A menos que se hubiera topado con otra circunstancia casual, como echarle ojos de hombre a quien no se debe. Por el amor de Dios, esas cosas no se hacen a diez metros del piso, en una escalerita que se cae al primer empujón.

—¿Qué le dijo Manolo?

—¿Qué me dijo de qué?

—Cuando usted lo empujó con todo y escalera.

—La empujé, la jalé para un lado, la sacudí, no sé muy bien qué hice. Un impulso. Un reflejo del instinto.

—¿Y él qué hizo, qué dijo?

—No sé, no quise ver.

—Tuvo que verlo mientras lo empujaba.

—Se agarró, ¿qué iba a hacer? Se abrazó a la escalera. Cuando de plano vi que se iba de espaldas, cerré los ojos y me hice chiquita.

—¿Se tapó los oídos, también?

—Me tapé la cabeza, como si algo me fuera a caer encima.

—¿Qué le dijo Manolo, Eugenia? Nada le impidió oír sus últimas palabras, aunque a lo mejor algo le impida recordarlas. Solamente el verdugo y el sacerdote se olvidan de las últimas palabras de los moribundos. Por cuestión de frecuencia, claro.

—¿Aunque sean balbuceos y cosas sin sentido?

—¿Cuánto tiempo pasó entre que usted agarró la escalera y la soltó?

—Ningún tiempo. Un segundo. Medio segundo. Nada.

—¿Está segura?

—...

Lotería. Ya no mira hacia el frente con esa suficiencia de beata diplomada. Tiene los ojos fijos en el suelo. Como dispuesta a firmar lo que sea. De pronto me alcanzó la urgencia de saber lo que ella menos quisiera decirme. No tanto las palabras, que en el fondo sólo conciernen a mi morbo, como el tiempo que tuvo que pasar entre la idea y su ejecución. Con catorce años, Eugenia Carranza se había tomado unos cuantos instantes para juzgar, sentenciar y ejecutar al más grande de nuestros adversarios. No pensará que puede regatearme el boleto de entrada a esa película. Vuelvo a la carga sin pensar más que en eso: la película.

—¿Qué hacía usted, Eugenia, mientras Manolo le rogaba que no lo tirara?

—Nada. Lo zarandeaba, suavecito. Me hacía la risueña para taparme el miedo.

—¿Y él?

—Se puso a gritonear, aunque ni quién lo oyera. Solamente se oía la canción allá abajo. Pero tiene razón, yo sí podía oírlo. Seguía riéndome, de verlo ahí agarrado. Estaba en mi poder, por unos segunditos. Rogó, ofreció, rezó, pidió perdón. Cuando intentó alcanzarme con un brazo yo nada más dejé ir la escalera, él de puro agitarse la desbalanceó. No, Gigí. No, Gigí. Creo que fueron ésas las palabras. Nada muy memorable. Parece el título de un musical.

—¿Se siente bien, Eugenia?

—No, doctor. Mejor váyase. Creo que estoy a punto de ponerme radiactiva.

—En ese caso es mejor que me quede.

—¿Va a decirme que teme que me tire de la azotea?

—Hay modos más sutiles de hacerse daño. No me diga que no los acostumbra.

—Me da pena tenerlo aquí a estas horas, rastreando mis mentiras de matona no muy arrepentida.

—Se arrepiente pero no se arrepiente.

—Soy así. Wishy-washy. Como que nunca acabo de ponerme de acuerdo conmigo misma. Mi hija se queja porque me empeño en corregirle mañas que yo todavía tengo, pero no sabe el miedo que me da que salga como yo. Por mí, la llevaría a vivir a otro lado. Le compraría un perro, la cambiaría a un colegio menos exigente. La dejaría ser, en lugar de seguir cargándole mis muertos. ¿Cómo le hago, doctor? ¿Por dónde empiezo?

—Ya empezó, Gina. Yo diría que incluso va muy adelantada. Tanto que le da miedo mirarse en el espejo y aceptar que está viendo a su heroína. Podría decirse que lo hizo en defensa propia, pero no veo por qué regatearle los méritos. Eso, Eugenia, fue un acto de autoayuda. Una de esas iniciativas personales que menudean en la teoría y rara vez llegan a verse en la práctica. Qué le voy a decir, me quito el sombrero.

—¿O sea que me aplaude?

—Dije que me quitaba el sombrero. Eso incluye un respeto por el difunto. Uno trata de darle a la gente lo que le toca y no siempre puede ser un abrazo. Lamento en cierto modo que tuviera que ser usted quien le diera al vecino lo que le tocaba.

—Apenas puedo creer que me esté diciendo esto. ¿O sea que si me viera otra vez en la misma situación, su consejo sería que acuchillara yo al interesado?

—Si lo que espera es que le ponga penitencia, me atrevo a sugerir que se formó en la ventanilla equivocada. En mi opinión, todo lo que usted hizo fue elegir entre dos opciones indeseables. Una de ellas le daba más miedo que la otra. En esas situaciones no es uno quien resuelve. Hay una alerta roja parpadeando, quien manda es el instinto de conservación. Usted, aparte, asume el papel de su madre. Toma el relevo en la protección del nido. Se responsabiliza. Con catorce años, Gina. Mientras otras aprenden a maquillarse, usted está salvando la madriguera. Dudo que le convenga menospreciarse por aquello que debería darle mayor seguridad.

—Quería cualquier cosa menos ser secretaria. Me imaginaba a todas las secretarias correteadas por un gordo pelón como Manolo. Cuando escuché el ranazo en el cemento sentí que me salvaba de ese destino horrible.

—Insisto, Gina, pura autoayuda.

—Aun así, hay secretarias que ganan más que yo.

—Y otras que ganan menos, pero usted es libre. ¿No era eso lo que más falta le hacía cuando se le cayó la escalerita?

—Pues sí. También era eso. No éramos libres. Dependíamos al cien por ciento de Manolo.

—Usted no lo mató. Lo derribó, que no es la misma cosa. Porque el asunto era quemar las naves. Quebrar el biberón. Romper el cascarón. Crecer. Su madre había entrado en una falsa zona de confort, y eso a usted la insubordinaba hasta el bochorno. Ella de menos era la secretaria. Tenía intimidad, podía negociar. Pero usted no era mucho más que un apéndice.

—Un adorno. Un estorbo. Pero eso era mejor que comenzar a ser la preferida del asqueroso aquél. No alcanzó a hacerme nada, fuera de dos nalgadas en el último mes. A espaldas de mi madre, eso sí.

—¿Qué habría hecho su madre, si llega a descubrirlo?

—Buen cuidado tenía el cochino pelón de que nadie lo viera en sus andadas. Mi madre lo creía incapaz de algo así. Nunca me habría creído, si lo hubiera acusado. Tú lo estás provocando, me habría dicho. Todas lo provocaban, según ella. La de atrás, la de arriba, las sirvientas. Como si hubiera sido un bombón.

—¿No era de menos un poco simpático?

—Mucho, eso sí, cuando le convenía. El chiste era que siempre ganara él, de otra manera se ponía insufrible. Pero después sabía hacerse perdonar. Tenía por ahí un complejo de pastor.

—¿De la iglesia o del rebaño?

—¿Sabe a cuáles ovejas atienden los pastores? A las que quieren irse. Las que intentan salirse del corral. Ven acá, adónde vas, qué voy a hacer sin ti, no me hagas esto. Nunca vi que a Manolo se le fuera una oveja. Llegaban nuevas, pero ninguna se iba.

—Y eso a usted le indignaba en especial. No poder hacer nada para señalar algo que parecía tan obvio.

—Imagínese. A mi mamá ya ni celos le daban. Total, él era así. Aunque siempre por culpa de alguna lagartona. ¿Sabe qué dijo cuando supo que el muerto había planeado dejarla plantada para irse con Imelda? Pobrecito, ni modo que cargara con una hija postiza. Ni coraje me dio. La inocente no se podía imaginar al patán correteando a la hija postiza. Él tan acostumbrado a las putas postizas.

—¿Cuánto tardó su madre en recuperarse?

—Menos de lo que estaba dispuesta a aceptar. Oficialmente, guardó luto por un año y medio, pero a los pocos meses ya jugaba canasta con sus amigas y salía con un par de pretendientes. Nos sobraba el dinero, de repente.

—¿Y eso?

—Si Borola se hubiera quedado con todo, nos habría echado a la calle al día siguiente de que se quedó viuda. Pero la tal Imelda no se metió con nadie. No volvimos a verla, sus abogados se encargaron de todo. Nos pusieron una pensión decente y se negaron a cobrarnos la renta. Mi mamá se buscó un trabajo de medio tiempo, se compró un coche nuevo, se empezó a poner cremas de las caras y hasta se metió a clases de yoga. Quería vivir como cualquier señora. Era su sueño de toda la vida.

—Como el de usted era quemar las naves.

—Habría preferido que nos fuéramos a vivir a otro lado. Aquí donde me ve, me siento muerta de hambre. A todo el mundo le hablo de Gente Como Uno y soy la menos como uno de la gente. Debería anunciarme como GDM: Gentuza Del Montón.

—Demasiada injusticia consigo misma. ¿No acabo de decirle que es mi heroína?

—¿Yo, de usted? Ay, doctor. No me dé por mi lado, que no me la creo. Ya sabemos que su héroe es Basilio Læxus.

—Mi héroe tal vez, pero no mi heroína. Es usted fuerte, Eugenia. Qué no daría uno porque sus pacientes mostraran semejante corpulencia emocional. No es sencillo pasar por lo que usted pasó y levantar cabeza de esa manera. Como le digo, me quito el sombrero.

—Si no fuera mi terapeuta personal, pensaría que está tratando de portarse como un caballero.

—¿Caballero yo? —reculo, me intimido, me pregunto qué hacer, ni yo sé en qué momento cambié de guión y comencé a adularla. —Me temo, Gina, que es una tentación demasiado costosa para un profesional. Le digo lo que veo, del modo que lo veo. Sigo creyendo que tiende a ser injusta cuando se juzga. ¿Preferiría verme del lado de sus monstruos?

—No me quejo. Al contrario, me halaga. Por lo menos usted aprecia un par de cosas buenas en mí. En contraste con el resto del mundo.

—¿Ahí vamos otra vez?

—Sí, ¿verdad? Tanto trabajo para acabar de matar a Manolo y yo solita vengo y me castigo.

—¿Eso cree que hizo, terminar de matarlo?

—Sí, pero él es como esos monstruos robot que vuelven a la carga aunque sea en pedacitos —se levanta de un golpe, prende las luces.

—¿Ya se siente mejor? ¿Prefiere que me vaya? —salto estúpidamente del sillón, igual que un topillero desenmascarado. Bastan dos focos encendidos en el techo para que el terapeuta pierda sus poderes y se transforme en un intruso pudibundo.

—Perdón que sea tan brusca, doctor Alcalde. Me tomé unos vodkitas, mientras usted venía. Ya luego me dirá si dije alguna cosa inconveniente —trastabilla, con no mucho talento. Juraría que se hace la borracha, por más que la haya visto terminarse tres vasos delante de mí. ¿O será que me atrae la idea de pensarla, como tanto le gusta repetirlo, capaz de cualquier cosa, y por tanto ahora mismo sospechosa de poner en escena un despropósito, al amparo de la coartada etílica? Toco tierra: No olvides, me repito, que estás bajo el influjo de un pericazo. Cómo podría olvidarlo. Voy camino a la puerta con una bolsa llena de kleenex usados y ya me llevo nuevos para el camino. Me jodí la nariz y hace rato que intento complacer a la paciente desde un diván virtual equivalente al suyo. La llamaría terapia galante, si me sintiera menos incómodo.

—Espero su llamada, ya sea en un rato o mañana en la mañana.

—No, doctor, cómo cree. Prometo no dar lata de aquí a la consulta. Nada más una cosa, antes de que se vaya. ¿Puede darme un abrazo bien fuerte?

—¿Cómo bien fuerte, Eugenia? —siento algo que se mueve en el estómago, es como si mi madre me estuviera pidiendo que besara a la niña del cumpleaños.

—Con toda su alma, si es usted tan amable. Rómpame las costillas, nomás no se vaya a ir sin abrazarme.

X. Juan Pablo

Para desahucio del virtuoso presunto y desaliento del disciplinado, la tentación se nutre de sus antídotos.

BASILIO Z. LÆXUS, *El pornógrafo íntimo*

LAS FACTURAS HEDIONDAS
Por Basilio Læxus

Es un hecho: sobrestimamos las recompensas. Y después, fatalmente, las subestimamos. Sólo cuando no llegan permanecen de moda, tanto así que decirse su acreedor es compensarse un poco, mientras tanto; aunque no ganar tiempo, como suele creerse. No se le gana tiempo a lo podrido, si apenas se distingue de lo muerto. Esperar que venga alguien y nos recompense supone convertirnos a la fe amarga de los cobradores. No me digas que nunca te has topado, en la vida y de pronto en el espejo, a uno de esos devotos del fracaso que encuentran recompensa, compensación y revancha en el ocaso de la fortuna ajena. "Si no era para mí, ¿por qué iba a ser para ellos?", razona el cobrador insatisfecho.

Pasar de cobrador a conquistador es tan simple y tan arduo como dejar atrás la servidumbre de la expectativa. No se puede vivir de aquello que se espera recibir sin convertirse en pordiosero del destino. Y luego, irremisiblemente, en cobrador. Cazador sucesivo y desafortunado de recompensas, compensaciones y revanchas. Y es que nadie recibe bien a un cobrador; menos cuando jamás se da por satisfecho. Pues por mucho que cobre no le será bastante para conquistar nada, y aun en la cima de la cima del mundo encontrará que toda conformidad es sospechosa de conformismo. *Hambre ancestral*, le llaman, pues ya su intensidad hace temer que el ansia se transmita por la vía genética. Distraído por su avidez en armas, el cobrador olvida que la peste del hambre llega lejos. Sin saberlo, está a expensas del conquistador, que ya le huele el hambre y encuentra que es rehén de sus expectativas.

Esperar: ese verbo irritante. Lo que la gente espera vale poca cosa, y menos todavía cuando se le compara con lo que persigue. No me importa qué esperes, pero igual me intereso por lo que buscas. La búsqueda es la cara opuesta de la expectativa, del modo en que el botín es antípoda de la recompensa. Pues si observamos con algún cuidado encontraremos que el concepto de botín deja atrás la perversa disyuntiva entre compensación y recompensa, recompensa y revancha, revancha y compensación, ya que de hecho las abarca a todas. En un golpe maestro, el botín nos compensa, venga y recompensa. Elimina la inquina, el rencor, la envidia y la soberbia, entre otros sentimientos echados a perder y susceptibles de encarnar en sarcoma.

Nadie quisiera ser llamado traidor, pero menos aún llamarse traicionado. Cual si eso fuese el fin y hubiera que amargarse en adelante. Juran los amargados que la venganza es dulce, pero como se dice en estos casos, qué va a saber el burro de la miel. Endulzarse la vida buscando la desdicha de los otros, luego de años de años de paladear derrotas gangrenadas, es salpicarse de la misma cagada en la que se pretende ahogar al enemigo. Eso es el odio, al fin: cagada cósmica. El sedimento pútrido del bocado amargo. ¿Espera el vengador, habituado a sobrevivir con semejante dieta de mierda, que dé uno validez al dictamen de su paladar, o le envidie ese aliento a pena descompuesta?

Envidiar: ese vicio pequeño de la gente pequeña. Quien busca la conquista no nada más despierta la envidia de los otros, también sabe leerla y según ella aprende a clasificarlos. En una ecuación fácil, la gente es lo que tiene menos lo que supone que le falta. La ojeriza envidiosa proclama a gritos sus números rojos, cada uno de sus gestos debe pujar por no dejar salir al cobrador tan grande que lleva dentro, pues la fórmula dice que a mayor cobrador, menor persona, y viceversa. A la gente pequeña se le mide por el importe total de sus facturas pendientes de cobranza, multiplicado por -1.

No digo que sea la única forma de medirlo, si entrados a hacer números podríamos sumar los centímetros cúbicos de conciencia ocupados en albergar consulados y cónsules que en vez de pagar renta terminan por cobrarla. Quien pierde el sueño alimentando un rencor asqueroso contra tu Porsche nuevo esperará después compensación por eso. Cuando se entere que te lo robaron, le placerá muy hondo saber que encima de eso fue un robo a mano armada y los ladrones te pasearon medio día dentro de la cajuela. “Para que se le quite”, razona el vengador impenitente, y a esa pomada infecta que de pronto le cubre del culo al paladar tiene el descaro de llamarle *dulce*. En vez de clausurar el consulado, le otorga nuevo espacio y mayor importancia.

"Se jodió, jo, jo, jo", rumian los revanchistas, igual que un Santa Claus castigador. Su idea es que al final nadie se libre de quedar salpicado. Que sólo los amargos tengan derecho a voto a la hora de juzgar si éste o aquel pastel es agrio, dulce o empalagoso. ¿Desde cuándo han cabido las ideas grandes en las mentes estrechas? ¿Es acaso virtud del cobrador la generosidad? Hasta donde se sabe, y para acabar pronto, los cobradores sólo son generosos en el retrete: donde suponen que nadie los ve.

ƧΦ%Λ□⊖? 8?|ΦƧ|Λ
8?ΦƧ?Φ8? VO∽O□Λ |O□VƧΦ8?□Λ □?VΛ□8O:

Π⊥ ◇‡? ←O II?ԿO 8□?Δ 8O□¿?Δ V?+O¿O O IO Կ?Φ8OΦO ←
IO 8?I? ΦΛ II?+O⊥
⊔⊥ ◇‡? Ƨ+‡OI ΔƧ+‡? |‡⊖VIƧ?Φ¿Λ |ΛΦ Δ‡ ¿Λ–I? 8□O–O∽Λ
¿? 8?ΦƧ?Φ8? ← ?Φ%?□⊖?□O⊥
Ŀ⊥ ◇‡? |Λ⊖Λ ◇‡? Δ? I? XO|? ◇‡? ?I ¿Λ|8Λ□ ¿?I |OI¿Λ ΦΛ
I? ?|XO ⊖‡|XOΔ +OΦOΔ O Δ‡ |XO⊖–O, VΛ□◇‡? ⊖Ƨ ⊖O←Λ□
?Δ8O ◇‡? Δ? ⊖?8? ΔΛIO OI ⊖OΦƧ|Λ⊖ƧΛ⊥
ℶ⊥ ◇‡? ΔΛΔV?|XO ◇‡? ?Δ8O XO|Ƨ?Φ¿Λ Կ‡¿‡, VΛ□◇‡? O←?□
V□?Φ¿ƧΛ Կ?IOΔ ?Φ 8Λ¿O IO |OΔO⊥
Π⊥ ◇‡? IOΔ |ΛΦ8Λ ← ?□OΦ 8□?ƧΦ8O ← Δ?ƧΔ Կ?IOΔ, ⊖OΔ
‡ΦO Կ?IO¿Λ□O ◇‡? 8□OƧO ‡ΦO ?Δ8O⊖VƧ8O ¿? ΔOΦ ∽‡¿OΔ
?I ¿? IO %IO⊖Ƨ8O⊥
⊔⊥ ◇‡? ?Δ8‡ԿΛ XO–IOΦ¿Λ ΔΛIO |Λ⊖Λ ¿ΛΔ XΛ□OΔ ¿?IOΦ8?
¿? Δ‡ %Λ8Λ ¿?I |OΔ8ƧIIΛ ¿? ¿ƧΔΦ?←⊥
E⊥ ◇‡? IO 8?ΦƧ?Φ8? I? VOΔΛ VΛ□ ¿?8□OΔ ← Δ? ⊖?8ƧΛ
¿?–O∽Λ ¿? IO ⊖?ΔO ΔƧΦ ◇‡? Δ? ¿Ƨ?□O |‡?Φ8O⊥
ℶ⊥ ◇‡? IO 8?ΦƧ?Φ8? |□?? ◇‡? ?□O ‡Φ O|8Λ ¿?
?ΔVƧ□Ƨ8ƧΔ⊖Λ, VΛ□◇‡? OI %ƧΦOI XO–IO–O |ΛΦ Δ‡ O–‡?IƧ8O
⊖O□ƧO ?‡+?ΦƧO⊥
✱⊥ ◇‡? 8O⊖–Ƨ?Φ Δ? V?I?Λ |ΛΦ ?I ԿƧ?∽Λ V?IΛΦ ¿?I
□?8□O8Λ ← I? ¿Ƨ∽Λ O IO O–‡?IO ◇‡? IO |‡IVO ?□O ¿?
?I, VΛ□ Δ?□ 8OΦ ⊖?Φ8Ƨ□ΛΔΛ⊥
Π#⊥ ◇‡? OI ¿ƧO ΔƧ+‡Ƨ?Φ8? ⊖? II?ԿΛ ¿? |Λ⊖V□OΔ ← Δ? I?
⊖?8ƧΛ ‡Φ ¿ƧO–IΛ ⊖ƧIIΛΦO□ƧΛ⊥

ПП⊥ ◇‡? Δ? +ОΔ8Λ ϴ‡|XZΔZϴΛ ¿ZΦ?□Λ ?Φ |□?ϴОΔ ¿?
–?II?ꝏО, I? |ΛϴV□Λ О IО 8?ΦZ?Φ8? ꝏОVО8ΛΔ ← Ч?Δ8Z¿ΛΔ
← XОΔ8О IО –О□–Z? |ΛΔ8О ¿Λ□О¿О⊥
П⊔⊥ ◇‡? Δ‡ ϴО←Λ□ ◇‡?□ZО ◇‡? ¿? ‡ΦО Ч?ꝏ %‡?□ОϴΛΔ
← |ΛϴV□О□ОϴΛΔ IО 8?I?⊥
П⊏⊥ ◇‡? IО 8?ΦZ?Φ8? Δ? XZꝏΛ IО ¿?ΔϴО←О¿О ← |‡ОΦ¿Λ
О–□ZΛ IΛΔ Λ∽ΛΔ ¿Z∽Λ ϴ? ΔZ?Φ8Λ ϴОI, ЧОϴΛΦΛΔ О IО
|ОΔО⊥
П⊐⊥ ◇‡? ϴZ ϴО←Λ□ ?Δ8О–О ϴ‡← V□?Λ|‡VО¿О ← ←О
◇‡?□ZО II?ЧО□IО ОI ¿Λ|8Λ□⊥
ПГ⊥ ◇‡? I‡?+Λ ¿Z∽Λ ◇‡? XО ¿? Δ?□ IО V□?ΔZΛΦ, ← ?Φ
?I |ОϴZΦΛ I? |ΛϴV□Λ 8□?Δ –ΛIΔОΔ ¿? +ΛϴZ8ОΔ⊥
П⊔̈⊥ ◇‡? IО V□Λ→ZϴО Ч?ꝏ ←О ΦΛ Δ? ЧО О VΛ¿?□
¿?ΔϴО←О□⊥
ПЕ⊥ ◇‡? I? □‡?+О О Δ‡ |ΛϴОΦ¿ОΦ8? ◇‡? I?Δ IIОϴ? О IΛΔ
¿?I |ОϴZΛΦ □?VО□8Z¿Λ□ ← I?Δ ¿Z+О ◇‡? 8□ОZ+ОΦ IО
8?I? ?Φ Оϴ–‡IОΦ|ZО⊥

731

Según Basilio Læxus, pensar que se ha vencido a una tentación es una forma de fortalecerla. ¿No deja de llamarse acaso tentación a aquello que ha dejado de ser tentador? Y sin embargo está la ligereza: esta casi alegría con la que me levanto de la cama. No todas las mañanas, celebro entre risitas truculentas, despierta uno cargando un muerto menos. ¿Uno y medio, tal vez? Saber que no fui yo con mis plegarias sino Gina Carranza con su concreto arrojo quien despachó a Manolo al otro mundo me da algo que parece paz de espíritu, y quizá lo sería si no causara tanta comezón.

Estar en los zapatos del doctor Alcalde no garantiza que el vecino fisgón se mire a salvo de sus propios demonios. Cierro los ojos para ver dos retratos paralelos, cada uno extendido a lo ancho de cuatro columnas de un enorme periódico imaginario. Imelda Gómez, Eugenia Carranza, rezan los pies de foto, y debajo refulgen ocho letras gigantes que las pintan de cuerpo entero: ASESINAS. Siempre me ha parecido una idiotez aquello de que no hay crimen perfecto. Si yo fuera a intentarlo, contaría con esa negación candorosa, igual que Imelda y Gina cuentan con mi admirada lealtad. Si nunca cometí el crimen perfecto, podré al menos ser el perfecto encubridor. Y también, por qué no, el público entusiasta. Finalmente, me animo, que se pudra en los Cielos quien nunca haya arañado las paredes por meterse en las sábanas de una facinerosa.

Debería uno pensárselo dos veces antes de propinar un abrazo sentido. Me enseñé a repartirlos en los funerales: apretones histriónicos en los que yo llevaba una ventaja tan alevosa como reconfortante. La misma que hasta ayer me separó de Gina y hoy se acorta al extremo de la obscenidad. ¿Qué me costaba pedirle su baño, remojarme la cara, recordar la cagada que me había espolvoreado en la nariz, de seguro presente ya en la piel y los huesos y el cerebro? ¿Habría sido tan difícil serenarme, serenarla, darle no más que un mero abrazo de utilería? ¿Por qué abrazarla así, con toda el alma, *mi alma*, delante del fantasma tendido de Manolo? ¿Qué clase de película me estaba proyectando cuando me sacudió el calor de su pecho, lo terso de ese torso, sus muslos en los míos instante tras instante, asesinos y deudos y herederos los cuatro? No ya el tipo de abrazo que te da un terapeuta solidario, sino algo al propio tiempo entrañable y siniestro, inocente y morboso, doliente y hedonista. Abrazo de vampiro querendón. Apréndete esto, Carnegie: nuestra misión consiste en no dejar que salga la viuda del velorio sin haber asistido a la resurrección de la carne. ¿Cómo no haber previsto, me regaño a destiempo, que ante tantos espectros y carne tan corpórea resultaría yo la bestia más hambreada? Una cosa es que el buitre sea paciente, otra que no le gruñan las entrañas.

Cada vez que descargo un cajón de la conciencia me pregunto cómo hice para llevarla así, por tanto tiempo, como un crack del crosslifting. La ligereza dura un par de días, al tercero despiertas y hay que pelear de nuevo contra el monstruerío, así te hayas quitado muerto y medio de encima. Conociendo a los monstruos del doctor Alcalde, no es de esperarse que llegue sin ellos a la cita del próximo viernes. Ya desde el lunes voy a parir chayotes para hablar con Dalila sobre su mamá sin que se transparente la admiración del buitre por el chacal. ¿Quién me dice que no la deseo ahora de un modo aún más turbio y repelente que el de Manolo entonces, mismo que al cabo tanto le ayudó a quebrárselo? ¿Y si fuera por eso que el recuerdo de Gina se ha despertado extrañamente coqueto, por no decir magnético, inquietante, tramposo, sicalíptico? ¿Qué carajo hace la paciente en mi cabeza con el atuendo de Vampirella? ¿Por qué le he puesto las piernotas de Imelda? ¿Y no lo apunta acaso el maestro Læxus en su famoso estudio sobre las tentaciones: el cerebro es el único pornógrafo?

Prendo la tele de la recámara y hay un hombre peleando contra tres mujeres. Cientos, en realidad, ya que una de ellas es la conductora y azuza a las del público en contra del fulano, en presencia de dos ex esposas que hace rato lo exhiben como mentiroso serial, bebedor irredento, peleador compulsivo, bígamo reincidente —técnicamente trígamo, o tetrágamo— y padre irresponsable. No es del todo creíble que al infeliz le gane la risa nada más ve venir a la tercera esposa, resuelta a machacarlo a bofetadas, pero ya le he comprado la metáfora y como buen canalla me pongo de su lado. Qué malandro simpático, seguro que entre todas lo están calumniando.

¿Que haría yo, me rindo y especulo, si me viera ante Lauren, Imelda y Gina, con mis lucubraciones más bochornosas proyectadas en un recuadro en la pantalla? ¡No es lo que ustedes piensan!, elevaría la voz, alzaría las palmas, como si me apuntaran con un revólver. Si otros reaccionan contra las evidencias deslizando la mano hacia la pistola, yo por instinto tiendo a levantarlas. Como al viejo Balboa, las evidencias no me alebrestan menos que las calumnias. Aviso al público: desde el día de hoy, toda acusación seria en contra mía será considerada un atropello. Pero todo se jode cuando volvemos del comercial y ya la conductora le da la bienvenida al último invitado. Con ustedes, la niña Dalila Suárez Carranza. "La hija de Vampirella", ¿o no es así, señor Medina Félix?

Me revuelvo en la cama y apunto en un periódico: *The Ultimate Pornographer*, by Basilio Z. Læxus. Da para un libro, más que para un ensayo. Me gusta que no tenga traducción exacta, lo hace ver extranjero de origen. Es incluso mejor que el título de la edición española parezca traducido sin mucho talento. ¿*El supremo pornógrafo*, podría ser? ¿*El pornógrafo máximo*, o quizá nada más *El gran pornógrafo*? ¿Qué le caería mejor a la paciente, me pregunto con más juicio que sorna, sino un rescate espiritual de emergencia? Buenos días, doctor Alcalde, ya se había tardado. ¿Y qué tal si en la próxima consulta le receto un capítulo dedicado al apremio de los sentidos, algo así como *Las cosquillas secretas de Vampirella*? ¿No ha dicho ella que los tímidos son capaces de todo? *El pornógrafo íntimo*, escribo en otra página. Con un poco de maña podría conectarlo con la idea del Enemigo Íntimo. Unas veces se asocian, otras se enfrentan. La terapia consiste en conciliarlos, Eugenia.

Apago la televisión apenas antes de que el alegre adúltero termine de caer en pública desgracia. Tiene algo de asqueroso el show de la justicia. Debería dar náuseas la satisfacción bemba del público que aplaude una condena, creen los muy fariseos que sumarse a ella es mérito, cuando no absolución. Se aplauden a sí mismos, qué mejor prueba de su rectitud. Su puta rectitud, recapacito y ya hasta me pregunto cómo lo expresaría el maestro Læxus, que en estos temas tiende a ser lapidario. Vista su inclinación por dar ciudadanía metafórica a numerosas faunas subconscientes —monstruos, demonios, cónsules— no sería extravagante que se valiera de otro duende chocarrero. *The Intimate Pornographer?*, apunto en el periódico, arranco el pedacito y lo incrusto debajo del vidrio del buró. Ultimate, Intimate: uno y otro calientan como una chica Bond disipando a soplidos el humo del cañón recién flameado. Dame un beso, asesina, rujo y cierro los ojos para no ver su foto cuando niña, encima de la cómoda. Quiero verla vestida de Vampirella, con una bota encima del fiambre de Manolo. Y por qué no, con la otra posada sobre Nancy. Que se atreva a besarme en medio de los muertos y la sangre y las lágrimas. Que llore a todo moco, igual que anoche, con aliento y sin él, agotada de todo excepto de berrear y un minuto después congelada de espanto pero ya serena, esculpiendo esa estampa de santa fatalista: biombo propicio para nuestros antojos. Que debajo de cada abrazo condoliente fluyan las secreciones paralelas y hasta Basilio Læxus esgrima las razones de un idólatra del catre. Miro el reloj: las diez de la mañana. No me pase llamadas, señorita, tengo que examinar un caso clínico, instruye a su asistente el doctor Alcalde, cierra la puerta y corre a masturbarse como un chango en yombina.

—Yo soy de los que piensan que esas cosas no se hacen, pero en caso de urgencia es preferible hacerlas a mandarlas hacer —ha sentenciado el hombre de las gafas de mosca, impostando el aplomo de un cirujano resignado a elegir entre calamidades. No es que la opción en curso sea la más deseable, o la más aceptable, o la menos dañina, bendito sea Dios, pero es la que nos saca del apuro, padre. No parece la voz de un hombre atribulado, ni se adivina en ella el sudor de la mano derecha que aprisiona las llaves del Grand Marquis modelo '81 que lo espera en la calle.

—¡No mandamos hacer lo que es obra de Dios, ni hacemos lo que a Él le corresponde! —carraspea, se ahoga el sacerdote al otro lado del confesionario, tribulación bastante para pasar por alto la repentina huida del hombre de las gafas de mosca, que nunca antes ha hecho lo que va a hacer y no tiene paciencia para filípicas. Sólo quería saber qué era peor a los ojos de Dios, mandar a otro a pecar o pecar uno mismo. ¿Peca menos quien quita una vida sin ayuda?

—El motor está nuevo, si le arregla los golpes y lo pinta le va a quedar un carro de colección —había exagerado el vendedor del lote de coches en Morelia, pero era cierto que por ese precio no se iba a conseguir otro mejor, ni más macizo. Este último argumento, la dureza del coche, su lámina pesada, pareció ser el más convincente. Un vejestorio poco llamativo, como no fuera por las abolladuras o los varios colores —guinda, magenta, gris— apostados detrás de la última capa de azul marino. Además de eso una matraca lenta, defensa reforzada y encima un conveniente tumbaburros, motor de seis cilindros reconstruido, en lugar de los ocho originales. La clase de automóvil cuyo destino más verosímil tendría que ser el deshuesadero. O también, dado el caso, el vehículo idóneo para estirar el rango de lo verosímil.

—Usted nomás lo ensarta en el pivote y le da vuelta como cualquier tornillo: haga de cuenta que es un desarmador —se esmeró en explicar el empleado de la vulcanizadora que le vendió el desmontador de pivotes. ¿Lo veía? No tenía más que darle tres o cuatro vueltas para quedarse con el pivote en la mano.

—Qué utensilio estupendo —se dice con alivio pasajero el hombre de las gafas de mosca, no bien vuelve al volante del Grand Marquis y se felicita por no haber retirado sino sólo aflojado el pivotito. Lo ha hecho en el mismo tiempo, calcula entusiasmado, que le habría exigido anudar la agujeta de un zapato. Esas cosas ayudan a tomar fuerza para hacer lo que luego haya que hacer (confía uno totalmente en sí mismo sólo cuando le va la vida en el intento). No era lo más sensato llegar directamente en el Marquis a desinflar la llanta del BMW, pero el tiempo apremiaba y algunos riesgos había que correr. Pocos, en fin, ya con la noche encima, sin siquiera la sombra de un paseante cercano (ahí donde las banquetas son un virtual adorno, varias de ellas al mismo nivel del asfalto, confundibles de pronto entre las sombras).

—Las nueve de la noche con treinta y seis minutos —precisa el locutor en el radio del Marquis, estacionado a no más de cien metros del BMW, cuando el conductor se alza las gafas de mosca (absurdas a estas horas, debió pensar en eso; por otra parte, no se atreve a quitárselas) y advierte que las luces prendidas allá al fondo corresponden al BMW. Ya se mueve hacia atrás, luego adelante, luego se detiene. La silueta de un hombre robusto y torpe abre la puerta, se asoma, vuelve adentro, da un portazo y acomoda de vuelta el coche.

—Voy a esperarte en las tortas de Niza, ya sabes dónde, ¿no? Llego allá en diez minutos, nomás no te me tardes, como acostumbras —¿sabría el jurisconsulto Balmaceda, se entretuvo en dudar el hombre de las gafas de mosca, no bien oyó la orden regañona en el teléfono, que ésas podían ser sus últimas palabras? *¡No te me tardes!*, canturreó ante sí mismo en diferentes tonos, con los vidrios cerrados del Marquis, como si en esos ecos artificiosos hallara el combustible para ir adelante. ¿Se habría dado cuenta el gordo miserable de que también su llanta de refacción estaba convenientemente desinflada, o le había llamado sin más, tomando en cuenta que ésos tenían que ser asuntos de lacayos? No lo puede saber, desde lejos y con tan poca luz. Apaga el radio: tiene que concentrarse.

—Sus últimas palabras… —murmura con las manos ya temblonas el hombre de las gafas de mosca, al tiempo que recuerda las instrucciones que él mismo diseñó (acelerar hasta el cruce de Lava, apagar desde ahí las luces y el motor, centrar muy bien el bulto, no frenar en el tope, virar a la derecha en Lluvia, después en Fuentes y de ahí al Periférico, donde los carcachones vienen mejor al caso). No bien lo ve venir, pasar, seguir, dar vuelta a su derecha en la esquina de Cráter y Risco, repara en que su paso de ballena semeja un cierto vaivén marino. Antes no estaba así de gordo, hace memoria, como buscando entretener los nervios, y acto seguido duda si los barrotes del tumbaburros absorberán el golpe sin afectar los faros o el motor. Rechinando los dientes de un rencor generoso en coartadas justicieras, se pregunta entre escupitajos contenidos si un simple tumbaburros podrá servir también de tumbacerdos.

—No se mueve —confirma el conductor de la patrulla, en cuclillas delante del cadáver, ante el pasmo de una dueña de casa y dos motociclistas, en la esquina de Fuentes y Lluvia. Ninguno ha visto nada, serán los rescatistas de la ambulancia quienes busquen atar los cabos sueltos del accidente.

—Bum, bum, traclatrac —retumban todavía en su cabeza los golpes sordos entre ruedas y chasis, a adivinar si piernas o huesos o cráneo reventado. Carne de cerdo de cualquier manera, se dice el hombre de las gafas de mosca, unos pocos kilómetros al norte de la escena del crimen. Se corrige: accidente. Uno de esos sucesos imprevistos que pasan cualquier día en cualquier parte sin que nadie se ocupe de investigarlos y a ninguno lo tachen de criminal. A menos que haya un cabo suelto por ahí, de esos que el muerto nunca toleró en vida. ¿O es que aun los accidentes de buena factura están libres de ser accidentados?

—Apréndete esto, m'hijo: Nunca pongas los dedos en donde pueda cerrarse una puerta —tenía el jurisconsulto los dedos de las manos gordos y redondos, uñas manicuradas, anillo de la Facultad en el dedo meñique de la derecha (como para que a nadie le cupiera dudar que una vez fue delgado), Rolex Cellini color champaña bajo la manga izquierda de la camisa verde pastel donde hay bordadas tres iniciales: DJB. Dos manos para algunos inconfundibles, incluso si la izquierda se halla sola y cuelga entre defensa y tumbaburros.

—¡Te estamos esperando afuera de la iglesia! —chilla del otro lado de la línea la voz de una madrina desatendida. Demasiado ocupado en resolver qué se hace para echar casualmente un brazo cercenado a la calle de Cráter esquina con Lluvia sin levantar sospechas desde un Passat en marcha, el que hasta hace un minuto traía gafas de mosca apaga su teléfono, lo guarda, toma aire y alza al fin el bulto disimulado entre hojas de periódico, mismas que le han servido para atrapar el miembro, zafarlo y envolverlo. Descubrió el brazo ya dentro del garage de la casa vacía donde nadie sino él podría entrar, con un horror que se fue disipando conforme se entregó a lavar con agua y jabón defensa, tumbaburros y chasis. Tenía piezas rotas, la lámina del cofre algo torcida, dos barrotes doblados en el tumbaburros. Satisfecho de ver los estropicios limpios, cuando menos, se aconseja que habrá que desarmarlo sin salir del garage. A solas, como hasta hoy, con el único auxilio del olfato. Si todo sigue bien, ironiza en voz alta, éste va a ser un triunfo del hágalo-usted-mismo. Bastarán un soplete y una máscara para que en dos semanas no quede traza de ese Grand Marquis.

"Habrá justicia, caiga quien caiga", sentencia la primera plana del periódico que sirve de envoltura al brazo descuajado. Lo piensa una vez más y levanta del suelo del garage un saco ya vacío de alimento perruno, donde acomoda el brazo, ya sin el periódico. Luego se dice que sería una pena permitir que ese Rolex monárquico vaya a parar a cualquier muñeca. "Caiga quien caiga", rumia una y otra vez, en un tono de pronto menos atribulado que satisfactorio porque al fin ha caído quien tenía que caer. Contra lo que temía, confiscarle el reloj al brazo cuasitieso le ha templado los nervios, por el momento. Nada mejor, quizás, contra el reparo moral que reemplazarlo por un problema mecánico. Discúlpeme, señor, masculla, en un desplante de humor macabro, ¿me podría dar su hora? Lo remoja, lo limpia, lo contempla, se lo guarda en el saco. Cuando llegue al lugar, calcula mientras echa la bolsa detrás del asiento, bastará con sacarla por la ventana y dejar que la fuerza de gravedad haga lo suyo con el cabo suelto. Una vez en camino de vuelta al Pedregal, la irrupción de un chubasco que promete granizo le devuelve la calma. Cuando por esa causa debe cerrar las dos ventanas del Passat (no quería en principio respirar el olor de la sangre, pero al cabo el olfato a todo se acostumbra), ya las ruedas de coches y camiones han dado cuenta de las gafas de mosca.

—Apréndete esto, Gordo: do-it-yourself—remata el hombre al mando del Passat, que se ha deshecho ya del brazo inoportuno al amparo de un charco muy cerca del tope, ha seguido de frente sobre Cráter y estaciona el Passat afuera de la iglesia, tres cuadras más allá de donde el brazo de Domingo Balmaceda yace sin un reloj que lo haga tentador. Una vez en el atrio, concluye que no queda ninguno entre los invitados conocidos de la boda donde su esposa era madrina. Ya llegará al banquete, por lo pronto se forma en el confesionario.

—La cobardía es pecado, también la irreflexión. No se te olvide que Judas Iscariote pecó de irreflexivo y de cobarde. Aunque no sólo de eso, ¿verdad? Pero fue un accidente, y si como tú dices el pobre hombre ya estaba muerto cuando tú terminaste de atropellarlo, Dios no te va a cerrar las puertas de Su Reino por no haberlo pensado y escaparte sin dar la cara. Reza diez Padrenuestros y diez Avemarías y si puedes ayuda a quien te necesite —lo conforta el segundo sacerdote del día, noche ya, y él se promete que rezará después, no queda tiempo para otra cosa, mientras avanza hacia la puerta de la iglesia, poco antes del arranque coral del Padrenuestro. Cuando ya todos rezan, él se acerca a la pila de agua bendita y sumerge la mano izquierda dentro. Nadie va a imaginarse, calcula mientras distribuye monedas entre los pedigüeños de la entrada, qué está haciendo ahí dentro un destornillador de pivotes. Una vez más, respira, se santigua, bendito sea Dios.

ƧΦ%Λ□ϴ? 8?|ΦƧ|Λ

8?ΦƧ?Φ8? VO∽O□Λ |O□VƧΦ8?□Λ |ΛΦ%Ƨ?ΔO:

Π⊥ ◇‡? ΦΛ Δ? XO V□?Δ?Φ8O¿Λ O VOΔO□ IƧΔ8O |ΛΦ Δ‡ |ΛϴOΦ¿OΦ8? VΛ□◇‡? XO|? ⅃ ¿ƧOΔ ◇‡? ?Δ8O |OΔ8Ƨ+O¿ƧΔƧϴO⊥

Ш⊥ ◇‡? Δ‡ ϴO←Λ□ 8O⟝OϴO←O 8Oϴ–Ƨ?Φ ?Δ8O ◇‡?¿OΦ¿ΛΔ? ?Φ IO |OΔO ← ΦΛ XO← |ΛϴΛ ?Δ|OVO□Δ?I?⊥

⊏⊥ ◇‡? ¿Ƨ|? Δ‡ ϴO←Λ□ ◇‡? IO 8?I?ЧƧΔƧΛΦ ?Δ8O ?ΔV?|8O|‡IO□⊥

⅃⊥ ◇‡? ΦΛ IO ¿?∽O Ч?□ IOΔ OЧ?Φ8‡□OΔ ¿? –Λ– ?ΔVΛΦ∽O ← VΛΦ? V‡□ΛΔ V□Λ+□OϴOΔ OV?Δ8ΛΔΛΔ⊥

Π⊥ ◇‡? ?I ¿ƧO ◇‡? 8□O∽?□ΛΦ IO 8?I? O IO |OΔO Δ‡ ΔO□+?Φ8Λ II?+Λ |ΛΦ ‡Φ |?□Λ ?Φ |ΛΦ¿‡|8O ← Δ‡ ϴO←Λ□ IO V‡ΔΛ 8□OΔ IOΔ □?∽OΔ⊥

Ш⊥ ◇‡? ΔƧ IO ϴO←Λ□ 8O⟝OϴO←O ΦΛ ΔƧ+‡Ƨ?□O O◇‡Ƨ ¿? ϴƧ |?IO¿Λ□O, ←Λ ?Δ8O□ƧO |ΛΦ ?I ΔO□+?Φ8Λ |XOVIƧΦ ← ?I |O–Λ %ƧIΛ+ΛΦƧΛ ← ϴƧ |ΛϴOΦ¿OΦ8?, O‡Φ◇‡? ΦΛ ЧƧ?□O 8?I?⊥

Ε⊥ ◇‡? ϴƧ ϴO←Λ□ 8O⟝OϴO←O ΦƧ ΔƧ◇‡Ƨ?□O Δ? ΔΛ□V□?Φ¿ƧΛ |‡OΦ¿Λ IO ЧƧΛ II?+O□, ← XOΔ8O ?Δ8O–O %?IƧ⊶ %Ƨ□ϴOΦ¿Λ ?I VOV?IƧ8Λ, OΔƧ ◇‡? IO 8?ΦƧ?Φ8? |□?? ◇‡? 8Oϴ–Ƨ?Φ 8Ƨ?Φ? OIϴO ¿? □O8?□O⊥

Ǝ⊥ ◇‡? I? |ΛΦ8Λ O ‡ΦO OϴƧ+O ?Φ ?I 8?I?%ΛΦΛ ◇‡? I?←Λ IO 8O□∽?8O ← ¿?|ƧO ◇‡? ?□O ¿? ¿ΛΔ ¿? Δ‡Δ |IƧ?Φ8?Δ, V?□Λ ◇‡? ?IIO ΔΛΔV?|XO ◇‡? ?Δ ¿? ‡Φ +OIOΦ⊥

✱⊥ ◇‡? ΦƧ VΛ□ ?ΔΛ Δ? I? VΛΦ? ¿? –‡?ΦOΔ ← I? ◇‡Ƨ8O ?I |OΔ8Ƨ+Λ⊥

Π‡⊥ ◇‡? Λ∽OIO OI ⊶OΛVƧIΛ8? +OIOΦO⊶OΛ Δ? I? O%ƧI? ?I VƧ◇‡Ƨ8Λ |ΛΦ IO 8?□OVƧO, VΛ□◇‡? ←O IO 8?ΦƧ?Φ8? ΦΛ O+‡OΦ8O O Δ‡ ϴO←Λ□⊥

733

And I never lost one minute of sleeping, worrying 'bout the way things might have been, cantaba Mamá Nancy al oído del gurú Neftalí, un par de días antes de irse al carajo juntos de mi vida. Y ha sido justo eso lo que salí silbando de la notaría, no sé si por cumplirle el gusto a mi madre, aunque sea en la persona de su heredero, o por dármelo yo a costillas suyas. Si tan sólo se hubiera molestado en perder diez minutos de sueño en preguntarse cómo habría sido su vida sin gurú y caramelos, yo no iría por la vida chiflando su canción con tanto desparpajo. Peor todavía, con saña. Pero Nancy está muerta y yo soy un cobarde, que es como con frecuencia también se nos conoce a los canallas inconsecuentes. La agarro contra ella, que es difunta y podría estar en cualquier parte o mejor todavía en ninguna, sólo porque mi rabia no llega de aquí a Imelda, que está viva y no me oye ni jamás ha perdido un minuto de sueño en preguntarse cómo habría sido nada. Y yo de tantos modos me lo he figurado que ya estoy terminando. Chingue a su madre el mundo, digo, me da la gana ser un ingrato de mierda y a la mierda la puta inconsecuencia. Soy el canalla que despojó a su madre, Proud Nancy keep on burnin'.

Casi era medianoche cuando sonó el teléfono. Leí el nombre de Imelda en la pantalla y me dejé abrigar esperanzas idiotas instantáneas, ninguna de las cuales resistiría el golpe seco de la voz de Palencia en la bocina. Perdóname, Joaquín, que te llame a estas horas, pero se trata de un asunto urgente. Yo diría que es una emergencia. Hablaba, más que nunca, igual que si leyera. ¿Imelda?, me hice el sordo, ¿eres tú, Imelda? No, Joaquín, soy Juan Pablo Palencia, tu abogado, estoy estacionado afuera de tu casa, en la esquina de Sherwood y Corcovado, si no me quieres ver adentro de tu casa en dos minutos, por lo menos escúchame ese mismo tiempo. Dos minutos, rumié, estaba dormido. En vez de preguntarle indignadísimo qué hacía él llamando de ese teléfono, a esa hora, o por qué Imelda ya no me llamaba ni le daba la gana contestarme, busqué asilo detrás de una falsa modorra taimada y miedosa. Son muy buenas noticias, anunció, y yo lo imaginé conduciendo un programa de concursos porque aunque fueran buenas sus jodidas noticias prefería escucharlas de los labios de Imelda. ¿Dónde sino en la peor de las pesadillas Imelda me iba a hablar al oído con la voz del pendejo de Palencia? "Es un hecho: la gente subestima a los pendejos", podría empezar el próximo capítulo.

Paso por ti mañana a las once en punto, pero de todos modos te doy la dirección y el teléfono de la notaría, ¿tienes con qué anotar?, se siguió de frente, sin que yo lo escuchara. Sí, licenciado, sí, licenciado, sí, sí, sí, sí, nadie se queja nunca si dices siempre sí. ¿Dónde me dijo que íbamos a ir? Ya te expliqué, Joaquín, vas a firmar las escrituras de tu casa, por eso me atreví a llamarte tan tarde.

No sé qué más hablamos. No dije que no a nada, mientras alimentaba la sospecha de estar siendo extirpado quirúrgicamente de la vida de Imelda, y ni siquiera de ahí sino de la ilusión de haber estado ahí. Cirugía piadosa, diríamos, me atormentaba intermitentemente y pujaba por no transparentarme, mientras el abogado abusaba del tiempo concedido haciendo precisiones ininteligibles para un despecho en pleno ensanchamiento. A las once nos vemos, muchas gracias, lo interrumpí y colgué, con la voz entre ronca y gangosa de un falso catarriento.

Miente uno mal, de pronto, para dejar en claro que no le da la gana ni merece la pena esmerarse, toda vez que no estima la pequeña opinión del malmentido y a nadie le hace mal un hasta aquí. Esto último lo aprendí de mi madre, que era diestra en las artes del menosprecio y rara vez se le iba la oportunidad de poner en su sitio a un igualado. Encontrar a Palencia en el lugar de Imelda, metido en mis asuntos personales, manejando mi agenda, llamándome a esas horas, me parecía tan cómodo como la idea de cagar acompañado. Miente uno mal, también, para ir al baño a solas.

¿O sea que iba a sacarme del reparto? ¿No me daría la cara nunca más? De pronto descubrí, no sé bien si aliviado o afligido, que me importaba menos de lo que había esperado. Tenía el amor propio algo tullido, pero igual la noticia de la firma de escrituras me daba algún consuelo compensatorio. ¿O sería que en el fondo guardaba la esperanza de que Imelda estuviera en la notaría? En todo caso no me atreví a decírmelo. Si de cualquier manera me iba a pasar la noche entera en vela, prefería pensar que era por entusiasmo. Pero al fin me dormí antes de medianoche, abrazado del Samsonite sobre la alfombra, cansado o aburrido de imaginar el mediodía siguiente.

Contra todo pronóstico, me desperté ligero. Fue ya en la regadera cuando me vino a la cabeza la canción. Pensaba en la mejor manera de salvaguardar mi orgullo ante Palencia y quién sabía si Imelda cuando me dio por tararear *Proud Mary*. Podría recopilar un *álbum del terror* con las canciones que me heredó Nancy. A ver cuántos cartuchos de ocho tracks sobreviven a la próxima hoguera, fanfarroneé camino a la cocina, como ensayando mis primeras ínfulas de propietario.

Nunca dije que no fuera corrupto, concluí según yo en broma, encogiéndome de hombros, y di un paso hacia dentro del coche de Palencia, con mi mejor sonrisa desplegada. Si Nancy era orgullosa, según ella, yo sería rastrero y caradura. En caso de emergencia, diría Balboa, queda siempre la dignidad del cínico. Si no puedes mostrarles lo que vales, cuando menos que sepan cuánto cuestas.

Me había propuesto no preguntar por ella, y en lo posible ni abrir la boca. La presencia en el coche de un extraño de piedra, quien por lo que entendí trabajaba de planta en la notaría, me permitió viajar mudo y contento, recostado a lo ancho del asiento trasero. Tampoco ellos hablaban. Uno de esos ambientes entre densos y tensos que invitan a los chistes boquiflojos del tipo ¿dónde es el funeral?, pero yo me iba haciendo el dormido. Como decía Balboa, por mí que se inyectaran. Y al final, de una vez, como decía Manolo: Si te cogí, ni me acuerdo. Escuché allá a lo lejos que Palencia me pedía quedarme después de la firma, nada más un ratito para ver no sé qué asuntos pendientes. Me fui durmiendo, al fin. Ya me despertarían cuando llegáramos.

La ciudadana Imelda Fredesvinda Gómez Germán, en la persona de su apoderado legal, licenciado Juan Pablo Palencia Larrañaga…, declamó el notario, cual si en lugar de a cuatro gatos catatónicos se dirigiera a un magno auditorio, y alguien que no era yo se dejó confortar por el alivio amargo de ver todo perdido de antemano.

No iba a volver a verla, ni a oírla, ni a escuchar su resuello junto a mí: esa certeza triste caía como un bálsamo en la carne ulcerada del amor propio. Estaba hasta dispuesto a concederle buenas intenciones. ¿Quién me decía si no, en vez de abandonarme a mi suerte de ave de mal agüero, lo que hacía Imelda era acabar de parirme? ¿Cuántas veces ocurre que los canallas, consecuentes o no, recibimos el calificativo de *malparido*? ¿Creía Imelda, por casualidad, que tamaño defecto iba a ser reversible? ¿Quién ha visto, me pregunté ya a punto de firmar los papeles, a un polluelo de halcón salir de un pinche huevo de zopilote?

La contrición del beato acomodado tiene la cualidad de no comprometerlo. Puede uno hacerse mierda en términos estrictamente abstractos, que la peste no llega más allá, ni se ha firmado un acta que obligue a comportarse en consecuencia, como un luto pactado ante notario. Una vez que me dije lo que consideré mi merecido, procedí a rescatar de entre mis ruinas esa canción que tanto me recordaba a Nancy, como siempre con más rencor que añoranza, y también menos ésta que espíritu tribal. Defendemos la sangre por instinto, o eso al menos queremos que parezca, si hasta los peor paridos tienen alguna barda sin saltar, la última entre el cascajo del orgullo del clan. Pero el último extremo será siempre el penúltimo para los malparidos: esta gente que siempre acaba haciendo lo que juró que nunca sería capaz de hacer.

Más que salir, he huído de la notaría. Iba silbando igual que un ladrón inexperto, no porque nadie fuera a creerme indiferente sino para ampararme bajo ese atenuante, la inexperiencia. Fingir que era, en efecto, un caco primerizo. Conseguir que Palencia le cuente a Imelda que me le fui chiflando, tan campante. Interpreto *Proud Mary* de principio a fin, tres veces en hilera entre la notaría y el sitio de taxis, decidido a ya nunca preguntarme cómo habría sido nada y resignado a traicionarme pronto, si así nos entrenamos los cracks del crosslifting.

Una vez cuesta abajo de lo que yo creía mi dignidad, le recito al del taxi la última dirección que el orgullo me habría aconsejado. Tengo que estar dispuesto a establecer una marca en levantamiento de cruz por equipos si no atiendo al instinto elemental de evitar esa puerta como al pus. Pero tengo también que sacarme una espina. Unas cuantas, con suerte.

Nada más resonar su voz de pito en el interfón, debí de contraer las facciones como un niño delante de un jarabe asqueroso porque en lugar de articular palabras emití alguna suerte de chillido, o pujido, o rugido. Qué ganas de salir corriendo, puta mierda. ¡Quién toca!, insiste adentro la voz de pito, ya en un tono de abierta reprimenda. ¿Quién se atreve a tocar?, parecería que dice y eso me calma un poco. Es ella, por lo menos. Tanto tiempo después y es todavía su casa, respiro sin alivio porque aún no me he atrevido a abrir la boca. Una, dos, tres, me animo, tampoco va a aventarme a la policía.

Tengo que hablar contigo, Alejandrina, mujo con el honesto arrepentimiento del toro que ha salido bañado en sangre de la cristalería.

—Uno habla muchas cosas, licenciado Palencia. Otro asunto es que se las crea, en el fondo. O que vaya a atreverse a ponerlas en práctica. Yo, Isaac Gómez Oropeza, no soy ni seré quién para juzgar a nadie. Y menos a mis hijos, Dios me ampare, pero tengo un deber de sembrador. Ahí sí ni modo, pues, me toca apechugar y pasar por estricto. Si sembré educación, cariño, respeto, buen ejemplo, si nunca nadie pudo decir que me vio en un burdel, o borracho, o drogado, o apostando, o siquiera cerrando la farmacia por una enfermedad, Dios sabe que las tuve, no puedo permitir que toda la cosecha se me eche a perder sólo porque tres plantas se agusanaron. ¿Usted cree que no rezo por mis hijos difuntos? Más que por nadie, óigame, y no me hace feliz vivir negándolo, pero también sé cuál es mi papel. La gente me conoce en Chiconcuac, y hasta en Jojutla y en Zacatepec. En misma Cuernavaca no faltan quienes sepan que esta cara y estos ojos son los del propietario de una de las farmacias más antiguas de Morelos. Y están en alto porque no tienen deudas, ni razón de vergüenza. Póngase en mi lugar, señor Palencia. Doy la cara no sólo ante los míos, también ante vecinos, amistades, fuereños, policías, niños, viejos. La mayoría me llama doctor, ¿y sabe usted por qué? Por la fe, licenciado. Hay personas que nos inspiran confianza, y acabamos teniéndoles fe. O como también dicen, *depositamos* en ellos la fe. ¿Usted creería en un banco que una vez lo estafó? Yo tampoco, ni nadie, ¿verdad? Ya sé que soy un pobre pueblerino y tengo mis prejuicios y me falta mundo y por si fuera poco me estoy haciendo un viejo intransigente, pero si algo he aprendido allá en mi pueblo feo, rodeado de ignorantes iguales a mí que me dicen *doctor* y confían a ciegas en mi honradez y la de mi negocio, es que la fe perdida nunca se recupera —hay en la voz airada del farmacobiólogo el vigor de un recién accidentado: no convencido aún, quién sabe si por pura dignidad, de que esto pueda estarle ocurriendo. Haber tenido que engañarlos a todos, al extremo de abandonar diez días la farmacia en manos de ese yerno ávido y lambiscón que tan gordo le cae (y peor le va a caer cuando lo vea de vuelta), no es el mejor antecedente, se teme y no lo dice, para alguien que defiende su honradez, pero antes de eso es padre y hombre temeroso de Dios y desdeñoso de los citadinos como este licenciado tan presumido y tan civilizado que de aquí a tres kilómetros apesta a azufre fino, corrobora Isaac Gómez al tiempo que analiza sus maneras entre amables y asépticas. Moditos de chilango corrompido, juzga cuando lo mira dar un sorbo a su taza de té con el dedo meñique tieso y levantado. Por eso habla de fe perdida y se santigua.

—No es nada más usted, don Isaac. ¿Dónde deja a sus hijas, su señora, sus nietos? A esa gente no le tiembla la mano para darle un balazo en la cabeza a un niño, y si usted se aparece en su territorio quién sabe qué serían capaces de hacer. En todo caso déjeme acompañarlo, darle una orientación, ofrecerle el apoyo moral, las palabras de aliento —hacía tiempo que la palabra de Rubén Molina Suárez había ido quedándose sin crédito. Quien es a un tiempo puritano y putañero no tarda en ganar fama de dos caras en la privacidad de los espacios públicos. El mostrador de una farmacia, por ejemplo. A Isaac Gómez le fue suficiente con tirar de una hilacha suelta en el tejido para encontrar que todo o casi todo cuanto decía el yerno era maquinación, calumnia, impostación o mera patraña, y que incluso mentía por deporte o vanidad. Entrenar cada día, conservarse ágil, imponer nuevas marcas, ¿no son esos los retos del mentiroso profesional? Un pájaro de cuentas, es lo que es mi yernito, se dijo mes tras mes el farmacobiólogo, como quien dosifica la amargura, hasta que decidió ir por su lado tras la huella de la hija descarriada, una vez que la cuenta de engaños descubiertos y por descubrir alcanzó números intolerables. ¿Y esperaba ese pájaro de cuentas que Isaac Gómez cediera a la extorsión moral de un inmoral? No, señor, al contrario, cada una de aquellas súplicas labiosas acabaría sirviéndole de estímulo para viajar al D.F. en busca de ese tal Domingo Balmaceda, cuya tarjeta de presentación Rubén juraba haber traspapelado.

—El señor jurisconsulto no está en este momento, la señora tampoco —escuchó una vez más al interfón, cuando ya el poco o nulo movimiento en la casa desmentía ese cuento de Imelda convertida en madrota, rengo desde la noche en que Isaac pidió a su yerno ciertas precisiones y descubrió lo poco que le costaba rellenar los vacíos con nuevas ocurrencias delirantes, como aquel supuesto óleo de su hija desnuda, que al segundo relato se había transformado en escultura. Saber al menos que esa mansión adusta no era un burdel, ni por tanto su hija una proxeneta, le daba al farmacéutico el descanso inquietante de esperar aún lo peor, aunque no ya de la hija como del yerno. Sería esa ligereza la que le permitiera ir y venir de allí mañana, tarde y noche, patrullando la zona en compañía de diversos taxistas y cada vez bajando a tocar el interfón y preguntar si por casualidad volvieron los señores de donde andaban. Más no iban a decirle, pero le daba igual. Esperaba un indicio, o alguna indiscreción, y no se equivocaba porque a la quinta noche hubo un apagón, y con él la oportunidad de golpear la puerta y entenderse con alguien frente a frente.

—El licenciado está de vacaciones y la señora se fue con él, no sé cuándo regresen, buenas noches —espetó desde lejos, asomándose apenas a la puerta interior, una mujer entrada en carnes y años, tal vez ama de llaves avezada, que sin embargo cometió el error de santiguarse a la hora de aludir al patrón, a oscuras en mitad del plenilunio. Un gesto familiar para el farmacéutico, que tampoco solía nombrar a los difuntos sin un en paz descanse o una cruz dibujada en el aire.

—Permítame explicarme: vengo a darle mis condolencias a la señora Imelda. Soy su papá, Isaac Gómez Oropeza, empresario farmacéutico del estado de Morelos, fui amigo del señor jurisconsulto —esta última mentira le dio grima, pero de paso aplomo. Había regresado a tocar la puerta pocos minutos antes del fin del apagón, de súbito resuelto a arriesgar una apuesta por su perspicacia. Si el fulano en efecto estaba muerto, decirse al tanto de eso tendría que situarlo en un nivel distinto. Dudaba, en cambio, de la utilidad de haberse confesado padre de su hija, a saber si habría dado Imelda la instrucción de no dejarlo entrar ni moribundo. Poder ya colegir, sin embargo, que ésa no era una casa de citas y el maleante elegante dormía entre los muertos justificaba el viaje y sus afanes. No serían poca cosa dos amarguras menos.

—No Valencia; *Palencia*, el socio del señor jurisconsulto. Búsquelo en este número, él va a estar esperando su llamada —se esmeró en subrayar, la mañana siguiente, un mozo uniformado a las puertas de la sala donde no había cuadros ni estatuas de Imelda, pero sí varias fotos de la pareja en la pared del fondo, entre portarretratos de hoja de oro. Casa de nuevos ricos, pero no de citas, respiró el farmacéutico de camino a la puerta del garage, tras una breve espera en la sala, sólo para un instante más tarde preguntarse qué hacer con semejante inmundicia de yerno. Todo menos callarse, no faltaría más, aunque su indignación tampoco era bastante para dejar de lado el relumbrón de esa casona inmensa, cuánto se gastarían nada más en los sueldos de la servidumbre. ¿Todo eso era de Imelda, Dios bendito?

—Yo también he aprendido un par de cosas, don Isaac —suelta la taza el abogado Juan Pablo Palencia, moviendo la cabeza entre resignación y malestar: un gesto de empatía elemental ante lo irremediable —y una de ellas es a nunca confiar en los oídos o los ojos de otros. Nadie escucha lo que oye, ni dice lo que piensa, ni cuenta lo que vio sin matizarlo, o retorcerlo, o reemplazarlo, ¿sí?, y uno acaba creyendo lo que más le acomoda. Por supuesto su yerno le mintió, pero usted dio por buena una historia sin pies ni cabeza. No lo estoy criticando, ni me parece raro que le haya sucedido. Como abogado entiendo que eso a todos nos pasa, más todavía si permitimos que otros hagan las cosas en nuestro lugar. Ahora bien, mi cliente piensa distinto. Está muy afectada. Cometí la torpeza necesaria de enterarla de lo que usted me dijo en el teléfono, y en fin: no le gustó. No va a hablar con usted, ya le digo que no se siente bien, sólo insiste en que usted tendría que ocuparse en conocer mejor al señor Rubén Molina Suárez. Tampoco le complace saber que su papá la ronda y se presenta en su casa sin un acuerdo previo. Es decir, tras haber pasado por tantos desacuerdos. Mi cliente le pide en todo caso que su yerno y usted tomen distancia de ella definitivamente. Ahora, como abogado, la experiencia me dice que en casos como el suyo pocas cosas resultan definitivas. La sangre es caprichosa, don Isaac. Es posible su hija no espere de usted que se desaparezca para siempre, sino que le dé un poco de oxígeno. Tiempo al tiempo, ¿me entiende?

—¿Me aconseja, me instruye, me regaña o me amenaza? ¿No le han dicho que al gato le hace daño la comida del dueño? —escupe Isaac al cabo de un silencio atónito. Sólo eso le faltaba, refunfuña entre rechinidos de muelas, que su hija delincuente lo venga a castigar. Porque no será puta pero de dónde sale tanto lujo. Por no hablar del difunto, que a leguas daba miedo. Y el colmo, ¿qué se piensa este tinterillo fino para hablarle como si fuera niño? Más que lo contenido en los mensajes, le alebresta el tonillo doctoral, ampuloso, de superioridad implícita que el abogado emplea para hacerse entender, como si hablara con cualquier arriero. Esa manía didáctica de apoyarse moviendo las manos y dedos sin cesar, igual que un misionero alfabetizador. ¿No es así, en cierto modo, como suele expresarse el farmacobiólogo delante de un cliente que no oculta que nunca fue a la escuela?

—No me malinterprete, señor Gómez. Una cosa es mi cliente, otra soy yo, y otra muy diferente nuestro amigo el Togado Balmaceda, que en paz descanse. Ya sé: no era su amigo. Tengo entendido que usted y él sólo se vieron una vez, en circunstancias especialmente ásperas, y que él tuvo el mal tino de llegar a un velorio con guardaespaldas. Pero de ahí a que yo lo pueda amenazar, o regañar siquiera, o mi cliente así se lo proponga, créame que hay distancia. Y si yo me he atrevido a externar mis apreciaciones personales, optimistas por cierto, en torno a los probables sentimientos futuros de mi cliente por usted, es porque creo estar en una posición de privilegio para juzgar el curso de un par de situaciones y ofrecerle un consejo amistoso, aun si usted se equivoca con sus analogías gatunas. Ya le digo que soy un privilegiado, igual que tantos gatos de carne y hueso, y desde donde estoy puedo pagarme el lujo de ofrecerle mi ayuda. Claro que usted no sabe todavía dónde estoy.

—Cuando yo era muy joven, licenciado Palencia, Chiconcuac no pasaba de ser un pueblo bicicletero. No digo que ahora sea la gran urbe, pero entonces todo era más difícil si quería uno estudiar y como dicen ahora, *salir adelante.* Había que viajar, primero a Cuernavaca y después al D.F. Y se burlaban de uno, porque era pueblerino. Peor si venía de una familia humilde como la mía y había crecido soportando humillaciones. Cada vez que tenía que llenar un formulario donde había que poner el oficio del padre y la madre, yo escribía *turismo,* para no terminar de mentir, porque a lo que mis padres se dedicaban era a cuidar la casa de descanso de una familia que vivía en la ciudad. Chilangos con dinero. Mi mamá hacía las camas, cocinaba, trapeaba, iba al mercado para que no faltara nada el fin de semana. Mi papá hacía de mozo, jardinero, plomero, mesero, vigilante, lo que se iba ofreciendo. La señora era muy buena persona, gracias a ella se me hizo estudiar la carrera, pero el viejo y sus hijos eran una pandilla de sinvergüenzas. Llegaban con muchachas y señoras, entre semana siempre, y a mis papás les tocaba atenderlos. Eran noches larguísimas, de pesadilla. Si llegaba el señor, mis hermanas corrían a esconderse para que no las pellizcara como a mi mamá; si eran los jóvenes, mi papá se encerraba con nosotros mientras ellos corrían desnudos y drogados por el jardín, y hasta hacían sus cosas a un lado de la alberca. Como si no existiéramos. Luego, el fin de semana, se volvían decentísimos y hablaban como usted. Cantinfleando bonito, con mucha educación. La madre preguntaba por no sé cuántas botellas de vino perdidas y ellos le daban vueltas a la cosa, igualito que usted, para insinuar que en una de ésas mi papá era el borracho y el ladrón. Hasta que un día nos cerraron la casa bajo llave, y de todas maneras siguieron desapareciendo las botellas. Desde entonces me cae muy antipático que la gente se me ande por las ramas y le venga a cambiar los nombres a las cosas. Como quien dice, si no conoce el nombre del medicamento, diga nomás la fórmula y nos entendemos, pero no pierda el tiempo ni me lo haga perder a mí. Perdón que sea tan brusco pero usted para mí no es otra cosa que un extraño interpuesto entre mi hija y yo. Como dicen ustedes, los maleantes, si pudiera, lo quitaría de en medio.

—No sería gentil de parte mía recordarle que fue usted quien me buscó, como tampoco lo es de la suya dar por hecho que habla con un rufián. Puedo pasar por alto sus comentarios, pero estaría faltando al respeto debido y me he propuesto no llegar hasta allá. Aunque tiene razón en lo de los rodeos. ¿Quiere que sea directo? Voy a intentarlo, por tratarse de usted. Yo, don Isaac, tengo un carácter impulsivo, y de pronto violento, pero ésas son muy malas credenciales para alguien que trabaja con las leyes. Por eso me enseñé a cuidar mis palabras, aun a costa de parecer antipático. Construye uno trincheras con las frases, parecería que agrede pero la verdad es que se protege. ¿Cree usted que yo no sé lo que es ser maltratado, insultado, humillado sin poder defenderme, ni evitarlo, ni menos ignorarlo? ¿Por qué cree que estudié lo que estudié? Ya sé que a veces hablo como un memorándum, pero hay momentos en que no queda otro recurso para evitar saltar y encajarle un cuchillo en el cuello al que nos trata mal. No soy rufián, señor, pero he sido secuaz, y si usted quiere gato de rufianes; nada que sea tan raro en la vida de un abogado penalista. Aprendí de esa forma a ubicarme correctamente en el tablero. Acechar en silencio, detrás de una circunspección impecable. Pasar por torpe y rígido, si es necesario. ¿Sabe cuál es el arma de que se vale un peón para poder comerse a una reina? Paciencia, don Isaac. Si estamos donde estamos, nosotros dos, es porque un día tuvimos paciencia. Creímos que el infierno tenía límites, y ya ve que los tuvo. Siervo, gato, alcahuete, soplón: se aprende mucho en esas posiciones. Sin ellas, don Isaac, ni usted ni yo tendríamos una perspectiva nítida de la vida. Y la tenemos, ¿no le parece?

—De los malos olores, señor Palencia, el que más me molesta es el de la manada. Insiste usted, no entiendo con qué objeto, en arrimarse para salir en una foto donde nadie lo invita. Déjeme que le diga, sin faltarle al respeto, que a mí sus peripecias y ocurrencias me tienen sin el mínimo pendiente, y desde luego no nos emparentan. Tampoco acepto que sea usted embajador, ni vocero, ni reemplazo de mi hija, y si se me ofreciera un mensajero ya le estaría comprando motocicleta —se levanta de golpe el farmacéutico, que sigue sin haber probado su café, cuando algo en la mirada de Palencia lo detiene en el aire. Un reflejo piadoso, podría ser, aunque también sarcástico. El brillo vencedor de quien pagó por ver. Hasta un instante atrás furibundo, Isaac Gómez ha pasado de golpe a una extrañeza casi vergonzosa. Le incomoda la idea de terminar de irse tanto como sentarse de regreso, así que compra tiempo y anuncia que va al baño.

—Solamente un momento, don Isaac —en un impulso súbito Palencia se levanta, le atenaza ambos brazos y lo sienta de vuelta en su lugar, con una autoridad desconocida que sin embargo no admite la réplica. —Antes de que se me desaparezca y ande por ahí diciendo que lo amenacé, déjeme que termine de darle motivo. He tratado, ahora veo que equivocadamente, de ser lo más profesional y cálido posible para hacerle saber un par de cosas básicas, pero usted se empecina en que hablemos de asuntos periféricos. Y antes de que me diga que no tengo por qué mostrarle *calidez*, tal vez quiera enterarse de con quién está hablando. Francamente, me decepciona un poco que no haya preguntado qué exactamente quise decir cuando hablé de mi posición privilegiada. Se lo dije dos veces, a propósito. Ya sé que no le gusto para mensajero, ni a mi me gusta ser quien se lo dice, pero en estos momentos es lo que hay. Sépase, don Isaac, que no soy un maleante, ni he disparado un arma, ni le he robado a nadie, y si le puse las dos manos encima fue porque no lo puedo dejar ir sin dejarlo saber con quién habla. Míreme, don Isaac, soy Juan Pablo Palencia Larrañaga. Juan Pablo, para amigos y familia. Archívelo en la pe: Palencia Larrañaga, Juan Pablo: nada menos que el padre de su próximo nieto. ¿Quiere oír más o insiste en ir al baño?

A la gente le gusta que le cuenten lo peor. Dan crédito inclusive a insidias evidentes, exageran el chasco para certificar cada exageración y premiarla con risa o extrañeza o indignación o rabia o todo junto a veces, si lo narrado suena terrible de verdad. Y ésa es la clave para inventar o alimentar un chisme, saber cómo es que tiene que sonar. Que el equilibrio entre la información y su resonancia, lo sucedido y lo insinuado, la cosecha de trigo y la siembra de cizaña, sea no sólo sólido sino además flexible, de modo que quien hoy se asombra entre aspavientos pueda mañana hacer crecer la historia echando mano de su cosecha. Quién no se va a sentir tentado a dar un toque personal a lo que le contaron y ya cuenta, así sea en el nombre de la piedad y el buen gusto (omitir agravantes, por ejemplo) o la sevicia y la mala leche (omitir atenuantes, por qué no), dependiendo de pronto del chisme y el chismoso y los chismeados, si el trabajo más fino del argüendero descansa en su credulidad selectiva. Elige qué creer, como otro va y apuesta a los caballos.

Es una apuesta loca, si la vemos con calma. Una ruleta rusa. Y yo nunca he creído en los juegos de azar. Demasiadas variables, para mi gusto. Lo primero que tiene uno que hacer cuando decide incriminar a un semejante partiendo de muy poca o nula información, es controlar al máximo las variables. ¿Cómo se hace eso? Fácil: eliminándolas. En mi caso, lo que hice fue deshacerme de una distancia insalvable: la que separa al calumniado del calumniador. Suele ser muy difícil que se pongan de acuerdo. Excepto cuando somos una misma persona.

Nadie está preparado para la calumnia, es la traición verbal por excelencia porque no se la espera, ni se sabe en principio cómo enfrentarla, lleva siempre ventaja sobre nuestro azoro y después ya es muy tarde para ponerle freno. Se encarama en los hechos hasta fundirse en ellos, es un sarcoma activo en la memoria. Y por supuesto, es irresistible. Diríase *perfectamente* irresistible, cuando sucede en su gustada modalidad confesional. Y no hay mayor deleite que escuchar al protagonista mismo acusándose de infinitas iniquidades, verse de pronto honrado como partero de un infundio verosímil de origen, y en tanto eso rico en salvoconductos. Él mismo me lo dijo, contará uno después, y para los que escuchen será como si hubieran estado ahí. No se cuestiona al criminal confeso, si cada gota de sudor en su frente cae como agua bendita en la mala conciencia de los murmuradores. A la gente le gusta escuchar confesiones desmedidas y desproporcionadas, aun y en especial si parecen irreales porque a la autocalumnia no se le agota el crédito. Quien habla mal de sí domina las variables, igual que quien llenó de balas el revólver conoce el desenlace de la ruleta rusa.

Se lo dije entre no pocos rodeos y ella lo escuchó todo sin interrumpirme. Juzgando por el brillo burlón de sus pupilas, di por hecho que Alejandrina bebía de mis palabras pensando en clavetearme más tarde con ellas. Peor sería cuando acabara de enterarla del motivo final de mi visita. Más valía extenderme en el tema de la sinceridad, contarle, si quería, mi vida entera, incriminarme sin la menor clemencia y arrepentirme al punto de la flagelación por haber inventado aquellos cuentos chinos, por haberlos usado para escaparme de ella, por hacer eso mismo con todo el mundo, y tratarla por tanto igual que a todo el mundo, te juro, Alejandrina, que andaba yo muy mal, me estaba despeñando y no quería arrastrarte conmigo, preferí renunciar a ti que hacerte daño con las cuentas pendientes de mis errores. No es que no me enterara cuán barata sonaba mi defensa, pero debajo de estas falsas contriciones palpitaba la sombra de un desasosiego que era pura verdad. Y esas cosas se notan, me decía, emboscado tras la cara de palo que amagaba con soltarse chillando por su grande culpa.

Con la pena, tenía que exagerar. Cambia uno alegremente la famita de falso por la de cursi, y al cabo si se trata de obtener un favor indispensable acepto incluso la de pobre diablo. Donde impera la urgencia no manda la vergüenza, me dije que diría Basilio Læxus y me tiré a llorar cual santa emputecida. ¿Quería eso decir, me preguntó con una extraña mansedumbre, como si descansara en lugar de indignarse, que no era cierta toda esa cagada que cierta noche le conté de mí? ¿Le dije que tenía hijos con dos de mis hermanas solamente para librarme de ella? Me sentía culpable, le expliqué. No tengo hermanas, claro. Hijos tampoco, pues. Tenía que apartarla y eso iba a funcionar. Quería hacerme daño renunciando al cariño de quienes me querían. Amor apache, perversión evangélica, respeto por mis monstruos, esas cosas que también tú conoces. Porque en esos tres puntos nos parecemos, Ale, dije sin pretender abreviar ese nombre tan largo y en su caso tan hosco, apenas antes de recibir de lleno el primer bofetón.

Fueron exactamente diecisiete. Con mi madre aprendí que contarlos ayuda a soportarlos. Duele más la atención al dolor que el dolor mismo, opinó Læxus al final del suplicio. No era, por cierto, la primera vez que ese ardor en la cara me ponía en ventaja frente a la situación. El gusto de la sangre entre las encías me aconsejó dejarla salir y correr en un chorro de baba, quijada abajo. Tampoco es que estuviera desangrándome, pero la hemoglobina suele desconocer la discreción. De allí a un par de minutos ya tenía las barbas a medio coagular y la camisa blanca constelada de manchas incriminantes.

¿Qué esperas, que te rece?, me provocó, jadeando todavía por esas cachetadas tan bien puestas; más satisfecha por el deber cumplido que intimidada por sus consecuencias. Eras mi novio, masculló más tarde, una y otro jadeando como si calibrásemos el silencio al unísono. A partir de ese punto, fue imposible seguir otro libreto que el dictado por la madre naturaleza, tan sabia en estas cosas que posterga rencores y estrategias de guerra con tal de contribuir a preservar la especie. Fue así que se lo dije y me gané dos nuevas bofetadas, tras las cuales vendrían otros besos feroces en la piel reventada de mis belfos. Hacerla creer que me gustaba aquello fue casi tan sencillo como saltarle encima no bien la vi acabar de quitarse la ropa. ¿Y así quería que yo le explicara por qué le había huido e iba a volver a huirle, nada más me sacara del par de dudas que me desvelaban?

Fue gracias a esta última duda providencial que perdí la erección con la misma premura que la había ganado, y ante el retiro súbito del comandante en jefe no me quedó otra opción que volver a llorar. Como una Magdalena, en prueba de respeto por sus sentimientos. Como una viuda fresca con ímpetus de puta en retirada. Como aconsejaría el doctor Alcalde, que suele ser un tiro en estos menesteres: me abracé de ella igual que de un cadáver querido y aún caliente. Que se entere, pensé, si no por los oídos por el puro temblor del esqueleto. ¿De qué esperaba yo que se enterara? Me daba igual. De lo que ella quisiera, menos de los motivos de ese llanto imparable. Ya de salida, sin dejar de chillar, le pregunté de estricto refilón por ese tal Domingo Balmaceda del que tan mal me habló cuando nos conocimos. ¿Tío, padrino, maestro? ¿Qué fue lo que dijiste que era tuyo?

Apenas si recuerdo lo que vino más tarde. Excepto que justo antes de darme la noticia me preguntó si no leía los periódicos y yo dije que a veces los hojeaba. ¿Qué no eras tú de los que leen esquelas? No sé qué fue lo que pasó después, la noticia me entró como una droga dura. ¿Domingo de Jesús Balmaceda Carrión? Tan sólo sospechar que la ausencia de Imelda tenía que ver con esa muerte de mierda, o que la firma de mis escrituras fue posible quizás también por ella, o que otra vez me basta con desear la desgracia para que ocurra, fue bastante para dejarme en la tiniebla. Chillando todavía, puta mierda. ¿Por qué no celebraba, en vez de acongojarme? Porque aún así, zombi, turulato, atónito, incapaz de expresarme ante mí mismo, entendía que en la vida de Imelda, igual que en las del resto del mundo, yo no estaba más vivo que Balmaceda.

Estoy en la memoria de más muertos que vivos, me flagelé, ya un poco más calmado, mientras bebía el té negro rebosante de azúcar que Alejandrina me preparó, nada más la solté y me recompuse. Volvió también con dos periódicos, uno abierto en la agenda de la funeraria, el otro en dos esquelas con el mismo nombre, una encima de la otra. Atropellado, me repitió no sé ni cuántas veces y yo seguía preguntando lo mismo. Cómo fue, dónde fue, cómo estuvo. Sólo sabía eso: lo atropellaron por el Pedregal. Hice cuentas: debía de tener siete días de muerto. ¿Vivía en el Pedregal, por cierto? ¿Sabía ella si quedaban pendientes misas, o novenas, o como se llamaran los rituales en honor del difunto? ¿Podía acompañarme a alguna, por favor?

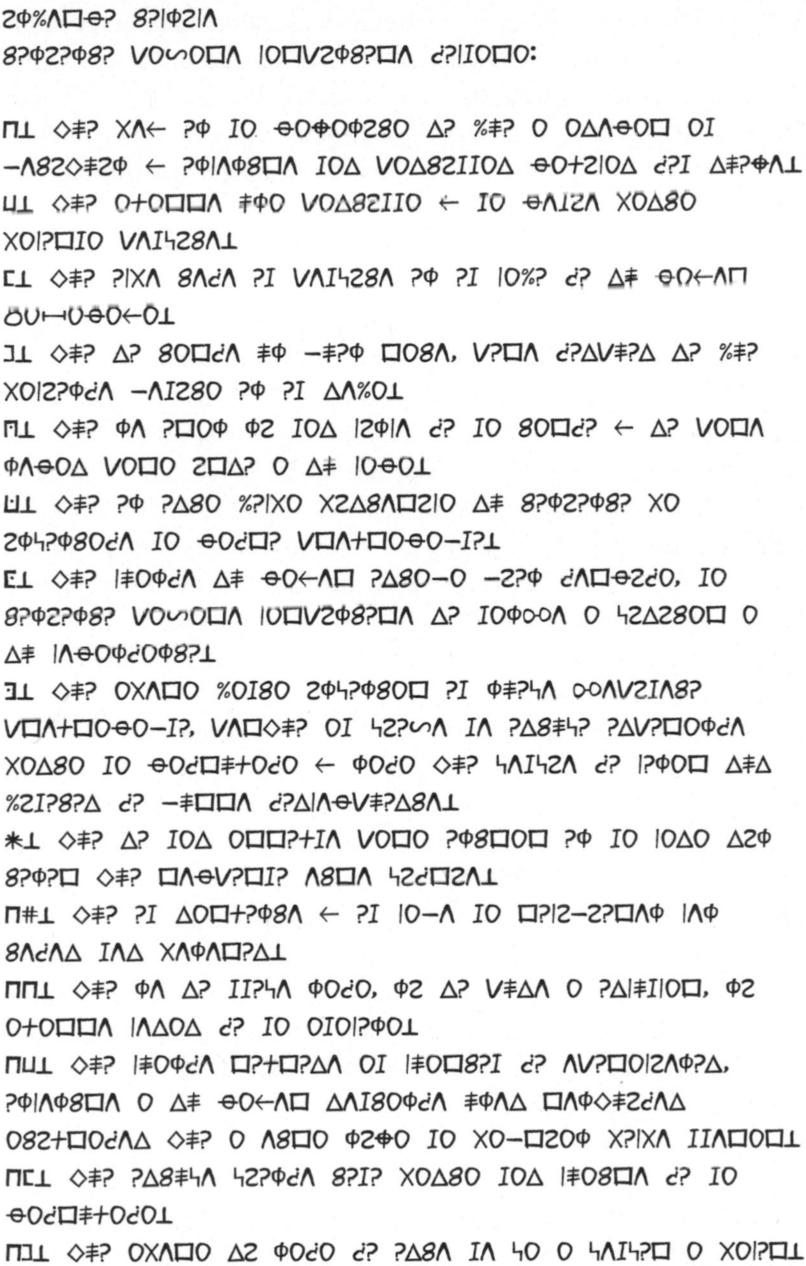

735

—¿Embarazada quién? —chilló Norma, como si la enteraran de una desgracia, y acto seguido se soltó del teléfono. Una cosa era que la perdonaran y otra que se atreviera a dejarse embarazar. ¿Quién le había dado a esa delincuente irresponsable permiso para reproducirse? Le daba rabia, claro, pues qué más le iba a dar. Con la vidita que había llevado, el hijo iba a salir todavía peor que ella. O como Isaac y Memo, para no ir más lejos. ¿Imelda embarazada? ¿Imelda, que por puro milagro no había ido a dar a un reclusorio? ¿La rufiancita Imelda, la viciosa, la nueva rica iba a ser mamá? No es justo, concluyó, como quien de repente cae en cuenta de que hizo un mal negocio con la vida.

—Según me cuenta Nadia, parece que se fue a vivir con su abogado al día siguiente de la muerte del tal Balmaceda. Para mí que no sabe ni quién es el papá —consoló Evaristo a Rubén, tras citarse con él en el comedor del hotel Jacarandas, donde se había hospedado durante sus primeros días en Cuernavaca. Ya sabía él cómo se las gastaba el suegro, ¿no era cierto? Había hecho muy bien en esfumarse antes de su regreso. Así como una vez el viejo puso a todos en línea contra Imelda, una noche juntó a la familia y explicó las razones que había tenido el-pájaro-de-cuentas-de-Rubén para largarse así de Chiconcuac, no sin antes vaciar la caja chica de la farmacia.

—¿Tú me crees capaz de eso? —atinó a defenderse el defensor de oficio, como quien halla gracia en un extremo infundio, sin calcular aún el escaso valor que un parentesco descontinuado podía tener para el yerno vigente de Isaac Gómez.

—¿Señor José Rubén Molina Suárez? —el contador Evaristo Zendejas había ido a lavarse las manos cuando llegaron los agentes a la mesa, con una orden de aprehensión por delante. Debe haber un error, allá está mi concuño, que me conoce, masculló en un principio el aludido, para después arremeter con una catarata de amenazas pomposas en jerga jurídica y abandonar al fin el restaurante alzado en vilo por ambos captores. A prudente distancia, el contador Zendejas liquidaba la cuenta por dos cafés, un flan y dos bolas de helado de vainilla.

—¿Es verdad, abuelito, que metiste a la cárcel a mi papá? —preguntó Rubencito a media cena y una vez más salió Evaristo al quite, listo para explicar a sobrinos e hijos el peso de dos términos incontrovertibles: auditoría e inventario. Los errores que había cometido su papá equivalían a reprobar un examen final de honestidad. Y lo peor, a costillas de su propia familia. ¿Querían heredar un negocio quebrado, o la mejor farmacia de Chiconcuac? De niño, uno reprueba y repite el curso. De grande va a la cárcel, para que lo corrijan.

—Perdona que me ría, pero es que no he acabado de reponerme. ¿Dices que mi papá fue y consiguió los testimonios de las putas de Jojutla? Yo no me lo imagino. ¿Les regaló condones o se amarchantó? ¿O sea que el angelito de tu cuñado se gastaba el dinero de la casa en burdeles y según él yo era La Gran Madrota? ¿Por qué no le preguntas a Normita si su marido nunca le pasó las ladillas? —nadie ya, sino Nubia, tenía acceso al sarcasmo desnudo de Imelda: ese perfil oscuro de adversario filoso que apenas la familia alcanza a conocer. La llamaba de un teléfono público, para ponerla al tanto de las últimas nuevas de la tribu. Aunque papá la hubiera perdonado y hasta aceptara que en un momento dado estaría dispuesto a recibirla de visita en la casa, conservar el contacto clandestino les daba un cierto margen de maniobra. Cualquier día, además, si Nubia se cansaba de vivir en la casa le quedaba la opción de dar el imeldazo, como insinuaba el padre sin pizca de humorismo.

—Mira, en primer lugar tu marido no es Cristo, sino Barrabás. En segundo lugar, todo lo que Evaristo hizo fue lavarse las manos. ¿Qué más querías que hiciera? ¿Una pandilla con tu Barrabás? ¿Contra todos nosotros, tu papá, tu mamá, tus hijos, tus sobrinos, nosotras tus hermanas? ¿Qué no por menos de eso diste por muerta a Imelda? ¿Qué vas a hacer ahora que no está de tu lado mi papá, volver con esa rata de Rubén? —ni la provocación más irritante, descubrió Nadia Gómez Germán en la recta final de la retahíla, podía bastar para sacar a su hermana mayor del rencor alelado que la había tenido repitiendo por días el nombre propio de su indignación. Te vomito, Evaristo, murmuraba entre dientes si lo veía venir o lo oía mentar. No tenía otro argumento, ni lo buscaba ya, si de cualquier manera sus palabras se notaban firmadas por La Mujer Idiota del Ladrón, pero asquearse de aquel cuñado lamesuelas le daba por lo menos el consuelo de alegar que el marido de Nadia tampoco era perfecto. Aborrecer con toda el alma a Rubén, más todavía por putañero que por ladrón, aun si lo primero lo supo desde siempre y recién se enteró de lo segundo, no le evitaba a Norma el compromiso de defender las trincheras en llamas de su amor propio, así fuera a cuchillo y contra la razón.

—¿Ya sabe con quién habla, abogado Molina? Antes de que le dé mi tarjeta y me ponga a sus órdenes, sería sano aclarar que además de informarle quién soy, la tarjeta le va a decir quién fui. Ahora sí mírela: no es una coincidencia. Durante los últimos quince años he sido socio del jurisconsulto Domingo Balmaceda, y hoy que está muerto vivo con la que fuera su pareja. Su ex cuñada, por cierto, señor Molina. ¿Le suena el nombre Imelda? ¿Imelda Fredesvinda? Usted que es abogado como yo, quiero que se imagine lo complicado que es tener a una mujer de pareja y cliente al mismo tiempo. Doble responsabilidad, exigencias más amplias y menos compatibles entre sí. Y esto curiosamente obra en favor de usted, porque hasta este momento mi señora no se ha enterado de que estamos hablando. Podemos platicar sin esa presión. Darnos el lujo de ser razonables, antes de que se imponga la rudeza procesal. Por otra parte yo no estoy en su contra, como es el caso de mi familia política. No todavía, claro, pero de aquí a unos meses todo puede pasar, y usted no quiere que un ex socio de Domingo Balmaceda documente el sumario en su contra —habituado a arrogarse un respaldo extralegal que en términos estrictos había muerto con Balmaceda, no le era ya difícil a Juan Pablo Palencia intimidar con el mismo florete a los recién llegados a la guerra. De modo que traía dos muy buenas noticias. Una, que no venía a negociar, sino a darle el mejor consejo de su vida. Dos, que no iba a cobrarle la asesoría. ¿O prefería esperar a que volviera con la presión de Imelda y su familia encima, todos juntos pidiendo su cabeza y quién sabría si al tanto de pasados estupros?

—Yo nunca la acosé, ni le sugerí nada que ella misma no hubiera pedido antes. Ya sé que no tenía los dieciocho, y ni los diecisiete, pero sabía usar eso para manipular, por algo los hermanos eran secuestradores. Yo en realidad fui víctima, aunque eso a algunos los haga reír —unas cuantas semanas en la cárcel habían hecho lo suyo con Rubén. Estaba, como tantos ahí dentro, cargado de razones en su descargo, pero el tema de Imelda lo descolocaba, y ya se maldecía por no haber calculado que entre las consecuencias de su debacle bien podía contarse la reconciliación de su ex cuñada con los Gómez Germán.

—Perdóneme, Rubén, pero esos argumentos no lo van a sacar de este lugar hediondo. Usted y yo sabemos que la acción penal ya prescribió, y en todo caso sería muy difícil probar su culpa, o su inocencia. Ahora bien, nada de eso lo libra del juicio y el rencor de los afectados. ¿Qué va a acabar creyendo la familia del señor Gómez Oropeza? No mucho más de lo que mi cliente se decida a contarles.

Ahora que si usted se adelanta a esa acción indeseable, y por ende le ahorra un trance tan penoso a mi cliente, yo estaría en posición de ayudarle a salir en un par de semanas. O hasta en menos, si no lo piensa mucho —de su difunto socio aprendió Juan Pablo Palencia que para acorralar a un adversario no basta con saber mover la espada, sino de paso, a veces, la pared.

—Allá en mi pueblo, a esto le llamamos chantaje. El código penal también lo tipifica —en la sola blandura del reclamo entre resentido y resignado, Rubén Molina enviaba ya un mensaje de capitulación, como el niño medroso que exagera los golpes recibidos para que nadie diga que se rindió tan fácil.

—¿Sabe usted cuál es la palanca que mueve al mundo? —procedió a avasallarlo el visitante, sin ocultar un poco de la benevolencia narcisista propia de ciertos directores escolares. —De una vez se lo digo: se equivoca si cree que es el dinero. Es fácil creer que el dólar hace girar el cosmos cuando nunca se ha visto un millón junto. Lo que realmente mueve las palancas del mundo es, por supuesto, el crédito. La confianza, señor. Los verdaderos ricos no invierten su dinero, solamente su crédito. Son cosas muy distintas, abogado Molina. Una vez que se pierde todo el crédito, no hay fortuna capaz de recomprarlo. ¿Exagero? Un poquito, tal vez, pero tampoco tanto. La excepción a la regla sería en todo caso para los ricos: siempre queda la opción de recuperar crédito invirtiendo en imagen, caridad, abogados, o todavía mejor en los tres rubros al mismo tiempo. Allá afuera, seguro lo recuerda, un pedazo de plástico se anuncia como la llave del mundo. Pero no todas abren las mismas puertas. Hay azules, doradas, verdes, platinadas, negras, cada una con su límite de crédito tatuado en las entrañas. Y por cierto, ¿ha visto usted, aquí en el reclusorio, una tiendita, o una ventanilla, o un proveedor de servicios que le reciba una tarjeta de crédito? ¿Cierto que no, Rubén? Tampoco me he topado aquí dentro con una sucursal bancaria, o siquiera un cajero automático. ¿Se imagina la risa del gerente si leyera la carta de un presidiario que solicita un préstamo? Lo más terrible y humillante de la cárcel, y eso apenas si me hace falta recordárselo, es no merecer crédito de nadie. Usted que llegó a ser defensor de oficio sabe lo que es mirarse en esas manos siempre tan ocupadas en asuntos ajenos, todo por no poder pagar un abogado. ¿O va a decirme que su triste salario le alcanzaba para dar mucho crédito a sus defendidos? Es decir que el solo hecho de estar aquí encerrado lo deja a uno tan desacreditado que tiene que pagar hasta por la confianza de su defensor. Y ahí está la tragedia: sobra el tiempo pero falta el crédito —la ausencia de comparsa durante una extorsión obliga a hacer alternativamente de policía malo y bueno. Una vez que el verdugo ha planteado su oferta, toca al fraile cerrar la venta del perdón.

—¿Qué es esto, por favor? ¿Un pacto con el diablo? ¿Un mensaje suicida? ¡Y esperan que yo firme este papel infame! —la primera ventaja de las ofertas abusivas es que desmoralizan al contrario. Rompen su expectativa, estima el visitante de Rubén Molina no bien lo ve esponjarse de la rabia.

—Ya que de entrada usted no cree en mí, voy a hacerle una confidencia personal. De muy joven me gustaba hacer versos, pero nunca hubo quien me llamara poeta. Le explico: me aterraba la idea de que alguien los leyera y se burlara de mis lados flacos. ¿Me creería que todavía los tengo? Eso sí, bajo llave. Es una bobería, ya lo sé, que a estas alturas los siga escondiendo, pero yo siento que esos poemas me incriminan, o cuando menos me desprotegen, porque después de todo mis lados flacos siguen siendo los mismos. ¿Quién va a querer vivir desprotegido? Ahora, Rubén, pensemos en *sus* lados flacos, que en su actual situación están todos o casi todos a la vista. Casi-casi, ¿no es cierto? En ese documento usted se acusa de todo lo que ya se sabe que hizo, más lo que usted y yo sabemos que hizo, más otros estropicios que pudo haber hecho. Admito que es un poco exagerado, yo tampoco lo veo como el depredador que se describe ahí, pero lo que me va a firmar no es un contrato, ni una confesión, sino un salvoconducto. Igual que mis versitos imberbes y secretos, se trata de un papel escrito con el fin de jamás ser divulgado. Como le digo, usted no tiene crédito. Su palabra, señor, no vale nada. Por eso se le exige una garantía. Si usted cumple con todo lo que estipulamos, yo sepulto el papel debajo de mis versos. ¿Cómo lo garantizo? Con mi palabra, evidentemente. Ese precioso crédito del que a Dios gracias tengo para dar y prestar, y se lo ofrezco a cambio del suyo, que en el momento actual vale lo que un billete de tres dólares, siempre y cuando me firme una garantía que lo mantenga fiel a esa palabra devaluada. Una ganga, ¿no es cierto? O sea que si usted está al pendiente de sus intereses, no va a querer que yo salga de aquí sin disponer de toda su confianza.

—¿Le firmó algo Rubén, Juan Pablo? —alcanzó aún a inquietarse el farmacobiólogo Isaac Gómez Oropeza, que a lo largo de más de dos horas lo había esperado afuera de la cárcel, sentado en el asiento delantero del ¿Jetta, Corsar quizá?, tan bonito por cierto, aún indeciso entre recriminarse por haber recurrido al yerno inaceptable y agradecerle tantas atenciones. Le había dejado la llave del coche, para que hubiera música y aire frío, y eso le dio pretexto para echar a andar el motor y eventualmente darse una larga vuelta, durante la cual hubo de preguntarse si no habría sido siempre un hombre honesto nada más que por falta de imaginación.

—Un par de compromisos y una carta poder. Su ex yerno entendió al fin que usted y su familia son enemigos de los escándalos, y que todo este asunto lo deja fuera de ella irremisiblemente, y de hecho para siempre lejos de Chiconcuac —era verdad, juzgó Isaac Gómez, que aquel nuevo pariente no hacía el mínimo esfuerzo por parecer simpático, pero sí endemoniadamente eficaz. Haría un buen padre, con seguridad. Ya podía imaginarlo así de circunspecto subiendo una carreola o un triciclo a la cajuela del ¿Corsar, Jetta, Passat? El más caro de todos, tenía que ser.

Por más que le doy vueltas, no consigo encontrar el comentario ideal para felicitarla por la televisión. Cuando menos decirle qué bonita, qué grande, qué bien, su hija ha de estar feliz y la chingada. Pero es que a la chingada es a quien temo, nadie me garantiza que no voy a rehuirle la mirada sólo de mencionar o dar por hecho que enfrente de nosotros hay un nuevo y enorme monitor. Si fuera ella, me digo, pensaría que el tal doctor Alcalde es un envidioso. Pero el doctor Alcalde es un profesional y no corre esos riesgos porque sí. En todo caso, no debería estar haciendo estos cálculos mientras ella me cuenta sus cuitas cotidianas. No sé el doctor Alcalde, pero ni ella ni yo queremos regresar al capítulo de la muerte de Manolo, y eso nos deja a merced de cualquier tema. Solamente de ver sus muslos extendidos me pierdo imaginándolos escapándose del cadaverón. Piernas que van y vienen para darle sustento al crimen perfecto. Piernas que anuncian la presencia estelar de una levantadora de cruz profesional.

—¿Cómo es Basilio Læxus, doctor? Físicamente, digo, me da curiosidad. ¿Es alto, gordo, pelirrojo, escuálido, guapo, calvo, canoso, ciego, patizambo? —la escucho y me incomodo en la medida que ella semeja relajarse. Me pregunto si tanta ligereza no le parece un tanto gratuita, pero cierro los ojos y recuerdo a esa voz contándome la muerte de Manolo y acepto que nos urge aligerarnos, aunque igual la pregunta me agarró en curva y ya busco un botón de emergencia. Doctor Alcalde, tiene una llamada.

—Mire, Eugenia: usted sabe que la obra del maestro Læxus me apasiona al extremo de haberle dedicado varios años de estudio, pero eso no me da licencia ni justificación para distraer este tiempo valioso en temas francamente periféricos. ¿No cree que usted y yo tenemos una serie de asuntos pendientes, prioritarios para su sanación? —esta última palabra me sale de la manga, no acaba de gustarme. Pensándolo de nuevo prefiero *mejoría*, que no promete tanto, pero nadie me dijo que los botones de emergencia hicieran milagros.

—Y yo estoy muy de acuerdo con usted, doctor Alcalde, por eso insisto en preguntarle cómo es el físico del doctor Læxus. Ya sé que usted es el especialista, pero a mí la apariencia me dice muchas cosas, más de las que la gente se imagina. ¿O no piensa que yo, como paciente, pueda tener derecho a saber a quién le estoy confiando mi *sanación*? ¿Cómo es ese señor? ¿Cómo tiene la voz, por ejemplo? ¿Ronca, suave, tipluda, cavernosa? Cuénteme, qué le cuesta. Yo invito.

—¿Es decir que es usted quien paga la consulta? —disparo y me arrepiento. No he olvidado el consejo, pero a veces me olvido de atenderlo. Nunca permitas, Carnegie, que se te vean las líneas defensivas.

—Está bien, no se enoje. Seguro no lo quiere describir porque el señor vive escondido de la Interpol en una cueva a medio Mato Grosso, ¿no? Entonces de perdida cuénteme cómo es su carácter. Tiene que ser un tipo extravagante, no me diga que no —esta última frase me ilumina el cacumen. Si se trata de ver quién es el freak, lo que urge aquí es un cambio de ventrílocuo.

—Lo que yo cuente no tiene importancia, pero si usted encuentra relevante la vida personal del maestro, y sin haberlo visto ni escuchado ya detecta presuntas extravagancias, hábleme entonces de él. No hay contacto más íntimo con un semejante que entrar en sus retruécanos y jugar con sus reglas; usted ya lo ha hecho con la obra de Læxus, y además de eso tiene opiniones claras y fuertes al respecto. Quiero decirle, Eugenia, y por favor no vaya a contradecirme, que para que este esfuerzo tenga provecho es usted y no yo quien necesita hacer el ejercicio. Así que se la cambio: ¿por qué no me describe usted al maestro? No el físico, que es imposible de adivinar, pero sí ciertos rasgos de carácter, yo diría que no del todo impermeables a las deducciones consecuentes de una buena lectura. Una lectura atenta, como la que ha hecho usted. De ahí que le despierte tantas inquietudes —recobro territorio a zancadas violentas que se hacen pasos firmes, conforme entro de vuelta en los zapatos del doctor y hago tronar el látigo en el aire. ¿Quién manda aquí?, me animo. Llévense esos pendejos botones de emergencia. El terapeuta no vino a discutir.

—Pero usted lo ha tratado personalmente, y además de eso lo admira mucho. ¿Yo qué voy a decir? ¿Cree que no me conozco? Voy a meter la pata y usted se va a enojar, con toda razón —ya está más suavecita, si no me aprieta mucho puede que en diez minutos le tenga listo un retratillo hablado del maestro.

—Lo que usted diga, Eugenia, tal vez revele poco sobre mi profesor, pero mucho de Gina, que es quien nos interesa. ¿Nunca se le ha ocurrido contar las horas que hay en una semana? Siete por veinticuatro: ciento sesenta y ocho. Y solamente en una de todas esas horas, algo así como el punto seis por ciento del tiempo, sus errores cuentan a su favor. Sólo hoy y sólo ahora sus equivocaciones son bienvenidas, ¿por qué no se aprovecha y me dice todo lo que no debe? —puta mierda, se me pasó la mano. Tendría que estar vendiendo pomadas milagrosas en un kiosco.

—Después de lo que dije la última vez, todo-lo-que-no-debo es poca cosa. Pero es verdad que tengo una opinión fuerte sobre el señor que escribe las páginas que usted me da a leer. No dudo que sus métodos puedan ser eficaces, y hasta estaría dispuesta a reconocer que de repente me han servido de acicate, o me han hecho pensar y verme con los ojos de la gente que menos me quiere, pero si me pregunta lo que pienso de él, le diré que me da como lástima. Si yo estuviera así de amargada, lo más fácil sería hacerme la cínica. Es el paso automático, ¿no cree? Tengo varios clientes fracasados, y como yo también trabajo clasificando a la gente, lo que hago es separarlos en cínicos e ingenuos. Unos son amargados, ácidos, pedantes, mordaces, agresivos, horribles; los otros nada más son optimistas. ¿Ya adivinó a cuáles invito a mis cenas? Vamos, si me llamara ese señor Læxus para hacer una cita de trabajo conmigo, le aseguro que no se la doy. No es que sea pitonisa, pero a esos los malvibro desde la pura voz, en el teléfono. Ya que me dio permiso de meter la pata, de una vez se lo digo: con todos sus diplomas y doctorados, Basilio Læxus nunca será GCU.

—Tal vez no lo pretenda, ¿no cree? En una de sus obras recientes, dice el maestro que nada hay más ordinario que el miedo a lo anormal —no busco defenderme, aunque tampoco sé cómo evitarlo.

—¡Bueno, pero si ahí está más que pintado el pobre infeliz! Yo sin haberlo visto le aseguro que no le tiene ningún miedo a lo anormal. Sólo eso nos faltaba, que tamaño sociópata metido a terapeuta echara pestes contra los adefesios. Como si no se viera a diario en el espejo. ¿Se imagina nomás el horror de lavarse los dientes cada día y toparse con un perdedor al que todos detestan, y encima lo persiguen, no dudaría que por amargado? ¿Le digo cuántas de esas mañanas y noches caben dentro de un año de fracasos?

—Setecientas veintiocho, excluyendo la Navidad.

—Su negra Navidad valdría por dos, más bien. ¿Cree usted que me imagino a su maestro poniendo un arbolito, o comprando un regalo, o *recibiéndolo*? A menos que además de persona frustrada y amargada sea un perfecto hipócrita y haga creer a su pobre familia que es un hombre normal y un padre confiable, cuando ya sus lectores bien sabemos que es un degenerado.

—La felicito, Eugenia. En los años que tengo de leer a los críticos del maestro, ni siquiera los más lapidarios lo han descrito con toda esa pasión. Estoy seguro de que Basilio Læxus disfrutaría mucho de sus disquisiciones. ¿Se da cuenta que no ha hecho sino elogiarlo?

—¿Quiere decir que a algunos depravados les gusta que les llamen depravados? Tampoco eso lo dudo, por supuesto. ¿Pero sabe qué pienso de los idiotas que la llaman a uno por teléfono para hacer ruidos raros o echar obscenidades, y que luego se excitan si una cae en la trampa y les dice la porquería que son? Pienso lo obvio, doctor: son cobardes, como Basilio Læxus. De esos tipos extraños que desde niños se distinguían por retorcidos, y era por eso que no tenían amigos. ¿Qué niño va a querer ser amiguito de un compañero cruel, envidioso, vengativo, hipócrita, metiche? La gente que es así lo trae desde la infancia, no me diga que usted nunca sufrió por culpa de otro escuincle de mala entraña —una vez más, el control se me va de las manos. Es como si llovieran balas en mi ventana.

—¿*Otro* de mala entraña? —le sonrío, por no pegar de gritos.

—Ay, doctor, no me quite la inspiración. Otro niño, otra niña. Siempre había escuincles abusivos y envidiosos que la trataban a una como Basilio Læxus, sólo que en público. Pero este niño del que le estaba hablando, o sea el pequeño Basilito, es una especie de apestado social. Jamás ataca en público, ni de frente. Es el típico niño delator. El favorito del prefecto malvado. Y después, ya de adulto, el primero en bajarse del barco cuando empieza a hacer agua. Pero lo peor, le digo, es que el tipo es sicópata —puta mierda, me estoy envaneciendo.

—Dijo que era sociópata —le sonrío, clementísimo.

—¿Eso dije? Sí, claro, pero no va a decirme que no se puede ser las dos cosas. En fin, doctor, ése es su territorio, lo que yo iba a decirle es que el sujeto sabe cómo fingir la normalidad. Tiene que haber millones de grandes seductores con esos defectazos, pero tampoco es que estén escondidos. Esas cosas se notan, o terminan notándose. Por eso luego digo que mi ojo es garantía: elijo a las parejas objetivamente, sin que me estorbe el velo del amor, ni el del deseo sexual, ni el de los intereses, ni el del amor propio; pero si quiere que le diga la verdad, casi todo es trabajo de la intuición. Nada más imagínese la de cosas que intuyo de su querido maestro. Qué le digo, doctor, yo le presento a ese hombre a una cliente mía y al día siguiente corre a demandarme.

—Qué curioso. Si he de contarle un poco de lo que no debo, no todas las mujeres piensan igual. Abundan, de hecho, las que todavía hoy encuentran fascinante al maestro Læxus. Puede que sea la forma en que mira. Él es moreno, de facciones marcadas, labios un poco gruesos, ojos verde profundo, manos grandes y una voz muy grave, incluso cavernosa. Usa gafas oscuras, bigote un poco demasiado largo, igual que las patillas. Es un hombre simpático, en realidad, aunque sí, puede ser algo mordaz, sin por eso dejar de hacerse encantador —ya está la descripción, ni modo que me diga que se parece a mí.

—No sé si suena a guapo o a payo, pero sí interesante. Aunque eso no le quita lo amargado. Como usted lo describe, parecería un playboy cuarentón de los que le gustaban a mi mamá. Es más, ¿está seguro de no haberme descrito a Engelbert Humperdinck? —bingo, ya se relaja. De hecho se carcajea y yo también. Tanto que ni siquiera estoy seguro de que no tenga algo de razón. Le describí a un gurú de Las Vegas y ahora me río con ella, un poco celebrando que al fin le hemos perdido el respeto al profesor Læxus, y hasta al doctor Alcalde.

—Esta vez sí no cuente con el visto bueno del maestro —le advierto con el índice alzado y la mueca entre divertida y regañona del ventrílocuo en papel de patiño. Puta mierda, no sé si me doy risa o repugnancia, pero miro el reloj y descubro aliviado que hace cinco minutos debió haber terminado la sesión. ¿Debería considerarse un éxito que el terapeuta cierre su performance entre las risotadas de la paciente? ¿Se ríe quizá porque me fui de largo y a cada instante me cree un poco menos?

—Antes de que me vuelva a ganar la risa, y antes de que se vaya porque ya se hizo tarde, déjeme que le pase un dato más: ya sé de dónde saca sus ideas macabras el tal Basilio. No lo voy a juzgar, porque yo no soy quién y al final no me incumbe, hello?, ni siquiera me intriga, pero dudo que tenga una familia. Más bien me lo imagino solo y de mal humor, vaciando su amargura delante de una máquina de escribir, porque dudo que tenga computadora, las debe odiar igual que a todo el mundo; y por supuesto borracho o drogado, que es la única forma en que se aguanta solo. Además, ya le dije, de ahí saca sus ideas. Poco me extrañaría que la Interpol anduviera tras él por mariguano —remata y me sonríe, con un suspiro de resignación tal vez un pelo menos que casual.

—Yo opinaría, Gina, que a Læxus lo persiguen por lo contrario. Su lucidez causa ámpulas en las mentes rígidas —me levanto, sin acusar mayor interés en el tema, y acto seguido ataco amablemente por un flanco aledaño: —Por cierto, Engelbert Humperdinck nunca ha usado bigote.

—Bigote no, doctor; bigotazo. ¿Quiere que se lo enseñe?

—¿Engelbert con bigote? Sólo que sea el otro Engelbert Humperdinck.

—Ningún otro: el que usted y yo conocemos —ya se agacha a buscar en la consola llena de discos viejos.

—Está bien, Gina, ya le creí —quiero irme, puta mierda.

—¿Cómo lo ve? ¿Cree que sea postizo, para la foto? —alza con las dos manos la portada donde el cantante luce un cepillo negro sobre los labios. Se hace un silencio largo y pienso: There's a kind of hush.

—Ya le dije, usted gana —me rindo, alzo las palmas, le sonrío, cedo a la tentación de demostrarle que sus palabras no me han hecho daño, ni que yo fuera Basilio Læxus—, pero de ahí a que exista un parecido físico entre los dos, créame que hay distancia. De cualquier forma, Gina, la felicito y le agradezco toda esa vehemencia. Creo que hoy avanzamos un buen trecho.

—¿No me va a regañar por haber dicho tantas burradas? —abre la puerta al fin y me mira sesgado, como encontrando el ángulo que más le favorece.

—Nada más un consejo, Gina —es ahora el doctor Alcalde quien se esfuerza en hacer su mejor cara, en compañía de un guiño teatral: —Si viene Engelbert Humperdinck, no le abra.

—No, doctor, ni a Tom Jones —se le encienden los ojos, le saltan los hoyuelos, sale el sol a las ocho y ocho de la noche. Basta con que me aplauda un chiste malo para traer de vuelta los peores pensamientos. Cierto. Tiene razón. Tengo que ser todo lo que ella dice sobre Basilio Læxus, un cobarde pestilente y amargo, además de un imbécil retardado que prefiere jugar al doctorcito con la dueña de esos muslos tan sanos, a tratar de tirársela como Dios manda, Freud estipula y la hija le aconseja.

Nada más dar un paso hacia la calle y recibir en premio el ventarrón helado, siento llegar la comezón de siempre, que consiste en salir corriendo de la escena en dirección incierta y pavorosa. Pero esta vez el viento no me ayuda. Para muestra me basta con hacer foco al interior del coche estacionado enfrente del zaguán. Ladies & Gentlemen, Verónika Gante. Tan temprano y la loca ya está apostada enfrente del zaguán. Se tapa bien la cara, pero ya tengo el coche más que fichado. Lo estaciona en la esquina y vuelve al otro día, el truco está en pedir que un caballero la lleve a su casa. Si yo soy zopilote y sólo socializo en los velorios, ella tiene que ser una de esas cobayas entusiastas que nunca faltan en las terapias grupales y para quienes todo el tema de la autoayuda consiste en ayudarse a no dormir solo. Nadie ha dicho que un freak esté obligado a entenderse con otro, si el chiste de ser freak es que incluso los tuyos te discriminen. No sé si ya me vio, pero igual qué más da. Fuera de aquí, pirada, sentencia mi desdén, los clubes no se hicieron para los torcidos.

Y sin embargo formo parte de un club, lo bastante selecto para atarme a un barquito que no puedo dejar, así empiece a hacer agua. Tengo que ir a comprar la comida del perro y el conejo, y eso ya es tener mucho. Tengo que protegerlos, además, del pájaro salado que todavía no saben que soy. Y tendría que dejar la jodida terapia del doctor Alcalde, pero ni a eso me atrevo por ahora. Es como si estuviera flotando en el espacio y no quisiera ya bajar de ahí. O como si de pronto sospechara que no me queda a dónde regresar, ni por dónde seguir, ni para dónde huir.

—Tengo un club —me defiendo en voz alta, ensimismado a medias, ante la indiferencia defensiva de la cajera del supermercado: —Pregúntele a cualquiera de los miembros de la Samsonite Secret Society quién es el Comandante Zopilote.

XI. Gina

¿Qué es la porfía romántica, sino miopía galante?

Isaías Balboa, *Notas para un catálogo de epitafios*

—¿Me extrañó, Comandante? ¿Dónde andaba? ¿Leyó mi Informe Técnico? ¿Me perdona o también me va a arrestar? —nada más se aparece, conejo, perro y yo saltamos del marasmo al jolgorio. —Y antes de que me empiece a regañar, entré por allá atrás, la puerta estaba abierta. ¿No le da pena llegar tan borrachote que hasta las llaves deja tiradas en el piso? ¿Que su teniente se lo encuentre en pijama a las doce del día? ¿Que lo arresten por ser tan baquetón?

—Déjame hacer memoria. Entré cargando las cosas del súper, según yo iba a volver para cerrar la puerta. ¿Qué más dejé en el piso? —nos encontró tendidos en la alfombra de la sala, ellos dormidos y yo narcotizado, buscando sin moverme la manera de recortarle al día tantas horas como fuera posible; volviendo en mí a pasos atropellados. —¿Y tú qué haces aquí, delincuente común, tan temprano y en sábado? ¿Volviste a envenenar a tu mamá?

—¡Temprano! Si mi mamá regresa y me encuentra durmiendo, debajo de las sábanas, en el suelo, a estas horas, va a tener que explicarle al doctor Del Caldo por qué cocinó a su hija y la sirvió en su cena de solteros. Dalilita al Ajillo, término medio por favor. Mmmh, qué sabrosa niña, doña Gina, ¿me sirve esa manita, por favor?

—Perdón. Me ganó el sueño. Ya no llegué a la cama.

—¡Otra vez en el suelo, Dalila, como los teporochos! Siempre que está enojada mira así, para el techo. Como si me acusara con los angelitos.

—Supongo que a su modo me lo ha platicado. Eso sí, no le gusta castigarte. A veces mi mamá ponía tanto entusiasmo en corregirme que yo pensaba que le divertía. ¿No estabas castigada, por cierto?

—Me enfermé de la panza y zas, que cae muerto el castigo.

—¿Por qué no estás en cama y en casa de tus primas?

—Era de mentiritas. Me volví a hacer la enferma para no ir al colegio. Ayer en la mañana. Le dije que tenía retortijones y ya no me llevó ni con mis primas —me contempla sesgado, como al acecho de mi reacción.

—¿Quieres decir que tú también estabas en el departamento? ¿Ayer mismo en la noche? —pregunto lentamente, conforme deducirlo me va sobresaltando.

—Disculpe, Comandante, pero no estoy autorizada a revelar esa información… —extiende la sonrisa, arruga la nariz, frunce el ceño, me vuelve la espalda. —Ahora que si usted agarra y me tortura, va a obligarme a que diga que mi mamá me dio una de sus gustadas píldoras del sueño, y que me la escondí debajo de la lengua, y que la guardé luego en una cajita, por si luego se ofrece, y que después me le hice la dormida. ¡Me rindo, Comandante, no me torture más!

—¿No te ganó la risa, cuando me oíste hablar?

—Te oías súper mamón. Me tuve que asomar para estar bien segura que eras tú.

—Claro que no era yo. Era el doctor Alcalde.

—Oiga, doctor Del Caldo, ¿por qué está tan celoso de Mamilius Flexus? ¿Cree que le va a quitar a la Gina?

—Número uno, más respeto para el insigne maestro Basilio Læxus, que ya tengo bastante con que me lo maltrate tu mamá. Número dos, el pobrecito del doctor Alcalde ya no sabe qué hacer para que su paciente no le pierda la fe. A veces, como anoche, me siento como un niño malcriado, y es como si soñara que me agarra engañándola y me castiga igual que a ti. ¿Creerás que ni siquiera me atreví a decir algo de la televisión, del puro miedo a meter una pata?

—¿Te da miedo que pueda leerte las mentiras? Ella dice que las mamás las leen. Nunca le he preguntado si en todas las personas o nomás en sus hijos.

—La mía me decía que no existe la última mentira, y como yo ya había dicho la primera, me fui haciendo a la idea de que no iba a poder parar el trenecito. Hasta ayer en la noche, tú me oíste.

—Pero tu mamá odiaba a la mía, y en cambio a ti te gusta doña Gina, y hasta al doctor Del Caldo lo torturan los celos cuando le da consulta.

—¡Lo torturan los celos! ¿Y por qué entonces no le declara su amor?

—Porque es un perseguido de la justicia. Siempre que asalta un tren dice manos arriba, denme todos sus perros y sus conejos.

—Esta noche, no se pierda el capítulo final de su radionovela favorita: *La doble vida del doctor Alcalde*.

—¿Oyes radionovelas? ¿Qué va a pasar en el capítulo final? ¿Se nos casa el doctor con la paciente?

—De niño me gustaban. Y en la radionovela ésa que dices no me imagino qué vaya a pasar, pero igual cada día me suena más ridículo el final feliz. Algo me hace temer que la paciente va a acabar preparando caldo de zopilote con los huesos molidos del señor doctor. En una de éstas ya se dio cuenta de que Basilio Læxus es el doctor Alcalde rasurado. Lo peor es que el doctor Alcalde sin las barbas es igualito al hijo de la señora Nancy.

—*La triple vida del doctor Del Caldo*. Sólo para conejos mayores de dos años. Lo siento, Filogonio, tú te quedas afuera.

—Lo dije en serio. ¿Tú sí crees que me crea?

—¿Por qué? ¿No te pagó? ¿Cuánto te debe de nuestra tele?

—No sé, no me interesa. Preferiría que no me pagara. ¿Dónde dijiste que anda?

—No te dije. Se metió a una terapia con dos amigas suyas, empezó bien temprano y acaba hasta la noche. Me dejó el pollo y el consomé en la estufa.

—¡Una terapia! ¿Y yo qué, estoy pintado?

—Dile al doctor Del Caldo que ya le dije que es un viejo celoso. Igual el señor Flexus, por eso doña Gina ya no los quiere.

—Tu mamá va a terapia y no me cuenta, ni me consulta. Cómo, pues, si para ella ese tal Basilio Læxus no es más ni menos que un pobre diablo pasado de moda. Como el doctor Alcalde, que es su discípulo.

—¿Tú escribiste los libros de Mamilius Flexus?

—No son libros. Son páginas que imprimo para que pasen por copias de un libro.

—¿Cómo, si tú no tienes computadora?

—Tengo, aunque no me gusten. Está guardada dentro de un cajón, junto con la impresora. Me la prestaron para escribir el libro.

—¿El de Mamilius Flexus?

—El de Isaías Balboa. Y hay días que lo intento, pero viene en la noche el espíritu del doctor Alcalde y se lo lleva todo, para después vendérselo a Basilio Læxus. Un par de días más tarde, las páginas ya están en manos de tu madre.

—¿No estaremos saliéndote como que muy caras?

—La vida sale cara. La muerte, en cambio, te la dan gratis. Invierte uno en vivir para ahorrarse la ganga de morirse. Había una canción que le gustaba a mi mamá y decía que el que no se entretiene naciendo se entretiene muriéndose. ¿Oíste alguna vez hablar de un tal Bob Dylan?

—Claro que sí. La miss de inglés nos pone a cantar sus canciones. Mi mamá dice que es música de jipis.

—¿No diría más bien que mi mamá era como jipi?

—Ha dicho las dos cosas, pero no al mismo tiempo.

—A ver, si mi mamá se ponía minifaldas, botas altas, montones de collares y pulseras, medallones, aretes gigantescos y hasta estolas de plumas, yo supongo que algo tendría de jipi. Pero estaba casada con un viejo pelón y mofletudo que se vestía de traje con chaleco y aborrecía todo lo que oliera a jipi.

—¿También a tu mamá?

—Mi mamá no olía a jipi, sino a Jean Patou. ¿Sabes por qué? Alguien le había dicho que era el perfume más caro del mundo. Qué quieres que te diga, no logro imaginármela besuqueándose con Bob Dylan.

—¿Y ni con Elvis Presley?

—Puede ser, en Las Vegas. Elvis ya muy panzón, como estaba Manolo, y ella con un chongazo rubio clorofila. Ya los veo perdiendo en la ruleta tres cuartos de Tennessee.

—Parece que me estás hablando de los Simpsons.

—Según tu mamá y tu abuelita, Nancy había salido de *La familia Burrón*. No sé si sea mejor apellidarse Simpson.

—¿*La familia Burrón*?

—Una historieta que sucedía en una vecindad. Borola, Regino, Macuca, Foforito, el *Tejocote*. Esos eran *La familia Burrón* y según tu mamá la mía era Borola.

—¿Y cómo era Borola?

—Se llamaba Borola Tacuche de Burrón. Era flaca, bocona, pelirroja, gritona, peleonera, desenfrenada, dominante, ambiciosa, tramposa, de repente simpática, y hasta simpatiquísima. Le gustaba la fiesta y se empeñaba en darse buena vida, aunque viviera en una vecindad.

—¿Y tú mamá?

—Mi mamá, por ejemplo, no era pelirroja.

—¿Y todo lo otro sí?

—Me gustaría poder decir que no, pero creo que Borola se queda corta.

—¿O sea que si las vecinas de Borola hubieran conocido a tu mamá le habrían puesto *Nancy*, para hacerla enojar?

—¿Sabes qué le faltaba a Borola para ser igualita a mi mamá? Presupuesto. El dinero y la casa de Manolo. Borola se casó con un peluquero muy decente, Nancy con un patán estafador. Tu mamá debería entender eso, en lugar de amargarse la vida guardándole rencores a la mía.

—¿Se imagina si lo oye mi Mayor Wakamaya? Ya sé lo que diría: Sólo eso me faltaba, que un Pendejo Equis venga a opinar de lo que no le importa.

—Ya se le ha puesto brava al doctor Alcalde, pero nunca le ha dicho eso en su cara. ¿La has oído decir cosas así de su terapeuta?

—Cómo crees. Casi siempre dice eso cuando se pelea con los que llaman para venderle cosas. Sólo eso me faltaba, que una Pendeja Equis que está de merolica en el teléfono venga a decirme lo que tengo que hacer. ¡Y no me da la gana calmarme, carajo!

—Si tu mamá fuera una actriz famosa, tu podrías vivir de imitarla. Yo por lo menos compraría boleto de primera fila.

—Tu estarías conmigo, en el papel del doctor Del Caldo. Tendrías que aprender a remedarlo. Si quieres yo te enseño.

—Ya sé: el doctor Alcalde sería un ventrílo…

—¿Qué te pasó? ¿Estás tratando de hablar por la panza? Guácala, tienes cara de pedo.

—Perdón.

—¡Ay, sí! ¿Perdón por qué?

—A veces, cuando casi me arrepiento, o cuando estoy con ella y me entran los nervios, hago de cuenta que soy un ventrílocuo. Cierro los ojos y me la imagino. Moviendo la quijada, girando el cuello, pelando los ojitos. Luego te escucho a ti, miro la cara que haces y no sé qué me da con la risa y la culpa. Como que no se acaban de llevar bien.

—Tengo una idea, tú me pintas chapitas y pequitas y dos rayas debajo de la boca y yo soy mi mamá, pero en muñeca. Muy buenas noches, amable teleauditorio, bienvenidos al show del Zopilote y la Guacamayona.

—¿A qué hora va a volver tu mamá? ¿Qué tal si llama y nadie le contesta?

—Ya te dije que va a llegar de noche, y además el teléfono está desconectado porque mi mami no lo pagó. Ahorita vengo, voy corriendo a traer sus pinturas —una vez que la escucho correr por la cocina, corro a mi vez en busca de la pipa y la bolsa, no sea que las encuentre antes que yo. Es oficial: a diferencia de Alcalde y Læxus, cuya misión entraña ciertos sacrificios, el H. Comandante Zopilote nunca ha fumado mota, ni la fumará.

Hará un par de semanas que me tiene comprando estampitas para llenar el álbum de *Las Superpoderosas*. Me jura que en la nueva televisión *Las Superpoderosas* se ven de su tamaño, y yo le digo que es *La Cuarta Superpoderosa*, por más que las observe al lado de ella y me parezcan meras aprendices. Una vez que regresa, trae una bolsa llena de pinturas y dos más de juguetes. Y ha de ser de seguro por sus superpoderes que no oso reclamar. Sólo eso faltaría, que Lázaro volviera de la tumba quejándose. ¡Carajo, Nazareno! ¿Qué horas son éstas de andar resucitándolo a uno? No, abogado Palencia: antes vecino proscrito que ingrato cósmico. Que traiga lo que quiera y rompa lo que rompa, mientras dure el hechizo que transforma este mausoleo residencial en un circo donde el conejo es león y después elefante, el perro tigre o poodle, según se ofrezca, y yo a mi vez combino los oficios de domador, payaso, trapecista y lanzador de cuchillos. O por qué no, muñeco de ventrílocuo, si cuando ella termina de pintarse chapas, rayas y pecas me toca a mí, también, amuñecarme.

—¿Pero si tú y yo somos muñecos, quién va a ser el ventrílocuo?

—Filogonio es el mío y Chaplin el tuyo.

—¿Y nosotros hablamos en lugar de ellos, que deberían hablar en vez de nosotros?

—Claro que sí. ¿A poco no sabías que somos dos muñecos superpoderosos?

—¿Se supone que voy a remedarme solo?

—A ti no, a tu doctor. O si quieres, mejor a Mamilius Flexus. De todos modos tienes que hacer la voz de un viejo enojón que se pasa la vida con la cola irritada.

—¿Y si después me gana la risa con tu madre?

—A mí me habría ganado desde el primer día.

—Y a mí me gana a veces cuando estoy inventando los pedazos de libros de Basilio. Es cierto que es un viejo así como tú dices, pero antes de eso es un gran villano. Le gusta atormentar a sus lectores, hacerlos sentir chinche o cucaracha y bailar el *Jarabe tapatío* encima de ellos. No se puede ablandar, así es como funciona su terapia. Y por eso lo admira el doctor Alcalde, que es muy buena persona y no atormenta a nadie.

—¡Qué vergüenza me da, Doctor Del Caldo! —alza una mano y se tapa la cara, tal como hace la madre siempre que va a empezar a disculparse, con la voz ya chillona, las ojeadas mecánicas y el cuello giratorio de una muñeca. —¡Ay, Dios, cómo le explico! Ya sé que usted soñaba desde niño en casarse conmigo, pero yo estoy perdidamente enamorada de Mamilius Flexus. Hoy mismo a medianoche nos vamos a casar.

—¡Buena idea, Gina! Yo creo que es el padrastro que su hija necesita. ¿Ya sabía que a su anterior hijastra le sacó un ojo y la hizo pedir limosna? ¿Y sabe por qué el otro no se lo sacó? Para echarle limón siempre que se quejaba.

—¿Cómo me dijo? *Gina* será su abuela, pajarraco hocicón. ¿Qué no sabe mi nombre, después de los millones de libras esterlinas que le he pagado? ¡Yo me llamo Doña Guacamayona, señor, aunque se tarde!

—Perdone usted, doña Guacamagina. ¿Sabe qué es lo primero que va a hacer don Mamilius con su hijita Dalila? Ponerla a dieta: filete de conejo en las comidas y albóndigas de perro para la cena. Así va a ahorrarse muchas libras esterlinas.

—Claro que no. Mi futuro marido ya me prometió que le vamos a dar Zopilote a la plancha los primeros tres meses, para que crezca fuerte y saludable. Sólo falta cazarlo y desplumarlo, pero igual pesa como noventa kilos.

—Setenta y cinco, menos huesos y grasa.

—¡Caldo de Zopilote! ¡Mmmmh! ¿Me lo podría servir con trocitos de carne podrida?

—Va para allá, Doña Guacamayona: Consomé de mochomo a la carroña. Viene con una guarnición de gusanos y ensalada de frutas de la estación pasada.

—¡Cómo! ¿Ya no le quedan de la antepasada? ¡No puede ser, Dalila, cada día estamos peor! ¿Qué te cuesta ponerme un poquito de atención? Fíjate bien, por el amor de Dios: si vas a hacer consomé de carroña tienes que echarle moscas de las azules.

—Según el maestro Læxus, las moscas se dividen en dos: panteoneras y estercoleras. Las de panteón son dulces, azules y jugosas; las otras empalagan, huelen mal y tienden a pegarse al paladar, pero claro, ni modo de pedirles que se limpien las patas antes de entrar.

—Guácala, a qué olerá el laboratorio del maestro Flexus. Qué se me hace que le apesta la boca. ¿Ya ves, Chaplin? Eso les pasa a todos los comemoscas. Por eso Filogonio no tiene aliento a muerto. ¿Y usted, Zopilotón? ¿Ya se lavó los dientes o está criando moscas panteoneras?

Como tenía que haberlo sospechado mientras me entretenía tendiéndole trampitas, Isaías Balboa no hablaba mal de Sandra Alejandrina por casualidad. Conocía a la familia. Peor todavía, lo conocían ellos. Algo había tenido que ver con la madre, que era dueña de una agencia de viajes y le daba a imprimir su papelería. ¿Iba a decirme ahora que era su hijastra? No bien le hice la broma, tuve que tragarme otra de sus famosas rabietas express, y fue en ese transcurso no sé si tempestuoso o satírico que me vi en el espejo de su furia añejada. Si algo podía unirnos, o al menos imantarnos, eran todos aquellos espectros compartidos. Temo que en su momento no hice muchas preguntas sobre ese Balmaceda al que apodaba *tío* para no alebrestar mi íntimo camposanto, y horror: en una de ésas encontrar vínculos execrables entre sus catacumbas y las mías. Territorio de Lovecraft, puta mierda.

Según Alejandrina, Isaías Balboa consiguió con su madre lo que con Mamá Nancy tuvo que resignarse a imaginar. Parece que se armó un pequeño escándalo y el impresor salió por piernas de la escena. ¿Cómo voy a sentirme? ¡Como carne podrida!, ruge, ya que le he confesado que el viejo y yo solíamos merodear entre capillas ardientes como otros peregrinan por bares y puteros. Por eso, casi tanto como enterarse que todas esas pestes que dije de mí no eran ciertas, le indigna que jamás le haya contado para quién trabajaba, ni en qué. Asegura, con los ojos clavados entre mis cejas, que aún no sabe si detestarme más por lo que le mentí o lo que le oculté. Así que ni te quejes, sentencia, recompuesta, eso y más te mereces por traidorcito. Yo te habría podido aclarar quién era de verdad ese ruco encajoso, mustio, lambiscón, caradura, embustero, pasado de lanza. Como tú, por supuesto, si Dios los hace y ellos se contratan.

—Tampoco es que tu tío Balmaceda fuera mejor, ¿o sí? —contraataco, no por defender a uno sino por no dejarme de la otra. Alejandrina tiene la virtud inquietante de hacer de cada aliado un adversario. Una insolencia que sería cachonda si no trajera tanto rencor a cuestas. Necesito rascar en mis más apestosos complejos y amarguras para medirme con su artillería.

—De eso no sé —alza el cuello, me mira de reojo por encima del hombro, nada me extrañaría que lo hubiera ensayado delante del espejo— porque no fui su empleada ni salía de fiesta con él, como tú y tu patrón en los velorios, y es más: si estoy aquí contigo es porque me pediste ese favor, así que no soy yo sino tú quien viene a echarle lágrimas al espíritu de la Jota Balmaceda. Mejor dicho, ¿no serías tú quien pasaba recibo por hacerla de sobrinito postizo y cariñoso al mismo precio, que diga, al mismo tiempo?

—Ya te conté la historia, con pelos y señales. Si quieres retorcerla es cosa tuya, pero antes dime lo que sepas del muerto, además del apodo. ¿Ya adivinaste el mío? Zopilote. Vinimos a una misa de difuntos: ni modo que me vaya sin cenar —en realidad seguimos sin bajar de su coche. No quiero que me vean tan temprano, ni soporto la idea de que Imelda vaya a entrar en la iglesia después de mí, sólo para mirarme girar cabeza y torso como un imeldoscopio descontinuado. Mucho peor si es verdad ese cuento de que anda con Palencia.

Me lo soltó con una ancha sonrisa, en el café donde nos citamos, una vez que cumplí con la exigencia de contarle mi vida, o poco menos, o tal vez mucho menos, antes de acompañarme a la misa del muerto. Me había propuesto ser díscolo y hermético, pero una vez que nos volvimos a topar y advertí que su gesto de asqueado menosprecio no sólo no se había movido de ahí, sino que había crecido hasta el extremo de arrugarle la nariz, supe que recobrar algo de su confianza me iba a costar un par de largas confesiones. Tres, para ser exacto. Mauricio, Imelda, Nancy.

Alejandrina juega a ser insoportablemente atractiva. La miro y se me ocurre que en realidad es atractivamente insoportable. Me atrae, más que sus formas disparejas o su pose de diva de utilería, el empeño que pone en hacerse repelente. Desde donde la miro, su ternura consiste en estar sola y ocultarlo mal. Prefiere así, alardea, pero apuesto a que es una de esos falsos magnánimos que perdonan los peores desdenes y traiciones con tal de tener alguien a quién adherirse, igual que una ventosa. Visto así, me salía más barato contarle los asuntos escabrosos, como las muertes de mis seres malqueridos, que darle cualquier dato actualizado. Mi dirección, mi perro, mi conejo, mi teniente, mi paciente. ¿Y por qué no hablar de eso, que es más sencillo y menos doloroso? Porque eso, pienso, es todo lo que tengo. Lo demás es apenas lo que perdí. Un dolor finalmente inofensivo que no te quita más que el buen humor. Muy poco me quedaba, de cualquier forma.

No tengo cómo defender mi inocencia, pero puedo elegir entre mis culpas y contar las que menos me disculpan, a cambio de tapar las que más me amenazan. ¿Querías ver un traidor? Listo, no busques más. Tienes enfrente a un profesional. No voy a defenderme, teatralicé, con las palmas abiertas y los brazos a medio levantar. Las mejillas brillantes, el aliento cortado, las cejas y los párpados en alto frente a su sonrisilla de fiscal impávido. Que pensara lo peor, y también lo esperara. Un traidor de verdad no decepciona a quienes lo conocen.

—¿Cómo te late que tu recamarera, la que era colchoncito de tu padrastro, y para colmo del Mariconsulto, ahora se anda tirando a tu abogado? —me informó canturreando, atenta a mi reacción como al último número del bingo. Más todavía que escuchar de *esos* labios *esa* noticia, que a estas honduras sigo sin creer, me jodió comprobar que una vez más había apostado mi resto por el caballo flaco. Nunca hay que contar todo, ni casi todo, y ni siquiera un poco, puta mierda. Pero cada uno quema las naves como puede.

—Me da igual —mentí al vuelo, arrepentido ya de tanta indiscreción y ansioso de evitarme los detalles. Conforme ella insistía en asestármelos, yo intentaba perderme entre las conversaciones vecinas pero ni así lograba desoír ciertas palabras sueltas. Arribista. Doscaras. Putita. Delincuente. Farsante. Nalgapronta. Pueblerina. Corriente. Moscamuerta. ¿Imelda era todo eso? Ni modo de explicarle que a cada nuevo insulto la dejaba más guapa delante mío. ¿Y yo qué iba a decirle? ¿No la pongas de moda, pedazo de pendeja?

Siempre ha estado de moda, ése es el drama. Ladies & Gentlemen: Imelda Wild. Pero está comprobado que la moda es un sitio al que los buitres nunca llegan a tiempo. Tendría que avergonzarme bajar del coche así, de abrigo negro y tapabocas verde, como un sobreviviente de la peste bubónica, pero más puede la piedad por mí mismo. No sé si me he cubierto la jeta para esquivar o llamar su atención. Puesto a elegir, prefiero que me atrape en la maroma. Que me mire con miedo, o con asco, o con prisa, o con lástima. Lo que más y mejor la separe de mí. Aunque lo único cierto es que no sé a qué vine. Bajo hacia el atrio del brazo de Alejandrina, con pasos titubeantes y la mirada fija en la escalinata, buscando de reojo la puerta a nuestra izquierda. No ayuda que las bancas hagan un semicírculo en torno del altar, pero hay lugar detrás de una columna. No bien nos apostamos en nuestros lugares, caigo en la cuenta de que me falta el aire. ¿Por qué, me extraño, si no sé ni a qué vine? Pienso de nuevo: sí que lo sé. Vine aquí para echarle tierra a la memoria de Imelda Wild. Darme el pésame, hacerle su epitafio, echar mano de pala y zapapico. Debe de haber sido eso, mi pinta de sepelio sin final, lo que atenuó la furia de Alejandrina. Además de mi nula disposición a exigir cuentas por las patrañas que unos años atrás ella también contó. Suficientes para hoy dudar de sus palabras, pero semana tras semana de silencio me habían devuelto a la sospecha amarga de ir muy atrás y demasiado lento en la persecución de Imelda Wild.

—¿No es aquella panzona de mallas y vestido? —murmura Alejandrina, como yo de rodillas, emboscada tras una mantilla de encaje traída especialmente para la ocasión. La palabra *panzona* me escalda los oídos.

—...esperamos la resurrección de los muertos y la vida del mundo futuro —vuelvo a mentir, pretendiendo que elevo el volumen para que sepa que estoy ocupado, sin por ello tener que desocuparme. Abro el ojo que ella no alcanza a ver y compruebo que la mujer de mallas y vestido es Imelda. Todo lo cual me pasma, pero incluso me inquieta un poco menos que el peso muerto de Alejandrina. Pagaría por no escuchar sus comentarios, y de hecho estoy rezando con ese santo fin. Pero no es suficiente. Necesito asustarla, o indignarla, o quizás escurrírmele. Separar aquí mismo nuestros libretos.

—¡No me digas que te gusta esa vaca! —murmura en voz tan alta que al instante se vuelven no sé cuántas cabezas, dos de ellas cuatro bancas adelante. Es la señal, me digo. Si Alejandrina es una desequilibrada, no seré yo quien venga a nivelarla.

—Ahorita vengo, tengo que confesarme —susurro un pelo menos que en voz alta y doy la media vuelta, quizá con algo más de prisa que prestancia. Cabizbajo, taimado, eficiente, igual que un zopilote en el instante de irse sobre el brunch, aunque sepa que no hago sino eludir la mira de una escopeta, o dos. Ya sé dónde está Imelda, no Juan Pablo Palencia. Era socio del muerto, me repito, tendría que estar aquí. Ni siquiera me consta que no me haya visto. Por eso necesito salir al aire fresco. Reagruparme. Reunir fuerzas para volver a la función y distinguir a solas, ya no desde tan lejos, si el vestido de

Imelda es nada más holgado o de maternidad. ¿Maternidad, Imelda? ¿Tiemblan los zopilotes en estos casos? ¿Les falta el aire así, como a un tuberculoso? ¿Sienten el mismo miedo a quedarse que a irse?

—¡Joaquín! —estalla el alarido entre capilla y atrio, como el inicio de una balacera, y yo que estoy en medio me digo que no es más que otra señal. ¿De irme, de quedarme, de esconderme? ¿No es cierto que sería de aficionados salir corriendo justo cuando una loca vocifera mi nombre a media misa de difuntos? ¿Y qué hago si a esa loca se le quedan pegadas las cornetas? Maternidad, repito, como una máquina. Me escurro hacia un pasillo lateral, ya esperando el segundo grito destemplado y buscando una puerta, un baño, cualquier rincón que sirva para agazaparse antes de que me estalle la próxima granada. Maternidad, carajo. Llego a la entrada de una capilla subterránea, pero veo que es también la única salida; doy tres pasos atrás y me topo con un pasillo largo y curvo, tapizado de criptas a derecha e izquierda, arriba y hasta arriba y abajo y más abajo. Tenía razón Balboa: siempre puede contarse con los muertos.

—¡Shhh! —se escucha el rumor allá arriba, tras el segundo grito con la nota chillona pegada en la i. Joaquíííííín. Joaquines, se me ocurre, tiene que haber por miles en el mundo. No vayamos más lejos, yo ocupo tres. Medina, Basaldúa y Alcalde. Hasta Basilio Læxus menea la cabeza si resuena ese nombre en algún lado. Cuando acabe de dar fuelle a su su escándalo, o cuando alguien la saque por escandalosa, terminará pensando que me le escapé. Es de noche, además. De aquí a un rato me puedo escurrir a la calle sin que nadie me asocie con la gritona.

—¡Joaquíííííín! —ya está en la calle, su aullido se confunde con el ruido ambiental. Calculo que igual que ella los presentes asumen que el tal Joaquín estará en cualquier parte menos aquí, en la casa de Dios. No lo puedo evitar: una vez más estoy tomando a Jesucristo por secuaz.

—¡Hay un muerto allá dentro, mamá! —se ha asomado un pequeño hijo de mala madre y ya va de soplón con la que en puta hora lo parió. Desde donde yo estoy, toda maternidad es pura delincuencia organizada. Imelda Wild: maldigo en todo caso el fruto de tu vientre.

—No es uno, son muchísimos. Vente, no los molestes para que no te asusten —murmura la mamá, mientras yo me deslizo pasillo adentro y las luces se prenden a mi paso, puta mierda. No he hecho nada, me digo, soy inocente. Voy como un alma en pena en busca de mis muertos. Puedo decir, si alguien viene y pregunta, que estoy buscando el nicho de Isaías Balboa, o Nancy Félix, o Manuel Urquiza, o Mauricio Medina, que en pus descansan.

—Venga tu reino —me uno a la oración que llega desde la capilla principal, de nuevo cabizbajo pero ya dando pasos largos y arrebatados, nada más encontré un atajo directo hacia la calle. El Padrenuestro es clave en estas situaciones, le gustaba explicarme al Zorro Balboa. No nada más porque es el único rezo donde las regalías pertenecen completas a la Segunda Persona de la Trinidad; también porque ya viene la comunión, y por lo tanto la hora de largarse. Cuando te escapes de una misa de muertos, mejor que lo hagas luego del Padrenuestro. Rezando, pinche Carnegie, no se te olvide. Me faltan unos cuantos escalones cuando caigo en la cuenta del tapabocas color verde neón: soy un enmascarado contagioso. ¿No es verdad que con esta indumentaria sólo puedo ser yo el Joaquín de hace rato, quizás novio o ex novio de la gritona? ¿Y si lo fuera, qué?, me rebelo a la hora de pisar la calle y advertir que no está el coche de Alejandrina y al fin vengo chillando y no me da la gana quitarme el tapabocas en el nombre de la maternidad. Chillo como una puta Magdalena, voy trotando entre coches y cuidadores de coches, pensando nada más que en dejarlos a todos atrás y verme al fin de espaldas al tráfico de Bulevar de la Luz, que desde aquí parece una boca de lobo y me invita a berrear a mis anchas.

—¿Joaquín Medina Félix? —escucho la tercera señal y me congelo. Recién me había librado de la hilera de carros estacionados sobre la banqueta cuando enfrenó a mi lado un auto conocido. ¿Era así, azul marino? ¿Quién más podría ser? Tengo ya las dos manos sobre el tapabocas y me apuro a limpiarme la cara con él, si me han de ver chillando que les quede siquiera alguna duda. Lo pienso así, en plural, temiéndome lo peor.

—¿Licenciado Palencia? —estiro la sorpresa, una vez relajado de haber vuelto la vista y no encontrar a Imelda y su maternidad en el Passat azul. Me molesta su voz de pelmazo gangoso, pero la reconozco en un instante y eso tiene que ser una ventaja. —¿Nos andamos topando o persiguiendo?

—Sube, Joaquín. Necesito que hablemos, hermano, por favor —me sonríe con un aplomo indescifrable. Pareciera que es otro Juan Pablo Palencia. Uno tal vez más cálido, por raro y sospechoso que me suene. Uno al que no es tan fácil desdeñar. El único quizá que a estas alturas puede sacarme de dudas. —Acéptame un café, no hay que ser rencoroso.

EL ORGULLO ACOMPLEJADO
Por Basilio Læxus

No acostumbro decirle la verdad a nadie, pero a veces me da la gana escribirla, inclusive contra mi conveniencia (mi editor va a expurgar este capítulo, y en un descuido puede hasta sustituirlo), de modo que guardemos las mentiras para la hora del cliente preguntón. ¿Cuántas veces te has dicho, por ejemplo, que esta puta terapia no sirve para nada, o hasta que te está haciendo menos bien que mal? Nada que a mí no me haya desvelado primero, por más que ante tus ojos sea yo tan vulgar como cualquier verdugo enmascarado. Nadie aprecia la filigrana del suplicio. Bendicen a los cerdos que se comen pero ni una palabra de piedad hay para el infeliz matancero, que a diario se echa encima el *backstage karma* de miles de tragones impertérritos. Treinta y nueve fustazos cualquiera los recibe, pero hay que ver cuántos los saben dar.

Por mi parte, estoy listo para probar los chicotazos de tu ingratitud. No puedo ni culparte, pero tampoco es sano ir adelante con la farsa de que te estoy curando. A la mierda con la superstición: lo que yo me propuse fue joderte. Si has llegado hasta aquí fue porque algún instinto de conservación te condujo a creer que, en una de éstas, el pobre imbécil podía ser yo. Te quedaste a jugar con las cartas marcadas en tu contra, esperando el milagro de dos ases amigos que me pescaran con un par de reinas. Y ahora que ha sucedido te cuento que una y otra salieron de la misma manga ancha que tú has querido usar como paracaídas. Perdona si de pronto hago tronar el látigo en tus lomos, y de una vez te aviso: se me agotó el ungüento.

Conozco a los pacientes vanidosos. Se dan terapia solos en la certeza de que piensa uno en ellos, o para ellos, o en su lugar. Tú, en este caso, debes ya despreciarme con esa ordinariez llena de nada que suele inflar el pecho de los despechados. *Tengo mi orgullo*, exclaman, poseídos por ese preciso complejo del que se sienten dueños y señores. Nadie les ha explicado que el orgullo suele ser una deuda, más que un haber. No lo tienes, te tiene, igual que una hipoteca.

Jamás te va a dar cuentas de sus actos, pero tampoco para de pedírtelas. Vamos, tiene que haber legiones de agiotistas más generosos que él. Por lo demás, vestirse de un orgullo que no puede pagarse difícilmente hará ver bien a nadie. Harapos y esmeraldas no combinan, ¿verdad? ¿Quién hará ver a tantos enorgullecidos que el crédito es el lujo del andrajoso?

Ahora bien, yo hablaba de pacientes vanidosos, si es que se me permite juntar en un concepto dos ideas entre sí repelentes, como la vanidad y la paciencia. Pues lo cierto es que hablamos, ya en confianza, de una vanidad falsa, tanto como las otras baratijas que uno puede cargar a la cuenta corriente del orgullo. ¿Todo para después impresionar a quién? Si aguzas la mirada, notarás las butacas del teatro vacías, a no ser por aquel personajillo que aplaude tus desplantes a rabiar desde primera fila. ¿Viste quién es? ¿Y a quién más esperabas? ¿No tendría que ser obvio que el show de tus complejos estelares sólo puede gustarle al Enemigo Íntimo?

Nadie mejor que el E.I. sabe trazar el mapa de esos complejos y conoce de cerca su mecanismo. De ahí que les aplauda: cada uno se busca sus payasos. ¿Te sorprende saber que el Enemigo Íntimo es el gran estratega de los acomplejados? Prueba de ello es que aquí, ahora, mientras batallo con este capítulo, mi propio E.I. se acerca a aconsejarme que no gaste mi tiempo en sacar del chiquero a pelmazos y casos perdidos como tú. *Nunca vas a lograrlo*, cuchichea en mi oído, cansado de reírse. Supone, el pobre diablo, que espolonea mi orgullo con sus burlas. Y es que al fin se ha tragado el cuento de que escribo para ti. Espera hacer equipo con mis insuficiencias, jura que las conoce mejor que yo. ¿Que sería de tantos contrincantes inocuos sin el esfuerzo heroico de unos cuantos complejos?

Ya los veo apostarse a las puertas del último capítulo, resueltos a emboscarme y hacerte su rehén. Me dan pena, de pronto. Debe de ser jodido ir por la vida cargando el sambenito de villano intangible. Que te vean venir y se prevengan. Que te nieguen, por más que te conozcan. Que te usen de coartada para enterrar el rastro de su poca fe. Pero no son virtudes, ni méritos, ni logros, ni osadías: son complejos, nomás. Ínfimos y mezquinos como el más transparente de los hombrecillos en el menos notable de los subsuelos. Burócratas del alma que no saben lo que es una ventana y tiemblan ante el paso de cualquier luciérnaga. El orgullo reacciona como una fiera herida si alguien osa llamarle a uno *acomplejado*, pues nada hay más distante de la vanidad que aceptarse vencido, sojuzgado, a las órdenes de adversarios idiotas y además microscópicos (por más que sean legión y conozcan tus miedos en detalle).

Tal como entre los niños se acepta cualquier fama menos la de miedoso, no hay adulto que admita la de acomplejado. Una enemistad ciega, sorda y mortal podría incubarse a partir de esa sola insinuación. Pues de todos los miedos sólo uno es tan tenaz como el que cada quién siente por sus carencias presuntas: el miedo que ese miedo tiene a hacerse notorio. Porque la gente abusa de quienes tienen miedo. Por eso se hacen con un orgullo barato que les deje tapar tanto pavor. ¿Y quién sino ese orgullo pacotillero —del brazo de su puta, la soberbia— me ha ayudado a arrastrarte hasta este párrafo? ¿Qué rara habilidad tiene el orgullo para hacerte creer que lo que le hacen a él te lo hacen a ti, y viceversa? ¿Quién que no sea un acomplejadazo se cree consubstancial a su jodido orgullo?

Nadie sabe, se dice, para quién trabaja, pero abundan los casos en que sólo el orgullo impide averiguarlo. Pero no aquel orgullo férreo, altivo y guerrero que ni muerto se deja avasallar, sino esta porquería quebradiza que se estrella delante de cualquier mala cara. Y es que él tampoco sabe, o al menos eso crees, que quien se beneficia de su mezquindad no es otro que el temible Enemigo Íntimo. Es por supuesto reconfortante que recuerdes que Dios está en todas partes, pero es elemental tener presente que el Enemigo Íntimo está metido en cada una de tus partes, veinticuatro horas diarias atento en exclusiva a su misión, que consiste en emponzoñarte la sangre.

Los orgullos baratos son manipuladores voraces y oficiosos, pero si algo demuestra la Historia es que a la larga sólo han servido para edificar ruinas. No en balde son baratos, y ya se entiende que hay que ser muy imbécil para construir sobre tales cimientos. Pero la gente lo hace, ¿no es así? Construyen un prestigio de cartón a partir de un orgullo de barro, y más tarde se asombran porque se jode todo con el primer granizo. ¿Y resulta al final que yo tengo la culpa?

Échame un abogado, si se te antoja, pero amarra a esos monstruos a su mazmorra, que ninguno queremos conocerlos.

Hermano, me llamó, y ni por eso me le puse al brinco, ya que venía solo y hacía por una vez el intento de parecer persona. No me atreví siquiera a ametrallarlo con las dudas que más me emponzoñaban. Si al fin me había invitado a subir a su coche y no ser rencoroso, de seguro también sabría explicar por qué o por quién tendría yo que guardarle rencor. Si nunca me creí sus reverencias de robot oficioso, tampoco iba a tragarme la nueva pantomima. Subí al coche ya sin el tapabocas, resignado a exhibir ojeras de chillón antes que delatar una rabia todavía muy fresca para fermentar. Da uno por rencoroso a quien también ha dado por perdido, o vencido, o desterrado. No se guarda ni se expande el rencor antes de que la herida se coagule, cuando aún queda la opción de devolver los golpes al contado. Por lo pronto, no me iba a hacer hablar. Dediqué los minutos que nos tomó llegar al restaurante a hacer valer un voto de silencio pensado nada más que para incomodarlo. Si Palencia intentaba distender el ambiente, urgía enrarecerlo de inmediato. ¿O esperaba que me le diera por vencido, luego de tantos años de darlo por autómata?

¿Tienes hambre, Joaquín? No le respondo ni con un resuello, pero tampoco paro de observarlo. Trato de hacerlo de un modo neutral, sin enojo ni desafío aparentes. No pienso ya en Imelda, ni en Alejandrina, ni en el alma del fiambre Balmaceda. Me concentro en Palencia, como si su semblante fuese una alcachofa y hubiera que arrancarle las hojas de una en una (masticarlas, tragarlas, digerirlas) antes de que se asome el corazón. O en todo caso el motherboard, el kernel, el procesador, lo que sea que tenga debajo de la piel. Recapacito: no me ayuda el sarcasmo, que en la pura mirada deja ver la amargura. Pretendo una insolencia sutil y pudibunda, casi estólida. Que en un momento dude si lo estoy desafiando o me he quedado idiota, por casualidad.

Sólo miro de frente, sin menear la cabeza ni parpadear apenas. Si observara con calma, vería que no es a él a quien contemplo. Mi insolencia no está en contemplar sus ojos y callar, como en considerarlo transparente. Soy un espectador que aguarda en su butaca el comienzo de la función de cine. Ya pagué mi boleto, no me siento obligado a ser cortés.

¿Por lo menos vas a dejarme hablar?, alza las cejas, abre las palmas, intenta una sonrisa. Decidirse al silencio y la impavidez tiene la gran ventaja de eliminar la ansiedad habitual de la conversación, opinaría el doctor Alcalde. Una vez que se anula el compromiso implícito de responder, o al menos reaccionar de algún modo al estímulo, y de hecho se cancela cualquier atisbo de interlocución, sobreviene una paz entre desfachatada y claudicante, ha observado al respecto Basilio Læxus, luego de verme dar a la mesera el mismo trato que a mi acompañante. ¿Voy a cenar? ¿Quiero algo de beber? ¿Me siento bien? No hay reacción, ni respuesta. Elvis has left the building. Quién le manda venir a atender la mesa del robot y el alunado. Si le acomoda, que me compadezca.

Tú no sabes quién soy, mi querido Joaquín, ni de lejos conoces al verdadero Juan Pablo Palencia, baja la voz, agacha la cabeza, no sé si tras mi miedo o mi complicidad. Gesticula también, cosa bien rara en él. No es que me importe mucho quién sea de verdad este pendejo, pero el que veo ahora muy poco se parece al que según yo había conocido. Razón más que bastante, opina Læxus, para desconfiar de ambos. Es como si nunca antes lo hubiera visto afuera de su oficina. Parece hasta simpático, el muy comemierda. ¿O será que en efecto me da por derrotado y me aplica la gracia de su afabilidad? Bendito sea el silencio, defensor natural de los acomplejados.

Me pregunto no tanto qué va a decir como adónde se propuso llegar. ¿Cuánta paja, de paso, me va a tocar fumarme antes de que se atreva a mencionar a Imelda? ¿Por qué ese tono franco, o piadoso, o cariñoso, o lo que sea? ¿Así le habla a la viuda de Balmaceda? ¿Más bonito, quizá? ¿Soplándole en la oreja? No sé si sea el orgullo, pero entre más lo pienso menos me preocupa. Finalmente que diga lo que guste y vaya adonde quiera y llegue como pueda, de cualquier modo veo su jeta borrosa y oigo su voz con eco, igual que un cinescopio detrás de una vitrina. No me siento aludido, ni siquiera presente. Brota, como del fondo de una caja de cartón, la voz del abogado pidiendo a la mesera una jarra de vino con frutas. Para los dos, aclara, con la ayuda del índice derecho que agita como un limpiaparabrisas. Tiene que estar nervioso, me doy ánimos.

Siete hermanos pequeños. Dos con poliomielitis. Casa rentada. Madre alcohólica. Padre parrandero. El peso de la sangre. La obligación de dar el buen ejemplo. Atrapo frases sueltas, con trabajos. No le quiero comprar la radionovela, me tiene sin cuidado si la vieja borracha y el farol de la calle lo tenían lavando bacinicas a la edad en que yo me pasaba las tardes jugando *Burger Time y Donkey Kong*. Según mis cuentas, ya van siete menciones de la palabra ejemplo. Nunca se lo propuso, ni se creyó capaz de darlo, me asegura con cierta angustia enfática, mientras advierto lo obvio: ya se cambió el peinado. Lo tenía hacia atrás, engominado. Ahora lo trae más largo, suelto, la raya al lado izquierdo y el copete caído sobre la frente. Como si todo él se hubiese relajado al mismo tiempo. Poco me extrañaría que a Juan Pablo Palencia lo hubiera suplantado alguno entre los palencitas, agradecido por el ejemplazo. Créeme, Joaquín, no tengo ningún mérito: yo soñaba con ser un vago, armarme una pandilla, fumar mota, tirarme a las vecinas. Fui lo que fui, se queja, cabizbajo, por pura pinche falta de alternativa.

Hago memoria: vago, mota, pinche, nunca antes lo escuché decir esas palabras. Si lo que está buscando es empatía, ya se ve lo que piensa de mí: un pinche vago que fuma mota. ¿Sabes quién me ayudó a hacerme fama de muchacho ejemplar?, susurra luego, como confiándome una fechoría. Ríete: el Papa. Vengo de una familia muy católica, de tradición cristera por el lado materno, donde llamarte como yo me llamo equivale a ganarte la Lotería Divina. No importa cuánta mierda puedas decir o hacer por debajo del agua: si sucede que un Papa se cuelga tu nombre, mi familia completa se te va a rendir. ¿Todo por qué? Por nada: la pura puntería de mi mamá.

No sé si sigo impávido, pero ya parpadeo. No puedo ser inmune a la metamorfosis delante mío. Si su familia lo hizo ejemplar a fuerza, ruge en voz baja pero enfurecida, y hasta fue y se inscribió en la Facultad de Derecho, teóricamente para darles gusto, pronto la praxis le ofreció otras opciones. Su maestro de *Constitucional II*, el jurisconsulto Domingo Balmaceda Jefferson, vio en él a "un joven recto y disciplinado", y fue así como lo recomendó en el bufete de su hijo menor, que a su vez lo encontró maleable y obediente. Y así perteneció por fin a una pandilla. En palabras de Nancy, un gang de testaferros, saqueadores y coyotes (peleaba con Manolo: vete ya con tus putas, gangstercito de mierda). Muy tarde me di cuenta, mi querido Joaquín, que hijo y padre no eran sino una rata con dos cabezas y la misma cola. No me estoy dando baños de pureza: desde que murió el viejo, la segunda cabeza fue la mía.

Hizo, en pocas palabras, casi todo cuanto distingue a un gángster. Repite y pone el énfasis en *casi*. Juraría que el *casi* lo enorgullece (o casi) y por supuesto lo reconforta, si es que no lo disculpa. Asumo que no quiere hablarme de lo que hizo, sino de lo que no se atrevió a hacer. O se negó, tal vez, en el nombre del límite moral que autorizaba los demás traspasos. Miento, pero no robo. Robo, pero no mato. Mato, aunque no a los míos. Pude ser mucho peor, pero como ya ven tengo mis límites. Me suena conocido, puta mierda. Con o sin intención, el socio de Juan Pablo II se está hablando de tú con el doctor Alcalde.

Hace rato que me serví el segundo vaso, con la coartada fácil de la soberbia. No hablo ni contesto, pero me da la gana beber de su jarra. Nada nuevo, lo he tratado así siempre. Nancy's way. Pero esta vez lo estoy escuchando, no tengo por qué estar con la garganta seca. Miro el reloj: las diez de la noche. Hará una media hora que ya no me pregunto qué habrá sido de Imelda o qué estará pensando Alejandrina. Como suele pasarle al doctor Alcalde cada vez que *Gigí* se tiende a hacer memoria en su presencia, una fascinación disfrazada de angustia me agarra del cogote. Como si ir para atrás fuera la única forma de ir adelante.

¿Sabes, Joaquín, qué es lo peor de la mierda? Lo de menos es que pueda oler mal. A la peste cualquier cagón se acostumbra, y en un descuido se engolosina. La mierda crea adicción en quien no cree en sí mismo. ¿Alguna vez leíste las aventuras de Astérix y Obélix? Yo sentía que la mierda era una poción mágica que me hacía invencible, y por un tiempo fue tan eficaz que hasta se me olvidó de qué estaba hecha. Cuando quise quitármela, ya la tenía pegada. Y eso, te digo, es lo peor de la mierda: es repelente, pero pegajosa.

Ven hoy mismo a Coprófagos Anónimos y descubre un camino diferente. No acabo de quitarme la impresión de estar en alguna sesión de terapia grupal. Según Basilio Læxus, comemierda es aquel que confunde pedorro con ventrílocuo, pero es un hecho que me atrapó el show. Ya parpadeo y hasta alzo las cejas, no necesariamente en plan de sorna. Debo reconocer que me está sorprendiendo: no me esperaba semejante elocuencia. Su teoría de la caca pegajosa bien podría destacar entre las obras del maestro Læxus. Lo cual no exactamente me reconforta. Es como si detrás de sus bien escondidos atributos resplandeciera una factura pendiente, con mi nombre y el precio de mi menosprecio. Me sirvo el cuarto vaso, por pura precaución. Si ha de venir el diablo a devastarme, por lo menos que no me encuentre sobrio.

No puedo imaginarme, según él (posa la palma izquierda sobre mi hombro derecho), la carga de desprecio que llevó encima cada uno de los días que pasó cerca de Domingo Balmaceda. Fue ese gordo de mierda, dice como escupiendo, quien logró endurecerlo. ¿O entiesarlo, tal vez? ¿Almidonarlo? Llega la nueva jarra y ya lleno mi vaso, listo para lo peor. ¿Te digo algo, Joaquín? Nunca he tenido un ego muy grande. Me halaga poco o nada que me crean brillante, y desde luego no me hace ni cosquillas que me señalen como subordinado. La mierda fortalece, no te imaginas cuánto. Cuando el Jurisconsulto me platicó la historia de Imelda, que se hacía pasar por analfabeta para meterle goles a sus patrones, supe que éramos dos de la misma raza. Dos contra uno, ¿me entiendes? Y dos que eran su sombra. Fuera de sus amantes, todos ellos a sueldo y por un rato, nadie estaba más cerca del gordo Balmaceda que Imelda y yo. Si unía fuerzas con ella, podíamos trazar un croquis formidable de sus debilidades.

Tampoco lo había oído pronunciar ese nombre, así a secas. Decía la señora, o mi cliente, pero jamás Imelda. Nada me raspa tanto como esa confiancita. Me resisto a llamarla familiaridad, y de paso me tienta abrir la boca nomás para anunciarle que prefiero al Palencia que yo conocía. ¿Cómo, si no, voy a poder reírme del mal gusto de Imelda cuando por fin confirme que lo prefirió a él? ¿Cómo más evitar aventarme de un puente peatonal si la malvada puta me la volvió a hacer? ¿Y si antes que ella puta fuera yo pendejo? ¿No hizo Imelda lo mismo conmigo, aliarse en lo oscurito contra sus enemigos para después pasar por encima de ellos? ¿No se ha valido siempre del menosprecio ajeno? ¿Y encima de eso tengo que creerme que Juan Pablo Palencia la supera? ¿Que es más gángster que El Gángster, más mustio que La Mustia, y por supuesto más listo que yo?

No es lo que piensas, mi querido Joaquín. Ahora que pasó el tiempo y las cosas quedaron en su sitio, me doy cuenta que nunca nada de eso se me habría ni ocurrido si no me hubiera vuelto loco antes. Tendrías que entenderme, te pasó a ti también. Sé bien que medio mundo piensa que soy de palo. Llevo toda la vida ensayando el papel. Pero ya ves que es una tomadura de pelo. Si me buscas virtudes, vas a encontrarme una: la discreción. Cuando me volví loco, descubrí que además podía ser valiente. O quizá nada más que era menos miedoso de lo que yo pensaba.

¿Cuáles fueron las cosas que quedaron en su sitio? ¿Qué jodidos es eso que según él me pasó a mí también? ¿Espera que lo admire por discreto y valiente? Aun con toda mi rabia, decía la canción, soy no más que una rata en una jaula. *¿Y si fuera por eso, justamente?* (comentario auténtico del autor de la *Vía Lœxus).* Para el caso, mi rabia es la del toro que ya tiene el estoque clavado en las entrañas y duda todavía si lo van a matar. Ándale ya, cabrón, le grito con los ojos de repente presentes, enterrados en lo hondo de los suyos, atrévete a nombrarla, Juan Pablito III, que una palabra tuya bastará para gangrenar mi alma.

Gina querida,
No debería estar escribiendo esta carta. Quiero decir no así, con los nervios de punta, la carne de gallina y este rubor pringoso que no me deja en paz a media madrugada, pero es justo por tales emergencias que cedo a la cosquilla de escribirle de nuevo una carta, y de nuevo advertirle que lo hago decidido a nunca enviarla. ¿Recuerda esos dibujos duplicados donde el reto era dar con seis sutiles diferencias? Pues he aquí que desde antes de escribirla ya puedo ver las diferencias básicas entre esta quinta carta y las precedentes, y tal es mi coartada para ir adelante.

La primera de las seis diferencias es que esta carta carece de sobre, y la segunda es que asimismo le falta ese invento británico fundamental: timbres postales. La tercera es que no se esconde en un cajón, como hasta antier las otras, sino entre las cien hojas de una vieja libreta de taquigrafía donde literalmente cabe cualquier cosa. Números telefónicos, contraseñas, ocurrencias, dibujos, títulos de películas, letras de canciones y listas por decenas de cosas inútiles, entre otras chucherías manuscritas cuya caligrafía espantosa yo mismo encuentro a veces indescifrable. Cada una de las tres diferencias confirma mi intención, Gina querida, de no seguir jugando a esta combinación del correo inglés y la ruleta rusa que bien podría llamarse ruleta inglesa, una vez que he perdido tras la última ronda.

Me explico: desde ayer no aparecen los tres sobres que estaban en el buró. Y ésta, creo, constituye la cuarta diferencia. Si me tiembla la mano al escribir y mi letra parece aún más retorcida, es también porque son las tres de la mañana y temo que las cartas extraviadas (tres en total: de la dos a la cuatro) hayan aterrizado en su buzón, o vayan hacia él y me falte la fuerza para ir y sobornar a su cartero. O en su caso asaltarlo, amagarlo, mutilarlo, enterrarlo, antes que verla a usted abominando de este remitente, con el anexo incómodo de nombre y apellidos. Pero si la ruleta inglesa deriva de la rusa, quien la juega hace un pacto con su esencia fatal: las cartas y las balas carecen de reversa.

Lo que se fue, se fue, me digo y me conforto, pero igual no por eso duermo mejor. Ante la incertidumbre suelo ser optimista, cuando no irresponsable, pero marcha la noche y el golpe de sus botas me recuerda que estoy gobernado por una minoría aplastable. Sé cuál es la objeción a mis temores: al final de la noche siempre sale el sol. Eso decía mi madre y se murió de noche, con las tripas vacías y el corazón a todo galope. Y eso diría quizás nuestro apreciado amigo, el doctor Alcalde. Pero Basilio Læxus, que es despiadado, da por hecho que usted ha leído y execrado mis cartas. Nuestras cartas.

He aquí, Gina querida, la quinta diferencia: por más que en este simple borrador no aparezca mi firma, es la primera vez que le escribimos todos al unísono. Joaquín Medina, Joaquín Basaldúa, Joaquín Alcalde, Basilio Læxus y el capitán Urubú. Cinco muñecos y un solo ventrílocuo, rendidos ante usted en la orilla final de la partida. Le advertí en un principio que esto era un exorcismo, y aquí está el resultado. Nunca dije que no fuera un lunático, ni prometí que no sería alevoso, si ambos son requisitos reglamentarios para el juego de la ruleta inglesa.

¿De qué sirve una carta sin firma, ni estampillas, ni sobre? Una carta sin carta, podría ser. Otro de esos proyectos solitarios que jamás ven la luz, pues a nada le temen más que a ella. La verdad, dicen, siempre resplandece, y yo soporto mal los resplandores. Me acostumbré a mirar a Gina desde lejos, en la penumbra donde la realidad y sus lumínicas verdades no podían perturbarnos. Luego, ya en el papel de impostor amigable, aunque bien lejos de querer tutearla, resolví amurallarme en los dominios del doctor Alcalde, que a todo esto me es hondamente antipático.

Escuche, Gina, que está hablando el ventrílocuo. Nadie como el farsante que nos une me hace probar la hiel del menos decoroso de los sentimientos, que es la fétida envidia. Según Basilio Læxus (la cita es del doctor Alcalde) no existe autoperjuicio sin automenosprecio. ¿Le extraña si le cuento que hasta Basilio mismo se derrite de inquina contra Joaquín Alcalde, sólo porque una hora a la semana consigue hacerse real, aunque diga mentiras? Mis íntimos demonios padecen una suerte de compulsión coral: todos quieren cantar. Llamémoslo *Complejo de Beatle*. Relea los capítulos, si aún no los ha echado a la basura, y observe los esfuerzos del autor por desacreditar al terapeuta. Si tomamos en cuenta mi posición en este sainete, o en fin, mi perspectiva, no es difícil concluir que esas líneas sardónicas sólo pudieron ser concebidas delante del espejo. El Enemigo Íntimo, ¿lo recuerda?

Cierto, me he relajado del inicio hasta acá. Es posible que sea por los efectos del final del juego. No más timbres ni sobres: he ahí nuestro consuelo. Supongo que cualquier terapeuta legítimo sospecharía que mi único motivo para jugar a la ruleta inglesa no era ya resguardarme, como exhibirme. Delatarme, quedar a la intemperie como un niño desnudo en el patio del kínder. Y ahora no sé siquiera quién de los cinco escribe, en realidad, aunque igual no descarto que pueda ser el sexto: un impostor entre los impostores.

Ya no hay tiempo ni espacio, sin embargo, para pasar revista a mis demonios, toda vez que el relato exigiría nuevos episodios. De acuerdo al reglamento de la ruleta inglesa, tamaño despropósito resulta equiparable a la resurrección en la ruleta rusa, por lo que en ambos casos se castiga con la inmediata descalificación. Y eso, Gina querida, lo puedo hacer a solas y a mano, sin la ayuda de cláusulas y anexos, una vez que llegamos a la sexta diferencia: ésta es mi última carta. La escribo para descalificarme.

Según Basilio Læxus, toda esta idea de las seis diferencias esconde una coartada para la cobardía. Por su parte, el doctor Joaquín Alcalde cree que es un signo claro de narcisismo, mientras Joaquín Medina juraría que se trata de escapismo puro. Pero me queda un as bajo la manga: cerca de darse un tiro a media sien, tal como lo establece la cláusula final de la ruleta inglesa, el capitán Urubú se permite expresar su última voluntad: que en la última consulta, nuestro amigo el doctor deslice estas palabras por el hueco trasero del sillón de la sala. El remitonto, Gigí querida, quiere morir haciendo rodar los dados. Nadie nos garantiza que usted meta la mano allí antes de que ese mueble salga de su vida, pero si estas palabras logran un día ascender hasta sus ojos, sepa que me maldigo en la distancia por no estar a la altura de mis demonios y rendirme al acoso de una recua de monstruos hechos en casa.

No sé si cargo cruces, muertos o fantasmas, y tampoco me ayuda saber, por los malos oficios del doctor Alcalde, que algunos de los suyos y los míos son afines, tanto que de repente se alebrestan con la misma medicina. Tom Jones, Engelbert Humperdinck. Son ellos quienes se hablan, y nunca usted y yo. Uno puede tutear a la Gina que fue, la que es, la que será, pero no a la que pudo haber sido, cuya sola silueta es un reproche silencioso. La persona a la que yo le he escrito en estas cartas no es la Eugenia que trata con el doctor Alcalde, sino el fantasma de quien pudo ser. Capitán Urubú, se llamó para ella. Un valiente hipotético. Un intruso alunado. Un zopilote andante aullando a las estrellas. Un personaje, nunca una persona. El héroe de historieta que saltaba uno a uno los barriles del *Donkey Kong*, entregado a salvar a una princesa extraña sin preocuparle tanto que las demás fronteras fuesen insalvables.

Me salto una frontera, para terminar: Voy a extrañarte, Gina, seas quien seas.

Tuyo en el limbo,

Joaquín Basaldúa Félix.

La doble E, traduce y sintetiza el doctor Alcalde, corresponde a las siglas del Estado de Estupefacción (del inglés: SOA, State Of Astonishment). Haría mal en decir que desperté tendido y abrazado del perro a media escalera, si lo cierto es que no he dormido un instante, desde la hora en que me derrumbé aquí. Víctima de la doble E. Sólo que no soy de esos estupefactos lívidos, tiesos y en apariencia a punto de perder el control, sino uno de los lánguidos. Especie de Pinocchio con los tornillos rotos. Cuando vivía Mauricio, a Mamá Nancy le gustaba leernos la historia de Pinocchio (no decía Pinocho, le sonaba vulgar). Luego ya nunca más la mencionó, y yo lo agradecía porque tenía miedo de resultar peor y más mentiroso de lo que era el muñeco ya en camino a la panza de la ballena. Es como si me hubieran sorrajado un mazazo para leerme, con ecos y entre brumas, la historia entera de mis zonas oscuras. Vuelven las frases sueltas de la noche anterior y me danzan enfrente, al lado, atrás, igual que una pandilla de fantasmas en la noche del martes de carnaval. No es que las desentrañe, todavía. Son heridas recientes y de ellas me protege la estupefacción.

No creo. No sé. No entiendo. Síntomas inequívocos del EE. Debe de ser pasado el mediodía cuando el ruido me saca del hechizo. Es como en esos sueños vívidos y profundos que absorben los sonidos circundantes —el timbre de la calle, el aguacero, los ecos del relámpago— y los integran a su propio transcurso. Por eso salto cuando por fin distingo que ese ruido distante que se repite desde que amaneció es el ring del teléfono de la casa. No estaba, pues, dormido, pero estoy despertando. ¿Y los dos celulares? Ya recuerdo. Los eché dentro del coche de Palencia, después de descolgar un extintor de fuego y con él reventarle el parabrisas. Lo que no sé es por dónde me escapé. Sonó su alarma, estaba muy oscuro. Él estaría esperándome en la mesa. ¿Cuánto puede costar un nuevo parabrisas? ¿Y un nuevo extintor? ¿Me creería que lo hice sólo por devolver los celulares, sin el inconveniente de volver a toparme con su jeta? Según Basilio Læxus, el vandalismo es la última resistencia contra la derrota, y al mismo tiempo su certificación. Que otros alcen su banderita blanca, yo me rindo quebrando parabrisas.

—¿Estás bien, Brujo? —uno que no soy yo fue y levantó el teléfono. Porque lo que es Joaquín se sentía más cómodo desdeñando timbrazos, y hasta más satisfecho. O un pelo satisfecho, que no es tan poca cosa cuando se está tendido entre los escalones como un tapete viejo por años pisoteado. El puro tono de su voz me sacude, como dicen que pasa con el diablo al contacto con el agua bendita. Me escuece su consuelo, no quiero que me cure.

—"Tú no imaginas, mi querido Joaquín, la de cosas que yo me atreví a hacer por ella; tampoco lo que Imelda ha hecho por mí" —rumio ante la bocina, con el tono neutral de una telefonista mal pagada. Evito la ironía, me limito a citar maquinalmente las palabras del lanzador de cuchillos. No se levanta uno especialmente ágil o elocuente cuando le sangra el alma a borbotones.

—Perdóname, Joaquín. Tenía que perdérteme. Tú sabes lo que es eso, ¿verdad? —la oigo como a través de una bocina rota, puede que protegiéndola de sonar tan ridícula como me siento yo. ¡Piedad, ni con la edad!, decía Mamá Nancy, como si ya supiera que nunca iba a ser vieja.

—"*Perdóname, Joaquín*, pero tú no has movido un dedo por tu vida, mientras yo me he pasado la mía cargando con el mundo. Cada uno recibe lo que le toca, y si yo he soportado lo que soporté, tú desdén, por ejemplo, era porque sabía que al final del suplicio me esperaba Imelda. Tú, en cambio, eres el único en saber lo que dices que sabes. Ya despierta, Joaquín, o para el caso ve y sueña con mujeres que no sean la mía. ¿Ya me entiendes? La mía, no la tuya. I-mel-da" —una vez más, cito sin emoción. He eliminado el tono de amenaza original para que no parezca que lo estoy acusando. En todo caso acuso mi sorpresa y espero que la suya no aparezca porque eso haría más fácil despreciarla. Un instinto malsano y redentor me empuja a imaginarla burlándose de mí al ladito de Palencia, y de pronto poniendo en escena los gestos de candente repelús que juntos ensayamos ella y yo, cuando el ridículo todavía era él.

—¿Todo eso dijo? ¿Y yo qué te digo? Mentiras no son. En otra situación te juraría que habría preferido contártelo yo, pero por experiencia sé que a las malas noticias hay que servirlas crudas. Mi papá dice que la verdad desnuda es como una inyección. Puede que duela mucho, pero cura más pronto. Te ayudará pensar que soy una cobarde y una desalmada por dejar que Juan Pablo te pusiera las cosas en claro, y además de esa forma. Me guardarás rencor. Te cuidarás de nunca más fijarte en otra como yo. Cada vez que conozcas a una mala mujer dirás que se parece a mí, y cuando sean varias pensarás en ellas como *las imelditas*. Hasta que un día lo digas y te gane la risa, y te des cuenta de que ya no te duele porque ya no me quieres, ni me odias, ni te acuerdas, pero aunque eso suceda voy a pedirte que algo no se te olvide: nunca te prometí que íbamos a tener hijitos juntos, y si quieres saberlo nunca me imaginé que entre tú y yo pudiera haber nada más de lo que hubo. Y antes de que me sigas embarrando todo lo que ya sé, sácame de una duda: ¿Qué estás buscando, Brujo? ¿Que me sienta culpable, que vaya y me pelee con Juan Pablo, que te cuelgue el teléfono, que te compadezca? —hay una Imelda amarga a la que no soporto. Su voz de ecos metálicos, helada, expresiva de tan inexpresiva, sabe que la crueldad es de por sí sardónica y no le tiembla el pulso para encajar navajas allí donde primero entraron los cuchillos. Lo que no sé es decir por qué tanto me imanta lo que no soporto, o qué gano con ayudarle a destazarme, porque a los dos nos consta que esta frialdad filosa la he pedido yo. Y ni hablar, quiero más.

—¿Juan Pablo, el milagroso? Mira nomás. Quién nos iba a decir que Juan Pablo II se iba a volver Juan Pablo I. ¿O ya se te olvidó que entre nosotros era *Juan Pablo Segundón*? ¡Perdón! Se me olvidaba que nosotros, tú-y-yo, nunca existimos, ¿cierto? Fue todo obra de mi imaginación calenturienta. Y a todo esto: ¡Adivina dónde estoy! Voy a darte una pista: tumbado a la mitad de la escalera donde hace unas semanas estábamos desnudos y besándonos, hasta que te llamó un tal Balmaceda. ¿Te suena familiar o quieres más ayuda?

—Claro que es familiar. Estoy acostumbrada a que me espíen. Por eso en mi teléfono guardé el número de Juan Pablo Palencia como si fuera el de Domingo Balmaceda. Teníamos nuestros planes, había que protegerlos. Si tanto te interesa, no lo llamo Juan Pablo sino Johnny. Y ya ves, ahora Johnny va a ser papá de mi bebé. ¿Querías que te hablara de asuntos familiares? Pues ahí está mi familia. ¿Qué más quieres saber? ¿Por qué te me encueré a media escalera? Quería despedirme, pero no funcionó. ¿Por qué escogí a Juan Pablo Palencia? Porque insistió, yo creo. Cambia una de opinión sobre la gente. El primer día que llegué a tu casa creí que eras un bobo y un hijito de mami; cuando menos pensé, ya dormíamos juntos. Nada se me ha olvidado, Joaquín, pero tampoco te firmé un papel. Eso se hace entre socios, no entre cómplices. Tú mismo me dijiste que la complicidad es un pacto para toda la vida. ¿Ya no te acuerdas de eso? ¿Era que lo sentías o fue nomás que te sonó bonito? No me maltrates, Brujo. Mejor dicho, ya deja de tratarme como si fueras la reencarnación de tu mamá.

—¿Yo? —repongo, tras un silencio largo dedicado a encajar el último golpe. Nadie quiere ser Nancy, y menos yo. Isaías Balboa juraba que los muertos no se van sin dejarnos sus manías, igual que nos heredan fortunas, propiedades, muebles, gafas, relojes. Y uno deja que le vivan adentro, con tal de no aceptar el carácter definitivo de esa ausencia que algún día también será la propia. Hazte a la idea, Carnegie, todas las muertes son una y la misma.

—Tú, Joaquín, no. El otro. El que quiere joderse a como dé lugar y cree que el mundo es un asilo para idiotas al que fue a dar quién sabe por qué. El que avienta la piedra y esconde la mano de espaldas a un espejo de su tamaño. El Increíble Tramposo Transparente. ¿Tú crees que yo no sé todo lo que vas y haces en las funerarias, después de tantos años de seguirte la pista para no permitir que el Joaquín que se odia termine de comerse al Joaquín que más quiero? ¿Cómo verías que te pidiera cuentas por tus visitas a la vecina de atrás, disfrazadito de doctor Alcalde? ¿Quieres que te platique cómo supe todo eso, o prefieres seguirme reclamando?

—¿Qué? —vuelvo al EE de golpe, frunzo apenas el ceño y no puedo evitar el temblor de quijada. Escucho al corazón haciendo su bum-bum y pienso en galopar hacia afuera del mundo en este instante, bum-bum bum-bum bum-bum bum-bum bum-bum bum-bum. Tengo un hueco en el vientre, como si de la nada y por su cuenta hubiese decidido abortar a Godzilla. Alguien dentro de mí, quizás ese Joaquín querible del que me habla, levanta al fin una bandera blanca. Se ha quedado sin balas, ni fusiles, ni facturas pendientes de cobranza. Está lívido, solo y arrinconado frente a una batería de morteros que él mismo se ha encargado de recargar. Si haz de cagarla, Carnegie, cágala, pero en grande. Acuérdate que en este valle de lágrimas las grandes chingaderas se perdonan más fácil que las pequeñas. Jalo aire y suspiro, con tanta fuerza que el aliento me sale intermitente, como el de alguien que acaba de llorar. No lo puedo sentir mientras lo pienso, no sé si por el hueco en el estómago o porque se me queman las mejillas, pero me felicito, o me conforto, o me relajo un poco, el ceño incluido, porque al final Imelda, sabiendo lo que sabe del cobrador, todavía simpatiza con el robaperros.

—¿Sabes por qué no dejo que me chantajees? Porque sería muy fácil. Sobra tela de dónde cortar. El rencor que me guardas es chiquito comparado con el que yo misma me tengo, por las mismas razones. Siempre tuve la idea de que yo te hacía daño. Traía mucha cola cuando te conocí. Me sentía maleante en todas partes, menos cuando jugábamos tú y yo. La vida me venía correteando. Por no hablar de la policía, claro. Y tú tenías quince años. ¿O catorce? Da igual. Me di el permiso de ser tu noviecita después de prometerme que no te iba a hacer daño, ni iba a llevarte a mis peores rincones. Protegerte de mí, ése fue el buen propósito. Decepcionarte luego, cuando llegara la hora de no poder jugar más a los novios y volver a la jaula que era mi vida. ¿Cómo querías luego que no te protegiera, si fuiste tú quien me sacó de allí? Seguramente ibas a decidir que había sido una traidora y una perra; yo de cualquier manera no iba a abandonarte, aunque te me escondieras debajo de una piedra.

—¿Vas a decir que me seguiste a Louisiana? —se agotó la ironía, me he rendido completo a la perplejidad.

—Yo no. Pero sí supe que estabas allá. Tenía tu dirección y la de la oficina de tu esposa. Por eso te mandé al tal Fabricio. ¿Quién iba a imaginarse que te iba a hacer ratero, en lugar de ayudarte? Yo le pagaba un sueldo y él te tenía de su secuaz. Pero siquiera no te perdí de vista, porque tampoco me lo habría perdonado.

—*¿Tampoco?*

—Me sentía culpable de que anduvieras dando todos esos tumbos. Incómoda, también, porque tenía las escrituras de tu casa y no sabía cómo devolvértelas. Cuando te le escapaste a tu mujer, como que me latió que no iba a ser para nada mejor. Ibas a regresarte, eso era obvio. ¿Pero adónde, si no tenías casa, ni familia, ni amigos? Yo también una vez anduve así. Sola, miedosa, frágil, pesimista. Lista para caer en manos de quien fuera. ¿Dónde habría buscado a uno como yo? Muy fácil: en la cárcel donde estaban metidos mis hermanos, o cerca de la casa de mi familia. Pasé por los dos lados, en esos días, aunque no entré en ninguno. ¿Adónde ibas a ir tú, si volvías a México? A tu casa, ¿verdad? Y volviste, ya ves. Puse a un par de fisgones a esperarte, uno dentro de la casa y otro afuera del edificio de atrás.

—Nada más fui una noche. Tenía curiosidad. En una de ésas, tú ya vivías allí.

—Un martes a las nueve de la noche. Llegaste a pie, tocaste el timbre y corriste a esconderte, como niño. Me reí mucho cuando me lo contaron, más que eso por el gusto de haber dado de vuelta contigo. Yo sé que Johnny nunca va a hacerte gracia, pero él no tiene nada contra ti. Aunque le hayas quebrado su parabrisas. Se ha pasado años ayudándome a seguirte. No te quiero contar cómo le habría ido si Balmaceda lo agarraba en ésas.

—¿Qué no eran socios?

—En el papel, nomás. Fuera de ahí parecía su dueño. Johnny era ejecutivo, abogado, testaferro, alcahuete, mensajero, chofer, cargador o enfermero, según se le ofreciera al gordo Balmaceda. Y era también mi amante, en nuestras horas libres.

—¿Y su familia? ¿No tenía hijos y esposa?

—Se separó hace poco. No lo pudo hacer antes para no despertarle sospechas al gordo.

—¿Dormías con los dos? —reprimo el predicado: *igual que con Manolo y conmigo.*

—Dormía a veces a un lado de Domingo, pero él ni me tocaba. Si quieres carcajearte a mis costillas, puedes decir que era su santa puta. Eso sí, no podía adivinar la clase de alacrán que se le había trepado a la cama. ¿Te acuerdas que una vez te conté de la muerte de mis hermanos?

—¿Cómo no, si me hiciste cómplice de homicidio?

—Se llama encubrimiento, pero ni te aflijas. Me equivoqué. Mandas matar a alguien, según tú, y ya sólo por eso te crees asesina. Afortunadamente, para que sea verdad se necesita un muerto. *Tu muerto*, ¿ya me entiendes?, el que se va a tu cuenta de maldades. Domingo me hizo creer que sus cadáveres eran los míos, pero igual de eso prefiero no hablar.

—Y yo prefiero que hables, si no es mucha molestia.

—Siempre es molestia hablar de las cosas que duelen. Mi única razón para aguantar a un cerdo como Balmaceda era sacar a Isaac y Memo de Atlacholoaya. Tenía el plan de escapármele, cuando estuvieran los dos afuera. Pero metí la pata, desde el mero principio. Me pasó igual que a ti, nada más que a lo bestia. Creí que era más lista que los listos. Yo, que llevaba toda la vida contándole mentiras a medio mundo, fui a creerle a uno más mentiroso que yo. Como dice Juan Pablo, Domingo y yo nunca jugamos en la misma liga. Era uno de esos listos que nunca abren la boca sin haber hecho cálculos de usurero. Todo lo que te dicen lleva doble intención. Te zafas una vez, y otra, y otra más, y todas las que puedes porque te crees muy vivo, y ellos de todos modos van a acabar torciéndote. Se hacen los razonables, te miran a los ojos como si te escucharan, mientras no te conocen y les urge medirte, pero es gente que no está acostumbrada a que la contradigan. Si negocian contigo es nomás por jugar al Lobo Feroz. *Para comerte mejor*. Y a mí se me ocurrió que un monstruo de ésos me iba a servir para sacar del bote a mis hermanos. ¿Sabes lo que es vivir después con eso, Brujo?

—Se le llama levantamiento de cruz. Yo soy muy bueno en ese deporte. Practico desde niño, ¿te enseño mis medallas?

—Antes yo me culpaba por no haber apurado más los trámites, porque según me dijo faltaban dos semanas para que salieran, cuando me los mataron. Nunca se me ocurrió que el último interés de Balmaceda era ver en la calle a mis hermanos. Su plan era a la larga quedarse con mis cosas, y para eso primero tenía que acabarme de aislar. Ser él todo mi apoyo en este mundo. La noche del velorio de mis hermanos se apareció en la casa de Chiconcuac, conmigo. Por los ojos que peló mi papá, supe que ya los míos estaban divididos entre los que me odiaban, los que me tenían miedo y los que estaban muertos.

—Supongo que ahí entró El Rayo Palencia.

—Como te dije, Brujo, el que se cree muy listo comete cuando menos dos errores. Uno es pensar todos somos pendejos, el otro darle cuerda a la vanidad. No se aguanta las ganas de que lo admiren. Quiere que lo respeten, le divierte enterarse que le tienen miedo. Si tú veías a Johnny soportar los berrinches del gañán de Domingo, decías este pobre pendejo tiene alma de esclavo. El gordo Balmaceda contaba con eso, pero yo vi otra cosa, con el tiempo. Johnny no conocía la vanidad. Era un tipo que iba siempre a lo que iba. Buen marido, buen padre, buen abogado, buen subordinado, no porque le gustara subordinarse sino porque, te digo, iba a lo que iba. Y yo vi claro que él venía por mí. Me dio risa, al principio. Lo traté peor que nunca y él como si nada. Mejor dicho, como si ya supiera que su paciencia era mucho más fuerte que mi desprecio. Podía una pisarlo, escupirle, borrarlo, pero él jamás se daba por ofendido. Nunca conocí a nadie tan duro de humillar. Nobleza obliga, dicen. ¿Sabes qué opinan sus amigos de él? Que no conoce el ego. Y yo digo, perdón, que es el hombre más libre del mundo. Ni con cadenas puestas se va a sentir esclavo, y ni con mil esclavos se va a creer patrón. Va a lo que va, no pierde el tiempo en el espejo. Domingo era al contrario. No le fue suficiente con mandar matar a mis hermanos y después a mi ex novio y a su hermano, que según él habían sido los asesinos. Ya que todo le había salido bien, fue a presumirle su hazaña a Juan Pablo. ¿Cómo dicen? El pez por su boca muere.

—Querría salpicarlo. Asustarlo. Hacerlo cómplice. Lo habrá logrado un tiempo, a lo mejor.

—Córtale a la cizaña, Brujo. El error de Domingo fue intentar hacer todo eso que dices con la única persona en este puerco mundo que estaba de mi lado, y eso a mí me constaba como a nadie. Me hacía gracia, te digo. Le coqueteaba, a veces, y no siempre por puro divertirme. Al principio creí que me era así de fiel por el miedo que le tenía a Domingo, pero igual me miraba fijo y a los ojos, como diciendo tú no estás sola y yo me atrevo a todo.

—Licenciado Juan Pablo Palencia Larrañaga, abogado, coyote, capo suplente y caballero andante.

—Déjeme que termine, doctor Alcalde. Ya luego usted me dice de dónde estoy enferma. ¿Te importa si pasamos de una vez a ese tema?

—Supongo que es más cómodo para ti. Y por eso llamaste, en lugar de venir. Era menos incómodo que mirarme la jeta.

—¿Y por qué no supones que en mi estado no puedo cargar muertos ni por teléfono? ¿Cuántas horas te gusta que me pase jodiéndonos con la mierda de vida del gordo Balmaceda y la vida de mierda que llevaba yo? ¿Tanto duele que esté yo bien sin ti? Si te gusta azotarte, búscate quien te lo haga, ya ves que siempre hay gente para todo. Balmaceda era de ésos. ¿Vas a querer también que te cuente las cosas que le gustaba hacer con sus visitas íntimas? A esa gente sí la trataba bien. Los recibía con grandes atenciones. Pasa, m'hijo, qué gustas tomar, tus deseos son órdenes. Luego los despedía con propinas en dólares. Quinientos cuando menos. Johnny se reía mucho cuando le preguntaba cómo podía ser que ese culo tan gordo fuera su lado flaco. No podía opinar, pero se carcajeaba para que yo supiera que estaba conmigo.

—El que se ríe se lleva, ¿no? Muy listo de su parte.

—Ya te dije que a él eso no le importa. Si nosotros pensamos en pasarnos de listos, Juan Pablo se conforma con estar siempre listo. Lo que sea que intentes, nunca vas a agarrarlo desprevenido.

—¿No sería Palencia el que me andaba espiando? ¿Cuando dizque se había muerto su mamá, por ejemplo?

—¿No te enseñé la esquela? Eso sí fue verdad, y también que Juan Pablo contrató a unas personas para que se encargaran de rastrearte. De cualquier modo estaba muy al tanto de todo lo que hacías. Yo se lo había pedido, ya te dije por qué —remata, calla y resuella, como diciendo sigo aquí, aunque no hable. Voy recargando la cabeza sobre la palma abierta de la mano izquierda, una cosa es creerle y otra asimilarlo.

—Ahora dime que puso a sueldo a Gina Carranza para que se tragara que yo era doctor.

—¿Cómo crees, Brujo? No me subestimes. Lo que sí puso fue una grabadora conectada a tus dos celulares. Así supimos que te citaste con ella. ¿Quién iba a molestarse en sobornarla, con lo fácil que era entrar en su casa?

—No te estoy entendiendo. ¿Sobornaste a la niña, por casualidad?

—¿La niña? No la conozco bien, pero hasta donde sé es una señorita. Y nada de sobornos: le pagamos para que hiciera cita con tu vecina y dijera que le gustaban los terapeutas. Describió a su hombre ideal basándose en tus puros encantos. Ojos, labios, nariz, edad, gustos. En dos semanas ya te estaba conociendo. No sé si la recuerdes, Verónica Hemke.

—¡Veronika Hueka! ¿Tú mandaste a esa vieja espantosa con Gina?

—Espantosa no está, hasta donde me han dicho. Que tú la despreciaras es otra cosa. Ibas tras la anfitriona, por lo que supe.

—No *está* espantosa; lo es. Puede verse muy guapa y muy cachonda, pero en el fondo es una bruja tétrica. Me dio muy mala espina, desde el principio. Ahora entiendo por qué.

—Tampoco iba a pagar por una gran actriz. Ya bastante fortuna fue encontrar una guapa. Johnny no se explicaba cómo no habías acabado con ella en tu recámara.

—¿De dónde la sacaron, si no es indiscreción?

—Trabaja en un servicio de acompañantes. La mandé varias veces a seguirte y echarte los perros, pero te le escapabas.

—¿Me mandaste una puta? No me la creo. No me la imagino. Como diría nuestro amigo Fabricio: *No qualifica, man*. Estoy seguro de que su cuerpo emite RPRs: radiaciones periódicas de repelús. Palabra del doctor Joaquín Alcalde.

—¿También conmigo quieres jugar al doctor?

—Perdón. Fue sin querer, un poco —me disculpo con menos convicción que coquetería.

—Me imagino que es como las funerarias. Una lleva a la otra, ¿verdad? No te voy a negar que me dieron celitos, nada más me enteré. Luego me lo ocultaste y sentí rabia, pero igual seguí haciéndome la bruta. Quería protegerte, no corregirte.

—¿Protegerme de qué? ¿De los Balboa? ¿También a ellos les untaste la mano para que hicieran el papel de villanos?

—De ti mismo, nomás. A los Balboa ni siquiera los conozco. Hace tiempo que Johnny les compró los derechos de los libros de su papá. ¿Sabes cuánto pidieron? Diez mil dólares. Cobraron la mitad y se fueron contentos. Perdón por encerrarte, pero estaba cuidándote. Perdón por engañarte, también. De otra forma nunca te habría agarrado. No te dejabas, Brujo. Querías seguir pasándote de listo. Ya ves con tu vecina, que ahora ya te habla hasta de madrugada para pedirte que vayas a verla. Lo que no sé es adónde quieres llegar. Parece como si los distintos joaquines compitieran entre ellos para ver quién consigue hundir el barco. Por suerte no son todos. El doctor, por ejemplo, no me parece que sea tan destructivo. Y tampoco el autor, ¿cómo se llama?

—Mamilius Flexus, creo.

—Basilio Læxus, claro. Me gusta el nombrecito. ¿Cuántos capítulos ha terminado ya?

—No sé. Unos diez. ¿No deberías saberlo, ya que tienes hackeada mi computadora?

—Te tenía hackeado a ti. Lo de menos es la computadora. Nunca he leído un libro de autoayuda, yo aprendí a autoayudarme a fregadazos. O como dices tú, a autoperjudicarme. Y es más, me había propuesto decirte solamente que ya se había arreglado el lío con los Balboa y eras libre de entrar y salir de tu casa por la puerta de enfrente. Eres, quiero decir. Es tu casa. Puedes llenarla toda de perros y conejos, nomás no te los robes en la misma colonia.

—Y ya que tanto sabes, ¿qué opinas del comandante... —me trabo de repente. Es como si el espectro de Dalila me recordara que no estoy autorizado a mencionar al comandante Zopilote. Y en realidad no debería autorizarme para abrir ya la boca de cualquier manera. Según Basilio Læxus, el enemigo busca la forma de aturdirnos porque en términos prácticos no hay mayor diferencia entre el aturdimiento y la imbecilidad. Excepto que el imbécil es más peligroso, porque puede moverse.

—Comandante. ¿Qué no era capitán? ¿Capitán Urubú? Perdón de nuevo. Por abrirte las cartas. Por leerlas. Y por luego ir a echarlas al buzón. ¿Me creerías que lo hice todo en un mismo impulso?

—¡Te metiste en la casa!

—Todavía era mi casa, legalmente. Tú ibas apenas para la notaría. Bien dormido, por cierto. Johnny dio varias vueltas para llegar y tú ni te enteraste. Yo se lo había pedido, por supuesto. Entré a cada recámara, con tu perro adelante y tu conejo atrás. Metí la mano en no sé cuántos cajones y así encontré tus cartas y tus capítulos. ¿Ya para qué iba a abrir la computadora? Vas a decir que con qué derecho, pero esos tú tampoco los has necesitado para hacerte doctor, y autor, y capitán. Te estaba protegiendo, ya acabé. No lo voy a hacer más, fue la última vez. Agradece que no te tiré a la basura la mariguana.

—¿Por qué las cartas, pues? ¿Qué querías provocar? —me meto en sus zapatos y me doy risa, sin llegar a reírme porque al final tampoco es tan gracioso todo este titubear entre el deseo súbito de ahorcarla y el impulso tenaz de agradecerle tantas atenciones.

—Esperaba que ya no te escondieras. Que le dieras la cara a esa Gina Querida, antes de que ella fuera a denunciarte. No sé cómo le llamen a lo que haces, pero seguro está en el código penal. Y en cambio no esperaba encontrarme con ciertos objetos en tu recámara.

—¿Quieres decir las cartas?

—Las cartas, la peluca pelirroja, el disfraz de La Sirenita, el álbum de Las Superpoderosas. Pero la culpa es mía. Como quien dice, la que busca, encuentra. Y no me vas a creer pero no me acostumbro a seguir descubriendo nuevos joaquines.

—Nada que me convierta en monstruo, finalmente. Otro día te lo explico, si tanto te preocupa.

—No va a haber otro día, Joaquín —muda el tono, se me va el alma al piso.

—Tú sabrás si te quedas con la duda… —intento ser gracioso, ya a destiempo.

—Me quedo, ya ni modo, nomás no me interrumpas porque yo sí te quiero sacar de dudas. ¿Qué quería provocar? Tu desprecio, yo creo. Decepción, desconfianza, desilusión, lo que más rápido me borrara del mapa. Que nunca más quisieras volver a hablarme. Que me huyeras como a una enfermedad. Que me archivaras entre la basura. Nada que haya dejado de buscar, o que no busque en este momento. Porque de todos modos así va a ser, ¿me entiendes? Así va a ser y ya. ¿Te quedó alguna duda? Punto, entonces.

—Imelda Wild —murmuro, aunque no sé por qué. Debe de estar el coco muy ocupado almacenando datos y clasificándolos para ejercer control sobre la mandíbula. Los exaltados no suelen darse cuenta del poder destructor que tiene la frialdad. Es como si esas mínimas palabras, así-va-a-ser-y-ya, formaran una sola vara mágica que va desintegrando lo que toca; como si uno por uno los colores de Imelda Wild se fueran disolviendo a puro golpe de Photoshop. Como si fuera ella la primera mentira y yo el último de los mentirosos.

No espero más. Punto, entonces, ¿no es cierto? Fue ella quien puso el punto al fin del libro, me conforto en un tris y clic, adiós. Me levanto, bajo los escalones, desconecto la línea, me recargo en el muro, respiro. No quiero saber más, Imelda Wild. Quién necesita ver la puta pesadilla en detalle. Así va a ser, me dijo. ¿O así-iba-a-ser? Da igual. La ingenuidad mayor del embustero, dice el maestro Læxus, consiste en creer que sabe la verdad.

Tiene razón Imelda. Los únicos joaquines más o menos congruentes son de mentiras. Las mejores noticias, los recuerdos más nítidos, incluso los estados de alta estupefacción bien podrían ser mentira, y lo raro sería que no lo fueran en alguna medida. La verdad es lo suficientemente escasa para aceptar que exista cierta especulación; en todo caso está sobrevaluada, y con frecuencia tan adulterada que la hay en todas partes y en ninguna, pontifica el doctor Alcalde en mi consuelo. Una cosa, señor Basaldúa, es ser todo mentira y otra muy diferente no existir. Las mentiras existen, mi distinguido Carnegie, mientras no se les prueba lo contrario. Por eso lo importante no es que no sean estúpidas, sino que sean más fuertes que los recuerdos. Que prevalezcan a cualquier precio y a despecho de toda evidencia. Que se esparzan después, igual que un virus. Creced, patrañas, y multiplicaos.

De Hilario Basaldúa sé que murió quemado en las faldas del Cerro de la Sepultura. Cayó cientos de metros, según contaba Nancy a sus nuevas y fugaces amigas. Estaría ya muerto, desnucado tal vez, o al menos inconsciente cuando los fierros comenzaron a arder. Traía un Mustang rojo con vestiduras blancas, de entre cuyos adentros retorcidos entresacaron su pura zalea.

Fue así también, al fin, como mi madre me arrancó de la genealogía de los Basaldúa: ninguno supo nunca que de su árbol colgaba esta mala yerba. Es como si en lugar de las amígdalas me hubieran extirpado los ancestros. Y hoy que intento caber en el pellejo del hijo del piloto del Mustang, la idea de llamarme Joaquín Basaldúa me hace de pronto verme en los zapatos de uno de esos pelmazos fanfarrones que regresan de un viaje hablando con la jerga y el acento del lugar visitado. Nadie más que ellos parece ignorar la marquesina que acompaña su paso, como una aureola:

*U R D O *** P A L U R D O *** P A L U R D O *** P A L*

Nancy guardaba igual que una reliquia el duplicado de las llaves del que fuera el carrazo de su novio. Family of Fine Cars, se leía en cada una. Según ella, la prueba irrefutable de que Hilario le había tenido más confianza que a su propia familia. Si yo fuera automóvil, me digo y me sonrío, es seguro que mis llaves dirían Family of False Cars. *El único de auténtica pacotilla: llévelo por el precio de una carreta.*

Hace treinta y siete horas que estoy inmerso en una intraterapia de autoperjuicio. Me da la gana hundirme, siento la urgencia de probar ante el mundo que nunca un avestruz fue llamado a arreglar los problemas de nadie, ni corresponde al buitre contagiar con sus trinos el amor a la vida. Suficiente trabajo tiene el ave que cumple con la doble misión de ser de mal agüero y de rapiña para andar componiendo lo que está descompuesto (y ya sólo por eso despierta su apetito). Hay que estar a las vivas, mi buen Carnegie, acuérdate que en el primer descuido los gusanos se llevan el pastel.

Primero estuve tieso durante varias horas. Las ideas corriendo y rebasándose como en una carrera de autos chocones. Ocurrencias de mofle agujerado, horquillas retorcidas y defensa colgando de la salpicadera, paridas en el curso de un pasmo general con ambiciones de coma profundo. Escurrencias, al fin. Más que tieso, debí de estar desmadejado, hasta que algún prurito misterioso me puso en pie de guerra contra todo reducto de quietud. La clase de escozor que no conoce más alivio que el de multiplicarse. Un pasmo general, aventura el doctor Alcalde, supone fases entre sí tan diversas como la depresión impermeable, la paranoia salpicadiza y el automenosprecio huracanado. Puesto en otras palabras, señora, señorita, lleve su nuevo Pelapapas Læxus, pela jícama, rábano, pepino, zanahoria, manzana, mango y ananá, en las tiendas le vale veinte pesos, yo se lo voy a dar de a dos por diez, sí señor, sí señora, dije dos nuevos Pelapapas Læxus, dos por sólo diez pesos, no le miento, no la engaño, se los ofrezco al costo sólo por hoy, yo no me gano nada, gana quien se aprovecha de esta oferta, sólo hoy, dos por el precio de la mitad de uno.

Miro el reloj: las ocho de la noche. A pocas horas de asaltar el gobierno de mis actos, el primer gesto público de Joaquín Basaldúa fue arrestar a esa banda de facinerosos integrada por Joaquín Alcalde, alias *el Doctor*, Basilio Læxus, alias *el Maestro*, y un acosador postal que firma como *Capitán Urubú*. Puesto en términos prácticos, he echado la consulta a la basura. No por honestidad, que está toda invertida en el asunto del autoperjuicio, como tal vez por cierta escasez de entereza. ¿O es que el nuevo y radiante Joaquín Basaldúa firmó algún documento donde se comprometa a dar la cara por las iniquidades de todos los gañanes que le precedieron? ¿No era el niño Medina quien espiaba a la niña Carranza a lo lejos, atrasito de un poste? ¿Tendría quizá que felicitarme porque ahora puedo hacerlo desde dentro de un coche? ¿No es una bendición que la ruta tortuosa del automenosprecio conecte con la supercarretera de la autoindulgencia?

Una vez más, me miro gobernado por una minoría. Busco escapar en línea hacia adelante y con trabajos corro en espiral. Ahora mismo la curva cruza el límite de los ciento ochenta grados, una vez que termino de extender el periódico y se abre una rendija entre papel y techo, donde alcanza a caber el retrovisor. Si a eso sumo los dos espejos laterales, puedo decir que tengo el ventanal de Gina Carranza en la mira (las luces de la sala ya encendidas, a la espera de los primeros convidados) y estoy alerta a la probable aparición de Veronika Hemke. Dudo que fuera falta de cortesía preguntarle a una puta por las tarifas de su puta discreción. Y si no viene, bingo, mejor para todos: abriría mañana las puertas de la casa y me presentaría con los vigilantes. Buenos días, soy Joaquín Basaldúa, vivo en Sherwood número ciento quince.

Debo de ser la clase de artrópodo que es capaz de fingirse cadáver sólo por conocer la reacción de los otros. ¿Hay acaso destreza más trascendental que la de haber sabido en su momento quiénes te amaban mucho, poco o nada? ¿Y habría recompensa más satisfactoria (o lo contrario: desengaño más cruel) que comprobarlo así (o, ay, ser desmentido) en las horas siguientes a tu muerte? Nadie dijo que el morbo fuera justo. Suele uno juzgar y condenar al deudo que no llora con una ligereza equiparable a la piedad que le valdrían sus lágrimas. Se respeta el desgarro emocional y no se entiende el pasmo que lo suplanta, la euforia que lo oculta, la ausencia que eligió no compartirlo. Nadie gasta su tiempo en averiguar cómo y qué tanto has querido a tu madre, si les basta con mirarte la jeta el día del entierro. Necesitan saber, para luego contar, si moqueabas como una plañidera o por casualidad andabas tan campante. Sepelios y velorios nos hacen ciudadanos de un pueblucho mezquino donde duda y certeza son la misma cosa.

Erguirse ante un cadáver es una forma de cantar victoria, por más que se le quiera y se le extrañe y se le increpe por el intempestivo desamparo. Se acepta de mal grado, con vergüenza sincera o impostada, el regalo de la sobrevivencia, tanto que nunca falta el abochornado que se cuelgue de alguna fórmula benévola. ¡Se nos adelantó!, espeta aquí y allá el hijo de vecino piadoso, como quien esa noche cumple con la misión de difundir un tratado perdido de Aristóteles. Y hoy que pasé la tarde en el panteón, dispuesto a no salir hasta haber dado con la tumba de Isaías Balboa y erguido al fin delante de sus restos, no he encontrado más fórmula que abrazarme a la lápida y llorar igual que un desamparado cósmico (sollozar con largueza, desconsuelo, abandono, gemir entre legiones de testigos descompuestos o ya desintegrados, berrear de pronto como lo haría el embrión que se mira cautivo del vientre de la muerte).

Según la fecha impresa en su tumba, Isaías Antonio Balboa Egea tuvo que haberse muerto pocas horas después de yo salir por última ocasión de su recámara. Lo habrían velado a la noche siguiente, mientras yo iba saltando de un autobús a otro, Guanajuato, Jalisco, Nayarit, Sinaloa, La Paz, Loreto, Mulegé. Perdóneme, maestro, por enterrarlo vivo, le he dicho, ya de pie, tras releer en voz alta su epitafio y permitirme una risita socarrona. ¿Perdóneme, Maestro? No seas lambiscón, Carnegie. ¿Qué habría dicho en todo caso Balboa, de estar en mi lugar y llamarse Joaquín? Me entretuve pensándolo, presa de una sonrisa que en cierto modo reproducía la suya, pero se hacía tarde y ya los vigilantes informaban a señas, a lo lejos, que estaban por cerrar el cementerio. Me enjugué las mejillas y agité la cabeza, como quien vuelve en sí de un delirio nocturno. Viejo cabrón, le dije, me encariñé contigo.

Alcáncenme si pueden. Encontrar mis palabras en su epitafio, disfrazadas perfectamente de las suyas, fue algo así como un golpe bajo a la soberbia. No estaba preparado para tanta elegancia. ¿Sabría de antemano que alguna vez tendría yo que visitar su tumba? Debió de haberse reído calculando la cara que pondría, nada más enfrentarme a la sorpresa. Debió también de ser algún consuelo asumir el control elemental de su posteridad; nada más indignante habrá para un difunto que yacer bajo un par de sandeces afectadas que él jamás habría dicho ni escrito, mientras pudo. ¿Quién habría decidido estampar esas siete palabras en la tumba de Nancy? Por más que intento, no logro imaginarla hablando así. *Aquí duerme la luz de mis afectos.* Demasiado esotérico, quizá. Puede que hasta algo tétrico, si esa luz que dormita sentencia a los afectos a vivir a merced de las sombras. Pero no me molesta, y al contrario. Antes se entiende uno con la luz dormida que con la carne muerta. Palabra de epitafista.

No tengo ni una foto de Hilario Basaldúa, pero traigo sus llaves entre las mías. Si esta noche saliera a caminar y algún coche por ahí me atropellara, nadie se explicaría esas dos llaves. ¿Pero a quién ya le importa lo que el muerto pudiera traer en los bolsillos? Según me dijo Juan Pablo Palencia, el cuerpo de su ex socio apareció en dos partes. El brazo por un lado, abundó, lo demás a dos cuadras de distancia. Te mueres y al instante ya no eres tú, sino eso, *lo demás*, ironizó después, casi risueño. Lo Demás, mi querido Joaquín, puede caber en una bolsa de plástico. Somos tan poca cosa que cualquier coche viejo nos aplasta y ni quién se entretenga preguntando. Los juzgados están saturados de casos pendientes, hay gente que se pasa cinco años en la cárcel sin recibir sentencia. ¿Quién va a querer abrir una investigación por un atropellado? Antes que eso tendrían que haber investigado dónde quedó el reloj tan bonito que traía, por ejemplo. Un Cellini King Midas, numerado. Encontraron el brazo, nada más. Lo echaron con el cuerpo y listo. Next! Esto es así, Joaquín. La policía tiene mucho trabajo, no puede uno contar con la eficiencia del Ministerio Público. Ni modo, son los tiempos del do-it-yourself.

¿Qué me quería decir? No quise preguntarle. Tampoco me atreví a tocar el punto cuando hablé con Imelda. Para ser amenaza, sonaba hasta amigable. Aunque eso tardé más en digerirlo. En el momento no se me ocurrió nada mejor que ir y reventarle el parabrisas de su bonito coche. Voy al baño, le dije, con los dedos temblando y la cabeza dándome vueltas. Nada que no pudiera resolver el alarido del vidrio quebrado.

Crish. Crash. Crush. Podrían ser los últimos sonidos que alcanzó a oír Hilario Basaldúa, cuando sin yo nacer ya me desbarrancaba junto a él. Sopla una brisa dulce al oriente del ego cuando se ha roto un vidrio por capricho. El vidrio que se quiebra reproduce la voz del resentimiento llamando al miedo por su nombre de pila. *No dormirás tranquilo,* dice el eco del viento que va y viene a sus anchas por la ventana rota.

Crash. Crish. Crush. Crush. Crash. Crush. Crush. Crish. No he abierto ni los ojos, pero llevo la cuenta para calmar los nervios. Parabrisas trasero y delantero, dos espejos y cuatro vidrios laterales. Esa táctica torpe de camuflarme con el periódico me puso a expensas del par de perdedores que han venido a quebrarme los vidrios. Dieron los ocho golpes y se esfumaron, mientras yo me cubría la cara y la cabeza con los brazos. Oí después las voces, las carreras, la moto. De todos los cristales, queda vivo el retrovisor central, aunque colgando del parabrisas roto. Me le asomo: tengo un hilo de sangre bajando por la sien, más un par de rasguños entre barba y mejillas. Prendo el motor y echo una ojeada rauda al ventanal, donde unas diez figuras se han asomado a ver el estropicio (Gina entre ellas, calculo, sin levantar la vista del piso). Suelto el freno de mano, saco el clutch y acelero con toda discreción, mientras caigo en la cuenta de que estaba dormido cuando llegaron los barbajanes. Qué trabajo sencillo, romperle los cristales a un miedoso que ronca. Miro el reloj: cuarto para las once. Cuando vuelvo la vista hacia adelante, ya es muy tarde para esquivar el árbol.

Tres minutos más tarde voy a pie, de regreso. Traigo el retrovisor en una mano (me regresé a arrancarlo, al poco de bajar) y los papeles del auto en la otra. Esto último no deja de sorprenderme, lo congruente habría sido dejar el Chevrolet en llamas. Pero al autoperjuicio le gusta el fuego lento. Me miro en el espejo: hay algo en esa jeta demudada y sangrante que me lleva a observarla con poco menos susto que extrañeza. No sé cómo me hice todas esas cortadas. Por si eso fuera poco, las barbas no me ayudan. Puta mierda, respingo, parezco una postal del último Congreso Mundial de Levantadores de Cruz. ¿Qué habría hecho en mi lugar Hilario Basaldúa? Lo que haría todo pulcro propietario de un coche sport con vestiduras blancas: bañarse y rasurarse, por lo pronto. Luego llamar a Gina y pedirle disculpas, por el plantón. Pero como sucede que soy Joaquín, no Hilario, y como tal elijo lo patético sobre lo decoroso porque yo nunca tuve ni tendré un coche con las vestiduras blancas, y aun si lo tuviera no tardarían en ponerse negras, y para no ir más lejos el mío está sin vidrios, trepado sobre un árbol, entro en el edificio dando los pasos de un invasor violento, quién sabrá si los mismos que dieron hacia mí los rompevidrios, llevado por un brío que se sabe fugaz, aunque no insuficiente para arrastrarme hasta la puerta del abismo, escaleras arriba. Quítateme de en medio, Hilario Basaldúa. ¿No ves que tengo prisa por desbarrancarme?

¿Doctor Alcalde?, duda sinceramente la anfitriona, mientras pasa revista a los detalles y acaba de creerse lo que ve. Trae un vestido negro, no sé si de satín, que deja al descubierto las rodillas redondas y parte de los muslos, la melena cubriéndole la frente, los labios refulgentes de un naranja cruzado con púrpura cuyos solos destellos subrayan mi presencia tan impropia, que ya sólo por eso encuentro indispensable desde las luces de mi aturdimiento. ¿Se aparece la gente-como-uno sucia y ensangrentada en una cena donde nadie la invitó? ¿No es de pésimo gusto que la verdad desnuda pretenda entrar en una fiesta de disfraces? ¿Cómo evitar, no obstante, la sensación de estar por una vez en el lugar y momento precisos, es decir donde y cuando los buitres jamás se atreverían?

¿Qué te pasó, Joaquín? ¿Te sientes bien? Al fondo suena música de relleno, pero yo apenas la oigo porque dentro de mí sigo escuchando hush... hush... there's a kind of hush, y ya me ordeno ¡shhh! en un golpe de instinto, nada más reparar en que dice mi nombre y me tutea, all over the world, tonight. No se te olvide, Carnegie, que el silencio es el bisturí del manipulador. Pero ya veo venir a un par de GCUs en auxilio de la perpleja anfitriona, y como eso no estoy dispuesto a soportarlo doy un paso adelante, la tomo de los hombros y me dejo caer como un fardo inconsciente, tras lo cual ella pierde el equilibrio y se va derrumbando junto a mí. Nada que sea muy raro, me temo, en esta casa donde tanto la madre como la hija se fingen inconscientes a su capricho, aunque ninguna con la cara ensangrentada. Esos detalles cuentan, me animo a ojos cerrados, mientras ella batalla por quitarse mis piernas de encima de las suyas y el par de GCUs acuden a librarla del percance. Luego se oyen más voces, apenas si distingo entre las ocho o diez que se acompañan en un mismo azoro. Pura gente-como-uno, ni más faltaba. Es el doctor Alcalde, mi terapeuta, se justifica Gina todavía desde el suelo, distraída en el empeño de acomodar un poco al bulto que soy yo. Ponerme bocarriba, las piernas y los brazos extendidos, ¿te sientes bien, Joaquín? ¡Doctor! ¡Doctor Alcalde!

Los invitados discutieron un rato sobre la mejor forma de atender al accidentado intempestivo, hasta que volvió Gina con alcohol y algodón. No es la primera vez, comentó, para asombro y escándalo del accidentado, ya un par de veces le ha pasado en la consulta. ¿Y las heridas, y esos moretones?, chilló la voz de alguna invitada, ¿no será tu doctor el que estaba en el coche, el de los vidrios rotos? No he podido evitar hacer algunos gestos mientras el algodón me limpiaba la cara, pero creo haber logrado conservarme impasible mientras Gina Carranza explicaba por qué no podía ser yo el conductor de ese coche tan viejo, cómo crees.

Joaquín tiene un Jaguar, y antes traía un Audi, abunda Gina, levemente orgullosa de que su terapeuta sea GCU, una vez que entre cuatro de los presentes me han traído cargando hasta una cama. ¿Será que me protege o se protege? ¿Protege su negocio, puede ser? Sea cual sea el caso los quiero a todos lejos. Necesito pensar. Abrir los ojos. Pertrecharme de unas cuantas razones. Nada que no se pueda conseguir rumiando unos vocablos ininteligibles y revolviéndome entre almohadas y cobijas. Ya va a volver en sí, les dice, pobrecito. Vámonos a la sala, para que descanse. Cuando entreabro los ojos se han ido casi todos. Ya puedo imaginarlos algo más relajados, llenando de marcianos el cenicero. ¿Te sientes bien, Joaquín?, escucho una vez más y refunfuño, como un niño renuente a despertar. Duérmete un rato, pues. Si quieres aspirinas te dejé dos aquí, junto a la jarra de agua. Gracias, Gina, y perdón, murmuro con un toque de ultratumba, y ella vuelve a la carga: ¿Te sientes bien, Joaquín? Me voy a sentir bien, le respondo entre dientes, cuando esté en una tumba y el epitafio diga Joaquín tenía un Jaguar.

Debe de ser su risa, de tan inesperada, el timbre que me vuelve al mundo de los vivos.

ƧΦ%Λ□ϴ? 8?IΦƧIΛ
V0∽0□Λ I0□VƧΦ8?□Λ X0I? 8ΛI 8ΛI 8ΛI:

⊓⊥ ◇ǂ? 0←?□ □?+□?ΔΛ ¿?I IΛI?+ƧΛ ← ?ΦIΛΦ8□Λ 0 Δǂ
ϴ0←Λ□ Ȣ0⊢⊣0ϴ0←0 ¿ƧIƧ?Φ¿Λ ◇ǂ? I? 0□¿Ƨ0 ?I 0IϴO ¿?I
IΛ□0∽?⊥
⊔⊥ ◇ǂ? Δ? VǂΔΛ ¿?ΔVǂ?Δ 0 ƧΦ8?□□Λ+0□I0 ← ?II0 Δ?
?ΦΛ∽Λ ϴ0Δ ← ¿Ƨ∽Λ ΦΛ 8? ϴ?80Δ, ◇ǂ? ΔΛΦ IΛΔ0Δ ¿?
+□0Φ¿?Δ⊥
⊏⊥ ◇ǂ? ?Φ I0 ΦΛIX? Δǂ ϴ0←Λ□ Ȣ0⊢⊣0ϴ0←0 Δ? ϴ?8ƧΛ 0
–0⊕0□ ← ?II0 IΛ□□ƧΛ 0 ?ΔIǂIIO□ ?Φ Δǂ –ΛIΔ0⊥

ᒣ⊥ ◇ǂ? I? ?Φ|ΛΦ8□Λ 8□?Δ |O□8OΔ □?8? |ǂ□ΔZΔ ¿? ǂΦ 8OI |OVZ8OΦ ǂ□ǂ–ǂ⊥

ᒥ⊥ ◇ǂ? ¿?Δ|ǂ–□ZΛ ◇ǂ? ?I |OVZ8OΦ ǂ□ǂ–ǂ ?Δ ΦO¿O ⊖?ΦΛΔ ◇ǂ? ?I ⊖ZΔ8?□ZΛΔΛ |Λ⊖OΦ¿OΦ8? ∽ΛVZIΛ8?⊥

ᒧ⊥ ◇ǂ? ?Δ8Λ ?Δ ǂΦO 8□OZ|ZΛΦ OI □?+IO⊖?Φ8Λ ← O Δǂ 8?ΦZ?Φ8?⊥

ᑲ⊥ ◇ǂ? ←O ΔΛIΛ VΛ□ ?ΔΛ ?I OI8Λ ⊖OΦ¿Λ ZΦ%Λ□⊖O OI |Λ⊖OΦ¿OΦ8? ◇ǂ? XO ΔZ¿Λ ¿?+□O¿O¿Λ⊥

ᒣ⊥ ◇ǂ? ?Φ IO Φ Λ|X? Δǂ ⊖O←Λ□ 8O⊢⊣O⊖O←O Δ? ¿?¿Z|Λ O |ΛΦ8O□I? O ΔǂΔ O⊖Z+OΔ ¿? IOΔ 8□?Δ |O□8OΔ ◇ǂ? I? XO–ZOΦ II?+O¿Λ⊥

✱⊥ ◇ǂ? Δ?+ǂΦ ?IIO Iǂ?+ǂZ8Λ Δ? ¿ZΛ |ǂ?Φ8O ¿? ◇ǂ? ?I 8OI |OVZ8OΦ ?□O ?I ⊖ZΔ⊖Λ –O–ΛΔΛ ◇ǂ? I? ¿O IO 8?□OVZO, ← ◇ǂ? O¿?⊖OΔ ?Δ|□Z–? Z+ǂOIZ8Λ O ⊖O⊖ZIZǂΔ %I?→ǂΔ⊥

ᒥǂ⊥ ◇ǂ? ¿Z|? Δǂ ⊖O←Λ□ 8O⊢⊣O⊖O←O ◇ǂ? ?Δ? ∽ΛO◇ǂZΦ ?Δ ǂΦ %O□ΔOΦ8? Z+ǂOI O IO ⊖O⊖O⊥

ᒥᒥ⊥ ◇ǂ? VΛ□ IΛ ⊖?ΦΛΔ IO ⊖O⊖O ΦΛ ?□O |Λ–O□¿?, ΦZ Δ? O8□?ᔭZΛ O ⊖?8?□Δ? ?Φ Δǂ |OΔO⊥

ᒥᒧ⊥ ◇ǂ? ¿?|ZO –Λ□ΛIO, ΦΛ IO ⊖O⊖O, ← XOΔ8O ǂΦO ᔭ?O∽ ¿Z∽Λ IO ᔭZ?∽O ∽Λ□□O ?ΔO⊥

ᒥᑲ⊥ ◇ǂ? ¿Z|? ⊖Z ⊖O←Λ□ ◇ǂ? ?Φ |ǂOΦ8Λ Δ? OVO□?∽|O ?I ∽ΛO◇ǂZΦ ?Δ? I? ᔭO O |ǂ□8Z□ IO |O□O O |O|X?8O¿OΔ ← I? ᔭO O V?¿Z□ 8Λ¿Λ Δǂ ¿ZΦ?□Λ⊥

ᒥᒣ⊥ ◇ǂ? ΔZ ΦΛ Δ? IΛ VO+O ᔭO O ⊖?8?□IΛ O IO |O□|?I⊥

ᒥᒥ⊥ ◇ǂ? I? O|ΛΦΔ?∽O OI ?→ |Λ⊖OΦ¿OΦ8? ∽ΛVZIΛ8? ◇ǂ? ΦΛ ¿?∽? ΔOIZ□ O ⊖O⊖ZIZǂΔ %I?→ǂΔ ΦZ OI ¿Λ|8Λ□ ¿?I |OI¿Λ, ΦΛ Δ?O ◇ǂ? Δǂ ⊖O←Λ□ IΛΔ ¿?ΔV?II?∽? ← ⊖OΦOΦO |Λ⊖O⊖ΛΔ ΔΛVO ¿? 8?□OV?ǂ8O⊥

ᒥᒧ⊥ ◇ǂ? ←O ᔭO O O⊖OΦ?|?□ ← 8Z?Φ? ◇ǂ? –O∽O□ O ¿?∽O□ ?Δ8? ⊖?ΦΔO∽? ǂ□+?Φ8? ← Δ?|□?8ZΔZ⊖Λ, OΦ8?Δ ¿? ◇ǂ? ¿?ΔVZ?□8? Δǂ ⊖O←Λ□ ← I? ¿? VΛ□ II?ᔭO□IO OI |ΛI?+ZΛ⊥

ᒥᑲ⊥ ◇ǂ? ?Δ ǂΔ8?¿ □?8? –□ǂ8Λ, |OVZ8OΦ⊥

737

Abrir los ojos y mirarme a solas en la recámara de Dalila me relajó aún más que los buenos tratos de Gina. Miré el buró amarillo, la cómoda morada, el armario naranja. Me detuve en los cinco cuadros paralelos y equidistantes, enfrente de la cama, cada uno con el marco de un color diferente, cuatro pequeños y uno grande al centro. Don Gato y su pandilla, murmuré por lo bajo, tenían que ser. ¿Quién mejor que el *Top Cat* para construir un puente entre Dalila y yo? ¿Y si los cuadros fueran de la madre? ¿Quién me dice que no se los compró Manolo? ¿Cómo sé que *Don Gato* no es otra herencia mutua del infame pelón, al igual que Tom Jones y Engelbert Humperdinck? ¿Y eso qué más daría, opina redivivo el doctor Alcalde, si al infame pelón ya lo bajó del mundo la dueña de esta casa?

¡A callar todo el mundo!, conminó el Comandante Zopilote, nada más tentalear debajo de la almohada y dar con un cuaderno repleto de dibujos, pero no sólo eso. Debe de habérseme ido cayendo el maxilar conforme me topé con los ƧΦ%Λ□⊖?Δ 8?|ΦƧ|ΛΔ, cada uno constelado de flechas y tachones. ¡Puta mierda, escupí, los borradores! Nunca le pregunté si los hacía, menos si los rompía. ¿Pensaría la madre que eran sólo dibujos y no letras de un código? ¿Qué haría yo si me comiera esa curiosidad? Sustituir signos. Experimentar. Buscar una palabra más o menos común, que incluyera una letra poco frecuente o una combinación de letras especial. Volví al ƧΦ%Λ□⊖? 8?|ΦƧ|Λ y algo se me heló adentro: que, que, que, que, que. Todas y cada una de nuestras líneas empiezan con la misma rejodida palabra, que para colmo contiene una exótica ◇, y luego por supuesto la ǂ (de la que ninguna ◇ se libra), seguida de una ? reveladora. Sustituyendo esas solas tres letras descifra uno la clave en diez minutos.

Tranquilo, Zopilote, me templé de un tirón, quién me decía que Gina tendría que haber visto ese cuaderno, y además reparado tanto en él como para iniciarse en el contraespionaje. De la sala llegaban los ecos de un barullo risueño y animado que al menos me libraba de temerme causante de una estampida intempestiva de GCUs, pero esa ligereza terminaría tan pronto como mis ojos cayeran sobre el último de los ƧΦ%Λ□⊖?Δ 8?|ΦƧ|ΛΔ.

Hice memoria entre la bruma reciente. Una noche sin sueño deja la sensación de un día sin final, que en realidad son dos ya inseparables, pero dos o más noches seguidas en vela sumergen al usuario en una suerte de vigilia alucinada donde actos y palabras se encaraman en un tiempo confuso y estrambótico, no muy distinto del de las pesadillas. Tres días sin fumarme un gallito anestésico, eso seguro que también se suma. En todo caso no recordaba bien a qué hora había salido de la casa. Podían ser las cinco, o las cuatro o las seis.

Ya había decidido que el doctor Alcalde dejara a su paciente plantada y sin consulta, pero igual resolví calzarme el saco gris y echar dentro las hojas con la última carta para Gina Querida. Qué tal que se ofrecía (de mi madre aprendí la importancia de estar bien preparado para atender al grito del capricho). ¿Es decir que debajo de la puerta verde me esperaba ya desde la mañana un 2Φ%Λ□θ? 8?|Φ2|Λ?

Me levanté de un salto, como si alguien me hubiera bañado en agua helada (que es lo que había hecho el 2Φ%Λ□θ? 8?|Φ2|Λ, en resumen). Traté de conciliar la risa recentísima de Gina con la furia de quien anoche mismo se había referido a mí como cobarde y a Nancy como zorra, entre sabría el demonio cuántas más expresiones cariñosas. No me habría perdonado, ni quizás yo la habría conmovido, ni habría releído y reconsiderado antes de reclamarme. Pero esto último sí que lo haría, a saber de qué forma, nada más se largara el último GCU. ¿Y yo qué iba a hacer mientras? ¿Esperar ahí tumbado mi castigo, como niño malcriado y compungido?

El cuarto de Dalila está justo en mitad del corredor, a tres metros de la puerta del baño. Esperé a comprobar que no estuviera dentro un GCU, luego di un par de pasos a hurtadillas y me escurrí hacia dentro. Descartando cada una de las otras salidas, algunas tan idiotas como ir por un cuchillo a la cocina y amagarlos con él, hasta alcanzar la puerta y salir disparado, encontré que la clásica pecaba de ridícula, nada más me trepé en el escusado, quité el plafón del techo y me dije, con algún resignado desparpajo, que antes pasa la lengua del doctor Alcalde por los labios de Gina Carranza que mi cuerpo de adulto por ese pinche hueco.

No era lo más juicioso permanecer allí, pero lo sería menos ir a esculcar cajones en la recámara de Gina Carranza. Rebusqué entre el lavabo y el botiquín, pensando ya en hacerme algún daño mayor en las cortadas y suscitar, con suerte, horror o compasión. Podía desmontar, si me empeñaba, el rastrillo de doble navaja que encontré al fondo de una canasta de mimbre, junto a un frasco de espuma para depilación. Otra salida estúpida, concluí, ante la falta de unas tijeras metálicas que pudieran servir mejor al despropósito. Tijeras, balbuceé, como quien echa mano de una idea para que no termine de escapársele, unas buenas tijeras. Me hice con el rastrillo y la espuma, los dos color de rosa, más un frasco de Paco Rabanne, cortesía de la casa para los GCUs del sexo masculino, y volví de puntitas al cuarto de Dalila, jurándome que no puede haber niña que no tenga por ahí unas tijeras. Si logro dar con ellas, maquiné, más ingenuo que ingenioso, podría cuando menos ayudarle a escapar al doctor Alcalde.

Encontré dos de plástico: unas sin ningún filo, de juguete, puede que veteranas de más de una escuelita, y las otras dentadas, para cortar figuras de papel. Solté unas, tomé otras y me enfrenté a un espejo rosado en la pared. Me dio grima la imagen de aquel barbón de mierda encerrado en un marco de La Sirenita. Adiós, doctor, pensé, mientras ponía manos a la obra. Krish-krish, krish-krish, krish-krish, me apliqué a recortar esas barbas que de un momento a otro me incomodaban menos que un gorro de bufón, con irregular éxito pero fruición bastante para no detenerme en los detalles, decidido a asomarme al rictus escondido de Joaquín Basaldúa como quien rasca en un cartón de lotería por ese último dígito que le hará millonario.

Falta el agua, me quejo, después de un cuarto de hora de tijeretazos, con el trabajo a medias y una pinta de carne de patíbulo que sería divertida si estuviera esperando a Dalila y no a Gina furiosa, puta mierda. Le echo un ojo al pasillo y alcanzo a ver la puerta del baño que se cierra. ¿Cómo sé que no están por irse las visitas? Si al final voy a ver a los ojos a Gina, que sea yo, por lo menos, y no el doctor Alcalde quien le plante la jeta, cavilo, titubeo y acto seguido salto sobre el vaso con agua que Gina me dejó para las aspirinas. Regreso al espejito, remojo la pelambre (dispareja; quizás un poco larga todavía para podarla ya a navaja limpia), unto la espuma, alzo el rastrillo y me armo de valor. ¿Sirven igual los accesorios para depilar que los de rasurarse? He ahí, Ladies & Gentlemen, la última investigación científica que en vida emprenderá el doctor Alcalde.

Observaciones: 1. Arde como la mierda, pero al final funciona. 2. Hay un camino largo entre mi maxilar y sus axilas. 3. Imposible arrasar con estas púas de hombre sin pensar en el vello suavecito que a buen seguro las precedió. 4. A saber dónde más anduvo este rastrillo. 5. El olor de la espuma provoca incontrolables erecciones. 6. Al verme en el espejo de la Little Mermaid, ya no aparece allí el doctor Alcalde. 7. Hay una autoridad que no me asiste más, no sé decir si lamentablemente. Una vez que me he echado loción en las cortadas y ninguna ya sangra ni debo reprimir aullidos y resuellos, abro otra vez la puerta y descubro que el baño está abierto y vacío.

Me abalanzo hacia adentro, sumo el seguro y abro la llave del agua caliente. Luego elijo entre cuatro botellas diferentes de shampoo, sumerjo la cabeza en el lavabo y detengo los gritos en la garganta, no bien las heriditas punzan de nuevo juntas. A falta de otra toalla que una de manos ya de por sí húmeda, echo el guante a una bata de la anfitriona y con ella me froto la melena empapada. Poco después la cuelgo del toallero, me armo de un buen cepillo y termino el trabajo. Tarde ya paro de acicalarme el cráneo, y hasta entonces advierto que afuera rondan voces demasiado cercanas. GCUs que se despiden. ¿Todo bien con tu enfermo, Gina, segura? Ay, sí, ni te preocupes, al contrario, qué pena con el numerito, perdón todos, de veras, prometo que no vuelve a suceder. Estas solas palabras me hacen considerar una vez más la posibilidad de salir y cargar hacia el frente a toda carrera, igual que un raterillo principiante o un jugador de rugby decidido a rifársela por el próximo tanto. Para cuando acabaran de explicarse mi cara sin las barbas, ya iría yo corriendo por la avenida. O quizá pensarían que soy un ladrón, no faltaría el valiente que fuera tras de mí: típico de los putos GCUs. Pero si no me muevo de este baño no es porque tenga miedo a que me agarren. Es otra cosa, muy parecida al morbo. La cabeza aconseja que me largue, pero el instinto insiste en que me quede a ver el fin de la película. Si ese eunuco juicioso que era el doctor Alcalde se ha ido con todo y barbas por el drenaje, algo mejor tendría que hacer yo. Y si de todos modos voy a acabar corriendo como una puta rata de alcantarilla, que sea sólo de ella y no de todos esos GCUs.

Entreabro la puerta no bien las voces han tomado distancia. Voy dando pasos suaves, lerdos y desacompasados, como si en vez de la alfombra de Gina fuera pisando el suelo de Júpiter. Hago un alto en la puerta de la cocina. ¿Gina?, pregunto, en voz no del todo alta y tono pusilánime. Camino hasta la sala, el comedor, la puerta. ¿Será que está allá abajo, despidiéndolos? No sé si es el instinto o el cerebro quien advierte que me queda la opción de escurrirme ahora mismo a la azotea y esperar a que suba para volver abajo y alcanzar la calle. Al fin oigo el murmullo de su voz, muy lejos allá abajo, detrás del golpe que cerró el zaguán. Lotería, me digo y procedo a escurrirme hacia el pasillo.

Ahora verás, cabrón, la oigo refunfuñar escaleras abajo, cuando ya tanto ella como yo escalamos al piso inmediato superior. Luego azota la puerta, por supuesto. Atento a esa señal, el zopilote vuela ya en picada rumbo a la incertidumbre callejera, pero toma el atajo de la puerta verde, calculando que hay tiempo para abrirla, cerrarla y esfumarse al estilo de los ilusionistas. A la mierda, se dice, con la puta película, una vez que recorre el pasador y se deja caer sobre el flanco seguro de esa pequeña puerta con pinta de covacha, con las piernas de trapo y los dedos temblones. Ahora verás, cabrón, había repetido, poco antes del portazo. Payaso, galancete, charlatán, raterillo, también eso pesqué de lo que iba rumiando. ¿Me iba a despellejar, como anunció Dalila? ¿Pensaba amenazarme, por si se me ocurría abrir la boca sobre la verdadera muerte de Manolo? ¿Demandarme, cobrarme, echarme en cara tantos ƧΦ%Λ□ɵ?Δ 8?|ΦƧ|ΛΔ, reclamarme por llamarla también ɵO⟵Λ□ ȣO⊣OɵO⟵O, llamar a la patrulla y acusarme de abuso de menores y lo que resultara? ¿Y cómo va a explicarse mi rutilante desaparición? ¿No será que Joaquín se escapó en su Jaguar?

Miro al piso, ahí está: ƧΦ%Λ□ɵ? 8?|ΦƧ|Λ. Nada más levantarlo, caigo en la cuenta de que traigo conmigo el cuaderno de Dalila. Una de esas gestiones invisibles que tramita el instinto de supervivencia. Me trabo de repente. ¿Y el saco? Puta mierda. Se quedó en la recámara de Dalila. Jodido instinto el tuyo, me atosigo, con las palmas cubriéndome la cara, lejos de la certeza de que pueda ser mía tanta piel, tan lampiña. Le dejé el saco gris, con las hojas adentro: Gina querida. Dirá que fue a propósito, y hasta puede que tenga razón. ¿Cómo voy a saber si alguno de los míos, Alcalde, Zopilote, Læxus, Basaldúa, Medina, Urubú, intervino a su modo en ese olvido imbécil? ¿Y para qué escribe uno la carta del adiós, si no pensando en un final decoroso?

Entro en la casa media hora después, cuando ya la he escuchado bajar de regreso, asomarse a la calle, llamarme por mi nombre más o menos a gritos, subir las escaleras y azotar otra vez la puerta de su casa. Le di tiempo a subir tal vez a la azotea, o volver a la calle más sigilosamente, jugando a lo mejor al gato y el ratón, sin yo moverme en todo ese transcurso más de lo necesario para respirar. Luego vine reptando hasta el comedor. ¡Tranquilo, Filogonio!, susurro, todavía paranoico porque el ir y venir del conejo entre sala y cocina me devuelve a los pasos furibundos de Enojenia Carranza.

Intento reconstruir en la cabeza el borrador de la quinta carta. Si me apura, no sé qué le escribí; aunque ya tendrá claro que soy un correlón. Un vivales, dirá. Otro eunuco incapaz de fajarse el calzón cuando toca tomar al toro por los cuernos (o en su caso a Manolo por la escalera, no, Gigí, no, Gigí). Me he abrazado del perro, recostados los dos sobre el sofá. No me doy cuenta cómo me va ganando el sueño, distraído tal vez por las voces angélicas que repiten a coro el estribillo. Los tímidos, doctor, somos capaces de cualquier cosa.

Despierto tan dormido que levanto el teléfono como una máquina y escucho allá a lo lejos un alud de palabras de entre las cuales logro resaltar dos: *caseta* y *vigilancia*. Ya no sé en qué soñaba, pero tampoco ubico el día ni la hora. Para más extrañeza, el recuerdo de Gina furibunda y esta cara tan larga y tan lisa son chispazos de azoro reciclado que acuden al cerebro con el ímpetu de una inyección de vitamina B12. Duelen y paralizan, al tiempo que estimulan y desasosiegan. No imagino qué tanto habré dormido; con trabajos proceso la información reciente. Dos paquetes para Sherwood ciento quince. A nombre de Joaquín Medina Félix. ¿Es usted el señor Joaquín, señor? Cómo quieren que sepa, a estas putas horas, cualesquiera que sean, tendría que haber dicho. ¿Quién le dio este teléfono, señor vigilante? ¿No por casualidad será un par de patanes que vienen a romperme los vidrios, o la vecina del edificio de atrás que se ha hecho pasar por mensajera para después mejor despellejarme?

Firme aquí. Y ahora aquí. Con su nombre y la fecha. Son dos paquetes, uno grande como dos cajas de zapatos y el otro que sería insignificante sin la envoltura blanca con el listón y el moño color negro. Quien se atrevió a mandarlo, especulo delante de Filogonio, que de pronto parece compartir mis temores (tiene que conocerme el lado flaco). Reprimo la esperanza oportunista de que la remitente pueda ser Imelda; de paso me deshago de la paranoia de que los dos paquetes vengan de Gina. En todo caso abro primero el grande: papeles y papeles, entre ellos el poder notarial que firmé a nombre de Juan Pablo Palencia y una calcomanía con el logo del fraccionamiento, supongo que muy útil para quien tiene un coche con los vidrios enteros. Por instantes olvido el paquete pequeño y me concentro en algún papel suelto donde pueda esconderse cualquier mensaje, hasta que saco la última carpeta y al fondo de la caja resplandece la tarjeta de Juan Pablo Palencia, abogado.

Muchos saludos, escribió en el reverso. *Mucha suerte*, también, aunque no en la tarjeta sino al pie de la pulcra lista alfabética que enumera los documentos contenidos. Una mano que no sé si es la misma garabateó, entre el fin de la lista y el *Mucha suerte*, no ya con pluma azul sino marcador negro, la frase *Obsequio Adjunto*, subrayada y entrecomillada. Hoy día no se sabe si quien pone comillas lo hace para citar, ironizar o sólo "destacar". Corrijo: las comillas envuelven solamente la palabra obsequio (bien arriba las cuatro, ya se nota el esmero en que así sea).

Debería dejarlo reposar unos días, sin abrirlo y ni siquiera tocarlo, pero los zopilotes no nacemos equipados para resistir el chantaje del antojo, y menos aún el gusto por el luto suntuoso. No comparto, digamos, el humor machacón de esas comillas zafias, pero el detalle del moño negro, y ese listón tan fino, y ese papel tan suave, me hacen sentir algo así como en casa. Imelda, Imelda, Imelda, clamo pero enseguida me reprendo: no hay que ser predecible. Mi remitente, asumo, al tiempo que deshago la envoltura con una rara mezcla de premura y esmero, tuvo que haber contado con mis esperanzas, y en tanto eso jugado con ellas; luego entonces conmigo. Pero esa indignación se va a archivo, no bien abro la caja y me quedo de una pieza, como un juguete a control remoto congelado por el botón de pausa.

No es propiamente que el obsequio me impresione, sino que no le encuentro las comillas, ni por tanto el sentido. Debajo del obsequio, cubierta por un bulto de algodón, se oculta otra tarjeta de presentación. Domingo J. Balmaceda. Jurisconsulto. No he terminado de captar el mensaje cuando ya abro la mano y suelto el reloj, como quien se deshace de una rata rabiosa. Lo miro rebotar en el sillón, rodar por el tapete y detenerse, carátula arriba, al lado de una pata del sillón. Lo levanto al instante, ahora sí deslumbrado, asido de los restos de mi incredulidad, aunque tampoco libre de una suerte de repelús ominoso. Rolex Cellini, releo y me derrumbo. Deben de ser las siete, siete y media, porque hay luces prendidas en la calle. Puedo encender las mías, me animo, como si no sintiera los nervios de punta, no tengo que esconderme ya más que de Gina, que vive atrás y no puede verlas. Pero a los zopilotes nos atrae la penumbra y el luto nos despierta el apetito. Quien decide tendernos una trampa no tiene que gastar mucho en carnadas. Cierro, aprieto los párpados. Echo atrás la película. Tú no sabes quién soy, mi querido Joaquín.

—No me gusta tu cara.

—¿Tan mal quedé, tú crees?

—Me das miedo sin barbas.

—Señoras y señores, con ustedes: El Aborrecible Santa Claus Lampiño.

—Se busca, vivo o muerto. Es un supervillano que se mete en los cuartos de las niñas y agarra su espejito para rasurarse y las asusta con su cara de traidor. Cuidado con sus cartas, que producen ataques neurocursis.

—Yo tenía esas cartas escondidas. Un día abrí el cajón, vi que no estaban y no por eso te eché la culpa. Ya te dije, fue una ex. La ex dueña de esta casa, además. Tiene un juego de llaves, puede entrar cuando quiera.

—¿Y a poco voy a creer que la señora ésa vino cuando no estabas, se metió, agarró las tres cartas y fue al correo a mandarlas?

—¿No te dije que ya tenían los timbres? Sólo faltaba echarlas en cualquier buzón. ¿Quieres que te lo vuelva a contar?

—¡Ay sí! ¿Nomás por travesura?

—No me dijo por qué, ni para qué. Me querría proteger, o sentiría celos, o se conmovería, o se pondría del lado de tu mamá, o pensaría que yo salí como Manolo y estoy a tiempo para un escarmiento. O sea que como ves soy el que menos va a sacarte de dudas. Ni modo. Si todavía fuera el doctor Alcalde te diría que la vida es un álbum condenado a quedarse sin llenar. ¿O será que nomás se van al Cielo quienes se mueren con el álbum lleno?

—Eso te pasa por tener tantas novias. Eres un Santa Claus de mentiras que se mete a robar los juguetes que deja el de verdad.

—Yo sólo me robé unas gotas de loción y un poquito de espuma de afeitar.

—¿Y mi cuaderno qué?

—Esa, teniente, es una prueba de alta traición que el Comandante Zopilote puso a disposición del alto mando.

—¿Comandante? ¿Cuál comandante? Yo no veo a ninguno por aquí. Aunque eso sí, huele a carne podrida. Mesero, por favor, ¿me podría servir los gusanos en un platito aparte?

—Esas cartas eran como mi diario. Tenían sobre y timbres para que parecieran de verdad, porque el juego era así.

—¿Y la primera no se la mandaste?

—Nada más esa y ya. Perdón, pues. ¿Y qué tal tu cuaderno todo lleno de informes en clave fantasmagórica?

—Tú me pediste que hiciera pedacitos los tuyos, no los míos.

—¿Y no es la misma cosa?

—No, porque yo soy niña y estoy jugando con mi amigo imaginario. Lo malo es que hace trampas y me cuenta mentiras. ¿Sabes cómo te llama mi mamá, desde que te le desapareciste de mi cuarto? *Enemigo Íntimo.* También te dice *Borolo Segundo* y *Manolo Junior.*

—¿Y tú cómo me llamas?

—Zopilote. Puede que Comandante, si no se enojan los del alto mando.

—El alto mando de tu familia va a arrestarte tres años si se entera que te reúnes con el Enemigo Íntimo.

—¿Me va a hacer capitana, si lo perdono?

—Capitán Carpintero, no suena mal.

—Coronel Zopilote tampoco. Lástima que no pueda yo ascenderlo. ¿Cree que deba escribir una carta secreta al alto mando?

—Casualmente, me acaba de llegar un telegrama del alto mando, donde confirma nuestros nuevos grados.

—¿Por dónde llegan los telegramas?

—¿Los del alto mando? Disculpe, capitán, ésa es información confidencial.

—¿Ya arrestó al falso capitán Urubú?

—Está preso junto al doctor y el maestro.

—¿Con Mamilius Flexus y el diabólico doctor Del Caldo? Pobrecito. Eso está mucho peor que caer en el dique de los cocodrilos.

—Para allá van, de todas maneras. Los llevan arrastrando entre la gente, que se acerca a escupirles y darles chicotazos.

—Huy, sí, y Mamilius Flexus voltea y dice perdónalos, mi amor, no saben lo que hacen.

—¿Voltea para dónde? ¿Hacia la cámara?

—Voltea a ver a Gina, menso. Pero tú no te atreves a hacer eso.

—Ya me atreví bastante, ¿no se te hace?

—Tú no, el doctor Del Caldo. Así hasta yo me atrevo. Qué chiste, con disfraz.

—¿Qué más dice de mí?

—De repente se ríe de que llegaste con cara de zombi y te fuiste como animal del purgatorio.

—Ánima.

—Ella dijo animal.

—De todos modos no se equivoca. Mi alma se comportó como animal. Si tu mamá quisiera contestar mis cartas, escribiría en el sobre Joaquín Basaldúa, Purgatorio, domicilio conocido.

—Ayer leí la última. Fue una misión suicida, tuve que esperar hasta que se durmiera.

—¿No se metió a bañar en todo el día?

—A bañar no, pero sí al baño como cinco veces.

—¿Dónde estaba la carta?

—No te digo.

—¿Por qué?

—Porque se enojaría mi Mayor Wakamaya.

—Son órdenes del Coronel Zopilote.

—Está bien, coronel, no me torture. La carta la traía mi mamá.

—¿La traía?

—Se la llevaba al baño, para que no la viera yo leyéndola.

—¿Nada más esa carta?

—Las cuatro hojitas llenas de tachones. ¿No te digo que ayer la leí?

—¿Y qué? ¿Muy cursi?

—Dije eso porque estaba enojada contigo, pero la del amor sí me gustó. La última se acaba cuando apenas se estaba poniendo buena.

—¿Y eso?

—Si dejaste por fin de hablarle de usted, como viejito, pues ya te sigues y le pides un beso, ¿no?

—Me estaba despidiendo.

—¿Por qué eres tan miedoso?

—¿Yo miedoso? No sé.

—¿Le tienes miedo a Gina?

—Más miedo me doy yo, de repente. Debe de ser normal, entre las aves de mal agüero.

—Pero no te dio miedo dejarle a mi mamá los papelitos de tu última carta.

—Los dejé sin querer, con todo y saco.

—Y dejaste las barbas regadas en mi cuarto.

—Según yo lo eché todo al drenaje.

—Tengo una colección de barbas tuyas en mi buró. Si no me crees, puedo hacerte vudú. ¿Y ese reloj te lo dio tu otra novia?

—¿Cómo te explico? Lo gané en una rifa.

—¿Es todo de oro?

—Creo que sí. Ya busqué en Internet. Parece que es idéntico al de Scaramanga.

—¿Ese es tu nuevo nombre?

—Así se llama un enemigo de James Bond.

—¿Hiciste alguna trampa?

—Yo supongo que sí. No sé hacer otra cosa.

—Tampoco eres tan bueno. Te le escapas a Gina, pero no sabes huir del purgatorio.

—No es mala idea: *Escape del purgatorio*, por Basilio Læxus.

—Lástima que el maestro Mamilius Flexus nunca escribiera un libro para escaparse de los cocodrilos.

—No hable mal de los muertos, capitán. Ya bastante hizo el pobre con escurrírsele a la cocogina.

—Me gustaba más tu otro reloj.

—Éste es más efectivo.

—¿Para darte la hora?

—Me da la ubicación, más que la hora. Nada más de mirarlo, no me deja volver al pasado. Me recuerda que allí soy cucaracha, y a nadie le intereso y cualquiera me aplasta. No es un reloj, es como un amuleto. Un rehén al que tengo que matar si me da por volver del limbo al purgatorio.

—Ya pasó Halloween, Coronel Zopilote. Guarde su calabaza y sígame explicando sin asustarme. ¿No le dije que me da miedo sin barbas?

Miro el Rolex: las cinco y treinta y siete. Voy contando las horas desde la madrugada del viernes al sábado. Sesenta y cuatro, casi. Traigo pinta de deudo, pero el reloj hace milagros por el porte. Van dos noches que salgo a patrullar velorios y me llamo Joaquín Basaldúa. También me he presentado con los vigilantes. Señor Joaquín, me llamaron ayer, ya llegó su taxi.

Nunca entendí el mensaje de Juan Pablo III, pero es verdad que me cerró la boca. Más todavía que eso, me puso en mi lugar. Volver sobre mis pasos de insecto bravucón fue tan simple como mirar hacia otra parte. Pero no soy miedoso, o en todo caso no lo soy tanto, si llevo en la muñeca una evidencia que me hace una vez más cómplice o sospechoso de homicidio, cuando menos de robo. ¿Se considera robo quitarle su reloj a un pedazo del pérfido Scaramanga? ¿Tendrá sus agravantes? ¿Y atenuantes? En todo caso la pregunta sería cuánto voy a esperar antes de ir a venderlo al Centro por su peso. Que es como se merecen acabar ciertos objetos ruines. No ya poco apreciados, ni sólo despreciados, sino además de todo depreciados. ¿Qué le molestaría más a Scaramanga, a ver?

Isaías Balboa no habría desaprovechado la oportunidad para incluir la pregunta en un cuestionario. Si, una vez muerto usted, su precioso reloj quedara en posesión de sus enemigos y uno de ellos se lanzara a venderlo, ¿preferiría que lo malbaratara como quincalla vil, o lo vendiera como la gema que es? ¿Qué opinaría Nancy, por ejemplo, si llegara a enterarse de que su hijo Joaquín vendió la casa por una bicoca que luego fue a gastarse en drogas y putas, cosa por cierto de lo más probable? Diría hijo de tigre, pintito. Le daría vergüenza, si fue a parar al reino de los cielos. Se enorgullecería, si la mandaron al de las tinieblas. No le va el purgatorio, en todo caso. Lo sé porque tampoco le cuadro yo, que aborrezco a su querido Mick Jagger y en los últimos años fui su purgatorio sin que ella lo supiera ni se lo imaginara. ¿Por qué soy tan miedoso? Porque todas mis armas, o cuando menos las más eficaces, han sido diseñadas para desempeñarse a espaldas del objetivo. Porque soy carroñero y el luto de los otros es banquete de gala para mí. Porque le compré el cuento a Basilio Læxus. Porque sospecho fácil de las historias fáciles. Porque ésas para mí son las más difíciles. Porque la GCU y yo cabemos mal en un mismo pueblo. Porque tengo fantasmas que juegan al ping-pong con las pelotas de mis buenos propósitos. Porque me gobierna una minoría aplastada. Porque saber que soy ave de mal agüero y aun así buscarme compañía me convierte en canalla consecuente. Porque la GCU es capaz de cualquier cosa.

—¿Y ahora? —vuelvo en mí, o en nosotros, urgido por los ademanes de Dalila que juega a ahorcarse sola.

—Coronel Zopilote… —susurra por tercera o cuarta vez, con los ojos pelones y el aliento sin voz.

—Le ordeno estarse quieta, Capitán Carpintero —fanfarroneo ya casi divertido.

—Capitana —habla y tose— aunque se tarde.

—¿Dalila? ¡Dalila! ¡Dalila! —suplico, ordeno, gimo, palmeo su espalda, la detengo.

—¡Mi inhalador! —murmura, con los ojos llorosos y saltones. Ya me encaja también las uñas en los brazos, se ha ido entre deslizando y desvaneciendo.

—¿¡Qué inhalador!? —estallo, la detengo, la levanto. —Dime que es una broma, Dalila. No me enojo, te juro. ¿Dónde está tu mamá? ¿Quieres que yo te traiga el inhalador? —disparo sin parar, ya mecánicamente, y ella tose que tose como un tísico. Voy para atrás y anulo esa palabra, nadie mejor que un pájaro salado debería enseñarse a medirlas.

—Min ha la dor —insiste y se me quiebran las rodillas, pero igual la alzo en vilo y doy la media vuelta.

—Ahorita vamos por tu inhalador —le doy más palmaditas, mientras cruzamos juntos cocina y zotehuela. Luego la puerta verde, y para puta suerte asomo la nariz y aparecen las jetas de dos señoras rancias con pinta de vecinas.

—¡Dalila! —se abalanzan, como si fuera yo el hombre lobo, pero ella se me prende del cuello, como si fueran ellas las dignas de dar miedo, con una fuerza que me agarra mal parado. Tarde ya se me ocurre que puede estar fingiendo, y como a mí le asustan los testigos.

—Min ha la dor —señala a la escalera, y por toda respuesta salgo corriendo en esa dirección. Subo los escalones de dos en dos, huyendo abiertamente de esas viejas de mierda, espérese, señor, suelte a la niña, todavía con la duda de si en realidad pasa lo que pasa o perdí la conciencia y estoy delirando.

—¿Joaquín? —¡la mierda!, deben de estar gritando al unísono mi pinta y mi porte cuando me cae encima la mirada todavía indecisa pero ya fulminante de la vecina Eugenia Carranza Zaragoza, plantada en el penúltimo escalón.

—Mamá, mi inhalador —pronuncia al fin una frase completa, aunque un poco más ronca, ya no sé si deliberadamente.

¿Dónde estabas, Dalila?, dispara una vez más, de rodillas al lado de la cama donde Dalila insiste en meterse debajo de la sábana para servirse a solas del inhalador. Salte, Joaquín, me ordena. Ahorita estoy contigo. No te me vayas a ir, si fueras tan amable. Luego me pesca el brazo para darme las gracias por quintuplicado, apretando los párpados como si conjurara a un demonio recóndito. De verdad, me confirma, mirándome a los ojos tras las últimas gracias. Y yo no me la creo, pero igual la obedezco. ¿O he buscado otra cosa, desde que la conozco? ¿La conozco? ¿Debería el fisgón fanfarronear por las mujeres en cuya vida ha entrado a hurtadillas? ¿Me queda algún orgullo en pie, al respecto, más allá del de nunca, hasta hoy, haber ido a apostarme en su calle para con suerte verla pasar desnuda? ¿Es decencia, prudencia o escasez de osadía?

Ha pasado algo más de un cuarto de hora cuando la veo salir de la recámara. Mi mira de reojo, se detiene, vuelve sobre sus pasos, entreabre la puerta, se asoma a ver a su hija, cierra con suavidad, mira hacia mí y se lleva a los labios el índice. ¡Shhhh!, ordena y yo asiento sin apenas moverme. *Ya le di una pastilla*, susurra con los ojos bien abiertos y una expresión afable, rayana en familiar, tras lo cual da la vuelta y entra en la cocina. Falta saber, me digo, punto menos que divertido, si la niña se tomó la pastilla o ya la habrá escupido debajo de la cama. En cuyo caso se arrimará a su puerta, o hasta la entreabrirá con tal de no perderse nuestra conversación. Aguardará quizás a que yo le dé un beso a su mamá, si es que no soy cobarde como los zopilotes, y a que ella me responda cual si recién le hubiera cantado yo al oído *there's a kind of hush, all over the world tonight.*

Llega con sendas tazas de café y esa sonrisa odiosa y caballuna que usa para tener un millón de amigos. Las deposita a un lado del cenicero que parece platillo volador y se queda de pie, con la sonrisa tiesa. Me levanto de un salto, como lo haría en un teatro si estuviera ocupando una butaca ajena cuyo dueño recién se hizo presente. Se me ocurre la idea del beso intempestivo y en ese mismo instante la descarto. A veces, cuando Nancy se enojaba y yo intentaba contentarla a la fuerza, me soltaba un manazo, vete de aquí, Joaquín, ni creas que está el horno para bollos. Eso dice de pronto la pinta desafiante de Gina Carranza. Ni creas, Joaquín. Intento preguntarle si ya está bien Dalila y reculo justo antes de la última sílaba, temiendo que debí decir la niña y no Dalila, no se supone que la conozca. ¿Ya está mejor Daliña?, corregí tarde y mal y ya sólo por eso presentí que me hundía. No una sensación áspera, y ni siquiera descorazonadora. Según Basilio Læxus, que como tantos en pus descansa, hundirse es también darse permiso de visitar el fondo. Abandonarse entero a las leyes naturales y dejar que su curso te absuelva o te castigue como sea que se le dé la gana. El consuelo de verse más allá de lo peor, en algún hueco ignoto de la estadística. Donde no hay más defensa que la impavidez y hasta las bofetadas son como espinas de oro en la corona de un campeón de crosslifting.

Recibo la primera de revés y la confundo con un suave puñetazo, pero ya la segunda viene en camino, decidida a aturdirme lo bastante para allanar mejor el paso a la tercera. Lo que tal vez ignora Gina Carranza es que yo sé surfear en las bofetadas. Aprendí con mi madre, que era ducha en el arte de cachetear al prójimo. Una vez que se ve venir la mano, como una ola inmensa a punto de estallar, la mejilla se une a su movimiento antes de interponerse en el camino. Más que un choque, un alcance. Tal como los judokas aprenden a caer sin lastimarse, quien ha sido frecuentemente abofeteado difícilmente va a perder una muela por causa de uno de estos castigos terapéuticos.

Cierto, las de revés son más dolorosas, aunque tiendan a ser menos certeras; en un descuido se siguen de largo, o te dan en un ojo y te noquean. Hay que saber leer las bofetadas, me animo nada más torear la quinta y adivinar la trayectoria de la sexta, que no obstante se quiebra a medio camino y me aterriza entre labio y nariz.

Listo, ya estoy sangrando. En mi experiencia, la irrupción de la sangre termina con la tanda de bofetones. Pero esta que hoy me pega no es mi madre, ni la frena mi sangre. Gina ha dicho, además, que es una tímida, y que los tímidos son capaces de cualquier cosa, y tal parece que ha llegado la hora de probarlo porque la sangre no ha hecho sino enardecerla, ya que la siete y la ocho me han caído con el puño cerrado sobre la zona recién reventada y ya acuso una suerte de atolondramiento que no me deja ver por dónde vienen la nueve y la diez: no bofetadas ya, sino mazazos, y eso lo sé porque de pronto, tarde en todo caso, puedo reconocer en su puño derecho el ovni sin marcianos que hace un tris descansaba en la mesa y ya viene bajando hacia mi sien.

—No, Gigí, no, Gigí —la animo a darme el último mazazo, tal vez con la esperanza frágil de disuadirla, ya tumbado en el piso y aturdido como uno de esos cerdos que viajan enjaulados camino al matadero, o como esos conejos que abandonan el mundo con los pulmones empapados de éter, o como esas especies carroñeras que cualquier día sucumben ante el hambre, la sed y la canícula, y alcanzo aún a dudar que sea de buena suerte sacrificar a un ave de mal agüero, antes de que una colcha negra, densa y pesada caiga a modo de lápida sobre mis pensamientos, como un claustro materno que recibe de vuelta a quien jamás debió dejar salir.

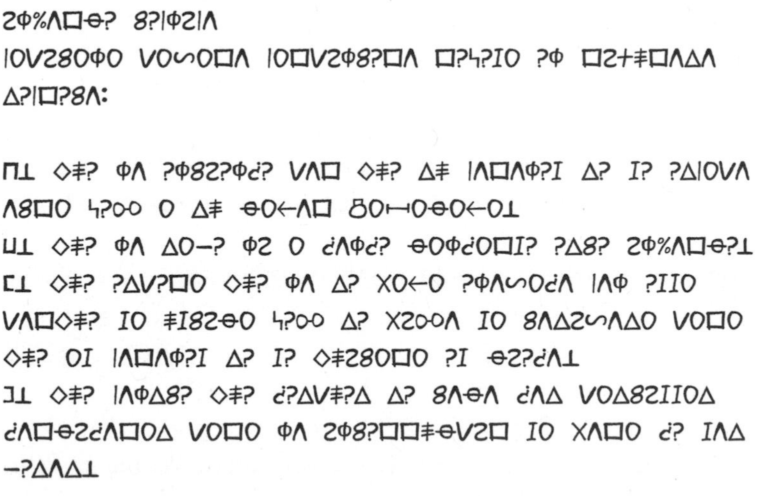

ΓL ◇‡? OI ¿ƧO ΔƧ+‡Ƨ?Φ8? Δ‡ ⊖O←Λ□ ȣO⊢O⊖O←O IO Λ–IƧ+Λ O |ΛΦ%?ΔO□I? ¿? %ƧIΛ+ΛΦƧΛ, |XOVIƧΦ ← IO |OΔO ¿? O8□OΔ⊥

ШL ◇‡? IΛ ◇‡? VOΔO ?Δ ◇‡? Δ‡ |OVƧ8OΦO IIΛ□Λ |Λ⊖Λ IΛ|O |‡OΦ¿Λ Δ‡ ⊖O←Λ□ ¿Ƨ∽Λ ◇‡? Ƨ–O O IIO⊖O□ OI OΦ8Ƨ□□O–ƧIΛ⊥

ΕL ◇‡? I‡?+Λ ?Φ8□O⊖ΛΔ ∽‡Φ8OΔ O IO |OΔO ← ?Φ8□? ?IIO ← ←Λ I?Δ ¿Ƨ⊖ΛΔ ¿? |Λ⊖?□ OI |O–Λ %ƧIΛ+ΛΦƧΛ ← OI ΔO□+?Φ8Λ |XOVIƧΦ⊥

ƎL ◇‡? ?ΔO Ϥ?oo ⊖Ƨ ⊖O←Λ□ ȣO⊢O⊖O←O Δ? ⊖?8ƧΛ XOΔ8O ?Φ IΛΔ |IΛΔ?8Δ ← Δ? II?ϤΛ ‡ΦO |O∽O |ΛΦ VOV?I?Δ ◇‡? ?Δ8O–O ?Φ8□? IO ΔOIO ← ?I |Λ⊖?¿Λ□⊥

✱L ◇‡? OI ¿ƧO ΔƧ+‡Ƨ?Φ8? ϤƧΦΛ O Ϥ?□IO ‡Φ Δ?ΦΛ□ ◇‡? ¿Ƨ|? ◇‡? |ΛΦΛ|? O ⊖Ƨ |Λ□ΛΦ?I ← Δ? IIO⊖O ∽‡OΦ VO–IΛ VOI?Φ|ƧO⊥

Π‡L ◇‡? ?Δ8‡ϤƧ?□ΛΦ XO–IOΦ¿Λ ¿? ‡Φ VΛ¿?□ ◇‡? ?IIO 8Ƨ?Φ?, |Λ⊖Λ ΔƧ %‡?□O Δ‡V?□VΛ¿?□ΛΔO⊥

ΠΠL ◇‡? ?Δ? Δ?ΦΛ□ VOI?Φ|ƧO Δ? ⊖?8ƧΛ VΛ□ IO V‡?□8O Ϥ?□¿? |ΛΦ ⊖Ƨ ⊖O←Λ□ ȣO⊢O⊖O←O, ← 8O□¿O□ΛΦ |Λ⊖Λ ‡ΦO XΛ□O ?Φ □?+□?ΔO□⊥

ΠШL ◇‡? ¿Ƨ|? ⊖Ƨ ⊖O←Λ□ ȣO⊢O⊖O←O ◇‡? ΔƧ Δ? ΦΛΔ XO|? ⊖‡¿O□ΦΛΔ O IO |OΔO ¿? O8□OΔ, ϤO O Λ%□?|?□ ‡ΦOΔ |?ΦOΔ ¿? Λ8□Λ ΦƧϤ?I⊥

ΠΕL ◇‡? ?Φ ‡ΦO |OΔO +□OΦ¿? ←O ΦΛ 8?Φ¿□ƧO ◇‡? Ƨ□⊖? O ¿Λ□⊖Ƨ□ |ΛΦ ⊖ƧΔ V□Ƨ⊖OΔ, ← XOΔ8O VΛ¿□ƧO ƧΦϤƧ8O□IOΔ ϤƧ?□Φ?Δ Λ ΔO–O¿ΛΔ⊥

ΠƎL ◇‡? ?Φ ?Δ? |OΔΛ ΔƧ ⊖? ¿?∽O□ƧO 8?Φ?□ O |XOVIƧΦ ← %ƧIΛ+ΛΦƧΛ⊥

ΠΓL ◇‡? ⊖Ƨ?Φ8□OΔ 8OΦ8Λ ϤO⊖ΛΔ 8Λ¿ΛΔ IΛΔ ¿ƧOΔ O ¿O□I?Δ ¿? |Λ⊖?□ ← OXΛ□O XOΔ8O ⊖Ƨ ⊖O←Λ□ IΛΔ OIO□Ƨ|ƧO⊥

ΠШL ◇‡? O IΛΔ 8□?Δ ←O ΦΛΔ ‡□+? ◇‡? □?+□?Δ? ⊖Ƨ |Λ□ΛΦ?I ← ΦΛΔ O←‡¿? ← OXΛ□O ΔƧ ←O Δ? O8□?ϤO |ΛΦ IO +ƧΦO⊥

ΠΕL ◇‡? IΛ ϤO⊖ΛΔ O ?Δ8O□ OO‡Ƨ ?ΔV?□OΦ¿Λ⊥

 739

Tetelpan, San Ángel. Verano de 2010

ƧΦ%Λ□ϴ?Δ 8?|ΦƧ|ΛΔ

INFORME TECNICO
COMANDANTE ZOPILOTE MANIFIESTA:

1. QUE TAL COMO LO PROMETIO A SU TENIENTE, SE DISPONE A ESCRIBIRLE EL PRIMER INFORME TECNICO, EN EL MAS RIGUROSO SECRETO.
2. QUE LE RECUERDA LA PROHIBICION DE MENCIONAR LOS NOMBRES VERDADEROS EN ESTOS INFORMES.
3. QUE TAMBIEN LE RECUERDA LA URGENCIA DE PONERSE DE ACUERDO EN LOS NUEVOS NOMBRES SECRETOS, EMPEZANDO POR EL DE LA SEÑORA MADRE DE SU TENIENTE.
4. QUE NO SE SIENTE COMODO CON LA SUGERENCIA ANTERIOR DE SU TENIENTE, QUE CONSISTIA EN LLAMARLA MAYOR GUACAMAYA.
5. QUE SEGUN PRESTIGIADOS ORNITOLOGOS, NI SIQUIERA A LAS MISMAS GUACAMAYAS LES ACOMODA QUE LES DIGAN GUACAMAYA.
6. QUE NO SE OLVIDE DE IR Y VENIR DE LA PUERTA VERDE ACOMPAÑADA DE ALGUN JUGUETE, NI DE ECHAR SUS INFORMES BIEN ADENTRO, PARA QUE SOLO YO PUEDA RECUPERARLOS.
7. QUE LAS MUÑECAS SUELEN SER COMPLICES IDEALES EN MISIONES COMO ESTA.
8. QUE ESPERA SU RESPUESTA SEGUN LAS INSTRUCCIONES.

INFORME TECNICO
TENIENTE PAJARO CARPINTERO INFORMA:

1. QUE LE RECUERDA A SU COMANDANTE SU DERECHO A PONERLE A SU MAMA EL NOMBRE SECRETO QUE LE GUSTE MAS.
2. QUE LOS PAPAS TAMPOCO LE PREGUNTAN A UNA COMO QUIERE LLAMARSE.
3. QUE ESTA BIEN, SU TENIENTE ES BUENA Y OBEDIENTE, ASI QUE EN VEZ DE MAYOR GUACAMAYA LE VAMOS A DECIR MAYOR WAKAMAYA.
4. QUE ESTA SEGURA DE QUE A LAS GUACAMAYAS LES GUSTARIA MUCHO QUE MEJOR LAS LLAMARAN WAKAMAYAS.
5. QUE SU MISS LE HA ENSEÑADO QUE LA LETRA W NO EXISTE EN EL IDIOMA ESPAÑOL.
6. QUE SOSPECHA QUE SU MAYOR WAKAMAYA ES UNA ESPIA JAPONESA DISFRAZADA DE MADRE DE LA TENIENTE Y QUE SU NOMBRE VERDADERO ES YINAMI WAKAYAMA.
7. QUE DE HOY EN ADELANTE PROMETE VIGILAR TODOS LOS MOVIMIENTOS DE SU MAYOR.
8. QUE SI LA ASTUTA ESPIA WAKAYAMA AGARRA A SU TENIENTE JUGANDO A LAS MUÑECAS DEBAJO DE LA ESCALERA, SEGURITO QUE SE LO VA A PROHIBIR, ASI QUE HAY QUE INVENTAR OTRA ESTRATEGIA.
9. QUE LE MANDA SALUDOS AL CABO FILOGONIO.

INFORME TECNICO
TENIENTE PAJARO CARPINTERO DECLARA:

1. QUE SU MAYOR WAKAMAYA SE FUE A ENCHINAR EL PELO AYER EN LA MAÑANA.
2. QUE SE TEME QUE AL COMANDANTE ZOPILOTE YA NO VAN A GUSTARLE ESAS PLUMAS.
3. QUE SU MAYOR ANDA DE UN HUMOR NEGRO Y HASTA AYER EN LA NOCHE SE PUSO A LLORAR.
4. QUE CON ESE PEINADO SU TENIENTE TAMBIEN LLORARIA.
5. QUE SE PUSO A CONTARLE A QUIEN SABE QUE AMIGA NO SE CUANTAS HISTORIAS DE LA MAMA DEL COMANDANTE Y SU ESPOSO MANOLO.
6. QUE YA LO HA CONTADO ANTES QUIEN SABE CUANTAS VECES.
7. QUE DEL QUE CASI NI HABLA ES DEL SEÑOR SUAREZ.
8. QUE SU TENIENTE SABE QUE EL SEÑOR SUAREZ NO CREYO NUNCA QUE ERA SU PAPA.
9. QUE AYER TUVO UNA PESADILLA HORRIBLE DONDE SU MAYOR WAKAMAYA PERSEGUIA CON UN CUCHILLO AL SEÑOR SUAREZ.
10. QUE EL SEÑOR SUAREZ SE LLAMA PEDRO MARIA, PERO SU MAYOR WAKAMAYA LE DICE EL DESERTOR.
11. QUE SI LA TENIENTE TUVIERA UN HERMANO Y SE LLAMARA PEDRO MARIA, ELLA LO LLAMARIA MARIPETRA.
12. QUE DE TODAS MANERAS SU MAYOR WAKAMAYA SE PASA EL DIA HABLANDO DE SUS VILLANOS.

13. QUE ESTA SEGURA DE QUE EN LAS PESADILLAS DE SU MAYOR WAKAMAYA BAILAN LOS DESERTORES CON LAS VILLANAS.
14. QUE YA DIJO SU MAYOR WAKAMAYA QUE VA A IR MAÑANA CON LA PELUQUERA PARA QUE LE DESHAGA ESA PESADILLA DE PERMANENTE.

297

INFORME TECNICO
COMANDANTE ZOPILOTE MANIFIESTA...

1. QUE EL SABADO ANTERIOR LA FAMILIA CARCELERA SALIO DE FIN DE SEMANA, TAL COMO MI TENIENTE LO HABIA PREVISTO CON EL PERRUNO INSTINTO QUE LA CARACTERIZA.
2. QUE HACIENDO USO DE SU AUTORIDAD DE COMANDANTE EN JEFE DECIDIO IR ADELANTE CON LA SEGUNDA PARTE DEL OPERATIVO CHAPLIN, QUE CONSISTE EN PASAR DE LA TEORIA A LA ACCION.
3. QUE A PESAR DE TENER LAS MEJORES INTENCIONES, EL PLAN DE ASALTO SE VINO ABAJO POR LA FIESTA QUE HABIA EN LA CASA DE AL LADO.
4. QUE EN LA NOCHE DEL SABADO SE AUSENTO DE LA CASA LA COCINERA, LLEVANDO UNA MALETA PEQUEÑA.
5. QUE LA RECAMARERA SE LEVANTO TEMPRANO EL DOMINGO, LE SIRVIO EL DESAYUNO A CHAPLIN Y SE FUE DIEZ MINUTOS DESPUES, CON UN BOLSO DE MANO Y UN PARAGUAS.
6. QUE INCLUSIVE CON ESAS FACILIDADES, LLEVAR A CABO EL PLAN DURANTE LA MAÑANA DE UN DOMINGO LE PARECIA UN SUICIDIO TACTICO.
7. QUE, COMO LO HA OBSERVADO DURANTE LOS ULTIMOS SIETE DIAS, CHAPLIN PASA TIEMPO DE SOBRA EN EL GARAGE, AMARRADO A LA LLAVE DEL AGUA, DE MODO QUE PODEMOS PRESCINDIR DE LOS SERVICIOS DEL HOMBRE ARAÑA.

8. QUE ESTA MISION PRESENTA, DE CUALQUIER MANERA, COMPLICACIONES QUE LA HACEN PELIGROSA EN EXTREMO. LA GENTE NO PUEDE IR POR LA VIDA FORZANDO CERRADURAS CON CINCELES Y SECUESTRANDO PERROS AJENOS.
9. QUE DADOS LOS PELIGROS MENCIONADOS LE PARECE RIESGOSO DAR DETALLES POR ESCRITO SOBRE LA EJECUCION DEL OPERATIVO.
10. QUE TENIA USTED RAZON EN CUANTO A LOS LADRIDOS. EL QUE AHORA ES SU PERRO NO LADRA DESDE QUE SALIO DE LA QUE HASTA HACE POCO ERA SU CASA, PERO IGUAL NO HA PARADO DE CHILLAR.
11. QUE YA LO HA PRESENTADO CON FILOGONIO Y NO LE HA PARECIDO APETITOSO.
12. QUE NO ESTARIA MAL IR CAMBIANDOLE EL NOMBRE.
13. QUE SIN MAS POR EL MOMENTO, EL COMANDANTE SE DESPIDE DE SU TENIENTE CON EL ESPIRITU EN ALTO Y EL SUELO DEL CUARTEL MINADO DE CAQUITAS DE PERRO CHILLON.

415

INFORME TECNICO
COMANDANTE ZOPILOTE ALERTA:

1. QUE RECIBIO LA LISTA DE ACUSACIONES CONTRA LA FAMILIA SAMSONITE.
2. QUE FELICITA CALUROSAMENTE A SU TENIENTE POR HABER ENCONTRADO TANTAS.
3. QUE, SIN EMBARGO, 88 ACUSACIONES PUEDEN SER DEMASIADAS PARA UNA CARTA.
4. QUE ACABA DE ASOMARSE A LA VENTANA Y DESCUBRIO QUE ERA MUY TARDE PARA ENVIARLA.
5. QUE LO ANTERIOR SE DEBE A QUE EN ESTE MOMENTO LA FAMILIA DEL SAMSONITE SE ESTÁ MUDANDO DE CASA.
6. QUE YA LLENARON UN CAMION DE MUEBLES Y VAN A LA MITAD DEL SEGUNDO.
7. QUE EL PERRORISMO ESTA PASANDO DE MODA.
8. QUE CALCULA QUE EN UNOS POCOS MESES, CUANDO LLEGUEN LOS NUEVOS INQUILINOS, YA NO HABRA QUIEN SE ACUERDE DEL VIEJO SAMSONITE.
9. QUE AHORA QUE HA TERMINADO LA FASE PERRORISTA, URGE DOTAR AL SAMSONITE DE UNA NUEVA PERRONALIDAD.
10. QUE EN EL ARMARIO DE SU MAMA DONDE A LA TENIENTE TANTO LE GUSTA ESCULCAR, HAY DOS CAJAS DE TINTE RUBIO CENIZO.
11. QUE A UN SAMSONITE COMPLETAMENTE NUEVO ESTARIA DISPUESTO A LLAMARLO SAM.

INFORME TECNICO
TENIENTE PÁJARO CARPINTERO JURA…

1. QUE DESDE MUY CHIQUITA YA LE GUSTABA ARIEL, LA SIRENITA.
2. QUE DESPUES SU MAMA LE COMPRO LA MUÑECA CON TODOS SUS ACCESORIOS, MENOS LAS JOYAS.
3. QUE LAS JOYAS DE ARIEL NUNCA PUDO ENCONTRARLAS SANTA CLAUS, NI LOS REYES MAGOS, NI SU MAYOR WAKAMAYA.
4. QUE AHORA YA NO LE IMPORTAN ESAS JOYAS, PORQUE EN EL COLEGIO VAN A HACER UNA OBRA DE TEATRO DE LA SIRENITA Y A SU TENIENTE LA ELIGIERON PARA SER ARIEL.
5. QUE LA MAYOR WAKAMAYA DICE QUE SU TENIENTE YA ESTA GRANDE PARA ESAS NIÑERIAS.
6. QUE PODRIA ROGARLE DE RODILLAS QUE LE MANDARA HACER EL DISFRAZ, PERO COMO QUE YA LE DAN ÑAÑARAS.
7. QUE EN EL COLEGIO DIJO QUE SU MAMA LE IBA A MANDAR HACER EL DISFRAZ Y SE LO IBAN A DAR EN DOS SEMANAS.
8. QUE A SU MAYOR WAKAMAYA LE CONTO QUE EL DISFRAZ SE LO IBAN A PRESTAR EN EL COLEGIO.
9. QUE DESDE ENTONCES YA VAN COMO 10 DIAS.
10. QUE AYER POR ESO NO PODIA DORMIR Y SE LE OCURRIO QUE SU COMANDANTE LE PODIA AYUDAR A HACER SU DISFRAZ, CON PEDACITOS DE LA ROPA VIEJA QUE TIENE EN SU CASA.

11. QUE ESTO ES COMO 10 VECES MAS IMPORTANTE QUE LAS JOYAS DE ARIEL.
12. QUE LE DA SU PERMISO DE TEÑIR A CHAPLIN COMO BARBIE, PERO QUE POR FAVOR NO VAYA A ABANDONARLA.
13. QUE ADEMAS NECESITA UNA LINDA PELUCA PELIRROJA

483 

INFORME TECNICO
TENIENTE PÁJARO CARPINTERO OPINA…

1. QUE EN LUGAR DE HACER RUBIO AL SARGENTO CHAPLIN, MI COMANDANTE LO HA DEJADO COLOR CACA.
2. QUE AHORA EL NOMBRE DE CHAPLIN SI QUE LE QUEDA MAL.
3. QUE CON TODO RESPETO DUDA MUCHO ESO DE QUE EL SARGENTO TIENE UN LOOK ATIGRADO.
4. QUE CUANDO HA VISTO EL COMANDANTE ZOPILOTE QUE LOS TIGRES SE METAN A NADAR AL CAÑO.
5. QUE NO ESTARIA MAL ADAPTARLE EL DISFRAZ DE LA SIRENITA, PARA NO AVERGONZARLO CON LOS VECINOS.
6. QUE DE QUE SIRVE QUE EL PERRO PUEDA SALIR, SI SU AMO ESTA ESCONDIDO DE LA POLICIA.
7. QUE SU MAYOR WAKAMAYA ES UNA CHILLONA, PORQUE YA VAN TRES VECES QUE LA ENCUENTRA LIMPIANDOSE LOS MOCOS.
8. QUE SIEMPRE LLORA IGUAL CUANDO TERMINA CON SUS NOVIOS.
9. QUE SE LE HACE MUY RARO PORQUE EL ULTIMO NOVIO SE LE FUE HACE SEIS MESES.
10. QUE ESE TAMBIEN SALIO DE SUS FAMOSAS CENAS DE SOLTEROS.
11. QUE APOSTARIA EL COFRE CON LAS JOYAS DE ARIEL A QUE SU COMANDANTE YA SE PUSO CELOSO.

INFORME TECNICO
TENIENTE PAJARO CARPINTERO REPORTA:

1. QUE YA LLEVA TRES TARDES PEGADA A LA VENTANA Y LA TELE NO LLEGA.
2. QUE IGUAL SIGUE CUMPLIENDO CON SU DOBLE TRABAJO DE TENIENTE Y ENFERMERA.
3. QUE COMO QUE SE LE HACE QUE EL DOCTOR DEL CALDO NO LE ECHA MUCHAS GANAS A SU CHAMBA, PORQUE MI MAYOR ESTA QUE SE METE SOLA AL MANICOMIO.
4. QUE SOSPECHA QUE ESTA HACIENDO VUDU, PORQUE AYER PRENDIO VELAS EN TODA LA CASA.
5. QUE LAS CONTO Y ERAN TREINTA Y SEIS VELAS, MÁS UNA VELADORA QUE TRAIA UNA ESTAMPITA DE SAN JUDAS EL DE LA FLAMITA.
6. QUE ESTUVO HABLANDO SOLA COMO DOS HORAS DELANTE DE SU FOTO DEL CASTILLO DE DISNEY.
7. QUE LA TENIENTE LE PASO POR DETRAS Y SE METIO DEBAJO DE LA MESA SIN QUE SE DIERA CUENTA.
8. QUE LA TENIENTE CREE QUE ERA UN ACTO DE ESPIRITISMO, PORQUE AL FINAL HABLABA CON SU ABUELITA MARIA EUGENIA.
9. QUE TAMBIEN SE PELEO CON EL VIEJO PELON DEL RETRATO Y LE DIJO A LA ABUELA QUE LA CULPA ERA DE EL, POR SER TAN MENTIROSO.
10. QUE AL DIA SIGUIENTE ME LLEVO DE COMPRAS Y SE LE METIO UN DIABLO MILLONARIO.

11. QUE SE GASTO MUCHISIMO DINERO EN CREMAS DE BELLEZA, LE COMPRÓ A LA TENIENTE ZAPATOS Y VESTIDOS Y HASTA LA BARBIE COSTA DORADA.
12. QUE SU MAYOR QUERIA QUE DE UNA VEZ FUERAMOS Y COMPRARAMOS LA TELE.
13. QUE LA TENIENTE SE HIZO LA DESMAYADA Y CUANDO ABRIO LOS OJOS DIJO ME SIENTO MAL, VAMONOS A LA CASA.
14. QUE MI MAYOR ESTABA MUY PREOCUPADA Y YA QUERIA LLEVARLA AL DOCTOR.
15. QUE LUEGO DIJO QUE HA DE SER LA PRESION, Y EN EL CAMINO LE COMPRO TRES BOLSAS DE GOMITAS.
16. QUE LA PROXIMA VEZ YA NO SE VA A PODER DESMAYAR.
17. QUE LE RUEGA A SU COMANDANTE QUE LES LLAME A LOS DEL CAMION REPARTIDOR Y LES DIGA QUE TRAIGAN LA TELE EN AMBULANCIA.

617

INFORME TECNICO
TENIENTE PAJARO CARPINTERO CONFIESA:

1. QUE NO SE HA PRESENTADO A PASAR LISTA CON SU COMANDANTE PORQUE HACE 4 DIAS QUE ESTA CASTIGADISIMA.
2. QUE SU MAYOR WAKAMAYA TAMBIEN ESTA QUEDANDOSE EN LA CASA Y NO HAY COMO ESCAPARSELE.
3. QUE DICE SU MAYOR QUE LA TELEVISION ESTA ESPECTACULAR.
4. QUE NO LA DEJA VER LAS AVENTURAS DE BOB ESPONJA Y PONE PUROS PROGRAMAS APESTOSOS.
5. QUE EL DIA QUE TRAJERON LA TELE A LA CASA SU SARGENTO LLEGO CON UN CERO EN CONDUCTA Y SU MAYOR LA PUSO TRAS LAS REJAS.
6. QUE SI LA MAYOR WAKAMAYA NO SIGUIERA AQUI DE MI CELADORA, YO ESTARIA CON EL SARGENTO CHAPLIN Y EL CABO FILOGONIO Y MI COMANDANTE, AUNQUE NO VIERA TELE.
7. QUE MI MAYOR WAKAMAYA NI SIQUIERA SE SORPRENDIO CUANDO LA VIO LLEGAR, Y HASTA ESTABA FELIZ FIRMANDO EL PAPELITO, ASI QUE LA TENIENTE CREE QUE TAMBIEN TIENE ALMA DE RATERA.
8. QUE LE CONTO A UNA AMIGA EN EL TELEFONO QUE LEYO LA TARJETA Y DECIA QUE ERA DE DOS DE SUS CLIENTES, PERO QUE ELLA SOSPECHA QUE ES DE UN GALAN.

9. QUE NI POR ESO SE LE PONE DE BUENAS Y LE QUITA EL CASTIGO.
10. QUE OJALA AL ZOPILOTE GALANAZO SE LE AFILE EL PIQUITO CON LA TERAPIA, PORQUE YA LA TENIENTE NO AGUANTA A SU MAYOR.

626

INFORME TECNICO
TENIENTE PAJARO CARPINTERO DECLARA:

1. QUE HOY EN LA MAÑANITA SE FUE A ASOMAR AL BOTIQUIN Y ENCONTRO LAS PASTILLAS MAGICAS DEL SUEÑO.
2. QUE AGARRO UNA PASTILLA Y LA MOLIO HASTA HACERLA POLVITO.
3. QUE ECHO TODO EL POLVITO EN EL CAFE DE SU MAYOR WAKAMAYA.
4. QUE SE TARDO UN BUEN RATO, PERO DESPUES SE FUE HACIENDO BOLITA EN EL SOFA.
5. QUE NO ERAN NI LAS CINCO DE LA TARDE Y SE PARO NOMAS PARA IRSE A SU CAMA.
6. QUE EN ESTA FECHA HISTORICA SU TENIENTE HA INVENTADO LA MADRE PROGRAMABLE.
7. QUE CUANDO SU MAYOR ESTABA BIEN DORMIDA, LA TENIENTE PAJARO CARPINTERO SE LANZO A VISITAR A SU COMANDANTE.
8. QUE AHORA FALTA INVENTAR EL NUEVO ZOPILOTE PROGRAMABLE, PORQUE AL VIEJO LO ESTUVE ESPERANDO HASTA LA MADRUGADA Y NADA QUE VOLVIO DE CENAR SUS FILETES DE BURRO DESCOMPUESTO.
9. QUE SE LAS ARREGLO PARA ENTRAR EN LA CASA SIN TENER QUE ROMPERLE OTRO VIDRIO.
10. QUE EL SARGENTO Y EL CABO LA RECIBIERON CON TODOS LOS HONORES.
11. QUE NO SE LLEVO NADA, NI SE PUSO A ESCULCAR, NI AGARRO COSAS DE LA ALACENA.

12. QUE CUANDO REGRESO AL CUARTEL DE OPERACIONES, ENCONTRO A SU MAYOR SOLTANDO UNOS RONQUIDOS ATIGRADOS QUE A OTRA NIÑA LA HABRIAN HECHO LLORAR.
13. QUE ESTUVO VIENDO TELE HASTA LAS CUATRO DE LA MADRUGADA.
14. QUE AHORA SI NADA DE ESTO LO VA A VOLVER A HACER.

641

INFORME TECNICO
PAJARO CARPINTERO HACE TOC TOC TOC:

1. QUE AYER REGRESO DEL COLEGIO Y ENCONTRO A SU MAYOR WAKAMAYA DICIENDO QUE LE ARDIA EL ALMA DEL CORAJE.
2. QUE SE PUSO DESPUES A INTERROGARLA Y ELLA SE ENOJO MAS Y DIJO NO TE METAS, QUE SON COSAS DE GRANDES.
3. QUE EN LA NOCHE SU MAYOR WAKAMAYA SE METIO A BAÑAR Y ELLA CORRIO A ESCULCAR EN SU BOLSA.
4. QUE LE ENCONTRO TRES CARTAS RETE CURSIS DE UN TAL CAPITAN URUBU.
5. QUE DESCUBRIO QUE EL CAPITAN URUBU ES NADA MENOS QUE EL MISTERIOSO COMANDANTE ZOPILOTE.
6. QUE ESTO ES UNA TRAICION AL REGLAMENTO Y A SU TENIENTE.
7. QUE YA SOLO POR ESO EL ALTO MANDO INFORMA AL COMANDANTE QUE HA SIDO DEGRADADO.
8. QUE EN LA NOCHE SU MAYOR WAKAMAYA SE DEDICO A CONTARLE A SUS AMIGAS DE LAS TRES CARTAS QUE LE HABIAN LLEGADO.
9. QUE SEGUN ELLA LUEGUITO SE DIO CUENTA DE QUE EL TAL CAPITAN ERA EL MISMO BABOSO QUE LE DA LA TERAPIA, Y QUE ADEMAS ESCRIBE IGUALITO A MAMILIUS FLEXUS.
10. QUE DICE SU MAYOR WAKAMAYA QUE ESE JOAQUIN ES UN FARSANTE IGUAL A LA MAMA.

11. QUE POR LO MENOS LA MAMA NO ERA COBARDE, NI SE ATREVIO A METERSE EN SU CASA.
12. QUE LE DECIA BOROLA, NO LA MAMA, Y HASTA UNA VEZ DIJO LA VIEJA ZORRA ESA.
13. QUE DICE MI MAYOR QUE EN CUANTO SE APAREZCA EL JOAQUIN ESE LE VA A CURTIR LA CARA A CACHETADAS Y LE VA A PEDIR TODO SU DINERO.
14. QUE SI NO SE LO PAGA VA A METERLO A LA CARCEL.
15. QUE LE ACONSEJA AL EX COMANDANTE ZOPILOTE QUE NO DEJE SALIR A MAMILIUS FLEXUS NI AL DOCTOR DEL CALDO, NO SEA QUE SU MAYOR LOS DESPELLEJE Y MAÑANA COMAMOS SOPA DE TERAPEUTA.
16. QUE YA VA A AMANECER Y TIENE QUE BAJAR A DEJAR ESTE MENSAJE URGENTE Y SECRETISIMO, ANTES DE QUE DESPIERTE SU MAYOR Y LE DE POR LLEVARLA AL COLEGIO.
17. QUE ES USTED RETE BRUTO, CAPITAN.

701

INFORME TECNICO
CAPITANA PAJARO CARPINTERO REVELA EN RIGUROSO SECRETO:

1. QUE NO ENTIENDE POR QUE SU CORONEL SE LE ESCAPO OTRA VEZ A SU MAYOR WAKAMAYA.
2. QUE NO SABE NI A DONDE MANDARLE ESTE INFORME.
3. QUE ESPERA QUE NO SE HAYA ENOJADO CON ELLA PORQUE LA ULTIMA VEZ SE HIZO LA TOSIJOSA PARA QUE AL CORONEL SE LE QUITARA EL MIEDO.
4. QUE CONSTE QUE DESPUES SE TOMO DOS PASTILLAS DORMIDORAS PARA NO INTERRUMPIR LA HORA DE LOS BESOS.
5. QUE AL DIA SIGUIENTE SU MAYOR WAKAMAYA LA OBLIGO A CONFESARLE DE FILOGONIO, CHAPLIN Y LA CASA DE ATRAS.
6. QUE LO QUE PASA ES QUE SU CAPITANA LLORO COMO LOCA CUANDO SU MAYOR DIJO QUE IBA A LLAMAR AL ANTIRRABICO.
7. QUE LUEGO ENTRAMOS JUNTAS A LA CASA Y ENTRE ELLA Y YO LES DIMOS DE COMER AL CABO FILOGONIO Y AL SARGENTO CHAPLIN.
8. QUE ESA VEZ MI MAYOR WAKAMAYA SE METIO HASTA EN LOS CLOSETS Y SE LLEVO UNA CAJA CON PAPELES QUE ESTABA ENTRE LA SALA Y EL COMEDOR.
9. QUE AL DIA SIGUIENTE VINO A VERLA UN SEÑOR QUE DICE QUE CONOCE A MI CORONEL Y SE LLAMA JUAN PABLO PALENCIA.

10. QUE ESTUVIERON HABLANDO DE UN PODER QUE ELLA TIENE, COMO SI FUERA SUPERPODEROSA.
11. QUE ESE SEÑOR PALENCIA SE METIO POR LA PUERTA VERDE CON MI MAYOR WAKAMAYA, Y TARDARON COMO UNA HORA EN REGRESAR.
12. QUE DICE MI MAYOR WAKAMAYA QUE SI SE NOS HACE MUDARNOS A LA CASA DE ATRAS, VA A OFRECER UNAS CENAS DE OTRO NIVEL.
13. QUE EN UNA CASA GRANDE YA NO TENDRIA QUE IRME A DORMIR CON MIS PRIMAS, Y HASTA PODRIA INVITARLAS VIERNES O SABADOS.
14. QUE EN ESE CASO SI ME DEJARIA TENER A CHAPLIN Y FILOGONIO.
15. QUE MIENTRAS TANTO VAMOS TODOS LOS DIAS A DARLES DE COMER Y AHORA HASTA MI MAYOR LOS ACARICIA.
16. QUE A LOS TRES YA NOS URGE QUE REGRESE MI CORONEL Y NOS AYUDE Y AHORA SI YA SE ATREVA CON LA GINA.
17. QUE LO VAMOS A ESTAR AQUI ESPERANDO.

Índice

Esta obra se terminó de imprimir en octubre de 2010,
en los talleres de Litográfica Ingramex, S.A. de C.V.
Centeno 162-1, Col. Granjas Esmeralda,
C.P. 09810, México, D.F.